镜与光

The Mirror and the Light

〔英〕希拉里·曼特尔——著
刘国枝 虞涛——译

Hilary Mantel

上海译文出版社

献给

玛丽 · 罗伯逊，

以纪念我们永恒的友情

目 录

人物表

近期死者

安妮·博林，英格兰王后

其所谓情人：

乔治·博林，罗奇福德勋爵，王后之兄

亨利·诺里斯，国王寝宫主管

弗朗西斯·韦斯顿和威廉·布莱里顿，国王寝宫侍从

马克·史密顿，乐师

克伦威尔府

托马斯·克伦威尔，后成为克伦威尔勋爵，国王之国务大臣、掌玺大臣、宗教特使，即国王之英格兰宗教事务代理

格利高里·克伦威尔，其子，是与伊丽莎白·维基斯婚姻中唯一幸存的孩子

茉茜·普赖尔，其岳母

雷夫·赛德勒，其得力助手，在其家中长大，后进入王府效力

海伦，雷夫之妻

理查德·克伦威尔，其外甥，娶弗朗西斯·默芬为妻

托马斯·艾弗里，家庭会计

瑟斯顿，主厨

迪克·帕瑟，护家犬管理员

詹妮可，克伦威尔之女（虚构人物）

克里斯托弗，仆人（虚构人物）

马修，仆人，曾侍奉于狼厅（虚构人物）

巴斯廷斯，船夫（虚构人物）

国王家人及王府

亨利八世

简 · 西摩，其第三任妻子

爱德华，简之幼子，生于 1537 年，王位继承人

亨利 · 菲茨罗伊，里奇蒙公爵，亨利与伊丽莎白 · 布朗特之私生子，娶诺福克公爵之女玛丽 · 霍华德为妻

玛丽，亨利与阿拉贡的凯瑟琳之女，在父母婚姻被宣布无效后被剥夺继承权

伊丽莎白，亨利与安妮 · 博林之幼女，在亨利第二次婚姻被宣布无效后被剥夺继承权

安娜，克里维斯的威廉公爵之妹，亨利第四任妻子

凯瑟琳 · 霍华德，安娜之伴娘，亨利第五任妻子

玛格丽特 · 道格拉斯，亨利之外甥女，国王姐姐玛格丽特与其第二任丈夫安格斯伯爵阿奇博尔德 · 道格拉斯之女，在亨利之宫廷长大

威廉 · 巴茨，医生

沃尔特 · 克罗默，医生

约翰 · 钱伯斯，医生

汉斯 · 霍尔拜因，画师

塞克斯顿，人称“帕奇”，弄臣，曾侍奉于沃尔西府

西摩家

爱德华 · 西摩，长子，娶安妮（奈安）· 斯坦霍普为妻

玛乔莉 · 西摩夫人，其母

托马斯 · 西摩，其弟

伊丽莎白，其妹，安东尼 · 奥特雷德爵士遗孀，后嫁格利高里 · 克伦威尔为妻

政府官员与神职人员

托马斯·赖奥斯利，人称“简称赖斯利”，印玺秘书；曾是加迪纳的被保护人，后追随克伦威尔

史蒂芬·加迪纳，温彻斯特主教，驻法兰西大使；曾任沃尔西红衣主教之秘书，后任国王之国务大臣，但被克伦威尔所取代

理查德·里奇，下议院议长，增收法庭庭长

托马斯·奥德利，大法官

托马斯·克兰默，坎特伯雷大主教

罗伯特·巴恩斯，路德派教士

休·拉蒂摩，改革派伍斯特主教

理查德·桑普森，奇切斯特主教，教会法律师和保守派

卡斯伯特·滕斯托尔，杜伦主教，曾任伦敦主教

约翰·斯托克斯利，保守派伦敦主教，托马斯·莫尔被处死前之同僚

埃德蒙·邦纳，接替加迪纳担任驻法兰西大使，接替斯托克斯利担任伦敦主教

约翰·兰伯特，改革派神父，被判传播异教并于1538年被烧死

朝臣与贵族

托马斯·霍华德，诺福克公爵

亨利·霍华德，其子，萨里伯爵

玛丽·霍华德，其女，嫁国王之私生子菲茨罗伊为妻

托马斯·霍华德，其同父异母之弟，人称“真心汤姆”

查尔斯·布兰顿，萨福克公爵，亨利之老友，亨利妹妹玛丽之鳏夫

托马斯·怀亚特，克伦威尔之友，诗人，外交家，安妮·博林之所谓情人

亨利·怀亚特，其老父，都铎政权之早年拥护者

贝丝·达雷尔，怀亚特之情妇，曾任阿拉贡的凯瑟琳之女侍

威廉·费兹威廉，后任海军大臣和南安普敦伯爵，起初为克伦威尔之盟友

尼古拉斯·卡鲁，重要朝臣，国王女儿玛丽之支持者

伊丽莎·卡鲁，其妻，弗朗西斯·布莱恩之姐

弗朗西斯·布莱恩，人称“地狱牧师”，积习难改的赌徒和不懂外交的外

交官，尼古拉斯·卡鲁之内弟

托马斯·卡尔佩珀，国王之侍从

菲利普·霍比，国王之侍从

简·罗奇福德，女侍，被处死的乔治·博林之遗孀

托马斯·博林，威尔特郡伯爵，安妮·博林和乔治·博林之父

玛丽·谢尔顿，安妮·博林之表妹，曾任女侍

玛丽·蒙蒂格尔，女侍

奈安·卓什，女侍

凯瑟琳，拉蒂摩夫人，出生时名为凯瑟琳·帕尔

亨利·鲍彻，埃塞克斯伯爵

国王子女府邸

约翰·谢尔顿，国王两位女儿府邸之总管

安妮·谢尔顿，其妻，安妮·博林之姑母

布莱恩夫人，弗朗西斯·布莱恩和伊丽莎·卡鲁之母，抚养国王的两个女儿玛丽和伊丽莎白，后来还有年幼的爱德华

沙夫茨伯里修道院

伊丽莎白·卓什，院长

多萝西娅·沃尔西，人称多萝西娅·克兰希，红衣主教之私生女

亨利王位之竞争对手

亨利·科特尼，埃克塞特侯爵，爱德华四世之女所生

格特鲁德，其妻

玛格丽特·波尔，索尔兹伯里女伯爵，爱德华四世之侄女

蒙塔古勋爵亨利，其长子

雷金纳德·波尔，其子，旅居海外，据称会率兵攻打英格兰，以使英格兰重受教皇控制

杰弗里·波尔，其子
康斯坦茨，杰弗里之妻

外交官

尤斯塔西·查普伊斯，查理五世皇帝之驻伦敦大使，来自萨瓦，讲法语
迭戈·乌尔塔多·德·门多萨，皇帝之特使
让·德·丹特维尔，法兰西特使
路易斯·德·佩罗，卡斯蒂永阁下，法兰西大使
安托万·德·卡斯泰尔诺，塔布主教，法兰西大使
查尔斯·德·马里亚克，法兰西大使
霍克斯泰登，克里维斯特使
奥利斯莱格，克里维斯特使
哈斯特，克里维斯特使

加来

李尔勋爵，总督，国王之叔父
奥娜，其妻
安妮·巴塞特，奥娜第一次婚姻之女儿之一
约翰·赫西，加来要塞成员，李尔夫妇之事务代理

伦敦塔

威廉·金斯顿爵士，国王之顾问官，伦敦塔总管
埃德蒙·沃尔辛厄姆，伦敦塔中尉，金斯顿之副官
马丁，狱卒（虚构人物）

克伦威尔之友

翰弗里·蒙茂斯，伦敦商人，曾因庇护英语版《圣经》译者威廉·廷德尔而身陷囹圄

罗伯特·帕金顿，商人，议会议员

史蒂芬·沃恩，驻安特卫普商人

玛格丽特·弗农，女修道院院长，曾任格利高里之家庭教师

约翰·贝尔，曾为僧侣，后还俗，剧作家

都铎家族（简表）

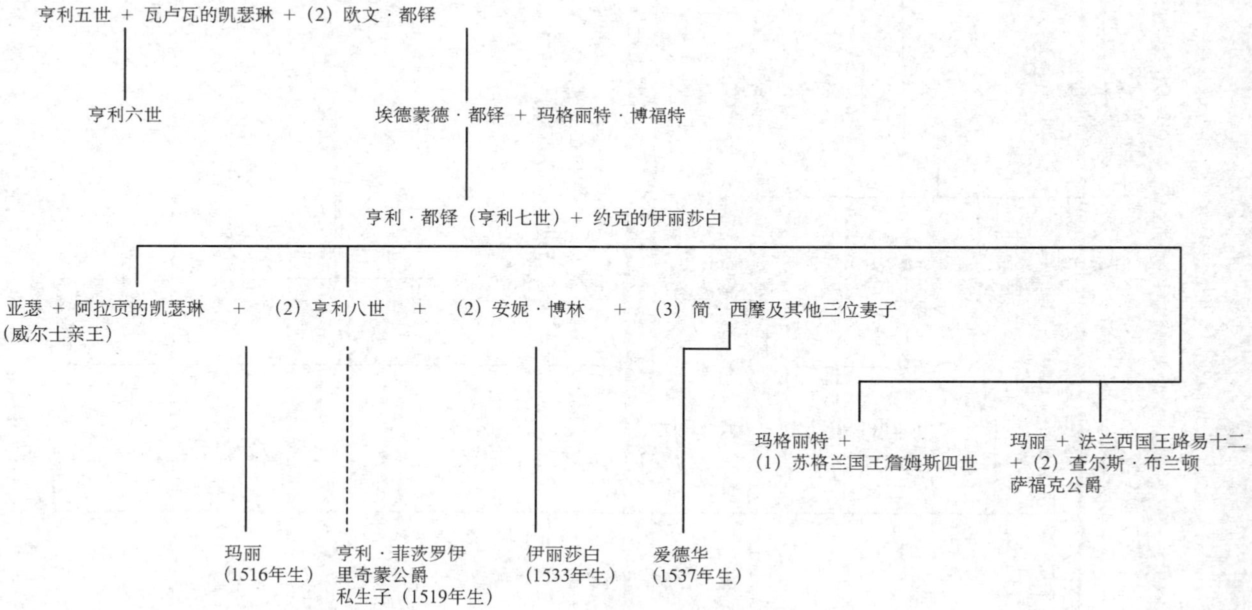

亨利 · 都铎（亨利七世）之王位继承自其母玛格丽特 · 博福特，
爱德华三世的玄孙女
亨利 · 都铎与约克的伊丽莎白之联姻将都铎家族与约克家族联系起来。

来自约克家族的亨利八世之竞争对手（简表）

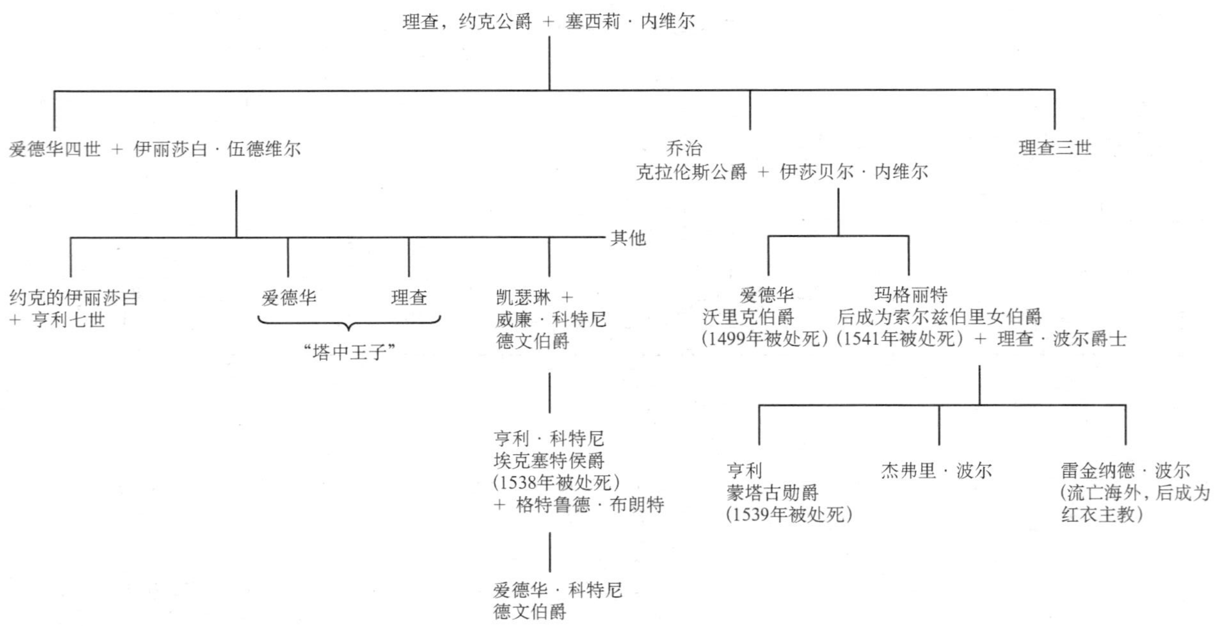
理查，约克公爵 ＋ 塞西莉 · 内维尔
爱德华四世 ＋ 伊丽莎白 · 伍德维尔
乔治
克拉伦斯公爵 ＋ 伊莎贝尔 · 内维尔
理查三世
其他
约克的伊丽莎白
＋ 亨利七世
爱德华
理查
“塔中王子”
凯瑟琳 ＋
威廉 · 科特尼
德文伯爵
亨利 · 科特尼
埃克塞特侯爵
（1538年被处死）
＋ 格特鲁德 · 布朗特
爱德华 · 科特尼
德文伯爵
爱德华
沃里克伯爵
（1499年被处死）
玛格丽特
后成为索尔兹伯里女伯爵
（1541年被处死） ＋ 理查 · 波尔爵士
亨利
蒙塔古勋爵
（1539年被处死）
杰弗里 · 波尔
雷金纳德 · 波尔
（流亡海外，后成为
红衣主教）

Frères humains qui après nous vivez
N' ayez les cuers contre nous endurciz.①

活在我们之后的同胞兄弟啊，
不要对我们硬起心肠。

——弗朗索瓦·维庸②

抬头看风，
因为我们准备启航。

——奇迹剧《诺亚大洪水》

① 法语，意义同下。
② 弗朗索瓦·维庸（约1431—1474），法国中世纪最杰出的抒情诗人。

第一部

1. 失事(I)

伦敦，1536 年 5 月

王后的头颅刚一落地，他就转身走开。一阵强烈的食欲提醒他，该吃第二顿早餐了，或者是提早的午餐。上午的情形史无前例，我们没有规矩可以借鉴。那些为逝去的灵魂下跪的见证者们站起身，戴上帽子。帽子下的面孔惊魂未定。

但接着他又转过头来，对行刑人表示感谢。这家伙做事干净利落，虽然国王给他的酬劳不菲，对于优质的服务，不仅要付钱，还要予以鼓励。他曾经吃苦受穷，凭经验明白这一点。

那瘦小的躯体倒下后躺在断头台上：腹部朝下，双臂张开，趴在一摊红色的液体中，血液顺着木板的缝隙往下渗。在安妮生命的最后时刻，有几个戴着面纱的女人陪伴她，法国人——他们派人请来了加来的行刑人——拾起那颗头颅，用麻布包好，交给其中一个戴面纱的女人，她们是安妮生前最后侍奉左右之人。他看到那个女人接过包裹时，从颈背到脚跟都在发抖。但她还是稳稳地接住它，而一颗头颅比你料想的要重。他上过战场，凭经验也明白这一点。

那几个女人表现出色，安妮会为她们感到自豪。她们不让任何男人触碰她，所以伸出手掌，挡开那些想帮忙的人。她们走进血泊，朝那瘦小的尸体俯下身去。当她们抓住她的衣服，抬起她的残躯时，他听见她们深吸了一口气。她们担心布料撕裂，担心手指碰到她正在变凉的身体。她跪过的垫子已经被自己的血液浸透，她们每个人都避开垫子侧身而行。透过眼角的余光，他看到有个身影飞快地离开，那是个穿着紧身皮上衣的男人，身材清瘦，一闪而过。是弗朗西斯 · 布莱恩，一位反应敏捷的朝臣，去告诉亨利他恢复了单身。他在心里说，相信弗朗西斯吧，虽然他是已故王后的表亲，但他记起弗朗西斯还是下一任王后的表亲。

塔里的官员们已经找到一个箭箱充当棺材。那瘦小的身体正好合适。

捧着头颅的女人跪下，将被血浸透的包裹放进去。由于没有其他空间，她把头颅放在尸体的脚旁。她站起身，在胸前划了个十字。旁观者们也纷纷跟着抬手；他自己也动了动手，但马上止住，将它变成一只微握的拳头。

女人们看了最后一眼，然后退开，她们都略抬双手，以免弄脏自己的衣服。金斯顿总管的一位手下递上亚麻毛巾——但为时太晚，用不着了。他对法国人说，这些人简直令人难以置信。他们有那么多日子可以准备，居然没有棺材？他们知道她会死。他们对此毫不怀疑。

“但也许他们有怀疑，克伦穆尔先生。”（法国人总是念不准他的名字。）“也许他们有怀疑，因为我觉得，连夫人自己都以为国王会派信使来宣布剑下留人。即使在一步步走上断头台时，她还在回头张望，你看到了吗？”

“他没有想她。他的心思全在他的新妻身上。”

“哦，也许这一次会好运，”法国人说，“你得这样希望。如果再要我来，我会提高价码的。”

对方转过身去，开始擦拭自己的剑。他的神态充满爱惜，仿佛这件武器是他的朋友。“托莱多钢①。”他伸出剑来让他欣赏，“我们仍然得找西班牙人才能弄到这样的剑刃。”

他（克伦威尔）用一根手指触摸着金属。看他现在的样子，你不会猜到他父亲是一位铁匠，成天跟钢和铁打交道，跟从地下开采或锻造的一切、各种熔化、锻造或有刃的一切打交道。行刑人的剑身上刻有基督的荆棘冠冕，还有一句祈祷文。

围观的人们已渐渐散去，包括朝臣、市议员和官员，这些人穿着绸缎、戴着金链，或者身着都铎王室的服装，或者佩戴伦敦公会的徽章。见证人倒是不少，但大家对自己所见都感到茫然；他们明白王后死了，但事情发生得太快，他们来不及消化。“她没有痛苦，克伦威尔。”查尔斯·布兰顿说。

“萨福克大人，她要是有痛苦你兴许更满意。”

他对布兰顿很反感。当其他的证人们跪下时，公爵直挺挺地站在那

---

① 托莱多是西班牙古城，自公元前500年左右开始就是传统的炼钢和铸剑中心，所产钢品——尤其是钢剑——曾名盛一时。

里；他对王后恨之入骨，连这点起码的礼节都不肯向她表示。他记得她步履蹒跚地走上断头台：正如法国人所言，她曾经回头张望。即使在说临终之言，请人们为国王祈祷时，她还在越过人群的头顶张望。尽管如此，她并没有让希望削弱自己。很少有女人在最后时刻如此坚定，这样的男人也不多。他看到她开始发抖，但只是在最后的祈祷之后。没有枕木，加来人不用这些。她被要求跪直，没有支撑。一名女侍用布蒙住她的眼睛。她没有看到剑，连它的影子都没有看到，剑刃"嗖"的一声从她的脖子上掠过，比剪刀剪过绸布还容易。我们所有人——哦，是大多数人，不包括布兰顿——都很遗憾不得不走到这一步。

榆木箱子现在被运往小教堂，石板已经掀开，好让她葬在她哥哥乔治·博林的尸体旁。"他们在世时曾经同床，"布兰顿说，"所以死后同穴也顺理成章。让我们看看他们现在如何相亲相爱。"

"走吧，国务大臣，"伦敦塔总管说，"我备了些点心，如果你肯赏脸的话。我们今天都起得很早。"

"您吃得下吗，先生？"他儿子格利高里从未见过人死亡。

"我们必须干活才能有饭吃，也必须吃饭才能干活，"金斯顿说，"如果一个仆人仅仅因为缺一块面包而分神，那对国王又有何用？"

"分神。"格利高里重复道。他儿子前不久被送去学习公共演讲的艺术，结果就是，虽然他还没有完全掌握相关的修辞技巧，但对词语——如果你对它们单独地看的话——却兴趣大增。有时，他像是将它们举起来仔细端详，有时又像是用棍子戳它们，有时还像是兴致盎然地凑近它们，犹如一条狗摇着尾巴对另一条狗的粪便感兴趣——你忍不住会打这种比方。他问总管："威廉爵士，以前有过处决英格兰王后的先例吗？"

"据我所知没有，"总管说，"或者起码在我任职期间没有，年轻人。"

"我明白了，"他（克伦威尔）说，"那么，过去几天的错误只是因为你们缺乏实践？你们就不能把事情一次做好吗？"

金斯顿开怀大笑，大概因为觉得他在开玩笑。"你瞧，萨福克大人，"他对查尔斯·布兰顿说，"克伦威尔说在砍头方面我需要多加实践。"

我没有这么说，他想。"找到那个箭箱算是运气。"

"如果依我，就会把她扔在粪堆上，"布兰顿说，"而把她哥哥放在她底下。我还会让他们的父亲亲眼看着。不知道你是怎么想的，克伦威尔。你干吗要留着他这个祸害？”

他生气地训起他来——他的生气常常是装的。“萨福克大人，你自己也经常冒犯国王，然后下跪求饶。就你这个性，我毫不怀疑你会再次冒犯。到时候会如何？你希望国王毫无慈悲之心吗？如果你爱国王——你口口声声说爱他——就要关心他的灵魂。有朝一日，他会站在上帝面前，对每一位子民负责。如果我说托马斯·博林不会危及王国，他就不会。如果我说他会安安静静地过日子，他就一定会那样。”

从草地上走过的朝臣们不禁朝他们侧目：一个是留着大胡子、双眼放光、胸脯宽阔的萨福克，另一个是暗色装束、矮矮墩墩的国务大臣。他们小心地分开并绕过争吵的两人，然后在另一边重新聚拢，三五成群地聊起天来。

“天啊，”布兰顿说，“你在教训我吗？我？王国的贵族？而你，想想你来自何处！”

“我站在国王让我所站之处。该教训你的时候我都会教训。”

他想，克伦威尔，你在干什么？他通常都彬彬有礼。但如果在砍头时都不能说实话，那何时能说？

他转头看他儿子。从安妮加冕至今，我们长了三岁差一个月。有些人更聪明了，有些人更高了。当初得知自己必须见证她的死亡时，格利高里曾说他做不到：“我做不到。一个女人，我做不到。”但他儿子刚才始终未动声色，也管住了自己的舌头。他告诉过格利高里，只要在公共场合，就得知道人们在观察你，看你是否适合跟着我侍奉国王。

他们走到一旁，向里奇蒙公爵——国王的私生子亨利·菲茨罗伊——躬身行礼。这是个长相英俊的孩子，有着他父亲那样的细腻泛红的皮肤和金红色头发：像一株柔弱、修长的植物，是个尚未长大的男孩。他立在他们面前，身子有些摇晃：“国务大臣？今天上午的英格兰更美好了。”

格利高里说：“大人，你也没有跪下。为什么？”

里奇蒙红了脸。他知道自己不对，而且并不掩饰，正如他父亲一贯的作风；与此同时，也像他父亲那样，他还会强词夺理为自己辩护。“我不想当伪君子，格利高里。我父亲跟我说过博林想毒死我。他说她这样夸口过。如今她耸人听闻的通奸行为彻底曝光，她罪有应得。”

“你没有生病吧，大人？”他心里想：昨晚喝了太多的酒，无疑是在为他的未来干杯。

“我只是累了。我要去睡一觉，把这一幕抛在脑后。”

格利高里目送着里奇蒙离去。“您觉得他将来能当国王吗？”

“他如果当了国王，就会记得你的。”他开心地说。

“哦，他已经知道我了，”格利高里说，“我做错了吗？”

“实话实说没有错。在特定的场合。它们让你感到痛苦。但你必须这样做。”

“我觉得我永远当不了顾问官，”格利高里说，“我觉得我永远学不会——学不会何时该开口，何时该沉默，何时应该看，何时不该看。您告诉过我，看到剑刃在空中一闪，她就马上会死——您说，在那个时刻，要低头，闭眼。但我看到您了——您一直在睁眼看着。”

“我当然在看，”他挽住儿子的胳膊，“按已故王后的个性，她没准会把脑袋重新装上去，拾起剑，一路追我到白厅。”他想，她也许死了，但还是可以毁掉我。

早餐。优质的白面包，劲大上头的酒。已故女人的舅舅诺福克公爵朝他点了点头。“多数尸体会装不进箭箱，对吧？你就只好砍掉手臂。你觉得金斯顿是不是不如当年了？”

格利高里很惊讶。“大人，威廉爵士的年纪不比您大呢。”

公爵放声大笑：“你认为六十岁的男人就该回家养老了吗？”

“他认为该拿他们来熬胶。他很快就会拿他父亲来熬胶了，对吧，儿子？”他用一只胳膊搂住儿子的肩膀。

“但您比公爵大人年轻多了。”格利高里转向诺福克，进一步告诉他：“我父亲一向身体健康，除了在意大利期间患的那次特殊的热病之外。的确，他总是加班加点，但他认为加班加点决不会要人的命，他经常这么说。他的医生说，你用炮弹都轰不倒他。”

这时，证人们已经看完死去的王后被葬入墓穴，都挤到几个敞开的门口。市里的官员们你推我搡，都想跟他搭个话。他们每个人都有一个问题：国务大臣，我们何时可以见到新王后？简何时会给我们这种荣幸？她会乘车穿过大街，还是坐王室游船航行？她会采用什么作为王后的纹章和徽章，会采用什么箴言？我们何时可以通知画师和技工，让他们开始干活？很快就会加冕吗？我们该送什么样的礼物才能为她所喜爱？”

“一袋钱币总是可以接受的，”他说，“我觉得在她和国王大婚之前，我们不会在公开场合见到她，但这不会很久。她是个传统虔诚的人，凡是绘有天使、圣徒和圣母的旗帜或彩布，她都会乐于接受。”

“那么，”市长说，“我们可以找找自凯瑟琳王后以来的存货了？”

“这会是精明之举，约翰爵士，而且可以节省市政资金。”

“我们有几幅关于圣维罗妮卡生平的版画，”一位年长的公会会员说，“第一幅是她站在通往各各他的路上哭泣，而基督则背着十字架。第二幅——”

“当然。”他喃喃道。

“第二幅是圣徒在擦拭救主的脸。第三幅是她举起带血的布，从中我们可以看到基督的面容，用他的宝血清晰地印在上面。”

“我妻子注意到，”金斯顿总管说，“今天早上，夫人把她平常所戴的头饰放到一边，而选择了已故的凯瑟琳所喜欢的风格。她不明白这是何意。”

他想，也许是致意，一位将死的王后向一位已死的王后致意。她们今天上午将在另一个世界相会，无疑会有满腹的话要交流。

“我外甥女如果在其他方面仿效凯瑟琳，”诺福克说，“如果她顺从、贞洁、温顺，她的脑袋就可能仍然立在肩膀上。”

格利高里大为诧异，不禁后退一步，几乎撞上市长。“可是大人，凯瑟琳并不顺从啊！当国王要求她离开并离婚时，她不是年复一年地违抗他的旨意吗？您当时不是亲自去乡下给她施压，而她则冲进自己的房间，并摔门上锁，使您不得不花上圣诞季的十二天，在那儿对着门喊叫吗？”

“你会发现那是萨福克大人，”公爵连忙说，“另一个没用的老糊涂，对吧，格利高里？是那边的查尔斯·布兰顿，那个留有大胡子的胖子。而我是脾气暴躁的瘦子。看到区别了吗？”

“哦，”格利高里说，“现在我想起来了。我父亲特别喜欢那个故事，我们把它编成了一出戏在第十二夜①进行表演。我表兄理查德扮演萨福克

---

① 即十二天圣诞季的最后一夜，主显节前夕。

大人，戴着一把毛茸茸的、一直垂到腰间的大胡子。雷夫·赛德勒先生穿上裙子扮演王后，用西班牙语辱骂公爵。而我父亲则扮演那扇门。”

“真希望我看到了，”诺福克摩挲着自己的鼻尖，“真的，听我说，格利高里，我真希望看到。”他和查尔斯·布兰顿是老对头，看到对方难堪就幸灾乐祸。“不知道你们今年圣诞节会表演什么？”

格利高里张了张嘴又闭上。未来是一个奇怪的空白。在儿子想填空之前，他（克伦威尔）打了个圆场。“各位，我可以告诉你们新王后会采用什么箴言。那就是：绝对服从和效忠。”

房间里响起一片咕咕哝哝的赞许之声。布兰顿大笑起来：“安全总比后悔好，对吧？”

“我们都这么说。”诺福克一口喝干自己的加纳利葡萄酒，“各位，在将来的日子里，不管是谁惹国王生气，反正不会是我托马斯·霍华德。”他用一根手指戳着自己的胸口，仿佛唯有这样，他们才能知道他是谁。接着，他拍了拍国务大臣的肩膀，一副志同道合的样子。“那下一步呢，克伦威尔？”

别上当。诺福克舅舅①跟我们既不志同道合，也并非我们的盟友或朋友。他拍拍我们是想掂量我们有多结实。他在打量克伦威尔的粗脖子。他在琢磨需要哪一种刀刃才能把它砍断。

他们离开人群时已经十点。外面的阳光照得草地斑斑驳驳。他走进阴影之中，他的外甥理查德·克伦威尔跟在他身旁。“最好去看看怀亚特。”

“您还好吧，先生？”

“再好不过。”他平静地说。

几天前，理查德亲自将托马斯·怀亚特送进塔里，既没有动用武力，也未带武装人员，就像在河边散步一般轻而易举地将他羁押起来。他已经要求他们对犯人以礼相待，并将其安排在一个舒适的门楼房间里。此刻，狱卒马丁正带着他朝那儿走去。

“这个犯人情况如何？”他问。

仿佛这只是一个普通的犯人，而不是怀亚特——这个世界上他最为看

---

① 诺福克公爵是博林兄妹的舅舅，大臣们常常调侃地称之为“诺福克舅舅”。

重的人之一。

马丁说："大人，我觉得他好像非常心神不宁，为前几天被砍头的那五位侍从。"

听狱卒的口气，砍头仿佛只是风吹帽似的偶然事件。"我猜怀亚特大人心里在想，为什么他没有跟他们一样。所以他踱来踱去，大人。然后又坐下来，面前有一张纸。看上去像是要写点什么，但一个字都没有写出来。他也不睡觉。三更半夜要人送灯。他把凳子拉到桌子旁，削好笔；等到六点，天大亮了，你送面包和啤酒进去，他的纸上还是一片空白，蜡烛也还在燃烧。简直是浪费。"

"给他灯吧。他需要的东西我会付账。"

"尽管我说这些，可他是一位谦谦君子。不像之前住在另一边的几位那么自命不凡。亨利·诺里斯，虽然人称'温文尔雅的诺里斯'，但他跟我们讲话时，就当我们是狗一样。所以你才能看出谁是真正的绅士——即使有性命之忧，说话仍然客客气气。"

"我会记住的，马丁，"他认真地说，"我的教女怎么样？"

"快两岁了——难以相信吧？"

马丁女儿出生的那一周，他曾去塔里看望托马斯·莫尔。那是在他们较量之初，他仍然希望莫尔能向国王稍作让步，以保全性命。"你愿意当孩子的教父吗？"马丁问他。他选择了格蕾丝这个名字，那是他已故数年的小女儿的名字。

马丁说："我们不可能每时每刻都看着犯人。我担心怀亚特先生会寻短见。"

理查德开心地笑起来。"哎呀，马丁，你的监狱里从未关过诗人吗？一个长吁短叹、夜不能寐，即使祈祷也要用诗歌来表达的诗人？诗人可能郁郁寡欢，但我告诉你，他会照看好自己和身旁的人。他必须有饮食来刺激胃口，如果有个痛啊痒的，他一定会叫唤的。"

"就算踢到一根脚指头，他也会写一首十四行诗。"他说。

"诗人们会活得很好，"理查德说，"遭殃的是他们的朋友。"

马丁轻轻地敲了敲门以通报他们的到来，仿佛这是某个贵族的私人套房。"怀亚特先生？有客人。"

房间里光线充足，十分亮堂，年轻人坐在一张洒满阳光的桌子旁。"挪一挪，怀亚特，”理查德说，“光线照得你头皮发亮。”

他忘了年轻人有多残忍。如果国王说：“我快秃顶了吧，克伦？”他会回答：“任何艺术家都会喜欢陛下的头形。”

怀亚特用手掌拂了拂自己漂亮的金发。“掉得很厉害，里奇。等我到了四十，女人就不会愿意看我了，除非是想用鸡蛋勺敲我的脑袋。”

今天上午，怀亚特可以动不动就笑或者哭，而无论是笑是哭，都没有任何意味。他依然活着，而另外五个人死了，依然活着并为此感到愕然的他置身于巨大痛苦的边缘——就像摇摇晃晃地立在一根尖木桩上，唯一的支撑就是那个小立足点。这是他听说过的一种审讯方式，虽然从来没有实施的必要。把犯人反剪双臂吊在横梁上，让他身体悬空，只有这小小一英寸的支撑之处。只要他一动，或者你推开他的脚，他全身的重量就会系于手臂，肩膀就会脱臼。程序中的这个环节应该没有必要。你不想让他残废；只想让他待在那儿，保持平衡，直到他供出令你满意的答案。

“反正我们吃过早餐了，”他说，“金斯顿总管是个老糊涂，我们还以为面包会发霉呢。”

“这对他是个新鲜事，”怀亚特说，“英格兰王后被砍头，连带还有她的五位情人。这种差事并非每周都有。”

他在摇晃，在尖木桩上摇晃：很快他就会脚下一滑，失声惊叫。“看来完事了，我猜，否则你们不会来我这儿。”

理查德穿过房间。他站在低着头的怀亚特身旁，俯视着他的后颈。他摩挲着他的肩膀，友好而坚定，就像一个人对他的爱犬一般。怀亚特双手捧着脸，一动不动。理查德抬起目光：您来告诉他吗，先生？

他朝外甥点点头：你来。

理查德说：“她死得很勇敢。说的话简明扼要，请求宽恕，赞颂国王的仁慈，没有为自己开脱。”

怀亚特抬起头，神情茫然。“她没有责怪任何人？”

“她没有资格责怪。”理查德温和地说。

“但你知道安妮的个性。而且她在这里关了那么久，有时间思考和盘算。她肯定想到，”他的蓝眼睛瞥向一旁，“现在我身陷囹圄，但我的罪证何在？她肯定为那五个出去受死的人祈祷过，她肯定想过，怀亚特为何不在其中？”

他说：“她肯定不会想看到你的头颅抛在大街上吧？我知道你们之间已经恩断情绝，我知道她为人特别恶毒，但她已经毁了那么多人，肯定不会希望再加一个吧？”

“我没有这么想，”怀亚特说，“她可能认为这样才公正。”

他希望理查德弯下身去，用手紧紧捂住怀亚特的嘴。

“汤姆·怀亚特，”他说，“咱们把话说透吧。你可能认为忏悔会减轻你的心理包袱，如果你是这么想的，那就找一位神父，把要说的话说出来，得到赦免，然后付点钱让他守口如瓶。但看在上帝的分上，不要向我忏悔。”接着，他又温和地补充道，“你好不容易走到这一步。难关你已经过了。该说话的时候也已经说了。现在别再说了。”

“你不能任性，”理查德说，“否则会给我们惹事。我舅舅是提着脑袋在帮你。国王对你高度怀疑，除了我舅舅，没有人能打消他的疑心，因为国王不会听，而是会把你和其他人一起处死。再说……”他抬起视线。“先生，我可以告诉他吗？法庭不需要你给我们提供的证据。你的名字没有出现。夫人的哥哥亲口判了自己的罪，他当着全法庭的面嘲笑国王，说亨利虽然自称勇猛，在跟女人行事方面却毫无技巧和品味。”

“是的，”看着怀亚特难以置信的面孔，他说，“乔治·博林就是这样一个蠢货，而我不得不对付他多年。”

理查德说：“乔治的妻子也提供了不利于他的书面证词，证明她曾看到他把舌头伸进他妹妹的口里吻她。还描述了他们兄妹俩紧闭房门长时间共处一室。”

怀亚特已经把凳子从桌旁挪开。他抬头面向太阳，阳光冲散了他的所有表情。

“安妮的女侍也提供了不利于她的证词，”理查德说，“黑夜里人来人往，络绎不绝。所以，不用你帮忙也足够了。在这两年多的时间里，她们亲眼目睹了她的勾当。”

哦，老天，他想，我们到此为止吧。他从大衣里掏出一沓折起来的纸扔在桌上。“这是你的证词。你是想自己毁掉，还是我来帮你？”

“我来吧。”怀亚特说。

他想，怀亚特不相信我，即使现在还是不信。天知道，我没有骗过他。过去的一周里，为了保住怀亚特的性命，他殚精竭虑。他向国王提供的是怀亚特对被指控的王后的了解。至于这种了解是否涉及肉体，他从没问过怀亚特，也永远不会去问。他向国王保证不是，尽管没有多说。如果他误导了亨利，还是不知道的好。他对怀亚特说："我告诉过你父亲我会关照你。我做到了。"

"感激不尽。"怀亚特说。

外面，红鸢在伦敦塔城墙的上空飞翔。国王没有选择将安妮情人的头颅挂在伦敦桥上示众；万一决定携新婚妻子出行，他希望保持首都的洁净。所以，红鸢的猎物已被剥夺。他对理查德说，正因如此，它们无疑都渴望得到汤姆·怀亚特。

理查德说："瞧这情形。汤姆·怀亚特，一个非常正派的人。连狱卒们都喜欢他。他的便壶都钦佩他，因为他屈尊使用它。"

"马丁刚才委婉地打探他后面会怎么样。"

"是啊，"理查德说，"在变得对他难舍难分之前。会怎么样呢？"

"他暂时待在这里很安全。"

"不再抓人了吗？他是最后一个？"

"是的，我想是这样。"

"那事情结束了？"

"结束？哦，没有。"

托马斯·克伦威尔现年五十岁。眼睛还是那样小而敏锐，身体还是那样粗短和泰然自若，日程安排也没有变。不管是在法院路的案卷司长官邸，还是在奥斯丁弗莱的城中别墅，不管是陪着国王在白厅，还是亨利碰巧所在的其他地方，他每次醒来都觉得自由自在。他五点起床，然后祷告、沐浴、早餐。到了六点，他就在接访，他的外甥理查德·克伦威尔站在他身旁。国务大臣的专船载着他四处奔忙，去格林威治、汉普顿宫以及伦敦塔的铸币厂和军械库。尽管他仍然是平民身份，但大多数人都会认为他是英格兰的二号人物。他是国王宗教事务的代理人。他有权调查任何政府部门或王室内府。他脑子里装着英格兰的法律、《先知书》的诗歌和经文、国王的一卷卷账簿以及英格兰所有重要人物的宗谱、地产和收入。他以记忆力强而闻名，国王喜欢考验他，向他询问一些发生在二十年前的小争端的细节。他有时带着一枝干迷迭香或芸香，并在手掌上碾碎，仿佛吸入香气能有所帮助。但所有人都知道这只是装装样子。他唯一记不住的是他根本不了解的事情。

他的主要职责（目前而言似乎）就是帮国王物色新妻和摆脱旧妻。他的日子漫长而辛苦，经常要起草法律和安抚大使。夏天的傍晚，他借着烛光继续工作，而冬天的黄昏，三点半天就黑了，他也照样如此。甚至夜晚的时间也不由他支配。他往往睡在靠近国王的一个房间里，亨利会在半夜叫醒他，询问有关国库收入的问题，或者说起自己所做的梦，问它们是什么意思。

有时他觉得自己也想再婚，因为他失去伊丽莎白和两个女儿已经七年。但没有哪个女人愿意忍受这种生活。

他回到家时，年轻的雷夫·赛德勒正在等他。看到主人后，他脱下帽子。“先生？”

“完事了。”他说。

雷夫望着他的脸，等待着。

“什么也没说。以祈祷告终。国王呢？”

“我们几乎见不到他。他在卧室与祈祷室之间踱步，与牧师交谈。”雷夫如今在国王的寝宫侍候，是他的联络员。“我想我该过来一下，没准您有信要捎给他。”

他指的是口信。最好不要变成白纸黑字的东西。他思考着。对一个刚刚杀掉妻子的男人，你说些什么？“没有信。回家看你妻子去吧。”

“知道夫人已经解脱痛苦，海伦会很高兴。”

他很惊讶。“她不会是同情她吧？”

雷夫显得不安。“她认为安妮是福音的保护者，您也知道，我妻子很信仰这些。”

“哦，是的，没错，”他说，“但我可以更好地保护它。”

“而且，我想，对女人而言，如果她们当中有一个人发生了什么事情，其他人都会感同身受。她们比我们更有同情心，如果不是这样，世界就会太残酷了。”

“安妮可没有同情心，”他说，“你没有告诉海伦她是如何威胁要砍我的头吗？而且我们已经了解，她还在设计谋害国王的性命。”

“是的，先生，”雷夫说，好像是为了附和他，“法庭上是这么说的，对吧？但海伦会问——请原谅，但女人这样问也很自然——安妮·博林的小女儿会怎么样？国王会不认她吗？他无法确定自己是她的父亲，但也无法确定不是啊。”

“这没关系，”他说，“即使伊丽莎白是亨利的孩子，也仍然是私生女。正如我们现在所知，他与安妮的婚姻根本无效。”

雷夫挠了挠头顶，一撮红发竖了起来。“既然他与凯瑟琳的婚姻也同样无效，那么，他这辈子还从未结过婚。当了两次新郎，却从来不是丈夫——以前有哪位国王经历过这种事情吗？哪怕是在《旧约》中？但愿西摩夫人好好努力，给他生个儿子。我们似乎无法保有继承人。国王与凯瑟琳的女儿是私生的。跟安妮的女儿也是私生的。这就只剩下他儿子里奇蒙，他当然一直都是私生的。”他捏了捏帽子。“我走了。”

他大步离开，门都没有带上，从楼梯上喊道：“明天见，先生。”

他站起身，关上门；他手扶着木门，一时未动。雷夫在他家里长大，他想念雷夫经常出现的身影。如今雷夫有了自己的房屋，里面住着他年轻的家庭，他在宫里还有新的职责。帮雷夫立业令他很开心。雷夫跟他很亲，就像对父亲一样，他恭敬，顽强，体贴，而且——关键的是——受到国王的赏识和信任。

他回到桌子旁。现在才是五月，他想，已经死了两任英格兰王后。他的面前有一封皇帝大使尤斯塔西·查普伊斯的信；不过尤斯塔西这封信不是写给他的，里面的信息肯定也已过时。大使用了一种新密码。但应该不难看出他在说些什么。把国王的小妾已经死到临头的消息告诉查理皇帝，他肯定很高兴。

他浏览了一下，找出了几个专有名词，包括他自己的名字，然后就转而处理其他的事情。他想，这封信就留给赖奥斯利先生吧，他是密码高手。

* * *

晚祷的钟声在全城响起时，他听到赖奥斯利先生在楼下与格利高里说笑。“上来吧，简称①，”他喊道，于是那个年轻人两步并做一步跨上楼梯，走进房间，手里还拿着一封信。“来自法兰西，先生，是加迪纳主教写来的。”他已经帮忙将它拆开。

简称赖斯利？这是个玩笑，事情要从汤姆·怀亚特还有一头浓密金发的时候说起，当时的凯瑟琳还是王后，托马斯·沃尔西掌管着英格兰，而他（托马斯·克伦威尔）晚上往往可以睡觉。有一天，简称突然来到奥斯丁弗莱，他是个身材细长的年轻人，像兔子一般活泼而紧张。看到他的斜纹紧身上衣、羽翎帽和腰间的镀金佩刀，我们哈哈大笑。他英俊能干，喜欢争辩，爱听好话。在剑桥时，他曾经师从史蒂芬·加迪纳，史蒂芬要教的东西很多；但主教缺乏耐心，而简称需要别人有耐心。他希望被倾听，希望讲话；像兔子一样，他似乎很警惕身后发生的事情，半知半猜的，总是很紧张。

“先生，加迪纳说法兰西宫廷在议论纷纷。有传言说已故王后有一百个情人。弗朗索瓦国王觉得很有趣。”

“当然了。”

“所以加迪纳问——作为英格兰大使，我该怎么跟他们说？”

“你可以给他回信。把他需要知道的都告诉他。”他沉吟了一下，“不，也许稍有保留。”

法兰西人的想象力很快就会弥补史蒂芬所缺乏的任何细节：已故王后干了什么，跟谁，多少次，以及哪种体位。他说：“禁欲主义者被这种事情刺激可不好。赖奥斯利先生，我们应该帮帮主教，使他免于犯罪。”

赖奥斯利与他相视一笑。加迪纳现在身居海外，信息来源有赖于简称。老师必须恭候学生的消息。赖奥斯利拥有印玺秘书之职。他有一份收入，有个漂亮的妻子，还深受国王宠信；此时此刻，他得到国务大臣的关注。“格利高里似乎很开心。”他说。

“格利高里很庆幸挨过了这一天。他从未亲眼见过这种事情。当然，我们大家都没见过。”

“我们可怜的君主，”简称说，“他的好脾气被肆意滥用了。从来没有

---

① 在《狼厅》中，赖奥斯利做自我介绍时，说完自己的名字后总是要加一句“简称赖斯利”，因而被冠以“简称”的绰号。

哪个男人忍受过阿拉贡公主和安妮·博林这样的两个女人。说话尖刻。心肠阴险。”他坐了下来，但只是坐在凳子边缘。“先生，宫里的人很焦虑。大家想知道事情是否已经结束。他们想知道怀亚特对您说了些什么，那些没有记录在案的内容。”

“他们当然想知道。”

“他们问还会不会抓更多的人。”

“这是个问题。”

赖奥斯利笑了。“您很擅长绕弯子。”

“哦，我不知道。”他觉得累了。国王得到安妮花了七年。她在位三年。受审用了三周。三次心跳就结束了。但话说回来，那既是她的心跳也是他的心跳。除了其他的一切，还得加上它们的努力。

“先生，”简称探身向前，“您应该对诺福克公爵出手。在国王那儿参他一本。趁着您让他居于下风，马上行动。不要错失良机。”

“我还以为公爵今天上午对我非常友好呢。想想看，我们正在处死他的外甥女啊。”

“托马斯·霍华德跟敌人说话时会像跟朋友一样友好。”

“没错。”与公爵分居的诺福克公爵夫人也常常这样评价，甚至说得更重。

简称说：“看到安妮和他的外甥乔治名誉扫地，你会以为他要悄悄跑回老家没脸见人呢。”

“诺福克舅舅不知道脸面这个词。”

“我已经听说他迫不及待地要让里奇蒙成为继承人。他盘算着，如果我女婿成为国王，而我女儿坐在他身旁的宝座上，那么全英格兰就在我霍华德的股掌之中。他说：‘既然亨利的三个孩子如今都是私生的，我们不如选择男性——里奇蒙好歹能骑马舞剑，比瘦小多病的玛丽小姐要强，也比那个年龄太小、仍然当众把自己尿湿的伊丽莎白要强。’”

他说：“里奇蒙无疑会成为一位优秀的国王。但我不喜欢这个霍华德‘股掌’的念头。”

赖奥斯利先生的目光停留在他身上。“玛丽小姐的朋友们做好了接她回宫的准备。等议会开会时，他们期望她被指定为继承人。他们在等您履行诺言。他们期望您让国王对她回心转意。”

“是吗？”他说，“你让我很吃惊。就算我有过承诺，也不是这样。”

简称显出紧张之色。“先生，那些古老家族与您联手，帮您除掉了博林家的人。他们可不是白干的。也不是为了让里奇蒙成为国王和让诺福克独揽大权。”

“看来我得选边站了？”他说，“按照你说的情况，他们似乎要互相争斗一番，而一方会获胜，要么是玛丽的朋友们，要么是诺福克。你不觉得无论谁赢了，都不会放过我吗？”

门开了，简称吓了一跳。进来的是理查德 · 克伦威尔。“你以为会是谁，简称？温彻斯特主教吗？”

想象一下加迪纳带着一股硫磺味从地上冒出来的样子：偶蹄①啪啪作响，弄得墨水横飞；想象一下他打开保险箱，圆瞪着冒火的眼睛翻看里面物品时那口水流到下巴的样子。“尼古拉斯 · 卡鲁的来信。”理查德说。

“我告诉过您，”简称说，“玛丽的人。已经出手了。”

“顺便说一下，”理查德说，“猫又跑出去了。”

他连忙跑到窗前，手里还拿着信：“在哪儿？”

简称跟到他身旁：“我们是在找什么？”

他拆开信。“在那儿！正往树上跑呢。”

他扫了一眼信的内容。尼古拉斯爵士请求开个会。

“那是一只猫吗？”赖奥斯利很惊奇，“那个有条纹的东西？”

“它是用一只箱子千里迢迢从大马士革运来的。我从一位意大利商人手中买了它，价钱会让你难以置信。它本该待在室内，否则会与伦敦的猫交配。我得为它物色一个有条纹的丈夫。”他打开窗户。“克里斯托弗！它在那棵树上！”

卡鲁建议的是一次王者聚会：有科特尼家族，由埃克塞特侯爵领头；还有波尔家族，蒙塔古勋爵将作为代表。他们是与王位最近的家族，是老爱德华国王及其兄弟们的后代。他们声称要为国王的女儿玛丽说话，要代表她的利益。如果他们自己不能像过去的金雀花王朝那样统治英格兰，就想借国王的女儿来统治。他们看重的是她的血统，是从她的西班牙母亲凯瑟琳那儿继承的血统。对那个可怜的小姑娘本身，他们并不怎么关心。他

① 传说中恶魔的标志。

想，我见到玛丽时，要告诉她这些。她的安全不在于此，不在于那些以过去的梦想为生的人。

卡鲁、科特尼家族和波尔家族的人全都是教皇党人。卡鲁是国王的老“战友”①，也是凯瑟琳王后的朋友——当时这两种身份可以相安无事。他自视为骑士精神的镜子，命运之神的宠儿。在卡鲁、波尔家族、科特尼家族及其支持者们看来，博林家的人是一个愚蠢的大错，一个已经被刽子手撤销的错误。他们无疑认为托马斯·克伦威尔也可以被撤销，重新变成昔日的小职员：会赚钱，但可有可无，是你登上通往荣耀之梯时踩在脚下的奴隶。

“简称说得对，”他对理查德说，“卡鲁对我是一副高高在上的腔调。”他举起那封信。“他们指望我一呼即到。”

赖奥斯利说：“他们指望您效劳。否则就会整垮您。”

在窗户下面，奥斯丁弗莱的所有年轻人——不管是厨师、职员还是从事其他各种工作的小工——都在团团转。他说：“我觉得我儿子完全昏了头。格利高里，”他朝下面喊道，“你不能用网捕猫。它已经看到你们了，快退开。”

“瞧克里斯托弗，他在摇树，”理查德说，“真是个小傻瓜。”

“您要注意，先生，”简称恳求道，“因为过去的一周里……”

“它总是逃走也很自然，”他对理查德说，“它厌倦了独身生活。想找一位王子。对了，简称，过去的一周怎么了？”

“人们一直在谈论红衣主教。他们说，看看这两年来，克伦威尔是如何对沃尔西的敌人报仇的。托马斯·莫尔死了。安妮王后也死了。看看他在世时那些轻视他的人——布莱里顿，诺里斯——尽管诺里斯不算最坏……”

他想，诺里斯对红衣主教大人很好——当着面很好。温文尔雅的诺里斯，惯于攫取和利用，伪君子一个。他说：“如果我想报复沃尔西的敌人，恐怕得除掉全国一半的人。”

“我只是将别人的话如实报告。”

“小迪克·帕瑟来了，”理查德说，并从窗口探出身去。“小子，抓住

---

① 据传尼古拉斯·卡鲁的妻子曾经是亨利八世的情妇。

它，别让它跑到黑暗中去了。”

“他们问，”赖奥斯利说，“谁是红衣主教的头号敌人？答案是，国王。因此，他们问，一旦有了机会，托马斯·克伦威尔会如何报复他的君主、他的国王呢？”

在楼下夜色渐深的花园里，抓猫的人举起手臂，仿佛在祈求月亮的帮助。在树的高处，猫的柔和身影只有老练的目光才能看到：它四肢悬空，与置身的树枝完全融为一体。他想起马林斯派克，红衣主教的猫。当它还是个小不点儿、可以装在口袋里时，他把它带到了奥斯丁弗莱。但马林斯派克成年后，就逃走闯荡去了。

他想：我已经超越了这一切，超越了这一天，这昏暗的天色，这些罗网。我是那只大马士革的猫。我千里迢迢来到这儿，置身这高高的树枝上，不管他们做什么，都不会打扰到我，也不会让我担心。

但赖奥斯利的问题渗入他的耳朵，在他心里留下一股惊恐的凉意，犹如冷水流入地下室一般。他感到愕然：首先，居然能提出这种问题。其次，是因为提问的人。再次，他不知道答案。

理查德转身面向室内：“先生，克里斯托弗在下面说些什么？”

他做了翻译——那孩子的俚语不容易懂。“克里斯托弗发誓说，在法兰西，他们总是用网捕猫，所有的孩子都能做到，如果我们好好看他，他会乐意给我们演示。”他对赖奥斯利说：“你刚才这个问题——”

“别往心里去——”

“是加迪纳提出来的吗？”

理查德说：“因为除了那该死操蛋的温彻斯特主教，还有谁会提出这种问题？”

简称说：“我只是转告温彻斯特的话而已。我既不为他说话，也不代表他。”

“很好，”理查德说，“否则我就得拧下你的脑袋，把它扔到树上的猫那儿去。”

“理查德，相信我，”赖奥斯利说，“我如果是主教的同党，就会随他出使海外，而不是跟你们一起在这儿。”他眼含泪水。“我只是想对国务大臣的意图有所了解。但你们只关心猫，还想吓唬我。你们让我在荆棘中穿行。”

“我看到伤口了，”他温和地说，“你给史蒂芬·加迪纳写信时，告诉他，我会看看能帮他分到多少战利品。乔治·博林此前从温彻斯特的收入中每年获得两百镑的津贴。首先，这笔钱他可以收回去。”

他想，这不会平息主教的怨气。这只是对一个失望者的友好表示。史蒂芬原本希望安妮·博林倒台时把我也牵连进去。

“你谈到红衣主教的敌人，”理查德说，“现在我会把加迪纳主教算在其中。但他并未受到伤害，对吧？”

“他认为自己受到了伤害，”赖奥斯利说，“他毕竟曾经是红衣主教的心腹，直到克伦威尔大人把他挤到一边。他曾经是国王的国务大臣，直到克伦威尔大人让他突然丢掉职位。国王把他派到海外，而他知道这是克伦威尔大人设的计。”

没错。全都没错。加迪纳知道如何使坏，哪怕远在法兰西。他知道如何敲山震虎。他说：“凡是认为我对我的君主耿耿于怀的念头，都是主教病态的大脑臆想出来的。除了国王赏赐给我的一切，我还有什么？如果不是国王造就了我，我又会是什么？我对他绝无二心。”

赖奥斯利说：“但我要不要给尼古拉斯·卡鲁捎个信？您会见见他吗？我想您应该见。”

“安抚他吗？”理查德说，“不要。”他关上窗户。“我打赌帕瑟能抓住它。”

“我的赌注押在猫身上。”他想象着它下面的世界：透过它亮晶晶的大眼睛，只见那些焦急的人像挥舞绸带似的挥舞着手臂，在黑暗中呼求。也许它以为他们在向它祈祷。也许它以为自己爬上了星空。也许它周围的黑暗在那星星点点的光芒中散去，而屋顶和山墙则犹如水中的倒影；当它细看那张网时，却并没有网，而只有网眼。

“我想我们该喝一杯，”他对赖奥斯利说，“我们很快就会点灯。稍后还会生火。克里斯托弗从花园回来后，让他进来。他会向我们演示法国人如何生火。也许我们会把卡鲁的信烧掉，赖奥斯利先生，你觉得如何？”

“我觉得如何？”他惊叫起来，几乎像加迪纳的咆哮，“我想，诺福克反对您，主教反对您，现在您还要得罪这些古老家族。上帝保佑您，先生。您是我的主人。我为您效力，为您祈祷。但看在老天的分上！您以为这些人之所以整垮博林家，只是为了让您独揽大权吗？”

“是的，”理查德说，“我们正是这样想的。也许并非他们的本意。但我们旨在造成这种效果。”

理查德伸手给他递来酒杯，那只手是多么稳。他自己接过酒杯的手是多么稳。“这酒是李尔勋爵从加来送来的。”他说。

“祝我们的敌人困惑，”理查德说，“祝我们的朋友好运。”

赖奥斯利说：“希望你能分清敌友。”

“简称，暖一暖你那可怜而颤抖的心吧。”他朝窗户瞥了一眼，看到自己模模糊糊的轮廓。“你可以给加迪纳写信，跟他说他马上有进项了。然后我们还有密码要破译。”

有人举着一个火把进了下面的花园。窗玻璃上闪烁着昏暗的光。他在玻璃中的影子举起一只手；他朝它点点头。“为我的健康干杯。”

那天晚上，他梦见了版画中的安妮·博林之死。第一幅是他站在那儿，看着她戴着粗笨的山墙形头饰走上断头台。第二幅是她头戴白帽跪着，法国人举起了剑。最后一幅是她被砍下的头颅，裹在亚麻布里，血液将她的形象染在织物上。

那块布抖开时，他醒了。如果说她的脸庞印在上面，他也太过恍惚而没有看到。这是1536年5月20日。

2. 救援

伦敦，1536年夏

“我的橙色大衣在哪儿？”他说，“我有过一件橙色大衣的。”

“我没见过，”仆人克里斯托弗说。他的语气带着怀疑，仿佛在谈论一颗彗星。

“我把它收起来了。那是在我把你带到这儿之前。当时你还在海那边，在加来的一个粪堆前玩耍。”

“你嘲笑我。”克里斯托弗不高兴了，“但那只猫是我抓住的。”

“才不是你！”格利高里说，“抓住猫的是迪克·帕瑟。克里斯托弗只是傻站在那儿，发出打猎的叫声。现在还想抢功！”

他的外甥理查德说：“红衣主教失势时，您把那件大衣收起来了。您没有心情穿它。”

“是的，但现在我感到很开心。我可不要在新郎面前显得像个哀悼者。”

“是吗？”克里斯托弗说，“有这样的国王，人们需要一件双面服。是哀悼还是跳舞？谁也不知道。”

“你的英语有进步，克里斯托弗。”

“你的法语还在原地踏步。”

“对一名老兵，你能指望什么？我不可能写诗。”

“但你很会骂人，”克里斯托弗鼓励地说，“也许是我听过的最棒的。比我父亲还棒，你也知道，他曾是一名大盗，令当地人闻风丧胆。”

“你父亲会认出你吗？”理查德·克伦威尔问，“我是说，如果他现在看到你？你成了半个英国人，还穿着我舅舅府里的制服？”

克里斯托弗噘起嘴巴。“他现在多半被绞死了。”

“你不在乎吗？”

“我唾弃他。”

“没必要这样，”他安慰道，“大衣呢，克里斯托弗？去找一找？”

格利高里说：“我们大家最后一次出去时，跟随……”

理查德说：“不要。别说出来。连想都不要去想前一任。”

“我知道，”格利高里好脾气地说，“从我刚上学时起，老师们就给我灌输这一点。不要在婚礼上谈论砍下的头颅。”

国王的婚礼其实是在昨天——有个私密的小型仪式；今天他们是一个忠诚的代表团，准备去祝贺新王后。他工作时穿的衣服都是意大利人称为*berettino*的深沉而华贵的色调，如圣塞西莉亚节前后的树叶的灰褐色，或基督降临节烛光的灰蓝色。①但今天需要额外花点心思，当克里斯托弗正在帮他穿上节日盛装并对它赞不绝口时，简称赖奥斯利匆匆进来，口里问：

---

① 圣塞西莉亚节和基督降临节均为基督教的节日，时间为深秋和初冬时节，前者是11月22日，后者是自圣诞节前四个星期的星期日起至圣诞节为止的一段时期。

“我没迟到吧？”接着，他退后一步，说：“先生，您穿这件吗？”

“当然！”克里斯托弗不高兴地说，“不需要你的意见。”

“只是红衣主教的人以前都穿橙黄色，所以如果让国王想起……他可能不愿想起……”简称吞吞吐吐。昨晚的谈话犹如他衣服上的一个擦洗不掉的污点。他顺从地说：“当然，国王也可能喜欢。”

“他如果不喜欢，就可以告诉我把它脱下来。留心别让他对你的脑袋这样。”

简称瑟缩了一下。尽管是红头发，他还是很敏感，走到太阳底下时有些畏缩。“简称，”格利高里说，“你有没有看到迪克·帕瑟爬到树上抓住了猫？父亲，他能涨点薪水吗？”

克里斯托弗嘀咕了一句什么。听起来像是：异教徒。

“什么？”他说。

“迪克·帕瑟，异教徒，”克里斯托弗说，“相信圣体只是面包。”

“但我们也是啊！”格利高里说。“当然，或者……等等……”他脸上显出怀疑之色。

“格利高里，”理查德说，“我们对你的希望是少谈神学多吹牛。准备好去见国王的新兄弟吧——西摩家今天会春风得意。如果简给国王生个儿子，内德①和汤姆就会成为大人物了。不过记住，我们也一样。”

因为这是英格兰，一个快乐的国家，一片神奇的土地，在这里，脚下的石头是金块，溪中流的是美酒。博林家的白色猎鹰犹如一只可怜的麻雀挂在篱笆上，而西摩家的凤凰正展翅起飞。古老血统的上流人士、林务官员、狼厅的主人、国王的新亲戚，现在与霍华德、塔尔波特、珀西和科特尼等家族的人平起平坐。克伦威尔家的人——父亲、儿子和外甥——也拥有古老的血统。我们不是都孕育于伊甸园吗？亚当夏娃男耕女织/当时哪有什么绅士？本周克伦威尔家的人外出时，英格兰的绅士们都为他们让路。

国王身穿绿丝绒，犹如缀着闪亮钻石的青翠草坪。他离开他的老朋友、财务大臣威廉·费兹威廉，挽起国务大臣的手臂，把他拉到一处窗口，站在阳光下眨着眼睛。这是五月的最后一天。

---

① 爱德华的昵称。

好了，新婚之夜——该如何开口询问？新娘完全白璧无瑕，就算她钻进床底，整晚一动不动地躺在那儿祈祷，他也不会惊讶。而亨利呢，正如好几个女人曾经告诉他的那样，非常需要鼓励。

国王低声说："多么冰清玉洁。多么纤弱娇美。如少女般的*pudeur*①。"

"我为陛下感到高兴。"他想，是啊，是啊，但你成事了吗？

"只是一夜之间，我就从地狱进了天堂。"

这就是他所需要的答案。

国王说："我们都知道，整件事情一直很棘手，很微妙……而你呢，托马斯，表现得既果断又坚定。"他环视房间。"这些先生——可以说还有女士——都提示我：陛下，克伦威尔大人是不是该得到他的甜点了？你知道，我一直犹豫要不要提拔你，只是因为下议院需要你掌控局面。不过，"他笑了，"上议院同样不好驾驭，需要一位能人。所以，你要去上议院。"

他鞠了一躬。小彩虹在石墙上跳跃起舞。

"王后跟她的女侍们在一起，"亨利说，"她在鼓起勇气。我已经要她在宫廷亮相。去她那儿吧，安慰她几句。如果可以的话，带她出来。"

他转过身，与查普伊斯大使迎面相遇。他是皇帝的一位讲法语的子民，不是西班牙人，而是萨瓦人。虽已旅英多年，还是不敢用我们的语言交谈——对于大使需要进行的那种谈话而言，他的技能还不够娴熟。他敏锐的耳朵捕捉到了 *pudeur* 一词，便笑着问："嗯，国务大臣，是谁感到羞愧啊？"

"不是羞愧。是羞怯。新娘感到羞怯，这是情理之中。"

"哦。我还以为可能是你的国王感到羞愧。考虑到近来发生的一些事情。还有法庭上传出的消息，说他对前王后既缺乏技巧又精力不足。"

"那只是乔治·博林一人之言。"

"嗯，如果那位夫人与乔治上床，就像你们指控的那样——与她的亲哥哥上床——就不难想象会有枕边风，而她抱怨丈夫的无能不就是再自然不过吗？但我也明白，如今罗奇福德勋爵的脑袋掉了，无法为自己的说辞

① 法语词，有"羞怯""羞愧"之意。

辩护。”大使眼睛发亮，嘴唇抽搐了一下，但他控制住自己。“因此，国王新郎如愿以偿。他以为在昨晚之前简小姐一直是处女之身吗？但他当然无法辨别。他曾经以为安妮·博林是处女，相信我，这一点全欧洲的人都难以置信。”

大使说得对。在处女膜的问题上，忽悠亨利比吹玩具哨笛还容易。

“我猜想，对简夫人他会满意一两个月，”查普伊斯说，“直到他的目光瞥见另外哪位女士。然后就会发现简误导了他——她根本不能随便嫁人，因为她与另一个男人有过订婚合同什么的。对吧？”

尤斯塔西在套他的话。他知道安妮·博林掉了脑袋，但是想知道她的婚姻得到解除的理由。因为必须解除：死亡不足以取消她的孩子伊丽莎①的继承权，必须表明这桩婚姻从一开始就有问题，所以根本算不上婚姻。国王的牧师们是如何为他做到这一步的？他（托马斯·克伦威尔）不打算透露。他只是点点头，穿过拥挤的人群，一边走一边变换着语言。新王后只说母语，甚至连母语都说得有限。她哥哥爱德华法语说得很流利。而小哥哥汤姆·西摩——他不知道他说的什么，只知道他从不倾听。

简周围的女人都衣着华丽，在上午十点左右的炎热中，薰衣草的芳香像一阵阵笑声在空中飘荡。遗憾的是，防腐药草对英格兰古老家族的贵妇们帮不上任何忙，她们现在站在自己的战利品周围，犹如穿着绸缎的哨兵。博林家的女人失去了踪影：可怜的玛丽·谢尔顿，曾以为亨利·诺里斯会娶她；还有乔治的寡妇、警惕心强的简·罗奇福德。房间里满是自凯瑟琳王后在位以来不曾在宫中出现过的面孔，而简则苍白得可怜，并且像往常一样沉默，在她们中间就像一个小面人。亨利出手阔绰，把已故女人的上好珠宝都给了她，她的裙子匆忙地缝上了金饰、心形饰品和同心结。当她起身迎接他时，一个饰结掉了下来，她弯下腰，但有位女侍动作更快。简低声说：“感谢你的好意，小姐。”

她神色惶恐，无法相信玛格丽特·道格拉斯——国王的外甥女，苏格兰王后的女儿——会在这里帮她捡东西。梅格②·道格拉斯是个漂亮的姑娘，现年十九或二十岁。她站起身，红发一闪，又退回原位。她的头饰是

① 伊丽莎白的昵称。
② 玛格丽特的昵称。

博林喜欢的法式风格，但大多数女侍都恢复到遮住头发的旧款。梅格的旁边是她最好的朋友玛丽·菲浓罗伊，小里奇蒙的妻子，而她丈夫呢，估计来祝贺自己的父亲新婚后又离开了。她是一位非常瘦小的妻子，不到十七岁，笨重的山墙形头饰使她显得头皮紧绷，小心翼翼，而她的眼睛在左顾右盼。她看到了他，用胳膊肘碰了碰梅格，然后垂下眼帘，小声说："克伦威尔。"

两个年轻女人马上移开视线，仿佛要让他消失。安妮的女侍们当初刚知道王后已经失势，就把那些流言蜚语全盘告诉了他，现在她们不愿承认这一点。她们不愿承认自己说得多快，以及提供了哪些不利于她的证据。她们说，克伦威尔设了圈套。他把话塞进你嘴里。他摆出一副那么温和的态度，让你言不由衷。

他还没有走到新王后面前，她的家人——她母亲玛乔莉夫人，还有两个兄弟——就昂然而入。爱德华·西摩是一副乐而不露的样子。汤姆·西摩则显得张扬，其着装之奢华连乔治·博林都可能觉得过分。玛乔莉夫人目光如刀，落在那些老贵妇身上。她们没有谁像她这么风韵犹存，也没有谁的女儿当上王后。她直着背，向女儿行了一个深深的屈膝礼，然后站起身，膝关节的咔嗒声清晰可闻。诗人斯凯尔顿曾经把她比成一朵报春花。但如今她已年届六旬。

简苍白的眼神掠过她的家人。然后，她扭转头，将视线停留在他的身上。"国务大臣，"她说，然后顿了很久——王后在克制自己的羞怯。最后她低声说："你想……吻我的手吗？或者……其他……类似的事情？"

他单膝跪地，发现自己的嘴唇在触碰一枚绿宝石戒指，他在已故的安妮的瘦手上亲吻过这枚戒指。简伸出另一只手，用短小的手指抚了抚他的肩膀，似乎在说，唉，这对我们俩都不容易，但我们好歹会熬过这个上午。

"你姐姐没有来吗？"他问简。

"贝丝正在路上。"玛乔莉夫人说。

简说："只是这一切太突然了。贝丝从未想到我会这么快结婚。她还在为她丈夫服丧呢。"

"我想她应该换掉丧服。我来帮忙安排她的服装吧。我认识意大利的制衣商。"

玛乔莉夫人严厉地打量了他一番。接着她转过身，朝贵妇们挥挥手，让她们退开。那些出身高贵的女士们跟她对视片刻。她们像感到痛苦似的倒吸一口气，然后拎起裙摆，后退几步。她们明白必须让新娘的直系亲属围在她身边，提出那些在婚后第一天必须提出的尴尬问题。

“怎么样，妹妹？”汤姆 · 西摩说。

“小声点，汤姆。”爱德华哥哥说。他回头瞥了一眼；他（克伦威尔）就像一堵不可穿越的墙，站在他们家和所有其他人之间。

“嗯。”新王后说。

她母亲说：“我们只需要一句确定的话，关于你今天早上感觉如何。”

简思考着。她久久地看着自己的鞋子。汤姆 · 西摩很焦躁。你几乎觉得他会掐他妹妹一把，就像他们还在儿童室时一样。简吸了一口气。“说呀！”汤姆催促道。

简低声说：“二位哥哥，母亲……克伦威尔大人……我只能说，我觉得自己对国王向我提的要求毫无准备。”

兄弟俩盯着玛乔莉夫人。这姑娘肯定知道男女结合是怎么回事吧？再者，她也不是小姑娘了，对吧？

“当然，”玛乔莉夫人说，“你已经二十七岁了，简。我是说，殿下。”

“嗯，是的。”简承认道。

“国王没必要像哄十三岁的小姑娘那样哄你，”她母亲说，“如果他表现得急切，那么，男人就是如此。”

“你会慢慢习惯的，”汤姆鼓励她，“你知道，任何事情都要付出代价。”

简可怜兮兮地点点头。

“我肯定国王没有对你不好。”玛乔莉夫人坚定地说。

“是的，没有不好，”简说。她抬起目光。“但让我为难的是，他要我做一些非常奇怪的事情。我从没想过当妻子的得做那些事情。”

他们面面相觑。简的嘴唇动了动，似乎想在壮着胆子开口之前先试试那些话。“但是我想……嗯，我不知道……我想，有些事情男人就是喜欢。”

爱德华显得一筹莫展。汤姆恳求道：“国务大臣？”

他该如何介入？他对国王的口味负责吗？

玛乔莉夫人绷着脸。“是令人不快的事情吗，简？”

“我想是的，”王后说，“不过，在这方面我当然没有经验。”

汤姆简直要急疯。他说：“我的建议是，依着他，妹妹。”

“关键是，”爱德华说，“这个……怎么说呢，他的希望，要求……跟怀孩子有关吗？”

“我不这么想。”简说。

“你得跟他谈谈，”爱德华说，“克伦威尔，你得提醒他像一位基督徒那样行事。”

他捧住简的双手。这是冒昧之举，但他别无他法。“殿下，别害羞，告诉我国王要求你干什么。”

简抽回双手。她扭转苍白的小身子，将两位哥哥轻轻推开，步履不稳地朝她的国王、她的宫廷、她的未来走去。她一边走，一边小声说：“他要我陪他去多佛视察防御工事。”

简满脸严肃地一步步走过大厅。所有的目光都追随着她。有人低声说，她显得很骄傲。你如果对她一无所知，可能也会这么想。亨利伸出双臂，像迎接一个蹒跚学步的孩子一般，而接到她后，便紧贴着她的嘴吻了她。他的口形问了一个问题，她轻声回答，他低头去听，满脸关切和自豪。查普伊斯置身于那群年老的贵妇和她们的男眷之中。他离开他们，犹如他们的特使——犹如他们派至克伦威尔这儿的特使——说：“她似乎把所有的珠宝都戴在身上，宛如佛罗伦萨的新娘。不过，对一个相貌平平的女人来说，她看上去很不错。而另外那位呢，则越打扮反而越难看。”

“后来一段时间。也许是的。”

他记得红衣主教还在世时，安妮不需要任何装饰品，只有一双眼睛顾盼生辉。最后的几个月里，她日渐憔悴，脸庞消瘦。当她下船上塔时，曾经从他的控制中滑脱，倒在他脚旁的卵石路上。他搀起她，她的身体轻飘飘的，仿佛他搀扶的是空气。

“那么，”查普伊斯说，“趁着你的国王心情这么愉快，敦促他指定玛丽公主为继承人吧。”

“他的新婚妻子当然会很快给他生儿子。”

查普伊斯鞠了一躬。

“敦促你的主人跟教皇谈谈，”他对大使说，“我的主人头上还有一纸绝罚令①。没有哪个国王可以忍受这样，在自己的王国受到威胁。”

“全欧洲都很想从中调停。让国王以忏悔的姿态去跟罗马接触，并废除将贵国与普世教会分离的法律。只要做到这一点，圣座就会乐意欢迎他迷途的羔羊，并接受英格兰补交的岁贡。”

“我猜想，还要加上这几年的利息吧？”

“我想，根据银行业的一般规定就行。另外——”

“还有别的？”

“亨利国王应该召回他派往路德派王公们那儿的代表。我们知道你们在举行会谈。我们希望你们停止会谈。”

他点点头。总而言之，查普伊斯在要求他毁掉为期四年的心血。让英格兰回归罗马。承认亨利的第一次婚姻有效，承认那段婚姻的女儿为他的继承人。停止与德意志公国的外交。抛弃福音，拥抱教皇，膜拜偶像。

“那么，”他问，“在这美好的新时期，我该怎么办？我是说，就我托马斯·克伦威尔个人而言？”

“返回铁匠铺？”

“我想我已经忘记铁匠手艺了。我将不得不像小时候那样去流浪。跨越大海，投身法兰西国王的麾下当一名步兵。你觉得他会乐意见到我吗？”

“那算是一条道，”查普伊斯说，“另一方面，你也可以留在原位，接受皇帝的一笔丰厚聘金。他知道让你的国家恢复原状并非易事。”大使朝他微微一笑，然后转过身，伸出双臂招呼道：“卡拉——茹！”

衣着奢华，宽阔的胸前绣有金饰纹章——除了尼古拉斯·卡鲁爵士，还能有谁？这位大人物抑扬顿挫地纠正大使的发音：“卡——鲁，”并等待大使跟着念。

查普伊斯表示抱歉。“我读不准，大人。”

卡鲁不会计较。他的注意力转到国务大臣身上。“我们应该见一面。”

---

① 教皇将当事人逐出教会的诏书，是教皇所能实施的最严厉、最沉重的惩罚。

“那将是我的荣幸，尼古拉斯爵士。”

“我们得安排人护送玛丽公主回宫。到我在贝丁顿的家里来见我。”

“你来见我。我很忙。”

尼古拉斯爵士很恼怒。“我的朋友们期望——”

“你可以把你的朋友们带上。”

尼古拉斯爵士一步步逼近他。“我们跟你达成了一项交易，克伦威尔。我们期望它兑现。”

他没有回答卡鲁，只是将他推开以免挡路。从卡鲁身边经过时，他抬手碰了碰胸口，看上去像是突感忧虑的手势。但其实并非如此，他并非此意。

他的孩子们马上围到他身边。

理查德问：“卡鲁想干什么？”

“兑现他的交易。”

赖奥斯利说得对，有过一桩交易。卡鲁的想法是：作为玛丽公主的朋友，我们帮你除掉安妮·博林，然后，如果你对我们低声下气并为我们效劳，我们就不会毁掉你。国务大臣的想法却不同。你们帮我除掉安妮，然后……就没有然后了。

理查德说：“你们知道国王跟卡鲁的妻子上过床吗？在卡鲁娶她之前，以及之后？”

“不会吧？！”格利高里说，“我是不是年龄太小，不宜知道这些？大家都知道吗？卡鲁知道他们都知道吗？”

理查德咧嘴一笑。“他知道我们都知道。”

这不只是八卦。这是权力，是来自宫廷内部经济部门、来自会计室的权力——在那里，各种债务都记录在册，见不得人的钱币都逐一称重。理查德说：“我自己也可能喜欢她，伊丽莎·卡鲁。如果不是已婚男……”

“我们别沾惹。”他说。

“您什么时候收手不干了？就在两周前，您跟伍斯特伯爵的妻子还独自关在一个房间里。”

搜集证据。

“她出来时还面带笑容。”理查德说。

因为我帮她还了债。

格利高里说："她大着肚子。大家都议论纷纷。"

"我们走吧，"理查德说，"趁着砍路①回来之前。免得我们会笑话他。"

但有人在喊他们的名字，是雷夫，从一个拐角快步走来。他是从国王那儿来的，他的表情——如果你能好好分析的话——既有敬畏，也有警惕，还有难以置信。"他要见您，先生。"

他点点头。"你们先回去吧。"接着他突然想起什么，"但是理查德——"

他的外甥转过身来。他低声说："密切注意威廉·费兹威廉爵士。看看在国王的枢密院里他是否会是我的盟友。他了解亨利的想法，对他最为了解。"

今年三月，是费兹威廉来告诉他，博林家的人多么遭人厌恨，而这种厌恨可以让其天敌们联手，使他们找到共同的利益。是费兹威廉暗示他，国王自己需要一种变化——作为从年轻时代就认识亨利的一位臣子，费兹威廉说这些话时平静而不容置疑。

理查德说："我想他对您会言听事行，先生。"

"弄清他的期望，"他说，"吊高他的胃口。"

"先生——"雷夫提醒道。

他挽起雷夫的胳膊。一群绅士转过脸，目送他们经过。雷夫回头看了看落在身后的那些人，他们仿佛排好了阵型，等待汉斯为他们画像：一个个穿着丝质紧身裤，留着白胡子，佩刀套在黑丝绒刀鞘里，手里捧着红丝绒封套的书。他们都是霍华德家的人，或者是他们的三亲六戚，其中之一是诺福克公爵同父异母的年轻弟弟，跟他同名——小托马斯·霍华德。不用担心将他们弄混。年轻者是宫里最蹩脚的诗人。年长者则一辈子从不写诗。

雷夫说："国王不像看起来那么乐观。昨天还相信的事情他今天就不确定了。他说，正义得到伸张了吗？他说并不怀疑安妮有罪，但其他人呢？先生，你还记得吧，我们当时好不容易让他签了逮捕令？我们站在他身

① 卡鲁的原名是 Carew，克伦威尔家的人给他取外号为 Carve-Away，故取谐音译为"砍路"。

边？现在他又开始怀疑了。他说：‘哈里①·诺里斯是我的老朋友，他怎么可能背叛我，跟我妻子胡来？还有马克，一名琴手，那样一个孩子，她可能跟他犯罪吗？’”

曾几何时，国王生活在宫里所有人的眼皮之下。他在大厅用膳，畅所欲言，在薄帘后方便，也在帘子后行男女之事。如今的统治者们则喜欢清静：穿着柔软便鞋的仆人护卫着他们，他们的深宫套房一片静寂。当大臣手拿帽子前往内室时，心里就会开启一段变得顺从、有无限耐心的过程。通常情况下，如果国王内心的安宁受到打扰，就会召来大主教。但此事不行。自从前王后被起诉之后，克兰默自己也不再有内心的安宁。

到了寝宫门口，他被引入室内。以前——也就是一个月前——国王的侍从们会警惕地拦住他。你会等待哈里·诺里斯无声无息地出来：很抱歉，国务大臣，陛下正在祈祷。他会祈祷多久，哈里？哦，我想是整个上午……诺里斯带着歉然而迷人的笑容退去，而在一扇正在关闭的房门后，他会听到那个小猴子弗朗西斯·韦斯顿的窃笑。

朝臣们问，说实在的，王后可能跟韦斯顿这样一只咧嘴傻笑的小狗上床吗？

除了耸耸肩，你还能如何？

国王双肘拄膝，无精打采地坐在那儿。在离开公众视线一小时后，他那发亮的绿丝绒已经变得黯淡。查尔斯·布兰顿陪侍在侧，像哨兵一样伫立在他身旁。

他躬身行礼：“陛下。”然后一边起身一边礼貌地小声说：“萨福克大人。”

公爵朝他戒备地点点头。亨利说：“克伦，你听说那个关于凯瑟琳坟墓的故事了吗？”

萨福克说：“所有酒馆和集市都传遍了。就在安妮人头落地的那一刻，凯瑟琳坟墓上的蜡烛亮了——未经任何人之手的触碰。”公爵似乎很想把它说准确，“你不必相信，克伦威尔。我就不信。”

亨利很烦躁。“当然不信。这是瞎编的。是从哪儿传出来的，克伦？”

---

① 亨利的昵称。

“多佛。”

“哦。”亨利原本没指望有答案，“她葬在彼得伯勒，多佛的人知道些什么？”

“一无所知，陛下。”

他准备不紧不慢地这样应付，直到亨利把布兰顿打发走。

“哦，”布兰顿说，“既然这个传闻始于多佛，就可以肯定是来自法兰西。”

“你诋毁法国人，”亨利说，“你可是拿了他们的钱，查尔斯。”

公爵一脸难堪。“但这事儿你知道。”

“当然，陛下，”他说，“萨福克大人还拿了皇帝的一点钱。所以保持着很好的平衡。”

“我知道这种安排，”亨利说，“天知道，查尔斯，如果我的顾问官们不拿一点聘金和津贴，我就得自己来支付，而克伦就得设法筹这笔钱了。”

“先生，”他说，“对托马斯·博林该如何处理？我觉得没必要去动他的伯爵爵位。”

“在受我提携之前，博林并不富有，”亨利说，“但他为国尽了一些力。”

“而且，他从心底里为他女儿和儿子的罪行感到惭愧，先生。”

亨利点点头。“很好。但前提是他不再使用‘阁下’那个愚蠢的头衔。而且要离我远远的。他应该回自己的老家，让我不用看到他。诺福克公爵也一样。我不想看到博林家或霍华德家或他们的三亲六戚的面孔。”

他指的是，除非法国人或皇帝突然想发动侵略，或者苏格兰人跨越边境来犯。如果爆发战争，你要找的就是霍华德家的人了。

“那博林还是威尔特郡伯爵，”他说，“但他作为掌玺大臣的职务——”

“你可以干，克伦。”

他躬身致谢。“如陛下恩准，我将继续担任国务大臣。”

史蒂芬·加迪纳曾经是国务大臣，直到——正如赖奥斯利先生所言——被取代。他不想让史蒂芬闯进国王的脑海，怀着被召回的希望而极尽谄媚之能事。要防止这一点，就只有自己主动承担所有的工作。

但亨利并没有听。在他面前的桌上，堆着包有红皮革和系着绿丝带的三本小书。在它们旁边，摆着他的胡桃木书写盒①，盒子开着——那是凯瑟琳时期的遗物，上面装饰有她名字的首字母和石榴徽章。亨利说：“我女儿玛丽写了一封信来。我不记得曾经允许她给我写信。你记得吗？”

“我想没有。”他很希望能把那封信从盒子里拿出来。

“她好像期待着将来成为我的继承人。她似乎不相信简会给我生一个儿子。”

“她会生的，先生。”

“说起来容易，但前一位承诺了却无法兑现。她说，我们的婚姻很纯洁，上帝会奖赏你。但昨晚在梦里——”

他想，哦，你也看到她了，脖子血淋淋的安妮·博林。

亨利说：“我做得对吗？”

对吗？这个问题分量太重，就像有只手放在他胳膊上一样制止他答话。我公正了吗？没有。我谨慎了吗？没有。我为国家做到了最佳吗？是的。

“事情过去了。”他说。

“但你怎么能说‘事情过去了’？就像没有罪孽、没有忏悔一样？”

“往前看吧，先生。这是上帝允许的一个方向。王后会给你生个儿子。你的国库在日益充实。你的法律受到遵守。你对罗马的虚假权威所采取的立场，全欧洲都看到了，并且很钦佩。”

“他们看到了，”亨利说，“但并不钦佩。”

的确。他们认为英格兰是唾手可得的果实。是筋疲力尽的猎物。是君王及其猎手们的战利品。“我们在建造城墙，”他说，“修筑堡垒。他们不敢轻举妄动。”

“如果教皇把我逐出教会，法兰西和皇帝就会名正言顺地来侵略我们。或者教皇会这样告诉他们。”

“他们不会为了名正言顺而开战，先生。想想看，他们经常说‘我们要讨伐土耳其人’，但从来没有付诸行动。”

① 当时的书写盒是一种小巧而便于携带的木盒，配备有一个平面或倾斜的书写板，以及用来存放纸张、墨水瓶、羽毛笔、封条和蜡等物品的空间，有些书写盒还有用来存放信件和明信片的小隔间，乃至用来存放重要文件和物品的带锁的秘密抽屉。

“那些征服英格兰的人会被赦罪。会是累累的罪行。”

“他们同时会再添新罪。”他站在亨利身旁——该提醒他流血的目的何在了。“我每天都在跟皇帝的人沟通。你知道他的主人已经准备结盟。安妮·博林活着时，他觉得跟你的纷争必须持续。但现在你已经消除了纷争的症结。当皇帝站在我们这边时，弗朗索瓦国王就不足惧了。”（尽管我也在跟他商谈，谈得很辛苦，他想。）“如果皇帝令我们失望，德意志王公之中还可以找到朋友。”

“异教徒，”查尔斯·布兰顿说，“接下来会怎样，克伦？跟魔鬼签约吗？”

他失去了耐心。“大人，那些德意志王公不是异教徒，他们跟我们的国王一样，带领各自领地的人民，拒绝将自己的身心交给罗马。”

亨利说：“萨福克大人，你离开我们行吗？”

查尔斯似乎很不服气。“随你吧。但记住我说的话，挺起胸膛，哈里。我妻子去年还给我生了个棒儿子，而我比你还年长呢。”

他大步离去。国王目送着他，带着几分不舍，仿佛公爵是要远行。“哈里。”他重复道。他的名字从自己口里念出来时很温柔。“萨福克忘形了。但在他眼里我会永远是个孩子。我无法让他相信我们彼此都不再年轻。”他不经意地伸出手，抚摸着那些书，抚摸着它们柔软的红色封面。“你知道简没有自己的书吗？只有一本镶着一颗宝石的腰带书①，而且没什么价值。我要把这些书送给她。”

“这会令她很开心，先生。”

“这是凯瑟琳的书。都是宗教性质的。简经常祈祷。”国王很不安，看上去好像祈祷是他最大的希望，“克伦，万一发生什么不测怎么办？我可能明天会死。我不能把王国留给两个女儿，她们一个任性好斗，有一半西班牙血统，另一个还很年幼——而且她们都不是婚内所生。我的下一位继承人将是苏格兰王后的女儿，但依我妹妹的个性，”他叹了口气，“我们也不能完全肯定梅格②是婚内所生。而且我问你，一个女人，身体纤弱，意

---

① 腰带书诞生和流行于中世纪的欧洲，书稿被装订在由柔软皮革制成的袋子中，收紧后可以卷进腰带随身携带，主要为神职人员和贵族所使用，一些贵族女性也将其视为奢华的服装佩饰。

② 玛格丽特·道格拉斯的昵称。

志薄弱，带着她这个性别的所有弱点，能治国吗？就算她有幸意志坚定，敏捷聪慧，有朝一日还是得结婚，带回一个外国人来分享她的宝座；要不就是提携一位臣子，那她又能信任谁呢？一位女性统治者，只是在积攒麻烦——你可以推迟个十年二十年，但麻烦早晚会来。只有一个办法，我们将不得不推出小里奇蒙作为我的继承人。所以我问你——议会对此会如何看？”

会反应激烈，他心里说。“我想他们会敦促陛下相信上帝，并尽最大努力从你的婚姻中得到一个儿子。在此期间，我们可以制定一个文件，让陛下可以随意指定继承人。你也不必说出这个人选，以免其恃宠而骄。”

亨利好像只是在似听非听，这意味着他在仔细倾听。“我派人对她的书进行了清理造册。”他指的是死去的安妮，“有些煽动性的东西，还有不少涉及异端邪说。她哥哥的书也一样。”

那些精美的法文书：乔治和安妮的名字并排出现，还有罗奇福德的黑色狮子和戴有冠冕的猎鹰；他的字体墨迹很深，这是我的书，乔治·罗奇福德。他等待着。国王在安抚自己的良心，他在让自己确信，博林兄妹及其朋友是上帝的敌人。他怀疑他们的书是否都会让他反感，或者也让亨利反感——如果他的思想更坚定的话。国王拿起一本红色的书，一边翻看，一边说出他真正关心的事情：“下议院会对我说，王位不是你可以随意处置的。”他呵呵一笑，“他们会要我明白自己的身份，克伦。”

“的确。”他笑了，“他们甚至可能叫你哈里。但我有办法对付他们，先生。”

“本次会议的议长是谁？”

“理查德·里奇。”

“我明白了，”亨利说，“你夜晚睡觉吗，克伦？”

此问并没有语中带刺，国王只是就事论事而已。“只不过，”亨利补充道，“掌玺大臣是重要职位，由于你是我在教会事务上的代理，而主教们很快就要召开大会，如果你继续担任国务大臣——对此我倒是很高兴——这会是从未有人承担过的繁重工作。可话说回来，你就像红衣主教，工作起来能以一当十。我常常纳闷你是从何而来。”

“帕特尼，陛下。”

“这个我知道。我的意思是，不知道你是由什么做成的。我猜是上帝的秘密吧。”亨利说，于是事情就这么定了。

查尔斯·布兰顿在警卫室等他。“你瞧，克伦，我知道你生我的气。就因为那个婊子被砍头时我没下跪。”

他抬起一只手，但你无法制止查尔斯，就像无法制止一头发起攻击的公牛。“别忘了她是怎么陷害我的！”公爵咆哮道，“她说我跟我的亲生女儿胡搞！”

在拥挤的大厅里，人们纷纷转过头来。他的思绪从查尔斯的子女身上掠过，不管是婚生还是非婚生子女。

“以为就像狼厅一样！”查尔斯吼道，接着又连忙补充说，“倒不是说我相信对老约翰爵士的那些诽谤之言。是安妮·博林说他跟自己的儿媳偷情。她这么说只是为了转移注意力，以免人们关注她与她哥哥之间的不伦之罪。”

“可能吧，大人，可你有没有想过她对你心怀不满？你告诉国王她跟汤姆·怀亚特有一腿。”

“哦，我说过这话——我也承认！当你的朋友被人戴绿帽子时，你能袖手旁观吗？哈里并不喜欢这个消息——他把我当狗一样踢了出去。好吧，他是国王，可以斩掉信使。”他放低声音，“但我永远——因为我是他的朋友——永远都会把他应该知道的事情告诉他，哪怕他为此要我的命。克伦，当他还是竞技场上的一名少年新手时，我扶他坐上马鞍。当他端着第一支长枪时，我让他稳住手脚，冲向一位骑士而不是彩绘的木头敌人——我看到他的手腕在手套里发抖，我只是说：‘勇敢点儿，武士！’①——你知道，这是我从法国人那儿学的。上过一两次课后，哈里就成了比武大会上最英勇的人。当时我可以帮他，因为我是一名经验丰富的战士——我比他年长，你知道，我现在还是如此。”公爵的神色明朗起来。“你们家小子格利高里，在比武场上表现不凡。很有出息，大出风头，不管是骑马还是使用武器都样样在行，非常能干，非常勇敢。你的外甥理查德，那家伙可真结实——也许有点粗野——我们都知道他入圈比较晚，

① 原文为法语。

但很有些潜力——不，我告诉你，他和格利高里，是那种一往无前的人——他们英勇无畏。这肯定是血液决定的。”公爵耸立在一旁，俯视着他。“你肯定很有血性，对吧？我想，出身于铁匠之家没什么大不了的，总比做一名呆头呆脑、咬着笔头的职员要强。血中有铁，而不是墨水。”

查尔斯的父亲死于博斯沃思，就在亨利·都铎的身旁。有人说他当时正举着都铎的旗帜，虽然真相难以从战场上去挖掘。如果他倒在那面旗帜下，一名生者的手会再把它举起来；都铎王朝登上历史舞台，布兰顿家族也鸡犬升天。

他说：“我父亲既是铁匠也是酿酒商。他酿的啤酒很难喝。”

“听到这些我很遗憾，”查尔斯真诚地说，“你瞧——我想表达的是：哈里知道自己做错了。他先是娶了他哥哥的妻子，然后又不幸娶了一个女巫。他说，我得遭受多久的惩罚？他非常清楚女巫们的勾当——她们吸走你的精血。让你的命根子越变越小，然后你就一命呜呼。我也跟他说过，陛下，不要老想着这些。召大主教来消除你的愧疚，再重新开始。我不希望这个念头一直在他的脑海里，像诅咒一般阴魂不散。你去告诉他往前走，永不回头。你瞧，他会听你的。而我呢，他认为我是个傻瓜。”公爵伸出一只大手。“所以——交个朋友？”

盟友，他想。诺福克公爵会怎么说？

在奥斯丁弗莱，他的大门口总是挤满了人，他们喊着他的名字并朝他塞着各种信件材料。“让开，让开！”克里斯托弗收集了一抱上访信，口里说：“下去，耗子！别骚扰国务大臣！”

“喂，克伦威尔！”有个男人喊道，“你干吗留着这个法国小丑，难道没有英国人为你效劳吗？”

此言一出，顿时引发呼应——全伦敦一半的人都想踏进这两扇大门，在他府里谋个差事，现在他们都大声报名，或者报出他们的侄子、外甥和儿子的名字。“耐心点，朋友们。”他的声音传到人群之中，“国王可能会让我成为一个大人物，到那时你们就可以全都进来，在我的火旁取暖了。”

他们一阵哄笑。他已经是大人物了，全伦敦的人都知道。他的财产被围了起来并有人守护，他的门楼有人昼夜轮值。门卫们向他行礼；他走进大院，穿过一扇门，门的左右两边各有一个小洞，从中可以插入一把刀或一支枪的枪口，这种设计是为了对付歹徒，以便同时从两侧向其插刀或射击。他的主厨瑟斯顿曾对他说：“先生，我不懂军事，但我觉得这好像是多此一举：你在大门口干掉了敌人，还要在房门口再杀一遍吗？”

“我要严加防范，”他说，“在当前的形势下，一个人在进大门时可能还是朋友，但穿过院子时却改变了立场。”

奥斯丁弗莱曾经是一栋小别墅，他最初租用时只有十二个房间，供他自己和他的职员、还有丽兹和两个女儿以及丽兹的母亲茉茜·普赖尔居住。茉茜如今年事已高。她是家里的女主人，但多数时候只是一个人待着，腿上放着一本打开的书。她让他想起曾经在安特卫普看过的圣芭芭拉的一幅画：圣徒在专心阅读，对一处建筑工地上的噪音置若罔闻，背景里有脚手架和砖坯。人们常常抱怨建筑工，抱怨他们做事拖拉，费用上涨，抱怨那些噪音和灰尘，但他喜欢听他们敲敲打打，唱歌聊天，喜欢听他们谈论捷径和秘闻。小时候，他总是在别人的屋顶上爬来爬去，常常人不知鬼不觉。给他一个梯子，他马上就上去，想看得更远。但上去之后，又能看到什么呢？只有帕特尼。

他的外甥理查德在大厅里等他。他站在国王送给他的挂毯下，打开国王女儿的亲笔来信。

理查德说：“我猜，玛丽小姐以为自己就要回家了。”

他甩开那些跟在身后的职员——他们拿着沉甸甸的一沓沓文件，或者是一卷卷厚厚的法律条文和判例，或者是羊皮纸文稿和卷轴——朝自己的房间走去。“稍后再说，伙计们……”

他房间里的空气弥漫着杜松和肉桂的浓郁香气。他脱下橙色大衣。百叶窗将下午关在外面，在昏暗的室内，大衣鲜亮如火，看上去就像他在玩火一般。在那些比现在更为阴暗的日子里，有些痛苦的神职人员曾经说，上帝如果有意让我们穿彩色的衣服，就会创造出彩色的羊。可祂让我们有了染色工，以及让他们施展一技之长的材料。在这城市里，在各种灰不溜秋的颜色中，金色会让人心跳加快；而在每个季节都困扰着伦敦的那些大雨滂沱的灰色日子里，一抹天蓝色会让我们想起天堂。正如士兵盼望鲜艳的旗帜飘扬一般，每天干活的工人看到自己的老板在英国天空的衬托下，穿着深紫、银白、火红、翠绿色的服装而光彩照人，也会感到欣喜。

理查德跟了进来，并随手关上房门。宅子里的声音消退了。他把一只手伸至胸口——那个习惯性动作——从短上衣里侧的口袋里掏出一把匕首。

“现在还带着？”理查德说。

“尤其是现在。”胸口不贴着这个沉甸甸的物件，他会不知道自己是谁。

“带着它上街没问题，”理查德说，“但在宫里，先生？我无法想象您能用它的情形。”

我也一样，他想。正是因为无法想象那种情形，我才需要它。他用拇指试了试刀刃。这并非他小时候第一次为自己打造的那把刀。那把刀很棒，他每天都想念它。

“去找查普伊斯，”他对理查德说，“转达我对他的问候，问一问我能否请他共进晚餐。如果他拒绝，就告诉他我很想开展外交——就说我在天黑之前必须达成一项协议，如果他不来，我就会转而把法兰西大使请来。”

“好的。”理查德出去了。而脱掉橙色大衣和放下匕首的他则冲下楼梯，跑进内院的新鲜空气中，然后穿过院子去厨房看瑟斯顿。

他未见瑟斯顿其人已经先闻其声——某个小厨工但愿自己从未出生。“告诉过你一次，”瑟斯顿吼道，“告诉过你两次，小子，下次你再用那个蒜臼捣蒜的话，我会亲自把你的脑子敲出来，放进那个蒜臼里捣成面糊，交给迪克·帕瑟去喂狗。”

他穿过冷藏室，里面有两只孔雀已经被割断喉咙，脚朝上倒挂在架子上。他转过一个拐角，看到了那个挨训的孩子的脸：“马修？是来自狼厅的马修吗？”

瑟斯顿鼻子一哼。“来自狼厅！他来自地狱！”

看到这个孩子他很惊讶。“我带你来这儿是要当职员，不是为了帮厨。”

“是的，先生，我也跟他们说了。”马修是个面色苍白、性格羞怯的小伙子，去年国王访问西摩一家时，他每天上午都彬彬有礼地为他送信。

他觉得这孩子品貌兼优，做事机灵，留在乡下未免可惜，便问："你想出去见见世面吗？"孩子听了顿露喜色。

"这孩子不该在这儿，"他对瑟斯顿说，"是弄错了。"

"好啊。把他带走。赶快带走，免得我对他不客气。"

"把这个脱下来，"他指着孩子沾有污渍的工作服说。

"真的吗，先生？"

"你的好日子到了。"他帮孩子脱掉工作服，只剩下贴身衬衫和紧身裤。"你的朋友罗伯呢？有他的消息吗？"

"是的，先生。他在按您的吩咐行事，密切注意哪些人去了狼厅，并把他们的名字如实记下来。只是我无法见到您，没能传他的消息。"

"很抱歉你受到粗暴对待。去院子那边找托马斯·艾弗里——就说是我派你去学习家庭记账。等你学会后，也许可以去另外什么人府里待一阵子。"

孩子有点受伤。"我喜欢这儿。"

"尽管有这个坏蛋？"他指着瑟斯顿说，"就算我把你派走，你还是会在为我效力。"

"我要用另一个名字吗？"孩子模仿着把一件外套套在肩上的动作。"我了解您，先生。"

瑟斯顿说："我很高兴有人这样。"

在他们周围，有二十多个孩子或者在把筐子从石板地上拖过，或者在磨削皮刀、数鸡蛋、清点存货、给家禽拔毛。家里没有他也照常运转，一切都井然有序。在院子的这边，有人搅血布丁，有人杀鱼；在那边，目光明亮的职员们坐在各自的凳子上潜心做账。这边有火锅和烤盘，那边有削笔刀和封蜡、丝带和丝绸标签、爬满羊皮纸的黑字和羽毛笔。他想起当年在佛罗伦萨，轮到他被召唤的那一天。"英国人，他们要你去会计室。"他慢吞吞地解下围裙，挂在一个钩子上，把那些铜锅、盆子和一排带盖的油罐酒罐抛在身后——那些罐子都摆在一处壁龛里，每个都有七岁的孩子那么高。他两步并作一步地冲上楼梯，穿过大厅时，听到壁泉的水一滴一滴掉进大理石盆的声音，犹如不太规则的小鼓点：啪嗒……啪嗒……啪嗒。擦洗台阶的孩子连忙给他让路。他口里哼着：斯卡拉梅拉上战场……

他对瑟斯顿说："查普伊斯来吃晚餐。将只有我们两人。"

“当然了。”瑟斯顿回答。他筛着面粉，让那些小小的粉末在他们之间飞扬。“有人跟我说，那个西班牙人，那个总是待在你府里的人——他和你的主人成天密谋，害死了王后，因为她妨碍了他们的友谊。”

“查普伊斯不是西班牙人。这你知道。”

瑟斯顿看了他一眼，那样子仿佛在说，区分外国人简直是有失身份和徒劳无益。“我知道皇帝是西班牙国王和半个世界的领主。难怪你想跟他穿一条裤子。”

“我不得不这样，”他说，“我把他搂在怀里。”

“国王何时再来用膳？”瑟斯顿问，“不过，我猜他已经失去了胃口。如果你的蛋蛋在法庭上公开受辱，你难道不会这样吗？”

“我会吗？不知道。我从未遇到这种事情。”

“全伦敦的人都在听，”瑟斯顿兴趣盎然地说，“当然，我们并不确定乔治说了些什么，因为他讲的是法语。我们估计大概意思就是，国王可以硬起来，可以插进去，但持续的时间不长，不能让女人满足。”

“瞧，”他说，“现在你但愿自己懂法语了吧。”

“但大概的意思就是那样，”瑟斯顿好脾气地说，“如果你不能让女人满足，她就不会生孩子，或者就算生了孩子，也只是个活不到受洗的小不点儿。你还记得西班牙王后。她年轻时生了十来个，但一个都没有活下来，只有玛丽那个小丫头除外，而她像老鼠那么小。”

在他的脚旁，鳗鱼在桶里游动，它们钻来扭去，徒劳地纠缠在一起，等待着被宰杀和调味。他问瑟斯顿：“关于安妮，街上的人们怎么说？”

瑟斯顿绷着脸。“她从没有朋友。甚至在女人当中也没有。他们说，如果她跟她哥哥有一腿，那就可以解释她怀的孩子为什么保不住。跟亲兄弟怀的孩子，或者是星期五怀上的，或者是从后面搞时怀上的——都违背自然。那些可怜而有罪的生命会自己掉下来。因为既然只有死路一条，生出来又有何意义呢？”

瑟斯顿相信这一套。乱伦是一种罪，我们都承认；但除了神父们认同的体位之外，以任何其他体位进行的性交竟然也是犯罪。在星期五——基督被钉十字架的那一天——性交是犯罪，在星期日、星期六和星期三也同理。如果按教士们的说法，那么在大斋节、基督降临节或所有圣徒的节日跟女人行房事都是犯罪，尽管日历上随处可见醒目的节日。无论如何，每年有一半以上的时间被诅咒。还有人能够降生也算奇迹了。

“有些女人喜欢在上面，”瑟斯顿说，“这是邪恶的，对吧？你能想象那样干会怀上什么样的种。一周都留不住。”

他说话的口气就好像孩子是一个走味的蛋糕或一支凋谢的花朵：一周都留不住。他和丽兹曾经流产过一个孩子。瑟斯顿做了鸡汤给她补身体，并一边切菜一边为她祈祷。那是在芬丘奇街。当时他只是一名打零工的律师，格利高里还穿着裙子，他的女儿安妮尚未断奶，至于他的小女儿格蕾丝，他们甚至还想都没有想到；瑟斯顿自己当时还只是一名家庭厨子，而不是像现在这样成了主厨，有一大群人供他调遣。他记得鸡汤放在丽兹面前时，她失声痛哭，他们只好把它一口未动地端了出去。

瑟斯顿说：“你是准备就站在那儿说话呢，还是帮我杀掉这些鳗鱼？”

他低头看着桶里。他过去当厨师时，都是把鳗鱼养在水里，直到锅被烧热。但争辩无益。他卷起袖子。瑟斯顿说：“杀鱼时，就着把皮也剥了。”

大使说：“我在意大利当学生时，晚餐从来都只吃面包和橄榄。”

“那样最健康，”他说，“遗憾的是，我们英国的气候不允许这样。”

“也可能是一把还裹在荚里的嫩蚕豆。一小杯圣酒。”

送来亚麻毛巾和净手盆的是格利高里，以示对客人的尊敬。大使的手指在一簇干薰衣草中擦了擦。“你今年夏天会去打猎吧，格利高里大人？”

“我希望去。”格利高里说，并低下头。大使在自己胸前划了十字并做餐前祷告。你都忘了查普伊斯还担任圣职。在女人的问题上他是如何处理的？要么奉行独身，要么像他的主人一样谨慎。

鳗鱼端了上来，是一菜两吃：一种用杏仁酱腌渍过，另一种是配橙汁烘烤。还有一个菠菜馅饼，像夏天的傍晚一般葱绿，用肉豆蔻和几滴玫瑰水调味。银餐具闪闪发亮，餐巾叠成了都铎玫瑰的形状，每个席位上的盖盘都雕有银色花环。“请慢用，”他对大使说，“我收到了一封信。”

“哦，是的，玛丽公主写来的。说了些什么？”

“你知道她说了些什么。现在听听我说些什么。”他探身向前，“你口中的公主——玛丽小姐——相信她父亲会欢迎她回宫。她认为她父亲换了妻子后，她的麻烦就结束了。你得让她抛弃幻想，否则我会出面。”

查普伊斯用拇指和食指夹起一块鳗鱼。“她把自己过去这些年的痛苦全都算在安妮·博林身上。她坚信是那位小妾将她与她母亲分开，并把她关在乡下。她尊敬她父亲，始终相信他很英明。当然，做女儿的理当如此。”

“那么她必须宣誓。她之前回避了，但现在没有办法。只要国王要求，所有的臣民就必须宣誓。”

“让我具体解释一下你要求她做的事情。她必须承认她母亲的婚姻无效，而她虽然是国王的第一个孩子，却不是他的继承人。她必须宣誓拥护博林的小女儿为国王的继承人——而他刚刚杀掉博林。”

“誓言会有所修改。伊丽莎会被排除在外。”

“很好。因为据我理解，她是亨利·诺里斯的私生女。也可能是琴师的？这太棒了，”他指的是鳗鱼，“那么亨利现在有何打算？我的主人不会接受小里奇蒙来取代玛丽的位置。我想，法兰西国王也不会。”

“议会将确定继位问题。”

“那么，并非亨利心血来潮？”大使呵呵一笑，“你告诉亨利了吗？”

“玛丽说她无意当女王。她说会支持她父亲选择的任何继承人。但无法接受她父亲是教会的首脑。”

“这也是个难题。”大使承认道。

老费希尔主教拒绝宣誓，去年被亨利处死。托马斯·莫尔拒绝宣誓，也落得尸首分离。他说：“玛丽活在幻想之中。她觉得就因为安妮·博林死了，我们就会重返罗马吗？”

查普伊斯叹了口气。“托马斯，想想我们曾经同在罗马却不相识，真令我感到难过。如果我们当时能共进晚餐，该有多么愉快！你有没有试过那些包有奶酪和香草的小饺子？如果厨师手艺高的话，它们就像空气一般轻盈。”大使调了调一侧肩膀上的餐巾。“当然，皇帝祝愿国王新的婚姻美满。他很遗憾你的主人没有稍事考虑一下皇帝挑选的新娘。他本可以轻易娶到米兰公爵夫人，那是个年仅十六岁的温柔小寡妇。但事已至此，我们就得充分利用它——皇帝认为，简夫人如果能生个儿子，将会带来和平与稳定。而从你的角度呢，亲爱的朋友，这会让亨利更……”他将视线侧向一旁，“容易驾驭。所以，尽管那位夫人的哥哥说他无能，我们还是得祝愿国王——用薄伽丘的话怎么说？——肉体复活。”

一位仆人端上小牛肉，他(克伦威尔)亲自拿起切肉刀。

“我相信……”查普伊斯顿了顿，等仆人离开，“我相信德国人普遍感到不解。你的异教徒朋友们都知道，简夫人曾经是凯瑟琳王后的女侍。他们问，克伦穆尔昏了头吗？他为什么要干掉像他一样是异教徒的小妾，却用罗马的一位忠诚女儿来取而代之？”他擦了擦嘴。“除非克伦穆尔有阴谋。但我对皇帝说，克伦穆尔总是有阴谋。而且正如过去两周的证据所示，他的阴谋得逞了。”

“安妮的死不能怪我，”他说，“是她自己造成的，是她和她的侍从们。”

“但时机是你选的。”

他放下餐刀。刀柄上的珍珠母闪闪发光。“我无法把握他们争吵的时机。”

“你告诉过我，你不知道该如何除掉她，但你必须除掉她，否则她会杀了你。你说你回到家里还会想着此事，想象那将是怎样的情形。看来你是全英格兰最有想象力的人。我敢说，调查一旦开始，连亨利都对曝光的内容感到愕然。”查普伊斯擦了擦手指，“你们在所有男基督徒的脑海中呈现出了一幅怎样的画面！英格兰王后躺在床上，把裙子高高掀起：‘来吧，都上来！’”

“你晚上肯定辗转反侧，不停地想着这些事情。”

“亨利·诺里斯，国王的好朋友。弗朗西斯·韦斯顿，一个虚荣心强的年轻人，晃来晃去时正好碰到她光着身子。那个北方乡下的无赖威尔①·布莱里顿。那个叫史密顿的孩子……她竟然屈尊跟一个雇来弹琴的可怜孩子上床。但有什么不能屈尊的？她都乐于跟自己的亲哥哥胡搞。”查普伊斯放下餐巾，“我明白是怎么回事——亨利厌倦了她，他想要小简，他说：‘克伦穆尔，帮我找个理由甩掉她。’但他无法预料你会发掘出什么。你让他成了笑柄，亲爱的朋友，也许他不会饶恕你。”

“恰恰相反。他要提拔我。”

“可这件事肯定会让他耿耿于怀。他以后可能会想起来。但别说这些了——我应该祝贺你。你将成为一位绅士。克伦威尔男爵——是什么地方的？”

---

① “威尔”为“威廉”昵称。

“温布尔登。”

“不，”查普伊斯说，“选个别的地方吧。选个我可以念得准的地方。”

“我还会成为掌玺大臣。”

“哦，掌玺大臣地位更高吗？”

“掌玺大臣是我最大的梦想。”

大使吃了一小块牛肉。“你知道，这个真不错。”

“我提醒你，”他说，“如果玛丽惹恼她父亲，你会吃不了兜着走。”

“如果你的厨师想另谋职位，就让他去我家。”查普伊斯拿起分肉叉，欣赏着它的尖齿，“我们知道，公主不会宣誓承认她父亲是教会的首脑。她无法就她认为不可能的事情宣誓。也许亨利不会迫害她，而是让她进修道院？那么她就不会被人怀疑要争夺王位了。那将是一种光荣的隐世。她可以进某个大修道院，将来还可能成为院长。”

“对。也许去沙夫茨伯里？威尔顿？”他放下杯子。“哦，饶了我吧，大使！她跟你一样绝不会进修道院。既然她那么不在乎俗世及俗世的一切，那干吗不宣誓了事？那样就不会有人找她麻烦了。”

“玛丽可能同意放弃对未来的权利，但不会放弃对过去的权利。她不会相信她的父母没有结婚。她不会接受她母亲被称为娼妓。”

“她没有被称为娼妓，而是被称为亲王遗孀。你也知道，他们分开后，亨利给了她荣誉，开销上也待她不薄。”

“你瞧，凯瑟琳已经死了，”大使激动地说，“让她安息行吗？”

但她没有。凯瑟琳在拉着她的女儿不放。她晚上四处走动，手里拿着为自己辩护的羊皮纸文稿，身边是她那位瘦削的老顾问费希尔主教。凯瑟琳的死讯传来时，宫里正在举行舞会。但在她葬礼的当天，安妮·博林流产了一个孩子。尸体从棺材里爬出来，将她的僭位者摇得牙齿咯咯响：摇啊摇啊，直到国王的儿子掉了下来。

“大使，”他双手指尖相抵，说，“我向你保证，亨利爱他的女儿。但作为父亲和国王，他期待服从。”

“玛丽首先要服从她的天父。”

“但如果她丢了性命，灵魂还被不服从的罪孽所玷污，可怎么办？”

“你是个混蛋，克伦穆尔，”查普伊斯说，“你不由自主。本该安抚，你却威胁。亨利不会杀死自己的女儿。”

“谁知道亨利会干出什么呢？我不知道。”

“我会告诉皇帝，亨利的臣民生活在恐惧之中。我会敦促我的主人：解放英格兰是你作为基督徒的职责。就连篡位者蝎子理查都没有像现任国王这么令人痛恨。”

“我建议不用‘现任国王’一词。这有叛逆的嫌疑。凡是这样说的人心里肯定另有一位国王。”

“只有对那些应该怀有忠诚的人而言，叛逆才是一种罪。我根本不需要对亨利忠诚，除了也许该对他的款待正式表示感谢——而且他的款待基本上是敷衍了事，比你的可差多了。”大使鞠了一躬，“全欧洲都知道，他对未来的掌控是多么脆弱。就在今年一月——”

他心里说，放下叉子，别戳我的痛处。那一幕还记忆犹新：在那个极为寒冷、乱成一团的日子，他艰难地从书桌旁起身，去目睹一场劫难。国王的马在比武场上失足摔倒。亨利头部受到撞击，被抬进一座帐篷里。他看上去像是死了；我们以为他死了，只见他躺在那里，犹如一尊毫无血色的雕像，没有呼吸，没有脉动。他记得自己把手放在亨利的胸口，感受那极为孱弱的一丝生命——但据旁观者事后所述，他在祈求上帝保佑之后，就对国王一阵猛击，几乎要打断他的肋骨。他有什么可失去的？一阵颤抖、喘息、干咳之后，国王坐起身——重返人世。“克伦威尔？”他说，“我还以为该见到天使了。”

“很好，”查普伊斯说，“我们不提他那次事故了，免得让你食不下咽。但必须承认，英格兰有些人，贵国最高贵血统的人，仍然是忠诚的罗马之子。”

“是吗？”他说，“这怎么可能？因为他们都向亨利宣过誓。科特尼家族宣过誓。波尔家族也一样。他们承认他不仅是他们应该效忠的国王，还是教会的首脑。”

“当然，”查普伊斯说，“他们还能如何？你给了他们什么选择？”

“你也许认为誓言对他们毫无意义。你指望他们食言。”

“绝对没有，”大使安抚道，“我相信他们不会反对自己受膏的国王。我所担心的是，在其古老事业的正义性激励下，他们的某个变节的支持者会给国王致命一击。捅上一刀轻而易举。甚至可能不需要任何人出手。瘟疫在一天之内就可以令人丧命。还有汗热病，不出一小时就会丧命。你知道这是真的，就算我在保罗十字讲坛向民众大声宣讲这些，你也不能为此而绞死我。”

“没错，”他微微一笑，“但以前有大使在街上遇刺。我只是顺口一提。”

大使低下头。他挑着沙拉。一片甜生菜叶，一枝苦菊。仆人马修端来了水果。

“恐怕我们的杏子又没有收成，”他说，“我好像已经多年没吃到它们了。加迪纳主教如果回来，也许会给我带一些。”

查普伊斯笑了起来。“我想它们会泡在醋里。你知道吗，他在向法兰西的大臣们保证，亨利会把贵国带回罗马？”

他不知道，但怀疑过。“我虽然没有杏子，却有桃脯。”

查普伊斯同意了。“你制作的是威尼斯风味。”他吃了一勺，狡黠地抬起头。“怪亚特会怎么样？”

“什么？哦，怀亚特。他在塔里。”

“我很清楚他在哪里。他在那儿写令人费解的诗歌和谜语时，你能看住他。你为何保护他？他本该处死的。”

“他父亲是我的旧主红衣主教的朋友。”

“而他曾经请求你掩护他儿子的不良行为？”查普伊斯笑起来。

“我承诺过。”他冷冷地说。

“我发现这种诺言对你而言很神圣。为什么？而其他的一切都不神圣？我无法理解你，克伦穆尔。本该害怕时你却不怕。你就像一个出千老手。”

“出千？”他说，“人们是这么干的吗？”

“你在跟本国的显贵们对赌。”

“什么，砍路那帮人？”

“他们知道你需要他们。你不可能孤军作战。因为如果这桩新的婚姻不能持久，那你还有什么？你受到亨利的宠信。但如果失宠了呢？你知道红衣主教的命运。他作为神职人员的高贵地位都救不了他。就算他没有死在前往伦敦的途中，亨利也会要他的脑袋和红衣主教帽及一切。没有人保护你。很显然，你有一些朋友。西摩一家对你心怀感激。顾问官费兹威廉充当过中间人，以帮忙摆脱小妾。但是你没有三亲六戚，背后没有大家族的支持。因为说到底，你是一个铁匠之子。你的身家性命取决于亨利心脏的下一次跳动，你的未来取决于他的喜或者怒。”

他想，一月份那次，当我以为国王已死，当他们大呼小叫地冲进来时，我站起身说：“我这就去，马上跟你们去。”但在离开房间之前，我磨了磨纸张，吸干了墨水，从桌上拿起那把手柄上雕着向日葵的土耳其匕首——它原本摆在那儿当装饰品；这样我除了大衣里的那把匕首之外，就又多了一把刀；然后我去找到亨利，把他从死神那儿拉了回来。

“我记得那些小饺子，”他说，“在弗雷斯科巴尔迪府里，大斋节一过，我们就总是用猪肉糜做馅。在家庭餐桌上，他们喜欢在饺子上撒糖。”

“银行家们都是如此，”查普伊斯不屑地说，“有钱，没品位。”

他们刚做完晚祷，赖奥斯利就走进奥斯丁弗莱。理查德说：“简称来了，但您今天已经够累了——我要不要把他打发走？”

“不。我想让他去见见玛丽。”

“您把这事儿交给他？”

“我会派雷夫一起去，如果国王愿意放他的话。但玛丽对自己的地位很敏感，可能会觉得雷夫跟我们的关系……”

“太过密切。”理查德说。

而赖奥斯利先生出身于纹章官之家。纹章官们有自己独特的地位，对别人应得的待遇，他们拿捏得当，决不过分。简称手里拿着一些羊皮纸进来，说：“先生，我们何时开始称您为克伦威尔勋爵？”

“随便啊。”

“我想……如今您高升了，不知道想不想在出身上改头换面一下？”他展开那些彩色的图案，“您瞧，这是塔特舍尔堡的拉尔夫·克伦威尔勋爵的纹章，他曾经在征服法兰西的伟大的哈里手下担任财务大臣。”

我们以前谈起过这个话题。“我跟拉尔夫勋爵家的人既不沾亲，他们跟我也不带故。你知道我父亲是谁以及我来自哪里。如果不知道，你就可以问一问史蒂芬·加迪纳。他曾派人去帕特尼把我的秘密挖了个遍。”

简称很想问，是吗？但他不想岔开话题。“您应该重新考虑此事。国王会对您感到更自在。”

理查德说："他已经感到特别自在了。"

"但您如果有个古老的姓氏，就会更受人尊敬。不仅是您的同龄人，还有所有的民众以及外国的宫廷。外国人轻视您——他们在说亨利已经把您革职，并任命了两位主教来主政。"

"我打赌其中一位是史蒂芬主教。"他很佩服这些在真相的裂缝中发展的推测性世界，"他们还说些什么？"

"小妾的情人们被分尸，她在被烧死之前被迫亲眼观看。他们当我们是野蛮人，就跟他们一样。他们说她全家都被关了起来。我能看出那位夫人的父亲将很难让人相信他没有一同死去。我想您之所以放过他，是因为……"简称犹疑着，"我想他顺了您的意，而您需要向人们表明，只要他们这样，您就可以奖赏他们。"

如果你把托马斯·博林现在所过的生活也称为奖赏。他说："我主张节省资源。你知道，赖奥斯利，请行刑人是要花钱的。你以为他干这一行是免费的吗？"

简称欲言又止，眨了眨眼睛，深吸一口气；他认真地坚守自己的职责。"他们在说玛丽小姐已经回宫，并佩戴着已故王后的珠宝。他们说国王有意把她嫁给法兰西国王的儿子昂古莱姆公爵，而且王子将到英格兰来生活，以培养成为国王。"

"我听说她不想结婚。"

"那您提过这个问题了？"

"得让法国人保持希望。"

简称不确定自己是否在被调侃。他(克伦威尔勋爵)端详着另一位克伦威尔勋爵的纹章。"我更喜欢从红衣主教那儿得到的康沃尔红嘴鸦。今天有来自加来的消息吗？"

在加来，几大核心家族之间的敌意和宿怨被城墙围了起来；那些摇摇欲坠的城墙——英格兰的防御工事——是开支上的无底洞，并且被传闻所迷惑，被阴谋所破坏。加来是一种炼狱，人们痛苦地等啊，等啊，不是等待宽恕，而是等待一阵顺风。在城堡里说的话窸窸窣窣地飘过大海，声音被海浪扩大，冲向白厅，想引起国王的注意。加来是我们在大陆的最后一个立足之地。它的前哨是我们最后的领地。它本该由国王手下最强有力、最坚定的人来执掌。但实际执掌的却是李尔勋爵。李尔是国王的叔叔，是老爱德华国王的私生子之一，亨利很喜欢他，小时候觉得他是一位友好的玩伴。他已经在死乞白赖地要求从最近的事件中捞些好处。鉴于需要让国王时常想起他，他曾经贿赂哈里·诺里斯，碰到有闲职或晋升机会就把他的名字提出来。如今那一切都过去了，诺里斯成了蛆虫之食。

简称说："惹事的是李尔的妻子。她是个悍妇，我还听说她是教皇党人。你知道她与第一任丈夫有好几个女儿吗？她总是想把其中哪个安排到安妮身边，现在又会想在我们的新王后那儿试一试了。"

"我想，简身边的人手已经够了，"他说，"简称，我要你和雷夫去汉斯顿，试着跟玛丽谈谈，让她清醒一点。但对她要温和。她身体不好。"

玛丽的信就在他的口袋里。哪怕在自己家里，他也不敢把它放下来。玛丽说她脑袋里有炎症。她失眠。她牙疼。见到父亲会给她安慰。伪朋友离间了他们。当那些伪朋友被抛弃或受到正义之剑的惩罚时，当那些假顾问被推进泰晤士河时，她的父王就会转向她，她说——他眼睛里的鳞片会掉下来①——并看清她的真相，看清她是他真正的继承人和女儿。

但国王先得派人去接她，把她带到他的面前。在此之前，她是被隐藏的少女。她坐在封闭的花园里，等待被人发现。她被施了魔法躺在一片荆棘丛中，等待着承诺去披荆斩棘的人。

"您自己去吧，先生。"赖奥斯利说。

他摇了摇头。

"也许您不想成为那个给她传递坏消息的人。"

"她爱她父亲，"他说，"她无法相信——嗯——但必须使她相信。他不会容忍反抗。不会容忍他亲生孩子的反抗。"

太阳在渐渐下沉，最后一缕温暖的阳光从他桌上的书籍上掠过，那是一套《格利高里教皇教令集》，里面有密密麻麻的注释，并标有 TC——*Thomas Cardinalis*② 的首字母——的花押字。在变幻的暮色中，如水的暗影

① 典出《圣经·新约·使徒行传》：迫害基督徒的扫罗在前往大马士革途中，突然看到天上发光，并听见耶稣说："扫罗，你为什么逼迫我？"扫罗被神的光弄得失明了，便开始祈祷，三天之后，上帝派人去找扫罗，并对他说："耶稣打发我来，叫你能看见。"于是，遮着扫罗眼睛的鳞片就掉了下来，扫罗从此做了基督信徒，具有先知的力量。

② 拉丁语，意为"红衣主教托马斯"，或指沃尔西。

下，他能看到国王女儿的身影：缩成一团，脸色苍白而坚定。在她置身之处，光在悄悄地移动，犹如活着的幽灵，让他看得出神。她没有看他，他却在看她。“赖奥斯利，你得跟她说，‘小姐，服从是一种美德，可以拯救你。对你的身心两方面而言，服从都不是奴性，而是忠诚。’”

“嗯，”简称说，“您对下议院可能是这种腔调，如果您认为我该这样跟她讲话，那好吧。我想，我可能会建议，一旦顺从，责任就会有所减少。”

“这可能会让她安心。但是简称，跟她讲话时，别把她当成小姑娘，也不要试图吓唬她。她像她母亲一样勇敢，会反戈一击，还像她母亲一样固执，会不依不饶。如果她激怒你，你就退开，让雷夫去说。唤起她作为女性的天性。唤起她的女儿之爱。告诉她她父亲有多痛心，”他把一只手放在胸口，“告诉她他这里很痛，她居然把死者看得比生者还重。”

赖奥斯利大人的轮廓变得朦胧起来，越来越模糊，仿佛正在被夜幕所吞噬。他很想公主多待一会儿，直到融化在他热烈的意志里，直到她渐渐默认——她会默认，只要他能找到合适的话语来让她放弃坚持。

“先生，”赖奥斯利说，“我想您知道一些别人都不知道的事情。”

“我吗？我什么都不知道。没有人告诉我任何事情。”

“是跟怀亚特有关的事情吗？”

雷夫告诉过他，有人在写诗针对怀亚特，言辞迂回的指控和语中带刺的笑话，就在国王身边的朝臣们之间传阅。纸张被夹进祈祷书，或塞进手套，或代替黑桃王当牌打。“他们都很害怕，”简称说，“都时不时地回头看。他们不知道是否会有更多的指控。我与弗朗西斯·布莱恩交谈甚欢时，只要一出现怀亚特的名字，他就顿时忘了自己要说的话，看我的眼神也仿佛跟我素未谋面。”

“弗朗西斯？”他笑了起来，“他可能喝醉酒了。”

“我觉得女侍们好像也很害怕。当我给简王后捎个信时，那些会意的眼神——她们顿时噤声，挪到一边，相互打着手势——”

“我可怜的孩子！你一进去，女侍们就相互打手势？以前发生过这种事吗？告诉我那是些什么手势，我会试着解释一下。”

简称红了脸。“先生，这不是玩笑。王后——我是说上一任——为自己的恶行得到了报应，但还不止如此。还有别的事情。你走进一个房间，听到门砰的一响，你觉得有人对你唯恐避之不及。但与此同时，你又觉得有人在监视你。”

的确有人，他想。

简称说：“所有人都相信，是怀亚特的证词导致安妮被判罪，但他们不明白他为何要作证，因为他们认为他勇敢，不顾一切，而且……”

“没有脑子？”

“不是，但他非常怜香惜玉，所以他们想，安妮对他干了什么，竟然把蜂蜜变成了苦胆？他们以为他会跟她合葬，而不是——”

难怪你吞吞吐吐。我们的幻想有时会跳跃，动作突然而准确，就像排成一队的舞者。我们看到那个箭箱，装一个人勉勉强强。“他们认为怀亚特应该为爱殉情吗？而他们自己甚至不肯为爱穿过马路？”

他想着置身狱中的怀亚特，而黄昏从泰晤士河的支流与河口溜过，最后的光像丝一般滑动、沉浮；河水静止时，是光在移动。他觉得怀亚特似乎很遥远，仿佛被镶在镜框里，又像是生活在很久以前。他说：“明天旅途顺利。记住玛丽说的一切。一离开她就把它写下来。”

他朝自己的房间走去，克里斯托弗踢踏有声地跟在他身后。“那个可笑的马修，”克里斯托弗说，“听说他得到了提拔。你应该把他送回狼厅。他更适合养猪，而不是给贵族当仆人。”

“我可以亲自去见玛丽，”他说，“人不知鬼不觉地速去速回。”

他关上房门，将这一天关在外面。克里斯托弗说：“就像我们那次去金博尔顿，偷偷去看老王后一样。当我们在旅店歇脚时，店主的老婆大胆地——”

“行了。够了。”

“——跳到你的床上。第二天早上你对我说，‘克里斯托弗，付账，’并把你的钱袋递给我。然后到达金博尔顿时，我们去了教堂。你还记得吗，我吹一声口哨，神父就出现了？”

他记得那石雕魔鬼，记得他卷曲的蛇身；还有披着蓝绿色羽翼的天使长米迦勒，正举剑欲砍。

“我们都以为你会忏悔。我们希望听到。但你没有。再说，就算我们为某件事感到后悔，如果我们根本不打算改悔，就不可能得到宽恕。”

他看着窗玻璃中的自己，脱得只剩下衬衫，白得十分醒目。脱下锦缎和丝绒后，他的身板很宽阔，那厚实的肌肉和筋骨显得有些不雅。他灰白的头发剪得很短，所以没有什么能使他的五官变得柔和——那小嘴巴、小眼睛和大鼻子已经是上帝对他的惩罚。他穿的亚麻衬衫质地上乘，透过它们，你可以阅读英格兰的法律。他有一件绿丝绒大衣，是去年为他定制的，并送到了狼厅；还有一件深紫色骑装大衣；还有上次加冕礼时穿的礼服，是暗红色，安妮的一位女侍说，他穿着它时就像一团行走的瘀伤。如果说人靠衣装，在他身上就是很好的体现，但即使在他年轻时期，也从未有人说过，“托马索①今天看起来很帅。”他们只说，“你得早早起来，好赶在那个矮胖的英国混蛋之前。”你甚至不能说他骑在马上很威风。他骑在马上只是显得很有用。他坐上马鞍，去某个地方。他不慌不忙，但比所有的人都先到。

夜晚很暖和，但克里斯托弗点燃了一小团噼啪作响的火，并开始熏香。香草，乳香——在任何季节都可以抵御传染病。一堆蜂蜡蜡烛，随时准备着纸媒的触碰；墨水就在手边，他的日记本已在桌子上摆好，翻到了空白页，以备他醒来时想起什么而要记入明天的清单。他对克里斯托弗说，我想我今天晚上要休息，克里斯托弗说，大使早已离开，连简称都打发走了，理查德大人已经回家陪老婆，国王在祷告，也可能在费力地满足王后；鸟儿把头埋到了翅膀下，伦敦的犯人正在伦敦塔、马歇尔希、克林克和舰队街的监狱里打鼾。在奥斯丁弗莱的地盘上，迪克·帕瑟放出了看门狗。上帝在天堂。大门已上闩。

“而我，”他说，“终于回到家，待在自己的房间里。”七年前，当佛罗伦萨被皇帝围困并向法兰西求援时，官员们来到商人伯尔格里尼家里，说：“我们想买你的卧室。”这里有精美的装饰板、华丽的墙幔和其他陈设，他们觉得可以用来收买弗朗索瓦国王。但商人的妻子玛格丽塔不为所动，并把他们给的钱扔回到他们脸上。她说，生活中并非一切都可以买卖。这个房间是我家的心脏。快滚开！你们如果想抢走我的卧室，就得从我的尸体上踩过去。

他不会为家具而死。但他理解玛格丽塔——他一直觉得这个故事是真的。我们的财产比我们存世更久，能承受我们无法承受的冲击；我们不能

① 原文 Tommaso，是 Thomas（托马斯）在意大利语中的对应形式。

辜负它们，因为在我们离世之后，它们将成为我们的物证。在这个房间里，有些东西属于那些再也无法使用它们的人。有他的主人沃尔西给他的书籍。床上有他和丽兹曾经同衾共枕的黄色缎被。她的圣母雕像用一顶夹棉帽子裹起来放在一口箱子里。她的黑色念珠蜷缩在她的旧丝绒手袋里。还有个坐垫套，当时她正在上面绣一头小鹿在林中奔跑的图案。不知道是被死亡打断还是不喜欢这项工作，她把针留在了布上。后来，另一只手——她母亲的，或者是哪个女儿的——把针抽了出来，但在它留下的两个针眼周围，布已经变硬并微微鼓起，所以如果你的手指抚摸着她的针路——针脚原本会走的路线——就可以感觉到它的鼓起，就像布织得不平整一般。他已经让人把从佛兰德斯买的小箱子从隔壁搬到了这个房间，里面有她的各种物件，包括放置了香料的褐色裘皮大衣，还有饰袖、金色贴头帽、衬裙和系带帽，以及紫水晶戒指和一枚镶有钻石玫瑰的戒指。她可以走进来更衣。但你无法从帽子和饰袖中变出一个妻子；把她所有的戒指握在手里，你也握不到她的手。

克里斯托弗说："你没有难过吧，先生？"

"没有。我没有难过。我不可以难过。我有太多的事情要做，顾不上难过。"

我最初的想法没错，他说：我不能去看玛丽，现在还不能。再等一等……看雷夫和简称带回来的情况。他想，红衣主教会知道处理此事的最佳办法。沃尔西总是说，弄清别人想要什么，你也许可以满足他们；别人要的并非总是如你所想，满足起来也可能花不了多少钱。但这在托马斯·莫尔身上行不通。他是溺水者，却推开了伸出去救他的手。你一次次地提出要帮他，他却一概拒绝。就亨利而言，好言劝说的时代已经结束，在莫尔淋着雨走上断头台、最终倒在血泊和雨水中的那一天就已结束。现在我们生活在一个高压强制的时代，国王的意志犹如一种工具，每天上午被锻造大师重新塑形，那锋利的尖头深深地拧入我们这个扭曲的时代。亨利是哄骗高手，你会看到他挽起某位大使的胳膊，与他亲切交谈。撒谎带给他一种深刻而微妙的快乐，由于太过深刻而微妙，他都不知道自己在撒谎；他以为自己是最真诚的君王。亨利说，他（克伦威尔）太低声下气，无法对付外国政要，所以他靠在墙边，一直盯着亨利的面孔。事后，他自己会跟大使匆匆交谈，对方说：克伦穆尔，这一次我该相信他吗？而他会认真地说，你应该相信，大使，你必须相信。你以为我是初出茅庐吗？他刚才跟我这么说，但下周又会怎么说呢？相信我，大使，我发誓会让他遵守诺言！是啊，可你凭什么发誓呢，连圣物都扔掉了？

于是他把手放在胸口上。凭我的信仰，他说。“哦，国务大臣，”大使会说，“你动不动就把手放在胸口上。而你的信仰呢，我觉得是一件轻飘飘的、每天都在变的东西。”

但是接着，大使会回头看看，然后靠近他。“见我一面，克伦穆尔。我们一起用餐吧。”

于是骨杯中的骰子又摇了起来——别管是谁低声下气。他会一次次地应对，而大使也有一肚子的话要说，会倾吐自己的苦水。我的主人，我的皇帝主人，我的国王主人……在某些方面跟你的主人非常相似……我敢说，亲爱的克伦穆尔，过不了多久，你的忧虑将跟我的没有两样。然后，大使会使出一些吓唬人的小把戏，虚虚实实，并密切注意对方的反应；而当克伦穆尔点头称是后，他们就更坚定地向前迈进；眉毛一抬，微微一笑，继续商谈那些必要的谎言，就像跳过小水坑那么轻松。他的新朋友会明白，君王们与常人不同。他们必须躲开自己，否则会被自己的光芒照得眼花缭乱。一旦明白这个道理，你就可以着手竖起那些保全面子的屏障，包括可以在后面调整衣冠的屏风，可以退身其中的角落，可以转身和返回的余地。这个过程有一种舒适的快意，一种令人满足的专长，但也有代价：一种苦涩的回味，一种沮丧的疲惫。让·德·丹特维尔曾经对他说，你有没有想过，克伦穆尔，我们为何一而再再而三地撒谎？当我们临终忏悔时，习惯的力量会不会把我们带往地狱？

但这也是一种花招，法国人只是用来试探试探他。在亨利自己的枢密院议事厅里，不管国王在场与否，对一些手势、叹息以及哪些可以明说哪些不能明说，大家都心照不宣；但如果国王寝宫有信使来报：“陛下被耽搁了，”大家就放松下来，暗暗地嘘一口气。顾问官们可能会猜测原因：也许是骑马去了，或者是肠胃不适，还可能只是一时懒得动弹——或者是看腻了我们的面孔，谁知道呢？有人会说：“国务大臣，你来吧？”于是由他牵头讨论相关议程，他们会开始新一轮的争吵和指责，但还有一种不愿让亨利看到的秘密的同仁之情，因为他喜欢自己的顾问官们存在分歧。如果有人朝对手皱眉，国王就可以微笑——永远亲切的国王。如果他们威吓，他就可以赏赐。如果他们坚持，他就可以安抚、诱哄、好言相劝。这都是他的顾问官，是世界上最坏的一群人，代他背负着他的罪；他们同意做坏人，以便亨利能做好人。

现在是六月，夜晚很短，但是当城门关闭，火也封好后，他(克伦穆尔)拉上床帷，将自己与英格兰的事业关在一起。在这个房间、这张床之外，夜幕一路绵延，远至海边，并跨过海浪；到达加来的城墙，越过法兰西沉睡的田野，穿过黑暗的雪峰，经过意大利，到达苏丹国。夜晚像毯子一样笼罩着伦敦，仿佛我们已经离世，躺在棺罩之下，躺在黑丝绒和冰冷的银十字架下。在睡梦中，忘却的语言又自动回到我们口里，而我们有多少次生命？克伦威尔还小的时候，所有的人都认识他。他们叫他“开刃小子”，因为他父亲做磨刀的生意。还不到十二岁时，他就是父亲的小收债员：和和气气，满面笑容，寸步不让。十五岁那年，他就背着包袱上了路，遍体鳞伤地离家出走，去接受另一种挨打和受伤——但是起码，作为路易国王的士兵，那是有偿挨打。当时他说法语，是营地的俚语。凡是谈生意和以货易货——从帆布袋到圣像，应有尽有——所需要的语言他都会讲。十八岁时，他的两次生命已经被抛在身后。第三次生命始于佛罗伦萨，始于弗雷斯科巴尔迪府的院子，当时他从战场上不成人样地爬到这里，靠在墙上，迷蒙的目光看到了他要努力的新领域。过了不久，主人叫他上楼——这个年轻的英国人，可以解决其同胞的事情，也可以圆满完成新主人交办的工作，可靠，谨慎，尊敬长辈，永不疲倦，永不气馁，也永远不会被任何要求所吓倒。主人们把他推荐给朋友时，都说，他跟其他的英国人不一样：不在街上打架闹事，不像魔鬼那样吐痰，虽然带刀，但把它放在外套里面。在安特卫普，他重新开始，给英国商人当职员。他们惊呼，他是意大利人，简直诡计多端——可以空手套白狼。低地国家的生活是他的第四次生命。他会讲实用的西班牙语，也会讲安特卫普的语言。他离开了那儿，将安塞尔玛寡妇留在她那所树荫掩映的临水房子里。她说，你得回家，找个年轻有钱的英国女人，我希望她会让你吃好睡好过得幸福。到了最后，她说，托马斯，如果你现在还不走，我就收拾你的包袱扔进斯凯尔特河——就乘这艘船，她说，似乎觉得再也不会有别的船。

他的下一次生命是与他的妻子、孩子以及他的主人伟大的红衣主教一起度过的岁月。他当时想，这是我真正的生命，我终于走到这一步。但你刚刚想到这一点，就得再次背起行囊。他的心和脑陪着流亡的红衣主教北行，并止于半途，他们把他葬在莱斯特，与沃尔西葬在一起。他的第六次生命是作为国王的仆人，国务大臣。他的第七次生命是克伦威尔勋爵，刚刚开始。

他想，我们首先得举行一个仪式，给简王后加冕。当初为了安妮·博林，我让满大街都是念念有词的圣人，还有很多一人高的猎鹰。我铺了一英里的蓝色毯子，就像通往天堂之路一般，从教堂门口一直铺到加冕宝座：这是我按码买的，好了，夫人，你走过去吧。现在我得从头再来：新的旗帜，绘有凤凰、启明星、天堂之门、雪松以及荆棘中的百合花的彩布。

他在睡梦中动了动。他正走在蓝色毯子上，走在波浪上。爱尔兰那边需要长弓，而好弓每二十张需要五马克①。多佛需要钱，为国王的城墙维修工作付酬，还需要铁锹和四十打铲子，昨天就需要了。他想，我得记下来，并安排订货，我得查明宫里的女侍们为何感到不安。简称看到了，我也看到了。故事之下还有故事。她们还有尚未道出的秘密。

乔治·博林的遗孀简目前在肯特郡，想碰上几场艳遇和面对未来。她致信他说手头缺钱。伍斯特伯爵的妻子贝丝挺着大肚子去了乡下。孩子不是他的，尽管有各种谣传。如果是男孩，伯爵可能会大动干戈弄清谁是孩子的父亲。如果是女孩，他可能会耸耸肩并同意认她。女人们可能计算不准。接生婆可能误导她们。

他想，当年在威尼斯，我曾看到运河边的高墙上画着一个女人，她的背后还有星星和月亮。“火把举高一点，”他的朋友卡尔·海因茨说，“托马索，你看到她了吗？”有片刻时间，他看到了——她从德国商会的墙上俯视着从帕特尼远道而来的克伦威尔。他是她的朝圣者，她是他的圣殿——裸着身体，戴着花环，抚着自己火热的心脏。

安妮受死时，身边有四名女侍。她们从她的血泊中蹚过。她们蒙着面纱，他觉得不是他特意安排的那些人——他曾经在她身边安排了一些女侍，负责在这最后的一周里监视她，侍候她，并记录下她所说的一切。他相信是因为什么人的恳求，国王允许她挑选了自己的女侍，陪她走完最后

---

① 旧时英格兰和苏格兰的货币单位和硬币，1 马克=2/3 英镑。

一程艰难之路；风吹着她的衣服，她一次次扭头张望，期待永远不会到来的消息。

他想，金斯顿夫人会告诉我那些女侍是谁。但我一定得知道吗？她们会记得当天发生的事情，可能想与人分享。

他对她们说，走开，我需要睡觉。待在床角，待在帘子下。用布把那颗张着嘴的头颅包起来，多包几层。你们知道美杜莎①会干什么。你不能看她的脸。必须用亮钢照出她的形象。凝视未来之镜：明净无瑕的镜子，*specula sine macula*②。我们将为简装扮这座城市。每个角落都有一个乐园：一位少女坐在玫瑰亭里，有白玫瑰，有红玫瑰，呈带状装饰；一条蛇盘绕在苹果树上；亚当捕获的鸣禽挂在树上的笼子里。

明天他会给乔治·博林的遗孀回信。简想得到亡夫的金银餐具和其他物品。她每年只有一百马克，对一位永不再嫁的贵妇而言显然不够——因为谁会接受这样一个女人呢？她曾经主动找到托马斯·克伦威尔，告发自己的丈夫与他的亲妹妹上床并密谋杀害国王。

我们不会忘记最近几周。它们会被再三谈论，总是不一样，总是很新鲜，总是在进行，永远未完结。安妮被拘押期间，伦敦塔总管金斯顿每小时都派人给他送信。雷夫会仔细阅读，将其中一些标记出来，将另外一些整理收好。“威廉爵士说，王后还在谈国王会送她去修道院。但一转眼她又说，她会因为自己做的善事而去天堂。他说她不停地笑。讲各种笑话。说她以后会被称为‘无头的安妮’。”

“可怜的女人，”赖奥斯利说，“我怀疑以后是否还有人记得她。”

雷夫低头看着那封信。“我来念一下金斯顿的话吧。‘夫人对于死亡深感喜悦和快乐’。”

“在我听来她似乎很恐惧。”理查德·克伦威尔说。

“如果真是这样，”简称赖奥斯利说，“就该由她的牧师们来处理。”

“而且，”雷夫念道，“她希望国务大臣知道，在她去世七年后，这个国家会遭受巨大的惩罚——她没有说明是怎样的惩罚。”

---

① 古希腊神话中的蛇发女妖，任何看到她眼睛的人都会马上变成石头，后来半神英雄珀尔修斯用一面光洁如镜的神盾把她照出来，并砍下她的头颅。

② 拉丁语，意为“明净无瑕的镜子”。

“她真好心，竟然保留不说。”他说。

“安妮可能会发现，”雷夫说，“上帝不会像男人们那样对她惟命是从。”他打开另一封信，快速浏览了一下，说：“乔治·博林想见您，先生。有件事让他良心不安。”

“他想坦白吗？”赖奥斯利扬起眉毛。“他为什么现在要这样？判决已经宣布，而他被证实的罪名那么令人不齿，哪怕是有史以来最仁慈的国王也会认为他罪不可赦啊！因为照我看，如果他被免于处罚，民众也会在大街上用石头砸死他；或者就算没有这样，上帝也会打死他。”

“我们不该这样劳烦上帝，”理查德说，“他要做的事情有很多。”

他注意到了赖奥斯利躲闪的眼神。对于他是否该去见面，孩子们开始各抒己见。“罗奇福德勋爵留下了债务，”他举起那封信说，“他希望我帮他把事情摆平。”

“我还以为乔治不会在乎呢，”雷夫说，“看来是我没有同情心。先生，我替您去，行吗？”

他摇了摇头。乔治·博林是什么人？靠着两个妹妹用身体帮他才平步青云——先是玛丽上了国王的床，后来是安妮。但临死之人求见，你就得亲自出面。

后来，金斯顿带他走进马丁塔时，说：“好像只有你才会这样，国务大臣。你会以为他有一两个朋友。但话说回来，”他看了看周围，“我想他朋友的处境也都不相上下。”

乔治正在读一本宗教书籍。“大人，我就知道你会帮我。”他慌忙起身，急切地说，“我欠了一些债，也有人欠我的——”

“稍等，大人。”他抬起一只手，“我要不要叫一名职员来？”

“不用，全在这儿。”桌上有一沓文件，乔治翻动着。“另外，我有一群演员。你能雇用他们吗？我不想看到他们四处漂泊。”

他可以。他打算为伦敦人献上几场精彩的演出。“僧侣及其招摇撞骗，”他说，“法尔内塞①在罗马教廷，身边围着一帮马屁精。”

① 即教皇保罗三世，1534至1549年在位。早年曾是红衣主教罗德里格的被保护人，而他妹妹朱莉娅·法尔内塞则是罗德里格的情妇，罗德里格后来成为教皇亚历山大六世(1492—1503年在位)，提携法尔内塞步步高升。

乔治心情迫切。“我们应有尽有。我们有一顶教冠，还有一些牧杖和圣带，有铃铛、卷轴以及供僧侣们要乐的驴耳朵。我有一名演员扮演好人罗宾，他在演出开始前拿着扫帚扫地，最后又举着蜡烛出现，表示演出结束。给你，大人。”他把文件交给他。“国王得到一切，包括我的债务——但那些欠我钱的小人物，我不希望有人找他们的麻烦。”

他接过文件。“为同伴着想永远不会太晚。”

乔治红了脸。“我知道你认为我罪大恶极。我也的确如此。”

他发现乔治状态不好。他的眼睛下面皮肤青肿，胡子也剃得不干净，似乎无法好好地坐着让人修面。他重重地坐进椅子里，一只手抓住椅臂，以控制它的颤抖；他低头看着它，仿佛不认识这只手，而且手上也确实空无一物，令人很惊讶。“我把戒指都保存起来了。”他举起另一只手。“但我的结婚戒指，无法……”

后面会取下来的，等你的手变冷时。谁会佩戴乔治的珠宝？他妻子会卖掉它们。“大人，你还有什么需要？金斯顿尽职了吗？”

“我希望能见见我妹妹，但我想你不会允许。她最好静下心来，让自己做好去见上帝的准备。事实上，国务大臣……”他短促地一笑，“我无法想象去见上帝。从法律意义上说我已经死了，但我似乎不知道。我不知道自己怎么还在呼吸。也许我需要给自己写封信解释一下，或者……你能给我解释吗，克伦威尔大人？我怎么会既活着又死了？”

“读福音书吧。”他说。我还是该派雷夫来的，他想。他的自尊心太强，不会在雷夫面前崩溃。

“我读了福音书，但没有按它说的去做，”乔治说，“我想我没怎么读懂它。我如果读懂了，就会像你一样活得好好的。我本该安安静静地过日子，远离宫廷。蔑视俗世及其阿谀奉承的勾当。我本该避开各种虚荣行为，放弃野心。”

“是的，”他说，“但我们从没有这样做。谁都没有。我们都读过布道书。我们自己都可以把它们写下来。但我们还是爱虚荣，有野心，也从没有安安静静地过日子，因为早上一起来，我们就感到血液在血管中流淌，于是就想，天啊，今天我可以踩谁的头？附近有哪些世界供我征服？或者我们起码会想，如果上帝让我成为他的愚人船上的一员，我该怎样干掉醉醺醺的船长，并让船靠港而不是沉没？”

他不确定自己是否说出了声。乔治似乎不这么认为。他提了一个问题，正探身向前，双手交叉放在桌上，在等待答案。“汤姆·怀亚特说过他跟我妹妹上床了吗？”

“他的证据是私下的。不是出庭作的证。”

“但传到国王那儿了。我不知道怀亚特说出了这种话怎么还能活着。亨利为何没有当场打死他。”

“超过了一定程度，国王就不在乎她的贞洁了。”

“你的意思是，再多一个又何妨吗？”乔治红了脸，“国务大臣，我不知道你如何看待此事，但你不能称之为公正。”

“我不予置评，乔治。或者如果必须置评的话，我称之为必要。”

他闻到了乔治放在角落里的便壶。乔治仿佛注意到了他的微妙关注——仿佛他抽了抽鼻子——便说：“我很想自己倒掉，但他们不让我出去。”他张开双手。“国务大臣，我不会跟你争辩。不管是裁定还是判决。我知道我们为何而死。你一直当我是傻瓜，但我没有你想象的那么傻。”

对此他没有回应。但乔治推开椅子，跟着他走到门口：“大人，祈祷上帝让我在断头台上坚强吧。我必须做个榜样，如果我们按等级顺序，我想会是这样——”

“是的，大人，你会是第一个。”

罗奇福德子爵。接着是侍从。然后是琴师。“如果让马克在我们之前会更好，”乔治说，“作为一个平民，他最有可能崩溃。但我想国王不会打破顺序。”

说到这里，他失声痛哭。他伸出双臂——一名武士的双臂，年轻，健壮，充满生命力——搂紧托马斯·克伦威尔，仿佛跟死神搏斗一般。他全身颤栗，下肢发抖，整个人站立不稳，摇摇晃晃，口里一遍遍地念叨着他永远不会让世人看到的事情：他的恐惧，怀疑，希望这是一场梦，他可能从中醒来。他泪眼模糊，牙齿打颤，双手胡乱地抓着，他的头在寻找一个可以倚靠的肩膀。

“上帝保佑你，”他说，然后亲吻了罗奇福德勋爵，就像两位绅士分手时可能做的那样。“你很快就会解脱痛苦。”临出门时，他对看守们说：“看在上帝的分上，把他的便壶倒掉。”

现在他醒了，在自己家里。乔治已经退去，随之退去的还有其泪水的味道。房间里有脚步声。他拉开床帷——绣有叶形装饰的厚实锦缎。天还不是很亮。他想，我几乎没怎么睡觉。有时，如果你想着金钱流进流出，就会产生睡意；河水把钱冲过来，你在岸边捡起它。但接着就有人闯入他的梦境：大人，如果你需要职员来为国王的新事业效劳，我侄子在数字方面很内行……解散修道院绝非易事。还仅仅是小修道院便是如此。其中的一些在十个郡都有土地。不动产和动产累加起来，为国王的国库增加了资产……但从中还要扣除僧侣的各种债务、津贴、安置费和年金。他不得不设立了一个新的部门来负责测量和审计以及收付款工作。大人，我儿子在学希伯来语，想找一份可以同时使用希腊语的工作……他有三十四个装满文件的箱子，是当年为沃尔西做这类工作时留下来的。他得安排人搬运。你儿子可以搬重物吗？也许理查德·里奇应该把箱子放在他那儿。他刚刚被任命为增收法庭①的大法官，新法庭还没有办公场所，只是在威斯敏斯特宫腾出了一些他得与老鼠争夺的空间。这样不行，他想。我要给我们建一栋房子。

在加来行刑人的剑身上，刻有一句祈祷文。“给我看看。”他当时说。他记得那些雕刻的字，以及他的手指抚摸时的感觉。安妮的情人们都是斧头斩首，死后被扒去衣物。五块亚麻裹尸布。裹住五具尸体。五颗砍下的头颅。在死者复活的日子，他们希望能认出自己。如果身首错配会是怎样的不敬？仅仅看到那些人一动不动地瘫在塔里，你不会相信这种事。当被血浸透的包裹从马车上卸下来，没有任何身份标记时，他们才发现没有记下谁是谁。他不在现场——他在朗伯斯，与大主教在一起——所以他们转向他的外甥理查德：“我们现在怎么办，大人？”

他想，我会打开裹尸布，看看他们的手。诺里斯的手掌上有一道疤痕。马克的手指因为拨琴弦而起了老茧。韦斯顿有破指甲，像小时候那样。乔治·罗奇福德……乔治仍然戴着自己的结婚戒指。而剩下的那个肯定就是布莱里顿了——除非他们误砍了某个路人的头？

他想，我需要的是能够计数的人。记下五颗头颅、五具尸身、三十四箱文件。你儿子会不会计数？他是否介意风雨无阻地外出？冬天他愿意骑

---

① 全称为增加国王岁入法庭（ourt of the Augmentations of the Revenues of the King's Crown），设立于1535年，当年议会颁布法令，没收所有年收入在200镑以下的修道院的土地和财产，转归国王所有，同时颁布法令设立增收法庭，职责是管理上述没收的财产，并受理与之有关的诉讼。

马上路吗？增收法庭已经任命了一批官员，都是些诚实能干的人：丹纳斯特尔和弗里曼，乔布森和吉福德，理查德·保莱特，斯卡达摩尔，阿朗德尔，格林。他有没有任命沃特斯，以便可以把他引荐给斯皮尔曼？还有他的朋友罗伯特·索斯韦尔、博勒斯、莫里斯以及——谁呢？谁被漏掉了？

安妮身首分离后，加来人把剑递给他，他用手指抚摸着祈祷文。钢很冷，他的手指感到麻木；等我变冷时，我会取下这枚结婚戒指。他走啊，走啊，总是朝国王走去，伸着一双光手，没有武器。在他的梦中，三位身着绸缎的侍从转身目送他走过，霍华德家的人面孔上带着霍华德式的冷笑。大托马斯·霍华德，小托马斯·霍华德。半睡半醒之际，他问自己，小霍华德有何心思？他的时间如何打发？他是那位蹩脚的诗人。他的诗句粗浅笨拙。密/细。途/读。事/痴。还有噼-啪，嘀-嗒。

别数霍华德家的人了，他想。数一数职员吧。贝克威思，我的确忘了贝克威思。索斯韦尔和格林。吉福德和弗里曼，乔布森和斯登普——威廉·斯登普。谁能忘记斯登普呢？

很显然，我。

他对手下的人说，你们得把一切都记下来。别太相信自己。人的记忆靠不住。你们是增收法庭的人。每年二十镑，还有可观的用度补贴。你们会永远不在家，总是在将王国划成大区、小区；当收入业务紧急时，你会把马累死。每座修道院都有不同的债务，以及不同的习俗和人员。有些院长说："放过我们吧。"他说，也许。将两年的收入上交国库，我们可能会让你们保留。他必须稳住关闭的节奏，因为有些僧侣希望转到更大的修道院，必须为他们找到安置之处。必须任命审计人员。有几位已经到岗，其中三位都叫威廉。还有米尔德梅和怀斯曼、洛克比和伯戈因。但不是斯登普。从我的梦里出去，斯登普。基督的时代没有僧侣，也没有斯登普。法庭必须有几名送信员，必须有一名传达员——必须有人挡住涌来的上访人员，同时又负责开门。让传达员按日取酬，他还会赚取足够的小费；如果你想在这个世界上出人头地，难道不希望有人为你开门吗？命运啊，你的大门打开了：托马斯·克伦威尔缓缓走了进来。

现在，奥斯丁弗莱已经渐渐像一位大人物的府邸，正面有光线通透的凸肚窗，原来的小花园扩展成了果园。他买下了相邻的几块地，有些来自修道士，还有些来自住在这一带的他的意大利商人朋友。他拥有这片区域，在他的柜子里——在一个雕有桂冠的胡桃木柜子和另一个比查尔斯·布兰顿还要高的柜子里——保存着将这片区域划分、估价和命名的文契。里面有他的各种产权证书，和已逝者在很久以前的盖章和签名，而见证盖章和签名的城市管理员、警官、市议员和治安官等，其职务项链早已回炉成硬币，遗体也长眠于石头底下。普通的裁缝和皮革商在这里——百老汇街、天鹅巷、伦敦墙街——辛勤地工作过。有两姐妹继承了一个花园，在她们的丈夫把它卖给修道士之前，她们曾一同在果树下漫步，在散发着苹果香味的傍晚，她们皮肤清新，伊莎贝拉的手指搭在玛格丽特的胳膊上；透过层层叠叠的树枝，她们仰望天空，脚下的木底鞋在草地上留下踩踏的痕迹。有一位酒商出售了一座仓库，一位杂货店主转手了一家商店，仓库和商店落到修道院院长的手里，一个世纪过去了，然后——他的手指翻阅着那些文件——它们又落到我的手里。当心，别抹花了，他们的名字还墨迹未干，萨洛蒙·列·科迪勒和福尔克·圣·艾德蒙。这是他们的印章，上面有兔子、狮子、鲜花和圣徒，还有一只鸟带着一窝雏鸟；还有伦敦城的纹章、一块马蹄铁、一头豪猪和圣心。历史记载在兽皮上：写在早已被宰杀的羊的皮上，或者从未呼吸过的牛的皮上；死者刨掉了我们的落足之地，所以当他走下奥斯丁弗莱的一级楼梯时，梯面从他脚下消失，而他的下方还有一级楼梯，只有在想象中才能看见；楼梯继续向下，通向那座罗马军团将其骨灰留在地底下的城市，他们的酒杯残留在土壤中，骨头遗弃在河水里。然后再不断向下，进入他自己的底土，穿过法兰西、意大利与荷兰，穿过低地和流沙，绕过河口的沼泽和草地，穿过他梦中的泛滥平原，直到他醒来的所在，赫然发现已是新的一天：铁匠铺传来铁砧的铛铛声，震得房间里的阳光在摇曳——在这个房间里，他就像一个裹在襁褓中的无助婴孩，从睡梦中惊醒，仿佛第一次感受到了自己的心跳。

在塔内自己的房间里，托马斯·怀亚特坐在他之前离开时所坐的桌子旁，顶着同样明亮的阳光，仿佛自安妮死去那天起就再也没有挪窝。他面前有一本书，他没有从书上抬起目光，既未起身也没有问候他们，只是说："您会喜欢这个，国务大臣。是新的。"

他拿起书。是彼特拉克的诗集；他翻了翻。怀亚特说："在这个版本中，所有的诗篇都按照诗人的生平排序。它们讲了一个故事。或者说貌似如此。我总是想要一个故事，您呢？”他抬起头，蓝眼睛闪闪发亮。“放我出去。我在这儿一天也坐不下去了。”

“国王刚刚认定安妮是在法兰西宫廷失身的。我希望他坚持这种观点，而不要想起任何可能靠近她的英国人。你在这儿更安全。”

“我会去肯特郡。我不会在他面前晃悠。你要我去哪儿我就去哪儿。”

“你喜欢到处跑，”他说，“从不在乎去哪儿。”

怀亚特说：“我在回顾自己这一生——自从我第一次随切尼出使法兰西，至今已是第十个年头。那时，他们说我的腿年轻，我的胃强壮，所以我是中间人，不停地在海上颠簸。我常常汗流浃背、上气不接下气地出现，连胯下的坐骑都累死了，而沃尔西却说：‘看在上帝的分上，你这是去哪儿了，孩子？摘花去了吗？’红衣主教大人在效率方面无与伦比。”

“他在各方面都无与伦比。”

“现在博林家族及其朋友们都被解决了，你为自己腾出了地方，可以把你的亲信安排在国王身边。哈里·诺里斯，我知道你为何要除掉他。布莱里顿、乔治·博林——我明白对你的好处。但韦斯顿是个孩子。马克的帽子上也许有一颗宝石，但我保证他连买裹尸布的二十便士都拿不出来。”

“可怜的马克，”他说，“他跪在安妮脚下，她却嘲笑他。”

他想象着那辆马车，那堆尸体，上面盖着一张血迹斑斑的帆布；那个孩子的手垂了下来，仿佛希望被人握住。他说：“我只想让马克做个证人。但他自掘坟墓。我没有伤害他。”

“我相信你的话。虽然别人都不信。”

“给我几天时间。最多一周。等你出去时，你会从国库得到一百镑。”

“我不需要。”

“相信我，你需要。”

“他们会说这是我出卖朋友的回报。”

“老天！”他“啪”的一声把彼特拉克诗集扔在桌上。“朋友？他们向你表示过怎样的友情？韦斯顿是什么人——一个管不住自己的鸡巴、只会咧嘴傻笑的蠢货！还有布莱里顿，那个吹牛大王——我告诉你，他在北方的家人早都受到警告了。他们以为法律由他们说了算。但那种日子已经过去了。现在没有私人王国。只有一种法律，那就是国王的法律。”

“当心，”怀亚特说，“你已经到了自我辩解的边缘。”

他想，我可能的确是在边缘。“我殚精竭虑地救你，汤姆。你曾经命悬一线。”

怀亚特抬起头。“我会告诉你我为什么还活着。不是因为我怕死或者愿意忍辱偷生。而是因为有个女人怀了我的孩子。否则，你如果想要安妮死，就得另想办法了。”

他瞪着他。“她是谁？”他坐在一只三脚凳上。“你知道你早晚会告诉我的。”他突然想起什么。“别告诉我是爱德华·达雷尔的女儿。国王把凯瑟琳遣走时，跟随她的那位？”

怀亚特点点头。

“难道你非得爱一个会伤害到你的女人吗？”

“我就是这样。这是个糟糕的借口。”

他说：“我记得贝丝·达雷尔小时候在多塞特府时的样子，当时我经常为他们做事。我知道她父亲有义务忠心耿耿——他是凯瑟琳的管家。但他已经死了，而那姑娘从来没有这种义务。”

“你认为她在安妮·博林身边会更好吗？”

有道理。“在修道院会更好。但我想你有你的办法。”

“我想是的，”怀亚特难过地说，“我爱她，我爱她很久了。只是因为她远离宫廷我们才得以保守秘密。”

他想，当初我去金博尔顿见凯瑟琳时，贝丝就在那暗影中吗？他想起那些上了年纪的西班牙女侍；她们不相信厨房，所以在自己的房间里为凯瑟琳做饭，衣服上都沾有烟火和菜水的气味。她们用自己的语言骂他，自言自语地说不知道他是否像撒旦那样浑身是毛。他看到自己走到凯瑟琳面前，看到她蜷缩在裘皮大衣里；病人的气味包围着他，透过眼角的余光，他看到一个瘦小的身影端着碗悄然离开。他当时还想，女仆端着王后的被盖住的呕吐物，仿佛那是圣体一般。那肯定是爱德华·达雷尔的女儿，仆人帽下是一头金发。

“我恳求过她，”怀亚特说，“就算她不肯离开凯瑟琳，那么至少在被要求宣誓时就宣个誓。我说，贝丝，国王如果想自封为教会首脑，跟你何干呢？我引用实例，费尽口舌。加迪纳主教也不会这样力劝。但她不愿意让亨利得逞。凯瑟琳去世时她陪在身旁。”

“为了钱？”他说。

“她身无分文。凯瑟琳欠她的从来没有兑现。如果我不保护她，就没有任何人保护她了。她知道我已经结婚，这方面身不由己。她怀着我的孩子，不能回她自己的家。我又不能送她去阿灵顿，我父亲不会接受她。我不知道谁会收留她，因为我妻子的家人已经让所有人都反对我。这会给他们一个幸灾乐祸的机会。他们最开心的莫过于看到我在荆棘中挣扎了。”

怀亚特不肯提他妻子的名字，能不提就尽量不提。他跟她有一个孩子，是男孩，但天知道是怎么得来的。

“阿灵顿是你最大的希望。要我跟你父亲谈谈吗？”

“他病了。我不想烦扰他。我害怕他的鄙视。我知道我受到他的鄙视。”

他想说，不是鄙视，恰恰相反，他爱你，欣赏你，但命运让他变得严苛。亨利·怀亚特当年躺在这个要塞期间，可不是在一个通风良好的房间里，而是戴着镣铐关在一间牢房中，他竖起耳朵，等待着他的刑讯者的脚步声和钥匙的咣当声。刑讯者不需要特殊的手段或专门的工具。在常见的物品中，到处都是致人痛苦的机会。狱卒拽住怀亚特的脑袋让它往后仰，将马的衔铁塞进他嘴里，然后把芥末和醋灌进他的鼻孔，那辛辣刺鼻的混合物将他呛得半死，他吐出了一部分，其余的则吸了进去。篡位者理查前来看着他受罪，并敦促他放弃对都铎的效忠——都铎当时身在国外，既无希望也无财力。“怀亚特，你为何这么愚蠢？你是在毫无意义地为一个一贫如洗的流亡者效力。放弃他吧，追随我，我可以奖赏你。”

他不肯放弃。他们把他扔在稻草上，任他在黑暗中流血。他的牙齿断了，他在肮脏的地上恨不得把五脏六腑都吐了出来。他的肚子空空如也，腐蚀性混合物让他的喉咙灼热难耐；他既没有干净的水，也得不到面包——等到他可以吃的时候。怀亚特说：“那是个精彩的故事，一只猫居然给我父亲送来了食物。即使在我很小时，我也从来都不信。我当时想，这个故事是用来糊弄比我更单纯的孩子的。但现在我尝到了被关押的滋味。囚犯会相信各种事情。一只猫会来救我们。托马斯·克伦威尔会带来钥匙。”

“我想，不知道贝丝现在是否愿意宣誓？凯瑟琳死了，所以不会冒犯到她。”

“我没问过她，”怀亚特说，“也不会问。亨利肯定不会揪着她不放吧？已经有足够的人承认他是教会的首脑，与上帝并肩而立。我们希望玛丽小姐一旦回宫，就会帮助我们。她肯定会关心贝丝，关心一个在她母亲临终时握住她的手、如今被孤零零地留在人世间的年轻女人。”

“毫无疑问，”他说，“但当你在这儿陪着彼特拉克时，世界在继续前进。国王将要求玛丽亲口宣誓。她如果拒绝，就会来这儿陪你。”

怀亚特移开视线。“那你得帮助我们。我的名誉可能毁于一旦。”

他想，当你掀起贝丝·达雷尔的裙子时，名誉又在哪儿？他从凳子上起身，并用脚把它踢开。对国王的顾问官来说，这个座位很难受。“我会跟贝丝谈谈。肯定可以在哪儿给她找个地方。接受国王的钱吧，汤姆。你需要的。”

“我会听你的，”怀亚特说，“我父亲也说过我应该如此。我想，你也可能像其他人一样犯错，天知道，你可能走向灾难。但对我而言，条条道路都通向那里。我走到十字路口，掷出骰子，不管哪一面朝上，结果都一样——沼泽，深渊，或冰川。所以我会跟随你，就像小鹅跟随鹅妈妈。或者像但丁跟随维吉尔。哪怕是前往地狱。”

“我想，今年夏天我最远也只会到南部海岸。也许会去怀特岛。”他拿起诗集。它完好无损，尽管封面像女人的皮肤一样柔软；是威尼斯印刷的，标题嵌在一幅飞翔的丘比特的木刻画里，印刷商的标识为一只海怪。假设有人保留了怀亚特诗歌的只言片纸——在军械师的账单背面草草写就的田园诗，一个女人贴在赤裸的胸口上的抒情诗，后果会如何？如果某位编辑致力于发掘这位诗人的生活，就会找到一个可以毁掉很多人的故事。怀亚特说：“安妮·博林从未离开我。我常常看到她，还是我最后一次在这里看到她时的样子。”

他想，我也看到了她，戴着小巧的羽翎帽，眼神疲惫。

他走到门外，喊道：“马丁！这乞丐般的家具是谁给怀亚特的？”

“他没有抱怨，大人。说真的，他是一位绅士——没有抱怨。”

“但我是一位勋爵，”他说，“我在抱怨。”

他想，我上次来时没有注意到那只可恶的凳子。但这情有可原，因为在来之前，我刚刚观看了加来行刑人展示他的手艺。

在奥斯丁弗莱，格利高里正在等他："菲茨罗伊要见您。"

"我去见怀亚特了。"他说。

"怎么样？"格利高里很急切。

"我稍晚再告诉你。"我们不该让国王的儿子久等。

"雷夫猜测，菲茨罗伊想知道您是否会扶持他当国王。"

"别胡说。"

"我是指有朝一日，"格利高里说，"说人都有一死不算谋逆言论。"

"没错，但也不是什么好话。"他想，安妮·博林就错在这里。她把亨利当成了平常人，而没有看到他的真相，没有看到所有君王的真相：一半是神，一半是兽。

格利高里说："理查德·里奇在这儿。他在写一篇表忠心的演讲稿。我们去看看好吗？我喜欢看他工作。"

理查德爵士从事文书工作时，犹如乌鸦在对付垃圾堆。啄啊，啄啊，啄——用笔，而不是喙——直到他面前的一切变得七零八落支离破碎，就像蜗牛壳被石头撞碎一样。

"你好，议长先生。"格利高里说。

"你好，小克伦。"里奇心不在焉地说。

他儿子长相英俊，神态悠闲，低头看着理查德爵士忙碌。"里奇认为其名即其命①，"格利高里说，"他可以把墨水变成现钱。你的脑子很精明，对吧，里奇？"

里奇说："有创意，记性好。仅此而已。"

里奇的职责是在宣布议会开会时欢迎国王。"大人，我可以给你念念吗？我已经有了一点思路。"

他坐了下来。"假装我是国王。"

"我来给您找一顶更好的帽子。"格利高里说。

里奇说："请问，我可以开始了吗？"

他念了起来。格利高里晃来动去："您还记得查普伊斯大使的帽子吗？我们想借来给雪人用的？"

"嘘，"他说，"注意听议长先生。"

---

① 里奇的原文 Riche 有"暴发户"之意。

“不知道它后来怎样了？”

里奇皱着眉头停住了。“你们不喜欢我的开头吗？”

“我想国王会喜欢。”

“那我的思路是正确的？接下来我说他拥有所罗门的智慧——”

“说所罗门不会有错。”

“——还有参孙①的力量，以及押沙龙②的俊美。”

“等等，”格利高里说，“押沙龙的头发很浓密，否则就不会被树枝缠住了。国王的头发……嗯……没有那么多。他可能会认为你在嘲讽他。”

“不会有人怀疑议长先生在挖苦人。”他肯定地说。

格利高里说：“可押沙龙的行为常常很糟糕。”

“把你的演讲放到一边，”他对里奇说，“跟我一起去见菲茨罗伊。”

里奇求之不得。他们动身时，克里斯托弗跑了过来。“不要撇下我，先生。万一某个恶棍跟你搭讪怎么办？你现在是勋爵了，必须时时刻刻有武力保护。”

“那你是武力了？”里奇觉得好笑。

“让他跟我们去吧，他喜欢帮忙。”

他越来越觉得克里斯托弗的憨模憨样是一种优势。在这样一个粗人面前，谁也不会提防。临出门时，他抓住克里斯托弗制服外套的前胸，让他站直，拍拍他身上的灰尘。“这是你该为我做的事，”他说，“晚上是你在我房间走来走去吗？”

“晚上我睡着了，”克里斯托弗说，“我猜是某个老鬼。”

“肯定不是，”里奇说，“我从没听说有鬼在六月份走动。”

有点道理。陪伴他的是那些蒙着面纱的女侍——就人们所知，是活着的女人——直至黎明到来，她们消失于墙缝之中。他记得她们衣服上的污迹，记得她们用衣袍擦拭王后的血迹所留下的黑印。

---

① 《圣经》中的大力士。

② 押沙龙是《圣经》中以色列国王大卫的第三子，容貌俊美，但刚愎自用，因为胞妹他玛被异母哥哥暗嫩奸污，而设计杀死暗嫩，为此被放逐。后来，他发动反抗父亲的叛乱，占领耶路撒冷，但在以法莲树林中全军覆没，他的堂哥约押趁押沙龙的头发被橡树枝缠住时将他杀死。

国王去打猎了，但由于他的医生们的某种顾虑，他的儿子留在伦敦，留在于医院旧址上修建而成的圣詹姆斯宫。这里的地面曾经被泰伯恩河的河水所淹没，他们进行了清理和排渍，周围如今形成了一个风景怡人的公园。这是国王及其家人的休养地，可以远离在白厅附近涌现的人群。

大门内的院子里搭起了脚手架，他们一进门，就听到工人们高声说话以及各种切割敲打的声音。看到这些大人物，喧嚣声便戛然而止，但金属敲打石头的余音还在空中回荡。一名工人从梯子上下来，脱下帽子。“大人，我们正在拆除那些 HA-HA。”

他指的是亨利和已故王后的首字母：那么亲昵地扭在一起，犹如正在交配的蛇。

“我要你们离开一小时，我跟里奇蒙大人有事要谈。”

那人拍了拍帽子上的灰。“我们不敢，大人。”

“按他说的做。”克里斯托弗说。

“这段时间你们会有报酬。”他催促道。

“工头将需要书面证明。”

他一只手按住对方的脑袋，把他拽到自己的鼻子前。“我干吗不给你们头儿写一封情书？把他的名字告诉我，我会把他的首字母放在一颗心里。”他能闻到那人的汗味。“克里斯托弗，到厨房去，给这些家伙要点面包、啤酒和奶酪。就说是克伦威尔吩咐的。”

那人重新戴上帽子。“反正也该吃饭了。你看到哈里国王时，告诉他我们在为新娘干杯。”

在会客室后面的一间镶有墙板的小密室里，年轻的里奇蒙公爵接待了他们，他病恹恹的，穿着长袍，戴着睡帽。“我昨晚发烧了。所以医生们又不让我动。”

几滴雨点打在窗户上。“天气不太好，大人。最好待在室内。”

“不是汗热病，大人。”里奇安慰道。

“对，”那孩子说，“否则我不会召几位大人来这儿，以免传染给你们。”

他们鞠躬致谢，感谢自己的生命受到眷顾——他们毕竟只是平民。

“也不是瘟疫，”里奇补充道，“方圆五十英里都没有一例。至少现在还没有。”

他笑出声来。“万一我病了，提醒我让你远离我的床边。你就是这样开导公爵大人的吗？”

里奇拘谨地请求公爵原谅。但他感到不解：这有什么好笑的？

那孩子说：“里奇，感谢你好心前来，但现在我想跟国务大臣谈谈。”

里奇不想离开。“恕我冒昧，大人，国务大臣对我没什么相瞒。”

他想，你真是错得离谱。里奇犹豫着，迟疑着，然后躬身告退。菲茨罗伊说：“敲打声停了。”

“我用面包和奶酪收买了他们。”

“我希望他们干得越快越好。我希望那个女人消失。所有的痕迹。起码是所有看得见的痕迹。”男孩瞥了一眼窗户，仿佛有人在外面向他示意。“克伦威尔，有慢性毒药这种东西吗？”

他吃了一惊。“上帝保佑大人。”

“我想，也许，你在意大利待过——”

“你怀疑已故王后给你下了毒？”

“我父亲说过，只要有机会她肯定会下手。”

“但你父亲当时心情……”怎么样呢？“已故王后被发现的罪行让他感到愕然。”

“而且那些罪行比公布出来的还要严重，对吧？萨里大人告诉我，他被要求私下作证，可那些证据根本没有呈上法庭。实际情况比已经供认的还要恶劣。换了是我，会对她更加严惩。”

他想，如何严惩呢？大人，你会怎么做？用生锈的菜刀砍下她的脑袋？用新鲜的木材将她烧死？

“而且，”里奇蒙说，“她是个女巫。”他的手指不安地扯着自己的帽带。“有些人不相信有女巫。虽然圣托马斯·阿奎那[①]提到了她们。我听说她们可以让牛奶变酸，让母牛流产。她们可以让马在行进中突然受惊——总是在同一地点——从而让骑手受伤。”

---

① 托马斯·阿奎那（约1225—1274）是西欧封建社会基督教神学和神权政治理论的最高权威，被基督教会奉为圣人，撰写的最知名著作是《神学大全》（*Summa Theologiae*），他本人被称为“神学界之王”。

他想，如果总是在同一地点，骑手就应该可以掌控了。

“她们可以让男人的手臂萎缩。篡位者理查不是遭受过这种命运吗？”

“他是这么说过，但那条手臂在受诅咒之后与之前一样有力。”

“她们有时伤害孩子。她们可以通过祈祷——倒着念祷告词——来达到目的。或者通过投毒。你没想过是安妮·博林毒死了红衣主教大人吗？”

他没有想过，并如实回答：“没有。”

“但他的死亡不正常。我从一些谨慎的知情人士那儿听说了。”

“可能有人收买了他的医生们。”他想起阿戈斯蒂诺医生，双脚绑在马肚子下，从卡伍德被押走。他躲到哪儿去了？立即被诺福克保护起来。他不能告诉这孩子，如果该事件中真有投毒者，就可能是他的岳父。

菲茨罗伊说：“我很小的时候——我想我曾经告诉过你——红衣主教带给我一个玩偶。是我自己的形象，穿着长袍，上面绣满了英格兰和法兰西的纹章。不知道它现在在哪儿。”

“我可以去找一找，大人。你不觉得在你母亲那儿吗？”

孩子没有想到这一点。“我不这么认为。那是在我们分开之后的事情。她现在有了别的孩子，我猜她从没有想过我。”

“恰恰相反，大人。她的荣华富贵，她现在这桩体面的婚姻，都是源于你。我相信她每天都为你祈祷。”

在六七岁之前，男孩子们会跟女人们一起生活。然后在某一天，不容选择或讨论，他们会被接走，头发剪得短短的，所以耳朵总是很冷，接着他们被抛进一个阴沉的世界，所有人都在埋怨和受罚，在结婚之前，你享受不到任何温情，除非拿钱去买。当然，这不是他的成长方式。五岁时，他就在为铁匠铺搜捡废铜烂铁。六岁时，他跟他父亲的学徒们在一起，待在他们脚旁，渐渐习惯那四处飞溅的炽热火花，以及铁砧上不断的捶打声，即使一天的工作结束之后，那“铛铛”的声音还在你脑海中回响。七岁时，他学会了骂人，但不怎么识字，像补锅匠的儿子一样成天在外疯跑。

里奇蒙说：“我小时候不知道沃尔西出身低微。我觉得他是个非常好的人。嗯，他的结局很惨。所幸不是被砍头。他们告诉我，在途中他的心碎了，所以要了他的命。”

有这种可能性。那些认为一颗心不可能破碎的人是过着衣食无忧的生活。男孩在椅子上动了动。“你觉得简王后会生个儿子吗？”

“大人，全国的人都知道，她来自很会生养的家庭。”

“是的，但如果法庭上所说的属实，如果国王无法让一个女人满足或对她行应尽之事——”

“大人，我建议——真诚地建议——不要谈论此事。”

但里奇蒙是国王的儿子，自顾自地说了下去。“我的萨里哥哥告诉我——”他指的是内兄——“我的萨里哥哥说，议会在制定新的继承法方面做错了。他们让国王选择自己的继承人，而他们最应该指定我的。”

感谢上帝，这孩子还有几分理智，要里奇离开了房间。如果里奇听到这些，肯定会直接去向亨利报告。

“我想成为国王，”里奇蒙说，“我很合适。萨里说我父亲应该认识到这一点。如果他现在死了，我不会害怕伊丽莎白那个小崽子，因为她不过是小妾的孩子——除非像人们所说的那样，她是从街上捡来的弃儿。全国上下不会有任何人支持她的继承权。”

他点点头；这一点倒是真的。

“至于玛丽小姐，如果我是私生子，那她也是私生女，而我是纯正的英国人，她是半个西班牙人，我还是个男人。另外，据说她不肯宣誓承认我父亲作为教会首脑的头衔。她如果这样，就是十足的谋逆者。”

“玛丽会宣誓的。”他说。

“她可能会嘴里说说，也可能会签署文件，如果你强迫她的话。但我父亲会看穿她。玛丽不应该得势，也不会得势。”

他上一次与里奇蒙交谈时，这孩子还满足于现状，现在却突然有了这种大逆不道的野心，那么，谁会是幕后的指使者呢？他的岳父诺福克？诺福克也许会捣鬼，但是会默默地进行。不，是诺福克的儿子，那个愚蠢、任性的孩子，在把他的朋友朝着一个并非虚位以待的王座上推。他说：“是萨里大人建议你——”

“是我自己的想法。”男孩打断他，“萨里是我的朋友，给我提出有益的建议，但等我当上国王后，谁也不能对我指手画脚，也不能像蒙骗我父亲那样蒙骗我。我不会受女人的摆布。”

他低下头。“大人，我无法将继位之事推倒重来。新的安排体现了国王的意志。我不明白能为你做些什么。”

“你会找到办法的。大家都说议会由你说了算。等我当上国王后，我会奖赏你的。”

等你当上国王？“我不会活得那么久。”

“我想你会的，”里奇蒙说，“我父亲自从一月份摔了那一跤后，一直腿痛。我听说有一处旧伤口重新裂开，他的肉里有一道口子深可见骨。”

“如果真是这样，那他是在极其顽强地承受着痛苦。”

“如果真是这样，就不可能不感染。它会化脓腐烂，然后他会死去。”

这孩子开口闭口全是谋逆言论，自己却听不见。他看到，在这个即将长成大人的身躯里，意志在蠢蠢欲动。从他的帽子底下露出来的那撮头发是红色的，是金雀花的发色。他的祖父爱德华四世会承认他；约克家族会承认他；爱德华国王那几个失踪的儿子如果活了下来，就会是这副模样：眼里的光芒犹如剑刃上的寒光，细腻的皮肤时红时白，将激情暴露无遗。里奇蒙说：“红衣主教大人如果还在世，就会扶持我当国王。他曾经提出我应该成为爱尔兰国王，对吧？由此可见，他也会希望我成为英格兰国王。”

他转过身去。“你该休息了，大人，好好养病吧。”

他想，狮子有时也食子。有什么可奇怪的？

那孩子在他背后喊：“帮帮我，克伦威尔。”

他处于一种极为惊愕的状态，犹如挨了一记闷棍。老天，国王和王子们都是什么人啊？成天琢磨怎么杀人。现在是弑父，仿佛这个季节的意外事件还不够多似的。

里奇靠在墙上，正在与弗朗西斯·布莱恩闲聊。看到他后，他们直起身。布莱恩那只镶有宝石的眼罩朝他会意地眨了眨。“来自法兰西的问候。加迪纳主教向你致以特别的爱，亲亲你。我是在事情过去之后才回来的。收取信件。在国王耳边吹风。核实你的情况。加迪纳不相信你会成为男爵。他说你的好运不可能持久。”

“是吗？替我回亲他一下。”

“哦，我会的，”弗朗西斯说，“他不明白你为何那么喜欢凯瑟琳的小崽子。他说你在保护玛丽，而这会毁了你。他说——请注意——‘亨利的女儿如果否认他是教会首脑，那就像否认他是国王一样，是严重的谋逆罪。’他说，‘相信我，弗朗西斯，克伦威尔会做过头，并栽倒在这件事情上。’”

“谢谢，”他说，“你帮了我大忙，弗朗西斯。”

里奇显得不安。国务大臣是在挖苦吗？里奇无法确定。他问：“菲茨罗伊想干什么，大人？我猜他欠了债？”

“多少？”一贯挥霍无度的布莱恩对一名有前途的年轻人很关注。

“他谈起红衣主教。我想，他突然有些伤感。”

里奇说：“如果你担心他的健康，我们要不要告诉国王？”

“他得到了最好的建议。而且国王不会靠近他，你知道他对任何疾病都避而远之。”

“但是大人，你患热病的时候，国王来看过你。”

“只是在我病好之后。再说，那是一种特殊的意大利热。”

一种真正的、让你骨头打颤的间日热，不像那些从未去过肯特郡沼泽地以南的人所遭受的一小阵出汗和颤抖。

“那是宠爱的表示。”里奇听起来很羡慕。

他想，热病会回来。亨利很可能也会回来。他不相信国王很快会死——尽管对一个独生子与自己反目成仇的人来说，还不如死了好。父亲爱儿子，儿子却不爱父亲。儿子希望他消失，想取而代之。事情就是这样。当然。肯定是这样。

他想起红衣主教被捕那天的情景，哈里·珀西的人闯进他的住处；他把手放在肋骨上。“我这里很痛，”他说，“像磨刀石一般冰冷的痛。”如果他的心碎了，那是谁打碎的呢？除了国王自己，没有别人。

“我该吩咐那些工人回来干活吗？”里奇问。

弗朗西斯说：“听说凯瑟琳的一只木雕石榴还挂在汉普顿宫的顶梁上。我自己看不到。医生们说，如果你失去一只眼睛，另一只的视力也会逐渐下降。我将成为一个在大路上要饭的瞎子，而好心的加迪纳主教会领着我。”

雷夫·赛德勒和托马斯·赖奥斯利从汉斯顿的玛丽那儿回来，手里没有文件，也没有得到她的宣誓。赖奥斯利说："先生，你为什么派我们去呢？你肯定知道我们不可能成功。"

"她看上去如何？"

"病恹恹的。"雷夫说。

"国王对她的顾问们很恼火。"他说。

"坦率地讲，"雷夫说，"我觉得问题不在于那些顾问。而在于她自己顽固的自尊心。"

"管它呢。"他漠不关心。

赖奥斯利说："先生，再也不要派我去那儿了。"他情绪激动，满脸通红。"如果赛德勒大人不愿意把当时的情况告诉你，那我来说好了。她府里全是尼古拉斯·卡鲁的人，以及科特尼家的仆人，还有些人穿着蒙塔古勋爵家的制服。他们未经你允许就去那儿，还夸口说，现在没关系了，克伦威尔什么都不是——玛丽将返回宫廷，教皇将重受尊奉，世界将拨乱反正。"

"他们称她为'公主'，"雷夫说，"也不在乎谁会听到。"

"我们称她玛丽小姐，"简称说，"她似乎很生气。她期待被称为公主，还期待我们向她下跪。接着，当我们转达你的问候时，她爆发了：'告诉我她是怎么死的。'她只想诅咒安妮·博林。我们说，她死得很平静，雷夫说——"

"'——是基督徒顺从的典范'。"雷夫移开视线；他对自己的说法感到惊讶，事发时他甚至不在现场。

"但她不想听到这些。她称安妮为'那个东西'，还说她应该被活活烧死。她问她做了什么祷告，脸色是否苍白，身体是否发抖……我没有想到一个年轻姑娘会那么残忍，也没有想到她们同为女性却彼此那么恨之入骨。我简直要吐了，真的。她有一颗黑暗的心，并且毫不掩饰。"

雷夫一直看着简称。"好了，"他说，"那一关很难，但已经过去了。另外，先生，玛丽的决心也不像她周围的人想象的那么坚定。她问我们：'什么，国务大臣没有亲自来吗？'她几乎像是在等待着您。这样她就可以宣誓，而不会有人怪她。她会告诉全天下，是您威胁她，强迫她。罗马和全欧洲都会相信。"

“我宁愿她的服从是出于自由选择。不管天下人怎么说。”

“服从？”简称难以置信，“她是我所见过的最不可能屈服或服从的人。她晚上躺在床上想些什么呢？睁着眼睛设想怎么折磨人吗？先生，你知道我无所畏惧。我了解有些事情是怎么做的。那次我就在塔里，当你把那个修道士反剪双手吊起来——”

“我没有——”他说。

“——我没有反对。我明白他那种奸诈的无赖虽然口里叫嚷，但仍然能够履行本分和保全自己——”

“我没有，”他说，“雷夫？告诉他。”

“你记错了，”雷夫温和地说，“有人说过要把他吊起来。但事情只是发生在你的想象中。”

“发生在修道士的想象中，”他说，“这才是关键。我让他自己去想象。”

“那也让玛丽去想象吧，”简称说，“看看她的想象是否会令她难受，就像她令我难受一样。她以为她的皇帝表兄会骑着白马踏浪而来，将她掠上马背绝尘而去。告诉她不会有人救她，不会有人为她说话，而她父亲却会伤害她，并使她屈从于他的意志。”

六月： 里奇蒙公爵出现在上议院议员的队列中。旁观者们说，他多么像他父亲啊，温暖的议员袍下已经是结实的肌肉。他英俊的脸庞因为期待而发红，仿佛在和煦的微风中感觉到了自己的未来。

国王似乎很欣赏理查德·里奇的欢迎辞。他并不反对所罗门王、大卫王之类的比喻。他忘记了押沙龙曾经说：“我没有儿子来为我留名。”

不只是汉斯顿的人相信，随着王后的更替，潮流也会逆转，英格兰会重回罗马。为了充分回应，他(克伦威尔勋爵)推出一项举措：《废除罗马主教权威法案》。从标题就能看出其大致内容。

议会开会期间，坎特伯雷教省①的教士大会也在举行。那些老主教和新主教——安妮以前称之为“我 的 主教”——嘀嘀咕咕，争争吵吵。他们从早争到晚，内容包括教会的圣礼及其性质和数目，哪些仪式值得推崇，

① 英格兰有两大教省，分别为坎特伯雷教省和约克教省。

哪些属于偶像崇拜，哪些人可以用哪种语言阅读福音。他(克伦威尔勋爵)被他们奉为亨利的副手，上帝和国王之下的教会代理人，而在莫顿大主教时代，他曾经是朗伯斯宫厨房洗菜工中最卑微、最低下的小伙计之一。格利高里感叹道："想想看，我父亲位居所有的主教之上！"

"我不是位居他们之上，而只是——"他顿了顿，"没错。我是位居他们之上。"

自安妮夫人去世那周之后，克兰默大主教一直不愿见人。现在，他把自己关在一间侧室，拿出一沓文件忙碌着。文件上写满了修改意见。"你瞧，"他说，"滕斯托尔主教在我的文件上写满了意见。所以，"他拿起一支羽毛笔，"我要在滕斯托尔主教的意见上也写满意见。"

"可以啊，"休·拉蒂摩拍拍大主教的肩膀。"克伦威尔，理查德·桑普森怎么成了主教？他全身都散发着教皇党的味道，我都以为自己在咀嚼罗马主教本人了。"

克兰默说："原因就在于，在废除国王的婚姻事宜上，他行动迅速，这是给他的奖赏。尽管我但愿国王……我但愿他有一段时间的考虑期，在两位……"他的声音低了下来，"在新的……"他放下文件，揉了揉眼角。"我无法忍受。"他说。

"我们还以为安妮很虔诚，"休说，"我们被严重误导了。"

"我听了她最后的忏悔。"克兰默说。

"哦，"他说，"怎么样？"

"克伦威尔，你不会指望我把她说的话告诉你吧？"

"不会。但我认为你的脸可能会告诉我。"

克兰默转过身去。

拉蒂摩说："忏悔不是圣礼。告诉我基督在哪儿规定过。"

克兰默说："你无法让国王同意的。"

亨利喜欢说出自己的罪并得到宽恕。他真诚地感到抱歉，再也不会这样。就此事而言，他也许不会。将你妻子砍头的诱惑不是年年都有。

"托马斯……"大主教说。他顿了顿，脸上反映出内心的斗争。"托马斯……关于温布尔登的领地……"

休愣愣地看着克兰默，万万没想到他会谈起这件事。

"既然它从属于你的新头衔，"克兰默说，"我猜你会想要它。目前它属于我——我得说，属于大主教管区。”

“还有莫特莱克的府邸，”他说，“如果你愿意的话。国王会补偿你的。”

休·拉蒂摩说：“你几乎不能反对，克兰默。你欠克伦威尔的钱。”

主教们打算捣鼓出某种表达共同信仰的声明，以应对心怀叵测者的恶意和无知愚昧者的误解；这不仅会取悦他们希望与之达成一致的德国神职人员，对于怀疑新事物——尤其是德国的新事物——的国王来说，还可以消除他的疑虑。他们打算发表一份声明，哪怕这会将他们一直拖到明年复活节。鉴于他们需要调和的分歧，希望取悦的各方，就算在地老天荒之前他们能策划出来，你也会感到惊讶。

休·拉蒂摩说，我们需要死者的忠告。托马斯·比尔尼神父此刻与我们在一起就好了。他为我们指明了道路和真理。他打开了我们麻木的心灵。但小比尔尼已被烧死在诺维奇的一条沟里，他的骨头被扔去喂了狗。只要想起此事，你就能听到托马斯·莫尔得意的笑声。

身为伍斯特主教，拉蒂摩以自己的布道为会议开场。“首先请为我界定三个词：什么是谨慎；什么是世界；什么是光；谁是世界的孩子；谁是光明的孩子。”

拉蒂摩也闻到了焚烧的气味。他走动时，周围的空气火星飞溅。

国王考虑到他的女儿很关心自己的地位，便吩咐诺福克公爵去汉斯顿见她并让她表态服从；除了年轻的里奇蒙之外，诺福克在国内地位最高。

诺福克把他请来，抱怨这是徒劳无益的差事。但他指出，公爵该庆幸还有差事可干。正如诺福克承认的那样，在他外甥女死后的日子里，他不知道如何是好；倘若不是在对她的审判中表现积极，他觉得亨利会将他放逐并取消他的爵位。现在，他心烦气躁地走来走去，喋喋不休。他的脖子上戴着一条沉甸甸的金链，霍华德家的徽章与都铎玫瑰交相辉映。在衬衣里面的一个掐丝小盒里，他还佩戴着圣物，有褪色的头发和骨头碎片。他握剑的手上戴着一根很粗的金环，上面镶有一枚浅灰色钻石，就像一颗缺损的牙齿。他说：“我告诉亨利，你瞧，我不懂什么交际礼仪，从来不会对哪个娇小姐花言巧语。如果玛丽是我的孩子——但想这些没用。”公爵把一只拳头握进另一只手里，似乎在克制某种冲动。

诺福克公爵夫人曾经告诉他，当年她已经有了一位意中人，但托马斯·霍华德想娶她，便闯进她父亲家里，威胁要拆掉他的房子，于是她只好向他让步，但很快就后悔不迭。也许玛丽也会一样？公爵絮絮叨叨，设想两人的对话："……于是那姑娘会说……然后我说……我会告诉她，全国的人都认为她顽固、悖逆，应该惩罚以儆效尤——但国王天性宽宏和圣爱——这样行吗，克伦威尔，我能说圣爱吗？"

"不妨用'慈爱'。表达的意思相同，但不夸张。"

"好吧，"公爵犹豫地说，"宽宏和慈爱，等等等等——国王认为，作为一个脆弱而多变的女人，她很容易受人指使——但她必须说出他们的名字，说出是哪些人在助长她的顽固，必须表态是否愿意承认他的绝对权威并服从他的法律——坦率地说，克伦威尔，我觉得这是一位国王对臣民提出的最起码的要求。然后，她得如此，这般，得放弃向罗马寻求救助的所有企图——这样对吧？"

他点点头：所有的争吵都要用英语进行，并限于国内。

有个年轻人在他身边躬身行礼。是小托马斯·霍华德。哦，他想，我做梦都在想你的诗：咔/哒，霹/雳，爱/戴。

当哥哥的看到他同父异母的弟弟很不高兴。"你怎么来了，小子？从哪个婊子的裙子底下爬出来的吗？"

"先生——大人——"

"游手好闲的一代，"诺福克吸了吸嘴唇，"只会设谜猜谜和游戏娱乐。"

"那大人喜欢什么？"年轻人说，"战争吗？"

他心里暗暗一笑，口里说："真心汤姆。"

"什么？"年轻人惊跳起来。

"你不是这样自称吗？在诗歌里。属于你的，真心汤姆。"他耸耸肩，"女士们分享这些东西。"

公爵哈哈大笑——虽然可能更像是咆哮。"这位克伦威尔大人啊，知道女士们的所作所为。什么都瞒不过他。"

"分享诗歌没有坏处，"他说，"即使是蹩脚的诗歌也不算犯罪。"

真心汤姆的脸红了。"国王要见你，大人。"

"当然还有我。"诺福克说。

“不，大人，他只想见克伦威尔大人。”那孩子不再理睬公爵，“事情是这样的，国王揍了小丑塞克斯顿。那家伙讲了——嗯，一个笑话。现在他的头上在流血。天啊，他真不会看时候。陛下收到他的哪位堂兄弟或表兄弟的一封信，读了之后暴跳如雷，仿佛那是来自地狱并有魔鬼的签名。我不知道——我们不知道——是哪个兄弟写的。他们的人数太多。”

太多的堂兄弟或表兄弟。他们本该忠心或真诚，但真正如此的却太少。“让我过去，”他说，“会没事儿的。祝你愉快，诺福克大人。”他转头对真心汤姆说：“那位兄弟姓波尔。雷金纳德·波尔。索尔兹伯里夫人的儿子。”

他朝国王的套房走去时，脚步十分轻快。他知道，在他的身后，霍华德兄弟感到焦虑不安——小托马斯抓住了大托马斯的手臂，正在急切低语。不管那是什么，都必须稍后再说。

塞克斯顿坐在警卫室的地上，双腿平伸，仿佛刚刚被打倒。受伤处几乎不值一擦，可他却抱头惨叫：“我的脑子流出来了。”

他站在他身边。“你怎么来这儿了，帕奇？”

对方抬起头。“你怎么来了？除非想抢我的工作。”

“我以为你逃走了。听说国王去年把你赶出去了。”

“唉，是啊，还揍了我，因为我说他的女人是下流坯。尼古拉斯·卡鲁好心收留了我，直到我的笑话重新火爆起来。的确火爆，对吧？现在全天下都知道南·布伦是什么样的人。她像车道一样平常，会跟麻风病人在树篱中胡搞。”

他说：“国王现在有了威尔·索梅尔。他不需要你。”

“唉，索梅尔，索梅尔，我听到的全是这些。塞克斯顿？把他踢出去，没他的事儿了。大家都说，‘托马斯·克伦威尔啊，对那些没有了主子的人很好——红衣主教的人被赶出去时，他收留了他们。’但不包括帕奇，不，把帕奇踢到沟里去。”

“如果依我，会把你踢到粪堆里去。红衣主教从没亏待过你，你却嘲笑他。”

“那我怎么还活着？”塞克斯顿说，“那四个将红衣主教拖进地狱的假面剧演员已经死了；还有史密顿，只是因为把老汤姆·沃尔西的脑袋当作猪尿袋，还把一个玩偶踢来踢去，一边唱着小调，一边把肠子从它的肚子里扯出来。他们如你所愿都死了，我听说你埋他们时还故意混淆他们的头颅，所以当他们在最后审判日复活时，史密顿将成为乔治·博林，而韦斯顿那颗糊涂的脑袋将竖在温文尔雅的诺里斯肩上。”

他想，发生了太多让我们引以为耻的事情，但这种事并未发生。

“执行死刑是繁重的工作。我想你太忙了，无暇想到帕奇。”塞克斯顿掀起方格长袍，挠了挠痒。“来自帕特尼的汤姆勋爵。你剥夺了小丑的职业，让他们靠乞讨为生。叫索梅尔当心一点。当笑话可以走路说话并以男爵的头衔自居时，谁还需要讲笑话呢？”

他不得不从这家伙的腿上跨过去。“把衣服放下来，走开，塞克斯顿。再也不要让我在这儿见到你。”

他走进国王的会见室时，亨利和颜悦色地对那些正在嘀嘀咕咕的人说：“请允许我现在与我的掌玺大臣谈谈，好吗？”

人群有些骚动——亨利第一次说出了他的新职务。骚动之后，是脚步挪动，然后迅速躬身而退。在国王目光的威力下，他们巴不得尽快离开。

亨利面前摆着一本厚书。他的手放在上面，仿佛禁止它打开。“在你担任我的顾问官之前……”他停住了，看着空荡荡的空气。“波尔，”他说，“他的书到了，来自意大利。我的子民，我的臣下，雷金纳德·波尔。我的表亲，我信任的亲戚。他晚上怎么睡得着觉？我无法忍受的一件事，”亨利说，“就是忘恩负义，背信弃义。”

当国王继续历数他无法忍受的事情时，其顾问官的目光停留在书上。对他而言这不是秘密。有人向他通风报信过。只是没想到会这么厚。肯定有三百页，每页都充斥着谋逆言论。他了解那个故事，但国王并不会因此而觉得无需重述——波尔家族的历史，他们的不满和怨恨：都铎王朝之前的长期厮杀，英格兰几大家庭在战场上相互屠戮，在王国的集市广场用刽子手的斧头彼此残杀，并将尸块悬于城门上。在这个夏日，这部手稿被放到桌上，但其过程始于我们所有人出生之前，始于亨利·都铎在白绿背景的红龙旗①下于米尔福德港登陆并穿过威尔士之前。那面旗帜继续前进，直到被胜利者置于圣保罗大教堂的圣坛上。他率领一支疲乏困顿的军队而

① 红龙旗是威尔士的官方旗帜，红色龙的背景上半部为白色，下半部为绿色。

来，口里还在祈祷；他为拯救英格兰而来，用扫帚扫除烧焦的骨头，用破布擦拭伤口的淤血。

战争结束之后，理查·金雀花被赤条条地葬入坟墓之后，旧政权还留下了什么？老爱德华国王的儿子们消失在塔里，再也未见天日。他的私生子女和女儿们活了下来，还有一个侄子，一个不到十岁的孩子。都铎让他在民众面前亮相之后，就把他关了起来。他从未剥夺他的沃里克伯爵爵位，只是剥夺了他威胁新政权的权利。

亨利·都铎有幸子女众多，但接下来他们自己也必须繁衍后代。必须确保从欧洲的公主中为长子亚瑟王子物色一位新娘。西班牙国王和王后同意把他们的一个女儿许配给他，但提出了一个条件。他们不想将卡特琳娜①嫁到一个极为动荡的国家。亨利·都铎在位期间，一直不太平，经常有死人起来申索王位；虽然年轻的沃里克被关了起来，有什么能阻止某个冒牌者以他的名义举兵呢？于是，王位申索者非死不可：不是在某个偏僻角落被打死，不是被捅死和掐死，而是光天化日之下在塔丘用斧头砍死。

据称是谋逆罪——密谋越狱。谁信呢？那个年轻人从小被囚禁，不知野心为何物；他从未参加过骑士的训练，他的手从未握过剑。这就像杀死一个瘸子，但为了不失去西班牙新娘，亨利·都铎还是下了手。沃里克一死，他姐姐玛格丽特就落入国王手里，他让她与一位支持者联姻以免除后患。“我祖母把她嫁给了理查德·波尔，”国王说，“虽然是下嫁，但不失体面。是我让她重获荣华富贵。我尊敬她家族的古老血统。我同情他们的败落。我封她为索尔兹伯里女伯爵。我还能如何？我无法把她弟弟还给她，我无法让死人复生。”

西班牙公主卡特琳娜知道自己婚姻背后的交易。在随后的日子里，她一直在尽力补偿玛格丽特·波尔。她信任她，让她担任她唯一的孩子玛丽的导师。“但是，”亨利说，“我听说有一道诅咒。”

他想，不要重复。重复是它所拥有的唯一力量。

“亚瑟娶了凯瑟琳，几周之后他就死了。接下来，你知道……”

他想起凯瑟琳那些流产的孩子，想起他们盲目的面孔以及发育不全的双手合在一起祈祷的样子。“沃里克的死因不在于我，”亨利说，“甚至不

---

① 原文 Catalina，是凯瑟琳的西班牙语名字。

在于我父亲，而在于凯瑟琳家的人。我不明白我父亲为什么要让该死的西班牙人干预我国的事务。为了安抚卡斯蒂利亚①人的良心，我得忍受多久？对沃里克的家人，我还能给什么？我提携了他们，让他们获得了财富。换了别的国王，会让他们一直毫无地位。”

这一点倒是真的。他们利用了你的愧疚，他想。“谁能猜透玛格丽特·波尔的心思呢，先生？我可不行。”

亨利说：“她儿子蒙塔古从来不喜欢我。坦率地说，我也从来不喜欢他。他弟弟杰弗里不值得信任。但雷金纳德，我曾经指望——他性情温和，值得爱护——或者有人跟我说过这种话。我花钱供他上学。我资助他去意大利旅行。我委托他代我去索邦神学院，就废除婚姻事宜为我辩护。”

他指的是废除第一次婚姻。“我听说他表现出色。”

“我本来要奖赏他，本来要封他为约克大主教。你知道他的职位很低，还不是神父，但我当时的想法是，可以很快任命他，而由于在沃尔西之后，教座还空着——但他一概不接受。说自己年纪太轻，不能胜任。我当时就该知道，他是蓄意谋反。”国王在书稿上捶了一拳。“我只是要求他从意大利送来一句话——一份声明，一位学者的意见，一种我可以向世人展示、以表明他家人支持的东西。我告诉过他，我不需要书，我的书已经够多了，我只需要一句话，说明我如何以及为何是我自己的教会的首脑。我等啊，以极大的耐心等着。我得到了一次次承诺，但总是没有兑现。总是有拖延的理由。太热，太冷，疾病爆发，路况不好，信使不可靠，他需要转移、旅行、查阅某个珍稀版本或咨询某位博学的神学家。嗯，现在终于等到了。结果还是一本书。”国王显得很疲惫，仿佛这本书是出自他自己之手，“但不枉等待一场，因为现在我眼里的鳞片掉下来了。”

他动身想去拿手稿，但国王把手放在上面。“就不用麻烦你了。首先，有给我的一封短信，语气冰冷傲慢。然后，一页页地越来越刻薄。对基督徒来说，我比不信教的土耳其人还要危险。他称我为尼禄，为野兽。他建议查理皇帝入侵。他说，我在位期间，一直在掠夺臣民，羞辱贵族。他声

① 卡斯蒂利亚曾是西班牙历史上的一个王国，由西班牙西北部的老卡斯蒂利亚和中部的新卡斯蒂利亚组成，后来逐渐与周边王国融合，形成了西班牙王国。

称他们现在准备反抗，不管是贵族还是平民，他也敦促他们这样，要他们起来造反并杀掉我。”

“陛下肯定觉得——”

“而我该下地狱，”亨利说，“地狱对我张开了大口。他是这样说的。”

“——陛下肯定想到，他所鼓动的那种造反，不可能只是要反对某个人。还得是为了某个人。”

“当然。你明白这一切是怎么回事了？波尔敦促欧洲举兵讨伐我，而恰恰就在这时，我自己的女儿公然反抗我。告诉我，雷金纳德那么喜欢祈祷，为什么还不是神父呢？我来告诉你原因吧。因为他的家人密谋让他娶我女儿。”

很棒，如果他们能得逞的话。玛丽·都铎身上有西班牙最高贵的血液。他们的打算是，将它与金雀花家族的血液联合起来。波尔家族及其盟友梦想着一个新的英格兰，换句话说，是一个他们将重新上台的旧的英格兰。

他说：“我相信玛丽小姐更看重陛下的宠爱，而不是任何新郎的宠爱。哪怕他是上天派来的。”

“也许吧。不过你总是帮她说话。”

“她是个女人，她还年轻。相信我，陛下，她会尽自己的本分，会服从的。那些以她的支持者自居的人都在利用她。我觉得她没能看穿他们的阴谋。”

国王说：“我跟她母亲共同生活了二十年，我告诉你，她能看穿所有的阴谋。你自己也说过，凯瑟琳如果是个男人，一定会成为亚历山大那样的英雄。”

他曾经对克兰默说，国王们的梦与常人的不一样。他们容易看到幻象，看到祖先的身影前来跟他们说起战争、复仇、法律和权力。已故的国王会来看望他们；先人们说：“你认识我们吗，亨利？我们认识你。”这个国家的某些地方曾经是战场，在那里，风朝某个方向吹着，月亮渐亏，夜色迷蒙，你可以听到马蹄的哒哒声、马具的嘎吱声以及被杀者的惨叫声；如果你悄悄靠近——如果你是稀薄的空气，如果你是可以在草叶间滑动的幽灵——那么你会听到垂死者的愿望，听到他们祈求上帝的宽恕。国王对他说，所有这一切，英格兰的这些灵魂，都在向我祈求，向我和每一位国王祈求，每一位国王都背负着其他国王的罪，而补偿的需求一年年地传了下来。

“你认为我迷信，”亨利说，“你不了解我。无论波尔家的人怎么冒犯我，由于那段将我们捆绑在一起的历史，我还是与他们密不可分。”

历史的绳索可以解开，他想。“如果有罪，也是过去的罪。如果有孽，也是陈年的孽。”

“你不可能体会我的难处。你怎么可能呢？”

他想，你说得对，我怎么可能呢？鬼魂不会缠扰克伦威尔家的人。沃尔特不会在夜晚现身，手里拿着酒罐，腰间别着凿子，在码头边大呼小叫，或向帕特尼展示他受伤的指关节。我没有历史，只有过去。“鉴于我有限的理解力，我该为你做什么，先生？”

“去见见玛格丽特·波尔。她就在伦敦。看她是否知道她那个不肖子的书。看他的哥哥们是否知道。”

“我想他们肯定会否认。”

“我有些纳闷，你了解了些什么？”国王的目光停留在他身上，“你似乎并不像我那样感到惊讶。”

“陛下会记得红衣主教大人当年为什么雇佣我。不是因为我的法律知识——懂法律的人够多了。而是因为我在意大利的关系。我对那儿的朋友很好。我给他们写信。他们也给我写信。”

“你如果知道，本可以阻止的。”

“我本可以阻止雷金纳德把书送到陛下手中。但他决意要说出自己的想法。我无法——比如说——阻止他把它送给教皇。”

亨利把书从桌上推过来。“他发誓只有一本，就是这本。但我凭什么相信他？不出两个月，它就可能被印刷出来四处传阅。教皇现在可能正在读呢。还有皇帝。”

“我猜查理需要被警告。如果他要率领波尔所寻求的侵略军的话。”

“他们绝不会登陆，”亨利说，“我会把他们活活吃掉。”

转瞬间，刚才那一小时里笼罩着亨利的痛苦、怀疑和悲观的恐惧都烟消云散。现在他一掌拍在书上，眼里的凶光在提醒你：犬类会相食，但没有人会吃掉英格兰。他从椅子上站起身。你以为他会说，把我的神剑拿来。

但现在不是英雄和巨人的时代。他对国王说："我想，有人在汉斯顿看到身穿波尔家制服的人，去给玛丽小姐送信——不过当然，我们不知道她是否已经拆阅。科特尼家的人也在那儿，尽管她不该有访客。"

"科特尼家？是埃克塞特勋爵本人吗？"国王十分震惊。

"不是。是他妻子。我想玛丽小姐无法阻止她。你知道格特鲁德·科特尼是怎样的性格。"

"她会强行闯入，天啊。她在考验我的耐心。告诉埃克塞特，他被逐出枢密院了。一个连自己的妻子都管不住的男人不适宜为国效力。"亨利皱起眉头。他的思绪从不同的面孔上掠过。"里奇怎么样，我们要不要让他进来？"

他宁愿枢密院的规模小一点，但增加一个有数字头脑的人会有所帮助。

"很好。你可以告诉他，"亨利说。

理查德·里奇进入枢密院！他可以看到托马斯·莫尔在坟墓里翻来覆去，就像插在烤扦上的鸡一样。亨利仿佛也看到了，指着书稿说："波尔说我谋杀了莫尔和费希尔。他说在忠心的驱使下，他以前不愿意撰文反对我。但得知他们的死讯时，他将其视为上帝发出的信息。"

"他应该将其视为我发出的信息。"

亨利走到窗前。"让雷金纳德回来。"他的身影模糊地出现在铅框玻璃上。他身上的衣服似乎沉甸甸的，他几乎无法提高嗓门，只能低声说："你只管向他承诺。只管向他保证。告诉他回到英格兰。我想直视他的眼睛。"

在候见室，一群顾问官在窃窃私语。他走到他们之中，他们的说话声戛然而止。他环顾众人。"你们以为他会揍我的脑袋吗，像对帕奇那样？"

消息已经泄露。波尔的书到了，亨利不喜欢，它称他为尼禄。威廉·费兹威廉说："波尔这件事干得未免太不是时候了。这会给玛丽惹麻烦，如果亨利认为她是同谋的话。"

"这对波尔家族不利，"奥德利大法官说，"对所有古老的血脉都不利。还有科特尼家族。"

“埃克塞特已被逐出枢密院。你进来了，里奇。”

“什么，我？”

“扶住他，费兹威廉。”

“天啊！谢谢你！”里奇说，“谢谢你，克伦威尔勋爵。”

“是国王的意见。我想他喜欢你所说的关于押沙龙的话。”

“什么？”大法官说，“大卫王之子吗？头发缠在树上的那位？里奇说了他什么？是什么时候说的？”

有人把奥德利勋爵拉到一旁，向他讲述了事情的经过。

里奇显得茫然。费兹威廉说：“克伦，关于这本书，有人向你通风报信过。”

“我像虫子钻进苹果一样，钻进了雷金纳德的脑海。”

“什么时候？你是什么时候知道的？”费兹威廉飞快地思考着。

里奇说：“难怪这过去的几周里，你出手那么大胆。原来手里握着这张牌。现在安全了，国王再也不会回归罗马了。”

“这家伙学得很快。”他对费兹说。

我已经监视波尔一年了，他承认道——在意大利，那年轻人一直拖延。满腹的话儿不吐不快，雷金纳德写啊，擦啊，然后修改，越写越多，一发而不可收。但这一天总得到来，这封信终究得签字——墨水被吸干，纸张卷起来系好，召来信使送往英格兰。安妮·博林之死会加快事情的进展，因为波尔会想，“现在亨利的决心减弱，现在他准备后悔，现在我要用下地狱来威胁他，将他吓回罗马。”如果他调整一下自己的论据，还有可能成功。但雷金纳德不了解亨利，不了解他这个人，更不了解一位国王的想法和意志。

他说：“我见过波尔。”在他的印象中，那是个初出茅庐的学者，身材既不高也不矮、既不胖也不瘦，淡黄色的头发，宽阔而讨人喜欢的面孔。从那平常的外表看去，你根本想不到雷金纳德的思想会复杂而无用，里面有很多存放顾虑和怀疑的小架子与小龛洞。“我想我嘲笑过他一次。”他说。那孩子夸夸其谈地议论应该如何以德治国。他当时说，我并不反对，但读点书吧，稍稍增长一点实践经验。意大利人了解这些事情。

从那以后，雷金纳德就一直害怕他，诋毁他，说他是魔鬼，而这是你所能说出的最为恶毒之辞。然而，当一位旅行学者拜访他，或者一位年轻的意大利贵族想提高自己的英语水平时，波尔从未想过要问：“这会不会是撒旦——也就是克伦威尔——的间谍？”有时，雷金纳德被路德的教义所吸引，我们知道他如何犹犹豫豫地踏上那条道，又犹犹豫豫地退回来。有时，他怀疑教皇的权威，而他的疑虑会被记录下来。波尔的愚蠢之处在于，他习惯自言自语。一些模仿西塞罗的不成熟的字句在空气中颤抖，他以为没有人听到。他不断写作，以为没有人阅读，但路西法的朋友们查看他的书。黄昏时，他将手稿锁进柜子，但魔鬼有一把钥匙。恶魔们知道每一处删减和涂改。他的墨水暴露了他。他的纸张中的纤维都是密探。当他夜晚躺在床上，用闪烁其词模棱两可的话语向他当天相信的不管是哪种形式的上帝祈求时，床垫上的马毛和枕头上的羽毛都在代英格兰窃听。

费兹说：“现在你可以扳倒波尔家了。他们全家的人。”

“除了雷金纳德，”里奇插嘴道，“他在我们的司法管辖权之外。”

奥德利勋爵说：“有道理，议长先生。但是你把一只鸣禽留在笼里，以引诱另一只回家。”

里奇说：“此话怎讲，大法官？你不认为恰恰相反吗？波尔享有自由，他的歌会把其他人引诱出去。我们看到谋逆罪展翅飞翔。”

“哦，”奥德利说，“是的，我想你说得对。”

他说：“我两年前就可以扳倒他们了。”

“女先知，”费兹说，“伊丽莎白·巴顿，背后有一位大逆贼。把自己藏在某个自欺欺人、以为上帝对她说话的小修女裙后，倒是他们的作风。只是——告诉我我有没有弄错——巴顿更支持科特尼家族对王位的申索权，而不是波尔家族吧？”

“她一直没有把这两个家族区分清楚，”里奇说，“这是我的看法。我想国务大臣是对的。让他们把各种伎俩都施展出来。我们不要出手。他们会自寻死路。”

“天啊，已经是顾问官的口气了。”费兹说。他一把取下里奇的帽子，跑向房间的另一边，并把它朝天花板上的都铎玫瑰扔去。藏在那儿的是一个被漏掉的 HA-HA 吗？忠心耿耿的大法官眯起眼睛，伸长脖子端详着。

位于埃尔贝的波尔府。他进来时，玛格丽特女伯爵抬起头，但没有说话。

她在干什么？像所有的老太婆一样，在刺绣。她那鹰一般的身形俯在针线活上，犹如在啄它一般。

玛格丽特的儿子蒙塔古勋爵亨利看到他，明显地瑟缩了一下，说："国务大臣，请坐。"

他宁愿站着。"我猜想，你多少了解那本书的内容吧？国王把它捂得很紧。他会让你看看部分内容，但希望你给你在意大利的弟弟写信，告诉他国王并未生气。"

蒙塔古愣愣地望着他。"并未生气？"

"欢迎你弟弟回国来为自己辩护。"

"我问你，"蒙塔古说，"如果你是雷诺，你会回来吗？"

雷诺——他的家人就是这样称呼他。一个具有易变、微妙性质的名字。

"国王会给他颁发安全通行证。你也一向知道国王言而有信。"

蒙塔古说："我告诉你，克伦威尔，我们——他的家人——对我弟弟的行为感到惊讶。我想你对此比我们更加了解。"

"我该告诉国王你们跟他断绝关系了吗？"

蒙塔古有些犹豫。"这个词有点重……"

"反对，"玛格丽特·波尔说，"你可以说我们反对他写的那些东西并感到不安。"

"感到愕然，"他建议道，"发现他竟然与国王唱反调，你们伤心透顶，惊恐万状。他冤枉自己的国王，诽谤他，以入侵来威胁他，还说他要下地狱。"

"我不是我哥哥的监护人。"蒙塔古说。

"总得有人是。如果不是你，那就是我。雷金纳德需要被关起来，以免害了自己。眼下，我是你们与国王的不满之间的屏障。"

"你真好。"蒙塔古说。

"我还是国王和他女儿之间的屏障。你必须明白，在那本书到来之前，玛丽小姐由于自己愚蠢的自尊而处于危险之中，而现在，由于国王怀疑她与此事难脱干系，她的处境更加严峻。是你们家让她身处险境。"

蒙塔古总是无精打采，难以激怒，难以上钩。倒是玛格丽特·波尔放下手头的活儿开了口。“当博林家的人威胁到你的生命时，我们帮你把他们拉下了台。”

“承担该事件风险的是我，不是你们。”

“你欠我们的情，”她说，“现在你也不用还。你早就知道这本书在准备之中。你知道这一切都会发生。”

“你能向尼古拉斯·卡鲁解释这一点吗？他似乎听不进去。我不欠他任何东西。我也不欠你们任何东西，夫人。要说谁欠谁的情，可是恰恰相反。至于玛丽是死是活——我不会说这取决于我，但可能取决于你们。我希望你们帮忙将她留在活人的世界。我觉得她在这里会更有用。”

玛格丽特·波尔说：“她母亲——愿上帝让她的灵魂安息——指定我为她的导师。如果我劝导公主违背良心去行事，怎么对得起凯瑟琳的信任？”

蒙塔古说：“克伦威尔，我不明白这里有你的什么好处。你似乎想把玛丽从她自己手中拯救出来，还把她从她的朋友们手中拯救出来。但你不会以为她事后会降宠于你吧？”

“如果她当了女王，”玛格丽特·波尔说，“而我希望并祈祷她永远不要得此不幸，那么，她肯定会马上——”

怎么样？把我关进塔里？砍掉我的脑袋？还是让我当大法官？

“母亲……”蒙塔古提醒道。

“哦，我知道《谋逆法》，”玛格丽特毫不在乎地说，“我知道它的触碰线。想象未来是一种罪。我们被困在此时此刻。”

“在过去的几个月里，”他对蒙塔古说，“你与皇帝的大使查普伊斯有过交谈，向他保证英格兰准备起来反抗国王。”他举起一只手：别打断我。“就在两三周之前，在西南部各郡，我们看到了被武装起来的普通民众。”

蒙塔古说：“那是科特尼的领地。那就追究他们的责任。”

他想，盗贼之间无信义。“你该感到庆幸，没有造成大的危害，那一带现在平安无事。但任何再犯——如果在王国的任何地方，再出现任何破坏国王的和平的行为——你将很难证明自己不是煽动者。”

“但你能证明他是吗？”玛格丽特插话道，“因为根据我有限的理解，应该由控告人举证。”

“这应该不是一件太难的事情。另外，不成文法提供了保护国家免受谋逆者破坏的方法。我指的是剥夺公民权，无需审判。”

玛格丽特没有说话。她把针插进布里。她父亲当年就是这样死的。

“夫人，”他说，“你的家族承受了痛苦，而善良的国王已经竭尽所能地补偿你们，所以不要用你们的抵抗、逃避和阴谋来逼着他下狠手。祈求和谐吧，像所有虔诚的基督徒应该做的那样。而且给玛丽小姐写一封信。”

“你去送吗？”蒙塔古说。

“把它交给你的朋友查普伊斯。这样一来，那位年轻小姐就不会说是伪造的了。”

玛格丽特说：“你是一条蛇，克伦威尔。”

“哦，不，不，不。”是一条狗，夫人，追踪着你的气味。他将自己壮实的身躯横在她与光之间。玛格丽特正在绣一圈花朵，是她家族的象征，紫罗兰，也称三色堇或安心草。“恭喜你。没想到你的视力还这么敏锐，可以干这种活儿。”

她伸手去拿剪刀。“我见过其他的日子，更好的日子。”

他派外甥理查德带着一纸命令去塔里释放托马斯·怀亚特。波尔那本书的到来引起了巨大波澜，关于其内容的小道消息在宫廷内外四散传播，所以再也无人关注怀亚特。没有人看过书中的文字，但当他们猜测到底写了些什么时，往往也能猜出个大概；他们无法想象它的啰里啰嗦又臭又长，无法想象它对生者恩惠的肆意挥霍和对死者的赞美。又要抓人的传闻满天飞。曾经在玛丽府邸效力的赫西夫人被关进了塔里。他派赖奥斯利去跟她谈谈。她承认，当她承蒙国王的恩典，获准在圣神降临周去汉斯顿时，曾经称玛丽小姐为公主。

“她说那是老习惯，”赖奥斯利说，“她发誓——老天在上——她不是有意要宣称玛丽是亨利的合法继承人。她说，她开口时未加思索。”

理查德·克伦威尔闯了进来。“我告诉怀亚特去肯特郡，再也别想那些死人。留在那儿待命。金斯顿总管想知道，他是否需要为任何其他的贵族囚犯准备房间，如果是，您能否告诉他有多少人，并说明他们的地位、性别和年龄，而且告诉他，他们将于何时到达。他想提前准备。”

“金斯顿不是时刻都准备着吗？你真让我吃惊。”

“大人，”赖奥斯利说，“我知道你同情玛丽小姐。但别再管她了。”他对理查德说：“她看上去像别的姑娘一样羞怯，说话轻言细语，对男人避而远之，但我和赛德勒上次去汉斯顿，当我告诉她加来人干得多么干脆利落时，如果她有一把匕首，我发誓她会把它插在我身上。”

她难以取悦，他说，然后不想再多言。

亨利在会议桌旁就坐后，把一只拳头放在桌上以稳住自己。他走动时很小心，努力让自己避免磕碰或摇晃。当里奇挪开椅子，为他那条被包扎起来的腿让路时，他客气地对他的新顾问官低声致谢。“上任了，里奇？很好。”坐进椅子里时，他低哼了一声，然后用手抓住会议桌，将自己拖到桌边。

“要垫子吗，陛下？”奥德利勋爵建议道。

亨利闭上眼睛。“谢谢，不用了。今天只有一件事——”

“也许换一把更大的椅子？”

国王声音发颤：“——一件重要的事……谢谢你，奥德利勋爵，我很舒服。”

他迎着大法官的目光，并用一只手捂住自己的嘴。但理查德·里奇不太按捺得住。看到爱德华·西摩，他说：“你来了，大人？我想你并不是顾问官吧？”

“嗯，好像——”爱德华说。

“我好像需要他的意见，”国王说，“起码在这件事情上。这些事情跟我息息相关。你明白吗，里奇？”

爱德华现在是国王的内兄，他当然需要他的建议。但爱德华尴尬地坐在桌子一端的凳子上，那神态就像在受审，看自己是否令人满意；也许他妹妹也处于同样的境地。

理查德·里奇无法接受。他探过身来小声说：大人，这真的是枢密院会议吗，还是某种其他形式的会议？他（克伦威尔）低声回答：只管坐好了听着。费兹威廉环顾众人。“诺福克大人在哪儿？”

亨利说：“我已经指示他不要在我眼前出现。”

这对费兹是个好消息。他与霍华德家的不和已经有十多年了。“先生，你根本就不该派他去见玛丽。你知道他的德行，他跟女人讲话时，仿佛她是一堵城墙，而他必须把她冲垮。”

“我想，”大法官说，“你不该称国王的女儿为‘女人’。”

“哦，她还能是什么？”费兹威廉说，“就算我称她为女士，也不会改变这种情形。诺福克是最不适合去做她工作的人。”

亨利说：“我承认挑错了人。她不可能屈从于威吓。”他的语气中是否有一丝反常的自豪？“我们必须再派个人。也许大主教大人可以，他擅长好言相劝……”

费兹注视着他。“她恨克兰默。这不难理解，克兰默让你与她母亲离了婚。他称她为乱伦的产物。”

“她本来就是。”国王低下头，“那是一桩大罪——你们知道，在无知中犯下的。”

“陛下，”爱德华·西摩说，“我们都了解——没有必要——你用不着——”

“如果我似乎肩负着二十年的重担，那么请原谅。”国王显出平静而认命的样子。但我了解他嘴角那危险的抽动，他想。“既然在基督教世界，在整整一代人的时间里，每一间教室都在争论此事，每一个讲坛都在斥责，每一家酒馆都在八卦，我也就不反对再次提起。尽管圣典中明确地说这样的婚姻不合法，但是当时，我相信教皇有能力赦罪。现在我吃一堑长一智。我女儿玛丽是非法结合的产物。凯瑟琳如果不肯承认此生的罪——她也的确如此——那恐怕就得为此在她如今的置身之处遭受煎熬了。”

在彼得伯勒，他想。

“至于我，”国王说，“由于看清了罗马的恶行和虚伪，我已经花了七年时间来竭力摆脱那可恨的管辖权，并带领我的国家走上真正通向基督的道路。如果我至今还没有赎罪——那么各位，我不知道怎样、何时才算赎罪。被我的女儿公然违抗，知道我自己的亲戚给她煽风点火，在我自己家里被那个忘恩负义的混账波尔辱骂——被称为异教徒、分裂者和犹大——”

“不，先生。”里奇打断道，“波尔并不是称陛下为犹大，而是称桑普森主教，因为他代理了你的离婚案。”

“我们的新顾问官是个一丝不苟的人。”亨利转向里奇，“那他是如何称呼我的？是反基督？还是路西法？”

启明星，光明的使者，他想。

“所以我提醒你们，”亨利说，“如果我再听到任何声音支持我那个不听话的女儿，我会知道自己听到的是谋逆行为。我在征求意见。我已经召集法官商讨让她接受审判的最佳方式。”

费兹威廉一掌拍在桌上。“审判？天啊！你的亲骨肉？我恳请你三思而行。你会让所有的人觉得你残酷无情。”

他插话道：“先生，玛丽病了。”

“国王要病了！”里奇说，“看看他！”

爱德华·西摩小声说：“里奇，别这样。”

亨利转向他。“告诉我，克伦，她何时没有病？我感到奇怪，一个这么弱不禁风的孩子怎么可能是我的。她的兄弟姐妹们都死了。不知道她怎么活了下来。不知道其中有怎样的神意。”

费兹威廉说：“嗯，如果你都不知道，哈里，那谁还知道呢？你是祂的代理人，对吧？你知道我们所有人的命运。”

“我知道你的。”亨利说。

亨利抬头望向门口。只要一点头，卫兵就会冲进来。理查德·里奇一动不动地坐在自己的长凳上，垂着下巴，手指作势要记笔记。爱德华·西摩半坐半起：“请原谅，陛下。请原谅财务大臣口无遮拦。我们都……我们都太过焦虑……”

亨利叹了口气。“太过焦虑，遭人谩骂，心力交瘁。没错，内德，我们都是如此。走吧，费兹威廉，你自动离开议事厅吧，别等我动手，我的耐心有限，不管是对你还是对我女儿。好了，克伦，给我们讲讲她的病。这次又是怎么了？我听到过有腹痛，还有发烧，还有头痛，还有牙痛。”

“恐怕都有。她写信——”

“让我看看她的信。”

信就放在他的口袋里。

“我会派人去取，先生。”

“你们有些顾问官比我自己更了解我女儿的想法。”又是那抹挤出来的笑容——亨利很痛苦。“国务大臣向我承诺过，说能够让她表态服从，他不用离开白厅就可以让她宣誓。但他也让我失望了。”

费兹威廉已经快到门口，但是又转身面对着一众顾问官，胸前还抱着文件。“我们有些人在努力阻止你胡来，陛下。就因为波尔侮辱了你，你就随意伤人。对付你的敌人吧，而不是你的朋友。至于玛丽，把她关起来好了，关在一个她无法造成伤害的地方，但没想到你那么狠心，竟然找法官商量，竟然考虑要把你的亲生女儿送上法庭——结果会如何？我告诉你，她有罪。干吗要法官？干吗要陪审团？她不会宣誓，而且会向你说出她的理由，就像托马斯·莫尔当年那样。她会说她不是私生女，而是英格兰公主，而你跟我一样根本不是教会的首脑。到那时，你会怎么办？砍掉她的脑袋吗？”

奥德利压低嗓门。“够胆。”

西摩喃喃道：“找死。”

他（克伦威尔勋爵）从座位上起身。他大步穿过房间，揪住财务大臣的大衣，推得他一个趔趄向后摔倒，然后将他向门口拖去。那些门平稳地打开，犹如地狱之门。他抓住财务大臣的职务项链，想从费兹的脖子上取下来。对方大叫大嚷，项链扭成一团；费兹将手指插进项链之中，两人奋力争夺。“把手拿开，克伦威尔。”费兹喊道，并扬起另一只拳头朝他挥去。但他抓着项链不放，把费兹拖起身，两人鼻子贴着鼻子，他对着费兹的脸低吼：“交出来，你这个笨蛋。”

费兹明白了。他松开手。项链甩出来时，他的一根手指还卡在里面，痛得嗷嗷直叫。他推了费兹的胸部一把，费兹往后踉跄了几步。门砰的一声关上。

他（克伦威尔勋爵）穿过房间，“当啷”一声，把项链放在国王面前的桌子上。

“不，这样不好，”亨利说，“为了我去动手打架，而我知道你赞同他的立场。”他伸手拿起项链，金链上还留有刚才戴在穿着丝绒的胸部上的余温。“不过，我为你那一仗点赞，大人。费兹的体重可不轻。”他不愿直视他的顾问官们。“让蒙塔古勋爵来见我。我想把他弟弟的信念几段给他听听。把犹大主教请来——真奇怪，我发现桑普森是我唯一可以信赖的人。也许我们该把加迪纳从法兰西召回来。他往往有些主意，知道该怎么办，而你们似乎都一筹莫展。提醒尼古拉斯·卡鲁爵士，我禁止他跟我女儿联系。告诉科特尼家的人，我知道他们的所作所为。警告他们，我对此极度不满。把弗朗西斯·布莱恩关进塔里。我听说他在城里到处散布他的观点，说玛丽受到虐待，说我是个不近人情的父亲。”

“哦，你了解弗朗西斯，”爱德华·西摩说，“他不是有意的。他爱陛下。”

“怎么处理费兹威廉？”奥德利皱着眉头，“我们必须任命一位新的财务大臣吗？”

国王温和地说：“费兹威廉也没什么大错。他是我的老朋友，我想各位顾问官也常说，他是世上最了解我的人。”亨利环顾桌子周周，一副极为悠闲之态；他们的时间都属于他。“你们瞧，”他说，“我的确知道各位顾问官都说些什么，知道你们如何串通着想支使我，并谈论我爱谁和不爱谁。对一个男人来说，如果这个世界上还有一个他应该信任的人，那就是他未出嫁的女儿。她应该愿他之所愿，一心一意想安慰他；反过来，他保护她，关怀她的成长。但财务大臣没有孩子。这是上帝的安排。由于不是父亲，他无法理解我的感受，不知道我过去几周所承受的痛苦。因为我始终都没有变，玛丽知道我要求她发表怎样的声明，从誓词一经确定时起就知道。如果她一定要认为我的头衔和权利是刚刚死去的那个女人的心血来潮，那她就大大误解，被严重误导了，而如果她一直抱着我会爬回罗马的念头，那她就比我想象的还要蠢。但你们不明白的是，你们似乎谁也不了解的是，我爱我的女儿。我想念我那些死在摇篮中，或者还没出生就已死去的所有孩子。如果再失去玛丽，我还有什么？问问你们自己……除了她，我活在这个世上还有何慰藉？”

房间很安静。奥德利后来会说，我觉得我应该划十字说“阿门”。就连新顾问官也没有冒昧地说：“其实，陛下，你有年轻的里奇蒙”，或者提醒他还有黄头发的小猪娃伊丽莎，此刻正在内陆某处大声哭闹。但爱德华·西摩皱起了眉头——如果国王一无所有，那将简妹妹置于何地，将狼厅那家人置于何地？

“那么，好心的国务大臣，”国王说，“克伦威尔勋爵，既然你爱我，乐意为我效劳，这件事就交给你来了结。我们不用再来这儿讨论了。”

国王把手掌撑在桌子上，让自己站起身。他们连忙离开各自的凳子下跪行礼。他们跪在那儿，直到他走出房间。甚至当房门在他身后关闭后，他们也没有开口。直到大法官说：“了结？这是什么意思？”

“天知道。”他说。

里奇情绪激动地说：“我但愿自己从没有当顾问官！我但愿自己在中国。”

西摩小声说：“我但愿你们在乌托邦。”

玛丽的信还在他的口袋里，信中说：克伦威尔，我只能做到这样，无法再让步了。我不会签署任何诽谤我母后的文件。我永远不会承认我父亲是或者应该是教会的首脑。别让他们逼我，别让他们求我，我在良心许可的范围内已经让了步。你是我主要的朋友和支持者。我只相信你。

“我想，他要你杀了她。”爱德华·西摩说。

想当年，红衣主教常常笑着谈起一件事：年轻的亨利从他的长袍里伸出一条腿，请法兰西大使欣赏他的小腿。“你的国王有这样的腿吗？”他问，“告诉我，他有吗？我知道，弗朗西斯国王身材很高，但他的肩膀像我这样宽吗？”

那位国王如今步履艰难地离开议事厅，拢紧长袍，那条漂亮的小腿被明显地包扎起来，他的面孔浮肿而苍白。亨利是地点，他的身体——包含血、胆汁和黏液——是中心；他饱受劳累和折磨的肉体是所有争论终止之处。

在塔里，弗朗西斯·布莱恩说：“这就是你关押汤姆·怀亚特的地方？”

“很通风，”他说，“对吧？我总是为我的朋友们安排好的住所。”

“一个进，一个出。”弗朗西斯坐进椅子里，看了看周围；他的一只眼睛戴着眼罩，另一只视力模糊。“我猜此前的软禁还不够？”

“你在这儿更安全。我跟怀亚特也是这么说的。”

“听说你是掌玺大臣了。大人，你爬得那么快，王国的梯子都不够用了。”

“梯子？我有翅膀呢。”

“那么，在它们软化之前，飞进黑暗中吧。”弗朗西斯说。

“国王认为，如果不是幕后有人指使，玛丽不会公然反抗他。他主要怀疑你的姐夫卡鲁。”

“老砍路，”弗朗西斯笑了起来，“他把自己塑造成穿着黑色盔甲的忠诚骑士形象。他让玛丽相信他会让她成为女王。”

没有记录员。之前摆放着彼特拉克诗集——丘比特，海怪，皮肤一般柔软的封面——的桌子上，现在只有克伦威尔勋爵自己的文件夹。他的手没有动。有足够的时间去记。“那么是卡鲁。还有谁？”

“埃克塞特那帮人。还有爱哭鼻子的小蒙塔古。”

“如果国王召他们来，你愿意作证吗？”

“是的，如果是要么我死要么他们亡的话。我凭什么要比汤姆·怀亚特高尚？”

“从来没有人认为你比他高尚。”

“但你并不想把他们抓起来，对吧？你更愿意达成交易。”

“是我仁慈的本性阻止我——”

弗朗西斯鼻子一哼。“没有什么阻止你。但你如果毁掉玛丽身边的人，也就会毁掉玛丽，而你不想失去她，你觉得如果亨利不断杀死自己的亲人，你就无法控制他。”

他记起弗朗西斯站在断头台旁，皮外套下心情急切，等待着拔腿飞奔，去向西摩家传递安妮已经人头落地的消息。你如果想要速度，就挑选弗朗西斯·布莱恩。你的脉搏在他的皮肤下跳跃，随时准备行动。你如果想收买什么人，想笼络什么人，想做些见不得人的肮脏交易，就知道该找谁。你如果希望有人把不可言说的事情说出来，只需向弗朗西斯点个头。“我了解你，克伦威尔，”他说，“你自以为是一位谨言慎行的政治家，但其实是个赌徒，跟我一样。”

“跟你不一样。你就算中了毒，也会爬到牌桌上。就算眼睛看不见，也会用鼻子找到骰盅和收码杆。你的手指尖会摸出骰子上的点数。”

弗朗西斯说：“换成另一个像你这种出身的人，肯定会躲到哪个僻静的角落去数钱。但克伦威尔不会。他要权倾天下。如果西摩家的女儿给国王生个儿子，谁将负责小王子的教育呢？非克伦威尔莫属。如果菲茨罗伊被指定为继承人，克伦威尔将获得他的恩典。如果玛丽能活下来亲政，她将永远记得克伦威尔救了她的性命。”

“相信我，弗朗西斯，”他笑着说，“我没抱什么指望。我所关心的只是如何度过这一周。”

“你不会罢休，直到成为公爵。或者国王。”弗朗西斯推开眼罩，揉了揉里面的伤疤。“顺便说一下，如果成了国王，你会干得不错。”

他的视线从布莱恩那五官不全的脸上移开。那张脸的主人笑了起来。“比这更可怕的你也见过。”

他走到门口。“马丁？给我拿一把像样的椅子来。这只可恶的凳子怎么还在这儿？我不是把它踢出去了吗？”

马丁出现了。“肯定是它自己挪回来的。我会把这小坏蛋扔到楼下去。”

“把它劈成柴火，”弗朗西斯说，“让它看看是谁说了算。”

“再拿点酒来，”他对马丁说，“记在我的账上。”

“你还记了账？”弗朗西斯说，“圣阿格尼丝保佑我。”

“我想安排自己的厨师，外带几个负责烤肉的伙计，还有一间存放糕点的冷藏室。我在这里备有衬衫，还有羊皮大衣。我还有职员。”

“不要职员，”弗朗西斯说，“今天不要。”

“如果你愿意像刚才答应的那样给我作证，我会把它收起来，直到用得上的时候。我会亲自记下你说的话，其他人不需要知道是来自于你。但如果我们大家想活着看到下一周，砍路就必须给玛丽写信，承认她无法从他或他的朋友们那儿得到任何实际帮助，而她如果不完全按我说的去做，就会完蛋。我会在亨利面前帮你说话，而——”他也揉了揉眼睛，“等到此事尘埃落定，你就会自由。时间不会太久。现在，玛丽必须在她父亲和教皇之间做出选择。”

“是她父亲和母亲之间，”弗朗西斯说，“你无法跟死者作战。你可能得把她交给他们。天知道你怎么会把她当成你的未来。就算你现在救了她，她还是会死在你手里，她总是疾病缠身。而国王如果要对付你，就不会像对老亨利·吉尔福德那样了——他告老还乡，回去修剪果树和享受鸟鸣。别忘了沃尔西是怎么下台的。事情一旦搞砸，亨利会把你扔到我现在的位置。甚至可能更糟，到那时，有一只三脚凳你就该庆幸了。”

“听起来你似乎很在意，”他说，“竟然给我这番忠告。”

弗朗西斯说：“这个国家没有了你会怎么样？我愿意看到你发达。没准到头来我得向你借钱呢。”

马丁进来了，“砰”的一声将一把椅子放在他面前。他想，这将需要耐心：就算我拿到谋逆罪的确凿证据，我用得起它们吗？布莱恩说得没错。

你刚刚将博林兄妹送进坟墓，要整垮两大家族及其亲戚，还不能伤及他们宣称所支持的那个年轻姑娘，这绝非小事。亨利不能在我之前做好准备，我必须制止这位六亲不认的国王。

“弗朗西斯，还有一件事。卡鲁的信写好后，得由你妹妹伊丽莎亲自送到汉斯顿，并与你母亲好好商量。布莱恩夫人把玛丽从小带大。我相信她会关心她的利益。”

“而且我母亲不像看起来那么糊涂。”弗朗西斯说。

“她们母女俩必须去见玛丽，跟她推心置腹，竭力劝导。此事我就拜托你们全家了。”

“好吧，”弗朗西斯反感地说，“如果你非要把女人牵扯进来的话。”

“女人已经牵扯进来了。全都是女人的事。除此之外还能是什么？”

弗朗西斯看着自己的杯子。他摇晃着里面的酒，仿佛在占卦和试图在残酒中改变命运。“有人说，亨利不会除掉他的女儿。还有人说，我们曾经认为他不会除掉他的妻子。但是我——我一直都知道他会干掉安妮·博林。或者即使亨利不出手，也会有人代劳。”

天气已经转暖。在漫长的白天——如果传言属实——玛丽小姐茶饭不思；而在短暂、天色较亮的夜晚，她不眠不休踱来踱去，面孔浮肿，眼圈通红，她泡在苦涩的泪水里，犹如泡在深水池中。对年轻女人来说，尤其是对那些月经停止或者床上需要一个男人却不得不独守空房的年轻女人来说，流泪有好处。如果玛丽不哭了，可能会比现在病得更重。所以，当她抽抽搭搭时，没有人起身去安慰她。当她哭喊“耶稣怜悯我”时，祂似乎也没有怜悯。

国王咨询过的法学家们建议，应该把誓言再次拿到玛丽面前，好让她明确知晓对她的要求。国王说，她当然知晓。她十分明确。但就像上个月处理安妮·博林事件时那样，他又补充道：“克伦威尔，我希望每一细节都依法而行。”

他（克伦威尔勋爵）对理查德说：“把查普伊斯请来。他得跟我共进晚餐。他会推脱没胃口，但可以看着我吃。”

理查德说：“您本可以在两周前就解决这个问题的。您让我们都处于险境。为何您不亲自去见玛丽呢？”

“因为我只能远距离采取行动。”他说。

他想起在温莎城堡的那个炎炎夏日，那是1531年，我们得救的那一年。宽敞的庭院里，国王的行李车已经装好待发，国王一行这个夏天将去打猎、跳舞和从事其他运动。他自己只能留在幽暗中，走上楼梯，穿过那些窗户紧闭、空无一物的房间，走进王后的套房，发现凯瑟琳孤单地坐在那儿，一副被人遗弃、倔强到底的神情，虽然知道却不肯接受亨利已经不告而别；那个弱不禁风的孩子玛丽靠在她的椅背上。他说，夫人，你女儿病了，她应该坐下。一阵疼痛袭来，那姑娘全身发抖，不由得弯下腰去，并用手握紧镀金椅背。凯瑟琳用卡斯蒂利亚语对她说：“你是西班牙的女儿，站起来。”

那天，他为那个生病、瘦小的身体而战，并且获胜。他的脚旁有一只凳子，凳子上有个绣有美人鱼的软垫。他一手拿起凳子，一手拿起美人鱼。他迎着西班牙王后的目光，“砰”的一声将凳子放在石板地上。太阳透过彩色玻璃照了进来，那浅绿和橘红色的方形的光，犹如在白石板地上挥动的旗帜。

凯瑟琳闭上眼睛。她自己仿佛也在承受痛苦，但点点头算是让步。接着她睁开眼睛，将视线投向不远处。他看到公主在摇晃，连忙上前，伸出一只胳膊抓住她，让她站稳；他还记得她那细小的骨头，那轻飘飘的身体颤抖着，额头上的汗水在发亮。她坐到凳子上。他把软垫递给她，并观察她的面孔。她将美人鱼顶住肚子，双臂环抱住自己，弯下半个身子以缓解疼痛。过了一会儿，她哼了一声呼出一口气。接着她抬起头，看到了他，显得惊讶而感激。但这种表情转瞬即逝。这一幕来得太快，你几乎不能说它发生过。但直到那次见面结束和他躬身退出房间之前，不管他走到哪里，她的目光都追随着他。

晚餐后，四周安静下来，仲夏的长日自动收起，让位于黄昏。花园里有好几座塔，他和大使登上其中一座。在他们的下方，伦敦掩映在蓝色的暮霭中。他们的面前有一碟草莓，得在月亮升起之前吃完。大使把自己的文件留在塔底，那沓盖有双鹰印章的白皮文件放在一片点缀着雏菊的草坪上。

“令我生气的是，”他告诉查普伊斯，“欧洲的君主们有何资格蔑视亨利！他们解散自己的议会，对老百姓横征暴敛，洗劫教堂的财务，杀死自己的顾问官，但只要对梵蒂冈卑躬屈膝，就平安无事，他们道德高尚，教皇赐福于他们，说他们是多么伟大的君主。他们之中，有谁能年复一年地忍受一个不会生养的妻子？他们会毒死她。有谁能容忍一个不听话的孩子？如果玛丽是其他哪位君王的女儿，就会被打入冷宫被人遗忘，或者遭遇某个意外。”

“是的，”查普伊斯说，“但你不会这样建议。”

“我怎么建议并不重要。这件事把我害惨了。我已经是死路一条。”

“你以前也这么说过。当小妾找你麻烦的时候。”

“我的确说过，也并非假话。在这件事情上，我已经开弓没有回头箭——我向国王保证过玛丽会服从。他讨厌不守信的人。”

查普伊斯沉吟着，一根手指描画着大理石桌面那模糊的羽状图案。“你是怎么把这弄上来的？”

“用绞车从窗户里拉进来的。你以为是我向费希尔主教的圣骨祈祷，然后他让它飞进来的吗？”

这座别墅是他从史密斯菲尔德的圣巴塞洛缪修道院的教士们那儿租来的。他们的副院长威尔·博尔顿是国王的建筑师，在大工程的设计和施工方面很有头脑。当他来到这里喘口气，马儿进了马厩，行李被克里斯托弗搬进室内后，他有时会说，保佑我，博尔顿。副院长过去常常在夏天来这里打猎和消遣，他的画谜——一只被弩箭射穿的小桶或大桶——刻在花园的院墙上。这是一座小别墅，每层有一个方方正正的房间，周围环绕着果树和藤架，花园里的几座塔布局合理，可以招来夏天的微风，并越过树梢俯瞰城市。

“在生命的最后五年，博尔顿的脚跛了，”他说，“他始终没能上到这儿来看风景。尽管谁也想不到，他去世时已经是八十二岁高龄。”

“当然，你会长生不老，”查普伊斯说，“不停地往上爬。”

“我们进去后，我会带你看看客厅的搪瓷砖。是纯粹的天蓝色。他肯定是从意大利买来的。”

归巢的鸽子叽叽咕咕，并梳理着羽毛。一片掉落的羽毛像夏天的雪花一般飘过，他目送它消失在黄昏中。查普伊斯说：“当然，这个国家的所有人都蔑视梵蒂冈，我并不奇怪。罗马年复一年地犹豫不决，让凯瑟琳失望了。”

“所有人都让她失望。她的顾问是一群老太婆。费希尔也许非常虔诚，但毫无用处。就我所知，他要她保持乐观，尽量往好处想。至于她在国外的朋友——你的皇帝做了什么？他口口声声要开战。”

查普伊斯说：“我的主人要对付土耳其人。相较于跟一座小岛上的一位任性的国王吵架，他有更重要的事情要做。”

“那我的国王现在凭什么该退缩？他在自己的王国里自由自在。他可以随意处置自己的女儿。”

“你会原谅我这么说，”查普伊斯说，“我希望死者也会原谅我——如果说皇帝没有设法营救他尊贵的姨母，也许是因为他不知道事后拿她怎么办。她只会是他的一个负担。她习惯了挥金如土，王后们都是这样。而且她可能会很长寿。”

大使把是否孝顺的问题分析得如此透彻，对这样的人你必须刮目相看。他总是对人说，别低估查普伊斯。这位小个子表面上彬彬有礼，实际上充满激情，而且心思狡黠，随时准备冒险。

“但玛丽不一样，”大使说，“即使她没有登上王位，她的后代也可能会，他们可能扭转局势而让皇帝得偿所愿。你说亨利自由自在。皇帝虽然总体上不太关心，但不会容忍玛丽受到虐待。他会发船出兵。”

“你的皇帝永远不会登陆。”

“你研究过这些岛屿的地图吗？我的君王是海战的行家。当你们保卫肯特郡海岸时，他的舰船会从爱尔兰那边开来。当你们守护西南方时，他会从东北方入侵。”

“他的船长们会死在这些海岸上。国王说会吃掉他们。”

“要我传这个信吗？”

“悉听尊便。你知道，我也知道，全副武装的皇帝救不了玛丽。她处境危急。”

一颗脑袋出现了，从盘旋楼梯上探了出来。是克里斯托弗。“二位大人，要吃蜜饯吗？”他咣当有声地放下银托盘。“简称大人到了。”他不怀好意地瞥了查普伊斯一眼。“是来破解密码的。什么都难不住他。”

查普伊斯扭着双手。他担心自己留在下面的那些文件。他的膝关节酸痛，想到要磕磕绊绊地爬下三段楼梯，再重新爬上来，他就不由得小声叹了口气。

“让简称坐在藤架下听夜莺唱歌。然后把大使的文件拿上来。不许偷看。”

克里斯托弗的脑袋从楼梯口下沉，渐渐消失。“那孩子真是个蠢驴！”查普伊斯挑了一颗草莓，对它皱起眉头。“托马斯，我知道，要让一个天真的姑娘相信世界并非如她所想，不是一件容易的事。已故的凯瑟琳从不让那孩子听到半句对她父亲的贬损之辞。所有的错都错在红衣主教，或者错在他的枢密院或小妾。亨利没有丝毫过错。安妮·博林一死，毫无疑问，她当然指望得到拥抱。”他小心地咬了一小口。“你当然得让她打消这种念头。”

他点点头：“她不了解她父亲。”

“怎么可能了解呢？五年来她都没怎么见过他。她一直身陷囹圄。”

“囹圄？她一直过得非常舒适。”

“但我们不能跟她这么说，托马斯。最好告诉她，她遭受了巨大的痛苦，以免她觉得自己做得还不够。她向我夸口说不怕砍头。”

“是吗？等到她在人世间的最后一个夜晚来临，她必须睁着眼睛熬到天亮，而迎接她的是一顿难吃的早餐和刽子手时，她再哭着喊着要我救她可就晚了。”

“是她母亲……”查普伊斯说。夜色越来越深，他唯恐说了死者的坏话。“我相信她向凯瑟琳发过誓，说她绝不会屈服。对活人发的誓可以收回，只要得到他们的允许。但人死后就没商量了。”

“她不想活命吗？”

“不想以任何代价而活命。”

“那历史将如何看她——西班牙国王的外孙女，没有寻求自保的智慧和策略？”

克里斯托弗突然从下面冒了出来，挑了一颗茴香糖的大使差点把它一口咽下。那孩子冲进他们之间，“啪”的一声扔下帝国的文件，黑鹰飞扑在白色的大理石上。“怎么去了那么久，克里斯托弗？”

“有人从伊斯灵顿过来，说恐怕会打雷，奶牛正躺在田里。求求你们，雨一下就赶快下来。如果闪电劈来，你们就完了。只有傻瓜才会待在塔顶。”

“我会留意天空，”他说，“它首先会劈向伦敦的上空。”

克里斯托弗的脑袋就像一个油乎乎的球体，戴着一顶歪帽子，消失在楼梯口下方。他等待着，直到确定那孩子听不见了，才开口道：“如果她父亲现在死了，玛丽有可能突然成为女王，不管她父亲做了什么安排，也不管议会有什么法案。那么作为女王，她可以使一切恢复如初。重续我们与罗马的联系。锁紧我们的镣铐。她会以砍下我的脑袋为乐。我不相信她的漂亮话。”

“那是些什么话？”

他拿出玛丽的信，从桌上推过去。“我要不要叫克里斯托弗拿灯来？”

“我可以对付。”大使说。“这是她的笔迹。”他承认道。他眯着眼睛看那封信。他身后的拱窗充溢着黄昏的余辉，那是一种淡淡的、乳白色的光芒。“对于拒绝宣誓她很坚定。但她把你称作她的朋友——仅次于她父亲，上帝保佑，她太天真了——她把你称作她在这个世界上的主要朋友。”

“但我凭什么要相信她？我觉得她诡计多端。”

他自得其乐，心里想，大使必须对我温言软语。我要假装成轻佻的女继承人，他得用承诺来消除我的恐惧和安抚我。

“玛丽让我陷入了一种极其危险的境地，”他说，“我在国王那儿名声扫地。而我除了名声，还有什么呢？就算他不杀我，也没有人想要一位过气的顾问官。”

大使了解这种游戏，但不想参与。他表情严肃地说：“她为什么认为你是她的朋友？她母亲跟她说过什么。只可能是这样。想想看，经过这么辛辛苦苦——”他顿住了，显得既气愤又难堪。“看来，既然她信任你，我也就必须如此。这是一种不幸的情形。”

“你得劝她让步，还得在皇帝那儿搪塞过去。得到他的允许。他的祝福。”

“很遗憾，我没有把皇帝留在我的密室以便随时请示。”

“是吗？你应该悬挂他的画像。也许过不了多久，你就可以教它说话。”

他觉得听到下面有脚步声。“嘘！”他站起身，朝楼梯喊道：“谁在那儿？”大使全身紧张，打起精神，仿佛只要有任何危险，他就会从塔上跳下去。窗户上没有玻璃，正在消逝的暮光给砖墙染上一层淡淡的玫瑰红。

没有回答。博尔顿副院长既没有将花园的院墙建高，也没有将栅栏筑严。任何居心不良之徒都可以折断板条或柳枝，穿过用柔韧的榛树枝筑成的篱笆，非法潜入。他手抚胸口，感觉到那把匕首稳稳地藏在丝绸外衣和亚麻内衣之间。

“守塔很容易，”他说，“即使是花园里的塔。任何人一上来，你只管再推下去。”

“你会喜欢这样，”查普伊斯说，“他们告诉我，你对跟费兹威廉顾问官干的那一仗感到特别开心。说真的，托马斯，你太孩子气了。”

“克里斯托弗？”他喊道，声音在螺旋石梯中回荡。“你在那儿吗？”

“还能在哪儿？”回答声传来。克里斯托弗很意外。他总是保持警惕，这是他早年当小偷时受过的训练。闲来无事时，他常常背靠墙壁，蹲坐在地，低着头，仿佛在瞌睡一般，但他的耳朵竖起，眼睛留意着视线边缘的动静。

“那儿没有别人，”他安慰大使道，“只有克里斯托弗。”查普伊斯靠回到椅子上。他对他说：“吃掉草莓。给罗马写信。”

“但是这水果安全吗？生着吃？”查普伊斯皱着眉，“在我的家乡，我们把它放到馅饼里烤熟。”

“如果她是为了保命而服从，教皇会宽恕她。告诉她你已经帮她请求赦罪了。如果你担心费用，我自己会承担罗马那边的开销。”

“我更担心自己的消化。我还怀疑她会不会相信这种似是而非的理由。”

“明天一早就去见她，我会给你签发通行证。”他向大使探过身去，“告诉她，安妮·博林活着时，亨利根本不可能恢复她的继承权。但是现在，如果她事事都顺着他，就可能时来运转。”

“你这样给她开价？”查普伊斯眉毛一挑，“亨利不会更倾向于他的私生子吗？我还以为你自己也更喜欢里奇蒙。发生什么事了？”

“如果指定里奇蒙继位，一定会引发激烈的争执和不满。无论国王娶过哪个女人——如果他娶过任何人的话——全天下都认为反正不是里奇蒙的母亲。至于他可能得到的任何新的继承人——一个年幼孩子的性命，并非时时刻刻都靠得住。告诉玛丽，如果她要委屈自己的良心，现在正是时候，她还可以帮帮自己。”他靠回到椅背上。“没错，事后她当然会鄙视自己。但这是代价。告诉她，时间会缓解这种痛楚。”

“在我看来，”大使说，“你的意思是，你可以活着，但只是在克伦威尔允许的条件下。你甚至可以继位——但只能是通过克伦威尔的恩典。”

“如果你想这样解释的话。”他失去了耐心，“随你好了。我会送一份文件给她签署。一份表示服从的契约书。她不需要细读。实际上，她不可以读，因为她后来可能需要反悔。但是她必须让职员誊抄一遍，因为交给国王的不能是我的笔迹。”

“是的，那会前功尽弃，”查普伊斯笑了，“你知道，她并不简单。”

“告诉她，从现在起，我会确保她受到保护。作为国王的女儿，她会过得自自在在，不会有任何人去烦扰她——要求她像我这样祷告，或放弃她的圣徒或仪式。但还要告诉她，如果她现在还不让步，那就无药可救了。我会认为她是有史以来最顽固不化和忘恩负义的女人。我不会阻拦国王的意志。就算她因为某个奇迹而逃过一劫，对我而言她也死了。我再也不会管她。再也不会出现在她面前。再也不会见她或跟她说话。”

停顿片刻。“我明白了。”大使显出嘲讽之色。“你最好自己把它写下来。我会老老实实帮你把信送到。”

“我们下去吧？”

查普伊斯站起身，有些畏缩，并揉了揉后背。“你先行，大人。我太慢了。”

他从大理石桌面上抱起文件。“这些我来拿。”他走在大使前面。在第一个楼梯平台上，他大声说：“我没有偷看！我保证！”

克里斯托弗警惕地蹲在地上，正如他想象的姿势。另一个身影站在他旁边的夜色中。“晚上好，先生。”那个身影轻声说。是赖奥斯利先生，手里拿着一束牡丹花。

在镶着天蓝色瓷砖的客厅里，一支蜡烛的火苗在蓝色中闪烁，他动手写起初稿；对他而言，成为国王的女儿并非易事。黎明时，他把草稿带回城里，在晨光中再一次坐到它面前——谦恭，颤抖，顺从。也许他该独自关到哪个房间里去写，但他不想为此太费神。

他拿起羽毛笔，查看着笔尖。“这将需要自我贬低。”

理查德·克伦威尔说："我要不要出去找个比你更擅长这一套的人来？"

"理查德·里奇懂得乞怜术，"格利高里说，"赖奥斯利在需要时也可以乞怜。"

他动笔写道："极为谦卑地匍匐于陛下面前……"

"试试匍匐于陛下的脚下。"格利高里说。

"啰嗦。"理查德说。

"是的，但这让她听起来……奉承。"

他修改了措辞。"我们出了这个房间就不可以提现在所做的事。国王必须认为是她自己写的。我写此信是为了……我为什么写信？"

……向陛下敞开心扉……正如我已经并将要把我的灵魂交由您的引领……我也将身体完全交付……无论是生活的状态还是条件，无论是方式还是水平，都无所欲求，唯遵从陛下指示……

"听起来简直像法律条文，"理查德说，"无论是这个，还是那个，还是另一个。"

"确实。她可不是格雷律师学院的成员。"他很恼怒。他不知道怎么写才不至于面面俱到，不知道怎么写才会留下一些空白、间隙或裂缝，让意思可以流露或渗透出来。原谅我的过错……我的确认可、接受、同意、赞同和承认……

"他肯定指望她听取律师的建议，"格利高里说，"他会指望它有所体现。"

……赞同和承认国王陛下是英格兰教会仅次于基督的最高首脑……

我的确自愿、坦诚地认同和承认，陛下与我母亲以前的婚姻……无论是根据神的律法还是人的法律，都是乱伦和不合法……

"乱伦和不合法，"格利高里重复道，"一语概之。毫无疏漏。"

理查德说："只是她还没有实际宣誓。"

他吸干墨水。"只要没有人让亨利面对这一事实。"

就让这成为她自己的宣誓形式吧，沉重而全面。写到凯瑟琳时，她用的是已故的亲王遗孀，就像任何臣民可能称呼的那样，但她也说我母亲，我已故的母亲——她的手已经不能动弹，缩在裹尸布里。卡特琳娜，今天你受到羞辱，生者战胜了死者，英格兰征服了西班牙。他想，我以前也代玛丽写过信，比这还要可怜兮兮，还要低声下气：我只是一个女人，是您的孩子。但收效甚微。它们没有打动国王的心。要想打动国王的心，就得给他想要的一切，而且要讲究策略，让他在得到时才知道自己需要。我把灵魂交由您的引领。我的肉体期待您的宽恕。

“我要雷夫把它送往汉斯顿，”他说，“今晚就得签署。”

*　*　*

现在是六月份的第三周。安妮死时，还是风雨连绵的春天，一个月过去后，我们进入了盛夏。在炎热的上午，你闭上眼睛，眼皮上仿佛贴有金光闪闪的金线织物。你抬起手臂挡住脸，强光就会变成紫色，仿佛主教们从火焰中出现。在诺福克和萨福克两位公爵的陪同下，他前往汉斯顿，去问候那位年轻的女士——在忏悔、改正和自贬后，她又可以被称为国王的女儿了。

赫特福德郡是个富庶和人口稠密的地区，树木繁茂，有不少绅士廷臣的豪宅。府邸本身是位于高地上的砖砌建筑，适合国王的家人居住。领地本身很古老，但目前这栋府邸可能有八十年的历史。他们把印有彩绘盾牌的特许状作为古董展示出来，盾牌上有去世已久的贵族的徽章：一位德斯潘塞女继承人的紫貂，莫布雷家族的银狮，以及埃德蒙·博福特的王室纹章——上面的银色和蓝色边饰已经破损。两年前，国王花了近三千镑购买新的瓷砖和木材，并将加里扬·霍恩①作坊的人派来负责主要房间的玻璃安装和彩绘工作，他们绘上了有条纹的玫瑰、金色的情人结、颤栗的白色猎鹰以及百合花。与此同时，有如神助一般，那些新的钩子、铰链、卡环、门闩和锁，也使得整个府邸更加牢固和安全。

在途中，三位贵族的随行人员彼此分开，以免仆人之间发生争吵。诺福克呵呵笑着说：“众所周知，克伦威尔只要游荡到伦敦北部，就会干些什么，他会在某个下等旅馆歇脚，拽住一个洗痰盂的女人，让自己快活一番。”只是公爵的语言比较粗俗，一边说还一边拐胳膊肘和砸拳头。

查尔斯·布兰顿哈哈大笑。他喜欢这种笑话。

他注意到小托马斯与诺福克并肩而行。不管他上次离开这对同父异母

① 亨利八世时代著名的玻璃彩绘师。

的兄弟时他们在窃窃私语些什么，他们现在还在窃窃私语。“你看到了吗？”他对萨福克说。

“是的，”萨福克说，“属于你的，真心汤姆。走/口。定/幸。愿/念。”

可怜的孩子，他想。连萨福克都知道他的诗写得多么差劲。他想起自己那次告诉他，女士们分享各自收到的诗歌时，小霍华德那目瞪口呆的面孔。他似乎从未想过会发生这种事情。似乎以为她们读完诗后会把纸吃掉。

谢尔顿夫人在门厅迎接他们。过去三年里，她一直是玛丽的监护人，这并非令人羡慕的职位。布兰顿阔步而入，她行了个礼：“萨福克大人。还有托马斯·克伦威尔，终于来了。”她开心地吻了他，仿佛他是她的表兄，而对她真正的表兄托马斯·霍华德，她却说：“我们能希望大人不要毁坏家具陈设吗？财产都有清单，而大人几周前扯破的那幅挂毯可值一百镑呢。”

“是吗？”诺福克说，“用它擦屁股我都不愿意。约翰·谢尔顿在哪儿？算了，我自己去找吧。查尔斯，跟我走。”

两位公爵退出，扯着嗓门找东道主去了。他说：“他袭击挂毯了？还干了什么？”

“他威胁要揍玛丽小姐一顿，还一拳打在墙上，结果伤了自己。”谢尔顿夫人抬起一只手捂住笑容。“他像一头醉醺醺的熊。我以为玛丽会吓晕。我以为我会。好在你终于来了，感谢上帝。”

“比以前更难看了，”他说，“而你呢，夫人，操心越多反而越优雅。”

谢尔顿夫人显然对他没有恶意，而就算有也可以理解，因为已故王后是她的侄女。她摆摆手，不理会他的恭维，口里说：“天啊，我们早就希望你来了。你知道，布莱恩夫人独自负责婴儿室以及与小家伙相关的事务，但由于她从玛丽还没有完全断奶时起就照顾她，所以时不时地跑来发表意见，还自作主张地教谢尔顿怎样管理这一大家子，好像全世界都得围着伊丽莎小姐转。我们没有得到关于那个小家伙的指示，只知道她不再被称为‘伊丽莎白公主’。你怎么想，国王会不认她吗？”

他耸耸肩。“我们不敢问。他一直腿痛，由于不能在上午骑三个小时的马和打一下午的网球，他的脾气很烦躁。当他想锻炼的时候，从来不好对付。但谁知道呢——现在玛丽表态顺从了，我们也许可以跟他谈谈。你怎么想？你天天看到那个孩子。”

“我认为她是亨利的。你该听听她的哭声。安妮有哪位侍从是红头发吗？”

“那些死去的侍从都没有。”他说。

她犹豫着。然后，“哦，我明白了……可能还有其他人？那些没有受审的？”他能看到她的脑筋在转动。“你会说怀亚特是金发……”

“我会说怀亚特是秃顶。”

“你们男人对彼此真是残忍。”

“国王说安妮跟一百个男人上过床。”

“是吗？好吧，我猜他的绿帽子肯定非比寻常。”她回头瞥了一眼，“怀亚特真的获释了？”

他想说，你侄女已经入土，我们在继续前进。“现在没有任何人被拘留——任何与此事有关的人。你听说那封意大利的来信了吗？”

“雷诺。是的。那个大傻瓜。我当时觉得他把玛丽给毁了，说真的。约翰·西摩的女儿呢？她现在成了第一夫人，表现如何？”

“她对亨利有好处。可以平息他的怒火。”

“一块湿布都可以做到。不过，还是祝她好运。她既然能取代我侄女，肯定就不像乍看起来那么简单。”

谢尔顿夫人握住他的手，把他领进室内，并吩咐上酒。“我要告诉你赛德勒把你的信送来时的情形。我们不妨坐下来。谢尔顿会与公爵们待上一个小时，好好发泄对布莱恩夫人的不满。”

他喜欢听谢尔顿夫人讲故事。他觉得这会是一个他可以把握的故事。“你可以走了，罗伯。”她对候在一旁的男孩说。那孩子——是来自狼厅的马修——在门口转过身，与他视线相遇。他移开目光。他想，我要告诉他，虽然你很孤独——在一座陌生的府邸，以陌生的身份侍候别人——但你不能露出蛛丝马迹，尤其是绝对不能在一个女人面前，她们会看到男人看不到的很多东西。

“我们每时每刻都期待你的来信，”谢尔顿夫人说，“还有给玛丽签署的文件，因为皇帝的大使查普伊斯两天前来过，跟她密谈了三四个小时。

他到达这里时，不肯吃饭，但在进去之前喝了一大口啤酒，谢尔顿说：‘但愿那可怜的家伙不会后悔喝那一口。’因为如果一个年轻女人坚持认为自己是公主，你怎么能在说了‘请原谅，殿下’之后，让她开口去要痰盂呢？我们能听到她在那儿说啊，说啊，一直说个不停，大使则尽可能地插上一两句话。他出来时，看上去仿佛经历了生死审判。谢尔顿送他出去上马，与他挥手告别后回来，正在脱靴子时，玛丽冲进自己的房间，插上门闩，把一个柜子推到门后。这不是第一次。我们有个身材魁梧的砍柴工，谢尔顿叫他来用肩膀把门撞开。砍柴工倒在门口时，玛丽对他视若无睹，只管继续祈祷。”

不过，他想，她第二天有一整天可以思考该怎么办。

“所以，当赛德勒骑马到达时，天早就黑了，我相信已经十一点了。玛丽还没有睡，穿着宽松内衣躺在床上——躺在床罩上，我们无法让她躺好盖好。她说，如果是一位绅士，我会穿好衣服出去接待。但如果只是一封信，我宣布要到明天早上再看。我们说，‘是赛德勒。’然后不知道她会怎么办，因为她此前认为他不是绅士，但知道他在国王的寝宫侍候。”

不知道我在她心目中算是什么，他想。

“但她马上喊了起来：‘赛德勒是克伦威尔勋爵的仆人！’她飞奔下楼，鞋子都没穿，从他手中一把抢过信封，说：‘快给我，让我们签完了事。’然后她把它贴在胸口，转身就走，重新冲上楼梯。她大声说：‘我会签的。我必须签。查普伊斯大使这样建议，我的皇帝表哥这样要求，教皇会原谅的，因为我是被迫，所以这不是罪。’”谢尔顿夫人说，“我简直目瞪口呆。过了一会儿，她恶狠狠地从自己的房间出来，对着我喊：‘谢尔顿！你很快就要被炒了。我父亲现在要把我接回他身边。你再也管不着我了。’”

她双手捧住杯子。“到半夜她就签了。她说要这封信离开屋子。她命令赛德勒大人连夜出发。她说：‘要么这封信离开，要么我走，我不会跟它待在一个屋檐下。’这是蠢话，因为通向公园的门有人把守，她五十步都走不了。与此同时，你得想象，布莱恩夫人一路跟在她身后，手里端着一杯冒着热气的甘菊茶，不停地恳求着：‘亲爱的，你会发烧的！’而在育儿室里，那个小魔王也在哭号——因为她的大牙还没有长出来。平常总是客客气气的谢尔顿吼道：‘你走开，布莱恩夫人，而你，公主，把那杯茶喝掉，否则我会捏着你的鼻子灌进去！’你会原谅他用这种称呼，但如果想让她做任何事情，这种方式最见效。这时，赛德勒大人非常礼貌和得体地开了口，说：‘我可以在你的凉亭里用个简易小床对付，并且会把信带上，我觉得这是一个各方都可以接受的办法。’”

好样的。他笑了。雷夫告诉过他，我向您发誓，先生——只要能离开那座屋子，我宁可悬在吊床上，宁可躺在马槽里，或者睡在草地上。事实上，我度过了一个愉快的夜晚，还梦见了我的妻子海伦。我醒来时听到了鸟鸣，怀里还抱着海伦。他们给我端来面包和啤酒，还有洗漱的水。我胡子都没有刮，简短地告了个别就骑上马来见您了。先生，能把这份文件交到您手中，看到您愁云尽散，在星光下露宿也值得了。

他放下杯子。“夫人，我们该去跟他们会合了。我会是你与诺福克之间的屏障。就算他撕毁挂毯，也不会撕毁我。”

他想，玛丽·博林曾经靠在我身上，以为我是一堵墙。诺福克会把拳头砸在我身上，但是会反弹回去。

谢尔顿夫人说：“我和约翰想知道——这座府邸会解散吗？”

“暂时不用。”他犹豫着，“国王自己要等到玛丽服从的消息传到国外，并从罗马和皇帝那儿得知他们已经明白之后，才会接受玛丽。”

“当然。否则会显得是他刚刚改变主意而饶了她。或者显得他被皇帝吓坏了。”

“你是个明事理的女人。走吧。”他向她伸出手去。他想，博林家的人都是政治家。“你可以缓解她的状况。不得有访客，除非我同意，但让她在公园里呼吸新鲜空气。她可以接收信件。”

她握住他的手。“我觉得她只是假装服从。”

“谢尔顿夫人，”他说，“我不在乎。”

他们来到玛丽面前，下跪行礼。三人之中，诺福克最为年长，所以由他代表她父亲——那位强大而仁慈的国王，祝他长治久安——向她表示问候；上次无礼的请求造成了冒犯，恳请她原谅。他说，他们之所以那么严厉，只是因为为她担心。

“托马斯·霍华德，”玛丽说，“我谅你也不敢。”

诺福克抬起头来，怒目而视。

“萨福克大人，”玛丽转向布兰顿，“你没有冒犯我。”

“哦，既然如此……”布兰顿作势欲起，但抬头一看，又重新跪好。

“你肯定以为女人都特别无能，”玛丽对诺福克说，“如果你认为她连一周前的事情都记不住的话。我可是记得好好的，而且还不仅如此。我十分清楚你是如何迫害我母亲的。”

“我？”诺福克说，“怎么——”

“我知道你是如何煽动你外甥女安妮的野心，后来又与她断绝关系，并判她死刑。你以为我对那个步入歧途的女人毫无同情心吗？”她控制住自己，压低声音，“我内心感到不安。我并非铁石心肠。”

他跪在那儿，打量着国王的女儿。她已经二十岁，所以不可能继续长高。她的身材很单薄，就像他五年前在温莎城堡见到她时那样。她脸色苍白，眼神黯淡而茫然，充满了痛苦。她穿着一件很不合身的菊黄色紧身上衣和裙子，头发上罩着一个丝带编织的发网。她未戴头饰，显然是因为经常头痛而无法承受其重。

“亲爱的小姐，”查尔斯说。他的声音格外地讨好，反复说着“不过”“好像”，却没有下文。“嗯，”他说，“克伦威尔来了。一切都会好的。”

“会好的，”她抢白道，“等诺福克大人使它变好的时候。你会像对你妻子那样对我吗？”

“什么？”公爵的眉毛一抬，脸上泛起不由自主的笑意。

她的脸红了。“我是说，你会揍我吗？”

“谁告诉你我揍我妻子了？克伦威尔，是你吗？那该死的女人跟你胡说了些什么？”他转过身，向大家伸出手臂。“她给别人看的疤痕，她太阳穴上的，是早在我认识她之前就有的。她说我把她从产床上拖起来，扔到房间的另一头。老天，我可没干过那种事。”

玛丽说：“如果我以前不知道这个故事，那么现在知道了。你对女人毫无尊重，尽管上帝将她置于你之上。出去，我想跟克伦威尔勋爵单独谈谈。”

“哦，是吗？”诺福克受到了训斥，但训斥得还不够。“你为什么可以跟他谈，而不可以跟我们谈？”

玛丽说：“要向你解释这一点，永久还不够久，大人。”

布兰顿站了起来。他巴不得离开房间。对诺福克而言，起身就没有那么容易了。他抬起一条腿，重重地踏在草垫上，努力保持平衡，口里喘着粗气，一条胳膊也挥动着。查尔斯抓住他的肘部，准备拉他。“别急，我扶住你了，霍华德。”

诺福克甩开援助之手。“放开我。这是抽筋。”他不愿服老。但是他（克伦威尔）绕到两位公爵背后——我来吧，萨福克大人——双手抓住托马斯·霍华德的大衣后背，轻蔑地一拽就让他站了起来。他的心在歌唱。

“嗯，”她说，“我听说你是掌玺大臣了。托马斯·博林会怎么样？”

“国王已经允许他回苏塞克斯，去过安静日子。”

她哼了一声。她揉揉额头，就连发网似乎也让她感到不适。“依我看，博林对待我母亲还算礼貌，不像托马斯·霍华德。他从未对她粗言恶语——起码她没有听到。不过，他是个冷酷自私的人，跟异教徒串通一气。国王很仁慈。”

“有些人说，太仁慈了。”

这是警告。她没有听明白。

“你已经位高权重了，克伦威尔勋爵。我猜你一直都位高权重，只是我们没有看清而已。谁知道上帝的旨意呢？”

我不知道，他想。“我吩咐卡鲁给你写信。我相信他写了吧？”

“是的。卡鲁爵士给了我一些建议。”

“让你感到失望。”

“让我感到惊讶。你瞧，大人，我知道尼古拉斯爵士宣了誓，尽管他爱我母亲并支持她。我想，活到今天的人全都宣誓了。”

不是全部，他想。汤姆·怀亚特的女人贝丝·达雷尔就没有。

“索尔兹伯里夫人签了字，”玛丽说，“还有她儿子蒙塔古勋爵，埃克塞特勋爵及科特尼全家也一样。安妮·博林在世时，他们如果不屈从于她的意志，肯定会受折磨。但当我知道她被处死后，就想，现在干吗还要遮遮掩掩？既然他们像我知道的那样，认为我父亲应该与教皇和解，难道不会直说吗？他们难道不会帮助我重新得到我父亲的宠爱，得到我的权利和头衔吗？我没想到他打算执迷不悟，没想到——”

没想到你身边有那么多软骨头？那么多见风使舵、贪图私利、胆小怕死之徒？“他们让你承担风险，”他说，“自己却惯于明哲保身。”

“从那以后——从我收到来自我的朋友们的那种与以往截然相反的建议以后——你得理解我，大人，我感到太孤单了。”

她向他走来，他已经忘了她的行动多么笨拙，像个盲女人似的跌跌撞撞。一张矮桌上放着葡萄酒，装在一个银色的玻璃壶里。她看到了，想避开它，但还是碰了一下；酒壶一歪，酒泼了出来，一股红色的液体洒在白色的亚麻布上。“哦。”她失声惊叫，并伸手去扶，但酒壶从她的指尖跌落——

“别管它了。”他说。

她惊恐地瞪着自己的鞋子，然后把脚从碎片中抽出来。“这是约翰·谢尔顿的。是他从威尼斯人那儿买的。”

“我会再送一个给他。”

“是的，你在那些地方有朋友。查普伊斯大使告诉过我。”

“我很高兴他已经让你明白自己的危险处境。过去这一周真是——”他摇了摇头。

“查普伊斯说：‘克伦威尔已经殚精竭虑。冒了各种风险。’他说：‘他感觉到了斧刃的凉意。’”她的裙摆已经被红酒浸湿。她抖了抖，但无济于事。“没有哪位贵族为我说话。诺福克没有，他不愿。萨福克没有，他不敢。对此我们难以释怀——”

她住了口。他想，她已经在用尊严复数①了。

“大使说：‘克伦威尔是个异教徒。但我们可以希望上帝会引导他走向真理。’”

“我们都可以希望这样。”他虔诚地说。

“我常常想，为什么我没有像我的兄弟姐妹们那样，死于摇篮或子宫里？肯定是上帝对我有某种计划。我可能也会很快得到提升，升至一种现在看来似乎不可能的地位。”

房间里的危险犹如硫磺之火迅速扩散，气味浓烈。她走动时，菊黄色的上衣发出光芒，一片黄色的光芒。她就像里奇蒙，以为亨利时日无多。

---

① 原文 royal plural，又名 royal we，指国家首脑（如国王、皇帝等）或宗教领导人用复数代词 we 自称，常见于传统的欧洲和中东地区。

“能有什么计划呢？”他问，“不就是你应该知足常乐，做你父亲的好女儿吗？”

“国王会发现我一直很顺从。但我还有一位父亲，一位天父。”

“天父的意志往往很模糊。而你生父的意志却很明确。你现在不能有保留意见了，玛丽。你已经签了字。”

她抬起视线，双眼冒火，但顷刻间又变成温和、冷静的蓝色，像亨利的一样。“是的。我签了。”

“查普伊斯说得对。我已经为你竭尽全力。我没想到自己能做到这一步。你的反抗伤害了你父亲，使他很难过。”

“这我相信，”她说，“我自己也很难过。那我何时回宫？我可以今天跟你一起去，如果你愿意带我的话。让他们给我备一匹马。天黑之前我们就可以到达格林威治。”

“国王在白厅。有些事情要处理。”

“当然，但我不介意住宿问题。只要能离我父亲近一点，让我跟洗衣妇共一张小矮床我都愿意。”她又踉踉跄跄地在房间里走动，脚下踩着碎玻璃。“我知道你认为我很虚弱。谢尔顿夫人说，尸体的气色都比我好，她说得对。但我一直是个出色的骑手。我能跟上你，我发誓。”

“玛丽小姐，你得有耐心。国王必须确保你悔过自新的消息传到各地，不管是国内还是国外。”

“好让天下人知晓，”她说，“我明白了。”

“很少有人会怀疑你做得对。”

“查普伊斯跟我说了雷诺的信。那跟我无关。我事先毫不知情。”

他想，我可以同情你，但不完全相信你。他说：“你以为有人支持你——科特尼家族，波尔家族——忘了他们吧。他们口口声声说尊敬你的古老血统，但更多地是为自己打算。哦，他们可能会匀出某个儿子来娶你，但接着就会要求你服从，因为妻子必须服从丈夫，不管她的地位如何。如果你父亲还没来得及有个儿子就辞世——上帝保佑，但愿不会——他们就会争夺王位，他们可能会打着你的旗号，但如果指望他们的好心，你永远都不会上台。”

她已经背过身去。阳光透过王室的纹章——透过玻璃狮子的黄色皮毛——照了进来，在阳光下，她抬起手臂，摸索着自己的帽子，然后把它取了下来。她低着头，揉着太阳穴和额头，接着伸出手去，解开了盘在发簪上的头发。

他目瞪口呆地望着她。他不记得看到哪个女人有过这种举动，只有一次例外，而即使那一次，他已经知道，一个做生意的女人通过将头发编得更紧并盘在头顶，来表示行动可以开始。

她说："我太痛苦了，克伦威尔大人，所以我觉得上帝肯定爱我。请原谅，这种束缚我一分钟也受不了了。我头皮抽搐，牙齿很疼。约翰·谢尔顿说，也许应该把它们拔掉，起码这样就不会痛了。我脑袋有炎症，这里——"她把手捂在脸上，"还有个网球一样大的包。"

他想，她显然心思单纯。想想看，她对诺福克说"像对你妻子那样对我"，却不知道他为何发笑。"小姐，"他说，"我来帮帮你吧。你的眼睛、脑袋、理解力等，包括全身各处，都在反抗。你吃的东西无法消化，睡了觉也不能恢复体力。但现在你选择了一条明智之道，你所做的是其他人——像你一样爱上帝的男男女女——都已经做了的事情，他们都遵奉了国教，履行了自己对国家的义务。此前你使出全身力气去说'不'。现在你说了'行'。你选择了活下去，就必须设法活得好好的。你觉得只有弱者才遵守法律，因为法律让他们害怕吗？你以为只有弱者才履行义务，因为他们不敢违背吗？事实远非如此。在服从中，自有力量和安宁。你会感受到的。相信我，我是真心诚意地告诉你这些。那就像漫长冬季之后的暖阳。"

她说："如果能再去骑马，让我干什么都行。但我没有可以骑的马。他们不让我拥有。"

"我一回到伦敦，就会给你找一匹坐骑，这会是我记在心里的第一件事。我也会告诉约翰·谢尔顿，你随时可以出去骑马，并有人陪伴。"

"他害怕这一带的民众会看到我，并向我下跪行礼，称我为公主。"

他想，如果真有此事，谢尔顿会知道如何制止。我也不认为查普伊斯会从哪条沟里冒出来把你带走。他说："我的马厩里有一匹很漂亮的灰斑马，性情非常温和。它很快就会来到你身边。"

"它叫什么名字？"

她稀薄的黄褐色头发软软地耷拉着，她急切地扯着它。此时此刻，她看上去只有实际年龄的一半大。

“叫杜瑟尔。但你可以随意给它改名。”

“不。这名字很好。”

她把丝发网扔在桌上，他看着它被泼出的酒液浸湿。他很想把它从液体中捡起来，但知道它已经毁了。她说：“我可以再找一个。”她的目光上下打量着他，显出垂涎之色。“你这件蓝外套很好看。我喜欢这种有花纹的东西。”

他想起玛丽·博林：我喜欢你的灰丝绒。那似乎是很久以前的事了，恍若隔世。他想，当时的外套里面的我跟现在不一样。也许略瘦一些。显然更为谨慎。他说：“等你回到宫里，丝绸锦缎你想要多少就有多少。国王已经跟我说过会怎样赏赐你。”

玛丽用手捂住嘴，发出一声低微的呻吟，额头蹙得紧紧的，转眼间，她的鼻涕流了出来，泪水也淌下面颊——那冰冷的、沉甸甸的泪珠，就像坟墓前的石头。

他大步走向她。她透过手指小声痛哭，仿佛绊倒在一具尸体上。她一边摇晃一边低泣，他抓住她让她站稳，那细小的骨头在他的手里跳动和颤栗。门开了。谢尔顿夫人瞥了一眼摔碎的玻璃壶、泼洒的红酒以及这姑娘一塌糊涂、毫无遮掩的面孔，然后像母亲对女儿那般直通通地说：“玛丽，别哭哭啼啼了。放开掌玺大臣。把帽子戴上。”

玛丽的哭声戛然而止。她的脸上有泪痕，整个人像发烧似的颤抖着。“我戴不了。我的帽子弄坏了。我撞到桌子，摔碎了约翰爵士的酒壶，对此我很抱歉，我还——”

“算了，”谢尔顿夫人说，“你说的话我从来没有听懂过，我想也不用现在开始。”她拢起姑娘的头发，站在那儿用手抓着，似乎想带她离开房间，接着又无奈地叹口气，将她松开。“我带你去布莱恩夫人那儿收拾一下。擤擤鼻子。”

他能听到玛丽在心里说——那些话就像拍打在墙上一般响亮：我是英格兰公主，你向我做了承诺。“玛丽，”他说，“记住我的话。我会遵守承诺。我会为你效劳，会关心你。这一点尽可放心。但仅此而已。”

玛丽的眼神惊慌起来。“但你说我应该——万一国王发生什么——你会帮助我——你不是向大使承诺过的吗？”

“我承诺了不得不承诺的事情，”他说，“那是极端情况。”

安妮·谢尔顿扯了一下她的头发，阻止她继续发问。她越过姑娘的头顶对他说："你离开之前得去看看伊丽莎。布莱恩夫人要你一定去。"

布莱恩夫人要展示的是一个裹着亚麻衣服、不停地乱动的小东西，一边挥舞着红色的拳头，一边哇哇大哭。"好了，小姐！"她抱起小姑娘，"在几位先生面前表现乖一点。他们专程来看你，好把你的情况告诉你父亲。"

他很惊讶。"她哭得这么凶，就像看到了加迪纳主教似的。"

布兰顿哈哈大笑。托马斯·霍华德也挤出了一丝笑容。

"你告诉几位大人，很高兴见到他们，好吗？"布莱恩夫人问她的照顾对象，"你能给他们唱首歌吗？"

诺福克说："我表示怀疑。"

"叽叽喳喳叽叽喳，麻雀在青山建教堂啦——"布莱恩夫人哼道，"不唱吗？没关系，亲爱的。咬这个吧。"她拿出一个挂在绿丝带上的象牙圈，孩子抓过去就咬了起来。"她的牙齿出得很慢。"

萨福克魁梧地站在一旁，低头看着孩子。"感谢上帝它们没有出得更快。我怕她会咬我。"

"也许我们可以找个更好的时间再来。"他说。

"是啊，"萨福克咕哝道，"等到她三十岁。"但他喜欢小孩子，不由自主地弯下腰去，对她做起了鬼脸。小丫头停止哭闹，伸手去碰他的胡子；她摸了摸胡子，然后怀疑地看着自己的手指。

"没有掉。"查尔斯告诉她。孩子的黑眼睛盯着他；她把象牙圈重新塞回嘴里，但不再哭了。

"我从没见过这么遭罪的孩子，"布莱恩夫人说，"所以我忍不住会依着她，尽管我也许不该这样。约翰爵士让她上桌吃饭，她太小了，喜欢的东西你不忍心不给她。"她转向他。"克伦威尔大人，你的小格利高里最近怎样？"

"高出我一个头，该娶妻了。"

"光阴似箭啊！好像是不久前你才带他到……那是哪儿……"

"哈特菲尔德。"

"玛丽当时日益消瘦。"她转向两位公爵，"在托马斯·克伦威尔来之前，我们对她一筹莫展。我们无法让她过来一起吃饭，因为她得坐在她妹妹下首——伊丽莎当时还是公主。约翰爵士说，记住我的话，如果对一个人网开一面，他们就会个个要求单独用餐，厨师们就会忙不过来，我就会入不敷出——不行，他说，玛丽要么到餐厅跟我们共进中晚餐，要么就不吃。但克伦威尔大人让医生们以他们的名誉担保说，玛丽每天早晨一起来就需要一盘红肉，否则不可能长好。约翰爵士无法拒绝她的早餐，因为这一餐我们都是分开吃的。所以，只要肉柜不空，她就能好好地吃一顿鹿肉，需要时也可以吃咸牛肉。”

萨福克笑了。“她吃起早餐来与在绿林开怀大吃的罗宾汉及其朋友没有两样。我相信这对她有好处。”

“这么说，玛丽现在又是公主了？”布莱恩夫人问。

他说：“她还是跟以前一样，是国王的女儿玛丽小姐。”

“而这个丫头，”诺福克说，“将被称为私生女小姐，直至你听到不同的称呼。”

“真不像话！”布莱恩夫人忿忿不平，“不管她是谁，都毕竟是一位绅士的女儿，而且我不知道如何按这种身份来照顾她。小孩子都会长大，先生，过去的这一个月里，她长得很快，所有的衣服都穿不下了，约翰爵士说他既没有预算也没有得到指示。我们已经缝缝补补，再也没办法了。她需要睡衣，需要帽子——”

“夫人，难道我是保姆吗？”诺福克说，“对克伦威尔说吧——我敢说他能理解小孩子的需求。他无所不能，给他一块布一枚针，不用到晚餐时间，你就会发现你那位娇小姐有衣可穿了。”

公爵转过身，大步走出房间。他们能听到他在楼梯上大声喊约翰·谢尔顿把马牵来。

“给我写信。”他对布莱恩夫人说。他想赶上诺福克，不希望他与玛丽单独相处。

但布莱恩夫人跟着他，在他身边唠叨个不停。在楼梯上，她压低声音说：“克伦威尔，我跟她谈了。像你要求的那样。我女儿卡鲁夫人也是。我们按你的要求做了。”

“很好。”

“你伤了她的自尊。这样做不好。”

“这样做救了她一命。”

“这是何必呢？”

他往前走去。“把小姑娘的需要列一份清单给我。”

谢尔顿带着马夫候在外面。谢尔顿夫人笑着说：“不用火急火燎的。玛丽已经跑上楼了。你以为她会冲出来跟你的敌人们商量吗？你把她当成一个反复无常的姑娘了。”

他停下脚步。“两位公爵不是我的敌人。我们都是国王的仆人。”

“你似乎让萨福克心存敬畏。”

的确，他想。布兰顿最近没有挑事。

他转身握住她的手，但下面突然传来一声大叫，就像捕猎时的叫喊。“克伦威尔！”

是查尔斯，停在门口，仰着头，指着上方。“克伦威尔，看到那个了吗？”

他只好快步下楼，换一个角度去看。在他们的上方，一片血色光芒中，已故安妮的首字母留在一个玻璃框上。

“谢尔顿！”公爵喊道，“你这儿有个HA-HA。把它砸掉，伙计。趁着天气好赶快动手。”查尔斯大笑起来。“让玛丽小姐朝它扔一块砖头。”

仆人马修在外面，牵着他的马的缰绳。“稳住。”他说。他指的不是马。

他上了马，在马鞍和挽具的嘎吱声掩护下，那孩子低声说：“尽早让我回家，先生。”

“我会告诉瑟斯顿你想念他。”

马修退到一旁。“上帝与你同在，先生。”

他勒住缰绳。约翰·谢尔顿挡在他们的路上，在为那个HA-HA道歉。“我以为一个不剩全都拆掉了。”

他说：“不到一个月前，加里扬·霍恩才从多佛城堡寄了账单过来，要求支付在私人住所镶嵌王后徽章的费用。”

“什么？”诺福克说，“是现任，还是前任？”

“白费了，二百镑。”他说。

布兰顿吹了一声口哨。“这是魔鬼。如果是石头，你可以凿掉；如果是木头，你可以锯掉，或通过粉刷和重新上漆而将它改头换面；如果是绣上去的，你可以拆掉——但如果它对着你闪闪发光，背后还有太阳，你能怎么办？”

他们上路了。初夏的日子使他们可以在黄昏前到家。“这对你很遗憾，克伦威尔，”诺福克说，“我猜你宁可歇歇脚。不过，好好留意沟里吧，你没准能发现一个叉开双腿的婊子呢。”

诺福克与自己的随从骑在前面，他和布兰顿却友好地并肩而行。布兰顿说，在南华克，他家有一座很大的府邸，一些玻璃制造商也开有店铺，炉窑开工时，他们常常面临失火的危险。“只要引燃一把干草，”布兰顿说，“就会‘呼’的一下，全区一片火海。”

是啊，在那种温度下，他想。铁匠铺也很危险，铁匠们总是弄得黑乎乎的，常常被烫伤，但你不会看到他们被自己的产品刺中心脏，或者从教堂的塔楼掉下来摔死——而玻璃工人却每周每天都在发生这类事情。

到达通往韦尔的路口时，托马斯·霍华德停住了，在马鞍上转过身来看着他们。他同父异母的弟弟真心汤姆也停了下来，扭头回望。

“瞧霍华德兄弟，在勒马等候，”他说，“他们想知道我们在谈什么。”

刚好依然在谈玻璃。“你知道吗，克伦威尔，”公爵说，“我年轻时极少打碎玻璃？我想你也是。不过也许你没这种机会？”

“不，大人，我们帕特尼有玻璃。”

“诺福克大人？”查尔斯喊道，“我在告诉克伦威尔，我有好多年没有砸过窗户了。”

七月份的第一周，国王表示准备跟他女儿见面。不过，并非接她回宫。“但王后在敦促我，”他说，“所以我想，你可以想办法……让我只是见见她。让我判断一下她对我的感情。而且，克伦，”他说，“我不想骑太远的路。”

医生们每天都在会诊。由于那条伤腿一直疼痛，国王的好心情大受影响。巴茨说，一段时间以来，我担心骨头里有残存的坏死。如果是肉里的问题，我们可以清除，必要时可以切掉。但骨头必须自我修复。别无他法。年轻的里奇蒙说得对。深度腐烂。国王来年可能不在人世。

在奥斯丁弗莱，他走进茉茜·普赖尔的房间。“母亲，国王想见他的女儿。我想我们可以用哈克尼的新府邸。”

茉茜的房间面向花园，以便天气好时她可以晒晒太阳。她跟她的朋友们保持通信，其中许多人都比她年轻，有些人很有学问，也有些是路德派教徒。有时，赛德勒夫人会来念书给她听；海伦现在的阅读能力很不错，仿佛从小就在学习一样，而且还能写一手好字。但是今天，茉茜独自一人，陪伴她的是《新约全书》——出自廷德尔之手的那本书。她就算不能认出所有的字，也喜欢把书置于手边。她把它放了下来，注视片刻，就像看一个孩子是否站稳一般。“我猜还没有消息？”

那位《圣经》学者自从在安特卫普被捕以后，已经在位于维尔沃德的皇帝的监狱里关了一年。现在他时日无多。廷德尔得宣布放弃信仰，否则会被烧死。也可能既宣布放弃信仰也被烧死。皇帝希望杀一儆百，震慑安特卫普全城的人。英格兰国王不会为他的这位子民采取行动，因为廷德尔在他的离婚事宜上持反对态度。不能因为你反对教皇，就意味着你支持亨利；廷德尔总是说——正如马丁·路德那样——我们不爱罗马或它的权威，但也不能指责你与凯瑟琳的婚姻，它是有效的，必须坚持。

“你不能劝劝国王帮他说话吗？”茉茜问，“他现在有了新王后，称心如意……你说他会跟他女儿和解，而争端的另一方早就死了。”

凯瑟琳死了，但虽死犹生。她的事情还在发展，深深地植根于酸性土壤中。茉茜说：“我在想囚牢中的廷德尔。在冬天到来之前，你能把他从那儿救出来吗？有这种可能吗？”

“你是说，对我而言有这种可能吗？你认为这是我可能尝试的事情吗？”

“你可能尝试任何事情。”她此话并非恭维。

他有维尔沃德要塞的平面图。他知道廷德尔关在哪里。但就算帮他逃到海边，他又会去哪儿？“我想我们很快会看到英文版《圣经》。我想亨利会允许的。那将是廷德尔的功劳，但不能署他的名字。”

“我希望能活到那一天，”茉茜说，“廷德尔的不幸都怪托马斯·莫尔，怪那帮在他死后仍然活着的密探。如果我相信坟墓里的死人能感受到痛苦，就会把他从地下挖出来，在齐普街踢来踢去——那些永远会比他更接近上帝的男男女女都被他害惨了！”

“温柔的人有福了①。”他说。

“是啊，他们是这么说的。我明白你的难处。”

最近几周以来，他常常想，如果把国王的女儿与廷德尔比一比——看看谁更顽固，更决意自寻死路——你会发现他们不相上下。“但是你瞧，”他说，“她已经屈服。如果我们把她带到哈克尼，万一场面难看，国王可以迅速离开。”

过去的一年里，他在翻修诺森伯兰伯爵转手给国王的一座府邸。年轻的哈里·珀西疾病缠身，还欠了王室一大堆债，便提出将府邸及里面的一切用来部分抵债。亨利当时说，克伦，翻修期间你干吗不搬进去呢？那样还可以监管工人。而且，小赛德勒正好在草地另一头建房，你们可以根据需要调整分工……国王从王室森林送来了风干的橡木，他和雷夫建了一座砖厂，从小河中取水使用。茉茜曾说：“托马斯，你会看到，等所有辛辛苦苦的工作一结束，亨利就会把你赶出去。”

当然，但那毕竟是国王的府邸。他在规划一座新花园，并请大使们留意英格兰所没有的植物的插枝和种子。古老的房间会光线充足。不会有HA-HA，他也无需忍受霍恩手下那些玻璃工的傲慢——詹姆斯·尼科尔森的手艺同样精湛，但价钱更低。他与建筑师们到实地考察，就水管、下水道、贮水箱的容量、可以采用的地下水等进行深入交流。即使早年住进奥斯丁弗莱时，他也建过一间浴室，但水管里的水总是很小。要给一位国王提供饮食，厨房供水就必须有良好保障。

“你愿意去那儿吗？”他问茉茜，“王室的女眷将在那儿下榻一晚，必须做好一切准备。”

“海伦·赛德勒可以负责。我太老了，受不了去乡下的颠簸劳顿。既然我们两人都没有靠近过宫廷半步，对于需要些什么，她的猜测不会比我差。我想，玛丽也是人，是一个姑娘，像其他的年轻姑娘一样。”

是的，他想，而简是一位王后，像其他的王后一样。亨利一直在大使们面前炫耀她，允许她跟他们交谈。她的镇静自若令他感到惊讶——令所有人都感到惊讶。但随后她似乎又沉默寡言。在亮相的第一周，她的目光总是在寻找她的两位哥哥，或者寻找他，等他们示意怎么做。她身边的女

① 语出《圣经·新约·马太福音》：“温柔的人有福了，因为他们必承受地土。”

侍们还是动不动就惊慌失措。弗朗西斯·布莱恩说，你指望什么呢，托马斯？仅仅几周前，你还在逐一讯问她们，收集她们那些可怜的小故事。她们需要时间从恐惧中平复。

这一天即将到来。海伦手头有一份清单。哈里·珀西的家具被罩了起来，以免受石灰粉尘和新油漆气味的侵蚀。主卧室里，伯爵的纹章已经从蓝色床帷和金线织物上拆除。金色织锦和蓝色丝绒的床罩是随宅子一起留下来的，床罩之下，是一层层崭新、厚实的白色羊毛毯。今天早晨，他醒来时想到廷德尔，长期躺在潮湿的牢房中。即使刽子手不杀他，另一个冬天也会。在安特卫普，人们将印有福音书内容的纸张塞进布匹的褶缝中，白纸挨着白布，藏而不露。上帝倚靠在一捆捆温暖的布匹中低语，祂的话漂洋过海，在东部港口卸下，乘车前往伦敦。他暗暗提醒自己：廷德尔，跟亨利谈谈，再试一试。

他建议挑选府里最温暖的房间给玛丽小姐使用。一张羽绒大床已经备好，有茶色丝绒床帷，还有黄丝绒和带图案的绿缎子靠垫。“这简直可以当婚床。”海伦说。他不难看出，这个在艰难困苦中长大的可怜姑娘，对于能张罗这些高级物品和摆布成堆的靠垫，感到很开心。她说：“我把那张紫色的大椅子搬到画廊来了，准备给国王坐。我得为王后找一张稍矮的。玛丽小姐有一张金色织锦的小椅子。他们说她没什么偏好，身材很小。”她犹豫着，“我会见她吗？”

海伦的丈夫在国王的寝宫侍候，是国王身边的人，她为何不能去请安呢？但是有规矩，她不愿打破。“您带他们进来用晚膳时，我会与仆人们站在一起。您别叫我上前来，我不喜欢那样。”

说话时，他们正在画廊里。海伦抬头看着挂毯，看着那些奔跑的人物的白皙而细长的四肢，还有一个披着长发的少女。“我不知道这是些什么人。”

这是关于阿塔兰特①及其不幸的人生开端的故事。“她也是国王的女

① 希腊神话中的人物，善走的美丽猎女，答应与能追上她的人结婚，但以死亡作为对失败者的惩罚；希波墨涅斯在竞走时掷了三只金苹果在路上，趁她拾苹果而取胜。

儿。”他说。

“然后呢？”

国王的女儿不可能只是平静地生活。总是有然后或者但是。“但是国王想要个儿子。所以，女儿出生后，他就将她扔在山坡上等死。”

“一个无辜的婴儿？”海伦感到愕然。

“那是很久以前，”他说，“在阿卡迪亚。但是她得救了，因为幸好有一头母熊经过，给她喂了奶。”

“啊，我懂了。这是个神话故事。那接下来呢？”

“她长大后，成了一名女猎手，住在森林里，发誓终身不嫁。”

“她干吗要那样？”

“我想那是对众神的一种奉献。那是在有教皇之前。有基督之前。当时他们有自己的一些小神。”

院子里传来喧闹声，他们走到窗前。瑟斯顿到了。厨工们正等着他来。在英格兰的夏天，你必须制造自己的阳光。在楼下，瑟斯顿将精益求精：玫瑰水果冻，滑嫩的布丁，奶酪馅饼。

国王穿着白色和金色的服装，王后的是白色和银色。“今天好多了，”国王说——这是指他自己。他没有急于见他女儿，或者不希望显得急切，所以正在花园里散步，并查看新栽的花木，雷夫·赛德勒跟在他身旁。“我要在这里待上一周。也许一直到夏末。”

你这是出游，他想。雷夫与他对视了一眼。“我会去看望你，赛德勒。”国王承诺道。“赛德勒大人住在路的那一头，”他告诉简，“你知道他娶了一个要饭的女人吗？”

“不知道。”简回答，然后无话。

“她来到克伦威尔勋爵府的门口，身边还拖着两个小孩子。可以说是一无所有，但克伦威尔呢，看到她诚实可靠，就收留了她。”亨利被自己的故事所打动，脸色泛红，态度随和而亲切，眼睛比几周以来都更加明亮有神。“赛德勒大人看到她一天天地长好，不禁为之倾倒，尽管她身无分文，他还是娶了她。”

简的回答中缺少些什么——起码国王这么认为。“这难道不是太有善心了吗？”亨利追问道，“一个原本可以结一门好亲的男人，娶了一个地位低下的女人，就因为看到了她身上的美德？”简小声说了句什么，国王低头去听。“哦，是的，我觉得他们是天作之合。克伦威尔，赛德勒的家人没生气吗？但克伦威尔帮他们求情。他说没有什么能阻挡真爱。”国王握起简的手，亲吻它，“克伦威尔也说得对。”

指示发出，这一刻来临。国王满面笑容地环顾房间。“这一天已经等很久了。你可以带她来见我们了，克伦威尔。”他转向雷夫：“克伦威尔勋爵对我女儿那么和善，那么关心，就算是我的亲戚也不过如此。当然，”国王似乎对自己的话感到意外，“他不可能是我的亲戚。但我打算赏赐他，还有他府里所有的人。谢尔顿夫人，你陪他去好吗？”

谢尔顿夫人是从赫特福德与玛丽的随行人员和她的一柜子新衣一起抵达的。他们一同上楼时，她说：“国王看起来心情很愉快。你几乎会认为简给了他好消息，尽管我觉得还为时过早。”

“有些女人似乎从怀孕的那一刻就知道了。”

“当事关一位国王时，你就不会冒犯错的危险。”

到楼梯顶后，他停下脚步。“她情况如何？”

“很安静。”

“那件菊黄色紧身上衣……？”

“像教皇的名字一样彻底解决了。”

“一去不复返了？”

“它被改成垫子，送到婴儿室去了。可以想见伊丽莎小姐会对付它的，等她的牙齿长出来之后。我得承认这首先是我的错。国王给了她很多哀悼她母亲的丧服，他并没有吝啬。但我觉得大人你可能不喜欢她一身黑衣。”

三十二码黑丝绒，花了三十镑八先令。给新的裁缝店老板四十二先令八便士作为制衣费。十四码黑缎子，六镑六先令。十三码用于缝制睡袍的黑丝绒和作里衬用的塔夫绸。九十张黑松鼠皮。还有外裙、绣花紧身衫、紧身上衣、饰袖及各种零碎物品。总共花了国王一百七十二镑十六先令六便士。现在她会穿颜色更明亮的衣服。自从他到访——或者更准确地说，自从国王表示很满意——之后的每一天，都有装满赏赐品的马车从主教门外的路上驶过。他与意大利的布商们交流，还跟汉斯谈过要设计一枚精美的绿宝石，作为珍珠项链的吊坠。凯瑟琳的裘皮大衣将被检查一遍，如果国王认为合适，就会在即将到来的这个冬天赐予玛丽。

廷德尔，他想。记住即将到来的冬天。

他一进门，玛丽就抬起头，两人四目相遇。风韵犹存的伊丽莎·卡鲁在她身边，对他毫不理睬。还有一位女士跪在那儿，整理着玛丽的裙摆。那是玛格丽特·道格拉斯，国王的红头发的外甥女。“梅格小姐在这儿，”玛丽说，仿佛他可能没有注意到，“国王认为……因为这是家庭聚会……”

梅格，我每次见到你，你都跪在地上。他伸出一只手。她视而不见，猛地站起身，走到窗边，凝望着外面的花园。卡鲁的妻子留在那儿捣鼓玛丽的裙摆。“小姐，”他说，“你准备好了吗？”

梅格负责牵纱。他们出去时，穿着红黑两色新礼服的玛丽举止僵硬，步履不稳。他用手势拦住卡鲁夫人，说：“谢谢。”

“谢什么？”

“谢谢你帮忙救了她。”

“我别无选择。只是奉命而行。”

女人，楼梯，窃窃私语；他想，皇帝的仆人们也被迫这样行事吗？看到玛丽在楼梯上每一步都小心翼翼，你不由得屏住呼吸。英格兰国王的女儿，苏格兰王后的孩子——这种时刻仿佛是某个能工巧匠的作品，通过他的设计，将她们编织进羊毛制品或花朵之中。玛丽回头瞥了一眼，似乎想看看他是否跟在后面。梅格抖了抖她的裙摆，似乎在啧啧嗒嗒地从后面指挥她，犹如一个赶着马车的女人。玛丽停步时，梅格小姐也随之停步。万一玛丽惊慌失措，可怎么办？万一在这最后关头，她觉得自己做不到，可怎么办？但他对谢尔顿夫人低声说，我并不太担心她会改变主意，而更担心她脚下一绊，一个跟头栽到她父亲面前。

“我们对她已经尽力了，”谢尔顿夫人叹了口气，“依我看，柔和一点的色调会更衬托她的肤色，但她希望尽量庄严。那个苏格兰姑娘怎么了？她不喜欢你吗？”

“常有的事。”他说。

没有人告诉他们会有三位王室女眷：玛丽、王后，以及梅格·道格拉斯。他们以为王后会带上她熟悉的寝宫女侍。但她们一行尚未下马，他就大声喊海伦，她却快速离开，但一转眼又回来，说，我把这些红色金丝垫子拿来了，并放下一张踏脚毯。把埃涅阿斯的故事挂起来——起码雷夫是这么说的。他当时想，我希望狄多没有葬身火海。①

在楼梯底下，玛丽猛地停下脚步。“克伦威尔大人？”

梅格恼怒地长呼一口气：“小姐，国王在等着呢。”

“我忘了感谢你给我那匹灰斑马。它性情温和，就像你说的那样。”她对梅格说：“克伦威尔勋爵从他自己的马厩里挑了一匹漂亮的马送给我。简直让我太开心了——我已经五年没骑马了，这对我的身体很有好处。”

“她看起来的确好些了，”谢尔顿夫人说，“脸上有了一点血色。”

“它以前叫杜瑟尔，”玛丽说，“是个很好的名字，但我把它改了，叫它石榴。那是我母亲的徽章。”

谢尔顿夫人闭上眼睛，仿佛很痛苦。玛丽走到门口，理了理裙子。门开了。国王和王后仍然背对着光——金色的太阳和银色的月亮。玛丽重重地深吸一口气。他站到她身后，因为，他还能如何？

这天晚上，国王允许他离开，因此他可以与家人单独相处。他们将早早休息，不会讨论政策或签署文件。海伦说：“您累坏了。要不要走到路的那一头，在我们的凉亭里坐一小时？格利高里和理查德先生已经在那儿了。”

傍晚像鸽子一般在进入歇息状态。当我们的子孙后代或另一个国家的人——远离这暮色迷蒙的田野和萤火虫的光芒——撰写这一朝代的历史时，他们将重新想象国王父女相聚的画面：相互致辞，彼此行礼还礼，各种诺言和祝福。他们不会目睹、也无法记录这一幕：玛丽小姐摇摇晃晃地行屈膝礼，国王穿过房间并将她拥进怀中时面孔发红，她抓住他外套上那白色和金色的布料时抽抽噎噎，他的感慨、哽咽、泣不成声的怜爱之语和双眼涌出的热泪。简王后站在一旁，没有流泪，神情腼腆，直到突然想起

① 埃涅阿斯是特洛伊王子，在特洛伊城被攻陷后率领一部分人逃亡，辗转数年后抵达意大利，建立罗马城，后发展成为罗马帝国。流亡期间，埃涅阿斯曾在迦太基逗留并与狄多女王相爱，但不久后应神谕要求离去，悲愤的女王为自己筑了一个火葬用的堆台，在堆台上发出迦太基人永远反对特洛伊人的诅咒后，以剑自尽。

什么，然后从手指上取下一枚宝石戒指。“来，把这戴上。”玛丽的嘤嘤啜泣戛然而止。他想起布莱恩夫人把磨牙圈递给私生女小姐的情景。

“哦！”玛丽接过戒指，几乎失手坠落。这是一颗巨大的钻石，折射出下午的冰白色光芒。玛格丽特·道格拉斯抓起玛丽的手腕，把宝石套在她的一根手指上。“太大了！”她很无奈。

“可以改造一下。”国王伸出他的大巴掌。宝石消失在某个口袋里。“你很慷慨，亲爱的，”他对简说。他(克伦威尔)在估算宝石的价值时，看到了国王闪烁的眼神。

“你真好，夫人，”玛丽对王后说，“我祝你万事如意。希望你很快会有孩子。我会每天为此祈祷。我现在会把你当成我的母亲。就像上帝如此命定了一般。”

“但是。”王后说。她不安地示意她丈夫低下头来，对他耳语了几句。他笑着解释：“王后说，即使上帝也难以命定，因为她只大你七岁。”

玛丽愣愣地看着王后。“告诉她这是一种表达尊重的方式。是一种常见的祝福形式。殿下不需要——”

“她明白，对吧，亲爱的？”亨利笑吟吟地低头对简说，“我们进去好吗？”

仆人们跪在地上，等王室一行经过。但海伦用一个银托盘端着一些切成两半的柠檬走了进来，发现时机不对，便连忙后退，并行了一个深深的屈膝礼。空气中散发着柠檬的香气。简心不在焉地对海伦微笑。玛丽似乎没有看到她，但也不再磕磕绊绊。国王停下脚步，似乎想说什么，接着又转向他的妻子和女儿，她们面对面地站在门口。

“我不要走在你前面。”简说。

“夫人，你是王后，你必须这样。”

简伸出那只没有了钻石的光手。装进口袋里的那颗星星在对着国王的肚子发出光芒。“我们像姐妹一样进去吧，”简说，“不分前后。”

亨利眉开眼笑。“她本身不就是一颗宝石吗？对吧，克伦威尔？走吧，我的天使们。让我们请求上帝保佑我们的餐食和新的亲情，我祈祷它永远不变。”

他们做了饭前祷告，国王在大理石盆中净了手，饭菜上桌，他吃了鲜蓟，说这是他在这个世界上最爱吃的东西。但是接着，他安静下来，似乎陷入了沉思，最后突然说："赛德勒，那是你妻子吗？我们进来时行屈膝礼的那位？"他呵呵一笑。"我想，如果她是来到我家门口的乞丐，我也会娶她。我发现这根本不是善心。多么迷人的眼睛！多么迷人的嘴唇！"他瞥了一眼简。"而且她已经给赛德勒生了个儿子。"

简视而不见充耳不闻，只是继续不紧不慢地吃她的鳟鱼卷，以及像绿色的半月一般摆在周围的黄瓜片。仿佛神圣的凯瑟琳在鼓舞着她。如果坐在这里的是前一任，肯定会笑起来，并使点小坏报复一下。

在路的另一头，雷夫说："石榴？"他暗暗叫苦。"我早该知道事情未免太顺畅了。"

草莓和树莓到了。赖奥斯利也到了，与理查德·里奇并肩抵达。他们在凉亭里坐下。装白葡萄酒的酒壶镇在地上的一盆冷水里。他想，玛丽如果在这儿，又会一脚踩进去。

雷夫的酒杯上绘有基督门徒的形象。"我希望这不是最后的晚餐，"雷夫说，"来，先生，这个给您。"

他认出这是税吏圣马太。他举起圣徒，以托斯卡纳商人的方式向他们敬酒："以上帝和利润的名义。"

这一天的压力都落在他身上。他听着他们的声音时高时低，任自己的思绪随意飘荡。他想起自己所穿戴的翅膀，或者说他向弗朗西斯·布莱恩这样吹嘘过。伊卡洛斯①的翅膀熔化了，无声地从空中落下，坠入海水之中。他"噗"的一声消失了，羽毛漂浮在平滑的海面上。我们为什么要将坠海归咎于代达罗斯，并且只记得他的失败？他发明了锯、斧头和铅垂线，还建造了克里特岛的迷宫。

屋子里传来婴儿的哭声，使他回过神来。海伦一跃而起。"小托马斯。他的窗户是开的。正对着晚上的空气呢！"

他们抬起头，保姆的面孔出现了，百叶窗被关上，哭声停止。雷夫伸出手去。"放心吧，亲爱的。有人照料他。"

---

① 希腊神话中的人物，其父代达罗斯是一位伟大的建筑师和雕刻家。两人使用蜡和羽毛造的翼逃离克里特岛时，伊卡洛斯没有听从父亲的劝告，飞得太高，双翼上的蜡遭太阳熔化而跌落水中丧生。

他们想要她与他们一起待在花园里，她的美犹如上天的礼物。她坐了下来，但是说道："他哭的时候，我的乳房有时会胀痛，尽管他现在已经断奶。我的女儿们——我以前的孩子——都是我自己喂的奶。但现在我是一位有地位的夫人。所以。"

他们笑了；他们都已为人父，除了格利高里之外。而且他已经在考虑如何为格利高里张罗一门好亲事。

里奇举起圣路加。他总是三句话不离手头之事。"为你的成功干杯，大人。"他喝了一口，"虽然你弄得险象环生。"

格利高里说："我父亲把我们的朋友怀亚特放出来时，怀亚特已经把自己所剩无几的头发拔光了。他没有及时展示自己的权力。"

"这没什么不对，"里奇说，"只要他有权力就行。大人，克里斯托弗·黑尔斯今天已经就任案卷司司长。他问，你打算把司长官邸腾出来吗？"

他没有搬动的计划。从法院路去白厅很方便。"告诉基特①，我们会给他另找地方。"

雷夫说："当国王谈起对我们主人的谢意时，你们真该听听他那些话。他说，克伦威尔勋爵简直就像我自己的亲人。"

"接着他又想起我出身低下，"他笑着说，"如果不是这样，他会非常乐意跟我做亲戚。"他环顾着他们。他们都等待着。他想起怀亚特曾经说，你陷入了自我辩解的危险。"上帝知道，"他说，"我本可以早点采取行动，但是得让玛丽自己走到我们需要她走到的地步。里奇，那天你也在场，国王把费兹威廉赶出枢密院——"

"我想，是你把他赶了出去。"

"相信我，这样更好。"他想，我手里拿着他的职务项链走回来时很艰难。我的脖子上感受到一股凉意，仿佛正在身首分离。我可以继续走下去。像耶稣一样，走在水面上。或者展开我的翅膀。

赖奥斯利先生碰碰他的手臂。"大人，你的朋友们希望我来说——他们委托我来说——你对国王的女儿那么好，他们希望你不要得不偿失。因为一方面，让父女重归于好，让一个任性的孩子表现出该有的顺从，这虽然

---

① 克里斯托弗的昵称。

是一件好事——”

“简称，吃颗草莓吧。”雷夫说。

“——但另一方面，我们没有理由相信，接下来你会得到应有的感激。让我们希望你没有理由为对她好而后悔吧。”

“加迪纳会暴跳如雷，”他说，“他会觉得我这是乘人之危。”

“你的确是的，”海伦说，“玛丽的目光都离不开您了。”

“但并非那么回事。”他说。他想，她看我就像看一头怪兽——如果随它的性子，它会干什么？“我答应过凯瑟琳，我会照顾她。”

“什么？”雷夫大吃一惊，“什么时候？您什么时候答应的？”

“我去金博尔顿的时候。凯瑟琳生病那次。”

“就是您睡了那个女人，在——”格利高里住了口，“对不起。”

“在旅店里。是的。但我没有给她丈夫下毒。也没有捏造一项新罪名并将他绞死。”

“没有人这么想。”里奇安慰道。

“加迪纳主教这么想。”他笑了起来，“我后来再也没见过那个女人。”

但我记得她，他想——黎明时分，在楼梯上唱歌。我记得城堡里的病房，凯瑟琳缩在自己的貂皮斗篷里，面孔显示出她已经遭受的痛苦，以及她知道在未来几周将要遭受的痛苦。难怪她不怕砍头。凯瑟琳那天骂他“卑鄙”。他记得那个年轻的女人——他现在知道那是贝丝·达雷尔——端着一个小盆悄然离开。凯瑟琳当时问他，克伦威尔大人，你还在领受圣餐吗？你用什么语言忏悔？或许你根本就不忏悔？

他是怎么回答的？不记得了。也许他说，如果感到歉疚的话，他会忏悔，但他很少感到歉疚。他正准备离开，但是——“国务大臣？请稍等。”

他当时想，总是这样，总是当你就要走出门去——似乎表明你不再在乎——时，你的犯人才承认有罪，或开出价码，或供出你一直在等待的名字。凯瑟琳说：“你还记得我们在温莎的那次见面吗？”她毫无畏惧地补充道，“国王离开我的那一天？”

河里的天鹅热得昏沉沉的，树木无力地耷拉着，院子里的猎犬一阵狂吠，直到它们银铃般的叫声消失在远处，那群英勇的骑手越过草地渐行渐远，王后跪在午后的光线中祈祷，狩猎的国王一去不回头。

“我记得，”他说，“你女儿病了。我让她坐了下来。我不想她晕倒和撞破脑袋。”

“你认为我是个不称职的母亲。”

“是的。”

“但我相信你是我的朋友。”

他惊讶地看着她。亲王遗孀双手抓住椅子的扶手，艰难地站起身。那些貂皮滑落在地，彼此挨着，在她脚旁堆成柔软阴郁的一团。“如你所见，克伦威尔大人，我已经时日不多了。等到我再也不能保护玛丽公主的时候，不要让他们伤害她。我把她托付给你了。”

她没有等他回答，只是向他点点头——你可以走了。他能闻到她那些书籍的皮封面的气味，还有她的亚麻衣服上难闻的汗味。他向她躬身告别，说了一声：夫人。十分钟后，他已经上路——一路来到这里，来到事情的结局，来到诺言得到履行的此地。

格利高里说：“您为什么要那样？”

“我同情她。”一个身处异国、时日不多的女人。

你们知道我是怎样的人，他想。现在你们该知道了。亨利·怀亚特对我说，照顾好我儿子，别让他毁了自己。我履行了诺言，尽管我为此而不得不把他关起来。红衣主教在位期间，他们常常称我为屠夫的狗。屠夫的狗身强体健；我就是那样，我还是一条好狗。如果吩咐我守护什么东西，我会不辱使命。

理查德·克伦威尔说：“先生，您当时无法知道凯瑟琳的要求意味着什么。”

他想，这正是诺言的关键。如果你承诺时就能知道要付出些什么，诺言也就毫无价值了。

“嗯，”雷夫说，“您一直守口如瓶。”

“我从何时起没有秘密呢？”

“我不认为这是个好主意。”格利高里说。

“什么，你不认为阻止国王杀女是个好主意吗？”

理查德·里奇说：“告诉我，先生，我很好奇——你对她会关照到什么地步呢？如果她公开反抗国王，你会怎么办？”

理查德·克伦威尔说："我舅舅是国王的顾问官，对他宣过誓。他对凯瑟琳的承诺——我不会说只是随口而已，但那不是庄严的誓言。一旦与国王的利益发生任何冲突，它不能约束他。"

他没有说话。查普伊斯说过，你可以与活人重新协商，但无法与死人更改条款。他想，我约束了自己；我为何要那样？为何要低头？

里奇说："告诉我，玛丽知道这个……该怎么表述……这个约定吗？"

"除了我和亲王遗孀凯瑟琳之外，没有人知道。在此之前我从未提起。"

里奇说："最好到此为止。我们会把它交给影子。"他笑了。也许在这样一个傍晚，在一座花园里，不管说了什么都会模糊不清。就像在阿卡迪亚。

理查德·克伦威尔抬起头。"别想把它变成一个肮脏的小秘密，里奇。这是一种好心之举。仅此而已。"

"但克里斯托弗来了，"雷夫说，"*Et in Arcadia ego*①。"

克里斯托弗的身躯挡住了最后几缕阳光。"查普伊斯来了。我告诉他，待在屋子里，等我看看大人是否想见你。"

"我希望你说话更客气一些。"雷夫说，并站起身。

"我去请他。"格利高里说。

他儿子已经看到雷夫需要调整表情。雷夫摘下帽子，抚平头发。

"你现在显得整洁些了，"他告诉他，"但并没有更开心。"

雷夫说："老实说，我上次带着文件去汉斯顿给玛丽签字时，她让我感到震惊。就那样狂奔下楼——我从没见过哪位淑女连鞋子都没穿——起码是除了发生火灾之外。她从我手里一把夺过信时，我还以为她要把它撕掉。接着，她拿着它尖叫着跑开，仿佛那是一张藏宝图一般。"

他说："那个宝物就是她的性命。"

"我无法保证那位小姐的价值，"里奇说，"我担心她可能是一枚假币。"

海伦抬起头。"嘘。我们的客人来了。"

格利高里说："他不懂英语。"

---

① 拉丁文，意为"我也在阿卡迪亚"。

“是吗？”海伦说。

他们看着大使小心翼翼地穿过草坪，他穿着黑金两色的衣服，就像一闪一闪的萤火虫。“我来碰碰运气，看是否受欢迎，”他说，“赛德勒大人，看到你与你的家人在一起，我太高兴了。你的花园真是生气盎然！你应该在这儿种一棵葡萄树，并让它长到藤架上，就像克伦穆尔在迦农布里的那棵一样。”他握起海伦的手。“夫人，你不懂法语，我不懂英语。但即使我能掌握你的语言，话语也显多余，因为面对如此美丽的花朵，用眼睛欣赏就足够了。”他转过身来。“克伦穆尔，看来我们熬过了震怒之日。你的孩子们都在这儿。我想我们可以自我庆贺一下。我听到消息了。听说国王给了他女儿一千克朗①，且不说还有一颗价值差不多上千的钻石，而且答应未来会给她更多。诸位，我告诉你们，既然克伦穆尔能安抚玛丽小姐，我估计过不了多久，就可以看到他下地狱去请出撒旦，让他与加百列握手言和。你们明白，我并不是把那位年轻小姐比成魔鬼。但他完全有理由批评她是全天下最顽固的女人。”

哦，她让你看了我写给她的情书，他想。他们相互拥抱。他很小心，以免压碎大使的骨头。查普伊斯笑眯眯地环顾众人。“我的朋友们，让这成为和谐的新时代吧。谁也不想再死一位女士，或再来一场战争。你们的君王耗费不起，而我的君王也爱好和平。我总是说，战争始于人的时代，但止于上帝的时代。多美的凉亭啊。”他打了一个寒噤，“原谅我。是这湿气。也许我们可以进去了？”

“气候太糟糕了。”雷夫说。

“唉。”大使说。他跟着雷夫朝屋子走去。“一旦你去过意大利……”

海伦收拾起门徒酒杯。“克里斯托弗，你可以拿这些，但当心圣路加，我想它缺了口。肯定是理查德·里奇咬的。我以后只能用它装花了。”

“查普伊斯色眯眯地望着你，”克里斯托弗告诉她，“他说，一看到赛德勒夫人，我就欲火中烧，我希望能掌握她的舌头②。为了她我可以跟亨利国王搏斗。”

---

① 克朗是英国旧制的5先令硬币。

② 原文为I wish command of her tongue，其中tongue既可指“语言”也可指“舌头”，克里斯托弗是有意曲解和夸大。

“他没有！”海伦大笑，“进去吧，克里斯托弗。”她挽起他的胳膊。“先生，您的故事还没讲完呢。关于阿塔兰特。挂毯上的那个故事。”

他想，我但愿是一个别的故事。

“她是个处女，”海伦提示道，“但您刚说到她父亲，就停了下来。”

“他希望给她找个丈夫。但她不愿结婚。”

“她向追求者发出赛跑的挑战，”格利高里说，“她是世界上速度最快的人。”

“如果男人超过她，她就得嫁给他，”他说，“但如果她赢了——”

“她就可以砍下他的脑袋，”格利高里说，“她完全乐在其中。到处都是人头滚动，每走一步，就会从橄榄树林里滚出一颗来瞪着你。最后，她嫁给了一个跑赢了她的男人，但他只是因为爱神的帮助才取胜。”

后来，他们回到他自己的府邸，站在画廊里暗淡的暮光中。“你看到金苹果了吗？”格利高里轻轻站到她旁边，将它们指给她看。“维纳斯把它们给了追求者，比赛开始后，他就把它们扔到阿塔兰特的脚下。”

“那是苹果吗？”海伦凝视着挂毯。她吮吸着手指，笑了起来。“我不知道他们在跑步，还以为他们在进行滚球比赛。瞧她的手——我以为她刚刚把球扔了出去。”

他看到那只手如何挥动。他明白了她的错误。有人问：“那后来怎么样？她被苹果绊倒了吗？”他们低声交谈，渐渐走开。光线越来越暗。归巢的鸟儿窸窸窣窣地钻到了屋檐下。已经做了晚祷，还有夜祷，这些夜晚的仪式。露水清凉地洒在草地上。百叶窗已经关好，以阻挡大小池塘的湿气。阿塔兰特捡起了金苹果，输掉了比赛。你不能说她是故意落败，但她知道如果绕过苹果会是什么后果。“也许她厌倦了奔跑。”海伦说。

“她对金钱的价值并非无感，”他说，“而且是在阿卡迪亚。”

“她对婚姻满意吗？”海伦打量着她——一个头发蓬乱的女人，一条赤裸的胳膊横在身前。“我猜她丈夫不让她那样敞胸露怀地到处乱跑。也可能在那个时代，做丈夫的并不介意。”

他想，我在罗马见过她，雕刻在大理石上：那善于奔跑的修长的双腿，带褶的束腰外衣，身躯像男孩子一样笔挺。有些传闻说，她对性生活有特别的品位。她与伴侣在异教之神的神庙里做爱，然后被变成了一头母狮。

他想，起码我没有这种担忧。女儿变成野兽，这种事情不会发生在亨利的孩子身上。有朝一日，她将不得不结婚，但目前而言，她不会受到那些与爱神有特别约定的冒险者的骚扰。她明天上午将返回赫特福德。国王和王后在计划他们共度的第一个夏天。他们将访问多佛。议会休会时，他们会去打猎。一时冲动而送出的戒指将被改小。作为补偿，佩戴绿宝石吊坠的将不是玛丽——阿拉贡和卡斯蒂利亚的花朵和枝条，而是简——狼厅的约翰·西摩的女儿。

也许你在意大利看过一幅画，画中有一座拆除了一面墙的房子？画家之所以这样处理，是为了让你看到房间内的深处，在那里，有位处女跪在祷告台前，周围有几碗即将成熟的水果。她的神情孤僻而高冷；她脱掉了鞋子，在等待被神的恩典所充满。你已经可以看到天使在屋顶上方盘旋，地平线上有朦胧的金光，而在下面的大街上，人们各自忙碌，有些人抬头仰望，仿佛被空中的某种震动所吸引。隔壁那条街上，穿过一道拱门，再下一段台阶，一位家庭主妇正在晾晒衣物，有人在死而复生。白鹈鹕停在屋顶，等待基督将临的宣告。一位戴着冠冕的主教慢悠悠地穿过广场，一只孔雀歇息在一个阳台上的盆栽植物中间，条纹状的云犹如一捆捆绸布从城市上空飘过，城市本身以微缩的形式呈现在画面一角供人观赏，其倒影——包括它的尖顶和城垛、花园和钟楼——则在银色的表面若隐若现。

那么想象一下英格兰，想象它的主要城市，天鹅在河船之间游弋，想象它睿智的孩子们身穿丝绒；宽阔的泰晤士河是一条流淌不息的路，在这条路上，王室游船载着国王和他的新娘往返于不同的宫殿之间。掀开那为他们遮挡粗俗目光的帘帷，看到她的双脚穿着小巧的织锦便鞋，端庄地并拢，她颔首低眉，倾听国王在她耳边低吟的诗行：“啊，夫人，因为偷了一个吻……”看到他的大手悄悄从她身上拂过，指尖探寻地停留在她的腹部。他的双手热烈如火，每根手指都戴着红宝石。宝石之中光芒闪烁，白云和黑云不停地飘动。这种宝石可以使人心情欢畅，祛病免灾。惯于推测的医生们谈起它提振情绪的特性，因为他们注意到国王热情高涨。绿宝石也有强大功效，可如果在性生活时佩戴，则容易损坏。但那种绿色绝无仅有，那是一种阿拉伯宝石，是在狮身鹰首兽的窝中发现的。那深邃的翠绿可以提神醒脑，如果经常凝望，还可以增强视力。所以看吧……看到一条街道向你敞开，一座房屋收起墙壁，国王的顾问官坐在那儿沉思，他的手指上戴着一枚绿松石戒指，手里握着一支笔。

盛夏时节，伦敦塔的城墙上旗帜飘飘，彩带飞扬——它们都是太阳和大海的颜色。模拟战斗正在进行，庆祝的炮火隆隆作响，震动了流淌不息的河口航道，惊扰了深水中的鱼儿。在几种不同的仪式中，简王后在伦敦人面前亮相。她与亨利乘车前往布商工会大厦，出席城市换防仪式。在火炬手的护送下，一支两千人的游行队伍从圣保罗大教堂出发，沿西齐普街和阿尔德门前进，经过芬丘奇街再返回康希尔。城市治安官们披着红斗篷，戴着金项链，还有武器装备展示，市长和郡长穿着铠甲和深红色罩袍缓缓骑行。还有舞蹈者和跳莫里斯舞①的男人及巨人，有葡萄酒、糕点和啤酒，日光渐渐消退时，篝火燃了起来。“伦敦啊，你是万城之花。”②

3. 失事(Ⅱ)

伦敦，1536 年夏

你知道人们为什么说“无火不起烟”吗？不仅仅是为了鼓励那些喜欢火的人。它也说明烟囱的危险，还有王宫或者任何闭塞、空气不流通的空间的危险。火花碰到掉下来的煤灰，“啪”的一下点燃，然后呼啦啦烈焰冲天，不出几分钟，宫殿就一片火海。

七月初，几大豪门举行了一场三重婚礼，将他们的财富和古老的姓氏结合起来。玛格丽特 · 内维尔嫁给亨利 · 曼纳斯。安妮 · 曼纳斯嫁给亨利 · 内维尔。多萝西 · 内维尔嫁给约翰 · 德 · 维尔。

红衣主教大人当年对这类信息了如指掌，包括：这些家族的头衔和封号，他们的宗谱和被授予的纹章，第二和第三次联姻；谁是教父教母，谁

---

① 英国传统民间舞蹈，舞者通常为男子，在小腿处系上铃铛，随着欢快的音乐起舞。

② 出自苏格兰诗人威廉 · 邓巴的诗《伦敦赞》。

是监护人和被监护人；有关他们的地产、收入、支出、诉讼、世仇以及未偿还的债务等方面的详情。

诺福克的儿子和继承人萨里伯爵亨利·霍华德莅临庆祝活动。年轻的伯爵打算与国王和菲茨罗伊一起去打猎度夏。从孩提时代起，他就是国王儿子的伙伴，里奇蒙很尊敬他。萨里干什么都引人注目：玩牌，掷骰子，打网球及赌球，在比武场上慢跑，跳舞，吟诵自己的诗，将它们题写在女士们保存的手抄本上，然后女士们会画上丝带、心形、花朵和丘比特之箭将它们装饰起来。他虽然娶了牛津伯爵的女儿，却挡不住风流成性。我们对诗人比较宽容——不必指望萨里总是言出必行。他是一位身材颀长的年轻人：大腿长，小腿也长，杂色的紧身裤也很长。他迈着两条细长的腿从平民群体中穿过，毫不掩饰对克伦威尔勋爵的不屑："大人，我注意到你的头衔了。这不会改变你的本质。"

三重婚礼使国王开始设想其他的婚礼。他的外甥女苏格兰公主现在离王位很近，所以备受觊觎。如果简王后不能如他所愿，而菲茨罗伊又得不到议会的支持，玛格丽特·道格拉斯有朝一日就会统治英格兰。谁也不希望女人上台，但梅格起码很漂亮，并且显得好驾驭。从大约十二岁起，她就在国王的监护之下，国王也喜欢她，将她视若己出。他说，克伦威尔，记一下：我们要为她物色一位王子。

但国王犹犹豫豫，迟迟不决。难题再次出现，十分棘手，当他的女儿玛丽曾经是他的继承人时，当小伊丽莎(短暂地)曾经是他的继承人时，他也面临过这种难题。给未来的女王挑选丈夫，就意味着也在给英格兰挑选国王。作为妻子，她必须服从他——女人必须服从，哪怕是女王。但我们能相信哪个外国人呢？英格兰可能会沦为某帝国的一个行省，接受里斯本、巴黎或东方的统治。她最好是嫁给一个英国人。但一旦确定这个人选，想想他的家族会多么自命不凡。再想想那些儿子们未入选的豪门，会有多么嫉妒和怨恨。

看着简王后，你会说如果，以及何时。女人们在自己保存的纸上标出预计月经来潮的日子。还可能为彼此标记，用老练的眼神观察，随时准备报喜或报忧。国王结婚至今还不到两个月，你已经感觉到他在迫不及待地等消息了。

他与费兹威廉和年轻的赖奥斯利一起，离开参加婚礼的人群，在旁边的一个房间里整理文件。费兹威廉已经重新得到作为财务大臣的职务项链。国王原谅了他在枢密院的口无遮拦；亨利说，他是因为爱我们才那样。财务大臣抚弄着自己的项链，揣测哪些野心的蛀虫可能在钻进诺福克公爵的脑海。“告诉你吧，克伦，如果年轻的萨里尚未成婚，他父亲会贪图让他娶苏格兰公主——或者至少是玛丽小姐，没准她的血统会重新得到承认呢。因为他的外甥女安妮在世时，诺福克可以炫耀说霍华德家有人坐在王位上，他不想放弃可以这样夸口的机会。”

他说，她可从未关注诺福克舅舅。已故王后选择了自己的道路，从不在乎他人。不在乎我，不在乎你，最后也不在乎国王。他说，反正那位高个年轻人早已结婚，所以诺福克舅舅在这方面毫无指望。“就算萨里是单身，”赖奥斯利先生说，“我看玛丽小姐也未必再喜欢那个家庭。何况诺福克还威胁过要打碎她的脑袋。”

国王亲自前往肖尔迪奇出席婚礼庆典。他和随从装扮成土耳其人，戴着丝绒头巾，穿着条纹丝绸马裤和缀有流苏的红靴子。晚上的活动结束时，国王取下面具，引发全场惊呼和掌声。

年轻的里奇蒙公爵在跳舞和喝酒后全身发热，满脸通红，所以提前离开。赖奥斯利先生也一样，虽然他的离开更突然。“先生，我要去白厅，会尽快……”

费兹目送着他的背影。“你相信他？加迪纳的学生？”他抚摸着下巴，“你谁都不信，对吧？”

“我们都需要第二次机会，费兹。”他拍了拍财务大臣的职务项链。在过去一周左右的时间里，只要克伦威尔靠近，奥德利大人就假装惶恐地护紧自己的项链。

这只是奥德利的小玩笑。他现在已经很清楚，克伦威尔勋爵丝毫没有抢占大法官之位的野心。国务大臣的职位可以保障他随心所欲，并让他一直待在亨利身边，知悉他的一举一动。

到七月中旬，为玛丽小姐建立府邸的筹备工作已在进行之中。她在访问哈克尼——那座如今将被称为国王府邸的宅子——之后，又回到了赫特福德郡。流了泪，许了诺，她父亲发誓再也不让女儿离开他的视线，接下来是一段思考期：国王觉得应该与她保持一段距离，以遏止任何有关他意欲重新立她为继承人的传言。她的前管家的妻子赫西夫人因为圣灵降临周期间的失言而仍然被关在塔里。国王不会容许对他女儿的不敬，但也不想人们称她为“公主”。他想让全欧洲都明白眼下的情形：他女儿需要他，而他不需要她。

在哈克尼时，她用低得只有他能听见的声音说：“克伦威尔勋爵，我多亏了你，我会终生为你祈祷。”但命运可能会变，而他需要的不只是祈祷。他请来了汉斯，为她设计一件礼物。他觉得她是个需要礼物的年轻女人。他想送她一样东西，不仅比那匹漂亮的坐骑更为持久，还会让她想起这刚刚过去的危机四伏的几周，想起这悬崖边缘，以及是谁把她拉了回来。他在考虑一枚戒指，刻上赞颂服从的箴言。服从将我们联结起来，普天之下都在服从。这是我们作为人而生活在城市和住宅——而不是穿兽皮、住地洞——的前提。即使野兽也尊狮子为王，从而显示出兽类的智慧和策略。

雕刻师们技艺高超，可以把祈祷文或诗句刻得很小。但汉斯还提醒说，这样的戒指必须有一定的分量，恐怕并不便于双手小巧的女人佩戴。但她可以用一根链子坠在腰上，就像佩戴她父亲的微型肖像一样，而以前她佩戴的则是两三件虔诚的信物，是少女们向其祷告的圣人的象征，如圣乌尔苏拉①与一万一千名童贞女，或者在角斗场上被活活吃掉的费利西蒂和波佩图阿。

汉斯长着一张圆脸，为人实际而单纯。他不会说些拐弯抹角的话反对你，绝对不会。

“或者，”汉斯说，“干吗不把它做成吊坠呢？或者是徽章？那样就可以刻上更多的忠告。”

“但戒指更——”

“更有诺言意味。”汉斯说，“托马斯，没想到你居然这么——”

但接着有人报信，要他去见里奇蒙公爵。如今他根本就无法完整地谈一次话，不管是在自己家里还是在国王府邸，不管是在马厩的院子还是小教堂或枢密院的议事厅。“好的，我马上去，”他说，然后又交代汉斯，“你考虑一下。”

---

① 据传为罗马统治时期的一位英格兰公主，与11 000名童贞侍女一同殉难，后被奉为年轻女孩的保护神。

他从摊着草图——既有他的建议，也有霍尔拜因的修改——的桌子旁离开。有些话他向玛丽强调得不够，所以需要重申。过去几年来，你背负着沉重的包袱，而且是独自背负，看看结果吧。你背也驼了，人也憔悴了，被过去的重担压得直不起腰来，而你才二十岁。现在放手吧。把担子交给别人，交给那些更强壮、奉上帝之命来处理国事的人。抬头看世界，而不是低头看你的祈祷书。试着微笑。你会惊奇地发现感觉要好得多。

这种话你不能对一个女人说。背也驼了，人也憔悴了——她会难以接受。玛丽有时看起来比实际年龄大一倍，有时又像个未长成形的孩子。

在圣詹姆斯宫，里奇蒙的仆人将他引进病房，房间关得严严实实，将仲夏的炎热挡在外面。“巴茨医生。”他点头打了个招呼，然后对那位盖着被子的痛苦患者躬身施礼。

听到他的声音，小公爵动了动。他掀开被子。“克伦威尔！你没有按我说的去做。我告诉过你，议会必须指定我为继承人。”他推开一个枕头，仿佛它在妨碍他的权利。“法案上为何没有我的名字？”

“你父亲对此仍然有发言权。”他镇静地说，“法案赋予他自由决定继承人的权利。你也知道，你很受他的宠爱。”

侍从们围在床边，在医生的注视下，他们扶起那孩子，让他靠在床头，并掖好被子将他裹紧。火盆上架着一大盆水，在热气腾腾地为空气加湿。里奇蒙俯着身子，咳嗽着。他面孔发烫，睡衣被汗湿了几大片。好不容易止咳后，他平静下来，脸色像床单一样白。他摸着胸口，对巴茨说：“很痛。”

巴茨医生说：“把疼痛的这边侧过来，大人。”

那孩子推开侍从。他想看着克伦威尔，一定要看着。他开始絮絮叨叨，但语意含混不清，过了一会儿，他就眼皮打架，然后合上了。在医生的示意下，他们移开靠垫，让他平躺下来。

巴茨做了个手势：借一步说话，大人。“我通常会让他坐起来以缓解呼吸，但他需要睡觉——我开了一种酊剂。否则我担心他会起来惹麻烦。他一直心神不宁，怀疑有人下毒。他提到了你。”医生顿了顿，“我并不是说他指控你。”

“有些人总以为被人下毒。在意大利就常有这种传闻。”

“嗯，”巴茨说，“在意大利也许真有其事。但我对他说，大人，中毒最常见的表现是腹痛、发冷、呕吐和神志不清、喉咙和内脏有灼烧感等等。但他随后说起沃尔西，说起他去世前胸口疼痛——”

他悄悄拉着巴茨的外套。他不希望这次谈话被人听见。外室挤满了人，有随从，有支持者，也许还有债主。在一处没有他人的窗洞旁，他低声问道：“关于沃尔西——我不知道小菲茨罗伊是怎么听说的，但你怎么看？他说的会是真的吗？”

“关于他被下毒吗？”巴茨上下打量着他，“我真的不知道。更有可能是他万念俱灰。如果你愿意的话，好好回想一下。我钦佩你的旧主人。我竭尽所能地在他与国王之间做调和工作。”巴茨似乎很担心，似乎怕他（克伦威尔）对他心生嫌隙。“最后守在他身边的是阿戈斯蒂诺医生，而不是我。但据说他是主动绝食，自我净化，这是冬天旅行的大忌……而且想一想他此行的前景。审判或剥夺公民权，以及被关进塔里。那种恐惧会对人产生影响。”

他说：“红衣主教既不怕活人也不怕死人。”

“我相信他对你说过这种话。”医生显然在想，干吗为此烦恼呢？“别以为我把小里奇蒙的话当真。国王只要一生病，就觉得全世界都跟他作对。这孩子也一样，患了病就怨天尤人。发高烧时，他就说：‘这全怪霍华德家的人——诺福克对我根本没有为父之心，他仅仅因为我是国王之子才爱我——如果我当不了国王，就对他毫无用处。而且，’他说，‘诺福克现在不需要我，他想到了另一种接近王位的方式，他一定会达到目的，不管是用光明还是卑劣的手段。’”

“不可能是光明的手段，”他说，“你想想就知道。”

“我宁可不想。”巴茨医生说。

“里奇蒙大人说这些话时，有证人吗？”

“克罗默医生站在一旁。但在上帝以及我们的科学的帮助下，我们将发烧控制住了，那些谋逆言论也随之而止。”

“那么，如果排除下毒，他的病因到底何在？”除了生气之外，他想。

医生耸耸肩。“现在是七月。我们本该在别的地方。大人，你出台了太多的法律。让议会休会吧，我们就可以全都离开伦敦。人们说该隐①发明了城市。如果不是他，那也是另外某个喜欢杀戮的人。”医生正要转身，又迟疑起来。“大人，关于国王的女儿……克罗默医生希望我代表我们两人说句话。我们认为你做了一件大好事。你做得比我们这些当医生的还要好。她被教皇派信仰完全迷了心窍，不仅损害了身体，还失去了判断力。但他们说，大人你在哈克尼的露面，简直就像阿斯克勒庇俄斯的神药一样，对她顿生奇效。”

阿斯克勒庇俄斯是医神，从一条蛇那儿学到了医术。他可以把病人从死亡线上或线外拉回来；冥王哈迪斯嫉妒了，担心失去顾客。“我不敢居功，”他说，“这主要是因为她开始喜欢与人相处，并好好吃饭。她一直在禁食，仿佛她的身体还不够单薄似的。”

“如果国王征求我们的意见，”巴茨说，“我们会衷心建议她结婚。我的同行们向我展示过，古人的著述中描述过这样的案例——年轻的姑娘热情好学，喜欢胡思乱想，如果被强行要求去做违心之事，她们往往会绝食。她们是处女，这正是她们的症结所在，如果单身太久，她们就会看到鬼魂，并试图上吊或投水自尽。”

“哦，我得说我们不存在这种现象。”他想，是否看到鬼魂能由你说了算吗？难道它们不是直接现身让你看到吗？每当人们提起红衣主教的名字，他就问自己：如果我陪他去了北部，他还会死吗——不管是死于中毒，还是恐惧，还是别的什么原因？有人说那是自杀。他想起 1529 年底那寒冷而阴暗的天气，想起托马斯 · 霍华德和查尔斯 · 布兰顿耀武扬威地闯进约克宫，将沃尔西的财宝扔进箱子，想起职员们一边喃喃低语一边将盘碟和珠宝登记造册，想起在严寒中艰难地向水门行进，还有船上湿淋淋的雨篷，以及从河岸湿雾中传来的若有若无的嘲笑。在帕特尼，有马匹迎候他们，他们骑马穿过荒野，这时哈里 · 诺里斯急急赶到，翻身下马，来传达国王的一道令人费解的圣旨。他看到沃尔西的眼中有了光彩，脸色也为之一亮；他以为惨境已经结束，诺里斯是来带他回家，于是向他跪了下去——红衣主教跪在泥泞中。

但诺里斯摇摇头，在红衣主教耳边说了些什么，并装出难过的样子。

---

① 《圣经》中的杀弟者，被认为是所有恶人的祖先。

希望破灭后，红衣主教的力气也消失了，仿佛被施予某种魔法，他变了，突然变得苍老、笨拙而沉重。他们擦擦双手，将他拽上马背，把缰绳放进他手里，仿佛他是个小孩子。没有尊严，无暇顾及尊严，而那个混蛋塞克斯顿——他的弄臣——则又笑又跳，直到他威胁着制止了他。他们骑着马，朝红衣主教位于伊舍的宅邸前进，等待他们的只有冷锅冷灶和毫无储备的厨房，只有简易的矮床，他们用锡镴烛台上的蜡烛为自己照路。起码酒窖还是满的。他通宵未睡，与乔治·卡文迪什——红衣主教的一位部下——一起喝了一晚上的酒；说实在的，他太过害怕，根本无法入睡。

他想，如果当时就知道会是什么结局，我在哪方面会采取不同的举动呢？寒冬漫漫，他食不果腹，蓬头垢面，蹚泥涉水，每天都顶着灰蒙蒙的天气，绝望地在萨里的马路上往返，给他的主人带来议会的消息：人们说了哪些不利于他的话，做了哪些事，还有托马斯·莫尔的撇嘴冷笑，以及诺福克的惯常诋毁。从来都不能按时吃肉、睡觉或祈祷，总是早出晚归，跃上一匹浑身冒着热气的马——那是一个多雾的冬天，他身上的毛料衣物湿漉漉的，雨水从光滑的马皮上往下流淌。雷夫·赛德勒在他身旁，全身透湿冰凉，像一只小猎犬似的颤抖着，只看得到嶙峋的瘦骨和眼睛，迷惑而伤心，但从无怨言。

但现在他在圣詹姆斯宫，时间已是六年之后，他成了克伦威尔男爵，而外面阳光明媚。越过里奇蒙的随从的头顶，赖奥斯利先生在喊他。他一边侧身从他们中间穿过，一边用羽翎帽扇着空气，看上去容光焕发，衬衣领也已解开。

“别进去，”他说，并挡住通往病房的去路，“否则菲茨罗伊会指控你对他下毒。”

巴茨医生呵呵笑了。“年轻人，我看你有消息急于要汇报。嗯，我就不打扰你们了。但不管多么紧急，大热天里也不用那么匆忙。把帽子戴在头上，而不要拿在手里——对像你这么白的肤色而言，阳光太强烈了。听我一句，温水比冷水更能提神，而冷水则可能引起腹痛。也别想跳进河里。”

“好的。”赖奥斯利注视着他，“我不会的。”

医生碰了碰自己的帽子以示告辞。赖奥斯利对着他离去的背影问：“菲茨罗伊有性命之忧吗？”

巴茨很镇静，说：“我处理过更严重的情况。”

他们走进耀眼的阳光下，背上感受到了热度。赖奥斯利对他说：“先生，我在苏格兰公主的人那儿做了紧急调查。”

“查什么？顺便说一句，把帽子戴上。巴茨的话有道理。”

年轻人认认真真地戴上帽子，尽管他缺少一面镜子来欣赏它的角度。他仔细端详着他的主人，仿佛想在他的眼中看到一个小简称。“许久以来，我一直肯定她有些不对劲，我在脑海里翻来覆去地想了几周——每当你在一旁时她那躲躲闪闪的神态，似乎担心有什么恶作剧被人发现，还有——”

“你曾经认为女侍们在彼此做秘密手势。”

“你还笑话过我。”赖奥斯利说。

“是的。那你发现什么了？不会是情人吧？”

“先生，请原谅我比你抢先了一步——参加婚礼时，我恍然大悟，但在拿到证据之前我不能说。我询问了她的牧师、她的侍从哈维和彼得以及她的马夫，没准她会骑马出去幽会。除了牧师感到害怕之外，其他人都坦然地说了。”

他渐渐明白了。“没想到我的头脑居然这么简单。那么他是谁？有哪些人知情？我是说哪些女人。”

赖奥斯利先生说：“先生，女人的事情就交给你了。”

窸窸窣窣，急急忙忙，纸张突然消失，暗中传来“嘘”声，裙子一晃而过，房门砰然关上；屏住呼吸，交换眼神，低声叹息，移开视线，穿着便鞋的脚啪嗒啪嗒地快速走过；转动的门，迅疾写成的字还墨迹未干；封蜡的痕迹和气味。整个春天，我们都在密切监视安妮王后，监视她本人，监视她的一举一动，还有她的卫兵和大门、房门及密室。我们瞥见过寝宫侍从，穿着光滑的黑丝绒，只有当月光照在某个饰有珠子的袖口上时才能被发现。凭借内在的眼睛，我们在一个原本不该有人之处看到了一个人的身影：一个男人蹑手蹑脚地走过码头，登上一艘小船，船上有一位被打发过封口费的桨手，正低着头耐心等候，所以，除了泰晤士河上的小小尾波和涟漪，再也没有什么会透漏秘密，而灰光闪烁的大河已经见识太多。小船摇晃，水花四溅，一个箭步，隐秘人士的靴子就踏上湿滑的码头：他到达白厅或汉普顿宫，只要是王后所去以及她的女侍们随之而去的地方。这种手法在陆地上也同样奏效：给马夫塞个小钱，进入一道没有上闩的小门或大门，快步上楼，穿过烛光摇曳的房间，然后——去干什么呢？亲吻和非法拥抱，许诺和叹息，然后上羽毛床，国王的外甥女梅格·道格拉斯靠在枕垫上，期待自己的销魂时刻。

简称说：“是托马斯·霍华德。我是指那位小的。诺福克同父异母的弟弟。”

“小托马斯。”他说。

“属于你的，真心汤姆。用他的诗歌获取她的芳心，先生。用他的智慧脱去她的衣衫。”

失事了，他想。我们从冬到春都在监视安妮，但我们该监视另一位女士吗？是真心在河上，是真心在黑暗中，是真心脱得只剩贴身衬衣，阳具在内衣里勃起，而苏格兰公主则仰卧在榻，张开丰满白皙的大腿。为一个霍华德家的人。

他问简称，梅格是如何设法与他独处的呢？宫里有些明察秋毫的老夫人。比如索尔兹伯里夫人玛格丽特·波尔——目前依然待在新王后身边，因为国王虽然对她的儿子感到震怒，但宁可将女伯爵留在他的视线范围之内。当然，为了顾全面子，我们仍然在向世人假装从未收到雷诺那封包藏祸患的信，假装那份可恶的文件仍然在意大利，波尔还在那儿推敲措辞。

发生了很多的事情，我们都假装没有发生。此事必须是其中之一。“我们先跟梅格谈谈。”他说。他想象着她向他奔来的样子——像跑步比赛中的阿塔兰特一样披头散发，并张着嘴，放声痛哭。

她先是愕然，接着是气愤，然后是否认——他怎么敢调查她的生活？他说，我了解到……她马上说：“怎么了解的？你是通过谁了解的？”

“通过你自己的人。”他说。他看到她深受打击，眼里涌出愤怒的、豆大的热泪。

她的朋友玛丽·菲茨罗伊——诺福克的女儿——站在她的椅子后面。“那些仆人对大人说了些什么？”她的语气让那些话语还不曾出口就带上污蔑的色彩。

“我了解到玛格丽特小姐与一位绅士往来密切。”

玛丽·菲茨罗伊的一只手按住梅格的肩膀——什么都别说。但梅格勃然大怒："不管你怎么想，你都错了。所以别那样看着我！"

"怎样看着你，小姐？"

"仿佛我是妓女。"

"如果我这么想的话，愿天打雷劈。"

"因为我告诉你，我与托马斯·霍华德已经成婚。我们已经两心相许，誓约生效。你现在不能将我们拆散。我们是完全意义上的夫妻。所以你为时太晚，事情已成定局。"

"也许现在还不是太晚，"他说，"让我们希望不是。但对你所说的'完全意义上的夫妻'，我猜不出你的意思。瞧这位赖奥斯利先生，他也猜不出来。"

在他们面前的桌上有几张为玛丽小姐设计戒指的草图。赖奥斯利先生像祭坛侍者一般，神情庄严地将那些纸张拢在一起。他的目光停留在纸上，上面有很多扭结交叉的线条。"请原谅，先生。"他低声说，然后用一本书将它们压住。

很好。我们不希望梅格拿起纸来擤鼻子。他问玛丽·菲茨罗伊："你不想坐下吗？"

"我站着就好，克伦威尔勋爵。"

"让我们把事实弄清楚。"赖奥斯利先生拉出一只凳子，期待地看着梅格。她的手帕湿透后，她就把它揉成一团扔在地上，然后玛丽·菲茨罗伊再递给她一条；手帕上绣有霍华德家族的纹章图案，所以梅格在用费兹埃伦家族的蓝舌狮擦着面颊。"克伦威尔，你没有权利怀疑我说的话。带我去见我的国王舅舅。"

"最好先跟我谈谈，小姐。我当然可以向国王提起此事，但我们首先得想好如何陈述你的情形。很显然，你希望维护自己的清誉。这一点我们理解。但如果坚称你们已经成婚，对你我都没有好处，因为你和托马斯勋爵是在未经国王允许或知情的情况下宣誓的。"

"而且，"赖奥斯利说，"我们也不会帮你撒谎。"他拿起一支笔。"你们宣誓的日期是……？"

又是一阵眼泪，再换一条手帕。他想，玛丽·菲茨罗伊接下来会怎么办？她不可能还有很多。她将不得不掀起裙子去撕自己的内衣。梅格说：

“日期重要吗？我爱托马斯勋爵已经一年多了。所以你不能说——我舅舅也不能说——我们不了解自己的内心。你不能拆散我们，因为上帝让我们结合在一起。里奇蒙夫人会为我的话作证。她全都知道，而且如果没有她的帮助，我们根本不可能享受这种幸福。”

他抬起眼睛。“你为他们望风吗，夫人？”

玛丽·菲茨罗伊没有说话。她非常年轻，被卷进这个烂摊子……赖奥斯利提示道：“等尊长们一离开，你就发出信号？你鼓励他们见面？你见证了他们的宣誓？”

“没有。”她说。

他转向梅格，说：“看来，那些话说出口时，并没有人在场——我用的是‘那些话’，我不会将它们冠以‘誓言’或‘诺言’之名——”

否认吧，他心里暗暗对梅格说，否认全盘，否认每一个细节，然后一直矢口否认。没有话语。没有证人。没有婚姻。

梅格涨红了脸。“可我有证人。玛丽·谢尔顿就站在门外。”

“门外？”他摇了摇头，“那不能称为证人，对吧，赖奥斯利先生？”

赖奥斯利狠狠地望着他。是他查出了这个阴谋，他不想让它几句话就给敷衍过去。“玛格丽特小姐，你与你的爱人交换礼物了吗？”

“我把我的肖像送给托马斯勋爵了，还镶有一颗钻石。”接着，她自豪地补充道：“而他给了我一枚戒指。”

“戒指不算信物。”他安慰地说。他的目光落在草图上。“比如，瞧这儿，我在为玛丽小姐打造一枚戒指。一种表达友谊的令人愉快的象征，仅此而已。”

玛丽·菲茨罗伊打断了他。“那只是一枚指环，朋友之间经常交换的那种。没什么价值。”

赖奥斯利说：“接下来你会告诉我，那颗钻石非常小。”

“太小了，”玛丽·菲茨罗伊说，“拿我来说，就从未注意到。”

他很想鼓掌。她不怕简称；尽管我有时都会怕，他想。

“没有书面的东西，对吧？”他对梅格说，“我是说，除了……？”

诗歌，他心里说。

姑娘说：“我不会把我的信给你。我不会交出它们。”

他问玛丽·菲茨罗伊：“已故王后了解这些交往吗？”

“当然。”她的语气很轻蔑，但到底是对他，还是对这个问题，或者对安妮·博林，他无法确定。

“你父亲诺福克呢？他知道吗？”

但梅格插话道：“我丈夫——”她很喜欢这个词——“我丈夫说，让我们保守秘密吧。他说，我哥哥诺福克一旦得知此事，就会把我浑身摇散架的，所以不到万不得已，我们不要告诉他。但后来——”梅格闭上眼睛。“我不知道。也许他还是告诉他了。”

他想起在白厅的那一天，他正在与诺福克交谈，真心汤姆匆匆来传信，他说了一句：“女士们在传阅你的诗歌，”诗人便惊慌起来。他抓住他哥哥的胳膊，当他（克伦威尔）走开时，两位托马斯·霍华德开始急切低语。回头一想，他在公爵的脸上看到了恼怒、不解的神色：什么，你干什么了，小子？原来如此。诺福克这个人想不出包含这么多易裂变元素的原创性阴谋，但不难相信真心汤姆已经恳求他保护，而公爵在劈头盖脸地骂了他一通之后，发现可以将这桩蠢事变成于他家族有利的态势。

他隔着桌子朝梅格探过身去。如果她不是王室小姐——而她在极力表明她是——他可能会拍拍她的手。“把眼泪擦掉。让我们重新想想。你说托马斯勋爵去王后的寝宫拜访过你。我猜想，大家去那儿都是为了消遣。他们去那儿唱歌娱乐。不一定有什么非分之念。所以这几个月来，在那个十分热闹的地方，他经常找你攀谈，托马斯勋爵爱慕你，这很自然，他说：‘小姐，如果你的身份不是远在我之上——’”

“他是霍华德家的人，”赖奥斯利说，“他不认为有任何人在他之上。”

他举起一只手。他描述的场景太过精彩，不容打断。“如果你的身份不是远在我之上，而国王准备把你嫁给某个伟大的王子，我发誓我会向你求婚。”

“是的，”玛丽·菲茨罗伊说，“正是这样，克伦威尔勋爵。”

“而你当然说：‘托马斯勋爵，我不能嫁给你。我理解你的痛苦，但我无法帮你排解。’”

“不。”梅格说。她开始发抖。“不。你错了。我们宣过誓。你不会拆散我们的。”

“他是一个男人，并且满腔热情，而你如此可爱，身价又高，所以他没有死心，他向你献诗，还有——嗯，诸如此类。但你很坚定，最多只让他轻咬一下你的下唇。”

他想，我不该这么说。我应该直接用“亲吻”一词。

梅格站起身。她的手里紧紧攥着手帕——这一条上零星地绣着霍华德家族的银色十字架，如夏天的雪一般轻盈。“我会单独向国王解释此事。就算你已升至这种高位，他也不会允许你拘留和讯问我，而且我明明说自己结了婚，你还要这样颠倒黑白，说我没有。”

赖奥斯利先生说：“小姐，你难道抓不住关键吗？对你而言，受到勾引和诽谤，并成为街头流传的段子，也好过在国王不知情的情况下私订终身。”

玛丽·菲茨罗伊说：“看在基督的分上，坐下吧，梅格，并努力理解大人对你说的话。他在尽力帮你。”

“上帝让我们结合了，他不能再拆散！”

玛丽·菲茨罗伊抬起眼睛与他对视。“我相信克伦威尔勋爵已经听过这句话了。”

他微微一笑。“玛格丽特小姐，我们得问问自己，婚姻是怎么回事。它不仅仅是誓言，还有床事。如果你们有诺言和证人，而且还上了床，那你们的确结了婚，婚约也有效。你就会成为真心夫人，并承受国王的极度不悦。而我不确定那会是以什么形式。”

“我舅舅不会惩罚我的。他爱我，把我当亲生女儿一样。”

接着她犹豫了。她听到自己口里说出的话，于是明白：国王是怎样爱他的亲生女儿的呢？两周之前，玛丽还履于薄冰。冰层在她脚下咔咔裂响，只有托马斯·克伦威尔愿意走过去救她。

简称站起身，仿佛梅格会晕倒。但公主稳稳地坐下。“国王会说我干了蠢事。”

“或者是谋逆。”赖奥斯利先生站在她身边，现在几乎显出几分温柔。

梅格说：“我的婚姻不是罪，对吧？”

“目前还不是，”他说，“但我相信以后会是的。议会休会之前，我们可以通过一项法案。”

玛丽·菲茨罗伊说：“你要制定一项针对梅格·道格拉斯的法律吗？”

“你能明白其中的道理，里奇蒙夫人。女士们并非总是了解自己的利益。她们有时不知道如何保护自己。所以法律必须做到这一点。否则，任何诗人都可能企图把她们当作奖品而夺走，一旦得手，他就会时来运转，而即使不成，他也毫发无损，只不过自尊心受到打击而已。这样可不行。”

“你自己不写诗吗？”玛丽·菲茨罗伊问。

“干吗凑那个热闹？”他说，“赖奥斯利先生，帮我记一下好吗？”

简称重新坐下，将笔蘸上墨水。他口授道：“一项针对以下人等的法案：凡是未经国王允许而娶——或图谋要娶——国王的外甥女、姐妹、女儿——”

“最好把姑母姨母也加上。”简称说。

他笑了起来，说：“把姑母姨母也加上。将以谋逆之罪论处。”

玛丽·菲茨罗伊难以置信。“结婚将以谋逆之罪论处，就算女方同意？”

“尤其是如果她同意。”

简称一边念念有词，一边飞快地写着：“特-啦-啦，特-咯-里……嘿-呵-嘿……德-里-当，①同样处罚，我会让里奇来行文。”

他说：“所幸在这起事件中，不存在同意的问题。很难说梅格小姐真的结了婚，因为没有圆房，正如赖奥斯利大人所言。”

“我说过吗？”简称抬起浅褐色眉毛，墨水滴落在纸上。

玛丽·菲茨罗伊说：“梅格，你与托马斯勋爵之间没有发生任何有损节操之事。你要这样说，并坚持到底。”

“玛格丽特小姐，”他说，“你有一位良师益友。”他转向玛丽·菲茨罗伊。“你应该在你丈夫身边。我会派人送你去圣詹姆斯宫。”

玛丽说：“菲茨罗伊不需要我。他甚至不喜欢我。他不把我当成他妻子。我哥哥萨里带他去嫖娼。”

跟她父亲一样直来直去。“夫人，”他说，“你对这起私通负有很大责任。鉴于我们尚未确定新法律所涉及的范围，我们不知道你会面临怎样的

---

① 赖奥斯利这里是在讽刺小托马斯·霍华德写诗时毫无意义地为了押韵而押韵，不管是头韵还是尾韵。

处罚。但我估计国王不会追究你，只要你守护在他儿子的病床前。不用为玛格丽特小姐担心，她在塔里会受到很好的照料。但除非你想陪她去，我建议你还是去圣詹姆斯宫，并留在那儿。”

梅格站了起来，再一次痛哭流涕，并紧紧抓住椅子的靠背。赖奥斯利先生起身接过话头。他坚决而冷静。“玛格丽特小姐，你不会被关进地牢的。克伦威尔勋爵肯定会安排你住进已故王后的套房。”

他收起自己的文件。“走吧，小姐，”玛丽·菲茨罗伊恳求道，“好好地去，不要失了你的王室尊严。不要逼着这些人把你架过去。而且要感谢克伦威尔勋爵——我相信他，如果说有人能转移国王的怒气，那就非他莫属了。”

他想，会转移到真心汤姆的头上；亨利会痛恨他的所作所为。他站在墙边，直到女人们离开，她们一言不发地从他身边经过。但苏格兰公主还在抗议：“我说实话能有何害处？”

她的声音在楼梯里回荡，然后连同她的身影一起消失了。简称说：“我还以为她永远不会抓住你的援救之手。”

“她本质并不傻。只是因为恋爱了。”

“所幸这不会让男人变傻。我是说，瞧瞧赛德勒。”

是啊，瞧瞧赛德勒。跟他妻子如胶似漆，聪敏却丝毫不减。

赖奥斯利先生的情绪有所缓和。梅格关进塔里之后，他知道自己将另有机会将她扳倒。“你恋爱过吗，先生？”

“想不起来了。”他记得曾经问雷夫，那是什么感觉？尽管怀亚特提醒过他那些迹象。火热的叹息，冰冷的心。或者刚好相反？

他想，我得设法帮助贝丝·达雷尔。我被霍华德家这桩新冒出来的混账事缠住了，而怀亚特的孩子却在她的腹中一天天长大。“我要见弗朗西斯·布莱恩。他在国内还是国外？”

“找他帮忙吗？”但简称有些不安和激动，他对此没有多想。“关于梅格结婚的消息，谁去告诉国王？”

他叹了口气。“我去吧。”

“我可不愿处于诺福克的境地。他的外甥女春天才让他颜面扫地，同父异母的弟弟夏天又让他丢人现眼。你现在可以轻易整垮他。”简称瞥了他一眼，“只要你想这样。”

他心里说，我不知道自己想这样。公爵不管是策划了这桩错误的婚姻，还是只进行了隐瞒，都是严重的事情。但并不比过去的罪行更严重，而我似乎原谅了那些罪行。“假设苏格兰人越境来犯，如果没有诺福克，谁会去抵抗他们？”

“萨福克。”赖奥斯利说。

“如果法国人从另一扇门进来呢？”

“你当过兵，先生。”

“那是很久以前了。”我拿着长枪。也可能只是长枪手的助手；大家联手作战。我当时是个孩子。现在已年至半百。也许可以在大街上打赢一架，不过我更愿意去劝架。“我老了，更愿意做和解工作，简称。刚才这一小时里你也看到了。如果国王现在转而要处死自己的外甥女，那么，即使挽救了他的女儿也算不上胜利。”

“但是，”简称说，“他们为什么要过了一年——用她的话说，爱了一年——才宣誓呢？我觉得他并不是那么热切，直到伊丽莎被宣布为私生女，而梅格离王位又近了一步。”

“除非他厌倦了写诗却没有结果。他们之所以宣誓，显然是为了可以上床？”

“显然，但如果条件不便怎么办？”

他耸了耸肩。梅格必须凭运气了。有时，女人会怀上孩子，但不等任何人知道——除了她自己之外——就又失去了。只是到后来，有时是二十年后，她们才告诉你这种情况。简称说：“国王会要求逼她说出时间和证人的。”

“那我们就会逼真心汤姆。他已经认为我比实际了解得更多。”

“大多数人都这么认为。”赖奥斯利先生说。

“他担心人们只要读一读他的诗，就会知道他在哪儿风流快活过。但诺福克的女儿很勇敢。她应该进国王的枢密院。你还记得安妮加冕那天，她想把我挡在门外吗？”

赖奥斯利当然不知道。简称看到的是公开的场面，沸腾的人群，吹响的号角，飘扬的旗帜，喷鼻的马匹，踢踏的马蹄。在闷热的天气里，瘦弱的安妮怀着身孕，必须在民众敌意的目光下坚持三天的仪式。英格兰的贵族之花极不情愿地牵着她的裙裾。在圣坛上，后冠的重量压弯了她的脖子。如果她脸上发光，那不是汗水——而是一种命运感。她的手渴望了那么久，这时紧紧地握住权杖。克兰默大主教在她的额头上涂了圣油。

仪式结束后，她避开全城市民和众神的视线，躲进一个可以脱去礼服的房间。他跟了过去。他看到了她脸上呆滞无神的倦色。但现在他必须让她起来，去出席威斯敏斯特大厅的宴会。如果他做不到——除非是将她抬去——就必须紧急向国王汇报，因为谣言像干草着火一般蔓延；如果安妮太过疲惫而无法在公众面前坚持，他们就会说她病了，会说她的孩子保不住了。

在房门口，他遇到诺福克的女儿，一个十四岁的倔丫头，大惊失色地叫道："王后已经宽衣了！"安妮没好气的声音在喊他，他推开小姑娘，走了进去。王后仰卧在一张高床上，犹如一具尸体，单薄的家居裙罩着隆起的腹部。她纤细的手放在身上，仿佛在安抚腹中的王子；她的头发已经解开，像黑色的羽毛一般披散在周围。望着她时，他心中既有同情，也有惊奇和一种渴望——他想象着自己也有一个怀着身孕的女人。她转过头，一缕秀发滑到一旁，垂下床沿。出于——什么呢？整洁？——的冲动，他用食指和拇指夹起那缕头发，迟疑片刻，然后把它平平整整地与其他的头发放在一起。

玛丽·诺福克叫道："住手！别碰王后。"

已故的女人说："随他吧。他有这个资格。"

她的眼睛猛然睁开，上下打量着他。她朝他奇怪而缓缓地笑了。我当时就知道——他后来说——安妮不会满足于国王一个人，而是会让很多男人魂不守舍，不管老少、贫富或者贵贱。不过，她最终没有让我魂不守舍。

他想起她浮肿的双脚，还有光脚上的青筋。它们显得那么无助，仿佛在那个炎热的六月天，它们可能会觉得冷。

国王指示为真心汤姆准备一个房间。金斯顿总管亲自前来，建议安排钟塔的上层，里面有一座很好的壁炉。金斯顿说，让我们抱有希望吧，设想国王会仁慈为怀，那个年轻人会活到今年冬天。

他对金斯顿说："你认识那个叫马丁的狱卒吗？"

"认识。是你的一位福音派信徒。"

“让马丁去看管托马斯勋爵，他敬仰那些写诗的人。”

金斯顿愣愣地看着他，仿佛他很无知。“他们都写诗呢。所有那些死去的侍从。”

“乔治·博林嘛，当然是的，”赖奥斯利先生说，“还有马克，我承认。但你能想象威廉·布莱里顿捣鼓三行诗吗？至于诺里斯，更关注的则是在清单和表格上登记自己的酬金和财产。”

金斯顿说：“他们都有尝试。我是外行。但王后说真正写得好的只有怀亚特。”

“威廉爵士，”他说，“请你妻子去陪玛格丽特小姐，就像之前陪已故的王后一样。让我知道她所说的话。”接着他补充道：“我并不是说结局会一样。让金斯顿夫人鼓励她，使她明白只要恪守本分，她就能保命并活得很好。”

“我听说你要推出一项法案——让他们事后回想起来才知道犯了罪，这似乎很苛刻。”

他们试图向总管解释。君王不能被时间上的差别——过去、现在和未来——所阻碍。他也不能因为过去已经翻篇和完结就原谅它。他不能说“桥下所有的水”；过去总是如涓涓细流渗入地下，它缓缓渗漏，你却找不到漏洞何在。意义往往只是在回想中才被揭示。比如，借助技艺更为精湛的译者之手，上帝的意愿如今才显现出来。至于未来，国王的愿望变化很快，法律也必须快步跟上。“在对已故王后的审判中，请记住陛下的非凡远见。在做出裁决之前他就知道了结果。”

“的确，”金斯顿说，“行刑人当时已经在海上了。”

金斯顿是一位资深顾问官，应该了解国王的思维方式。一旦亨利说：“这是我的心愿。”这个心愿就会变得如此珍贵和熟悉，以至于他觉得是自己毕生的夙愿。他说出自己所需，就要求得到满足。

“但他肯定不会杀了她吧？”金斯顿说，“她可是苏格兰的公主啊！她的同胞们会怎么说？”

“我不认为苏格兰人很在乎梅格。他们认为她现在是英国人。不过，”他说，“我总是祈祷有好的结果。至于托马斯勋爵——我相信诺福克公爵会为他求情的。”

“诺福克？”总管说，“亨利会把他扔至楼下。”

毫无疑问，他想。希望我能在那儿亲眼见证。“做好准备吧，威廉爵士。这是我唯一的忠告。我不希望你措手不及。”

自从王后死后，毕竟过去了差不多两个月。金斯顿的内部机器很可能已经生锈。总管说：“无论发生什么，我想我们不会再把那家伙请来吧？”

“法国人吗？不，老天！我付不起他的费用。”还是用老式的砍头。当然，霍华德家族信守传统。他们不会愿意在死法上有任何改进。

“他干得很棒，”金斯顿说，“这一点我承认。武器很漂亮。他让我看了看。”

他想，我们所有人都杀死了安妮·博林。起码都这样想象过。过不了多久，我就会听到国王自己下来说：“行刑人大人，我能试挥一下你的剑吗？”正如弗朗西斯·布莱恩所言：亨利有朝一日会杀了她，但到头来却是别人为他代劳。

他想起法国人把武器交到他手里时它的分量。他看到钢刃闪闪发光，还看到剑身上刻着字；他的手指从上面抚过。正义之镜。*Speculum justitiae*。①为我们祈祷吧。

在奥斯丁弗莱，大家很佩服赖奥斯利先生，佩服他的执着，佩服他愿意证明其无火不起烟的观点。也算梅格·道格拉斯幸运，他掌握事实后没有犹豫。“因为想想看，”理查德说，“如果有人闯了进去，发现她一丝不挂地躺在真心的怀里，后果就不堪设想。”

理查德·里奇说：“我如果这样冒犯国王，可不会指望再活很久。”

里奇在忙于起草法案。新的条款不一定会阻止王室成员干蠢事。但如果他们干了，它会提供一个正式的处理程序。问题是，梅格罪案的同谋是谁？他要求查看值班表，看看在三、四以及五月，王后——已故的那位——在世期间，是哪些女侍在侍奉她。但安排此类事项的傲慢贵妇——拉特兰夫人、苏塞克斯夫人——只是朝他抬起眉毛，暗示整件事情都是一个谜。而在国王的寝宫，正如雷夫·赛德勒所言，你有一个清单，你知道何人应该于何时待在何处。

此举并非一定奏效。今年春天出现了东游西荡的习惯。

---

① 拉丁语，意为“正义之镜”。

他带着坏消息去见国王，发现他正与建筑师们围在一起，谋划如何花掉一些钱。“克伦威尔大人？这些方案中，你倾向哪一种？”他挥着一根饰有鸡蛋和飞镖相间图案的木棒，稍稍指向那些桂冠。

“桂冠，”他说，“我有事禀报。”绘图员们卷起图纸。他目送他们出了门。

国王刚听明白是怎么回事，就放声怒吼此事不得声张。他高贵的手中还握着木棒：如果梅格·道格拉斯站在面前，他会拿鸡蛋砸她的脑袋，将飞镖投到她身上。“我决不允许重复五月份发生的事情，让王室的一位女眷公开受审。全欧洲都丢尽了脸。”

“那我该怎么办？”

亨利压低嗓门。“找个更稳妥的方式。”对于真心：“提出谋逆指控——我希望起诉书中明确记载他受到了魔鬼的蛊惑。要不就是诺福克大人？”

他未予置评。与此同时，正如真心自己的一首诗里所写，“假消息犹如疯长的野草。”有传言说，托马斯勋爵已经被捕，于是人们猜测，他被查明是已故的安妮的又一位情人。

他和赖奥斯利通过角楼的楼梯，去钟塔见真心。他们从下层的房间经过，托马斯·莫尔的影子坐在百叶窗紧闭的黑暗中。他把手掌贴在墙上，似乎在感受石墙的轻微颤动，以告诉他莫尔在那里说话，在自言自语地讲着笑话、故事，或念叨着箴言、经文、格言和副歌。

克里斯托弗拿着证据跟在后面。不是带血的床单，而是更麻烦的东西。那些诗——既有真心汤姆的，也有梅格的，还有其他人的，都混在一起——一沓沓地传到他手中，有些是找到的，有些是被人扔掉的，还有些是第三方交出来的。纸张边缘卷曲，有些折叠了多次；它们出自多人的手笔，还有他人的评注；字迹潦草，涂涂改改，创作技巧有别，但内容大同小异。我爱她，她不爱我。哦，她真残忍！啊，我活不下去！他想，不知道里面是否掺杂有亨利的诗。据说，不久前死去的侍从们曾经嘲笑过国王的诗歌。但所幸国王的笔迹与其他人的不同。他在黑暗中也会认出来。

在楼上的房间里，真心汤姆正在对着墙壁发愣。“我一直在想你何时会来这儿。”

他(克伦威尔勋爵)脱掉外套。“克里斯托弗?”

孩子拿出那些纸张。它们看上去比他印象中的还要皱皱巴巴。“你刚才在啃它们吗?”

克里斯托弗咧嘴一笑，对真心汤姆说：“我什么都吃。”当他(克伦威尔勋爵)整理好纸张，准备开口朗读时，真心变得气愤而紧张，就像作品受到审查的任何作者一样。

“她知道我的爱情天长地久，
她知道我的真心毫无保留，
她知道我是诚意相许，
正如所有相爱的男女。”

他越过纸张看着真心汤姆。“毫无保留?”

“你跟她上床了?”赖奥斯利先生问。

“哦，看在上帝的分上，”真心汤姆说，“哪有机会呢？在你们的眼皮底下?”

多眼的阿耳戈斯①。他把那张纸递出去。“你能接着读吗，赖奥斯利先生？我不能。不是因为笔迹，”他对真心肯定地说，“而是我实在念不出口。”

赖奥斯利先生捏住纸的一角。

“什么使人快快乐乐
到头来却并不快乐?”

“如果你唱出来也许会更好听，”赖奥斯利先生说，“我们要不要让马丁拿一把琴来?”

“于是我的快乐变失落

---

① 希腊神话中的百眼巨人，即使睡觉时也有几只眼睛警惕地睁着。

从希望而向绝望跌落。”

“停一停。”他对赖奥斯利说。他用拇指和食指夹着接过那张纸。“你似乎在表白心迹，即使冒着被拒绝的风险。她知道我的真心毫无保留。这个时候，她似乎还没有就范。虽然人们通常都说，你爱她胜过她爱你，对吧？”

“这被认为更礼貌。”赖奥斯利向他解释。

“不过她还是很爱你，所以给了你一颗钻石。”

真心汤姆说：“我不知道这首诗是不是我写的。”

“你忘了，”他说，“大凡有脑子的人都会这样。但在第五节，你写道，原谅我，属于你的，真心汤姆。遗憾的是，你让它与无度形成押韵。”

克里斯托弗吃吃地笑了。“连我都看得出来，虽然我是法国人。”

“宫里有很多托马斯，”受指控者说，“而且并非所有人都怀真心说真话，尽管我相信他们都声称如此。”

“他在望着我们，”他对托马斯 · 赖奥斯利说，“我希望你不是说这出自我们中的哪一个之手吧？”

简称说：“全天下都知道你以此自称，所以你不妨坚持下去。她的仆人们说，你跟她结了婚。”

真心汤姆张了张嘴，但是他翻阅着纸张，插话道：“你请求她帮你解除痛苦。”

“是你裤裆里的痛苦吧？”克里斯托弗说。

他用一个眼神制止他，但自己也忍俊不禁。“你已经爱了一段时间——虽然我热情似火燃烧已久——然后才有某种宣誓，你为什么会那样呢，除非是为了让她觉得可以合法地上床？”

赖奥斯利说：“女方告诉我们，宣誓时有证人。”

看到好久没有回应，他说：“你不需要用诗歌来回答。”

真心汤姆说：“我知道你干些什么，克伦威尔。”

他抬起眉毛。“我什么也不干，除非有国王的许可。如果没有许可，我连一只苍蝇都不拍。”

“国王不会允许你虐待一位绅士。”

“没错，”赖奥斯利说，“但不要考验克伦威尔勋爵的耐心。他曾经一拳打碎了一个男人的下巴。”

是吗？他很惊讶。他说：“我们有毅力。到头来你会坦白自己有非分之想，尽管没有达到目的。你会向国王承认自己的错误，乞求他的宽恕。”虽然我怀疑会不会出现这一幕，他想。“我们理解你的处境。你出身豪门，但你们这些小霍华德都很穷。由于拥有如此高贵的血统，你不能让任何职业来弄脏你的手。如果想发财，你就得等待战争，或者攀一门好亲。你对自己说，瞧瞧我，一个卓尔不群的人，可是却没有钱，也无人关注我，除非是把我和我哥哥混为一谈。所以我知道自己要干什么——我要娶国王的外甥女。没准有朝一日我会成为英格兰国王。”

“而在那之前，我可以预支自己的期望。”赖奥斯利补充道。

他想起怀亚特的一行诗：我很虚弱，毫无防卫之力。在怀亚特的诗中，字里行间有一种扭斗。在托马斯勋爵的诗中，则毫无抗争，只有对愚蠢行为的拱手投降。尽管接受审问时，他很坚强——这一点你得承认。他没有哭泣或哀求，只是说：“你把玛格丽特小姐怎么样了？”

“她在这儿，在王后的房间里，”赖奥斯利先生说，“但可能不会很久。”

他们将这句含糊其辞的话留给他去琢磨。无害的真相是，如果国王决定继续举行加冕典礼，梅格可能就得安排到别处，因为按照传统，简在前往威斯敏斯特之前将在此下榻。国王谈过在仲夏举行仪式。但现在有了关于瘟疫和汗热病的传言。让民众成群结队地涌上街头或挤在室内的空间里不是明智之举。当然，西摩家的人都敦促国王冒这个风险。

他和简称下了楼。大家联手作战，他想。他思念总是在他身旁的雷夫。但如果国王想要雷夫陪侍在侧，就必须满足他的意愿。他说：“是真的吗？我打碎别人的下巴？谁的？”

“红衣主教以前常常谈起此事。”赖奥斯利开心地说。他走进阳光下。“有时是一位男修道院院长，有时是一个小贵族。在北部的某个地方。”

等这件事情过去后——不管结局如何——他会尽量将这些诗还给它们的主人，虽然他们并没有署名。他想象自己在一个刮风的日子将它们扔向空中，于是它们飘下白厅，吹过河面，落在南华克；在那里，它们将成为妓女的笑料，被她们用来擦屁股。回家后，他对格利高里说："永远不要写诗。"

贝丝·达雷尔给他致信：请来埃尔贝府见我。波尔家的人为她提供栖身之处并不令人意外，她是已故的凯瑟琳的旧属。但她肯定没有告诉他们自己有孕在身。老女伯爵不会愿意怀亚特的私生子留在她的屋檐下。

他发现贝丝和索尔兹伯里夫人坐在一起，像祈祷书中的圣安妮和圣母一般安详。她们的腿上搭着一块上好的亚麻布，上面绣有一座天堂，一座夏日里繁花似锦的花园。他毕恭毕敬地向女伯爵行礼致意——也许与他们上次见面时不一样。他发现贝丝的紧身胸衣尚未解开。她是个身材娇小的女人，她的秘密还能保守多久?

女伯爵指了指自己的绣品，说："我知道你心思细腻，对我们女人干的事情也很关注。你瞧，我找到了眼力好的年轻人来帮我。"

"恭喜你！真希望我家里的花也能开得这么快。"

"你的花园里都是刚刚栽种的，"索尔兹伯里夫人和气地说，"上帝总是不慌不忙。"

贝丝说："可祂用一周时间就创造了整个世界。"

他朝她严肃地点点头，然后对女伯爵说："我听说你的儿子雷诺受到教皇的召见。"

"是吗？我不知道。"

他自己也是刚刚听说，也许并不属实。"不知道法尔内塞意图何在。他召唤他去罗马，不会只是为了来一盘'哈哈放下'。"

女伯爵显出不解之色。"是纸牌游戏，"贝丝说，"孩子们玩的。"

女伯爵说："对我儿子的计划，我们了解得并不比你多。"

"而是更少。"贝丝悄声低语，并动了动手指下的花瓣。

"你知道国王想要他回国吗？"

"那是雷诺与陛下之间的事情。我已经解释过——陛下也很认同，就算你并不接受——不管是我，还是我儿子蒙塔古，事先都毫不知晓他著书反对国王。我们也不知道他眼下身在何处。"

"但他给你写信了？"

"是的。那是一封直刺一位母亲心坎的信。他说，凡是遵守这个国家和这个国王的法律之人，都会被挡在天堂之外，哪怕他们是上当受骗或被迫服从。”

“但你不是上当或被迫，对吧？你的忠诚源于感激。”

“不仅如此，”玛格丽特·波尔说，“我儿子还要我停止干涉他的事务。他说他从小就被我赶走，我对他毫不关心。的确，我送他出国去学习。但我的理解是，我把他献给了上帝。”她抬起下巴。“雷诺跟我们断绝了关系。他说我们因为服从亨利·都铎而会下地狱。”

他想，他居然给你写这样一封信，真是可悲。而且省事。女伯爵把她的线利索地打了一个结，并把针插进布里。“但是你想跟达雷尔小姐谈谈。”她一边起身，一边将绣品转到贝丝腿上，并小声问了一个不想让他听到的问题。

贝丝说：“不用，我相信掌玺大臣。”

“那我也相信。”女伯爵说。

他笑了。“我深受鼓舞。”

索尔兹伯里夫人收拢裙摆。哦，她对我的示好很冷淡，他想。贝丝·达雷尔低头坐在那儿，即使只剩下他们两人，房门半掩时，她也没有抬头。她的头巾遮住了怀亚特曾经看过的金色鬈发。他曾以为怀亚特只追求飘渺的东西，以为他感兴趣的是追逐，而不是俘获。但贝丝看起来不只是被俘获，还被驯服，成了一个被自身厄运困住的女人。他望着索尔兹伯里夫人离去的背影，说：“你可以想见她对我有多信任。连门都没有给我们带上。”

贝丝说：“她不认为你会把我掀倒在地实施强暴。也许她担心你会坐下来，小声读一些蹩脚的诗，好引诱我嫁给你。”

看来她听说了道格拉斯事件。流言蜚语显然无所不在。他说：“我给你找了个安身之所。我答应过怀亚特的。科特尼家会请你去陪伴侯爵夫人。”

“格特鲁德？”她叠起腿上的亚麻布，叠了一层又一层，直到它变成一个方块，而针留在里面。“但她并不喜欢你。”

“她欠我的情。”

“的确。两年前你本可以扳倒他们家的。你真是宽宏大量。我猜你之所以不出手，是希望更好地出重拳。凯瑟琳王后总是说：‘克伦威尔信守诺言，不管是好的还是坏的诺言。'”她移开视线。“我知道你履行了关于玛丽的诺言。当初你承诺时，我就在金博尔顿的房间里。我唯一要说的是，大人——要当心感激心理。”

他想，难怪怀亚特对你恋恋不舍。你们俩说话时都带着偏见神神秘秘。“至于你的情况，就随你自己怎么去解释吧。科特尼家的人知道欠了你什么样的情。凯瑟琳临终时，是你在帮她。是你擦去她的死亡之汗。如今他们吹嘘为她出了大力，但其实什么都没干。他们不会向你追问这个男人的名字。就算他们问了，并且不喜欢这个名字，他们还是有义务关照你。”

“他们应该喜欢，”她说，“他们感激怀亚特和他的证词。因为它才有了这些。”她指了指周围。“才有了我们现在生活在其中的这个国家。除掉了博林的英格兰。”

“怀亚特毫无贡献。他的证据没用上。”

“随你吧。但话说回来，大人，你喜欢提供安慰。你在战场上穿行，为受伤者祈祷，为临死者送水。”

“的确，”他坦白地说，“我把材料还给了他，好让他撕掉。他跟我谈起你们之间的理解，我说我会为你找个安全之所……我很愿意让你住进我的寒舍，或者我的任何一栋房子，但我的顾问们——我是说敝府那些给我提出意见建议、深切关心我利益的人——向我指出——”

她笑了起来。“不，克伦威尔勋爵，我不能跟你住在一起。一个未婚女子，远离家人——你的敌人们会建议这种混账做法——而你是国王的宗教代理人，那会使你显得跟任何好色的主教或罗马红衣主教没有两样。”

他说：“科特尼家的人不知道我参与了此事。我们就不要点破。弗朗西斯·布莱恩为你出面跟他们谈了。他一直在救你。他喜欢汤姆·怀亚特，并钦佩他。”

“我猜弗朗西斯已经习惯于让自己摆脱女人，”她说，“不，别怀疑我——既然你提供了这个机会，我就会接受。我会终生感激你。当汤姆·怀亚特自暴自弃时，是你救了他。”

“我打开了门上的锁，”他说，“但让他从牢房里走出来的是你。如果不是因为你肚子里的孩子，他已经生无可恋。不管是男是女，这孩子都能量非凡，已经使其父亲免于一死。”

“孩子？”她说，“好像是我弄错了。”

“没有孩子吗？”

“没有。”

“从来都没有？”

“我不能确定。”

“怀亚特知道你骗了他吗？”

“他知道自己还在呼吸。”

两人一时默然。她展开绣品，它的白色在她的裙子上铺开。她找到那枚针，捏在拇指和食指之间端详着，似乎在挑战它是否敢扎出血来。她说：“考虑到结果，你会理解我的谎言。”

“我喜欢你的谎言。这让我对你刮目相看。”

“你说得对，我需要一个安身之所。除了怀亚特，没有人要我，可他不能拥有我。我从心底里向他许下了诺言，也自认为像英格兰所有的妻子一样已经嫁为人妇，但他有一位活着的妻子。”

Amor mi mosse，①他想，爱让我感动，爱让我开口。

“也许你想留在索尔兹伯里夫人这儿。”

“她可以再找一双眼睛。而且我觉得你在这儿已经有了不少密探。去科特尼家之后，我要干什么？”

“你要活下去。”

“可是为你，克伦威尔勋爵——我要为你干什么？”

“给我写信。他们府里会有人跟你接触。是一位仆人。我甚至会派人把纸给你送去。”

“我要写些什么？”

“告诉我有谁到访。是否有任何人计划旅行。是否有哪位女眷怀孕生子。”

她说：“我没有钱。”

他帮她偿还过一两次赌债。即使在流亡的日子里，虔诚的凯瑟琳也豪赌，并指望下人去支付。“我会处理的，如果怀亚特无法处理的话。”

她说：“我会判断科特尼家发生的事情，我会保护隐私。我会告诉你涉

---

① 意大利语，意为“爱让我感动”。

及公共利益的情况。凡是你有兴趣了解的，我都会告诉你。”

“谢谢。”他站起身，“请记住，我感兴趣的领域非常广泛。”

“你走之前，我给你看看我的绣品。”

“我很乐意。”他说。

她举起自己的作品，让他看到三色堇或紫罗兰——波尔家族的徽章——与金盏花相邻而绣。“他们这样做是为了相互鼓励，并把这种绣品作为标志送给支持者。它们被缝在圣坛布上，或者制成帽徽。就在上周，他们还送了一件给查普伊斯大使。金盏花代表——哦，我看你已经猜到了——它代表玛丽小姐，那位具有光辉美德的典范。瞧这儿，”她用针尖指点着，“看看这些花如何彼此缠绕。以此祝愿雷诺自己将她的身和心缠绕起来。”

“那么，在刚才的一个小时里，索尔兹伯里夫人对我是在完全撒谎还是部分撒谎？”

她朝门口瞥了一眼。“雷诺的确给她写了一封信。”

“但这肯定是全家人合伙炮制出来的。是一种逃避罪责的手段。”

“她好像深受打击。”

“国王就是这种感受。痛心，失望，遭受背叛。雷诺的那些信耗费了大量的心血。我奇怪他没有写给我。”他碰了碰她的手，说：“谢谢你。”

他无法想象理查德·里奇制定一项反对刺绣的法律，但话说回来，也不需要。现有法律已经能够扩展到涵盖波尔一家人脑海中的所有念头——特别是如果加上针对密谋娶国王女儿的新处罚。他对自己了解到的索尔兹伯里夫人的希望毫不意外，但将证据串在一起很有用处。“我希望当这块布绣完时，”他说，“这家人会保护它免于曝光。”

他想，就像天堂的宝藏，免于虫咬或锈蚀。

她说：“不知道安妮·博林此刻在哪儿？”

这不是一个他来之前已有准备的问题。他想象着她快速坠入冥界某个阴风阵阵的大厅，那里的墙壁都是由碎玻璃砌成。

去见简王后时，他带上了赖奥斯利先生。“只是以防女人堆里又有什么密谋。从现在起我只相信你。如果你发现有任何不该结婚的人结了婚，就把冒犯者指出来。不要弯来绕去。我们已经受够了。”

现在是上午十点左右，外面是晴朗的夏日。女士们已经祈祷完毕。王后的身边是她守寡的姐姐贝丝·奥特雷德。坐在她另一侧的是爱德华·西摩的妻子奈安——嫁给他之前的身份是奈安·斯坦霍普。这当然不是与老约翰爵士私通的那位妻子。那位已经死了，在狼厅不再提起。在苏格兰公主本该置身之处看不出任何空隙。女士们正在忙着已经干了几周的工作——从丝绸锦缎中拆去首字母 A，并代之以简的首字母，这样她就可以穿已故王后的衣服。赖奥斯利先生同情地低语："那位冒牌夫人会永远阴魂不散吗？"

"她有很多衣服，"贝丝·奥特雷德说，"我还记得把这个缝上去时的情景。"她的语气低沉而专注；小珍珠从她的剪刀下簌簌散落，奈安则用一个丝绸盒子将它们接住。

"感谢上帝它们留有较宽的边，"奈安小声说，"现在的王后陛下比以前那位要丰满一些。"她拍了拍简的袖子。"不久还会更丰满——愿上帝保佑。"简低下头。奈安抬起目光，剪刀停住了："我们很高兴见到英俊的赖奥斯利先生。"

简称的脸一红。简对她姐姐说："赖奥斯利先生是管印玺的。我是说，印玺秘书。你当然认识国务大臣。不过他现在是掌玺大臣。"

"职务变了？"贝丝·奥特雷德说。

他躬身行礼。"是兼任，夫人。"

简解释道："是他为英格兰日理万机。我原本并不了解，直到有一位大使告诉我。他感到惊奇，一个人居然可以有这么多的职位和头衔。这是前所未有的事情。克伦威尔勋爵既是政府，又是教会。大使说，国王会用鞭子抽着他不停地工作，直到哪天他双腿一软，滚进沟里一命呜呼。"

简称试图转移话题。"奥特雷德夫人，我们现在能希望你住在宫里吗？"

贝丝摇摇头。"我丈夫的家人要我回北方去。他们想留下小亨利，把他培养成约克郡人。我虽然很希望看到我妹妹享受荣华富贵，但不想让小家伙们忘了我。"

简在独自做一件绣品。女人们对此类事情有自己的规矩，男人们不懂；也许让一位王后拆掉前任的标记很不妥。她把它举起来——一圈金银花和橡树子。“很适合一个乡下姑娘。”她说。

他想，正如诺福克所言，我很快就会成为内行，自己也可以飞针走线了。“陛下，我有个请求，也许你不会喜欢。我得见见侍奉过已故王后的女士们。我们得邀请她们回宫。”突然之间，他觉得很疲惫。“我需要问她们一些问题。可能发生了一些误会。有些我但愿忘掉的事情需要重新了解。”

“我很同情梅格·道格拉斯，”贝丝·奥特雷德说，“国王早该给她找个丈夫了。任何好的东西只要没人看管，霍华德家的人就会像苍蝇一样扑上去。”

“你需要哪些人？”奈安问他。

“你建议哪些人？”

“玛丽·谢尔顿小姐。”

谢尔顿是负责管理诗集的职员；她决定哪些诗该保留，哪些诗被禁止，并且知道如何解读那些诗。

“还有乔治·博林的妻子。”奈安说。

“罗奇福德夫人非常忙碌而活跃，”赖奥斯利先生说，“她把看到的一切都记在心里。”

他脑海中浮现出模糊的一幕，仿佛隔得很远：简·西摩轻手轻脚地从已故的安妮的套房穿过，手臂上搭着叠好的床单。安妮当时还不是王后，但怀着这种期待，并享受着王后般的侍候。他记得那折叠的白床单。记得那薰衣草的柔和香气。还记得简——当时他几乎不知道她的名字——低垂的眸子在白床单的映衬下显出一抹淡紫。

奈安说：“我想是罗奇福德见证了梅格的婚礼。她不反对看到另一个女人被毁。”

贝丝·奥特雷德感到不解。“但她并没有毁掉她。她没有说出来。”

的确。但正如另一位贝丝——贝丝·达雷尔——最近指出的那样，一次像样、全面的失事需要处心积虑。梅格的丑闻如果早一点曝光，只会是已故王后的丑闻的尾声，那就可惜了。

奈安说：“梅格、谢尔顿和玛丽·菲茨罗伊总是匆匆忙忙窃窃私语探头探脑。当然，我们以为那都是……”她咬了咬嘴唇。

贝丝说：“我们以为她们保守的是王后的秘密。”她神情严肃。“*De*

*mortuis nil nisi bonum.*①”

他很惊讶。“夫人，你懂拉丁语？”

“我妹妹没有上过学，但我上了。学到了很多东西。简已经高升，而我是个可怜的寡妇。”

王后只是微微一笑，说：“我不介意玛丽·谢尔顿回到宫里。她既没有妒忌心，为人也厚道。”

而且国王已经得到过她，所以你少了一件需要担心的事情，他想。

“但是简，”贝丝说，“你肯定不想罗奇福德夫人待在你身边吧？她跟博林家的人一起嘲笑过你。她还是谋逆者的妻子。”

“那由不得她。”赖奥斯利先生说。

“可是，”贝丝愤愤不平，“我不明白国王怎么会对简提这种要求。”

“他没有，”王后说，“国王决不做令人不快的事情。都是由克伦威尔勋爵代劳。”简转过头来，苍白的目光落在他身上，犹如冷水泼过。“克伦威尔勋爵因为某些信息而欠罗奇福德夫人的情，当他需要信息的时候，她随时提供。”

奈安说：“罗奇福德如果回到宫里，就再也不会离开。我们会永远摆脱不掉她。”

“但是没关系，”简说，“你跟她将是棋逢对手。”

这是恭维吗？奈安不知道。贝丝不客气地说：“妹妹，不要那么恭顺。你忘了自己是英格兰王后。”

“我向你保证，我没有，”简低声说，“可是我尚未加冕，所以没有人注意到。”

“全国上下都注意到了，”他说，“还有全世界。”

“连君士坦丁堡的人都知道你，夫人，”赖奥斯利先生说，“威尼斯人已经派特使来打探消息了。”

“他们干吗要关心？”简说。

“君王们喜欢了解彼此的家事。”

“但土耳其的君王们每人都有十多个妻子，”简说，“如果国王属于他们的教派，就可以既娶已故王后，上帝让她安息，也娶凯瑟琳，上帝让她

① 拉丁语，意为“人死莫言过”。

安息，同时还娶我，只要他愿意。同样，他可以娶玛丽·博林、玛丽·谢尔顿以及菲茨罗伊的母亲。教皇也不会为此找他的麻烦。”

赖奥斯利先生弱弱地说：“我不认为国王愿意变成土耳其人。”

“那是你们了解不够，”简说，“如果你们现在去见他，会看到他正穿着自己的特殊服装。他觉得在婚礼上还没有穿够。尽量显出惊讶状吧。”

奈安说：“克伦威尔勋爵肯定永远处事不惊。”

简转向她。“克伦威尔勋爵以前没有这么忙碌时，曾经给我们送过糕点。装在篮子里的香橙馅饼。王后对他不满时，就把它们扔在地上。”

“是的，”他说，“她还做过更狠的事情。不过 *nil nisi*……”他与贝丝·奥特雷德四目相遇，不禁笑了。

他们离开王后的房间时，他说：“奈安错了。我并非永远处事不惊。比如奥特雷德的遗孀和她的拉丁语，就让我惊讶。”

他以一种疏远的方式称她为“奥特雷德的遗孀”，仿佛从未想过她。他想象着安东尼爵士，那位久经沙场的老兵；他想象着自己的亡妻。他想，死者正在把我们推开。如果我们不只是不言其过，还对他们矢口不提呢？如果我们不提他们，不想他们，把他们的衣服送给乞丐，将他们的信件和书籍付之一炬呢？当他们离开真心汤姆，走下钟塔的楼梯时，克里斯托弗曾经用手“啪啪”地拍打着墙壁，仿佛要赶走所有正在试图安息的阴魂。两年前，费希尔主教步履踉跄地走下那个楼梯，前去就死。他苍老，憔悴，虚弱；他的身体躺在断头台上，就像一片干海草。

等候在王后房间外面的一群求见者蜂拥在他的身后。“克伦威尔勋爵，跟你说句话！”“这边，先生！”“掌玺大臣，你该看看这个。”无数纸张朝他递来，“管印玺的”将它们一一接住抱在怀里。他看到有个人身穿小里奇蒙府的制服，便跟他打了个招呼。“你们大人今天怎样？”

“更严重了。我们不想去告诉国王。”

“我会告诉他。”

“国王应该去一趟，”那人说，“他应该去看看他儿子。”

国王缠着头巾，身材非常高大。自三重婚礼之后，他在头巾上又装饰了一颗宝石和几根羽毛。他的一侧佩有一柄弯刀，刀鞘上镶嵌的不是新月，而是都铎玫瑰。

他（克伦威尔勋爵）在国王面前跪下，身旁是简称。他们没有评论他的服饰。即使假装惊叹，也要有个度。“我原本希望让你们大吃一惊，”亨利不高兴地说，“但听说王后已经提醒你们了。”

宫里的消息传得真快。“她不是有意要扫兴。”他说。

国王很恼怒，示意他们平身。“你们不觉得我娶了个傻瓜吗？她似乎连平常的事情都理解不了。”

他迟疑着。“先生，她一向为人谦逊，从不擅自揣摩自己的尊长。陛下已经在位多年，为此我们每天都感谢上帝，而王后则未经世事。”

国王松开自己的银腰带。“我相信大使们认为她长相平平。”

“但他们怎么会关注呢？”他有些焦躁，“查普伊斯不懂女人。”

赖奥斯利说：“而法兰西使节大多是神职人员，应该羞于发表意见。”

亨利似乎平静下来。一面镜子被窗帘半掩，他侧扫了一眼镜中的自己，喜欢看到的形象。“好了，”他说，“我为何派人请你们来？”

他从口袋里拿出一个丝袋。“我想请陛下允许我把这送给玛丽小姐。”

亨利从袋子里倒出礼物，将它翻来覆去，眯起眼睛查看它的做工。赖奥斯利先生担心刻的字小得看不清，便念出了那句铭文。

“赞美服从，”亨利说，“非常贴切。你觉得我女儿会明白吗？”未等回答，他又说：“我是不是让你太辛苦了，托马斯？今年夏天你要跟我一起去打猎。而且我要把我儿子带在身边。希望当我准备离开伦敦时，他的身体已经康复到可以骑马了。”

国王喜欢将“我儿子”挂在嘴边。他说：“陛下，公爵府建议你去一趟圣詹姆斯宫。”

“你也是这种意见吗？”

他觉得“管印玺的”迫不及待想发问——赖奥斯利先生的每一个毛孔都很警惕。这种意见可能引发后果。因为正如亨利现在所说，“他患的什么病可能还不清楚。如果到头来证明有传染性——”

“但愿不会。”赖奥斯利先生说。

亨利低头看着托在掌心的礼物。“我太喜欢这个了，我想自己把它送给我女儿。你可以另找一件东西，对吧？”

他鞠了一躬。他有何选择呢？当他们离开时，国王点点头，蓝色的眼睛很温和。他头巾上的绿宝石闪闪发光，犹如假神的眼睛，那双穿着丝绒便鞋的发红的大脚看上去就像两头走向集市的猪。

被遣散出宫的女侍们肯定是收拾好了衣物在等待，因为她们很快就返回，而他在跟她们见面表示欢迎。玛丽·谢尔顿让他想起尼古拉斯·古尔哈特①的雕刻作品中的一位处女：肤色白里透红，长着酒窝，但眼神精明。但她当然不是处女。

谢尔顿掌管那些在已故王后的女侍和爱慕者中流传的手稿时，收集整理了谜语、笑话和渎神的祈祷词，将它们抄写下来，有时会加些评注，并决定谁可以用一首诗或另一个谜语进行回复。她的编辑水平有限，否则会删去真心汤姆及其所有作品。他赞同已故王后的观点：能写诗的只有怀亚特。

他对她说："我想，你的王后表姐对梅格和真心汤姆的关系肯定一清二楚。所以，得知她们霍华德家又一位亲戚要飞黄腾达时，她感到很得意吧？"

"没有。但是觉得很有趣。"

"她没有想到要提醒一下梅格小姐吗？"

"她干吗要提醒？"

有道理。女人干吗要帮助另一个女人呢？谢尔顿说："我承认，这全是我安妮表姐的错。是她教我们要自私，要努力满足自己的欲望。她说，*Amor omnia vincit*②。"

"也许有一段时期的确如此。"

"爱情征服一切吗？"可怜而温柔的姑娘低下头，"恕我冒昧，大人，爱情无法征服一个无知的年轻人。它无法打倒一个瘸子。无法打破一个鸡蛋。"

谢尔顿原本要嫁给哈里·诺里斯，起码她自己这么认为，直到安妮告诉她："如果国王死了，诺里斯就会娶我。"她为爱情建了一座小屋，却被一句话夷为平地，如今她生活在废墟中。他问："诺福克的女儿呢？我知道她为梅格望风。作为里奇蒙的妻子，她没有跟他住在一起，对吧？他们一

① 指尼古拉斯·古尔哈特·范·莱顿(1420—1473)，荷兰雕刻家。
② 拉丁语，意为"爱情征服一切"。

直不许她那样。那么，她自己没有情人吗？”

谢尔顿摇摇头。“太怕她父亲了。换了是你，难道不怕吗？”

“如果设身处地地想想，”他笑了起来，说，“是的，我也会怕。发生这一切时，简·罗奇福德在哪儿？”

“在路上，对吧？你自己去问呀。”

“我在问你。”

“我不会说，在梅格的新婚之夜，她就在房间里。但我会说，她拿来了干净床单。”

他举起一只手。“别说床单。梅格·道格拉斯是处女。白璧无瑕，跟诺福克的女儿一样。就像刚出娘胎一样清清白白。”

“我明白了，”玛丽·谢尔顿说，“一定要告知罗奇福德。让她把自己的记忆洗干净。”

他想，你为什么非得睡在白床单上呢？上帝给了你整个王国可以取乐，哪怕是在公园里靠着一棵树也会更安全。

回宫之前，乔治·博林的遗孀提出了要求。她指明想住哪些房间，要求有可以养两匹马的马厩及设施，以及单独的食宿、两名女仆和一名男仆。他给王室内务府传话说，罗奇福德夫人想要什么就给她什么，但她一到达，就让她来见我。

她说：“你从贝丝·伍斯特那儿听到了什么？”看她谈话的架势，仿佛过去几周根本就不存在。她眼神发亮。“贝丝现在肯定有七个月了。不知道伯爵是否已经确定那是谁的孩子？”

“国王想了解梅格·道格拉斯的事情。”他说。

“不，他不想。他干吗想知道他的外甥女被毁了？他只想表明她所有的朋友都受到讯问，以便可以说他已经彻查通往真相的每一条路径。真得同情他。他会以为如今大家都不把他放在眼里——他的朋友们给他戴绿帽子，他的女儿跟他作对，他的外甥女私订终身。还有你自己，对他那么粗暴。”

“怎么粗暴了？”

“亨利说‘给我自由’，你就给了他自由。可他指的是像君王一样自由，而不是像乞丐一样。你砸碎了他梦想的宫殿，把他留在光秃秃的废墟中。你让他看到他的妻子不忠，他的朋友虚伪。当然，对于妻子的背叛，你们男人只当作是意料之中；你们说，这是夏娃之罪，背叛是她的本性。但诺里斯的背叛——还有韦斯顿，那么精心照料他——”

“我满足了国王的要求。”他想，她跟查普伊斯一样，认为亨利为此永远不会原谅我。

“但他知道自己会被嘲笑吗？”罗奇福德夫人问，“他的服装，他的诗歌，他的男人气概？现在他必须忍受耻辱，而你必须忍受他。你们得尽力让他重展雄风。你和西摩家的人。”

“展雄风？他可是英格兰国王。”

“但他是男人吗？”她笑了起来，“我猜他跟苍白脸的简可以成事。她对他的期望不会太高。我可不羡慕她有这样的夜晚。安妮说就像被小斗牛犬舔一样。”

他闭上眼睛。

“我听说加冕礼推迟了。”她说。

“等热天过去。也许到米迦勒节吧。”

他想，我希望有人注意到，该涂掉我命人为安妮画的黑眼睛女神，而代之以腹部浑圆、扬起红润手臂在凉亭里跳舞的英国女人了。罗奇福德夫人说：“我想，得等到简能让他相信她怀有继承人了，他才会给她加冕。”

“让他相信？你认为她可能撒谎吗？”

“这种事以前发生过。”

他想，我们别谈这个；她想把他引入一个他不愿去的地方，引入过去的丛林。

“西摩会知道如何玩弄手腕，”她说，“因为西摩一直在观察和等待。天知道她没有良心。我一直在乡下，不得不忍受左邻右舍的唠叨——‘我们的国王现在会幸福了，英格兰很幸福，这是一桩受到祝福的婚姻。’但怎么可能受到祝福呢？连结婚礼服都是裹尸布制成的？”

“是谁制成的呢，夫人？”

“嗯，问得好。你，我，或者怀亚特大人——谁的贡献最大？我想是你。我们绣出了各自的小图案，但负责裁剪的是你。”

“五月份时，我奉劝过你，三思而后言。我提醒过你，如果你提供不利于你丈夫的证据，就会被人疏远。会被人厌恶。你会成为孤家寡人。”

“你对我们的生活太不了解了，”她说，“我是说，女人的生活。多少年来，我一直都是孤家寡人。”

“你得忘掉那些日子。没有人提起安妮·博林。没有人想起她。你得开开心心，高高兴兴，让自己适应新王后，否则你会被再一次打发走，我也不会帮你说话了。”

“简·西摩不会打发我走。我知道她是怎样的人。我了解她的一件事。”

他的心脏在胸腔里剧烈跳动：查普伊斯曾经问，她在你们宫廷待了这么久，怎么可能还是处女？他想，有个混蛋玷污了她。一股怒气像奔涌的海潮一般，几乎冲得他站立不稳。

简·罗奇福德得意地笑了。“不是你想的那样。没有人想跟简上床，她太冷淡。我了解的是另外一件事——我了解她的手段。我亲眼目睹了她对安妮——仆人对主子——所做的一切。你记不记得有一天，安妮因为在床上发现一张纸而大为惶恐？那是一张画，上面有个戴着王冠的男人，而他旁边是个无头的女人？”

克兰默博士当时在场，他伸出手去想从安妮手里把它抢过来撕掉。但安妮闪开了，大声读道：*Anne Sans Tête*①。安妮说，是凯瑟琳的人，是她们干的，她们在监视我。克伦穆尔，她抓住他的胳膊，我有危险。她们怎么能在我自己的房间里袭击我？

他说：“那不是简干的，她不懂法语。”

“谁都懂那么一点。”她嘲笑他道，“你知道吗，我相信这些年来你一直以为是我干的？”

“有这个想法也很正常。你与安妮一向不和。”

她说：“我从小就受到那些人的欺负，不管是霍华德家还是博林家。乔治·博林跟我讲话时，仿佛我是个靠搬煤或洗衣为生的姑娘。两边的家庭原本不相上下。凭什么安妮·博林就该高升，而不是我？”

她像个饿坏了的孩子，他想。给她一点点关心，她就会一直吃到让自己难受。那天，他看到了安妮·博林的恐惧，但也听到了她的不屑。让她们使出最恶毒的招式吧。我会成为王后，哪怕将来被烧死。

① 法语，意为“无头的安妮”。

“起码那一点没有言中，”他说，“关于被烧死。”

简扬起眉毛。“就现世而言，也许吧。我相信魔鬼清楚自己的正事。”

他收起文件——尽管他们尚未干完自己的正事；事实上，他们尚未开始。

“那么，我可以走了？”罗奇福德夫人站起身。“感谢你让我回宫。凭借从博林家得到的赡养费，以及侍奉简的津贴，如果我精打细算，应该可以让自己过得像一位贵妇。而如果做不到，我相信你会帮我。”

“我的义务不是无限的。”

“好歹你没有说‘我的金库不是无底的’，否则会让我笑掉大牙。”她在门口转过身。“关于梅格·道格拉斯，”她说，“你不妨问问自己，会不会是我理解错了今年春天看到的情景——夜间的来来往往，匆忙的一闪而过，那些躲闪的眼神，以及火热的叹息……”

“夫人，如果你知道他们私通，为何不来告诉我？那会避免很多麻烦。会帮我——”

“会怎么帮你呢？你压根都不曾认为那些人犯有你所指控他们的所有罪行。你说，欲加之罪何患无辞。但尽管如此，你不用良心不安。别认为你犯了什么错或制造了什么冤情。你没有冤枉安妮·博林。”

“我相信你的话。”他言不由衷地说。

“她虚伪到了骨子里。她内心虚伪。不管我们行为如何，上帝看到的是内心。对吧，国务大臣？”

他说：“你得学会使用我的新头衔，夫人。”

他走进奥斯丁弗莱时，迎面碰到理查德·克伦威尔。“我的门卫，”他说，“永远不要放一个女人进来。我永远不要看到一个女人或者跟她讲话。”

“什么，永远？”格利高里说，“您要进男修道院吗？但我听说那些地方满是女人，还是最坏的女人。如果王后要见您怎么办？我们该编什么借口？”

“告诉她可以给我写信。我会给她回信。但我再也不会去读任何赞美爱情的诗歌。我会读赞美军事胜利的诗。会读有韵律的《诗篇》译文。但女人的事情——免了吧。”

格利高里说："就在几周前，您还亲切地谈起玛丽小姐，说她应该有礼物。"

他的外甥说："理查德·里奇在这儿。还有简称。"

"还有雷夫，"格利高里说，"他们神情严肃。我让他们去花园了。"

"雷夫在这儿？你们为何不早说？"

他急忙出门。不到一小时前刚下过雨，空气温暖并弥漫着青草的芳香。就连支撑小树的木杆似乎也为自己绿色的生命而颤抖。几位年轻人站在一条湿漉漉的硬土路上，袖子触碰着缠结的玫瑰丛，衣服下摆沾有小刺。他们在低声交谈，看到他走近便顿时住口，有些躲闪——几乎有些愧疚——地看着他。

雷夫说："我想不出怎么会发生这种事情。似乎有人拿走了您的信件或备忘录。我看管您的办公桌时，不会出这种事。"

"我向你保证，赛德勒，"理查德·克伦威尔说，"凡是不该离开本府的东西都没有离开。不管是文字还是纸张。"

"每座府邸都有叛徒。"简称说。

理查德·里奇说："我们绝不希望有任何流言蜚语诋毁你的声誉，或者在你与国王之间引发误解。"

赖奥斯利先生说："你的朋友们经常恳请你再婚。"

"看在上帝的分上！发生什么事了？"他说。

"查普伊斯似乎得到某些信息，或者做出了某种推断。他说，国王已经答应要把玛丽小姐嫁给你。"

他一时无语。"老天，"他说，"我给那位小姐送过一颗用来佩戴的宝石。或者起码这样尝试过。"

"谣言已经传遍了，"简称说，"它游到佛兰德斯，穿过法兰西，翻越高山，再从葡萄牙飞回国内。"

"国王知道吗？"

"如果不知道，他就是一个奇特的例外了。"里奇说。

赖奥斯利说："你和他女儿之间有各种语气亲热的信件。它们被偷了。"

"不一定，"他说。他随意地让大使看了玛丽写给他的信，而她又把他的信也给大使看了。"我们不能说是被偷了。可以说是被误读，刻意混淆视听。”

“你的朋友们提醒过你，”简称说，“我们在赛德勒家的花园里提醒过你。你说你向她母亲承诺过。现在你引火上身了。”

他眼前浮现出亨利的面孔——沉吟地看着掌心上的礼物。我要把这送给她，他说，你再给她找别的东西。国王会不会情不自禁？他说：“国王没有——也不可能——提出这种把自己的女儿嫁给他的顾问官的建议。而且就算他提出了，我也会婉拒。他不可能相信我有此意图。”

“暂时是这样，”格利高里一脸惊愕，“但如果他真的信了……”

里奇说：“这是你的敌人可以用来对付你的有力武器，先生。因为许多人都相信，玛丽小姐的丈夫不管是谁，有朝一日终将成为国王。任何人如果有意娶她，都难脱谋逆的嫌疑。”

“是的，”理查德·克伦威尔说，“你没必要一遍遍地唠叨，里奇。这是对我舅舅好心的回报。他救过她，如今他们说他是为了一己私利。”

他想，失火时，你拎着水桶奔去救火。但要你命的不是烟与火，而是烟囱爆炸时四处坠落的砖块和木头。

格利高里说：“我们得采取措施，先生。只有一个办法可以澄清谣言，那就是您说‘我已经结婚了’。到大街上去，向您碰到的第一个女人求婚。”

“我同意，”他的外甥说，“不管是老是少。不管她的家境或地位。”

“如果她已经结婚了呢？”

“那就交给我们来处理，”理查德说，“我们肯定可以打发掉一个丈夫。你觉得如何，里奇？”

里奇鬼魅地一笑：“我们会把他解决掉。我们大多数人都干过坏事，不管自己知道与否。我相信只要对任何男人的行为做一番调查，就一定能找到把柄。”

理查德说：“我们也可以直接用刀把那家伙干掉，然后扔到粪堆上。反正别人以为我们就是这么干的。”

“等我见到大使时，会把他干掉。”他说。

他发现查普伊斯在自己的花园里，坐在一棵树下，腿上放着一本书。他把书递过来：《法律与良心的对话》。

他接过书，拿在手里翻了翻。约翰·拉斯泰尔①印刷的版本。“我可以把第二部借给你。不过是英文的。”

“还有续篇？”大使很惊讶，“我还以为就是这些。良心问题并没有超出法律之外。所以，干吗还需要牧师们制定的专门法律？”他把书拿回去。“过不了多久，有些英国人就会问，需要牧师们干什么？干吗不让每个人都当自己的牧师？德国人已经在这样说了。”

他说：“我相信我要结婚了。”

查普伊斯起码有不说谎的风度。他没有否认知晓这种谣言，只是挥了挥手，否认自己是源头。“亲爱的托马斯，你相信我会这样说你吗？这会让你死于英格兰的大贵族们之手，到头来我就不得不与身为首席大臣的诺福克公爵打交道。我向天发誓，只要想到这一点，我就郁闷不已。”

“我觉得你是想毁了我。”他说。

“得了，”大使指了指他的仆人们，“来一杯这种美味的莱茵葡萄酒？”

“把它倒在海绵上吧，”他说，“等我被钉在伦敦上空时，我会享用的。”

“胡说八道，”查普伊斯好脾气地说，并递过来一杯酒，“我只是如实报告了我从一些名流贵族那儿听到的消息，说国王打算把他的女儿许配给一个英国人，并且选中了你。但我已经告诉皇帝，我相信克伦威尔会婉拒这份荣耀。他自认是铁匠之子，并没有忘乎所以。”

“我无法否认我父亲。”他想起沃尔特在一天的活儿结束后，把脑袋伸进水桶里，再抬起来时又吐又咳，大口喘气。他干吗要那样？随后他还是那么脏。

“当然，如果国王真的当面向你提出，”查普伊斯说，“你怎么能拒绝他呢？”

“他没有。他不会。他不可能。他宁愿看到玛丽死去。他的自尊不会允许这样一桩婚事。”

“是啊，”大使说，“他的自尊。据我亲自观察，我发现玛丽小姐一听到有人提你的名字就脸红。”

---

① 托马斯·莫尔的朋友和女婿，著名的印刷商。

“那是气红的，”他说，“她在考虑掌权后该如何杀掉我。钉十字架算是仁慈的了。”他干掉葡萄酒。“现在她会更恨我了。顺便说一句，我喜欢你的帽徽。做工很精巧。”

他能肯定查普伊斯面孔发白。他的手朝它伸去：一朵金盏花，花瓣上缀着一颗珍珠。但他这么多年的外交官不是白当的。他脱掉帽子，开始取下宝石。“亲爱的，送给你了。”

他几乎失笑。“你真慷慨。”谋逆的象征落进他的手心。他把它放进口袋。“我稍晚会对着镜子戴上。”他说。

回到家时，雷夫在等他。“这是个对查普伊斯不利的令人遗憾的故事。前不久我们才在我的花园里建立友好关系。”

“哦，查普伊斯不是我们的朋友。”他想，我该不该给他看看帽徽？但还是免了。

“现在呢？”雷夫说。

“现在我们去拜访法兰西大使，看他了解些什么。”

“我们大人不在家。”门房说，接着，仿佛怕他听不懂，又用英语说：“他外出了。”

“真的吗？”他脱掉帽子，“不是假装外出？他没有从窗口看到我？如果我掀开那个箱子盖，会不会发现他膝盖顶着下巴蹲在里面？”

驻英大使是塔布主教安托万·德·卡斯泰尔诺；想到一位主教以这种滑稽的姿势缩成一团，门房就忍俊不禁。也可能是因为克伦穆尔打赏大方，他才这么友好？“但是大人，你的另一位朋友在里面。来吧……”

让·德·丹特维尔坐在一炉旺火旁。户外的鸟儿无精打采地歇息在树枝上，草坪快烤成了枯草。“是你！”他说。

“哎呀，托马斯，注意礼貌。通常的问候语是：‘欢迎回来，大使。’”

“你会赏光久留吗？”

“不会，如果我能做主的话。”

“但什么风把你吹来了？”你闻到了灾难的气味，他想。除此之外，没有什么能让你过来。“你听说我即将到来的婚礼了吗？”

大使没有笑。“我的国王说，去一趟吧，让，亲自去向克伦穆尔表达我们的祝贺。他说，来自老朋友的祝贺，意义将非同寻常。”

他哼了一声。“他想听到我的葬礼，而不是婚礼。”

“他生活在希望之中。”

“如果这类无稽之谈在法兰西流传，我相信我们自己的大使会对它们嗤之以鼻。”

“嗯，当然，加迪纳主教认为你配不上一位公主。他觉得你更——他是怎么说的？——适合钉马掌。”丹特维尔那双悲伤的黑眼睛转向他。“托马斯，你似乎感到不安？你没想到会遭受背叛？对查普伊斯，你指望什么呢？”

他（克伦威尔）从壁炉旁移开。“你真的很冷吗？你不可能很冷，”他说，“我不知道自己指望什么。反正不是这样。”

大使穿着皮草的身体烦躁地动了动。“你以为皇帝和他的人民会感激你，因为你履行了对凯瑟琳的承诺。我向你保证，克伦穆尔，他们认为这是你在一位处于弥留之际的王后床边所实施的一种伎俩。他们认为你既不讲荣誉也没有愧疚。可话说回来，他们认为亨利也是如此，所以不管他做了什么，他们都不会感到惊讶。我们也不会惊讶。”

“我不知道自己还能怎么办，”他说，“我对那姑娘已经尽力了。亨利原本会杀了她。我使他免于一桩大罪。”

“我毫不怀疑。现在你又得使他免于另一桩罪。我是说苏格兰王后的女儿。这事儿你会怎么办？如果他们说你之前保住玛丽是为了自用，他们还会说同样的话。我见过苏格兰公主。她比国王的女儿更可爱，对吧？”

他看到自己一边咳嗽，一边在浓烟中艰难行进。*我抓到你了，姑娘！*将少女带离地狱。*轰隆！*房子爆炸了。他躺在瓦砾下。

“你知道，”他说，“你以前到处走动过吗？呼吸新鲜空气？活动活动筋骨？等议会休会时，跟我一起去乡下吧。”

“我向你保证，”法国人说，“外交让我够兴奋了。”他朝一只绿头苍蝇挥了挥手，那只苍蝇把他的皮草当成了某种动物的尸体。在盛夏的炎热中，房间里散发着一股霉味。“别灰心。我想我的主人弗朗索瓦国王可能会给你好处。我告诉过他，你得重视克伦穆尔，往他口袋里多塞点钱。我的国王明白，你的所作所为都是为了钱。他知道，你虽然也许是个异教徒，却让亨利免于战争。如果不是因为你，他可能还在幻想自己是法兰西的统治者。”

“你的国王想要什么？”

“加来。”

“绝对不可能。”

“要么依你们的条件交还，要么在不久后的一天我们依自己的条件夺回。正如你会承认的那样，为了保住自己的小王国，亨利就已经够忙的了。他的脚应该从法兰西的土地上挪开。如果他待在自己的城墙内，也许我们不会骚扰他。但话说回来，也许还是会。”

在特使的门口，克里斯托弗正在给他的一群同胞逗乐。他撇下他们，一边大喊一边挥拳告别。“我刚才在告诉他们，”他开心地说，“你像公牛一样强壮有力，非常适合让玛丽小姐生孩子。但他们说，这正是国王选择克伦穆尔的原因，就是为了让西班牙的外孙女蒙羞。他们说，如果你们有了孩子，亨利会让他们给他擦地板。他们将以洗厕所为生，并借着月光拉粪车。”

7 月 18 日，议会休会。真心汤姆被剥夺了财产和公民权。他的全部财产——原本不多——都收归国王，除了谋逆者之死，他已经一无所有。每到黎明时分，他都会眼睁睁地倾听脚步声。先是金斯顿或他的副手，总是在九点之前。然后是神父们。

“他的死期要推迟吗？”他问国王。

亨利说：“是的。他可以等。”

“那玛格丽特小姐呢？你知道，先生，她完全被误导了。一个天真无邪的姑娘，内心很难过，希望得到陛下的宽恕。”

“在他们接受惩罚之前，我会给她——会给他们两人——一段时间，去反思自己的愚蠢和罪行。”

当国王和王后启程向多佛进发时，有人发现法国船只在沿海出没。在伦敦，经过几个月的争论，主教们发表了一份包含十条内容的信仰声明。巴塞尔有消息传来，说伊拉斯谟死了。汉斯在那儿有人，说消息属实。

在离开白厅之前，国王最后所做的事情之一，就是确认和强化了他作为教会代理人的地位，并封他为爵士，所以，他既是克伦威尔勋爵，又是托马斯爵士。国王就算相信他试图哄骗、诱惑或勾引他的女儿玛丽，也未露声色；他亲切地制订了计划，只待他（克伦威尔）可以从首都的事务中脱身，就可以去见他。里奇蒙仍然缠绵病榻，但国王说，如果我们久留，整个宫廷的人都可能染病。“一定要把格利高里派到我身边。”他一边说，一边挥手告别。

他儿子很受欢迎。从萨默塞特到肯特，从中部地区到北部丘陵，不管是城堡还是庄园，人们都竞相款待他。他是个相貌英俊、讨人喜欢的年轻人，在达官贵人面前从不刻意套近乎，而是从容自如，对仆人很有分寸，对穷人宽厚温和；会弹羽管键琴和诗琴，会演戏唱歌，能用法语交谈，对技巧性或凭运气的运动和游戏，不管是室内的还是户外的，他样样都会。在狩猎场上，他不知疲倦，勇敢无畏。他每天都在靶场训练，因而成为一个典范——只是因为谦逊，在长弓方面他才没有像他父亲那样精准。他（克伦威尔勋爵）每天都感谢上帝，让他对中距离看得十分清楚。对于近距离的工作，他如今需要眼镜。它们很粗笨，但史蒂芬·沃恩从安特卫普给他送来了上好的镜片。有时，他的职员们会给他读信。他们不想让他太劳累。他说：“注意，要逐字逐句。不是大概意思。不是你的版本。要逐字逐句。”如果他们咳嗽或犹豫，他就让他们重新开始。

在奥斯丁弗莱，他让马修把《亨利之书》拿来。尽管时间有限，他还是希望将自从安妮·博林被关进塔里以来他所了解的一切都记录下来。他准备记下他对国王的顾问官们——尤其是那些新就职的顾问官——提出的所有建议。他们的职责是激发和催化国王的美德。如果亨利能认为自己很好，他就会做得好。但如果你将他与那些品德高尚、运气又好的君王们相提并论，让他变得内心沮丧，那么，当他向你搬出一堆抱怨的理由时，你就不要感到意外了。

有时他会阅读一点书中的内容，以重拾自信。他对这本书抱有希望。它不需要很长，但必须充满智慧。

国王离开后的第二天，他正在法院路的案卷司长官邸，理查德·克伦威尔走了进来，把几张纸放在他面前。“来自肯特的诗。”

他将那些纸举到脸前，想象它们散发着苹果的芳香。是怀亚特的字迹，但他一边读一边问：“这是他的诗吗？”

“是从他的桌上来的，先生。”

“看来我们在监视怀亚特，对吧？”他感到好笑。

他看到纸上写有死者的名字。罗奇福德。诺里斯。韦斯顿。我的悲痛与日俱增……“与日俱增，”他说，“他为什么要这样？”他继续读着。布莱里顿，永别了。“布莱里顿，滚蛋了。”他说。

他把那张纸平放在桌上，手指从页面抚过。“马克没有被遗忘。”他想象那孩子苍白的面孔。你曾经摆脱了贫穷的地位……神志混乱，十分绝望，大半夜里用力捶门；被关在黑暗中，把羽毛当成了手指，把眼状斑纹当成了眼睛，以为有个幽灵抚摸了他。

他想，这些诗句缺乏形式和力量。有些更像是出于真心汤姆而不是汤姆·怀亚特之手。但它们让他想起了那些尸体，胡乱地堆在一辆马车上：几个英国人的苍白四肢横七竖八地混在一起，他们的头颅装在被鲜血浸透的袋子里。就这样与你们逐一永别。斧头落下……他对理查德说：“你看，作者并没有为他们辩护。他说他们死了，而没有说他们不该这样。他称乔治·博林表现出了尊严……还有这里，他说几乎不认识布莱里顿。那为什么要悲痛？”

“因为悲伤像传染病一样蔓延，先生。它一天天地增长。”

“有点道理。”他了解悲伤。他读出声来。“啊，诺里斯，诺里斯，我的眼泪开始流淌，想到是什么命运将你引导，让你落得家破人亡……”他停了下来。是“引导”？还是“诱导”？“你瞧，他没有说是别的什么人毁了诺里斯。他没有说有人引导他，而是说机遇或命运引导了他。”

理查德说：“他相信诺里斯有罪。这显而易见。”

“好吧，好吧，”他说，“我还以为是我安排了他的命运。但也许全是他自己安排的。”他对着光举起那张纸。没有划痕或修改。水印是一只独角兽。

理查德说：“我不知道这是不是怀亚特亲手写的诗，但不管是谁写的，都了解事情的经过。你看，里面没有提那位夫人。”

也没有必要，他想。安妮始终都在房间里。

理查德说：“也许还就是怀亚特写的。用他的左手。”

或者用他的一心两意。“这并未改变任何东西。”他说。斧头落地，你们人头上街。这只是一己之见，却是对我们相信自己判断的又一次打击。我们干了这，做了那——原本我们可以少做一些，让嫌疑者为自己辩护。

他看着理查德把纸张收拢。为那些死者的灵魂祈祷吧。“我要去莫特莱克，”他说，“去我的新房子。”

第一个晚上，他无法入睡。他在花园里一直转悠到黄昏，确定该先做哪些事情：一些陈年的烂树桩得挖出来，再新种一些花草树木。他在屋子里的房间走来走去，在心里将它们重新规划和扩建：大厅、大房间和画廊，小教堂和图书室，厨房，餐具洗涤室，餐具室；木材储藏间和煤炭储藏间，新鲜食品储藏室，干粮储存室，面包房。他想，简称来的时候可以住这个房间，理查德可以住隔壁拐角那个房间——也许把窗户换新？国王重建汉普顿宫时还剩下一些材料，他可以命人用船运来。主卧室配有专用楼梯，他将需要安排警卫在那儿把守。

早在他姐姐凯特及其丈夫摩根·威廉斯那个时候，他就知道这个地方。威廉斯家在河边有一座房子，几乎紧挨着大宅的院墙。他们为人实在，擅长制定计划。他们经常说，托马斯，你肩膀上有个不错的脑袋，如果离开沃尔特，你可能会有点出息。根据他们的想象，他可以去他们的某个朋友手下当职员，或者在哪个老糊涂家的厨房做小工，然后一步步地做到为某个大人物当记账员。他想象自己去摩根·威廉斯的裁缝那儿，做一件像他那样的体面外套，然后在三十或三十五岁时穿着那件外套，将他的孩子们带到教区的教堂，在老鲍切尔的洗礼盘上接受洗礼。大宅一直属于大主教。他叔叔曾经在这儿的厨房工作，他所认识的小伙伴有一半都通过运送木材、在码头卸货或清理鱼塘而挣过几个小钱。除了干体力活，他似乎不可能以别的身份迈进这些大门，不可能在某一天，手里拿着建筑计划、用新主人的评判的眼光走进这里。说到底，他从未打算成为一名大主教。

如果你惊叹于自己的好运，也应该暗暗惊叹，千万不要让别人看到。身为掌玺大臣，你四处走动时必须神情严肃，摆出一副被耶稣选中的样子，就像托马斯·莫尔在担任大法官时那样。一旦摆脱了早年的生活——包括威廉斯夫妇和他们的计划，沃尔特和他的拳打脚踢——他以为自己再也不会回到这些街道。但我们念念不忘自己的根，念念不忘一个纯真无邪的天地。船只街始终在这儿，往下延伸至码头。他所了解的小镇是个乱糟糟的地区：背街小巷，老鼠横行，门窗破损，盗贼藏身，倾覆的小船在腐烂，磨损的缆绳分解成了植物，河边的泥和砂砾随处可见。他的出生地离此不远，就位于大河的拐弯处。

今天从伦敦过来时，他觉得还带来了客人：诺里斯和乔治·博林，小韦斯顿，马克以及威廉·布莱里顿。他走出自己的船时，他们也跟了出来；他们站在冥河的岸边，等待过河。他们在几分钟内相继死去，但这并不意味着他们此刻在一起。死者在来世的大街小巷徘徊，犹如在威尼斯迷路的陌生人。就算他们相遇，又有何话可说？站在法官面前时，他们相互避开，仿佛害怕被玷污。每个人都检举了其他人，以期能保自己一命。

他对他们说，出去。别以为你们可以搬到这儿来。付钱给船夫，然后走吧。当他抱着他的小猎犬走在暮色中时，猎犬扬起口鼻，竖起垂着长毛的耳朵，左顾右盼。在同类中，它的体型较小，但鼻子像猎人的一样敏锐。你总是感到不太踏实，直到屋子里的一切渐渐有序：直到你的狗找到通往炉边的路线，床单在床上铺好，牛肉摆上餐桌。空气中有一股气味，让他想起过去的某种东西——是酵母，也可能是啤酒花——虽然在他小的时候，他们没有啤酒花，只有用船运来的东西；老家的酿酒商仍然使用牛蒡根或金盏花。当外国人吹嘘自己的啤酒为何保存得更好时，他们说，啤酒花会把狗毒死。

他记得五月份，国王签署死刑执行令时，他站在国王身后，在他的肩膀旁边，雷夫·赛德勒静静地站在国王的另一侧；窗户开着，好让温和的空气进来，国王就像一个不情不愿的学生，气鼓鼓的，犹如第一次坐到写字板前的小孩。对亨利而言，将生命一笔勾销是苦差，是令人厌烦的活儿。国王的手停顿很久，似乎好让他看到写了一半的笔画——似乎它们可以自动写完，从而省却他的差事。

亨利·诺里斯，同意。他用意念催促国王移动手臂。威廉·布莱里顿，同意；他自己仿佛就是国王，能感觉到雷夫·赛德勒全神贯注地盯着他的后颈。乐师史密顿，同意，这轻而易举，墨水像油一般落在纸上，进入性命攸关的空间，在自此刻起的一两天后，轻易地分解成那孩子的液态之死。作为一个出身卑微、没有子嗣的人，史密顿本该被绞死，在死亡之前，还必须当众开膛破肚。但他对亨利说：“仁慈为怀，因为……”

国王说：“凭什么？对一个使英格兰王后堕落的人，我凭什么要仁慈？”

“马克非常年轻，非常害怕。充满恐惧的人不可能好好地受死。而且他肯定终于明白了自己的罪，能够做个祷告。”

“你认为一个人面对刽子手时会镇静吗？”

“我见过先例。”

亨利闭上眼睛。“好吧。”

接着，亨利又停住。你再一次看到一个孩子，被幼年的沉重痛苦压弯了腰：随着一个愉快的日子即将结束，老师的坏学生在座位上扭来扭去，踢着凳子，看着窗外。孩子想，我本可以出去，趁着太阳还没有下山。我为什么必须写这些字？是我的老师恨我，才要我做这个作业吗？国王叹了口气，从面前的桌上拿起自己的小刀（光滑的象牙柄），准备削笔。“韦斯顿，”他说，“你知道……他还很年轻。”

越过国王的头顶，他与雷夫四目相遇。必须是所有人：没有疑问，没有例外。一概有罪。

雷夫伸出手去，拿起小刀和羽毛笔，帮国王削好。亨利接过去时，轻轻地道了一声谢——总是彬彬有礼。他吸了一口气，弯下脖子，像一头终生被套上轭的牛一般耐住性子，重新做起了作业：弗朗西斯·韦斯顿，同意。他（克伦威尔）想，我以前肯定也这样干过吧？不同的时间，类似的强迫方式？

亨利的手臂——他那缀有宝石的厚重的袖子——从桌上挪过；一个墨迹在韦斯顿的名字旁形成，在那儿渗开，渐渐延展，成为一朵孤零零的黑花，四十年就变成了墨黑。他面不改色，对此他有自信，但现在他是个孩子，以大人的姿势，抱着双臂、岔开双脚站在这儿。他站在弥漫的光线中，这是午后的太阳，照在一溜失去光泽的铜器上。他看到锡盘柔和而起伏的亮光，看到厨房工具——削皮刀、剔骨刀、切肉刀——的刀刃所发出的镜子般的刺眼光芒。这是朗伯斯宫，厨师的地盘，吵吵嚷嚷，其中有他的约翰叔叔的声音。

这里发生了什么？有人要挨打。厨房总管拍着桌子。劣行已被宣布：什么人、什么事以及为什么。（嗯，没有为什么，没有人关心为什么。）盗窃、违规、犯事，不管是礼节还是规矩，不管是吃的还是用的；与厨房有关的罪，与食物有关的孽——不管到底是什么，约翰叔叔的上司都要为此扒掉什么人的皮，他咆哮着说出自己的打算，声音在头顶上方那寒冷的拱顶周围回荡，在大家的脑海里回响。坐在地上的是鳗鱼小子，正用指关节抵住眼睛低头哭泣，而厨房总管在揍他，要他老实交代；就在昨天，他（托马斯·克伦威尔）还把红头发的鳗鱼小子摁在一只水桶里淹得半死。“是我！”鳗鱼小子脸上淌着愤怒的泪水，鼻子里满是鼻涕，紧闭着眼睛。“别打了。放开我。够了。是我。”

他藏住笑意：鳗鱼小子本周很倒霉。

只是在那孩子被拖去受罚，那群看热闹的仆人散开之后，他叔叔才低声对他说：“你这个坏蛋，是你，对吧？”

“什么，我？我根本就不在附近。你听到了他的话。他坦白了。”

“是的，但他别无选择。只有上帝知道。”约翰转过身去，“那小混蛋跟你是同乡，你就不能跟他勉强相处吗？”

“帕特尼人互不喜欢。这你知道。”

“你真是无可救药，托马斯。你会落到什么下场啊？”

似乎落到了白厅。国王放下羽毛笔，搓了搓手指尖；好了，签完了，上帝保佑。雷夫迅速拿开文件。一笔一划将变成手起斧落。像鳗鱼小子一样，他们会明白，如果托马斯·克伦威尔说“是你干的”，那么就是你干的。争辩无益。只会延长痛苦。

走出房间后，他对雷夫说：“在他改变主意之前，把这些执行令送到塔里。”

“先生……？”雷夫不解的目光转移到他主人的手上。他正拿着——是怎么到他手上的？——国王的削笔刀，上面有两个突出的黑色字母HR。他说，哦，我最好……雷夫说，我去吧，我给他送回去，但是他说，不，你负责把这些文件交到金斯顿手中，然后在天黑前可以回家去陪海伦。

雷夫拔腿就走，临别时回头看了一眼，飘动的黑衣之上，白色的面孔一闪即逝。他（克伦威尔）手里拿着刀，转身朝他的主人走去。他站在门口，话到了嘴边：陛下，我发现这把刀到了我的手里，虽然它属于你。

但亨利正在祈祷。他跪在桌子旁的石板地上，没有垫子。他闭着眼睛，嘴唇嚅动：*万福，圣母*。温和的黄昏和玫瑰色的光芒笼罩着他。

他把国王的削笔刀放在桌上，转身走开。不是像一般人那样从君王身边退开，而是像在自己家里一样，放心地从一个正在谈话的人身边走开，出了房间，连门都没有带上。

昨天晚上，小迪克·帕瑟问他："大人，王后真的有罪吗？她真的跟那些勇敢的家伙个个都有一腿吗？"

没有必要说她不是因此而受审，而是因为谋逆。此后的一个月，人们记住的将只是淫荡和好色。"你想听我的意见吗？"他拂了拂自己的脸，"你瞧，迪克，我们之所以有法院、法官和陪审团……就是为了保护我们免于遭受某个人的独断专行。"

在国王的房间外，侍从们想朝他涌来，但他伸开手掌阻止了他们。"进去吧，国王正在祈祷，但我相信他很快就想用晚餐了。"他很恼火；如果亨利打算跪下来向圣母祈祷，就应该有人预想得到，并备好一个跪垫。"生个火，要下露水了。稍晚他可能想要音乐……"

克莱芒·雅内坎①的诗篇歌曲。弗兰切斯科·斯比纳奇诺②的二重奏，米兰人达尔萨③的萨尔塔列洛舞曲；《威尼斯帕凡舞曲》、《费拉雷帕凡舞曲》；卡皮罗拉④的一首新的托卡塔曲，根据乐谱——边缘绘有猿猴和跳跃的野兔的图案——快速地排练一下。加利亚德舞曲，巴斯舞曲，四人合奏的新曲。如今四人已死，或者实质上已死，如果算上乔治·博林就是五人。在其他轻松的夜晚，乐手们会慢慢逛到国王的门口：果冻和抹上蜂蜜烤熟的水果被端了出去，侍者们离开后，乐师们抵达，一位抱着鲁特琴，从一根琴弦上拨出一个颤抖的单音，那根琴弦固定在一只饰有六翼天使的旋钮上。诺里斯、布莱里顿和韦斯顿被除掉后，由托马斯·克伦威尔挑选的其他侍从将取代他们在寝宫的位置，陪侍在国王身侧。但旧仆人最为贴心，他们知道你何时需要唱歌，何时需要祈祷。死亡会不会阻止他们在值班表上签名，或者在名单上标出自己的名字——六周值班，六周休息？到五月的第三周，他们的脑袋已经掉在大街上。秋天即将来临，白天越来越短，哈里·诺里斯的影子将悄悄回归自己的职责，像丝网上的蜘蛛一般在角落里晃动。在想象中的某个地方，某个隐蔽之处，鳗鱼小子总是在等着挨揍，乔治·博林总是在自己的牢房里，总是在起身迎接：克伦威

① 文艺复兴时期著名的法国作曲家。
② 文艺复兴时期著名的意大利作曲家。
③ 文艺复兴时期的意大利作曲家和鲁特琴演奏者。
④ 文艺复兴时期的意大利作曲家和鲁特琴演奏者。

尔大人，我知道你会来的。当乔治伸出双手站在那儿时，他脑海里闪现出一个画面——他置身于别处，某个封闭的空间，天色将晚，仿佛百叶窗已经半关。他的头顶上方有个暗影，犹如天使张开的翅膀；他的嘴里有血，那道弧形不属于羽翼，而属于石屋；一股凉意，一股冷彻骨髓的凉意。一道石拱门，一间土窖，一个地下室，有人在黑暗中等待；有人已经为痛苦担心太久，干脆张开双臂走向它，看到它终于来临而如释重负。

他记得自己十八岁那年，遍体鳞伤地从战场上爬回来，艰难地穿过意大利，直至来到弗雷斯科巴尔迪银行的大门口，准备停下来休息——或者说是歇歇脚。他当时并不知道那是谁的房子，只知道自己需要一个安身之处。他见过墙上画有城市的圣人——应该说“城市的守护神”：年幼的赫拉克勒斯徒手捏死一条蛇；身为英雄的赫拉克勒斯用水桶和耙子清扫奥革斯的牛棚。所以，敲开大门后，他爬了进去。“我的名字？”他告诉管家，“我叫赫拉克勒斯，我可以干活。”

此时此刻，他回想自己无助地躺在卵石上的情景，仿佛看到自己爬行时身上变得黑乎乎的，犹如从燃烧的建筑物里逃了出来。他在莫特莱克庄园的众多房间走来走去，如今是克伦威尔勋爵，置身于自家的地盘，拍岸的河水是那么熟悉，犹如他母亲子宫里的羊水。他终于熄灯睡去，梦见自己披着夜的大氅，站在一座码头上，而许多燃烧的船只将码头引燃。

快天亮时，一阵猛烈的捶门声惊醒了府内众人。他连忙起床，简单祈祷几句后，下楼去看看为什么这么吵闹。是里奇蒙府的人，从圣詹姆斯宫赶来报告小公爵的死讯。

他说：“有人启程去给国王报信吗？”（这一次终于不是他的职责，鉴于从莫特莱克去多佛的路程，你得插上翅膀才行。）“提醒大主教大人，他得准备去国王的身边。”

他想，亨利会说这是上帝对他的惩罚，因为他允许主教们制定新的信仰条例，因为他废除了很多繁文缛节。

“一定要给内地的克林顿夫人送个信。记住一位母亲的感受，告诉她的方式要温和，不要猛力捶门大叫大嚷。”

十七年前，国王的儿子出生时，他自己还没有进入宫廷或在靠近宫廷的任何地方，所以只能依靠其他人来了解当时的情况。据弗朗西斯·布莱恩所见，贝茜①·布朗特初到王后身边侍候时，还未满十四岁，像仙女一般漂亮。在那个年龄，国王不会碰她，即使是再宽容的告解神父也会对此大摇其头。亨利与她共舞，等待了一两年，时刻提防着在他身后咋咋呼呼、随时准备把她抢走的查尔斯·布兰顿。接着，凯瑟琳王后眼睁睁地看着她的小侍女日益丰满，身子胖了，笑吟吟的，每天都晨吐。凯瑟琳没有多言，只是称赞她气色很好。她说，哎呀，我想我们的小贝茜恋爱了。

贝茜还没有显怀就被快速送走。她的家人明白这种荣耀，希望她为国王生个儿子。是红衣主教安排了一切。国王此后再也没有见过她——也许有一次例外，就是在孩子出生之后。他接受了大使们虚情假意的恭维：这表明陛下完全有能力生养子嗣，过不了多久，上帝肯定会给你一个婚生的儿子，让你得到安慰。但所有人都知道，凯瑟琳已经停经，不可能再生孩子。

是沃尔西为婴儿建立了一座府邸，为初为人母的女士张罗了一桩体面的婚姻，并悄悄安排资金，赏赐土地和荣誉。也许他将贝茜照顾得太好。在十年的时间里，他的敌人们收集了满满一箱子的怠慢和渎职，随着他的失势，他们打开箱子，一套发霉的诽谤之辞炮制了出来。他们以贝茜·布朗特为例，声称英格兰的所有姑娘都想成为小妾。他们说，妓女们已经蜂拥至国王的附近，指望得到丰厚的回报。

红衣主教曾经无奈地说，除了我的众多罪名之外，看来还得加上几条，包括败坏婚姻状态、使处女堕落以及稳定各地的皮条客的价格。

根据惯例，英格兰国王不会——也从来没有——参加自己的儿子或妻子的葬礼。亚瑟王子去世时，丧主是诺福克公爵的先辈；现在国王传话说，合适的做法是遵循惯例，由目前的霍华德筹备仪式。而由于菲茨罗伊受到现任公爵的监护，并娶了他的女儿，所以应该葬在塞特福德，与公爵自己的祖先们在一起。根据指示，必须用封闭的马车运送遗体，整件事情要处理得无声无息。

“亨利在干什么？”查普伊斯说，“他不可能指望隐瞒丧子的消息，对吧？”

---

① “贝茜”为“伊丽莎白”昵称。

他说："尤斯塔西，我无法告诉你国王的心态。我的职责是制定法律，管理国库。至于其他事宜，则由大主教负责。"

"那家伙不可靠。"

他紧紧地注视着他，看他知道些什么。"异教徒。"查普伊斯说。哦，仅此而已，他想，不禁松了口气。大使转过身来，留下一句临别之言："就玛丽公主的利益而言，里奇蒙的死并非坏事。"他坏笑着，"她可是你的准新娘。"

他的亲信们聚集在案卷司长官邸。简称说："掌玺大臣……你还记得你和理查德·里奇一起去圣詹姆斯宫的那天吧？菲茨罗伊刚刚生病的时候？里奇告诉我，你让他离开了病房。我能否问一下，发生了什么？"

他想，儿子发表了针对父亲的叛逆言论。但现在没关系了。

赖奥斯利说："里奇蒙担心自己中了毒。我听他这样说过。"

"看在上帝的分上，别又来这一套，"雷夫·赛德勒说，"否则我会给你一耳光。"

"行啊，小矮个，如果你站在一个箱子上倒是可以。"简称决定不以为意；他对阴谋太感兴趣，不想转移注意力。"如果继承法案中指定了里奇蒙，就有理由怀疑玛丽的人。即使并未如此，依玛丽的个性……"

雷夫说："别管她的个性了。国王已经跟她和解。我们的主人为此可没有少费心。"

"和解？"赖奥斯利哼了一声，"她是被迫卑躬屈膝。你以为她会原谅吗？我可不这么想。"

格利高里恳求道："伙计们，别吵了。没有人中毒。肯定的。"

他对赖奥斯利说："随你怎么想吧，但别把这种谣言带到律师协会，或者是你要去的任何地方。"

"或者是南华克的妓院。"雷夫低声说。

"真的？"格利高里来了兴趣。

雷夫问："我们怎么对亨利说？"

这是唯一剩下的问题。他必须去肯特郡，去说点什么。来到人世四十五年，当了二十七年的英格兰国王——他所留下的只有三个私生子女，其中一个现在已奔赴黄泉。

他去塔里见梅格·道格拉斯，口袋里装着她最近的一首诗。"要我念给你听吗？”

她认出自己的笔迹，不由得大惊失色。“你是怎么拿到的？”

“如今我多么伤心痛苦，
我的快乐被强行消除，
看不到我孤独的伴侣，
我与他永远两心相许。”

“我想你还是不明白，”他说，“不存在什么相许。你承担不起相许。小姐，你上周的处境很糟糕，但本周更严峻。”

“因为里奇蒙死了。”她抬起视线，“这让我离王位更近了。他不再是我的障碍。”

上帝帮助她，她以为这让她有了某种更大的优势。他说：“你能想象国王有多么悲痛吗？他们说他伤心得说不出话来。他深受打击，已经有两天一言不发了。”

她没有接话。他把那张纸扔在她面前。她在那首诗的底下署了名：玛格丽特·霍华德——她认为这是她现在的名字。“我已经告诉国王，你是如何受到蒙骗和误导，但现在看清了真相，你为自己的行为深感后悔。你与托马斯·霍华德勋爵一刀两断，希望永远不要再见到他或跟他说话。”

“可事情不是这样。”

“最终会是这样。”

“没有托马斯勋爵，我活不下去。”

“你会发现你可以。”

“你体会不了，”她说。

他想问她，你以为这件事会是什么结果？你坐在塔楼里，而真心汤姆骑着马，背着七弦琴，翻山越岭疾驰而来？你守在高窗旁，披下你的草莓色长发？当玛丽·菲茨罗伊在门外帮你望风时，你是否知道，你的心上人会如何通过让你流血的猛力冲刺而将你占有？你是否知道，他会如何利用你和毁掉你？

她说：“我母亲已经从苏格兰写信给我。她说我必须对我的国王舅舅百依百顺。如果我不这样，她就会与我断绝关系。”

“她是国王的亲姐姐，对他很了解。经历了这个夏天，你不认为他对自己的名誉很敏感吗？你的恋爱太不是时候了。”

他想，你不知道我在多么努力地帮你。玛丽小姐也不知道。出于感激，她的确应该嫁给我。你也一样。

金斯顿总管在外面等他。“威廉爵士，”他告诉他，“我仍然希望简将在今年夏天加冕。所以，将梅格小姐转移到花园塔。她得生活在忧虑之中，直到我能说动国王仁慈为怀，而这不是一时半刻的事情。”

“换了是我，”金斯顿说，“我会阻止这些信件往来。但我听说是你有意让你的人马丁充当丘比特。既然你在努力阻止国王对她提起诉讼，为什么还要助长他们这样？”

“我想要他们的诗，以便汇编成册。”

也许金斯顿以为他指的是法律汇编。或者是祈祷书。“是诗集。”他说。火热的叹息。冰冷的心。冰冷的心比解冻的危险要好。

金斯顿说：“托马斯勋爵这个年轻人本身没什么恶意。”金斯顿的神态几乎有些腼腆——这个有着独特阅历的人在打探他的口风，想对后续的事态有所了解。“向上帝祈祷吧，对于命运的最近这次打击，但愿大主教能给国王以安慰。这些打击来得猝不及防，我不知道他如何承受。”

他到达圣詹姆斯宫时已是黄昏，获悉他抵达的消息，仆人三五成群地聚在一起窃窃私语。官员们已经开始服丧。穿着黄蓝色制服的仆人在袖子上佩戴了黑纱。但所有的颜色都变得暗淡，黄色变成了暗黄，蓝色变成了深蓝。有个人在恳求他：“先生，萨里大人在马厩的院子里。他在为自己挑选最好的马，我们害怕会怪罪到我们头上。”

他加快步伐，仆人紧跟着他。“我们会怎么样？府里的人会怎么样？”

“我会尽量多雇用一些。国王会善待你们的。”

他对后面这句话并无信心。在旁人看来，国王对他儿子之死的反应，与其说是悲伤，不如说是既妒忌又愤怒，仿佛被骗走了什么东西。诺福克已经找过他，请求更明确的指示：“克伦威尔，这事儿我该怎么办？封闭的马车？这是什么意思？我得自己掏钱立碑吗？或者亨利想要我把这孩子随便扔进哪个坑里，就当他是个粗衣破衫、食不果腹的乡下人那样？”

在马厩的院子里，他看到年轻的萨里站在那儿，马夫科林斯将里奇蒙的黑色小马牵了出来。那是一匹西班牙品种的母马，披着黑丝绒马饰，毛色发亮，肌肉结实，脚步敏捷。

萨里的目光打量着他。没有问候。“他会希望我得到这匹马。”

“你得向国王说明想把哪些东西拿去使用。不过，只要你跟御马官大人说清楚，就没有人会反对。”

“贾尔斯不会阻拦我，”萨里说，“再说了，他在哪儿？”

“我猜在祈祷。”

“我还以为你不相信为死者祈祷呢。”

“也许贾尔斯·福斯特相信。”

一身黑衣使年轻人的细胳膊细腿显得更长。他转过身，一只戴着红手套的手放在马鬃上，这时，夕阳的一抹余晖照在他身上，使他从头到脚闪闪发亮，犹如一张露珠闪烁的丝网。仔细一看，原来是他全身上下缀满了钻石。他本该给自己披一件斗篷，哪怕有可能遮掩他的光彩。小黑马虽然是纯种，仍然散发着马的气味。萨里伸手去接缰绳。“克伦威尔，你让开好吗？我想带它去遛遛。”

他没有动。“你跟小公爵大人情同手足，如果能雇用他的一部分仆人，会是仁慈之举。”

“我猜你已经挑选过了吧？我本该想到你的随从队伍已经够庞大了。我看到城里到处都是你的制服。你雇用一些十足的恶棍，克伦威尔。你的手下有些特别凶神恶煞、动不动就打架斗殴的人，我此前还从未见过这样的人。”

的确，他所雇用的人员中，有些因为可疑的历史而无法找到别的主子。他觉得无法向萨里解释这一点。他说：“我承认，我的手下往往长相并不好看。但我相信他们不会随意动手，除非有充分的理由。”

“即使受到挑衅？”

“哦，如果那样我就说不准了。”

他想，我可以把你掰成两截，小子。他的手从小黑马发亮的皮毛上拂过；牲口有些不安，他找到两耳之间的敏感位置，抚摸着。萨里在哭，他把脸埋进色彩鲜亮的鞍褥里，鞍褥上饰有那个死去的孩子的纹章。“他是我的朋友，”他说，“但是你，克伦威尔，你不会理解这些，不会理解家世悠久、出身高贵的人之间的友谊。”

他想，我理解你流起鼻涕来就像任何小马夫一样。“你父亲不会愿意看到你哭。像基督徒一样把它牵走吧，先生。里奇蒙不在了，再也没有什么能伤害到他，或毁坏他的青春之花。他是国王之子，但在天堂会找到一位父亲。”

萨里满脸泪痕和愤怒。“克伦威尔，我但愿自己死掉，”他说，“不，我收回这句话。我但愿你死掉。”

他想起约克宫解散的情景：珠宝叮叮咣咣地塞进别人的箱子，主仆艰难地登船离开。他自己收留了沃尔西的很多属下。公爵们带走了其他人。他想，不知道查尔斯·布兰顿是否还留着那个以前在伊舍负责照看炉子和烟囱的小丑？想到从1529年至今的每个冬天，以及从现在开始直到世界末日，萨福克被熏得像鲱鱼一样，他就感到开心。

他应召去见简王后，发现她腿上放着一本书，一本祈祷书。他想，我知道那本书。它属于前任。

简把书递过来。“这是她的，是安妮·博林的。是她与国王之间的信物。国王在‘忧患之子’下面题了词。”

他接过她手里的书。基督跪在那儿，身上从头到脚都是血，每一道伤口都割得像铁丝一般细。图片周围绘有一圈豆荚和成熟的草莓。国王用法语写了几行字。“罗奇福德夫人好心地给我翻译了，”简说，“我是你的，你永远的亨利国王。然后她又给了他回复。”

他看不到回复。

“看‘天使报喜’下面。”简说，“当然，她当时抱着希望，以为自己可以生个儿子。”

他找到那张图片。一位低眉顺眼、神情羞怯的童贞女正在领受报喜，天主派来的天使就在她的身后。

简背诵道：“每一个日子都能证明/我对你充满爱意与柔情。你觉得她对他有柔情吗？”

“不常见。”

简的手抚摸着书的封面，仿佛在安慰一个小生命。“有时，你知道，国王临幸我之后，在我的床上睡着，但很快又醒来，因为他做了噩梦。然后他跪在床边，口里念着：*mea culpa*，*mea culpa*，*mea maxima culpa*①。接着又说

① 拉丁语，意为“我的错，我的错，我的大错”。

出一串我听不懂的拉丁语。然后寝宫的侍从们到来，陪他返回自己的房间。”

“而你呢，夫人，我相信你随后好好休息了？”

简朝站在她身旁的玛丽·谢尔顿点点头。玛丽行了个屈膝礼，对他露出一丝苦笑，走了出去。

“你们都喜欢谢尔顿，”简说，“国王喜欢她。”她等待着，直到门关上。“我的女侍们说，做妻子的如果从床事中得不到快乐，就不会怀孩子。这是真的吗？”

简等待着。她似乎愿意谦恭地等待一整天，她知道自己提的问题叫人难以回答。

他说：“也许可以咨询一下你母亲？或者宫里哪位年长的夫人能给你一些建议——比如索尔兹伯里女伯爵？”

“她们老了，会不记得了。”

“那就问你姐姐。因为我听说她有两个健康的宝宝。”

“贝丝非常关心我。她告诉我，道一声‘万福’，简，国王很快就会完事。她告诉我，她自己的夫妻生活也不是很快乐。对奥特雷德而言，就像军事行动。速战速决。”

他哈哈大笑。有时你会忘记她是王后。“我想他没有敲鼓吧？”

“没有，但她总是知道他何时会结束。贝丝说，她不介意找个性格活泼的新丈夫。一个心甘情愿、她可以调教的年轻人。但是她说，孩子要来总是会来的，不管你是否快乐，也别管医生们怎么说。”她伸手接过书，“忘了这事儿吧。我不该问你的。现在你可以去国王那儿了。他今天没有装扮成土耳其人。”

在国王的寝宫，他意外地遇见雷夫。“你在值班吗，赛德勒大人？”

一位侍从用蚊子般的声音说：“赛德勒大人有自己的值班表。他总是在这儿。”

“他谈到诺福克大人，”雷夫说，“他很生他的气。还派人取来了里奇蒙的财产清单。”

“梅格·道格拉斯，他有没有说……？”

“不打算网开一面。”

“好吧。”他说。

* * *

一位热那亚裁缝正在将黑丝绒披在国王身上。他跟那人打了个招呼，示意他出去。亨利说：“你还在练习那种意大利语。”

及其变体。国王懂一点意大利语，足以唱一首情歌，但不足以谈钱。

裁缝手臂上搭着一层层黑丝绒，躬身退出。国王说：“没想到诺福克公爵那么得意忘形，竟然无视我的愿望。我说了要用封闭的马车。我说了要谨慎。现在却听说有黑衣骑手在前面开路。”

“他不想对一位王子不敬。”

“他违抗我的旨意。”

“他没有完全理解它们。”

亨利盯着他——这不是理由。“告诉他我会把他关进塔里。”

“我不敢传达这个消息。”他对自己感到惊讶，因为说出这个有用的谎言时，他居然笑了。

亨利的情绪缓和下来，就像发现了一个孩子的恐惧，并找到消除恐惧的简便方法。“如果你害怕托马斯·霍华德，那我当然要免除你这个任务。我还以为你谁都不怕。你不应该怕，大人。你是遵我之命。”

“塔里已经人满为患，”他说，“你姐姐从苏格兰来信，恳请饶她女儿一命。”

“我拥有苏格兰，”亨利说，“弗洛登战役①之后，我本该把它收回。”

他想，你当时既没有人，也没有钱。还没有我。“红衣主教以前常说，婚姻比战争更有效。如果你想要一个王国，那就写一首诗，摘几朵花，戴上帽子谈情说爱去。”

“好主意，”亨利说，“对任何一位心为已有的君王来说，或者对已赢得他人之心的君王来说，的确如此。但如果公主们委身于一无所有的男

① 1513年9月9日发生在英格兰北部诺森伯兰郡的一场战斗，参战双方为苏格兰国王詹姆斯四世率领的苏格兰军队和萨里伯爵率领的英格兰军队，结果英格兰方面获胜，苏格兰国王詹姆斯四世战死。

人，仅仅因为喜欢他们的诗歌，那么，我就再也不理解我们所生活的世界了。”

“我建议你网开一面。”他说。

“我的外甥女丢人现眼，名誉扫地。她把自己交给了第一个向她求爱的男人。她的婚事本该由我做主。”

他想，真希望克兰默在这儿。这是主教的职责——说明罪可以被饶恕或重新定义，证明通奸不是通奸、杀人并非杀人。是他掌握着钥匙，可以进入国王内心那座砌有围墙的花园：他了解它的林荫步道，了解它的各种小径，以及那些阳光照不到的气味难闻的角落。“依我看，”他说，“如果一个年轻人，没有理性的朋友给予建议，被爱情冲昏了头脑，从而轻率、仓促地许下诺言，却不明白会导致什么后果……那么先生，我会问自己，全知全能的上帝对这种许诺难道不会睁一只眼闭一只眼吗？”

“不可嘲弄上帝，”亨利说，“正如圣保罗乐意告诉我们的那样，种瓜得瓜种豆得豆，男人女人都一样。立了誓却不当真，是亵渎。如果话语如同呼吸，如果话语就是空气……如果它们不是约束，如果它们不是荣誉……”

“我说的是恋人，不是君王。”

国王转过脸去。“没错，两者不一样。”他停顿片刻，“有些大贵族和行事轻率的年轻女人很有理由感激你，克伦威尔大人。”

他低下头。他想，我明明已经将诺福克套牢，却又一次让他脱身，赖奥斯利会感到惊讶。他想象自己正在对他的会计托马斯·艾弗里大喊：找他收钱去，仁慈不是无偿的。

国王指了指一沓文件，也就是雷夫所说的财产清单。他翻阅着。“里奇蒙府的银盘子要给玛丽小姐。金盘子当然给我。”他一页一页地翻着。“这些黑貂皮和小羊皮，得送到我的锦衣库官员那儿。这些挂毯……摩西在芦苇中被发现……埃及的瘟疫……摩西带领民众穿越西奈的沙漠……要确保我儿子府里的东西不要落在他母亲的人手里。我已经为贝茜——应该称克林顿夫人——做了很多，不想再这样了。还要留意诺福克的女儿——我希望她的物品都登记造册，以确保它们不会因为那些本该回到我手上的东西而剧增。”

“先生，她会得到一份赡养费。她是里奇蒙大人的遗孀，虽然还是处女之身。”

亨利很是不屑。“她卷入了我外甥女的这起事件，玷污了她的名声，你相信她可能是处女吗？处女怎么知道幽会、爬后楼梯、溜门开锁之类的事情？”

看来将是如此处理。他将利用玛丽·菲茨罗伊的误判，来骗走她应得的那一份以充实金库。原本可能有更重的处罚。

“让她父亲把她带回他自己的领地，”亨利说，“要她谨守妇道。最好是去修道院。”他低头看着清单。饰有银边的缎子大衣；绿丝绒骑装，待春天满树繁花之际，适于骑马穿过林地。一幅圣多萝茜拎着篮子、戴着花环的画像；安提俄克的玛格丽特脚踩恶龙；乔治也脚踩恶龙，还佩戴着剑、长矛和盾牌，头上还插有一支鸵鸟羽毛。勺子、杯子、碗、香炉、圣餐盒、圣水盆；还有一些金链，饰有珐琅白玫瑰和花心为红宝石的红玫瑰。国王很高兴念出这些清单，仿佛在念给他死去的儿子听——我给了你生命，给了你这一切。

“一个用绿宝石雕成的小盐瓶。”亨利皱起眉头，“盖子上镶着一颗红宝石，底座饰有珍珠和宝石。他们没有说是什么宝石。我也不记得了。”

“是红衣主教大人送的一件新年礼物。我忘了是哪一年。”

国王抬起头来。“这可不像你。我知道萨里要走了那匹黑马。”

“还有马具。”

“告诉贾尔斯·福斯特，我要枣红马和栗色马。”

“好的。”他俯首遵命。

“玛丽·菲茨罗伊可以得到那些骟马，能带她随便去哪儿。”他露出一丝苦笑。“你觉得我铁石心肠吧？我儿子被草草拖去葬在陌生人中间，我却在这儿收啊发的？但正如诗篇作者所言，*placebo Domino in regione vivorum*①。我将在生者的世界让上帝愉悦，因为只有在生者的世界，我们才能有所作为。”亨利望着远处。“听说我的表亲雷金纳德·波尔已经被召到罗马。教皇授命他率兵讨伐我。他将访问法兰西宫廷，煽动他们采取行动。”

“不知会如何行动？”法兰西军队刚刚进入萨瓦地区。他们的国王违

① 拉丁语，意为“我将在生者的世界让上帝愉悦”。

反了两项条约，所以皇帝与他势不两立。当雷诺拖着一堆教会法规前去觐见，为自己古老的血统鸣冤叫屈时，弗朗索瓦已经自顾不暇，哪还有心思接待他。

他说："法国人不会帮他任何忙。而教皇既没有给他船只，也没有给他钱或人。"

"但他用精神力量鼓舞了他。"亨利撇了撇嘴，"他即将启程。"

亨利供养了波尔这个忘恩负义之徒。但现在他感受到了金雀花之尾的有毒拍打，感受到了蛇之毒牙的扭头一咬。亨利倾身向前，似乎喘不过气来。你几乎可以感觉到他的心脏怦怦直跳——他的脸红得像复活节的牛肉。他用一只大手拍着椅子的扶手。"逆贼，"他说，"逆贼。我希望他死掉。"

他等待国王平静下来，然后说："你父亲发动的战争还没有结束。但我向你保证，先生，在意大利，总能找到办法除掉一个背叛的子民。不管波尔去哪里，我的人都一直跟着。"

亨利移开视线。"你该怎么干就怎么干吧。我以前告诉过你，小沃里克被砍头后，波尔家的人下了一道诅咒。我哥哥亚瑟十五岁就去世了。我儿子里奇蒙则是十七岁。"

国王过去解释自己没有继承人的原因时，曾将其归于他与妻子的婚姻不合法。现在却似乎归咎于波尔家族。就目前而言，这种说法更有用，前一种说法则没什么意义了。

"你去埃尔贝见了玛格丽特·波尔，"亨利说，"或者我听说如此。要经常去。我想我不该怀疑他们全家。但我的确怀疑。"

国王挥了挥手。他躬身退出。亨利对着他的背影喊道："*Dieu vous garde*①。"

他很庆幸亨利没有指责他去拜访玛格丽特·波尔。他不想解释自己去那儿是为了见贝丝·达雷尔。他不想提起怀亚特的名字。当国王说原谅了一个人时，并不意味着忘记了他的过失；一个女人可能被牵连进来，把性命搭上。女伯爵让他与贝丝——还有她的绣品——独处了一会儿。但当他告辞时，一位仆人拦住了他：女伯爵要见你。

---

① 法语，意为"上帝保佑你"。

仆人将他领进一个镶有墙板的小房间，这是女伯爵自己的祈祷室。在这里，城市的喧嚣——卵石上的马蹄声，马车夫的叫喊声，城墙边作坊里的叮叮咣咣声——都被关在门外。房间里摆着一张做弥撒用的桌子，上面铺着华贵的锦缎；祭坛画是银制的，闪光而模糊的人物在过着虔诚的生活。这让他想起安塞尔玛的一幅画，那是多年前在安特卫普的时候。不过，由于索尔兹伯里夫人是英格兰最为富有的贵妇之一，她的画可能价值更高。

玛格丽特·波尔转向他。“我希望你没有让达雷尔小姐泪流满面吧？”

“我干吗要那样？”

她打开自己的书写盒。“你瞧。”

“这是你儿子的亲笔吗？”

“他身边有些从事秘书工作的人。也许是意大利人。我不知道他们的名字。”

是的，他想，但我知道。

“相信我，克伦威尔大人，我不是什么谋逆者。我怎么会呢？亨利为我做了一切。当我父亲克拉伦斯被判处死刑并剥夺一切权利时，我的地位那么低下，经过一段缓慢而痛苦的历程，我才享受到如今的荣耀。”

“你肯定不记得你父亲。当时你应该还不到五岁。”

“当一个人被关进监狱、再也出不来时，即使是小孩子也有印象。我父亲并非死于斧下，他——天知道他是怎么死的，但我相信他的罪得到了赦免，他不会没有神父或带罪死去。我早就明白谋逆是怎样的罪，会带来什么后果。我经历了四朝君王：我叔叔爱德华国王，我叔叔篡位者，然后是第一任亨利·都铎，到现在的陛下——我有理由称颂他的名。”

他在读波尔的信。正如她所言，信中的言语很尖刻。

“我几乎不了解我可怜的弟弟沃里克。亨利·都铎把他关起来时，他还是个孩子。”

“为了保持和平。”他说。

“为了保障王位。我们的血统离它太近，事实上比他的还要近得多。”

“但都铎家族打赢了那一仗。上帝垂青他的军队。他在战场上赢得了英格兰。”

“而自始至终，”她情绪激烈地说，“我们谁也没有质疑他的胜利。当我弟弟被带上断头台时，我已怀有身孕，但我很想进宫为他求情。我很想恳求为他服丧，并遵循适当的仪式，我相信从中可以稍得安慰——但你不为谋逆者的灵魂祈祷，也不为他服丧。当谋逆者死去时，你得以笑面对。”

“我不认为老国王会这样要求。”

“你不了解他。当时人人自危。当现在这位亨利登基时——嗯，我们觉得自己到达了应许之地。平反昭雪是他的明确愿望：做出赔偿，伸张正义。当时我已经守寡多年。我丈夫去世时，我不得不借钱安葬他。但亨利归还了我的财产，恢复了我的爵位。他和凯瑟琳授予我无上的恩宠，让我成为他们的女儿——他们唯一的孩子——的导师，托付我将她培养成某位伟大王子的称职配偶，或者她自己成为国王治国理政。亨利赏识和提携我的几个儿子——”

“他们还都娶了富有的女继承人，”他说，“只有雷诺除外，我们知道他眼界更高。”

她背对着他站在那儿，凝视着下面的院子。不管院子里在发生什么，她都很关注。“我不理解我儿子。我承认他的行为愚蠢而忘恩负义。但他没有任何更大的意图。他决意守贞，过一辈子独身生活。他不会愿意结婚。”

“哪怕是与国王的女儿？”

“你不能以己度人，克伦威尔。”

她转过头来，看这句话是否击中要害。

“这些年来，”他说，“你学会了掩饰。你自己也说——明明想哭，你却强作笑脸。反过来肯定也一样吧——明明想笑，你却假装哭泣？所以，尽管你似乎为雷诺的所作所为感到羞愧，但国王怎么知道你是真诚的？”

她摊开双手。“我只能求助于我们之间的历史。我是个弱女人，从没穿过板铠，也没穿过锁子甲。我没有胸甲，只有对上帝的信仰。面对诋毁我的人，我从不辩护，而是相信国王，相信他有能力甄别哪些人适合陪伴和侍奉他。”

他说：“但现在你看到我在陪伴和侍奉他。你怀疑亨利完全被蒙蔽了双眼。”

“你对他很有用。这一点我怎么能怀疑呢？我刚才不是有意要剥夺你的头衔。我年纪大了，需要一点时间去适应新称呼。我们将你视为普通的克伦威尔大人。”

“哦，”他乐观地说，“既然你能学会将都铎王朝视为英格兰的合法国王——你说过可以——我相信你也能渐渐将我视为掌玺大臣。万一我忘了自己出身低下，我会指望我们的友谊而恳请你提醒我，夫人。”

他想，“我们的友谊”之说会令你震动，令你恶心。一个来自帕特尼的小人物居然指望！他说：“你声称你儿子没有夺权的野心。但其他人可能代他有野心。其他人可能在国内外为他密谋策划。”

她的目光犹如紫影蒙眬的巢中的鸟儿一般迅疾朝他看来。“我吗？你是说我会这样？你指控我？”

“大家族往往会有沉浮兴衰。他们向上爬个十年，然后被敌人推了下来；然后他们又推翻敌人，将他们关进囚牢，大获全胜。过去一直是这样，你们这些人只要紧紧抱住命运的车轮，就会在下沉之后重新升起。但后来出现了一个像我这样的人，将你们彻底掀下车轮。奉劝你一句，我可以做到。”

她说：“有一句谚语，其真谛已经被时间所检验。‘那些不自量力地爬得越高的人会摔得越惨。’”

“苍白的说法，苍白的逻辑。基于同样的幻想，也就是车轮。我要说的是，现在是新时代。驱动它的是新引擎。不过，”他微微一笑，“还是要祝贺你。你说出了诺福克大人想说而不敢说的话。”

“公爵是见风使舵，”她冷冷地说，“他忘了，在霍华德家族获得这个头衔之前，有过数任诺福克勋爵。”

“但没有克伦威尔勋爵。此前没有。你希望以后也不要有。但你需要应付的是现在。你不可能通过祈祷或诅咒而让我消失——你们女人的武器对我根本不管用，神父们用的武器也不行，我对它们同样免疫。如果你们家的男人想来一场公开的战斗，我随时奉陪——我会随时为亨利而与教皇党人和谋逆者战斗到底。”

她背对着窗口的亮光，一动不动地站着，双手交叠，声音冰冷。“很高兴我们已经把话挑明。上帝知道，我因为雷诺对国王的所作所为而痛彻心扉——这种痛苦我前所未有，不管是在他父亲去世时，还是在我失去另外几个孩子时。我会给他写信，把我的感受告诉他。我也知道你一定会有办法读我的信，不管是在它离开海岸之前还是之后。所以在我写信时就不留你了。但是大人，我要给你一点忠告，并请听我说完。你说到新时代和新引擎。不等你把这些引擎拖到战场，它们可能就已经生锈。不要与英格兰的贵族世家交战。你还没出发就已经输了。你是谁？孤家寡人。有谁跟着你？只有食腐啄骨的乌鸦。你不能止步，否则它们会活活把你吃掉。”

女伯爵说这话的语气低沉而有礼，令他无言以对。她低下头，走出了房间。

他站在原地。书写盒开着；但她说得对，他对里面的内容兴趣全无。

他的陪同人员等在外面，领头的是理查德·克伦威尔。他的部下手持棍棒和匕首，只要有谁多看他们一眼，他们马上就会动手。从多盖特到奥斯丁弗莱不过一步之遥，但死亡威胁无日不在，有些是以诗歌的形式。市民们推挤着他们，目光不经意地从他们身上掠过，看到的只是一位冷静的商人带着自己的随从，匆忙赶往一场选区会议或公会晚宴。但有些人将他的相貌铭记于心，或者声称如此——当他们威胁要在路上把他撂倒时。他想，感谢上帝，我不是令人过目难忘的人。长相粗鄙，大腹便便，就像我父亲壮年时的样子，只是我的着装更好而已。

他对理查德说：“我对女伯爵不抱幻想。多年来，她的儿子们一直在向皇帝告我们的秘密。那位弟弟——年轻的杰弗里·波尔——经常出现在查普伊斯府，以至于尤斯塔西不得不恳求他别去。”

万圣教堂的钟声响了，接着是圣玛丽大教堂的钟声。理查德说，“但你能明白国王为何要尽量把他们往好处想。是他让他们重享荣华富贵，他不想觉得自己是傻瓜。”

施洗者圣约翰教堂的钟声响起，然后是斯威辛教堂的钟声；再往远处，传来圣保罗大教堂的钟声。理查德朝街对面大喊：“翰弗里·蒙茂斯，我的眼睛没看错吧？”

他的商人老朋友大声回应。他和同伴从两辆马车之间穿过，跨过一摊马尿。他（克伦威尔）拍拍他们的肩膀：“你们能去迦农布里打猎吗？”

“我会跟你一起去打猎，”罗伯特·帕金顿说，“蒙茂斯老头可以去观看。”

蒙茂斯用胳膊肘拐了他一下。“老头！你也年过四十了，先生！托马斯，我会带着我的猎鹰加入你的队伍。”

这是一次平常的交谈。他们提起廷德尔的名字，他知道他们会这样。他礼貌地说，他已经通过官方渠道竭尽所能，现在正在等结果。他转移话题，问起他们的家人——他们都好吗？但帕金顿又将它转回来：“安特卫普有人来吗？”

“还是那样。”理查德谨慎地说。

“没有新来的？”

他说：“没有人能告诉我们任何新情况。”

大家亲热地道别。商人们喋喋不休地离去。他和理查德默默地走着。他对理查德说：“什么？”

“他们听起来像是在筹划一个惊喜。也许是一件礼物？”

他不需要说，我不喜欢惊喜。

理查德侧头看着他。“那么你会吗？干掉雷诺？”

“不会在大街上。”他说。

这是在奥斯丁弗莱——在他的私人房间——进行的谈话。他说：“弗朗西斯·布赖恩会愿意去干。他会接受挑战。让自己出名。他有时肯定会想，我生活的意义何在？”

“布莱恩？”理查德做了个饮酒的动作。

“是的。”他想，我还认识哪些亡命之徒？

“我愿意去。”

他一阵恐惧。“不行。”

“我会需要一帮乌合之众，但从您说的情况来看，我在意大利的任何小镇都可以轻易找到他们。有些人可能会设法对事情进行遥控。好了，我不是说我会亲自动手。而是说我会负责办成此事。”

“我需要你在这儿，理查德。”他说。天知道有多需要。“汤姆·怀亚特会愿意去干。国王会原谅他的一切。会封他为伯爵。”

理查德犹豫着。“波尔身边的人……可能会改变他。罗马有些狡猾而聪明的人。我喜欢汤姆·怀亚特，非常喜欢他，但他抵不住突然的劝说。”

他说：“我们去肯特与国王一行会合时，你和我将去一趟阿灵顿，不管国王是否要去。亨利爵士来信说，他快不行了。我是他的遗嘱执行人，得跟他商量。而汤姆·怀亚特会很高兴见到你。”

理查德从口袋里掏出一张纸。“收到了这个。”他一直随身带着，“另一首诗。不是偷的。是有人主动交出来的。”

这一次他知道，除了怀亚特没有别人。如果他再一次哀悼那些死者，并不令人奇怪。从五月下旬到收获节，不到两个半月的时间。死者不再新鲜，但铜绿色的肉仍然附着在他们的骨头上。这首诗是关于失足、跌倒、命运无常，大人物被大人物所推翻；王位周围雷声滚滚，*circa regna tonat*①；即使坐在自己的华盖下，国王也能听到，他感觉到它在石板中震动，感觉到它在骨头里回响。他想象天神抛出雷电，它们从天使们坐在里面捉翅膀上的虱子的水晶球中划过，一路疾驰，旋转，下降，直到随着一阵白色的火焰，轰的一声落在白厅，引燃屋顶；直到它们将修道院死者的骷髅牙齿震得咔哒直响，将南华克作坊里的玻璃熔化，将泰晤士河里的鱼烫熟。

钟塔向我呈现的景象
刻在我脑海昼夜难忘。
我在炉边听闻……

他不知道怀亚特写的是“倾身”还是“听闻”②。在钟塔里，倾身也没有用，你看不到塔丘的断头台。但是，他想听闻什么呢？他不可能不了解即将发生之事。他不会认为那些人将顶着项上人头回来。

他想，我不用去钟塔。那走向死亡的可悲情景一直在我眼前浮现。查普伊斯曾说：“你回到家里梦见它，然后就梦想成真了。”

安妮死去那天，格利高里看到怀亚特站在窗前；怀亚特俯视着他，却毫无表示。他有没有看到小鹿气喘吁吁、步履踉跄的最后奔跑？你猜测他是目光向内，没有聚焦任何东西——那儿很快会一无所有。不知道是因为某种遥远的记忆，还是哪首诗引发的联想，他脑海中出现一个画面：怀亚特的双手受伤流血，紧握着一把玫瑰花。

---

① 拉丁语，意为“雷霆王国”。
② 原文为 lean or learn，译为“‘倾身’还是‘听闻’”。

但是他想，我记忆中的显然是在迦农布里的赖奥斯利：站在花园的塔底，在暮色苍茫中，手握一束牡丹花。

他们在肯特郡，黎明时国王召见他；随着咔哒的开锁声，他走了进来，帮国王排解夜间的压抑。亨利穿着睡袍，坐在一只缀有流苏的镀金凳子上，而窗外正在透出苍白、美好的晨光，他的面容从暗影中渐渐显现，仿佛上帝正在特意将他创造出来。

国王开口了，就像平常那样，仿佛他们刚才正在交谈，只是因为某个微不足道的原因——比如门开了，或者炉子里溅出一点火花——而中断。他说："在我想要她却无法拥有她的日子里，当我们——我和安妮·博林——暂时分开的时候，比如我在格林威治，而她在这儿，在肯特郡；在那些日子里，我常常看到她站在我面前，笑吟吟的，就像真的一样，非常真实，"国王伸出手来，"像你克伦威尔一样真实。但现在我知道她从未真正存在。从未像我想象的那样存在。"

房间里散发着薰衣草和蜂蜡的清香。在窗户下面，不远处的花园里，有个男孩在唱歌。

"骑士敲响城堡之门
小姐寻思何人光临。"

亨利抬头听着，然后唱了起来：

"请问对方尊姓大名
答曰：欲望，你的仆人。"

他完全走进亮光之后，发现亨利脸上淌着泪水，在无声地哭泣。"为了引导我，大主教送过我一段话。出自《撒母耳记》。'孩子还活着的时候，我禁食哭泣……但现在他死了，我何必禁食？我岂能使他返回呢？我必往他那里去，他却不能回我这里来。'"

有个弄臣端来一壶热水。他挥挥手让那人退开。"失去孩子很令人痛苦，仿佛我们成天都拖着他们的遗体。但最好把悲伤置于一个安全而神圣之处，然后继续前行，期待更好的时光。”

“我还以为自己受够了惩罚，”亨利说，“但看来我的受罚将永无尽头。”

“先生——”

“你无法理解。你只失去了女儿，而不是儿子。等我自己离开人世时……”

他等待着。他猜不出国王会如何离开。

“……你了解我的愿望，如果我比你先走，我要你实现我的遗愿。我希望葬在红衣主教为自己准备的陵墓里。”

他低下头。有一具黑色的试金石石棺，红衣主教从未躺过。所有的部件都保存完好，妥善存放。它们在等待使用，等待一个在神和人看来珍视自己、希望自己名垂千古的人来使用。沃尔西曾经把艺术家请了过来。贝内德托年复一年地精雕细琢，但每次一提交账单，红衣主教就想出别的主意。有十二位青铜圣徒，以及举着饰有沃尔西纹章的丘比特。有些神情肃穆的天使手持柱子和十字架，还有些一头鬈发、翩翩起舞的天使，在一跳一跃间，他们的衣袂随之飘动。

“你应该感到高兴，克伦，”亨利说，“你总是想省钱。”

“只是在无损陛下荣誉的情况下。”

“那个手捧红衣主教帽的天使，”亨利说，“要改为捧着一顶王冠。底部的那些狮鹫——我想它们可以戴上玫瑰花环。金色的玫瑰。”

“我会跟贝内德托谈谈。”

艺术家根本就没有回家。也许他一直在期待红衣主教起死回生，提出新的建议？时至今日，那些跳舞的天使之中，有一位的左手手指间出现了一条裂缝。贝内德托说，不会有人知道的，托马索。等他镀了金并在柱子上跳舞时，就不会有人知道了。但我会知道，他说。

国王告诉他：“伊拉斯谟死了。”

“我听说了。”

“我第一次见到他是在我年龄还小、他来到埃尔特姆的时候。很显然，你在托马斯·莫尔府应该见过他。”

大人物的目光从他(托马斯·克伦威尔)身上掠过，看见了他，但转眼又忘了。他说：“他教化了我们。”

国王说："然后他走了，留下了未竟的事业。"

亨利似乎害怕自己，害怕自己接下来可能要说的话或要做的事。他似乎很疲倦，仿佛可能会放弃国王的身份，直接走上大街去碰碰运气。

绝不能让宫里的人知晓这种丧失斗志的情绪。威廉·费兹威廉在国王的门外追上他。"在我们离开伦敦之前，"费兹说，"他告诉我他觉得自己再也不会有孩子了。"

"嘘，"他说，"他为自己感到惭愧。仅仅因为不能像年轻时那样去追猎，他就觉得自己不行了。"

今年夏天，国王不会骑马打猎。猎物会被赶往他的方向，他只需站在靶垛里，张弓搭箭，摆好射击的姿势。缓步行进时，他可以骑得很好，但不能穿越崎岖的乡村，以免他的腿受到颠簸。

费兹威廉说："我觉得他心里好像有某种轮流的原则，据此来依次羞辱他的顾问官。"

"的确。眼下轮到诺福克了。"

"枢密院开会时，他在我们身后走来走去，像小偷一样盯着我们。如果在南华克遇到这种人，我会转身把那混蛋打倒。"

他笑了起来。"但你在南华克会干什么，费兹？"

"每当他走到我们身后，我们就必须起来，踢开凳子，转身面对着他，这会打断我们，让我们忘了正在说的话——然后，如果我们对他说话，那是该跪着还是站着？"

"跪着最安全。"

"你可没有跪。"费兹听起来像在指责，"或者很少像以前那样下跪。"

"我跟他有太多的事情要商量。他不想让我残废。"

"连红衣主教都跪了。"

"他是教士。受过这种训练。"

红衣主教在统揽国政期间，每每谈及上帝，就仿佛那是一位相距遥远的政策顾问，他每个季度都会听取祂的建议：祂话语精辟，偶尔健忘，但因为经验丰富而值得付钱。有时，他会向祂提出一些特别的请求——那些与祂关系不那么密切的人称之为祈祷；而直到他生命的最后几个月，上帝总是竭力让汤姆·沃尔西心想事成。但是后来，他祷告说，请让我谦卑；

上帝说，先生，你的要求来得太晚了。

他的仆人约翰·戈斯特维克最近在核查里奇蒙公爵的财产清单。在菲茨罗伊的财物中，他发现了一个玩偶：不是给普通孩子玩耍的木偶，而是一个栩栩如生的王子形象。

“物品：一个很大的婴儿躺在一只木盒里，身穿一件银白布袍和一件绿丝绒短外衣，布袍上系着小金箍，还有一对小金珠和一条小链子，金脖子上有一个项圈。”

戈斯特维克请他去看过，他站在那儿，低头端详着那个已故男孩的形象。“这是沃尔西送给他的。小心保管，没准国王想纪念他儿子。”他记得那孩子小时候不知道自己的父亲；里奇蒙曾说，国王给了我头衔，但红衣主教给了我一个条纹丝球。

夏天渐渐过去。国王一行蜿蜒穿过树木繁盛的各郡。在国王不能进入的林地深处，你会看到已经灭绝的野猪和狼的狡猾身影，还有那只鹿角之间戴着基督之十字架的雄鹿。他对费兹威廉说：“如果他不能打猎，我们就得教他祈祷。”

七月的最后一天，他们在阿灵顿城堡。国王自言自语地说，托马斯·怀亚特可能该接受爵士的头衔了。他父亲年事已高，会希望看到这一幕。他说，不管我和怀亚特之间发生过什么，都已经翻篇；我知道他对我忠心耿耿。

他曾经不喜欢的是，国王以前提起怀亚特的名字时，寝宫侍从们会沉默片刻。

亨利·怀亚特对他说：“托马斯，我怀疑自己看不到这个冬天了。”那些侍奉过国王父亲的侍从们陆续离世，他们的记忆可以追溯到爱德华国王和蝎子的时代：他们记得那些在战争中受伤、在田野里被砍、贫穷、挨饿、遭到流放的人，记得那些站在外国的码头上，将财物装在脚边的袋子里，对上帝庄严起誓的人，记得那些在发霉的图书馆一关就是二十年，出来时掌握了令英格兰难以忍受的真相的人，记得那些遭受过肢刑又重新学会走路的人。

当时的人如果看现在的人，就会看到一群群衣着华丽的骑士，缓缓穿过辽阔的草地，穿过经历了四十年和平的牧场。当然，如果你生活在袭击和争斗从未停歇的苏格兰边境，或者是与法兰西隔海相望、可以听见对面战鼓声的肯特海岸，情况会不一样。但在王国的中心，享有一种我们的祖先闻所未闻的宁静。看看英格兰在如何繁衍壮大吧：只要走进城里，你看到的都是孩子、学徒、神采焕发的少女们的面庞。

他曾对国王说，不要沉湎于往事，但他自己也常常回首过去——在冬天或夏天的傍晚，当天色渐暗，蜡烛尚未送来，天与地融为一体之际，当栖息在树枝上的鸟儿那跳动的心脏平静下来并放慢节奏，夜间出没的兽类动动身子伸个懒腰再缓缓起身，猫儿的眼睛在黑暗中闪闪发亮之际，当袖子和衣袍上的颜色融入渐浓的暮色之际；当页面变得模糊，字形隐约难辨而显示为其他的形态，以至于你一旦翻动页面，过去的故事便从眼前消失，一种奇怪的、浓浓的墨汁开始流淌之际。回首过去时，你会说，这是我的故事吗？是这片土地的故事吗？那个一闪即逝的身影，那个在巷子里悄悄穿行、躲避宵禁、昼伏夜出的人是我吗？那种生活是我的，还是我和邻居共有的，抑或是我一直梦想和祈求的？是我的本质在扭曲变形，融进蜡烛的火苗，还是我已突破自己的局限——进入了永恒，就像用勺子舀出来的蜂蜜一样？我是否梦见过自己，袒露了一切，我是否忘得一干二净？我是否得求助于史蒂芬主教，而他会告诉我，罪与我如影随形，他会说我的罪一定会找到我？即使我进入梦乡，我的过去也紧跟着我，走在石板地上，啪嗒啪嗒——犹如雪花石膏盆里的水，在佛罗伦萨炎热的午后透出凉意。

有时，红衣主教跪在泥地里，发现自己是凡人，有缺点，已入暮年。在帕特尼的荒野上，哈里·诺里斯不解地俯视着他，而他的手下不得不将他拽上骡背；他心灰意冷，腿脚也发软无力。小丑帕奇站在一旁讲笑话，他恨不得揍他一顿，他本该揍他的——但红衣主教的财物已被没收，他的职务锁链被从脖子上扯了下来，现在再砸破他的弄臣的脑袋，让他在泥地里打滚，又有何益呢？

当他们抵达伊舍，进入空荡荡的宅子时，他爬到门楼顶上，想知道是否有人追来。韦尼弗莱特担任温彻斯特主教时，新建了这座房屋，红衣主教大人又对其进行了修缮，只要员工齐备，收拾整洁，生旺炉火，铺好床铺，挂上挂毯，餐饮间堆满金银餐具，只要将肉调好煎熟，将水果切块、插上烤扦、涂上黄油烤熟，空气中弥漫着烟火气和熏香味，这里就可谓神仙住所。但即使是昨天，也无人知晓他们会残忍地让自己的主人启程，经历水陆两路的颠簸，来到这些清炉冷灶的凄凉房间，这厚厚的墙壁与其说可以驱寒，还不如说将寒气包围起来，就像圣骨匣一般。

从韦尼弗莱特的塔顶看去，他脚下的乡村在夜幕中向远处蔓延，显得很不真实。他想，万圣节快要到了。他觉得时间似乎受到震动并放慢了步伐，仿佛他的主人和整个国家所遭受的灾难阻碍了天体的运行。天上飘着毛毛细雨。河面闪烁着点点灯光。当他下楼时，下面的说话声传了上来——很浑厚，仿佛在唱歌；但有人说出他的名字“托马斯·克伦威尔”时，却似乎近在他的耳边。

他想，是这幢建筑的某种效果。盘旋楼梯由砖砌成，他白天看到过，呈肉色，从一层延伸至另一层。在火炬熄灭后的幽暗中，那些砖呈现出暗淡的血色，但每一处转弯都有一抹亮光，就像一种希望。他下完楼梯，眨了眨眼睛，犹如一个孩子降生至残酷的世界。

他们找到了蜡烛为楼下的房间照明。红衣主教问：“谁来给我做晚餐，汤姆？”

“我来吧，我会做饭。”

“过来，你身上有蜘蛛网。”说话的是乔治·卡文迪什，红衣主教的一位手下。“让我帮你拍掉，托马斯。”

他让乔治帮他拍打，像动物一般被动；他的眼睛望着主人，一个失去一切、穿着借来的衣服的老人。他背对着砖砌的楼梯站着，感受着自己心脏的跳动，等着看下一步会干什么。

第二部

1. 增收

伦敦，1536 年秋

死者从双桶井酒馆出来，用手背擦了擦嘴，站在那儿观察远近的街道。他戴上风帽，看是否有人关注他，然后迈开大步，朝奥斯丁弗莱的大门走去。

一名新来的门卫伸手挡住来客，并搜查他的文件袋。“带刀了吗？”

僵尸平静地伸出双臂，让对方搜身。一名年长的门卫走了出来。“这位先生我们认识。你进去吧，巴恩斯神父。”

进门后，他们说：“大人在等你。”僵尸朝楼上奔去。

时间返回到十年前。1526 年冬天，罗伯特·巴恩斯修士因涉嫌异端邪说而被带到沃尔西面前。那是个冰冷的日子，天色阴暗，只有从死水池发出的寒光，巴恩斯穿着黑色僧袍，在候见室站了一整天，衣服底下泛起鸡皮疙瘩。他们告诉他，红衣主教正在做准备。那会是怎样的准备呢？

头一年的平安夜，在剑桥的圣爱德华教堂，巴恩斯在午夜弥撒中抨击了教会的排场和财富。很显然，这样做就不可避免地要抨击红衣主教的排场和财富。

现在是二月，是 *dies irae*①。在他等待期间，红衣主教的部下看着他，炉子里的小火哔啵作响。“真冷。”巴恩斯修士说。

“你自己没有带柴火来吗？”一旁的人发出窸窣和嗤笑声。巴恩斯动了动，从红衣主教的无赖身边挪开。

在沃尔西的房间里，生着一炉旺火。巴恩斯离它较远，靠在涂了漆的墙上，“罗伯特院长，”沃尔西说，“过来取取暖吧，伙计。”

他觉得自己走进了一个恶作剧，是专门设计出来折磨他的。“我不是来受审的，”他大声说道，“你的手下克伦威尔在那儿挖苦我，拿柴火说事。”

“你当然不是在受审，”红衣主教很客气。他的紫色丝绸在松香弥漫的空气中闪烁，“他们说你是异教徒，但你好像并没有跟教会的教义过不去。你只是跟我过不去。”

房间外面，铃声划破了冰冷的空气。一位仆人用托盘端来香料酒。红衣主教亲自动手，拿起饰有一朵鲜艳的都铎玫瑰的酒壶斟了酒。“说说吧，巴恩斯，你想要我怎么办？你想要我放弃礼拜上帝的这种奢华和仪式，改为粗衣布履吗？你想要我像守财奴一样，用豌豆布丁款待各国大使吗？你想要我熔化银十字架，把钱分发给穷人吗？分发给那些转眼就挥霍一空的穷人？”

巴恩斯迟疑片刻，才弱弱地说：“是的。”

那个名叫克伦威尔的无赖已经跟着他进来，正靠在门上。沃尔西说：“看到一位学者毁掉自己，我很遗憾。你得明白，为了避免异端邪说却陷入煽动叛乱，这毫无益处。如果反对教会，你将在史密斯菲尔德被烧死。如果反对政府，你将在泰伯恩被绞死。而就目前而言，我既是教会，也是政府。但如果你现在忏悔，这两种命运就均可避免。”

巴恩斯修士开始发抖。红衣主教质疑的目光足以让人跪地求饶。“大人，原谅我。我从不伤害谁。真的。我对一只猫都下不了手。”

那个名叫克伦威尔的手下笑了起来。巴恩斯红了脸，为自己的话感到羞愧。红衣主教说：“稍后会有四位主教来调查你。那些人都以溺死小猫为乐。而我呢，则会善待你，巴恩斯博士，不管是看在你本人还是你的大学的分上——我的秘书史蒂芬·加迪纳就此跟我坦诚交流过。如果你的回答——请尽量简洁，尽量谦卑——令主教们满意，我会建议你忏悔。但必须公开进行。然后会是长时间的斋戒和祈祷，但你不会介意，对吧？当然，你不能在修道院继续担任院长。你必须离开剑桥。”

“红衣主教大人——”

红衣主教转过脸来，和气地说：“怎么？把酒喝掉，巴恩斯博士。抓住机会吧。机不可失时不再来。”

从温暖的房间退出来后，巴恩斯面对着墙，像女人似的哭了。在这次见面中，沃尔西连嗓门都没有提高，却让他败下阵来。托马斯·克伦威尔

---

① 拉丁语，意为“神怒之日、震怒之日”。

走到他身边。“擦干眼泪。你可以编个更好的故事告诉你的朋友们。你可以夸口说你的回答毫无畏惧。让他们大惊失色。”

巴恩斯缩起身子。他觉得克伦威尔令人费解。他看上去就像那种把醉鬼从酒馆里扔出去的人。

在忏悔星期二①，修士在圣保罗大教堂的石板地上反省悔罪，沃尔西则从自己的金色宝座上俯视着他。教会的二十来位要人身穿缀有发亮宝石的挺括法袍，看着巴恩斯跪在一帮钢院商站②的商人和外国人中间——他们都被托马斯·莫尔的异教书籍引入了歧途。他们此前已经倒骑驴子，面朝驴尾，被领着游街示众。从路德的书上撕下来的纸张别在他们的外衣上，此刻像灰色的破布一样飘动。像巴恩斯一样，他们的背上也绑着柴捆，是用来引火的一把把干树枝，这是为了警示他们，一旦再犯，随时会被处以火刑。像巴恩斯博士一样，他们已经公开悔过。如果他们重蹈覆辙，就会在大庭广众之下，在恐怖和痛苦中死去，他们的骨灰将被抛在垃圾堆上。

教堂外已经人群聚集。他们的脸上淌着雨水，仿佛在融化一般，他们的身影在冬天的光线下模糊不清；人们顶着油布，那些油布犹如搁在他们的肩上，使他们看上去就像一头多腿的怪兽。“让开。”官员们喊道。一个个大筐被拖进人群的中央。里面的书籍被倒了出来，足足有一大堆，码在一个架子上。执行人的一位助手用火把将它们点燃，他的同伴们则用铁棒戳着书籍，让空气进去，尽管雨下得很大，在他们熟练的操作下，纸张烧了起来。嫌犯们被赶到一起，围着火堆转了一圈又一圈。由于离火太近，滚烫的热气令他们畏缩；他们扭开面孔，以防火花溅入眼里。随着纸张的卷曲，文字叹息着，渐渐化为一摊无声的灰泥。

巴恩斯博士被押往伦敦市的一所修道院。对他的看管比较宽松，他还可以有访客。一天，托马斯·克伦威尔走了进来。“我就住在附近。过来吃晚餐吧。”他在长凳上放下一本威廉·廷德尔的《圣经》，是一些松散地系在一起的活页。“来自安特卫普。”他说。巴恩斯抬起头，心里想，红衣主

---

① 也称“忏悔节”，是基督徒思罪忏悔的节日，于大斋节首日（圣灰节）之前的星期二举行。

② 汉萨同盟在伦敦的商站，设立于1282年，主要建筑为一栋三层楼房，还有存放文件的塔楼及庭园和武器库，由高墙围护，有自己的码头。

教的异教徒。

“我有二十本。还可以得到更多。”

过了不久，伦敦主教怀疑起这些《圣经》的来源。又是一次艰难的面谈，不过是与滕斯托尔主教。主教本意不想迫害人，巴恩斯对他不像对沃尔西那么畏惧。“我怎么可能把廷德尔的书带进来呢？我哪儿也没去，谁也没有见。”

他料定克伦威尔的名字不会被提起。也的确没有。滕斯托尔只是摇了摇头，不久就把他送到北安普敦郡。那儿远离任何港口。你从那里无法逃出红衣主教的辖区，而且只要有福音派教友去看你，十里八乡就会无人不知。

一天晚上，巴恩斯从关押他的修道院偷偷溜走。第二天，在他的囚室里，僧侣们发现一封致红衣主教的信，这个痛苦的人在信中说，他准备投河自尽。他们在岸边找到了他折叠整齐的僧袍。没有找到尸体，但可怜的罪人已经说明自己的意图。

从那以后，罗伯特·巴恩斯就销声匿迹；直到时代变迁，他们摆脱教皇，而他一洗过去的失败，在崭新的英格兰重新露面。

“进来吧，老鬼，”红衣主教的异教徒说，“造物真是神奇。你从水墓中又冒出来了。”

“你还是那么喜欢说笑。”巴恩斯说。

“但你连脚都没有湿！”

巴恩斯当年根本没有投河。他从低地国家的某个诡道游了出来，在基督那儿找到了朋友、保护人和兄弟。数年后回来时，他已经掌握多种语言；世事更迭，如今他是国王的牧师，并将他的信送往国外。“而滕斯托尔去了杜伦。”他的东道主说，“红衣主教大人死了。”他坐回到椅子上。“我则成了勋爵。”

“给你带了这些。”巴恩斯把几张版画放在桌上。是胖子马丁。

“你把我惯坏了。”克伦威尔勋爵说。

在以往的画像中，路德显得超凡脱俗，身形瘦长，而新画中则很肥胖。他的光头上几年前就长出了头发，有时还留起胡子。巴恩斯告诉他：“教皇党人焚烧他的书时，还把他的画像钉在上面，仿佛那是马丁本人。但德意志的乡下人——那些普通百姓——却相信他的画像水火不侵。”

克伦威尔勋爵用一根手指点了点一幅画像。“我看到他带有光环。”

“那不是他的选择。他没有自命为圣人。但印刷商们能这样做真是太棒了。全欧洲的人都知道他的长相。连每个庄稼汉都不例外。”

“这是好主意吗？”

“多次有人想谋害他。其中一次，”巴恩斯笑着说，“是一位能让自己隐形的医生。”

“哦，那些家伙。”他说。携带空气刀具的秘密杀手。“自从沃尔西时期以来，我就一直在留意身后的隐形人。我有狐狸一般的耳朵，脑袋也能飞速转动，一闻到教皇党人或约克郡人的气息，就可以马上转头仔细端详。”他若有所思地看着那些画。“他的性情没有改善吗？”

“要我说，是更糟了。像女人一样虚荣和敏感。”

路德自从娶了一位前修女后，身体渐渐发福。婚姻对大主教没有产生同样的功效。克兰默依然清瘦苍白。“因为他肯定担惊受怕，”巴恩斯说，“唯恐国王发现。”

“国王已经知道了。”

“有这种可能。但我的意思是，唯恐他发现自己处于一种无法装聋作哑的境地。”

我们的国王强烈反对神职人员结婚。克兰默是在德意志期间结的婚，将格蕾特带了回来，让她闭门不出。独身者很喜欢搬弄是非，很多人都巴不得整垮克兰默。但话说回来，他们自己也有不可告人的秘密：情妇、孩子等。他说：“我与克兰默分工明确。大主教告诉亨利如何从善，我告诉他如何当王。我们互不越界。我们试图让他相信，伟大的国王都是善良的国王，反之亦然。”

巴恩斯说：“路德对统治者直言不讳。必要时还很犀利。”

“但到头来还是会顺从他们，他必须这样。”他打量着路德平凡的相貌，将他翻了个面，让他脸朝下。“你瞧，罗伯特，我们尽力而为。我与克兰默配合默契。在仪式方面我们顺着亨利的意愿，而他则允许我们拥有圣典。我觉得这是不错的交易。”

“依我看，”巴恩斯说，“我们的国王认为圣典的目的就在于允许他喜新厌旧。你说他会批准一部《圣经》，那为什么还要拖延？”

他把那些版画像一副扑克牌似的归拢，放进自己的书写盒里。“托马斯·莫尔以前常说，所有的译者都渴望从文本中得到某种东西，如果找不到，他们就自己添加。国王不会让我们使用廷德尔的版本。我们不得不变通一下，让其他人得名。”

“如果亨利在等待一种按有上帝手印的译本，那会等很久。路德会花上三四周的功夫去斟酌个别词句。我从未想到他会完成，但两年前，在莱比锡的书展上，他在以不到三荷兰盾的价格销售完整版《圣经》，从那以后还重印了两次。为什么德国人可以有圣言①，而英国人却不行呢？你可以盯着文本直到眼睛流血，慢慢啃着那堆像圣保罗教堂的尖塔一般高的文件——可是我告诉你，没有哪种译法是最终的译法。”

的确。没有哪个文本完美无缺。可你总得把它拿出来，交给印刷商。秘诀在于要让他们将每一行都排到页边。这样虽然不好看，但没有空白就意味着没有因为边注而造成的曲解。

“如果说我感到气愤不平，你肯定会原谅，”巴恩斯说，“这么多年来，我为国王辛辛苦苦，试图与德意志王公及其神学家们建立一个联盟，缔结某个协议——然后英格兰传来消息，你给我来了个釜底抽薪。”

因为砍了王后的头。的确。现在是秋天，巴恩斯依然感到惊愕。他说：“她可是信仰圣言的人。”

“她是霍华德家的人，”他说，“你知道霍华德家的人都信什么。只信他们自己。”

“克兰默不相信她有罪。”

“克兰默跟我一样。国王信什么他就信什么。”

“这也不是事实。”巴恩斯像维泰尔博的温泉一样咕噜个没完，“德国人知道克兰默是路德派信徒——不管他对亨利可能怎么说。克兰默是我手里的唯一一张牌。我等啊，等啊，等待我们英格兰的主教们拿出某个说法，我可以用来对付教皇党人的迷信，到头来他们却颁布了‘十条’②——而且他们左手给予，右手收回。每个词都模棱两可。”

---

① 也译“神的话”，即《圣经》。

② 也称“十条教规”，是克伦威尔主导下实施的新教化改革的一部分，主要内容是对天主教仪式进行了简化。

“是的。”他说。

“它们既有各种含义，又没有任何含义。”

“你可以对德国人解释……怎么说呢？……这十条虽然是对我们英国信仰的陈述，但并非完整的陈述。”

巴恩斯翻了个白眼。“你把我两手空空地派出去。如果你想要盟友，就得拿出什么做回报。”

五年多以前，德意志王公们成立了一个同盟，他们称之为施马加登同盟，以联手对付作为他们的大领主的皇帝。由于英格兰需要朋友，需要有人与它一起对抗教皇，还有谁比这些王公更合适呢？像亨利一样，他们提出要率领自己的臣民走出黑暗。如果福音派联盟同时还是外交联盟，就有可能迎来一个新的欧洲，遵循新的规则。但眼下我们玩的还是老一套：让法兰西与皇帝作对，让他们两强相争，唯有在他们的纷争中来保障我们的安全；而一旦他们交好，我们就忐忑不安，偷偷摸摸地试图破坏他们的协定，引发他们的疑心，极尽挑事、欺瞒和背叛之能事。这不是一个伟大的国家该做之事。巴恩斯说：“大人，该由你去向国王表明，事情可以不一样，并且更好。”

“但他讨厌不一样！”他已经有些恼怒，“我想，罗伯特，既然你在国外期间我们保住了福音，你得让我们来判断如何继续最好。”

“听你这话，好像我一直在游山玩水一般。那都是在为国王办事，而且是可悲的差事。德国人认为我们在经历末日。”

“这话他们已经说了十来年。如果你跟亨利谈论末日，他会觉得你在威胁他。这绝没有好处。”

他觉得跟有些人难以平和相处，因为他们相信自伊甸园的误会之后，我们就没有了自己的理智和意愿。“国王说，既然如路德所称，我们只有通过信仰基督才能得救，而基督选择了我们中的一些人——而不是其他人——进入永生；既然我们的努力被完全污化而在上帝的眼中一无是处，因而无法帮助我们得救——那人们为什么还要对邻人行善？”

“先有选择后有努力，”巴恩斯说，“而不是先有努力。这非常简单。得救的人会通过自己的基督徒生活而表现出来。”

“你认为我得救了吗？”他说，“我一身炭黑，双手散发着铜臭气，当我照镜子时，我看到了污浊——我猜这是智慧的开启？至于我堕落的境地，除了接受，我别无选择。我不得不掺和一些贪腐之事，这是我的职责。在黄金时代，我们要什么地上就有什么，但是现在，我们必须去寻找，去挖掘，去开山炸地，我们必须驱动世界，必须让它旋转研磨，必须滚动它，锤击它，取出我们所需。得有做饭的原料，罗伯特。得有写字板和书写用的墨水，得赚钱和做生意，我们得让穷人有活干，有饭吃。我记得在国外的一些城市，地方官做了很多好事，包括建立医院、救济穷人、帮助年轻商人贷款娶妻和开工厂等。我们可悲的状况得到了改善，我知道路德对此视而不见。但只要政府关心民众，民众就不会想念僧侣及其慈善。而且我相信，我的确相信，凡是为国效力和尽责的人，都会得到福佑，我不相信——"

他一时顿住，因为他不相信的东西事关重大。他说："我犯罪，忏悔，然后失误，再次犯罪，忏悔，期待基督完善我的不足。我坚持信仰，但不会放弃努力。我的主人沃尔西教导过我，尝试各种办法。不放弃任何可能。敞开所有渠道。"

"你引用红衣主教的话？在这种时候？"

"承认吧，"他笑道，"你很怕他，罗伯特。"

巴恩斯起身离开。他神情沮丧，喃喃自语地说起唐·斯科特斯。那是个世故、聪明的人，现在却对英格兰畏而远之，仿佛这里是极北之地，天、地和水混合成为一种果冻般的浓稠形态，一个夜晚持续半年，人们将自己染成蓝色。在沃尔西之前，欧洲的君王们曾经很藐视英格兰，就像藐视那片他们从未涉足其间的浓汤之地一样。英格兰是牧羊之国，以羊为支柱，但据传这里的女人都放荡随意，男人都嗜血成性——他们如果不是在国外杀人，就是在国内杀人。凭借非凡的才智，红衣主教找到了某种方法将这种名声为其所用。通过狡黠的手段，适当的贿赂，巫士般的智慧，魔术师般的花招，从空气中变出军队和金条以及从迷雾中变出武器的本领，他让自己的国家有了分量。他常常说，我把握着平衡，诸位，对你们任何的小争小斗，我可能干预，也可能不干预。他会撒谎说，英格兰国王有深不见底的金库，他的身后有一支勇猛的队伍；你们的英国人天性骁勇善战，坐在马背上都能睡觉，每个职员都有佩剑，每个书记员都会拿削笔刀捅你，就连农夫的马也会刨地。

于是，一两年后，出现了这样的问题：英格兰怎么想？英格兰会怎么干？法兰西必须笼络它，皇帝必须有求于它。至于战争本身，红衣主教宁可避免。亨利穿着金光闪闪的盔甲，放下面甲，骑着骏马，在法兰西的土地上做几个腾跃动作就够了——最多加上几桩把水搅混、把风声闹大的肮脏婚约。红衣主教经常说，如果说战争是一种技巧，和平就是一种完美而神圣的艺术。他和谈的代价不亚于大多数战役。他的外交是君士坦丁堡的谈资。他的条约是西方的荣耀。

可一旦亨利开始休妻，而不把皇帝放在眼里时，这些优势就丧失殆尽。教皇的绝罚令千钧一发似的悬在亨利头上。受到绝罚无异于成为麻风病人。一旦诏书生效，国王及其一众大臣就会成为杀手们奉教皇之命前来追杀的目标。他的子民们将承担起将他推翻的神圣职责。侵略军会名正言顺地来犯，而伴随侵略而来的各种罪——奸淫、劫掠等——会得到允许并提前洗白。

克伦威尔勋爵每天起床后——不管是在奥斯丁弗莱，还是在宫中自己的房间，或者在斯特普尼的府邸，以及法院路的案卷司司长官邸——都在尽力设法阻止此事的发生。法兰西和皇帝本周在交战，但到了下周，谁知道呢？局势瞬息万变，不等信息跨越海峡，可能就又变了。即使此时此刻——在国王两次丧妻并新婚之后——我们在罗马的人仍然在门上插着一个楔子，让它留出一条缝，仍然在保持对话，在塞钱打点。教廷必须抱有希望，觉得英格兰可能浪子回头。重要的是要确保诏书始终悬而不下。与此同时，我们必须设想最坏的情形：查理和弗朗索瓦——分别或者一同——闯进来，在白厅擦起自己的靴子。

世界上如今有三种人。一种人对克伦威尔勋爵恭恭敬敬地以他的头衔相称。一种人阿谀奉承，当他还不是勋爵大人时称他为“大人”。还有一种人心怀不满，虽然他现在已经是勋爵大人，却不愿意这样称呼他。

格利高里跟在他身后，说：“如果我母亲还在世，您觉得她会喜欢被称为克伦威尔夫人吗？”

“我猜所有的女人都会。”他顿了顿，手里拿着文件，目光打量着格利高里。“诺福克公爵有了麻烦，如果我们伸手帮他一把，会如何？”

公爵对他说，大人，看在上帝的分上，做做国王的工作吧，让我重新得到他的宠信。里奇蒙的死难道怪我吗？

“简称，”他说，“派我们的人去诺福克的人那儿，让他们知道，如果他们今年夏天邀请格利高里去打猎，我会很领情。”

“什么，我？”格利高里说。

理查德说：“除非你有别的事情要干。”

格利高里明白了。“听说肯宁霍尔是个很棒的狩猎之地。我想我可以去。但在去之前，我想知道我何时能有一位继母。”

他皱起眉头：继母？

“您答应过，”格利高里说，“您向我们保证过，会娶从这儿出去后遇见的第一个女人，以摆脱关于您想娶玛丽小姐的任何指控。您这样做了吗？您娶了吗？她是谁？”

“哦，我想起来了，”他说，“是威廉·帕尔的侄女凯特。她现在的身份是拉蒂摩夫人。很遗憾。”

“我们一致认为丈夫不是障碍，”格利高里说，“不过，拉蒂摩不是她的第二任吗？我敢保证，她把他们用垮之后就甩掉。她对您的求婚怎么说？”

“她邀请他去吃饭，”雷夫说，“是我们亲眼所见。”

“她握住他的手，”理查德说，“把他拉到一旁，温柔极了。”

“我想，”赖奥斯利先生补充道，“如果不是我们就在他们身后大惊小怪你推我搡，并且像猴子般的挤眉弄眼，她肯定会吻他。”

拉蒂摩夫人当时说：“我是来见新王后的。是来介绍我妹妹安妮·帕尔，看能否给她谋个职位。”

“很高兴看到你回宫，夫人。你妹妹如果跟你一样聪明，肯定会干得很好。”

他的随从们忍俊不禁呵呵直笑。他假装没有听见。凯特·拉蒂摩是个长相甜美、鼻子有点塌的年轻女子，现年二十五岁。她的家族世代都是朝臣。她母亲莫德·帕尔曾侍奉凯瑟琳王后多年，而她叔叔威廉是一名侍从。

“我会在拉特兰夫人那儿帮你妹妹说一下，不过，我不知道简还能否接受其他人。每一次有船来，李尔夫人都会托人提醒我。如果她的继女们得不到安排，我很快就会感受到从加来随狂风吹来的她的怒气。”

“哦，巴塞特家的姑娘。”凯特咬着嘴唇，掂量着那些申请人，仿佛她们正在她面前列队而过。“王后不应该觉得只能接受一人。帮我妹妹说句话，好吗？本周来卡尔特庄园吃饭吧。拉蒂摩勋爵耐着性子待在这儿，迫不及待地想重返他的夏猎活动。在他把我带回北方之前，我想找人聊聊天。”

他怀疑拉蒂摩是教皇党人，但目前来说还忠诚。“你觉得斯内普城堡怎么样？”

她皱起鼻子。“嗯，你知道。那是约克郡。”她碰了碰他的袖子，朝一处窗洞点点头。“你的手下似乎在笑话我们。”

“哦，那是一帮蠢小子。只要看到漂亮的女人，他们就喜欢逗笑。”

避开众人后，她低下头，仿佛他们要讨论她的丝绒鞋子。“廷德尔怎么样了？”她小声说。

一时间，他以为自己听错了。接着，他说：“还活着。”

“但毫无希望。”她点点头，“我们听说你已经竭尽所能。现在他得受苦了，虔诚的人都得如此。直到他们进入一个比这更好的世界。”

他对拉蒂摩夫人刮目相看。“我请你别相信这宫里的任何人。”

“而你呢，别相信约克郡的任何人。”

他闻到她皮肤上的温暖香气，是玫瑰油和丁香的气味。他望向窗外。“我从来不信。”

“国王如果有意给简加冕，就应该在约克郡进行。在那儿展示他的力量。会正是时候。”为了让从一旁经过的人听到，她提高声音：“让我们知道你哪天会来。我们想盛情款待你。”她回头瞥了一眼。“让那边哪个蠢小子提前送个信。”

她似乎领会到了他们的笑话，因为她在走廊尽头转过身来，给了他一个飞吻。

八月，他在肯特郡，职责不离身，仆人马修像在狼厅那样帮他传送文件，而克里斯托弗则骑马跟在他身旁，马鞍上吊着一根棍子，以便轰走袭击者。“你听说过火罐吗？”当他们从湿淋淋的树下经过时，他问，“你在里面装上燃烧的东西，然后用投石器把它们投出去。这种武器也许可以投到加迪纳那儿，谁知道呢？越过大海把他点燃。”

他一边回忆一边说："小时候，我们在意大利造过这种东西。我们常常用猪油把硫磺密封起来。我敢说现在有更好的办法。"

"猪油最好，"克里斯托弗说，"我们什么时候试试？"

在阿灵顿城堡，主人看起来似乎活不了几周了。"在过去的这个夏天里，"亨利爵士说，"一想到我的孩子躺在塔里，我就夜不能寐。我知道你不会让他受到虐待。但你要处理国政，不可能时时刻刻看着他。"他双手颤抖，一滴酒撒在面前的账簿上。"哦，见鬼！"亨利爵士在纸上擦着。

"我来吧。"他将账簿移到安全的位置。老人叹了口气。"我相信汤姆已经学会低调生活。我希望他能接替我掌管阿灵顿，以及这里舒适的方方面面。包括我的猎场和树林，以及繁花点缀的草地。"亨利爵士闭上眼睛。"我希望他现在会知足，会好好地过下去。"

托马斯·怀亚特说，派我出国吧。派我去国外为国王效劳。我愿意去任何地方。我不想待在国内。

他放下文件，坐在一旁陪伴打盹的老人。*Lauda finem*①，他想，赞美结局。他想起当年在外面的院子里朝汤姆·怀亚特悄悄靠近的那头母狮，院子里弥漫的不是它凶猛的气息，而是傍晚花朵的芬芳。亨利爵士睁开一只眼，说："他会把贴身的衬衣都输掉，除非你把它钉在他身上。他会卖掉这个地方，或者在某个赌场把它输掉。在我还尸骨未寒时，他就会找你——托马斯·克伦威尔——伸手借钱了。"

旅行期间，他签署文件，让雷夫得到了埃塞克斯的一些领地，它们原本属于已故的威廉·布莱里顿。根据国王的旨意，他重新划分了小里奇蒙的所有财产。查尔斯·布兰顿获得了丰厚的赏赐。埃克塞特侯爵亨利·科特尼获得多塞特郡的一部分，以确保他忠诚不变和使他妻子格特鲁德感到满意。威廉·费兹威廉得到德文郡的一部分，以及威弗利修道院的土地和房屋——那是西多会僧侣来到英格兰后建立的第一座修道院，但该地一直容易淹水，金库已经掏空，只有十三名僧侣需要花钱打发。费兹还得到汉普郡和苏塞克斯郡的一些领地，位置都更为坚实——他需要支撑自己新的尊贵身份，因为他已擢升为海军大臣。

---

① 拉丁语，意为"赞美结局"。

这令诺福克公爵又一次失望。该职位曾经属于他，后来让给了小里奇蒙，如今里奇蒙已死，他原本希望恢复原职。但国王说，威廉·费兹威廉对我更有用，他为人坚定，总是对我实言相告。

国王的新亲戚必须得到封赏，包括租契和特许权。汤姆·西摩穿着紫蓝色紧身上衣，披着紫罗兰色丝绒短斗篷，在女人堆里周旋，见人就露出灿烂的笑容。爱德华·西摩尽量与身着黑袍的专家学者为伴，以了解自己能如何为国效力。大家一致认为他比国王的前一位内兄要强——尽管正如格利高里所言，只要他能避免跟自己的妹妹有一腿，就胜了乔治·博林一筹。

爱德华·西摩邀请他到他的城中别墅，让他观看一幅占据了整面墙的画。画中都是为西摩家族增光添彩的人，一直追溯到文字产生之初，还有些成员——想象出来的成员——则将他们的谱系回溯至天堂，并居于天堂的正中央。具有远见卓识的祖先们穿戴着若干年后才能制造出来的板甲。他们手握大刀、战斧、骑士锤和狼牙棒。他们的妻子佩戴着各自家族的徽章。不管是否有胡子，西摩家的一代代人都呈现出明显的家族相似性，就是长得都像爱德华。他们置身于自己的盾形纹章之下，犹如避雨一般。

至于王后本人，亨利不知道该如何奖赏她，该送给她什么。她得到了各种馈赠，包括城堡、领地、租金、仆人、特权、自由权和特许权。她的专利特许证是用金字书写，还饰有国王的画像——看上去更年轻，容光焕发，胡子刮得干干净净，仿佛简已经将过去的十年一笔勾销。亨利对她的身心状况进行过详尽的探究。令他满意的是，只有某个兄弟或近亲亲吻过她的面颊。她向牧师忏悔时，只需要五分钟。她要隐瞒的东西太少，简直像个透明人。她一心一意都在国王身上。凯瑟琳有她的小猴子，安妮有她的小猎犬，但简只有她的丈夫。她对他百依百顺，并且小心翼翼，仿佛他可能张口咬人；但她开开心心地对待他，就像他（克伦威尔）自己努力所做的那样。总之，她对待他时，仿佛他想做的一切都是天经地义。为了感谢他赠予的金饰和宝石，她缓缓地绽开笑容，惊奇地看着他，犹如一位少女看到心上人给她切下一块苹果，并插在刀尖上递给她。

搁笔之前，克伦威尔勋爵想起要给拉蒂摩夫人一处位于北安普敦郡的领地。

时至夏末，格利高里回来时，头发凌乱，皮肤晒得褐红。“诺福克大人对我很好。只要看到我坐在那儿读书，他就说：‘格利高里·克伦威尔，你还没有学完吗？’我说：‘没有，大人，我刚刚放下林纳克的《语法》，但现在必须看利特尔顿的《土地使用新论》，研学法律。另外，’我告诉他，‘我父亲前不久对我说：“你了解希腊七贤了吗？”当我说没有时，他说：“到九月份时一定要了解。”’但诺福克大人说：‘让七贤见鬼去吧，我自己从不认识他们，但成为圣贤的东西我样样不缺。放下书吧，小伙子，出去晒晒太阳，我会跟你父亲解释的。’”

他点点头。“他的确解释了。”他想，我不能跟那个瘦猴老混蛋过不去，他对我儿子很友善。

“但他儿子……”格利高里说，“萨里是个粗暴无礼的东道主。他对我说意大利语。我的意大利语不是太好，但受到侮辱时你还是知道。”

“没错。尤其是用意大利语的时候。”

“萨里说您是宗派主义者。是异教徒。您说上帝不止一个，而是三个。您说基督不是上帝，或者上帝不是基督。他说您是圣餐形式论者，也就是说，认为婴儿不应该受洗。萨里自己假装支持福音，但这是为了激怒他父亲。诺福克大人诅咒普通教徒开始阅读《圣经》的那一天。‘温顺的人有福了！’他说，‘我决非对救主不敬，但你不想让这种想法在军营里传播。’所以，他对《圣经》越讨厌，萨里就对它越喜欢。”

他点点头。父与子。在贵族们坐上自己的第一匹温顺的小马背上的那个年龄，他还在铁匠铺里玩耍，随时可能被乱动的马蹄踢中。“就让他挨一次踢好了，”沃尔特常常说，“他会长记性的。”他确实挨了踢，但不知道当时是否长了记性。

格利高里说：“玛丽·菲茨罗伊在肯宁霍尔，跟她的家人在一起。她日夜责怪没有合理分到里奇蒙的财产。她把自己作为他的遗孀所该得的各种数字都记在一个本子里。公爵没想到她还有这种小聪明，他到现在都没怎么跟她说话，他认为一个大男人不应该跟女儿们瞎唠叨。她说：‘如果你不肯去找国王讨要我那份遗产，我就去找克伦威尔勋爵，他对寡妇们非常和善。’”

赖奥斯利先生差点捧腹大笑。但格利高里离开后，简称跟着他走进他的私室，说：“你想给格利高里定亲。有没有考虑过玛丽·菲茨罗伊？一旦事成，你就能确保与公爵永远交好。”

“你的态度变了。你曾经说我该干掉他。”

赖奥斯利先生面有愧色。“我当时没明白你的心思。”

诺福克现在指望他帮忙在国王面前求情。亨利一听到诺福克的名字就横眉怒目。先是真心汤姆引发的事端，接着是里奇蒙之死，及其寒碜至极的葬礼……国王的不满日积月累。诺福克唯恐自己被关进塔里。看在圣劳伦斯的分上，我决不该受此对待，公爵说。我何时阻拦或顶撞过亨利？我总是忠心耿耿，总是竭尽全力，不管是我的钱还是人还是祈祷。我满腔熊熊燃烧的怒火。读他的信时，你不难想象一条条火舌从他口里喷射而出。

至于诺福克的女儿，“我们不要奢望，”他告诉赖奥斯利，“诺福克的眼界会更高。霍华德家的人不像我们，他们不考虑未来。他们希望未来与过去一样。”

他告诉格利高里，说到七贤，他们有这样一些格言：凡事要适度，万事忌过分(这两句是一回事，至理名言也可能重复)，了解你自己，抓紧时机，向前看，不要尝试不可能之事，还有普里埃内的毕阿斯那句 *pleistoi anthropoi kakoi*①，大多数人都是坏的。

今年夏天，增收法庭在忙于将僧侣变成金钱。解散的只是小修道院，法庭可以承担更多的工作，只要亨利愿意。职员们搬进位于威斯敏斯特的新办公室时，将拥有一个花园，他们可以在清新的空气中放松消遣，可以坐享鸟语和各种香草的芬芳。蓍草和甘菊给那些一丝不苟、加班加点地增添一栏又一栏数字的人带来安抚。水苏治疗头痛，蓝色的紫草提振心情。对于长时间盯着账本资料的人来说，经过浸泡的基督之眼②有助于他们舒缓眼睛，而迷迭香树篱的气味可以增强记忆力。

休·拉蒂摩主教对他说，很遗憾修道院得关闭，而穷人从中一无所获。但穷人不可能将脑袋靠在院长曾经歇息之处。更有可能是某位绅士会拆掉院长的修道院，用那些石材为自己建一座更大的房屋。国王没有将全部所得归为己有，无疑是良策。祈祷书中删除了教皇的名字，但各教区只

---

① 希腊语，意为“大多数人都是坏的”。

② 即鼠尾草。

是简单地贴上纸片将其遮住，他们认为世事更替，罗马会卷土重来。但一旦土地被瓜分，就没有哪位子民愿意将它还给教会。祈祷文可以重写，租契却不可更改。人心可以回归罗马，钱财却永远不会。

所以他想，即使在亨利离世之后，我们的功业也安全无虞。等到下一代人的时候，教皇的名字本身会从人们的记忆中抹去，以至于绝不会有人相信我们曾经向木头跪拜，向石膏像祈祷。英国人看到的上帝会是在大白天里，而不是隐藏在香烛的烟雾中；他们会通过一位与他们面对面——而不是背对着他们，用外语咕咕哝哝——的牧师而听到他的话。我们将有一批秉持良善的神职人员，给无知者以建议，对不幸者施援手，而不是一帮半懂不懂的僧侣，撩起僧袍坐在地上，玩着掷指关节的游戏①赌钱，以及试图偷看女人的裙底。我们将终结偶像，不管是面有菜色、挂着假笑的圣女，还是腰间的伤口像妓女的阴户一样张开的基督。虔诚者会把救主珍藏于内心深处，而不是直愣愣地瞪着他的画像——那画像挂在他们的头顶上方，犹如花哨的旅店招牌。休·拉蒂摩说，我们将打破神坛，建立学校。遣散僧侣，为小孩子购买写字板和练字本。我们要把永生的上帝从骗人的描绘中抽离出来。上帝不是他的长袍，不是他的外套，不是碎肉、指甲或荆棘。他不是被困在镶有宝石的圣体匣或窗户的玻璃里。而是住在人们心中。甚至住在诺福克公爵的心中。

白昼越来越短，诺福克来信请他担任他的遗嘱执行人。倒不是说他想到了死亡；但是当然，*sic transit gloria mundi*②，他很快就会六十有五，尽管并不知道时间去了哪儿。他请求在掌玺大臣方便时见个面。他想谈谈玛丽·菲茨罗伊。“很遗憾里奇蒙没有早几周去世。否则国王就不用娶约翰·西摩的姑娘，而可以娶我的女儿，她是本国最高贵的血脉之一。你也知道，我女儿是处女，跟受洗时一样白璧无瑕，因为我从来不让里奇蒙靠近她。”

正是因为他们没有圆房，国王才说那根本不算婚姻，所以女方不该分到财产。但由于公爵的态度十分友好，他没有用这个消息来打断他。“你知

① 类似于掷骰子，用的是动物的指关节。
② 拉丁语，意为“尘世繁华容易过”，是1409—1963年间教皇加冕仪式上的用语。

道谁来见过我吗？”诺福克说，“皇帝的人。恳求会面。想给我钱。哦，”公爵和气地说，“这完全合乎规程。我曾经从皇帝那儿享有一笔津贴，直到我的外甥女上位，而搅乱了所有的合理安排。”

“那么大人恢复了那些权利。”他严肃地说。

公爵盯着他。“我该感谢你吗？”

他摆了摆手。“查普伊斯很清楚你的贵族家世和长期经验。他知道你对国王和国家所具有——将来也始终会具有——的意义。”

“可能吧，”公爵说，“但他对此不太看重，而更看重你款待他的那些大餐。他谈起你时，似乎一切都由你说了算。这也是克伦穆尔，那也是克伦穆尔。不过，你帮了我的忙。对此我心里有数。”公爵迈着一双麻秆腿“咚咚”地走了。

霍尔拜因大人应召来见他。他的身上留有职业的痕迹，散发着亚麻籽、薰衣草油、松树脂和兔皮胶的气味。“你现在成了大人物，我要不要再给你作一幅画？”

“我对你以前的那幅很满意。”如果画像可以起掩饰作用，那么他已经做到，是他与汉斯合作的成果。他说：“我想到可以有一整面墙的画像。历代英格兰国王的画像。”

汉斯舔了舔嘴唇。“你想追溯到哪个年代？”

“到征服法兰西的哈里国王之前。到他的父亲博林布罗克之前。”

“你想包括那些被谋杀者吗？”

“如果不占用太多的空间。”

汉斯双臂侧伸贴在墙上，然后一次次地转动身体，用臂展测量墙面。“如果需要，你可以再造一个房间。”窗户底下，泥瓦匠在敲敲打打；脚手架正在搭建，尘土四处飞扬。“把他们的名字写下来。你想要亨利的画像吗？你站在他身旁，在他耳边报告钱数？”

他明白汉斯的的话外之意。如果今年为亨利画像，他就需要委托费。汉斯说：“他再也不能骑马驰骋，也不能打网球。所以瞧瞧现在。”他拍拍自己的肚子。

“没错。国王发福了。”

汉斯在画廊里走动，用双手为每一位国王划出大致的空间。“你从宫里回家后，会进来向他们请安。他们会说，‘上帝保佑你，托马斯，’仿佛他们是你的叔伯们一般。你之所以这样做，是因为你没有自己的人。”

这话同样没错。“真希望你给我妻子画过像。”

“为什么？她很漂亮吗？”

“不是。”

如果他的妻子和女儿们在世时，他花得起钱请汉斯，就会让他给她们画像，就像给托马斯·莫尔家的人那样。画面上会有他们家的小猎犬以及当时所养的其他小宠物；他手里拿着书，格利高里在玩一把儿童尺寸的剑，他的女儿们戴着珊瑚珠链。他几乎可以看到那幅画：他移动目光，打量着靠在他椅背后的理查德·克伦威尔，然后转向坐在画框右边、手握算盘和羽毛笔的雷夫·赛德勒，再转向一扇简称随时都可能进来的敞开的门。他试图回想女儿们的面庞，却无法做到。他知道记忆有时自欺欺人，但在此事上却无能为力。孩子们变化太快。格蕾丝每天都在变。就连丽兹的面孔也成了她帽子下面的一个模糊的椭圆形，尽管时隔不到十年。他想象自己对她说：“有个德国人要来给我们画像，我们会被复制，就像带着一面镜子。”当年去切尔西时，你向大法官——坐在墙上、带着顾问官的严肃表情的那位——躬身行礼。然后其真人会悄悄靠近，下巴发青，穿着磨旧了的羊毛长袍，搓着冰冷的双手，让你知道你打扰了他。托马斯·莫尔两次看着你，两次都面露不悦。

他说：“汉斯，我没有指望你亲自画这些国王。派一位手下来吧。他们相貌如何并不重要，因为无人知晓。”

两人握手为定。再现亡者没有什么不可，只要他们貌似真实就行。他（克伦威尔勋爵）将为两名学徒提供食宿，他们会一直待到那些国王完全晾干和悬挂起来，而汉斯会收取材料费和一点象征性的人工费，“不过是按富人的标准。”汉斯说。他用一根手指戳了戳他的主顾那穿着丝绒长袍的身躯，然后吹着口哨离去。

他的弄臣安东尼来到他面前，说：“大人，掌玺大臣的弄臣却没有佩戴银铃——何时听说过这种事情呢？”

“好主意，”理查德·克伦威尔说，“那么你要讲笑话时，就可以摇响铃铛让我们知道了。”

“我可能是天底下最可怜的弄臣，”安东尼说，“但我不会跑到各个酒馆，把你们的秘密四处传播，我还比威尔·索梅尔便宜，因为他现在是国王的弄臣，还有个人侍候他，而我不需要人照管。只有春天除外，到那时我会心情郁闷，需要有人让我远离尖刀以及我可能投水自尽的河流和池塘。”

威尔·索梅尔是个说着话都能睡着的驼背。他坐在餐桌旁，脑袋“砰”的一声栽进自己的盘子里。他在大街上也不安全，如果没有仆人拦住他，他可能会倒在车轮下。上台阶时，他可能滚到最底下，双脚绞在一起，头发沾满泥土。他白天里的每时每刻都与夜晚互相渗透，当他倒在宫里的地上时，猎犬会跑来查看他，一边摇着尾巴一边舔他的耳朵。索梅尔心地单纯，不会害人。但塞克斯顿——或者帕奇——那个家伙仍然待在尼古拉斯·卡鲁的府里，据说他在那儿讲述前王后的故事，称她为娼妓，他诽谤得越多，卡鲁给他的打赏也就越多；那个忘恩负义之徒还谈论他的前主人红衣主教，只要是醒着，就无时无刻不在诋毁他。

他对安东尼说：“让托马斯·艾弗里给你做个预算。然后你自己可以买铃铛。”

据报告，有三艘大船停靠在塞维利亚的河港，正在卸下从秘鲁运来的财宝，以充实皇帝的金库——其部队现已开进皮卡第，进入了法兰西国王的领土。亨利国王在从中斡旋，并声称会保持中立。“他的意思是，”查普伊斯说，“谁答应给他最多而让他付出最少，他就会站在谁那边。他的中立就是此意。”

他说：“哪个国王不是这样呢？他必须趁势而为。”

“但另一方面，”查普伊斯说，“亨利总是把荣誉挂在嘴边。”

“哦，”他说，“他们都一样。”

威尼斯大使祖卡托先生兴高采烈地来访，向他解释说，参议院已经同意给他五十个金币买马——这是所有前任大使都享有的补贴，但轮到他却被莫名其妙地忘记了。因此，威尼斯人只要愿意，就可以去打猎，跟随在国王和简夫人的身后，缓缓跑进迷蒙的晨雾中。围猎的传统已经流行多年：绅士们尚未起床，探猎者们就已经开工，搜寻一只适合猎杀的雄鹿，一只在林间空地动动身体慢慢醒来、嗅着新的一天的雄鹿。选中猎物后，就放出猎犬，于是，灰色、柠檬色、黄褐色和白色的猎犬接二连三地沿着猎物的路线奔去；雄鹿离开藏身之地后，猎人们会用手感受它躺过的草地，看它是冰凉还是仍有余温。日出时分，追捕开始。雄鹿可能会受惊和逃窜，可能会跃进寒冷的溪流，但猎犬紧追不舍，直到将它逼至绝境，它们一边追赶一边咒骂，用它能听懂的语言羞辱它，称它是无赖和恶棍，而猎人们则叫着：追啊，驾，驾，快点儿，伙计，跟上，驾，驾；当剑击中它，从肩膀直入心脏时，公鹿瘫倒在地，鹿角插进土中；于是，吹响过发现猎物踪迹、猎犬集结和猎物捕获信号的号角又吹响猎物已死的信号。它被消灭、分解，然后，蘸有它鲜血的面包被扔给猎犬，一部分骨头则扔给了乌鸦，它们被称为乌鸦的牙祭。最重要的是，鹿头犹如仍有生命一般，被插在长矛上带回家。

但是今年，为了让国王免于辛苦驰骋，又能享受娇妻美女们的陪伴，身着绿色绸衣的猎手们手持弓箭站在树林前，而雄鹿则被赶至他们附近。亨利拖着新近发福的身体，很容易就感到疲惫，有时还因为腿痛而愁眉苦脸；每天早晨，他的仆人们用绷带将他伤及骨头之处一层层地包裹起来，并尽可能地缠紧。王后静静地站在他身旁，目光紧盯在鹿的身上。如果猎物突然向左或向右，猎人们根据规定不得开枪，以免伤及彼此；如果不能迎面射击那只野兽，最好让它突围，然后向它预计经过的路线射箭。如果猎物没有当场毙命，猎人们会追踪受伤的雄鹿，根据血液的特点、颜色和浓度来判断会追捕多久。据说猎人比其他人更长寿；他们流汗多，脂肪少；夜晚上床时，他们由于太累而不受任何诱惑；他们死后会进天堂。

2. 基督五伤

伦敦，1536 年秋

犹如从茅草屋顶冒出的烟一样，关于廷德尔已死的传闻渐渐渗入英格兰。我们该相信吗？寝宫侍从们说，国王已经向皇帝——君主向君主——求证，看这个英国人是否确实已死。但不管是被证实还是证伪，从他桌上经过的文件都从未提及。“我还以为我们掌握了所有消息。”简称恼火地说。

我们派往国外的人致信国王时，都会给掌玺大臣抄送一份，往往还有一封比原信内容更多的附函。亨利喜欢对其他君主们以兄弟相待。“克伦，”他说，“你对国内事务的管理，我觉得无可挑剔，但有些事情只能限于君王们之间，我不能要求我的国王同仁们直接面对你，因为……”国王看向远处，也许在想象帕特尼。“尽管这由不得你。”

有些人认为廷德尔还活着，关押者们在折磨他，想让他在大庭广众之下公开放弃信仰。但我们在安特卫普的联系人毫无动静。也许我们错过了什么，也许消息被译成了密码，藏在某个商人的货单里？简称说：“在威尼斯，有些人整天研究密码。他们研究得越多，就了解得越多。”

“我相信可以安排你做这项工作，”雷夫说，“但果真那样，克伦威尔勋爵就会让你按日取酬，你就拿不到印玺秘书职位的薪俸了，那简称夫人会如何说？她不会用密码来表达意见，加来的人就会听到她痛骂。”

亨利焦躁不安；仿佛要将夏季拖长一般，他把简从一座府邸拖到另一座府邸。他(克伦威尔)尽量确保自己或者雷夫待在国王身边。他对查普伊斯说：“与苏格兰的所谓谈判根本不会发生。亨利不会去约克以北的地方。他担心饮食不好，盗匪横行，沐浴没有保障。出于同样的原因，苏格兰国王也不会南下。”

他们在白厅。查普伊斯与他一同站在一处窗洞前。大使的随从们退至一旁，但他能感觉到他们的关注。“廷德尔真的被烧死了吗？”

“亨利没跟你说过吗？他知道你跟那个异教徒关系密切。”

“我受不了那家伙，”他说，“谁都受不了。”

但话说回来，我们并没有要求廷德尔来做客吃饭，或陪我们打木球。我们要求他照顾我们的灵魂。廷德尔理解上帝的话，擎着火炬引导我们穿越诠释的沼泽，以免我们迷失，用廷德尔自己的话说，就是以免我们像被小精灵捉弄的旅行者那样，光着脚、赤条条地被抛在荒野上。

你发现查普伊斯大使并没有明确地说他死了，而只是自然而然似的让他变成了过去时。

他以普通人的身份访问沙夫茨伯里修道院，仿佛是增收大臣理查德·里奇爵士的侍从；随行的还有克里斯托弗，作为他的小跟班。他请求伊丽莎白·卓什嬷嬷赏脸一见，并估计对方会让他久等，结果也不出所料。

“真可笑，”里奇沮丧地说，“你是教会的二号人物。而我呢，是这种身份。”

“阿尔弗雷德国王建造了这座修道院，”他告诉克里斯托弗，“他们有殉道者爱德华的圣骨，所以很富有。”

“他们玩些什么花招？”克里斯托弗问。

“通常的神迹，”里奇说，“也许我们会亲眼见证一次。”

克里斯托弗拴好马，朝厨房走去，想找哪位小修女要点面包和蜂蜜填填肚子。他和里奇被留在接待室里，可供消遣的是一幅布画，上面是在轮子上受难的圣凯瑟琳①。他们听着修道院里的忙碌之声和外面小镇的喧嚣，直到空气中越来越多的动静表明，他们的计策已被识破：脚步匆忙急切，房门砰地一响，有人在喊，“伊丽莎白嬷嬷？嬷嬷？”沙夫茨伯里这座小镇有十二座教堂，对居民们来说为数太多。它们的钟声一响，街道都会震动。

“看来你亲自到了，克伦威尔大人。”院长说。

“你知道我的长相，嬷嬷。”

“本地一位绅士有你的一幅画像，并将它公开展示。”

“我希望如此。放在他的地窖里毫无用处。你拜访过很多绅士？”

她抬起目光看着他。“为了本院事务。”

“当然。那位画师画得像我吗？”

她打量着他。“他对你很友善。”

“你看到的是复制品的复制品。越复制越走样。我儿子觉得我看起来像杀人犯。”

院长乐了。“我们在这儿过着非常宁静而幸福的生活，我好像没有看过其他的画像，所以无从比较。”她站起身，“但你有正事要办。你是来见多萝西娅修女的。”

她领着他一边走一边说：“理查德·里奇怎么来了？我们的财力很雄厚，不亚于国内的任何修道院。据我所知，理查德爵士的工作是针对小修道院的。”

---

① 著名殉道者，大约生于公元287年，死于305年，据传被处以肢刑，但肢刑架的轮子破裂，最后被砍头。

“我们想掌握最新数据。”

“我已经当了三十年的院长。凡是有关本院财力的问题，问我就行。”

“里奇喜欢白纸黑字。”

“我警告你，”伊丽莎白嬷嬷说，“你也可以把这种警告转达给国王。我不会交出本院。今年不会，明年也不会，在我此生的任何一年都不会。”

他举起双手。“国王并没有这种想法。”

“到了。”她推开一扇门，“沃尔西的女儿。”

多萝西娅微微起身，他抬手示意她坐下。“小姐，你好吗？我带来了一些礼物。”

这是一间狭小而没有阳光的侧室。他让自己好好地端详了她一番。她不像红衣主教。更像她母亲？她看上去还讨人喜欢，尽管不肯有个笑脸。也许她在想，过去这些年你去哪儿了？

他说：“你小的时候我见过你一次。你应该不记得我了。”

她没有伸手去接礼物，他便把它们放在她的腿上。她解开包袱，看了看那些书，把它们放到一旁。但她拿起一条细麻布手帕，举起来对着光查看。上面绣有圣多萝西娅的三个苹果，还有花环、枝条和花朵，有百合和玫瑰。

“这是我府里的人制作的，向你表示心意。是雷夫·赛德勒的妻子——你可能听你父亲说起过小赛德勒吧？”

“没有。他是谁？”

他从口袋里掏出一封信。写信人是红衣主教的仆人约翰·克兰希，曾经代她父亲将她安置在这里。他掌握这封信已经颇有时日，而且养成了一种习惯——不是随身带着它，而是知道它在哪儿。

“克兰希告诉我，你想就这样过一辈子。但是我想，你当初发愿时还很年轻。”

她低头看着手帕，研究着绣工。“这么说我可以还俗？”

“你随时可以离开。”

“去哪儿？”她问。

“欢迎去我家。”

“跟你一起生活？”她语气中的寒意令他后退了一步，尽管空间很逼仄。她叠好手帕，于是图案藏了起来。“我哥哥托马斯·温特尔怎么样？”

“他很好，什么都不缺。”

“你提供的？”

“这是我为红衣主教所能尽的绵薄之力。等你哥哥下次回国时，我可以安排你们见面。”

“我们对彼此会无话可谈。他是学者，而我是个穷修女。”

“我原本很乐意将他留在敝府。但为了学业，他宁可旅居国外。”

“红衣主教之子在英格兰无处容身。我听说，在意大利他会很受认可。”

“在意大利他会成为教皇。”

她转过身去。好吧，他想，不再开玩笑了。

她说：“安妮·博林垮台时，我们以为真正的宗教会得到恢复。整个夏天都过去了，现在我们对此表示怀疑。”

“真正的宗教从未废止，”他说，“你没有机会看到国王的生活方式，所以以为宫里日日笙歌。我向你保证并非如此。国王白天会望三次弥撒。他像以前一样过所有的宗教节日。遵守斋戒的规定，有些日子只用素食。我们一样都不少。”

“我们听说圣礼要被取消。所有的僧侣和修女会被遣散。伊丽莎白嬷嬷认为国王最终肯定会没收我们的修道院。那我们会怎么生活？”

“没有这种计划，”他说，“但如果发生这种情况，你们会有津贴。我相信你们院长会极力要价。”

“但如果没有我们的教会姐妹，我们会怎么办？如果我们的亲人不在了，我们就无法与他们团聚。”她涨红了脸，“或者即使他们还活着，也可能不想要我们。”

他必须有耐心。“多萝西娅，没必要哭。你在想象那些你决不可能受到的伤害。”

他想，我该拥抱她吗？国王的一个女儿靠在我的肩膀上哭过——或者说如果我站着不动，她就会那样。

“我来这儿就是为了让你好好放心，”他说，“我知道，这是你迄今唯一了解的地方。但你未来的路还很长。”

“克兰希以他的名义把我带来撇在这里。谁都知道我是沃尔西的女儿。我不是自己要来这儿的，但也不是自己要离开。我不希望被赶出去乞讨。”

他想，女人就是这样，必须设想出一些场景，来勾出自己以及你的眼泪。我已经说过她可以去我家了。

“我会给你安排一笔年金。”他说。

“我不会接受的。”

他不以为然；人们口里常常这么说。“或者如果你愿意结婚，我会为你物色人选。”

“结婚？”她难以置信。

他笑了起来。“你听说过那种幸福状态吗？”

“一个私生女？一位失势牧师的私生女？甚至毫无姿色？”

他想，一笔丰厚的嫁妆会让你变成天仙。但这不是她想听的话。“相信我，你是个可爱的年轻女子。在此之前，没有哪个好男人举起过一面镜子，让你通过他的眼睛看到你自己。一旦有了漂亮的服饰，你会让一位新郎看得目不转睛。我认识一些很棒的商人，也了解法兰西宫廷以及意大利的时装。我装扮了……”他住了口。我装扮了两任王后。

她打量着他。“我相信你很有眼光。”

“或者如果你愿意考虑我，我可以，我自己——”

他顿住了，感到愕然。这根本不是他想说的话。

她愣愣地看着他。这种话你无法收回。“我会娶你，小姐，如果你愿意接受我。我已经，你可能不知道，我已经丧妻很久。我这个人没有魅力，但别的什么都不缺。我很富有，而且可能变得更富有，所以你没有钱对我不是障碍。我有好房好屋。你会发现我很慷慨。我把家人照顾得很好。”他听见自己的声音，正在像一个仆人似的自我推荐，向这个惊讶的年轻女人强调自己的优势。“我没有孩子，不会给你增添负担，除了格利高里，他差不多已经是大人，很快就会娶妻成家。我倒是还想要孩子。但如果你不想，那就不要。如果你只想要名义上的婚姻，以便在世上有安身之所，那么看在你父亲的分上，我也可以接受……”他犹豫着。

她走到小窗户旁，气愤地望着外面。除了一面墙，那里什么也看不到。“只是名义上？我不懂你的意思。你到底要不要娶我？”

“你在这个世界上孤身一人，我也一样。看在你父亲的分上，我会爱护你。谁知道呢，没准你会慢慢喜欢上我。如果没有，那么——你还是会有一个家和一个保护人，我不会对你提别的要求。”

“是因为你有一个情妇？”

他没有回答。

“也许有几个，”她似乎在自言自语，“如果我在待售而你是买主，那么你的确有自我推荐的所有资本。你有钱买任何东西，多亏我父亲，他给了你人生的开端。”

他想：我人生的开端——小姐，你无法想象。他感到难过、受伤和心寒。她对他为什么会心如铁石？在伊舍的那个漫长的冬天，他多次偿还红衣主教的债务。都是自掏腰包，但为数还是不少，支付的对象包括肉贩、船夫、灭鼠人、马药贩子、占卜师和咸鱼贩子。还有其他一些根本没有记入账本的支出，比如收买诺福克安插在府里的眼线。“你父亲是一位慷慨的主人，”他说，“我对他十分感激，无法用数字来衡量。是他向我解释国王的事务。解释事情实际上如何运作，而不是人们所说的如何运作。不是习俗，而是实践。”

“当然，”她说，“是他让你得到国王的关注。事后的结果我们也看到了。”

他想，她不喜欢我的求婚，不喜欢。我根本不该开这个口，我内心十分清楚这样不妥，我年龄太大，而且曾经跟她父亲的关系那么密切，也许她觉得我们是亲戚，她几乎像是我的妹妹。他说：“多萝西娅，告诉我，怎样才能让你安全和舒服。忘了我说的婚事吧。”他不由自主地笑了，忍不住想让她开心。“还有别的办法，虽然你觉得我形象不佳。”

“你的形象没什么不佳，”她说，“起码不像你的品行那么糟糕。”

他还在微笑。“你不喜欢我对修士修女的处理方式。这我能理解。”

“我很多的姐妹们都迫切希望脱掉修女服。如果修道院解散，她们明天就会离开。伊丽莎白嬷嬷没有说你的坏话。她说你的交易都很公平。”

“哦，那么……我想，你不喜欢的是我的宗教本身。我喜欢福音，并且会追随它。你父亲明白这一点。”

“他明白一切，”她说，“他明白你背叛了他。”

他目瞪口呆地看着她。他可是克伦威尔勋爵，从来都波澜不惊。

“我父亲在流放期间和被迫北上时，写过一些信，他太想重新得到国王的宠信，便写信请求法兰西国王为他说情。他还向王后求助——我是说已故的王后凯瑟琳——请她原谅他们的分歧，与他为友。”

“这都确有其事，但是——”

“你让那些信送到了诺福克公爵手里。你对它们进行了恶意的解释，它们原本根本没有那些意思。而诺福克又把它们交到国王手中，从而使事情不可挽回。”

他无言以对，过了片刻才说：“你完全误会了。”

她气得浑身发抖。“你把你的人安插在我父亲在北方的府邸里，你敢否认吗？”

“他们在那儿是为了侍奉他，帮助他。小姐——”

“他们在那儿是为了监视他。是为了刺激他，激怒他做出冲动的事，说出冲动的话，然后你的公爵主人就可以编造成叛国罪了。”

“老天，”他说，“你认为诺福克是我的主人？我的主人只有沃尔西，没有任何别的人。”

冷静，他对自己说，不要像一个匆忙的园丁，扯掉了杂草，却把根留在地下。他问她：“是谁告诉你的，你相信多久了？”

“我一直都相信，而且不管你如何否认，我以后也会始终相信。”

“如果我把证据摆在你面前，表明你错了呢？书面的证据？”

“我听说，伪造是你的才能之一。”

“你听说了太多，而且听错了对象。”

“你生气了。没做亏心事，不怕鬼敲门。”

他想，别跟我谈亏不亏心。我除掉了一些侮辱过你父亲的人，以儆效尤——可以说他们不亏心，如果你的定义延伸一下的话。我让他们再也回不了赌场、舞场和网球场。我让每个人都成为新郎——将他们几乎从未想象过的罪嫁祸于他们，然后让他们与刽子手共赴自己的喜宴。我听说小韦斯顿乞求饶命。乔治·博林呼天痛哭时，我扶过他。我听到马克在一扇锁着的门后面抽泣；我当时想，马克是个脆弱的孩子，我要下去放了他，但转念一想，不行，该轮到他吃苦头了。

“如果你一定要这么想，”他说，“我就不再烦扰你了。既然你坚持己见，不顾所有的证据和理由，我如何能反驳？我愿意发誓，我很乐意发誓，但你会认为——”

“我会知道你是个伪誓者。我信任的人告诉过我，克伦威尔既没有信仰也没有真话。”

他说：“如果你信任的人抛弃了你，多萝西娅，那就来找我。我永远不会拒绝你。除了上帝，我最爱的就是你父亲，他的任何孩子，或忠于他的任何灵魂，都可以指示我做任何事。无论多大的风险，多高的成本，多大的努力，我都在所不辞。”

“把这带走，”她一边说，一边递过手帕，“还有这些书，不管是些什么书。”

他拿起礼物，离开了她。他站在房间外面，靠着墙，目光停留在一幅画上，画中的男人身体扭曲地被绑在一棵树上，头、手和心脏都在流血。

理查德·里奇大步上前：“先生？”

克里斯托弗一脸惊愕。“大人，她说什么了？”

他说：“我相信自从伊舍那次之后我再也没有哭过。自从万灵节前夜之后。”

里奇说：“是吗？你真让我吃惊。国王的重大考验都没有逼出过一滴泪？”

“没有。”他勉强一笑，“国王烦恼时，哭起来一人顶俩，所以我觉得自己没必要多此一举。”

“那现在是什么惹起来的？”里奇问，“我能问一下吗？恕我冒昧。”

“不实指控。”

“真令人伤心。”里奇说。

“理查德，你不认为我背叛了红衣主教，对吧？”

里奇眨了眨眼。“我从没想过这个问题。你没有，对吧？”

他想，就算我背叛了他，里奇也不会怪我——一个垮台的大佬又有何用？他说：“如果不是因为我，红衣主教在失势之初就会被人害死，或者就算未被害死，也会活得像个乞丐。为了他，我把我自己、我的家人以及我所拥有的一切都置于险境。如果说我跟诺福克有交道，那也只是帮我的主人说话。我当时不喜欢托马斯·霍华德，现在也不喜欢，我从来不是他的人，以后也永远不会是，就算他来我这儿谋个倒便盆的差事，我也不会雇用他。”

“我也不会，”克里斯托弗说，“我会把他踢进沟里。”

他说：“在伊舍，我哭的那天，正值我的妻子女儿们去世不久，炉膛里只有冷灰，寒风呼啸着穿过每一道缝隙——于是死去的灵魂从炼狱出来，在院子里随风飘荡，并撞击着百叶窗想要进来。当时我们相信这种事。许多人都信。”

“我现在还信。”克里斯托弗说。

“我想我再也不会哭了，”他说，“我的眼泪流干了。”他听到自己的声音絮絮叨叨。“你知道吗，沃尔西在北方时，有个家伙来找我，是布商们的代理人，他说：‘红衣主教欠我们一千多镑。’我说：‘讲精确数字。’他说：‘一千零五十四镑再加一些零头。’我说：“出于对他的爱，你们能否减去零头？’他说：‘我的主人们已经减了又减，对那些出于虔诚而提供的缝制法袍的布，他们自己分文未赚——我们说的是金线织物。’”

他想，我试过各种办法来帮我的主人：我试过劝说、祈祷，当这些都行不通时，我还试过精打细算。里奇不解地看着他，但他停不下来。“那家伙对我说：‘红衣主教欠商人卡瓦尔坎蒂八十七镑，已经拖了七年，买的是最华贵的金线织物，每码三十先令，共三百十一点五码，还有低一级品质的共一百九十五点五码。’他说：‘全部订单都留在约克府，我有送货单。红衣主教说国王会付钱，’他对我说，‘但恐怕我们等到世界末日也看不到那一天。’”

“先生，”克里斯托弗说，“坐在这个箱子上吧。你可以用那条手帕擦擦眼睛。”

他看着那些绿叶，那是海伦充满爱心地绣出的一针一线，就为了让一个陌生人快乐。“于是我对卡瓦尔坎蒂的人说：‘很好，这笔账我认了，但有五百马克[①]要除外，因为商人们发誓说这笔钱是给红衣主教的，为了得到他的友谊——到末日审判时，这对他们无疑会有好处。’但他说：‘那笔钱已经扣掉了，你不能扣两次。’于是我不得不接受。”

他在箱子上坐下。克里斯托弗说：“先生，别再哭了。你说过不会再哭的。”

---

① 旧时英格兰和苏格兰货币单位和硬币，等于2/3英镑。

“在哈里·珀西拿着逮捕令去卡伍德后，红衣主教来不及还债就被押送上路。药剂师拿着账单来找我——那些药没有用，因为病人快要死了。”

“它们不是根据疗效来付钱。”里奇说。

“他一死，狼群就围了过来。鱼贩巴斯登说，他被欠了三千条鳕鱼干的钱。我就问：‘从何时开始的？’”

“先生……”里奇说。

“还有海盐——但谁家的厨房会按每蒲式耳一马克的价钱买盐呢？”他看了看周围。“那姑娘说得对。是有过忘恩负义，有过生意欺诈，有过作伪证、诽谤和盗窃。但我对沃尔西没有二心，否则上天不容。”

钟响了。他能听到修女们开始走动，集中起来念诵祈祷文。他说：“我本该陪他去约克郡。他去世时我本该守在他身边。我不该让国王挡住我的路。”

“大人，”里奇轻声说，“国王没有挡住我们的路。他就是我们的路。”

他说：“我要再去见多萝西娅。我要向她解释。”

克里斯托弗说：“你无法消除她相信了那么久的东西。随它去吧。”

“总体而言，这是个好建议，”里奇说，“大人，刚才是晚祷的钟声。我们最好出发吧，除非想在这儿逗留一夜。我已经跟院长友好道别，我发现她是个通情达理的女人，对法律也非常了解——这些女人真令人惊讶。我拿到了数据，所以此行的任务已经完成——如果你也完成了的话。”

“我完成了，”他说，“走吧。”

他想起那位假先知伊丽莎·巴顿修女。她说可以帮你找到死者，只要你给她足够的钱。她说，她找遍了天堂和地狱，但从未找到沃尔西，直到最后才在一个不知名的地方找到了他，发现他坐在一群尚未出生的人中间。

在伦敦，他手里扭着那条绣花手帕。雷夫来了。他说：“你可以把它还给海伦。”

雷夫轻声说：“听说她对您很不客气。”

“你们劝过我，”他说，“你和我外甥——你们说，您得放开红衣主教。不管我是否愿意，他都已经离开我。但没想到他会走得那么远。”他用手比划房间的空间。“我习惯了他的来访。我在脑海里看到他。我寻求他的建议。他已经死了，但我还在让他工作。”

“他还会来的，先生，当您需要他时。”

他摇摇头。多萝西娅重写了他的故事。她使他变得连他自己都感到陌生。“谁会告诉她我背叛了她父亲呢——除了她父亲本人？”

雷夫说：“您花了那么多时间，赔上那么多东西，做了那么多祈祷……他肯定知道您的忠心吧？”

我们只能这样希望。你可以说服活人重新思考，但无法在死人那儿恢复名誉。

“我现在发现该多问她一些问题的。她说，你的公爵主人。天啊，我宁可为帕奇效力。”

雷夫做出噤声的手势。“您知道红衣主教以前常说的话。隔墙有眼，隔墙有耳。”

仿佛他在自己家里都不安全。但话说回来，他永远也做不到像赛德勒那样谨慎。

而里奇呢？里奇将他的故事四处传播，不管是在林肯律师学院，还是威斯敏斯特宫，或者城里的公会会所，都到处夸他——或者他听说是这样。“克伦威尔勋爵将所有的数字都装在脑海里。鳕鱼啊，海盐啊，等等等等。尽管他因为沃尔西女儿的侮辱而深受打击。恐怕他受到了严重的污蔑，天知道谁是幕后黑手呢？他的敌人太多。不过，他的脑子太棒了，”里奇敬佩不已地说，“太棒了。我想，就算文字被消除，政府的所有记录被销毁，他还是会把它们装在脑海里，包括英格兰的所有法律，各种先例和条款。我真是三生有幸，能做他的朋友，而且能为安慰他的情绪尽绵薄之力。是的，我很高兴当时就在他身边。赞美上帝，”理查德·里奇说，“从他身上我每天都学有所获。”

他身心都从沙夫茨伯里回来后，便打开加迪纳从法国的来信，信中说皇太子已死，是不明原因的高烧，持续了三天。亨利自己也是刚刚丧子不久，因而表示了同情，宫里的人都开始服丧。对克伦威尔勋爵而言，这丝毫不难，他原本就是一身黑衣。他经常在盛大的场合露面——作为朝臣，他身不由己——但他不想城里的兄弟们说“克伦威尔近来全是穿的红色”，或者“他喜欢上紫色了，就像主教似的”。

来自法国的消息很快得到更正。倒不是说皇太子还活着，而是他的死极不正常。但是，他问，别人干吗要花心思毒死这个孩子呢？弗朗索瓦还有其他几个儿子啊。

法兰西大使馆保持沉默。安东尼走进奥斯丁弗莱，一边摇着新银铃，一边大声说：“感谢上帝，少了一个法国人！”声音在关闭的门后消退，传上楼梯，飘进远处的走廊。“少了一个，谁会在乎如何死亡？”

回音飘荡：在乎——乎，猫头鹰的“呜呜”；死亡——亡，猎犬的“汪汪”。奥斯丁弗莱正在扩建，渐渐变成一座宫殿。建筑工人天一亮就敲敲打打。理查德·克伦威尔手里拿着一卷图纸进来。“我们的邻居斯托在全伦敦说您的坏话。您知道他有一座凉亭吧？我们的人把它放在滚子上，朝他那边挪了二十英尺。他说我们在偷他的地。我送了一封信过去，向斯托大人致以问候，并问我们能否看看他的规划图？”

他抬起头。“我知道自己的边界在哪儿。他提出的是严重指控，我很生气。”

“那就让他妈的见鬼去。”克里斯托弗说。

他们不知道克里斯托弗也在房间里。但他就在那儿，坐在那个角落，犹如从教堂掉下来的滴水兽。他记得他们骑马去金博尔顿的那天，这孩子说过：“我会为你杀死一个波尔家的人。只要你吩咐，我会杀死一个波尔家的人。”

他想，克里斯托弗既然能神不知鬼不觉地待在我的房间，肯定也能溜进雷金纳德的府里。他对理查德说：“我该处理他的事情了。让他打住。”

“斯托吗？”理查德很意外，“一封措辞强硬的信就够了。”

“波尔。雷诺。像你建议的那样，可能需要一把刀。”

不过，如果克里斯托弗被抓进某个地狱般的地方，被刑讯逼供的意大利人折磨得呼天抢地，最后被烧死，他会很难过。法国人也坚信痛苦的作用，他们说，唯有痛苦才能得到真相。据说他们逮捕了一个毒害他们王子的人，但暂时还在对他实行诱供，因为他们相信他会招认某个惊天阴谋。软的手段自有其作用。但任何审讯者只要一看到克里斯托弗，就会明白他不吃这一套。“克里斯托弗，”他说，“万一——”他摇了摇头。“不，算了。”

他暗暗发誓，如果我真的差遣他，就会告诉他，不等他们对他施以火刑或肢刑，他就连忙招供“是托马斯·克伦威尔指使的”。干吗不呢？我会承担责任。我罪恶累累，负责记录的天使已经无处可写，正拿着磨钝了的羽毛笔坐在角落，扯着头发痛哭。

“走吧，”他说，“穿上外套，理查德。我们出去在边界上来来回回地踩几趟，留下印记，再砌一堵两人高的石墙。我们的朋友斯托就可以坐在墙那边嚎叫了。”

近三周来，在英格兰东部的林肯郡，关于国王驾崩的谣言在满天飞。聚集在酒馆的酒客们说，顾问官们在刻意保密，以便可以继续以国王的名义征税，并将这些收入用于自己享乐。雷夫说：“有人告诉亨利他死了吗？我认为他应该知道，还认为应该由一个地位比我高的人去说。”

雷夫打了个哈欠。他整整一周都在温莎陪侍国王，从来没有在半夜之前上过床。亨利处理文件磨磨蹭蹭，早上从他手里接过去，但晚餐后才召他去商议，对着信件皱眉发愁时，一直让他站立一旁。威斯特摩兰郡有骚乱的传闻；亨利说，只要边境附近发生事情，你就可以肯定苏格兰人会趁机添乱。苏格兰国王已经乘船出发，准备去法兰西找一位新娘，但海风将他吹回到了自己的岸边。与此同时，皇帝提出要与亨利联手抗法。查理在装备一队战舰。他希望我们把现金堆在桌上，以证明我们的承诺。

他对查普伊斯说：“难怪你的主人这么谦恭。他为什么总是没有现钱？而且支付这么巨额的利息。”

“他应该让你帮他管钱，”查普伊斯说，“行了，托马斯，表示同意吧。我的主人给了你一笔津贴。那可不是白给的。”

“法国人也这么说。我如何能让你们双方都满意呢？”

查普伊斯摆了摆手。“换了是我，也会拿他们的钱。你现在身为贵族，开销很大。但我们都清楚，你在内心里站在皇帝这边。想想看，如果激怒了我的主人而使他对你的商人们采取行动，他们会失去多少好处。盘算一下，如果我的主人对英国人关闭港口，损失会有多大。”

他笑了。查普伊斯总是拿封锁和破产来威胁他。“问题在于，我的国王不再相信你的君王。你的主人曾经答应要赶走弗朗索瓦国王，并将他的领土分一半给我的国王。而亨利心地善良，相信他了。但是，当我们在不断提高自己的法语水平以便可以对我们的新子民发表讲话时，查理却背着我们与他们谈判议和。我们不会再次上当。这一次我们需要一些更强有力的保证，否则一个子儿都不会拿出来。”

“与我们联姻吧，”查普伊斯哄劝道，“玛丽小姐说自己不想结婚，但我相信她会乐意与自己血统的人联姻。我的主人会推荐他的侄儿，也就是葡萄牙王子。多姆·路易是个优秀的年轻人，对她是最佳选择。”

“法兰西国王有几个儿子。”

查普伊斯说：“玛丽不会接受法国人。”

“她对我不是这样说的。”

国王与其失而复得的爱女仍然保持一定距离。大家都明白，简王后加冕之际，将是她回宫之时，那将是一次隆重登场。眼下，玛丽似乎心态平静，只管订购新衣服，或者骑着她的朋友克伦威尔勋爵送给她的“石榴”或其他坐骑在树林里小跑一阵。她自己的钱袋里有很多钱——还是多亏她的朋友——似乎也满足于通过事先安排而见到她的父王，今天在这儿，明天在那儿，用个晚膳，或者当太阳不是太高、不会伤害一位处女的皮肤时，在花园的某个拐弯处见个面。亨利恳求过她：“跟我说实话，女儿。当你承认我作为教会首脑的身份时，是否有人提示过你、强迫过你或者催促过你，而让你言不由衷？还是你完全发自内心？”

他很想要国王不问这类问题。这使玛丽愈发回避。查普伊斯已经让她派人去罗马，为她发表的支持她父亲的声明而请求教皇的宽恕。她辩解说，她当时是不得已而为之。

但罗马的人却理由充分地指出，玛丽的声明是公开的，要收回声明也必须公开进行。她得当面告诉亨利，她改变了主意。

那她会是什么下场？死路一条。

赖奥斯利先生说，大人，你应该激将她。你知道她到底忠于谁，无非是罗马，还有她的亡母。如果说无知的民众是受制于一名自封为上帝代理人的意大利军阀，那么，身为国王的女儿，她显然应该更明事理吧？时至今日，这个世界以及她所看到的一切显然都已摆脱她所受的教养的枷锁，使她可以一往无前地走向理性吧？

但他没有与玛丽争论。他只是再三对她说，小姐，服从是你的保护伞。要坚持下去。坚持下去就会心平气和，而你需要的就是心平气和。

她说，好吧。她神情严肃。克伦威尔勋爵，只管把我父亲的愿望告诉我。我会一一遵循的。

他告诉查普伊斯："玛丽说，她会嫁给葡萄牙王子，或者法国王子，只要是她父亲挑选的就行。不过请注意，尤斯塔西，她任何时候都不曾说：'但如果由我自己选择，我会选掌玺大臣做我的新郎。'"

大使呵呵一笑，那是一种嘶哑而低沉的声音，犹如钥匙在锁孔中转动。他伸出双手，似乎在说，我的罪过。

所幸对查普伊斯而言，八卦并非死罪。

关于骚乱的最初报告传来时，他正与国王一起在温莎。天气仍然晴朗，阳光下很温暖。适逢米迦勒节①，在全国各地，人们举着圣母和天使以及圣徒的旗帜游行庆祝。为了维护治安，整个夏天都禁止布道，但在此节日，禁令得到解除。据报告，在林肯郡——一个名气不大的郡——的劳斯镇，弥撒之后有人群聚集，即使到黄昏也未散去。

你知道集镇的那些夜晚。口袋里的一点钱咣当作响，老朋友们手挽着手，跌跌撞撞地在街上游荡。年轻人在徐徐移动的月亮下唱歌嬉闹，彼此激将，看谁敢跳过一条沟渠或闯进一座空荡荡的房屋。如果下雨，他们就会进去。但天气很平稳。夜幕降临，集市仍然挤满了人。皮酒囊在手中传来传去。陈年积怨发泄出来。擦擦嘴，朝脚下吐口唾沫。对寻衅滋事的学徒们来说，任何争吵都会成为导火索。然后刀啊棒的就亮了出来。

时至九点，空气中有了寒意。几位师傅拿起棍棒，肩并肩地去教训那些孩子。"明天会头痛的，小子们！走吧，趁你们的腿还能走路，快回家去。"

学徒们说，走开。否则我们会敲碎你们的脑袋。

师傅们几乎有些伤心地说，你们以为我们没有年轻过吗？好吧，待在外面饿死好了。看我们是否在乎。

整个夜间，镇里的人们听到从集市传来的喧闹——有个蠢货在吹号，还有人在打鼓。太阳冉冉升起，照在留有呕吐物的卵石上。劫掠者们伸伸

① 宗教节日，9月29日。

懒腰，对着墙撒了泡尿，然后去找吃的。他们洗劫了一个面包摊，十点时，又凿开一桶酒，用手掌捧着大喝一气。

头天晚上，他们偷走了巡夜人的摇铃，并将巡夜人打倒在地。现在他们摇着铃铛穿过街道，高唱着《日子从未如此难过》的歌曲。仿佛曾经有过一个时代，妻子们谨守妇道，小贩们诚信可靠，玫瑰花在圣诞节开放，每户人家的锅里都“噗噗”地炖着肥嫩而食之不尽的鸡。如果现在不是那个时代，那么是谁之过？可能是伦敦人。国会议员们。新教的主教们。用英语与上帝交谈的人。

消息传开。在周围的农场，干活的人们看到了度假的机会。他们把脸涂黑，还有些穿着女装，随手拿起可以充当武器的带刃工具，开始奔往小镇。你从集市就可以看到他们蜂拥而至，并卷起飞扬的尘土。

在英格兰各地，老人们会对你说起在过去的收获季节，人们醉酒后的所作所为。我们的祖辈唱过的造反歌谣现在不需要怎么修改。我们被赋税压得哭，我们过得真是苦，我们被强取和豪夺，我们被骗得没法活……

哦，日子从未如此难过！

农民们拴好粮仓。治安官们保持警惕。市民们守着自己的货栈闭门不出。在广场的台子上，有个无赖摇摇晃晃地看着乡下的队伍不断涌来。“你们向我起誓——我的名号是贫困上尉。”受到推挤和威胁的敲钟人连滚带爬，返回教区教堂鸣钟示警。随着这个信号，世界天翻地覆。

上午，理查德·里奇从伦敦策马而至温莎，带来增收法庭的官员们受到袭击的传闻。“我们的人在劳斯，大人，进了圣詹姆斯教堂去评估财产，你知道，那是一座非常富裕的教堂。”

他想象其尖顶耸起三百英尺之高，支撑着林肯郡的天空，云朵像晾晒的衣物环绕在它的周围。从这里骑马去林肯郡需要两天时间，人和马都会累瘫。即使在里奇说话之际，楼下还有新的信使在大声嚷嚷，是些呆头呆脑的乡下人，靴子上还沾着泥土。这些人是如何进来的，是如何进入这高墙深院的？他们在高声发问：“国王真的驾崩了吗？”

他下楼朝他们走去。“谁说的？”

“东部的人都相信是这样。他在仲夏就驾崩了。有个傀儡躺在他的床上，戴着他的王冠。”

“那么是谁在统治？”

“是克伦威尔，大人。他准备拆除所有的教区教堂。他要熔化十字架来制造大炮，轰炸英格兰的穷人。每先令要交十便士的税，任何人的锅里要想有鸡，都必须先缴税。明年冬天只会有豌豆粉和黄豆粉制作的面包，老百姓会被它毒死，像胀死的羊一样抛尸田野，没有神父聆听他们的忏悔。”

“把脚擦干净，”他对他们说，“我要带你们去见一位驾崩的国王，你们可以跪求他的饶恕。”

信使吓坏了。“我们只是报告自己的亲耳所闻。”

“战争就是这样开始的。”在视野之外的某处，有人在唱歌，声音在石墙周围回荡：

“现在上帝拨乱反正守护人世
将他们的罪孽一概终止：
管他是克伦克兰还是克伦穆尔
圣路加将他们都打进地狱。
上帝赐我安泰福祉！”

他想，我相信那是塞克斯顿。我以为那个坏蛋已被铲除。“克伦威尔是谁？”他问那些信使，“你们认为他是怎样的人？”

他们说，大人，你不知道他吗？他是化身为恶棍的魔鬼。他戴着帽子，帽子底下藏有角。

随着骚乱从劳斯镇蔓延至全郡各地，国王要求桑普爵士、芒普勋爵、斯登布尔勋爵和班布尔治安官立刻前来觐见，但是无果。现在仍然是狩猎季，他们无法在三四天内来到他身边。首先，信使们得去告诉他们发生了骚乱。然后，他们肯定会说：“林肯郡那边？你到底是什么意思，那边？”然后他们得叮嘱管家，得吻别妻子，得辞别众人……

“进来吧，理查德表亲，”国王喊道，“我需要亲人。其他人都不响应我的需求。”

事已至此，他（托马斯·克伦威尔）本可以说，“我告诉过你的。”去年他曾经提出，如果要关闭修道院，让我们具体情况具体处理，没有必要用议会的法案来吓唬民众。但里奇坚持说，不，不，不，我们应该有明文规定。奥德利勋爵则说："克伦威尔，你不能事事都照搬红衣主教时期那一套。那样的方案会耗掉我们的余生！"

当时他闭上眼睛，说："大人，我建议的是不同的情况不同处理。我不是建议'逐一进行'。那是两码事。"

但他的建议被否决。他们大力鼓吹自己的计划，现在瞧吧！身在温莎的国王希望旁边有亲人的面孔。他的手下缓缓地坐在王国的显贵们过去常坐的长凳上。当大主教风尘仆仆地进来时，他们一时找不到一把可供主教就座的椅子。

"你怎么来了？"他颇为客气地问，"并没有召你啊。"

"因为那些歌曲，"克兰默说，"管他是克伦克兰还是克伦穆尔。大人，他们是否认为除了你我之外，还有某个由咱们俩组合而成的第三者？"

"这是个谜。就像三位一体。"

骚乱似乎并不限于一个偏远的郡。克兰默说："朗伯斯宫到处都贴有标语。我在自己的府邸都不安全。休·拉蒂摩受到了威胁。我听说在林肯郡，有人袭击了朗兰主教的仆人。"

约翰·朗兰是个谨慎刻板、不苟言笑的人，曾经帮助国王摆脱了第一次婚姻——为此并没有得到好评，不管是在自己的教区还是全国各地。动荡的局势比克兰默了解的还要严峻。在霍恩卡斯尔，有人亲眼看到朗兰的一位属下被殴打致死，当他咽气时，教区的牧师在一旁喝彩，还有一个自称补鞋匠上尉的人披着受害者的外套大摇大摆。

"大主教大人，你该知道我也被编进了歌里，"理查德·里奇说，"听说我也被点名挨骂。"

"肯定会，"理查德·克伦威尔说，"你的名字很好押韵。分歧，抛弃，立起。"

他对克兰默说："也许去乡下躲避一两周？"

"嗯，如果乡下安全的话，"克兰默低声说，"我担心自己府里有教皇党人。如果他们跟我一起走，我该去哪儿呢？但是大人，伦敦是你的事。如果事态继续蔓延，你就得出面了。"

“晦气，离奇，哭泣。”理查德说。

“嘘，”费兹威廉说，“国王来了。”

赖奥斯利先生紧跟在国王身后。他穿着一件崭新的海藻绿缎子紧身上衣，像威尼斯人一般光彩照人；他将那些地位更低者的鹅毛笔和削笔刀轻推到一旁，为自己腾出一片位置。雷夫·赛德勒穿着灰色的旧骑马服，神态疲惫，主动挪至长凳的一端。

“大主教大人！”国王说，“不，不要跪！应该是我向你下跪。”

“为什么？”理查德·克伦威尔耳语道，“他又犯什么罪了？”

他强忍笑意。国王与大主教在较劲。克兰默站立未动。“好了，诸位，”国王说，“消息听起来很糟啊。如果这场骚乱马上结束，不再损及绅士们的财产和侮辱王权，我愿意慈悲为怀。”他叹了口气——深受爱戴的亨利。“那些可怜的家伙，他们害怕冬天。向他们保证，如果收成不好，不会有人再让他们雪上加霜。必要的话，对粮食进行定价。成立委员会对囤积居奇展开调查。掌玺大臣知道怎么做，他会记得红衣主教当年是如何处理这类事情。赦免不满分子，但条件是他们马上解散。”

“我建议你不要宽容，”费兹威廉说，“如果这种情形蔓延至约克郡，并向北发展到边境，我们就全线陷入危险。”

他探身向前。“我能否提醒一下诺福克大人？他可以把自己的佃农们带出去平息东部各郡。”

“让托马斯·霍华德离我远远的。”国王说。

里奇说：“恕我冒昧，陛下，我们是要派他去对付叛军。不是来到圣上身边。”

国王很恼怒。“我想我可以指望那些地方的军官。如果需要的话，萨福克大人有足够的能力。”

赖奥斯利举起一封信。“这里面说，他们不管在哪儿聚集，都在高呼‘不给面包就流血’。他们宣了誓。至于是什么誓，”他查了查文件，“我们在等待进一步的报告。”

费兹威廉说：“陛下恕我直言，这些骚乱的原因不只在于填饱肚子。他们还希望他们的僧侣们回去。”

“他们的僧侣们没有离开，”理查德·里奇说，“我祈求上帝，但愿他们已经离开，来自大修道院的收入可以自由使用。”

他（克伦威尔勋爵）在桌子底下踢了踢里奇的脚踝。

费兹威廉说："他们要求恢复旧的信仰，让教皇至高无上。"

"他们要求一切都回到从前，"赖奥斯利说，"而上帝知道，就连红衣主教大人也发现自己无力让时间倒流。"

"但他们的圣徒流芳万古，"费兹威廉说，"起码他们这样认为。他们想恢复被我们的禁令所清除的东西。他们想要圣威尔弗雷德，想要克利斯宾和克里斯皮安纳斯，以及圣女阿加莎。他们想要贾尔斯和斯威森，还有所有司掌丰收的圣徒。他们更愿意度假而不是收获庄稼，更愿意举旗游行而不是播种冬麦。"他说，"他们相信，如果你在圣徒纪念日收割庄稼，手就会断掉。英格兰有朝一日会看到学问的果实，但我告诉你们，目前还没有到那一步。"

克兰默说："我知道他们在焚烧书籍。"

"穷人闹事一定有人领头，"他说，"别告诉我他们没有。"

有信件进来，已经拆了封。国王一边看一边扔，口里说："喏，赖奥斯利。让克伦威尔大人看看这些。"

简称凑到国王的肩膀旁边读信。"正如你所言，克伦威尔勋爵，有些绅士在率领那些暴民。我们掌握了他们的名字。"

"但那些绅士坚称是被迫的？"

"是三更半夜被拖下床的，"赖奥斯利说，"头上还戴着睡帽。"

他说："这是老一套了。"他们的妻子尖叫着，而乡民们高举火把，威胁要烧掉他们的谷仓，除非绅士们跨上马背，带领他们去见国王。这类骚乱开头都一样，经过了一代又一代，结局也一样。绅士们得到宽恕，穷人则被吊在树上。

他说："我会派人去内地给塔尔波特勋爵送信。让他发动他的手下率领所能调集的最精锐队伍前往诺丁汉。守住城堡，从那里，他可以经由曼斯菲尔德奔赴林肯郡，或者开往约克郡，如果——"

国王说："赛德勒，派人去格林威治取我的盔甲。"

大家一致反对：不，陛下，不能拿你的圣体冒险！为了林肯郡？万万不可。

"既然老百姓在说我死了，我还有何选择？"

克兰默说："不满分子针对的是你的顾问官，而不是陛下本人。他们宣称对你一片忠心——但这种叛乱分子一贯如此。我知道他们准备如何对付我。他们如果南下，肯定会把我烧死。”

“他们最想要的是克伦威尔勋爵的脑袋，”赖奥斯利说，“他们相信克伦威尔大人对国王实施了某种诡计或魔法。正如在他之前的红衣主教所为。”

他说：“我为我的国王感到生气，他们居然把他当成一个任人摆布的孩子。”

“天啊，我也很生气，”亨利说。呈上来的信息他都已经看过，但似乎直到现在才在意——他涨红了脸，用拳头捶着桌子。“林肯郡是国内最野蛮残忍的郡之一，那儿的人竟然对我指手画脚，简直太过分了。他们怎敢对我发号施令，说我身边该留些什么人？有一点他们得明白，如果我选择了一个卑微的人做我的顾问官，**那他就不再卑微**。如果克伦威尔勋爵被罢免，谁来给我建言献策？那些叛乱分子吗？泥腿子科林和尿床鬼皮特，还有缺心眼爷爷和他的山羊吗？”

“不，他们不会。”大主教喃喃道。

“烂衫罗宾会增加收入吗？”国王问。

“或者傻瓜西蒙会起草法律吗？”里奇跟着说，仿佛不由自主。亨利不满他的插话，瞪了他一眼，接着提高了嗓门。“我任命了我的大臣，就一定会留着他。如果我说克伦威尔是贵族，他就是贵族。如果我说克伦威尔的后代要跟随我统治英格兰，他们就一定会这样，否则我会从坟墓里爬出来，要弄清为什么不行。”

大家默然。

国王站起身。“随时向我报告。”

赖奥斯利大人连忙为国王让道，并目光严肃地看着他。

“我去射箭。”亨利说。他带着一众侍从朝寝宫下方的靶场走去。“帮我盯着。”他喊道，声音跟着他的身后，消失在下午的空气中。

顾问官们散去，只剩下大主教和费兹威廉，还有仍然留在桌旁、愁眉苦脸地翻着文件的理查德·里奇，以及低头对他耳语的赖奥斯利。君臣已经商定，查尔斯·布兰顿将放下手头的一切，带领人马去林肯郡恢复秩序。查尔斯处理这类事情雷厉风行，只希望他对穷人不要下手太重。奥德利大法官此刻正在前往温莎的途中，得派他返回自己的领地，以免有火星吹到南部，在埃塞克斯引发大火。

“说说看，克伦，”费兹威廉问他，“身为英格兰的假定继承人，感觉如何？”

他摆摆手，不理会这个笑话。“但他宣布了是你！”费兹说，“理查德·里奇爵士，你是见证人。”

里奇低头看着自己的笔记，不置可否地“嗯”了一声。费兹说：“既然国王制定了新的继承法，他本人就可以指定你。议会当然可以让你成为国王——你怎么想，里奇？”

假设议会通过一项法案，说我——理查德·里奇——应该成为国王呢？就算听到托马斯·莫尔时代的回音，里奇也没有分神。“里奇不会抬头的，”费兹说，“我肯定弄错了。我并非律师，对吧？不过，我的耳朵可没有骗我。他指定你为下一任国王，克伦。我还在想，最近小格利高里很有一种王者气派。”

“那是自他从肯宁霍尔回来之后，”他说，“他很享受与诺福克一起过的夏天。”

“如果这种事态扩大，”费兹说，“我们就得让诺福克舅舅出马了，不管哈里愿不愿意。他在东部有兵力，在北部也很有影响。”

里奇一边写个不停，一边说：“你能从爱尔兰调人回来吗？”

“我们连王室领地都快要失守了，”他说，“我宁可放弃那个破地方，但果真那样，我们在欧洲的敌人就会在我们家门口安营扎寨。大主教大人，”他转向克兰默，“你得把你夫人带出伦敦。安置在你的哪座小屋里——”

大主教惊呼失声——声音很模糊，就像鲸鱼肚里的约拿发出的一样。

里奇打断了他。“哦，冷静一点，大主教大人。我们都知道你已经娶妻。”

费兹说：“我们都知道。”

“这里没有人会出卖你，”里奇说，“国王很器重你，如果他装聋作哑，我们也就不会主动告诉他。”

“我祈祷上帝能打动他的心，”大主教说，“让他发发慈悲，理解婚姻是一种幸福，任何男人都不该被剥夺这种幸福。”

“他自己喜欢婚姻，”费兹威廉说，“你会觉得他恨不得代别人喜欢。”

“给他一点时间吧，”他说，“还有里奇，我知道你们增收法庭的人都热衷于工作，很抱歉我刚才在桌子底下踢了你，但我不希望国王说，我们将他推进或带到了他不想去的境地。”

“但我们有计划吗？”里奇说，“关于要解散的大修道院？”

“哦，我们一直都有计划。”

简称刚才在与里奇商讨那些文件，这时直起身来，瞥见窗玻璃中的自己，研究了一下自己晃动的身影，调了调帽子的角度。“大主教大人，你应该安慰你夫人，告诉她一切都会好的。听说她不懂我们的语言。这肯定让她看到影子都怕。叛军不会来这儿的。”

“是吗？”克兰默说，“这不会由你说了算，赖奥斯利。这决非小事，我觉得我们都准备不足。我不相信这是一小撮不满分子所为。你会发现皇帝插手其中。你会发现还有陛下熟悉的一些人，他们在展望一个没有他的未来。他们如果能得到玛丽，就会拥她为王，那我们就会有战争。你不用对我掩饰，赖奥斯利先生。我见过一些人对他们的男女同胞无恶不作。在德意志，我见过战场。我并非一辈子都在剑桥。”

他转身背对大主教，走到窗前。他可以看到国王及其侍从们在夕阳的余晖下进行射箭比赛。在河的对岸，为树木所挡的视线之外，伊顿的学者们正在默默读书，或者列队走向大小教堂，为它们的创始人——已故的亨利六世国王——祈祷。

里奇也走了过来，默默地站在他身旁。在他们下方的远处，他看到一道闪烁的亮光，像鲑鱼皮一般映衬在午后的天色里，那是王后穿着银灰色的裙子，被请出来观看比赛。“她像是——胖了一圈。”里奇说。

“她在餐桌上是出色的实干家，仅此而已。她并没有怀孕。罗奇福德夫人告诉过我她的经期是什么时候。我比所有做丈夫的还要心急。”

“前一任最后成了皮包骨。成了个瘦老太婆。”

国王抬起头，仿佛知道有人在看他。他转身挥了挥手：克伦威尔勋爵，出来玩一玩？

他举起一封刚刚收到的信，挠挠头，表示正在忙于研究它。阳光渐渐变弱，河面的光变成了绿色；国王沐浴其中，噘起嘴唇模仿一个生气的孩子的模样。接着他取下帽子，拿着它朝达切特一指：天色暗了我就进去。

“已经是十月了！”人们说，“夏天去哪儿了？”

海伦又绣了一条手帕，以取代他带到沙夫茨伯里的那条。她绣了永生的月桂，还有永葆绿色的常青藤。

伦敦的各行业工会收到命令，要求它们召集队伍并武装起来。有人看到亨伯河的对面已经有叛军的烽火。约克郡肯定会起义。“指望克伦威尔大人去安抚他们，”费兹威廉笑着说，“约克郡的人很看重他的话。”

国王抬起眉头。他必须解释，虽然并不喜欢这样。“陛下，他们过去常常威胁我的性命。”

赖奥斯利先生补充道：“掌玺大臣因为效力于红衣主教而被人憎恨。”

“先生，”里奇说，“我们是不是最好留意大主教所言，并确保玛丽小姐的人身安全？”

“你有何建议？”他问里奇，“用链子把她锁起来吗？”

国王显出不安之色。“我绝不希望叛军用我女儿来要挟我。看住她，行吗？”

他说：“有人在看着她。”

在伦敦，所有大型集会都已暂停，包括周日的比赛。马匹被征用，塔楼的防守得到加强。让商人大量购买库存的羊毛和成品布，以便埃塞克斯的外包工人和城里的学徒有活可干；我们知道游手好闲的后果。主人们应该看好各自的仆人。神父和修士一律得把自己拥有的武器交到城里——除了可以留一把在饭桌上切肉的餐刀外。

赖奥斯利前来找他：你得去塔里取出国王的金制餐具，着手把它们变成金币。然后尽快返回温莎。

他说，我要去见查普伊斯。

据说他的一个名叫贝洛的仆人——一位可靠的职员——被抓了起来，并弄瞎了双眼。他们剥下一头刚死的公牛的皮，将贝洛缝在里面，然后把狗放了出来。

他想象着贝洛的模样。恐怕连他的亲生父亲现在也认不出他。只有上帝在人类复活时恢复他的面容，才会认出他。

他想，他们如何能知道那些狗足够饥饿？是用鞭子把它们赶进狗圈并让它们挨饿吗？就连他自己的看门狗也不会吃活人。

大使说：“我知道诺福克公爵在伦敦，迫不及待想见你。哎呀，克伦穆尔在哪儿？人们会以为公爵坠入了爱河。”

“他想要我帮他重新获得国王的信任。”

“亨利认为他对可怜的小菲茨罗伊的遗体不敬，”大使说，“国王说不需要排场，公爵便把他死去的私生子扔到一辆马车上。”

“这给了你一些让皇帝开心的素材。你可以写在信里。”

“我个人认为，诺福克对那孩子的死很生气。简夫人怎么样，亨利厌倦她了吗？”

“你瞧，我的主人就是这样被人诋毁，”他说，“喜新厌旧不是他的本性——连你也得承认这一点。他与凯瑟琳共同生活了二十年。为了博林他等了七年。”

“其间当然有姬妾。不过，哪个国王没有呢？有里奇蒙的母亲。还有博林的姐姐，在安妮之前他跟她上过床。宫里都在猜测接下来会是谁。他们说诺福克会把自己的女儿推出去。他得将她派上用场，而亨利呢，跟他儿子的遗孀上床也许会激起他的兴趣。”

“尤斯塔西……”他说。

“看来你心情不佳。”

“是空气中散发的叛国味道。它让我眼睛流泪。让我深感不安。”

真难过，查普伊斯低声道。

“就算你的主人有意支援我们的叛军，也已经快拖到年底了。”

“哦，你称他们为叛军。我还以为那不过是些醉醺醺的乡巴佬。我的主人从他们的行动中能得何益呢？”

“毫无益处。除非他通过你常用的那些坏的信息源，听取了一些坏的建议。”

他想象将蒙塔古勋爵和波尔家的其他人倒吊起来，狠击他们的脚底，直到他们的秘密从口里倾倒而出。他想象将一把折叠刀抵着尼古拉斯·卡鲁的心脏，将它像牡蛎一样撬开。他想象将格特鲁德·科特尼一顿猛摇，直到叛国的阴谋像落叶一样从她身上簌簌往下掉。想象切开她丈夫埃克塞特侯爵的头盖骨，用食指在那装着他意图的阴暗脑髓中搅动。

“此事如果让叛国者们现出原形，我倒不觉得遗憾。”他说。

查普伊斯吃了一惊。“你不会指公主吧！”

“只要有任何人来访，玛丽都必须向我报告。任何信件都必须从她那儿直接交给我。”

“顺便提一下，”大使说，“听说科特尼家收留了托马斯·怀亚特的女人。这是善举。”

“是义务。凯瑟琳有难时，贝丝·达雷尔对她竭尽所能。”

“她拥有天使的面孔，”查普伊斯说，“还有天使的性格。哦，托马斯，受苦的总是女人。上帝把保护这些温柔之人的任务交到了我们手里。”

“我告诉过玛丽，凡是我会为她做的，我都已经做了。如果她靠近叛军一步，我就会砍掉她的脑袋。”

“真的吗，托马斯？”大使笑了，“咱们俩对这个游戏都心知肚明。你的职责是来到这儿，向我吹嘘国王的军队多么强大，说他如何受到全民的拥戴。而我的职责是惊呼：‘克伦穆尔，你当我是头号大傻瓜吗？’你知道我得说什么，我也知道你得说什么。我们干吗不直奔主题呢？”

“很好，”他说，“那我说点新鲜的。如果你的主人在我的国王的地盘上搞颠覆活动，我会找到让他吃苦头的办法，我会让我的国王与德意志王公们联手，他们可是你主人的臣子——起码他这么认为。”

“我表示怀疑，亲爱的，”大使愉快地说，“你目前说的这些毫无意义。亨利也许痛恨教皇，但更痛恨路德。你曾经告诉我你自己也恨他。我相信你更倾向于瑞士的异教徒——在他们看来，圣体不过是一片面包。”

“你是我的忏悔神父吗？”

“你们有很多秘密。你和你的大主教。”

他想，查普伊斯如果知道克兰默有个妻子，肯定会藏在心里，直到能施以致命一击。

“面包可以不只是一种东西，”他说，“所有的事物都是如此。”

“如果亨利要以异教之名除掉你，那会……”查普伊斯想了想，“那会很可悲，托马斯。”

“你会来史密斯菲尔德观看我被烧死。”

“那将是我的痛苦职责。”

“痛苦个屁。你会买一顶新帽子。”

查普伊斯哈哈大笑。“原谅我，”他说，“我很同情你。此时此刻，你肯定体会到自己出身的劣势，而在其他时候，”他优雅地点点头，“这一点并不明显。你在宫里的对手很早就贮藏了武器，他们可以调集自己的佃农，并将他们武装起来。但是你没有自己的家臣。很显然，你有钱财，可以花掉一部分。然而，要维持一名上战场的士兵的开销，尤其是如果他需要坐骑，而到本季度末，饲料那么贵……我不想去估算，但你对数字很擅长。当然，你可以亲自上阵——”

“我当兵打仗的日子已经过去了。”

“但没有人会追随你。连伦敦人都不会。他们想要出身高贵的军官。在意大利，有烧炭工和马夫发家致富、一举成名的例子，但英格兰有自己的规则。”

不管是祈祷还是圣经经文，不管是学识还是才智，不管是盖有印章的授权书还是法律条文，都改变不了血统低下的现实。即使再有手段、再有计谋，他也成不了霍华德、切尼、费兹威廉、斯坦利乃至西摩，哪怕在情势危急之际。他说：“大使，我得告辞去河对岸见诺福克了。否则他会心碎的。”

查普伊斯说：“他在摩拳擦掌，想去对付叛军。只要有荣耀，他就不想放过。他想杀人，哪怕只是制革工和管道工。听说他很兴奋。他认为这起事件会让你下台。”

前往朗伯斯的诺福克城堡时，他带有随行人员——雷夫·赛德勒和简称。他希望格利高里的露面会缓和气氛。

公爵的大厅就像一家武器店，而托马斯·霍华德正在走来走去，看上去比以往任何时候都更加疲惫和无精打采，就像在不停地咀嚼和消化自己。“克伦威尔！没时间跟你多聊。我只是来这儿直接接受命令，然后立刻上路。不管是北部，还是东部，国王要我去哪儿都行，我有六百名武装人员，随时可以骑马出发，还有五门大炮——五门，全是我的。我有炮兵——”

“不，大人。”他说。

“我还可以迅速召集一千五百人。”公爵捶了捶格利高里的肩膀，

"啊，小伙子！你是不是整装待发？哦，我告诉你，克伦威尔，这个年轻人头脑聪明，反应敏捷！我们度过了一个很棒的夏天！他把马累得够呛，对吧？希望他对女人不要那么生猛！"

说到女人……不，他想，我稍晚再提公爵夫人。先得打消他的念头——"格利高里留在家里，"他说，"但国王已经给了我的外甥理查德一道命令。他正在把大炮从塔里运出来。国王宣布要在贝德福德郡的安特希尔集结。"

"那我就去那儿，"公爵说，"哈里要去塔里吗？"

"留在温莎。"

"可能更明智。我曾听说古时候，暴民们将坎特伯雷大主教从塔里拖出来砍了头。但温莎应该可以抵御叛军和其他的一切，除了上帝的愤怒之外。那儿应该很坚固，可以挡住那些懒鬼，只要这个国家的每一位绅士都尽职尽责。克伦威尔，你能出多少人？"

"一百。"他说。

他希望找个地洞钻进去。

"一百，"公爵重复道，"职员，对吧？"

他准备派遣奥斯丁弗莱的建筑工，还有厨师。厨师都很好斗，往往一个顶俩。但为了武装他们，他将不得不去恳求伦敦的武器商，并任由他们开价。他说："我所拥有的一切都听凭国王支配。"

"我想也是，"诺福克说，"因为一切原本来自于他。我没有不敬，大人。但大家都知道，你父亲一贫如洗。"

"并非一贫如洗，大人。我承认他经常酗酒闹事。我们缺的不是钱，而是平心静气。"

公爵哼了一声。"所以，你会使用武器。听说你杀过人。"

"谁没有呢？"

他感觉到身后的简称吓得身体一僵。

"我想，不会是平白无故，"公爵承认道，"而除了无赖的本性之外，上帝还给了你其他的才能，应该用它们来为国效力。"

公爵在尽量保持客气。他全身都绷得紧紧的，不断来回踱步，身体抽动，有时停下来对一名士兵发号施令。但他身上散发出敌意的气息——他不由自主，就像粪堆不由自主地发臭一样。"你可以帮我给国王传个话，"

他说，“如果他的队伍要部署到北部，就很难同时守住东部。”

“正因如此，国王希望——”赖奥斯利开口道。

公爵转向他。“我在跟克伦威尔讲话。他上过战场，而你却没有，大人。”

“在英明无比的国王领导下，”赖奥斯利说，“我们享受了四十年和平所带来的好处。”

诺福克怒目而视。“要保持这种局面，每位绅士就必须率领自己的佃农，维护他的权利和头衔——我们很乐意这样，上帝也捍卫我们的事业。这会找出叛国者，我向你们保证，”

他与公爵四目相对；公爵双眼凹陷，冒着怒火。“听说有些乡下佬在打着玛丽的旗号，”公爵说，“上帝知道是谁鼓动他们这样大逆不道，但我们可以猜个八九不离十。如果她靠近叛军一步，我就不会为她说话，不会为她辩护，丝毫不会帮她。”

“我也是。”他说。

“如果苏格兰人来犯……”公爵咬咬嘴唇，“我们需要每一个身强力壮的人。需要每一个能挥刀弄棒的莽汉和每一个善于骑马的绅士。亨利不会把我弟弟从塔里放出来，对吧？”

“真心汤姆？不会。”

“我只希望国王明白，我跟他的愚蠢行为毫无关系。”

这可说不定，但他转过身，对公爵说：“所以国王希望——正如赖奥斯利大人刚才想解释的那样——你既不在伦敦逗留，也不在他身边晃荡，而是回到你的领地，确保那里平安无事——”

公爵眼里怒光闪烁。“什么？我的领地没有叛军啊！”

“你得保证如此，”雷夫·赛德勒说，“因为国王的军队现在由萨福克大人统领。”

“布兰顿？那个马夫？老天爷，”公爵说，“要把我晾在一边吗？我可是拥有本国最高贵的血统！”

“都一样，大人，”雷夫说，“我是说血统。如果你追溯得够远，我们就都来自共同的祖先。”

“任何神父都会告诉你。”他表情严肃地说。

公爵怒目圆瞪。他知道这是事实，但更愿意有一对特别的亚当和夏娃作为霍华德家的祖先。“那我儿子呢？”他说，“萨里呢？看来我冒犯了陛下，天知道是怎么回事，但他肯定不会拒绝我儿子去效力吧？”

“他说要看一看。”简称说。

“看一看？”公爵气坏了。“看一看？我最好直接去温莎面见我的君主。因为我怀疑你们假传圣旨。”简称张了张嘴，但公爵说：“你再说一个字，我就会掏出你的内脏，赖奥斯利。国王知道，要说全英格兰对他最忠诚的仆人，那就非托马斯·霍华德莫属。”

“我奉劝一句，大人——如果你愿意听——”

但公爵不愿意。“我对都铎惟命是从，一贯都是如此，上帝明鉴。但我落得了什么下场？修道院被拆，每个无名小卒都得到了钱。可我的回报在哪儿呢？”

格利高里说：“您如果想要修道院，就得向理查德·里奇申请，他是增收大臣。”

“申请？”公爵几乎怒不可遏地吐出这个词，“依法应当给予的东西，我凭什么要申请？”

“说到这儿，”他说，“我想起收到公爵夫人的一封信。她说你们已经分居四年了。”

“是啊。我这辈子最好的时光。”公爵说。

“她说生活拮据。”

“自作自受。”

“你不想让她回来，但是又不想赡养她？”

“让她们家养她好了。”

“大人，这就过分了。”雷夫说。他涨红了脸。“请原谅，但只要听说一个女人受到亏待，我就忍不住要开口。”

公爵逼近雷夫，脸对着脸。“我们都知道你的女人，赛德勒。我们知道她是你从妓院里买来的，她久受‘优待’，所以当一个穷光蛋从口袋里掏出一个子儿时，他们就把她交给你了。”

雷夫说：“如果你不是上了年纪，我会揍你一顿。”

他(克伦威尔勋爵)走进两人之间进行阻拦。公爵说：“我会拿棍子捅你，赛德勒。我会把你像小子鸡一样插在烤肉扦上。”

“大人，”他说，“如果我能帮上任何忙，让你尽快重获宠信，我定当尽力。”

公爵骂骂咧咧地退开。“你知道吗，北部的人用你的名字来吓唬小孩子？他们说，安静一点，否则我们会把克伦威尔叫来。”

“是吗？”他说，“称克伦威尔勋爵会更礼貌。”

“你的头衔仍然是个新事物，”公爵说，“那里的变化很慢。他们的观点是，还没等我们说习惯，那家伙就会死掉。”

乘他的船过河时，雨水打在他们脸上，绣有他纹章的旗帜在旗杆上猎猎作响；在雨雾中，几乎看不到大主教宫墙壁上的贝克特雕像，但他的船夫巴斯廷斯还是朝那位圣徒敬了个礼。

“我会把那个叛国者拆掉，”他说，“不久后的哪天。”

“但是大人，船工们认为他会带来好运。”

“你的运气是自己创造的。”他说。

他们坐在顶棚下。他对雷夫说：“你刚才那样当面顶撞公爵，是否有欠考虑？”

“我这辈子只做了一件蠢事，”雷夫说，“我指的是娶海伦为妻。而由于见过她的人都知道我其实很明智，所以连那也算不上蠢事了。因此，趁着还很年轻，我很想冒冒险。好了解那种感觉。”

“因为我们不是战士，”赖奥斯利笑着说，“只要找到机会我们就得考验一下自己的男子气概。”

“下次提醒我，”他说，“而且别让诺福克舅舅牵扯进来。”

他陷入沉思。他会支持手下的每个人——不管是厨师还是职员或泥瓦匠——与诺福克的人较量。他自己也会挺身而出，与公爵较量一番。诺福克有佃户，但是他有钱。如果说公爵有古老的血统，那么他有肠胃。如果公爵是一座坚不可摧的堡垒，那他就是攻城车，是上帝的弹射器，是战狼；他是投石器和抛石机，将巨石投向城墙，将尸块扔进墙内。人们会告诉他，公爵的城墙牢不可破，就像卡菲利或梅努斯的城墙一样①。但他相信，没有哪座堡垒不可能从内部削弱或攻破。他不想诺福克死掉。他想要

① 卡菲利城堡位于威尔士，梅努斯城堡位于爱尔兰，两者均为中世纪著名的城堡。

他活着并服服帖帖。想要他心存感激。

他对赖奥斯利说："告诉里奇，好好处理公爵的要求。弄清楚他想要哪些修道院。"

"我还以为他坚持老的一套，"赖奥斯利说，"听说他憎恨圣典。如今僧侣们倒台了，他又想从中获利？"

"霍华德家族曾经是商人。"他说。

赖奥斯利说："我猜我们都曾经是商人。"

雷夫说："听说在林肯郡，僧侣们拿着战斧出动，并且在率领叛军的队伍。国王说他们再怎么发誓也没用，等骚乱平复后，他会让他们穿着僧袍被绞死。"

他们下了船。台阶半掩在水中，河水随时可能灌进靴子。他想，理查德如果能赶在被困住之前，将大炮运到恩菲尔德北部，就算幸运了。叛军现在正向林肯市进发，据说有一万名全副武装的骑兵，后面还有三万人，而且他们的队伍在以日增五百人的速度不断壮大。

"让我跟理查德一起去吧，"格利高里恳求道，"为了我们家的荣誉。或者跟着费兹威廉也行——他会让我加入他的随从队伍。他迫切地想去杀叛军，还说会把他们拌盐吃掉。"

"你好好读书，格利高里大人，"理查德说，"你还没有完成学业。而且要照顾你父亲。"

他得返回温莎赶到国王身边。政府得继续运行，不会因为我们在招兵买马而停止。亨利坚持要去部队集结地安特希尔，大家必须尽力劝阻他。在接下来的几周——谁知道呢，也许无休无止——他（托马斯·克伦威尔）将在伦敦西部的湿路上或涨水的河面上奔波，而在北部和东部，他的木工、烤肉工和玻璃工则在各自的困境里拼搏。他想象王国的所有道路都被雨水冲成无迹可寻的烂泥，冲成泥潭和沼泽。

他去向瑟斯顿告别。他的主厨决意要跟理查德大人一起去干掉几个叛乱分子，但站在那儿磨刀时，却眼含泪水，把刀翻来翻去，刀刃寒光闪闪。"我想起你的小女儿安妮，"他说，"当时她来找一些可以画画的鸡蛋。我从矮脚鸡那儿拿了一个棕色的蛋给她，她对我说：'瑟斯顿，'——或者更准确地说，是'瑟斯顿大人'，她说——'我想画戴着红帽子的红衣主教，你却给我这个蛋？你是要告诉我，他的脑袋只有指甲那么小，而肤色就像摩尔人吗？你得换一个，’她说，‘得是很大的鸡蛋才行，而且是乳白色蛋壳。’连你自己都无法说得那么好。”瑟斯顿在围裙上擤擤鼻子。“愿她安息。乳白色蛋壳。”

他如今想起女儿时，脑海中浮现的是她们很小时偎依在妈妈裙边的模样。他让她们缓缓走开，回到死者现在的栖身之处。他独自坐在不久前画上星星的蓝色天花板下，这是个适合一家之主的房间：高大，宽敞，通风。他关上百叶窗，把椅子挪到火边。他了解东部的那些城镇。霍恩卡斯尔，还有劳斯，以及波士顿——他年轻时在那儿做过很多生意，还曾代表他们虔诚的行业公会去过罗马。他在林肯市认识一些人，他们会向他汇报，叛军阵营中会有人提前把他们的要求告诉他。他记得诺福克曾对他说：“给哪个赌棍一根长矛，他就可能比最伟大的将军还要危险，因为他没什么可失去的。”如果他的线人没有弄错，那么叛军正在开列要求清单，他们不仅要求恢复黄金时代，还要修订某些与继承相关的法律，涉及他们可以如何在遗嘱中处置自己的财物。老百姓不会关心这些。霍布或希克死后除了留下一堆债务和破鞋之外，还能留下什么呢？不，这都是小地主和那些不愿纳税者的诉求。他们想在各自的郡里占山为王，希望自己从集市经过时，女人们都向他们行屈膝礼。我知道那些小神，他想。在我们帕特尼有这种人。到处都有这种人。

壁炉的墙里传出抓挠之声。躺在他脚旁的小猎犬爬了起来，抖抖身子，抬起鼻子嗅着，眼睛也兴奋得发亮；狨猴在自己过夜的箱子里动了动，猎犬希望它出来。他想起一个十一月的阴沉的下午，它伸出小爪子去握安妮·博林的手，她满脸嫌恶地抽开袖子。“这是谁送来的？我不要。别以为凯瑟琳喜欢这种小东西我也就喜欢。”

有人出于怜悯而给它制作了一件小毛衣，小家伙就像一个紧张的求见者，正在用指甲把它撕烂；在那位女士敌意的目光下，它缩成一团，战战兢兢。“我会把它带走，”他说，“它跟我一起会长好的，我家里很暖和。”

“是吗？为什么？”安妮即使裹着貂皮也在瑟瑟发抖。

“房间更小，小姐。你不会喜欢的。”

她做了个苦脸。克兰默曾经说，她对自己已经开始的事情感到害怕。“也许我该彻底放弃。”她说。她扯着袖口的毛，轻轻地扯着，似乎想看看自己会失去什么。“也许国王永远不能娶我，而我真傻，以为他能。也许我该彻底放弃，克伦穆尔，而去你温暖的家里跟你一起生活。”

贝弗利镇是亨伯河以北第一个加入叛军阵营的城镇。诺森伯兰伯爵的弟弟托马斯·珀西从东北部带来五千叛乱分子。一位名叫阿斯克的独眼律师在率领约克郡的普通百姓。起初他说不愿意这样，说自己是被迫——但这些投机者都是这套说辞。是阿斯克将叛乱称为朝拜国王，有时又称为求恩巡礼。他为叛军确定了徽章，让他们的队伍举着基督五伤的旗帜。基督就是这样死的：双手和双脚各钉有一枚钉子，心脏被长矛刺中。

叛国之网在手上黏糊糊的，并留下血迹：在劳斯镇的卵石上呕吐的人，北部那些脑满肠肥的盟友，用餐巾擦擦油脂并举起一杯血酒的修道院院长；苏格兰人，法兰西人，亲爱的查普伊斯，在巴黎搞阴谋诡计的加迪纳，跪在布满灰尘的祈祷台前的波尔。待这一切尘埃落定，谁将是主谁将是仆？他想象诺福克在自己的武器库里擦拭盔甲——擦得很起劲，直到能看见自己汗涔涔的面孔。国王的同伴们整装待发。朝臣们散发着那么好闻的香气，那么温文尔雅：丝绸华服窸窸窣窣，加垫的鞋子落地无声。但杀人是他们的职业。就像屠宰场里的屠夫一样，他们生来就是为了干这一行。对他们而言，和平只是战争的间歇。现在，假面剧和幕间节目的设施都被搬走。此刻不再是歌舞之时。带有香气的手握起刀剑。鲁特琴陷入沉默。战鼓开始擂响。

到十月中旬，国王收复了林肯郡。理查德·克伦威尔从斯坦福镇给他来信说，查尔斯·布兰顿已经率领队伍抵达那里，弗朗西斯·布莱恩也带去了三百骑兵。老百姓请求宽恕，并愿意交出他们的头目。补鞋匠上尉被扒掉借来的外套。但我们能派查尔斯去北部应对下一场进攻吗？不行，除非我们希望在他走后暴乱再起。

与此同时，经历了暴风雨袭击的苏格兰国王已经在法兰西登陆。黄昏时分，有人看到他出现在迪耶普附近的一处房屋，身边跟着一众侍从，他的神态十分轻松随意，以至于难以区分谁是国王谁是侍从。亨利说：“我想，谁也不会把我这样弄混，哪怕我有意掩饰——”他笑出声来——“恐怕我不会被当成普通人，除非我乔装打扮，而即便那样……”苏格兰的船只停泊在海湾，詹姆斯本人则走在巴黎的路上，意在娶一位法兰西公主，从而给他的英格兰邻居捣乱。

很遗憾詹姆斯没有在迪耶普逗留。这可能会要了他的命。市民们抱怨从赖伊带来的一种害虫。税务官员无法制止虫害蔓延和虚假消息。

赖奥斯利说："加迪纳主教请求指示：身为我们的大使，他如果见到苏格兰国王，应该是什么态度？"

他说："他应该祝贺他摆脱了大海的危险。他已经航行很久了。"

国王说："告诉加迪纳，对詹姆斯表示必要的礼节就行。众所周知，我是苏格兰的合法统治者。"

他在国王身后向简称示意：这些你不用写在信里。

"如果法国人问起我们各郡的骚乱，"国王说，"就让加迪纳向他们保证，我拥有一支强大的军队，随时可以轻松打败欧洲的任何一位国王，然后还有余力对付第二、第三次战役。"

他能想象弗朗索瓦听到这个消息时，会怎样耸耸肩、皱皱眉和翻翻白眼。"都铎虽然号称有十万大军，但大家都知道他只有几千人，而且他无法相信自己的指挥官，或者就算他能相信部分人，也不知道是哪些人。"

弗朗索瓦会说，想想五十年前，入侵英格兰并推翻驼背，花了多大力气呢？一支由两千名雇佣兵组成的乌合之众，连领兵者的名字都无人知晓。

亨利说："你可以告诉加迪纳，以及任何问起此事的其他人，我会用英格兰的全部武装力量来对付叛乱分子，将他们彻底击碎，让他们的后代不得不趴在他们的葬身之地，用放大镜搜寻他们的遗骸。"

但与此同时，他会干什么？会谈判。

* * *

在温莎，国王在从他的意大利歌曲集中选歌。秋天的雨打在玻璃上。枯叶在空中飞舞。*A la guerra, a la guerra, Ch' amor non vol più pace*①…

国王说："托马斯·怀亚特在哪儿？"

"在肯特，先生。在召集他的佃农。"

① 意大利语，意为"去战斗，去战斗，爱情不再要和平"。

“他能召到多少人？”

“一百五十。也许两百。”

A la Guerra……爱情不再要和平。

“亨利·怀亚特爵士怎么样？”

“时日不多了，先生。”

“他给我留下什么了吗？”

“他的儿子，先生。作为最后的请求，他恳请你宠信他。”

汤姆·怀亚特——他的热情，他的信念，他的诗歌。

国王说：“蒙塔古勋爵会带他的人马去集结吗？”

“只需要提前一天通知他，先生。”他想，看看他是否亲自上阵会很有趣。

“他弟弟雷金纳德在哪儿？”

“刚离开威尼斯。”

“去哪儿？”国王不等回答就说出自己的猜想，“也许去罗马。罗马的人现在会战胜我了。”

“战争会致人死地，”国王唱道，“克伦威尔，我忘记歌词了。”

“我未找到强大武器
老将会命丧沙场……”

有什么武器足够强大，可以保我不死？他翻着歌本，上面绘有云雀、葡萄树叶和跳跃的野兔。“我是被风吹倒的树，因为它没有根……”斯卡拉梅拉上战场，脚蹬皮靴手持盾，携带长矛和盾牌。

基督五伤。妻子。孩子。主人。多萝西娅拿着针，直接扎在他的肋骨之间。一个人能承受吗？如果扎得均匀，可能免于一死，他还知道沿着什么方向。

国王说：“爱德华·西摩能拿出多少人？”

“两百，先生。”

“科特尼家呢？埃克塞特大人？”

“五百，先生。”

“理查德·里奇呢？”

“四十。”

“四十，”国王说，“当然，他只是个律师。”

“我已命令所有沿海地区密切注意外国船只。”

国王拨着琴弦。“*Perché un viver duro e grave, Grave e dur morir conviene...*”我活得艰难，死得痛苦，犹如触礁的航船。

先知们——这种人比比皆是，虽然都是事后诸葛——已经向我们保证，阿尔比恩①的水域今年会变成血水。他闭上眼睛时，能看到它的流动：不是惊涛拍岸的大河，不是冲过巨石的洪流，而是一条油腻、血红的水道，一条狭窄光滑的小溪，水面下涌动着一股缓缓外渗、不可阻挡的暗流。

在约克郡，人们唱起约翰·鲍尔时代那首诉苦的老歌：

如今得意无处不在，贪婪明目张胆，
淫乱不以为耻，贪食不受责难。
嫉妒理直气壮，懒惰总有市场。
上帝帮助我们，因为时机正当。

3. 毒血

伦敦，1536年秋—冬

阿斯克是个小绅士，但国王马上道出了他的身份——哈利·珀西的远方表亲，还是史基普顿城堡的克利福德家族的亲戚。赖奥斯利先生刚刚适应国王的思维方式，看到亨利对那些模糊的家庭关系那么了解，不禁感到惊奇。阿斯克将叛军的进程称为朝圣，从而赋予它虔诚的色彩。据多次声称，朝圣者的目的在于清除国王枢密院的毒血，重树英格兰贵族的权威；遵守基督的律法，并赔偿（他们所谓的）给教会造成的伤害。阿斯克发誓要铲除那些挡路者。

① 英格兰的雅称。

他知道罗伯特·阿斯克，算是点头之交吧。他是格雷律师学院的成员，有时在伦敦为珀西家办事。身为律师，阿斯克不能说自己不懂。他明白以国王的名义发誓是明目张胆的僭越。他也肯定预料到——因为他肯定了解历史——会是什么下场：他蹚的完全是一趟浑水，有朝一日会沉入水底。

小时候，我们都听过杰克·斯特劳和约翰·阿门德-厄尔的故事——在那些勇敢的日子，老百姓去往伦敦，杀死法官和外国人。他们在富人的床上撒尿，撕毁他们的诗集，用祭坛布擦屁股。领头的是一些小职员和被惯坏的神父，斯特劳啊，米勒啊，卡特啊，泰勒啊，都不是真名实姓；至于阿门德-厄尔，则长生不死，他是个精力充沛的自我奋斗者，只要哪里有骚乱，他就从自己的坟墓里冒出来。那些叛乱分子毁坏了宫殿，还冲击了伦敦塔本身。他们碰到什么就砸什么——当时还没有太多的镜子。在齐普赛街，他们架起一块案板，要求砍掉国王的十五名顾问官——包括掌玺大臣——的脑袋。如果抓不到想抓的人，他们就把那些人的外套挂起来，朝它们射箭。

当时的英格兰国王还是个孩子。国家治理无方。体力劳动者和手工艺人受到法规的压迫，不管粮价如何，每个行业的薪酬都固定不变。他们承受了人头税——难怪要把立法者的头颅插在尖铁扦上。但是像罗伯特·阿斯克一样，他们始终自称为忠顺的子民，并高呼："上帝保佑我王！"

那场动乱已经过去了一百五十年。而杰克·凯德自封为肯特上尉并率领暴民开到伦敦桥，则是八十多年前的事情。但对乡下人而言，你也可以说那是发生在上一个复活节，或者在诺曼征服之前。他们说不要税赋，也绝不会交税，并抗议那些从未征收、甚至连想都没有想过的税。而正如国王对他所言，你何时听说过有那么低、那么令人愉快的税，乃至于大家都吵着嚷着要缴的?

英格兰的老百姓靠歌谣、故事和酒馆里的笑话过日子。他们把仅有的几个钱花去买蜡烛，燃于圣像前，自己却活在黑暗中，而在黑暗中又担惊受怕。比如说，有一头小牛出生就是死的。消息传到地头，就变成了双头牛。再穿过一条小溪，就不仅是双头牛，还在用拉丁语倒着唱歌，而某个修士则在给它施法驱邪，每次收取一先令。于是，在半天的时间里，故事就从夭折变成了反基督，而除了那些神父之外，所有的人都莫名其妙地变得更穷。牧师提醒他们的教徒，如果他们不向罗马纳贡，树木将会行走，庄稼将会枯萎。他们使教徒恐惧那噬骨的炼狱之火；他们问，你能眼睁睁地看着你死去的亲人受焚吗——你无助的老母亲，你死去的小孩子，在那儿饱受煎熬，撕心裂肺地呼求你的祈祷啊！

现在他们很难听进福音的消息：没有炼狱，只有审判。上帝不是集市里的商人，不会按磅销售仁慈。你无法购买救赎，也不能委托僧侣帮你实现救赎。

赖奥斯利先生说："林肯郡的人相信教皇会亲自来拯救他们。"

国王哼了一声，说："那还不如说长颈鹿要来。他们不知道教皇是怎样的人。"

他们可能也不知道国王是怎样的人。他们的头目说亨利已经自封为上帝。如今，从特鲁罗到纽卡斯尔，如果有孩子病了，他们就怪罪于国王；如果井水干涸，黄油变质，水桶漏水——只要出了任何问题，不管是天下冰雹，还是脖子疼痛，他们都归咎于宫廷和枢密院。他们的不满犹如地下暗流，从苏格兰边境涌出，一直流到多佛，直到整个国家鬼话泛滥。有人在法尔茅斯大街上唱的一首反对克伦威尔的歌，为何第二天就传到了切斯特？距离伦敦越远，克伦威尔就变得越陌生。在埃塞克斯，他是个诡计多端的骗子、渎神者和背信弃义的犹太人；往东传到林肯，就变成因为对各种毒药的了解而恶名远扬；在约克郡的山谷，他是一位外衣上有星星和月亮的占星家，而在卡莱尔，则是个偷走孩子并吃掉他们心脏的食尸鬼。

他（克伦威尔勋爵）前往伦敦去坐镇守城。叛军没有大炮，但伦敦的城墙如今中看不中用，你狠狠地瞪一眼都可能使它们倒塌。朝圣者夸口说，他们会把城里清洗一空，把金银财宝搬回他们的巢穴。伦敦畏惧北方。老人们想起篡位者理查如何带领外乡人南下，那些人光着脚，目光凶狠，言语粗鲁，行为更是粗野：他们用账本生火，会在主人的后院里宰杀他们的鹅。

在案卷司司长官邸和奥斯丁弗莱，他接待城里的显贵，逐一安抚和激励他们。在塔里，他运出国王的武器，并将金制餐具铸造成钱币。然后他赶回温莎，去分析真真假假的消息，并主导国王的枢密院会议：不管名义上是谁负责，议程都是由他制定。所有传来的消息，如果是刚刚到达，就是错误的；如果并不新鲜，就可能准确，但也无用。从国王这儿发出的每一道命令都包含着一道撤销命令：如果发生这种情形，就那样做，但你们如果延误或上当，就千万不要那样，而是写信来问我们。要小心但不要拖延。要勇敢地打，但代价不要太大。要运用你们的判断力，但一切都要听国王的。林肯、安特希尔以及约克郡的指挥官们都竭力想让自己钻进温莎那些顾问官的脑海，而顾问官们则伸长脖子，想看到远方的溪流和沼泽、山谷和悬崖、牛群和羊肠小道——即使在梦中，他们都从未涉足过那些区域。

所幸克伦威尔勋爵去过所有的地方。他知道东部的港口和高地上的城堡。当年为红衣主教效力时，他常常骑马去杜伦。他本可以亲自去北方，以了解更确切的消息，并护送国王的一部分财宝去支付军饷。"但如果他们抓住你怎么办？"赖奥斯利先生说，"如果他们索要赎金怎么办？"

"你觉得亨利会付多少？他应该根据我带给国库的进项来给我估值。"

理查德·里奇皱起眉头。"大人，他还应该估算你在未来那些年里可能带来的进项，如果上帝饶过你的话。"

简称忍俊不禁。里奇说："你坏笑什么，赖奥斯利？"

"没有哪个叛乱分子知道克伦威尔勋爵的价值。"

里奇转向他。"他们的歌里没有提到你，对吧？寂寂无名也有好处。"

格利高里鼓励道："简称，他们一旦知道你，就会恨你。"

他说："我敢肯定你也得罪了他们。他们只是无法给你编出词儿罢了。在吟诗作词方面，他们比真心汤姆还要差劲。"

军队需要补给。随国王的部队出发的有挽具制造者、铁匠、军械士，还有供应汤壶、弓弦、毯子、水桶、三脚架、铆钉的商人；除非他们免费，否则你需要职员来记账，而职员需要墨水、羊皮纸和蜂蜡。战场上的每个人都需要麦芽酒或啤酒、培根和牛肉、咸鱼和奶酪、烤好但是不要太老的饼干、放在咸水里煮的豌豆或黄豆以及用来煮它们的锅。要得到这些东西，你的保险柜里就需要现金。战争期间，承诺不顶用。

至于这个国家的更重要的事情，则不会因为几个郡的某些混球在挥舞干草叉而停止。婚照样结，宝宝照样生，孩子们渐渐长大，需要新衣服、新的家庭用品和照顾他们的人。安妮·博林的孩子该开始学认字了。玛丽小姐渴望自己有个宝宝可以去爱，既然没有，便试着去爱她同父异母的妹妹；她说，孩子不能因为母亲的为人而代其受过。随着小家伙的五官日益明显，伊丽莎开始不再像一只小猪，而更像国王，所以近来再没有人说她是诺里斯的私生女。在关于父亲是谁的问题上，不该让任何孩子觉得模糊不定。当然，她仍然是私生女。但只要英格兰国王承认她，即使私生女在婚姻市场上也有价值，所以她应该接受作为公主的教育。

他给一个名叫凯特·钱珀努恩的年轻女人安排了一笔薪水，他知道她心地善良，拉丁语很好。他相信伊丽莎有朝一日会感谢他。孩子的第一位导师应该性情温和，就像母亲一般，这样孩子才不怕犯错。瞧瞧格利高里，现在前途无量。他的第一位导师是玛格丽特·弗农，她当时是小马洛修道院的院长——那座小修道院已于今年夏天关闭。玛格丽特到伦敦来拜访过他，看到自己的学生，看到他的身高、神态和举止，她十分感叹："岁月如梭啊！他学主祷文的情景还恍若昨天。"

谁都不该认为他憎恨修女或僧侣。他们中的许多人都是他的朋友。他以前经常前往小马洛，去那一带办事。他的岳母茉茜曾说："那位玛格丽特·弗农长相如何？"

他明白这样问的含意。"她不年轻了。"

在她的培养下，格利高里心想事成。现在该她心想事成了。他暗暗提醒自己：玛格丽特·弗农，去肯特的马林。马林是一座财力充实的修道院，她在那儿会很好——只要马林存在。

他想到多萝西娅。他在自己的文件边缘画了一个怪物。他想到阿戈斯蒂诺医生和他的药。如果说红衣主教之死是一个谜，他现在仍然丝毫也解不开，只能猜测谜底藏在国王的心里。

他带着雷夫和简称去王后的私人套房时，发现她像往常一样坐在女侍们中间。今天所有人都在刺绣，没有人唱歌；王后的脖子上戴着一条金链，上面坠着几颗泪珠形状的大珍珠。"殿下，"他说，"为何不请国王接玛丽小姐来这儿呢？"

"那会让我们很开心，"简·罗奇福德说，"她可是出了名的会逗乐。"

女侍们掩住笑意。他说："我想，跟温和的同伴在一起，玛丽小姐的健康会得到改善。”

“是吗？”罗奇福德说，“我想，她如果一直在那儿祈祷，直到累坏双膝，会很可惜。在乡下待久了会容颜尽失。”

“罗奇福德夫人这是经验之谈。”爱德华·西摩的妻子说。

罗奇福德说：“如果玛丽在我们这儿，叛军就抓不到她。而她也不会向他们求助。”

“她决不会那样，”他说，“她向我保证过。”

罗奇福德叠起双手，面露微笑。

简王后说：“我自己很想要她的陪伴。我可以请求国王。但他对我感到不满。因为我目前，还没有。”

“怀孕。”简·罗奇福德补充道。

王后说：“听说玛瑙有帮助。只要将它们贴身携带。”

“锦衣库肯定会有一些，”雷夫说，“如果没有，我们会想办法。在康沃尔的街道上，你俯拾即是。”

王后显出惊讶之色。“康沃尔？那儿有街道吗？”

简称上前一步。“我能提个建议吗，掌玺大臣？我们能否让殿下准备一段精彩的演讲？可以从赞美陛下开始。”

好主意，他想。不妨试试。“‘先生’，”他开口道，“‘你将我提携至万人之上。’”

“的确如此，”简说，“我衷心祝贺你，克伦威尔勋爵。”

“不，殿下，”简·罗奇福德解释道，“那不是克伦威尔的话，而是你的话。‘先生，你很乐意让我位居全国女人之上。’”

“‘而我受之有愧。’”赖奥斯利接着说。

“‘我受之有愧，’”他说，“非常好——‘让我擢升至万人之上。那我能与谁自在相处呢？没有一个与我地位相同的人可以说说知心话。’”

“接下来就说，”雷夫建议道，“‘先生，请你宽大为怀，出于满腔的父爱，让玛丽小姐回宫，这样我就可以享有她的陪伴，并快快乐乐。’”

“让我试试，”简说。她深吸一口气。“‘先生，请你宽大……’是宽大，还是别的什么？”

“宽大听起来很好。”雷夫催促道。

“那我们就用宽大，”简说，“看看效果如何。但克伦威尔勋爵，我得跟你提一件事——”她对女侍们点点头。她们交换了一个眼神，起身退去。雷夫和赖奥斯利也一并后退。有片刻时间，王后一言不发，只是目送她的女侍们离开。然后她从腰带上取出一个装玫瑰香料的小瓶。“这是个老古董，”她说，“是国王给我的。他说是罗马的。”

他手中的瓶子颜色很暗，十分易碎。“有这种可能。”

“它曾经装有一块圣骨。他没有说是哪位圣人的。”她似乎猜到了他的问题，接着说：“我不问。只是等着被告知。”

“我也一样。”

“国王跟我谈起他的梦。”他对她脸上的恐惧之色感到不解，“他谈起他的童年。”

“女人想了解男人的童年。”他以前没有想过这一点，但从不知道一个女人会有意回避趣闻轶事——哪怕非常虚假。

“那是因为她们希望爱对方，”简说，“只有觉得能够爱对方的童年，她们才能始终爱对方。”

他感到不安。玻璃瓶只是个幌子——但正题是什么呢？“据说国王小时候长得很帅。”他说。

“罗奇福德夫人，”王后说，“你能站远点吗？不，更远。跟其他人一起。谢谢。”她把脸转向他，表情像花儿绽放一般。“他谈起他哥哥亚瑟。他认为是自己杀了他。”

他惊呆了。“他没有杀他。他只是死了。”

“他用妒忌杀了他——因为他但愿他死掉。即使在很小的时候，在身为约克公爵之时，他都但愿自己成为国王，就算不是英格兰国王。他说，他意在重新征服法兰西，那么亚瑟就会把它奖赏给他。”

“殿下，愿望不会杀人。”

“祈祷也不会吗？”简说，“祈祷以损人来利己是邪恶的行为。但我们有时对脑海里产生的念头不由自主。”

他说：“得借助于某种途径才行。比如用枪、刀或者疾病。”

“但接着，亨利说，他想到对法战争时可能遭遇的种种灾祸。比如痢疾、道路泥泞、给养中断等。”

“对一个那么年轻的人来说，这很明智。”

“但是他想，反正我想当国王。上帝看出了他的心思。于是亚瑟死了，亨利继承了他哥哥的所有尊贵地位和头衔，并娶了他的妻子凯瑟琳。”

“或者说想娶她，”他说，他觉得疲惫，“那当然不是一桩真正的婚姻。这一点已经明确。”

“而亚瑟从未回家，”简说，“而是躺在伍斯特大教堂的一座坟墓里，他们在隆冬时节将他葬在那里。亨利也从未去看过他。”

过了片刻，她说：“大人，你准备站在这儿一言不发吗？”

他说：“为什么是现在？”我和克兰默以为我们已经赶走那个幽灵——用一个冬夜的劝说和祈祷，将亚瑟变得无影无踪。但亨利似乎有所保留。我们以为他是受到一个粗暴地出现的幽灵所影响而无法自制。我们不知道那是他的愧疚所致。

他说：“如果国王提起此事，我会说那是一个孩子的胡思乱想，他不该再沉湎其中。”

“谢谢。我跟我哥哥哈特福德勋爵谈过此事。可是他说：‘呸！妹妹，那是迷信。’”

“是吗？”他笑了。

“你可以走了，”王后说，“如果有人问起我们谈了些什么，就说我想让你看这个瓶子并了解罗马人。我不完全相信国王的话。”

雷夫和简称跟着他出来。他们按捺不住好奇。简称说：“你觉得她会斗胆请求吗？关于玛丽？”

雷夫说：“我希望她会，因为玛丽如果在这儿，关于她见哪些人或者给谁写信，就不可能出现误会了。”

“你瞧，”罗奇福德夫人跟在他们身后，“连你自己的人都不相信玛丽。但她会飞快地过来的。我听说她为你消得人憔悴，克伦威尔勋爵。”

他抓住她的胳膊，把她带到一旁。不管喜欢与否，她都是他的盟友。她气恼地说：“你对我应该更温和一点。可以说王后对我也一样。”

他放开她。她揉了揉胳膊，仿佛他抓痛了她一般。他想，如果愿望可以杀人，我对这个国家就会是多余的人。亨利在不同时期憎恨过他的两任妻子，但她们心怀怨愤地继续活着，直到上帝带走了一位，法国行刑人结果了另一位。不管多么有权有势，亨利都无法用愿望除掉她们。只有我能做到。是我告诉他可以娶谁和休掉谁然后再娶谁，以及杀掉谁和如何杀。

但也许这无关紧要，他想。也许约克人会来将我们彻底杀光。

王后当着一众朝臣的面向亨利提出请求。注意他警觉的神色和她低眉顺眼的样子。“先生，”她开口道，“因为我受之有愧，你一直都——怎么说呢？——很宽大。我在万人之上。请接玛丽小姐回宫。我可以享有她的陪伴，并说说知心话。”

亨利温柔而不解地看着她。“你感到孤独吗，亲爱的？我们当然会接她来，如果这会让你快乐的话。”

“快乐。我都忘记这个词了。”简没有笑。她跪倒在地，匍匐在一堆挺括的锦缎华服里。“你愿意听听我的想法吗？”

怎么回事？他想捕捉罗奇福德的目光，但所有人都盯着王后。“先生，看到最神圣的陛下本人与你的臣民之间出现分歧，我于心不安。”

人群一阵惊惶。这显然不是简自己的话吧？

亨利凝视着她。“我会郑重考虑这些话。王后有双重职责。作为妻子，当她丈夫遇到难题时，她要体谅他。作为王后，对她的夫君她要感臣民之所感。”

“我只是一个女人，”简说，“我不敢自认比陛下聪明。但是，当那些有史以来渐渐约定俗成的光荣而虔诚的习俗被废除时，我感到心有疑虑。我们必须珍惜它们，就像子女会珍惜一位老父亲一样。”

亨利皱起眉头。“什么习俗？”

“奈安！”他对爱德华的妻子说，“奈安，赶快！”

西摩夫人连忙上前：“夫人——”

简说：“你的人民想要罗马教皇。他们想要自己了解了一辈子的塑像，以及圣烛和宗教节日。”

奈安·西摩急切地说：“夫人——”

“别管她，”亨利说，“她应该受受教育，而我义不容辞。尽管教士们都宣扬国王的至高无上，尽管该说的说了，该写的也写了，为什么还是有人不明白，罗马主教不过是一个外国的君王，随时都想征服他国？夫人，我绝不允许外国人干涉我的统治，决不允许谋逆者躲藏在基督的十字架后面。”

简说：“他们认为你会没收他们的银十字架，把它们变成钱币。”

亨利说："老百姓可能会相信这些，但又是谁带领他们这样做的呢？那些神父和修道院院长违背对我的誓言，带头拿起刀剑闹事，他们算什么牧师？"

"他们仍然会为国王祈祷，只要也能为教皇祈祷。"简说，似乎在讨价还价。

他想，如果国王不制止这一幕，那我就得制止。"夫人，不可能有双重管辖权。统治的要么是国王，要么是罗马。"

"而这不是一个问题。"赖奥斯利提醒道。

亨利说："王后殿下可以退下了。"

简在发抖。"他们的税负太重。"

国王倾身向前。"税负并没有落在劳动者或小农民的肩上。身为富人的财主知道——并且一直都知道——如何把自己的利益视为乞丐拉撒路①的利益。"

简注视着他。"是的。可能。我不了解补贴或收入。但是陛下，请留意你的行为和想法。晚上说的话白天会挥之不去，而白天拒绝的事晚上又会回来。"

奈安·西摩抓住一条胳膊，简·罗奇福德抓住另一条胳膊，两人合力将她拖起身。国王说："简，有一点你要明白：我的身和心都向着我的臣民。君王是在天堂的小法庭面前为自己的行为负责，他辞世时，评判他的将不是普通人的标准。上帝赐予他恩典：上帝赐予他智慧、策略和谨慎，这些美德由他来施展，而施展的方法只有他能裁决。我是上帝之羊的尘世牧人。国王的职责是不仅关照贵族家庭，还要关照普通家庭，不仅关照学者和官员，还要关照未受教育者和穷人，关照他的全体人民——不仅关照他们的物质利益，还要关照他们的精神健康。"他和蔼地补充道："我被赋予这一职责，世界会看到我履行职责。"

"阿门。"赖奥斯利先生说。朝臣们合起双手——只要国王点头，他们就会鼓掌。大法官低声说："真精彩，先生！"奇切斯特主教桑普森赞叹有声；身为宫务大臣的牛津伯爵则像躺在羽毛床上的农家姑娘一样叹息。

国王说："我们愿意考虑所有合法的请愿。愿意保留任何仪式或画像，

① 这里指的是《圣经》中拉撒路死后复活的故事。

只要它们没有害处。不过。”他抬起视线，故意停留在他妻子的头顶上方。“等你有了孩子，才是我们听你诉说的时候。”

女侍们把简拉走时，他简短地对雷夫和简称说：“跟过去。”他希望这群人散开。就像一辆马车在街上翻了。“走吧，”治安官喊道，“没什么好看的，走吧。”

赖奥斯利抓住他的胳膊。“是卡鲁找过她了吗？还是科特尼家的人？”

他说：“也许是发自她被误导和温柔的内心。她缺乏良伴益友。真希望能把她姐姐贝丝·奥特雷德从北方请来。”

雷夫拍拍他的手臂提醒他：罗奇福德夫人就在一旁。她说：“希望你不要怪我。”

他说：“这我倒没想过。但既然你提起……”

他想，你已经毁了一位王后，一位够了吗？

理查德·克伦威尔从如今已经被国王收复的林肯镇来信。看到敌人消失，绅士们很失望。他们是去流血而不是和谈的。理查德显然有受骗之感。他是他舅舅的守门人，就他的本性而言，这份工作不太具有战斗色彩。

为了稳住林肯郡的局势，查尔斯·布兰顿需要保留一支部队，并在那儿驻扎一段时间。“查尔斯在干什么？”国王说，“我希望他不要太仁慈。对那些畜生，他应该惩一儆百。我猜他们的女人会爬到他面前求饶。查尔斯最见不得女人哭。”

“我们都不会无动于衷。”他说。亨利凝视着他。

对国王的子民从来都无法统计——无法确切统计。只有天使知道多少人受过洗礼，多少人已经入土。我们有若干年前的官兵总名册，可以看出每个地区能召集多少兵力：多少弓箭手和长枪兵，多少骑兵和步兵；多少头盔和铠甲，多少长矛、战锤、战斧和剑；有多少可以率领他们的绅士，以及是新手还是老兵。但我们没有进入心灵的窗户，无法判断孰真孰假。不是一个敌人，不是在一个地方；一颗脑袋被砍下后，他就像九头蛇一样再长出一颗。他们在坎伯兰郡、威斯特摩兰郡以及南部的德比郡起兵闹事。在北约克郡的城镇，他们聚集了一万人。他们高举圣卡斯伯特的旗帜——飘动的红白色丝绸——从杜伦南下。在坎伯兰郡，四位上尉面前佩戴着圣物列队而行。他们有号兵，还有传令兵宣布他们的名号：怜悯上尉、慈善上尉、贫穷上尉和信仰上尉。

他掌握了他们的真实姓名：罗勃·芒西、汤姆·伯尔贝克、吉尔伯特·惠尔普代尔和约翰·贝克。劳斯郡的大叛贼补鞋匠上尉以补鞋为业，他的名字是很好的证明，而末日来临时，他将以真名尼古拉斯·麦尔登出现。与此同时，根据各种可靠不可靠的报告，我们可以猜测北方的战场上有五万人。国王没有一支能够迎击、智取或拦截那股力量的军队可供指挥或调遣。

所以，必须用谈判来阻止叛军。但国王至今不想谈判。他没有问叛军的要求是否合理。他说自己是他们的君主，他们根本无权提任何要求。

在其位于肯宁霍尔的宫里，诺福克公爵义愤填膺，怒火就像叛军的烽火一般一点即燃，每天都发出好几封信。他渴望战斗，如果派他去北方，天啊，他今晚就会出发，一刻也不耽误！他甚至愿意在布兰顿麾下效力，他恳求道。在温莎，有些年轻人带着坏笑，把公爵的信传来传去；他们都是克伦威尔勋爵的仆人，是他的门徒，从伦敦成群结队地追随他而来。他们陪着他送走白天，吃啊，喝啊，谈论着人和上帝，直到蜡烛熄灭，然后又陪着他迎来黎明，就像随着第一缕晨光而在你门上抓挠的小狗一样热切。

天气不适合打猎，所以，在国王寝宫的外屋侍候的仆人们很少会在六点前起床。他们根据习惯和规定起床，因为国王除非生病或去打猎，否则上午的安排会千篇一律。仆人们叫醒贴身侍从，这些侍从收拾好各自的卧具，洗漱和穿戴整齐之后，再将国王的内衣送进去。是他们每天听到国王的第一句话、他的第一次祈祷，并报告他提出的任何特殊要求，以便克伦威尔勋爵可以着手将它们付诸实现。有一天，亨利用睡意迷蒙的声音说："你们能把诺里斯叫来吗？"

他们面面相觑，一个个都惊呆了。国王掀开盖在身上的被单，似乎不耐烦。

"先生，"有人壮着胆子说，"诺里斯死了。"

国王打了个哈欠。"什么？"他在睡梦中说，等到双脚落地时，已经忘了刚才的话。

但侍从们仓皇地出来，结结巴巴地说："克伦威尔大人……"

“他肯定是半睡半醒。但他再找诺里斯的时候就告诉我。”

赖奥斯利先生笑了起来。“怎么，你准备满足他吗?”

里奇说：“你无法让死人复活。”

“无法？我的经历可并非如此。”

他朝侍从们点点头，他们各自鞠躬，然后拿着香精油和亚麻毛巾回到亨利身边。他们有幸为亨利按摩，直到他的皮肤酸痛发红，然后打开松木箱的盖子，抖开他的衬衣——它们像四月的空气一般柔软。凯瑟琳用西班牙黑色刺绣加工过的所有服装早就不见了，现在的衣服是花钱请高手绣上了狮子和桂冠。

锦衣库侍官手持清单在门外徘徊。一位仆人端着一盒珠宝，好让国王挑选；但国王先要坐在自己的丝绒凳子上剃须梳发。其间，身穿黑袍的医生们进来，拿着盆子和尿壶围成一团。他们闻闻他的气息，询问他的睡眠和做梦情况。

穷劳动者拥有自己的睡眠和粪便，可以把自己的尿卖给制毡工，而国王的大小便却是全英格兰的财产，每个让他夜间不宁的梦都记录在一本梦之书的某处，写在聚集于其王国的田野和森林上空的云团里：包括每一次欲望的悸动，每一次惊魂未定的醒来。如果便秘，就给他开一剂药；如果拉肚子，大便就会放在盆里蒙着一块绣花布端走。他们只能通过他的排泄物来判断他体内的状况：很遗憾他不是玻璃人。

接着，信号从一个房间传到另一个房间，热水用银壶端了进来，还有饰着钻石花纹的软绒布巾；剪刀在盆里叮当作响，动作极为熟练的侍从着手清洗和重新包扎那条伤腿。这使国王眼里涌出泪水。他偏过脸去研究挂毯或天花板。“好了，先生。”他们说，就像哄小孩子一般。

他颤巍巍地起身：克伦威尔来了吗？是否有什么消息？在他的祈祷室里，他跪在祈祷台前，他的牧师在屏风另一侧准备就绪。国王的祷告用的是拉丁语，他的手捶打着胸口：他低着头，因为我们都是罪人，犯罪就如同呼吸。当我们的眼睛痛苦地流泪时，嘴里为什么会有痰和血的味道？为什么眨掉泪水后，眼睛还会刺痛？随着木板的咯吱声，他站起身，把牧师留在香雾缭绕的私密空间里。他刚刚离开卧室，一名洗衣女工就悄然进来取头天的衬衣和弄脏的绷带，国王的床被重新整理更换，床单扔在地板上，丝绒床罩被抖散并叠好；然后就开始拍啊，擦啊，洗啊，因为不能有丝毫灰尘进入他的眼帘，它们不能藏在天使雕像的翅膀里，或者野人的石膏鬈发中，或者大理石神祇的脚趾间。

国王一旦离开自己的卧室而进入私室，他的自然身体就与政治身体联系起来：他在这里着装，向世人展现一个散发着玫瑰油香味、身材魁梧、面容焕然一新的男人形象。当叛军在北方乱窜，成员们背弃头目时，国王的身体内也发生了一场兵变或内战。

医生们拦住他，说："克伦威尔勋爵，你的话我们的君主愿意听，你能劝他早点离开餐桌吗？"

"不行。"他说。一个惯于纵马驰骋的男人一旦停止就会发胖，他从亲身经历中明白这一点。年轻时为红衣主教效力期间，他会一天骑四十英里，第二天再骑四十英里，第三天再骑四十英里：马有多匹，但克伦威尔只有一个。如今，不管他想到什么，职员们都会四处张罗帮他处理得妥妥帖帖。他说，我已经年至半百，即使三十岁时也从未瘦过。他不像国王，把自己的肚子视为对神意的亵渎，也没有回首那些在马背上战绩辉煌的日子。弥撒结束后，国王与格利高里坐在一起研究以往比武大会的计分册。他们头挨着头，声音低沉而专注，解读五线谱上的记号——马背长枪比武像音乐一样被转录下来，成为勇猛热情的人们的颂歌。"瞧这儿，他失手了。"亨利的手指戳戳那条线，"这不是因为他技术不到家，而是因为他瞄准的是头部。"

"这样更冒险，先生。"他儿子说。

"但是这儿，他瞄得更低并开始得手。两次命中，第三次长枪断裂。命中，命中——然后命中身体并断裂。"

马背长枪比武不是他所崇尚的公共事务。你不想对手看到你来。你最不想要的是帐篷和旗帜。赖奥斯利先生抱怨浪费时间。"我知道他这样很开心，能让小格利高里心生敬佩。但就正事而言，国王的时间花得效率有限。"

国王关上计分册。"如果没有要我来统治，我会以此为生，骑马巡游欧洲，参加一场又一场比武。"他用双手捏捏格利高里的肩膀："瞧瞧这位少爷肌肉多结实。"他揉揉他的头发。"我的建议是每天练习。就算不能进入比武场，你还是可以穿一小时的盔甲。久而久之，你会渐渐觉得它的重量跟一件丝绸上衣差不多。"

“即使星期天吗，先生？”格利高里说。

“问你父亲。”国王眨眨眼睛。“你知道，他掌管教会。我知道他不守教规，安息日还在做账，把算盘拨得吧啦响并乐在其中。所以你为何不能参加运动呢？对任何既想瘦又想有力气的人来说，穿铠甲是最佳办法。体内发热了，多余的脂肪就会像烤肉里的油一样流出来。”

有些人——其中也许就包括国王——相信，国家的健康取决于其国王的健康，还有他的俊美。谈起普通人时，你可能会说：“他的长相不由他控制。”但一位国王必须学会去控制。如果他丑陋，他的国家就会丑陋。如果国王病了，他的王国也会一样。老人们会告诉你，国王的外祖父爱德华国王到中年时如何渐渐沉迷于温柔乡，眼睛总是朝宫里有女人的地方转，只要是三十岁以下的女人，不管结婚与否。他一身肥肉，懒洋洋地靠在躺椅上，而他的亲兄弟们则在密谋算计他，一位兄弟死后，另一位独自算计；曾经魅力无比的一位国王，战场上好运连连，受到神的庇佑，到头来却栽倒在怠惰和玩忽职守上，因为当你的手指在摸索女人的私处时，你的手就掌控不住朝臣。连爱德华国王的儿子们——两个颇有希望的少年——也被斩草除根，不知抛尸何处。

他对医生们说：“你们忘了国王才新婚不久。一个想生健壮孩子的男人不能只吃素食。”

医生们说，没错，但也不能吃得像他以前每天锻炼时那么多。否则就会出现体液失衡和器官充血，出现消化迟缓和脂肪肝。

下午，他陪国王坐在他的图书室里，这儿的书都装在大箱子里，封面是刺绣丝绒或散发着香气的皮革，上面饰有前主人的王室纹章或徽章。我们的祖先在伟大的哈里领导下打败法国人时，将他们的书稿从海外运了回来。它们是国王的镜子，内容是说明如何当国王——是写给国王们看的。

“伟大的哈里不仅是一名战士，”国王说，“他出征时还带着竖琴。他创作了很多歌曲，但全都遗失了。”

在国王的祈祷书里，有一幅大卫王弹竖琴的画像。翻过一页，只见大卫在阅读诗篇——正是我们的国王此刻捧在手里的这本书的微缩版。以色列王留着卷曲的红胡子，身着宽松的长袍，悠闲地坐在那儿，手里拿着里面有他画像的这本书。

“过来，格利高里，”国王说，“你喜欢梅林①的故事。我父亲有很多关于他的书。挑几本去读吧。”

格利高里说：“您不怕他吗？不怕他的预言？”

“我才不怕，”国王说，“这十年来，梅林一直在杀我。我的骨头烂了，脑袋溃疡了，至于伦敦桥，我都数不清它已经倒塌多少次，而我们此刻坐在其中的这座城堡，也不知道有多少次被冲进大河流入海洋。如今听到他的宣告时，我往往很怀疑。”

“巫师跟常人一样，”格利高里说，“给梅林一座修道院吧。这不会有坏处。”

“去告诉增收大臣，”国王大笑着说，“我很想看到里奇的表情。”

国王没有烧掉这些书让他感到意外。梅林在某些地区很受欢迎，你能看出他为什么那么有名。他曾经预言，有朝一日，教堂会被夷为平地，僧侣会被迫结婚；德国异教徒会与国王同桌用膳，真正的贵族会被赶出大厅去挨饿。但是当然，梅林还说过乌斯克河会沸腾，熊崽会从蛋里孵出；未来的土地会变得十分富饶，以至于人们会放下农活，成天纵情声色。

学者约翰·利兰——国王的古文物收集者——正在周游各地，想看看僧侣们有什么可以适于国王的图书室收藏。他自己当年为沃尔西跑腿办事时，也会要求看看任何有趣的东西。他通常会受到冷眼拒绝：“先生，很遗憾那本书多年前就不见了。”或者：“哦，不，克伦威尔大人，恐怕它已经被虫吃掉了。”

他说：“他们以为我可能会帮红衣主教偷走他们的宝贝。”

“大家都知道他贪得无厌。”国王说。

他转过脸去。国王有时说沃尔西的好话。有时又不是这样。

国王说：“红衣主教那些魔法书后来怎么样了？”

“我不记得了，先生。”

“也许被诺福克大人拿走了，”格利高里说，“他拿走了大部分东西。”

国王说：“沃尔西是否真的收服了精灵王奥伯伦，并令其效力多年？”

“陛下，我不相信这种故事。它们只是为了骗钱。”

---

① 亚瑟王传说中的巫师，是亚瑟王的顾问、魔法师和先知。

“我自己也不全信，”亨利说，“但奥伯伦是个法力强大的精灵。”国王动了动，揉了揉腿，站起身。“走走吧。”他说。

赖奥斯利先生和理查德·里奇也跟在后面。国王不能独自在自己的宫里走动。集中在守卫室里的卫兵应该沿路护卫。王后在哪儿？在她自己的套房，在女侍们中间，但她的过错已被原谅。“她同情穷人，”国王说，“这是女人的本分。否则我也不会要她。她非常讨厌谈论战争。她为我担心。我之所以没有亲自去北方，主要就是为了安抚她。”

他看到赖奥斯利与里奇交换了一个眼神。里奇说：“我想，陛下从未去过北方吧？不过当然，现在有何理由去呢？那里只有些忘恩负义之徒，看重的是妖精鬼怪而不是自己的上帝。”

国王说：“对一个在位二十八年、始终日理万机的人而言，应该能够信赖他的臣下。在北方领主中，我不相信戴克勋爵，但不仅是他。我原本以为可以指望达西勋爵，但他即使在表忠心时，还在抱怨自己的疝气和关节僵硬。”透过凸肚窗，国王俯瞰着新建的露台。“但愿他能给自己上点油并行动起来，但现在他又告诉我，庞蒂弗拉克特的驻军力量不足，他们没有枪炮，无法给蜂拥而至的人提供食物，城墙也快要倒塌。他干吗要告诉我这些，难道是为了让我气馁吗？”雨水斜打着窗户。“而德比伯爵——大家都知道他的手下有诸多不满，他们还恨你，克伦威尔——另外，斯坦利家的人全是叛徒，他们会袖手旁观，直到看清战局朝哪个方向发展才会加入。至于亨利·克利福德——”

“我们在边境的主力。”里奇接话道。

国王皱起眉头。“即使年成好的时候，他的佃农们也对他牢骚满腹，所以他们现在会听他的吗？”

“克利福德不好对付，”他说，“连诺福克都说他不好对付，但我们可以指望他。还有塔尔波特勋爵和他庞大的随从队伍——”

“始终是我们的中坚力量。”里奇接话道。我们的？

国王说：“塔尔波特也是年事已高——但是没错，对我忠诚，是我的人。”他停下脚步，做了个苦脸。“我想，得允许诺福克北上了。”

诺福克的父亲在弗洛登痛杀苏格兰人时，已经年届七旬。我们的公爵大概还有七年的时间，去做出这种威震四方之举。他承认道：“诺福克会为你不遗余力。他喜欢打仗，哪怕只是对付乡下人。他认为我们享受了太久的和平。”

“我告诉你们霍华德家的人有多么忠诚。”亨利一瘸一拐；他伸出一只手，扶在掌玺大臣身上。“据说，现任诺福克的祖父约翰·霍华德曾经宣称，哪怕英格兰国王是一块木头或石碑，他也会捍卫它的头衔——只要议会这样称呼它。”

“这表明对议会地位的高度重视。”理查德·里奇小声说。

“但是他与我父亲作战！”国王转向里奇。“你不明白吗，笨蛋？他视金雀花理查为国王。”

里奇缩起身子，似乎想将胸部缩进肋骨之中，犹如受到斯凯芬顿之女①的挤压。他开始道歉，但他（克伦威尔勋爵）打断了他。直到今天，年轻人——里奇也十分年轻——都不明白，在这个王国，最为重要的是你的祖先在博斯沃思战场上的表现。

“霍华德家当时犯了一个大错，”赖奥斯利先生说，“为此还丢掉了公爵的头衔。”他迫切地想跟里奇的愚蠢撇清关系，所以转到了国王的另一边，好像在扶着他的胳膊。

他说：“现在的霍华德引以为戒，绝不会再犯。”

“哦，他已经再犯，”亨利说，“而且我发现，你啊，里奇，不知道国王是怎样的人。国王是由上帝而不是议会所选定。议会宣布他的头衔，宣扬他的权威——但圣典中哪儿提过议会？相反，里面多处提及子民应该如何顺从国王，以及他的权力如何神授。那些朝圣者如果像其宣称的那样信守真正的宗教，就会明白这一点。他们就会跪地求饶，并马上回家。”

“那你会饶恕他们吗，先生？”赖奥斯利先生问。

“站开一点，简称，”国王说，“我不喜欢被人挤着。”

赖奥斯利先生目瞪口呆。简称？这个私底下的笑话怎么传到了公共领域？亨利很不高兴；他示意他们退后，自己一瘸一拐地走进天色渐暗的下午。

“我知道你的手指迫切地想要纸笔，”他对里奇说，“但他一口气说完

---

① 一种刑具，由英国人斯凯芬顿发明，亦称“清道夫之女”。该刑具是由中间有铰链的铁环组成，受害者被迫蹲伏在一个半圈中，而另一半则是旋转放置在他的背部，施刑者会用螺丝拧紧铰链，挤压受害人使他越来越不由自主地蜷缩，最终肋骨和胸骨裂开，脊椎可能脱臼。

了，而且还会再说的。”

有些事情国王虽然没有明说，但肯定有所怀疑：在基督五伤的旗帜背后，还有些看不见的旗帜，绣着科特尼家族和波尔家族的徽章。古老家族的绅士们已经去保卫都铎王朝，但对他们的一言一行都必须密切关注。有些被捕的叛乱分子已经主动承认，他们希望教皇会派另一位名叫雷金纳德·波尔的国王来，那位国王将娶玛丽公主，并将她父亲亨利赶出去要饭。朝圣者们声称是在为纯洁的圣母而战斗。但不管了解与否，他们是在为格特鲁德·科特尼和玛格丽特·波尔的尊严而效力——那两个女人中，年轻者很想成为英格兰女王，年长者则自认已经是女王。

“先生，”理查德·里奇拉着他的胳膊说，“我得到通知——嗯，是被要求——被建议可以发挥作用，说我应该去约克，应该展示自己——”

“你干吗不去呢？”他说，“约克可能比这儿更安全。”

十月中旬。理查德·克伦威尔现在与费兹威廉和弗朗西斯·布莱恩一起驻扎在林肯。他获准参加每一次会议，认为这都是费兹的功劳。其他贵族更想将他排除在外，他在信中写道，但费兹是我们坚定的朋友，在他面前，谁也不能说克伦威尔的坏话。他还写道，布莱恩希望与阿斯克一决高下——两个独眼龙为了荣耀而交手，就像在古老的故事中那样。他说想念家人和舅舅，“请安慰我可怜的妻子。”

他心里想，要不要把弗朗西斯接到他家里？他不缺房屋，她可以去斯特普尼或莫特莱克。万一有不满分子进入伦敦，肯定会攻击奥斯丁弗莱。天知道他们期望找到些什么。一大堆宝贝：没收来的宝石闪烁的圣餐杯。珍贵的圣物，比如来自燃烧的灌木丛的树枝，赐予荒漠中的以色列人的一盒吗哪①。

他亲自给理查德回信：我们大家都好，尽管不太安心，理查德太太迫切盼望你的归来，我也一样，但在为国王效力时，还要克制、谨慎。闲暇之余和等待行动开始期间，不要让同伴们拉着你一起赌博。如果你拒绝，他们会嘲笑，说瞧瞧克伦威尔的外甥，他舍不得钱；但一旦你参与，他们就会找到某种理由说你使诈。我们都同意诺福克父子必须参战，但如果你

---

① 古以色列人在经过荒野时所得的天赐食粮。

挡了小萨里的道，就让开，他会设法找你的茬。别在意对我的任何诽谤。眼下人人手里都有武器，他们会极力用言语来激怒你。

他一天忙到头，还是有成堆的信件要处理，而收到的消息越多，他似乎了解得越少。如果阿斯克是在你自己的麾下战斗，你会说他是一位强有力的军官，而且很虔诚，因为他指示自己的穷酸队伍，不能白拿老百姓的一针一线。但他的手下听他的吗？还是已完全失控？逃离北方的忠诚绅士们带来了报告。阿斯克说，停下；他的军士们说，前进。阿斯克说，别敲钟，他的士兵们还是敲钟。他说，别点燃烽火，他们还是点燃。他的亲兄弟们已经撇下他各自逃命。但他们还说他的出现已有预言。北方早就在期盼着他，期盼一位独眼的弥赛亚。他那只眼睛是怎么失去的？不得而知。

亨利说："那些叛乱分子所贬低的毒血，是怎么回事？蘑菇人从来都有。"他指的是一夜成名。"我祖父和我父亲都会认为，平民可以像公爵一样成为忠仆。由于出身卑微，他们没有自己的利益——只是一心要效忠自己的主人，因为他们的荣华富贵都来自于主人。"

他说："诺福克大人如果在这儿，就会告诉陛下，那些人没有家世，所以没有荣誉可言。他们会肆无忌惮，无所不为。"

"但他们有灵魂要拯救，"国王说，"所以我想，也不是无所不为。你认识雷金纳德·布雷吗？布雷出身低下。上过伍斯特文法学校，如果我没记错的话。但在效忠于我父亲时，他睿智而老练。大贵族们都得对他和颜悦色，因为他们不知道他会在国王的耳边说些什么。"

布雷肯定已故三十多年，他怎么可能认识呢？但国王们的算法超越凡人的寿命。他说："我知道他的安息之处，先生。"

布雷葬于温莎这儿的圣乔治教堂，他慷慨捐助了该教堂的建设。（尽管把魔鬼变进靴子里的约翰·肖恩神父①也是如此。）他见过上方有布雷的徽章，他的字谜刻在石头和玻璃上。他想，我应该在底层找个位置，并自贬身份。布雷接管了国王的财政，顺便也为自己捞了钱。亨利说："劳动者值得任用。布雷曾经与康沃尔叛军作战，并且表现神勇。"

---

① 约翰·肖恩是十三世纪的一位大主教，在民间传说中，他将恶魔投入一只靴子，而救了白金汉郡北部马斯顿村的人，所以他经常被描绘成手持靴子的形象，而靴子里则装着恶魔。

对一名职员而言，他想。国王是不是在说他该投笔从戎？尽管已经费尽口舌？

“你还记得康沃尔人吧？”亨利说。

他点点头：“当时我还小。”

“我父亲把我们带进塔里。他相信即使他们洗劫城市，要塞也坚不可摧。”

憎恨税赋的不仅仅是北方人。在王国的边缘，人们无法理解英格兰是一个国家，它的边境需要我们所有人花钱去守卫。康沃尔人爆发叛乱时，就说他们不会花钱保卫北方以抵御苏格兰人，因为他们不知道苏格兰人是干什么的。他们的头目是一位律师，名叫托马斯·弗拉曼克，还有一个名叫安·戈夫的铁匠——“铁匠”一词用的本义，顾名思义表明了他的职业。他们在进入内地的途中不断壮大力量，向伦敦进发，而在他们的队伍之首，雄赳赳地走着一个名叫博尔斯特的巨人。也可能他不是领头，而是殿后，因为没有人看到过他——他总是在前或在后。

他当时在位于莫特莱克的威廉斯家里，帮他们跑腿以换口饭吃。威廉斯家的人对巨人嗤之以鼻，他们讲起博尔斯特的一位康沃尔同伴的故事，引起哄堂大笑：那是个可悲而孤独的巨人，周日常常与他唯一的朋友——一个名叫杰克的身手敏捷的小伙子——玩套环游戏。有一天，巨人拍了拍杰克的脑袋，手指却插进他的头骨，仿佛那是一层馅饼皮。巨人的惊叫在空中回荡，而杰克的脑浆则像汤汁一般淌下面颊。

他告诉他姐姐贝特：“巨人是该隐的后代，该隐杀死了自己的兄弟。地球上原本有很多这样的人，但多半都在诺亚的洪水中淹死了。他们个子很高，但还没有高到能将脑袋露出水面。”

贝特没有吱声。

他说：“特洛伊人布鲁特斯与那些幸存者交战，用剑结果了他们。他就是创建伦敦的勇士。”

贝特还是没有吱声。

“博尔斯特？”他说，“这是他的真名吗？因为这太可笑了。”①

贝特说：“你准备当面对他这么说吗？”

---

① 博尔斯特的原文 Bolster 有“长枕”“垫木”之意。

越是没有人见过博尔斯特，人们对他就越是害怕。他身高十英尺，也可能十二英尺，两条手臂就像风车的帆，而穿着铁鞋的脚可以像踩葡萄一样把脑袋踩碎。他们在帕特尼的家位于叛军的必经之路上，作为一个十二三岁的孩子，他已经随时准备敲断博尔斯特的膝盖骨。

在那个混乱时期，沃尔特凭借帮他的朋友们制作三手盔甲，将胸甲打造成型，而赚了几个精明钱。私下里，他说并不害怕，因为他了解康沃尔人的啤酒。它只需要二十四小时的酿造时间，所以不管在哪儿扎营，他们都可以造酒。他们一桶桶地豪饮，那冒着气泡的褐黄色乳脂状酒液让你醉得不省人事，第二天还会让你吐上一整天。

在布莱克希思①，叛军被国王的军队歼灭。当天有很多骑士火线受封。安·戈夫和那个律师被绞死并分尸，血淋淋的尸块被运回他们的老家示众。但博尔斯特从未被绞死。没有足够结实的绞架。世界很大，他在其中的某个地方。也许潜藏于深水之中，像鱼一样用鳃呼吸，直到准备好游出水面东山再起。巨人不习惯一动不动。掌玺大臣也一样。在最后的树叶飘落和早霜初降之际，这种挫败，这种局限，让他回想起早年的生活，当时还没有人想到博尔斯特，他还没有踏上出人头地的梯子，还不知道有一架梯子；让他回想起命运被别人掌控的日子，当时他还不知道有所谓命运，以为只有铁匠铺、酿酒厂、码头、河流，在他眼中就连伦敦似乎都距离遥远，或者老实说，他还没有距离的概念，他当时才不过七岁，他的叔叔约翰和他父亲两相商量就决定了他的命运，他几乎一言未发。

他的叔叔约翰说：“我跟你说吧，哥哥。托马斯目前对你没有用，而只是碍手碍脚。所以干吗不让我训练一下他？”

他们在酿酒厂的大门内侧。啤酒的气味笼罩着他。他走到约翰身边。他父亲在暗影中忙碌，挪动一些箱子；他想知道那里面装了些什么。“哦，就站在那儿，兄弟！”沃尔特说，“就站在那儿，看着别人把腰累断！”

约翰说：“我跟你说话时，你好歹听一听。”

沃尔特放下正在拖动的箱子。“什么？”

“让我把汤姆带到朗伯斯去。厨房总管是我的好朋友。”

---

① 位于伦敦东南部，旧时为大片荒原。

“你想让他以后当厨子？我儿子决不能成为一个肥头大耳的家伙。”

“他不是非得那样，”约翰说，“有何坏处呢？”

“我猜等我老了，他可以帮我制一杯牛奶酒。或炖一罐鸡汤。好吧。”沃尔特笑了起来。他认为自己会永远不老，以为自己会永远有一口好牙。“记着，汤姆，听你叔叔的话，否则你会被烤成馅饼。”

“你会被剁成肉泥。”约翰拍了拍他的脑袋，算是一言为定。他的身体已经有些壮实，让人忍不住想捶一捶或者拍一拍，也许是因为这会发出令人满意的声响。但当他们离开时，约翰说：“你需要一项技能，汤姆。可不要像你老爸那样，什么都干不好，只会惹是生非。”

他说：“他的床下有个盒子，上了三把锁。”

“肯定是金子，”约翰说，“我不愿意去想是怎么来的。但如果让他离开自己的教区，他会怎么活？帕特尼的人都认识他，谁也不敢招惹他。可一旦让他去外地，没有了他那帮恃强凌弱的伙伴，情况就不一样了。”

想想那种情景。他第一次通过一个中立的陌生人的视角想象沃尔特：看到一个身材矮胖的凶汉，胡子拉碴，腰上系着一根皮带；一个经常嘲笑、挖苦别人的无赖，总在寻衅滋事——而鉴于其本性，总是很容易得逞。所有的人都讨厌他，都想修理他，偷走他的东西。先下手为强是沃尔特的信条，他因此而日益发达。伴随着别人的哀号，他耀武扬威；他打探别人的不幸，一旦有人伤心或离去，他就可以落井下石。

他对约翰说：“莫特莱克的所有人都知道我老爸。还有温布尔登的所有人。他死后我会继承铁匠铺。”

他叔叔问：“除了绞刑吏，谁会杀死沃尔特呢？如果等他，你会等到三十岁都还在做劳工。他的行当我教不了你，但我可以教你我的行当。你需要一门终生可用的手艺。即使在外国，人们也总是需要厨师。”

“我会不了解他们的菜品。”他说。

“只要善用调味汁，在哪儿都受欢迎。”约翰哼了一声，“我很想看沃尔特制作奶油汁的样子。那家伙看到它会呆若木鸡的。”

他想，我叔叔感到妒忌。我父亲打架斗殴很有名，而他只擅长侍弄面粉。

但是他说，好叔叔，我想学你的手艺，我们从哪儿开始？

当月中旬：克利福德勋爵在卡莱尔被包围。诺福克公爵率领国王的军队驻扎在安普希尔，与他同行的还有埃克塞特侯爵亨利·科特尼，而与侯爵同行的——虽然侯爵并不知情——还有一些代克伦威尔勋爵监视他的人。诺福克已经如愿以偿，身后有一支人马，鞍囊里有国王的委任状，但他每封来信仍然牢骚满腹。赖奥斯利先生拆开信，并向国王解释里面的内容。

叛军准备进攻约克，市长认为该市已经人心涣散，因此难以抵抗。有传言说它的大主教已经逃走。罗伯特·阿斯克已经号召约克郡北部的叛乱分子来加入他的队伍。他们说会恢复占领区的大修道院。赖奥斯利先生说，我说过的。我早就说过，僧侣们一离开，我们就应该拆毁那些建筑物。

根据国王的要求，他（托马斯·克伦威尔）在温莎与伦敦之间来回奔波，时而陆路，时而水路——他坐卧难安，食不知味，还不如随军打仗。即使在途中，他也觉得自己仍然置身城堡，受困于国王的每时每刻。只要他不在场，国王就会抱怨——他毕竟仍然是国务大臣，一切都是经过他或者由他亲自来处理。但国王迫切需要的是钱。他的盘子杯子必须被牺牲，沉甸甸的金链必须从珠宝房签字取出，并一去不回。他从不相信金属应该放在那儿失去光泽，或者压倒伟人们自身——它应该作为钱来流通和增值。但今年秋天，他对简称说，我想见见某个法力高强的炼金术士，或者是能把稻草纺成金子的公主。

在温莎，小镇围抱着城堡的高墙，爱德华国王时期的集市摊位如今成了住处，那些脏乱的搭建犹如小矮人的窝巢，密密麻麻地挤到了护城河边。街道上满是商人，都想来碰碰运气，看能卖些什么给宫里，因为城堡周边不产任何东西，连一口鱼塘都没有。成天都有货车吱呀而上，从卵石路上轧过，进入大门，所以达官贵人们只得侧身避让，给车夫们留出道路。他听说镇上有人布道支持朝圣者。他挑了几个男孩，给他们一点钱，好让他们在摊位前排队，听别人闲聊，然后又混进温莎的小酒馆，与泰晤士河畔妓女的客人们发生争执。接着他们找到一位神父，看他喜欢听怎样的忏悔，然后直通通地问他：那些叛乱者是虔诚的吗，神父？我们是否该支持他们？

由于顶风冒雨奔波不停，他醒来时浑身酸痛。做的梦令他很压抑：他发现自己置身于一座码头，看不见对面的河岸。河面宽广，只有平静的灰色河水不断延伸开去，那光滑的灰色映照着银色的天空：之所以看不见河岸，是因为没有河岸，因为水已经变成永恒，因为他的身体溶于其中，因为它是灰烬；是因为他的故事都融为一体，所有的记忆都合而为一。

他叔叔约翰说，听着，小托马斯，你如果要学，就不能在河岸上跑来跑去，你得待在我们能找到你的地方。因为莫顿大主教——现在是莫顿红衣主教了——有来自罗马的客人，他们可不是用一碟豌豆就能打发的，他们指望吃浇了蜂蜜的夜莺。我们不能对他们说，嗯，阁下，很不凑巧，抓鸟的小子已经回帕特尼家里去了，因为他父亲参加了一场踢胫骨比赛，汤姆在帮他拿外套和打赌。

离开帕特尼并不容易。总有些事情要他回来——他是个孩子，你一叫他就到。有些人准备入室抢劫，要他从窗户里爬进去帮他们开门。

“不行。”他说。

“不行？”劫匪们说，“为什么？”

“因为我害怕上帝的惩罚。”

“你应该更怕我的拳头。”劫匪头子说，并向他挥了挥拳。

此外，他们说，上帝怎么会注意像你这样的孩子呢？他怎么会在意你爬进米尔德里德·戴尔家的窗户呢？她是个有钱的寡妇，只有一条小狗来保护她，我们可以把它踢开，或轻易扭断它的脖子啊！

他想，上帝关注每一只坠落的麻雀。通过聆听布道，他将这句话铭记于心。上帝关注米尔德里德·戴尔。上帝关注她的狗皮蓬。他说：“我鄙视你们。你们这种人需要灌一通烈酒才敢跨过一个水坑，到你们被绞死的那天，当你们在那儿双腿乱踢时，我的朋友们会嘲笑你们。”

劫匪头子于是用起拳头，把他按在墙上，猛揍他的脑袋，直到其他人大喊：“埃德温，他不值得你这样！”

他不记得疼痛，也许没有感觉到。但他记得那人呼出的难闻气味。

他带着伤回到家里时，沃尔特问：“谁干的？”听完事情的经过后，他说：“天使保佑，下次有人要你去抢劫时，要礼貌地拒绝。告诉他们你在别处有活儿要干——这只是通常的礼貌。”

随着渐渐长大，他变得——在一定程度上——谨慎起来。他犯过罪，犯过大罪，但通常会挑选时机。他见过一个女人被强暴，但什么也没有说，什么也没有做。他见过一个人被剜掉双眼，因为看了不该看的事情，他说，天啊，割掉他的舌头难道不会更合理吗？有一天，他被逼到了沃尔特的计划的边界——某种他不愿跨越的边界——便说："父亲，你难道不明白对错吗？"

沃尔特的脸一沉，但还是用在那种情形下比较温和的语气说："听着，儿子，我所明白的是，'对'就是能安然逃脱，'错'就是要挨一顿揍。就算你父亲的教导和例子进不了你的脑子，我相信生活也会慢慢教育你。"

劫匪埃德温当时一边吮吸自己的指关节，一边说："你就庆幸吧，小子，这是我给你的礼物。以后你会哭着求着让人揍你的，连撒旦都不愿弄脏自己的手。"

10 月 16 日，叛军进入约克。约克是王国的第二大城市。英格兰像一座稻草屋似的在摇摇欲坠。

消息传来时，他正在伦敦筹集一万英镑，好让诺福克支付军饷。赖奥斯利派人送信来说，国王要见他，十万火急地要见他。接着又来一封信，然后又是一封……

他刚到温莎，一群满面愁容的顾问官便围了上来。国王在祈祷。在他的私人祈祷室吗？不是，在一个更大的地方，在圣乔治教堂向上帝讲话。

桑普森主教说："克伦威尔，他在等你。"

"但你们告诉他了吗？关于约克失守？"直到此刻，他才突然想到他们可能把这个消息留待他去报告。

但雷夫·赛德勒似乎已经报信，眼下正跟他在一起。牛津伯爵说："我估计国王不会太怪你，大人。"

为约克的失守吗？怎么可能怪他？但总得有人……

奥德利勋爵说："我估计连沃尔西也无法扭转过去几周的局势。"

是吗？沃尔西不会像现任大主教那样弃城而逃。他说："在红衣主教大人的方圆一百英里之内，没有人敢犯上作乱。否则一定会受到强有力的打击。"

那就去圣乔治教堂吧。他将顾问官们推开，从他们中间穿过。"走吧，简称。"

赖奥斯利一边大步跟在他身旁，一边说："死亡让红衣主教战无不胜了，先生？"

“好像是的。”不过沃尔西已经不再跟他交流。自他从沙夫茨伯里回来后，就不再有沃尔西的陪伴或建议。红衣主教在云端跃动，虔诚的逝者对我们的错误感到好笑。死者在我们眼中被放大，而我们对他们而言则小如蚂蚁。他们就像建筑物尖顶上的神秘之兽，从云雾中俯瞰着我们；他们像旗帜一样在我们的上空飘动。

国王在嘉德骑士席位上方的小教堂。他拾级而上，在狭窄的螺旋楼梯上感到心室缩紧。他知道，国王从这里俯瞰着自己的祖先，俯瞰着躺在墓穴里的被谋杀的亨利国王——亨利六世。

他低头进入低矮的门口。国王跪在那儿，后背挺直，似乎在祈祷。雷夫·赛德勒跪在他身后，在空间允许的范围内与他尽量保持距离。雷夫抬起面孔，一脸请求之色；当他（克伦威尔勋爵）经过时，他拉下帽子遮住眼睛。

有个垫子；比光木板要好。他默默地跪了一会儿，就在他的君主的正背后。

他想，在佛罗伦萨，我踢过足球。参加的人很多，与其说是比赛，不如说是混战。府里的年轻人会把那些身体健壮的仆人叫出来，二三十人组成一队。他是疯狂的英国人；他的借口是，他的托斯卡纳语不是太好，所以不了解规则。

他能听到国王的呼吸，听到他的叹息。亨利后颈上的肌肉抽动了一下，表明知道他在这里。

比赛打了十分钟，你就受伤流血，足球本身也沾满鼻涕、沙子和血，你气喘吁吁，长骨打颤，脚在泥地上奔跑，头发被拽得竖起；但只要掌握了球，你就不顾一切。你控制住球，向前猛冲，一阵欢呼响彻屋顶，可你刚刚跑了十步，有个大声吼叫的疯子就会一脚朝你的腿弯踢来。

亨利把手放在后颈上，仿佛有只小虫在那儿碰了一下。他神圣的脑袋半侧过来，抬起机警的目光。“克伦？”他说，仿佛这是一句祈祷的开头，不过是一句没有特别功效的祈祷。

他等待着。国王更深地叹息了一声，也是呻吟。

天啊，比赛结束后，身上真够疼的。但在打球的过程中，你毫无感觉。

亨利划了个十字，开始挣扎着起身。如果伸手去帮他，他是会乐于接受，还是会伤及自尊？

“约克？约克怎么可能失守？”国王转过脸来，显得愕然；仿佛有人在上面划开一道裂口，让光照进他的脑海。

雷夫在暗处，站在他身后。

他拿起垫子。红底上绣着金字，是HA-HA。亨利国王，安妮王后。

雷夫从他手中接了过去，仿佛垫子很烫一般。

他想，如果这是佛罗伦萨，我会把那个垫子一脚踢到圣十字教堂的另一边。连同与她有关的记忆。

国王说：“今晚我将在大厅用膳。”

“陛下。”他说。

“我必须显得……”国王犹豫着，“……光彩照人，你明白吗？那不勒斯之镜①在哪儿？”

“在白厅，先生。”

他猜亨利会说，派一名卫兵去取来。国王不关心距离或天气。他想佩戴着巨大的珍珠钻石——那是法兰西的宝贝——在他的臣民面前大放异彩。

“白厅？”亨利说，“算了。”他似乎只需要想到那不勒斯之镜就感到光彩照人了。他总是说，当法国人要求归还它时，“告诉弗朗索瓦，我比他更有权统治那个国家。有朝一日，我所要求的就不仅仅是珠宝了。”

“我们会需要号手。”在教堂的宽敞空间里，亨利的声音很小。“雷夫，你藏在那儿吗？代我去向王后殿下致意。如果她愿意戴伊布格雷弗在六月份赠送的绣有我的字母的饰袖，我就会穿相配的紧身上衣。”

在他们的下方——透过时间之镜，你能看到——嘉德骑士们在各自的席位上哭泣，他们的骷髅头在插着羽饰的头盔里咔哒作响。但国王挺直肩膀，抬起下巴。事后雷夫会说：“他听到约克失守时的反应，你不得不佩

---

① 法王路易十二送给他的第三任王后玛丽·都铎（1496—1533）的一件钻石礼物。玛丽·都铎是亨利八世的妹妹，十八岁时嫁给时年五十二岁的路易十二，三个月后即守寡，不久后在法兰西与前来接她回国的查尔斯·布兰顿公爵秘密结婚，亨利八世获知后大怒，但经沃尔西协调以及出于对妹妹的偏爱和对查尔斯·布兰顿的宠幸，最终以对二人处以巨额罚款了事。

服。你会以为有人给了他一千英镑，而不是当头一棒。”

到晚餐时，他被信使们缠得脱不开身，只好派雷夫去对国王耳语，恳请原谅他不能到场。据说约克市长已将贵重物品运出城外，但他能否保障它们的安全？朝圣者们凭借城内所剩，通过薅富裕市民的羊毛，将能够为其事业提供财力支持。在约克的城墙以内，有多达四十座教区教堂，还有十多座增收法庭没有动过的大修道院。他早就知道，那儿到处是教皇党人；但如果不是他坚持与皇帝议和，让他们的港口保持开放，如果不是他再三在汉萨同盟的商人们面前帮忙说话，约克——以及其他那些以羊毛贸易为主的城市——会是什么情形？如果碰到阿斯克，他会问他，威胁那些最能让你的民众过好日子的人，对北方益处何在？

他对雷夫说：“所幸苏格兰国王去了法兰西。如果他在国内，可能会召集兵力来攻打我们。”

巴黎传来的消息说，詹姆斯尚未娶妻，倒是在大肆购物。

雷夫说：“詹姆斯已经把国内事务交给他的枢密院打理。我猜他们在留意机会。不知道他们是否敢宣战。”

他们不用宣战。在足球赛中，从来没有人宣战，结果还是一片狼藉：球场上不乏掉落的牙齿，以及——有人听说过——剜掉的眼睛。没有人真的被刺，但有时候，球员们不经意地倒在对方的刀子上。

信件处理完毕。他吸干纸上的墨迹。今晚我不能再干了。“我饿了，简称。也许去与我们的主人一同用膳还不是太晚。”

在大厅的尽头，仆人们坐在那儿吹牛，他能看到克里斯托弗正滔滔不绝。克里斯托弗告诉他们，他去过君士坦丁堡，给苏丹王当过顾问。他的宫殿坐落在那座大都市的弯弯曲曲的街道上，里面的香扇挥动着空气，丰满的女人们总是斜靠在沙发上，皮肤是上帝初造时的样子，她们成天无所事事，只是用食指扭着头发，等待克伦威尔大人回来，命人送上冰冻果子露和处女。

但是在温莎，外面的光线很暗，坐在国王身边的是他的资深顾问官，包括大法官奥德利、牛津伯爵约翰·德·维尔以及一两位主教，都穿着裘皮衣服。玛丽小姐坐在王后的右手边。她的目光从他身上掠过，没有示意，只是微微噘了噘嘴。王后的另一侧是埃克塞特女侯爵格特鲁德·科特尼。她的职责是在王后需要时帮她端着洗手盅，而玛丽小姐则递上餐巾。他沿着大厅朝格特鲁德的随行人员望去，看到了贝丝·达雷尔，贝丝·达雷尔也看到了他。

他走近国王。亨利的脖子上坠着一枚未加工的钻石，像大核桃一般大，作为那不勒斯之镜的替代品。他的红缎子紧身上衣缀满了金饰和珍珠，凸显出王后的首字母。简的红饰袖很挺括，绣着相对应的字母：H，H，还是H。

亨利没有看他，只是伸出一条胳膊来接一沓信件。国王的注意力集中在某个精彩的故事上，而卖弄这个故事的是——天啊，他是怎么来这儿的？——弄臣塞克斯顿。

“我还以为你禁止他入宫了，先生？”

亨利的笑容很谨慎。“是的，我给过他几耳光。但可怜的家伙，他没有别的活路。威尔·索梅尔病了，肚子痛。我推荐了苦杏油。我想，是一种意大利药方？”

塞克斯顿从另一边跳了过来，口里唱着：

威尔生病不舒服
我能体会他疾苦。

国王说：“你们没有用晚餐吗？坐下吧。”

“他洗手了吗？”塞克斯顿喊道，“到下首去，汤姆。哪桌是剪羊毛工坐的？哪桌是铁匠家的小子坐的？到下首去，继续走。一路小跑，直到帕特尼。”

“赖奥斯利大人，”国王说，“我的抄写员。坐下……”

“什么，赖奥斯利？”塞克斯顿叫道，“我的墨水瓶①，我的污迹，我的斑斑？女士们，如果用手撸他，他就会射出墨汁。告诉我，斑斑，你的朋友里奇呢？他们称呼他什么——兜兜爵士？”

简称的脸红了。他坐了下来。只是过了一会儿之后，国王才制止塞克

① 原文ink-horn，是旧时用牛角制的墨水瓶，这里含性影射。

斯顿讲这种荤段子，它们从来都不符合他的口味，而他妻子和未出嫁的女儿就更不用说了。当然，女士们不会理解他的污言秽语。格利高里过去经常称里奇为兜兜，但格利高里当时年龄还小，不明白它指的是女人的私处。当然，他也可能知道。

塞克斯顿凑到他们面前。“什么，兜兜在朝圣者那儿？我们可能再也见不到他了，这不会让你哭泣，对吧，斑斑大人？不，斑斑不容许有对手——如果叛军把兜兜煮了吃掉，把咽不下去的再吐出来，他会很高兴。所有人都知道他是如何背叛托马斯·莫尔的。真奇怪还有人搭理他。”他朝周围翻了翻眼睛。“真奇怪连克伦威尔都搭理他。”

有人漫不经心地窃笑。国王皱起眉头。但塞克斯顿大人没有住口。“老百姓哭着喊着要面包，陛下。干吗不给他们面包屑①呢？”

王后抬起一只手捂住嘴巴。她的绣花饰袖上闪烁着一个个字母H。玛丽小姐比较专注地看着桌布，仿佛它需要织补一般。亨利说：“这家伙很无礼，但你不要在意，大人。”

“朝圣者们会把你碾成面包屑，”塞克斯顿喊道，“他们会把你碾成面包屑，直到把你重新碾成面粉。”

国王说：“别接话，免得他更来劲。”

“如果皇帝来了，你会被碾成面包屑，并下油锅煎炸。你会像异教徒廷德尔一样被煎得滋滋响。”

他本该听国王的话，但现在必须开口：“我们并不确定廷德尔被烧死了。”

塞克斯顿说：“我在这儿都能闻到他的味道。”

* * *

在烛光下，贝丝·达雷尔身影飘忽，犹如一个幽灵。他情不自禁地想象她腹中怀着那个子虚乌有的孩子而衣裙隆起的样子。

“掌玺大臣。”她端详着他，“晚上蹑手蹑脚地在女士们的住处走动。”

“把我当成国务大臣吧。依这种身份，我可以随意走动。”

---

① 原文Crumb，既指“面包屑”，也是国王等人对克伦威尔的昵称“克伦”。

她笑了起来。“看来你的朋友回宫了。”她指的是玛丽，“交她这样的朋友很危险。”

“为什么？”他在装糊涂，好套出传言。

“她认为你已经提出有朝一日会推她为王。她认为你们达成了共识。当然了，是心照不宣。”

算不上提出，他冷淡地说，但她说：“别小看传言。它可以在波尔家或科特尼家的人那儿给你买一点信用，有朝一日你可能需要。”

“怎么，他们以为都铎王朝会倒台吗？他们这样说了吗？”

“从没当我的面说。但我的主人格特鲁德希望国王会采纳建议，把政府交予忠臣之手。如果侮辱克伦威尔勋爵是谋逆罪，那你明天就可以绞死她。”

“我可以绞死半数的贵族。我很高兴女侯爵就在宫里，在我们的眼皮底下。尽管我能想到一些我更愿意看的人。”

“是吗？梅格·道格拉斯？”她在调侃他。

“哦，是的，”他说，“我太喜欢她了，所以把她关了起来。但是告诉我，玛丽跟你的主人讲心里话了吗？”

“玛丽不跟任何人讲任何话。她在等待时机。”

贝丝抬起脸，与他相对——那是一张可爱的、带有鼓励意味的面庞，眼神热情。她以为他会为玛丽争取权利而害自己吗？他相信这个年轻女人在耍两面手腕。他转过身去，说：“科特尼家的人对你好吗？他们没有因为怀亚特而责备你吧？”

她把一只手贴在身上。“没有任何迹象表明怀亚特曾经存在。科特尼家的人不提他的名字。”

他想，那些人能力有限，怀亚特令他们捉摸不透。贝丝说：“有人写了一些诗，可能会害了他。它们在宫里流传。因为春季他跟你站在一起，而不是与博林家的人。”

“我虽然心情悲痛，
却觉得最好强装快乐无忧。
但我曾戴帽置身雨中
光着头的站立者却已湿透。”

她说："我们这个时代流血太多。他们认为他自己一走了之，而让他的朋友们去死。不知道那五位侍从如今何在？同样，不知道怀亚特如今何在。"

"在国王的军队里。我无法说得更具体，我们都像被逐出各自轨道的行星。但我听说他在肯特郡与家乡的人一起取得了辉煌战绩。他没有给你写信吗？"

"当然写了。但你了解怀亚特。他不会标明日期或地点，不愿老待在一个地方。他根本不说那些平常的话，比如'代我向我的朋友们问好'，或者'我的心永远是你的家'。"

"我敢肯定它是的。谁会不给你永久业权呢？"她对他回眸一笑，然后像来时那样飞快地消失在黑暗中。他搓着手指，仿佛曾想伸手去抓她的内衣，抓到的却是蜘蛛网。

他快到自己门口时，又一个女人手中举着一支蜡烛，挡住了他的去路。是简·罗奇福德，像要去做晨祷一般认认真真，精神饱满。"克伦威尔？你去哪儿了？她要见你。"

"王后吗？这个时候？"

"是玛丽小姐。"罗奇福德笑了起来，"有其父必有其女。她不睡觉，别人凭什么该睡呢？"

玛丽穿着一件裘皮衬里的挺括的红缎子睡袍。"我希望他们让你很暖和，"他说，"不缺什么吧？"

他交代过府里的官员们，要挡好风，生好火，多送些柴火，每天一大早就把面包、酒和熟肉送进她的房间。

她说："现在不需要大份早餐了。如果你还记得的话，当时那样做是为了我不用去大厅跟大家一起用膳，并坐在小伊丽莎的下首。当时我的身份被贬，而伊丽莎被称为公主。"

她没有请他坐下。他反正也不会坐。他说："我们之间有太多的合作，以至于有些做法我都忘了。我得问问你，小姐，有人接近过你吗？"

"叛军可能会打着我的幌子，但并没有得到我的允许。"

也就是说，有人接近过了。他——克伦威尔勋爵，国王的大臣——走近她时，她没有动，只是有些急切地裹紧睡袍，掩住白色内衣，接着又马上松开，似乎知道此举很可笑。他凑得很近，足以触碰她的睡袍，但他当然没有。“看得出来，你喜欢这种红色，你和王后都喜欢，我能否问问，这是来自热那亚吗？”

“我想是的。王后派她哥哥爱德华去汉斯顿，看我需要什么服装。我说，我父亲的宠爱就是最好的服装，但他恳求我提出自己的愿望。爱德华·西摩是好人，可惜是个异教徒。”

“爱德华受到国王的引领，就像我们所有人一样。”

他想，上帝饶恕我，但她真是累人。而且渴望被人接触，可她的身份又不允许。

她说：“我听说枢密院在讨论我的婚事。对方是年轻的奥尔良公爵。”

“是法国人在讨论。我不确定我们也如此。”

法国人不会接受她，除非亨利指定她为继承人，而他当然不会这样；但如果能达成某种妥协，与法兰西的联姻就会一劳永逸地让她远离皇帝和西班牙人。因此，我们在商谈。

他说：“你很可能愿意找一位西班牙丈夫。”

她犹豫着。“国王是一位非常好的父亲，所以不会把我嫁给一个我不愿嫁的人。”

他想，回答这个问题。她仿佛不经意地转身背对着他。“你自己也一直很贴心地关照我，就像一位父亲那样。”

他在窗玻璃中能看到她的面孔，只是她并不知道。有人告诉过她我们之间的关系，哪怕只是在传言之中。她在提醒我保持距离。嗯，他想，我在提醒她。“你难道不想嫁给一个英国人吗？”

“谁呢？”问题又抛回给他。

她透过镜子盯着他。她的心提到了嗓子眼。就让它留在那儿吧。

晚餐时心神不宁，祷告时更是如此。他能听到雨水打在铁皮上的声音，听到它流淌和打旋的声音。*光着头的站立者却已湿透*……他胃里发胀。他走向书桌——约克郡的最后一批信件已经抵达——却发现自己在想着那张豪华大床：国王给了他一套床上用品，还有织着银线的紫色床帷，上面饰有王室纹章。亨利在说：不管是睡是醒，你都是我的，就像一位情人。这份礼物价钱不菲，简直养得起一支驰骋沙场的骑兵，但亨利肯定觉得为他花这笔钱值得。他又点燃一支蜡烛，并叫克里斯托弗进来生火。宫里分配的煤炭和柴火他已经用完，但是他说，别管费用，就说是我要的，如果有人询问，就把他们撂倒，好吗？

克里斯托弗咧嘴一笑。我叫雷夫来陪你说说话？或者叫人来唱歌？但他说，不，不，我得处理这些，不能等；但是接着，他用手托着脑袋，也许眯着了，他一会儿在这儿，一会儿在那儿；照着他的一会儿是摇曳不定的炉火，一会儿是泰晤士河水面上的阳光——那是在朗伯斯，是四十多年前，但在河流的生命中，四十年算得了什么？

我给你留了这个，约翰叔叔说。得趁着热乎的时候吃。太热或者太冷都会影响口味。厨师必须学习。不能总是用残羹剩饭。

这是一份装在白色碟子上的香味蛋奶糕。稍早时他看到过醋栗，犹如绿色的小玻璃珠，像斋戒日时的修士一般散发着酸味。制作这种点心，你需要新鲜鸡蛋和一罐奶油，你得是红衣主教才买得起糖。

他叔叔站在他旁边。蛋奶糕在香甜的气息中微微颤动。

“肉豆蔻，”他说，“肉豆蔻干皮。小茴香。”

“现在尝尝。”

“还有玫瑰水。”

约翰笑得很开心。“托马斯，没有什么比英格兰的夏天更为青翠。出海航行的人都向往它。他们做梦都想吃一碗这样的东西。”

在丝绸之路上，在连走三天都看不到任何溪流的炎热平原，在野蛮人那防守森严的、你将鸡蛋在石头上打破就可以烤熟的城镇，在地图边缘那些线条模糊、纸边磨损的地方，旅行者说，圣母马利亚啊，圣阿加莎啊，我真希望自己在朗伯斯，有一碟醋栗和一把勺子。

他摇摇头。那碟点心还差一种点睛之笔……他想象自己四十年来，站在约翰现在所站之处。他是大厨，穿着丝绒服装，从不靠近面粉袋，从不弄得热油四溅，而是手里拿着文件，口里发号施令，根据他的指示，一个长得很像他自己的男孩将杏仁碎粒扔进一口铜锅，然后将它们舀进奶油里，再把它搅散。

然后，如果他制作了接骨木糖浆，可能会试着添加一两滴。

他能看到的那个男孩像他自己一样长着一头鬈发，指关节擦破了皮，站在石板地上的脚冻得冰凉。他穿着一件灰不溜秋、打着补丁的上衣，衣服底下是他父亲的指印，那些伤痕与自然的变化逆向而行：从接骨木果的秋天的青紫变成花朵的淡淡的黄白色。

他全身上下到处是这种印记。约翰说，沃尔特控制不住自己，我们自己的父亲——愿上帝饶恕他——也是这样。

六月下旬的早晨，如果你在露珠蒸发后出去，用一根带钩的棍子或长树枝帮你，就可以从树丛顶部采摘到最好的接骨木花。你把它们拎回家，用手捧到干净的桌面上。你一边嗅着那甜丝丝的气味，一边手指轻柔地挑选出形状最好的花朵，然后给每一片花瓣涂上蛋清。如果你将它们用糖腌渍——作为有钱人家的仆人，你用得起这些糖——就可以保存一年。到十一月的一个阴沉日子，当夏天已经杳无踪迹时，你可以把裹着糖霜的花瓣放在蛋糕的表层，每一片花瓣都是一枚五角星，以此来吸引一位女士的目光，或者挑起一位国王的已经厌腻的胃口。

10 月 19 日，赫尔市落入叛军之手。在唐卡斯特，市长和达官显贵们不得不宣誓拥护朝圣者。在温莎的小教堂里，已经作古的嘉德骑士们在各自席位上羞愧得抬不起头，他们心痛欲裂，任何杏仁油都不管用；他们在自己的头盔里呻吟，包括兰卡斯特伯爵和马契伯爵，以及博亨、波尚普、莫布雷、威尔、内维尔、珀西、克利福德、塔尔波特、菲茨艾伦、霍华德等，还有那位伟大的公仆雷金纳德·布雷本人。死者比生者还多；他们为何不能战斗？

随着傍晚来临，蓝色的光芒从北边窗户上消失，河流被黑暗吞噬，仿佛没入无边的大海。南边的窗户已经关闭，下面的庭院安静下来，在国王寝宫的楼梯脚下，守卫已经换班。蜡烛送了进来，镜中的壁式烛台让闪烁的光改变了方向；由于彩绘和镀金，国王的私人房间像珠宝盒一般闪闪发亮。

国王说："我记得我父亲逝世的情景……晚祷时，福克斯大主教来找我，说：'你的父王驾崩了，上帝保佑陛下。'我说，他的灵魂是何时离开的？福克斯根本没有回答。我猜那意思是说，我父亲躺在那儿没人照管，遗体在临终的虚汗中慢慢变冷，而他的顾问官们则在不紧不慢地密谋。在随后的两整天里，他的大臣们都假装他还活着。"

他想，他们是好心。想为你顺利即位做好充分准备。

“想想他们得如何掩饰，”国王说，“面不改色地在格林威治走来走去。我自己就做不到，我是性情中人，不会装模作样。你瞧，大人，到我的顾问官们拥戴我为王时，他们就已经在对我撒谎了。一旦你成为国王，就没有人对你说实话。”

“我可能……”他说。

“你可能用婉转的方式，”亨利说，“或者根据你认为我可以忍受的程度讲些实话。虽然我不会说：‘大人，我想听不折不扣的实话。’我不会那样要求。我也有常人的虚荣心。”

他担心格利高里会忍俊不禁。

亨利说：“我当时离十八岁生日还差两个月，于是他们让我的祖母摄政。但是接着，在施洗约翰节那天，我和凯瑟琳一同加冕。”

今晚选的是西班牙歌曲：一个男孩在歌唱与摩尔人的较量，曲调与其说剑拔弩张，不如说比较伤感。有人来向摩尔人国王报信：上帝保佑陛下，大事不好了。*Las neuvas que, rey, sabras / no son nuevas de alegria*①…乐谱在他看来很陌生，音高部分用红色做了标记。

亨利说：“你知道，看到一个孩子被放在椅子上，双脚晃来晃去时，你不由得微笑并同情那个孩子，对吧？想想一个年轻人被推上王位……你觉得双脚仿佛悬空，像那样……”

他看到格利高里笑了。他想起海伦，在她嫁给雷夫之前，带着几个年幼的孩子来到奥斯丁弗莱，把他们放在长凳上，他们的腿直直地伸在面前。

国王说：“我父亲说，上天青睐他的统治，最明确的迹象就是在他娶了我神圣的母亲不久，就诞生了一个王子。他们一月结婚，到了九月，摇篮里就有了亚瑟。你知道，双方一旦订了婚，上床就不是罪，或者就算是罪也可以轻易赦免。随后他们有幸拥有了一个大家庭。我记得伊拉斯谟来看我们的那一天，我们都在埃尔特姆宫，全都聚集在大厅里。”

“上帝保佑他安息。”格利高里说。他希望伊拉斯谟不会死而复生，继续著书立说。

---

① 西班牙语，大意为“国王，大事不好了”。

国王抬手在胸前划了个十字，身上的珠宝捕捉到烛光。“我想，我当时应该是八岁，是个漂亮聪慧的孩子。我坐在华盖下，右侧是我姐姐玛格丽特，大约十岁，已经与苏格兰订婚。我妹妹玛丽在另一侧，她的头发像天使的头发一样白。而埃德蒙还是个小宝宝，我猜是抱在哪位贵妇的怀里。我还有个妹妹伊丽莎白，三岁就死了，我对她没有印象，但据说她跟玛丽一样可爱，非常遗憾她死了，否则长大后可以外嫁，给我们国家带来好处。埃德蒙后来活得不长。我妹妹玛丽已经不在了。亚瑟也是。如今只剩下我自己。还有玛格丽特，远在国外。”

很难说国王是在庆幸还是在自怜。由于喝了数杯又浓又甜的白葡萄酒，他的嘴唇上留有酒渍；他用餐巾擦了擦嘴，眼神显得迷茫。“身为国王，”他说，“肩上的责任常人无法想象。我这一辈子都在当国王，在被人关注怎么当国王，所有的目光都集中在我身上；要成为品行、谨慎和博学方面的楷模；大脑要年轻和充满活力，同时像所罗门一样睿智；要以别人为我安排的快乐为乐，否则就会被认为不识好歹；要控制自己的嗜好，不让自己成为一个人，而是要成为国王；不能浪费一分一秒，以免被人看到；毫无理由怠惰；随时都要证明，随时都要显示，我对上帝给我指定的身份当之无愧……年轻时，我想我曾向一位大使展示我的小腿，并且说：‘瞧瞧，你们法兰西国王有这么棒的小腿吗？’我的话被传了开去，全欧洲都笑话我——一个爱慕虚荣、无所事事的男孩，有些人至今肯定还在拿它说笑。但当时由于年轻，我问自己，如果上帝把弗朗索瓦塑造得比我好，那祂更青睐的是哪位国王呢？”

托马斯·莫尔曾经说过，国王能与你为友吗？他想，我第一次来到亨利面前时，就像狐狸与狮子。我看到他就发抖。但第二次，我悄悄靠近一点，好好打量了一番。我看到了什么？看到了他的孤独。就像狐狸与狮子一样，我走上前去与他交谈，而且从未回头。

国王说：“从我姐姐玛格丽特和她与苏格兰人的婚姻那儿，我没有得到任何好处。她总是制造麻烦，并且开销巨大。现在你看，她女儿又步其后尘，跟真心汤姆勾搭在一起。”

他一直希望国王会善待梅格·道格拉斯，将她从塔里转移到一个比较宽松的拘押之处；他明白，现在不是提起此事的时候。

“北方的人说你想娶她。”

格利高里大吃一惊：“什么？”

“你不必否认，”国王说，“我跟所有人说，克伦威尔不会有非分之念。做梦都不会。”

他感到必须开口：“我也的确没有。”

国王说：“你知道吗，有些人说，苏格兰老国王并没有死在弗洛登？他们认为他从战场上逃走，乘船去圣地当了朝圣者。有人在耶路撒冷看到了他。”

“只是无稽之谈，”他说，“达克尔勋爵认识他，当时不是查看过他赤裸的遗体吗？而诺福克大人会告诉你，在他身上被刀捅过的地方，衣服上留下了大洞，你的拳头都可以穿过去。”

亨利说：“我当时在法国连连取胜，所以无法知道。但我怀疑国王们是否会像普通人那样死去。我觉得我父亲在看着我的所作所为。”

“那么，先生，他肯定看到了你的难处，并赞赏你的决心？”

“我怎么能知道？死者如果能看到我们，那肯定不希望世界变成他们不了解的样子。他们也不愿意自己的能力被无视。诺福克的父亲在弗洛登立了功，但在杜伦，人们说打胜仗的是圣卡斯伯特。他们现在高举他的旗帜前进。”

国王对鲁特琴演奏者抬起一只手，说：“谢谢，你走吧。”那孩子把乐谱塞回自己的包里，退了出去。国王拿起自己的琴。哦，明亮的月光整夜照着我……*Ay luna tan bella*①，照着我去山上。他说：“我爱凯瑟琳。你知道吗？尽管后来发生了那一切。”

他想，如果他忘了歌词，我可帮不了他。尽管到晚上的某个时候，肯定会乌云遮月。贵妇们从阿尔罕布拉宫②的塔楼俯瞰。骑士们在下面腾跃，他们骑着金蹄白马，长枪上彩旗飘飘。所有的队伍，不管是摩尔人还是基督徒，都一起列队进入古老的黑暗，在夜幕中闪着模糊的金光；无数城市被围困，并沦陷，勇士们被爱的火焰所燃烧、所吞噬。

亨利唱道：我是黑女郎，无刺的玫瑰。他说，“凯瑟琳口口声声说爱我，那为什么还想毁掉我？”

---

① 西班牙语，意为“哦，多美的月光”。

② 西班牙格拉纳达的摩尔人王宫。

他没有回答。他已经深谙沉默之道，效果比莫尔还要好。

国王的目光停留在他身上。“她那几个胎死腹中的孩子，我觉得他们是不想出生，他们不愿生活在这个充满怨气的世界。但他们去哪儿了呢？据说未受洗礼就没有救赎。有些人认为上帝不会那么残忍。上帝也不像人一样残忍。上帝不会把人缝进牛皮里，再放狗去咬他。”

他的仆人约翰·贝洛原来没有死。理查德·克伦威尔看到了他，把他搭救出来，并让他重新工作。他的确被俘过，受到粗暴对待，被关进劳斯镇的牲口棚，但并没有被弄瞎或遭狗咬。他希望不要有人向贝洛解释他们以为他是怎么死的。听到这种故事，一个人可能会对他的同类失去信心。

他想，老国王的顾问们懂得贸易和法律。布雷死在自己的床上。但他的被保护人恩普森和达德利还没来得及听说老国王的灵魂已逝，就被抓了起来。他们被拖出家门，穿过四月的黎明，沿着烛芯街和东市场街被押往监狱。他们被控的罪名是在首都集结军队，密谋抓住小亨利本人。这是欲加之罪何患无辞。他们之所以完蛋，是因为遭人嫉恨。他们是老国王的坏天使，但上帝也知道，他们让他不差钱。

履行职责时，他有时会感到一阵强烈的狂喜——他，克伦威尔，是掌玺大臣。但他绝不会向任何人承认；他们会向他说教，说命运无常。瞧瞧他的一生，他还需要提醒吗？他对雷夫说，虚荣心驱使我们假装自己计划了每一步。但红衣主教倒台时，我站在英格兰的贵族们面前，像个光着身子等待挨揍的小孩。我派你去向诺福克求情：“克伦威尔大人能在议会有一席之地吗？他对大人您会很有益处。”雷夫说，天啊，是的，我当时以为他会把我一脚踹到伊普斯维奇。

有时需要沉默。有时需要为保命而开口。他明白亨利的需要并满足他，但你绝不能让一位国王知道他需要你；他不愿意觉得自己欠一位臣民的情。像老国王的大臣们一样，他为了国王的强大而昼夜操劳。意大利人尼科洛说，国王如果有这样一位仆人，就应该尊重和善待他，给他晋爵封赏。等那本书翻译成英语后，我们的国王也许会阅读。

在锡耶纳，你可以看到一幅壁画，好政府被画在墙上，以便所有人都能看到和平的模样。“和平”是一个女人：是一个金发女郎，头发编成辫子，一只手托着脑袋，身体微侧，你能看到她手臂内侧那柔嫩白皙的肌肤。她的裙子由质地上好的布料制成，从胸部往下铺展开去，掠过她的胴体，形成漂亮的褶皱，垂至她放松而分开的双腿之间的神秘区域。她光着双脚，它们看上去像手一样能干。

在对面墙上，坏政府拽住了“和平”的头发。她惊恐，尖叫，被拽得跪在地上。

他想起佛罗伦萨的大坛子，以及他用手抚摸时感受到的凉爽弧度；他觉得它们似乎在相互交谈，不断向对方靠近，使得坛身相触并发出声响。油和酒，装在标有深度的坛子里；还有面包和酒，上帝的身体；富人餐桌上的切片精粉面包，精制的白面包，而穷人吃的是大麦和黑麦。在温莎，一位侍从给国王的房间送来更多的蜡烛，烛光照到天花板上，犹如一群小天使突然涌现。国王翻着歌本。他歌唱自己一腔热望无从平息：一个没有人爱的山区姑娘，一个来自埃斯特雷马杜拉①的少女。

他和雷夫交换了一个眼神。雷夫的西班牙语已经很好，但似乎像他一样困惑。亨利说：“克伦，你跟我女儿谈过吗？你知道法国人已经提亲了吧？”

“我觉得他们的态度不够热情。甚至有些无礼。他们觉得陛下不会有子嗣，而你完全可能会有。”

“致信加迪纳，”亨利说，“他可以告诉弗朗索瓦我们不感兴趣。”他又低头看着自己的琴。“不过，也许我们该把玛丽嫁出去，不要等到她容颜尽失。她不像她母亲。凯瑟琳在她这个年龄是个大美人。”

简称说：“王后的侍女中肯定有法国人的间谍。我发誓他们知道她的月事何时来。”

“肯定是简·罗奇福德。”

“你知道了，先生？”

“不知道，”雷夫说，“但克伦威尔勋爵喜欢打赌。”

他们今天的晚餐是鳗鱼馅饼、牙鳕和萨福克奶酪，以及用他们自己的猎鹰捕获的山鸡。你起身离开餐桌，仿佛是应传说中的魔术师之邀而参加了一场盛宴。你觉得自己在国王的房间里待了两个小时，但走到门外时，却已经过去了七个世纪。

---

① 西班牙中西部的一个自治地区和历史区。

到十月的第三周，达西勋爵向叛军交出庞蒂弗拉克特城堡。藏身其中的名流——包括威廉·加斯科因爵士、罗伯特·康斯特布尔爵士和约克大主教埃德蒙·李——不得不宣誓支持朝圣者。

他在海外仍然有信息渠道。法兰西的顾问官中，有些人敦促教皇抓住时机颁布绝罚令。它一旦颁布，亨利的全体臣民就可以随意加入叛乱。他对雷夫说："传话至寝宫侍从，让他们再传给各自的亲朋好友——一旦发现任何人给罗马写信，我就会不经调查而将其视为谋逆的证据。"他说："我们现在只希望罗马主教不会采取行动，因为他无法了解北方目前的事态。这很显然。我们自己都不了解。如果给他出谋划策的是波尔，那就连庞蒂弗拉克特与安乐乡①都分不清。"

国王派兰卡斯特传令官携带一份公告去庞蒂弗拉克特。罗伯特·阿斯克不许他宣读公告，但客气地给他发放了离开城堡和小镇的通行证。他们说，他和他的朝圣者们会忠于自己的事业，并向伦敦进发。

诺福克已经从肯宁霍尔的老家前往剑桥，再从剑桥抵达北方。他声称对达西勋爵的行为感到痛心疾首，因为从血缘和婚姻上说，达西勋爵与北方的几大家族都沾亲带故，但他似乎已经宣誓支持朝圣者。肯定存在误会吧？得给这位大佬留点余地，以便他事后可以说是遭到了误解。

达西以一名刚直的老兵自居，本质上却是个两面派。红衣主教对他很好，达西却背叛了红衣主教，拟写了令国王火上浇油的诉状。他信誓旦旦地说自己一片忠心，但过去三年来，他一直在跟查普伊斯沟通，询问皇帝是否会出兵。

年事已高的塔尔波特勋爵因为忠诚而得到掌玺大臣的称赞，并受命开往唐卡斯特。现在反击开始了，虽然策略是避免任何实战，尽量不正面交锋。重要的是守住桥梁和主要的道路，将朝圣者包围在特伦特河以北。在温莎，他坐在国王旁边，研究哪些条件可以诱惑敌人。该由他（邪恶的克伦威尔）来帮国王修饰措辞。该给什么就给什么，好诱使那帮人解散。从内部瓦解他们。让主仆翻脸，让乡民与僧侣反目。他们没有共同的纽带，只有一面旗帜，而那是什么呢？花布而已。

诺福克来信说，他寝食俱废，成天都在处理军务。每每倒头睡一个小

① 原文 the kingdom of Cockaigne，意为想象中的乐土，是伦敦及其近郊的别称。

时，就被叫醒三次，每次都是被那些蠢货信使，他们送来的都是相互矛盾的信息。“别介意我对叛军做出的任何承诺……因为我肯定不会履行……”

公爵表示，我愿意为国撒谎。下次给我送来获得批准的谎言吧。快马加鞭地送来。

在唐卡斯特附近，朝圣者的队伍停了下来。公爵的小队人马也停下脚步。他抱怨说，对于不得不跟这些叛贼谈判，而不是把他们干掉，他感到很痛苦；不过，他还是见了他们的头目，听了他们的诉求。诺福克给两位朝圣者绅士颁发了去向国王请愿的通行证。

然后是停战。暂时的、有条件的停战……但我相信阿斯克的勇气消失了，他对自己的手下说。他胸腔里的心原本就不是战士之心，想到可能流血就瑟瑟发抖。一旦坐下来谈判，朝圣者们就失去那种让他们进展至今的冲动，失去对自身那股蛮劲的信心。十一月的风会灌进他们的帐篷；在他们扎营的地区，气氛会变得敌意，人马会粮草短缺；他们的水桶夜间会结冰；靴子会破裂；秩序会崩溃，疾病会暴发。毕竟我们的口袋更深，我们的理由更令他们沮丧，我们有更好的枪炮。我们会拖延，冬天会来临，然后事情就会结束。

距离国王歇息还有几个小时，卧室的侍从官就召集四名卧室的仆人，而寝具室的四名仆人则送来国王的床单。国王寝具的第一层是草垫，需要用短刀彻底戳一遍，再铺上一层罩单。在戳草垫和铺罩单的过程中，仆人们会为国王祈祷，祈祷他安然度过即将到来的严峻夜晚。罩单绷紧后，其中一人坐在床架上，十分虔诚地仰面倒下去，抬起没有穿鞋的双脚，从床的一边滚到另一边，停顿片刻，再重新滚回来。确定下面没有任何尖锐或不好的东西后，他们再放上羽绒垫，并从头到尾拍打一遍：你能听到拳头拍打羽绒时那不紧不慢的“噗噗”声。然后，八个人配合默契地拉平床单和毯子，并在包好每一角时划个十字。接着是裘皮盖毯，随着轻微的窸窣声软软展开，最后放下床帷，再由一名仆人坐下来守护。

于是，国王漫长的一天结束了。如果决定去找王后，他就会穿着睡袍，由一众侍从护送至她的门口。白天里，他全身珠宝，光彩夺目——他是太阳。但脱掉缀有珍珠的挺括睡袍后，他成了一个穿着白色亚麻内衣的幻影，内衣底下是肌肤。为了延续一代代国王的血脉，他必须赤身裸体，行使每一个穷人——乃至每一条狗——的分内之事。他的侍从们等在门外，直到他完事。他们尽量不去想那位羞怯的王后，不去想她的脸红和娇喘，也不去想国王，不去想他快活的呻吟和奋战的汗水。让我们祈祷他马到成功。他必须让整个国家受精。如果他无能，每个英国男人就会软弱，外国人就会在夜里来给我们戴上绿帽子。

国王返回自己的卧室后，他们送来一壶热水，还有牙粉和睡帽。对着镜子，他今天最后一次注视自己，瞥见当年那个年轻的国王——仁心之王，信仰的捍卫者——躬身退出。而在他曾经站立之处，如今是一个身材发福的中年男人："哦，上帝，我在地里辛勤耕耘，而我劳作的地上只有我自己。"

格利高里说："父亲，国王让我去找梅林的书时，我打开一个箱子盖，您猜我看到了什么？我看到三本书，封面上有猎鹰的徽章，以及 AB① 的字母。我问自己，国王知道它们在那儿吗？"

他做出噤声的手势。

格利高里说："我想，这可能就像克兰默的妻子。他既知道也不知道。我们所有人都可能这样，但国王们尤其如此。"

他们自己也准备上床，但他还有最后一个任务。"去厨房。"他说。

"您还饿吗？"他儿子显得难以置信。

他在楼梯上碰到雷夫，手里拿着文件，眼中闪烁着明天的议程。"你但愿在家里陪海伦。"他说。

雷夫捏捏自己的鼻梁，眨眨眼睛，似乎想赶走睡意。"您呢，主人——又与某位女士幽会？"

"不，但我有一封情书。诺福克每小时都写信来。"

雷夫说："国王今天晚上说，只要能挡住叛军，诺福克可以向他们承诺，简将在约克加冕。国王认为这对该市有好处，所以他们会感兴趣。如果万不得已，诺福克还可以提出议会在北方开会。"

"他们想把我赶出我的地盘。他们相信，只要让克伦威尔离开伦敦，他的权力就会动摇。"

雷夫说："我觉得国王跟你一样不想去约克。但诺福克——通过承

---

① 安妮·博林的首字母。

诺——每争取一周时间，就离冬天更近一周。”

他心里想，叛军怎么会因为一句诺言而解散。如果是他自己，就会要求实际行动。

雷夫打了个哈欠。“简称列出了所有应朝圣者要求而宣誓的绅士名单。您知道其中有拉蒂摩勋爵吗？也许国王会绞死他，那您就可以娶凯特·帕尔了。实现您的心愿。”

“亏你想得出！”他说，“你明明知道我与玛丽小姐有了婚约，还有玛格丽特·道格拉斯。我发誓非王室的人不娶。”

在国王的房间外面，夜班人员已经到位，但他的侍从们离开时，还是在他床边放了一把剑，还有一支燃烧的蜡烛。万一发生不测，一位国王必须保卫自己。

在温莎，从来没有足够的地方当厨房，所以他们总是在周围的院子里乱搭乱盖，而自从亚当还是个年轻小伙时，这些临时建筑就在下沉和漏烟。他想知道柴火是否受潮或锅底是否刷净，因此想亲眼去看一看——如果你的国王被某个忠诚的烤肉叉上的油烧死，从叛军手里救他又有何益？他晚上会时不时地去突击检查，就像白天里，在不提前通知的情况下，时不时地跑到塔里的造币厂，称一称他们的金币。

起雾了，他搓着双手抵御寒意。他知道这些后院；他知道国王所有府邸的后院，知道这些被遗忘的院子和无人巡查的篱间小道。在一个墙上燃着火炬的角落里，他看到弄臣塞克斯顿独自在一团灯光下，对着墙踢一个鹿皮足球。“塞克斯顿？你怎么在外面？”

塞克斯顿捞起足球。“帕奇镇①没有宵禁。”

“厨房区没你的事。”

塞克斯顿把球抱在胸前。“你从来不知道哪儿可以找到一个笑话，对吧？”

他突然上前，一把抢过那家伙手里的球，抛起来又接住。“你的脑袋，帕奇。”他挥手一拍，球飞到了墙外。他听到黑暗中一声惊呼——有个陌生人受到了惊吓。

---

① 塞克斯顿以自己的名字“帕奇”来称呼温莎镇。

回来时，他看到自己的门口站着一名警卫。那人说，晚安，上帝保佑您。其他人手持武器的身影占据着每一个角落。

克里斯托弗还没有睡，仍然在等他。他的猎犬在打鼾，小狨猴蜷缩在余火旁，兀自吱吱叽叽。他最初把这个小东西带回来时，国王说："当心，克伦威尔勋爵，我父亲曾经有一只小猴子，抓住他的一本备忘录，用指甲和牙齿把它撕成了碎片。他们把纸片拼了起来，但读不出任何东西。而结果就是，有些如今生活奢华的人，如果我父亲给他们寄了税单，原本会成为乞丐，还有些如今在家里逍遥自在的人，如果不是那只猴子改变了他们的命运，原本会被关进狭小的囚牢。"

"格利高里已经上床了，"克里斯托弗打了个哈欠，然后心不在焉地亲了亲他的脸颊，说，"不要写得太晚，先生。"

克里斯托弗朝自己的小床走去，一边走，一边脱着外衣和挠痒。独自一人时，他（克伦威尔勋爵）掏出贴身藏着的短刀，放了下来。如果某个北方怪物冲上楼梯，是他会保护他儿子，还是他儿子保护他？正如国王所言，格利高里有望变得强壮有力，还有着运动员一般敏锐沉着的眼睛，以及习惯于头盔重量的人那种坚韧的下巴。但他仍然像孩子般在黑暗中低声说："国王只要愿意，就会看到安妮的书。国王们能看透石墙，能听到尤瑟·潘德拉贡①统治时期的言论。他们的感觉比常人更敏锐，就像蜘蛛在手指还没有碰到它就感觉到了手指一样。在某些方面，国王更像动物，但别说是我说的，以免会引起误解。"

他的头碰到了枕头。"会吗？"他说，"嗯，也许你还是谨慎为好。有人因为不慎而掉了脑袋。"

你以为国王生活在一个更高的层次，比其他人更优秀、更高级。但格利高里也许有道理——国王算人吗？如果把他的方方面面累加起来，总数会不会构成一个人？他是由过去的各种碎片、各种预言以及祖祖辈辈的各种梦而组成。历史的潮汐在他体内激荡，它们的潮流随时可能把他冲走。他的血不是自己的血，而是古老的血。他的梦不是自己的梦，而是整个英格兰的梦：黑暗的森林，杳无人迹的荒原；树叶中的动静，龙的足迹；惊扰一湖清水的手。他的祖先打断他的睡眠，来责备他，提醒他，在无声的

① 《亚瑟王传奇》中的亚瑟之父。

失望中朝他摇头。国王加冕时，上帝将他美化，他作为人的缺点消失不见，作为人的能力得到增强；但那道迸发的光芒得始终照耀着他。那一刻赐予的恩典得支撑他三十年、四十年，支撑他在尘世的余生。

他躺在那儿毫无睡意：克伦威尔男爵，掌玺大臣——他的思绪越过国内的山山水水，抵达叛乱分子们正睡不安稳、咒他骂他的营地。它飘往西部，飘至远西，越过塔马尔河，抵达冒着冷汗、喘着粗气、血液里冒着酒气的康沃尔人的儿子们那儿，抵达在半夜的深渊里吹着巨大泡泡的博尔斯特的海蚀洞——他梦想游出水面透透气，梦想让他的大脚踏过山谷，涉过涨水的河流，并用脚后跟踢垮桥梁；梦想奔赴伦敦，将国王的大臣一网打尽，扭断他们的脖子，把他们像香料一样捣碎，撒在他的粥上。

巨人无法想象作为一个普通身高的人是什么情形。他无法体会他们的感受。他从未学会讨价还价或耍奸使诈——他用不着这样，因为只要掰响指关节他就可以为所欲为。

小时候，你认为得杀掉巨人，但长大后，你的想法变了。假设有一天你和他不期而遇，你在干平常的事情，比如捡棍子或者查看兔子陷阱，而他在自己的洞口呼吸新鲜空气，或者在山坡上吃力地拔大橡树。巨人们很孤单，他们彼此都不认识。有时，他们想要一个杰克那样的孩子来逗他们开心，帮他们跑腿，教他们唱歌。

那就克服畏惧，抓住机会。如果你知道如何跟巨人交谈，效果会像施魔法一般。怪物会成为你的傀儡。他以为你在为他服务，但你其实是为自己。

他(克伦威尔勋爵)辗转反侧。于是下了床。打开百叶窗。下雨了。他用一只手挡住蜡烛的火苗。他的头影在天花板上晃动。但他不是巨人，而是精力充沛的杰克。你离开家，一路往东，跨过大海，以为博尔斯特在你身后，但他在前面。不管你到达哪里，他都抢先一步。正是在温莎这儿，上涨的泰晤士河水在你的墙脚下汹涌，在下水管和沟渠中流淌——正是在这儿，经过这么多年，你找到了你们的会合之处。

闲暇之余，他在学习希腊语，以提高自己的水平。老费希尔主教开始学这种语言时，已经年过七旬，他不能输在一位死去的教士手上。他希望一两年后，能够与神学家们一起对译文进行逐字逐句的研究。他本周在阅读一本书信集，都是出自那些古时候的哲学家和军人之手，虽然你也怀疑亚历山大大帝怎么有时间写信。我们的国王不愿意亲手去写——他写的东西似乎自我消除，所以在辛苦许久之后却毫无进展。他反而修改别人的手稿，或写些令人惊讶的边注。可能伟大的马其顿人也是如此，在一个炙热的日子，他无疑放下了七弦琴，口述了自己的大意，而一名奴隶——当时的托马斯·赖奥斯利——在帐篷里躬着腰，将它记录下来，身旁弥漫着乳香的香气，遮掩着四处走动的大象的臭气。

这本书是他很久以前在威尼斯买的，相信有朝一日自己会有空学习。它出自阿尔杜斯印刷社，有他的海豚标志；书很干净，虽然有一页留下了其第一位主人的指印。他有时会想，不知道那人是谁，以及为什么抛弃了这本书。也许他已离世，他的后人卖掉了他的书籍，连同里面的指纹。也可能他对古代世界失去了兴趣，将心思转回到了正事上——明天上午，他要带一个篮子和一个帮忙拎篮子的流浪儿，去集市买橄榄、南瓜、松子和大蒜。

小时候，托马斯害怕河流，害怕涨到他脚踝的潮水。他担心河水会冲垮堤岸，变得像头顶的天空一样广阔——他没有别的办法来形容，因为他从未见过大海。他觉得应该把河流围起来，以保证街道的安全，或者加高堤岸，好让人们足不湿鞋地走在上面观看涨水。想想他后来到达威尼斯时的反应吧。那个孩子在他体内激动不已，惊呼："看啊，看这奇迹！我告诉过你们的！"

在威尼斯，借着火把，他看到天上画满了画，在运河的上空，一个女人若有所思的面孔出现在两颗行星之间的空隙。到了白天，他回来想看得更清楚，却发现世界被画在墙上，有鳞状的陆地和蓝色的海洋，还有森林，小鹿从树丛中跳出，长着鸟头的仙女在林中歌唱。他看到一名衣着华丽的骑手奔向远处，后扬的马蹄铁对着观众，蹄印留在记忆里，而骑手则朝着一条两边是倒塌的石柱的大道渐渐远去，变成一个小点，最终消失不见。

亨利有时对他说："还在研究那些古董信件吗，克伦威尔勋爵？你今天学到了什么？"

他说："我学到了 *ars longa*，*vita brevis*①，我学到了用希腊语怎么说。"

---

① 拉丁语，意为"艺术长久，生命短暂"。

“那是希波克拉底的话，”亨利说，“他告诉我们，生命很短暂，而我们的任务那么重大，至死都没来得及……”

国王住了口。臣民如果推想或预测他的死亡，是大逆不道，但如果是他说自己，就不算冒犯；不过他看上去很谨慎，似乎觉得应该算冒犯。“‘生命短暂，艺术长久，机会稍纵即逝，经验危险，判断不易。’我觉得我有同感。”

他鞠了一躬。“我受教了，先生。”

日复一日，你得练习为人臣子的艺术，到了夜晚，则要琢磨治国理政的艺术，但永远都做不好。乔叟用我们自己的英语讲到这一点。“The lyf so short, the craft so long to lerne.①”

11月13日，星期一，五点不到，商人和议会议员罗伯特·帕金顿离开自己位于伦敦城的宅邸，去参加清晨弥撒。浓雾笼罩着齐普赛周围的街道，附近所有的教区都响起了钟声。帕金顿穿过街道朝阿肯斯的圣托马斯教堂走去时，突然倒在地上。有些聚集在索普尔街等待雇佣的临时工事后会说，他们听到了“轰”的一声，或者“砰”的一声，或者“啪”的一下，或者是一种低沉的爆响，就像巨人的拳头砸在软垫上。

其他教徒就在他身后不远。他们大喊着朝倒地者奔去，临时工们也大喊，声音将邻居们吸引到了街上，他们手里拎着提灯，头上戴着睡帽，肩上披着毯子，满脸惊愕的神情。他们到达帕金顿身边时，他已经死亡。浓雾中传出一个女人的尖叫：“救命啊！杀人了！”男人们跑去找守夜人。

人们围拢过来。大家认出了帕金顿——他在布商公会很有名，是城里有头有脸的人物之一。外科医生到了，确定伤口为枪伤。没有人看到袭击者。

七点不到，他(克伦威尔勋爵)在奥斯丁弗莱就被包围起来。我无可奉告，他一边说，一边侧身从那群公会会员中穿过。我需要的是证人。袭击者是从哪儿来的？去了哪个方向？雾这么浓，他是怎么认出帕金顿的？因为我们猜测他的目标是帕金顿——你不会对去做弥撒的信徒随意开枪。

“去请史蒂芬·沃恩。”他说。他已经让自己可靠的朋友回来，专门

① 意为“生命那么短暂，掌握技艺却要那么长久”。

照看造币厂，他是负责此事——正如所有要求一丝不苟、目光敏锐的其他事情一样——的最佳人选；而他与帕金顿已相识多年。验尸官带着自己的职员来了。消息传到了死者兄弟们的耳中。市长悬赏征集线索，帕金顿的朋友们又增加了赏金。与此同时，临时工们已经将尸体抬回死者家中，还有人付钱请他们清除了血迹。帕金顿不可能知道自己中枪。外科医生说他不会有任何感觉，除非是齐普赛街升起来迎接他时令他有一种飞翔之感。他肯定还没来得及说主祷文就已经死亡。

没有人看到街上有陌生人。没有人看到朦胧中有火光，比如火绳枪的火光。没有人看到有谁带着一个包裹，里面可能藏着一把火绳枪。似乎使用的可能是一把手枪，可以装在外衣口袋里，用一只手开枪；还可能是一种转轮点火装置，不需要有火光。伦敦很少有这种武器。有些国家已禁止使用，但亡命之徒们置若罔闻。如果手枪还在那家伙身上，就是他的罪证。如果被丢弃，很快就会找到。当然，除非是扔进了河底；果真如此，他就不仅是个混蛋，还是一个后台老板很有钱的混蛋，居然扔掉这样一件武器。

帕金顿是福音派，是《圣经》信徒，近年来一直在这儿与佛兰德斯之间来回奔波，不仅为了布料生意，还为了圣经事业，他冒着生命危险把圣约书带回国内。“他刚见过廷德尔——”一位布商告诉他，但他抬起一只手，说：“我不能听你讲这些。就算你自己见过廷德尔，也不要让我知道。”他想，我是你的基督教兄弟，但也是国王的仆人。

时至中午，掌玺大臣已经看望了帕金顿的遗孀，她是一位皮革商的女儿。罗伯特与她共有七个孩子，两个是她与前夫所生，五个是他的第一任妻子所生，人们想知道谁来为他们做决定。首席大法官鲍德温是罗伯特第一任妻子的父亲，主动出面担任他们的监护人。法官对他说：“你保护好自己，克伦威尔。我相信这位杀手跟踪过你，而你从未看到过他。”

“那怎么办？”他说。

“穿上盔甲？”鲍德温说。

他以前穿过，在民情沸腾的时候，穿在官服之内。很热，而且过不了多久，就会像有个铁箍套在肋骨上，有个铁环把心脏越勒越紧。那种感觉正如你站在国王面前，手里拿着议程，上面有二十个事项，每个都至关重要——而国王决定谈谈百合花的药用价值。你觉得自己可能会窒息，感到自己被绑在书桌前的那种痛苦，因为这时你的外甥正策马东去，怀亚特奔赴北方，诺福克则在某个遥远的帐篷里决定国家的命运。而现在，他被告知有危险，不管是在他自己的街道上，还是在他自己的家里，或者在他自己的床上，而沃尔特正站在床柱边，一边嘲笑他，一边抚弄国王那紫银两色的床帷。

奥斯丁弗莱距离帕金顿倒地之处很近。他坐在那个大喊“杀人了！”的女人的客厅里，听她讲述早上的经历，从一睁眼至冲到街上的那一刻。但她显然一无所见，只是做过一个梦，她说在两三天前的一个晚上，梦见城市着火了。在外面，不安的人群还在现场嘀嘀咕咕聊个没完，仿佛枪手会回来重复一次，好让他们亲眼见证。索普尔街那些临时工改变了说法。他们现在记起一个披着斗篷的高个子男人，斗篷下捂着一样东西，一边过马路一边自言自语地念叨着什么。

鲍德温法官被早上的一连串事情弄得头昏脑涨。“披着斗篷的高个子男人？这话有什么用？我们并没有认为是一个光着身子的小矮人干的。”

“但克伦威尔勋爵，”那些人辩解道，“他看上去像意大利人。”

“在浓雾中，意大利人是什么模样？”

他们不安地挪着脚。他还是打发了他们几个钱，作为对他们愿意帮忙的犒赏。“你心肠太软了。”鲍德温说，但他说，仁慈一点吧，鲍德温，他们只是孩子，还抬了尸体——为了做好市民，他们失去了今天的活计。

“听着，克伦威尔。你不会因为帮底层人分忧解难和给他们几个钱，就能在他们那儿赢得好名声。要得到他们的敬重，你就得俯视他们，仿佛你不了解他们那种人，仿佛你从未饿过肚子。”

“我装不出来。”

“我不是在告诉你怎么去做，而是在告诉你怎么回事。”

沃恩说：“不要告诉我们大人怎样才有贵族气派。大人物都很慷慨。”

那些临时工受到鼓舞，跟在他们身后，说出更多的想法：也许歹徒是约克郡的人？“先生们，如果有丧服和四便士，我们可以去送葬。可惜他是在去教堂而不是出教堂的路上倒下的，否则他可能直接飞向了天堂，现在正从上面注视着我们呢。”

对帕金顿而言没有炼狱。他会安息，直到最后时刻，他搭乘最后的船去见他的上帝。遗憾的是，他经历了那么多次跨洋越海，熬过了托马斯·

莫尔的迫害以及伦敦神职人员的满腔怒火，到头来却在自己的大门口遇难。尽管死者是他多年的朋友，现在却无暇悲痛。十点钟时，浓雾已经消散，一轮苍白的太阳在晴空中闪烁。从祈祷的钟声来看，又会是阴天，但在一小时的时间里，空中照射着点点金光，仿佛天堂给死去的帕金顿洒下了一些光芒。他的家人得到通知，葬礼将在两天——最多三天——后举行。由巴恩斯神父布道。这会符合死者的愿望。

这是一种失算。巴恩斯的布道太具有煽动性，让他别无选择，只能将他拘留。他说，最好在我手里，而不要落入伦敦主教的监狱。人们还没有忘却理查德·胡恩事件。那可能是二十五年前，或差不多那个时候，但其无耻行径令人记忆犹新。那位虔诚的商人被关进罗拉德塔，后来被发现上吊了，但那样的上吊前所未有——石板地和墙上到处是血。当局声称胡恩是自尽，是对自己的异端邪说感到绝望。有只凳子据说被他用来垫脚，但他的脚压根就够不到。

在温莎，他与亨利一起站在一扇窗户边，看着外面的雨。风在烟囱里呼号。房间里的光似乎已消失殆尽，仿佛每扇窗户都是一个吸筒，将光线吸了出去，无力地融入外面的世界。

国王说："你觉得西部会亮一些吗？"

"不一定。"

亨利叹了口气。"肯定是信仰之眼。"

他突然想到自己的回答心不在焉，就像对一个孩子或自己府里的什么人。亨利心情烦躁，思绪跳跃不定，当他处于这种情绪时，你最好一直低着头，像捕鸟人一样。"你知道我今年夏天最喜欢的是什么吗？"国王说，接着又自我更正，"我是说去年夏天。我喜欢狼厅。有时，每个国王都希望能放下职责，像一位低调的绅士那样生活一年。因为绅士知足常乐；他在装饰着花环的大谷仓里跳舞，看到粮食收回家，并叫得出每个收获者的名字。"

他没有说话。在威尔特郡，那个叫鲍勃的孩子是他的人，会报告有哪些人来来往往。倒不是说他怀疑西摩一家，但有个眼线总没有坏处。国王说："当时我很天真，不了解博林家的人及其谋逆行为。但一旦了解并将他们逐出宫后，我以为一切都会好转。但看看现在，一个夏天过去了，一个冬天正在过去，我儿子菲茨罗伊死了，我还让两个女儿都成了私生女，我没有继承人，就我所知也没有这种希望。我的臣民在叛乱，我的金库空了，我的摇篮也是空的。所以告诉我，托马斯，这怎么算好转？我怎么比去年的这个时候有好转？去年，我的臣民没有在大街上中弹身亡。”

他还是没有说话。我们得指望这阵自怨自怜会自动消退，过了一会儿，也的确消退了。亨利挺直身子。“有三万忠勇之士正在奔赴该镇。”他指的是庞蒂弗拉克特，“别担心，大人。它很快会回到我们手里。”

亨利把一只手放在他的肩上。那只涂了油的手掌有特殊功效。一旦圣化，国王就有治愈之力。那他为何没有治愈之感呢？

他们躬身退出时，赖奥斯利先生说：“我想你刚才有些茫然。你一言未发，先生。”

他说：“只要给国王足够的时间，他就会渐渐自己振作起来。你不能挤在他身边，简称。他不是告诉过你的吗？”

*　*　*

他去塔里见巴恩斯时，并没有穿盔甲——它会挡住匕首，但救不了帕金顿，这很显然。没有胸甲，只有耶稣，还有作为职员的托马斯·艾弗里。天又是雾蒙蒙的，到下午都没有消散；雨要下没下，但下午的空气犹如被蜗牛爬过一般湿黏黏的。

巴恩斯正埋首书堆，但听到钥匙的响声吓了一跳，一本书从手头飞出，他想去抓住，最后从地板上捡起，红着脸站起身。

“他们对你照顾得如何？”

巴恩斯坐回凳子上。“每次听到走廊上的脚步声，我的心就……”他敲着桌子，不成节奏。他看到克伦威尔勋爵并非独自一人，便问：“这是谁？”

“一名虔诚的基督徒。所以尽管放心。”

“放心？”巴恩斯笑起来。

艾弗里说：“关在这里是为了保护你。”

“你以为需要保护的是我吗？克伦威尔呢？也许我们都该把彼此关起来？”

“一旦我们大人让城里平静下来，你就会自由。”

巴恩斯恢复了常态，整理起面前的文件。“大多数人都不会相信你的话。但你的主人当初把怀亚特关起来时，也这么说过——你很快就会自由。他也兑现了诺言。至于他为何对那个浪荡子那么尽心，我想不明白。怀亚特并非上帝事业的推动者。”

“但他决不是教皇党人，”艾弗里说，“他在意大利见识了他们的作风。”

“教皇马上要大搞恐怖了，”巴恩斯说，“这只是开始。那个忘恩负义的波尔在哪儿？还是你们找不到他了？”

“还在罗马。据说法尔内塞让他住在他自己楼上的房间里，准备让他当红衣主教。”

“他应该拒绝。”巴恩斯说。

“有谁拒绝过红衣主教的头衔呢？”

巴恩斯说：“我以为几周前，当他还在锡耶纳时，你会想办法整治他。我想，既然托马斯·莫尔在死后还能伸出手去袭击廷德尔，那么，你这么敏捷有力的人应该也能干掉雷金纳德。”

他说：“我喜欢自己的生活趣味盎然，巴恩斯神父。我对杀人毫无兴趣。而且雷诺以前也并非总是不怀好意。”

每当他揭开这些人的阴谋——用一只手随便地解开，并刻意移开视线——它们就一定要重新搅成一团，并大呼小叫，直至引起他的注意。叛贼的母亲玛格丽特·波尔正在自己位于沃伯灵顿的城堡里，离海岸太近，让他心里不踏实。他想象她在一座塔里，拿着一面镜子向海上的船发出信号，那些船靠近岸边，让敌人下船。如果只需要一个人就可以刺杀一名议会议员，那么也只需要一个人就可以刺杀国王，他的心脏可以像常人的那样破裂。帕金顿的死亡地点距离玛格丽特·波尔家在城里的府邸大门只有五分钟的路程，杀手说不准就是从她家的墙后出来的。

巴恩斯说：“我听说，亨利在朝圣者的代表们面前装出一副无畏的样子，但私下里却非常害怕。”

事实上，他唯一能做的就是阻止亨利向那些来到温莎并将安全返回的特使道歉。国王对他们说，与他们所想的恰恰相反，他现在有很多贵族顾问，就像在即位之初那样；他主动念出他们的名字，那些伯爵啊，男爵啊，一个一个地念出来，好让那些北方人自己去算一算。他当时想，这不是解决之策。但根据国王的指示，他退了出来，把战场留给他的君主去施展魅力。

他对巴恩斯说："国王认为他的臣民都爱他，对他忠诚。他天生不愿相信他们会谋反。"

"但你在训练他相信？"

"只有傻瓜才对阴谋视而不见。任何犯罪都可能源于一时冲动——因为鲁莽，因为愤怒，因为酒后犯蠢。但仅凭冲动掀不起叛乱。也没有人能单枪匹马地叛乱。它需要提前谋划，需要有人联手。就其本质而言，此事存在合谋。"

"那亨利必须学会控制自己的善良本性，"巴恩斯说，"除非你教他把它用在我们的德国朋友身上。还有瑞士的牧师。托马斯，他们的好意全都白费了。他们厌倦了没有结果的会谈。只要我们在教义上达成共识，就完全有可能结盟。但没有援手，英格兰将会完蛋。"

想想阿尔比恩——汪洋中的一艘孤船，船员们的脚永远湿漉漉的。风高浪急，暴雨倾盆，但所有的港口都用铁链封锁，不让它停靠。北方那些愚昧无知和胡思乱想的人说，亨利是鼹鼠精，既是过去的国王也是未来的国王。他已经一千岁，皮肤粗糙发硬，像海兽一般冰冷。他的臣民把他赶了出去，他淹死在自己的潮水中。一想到他，你就背脊发凉。这是一种古老的恐惧，一种对龙的恐惧，源于孩提时代。他对艾弗里说："你先离开好吗？为了——"

"我自己的安全。我知道。"艾弗里鞠了一躬，出去时随手把门带上。

"一位优秀的年轻人，"他对巴恩斯说，"我完全相信他，但有些事情他不该听。"

"关于我们可怕的君主的事情，"巴恩斯说，"你怕他吗？我怕。既怕他可能做的事情，也怕他不愿做的事情。怕他犹豫不决，这会毁了我们。"

"我自认取得了进展。我当初刚刚为他效力时，他认为我们的苏黎世朋友只是在大斋节时吃香肠的渎神者。还有路德，他相信他是魔鬼之子，诵弥撒时口泛泡沫。但关于国王，有一点你得记住——他从小所受的教育都要求他听神父的，并为自己所做的一切请求宽恕。你可以把忏悔神父们踢出去，并跟他说他是对的，但他脑海里还是有一位神父。”

“他肯定对你非常生气。”巴恩斯直率地说。

“是的，尽管他想掩饰。他气的是不得不为我的毒血辩护。但他又不能罢免我，否则会显得任自己受叛军的摆布。”

“这可不保险。想想看，你的职务取决于他们的意愿。”

“我别无他法，罗伯。”他站起来，伸了个懒腰。“现在我要去见真心汤姆了。”

“哦，是的，”巴恩斯说，“那个通奸犯。我听说他向狱卒们承诺，只要有人肯带他去见玛格丽特·道格拉斯，并让他在那儿待一小时，他就给予重赏。但狱卒们都嘲笑他。他们不相信他的钱。”

他说：“我该把自己关起来，这样就可以知悉一二了。”

“别这么说。”巴恩斯碰了碰自己的十字架，“要我祝福你吗？”

“哦，”他说，“别费神了。”

他哈哈大笑；他觉得很轻松，没有板甲，没有链环，只有贴身的匕首。他已将玛格丽特·道格拉斯转移至锡安的修道院，交给院长照看。但也许她的情人并不知晓。

他的老朋友马丁在等着陪同他。“托马斯勋爵自封为诗人，马丁。你怎么看？”

“才智不及怀亚特先生的十分之一，写的东西也是如此。”

“你现在结识的可是这个国家的最高层。”

“我把你也算在其中，”马丁恭恭敬敬地说，“虽然我相信要过很久才会在这儿见到你。”

“干吗不相信永远不会呢？”艾弗里说。

马丁吃了一惊。“我没有恶意。我对大人永怀感恩之情。”

按照惯例，托马斯·艾弗里给了克伦威尔勋爵的教子几个小钱。

真心汤姆已经两天没有刮脸，也未料到会有访客，不知道是该对他吐唾沫还是下跪。地位更高的人也曾不知所措。“坐下吧。”他告诉他。艾弗里翻了翻自己的文件夹，递给他一张纸。“玛格丽特小姐写的。我可以念一下吗？”

“我虽被迫与他分离
远离他的言语、身影和陪伴，
但不管其敌人用何手段，
我会爱他不渝永远思念。”

真心汤姆朝他扑来。他伸直手臂将他挡开。

“给我！”真心再一次扑向他。他一把抓住这位情人的外套，把他按在凳子上。

“让他们去吧，让他们不择手段，
因为那一切都是枉然，
即使我的心儿碎了
对他还是情比金坚。”

他把那张纸还给艾弗里。“她说的‘敌人’，你觉得是指我吗？我希望不是，因为我救过她一命。她告诉我已经跟你分手，大人，但看来并没有。”

托马斯勋爵跳了起来。他已有防备，又把他按下去。“等等，我还有一首你写给她的诗。”

“再会吧，我的人间宝贝，
愿上帝赐予我们恩惠，
及时传来他的希望和旨意，
让我们马上远离此地。”

他抬起眉头。“你们要去什么地方吗？”

真心喘着粗气，犹如腹部挨了沉重一击。

“嗯，”他说，“估计你只是想押韵。”

“国王应该释放我，”真心重新整理了一下自己，整理了一下那皱巴巴的衣服，“鉴于北方目前的局势，他急需人手。”

“急需他可以信任的人手。”

“约克郡的人让你疲于应付。那些男修道院的院长们会诅咒你。”

“诅咒对我毫无作用，因为我根本不在乎。他们尽管诅咒好了，直到自己被怒火点燃。”

真心说：“我哥哥诺福克会代我向国王求情。”

“我想公爵已经把你忘了。他正忙于对付叛军。不是打仗。是谈判。”

“是吗？”真心显出屈辱的样子。

“敌众我寡。他别无选择，只能让步。”

“他不会对底层人守诺，”真心说，“他不会被它所束缚。国王也不会被你所束缚，克伦威尔。你越想用自己的行为束缚他，他就越讨厌你。我可怜你，因为你不会有好果子吃。不管你是成是败，他都会恨你。”

真心在被监禁期间做了些思考。他说：“我确保我的成功属于国王，而我的失败则属于自己。”

“但你没有霍华德家的人不行，”真心汤姆说，“没有高贵的血统，你无法掌权。我哥哥诺福克宁可光明磊落地打一仗——”

他打断他：“当有人诚心想杀你的时候，光明磊落是一种奢侈。你哥哥明白这一点。至于你呢，你那蹩脚的诗会噎死你。我无需动一根手指。我禁止一些犯人用纸，也可能禁止你。当然，是为了你好。”

他站起身。艾弗里为他让路。在门口，一个幽灵跳出来拦住他——是乔治·博林，双臂抱住他，头重重地靠在他的肩上，泪水渗入他的亚麻衬衣，留下一片带有咸味的印迹，一直湿湿的，直到他可以换掉衬衣。

到十月的第一周，他对叛乱分子的同情——鉴于他们无知，他一直怀有几分同情——已经消耗殆尽。和谈期间，他们提出的是一连串的侮辱和威胁。指挥官们不得不将理查德·克伦威尔排除在会议之外，因为叛乱分子不肯跟他坐在一起。他们说，应该将克伦威尔家的人全部杀掉或放逐。议会无权解散修道院——而且那也不是真正的议会，因为里面全是对国王阿谀奉承、极尽讨好的人。

如此狂妄嚣张，他们居然还指望大赦。他们会得到赦免，因为人数太多，尽管他们对国王也很不敬，提醒他说一个德不配位的国王可以被废黜，而从他对克伦威尔的倚重中，他们看不出什么良德。他们提到爱德华二世，还有理查二世，都是被自己臣民所杀的国王，因为他们宠信那些野心勃勃、道德败坏的人。他们把克伦威尔勋爵比作皮尔斯·加维斯顿①……他们的讥讽之词被宣读时，有些顾问官咬住嘴唇，其他人则转过脸去。因为只要看到国王煞白的脸，你就不会觉得笑一笑没关系。

理查德·里奇私下里说，也许这正是国王应该在北方的臣民面前露面的理由之一。他们很快会发现他不是那种养变童的人。而且就算他是，也不会对掌玺大臣如此。

他说，人们之所以恨加维斯顿，根本不是因为任何违反人伦的恶习，而是因为他出身低下，国王却封他为伯爵。是因为国王使他变得富有，他成天穿着绸缎。但另一方面，他不是出生于英格兰，那些无知的人把这一点也看得很重。

不要嘲笑理查德·里奇。起码不要当面嘲笑。最近几周里，他坦然承受了人们对他的恨意。他理解当政者可能——也许必须——犯一些罪。身为国王所遵守的戒律与约束其臣民的不一样。他得为国家的利益而说假话。我们不需要翻译意大利人的书，也能明白这个道理。

叛军称他（克伦威尔勋爵）为罗拉德派②。这几乎是一个古老的词语，尽管在他小时候，有些男人和女人被以此之名烧死。一阵微风从他的童年时代吹来，他听见空中有个女人的声音："那人是罗拉德派，就是他们说祭坛上的上帝是一片面包。"

他个子很小，肚子空空，离家很远。当他们在人群中被推来搡去时，她像母亲似的抓住他的手："挨紧我，宝贝。"她拍拍前面的几个男人，他们的背像城墙一样厚实，他们为她让开一条道，说："大姐，当心，别让人踩到孩子！"

"让我们过去，"她说，"他是大老远来的。让他看看那个肮脏的家伙、上帝的敌人是怎么死的，让他好好看清楚，以便长大了还记得。"

有些童年时的记忆可以给他带来快乐。比如厨房里的约翰，甚至铁匠铺里的沃尔特，周围都是烧焦的气味。但当这样一幕往事——事实上，这

---

① 爱德华二世的宠臣，与他的关系十分亲密，传闻是同性恋者。

② 基督教罗拉德派，14 至 16 世纪期间约翰·威克里夫的追随者，反对天主教会的一个基督教教派。

是绝无仅有的一幕——浮现时，他一掌将它拍熄，就像用铁锹拍死鼹鼠一样。

国王向枢密院宣布——并享受这一刻——“我准备邀请朝圣者首领来与我们共度圣诞。”

阿斯克？大家惊得倒抽一口冷气——是假装的，因为克伦威尔勋爵已经专门提醒了顾问官们。毕竟这是他的主意。

“是阿斯克在统领叛军，”国王说，“我要探索一下他的心和胃。他会看到我是一位既慷慨又公正的君主。”

唯一的风险——我们也无法回避——是，阿斯克还会看到亨利不再是十年前那位强大的勇士，而且他会把信息带回约克郡。国王希望被称为“正义之镜亨利”，但也许会被称为“瘸腿亨利”。

不过，这个游戏还是值得一试，戏弄一下朝圣者首领不会有任何损失。在我们祖先的时代，叛乱分子杰克·凯德在被分尸以及尸块被运回老家之前，也曾风光过一回。国王会把阿斯克当小孩子一般逗弄：大大的礼物，大大的承诺；金链子，红大衣。他会震住他，国王肯定能做到。任何人只要跟亨利打交道，都会暴露出自己几斤几两，会显示出自己的弱点和不足。你以为自己能说会道，你在脑海中对这次见面进行了预演，但他的亮相太具有震慑力量，你不由得敬畏莫名，张口结舌。

“我该干什么，先生？”他说，“我不能见阿斯克。”

“与家人欢度佳节啊，”国王说，随后又补充道，“在你斯特普尼的宅邸里。那么如果我需要你，你就可以在一小时内到达白厅。”

他（掌玺大臣）指示身在法国的加迪纳主教平息传到海外的谣言。亨利并未被围困于温莎城堡。同样，他——或者克伦威尔家的任何人——也没有在伦敦的法院路被捅死。相反，克伦威尔全家都在期盼着佳节。理查德已经从北方归来，还带回了他的顶头上司萨福克和费兹威廉的赞扬。

到月中时，叛军已开始自动解散。阿斯克将持安全通行证入宫。有消息称，苏格兰国王已经订下与法兰西国王之女的婚约。他和玛德琳将于元旦在巴黎圣母院成婚。这桩婚姻将见证苏格兰与法兰西之间诚心交好，而这对我们大为不利。“除了祝他快乐，我还能如何？”国王说。他口授了一封信，摆摆手不让别人代他措辞。“确知……你对婚姻的决心和决定……我们最亲爱的兄弟、永恒的盟友法兰西国王之女……等等，等等……仍然祝贺你……希望万能的上帝赐予你子嗣……”国王的声音透着轻蔑，“祝你心想事成，祝你的王国国泰民安。”

“太棒了，先生，”赖奥斯利说，“精彩而有力的措辞。”

国王说：“据我所知，詹姆斯已经有九个私生子女了。”

爱德华·西摩说：“陛下，我认为玛德琳不会给他生孩子。听说她快要死了。”

“那苏格兰为什么还要她？”

没有人回答。也许是要那么伟大的一位国王的一个——任何一个——女儿。还得到十万克朗，而詹姆斯一辈子都没见过这么多钱。国王说：“我们会看看她有多喜欢前往加勒多尼亚①的航程，以及到达那儿时的狼狈情景。”但他的声音在渴望她：“听说她很漂亮……”

“詹姆斯肯定是用珠宝向她求的婚，”他说，“因为他连最简单的法语都不会说。那样大肆采购不是毫无理由的。”

“那玛德琳会说苏格兰语吗？”亨利说，“似乎不太可能。你难道不想跟你妻子交谈吗？跟她有些交流？不过，他在卧室里不需要她的指导。这方面他似乎很内行。”

在斯特普尼，树篱浆果是不起眼的珠宝，像血珠一样发亮。墙上挂着松树枝，藤蔓大花环需要两个人搬运和悬挂，它们是在秋天趁着树枝还可以弯曲时编好的。来自烘干室的花朵被一束束地扎好、镀金和系上丝带，随着天气变得干燥而寒冷，每到黎明和黄昏，镶有墙板的房间就洒满金红色的光芒。他一直在等待一个晴朗的日子，好去看看苹果树剪枝，所以现在与园丁们一起出去。“别冒险上梯子，先生。你站开一点，看我们剪出形状。”

我们称树的中部为“冠”。剪除所有密生的小枝，还有背上枝和下垂枝，以及任何方向不对的枝条。疏去新枝，并且在修剪时，有意打造成高脚杯的形状。如果疏密正好，就截短新枝至外向芽处。到下午三点，虽然我们的衣服里已经汗流成河，戴着手套的手像土块一样僵硬，说话的声音

① 苏格兰的别称。

听起来很微弱，犹如遥远天堂里的鸟鸣，但我们说，干完了，伙计们，咱们去屋子里用热香料酒暖暖手吧。他的园丁们说，我们熬过了不安定的日子。祈祷上帝让我们的建筑工和厨师们全都回来与我们一起过节，让理查德先生载誉归来。

我们向勇士们举杯——他们正穿过那几个人心惶惶的郡南下。接着我们唱了一首歌，各自划了十字，为苹果树祈祷。在室内，我们打开那个名为圣诞节的房间，里面有人鱼、东方三博士和会说话的动物的服装。我们装好挂在厅里的大星星的几个角。

过去这一年留下了什么？仲夏时雷夫的花园，从一扇敞开的窗户里传出小托马斯响亮的哭声；海伦温柔的面孔。大使在他位于迦农布里的塔里，融进暮色之中。夜幕降临于温莎城堡的石墙，犹如落在山坡上。

在距离殉道者帕金顿遇刺地点不远的小巷里，水手们在兜售从船上货舱里偷来的肉豆蔻，价格是十一月的三倍，而彼时的价格已经相当于一位公爵的赎金。当法兰西大使馆的人员在舰队街的科克与基斯酒馆享用一杯圣诞酒时，伦敦的一帮无赖为了表示季节性友好，对他们进行了袭击，一边追赶着他们，一边大喊："打倒法国狗！"结果造成一名法国人死亡，还有一人被捅而伤势严重。

一车车的礼物出现在他的门口，有肥壮的天鹅、鹧鸪和山鸡。上门的还有查普伊斯大使，对法国人感到幸灾乐祸。他让他坐下来享用一顿安静的晚餐，回避他对于北方的密切打探。尤斯塔西提的都不是真正的问题，由于跟达西和其他那些墙头草的联系，他掌握的信息可能比我们还多。

"嗯，"大使说，"年鉴的编写者们说，今年会是一个秘密很多的年头。"

他哼了一声。"更是一个开销很大的年头。"

"亨利得用锡器吃圣诞大餐了。他的盘子全都铸成了钱币。"

他耸耸肩。"我们要付钱给很多的人。我们在短时间内肯定召集了五万人。"

查普伊斯不相信国王有五万人，但他脑子里还是不由自主地算起账来。

"我告诉你，尤斯塔西，"他说，"关于英国人以及他们的脾气，你完全被误导了。你找错了咨询对象。波尔和科特尼两家的人不了解目前的情况，而我了解。皇帝夸口说，等他的军队到这里之后他会如何如何。但查理不会有任何行动，因为如果一位君王帮助另一位君王的子民造反，会是一个很坏的先例。这会让他自己的民众觉得可以效仿。”

“尽管那样想吧，”查普伊斯说，“如果你觉得舒服。”

他们各怀心思默默地吃着；有调味的鹿肉、野鸭、鹧鸪，还有切成一瓣瓣、犹如旭日般的橙子。一道光线洒在积雪上，照出一条通往来年之路。王室一行穿过威斯敏斯特市，向东前往格林威治，成为一溜顶着寒霜的移动的黑影。长长的泰晤士河冰光闪烁，那是冰冻荒漠中的一条路，一条通向我们的未来之路，一条投奔我们的上帝之路。

大使离开时，是下午三点，但感觉要晚得多。暮色越来越沉，他坐下来记完日记，为新年里第一次枢密院会议整理备忘录。克里斯托弗用一只威尼斯高脚玻璃杯给他端来了酒。他说：“这原本是红衣主教的。我从诺福克公爵那儿买了过来。”

每次只要看到红衣主教的物品，不管是挂饰、盘子还是他图书室里的藏书，他都尽量购买；那些新主人看到他都感到非常愧疚，所以尽管他把价钱压得出奇地低，他们也不会拒绝。如果对方不卖，他也总有办法弄回来。瞧瞧这幅挂毯，他现在就坐在它下面；挂毯上描绘的是示巴女王，穿戴着色彩艳丽和饰有金线的服饰，那柔和的面孔很像他曾经认识的一个女人。沃尔西原本是这幅挂毯的主人，他倒台后，国王将它要了去；有一天，国王突然大发慷慨，把它送给了他。或者按他现在所想，是归还给他。

“有时候，”他对克里斯托弗说，“我跟你一样，会想象我可以拥有的其他生活。”如果有一位君王是亨利的翻版，那或许也有个人是他的翻版，在君士坦丁堡过着更安全的生活。与亨利相比之下，苏丹王性情平和。

“我可以像你一样是法国人，”他对克里斯托弗说，“也可以是低地人。”

克里斯托弗看了看墙上。“如果你娶了挂毯上的那位女士。”他不是指示巴女王——那会比娶玛丽公主更加离谱。他指的是安塞尔玛，安特卫普那位寡妇，挂毯上的人跟她很相像。也许看到她在那儿并不是太奇怪。画师必须有模特。也许负责设计的那个人有一天去码头传信时从她身边经过，或者当他们做完弥撒一同离开圣母大教堂时瞥见了她，心里便想，那个身姿婀娜的寡妇是谁？她胳膊上还挽着一个敦实的英国人？

他对克里斯托弗说：“把《亨利之书》给我拿来好吗？我想把一些想法写下来。顺便多拿些蜡烛。”

“别忘了吃晚餐。”克里斯托弗说。他知道手下的人都在尽力照顾他。他说，你们太关心我了，就像是我的教父教母一样。

他拿起笔。上帝保佑这项工作。

> 你无法预料或完全了解国王。托马斯·莫尔没有明白这一点。所以我还活着，他却死了。

这不是一本可以交付印刷的书。它只能给少数人看。

> 你的敌人会不断地冤枉你，并将他人的渎职行为或单纯的不幸嫁祸于你。省点口舌——任何辩解都为时太晚。不要被后悔削弱，也不要让后悔削弱国王。有时，国王必须基于不完全的信息行事，事后再将他的冲动圣化。

他想，假设我生了病，可能要死，怎么办？那我会如何处理这本书？

> 对你想要的东西，不要不敢开口。只要开口，就会得到满足，但首先要计算成本。国王希望尽量少花钱却显得很大方。这是统治者采用的一种合理立场。

我可以把它留给格利高里或我的外甥或雷夫·赛德勒。但不会留给里奇或简称。估计我教不了他们多少，或者说他们学不了多少。

> 国王相信，即便他不是国王，也仍然是个伟人。这是因为上帝喜欢他。

> 他需要被喜欢，需要正确。但最需要的是被倾听，被聚精会

神地倾听。

永远不要与国王进行意志的较量。

不要奉承他。相反，给他一些他可以居功的东西。

问他一些你知道答案的问题。不要问那些你不知道答案的问题。

今年跟以往每年一样：国王漫长的一天从早晨醒来开始，到上床睡觉结束。但它已经凝聚至一个特殊的时刻，犹如玻璃聚集太阳的光线。时间凝聚至一声心跳，至砍头的那一瞬间：法国人手起剑落，动作标准完美。接着，女侍们抬起手，手指因嫌恶而僵硬；她们弯下腰，抬走尸体，脸颊上都泛着泪光。

在古老的故事里，王宫前竖着一面巨大的镜子，像天空那么大，有三千勇士守护，要跨过二十五级斑岩和蛇纹石台阶才能抵达。即使到了晚上，他们也守护着它，尽管它映照的只是一个笼罩在夜幕下的王国，也许还有一颗星星的朦胧轮廓。

头脑要保持清醒。记住他首先是一个国王，其次才是一个男人。安妮就错在这里。她开始认为他只是一个男人。

他抬起头。房间里空空的，除了那些不算数的人。在这种时刻，沃尔西的幽灵会走进房间，将一双戴着闪亮戒指的白皙大手重重地放在他的肩上，从他身后探过头来，告诉他写些什么。

有时他需要想象，如果当年康沃尔人狂吼乱叫地到了帕特尼，肆意抢掠和破坏，会是什么情形。锡安·麦多克的父亲告诉过他：“他们会抓住像你这样的孩子，插在烤肉扦上烤熟。”他大笑着说：“我会用扦子插他们的屁股。”在他黑暗的心里，倒希望他们来，希望听到他们的脚步。只要听到，你就不用再想象。让他们的巨人的面孔在小山丘上出现，或者只看到他的头顶，你就再也不用去想他，不用去想象他，你知道最坏的情形：跟他一起走过血流成河的一英里，眼见他把邻居们撕碎，把他们的四肢扔进沟里。

然后呢？要么他杀掉你，要么你成为幸存者之一，捡起帕特尼人的残骸，装进篮子里。

不要背对着国王。这不仅仅是礼节问题。

他正准备把书合上，又蘸了蘸墨水，加了最后一行：

尽量保持快乐。

第三部

1. 漂白场

1537 年春

一旦你成为大人物，就会碰到一些前所未闻的亲戚。陌生人纷纷上门，声称比你自己还要了解你。他们说你父亲在他们有难时帮过他们——这不可能，或者你母亲——上帝保佑她安息——跟他们的母亲很熟，有时还说你欠他们的钱。

因此，当他在一群求见者中看到一个面孔熟悉的女人时，就觉得她跟克伦威尔家有点关系。第二天又看到了她，似乎还无人陪伴保护，他便吩咐人让她进来。

她是个年轻女子，身材健壮，神态平静。他看着她的衣服，心里想，很好的毛料。他没有看她，因为看女人会让他卷入麻烦。“很抱歉你不得不来两趟。你也看到了，全国一半的人都在外面。”

“我等的时间比你所了解的要长，大人。”她的英语很流利，带有安特卫普口音。“我是从海外来的，来自沃恩先森[①]府邸。”

“你该早点说，那他们会马上领你进来。你带信来了？”

“没有信。”

不能写在纸上的消息往往是坏消息。但她似乎很镇静，她的目光掠过绘在墙上的他的纹章，以及霍尔拜因的徒弟们完成的组画。“他们是谁？”

“英格兰国王。”

“你记得那么多？”

他笑了起来。“他们早就不在了。是我们创造出来的。”

“为什么？”

“为了提醒我们，人会变成尘土，但王国会继续。”

“你喜欢回忆过去？”

“我想是的。”我更喜欢公共的历史，他想，而在我自己的生活和生平中，某些主题必须省去。

她的问题都很简单，神态也很坦然，她的消息显然无关紧要——不过是安特卫普的一些微不足道的闲言碎语，无需信使专程来报。但他还是很感兴趣，想好好听一听。“克里斯托弗，给这位年轻女士上葡萄酒——你要不要来点薄饼和香料，或者葡萄干？或者来个苹果？”

“就是因为吃了一个苹果，罪才降临这个世界。”但她说话时露出了笑容，接着坐了下来，抬眼朝他身后墙上的示巴女王看去：女王表情和善，戴着端庄的冠冕，向智慧之王举杯。

她的目光迅速回到他的脸上，神情愕然。“你从哪儿得到那幅挂毯的？”

“我们的国王送给我的。以犒赏我的服务。”

她的视线又回到墙上。“那他是从哪儿得到的？”

“从我的保护人沃尔西那儿。”

“他又是从哪儿得到的？”

“布鲁塞尔。”

她看起来像是在估算它的价值。“那么，不是你自己找人制作的？”

“我当时没有这个能力。我并非总是很富有。你看，那是示巴和所罗门。我猜你知道圣经。”

她说：“我还知道我母亲。”

他快端到嘴边的杯子停住了。

她说：“我是安塞尔玛的孩子。我不知道她怎么会在这幅挂毯上，但我们改日可以问问自己。”

他站起身。“欢迎你！我甚至不知道那位夫人有个女儿。我也问过自己，这上面怎么会有她的肖像。就是因为她，我才一直想要这幅挂毯。我总是看啊，看啊，有一天，国王对我说：‘托马斯，我想这位夫人应该去跟你一起生活。’”他微笑着朝她转过身来。“那你父亲肯定——”

他知道安塞尔玛嫁给了谁——在他离开她返回伦敦之后。他知道那个男人的银行，以及他的家人。但他的名字一直堵在他的喉咙里。

她说：“我知道你指的是谁。我母亲是在我出生后才嫁给他的。”

他皱起眉头。“那他不是你父亲？”

---

① 原文 Meester，为 Mister（先生）的安特卫普口音，故译为“先森”。

“对，”她说，“你才是。”

他放下杯子。

“看看我，”她说，“你看不到自己的影子吗？”

切成片状的苹果摆在她的盘子上；他端详着那绿色的果皮，端详着它下面的蓝白色盘子，意大利产的，图案被苹果挡住了一半。他在脑海里填补那被遮挡的画面。

她说：“我之所以来，是因为从沃恩先森那儿听说这里发生了叛乱，有些朝圣者对你有危险。我想见见你，哪怕只此一次。”

他想起他的女儿安妮跟着他上楼的情景——她伸着肥胖的双手，壮实的小身子摇摇晃晃。他说：“我的两个女儿都死了。”

“我听说了。”

当然，从沃恩那儿。他还告诉了她什么？还有哪些没告诉？他说：“这怎么可能？”

“秘密可以被保守。”

“显然。”在他的经验中，秘密不会被保守。也许与这儿相比，那个平坦多水的国家更不容易泄漏。

她说：“按我母亲的愿望，你离开安特卫普之后，就不该再打扰你。每当我问她：‘我父亲在哪儿？’她就说：‘出海了。’我小时候，以为你像有些人一样，是航行去新发现的大陆，会带财宝回来。”

他背过身去，给自己一点时间调整表情。他望着挂毯，仿佛以前从未看过一般，仿佛有人要求取下来重新编织。示巴凝视所罗门的情景很常见。比如，汉斯画过一幅画，上面的所罗门王呈现的是我们自己国王的面孔和服饰，而观众看到的是示巴的脑后。但安塞尔玛坦诚地看着你的脸——她侧对着以色列人，似乎在用笑容掩饰着无聊。

她说：“你在想，我不太像我母亲。”

更像我，可怜的姑娘。“你知道吗，我此前根本不知道你的存在？”

“我让你震惊了。对不起。”

“你得给我时间理解这一切……在我过海后，你母亲生下了你，却对我只字不提？”

“这是她的决定。”

“但她知道自己怀孕后，为什么不写信？为什么要独自承受？当然，”他叹了口气，“你无法回答。这些问题不会跟小孩子讨论，对吧？但我知道了就会回去。我会娶她。告诉她——”

“我母亲死了。今年冬天，受了风寒。”

在片刻的默然中，他体会着自己的内心：毫无感觉，只有《生命之书》中的笔迹在一个命运上轻轻划过。那是一个女人的命运，是他曾经在另一个国家认识的女人，而且也不年轻。

他的女儿说：“我母亲总是说你的好话，虽然说起你的时候并不多。她说，詹妮可，我不想让他把你当成一个他必须为之买单的错误；当时他是个远离家乡的年轻人，而我是个寡妇，我们俩都需要陪伴。但正如你所说，这种事情小孩子永远听不全，所以我来到这儿，想亲眼看看你是怎样的人。见到我你高兴吗？”

“我很惊讶，”他说，“我怎么会有个女儿却自己不知道？她怀你的时候，是如何掩饰的？”

她耸耸肩。“女人常用的办法。她出了一次门。去旅行。我是在另一个小城出生的。”

“然后她嫁给了银行家。”

“是的，对她是一个很好的机会。他心地善良，没有怪她，但他跟他的第一任妻子有几个儿子，不需要一个英国人的女儿。我跟修女们待在一起，她们对我很好。后来我母亲把我送到史蒂芬·沃恩那里。她说，教她英语吧，以防万一。”

以防万一秘密曝光。“史蒂芬明明知情，怎么可能不透露丝毫口风？”她越说，他似乎越感到不解。尽管他当然也听说过这样的事例。有些人像他一样，四海为家；他们不是洁身自好的圣人；一天，他们正在处理法律事务时，敲门声响起，“猜猜是谁？”这是红衣主教惯开的一个玩笑，说他已经处处留情播种；只要看到一个矮矮胖胖的捣蛋鬼，他就会说：“瞧，托马斯，又是你的。”

现在可不是玩笑。他说：“你知道史蒂芬·沃恩眼下在伦敦吗？”

“他会骂我的，”她说，“他原本打算找个合适的机会，来亲自告诉你。他说，克伦威尔平步青云，可以直达天听；他捍卫福音，保护我们的兄弟姐妹，我们不能去火上浇油。他说，他的敌人们对他极尽诋毁抹黑，如果知道了你，詹妮可，他们还会说他是个大色鬼。”

“是的。”他说。

“但他还说，你不要当修女，詹妮可，修女们已经完蛋，所以该给你张罗婚事了。而你丈夫会需要知道你是谁，否则我们谈不成一门好亲事——你是私生女，但不是一般的私生女。我们得试探一下你父亲，得让他有所准备。但接着发生了这场骚乱。而我也不想再等了。”

他朝她伸出手去，但她没有起身相握；她一直坐在那儿，神情自若，让他不由得赞叹。他在她身上寻找安塞尔玛的影子，但看到的只有他自己。他想，你为什么没有早些来？我曾经是另外一种人。我曾经脚步轻快地进家门，哼着小曲跑上楼。即使去年，在遇到沃尔西的女儿之前——在她戳到我的痛处，伤口愈合并结痂之前——我也跟现在不一样。

他问：“你母亲有别的孩子吗？跟银行家？”

“没有。但她什么都不缺。我也是。一个女人需要了解的东西，修女们都教给我了。其中有不少明智的女人后来读了伊拉斯谟的书，读了他的《新约》，变得更明智了。也许你认识他？”

“不，我不认识。我只知道他的书。虽然他来过伦敦，并住在托马斯·莫尔府里。爱丽丝夫人说，他住得太久，都不受欢迎了。”

“莫尔有妻子？”她琢磨着这个信息，“我还以为他是僧侣什么的。”她放下盘子；她已经吃掉大部分苹果，所以盘底显露出蓝色的城市风景：钟楼，城塔，架在湍急河水之上的桥梁。他不假思索地谈到了莫尔，他的名字近来挂在所有人的嘴边，你很难觉得他已死去；你匆匆走过齐普赛街时，听到有关他的闲聊，会以为可能要碰上他。“你信奉《圣经》？”

“有人教我。”

“你也知道——请原谅，我不知道史蒂芬告诉了你多少——但你知道我有志于，我主要致力于——”

“英语版圣经。我听说了。”她说。“沃恩先森告诉我，你父亲是酿酒师，也做羊毛贸易，生意做得不错，还跟一个姓灰廉斯的家庭是亲戚，那是个很好的家庭，从事法律方面的工作。”

他说：“我们说‘威廉斯’。”他想了想。“这都是实情。”

也许讲得够多了？她不需要了解沃尔特的情况。

“是那些人帮你发迹的吗？是威廉斯家？”

她学得很快，外国腔似乎已经没有刚进房间时那么明显了。他说：“是沃尔西帮了我。但史蒂芬可能没有告诉你沃尔西是谁吧？”

“一位老于世故的教士。死了。”

“你看到画在墙上的我的纹章了？那些黑鸟名为红嘴山鸦。它们是红衣主教的徽章。”

“看到它们在那儿，他的仇敌们不生气吗？”

“生气。哦，生气。但是你瞧，他们得咬紧牙关强压住咒骂。他们得低头忍受，并且说：‘我希望你身体健康，克伦威尔勋爵。’他们得对我摆出笑脸，并卑躬屈膝。”

“你很自豪。”她注视着他，“你这个人很好，我也非常喜欢你的房子。我听说你父亲是伦敦的第一市民，当时还不信，但现在信了。我已经在外面站了一两天，想看看你并做出判断。”

这似乎有道理。“你决定进来，对我是一种鼓励。”

“谁都会感到好奇，想看看这样的豪宅啊！尤其是如果你父亲住在里面。”

他觉得自己该说点什么，道歉几句——详细解释一下，为什么一切并非如表面所见——但他已经听到门外有脚步和说话声，他的手下会觉得这个年轻女人占用了他够长的时间。他说：“你为亨利·都铎工作时，对自己的外在形象就别无选择。你必须是一位朝臣，不能看上去像职员。而对门外的那些民众，你必须表明自己深得国王宠信。他们只了解自己亲眼看到的东西。如果你不做做样子，他们就不会把你放在眼里。”

他想让她知道，我以前穿黑色的律师袍很开心。但这是实话吗？他想，我是以它作掩饰。这并不意味着我很满足。早在红衣主教倒台之前，我不是有过一件紫色缎子的紧身上衣吗？

门开了。是托马斯·艾弗里。他瞪着客人。“天啊，詹妮可，你在这儿干什么？”

“托马斯·艾弗里，这是我女儿。”

年轻人胸前抱着文件夹站在那儿，目光停留在詹妮可身上。“我知道。”

詹妮可离开后，他把艾弗里叫进来，让他坐下；如果他想吃苹果，他会给他一个，而且这都是卡尔特庄园的优质苹果。“我没有生气，”他说，“好了，托马斯·艾弗里，你是帕特尼人，我们两家彼此了解，我们应该直来直去。”

“这办不到，”托马斯·艾弗里谨慎地说，“帕特尼人跟其他地方的人一样奸狡。甚至更坏。”

“我的意思是说，我们彼此应该随意一点。”

艾弗里看着他，似乎在说，你知道这有多么不可能吗？

“当年我派你去史蒂芬府里当学徒时，你就见到她了，对吧？你回来后谈到她。你说詹妮可这，詹妮可那。她的名字成天挂在你嘴边，我还以为你爱上她了。”

艾弗里没有说话。他的双手空着，一动不动。

“当时我想，我们要帮艾弗里撮合一下，就算她是个分文不名的孤儿，我和史蒂芬两人也要促成此事。但后来，你不再谈论这个姑娘，我就以为——上帝保佑我——我以为她也许死了，所以我也不再谈她。我等待着消息。而现在……”

他觉得自己在伸手去抓真相，却无法抓住。某个死去的东西到头来却在活动：仿佛安塞尔玛是僧侣们收藏的那种小雕像，眼睛可以在眼眶里转来转去，或者伸出一只木手整理自己的蓝色衣裙。

艾弗里说：“先生，我从安特卫普回来时，脑海里装着詹妮可的形象，犹如她栩栩如生地站在我面前，而就在这个房间，我估量你的身材，研究你的长相，然后再一次过海，研究她的长相。你可以看出她很像你，我不可能视而不见。我问过沃恩先生。他说，艾弗里，你猜对了，但务必守口如瓶。我明白自己侵犯了隐私。沃恩说，我不会要求你发誓，因为只有在万不得已的情况下才那样，我猜总有一天会曝光——但希望不是通过你之口。”

“于是你保守了我的秘密。而我自己都不知情。”他端详着艾弗里。“好吧，既然你能保守一个秘密，也就可以保守另一个。”小伙子动身去拿纸，但他抬起手掌：“坐着别动，听好了。我要告诉你我的钱在哪儿。”

艾弗里很惊讶。“嗯，先生，我跟你的财产管理员和测量员都有交流。你的官员们很信任我。如果他们有所隐瞒，我会知道。”

“我赞赏你的勤勉。但还有其他的钱。”

“哦。”艾弗里想了想，“在国外？”

他点点头。

“为什么？”

“以防万一。”

“但国王不是说过——请原谅，先生，但全城的人都在谈论这件事——‘我不会赶走掌玺大臣，无论如何都不会’吗？”

“他是这么说过。”

艾弗里低头看着自己的脚。“我们知道陛下赏识你。我们每天都看到它的成果。但我们担心国内再发生动乱，谁知道世事会如何变化呢？我们并不是怀疑自己的君主，或者怀疑他的话——但红衣主教大人当年不是最受赏识吗？”

“他是我的前车之鉴。”但不算他的幽灵，自沙夫茨伯里之行后就不算了，“所以，如果有朝一日，萨福克公爵和诺福克公爵闯进这里，砸锁撬柜，像劫掠罗马的魔鬼一样大肆破坏，我要你，托马斯·艾弗里，立即冲到街上，连一句‘你们干什么’都不要说，甚至不要停下来骂他们，只管跑。一旦你能给国外送信，就按我要告诉你的这些名字送去。那么，如果亨利得到我的财产，他会以为是全部，但是他会——我们不说受骗吧，因为我不会欺君——不妨说他会不完全知情。”他看着艾弗里。“你能做到吗？任务会不会太艰巨？”

小伙子点点头。

“很好。”因为理查德性子太急，不适合处理这种善后事宜。而雷夫呢，大家都以为他了解我的一切事务，而我不愿意让他忠心挂两头，因为他现在是国王的仆人，必须对国王负责。他说：“格利高里还年轻，会需要帮助。现在看来，我还有一个年轻姑娘需要照顾。”

“她去哪儿了，先生？”

“找沃恩去了。不知道她会跟他说些什么。”

他会乐意让艾弗里成为他的家人，但他不再是自由之身，而是已经与管家萨克尔的女儿订婚。奥斯丁弗莱的小伙子们关系都很密切，也许其中还有谁可以娶他女儿。虽然根据詹妮可的神态，他隐约觉得她并非为投奔他而来。她的到来是为了满足自己的好奇心，亲眼看看身为大人物的父亲。也许小时候，她曾经期盼他的船沿着斯凯尔特河驶来。但那些日子早已过去，童年已经一去不复返。

阿斯克的安全通行证的有效期会持续至主显节前夕。在圣诞节期间的格林威治，国王请叛军首领写下北方暴乱的经过——从秋天最初的风吹草动，到他在休战旗下的冬季之旅。

阿斯克花了两三天时间完成这项任务，其间有上好的牛肉、葡萄酒和炉火款待。写成的材料被呈送给掌玺大臣。他利用假期在处理加来的来信，那里近期人口剧增，因为城外很多人迫切想成为英国居民，便携家带口涌入城内。今年冬天粮食短缺，鲱鱼卖到四条一便士，所以得制订一些计划，以解决该城的吃饭问题。指望总督来处理是徒劳。李尔连煮鸡蛋都不会。

掌玺大臣放下手头的信件，开始读阿斯克关于朝圣者的故事。“真是一本精彩的小书，”他最后说道，“没想到一位律师这么不吝笔墨。”阿斯克讲到自己时，就像在讲小说中的人物。他称自己为“该阿斯克”。他叙述了自己在叛乱中的所为，但没有说明原因。

掌玺大臣说：“阿斯克见了国王，国王见了阿斯克。他的作用达到了。现在让他返回约克郡。”

阿斯克必须马上被送走，带着国王的大赦令，以平复各种谣言——有人说他已经被绞死，还有人说他被委以要职。没有哪位忠诚的子民能拒绝与其国王共度圣诞。但此行损害了他的声誉，约克郡的人很容易说宫廷收买了他。实际上，相信阿斯克一个人能统领城乡各地也毫无意义。有人甚至在康沃尔郡看到了基督五伤旗，据说是一些真正的朝圣者带回去的，他们曾横穿国土一路走到诺福克郡，去沃尔辛厄姆的圣坛朝拜。

这还不能说明所谓朝圣的本质吗？在掌玺大臣看来，没有必要从一个郡走到另一个郡去祈祷。你可以在家里祈祷。这样更省钱，路上也不会被人打劫，不会传播疾病或把疾病带回自己的家乡。另外，国王说沃尔辛厄姆没有用。“我曾去那儿为我和凯瑟琳的儿子祈祷，可他只活了两个月。但简还是想去。女人喜欢胡思乱想，并且很看重圣坛。她祈祷自己的肚子有动静，但是……你瞧，”国王说，“还没有任何变化。”

作为讲和的姿态之一，国王已承诺去北方巡游。他将于圣灵降临周在约克召开议会会议，并为简加冕；或者最迟在米迦勒节。在约克还要举行教士大会，好让北方的教士们说一说我们该如何敬奉上帝，而不是被坎特伯雷所压制，被要求想些什么及如何祈祷。在国王驾临之前，诺福克公爵将先行抵达，以保障秩序，并对任何破坏新建立的和平的人依法处置。诺福克的头衔将是国王的中尉，他不会率领军队，而只是带上其作为公爵的随从队伍。而那些支持暴民的绅士——不管是否出于自愿——则需要来面见国王，当面做出解释和接受宽恕。

但当北方群龙无首时，所有的制革工和屠夫都跑了出来，写起造反宣言并将它们钉在教堂的门上。坎伯兰伯爵来信说，信使如果带有写给克伦威尔的信，一旦被抓就十分危险，无论信里是什么内容，他都会被杀掉。不管是在布道坛上还是在印刷品中，不管是在公会会馆还是在集市广场，战斗都很激烈——互相谩骂，张贴标语，大声争吵。王室信使乃至传令官在路上受到袭击，他们的身份被无视。既然他们满足了朝圣者的迫切要求，国王的开价足以买来休战。但对于他们想让时间倒流的要求，则没有理会，也无能为力。

王室为今年的收入感到担忧。他（掌玺大臣）约见了国库的官员，以了解北方到底欠了多少钱——他们仍未缴纳本该于去年九月缴纳的税款。一月中旬，雷夫 · 赛德勒奉命前往苏格兰，将觐见国王的姐姐玛格丽特，她在寻求废除自己的第三次婚姻。在途中，他看到国王的和平是多么不确定。在达灵顿，有四十个手持木棒的人出现在他的旅店外，来者不善地站在那里。“看来雷夫终于碰到危险了，”掌玺大臣说，“他以前觉得自己的生活太过平静。”

雷夫说服了达林顿的那些人，他透过旅店的窗户跟他们沟通，刺骨的寒风吹得他瑟瑟发抖，而在窗台底下他们看不到之处，他手里还握着一把匕首。所幸他们不知道克伦威尔将雷夫视如己出，否则他们会把他拖出去当场干掉。他担心更糟的还在后面，苏格兰人更麻烦。另外，经验助了他一臂之力——四十个携带武器的约克人抵不上一个心情不好的亨利。

“等着吧，等国王到他们那儿去了再瞧。”掌玺大臣饶有兴味地说，但心里不太相信国王会去。

我们都很担心北方的朋友。当拉蒂摩勋爵启程前往伦敦，报告自己在去年骚乱期间的行为时，一群叛乱分子进入斯内普城堡，将他妻子凯特扣为人质。案卷司和奥斯丁弗莱的年轻职员们挤眉弄眼、你推我搡地说笑：“我们的主人会快马加鞭去营救她——他必须去，她可是他选定的新娘。”

按照北方人的说法，他选定的新娘是国王的外甥女玛格丽特 · 道格拉斯，他意在被指定为国王的继承人。

他说："关于娶道格拉斯之事，之前说的不是玛丽公主吗？还是两者兼得？那些叛乱分子认为我是异教徒，但他们肯定知道我并非不信教，不至于处处藏娇吧？"

格利高里说："在选择我继母的问题上，我想我该有一点发言权，但没有人问我的意见。这些女士都比我大不了多少。而且，"他不解地说，"人们为什么认为我父亲会比亨利活得长，而在他之后继位呢？这是不相信巴茨医生和他的医术啊。"

听到他父亲的私生女的消息时，格利高里很平静。他很高兴有了一个姐姐。他说："等我父亲当上国王，娶了拉蒂摩的妻子凯特以及梅格·道格拉斯和玛丽·都铎之后，你就会是詹妮可公主，我们俩要套一辆白马金车，像阿波罗一样冲出白厅，向民众扔面包。民众会说：'他们虽然长相平平，但看上去是多么神采飞扬！'然后吃掉面包，并在我们驶过时为我们祝福。你肯定会留下来吧？相比这儿的前景，安特卫普能给你什么？"

他忙完一下午的工作后，跟女儿一起坐在他的工作室里，积雪的反光透了进来。"这是些什么书？"她说。

"法律书。"

她点点头。"你以前的行当。"

他问她："安特卫普现在怎么样？我试着去想象。我听说了圣母大教堂的火灾。听说屋顶倒塌了。"

"那是一场劫难。"她说。他很高兴她会用这个词。"因一根蜡烛而起。耳堂的木梁全都塌了下来，砸毁了下面的礼拜堂。我们有些人说是上帝在摧毁偶像。"

"我回到这里之后，很想念安特卫普，"他说，"我适应了那儿的风俗习惯，不需要多加鼓动我也会留下来的。你得相信我，如果知道你母亲怀了孩子，我就不会离开她。我不会硬拖着她来英格兰——你瞧，我是多年之后返回家乡，既没有保护人，生计也没保障。"

他看到了当年的自己：年纪轻轻、装扮时髦的意大利人，神情专注，眼睛忙碌。那孩子留下了什么？只有环顾房间留意出口的目光，以及不喜欢有人在他背后走动。如今只要坐在椅子上，他就会靠着椅背。他的双手以前曾忙于用刀和笔，时刻记下别人的话语，现在却叠在一起，左掌轻握右拳。他看上去像在祈祷，但姿势微微一变——肩膀挺直，下巴一低——就很像要打架的样子。

他对女儿说："我原谅史蒂芬·沃恩，我必须原谅，因为他完全是好意，尽管你如果当时来到我身边，对我会是一种安慰。误会，分离——这种事情时有发生。"

"我是通过史蒂芬·沃恩才了解你，"她说，"早在我有理由倾听之前，他就谈起你。他不会钦佩一个软弱或愚蠢的人。除了上帝，他最爱的人就是你。"

"人们知道你是谁吗？在安特卫普？"

"有人猜测。城里很多人都记得你。"

这毫无疑问。英国商人们以前常说，托马斯，出去听听那些八卦。告诉我们邻居们在谈些什么；当他们凑在一起，用安特卫普话交流时，有哪些是我们不了解的？当时，他带着一副茫然而友善的神情，就是一个勤奋好学的新手形象。格利高里问过詹妮可："安特卫普能给你什么？"他也曾这样问自己。在意大利，你想，这正是我想要的：从瞭望台或炮塔看到的这种朦胧景色，这种蓝色，这种金色；从树叶间渗透出来的这种暖意，这种马赛克——光线在上面移动，古老的目光回头望着我。诚然，他宁愿忘却意大利的某些方面。从饥饿和痛苦、贫困和逃亡的记忆中，你能学到什么？他记得有一天，他唯一的任务就是将自己挪到一个藏身之处，以免大冷天露宿街头。但是在佛罗伦萨，他时来运转。正是在那里——还有威尼斯，罗马——他学会了狡猾和迂回，时刻警惕着，时刻准备生气或假装生气，而如果见机不妙，则还准备说句软话找个台阶下来。他学会了夜间走路，学会了低语和向权贵们躬身；学会了在适当的时刻走上前去，小声提出适当的暗示或建议，以便权贵们可以居功。

但接着他又不安分起来。他想，接下来呢？当他踏入安特卫普时，心里想，还有更多你所想要和有待了解的东西。天空那么广阔，大地那么平坦，各种可能性在你面前延伸。在意大利，你学会了狡猾，但在安特卫普，则学会了灵活。

此外，还有购物！你只要一出门，就可以得到一枚钻石或一把扫帚，可以得到内行人一眼看中的刀具、烛台、钥匙和铁器。他们生产肥皂和玻璃，制作咸鱼，经营明矾和期票。你可以购买胡椒和生姜、大茴香和小茴香、藏红花和大米、杏仁和无花果，可以购买坛坛罐罐、梳子镜子、棉布和丝绸、芦荟和没药。

当时他已经有朋友在城里。小时候第一次离开英格兰的那天，他曾经遇到一个带着羊毛样品的商人家庭，他们看到了他父亲留在他脸上的靴子印。我们不会忘记你，他们说，只要上帝把你带到我们的小城，尽管来我们家歇脚。若干年后，当他敲开那扇门时，他们说："天啊！是托马斯！他长大了！现在是意大利人了！"

在安特卫普，你掌握的语言越多，就越能取得成功。如果某个词他用一种语言说不出来，就用另一种语言，他的认真热情填补了所有的欠缺。像在意大利那样，他寻求与理智的长者交往，他们的席间闲谈很文雅，而如果一个年轻的外国人很敬佩他们，不断向他们讨教，并且对他们的答复显得印象深刻，他们就会不吝赐教。这些达官贵人的秘密总是需要一个存放处，正如他们需要一个人去送一封密信，而还没等你注意到他的离开，他就已经带着复信返回。缺点是你必须接受他们的室内生活——没有足球，只有礼拜日客客气气的射箭活动。做羊毛和钱币贸易的院子可能是露天的，但总是有油脂、墨水和食物的味道，已经渗入深色冬装的毛料里。他会稍稍走动，在带有仓库的斯蒂恩城堡的阴凉处呼吸一下河边的空气，想象远方的辽阔世界。在英国商站及其周围，住着他的几百名同胞，也就是英国人；他们与卡斯蒂利亚人、葡萄牙人以及德国人毗邻而居，但更受城里人的青睐，因为他们肯为自己的特权花大钱。他们的轮船进港时，可以优先使用码头上那台起重机——它是由一名工人在转台里踩踏来驱动。他问一名安特卫普人："它有名字吗？"

对方不解地看了他一眼。"我们称它为起重机。"

他想，如果大炮有名字，如果钟有名字，那起重机也应该有名字。

"不无道理。"他平静地说。

佛兰芒人笑了起来，说："如果你愿意，我们可以称它为托马斯。"

"顺便提一下，"他一边走开，一边喃喃道，"如果派人踩外面而不是里面，效果会好得多。"

想动摇一座陌生城市的根深蒂固的观念，会是白费力气。但他这个人常常思考如何搬运重物，思考绞盘、杠杆和滑轮，思考接合处以及如何使它们毫无阻力。

当他搬进安塞尔玛家里时，他们当然说他的闲话。她开始带他了解这个国家，把他介绍给可能对他有用的人，介绍给她的一些亲戚。一天，他们一同去了根特，走进施洗约翰教堂去祈祷。只有在宗教节日，他们才打开大祭坛画的门，向你展示簇拥到上帝的羔羊身边的成群的天使和先知。但他们看到的是祭坛画的捐赠者，画在门外面。那是一对饱经忧患的夫妻，她噘着嘴，他秃了头，但无疑充满恩慈。他想，再过三十年，我们也会是这样。我会忘记自己的母语，成为一个地道的佛兰芒人，一个壮实矮胖的家伙，说服腿脚好的年轻人去码头帮我跑腿，或者爬到高处看我的船是否到来。

教堂里熙熙攘攘，但他们能听见彼此的低语：他们的头挨得很近，她的手指伸进他的手掌里。他们的呼吸融为一体，她柔软而温暖地靠在他身上。他说："主啊，让我变好吧，但不是现在。"

她笑了起来，他说："不是我说的。是奥古斯丁的话。"

但后来有一天，她告诉他："你该走了，托马斯。你已经成为我的过去，我也成了你的过去。"

他去塔里审问罗伯特·肯德尔，他是劳斯镇的牧师，是林肯郡骚乱的肇始者，大赦不会泽被他这样的主犯。乌云笼罩在城市上空，犹如灰蓝色的空气城堡，像被炮火袭击一般受到寒风的吹袭。赖奥斯利先生跟在他身旁。他想念雷夫，但雷夫正前往纽卡斯尔，去等待他的过境通行证。

雷金纳德·波尔已经戴着新的红衣主教帽离开罗马。由于和平已经实现，他失去了入侵和领导英国人的机会，尽管苏格兰人明确表示会随时向他施以援手。当克伦威尔勋爵听说他在前往巴黎时，弗朗西斯·布莱恩携带一份关于引渡他的要求跨过海峡。雷金纳德到达法国首都后，却发现国王另在别处。波尔深感挫败和冷落，处处受阻，便逃往帝国的领土，但我们在布鲁塞尔的人已经说服皇帝的摄政者不要接待他。

新红衣主教的亲属——他母亲索尔兹伯里夫人，他哥哥蒙塔古勋爵——仍在坚持说痛恨他的愚蠢行为。他们只想看到雷金纳德对都铎王朝顺从和忠诚，就像他们现在以及将来永远所做的这样。听他们的口气，似乎如果看到雷金纳德戴着红帽子，他们会一把扯下来并朝里面吐唾沫。

西班牙人称他为“波罗先生”。这让掌玺大臣忍俊不禁。

“我听说你有了一位访客，克伦威尔。”帝国大使说。

“哦，是吗？你干吗不全部告诉我，尤斯塔西？”

大使摆摆手。“邻居们自然会谈论。他们不是每天都看到示巴女王的女儿带着旅行包出现。”

他们的午餐端了进来，由于天气很冷，准备的是浓稠的蔬菜炖羊肉，以及放有很多肉豆蔻的牛舌馅饼。“可以享用了吗，克里斯托弗？”大使问，但克里斯托弗只是哼了一声，心里在想，不知道他们会留下多少馅饼。

“真希望现在是春天，”查普伊斯说，“我就像沙漠中的以色列人，很想念埃及的西瓜和黄瓜。”他叹了口气。“亲爱的朋友，如果你的风流韵事得到全欧洲的关注，可不能怪我。迄今为止，由于你极度谨慎，观察者们都感到很挫败。”

“那是一桩旧罪，”他说，“如果算是罪的话。”

查普伊斯为自己舀了一点炖肉。房间里散发着干鼠尾草的香气。“你觉得你的路德派上帝会理解吗？”

“我都厌倦了告诉你我不是路德派。”

“省点力气吧，因为我决不会相信，”查普伊斯快活地说，“你当然是某个教派的成员。也许是那种反对给婴儿洗礼的教派？”

他嚼了嚼口里的食物，目光停留在查普伊斯身上。这是小萨里和其他居心叵测者散布的谣言，是在亨利面前毁掉他的方式，大使对此心知肚明。“克里斯托弗，”他喊道，“那盘鸡在哪儿？”他放下餐巾。“这可能吗？”他对查普伊斯说，“我怎么可能既信奉那种教义，又仍然是一个基督徒国家的仆人？那些人反对纳税。他们反对宣誓，反对书籍、写作和音乐。”

“但听说那个教派已经渗透到加来的各个角落，而李尔勋爵基本上束手无策。”

克里斯托弗把鸡端了上来，鸡肉切成了丁，在红酒中咕咕冒泡，酱汁中还添加了面包屑。

“这道菜的颜色很深，”查普伊斯说，“但味道比卖相要好。”

“很快就是大斋节了。到时候你会哭着喊着想吃埃及的美食，而不在意西瓜和黄瓜了。”

大使擦了擦嘴。“你会怎么对待刚冒出来的这个女儿？我猜会悄悄地把她嫁掉，陪上一笔丰厚的嫁妆。你会向世人承认她是谁吗？”

“有你满大街地高声宣传，我会很难藏得住。”

“这是个奇迹，”查普伊斯说，“就像拉撒路。虽然人们会想，他真的受欢迎吗？”

他以前也有过这种念头。当年他的家人乐意见到他吗？还是认为他太过自以为是，违反自然规律？

“说实在的，她想要什么？”查普伊斯问。

“只是见见我。她说不会留下来。”

“返回异教徒的庇护所？”

“安特卫普不是那样。你的皇帝一直掌控着它。”

“据我所知，那地方全是空的。有隧道和地窖，完全是一座地下城，从表面看你不会知道它的存在。当然，你自己年轻时去过那里面的吧？”

“当然。因为那都是仓库。没有别的。”

查普伊斯说：“你如果想让你女儿留在英格兰，就得想办法哄她。你得打开箱子，舍得花钱。在这个世界上，有哪个女人会拒绝一串珍珠或一条金链呢？”

在安特卫普，你打开一扇门，以为会通向另一个房间，但脚下出现的却是一座通往地下的阶梯。你在黑暗中使劲去看。你像蜗牛一般慢慢地爬，肩膀挨着墙以稳住自己，一只脚摸索着台阶的边缘。但不出几个星期，你就可以轻易地跑上跑下，你的脚清楚地知道要去哪里。

但那只是在你自己家里。如果在别人的台阶上，就得小心了。

一月，奥斯丁弗莱。在斑驳的阳光下，他女儿翻阅着曾经属于丽兹·维基斯的祈祷书。“你妻子——是个什么样的人？”

他能告诉她什么？我们是讲究实际的人，用实际行动表达对彼此的好。她去世了，我很想念她。她的爱深沉而严厉，每当批评孩子们怠惰时，她会说：“我说这些是为你们自己好。”出去参加活动时，她像时髦的女人那样戴着山墙形头饰，但在家里时，只是戴着家庭主妇的贴头帽。她很擅长列清单，列物品表格，因为仆人们都粗心大意，做女人的必须时时盘点存货。她还有一份他的罪行清单，放在她的围裙口袋里，时不时会拿出来查看一下。

孩子们出生后，家里全部交给女人去打理。伊丽莎白有很多堂亲表亲，还有教父教母们的孩子。他们了解他的家庭，他的历史，也许没想到他能出人头地。他对他们非常友好，非常温和。有一天，他听到一位亲戚对丽兹说："你丈夫真的很努力。"他没能听到丽兹模糊的回答。据他猜想，她说的可能是："他真的很努力，但总是成不了事。"

当初结婚时，他曾对她说，有一点我可以保证，我的女人决不会受穷。他希望做一个好丈夫，挣钱养家，忠诚不二。他特别会挣钱，也非常忠诚。到格蕾丝出生时，他每时每刻都在为沃尔西工作。他回家进门时，那些亲戚会警惕地看着他：你去哪儿了？仿佛他去的肯定是某种邪恶之地。他们期待看到他的另一个自我：看到那头披着人皮的狼，看到他的父亲沃尔特套着他的皮囊吹胡子瞪眼。

当他从安特卫普回来时，沃尔特已经成为当地举足轻重的人物。他早前通过踢开邻居的界标而扩大了自己的地产，但是现在，他通过合法购买而新增了面积，还投资了他的酿酒厂，甚至吸引了一位低地人来教他提高啤酒质量，因为那儿的酿酒技术很好。他的姐夫摩根说："托马斯，你现在应该去帕特尼看看你老爸。你该看看他的肚子，还该看看他的帽子，因为他现在是教区委员了。"

他说："既然你建议，那我会去看看。"

那一天来临。没等他看到沃尔特，邻居们就看到了他。消息不胫而走。有人傻瞪着他，说："是该死的开刃小子。你觉得他是从哪儿来的？"

他觉得没必要回答。

"还有脸回来！"一个女人说，"他肯定以为我们都没有记性！"

他无言以对。

"我们以为你死了。"有个家伙叫道。

他没有更正他。

接着他抬起头，看到沃尔特正大摇大摆地朝他走来。他没有戴帽子，但挺着大肚子。这并未让他显得温和。他可能很清醒，也刮了胡子，但看上去仍然像一眨眼就会把你打倒在地。

铁匠铺还在原处，但沃尔特如今不再亲自上阵；他伸出手时，手掌干净透红，你得细看才能看到烫伤的痕迹。

他（托马斯）在铺子里转悠着。架子上放着各种工具，钉子上挂着一条皮围裙，至今还有皮革厂那种难闻的气味。也可能是他想象出来的，有汗味，咸味，屎味，以及他早年生活中的所有气味。沃尔特说："在清点财产，对吧？我还没死呢，小子。"

他没有回答。

"你搬回来吗？"沃尔特问。

"不。"

"瞧不上我们？"

"不是。"

你发现，人们总是在劝说你原谅和忘却。他们总是在敦促你，像你父亲那样干，小子，做你父亲那样的人。年轻人口口声声说想要变化，想要自由，但实际上，自由只会让他们迷茫，而变化则让他们发抖。给他们一点钱，趁着好天气让他们上路，但还没走出一英里，他们就哭着喊着要主人；他们必须受到约束，必须有人管制，必须服从什么人。

他想成为例外。他走了不止一英里。但也许并非那么与众不同。小时候，在离家出走之前，他一心只想成为他父亲，成为沃尔特，但比他干净整洁。他当时想，老头子总有一天会翘辫子，埋进土里，然后，我，托马斯，就会成为酿酒厂老板和羊贩子，我会训练一些孩子，然后会把铁匠铺的活儿交给他们，只是因为每周的时间毕竟有限。在冬天的日子里，铁匠铺里有一种东西——是温暖——会把本地游手好闲的人全都吸引过来，他们站在周围闲聊，直到日光从空中消失，那燃烧的颜色——从桃红色到浅麦色——被青灰色的天空所取代，被喝晚酒者回家时踩在脚下的月光所取代。一天过去，成绩如何？红头钉子或角钉，钩子，烤肉叉，铁桩，螺栓，夹子，铁棒。

在佛罗伦萨，以及后来在安特卫普，沃尔特经常在他的梦中游荡，他醒来时会心烦意乱，满腔怒火。但他还是回到了帕特尼的家。沃尔特去世时，邻居们都为失去那位改过自新的新沃尔特而哀悼。他当时还相信炼狱，虽然花钱请了一位神父来为沃尔特的灵魂祈祷，但心里希望炼狱的门上有一把十分牢固的大锁。他觉得沃尔特的子孙们没必要在祈祷时提到他。

安妮小时候常常哭闹，让乳母很头疼；贪心不足，丽兹说。她总是想要什么，但没有人明白她的意思。我们所有人都生于罪恶，我们的灵魂已被玷污；安妮表明了这一点，她展示了婴儿的恶。她常常泼洒东西和把物品打翻。当他在房间里工作时，她坐在外面的楼梯上，直到他把她带进去，她和小狗贝拉一起坐在桌子底下，一边把狗毛扭成麻花状，一边哼着歌儿，直到他说："看在上帝的分上，女儿，你不能看看书吗？"

"不能，"她说，"要等到我六岁。"

"你现在几岁了？"（他记不清了。）

"我不知道。"

这回答很合理。既然他都不知道，她凭什么会知道？他把她从桌子底下抱出来，说他会教她。"但我得提醒你，"她说，"我不适合有书。"她模仿她妈妈的语气说："你给那孩子任何东西，她都会毁掉。你会觉得她是在垃圾堆里长大的。看看她的样子吧。"

安妮做针线活时，血滴会把布料变花。丽兹说，她更适合拿鞋匠的锥子，只不过鞋匠不会那么多话。他不让他妻子打她；不能怪安妮不勤奋，至于其他方面，他觉得也不该怪她。"我猜她长大了就会好的。"丽兹说。就像格利高里长大后不会再做噩梦一样——在那些梦中，住在大河以南的恶魔想收买守卫让它们过桥，或者打倒船夫抢走他们的船，把他们浑身是血地扔在码头上，或者干脆蹚过黑潮，用他们的蹼足啪嗒啪嗒地穿街过巷，寻找格利高里·克伦威尔，要把他咬碎吃掉。

当格利高里要听故事时，要的是一遍遍地重复同一个故事，直到他能全部记住并小声讲出来，从而变成他的私人财产，比如正义骑士高文和加拉哈德，或巨人格里普和韦德。但安妮叫道："哦，我们昨天杀死了那头野兽，还有更凶猛的吗？"她说，然后呢，然后呢？世界在她的手下燃烧。她生活在紧张的奋斗中，那认真的小脸因为专注而皱成一团，女人们说，别那样皱着，安妮，否则你会一直那样，到时候就没人会娶你了。

基督降临节之前，他借助削笔刀和细刷子，用风铃草根胶把羽毛粘在布上，为格蕾丝制作孔雀翅膀。"在烛光下干这个可真够呛。"丽兹说。但白天很短，如果她要在圣诞演出时穿，就别无他法。他祈祷在完工之前自己不要被派往外地；他总是出去帮红衣主教赚钱。他想让格蕾丝明白，他之所以那么频繁地在外奔波，就是为了她，为了她将来有保障；但既然他总是不回家，而即使回家，也总是在炉火已经熄灭、所有人都熟睡之后，她又如何能理解呢？有时，他会站在房门边，看着她和安妮以及一个年轻仆人躺在床上，像三只依偎在一起的小狗。有一次，所有夜晚的唯一一次，她抬起头，在黑暗中望着他，眼睛睁得很大，烛光在里面闪烁；也许她以为他是在她的梦中，就像她在他的梦中一样。她毫无表情，他后来想不起有任何表情，只记得床帷的形状，那朦胧的曲线；记得一只隐约可见的白色袖子，一张白色的面孔，和她眼中的火苗。

詹妮可说："孩子们那么小就死了，对你来说很残忍。我很纳闷，你为什么不再成一个家呢？"

"我有格利高里。"

"但你为什么不再娶呢？"

他不知道为什么。也许是因为他不想必须解释自己，必须说出自己的想法。跟丽兹在一起时没关系，因为他没有非分之想。有些男人可以把自己的过去整理打包交给别人，他做不到。但看着詹妮可时，他不由自主地想象其他的历史。如果他与安塞尔玛结了婚，他们会只有一个孩子吗？他会不会比银行家更有能力？如果事情那样发展，格利高里就不会出生。他的灵魂会在某处飘荡，仍然在等待一个肉体。同样，也根本不会有安妮和格蕾丝。而这所房子不会是他的房子。当他们说他妻子死了的那个日子不会是他的日子，当他的女儿们被包进裹尸布并运去埋葬的那个日子不会是他的日子：两个失去的小女孩，轻如鸿毛，一无所有，几乎没有留下记忆。

"那么，从那以后你做了什么？"他女儿问，"关于女人？"

"你可真直率。"

"英国女人不会问吗？"

"不会问出口。她会在心里琢磨。会听听八卦，并添油加醋，编出点什么东西。"

"最好有话直说。当然，"她说，"可以买女人。你的手下无疑会为你安排。他们很敬畏你。"

"我也敬畏自己，"他说，"我从来不知道我接下来会干什么。"

他来到宫廷，包里装着战争机器的图纸。在这些事情上，他向国王建言比诺福克更好，因为诺福克的想法已经过时。

但侍从们拦住了他。国王身边有六位法国商人，带着一箱箱装得满满的布料和成衣——他们猜出了他的尺寸。“他在试所有的货品。”侍从们提醒道。他们的表情明显在说，劝阻他，克伦威尔勋爵，别让他花掉一座城堡的钱，或浪费掉一些大炮。

这是个凛冽的日子，天空泛着寒光。但国王的房间里生着大火，松木和琥珀的清香随着一团暖气向他飘来。“过来暖一暖，托马斯，”国王说，“过来看看这些人带来了什么。”他脸上洋溢着天真的喜悦。

商人们喃喃地向他躬身行礼。他们打开了旅行箱的盖子，在把货品一一摆出来：不仅有刺绣服装，还有眼镜和宝石。他们向国王展示一只高脚杯，盖子上是一个骑着海豚的裸体男孩。他们展开一幅四码长的刺绣画，将它贴在他们身上一字排开。国王的目光从左到右欣赏着苏珊娜去沐浴，以及长老们在树丛后窥视①。他们拿出一顶童帽，上面饰有熠熠生辉的太阳形金纽扣，国王笑了，把它顶在自己的手指上，说：“如果我有个孩子可以戴该多好。”

赖奥斯利先生的眼神示意他：求求你，转移国王的注意力吧。“啊，你们有狗项圈！”他叫道，似乎他唯一关心的是狗项圈。

“让我们看看，”国王说，“啊，这很漂亮，小南瓜戴上会很好看！”他几乎不好意思地对法国人说，那是我的王后妻子的宠物，是克伦威尔勋爵从加来给她找来的。

他们马上给他记下来：一条丝绒项圈，六先令；然后又跪下身去，取出很多袋子，掏出十字架、钟、木偶、面具以及黄玉戒指和玳瑁碗。他们跪在那儿，拿出绘有十二星座的珐琅手镯，还有一张圣母的照片，只见圣母站在鸢尾花地毯上，一只臂弯里抱着她的不朽之子，另一只手握着权杖。他们摆出棋子和装着刀具的盒子，国王伸出手去，似乎想去摆棋或试试刀刃。法国人从亚麻布袋里拿出一件精妙的物品——一对绣着深红色草

① 典出《圣经·旧约·但以理书》。苏珊娜是一个年轻貌美、品性贞洁的女子，族中两位长老贪图她的美色，常常伺机偷窥。一天，苏珊娜在自家花园准备沐浴时，两位长老跳出来施暴，苏珊娜坚拒不从，反被长老诬告不贞，终被判为死刑。先知但以理获悉此事后，为苏珊娜伸张了冤情。

莓的草绿色饰袖，每颗草莓上有一滴露珠，那是如水般晶莹的钻石。

“哦。”国王移开视线，以抵挡它们的诱惑力。他因为渴望而面孔发红。“但是我太老了，戴它们不合适。”

“绝对没有！”法国人异口同声地说。简称也跟着附和。他没有吭声。国王说得没错，这对袖子更适合那些小年轻，比如格利高里或已故的菲茨罗伊。但你能看出亨利垂涎欲滴。

法国人安静下来。他知道这是一个信号，表明他们马上要拿出最好的东西。他们的头目示意最年轻的那位走上前。那人在一个箱子前弯下腰，用钥匙啪嗒一声打开锁，停顿片刻，然后拿出一样东西，顺势往空中一抖，犹如抖开一片傍晚的天空，或者一千只孔雀，或者是大天使的华服。他们一边兴奋地低语，一边挥舞、展开和抚摸这件华丽的衣服：“陛下，这是我们专门为你设计的。欧洲其他的君王都不可能把它拿走。”

国王大喜过望。“既然你们大老远地来了，我不妨试试吧。”一道海绿色波纹的影子投在他的脸上。“我们称之为孔雀色。”法国人说。他手腕一转，布料便犹如液体彩虹在流动，从海绿到天蓝到宝石蓝。国王像从海底升起来的利维坦①一样光彩照人。他看到自己的样子，不禁吸了一口气。

他们报了个数字。国王难以置信地哈哈大笑。但你能看出他已经起意想买。勇敢的赖奥斯利先生咳了一声。国王的蓝眼睛一闪，表示心领神会，接着他做出苦脸，像所有的老吝啬鬼一样狡猾地说：“先生们，站在你们面前的是一个穷国王。我把钱全都花在战争上了。”

“真的吗，陛下？”法国人你看看我我看看你，你可以肯定其中有一两个密探。“我们以为那只是一场小口角，”他们的头目说，“是某个偏远而无足轻重之地的骚动，对你而言只是像被跳蚤咬了一口。”

另一个人补充道：“起码克伦穆尔先生是这样告诉全世界的。”

这个信口胡诌的法国人即使在说这句话时，还在从一个皮袋里掏其他物品，那个袋子像处女的叹息一般柔软。他突然想到，哈里·诺里斯当差时，他们不会进得来，当然，除非诺里斯从中提成。

太阳已经出来，给上午蒙上一层白雾。这使商人们的胆子大了起来，他们举着几面镜子在房间里转动，当他们调整镜子的角度时，会照出国王

① 传说中的海怪。

身上不同的部位，随着光线的每一次变化，国王令自己眼花缭乱。

但亨利仍然犹豫不决。“好了，陛下，”他们说，“我们在优先卖给您，想想看，如果被你的哪个大臣买了去，你会是什么感觉——那对任何国王来说都是一种羞辱。”

国王灵光一闪，说：“你们知道我今年要扩建玛丽玫瑰号战舰吗？我打算让它多载些大炮，还准备再造几艘新战舰，两到三艘吧。我相信掌玺大臣的包里装的就是图纸。”

赖奥斯利先生咧嘴笑了。战舰——这个消息一定会传回法兰西。“所以你们看，我不能在服饰上花大钱，”国王说，“这有损于公益。”

商人们开始语无伦次，额头冒汗。他意识到，就连他们的头目也必须对一位主人交差，而不敢把这些东西一件未售地带回去。如果英格兰国王都不肯买，那还能卖给谁呢？皇帝，苏丹王？再加上航行的费用，以及这些商品可能会显出被人触摸过等因素。

他的包里除了战争机器之外，其实还有一封来自北方的具有煽动性的宣言，敦促再来一次朝圣之旅。“所以现在就该出发，重启我们的求恩巡礼，否则将永无机会……”

他走上前去。国王说：“克伦威尔大人？”

他对亨利耳语道：*caveat emptor*①，先生，顺便说一句，让我来对付这些小贩好了。

“我知道，”亨利大声说，“我会的。”

但是托马斯，他低声说，这些我都要。我要苏珊娜和长老，要那些棋子、木偶和草莓饰袖。而穿上那件孔雀色衣服，我的感觉比以前好多了。

“瞧着吧。”他小声对简称说。他跟着法国人出来。距离那扇关上的房门有一段安全距离后，他使出惯用手段，大发雷霆：他们把他当成什么了？他可是基督教世界最伟大的君主之一，他们想对他使什么诈？拿这些假冒伪劣来忽悠，他们难道不担忧自己的灵魂吗？我们的主耶稣基督啊，如果看到他们，他一定会亲自把他们扔出圣堂，摔断他们的牙齿；而既然耶稣似乎不在这儿，那他很乐意亲自动手。

“但克伦穆尔大人。”法国人不禁诉苦。有个人哀求道：“大人，借钱

---

① 拉丁语，意为“买者自慎”、“货物售出概不退换”。

给你的国王吧。”

他们降低了要求，因为焦虑和疲劳而垂头丧气。

“我要你们把总数写下来，”他说，“请给我五份。”

他们顿时脸色煞白，担心他打算给他们一张支付凭证，那他们就得一直等到季度结算日，再拿着它来请求支付。“我们不敢手无分文地回去，”他们说，“我们会被活活剥皮的。”

“那就现金，”他满不在乎地说，“但是得打七折。”

他们喜形于色，开始恭维他。“当然，我们会送你一件礼物，大人——这款深紫红缎子会很衬你的肤色吧？”

他想了想。这个不错，不会像老达西那样脸色发青，也不像弗朗西斯·布莱恩那样憔悴发黄。是的，他赞同道，这颜色有点吸引力。

简称说：“当心，先生。”他觉得简称指的是当心这种颜色。他想展开布匹，看看整块布料，看它如何随着光线而变化，但这里不是地方。“你们可以去我家，”他说，“那些没有给国王看的无用的小玩意可以给我看看。”他转过身去。“赖奥斯利先生，你带着我的记事清单了吧？我们该回去开会了，上午还有一堆事情要处理，然后才能让陛下清静一下。当然，我们还得讨论新战舰。”

晚祷之后，他带着文件来请国王签署时，说到自己帮他省了多少钱。“是吗？”亨利说，“我还以为我砍了个好价，但还是你行。”国王的眉头舒展开来，看上去比法国人到来之前年轻了五岁，这笔钱几乎没白花。“我需要一些新衣服，”他说，“因为我想让人画像。帮我跟汉斯大人说一说。”

“乐意之至。”他说。出去时，他面带笑容——终于有了一次好消息。

叛乱分子阿斯克在圣诞节期后离宫之前，国王给了他一件红色大衣，那件衣服并不适合他，特别是当他自豪得满脸通红的时候。从旅店启程回家时，阿斯克留下了红衣主教帽，以及其他一些因为太重而不便运回约克郡的东西。也许他不想让自己在山区的那帮乌合之众看到他打扮得像一只跳舞的猴子。亨利明白，一个人的外在会向世人显示他的内在；而既然他明白这一点，汉斯大人就更是如此。他画你的外壳，不会用黏糊糊的手指戳你的灵魂；当他为你勾勒草图时，会用一种缝合接缝似的细微技法描出你衣服的颜色。汉斯一直在等待一笔不菲的委托费，现在终于等到，正如博林家的人过去常说，时机来临①。

叛乱分子们说，所以现在该起来反抗，否则我们就会全部完蛋；所以，前进！前进！前进！现在就前进，违者以死论处，现在就前进，否则永无机会。

* * *

他女儿说："我想告诉你廷德尔是怎么死的。"

现在是黄昏，他们坐在一间凹室里。"你亲眼所见吗？"

"廷德尔想要证人。想要那些不会移开视线的人。你看过一个人被烧死的情景吗？"

他说："效力于国王期间，是的，很遗憾。"亨利控制你观看的对象，你不能调整自己的视角。"我看过一个女人被烧死。"他觉得胸口一阵发紧。"但那是很久以前了。她是为威克里夫的书而死的。那是一种旧版《圣经》。她是所谓的罗拉德派教徒，他们很多人都很贫穷，也不识字，所以用死记硬背的方式把圣典熟记下来。但是我看着她死的那个女人——他们称之为异教徒——并不穷，也并非没有朋友。只是我当时还小，看到她没戴帽子，穿一件宽松长衫，而人们那样辱骂她，我还以为她是乞丐。"

她打断他。"你当时还小？谁带你去看那种情景？"

"我自己去的。在城里东游西逛，就逛到了史密斯菲尔德。那是一片开阔地，即使到了今天，还是人们受罚的地方。我家里的人既不知道也不关心我在哪儿。我母亲不在了。"

考虑到她的英语虽好但不算精通，他说话时用语简单；他想，与詹妮可交谈对我是个启发，对我们所有人都是启发。事情从来不曾显得如此清晰——没有细微差别，只有明朗的正午之光。她说："史蒂芬·沃恩跟我说过他第一次见到廷德尔大人的情形。他说是根据你的指示。"

"我当时希望廷德尔回到英格兰，与国王和解。"

"他们没有待在室内，"她说，"因为隔墙有眼，隔墙有耳。他们去了野外，不是人们练习射箭的靶场，我的意思是——漂白场？"

---

① 原文为拉丁语。

“哦，”他说，“不是漂白场，你的意思是晾布场。就是把布张开晾干的地方。”

但她已经在他脑海中呈现一个画面：廷德尔在户外漫步，地面在渐渐融为一种暗淡的光，城墙在对着蒸汽耳语；那位衣衫破旧、性格执拗的同胞变得崇高起来，而沃恩先森在他身旁，戴上了风帽，心里紧紧藏着他的秘密指示。

“廷德尔住在商人波因茨家里，”她说，“他过着平静的生活，像清贫的使徒们那样，专心翻译《圣经》，付出了巨大努力却不图任何回报。商人们管他吃喝，并给他一点零花钱，他还拿出一部分来施舍。他从不惹事，所以治安官们也乐得自在。”

“你们的领主们当然都知道他。”皇帝的黑色双鹰旗在城墙上飘扬；安特卫普虽然有自由的人，但并非一个自由的城市。

她说：“他很谨慎，从不引人注意。当地人不太懂英语，也不知道他的长相。但后来那个叫菲利普斯的人来了，就是出卖他的那个人。”

“哈里 · 菲利普斯，”他说，“是的。”

“你知道他？”

“我知道是谁花钱雇了他。大家都知道。”

“波因茨先森很讨厌那个人。从一开始他就提醒，当心那家伙，你不知道他有何意图。但廷德尔不是那种多疑的人。他的心思全在自己的书上。凡是认识他的人，都决不会出卖他。只有陌生人——一个收了钱的陌生人——才会。菲利普斯摸清了他的习惯，知道他会去哪里走动，跟哪些人交谈。他打探他翻译《圣经》已经多久，然后把消息带到布鲁塞尔。议员们起初都不听，但他有钱收买他们的注意力。他给他们带去从廷德尔大人那儿偷取的文件和信函，并把它们译成拉丁语，好让议员们能够理解，他还不断强调皇帝会如何认可他们的效劳，并犒赏他们。于是他们决定抓捕廷德尔。他们等到有一天，那一带空无一人，因为商人们都出了城，去了卑尔根的复活节集市。你知道，他们希望不声不响地采取行动，而不要在街上引起任何混乱。”

“波因茨会外出，”他说，“所有人都会。”

“你会听说他被人从英国商人家里带了出来。这并非事实。他是在波因茨家外面被捕的。

“最初的消息总是错的。”他说。

“菲利普斯给士兵们带路，他们封锁了路口。他指认道：‘那就是异教徒，抓住他。’那个好人就像羔羊一样跟他们走了。连士兵们都同情他。”

他能想象那个狭窄之地，仿佛自己置身其中。他也在那种迷宫般的街道上生活和工作过。他看到廷德尔——一个矮小、愤怒的男人——在门和墙之间走投无路。

“英国商人们从卑尔根回来后提出了抗议，但无济于事。”

“托马斯·莫尔花钱雇人害死了廷德尔，”他说，“他发誓要追踪他到天涯海角。他在监狱里策划了这一切，他有足够的时间，国王对莫尔很有耐心，我也一样。你别以为他受到了严格的监禁。他的朋友们给他送餐。他有好酒、好火和好书。他有访客，有来往的信件。”

“如果是我，就会把他看严一点。”她说。

“是我们的疏忽，我现在明白了。杀掉托马斯·莫尔也于事无补，因为酬金已经进了菲利普斯那个无耻混蛋的口袋。”

夜幕开始降临。他站起身，点燃一支蜡烛，拉下百叶窗，将寒星点点的夜空关在外面。他女儿的目光跟着他，注视着他的一举一动。他想，她会是一个出色的证人。“托马斯·莫尔在世时写好了自己的墓志铭，”他告诉她，“他就是那种人。”文字，文字，文字而已。“他要求将它刻在石碑上：令异教徒不寒而栗。他为自己的所作所为而自豪。在他看来，如果让民众自己阅读上帝的话语，基督教世界就会土崩瓦解。再也不会有政府，不会有正义。”

“他这么认为？真的吗？”

“认为我们需要无知的约束？是的。”

“他对自己的同类不太有信心啊。”

“但另一方面——我敢说除非你了解他，否则就无法理解——他自己的罪孽沉甸甸地压在他的心头。到了最后，我觉得他对自己的论点失去了信心。有些人如今自称是他的追随者，他们将他描绘为教皇党人，恐怕连他自己都认不出来。我还记得他曾经不受教皇们的青睐。你知道那个该死的斯托克斯利还在折腾吗？我说的是伦敦主教斯托克斯利。他的一位被保护人是劳斯镇的牧师——该镇位于我国东部，近期这些骚乱就是在那儿爆发的。这一切都源于莫尔。”

她皱起眉头。这么多的名字，太多了：太多的地理，一个陌生国土上的地域。“他的死并未终结任何事情，”他说，“反而只是刚刚开始。当他在世并身为大法官时，斯托克斯利常常帮他，抄家啊，将男人女人拖进监狱啊，等等。”

“炒掉这位主教。你有权力。”

“没有那么多的权力。”

“我会见到他吗？”

“斯托克斯利吗？”他被逗乐了，“只要你愿意。他是个狂暴的家伙，依我看不值得一见。我有更好的主教可以让你去见，还有一些贵妇以及她们的贵族丈夫，如果你愿意的话。”

“我会见到亨利吗，当他坐在王位上的时候？”

他有些迟疑。“跟我讲廷德尔吧。关于他被捕之后。”

“他在狱中并未受到伤害。这一点我至少可以肯定。他们尊重他的学识，想通过讲道理来说服他。他们像对基督徒一样对待他。”

他想，换了是莫尔，肯定会用恶毒的语言和鞭子来折磨他。

“他写了很多东西来为自己辩护。他们尽其所能找了些最坏的人来对付他。”她恨恨地说出他们的名字。“杜菲夫，一位堕落的律师。塔珀，多耶，雅克 · 梅森。都是鲁汶市最死心塌地的教皇党人。”

“他们想用争论来摧毁他，”他说，“我承认，我自己也那样想过。如果他愿意支持国王的大事——我指的是他的婚事——他就会平安无事，也许现在正与我们坐在一起。我尽力想救他，但人微言轻。我当时甚至不是克伦威尔勋爵。皇帝不理睬我的请求。”

她说：“你的国王本可以救他，却不愿意。有些人会感到奇怪，你对福音非常开明，为何却会效力于这样一位主人。”

“我还该效力于谁呢？一个人不能没有主人。”

门开了。是小马修，手里拿着几封信。“放那儿吧。”

“它们等待回复，先生。”

“让它们等好了。就说我在陪我女儿。”

“我该这么说吗？”马修问，“遵命，先生。”他出去了。

她说：“我的故事快讲完了。廷德尔毫不让步。他们无法动摇他。据说在那令人疲惫的几个月里，他一直在为狱卒们祈祷，我想我们很快会听到其中有些人已经皈依上帝。”

“那会是好消息。”他想，更有可能的是，在他离开后，他们将他的牢房搜刮一空，连一件破衣或一个蜡烛头都偷走。“据说即使被关起来后，他还在尽力工作。”他想象上帝的话语湿漉漉、黏糊糊的，从页面流出来，淌到石板地上。

“我觉得这不太可能。”

她说：“他在城里留下了一些遗作，藏在秘密的墙洞里。”

“在谁的手上？我要买下来。”

“我不能告诉你。你的国王可能会从你手中抢走。”

的确，他想。

“我们原以为审判一结束他们就会烧死他，但他们给他宽限了一点时间——我们猜是想再给他公开认错的机会。后来我们以为他们会在狱中把他烧死，结果却是在集市上进行。他们用链子把他拴在火刑柱上，并在他的脖子上套了绞索，先把他绞死——按他们的说法，这样安排是一种仁慈。他们在火刑柱上挖了个洞——你知道这个吗？——把绳子穿过去，于是行刑人在他身后，等火刚一点燃，就把绳子往后一拉，那个好人就咽了气。但是当然，也并不总是立刻毙命。”

“我听说火烧到他身上时，他还没有死。他在熊熊火焰中说话。他说：‘上帝啊，让英格兰国王睁开双眼吧！’”

她说：“他什么也没说。怎么可能说话？他都快窒息了，只是挣扎扭动，痛苦地喊叫。”她很愤怒。“亨利国王算什么，还要占据他最后的思想？英格兰又算什么，不就是一个背弃他的国家吗？”

他们默默地坐着。廷德尔给我们留下了他的《新约》和部分《旧约》，包括律法书和先知书，以色列人可怕的战争的记录，上帝对其选民的漫长考验。“国王看到……”他开口道，但是又陷入沉默。他看到的是烟，听到的是远处人群的怒吼。“他看到英格兰的教堂需要一部《圣经》。我们努力了很久才让他接受这一点。我们已经商定一种译本，就是廷德尔的，只要我们能得到他的译著，但是会署另一位学者的名字。我们已经把亨利自己的肖像放在扉页上。我们想让他看到自己在那儿。我们需要经他亲自许可而推出一部《圣经》，并将它摆在每一座教堂，让所有能阅读的人都去阅读。我们需要大量发行，以便根本无法召回或禁止。人们读了它，就再也不会有这些携带武器杀人放火的朝圣者。他们将亲眼看到圣典中根本就没有提到斋戒、教皇、炼狱、修道院、念珠、圣烛、仪式和圣物——”

“甚至没有提到神父。”她说。

甚至没有提到神父。不过我们没有对亨利强调这一点。

“詹妮可，”他说，“你不远千里而来，就是想亲眼看看。现在看过了，你不会抛弃我吧？这地方目前对你很陌生，但你很快就会觉得像在家里一样。我会为你安排一桩婚事，如果你觉得可以爱一个英国人的话。”

对于一起事件，有时需要到若干年之后，我们才能看清谁是英雄，谁是受害者。殉道者们对自己的行为不计后果。他们一心只想着如何承受痛苦，当然无暇他顾。廷德尔死后一个月，商人波因茨本人也因哈里·菲利普斯告密而被捕。波因茨被指控为路德派教徒，很可能会被烧死，但他得以逃脱，如今就在伦敦。他妻子安娜拒绝跟他同行。他的名誉有了污点，还抛弃了妻子和子女，生计也失去保障，她凭什么要离开她的生活、她的语言，来跟这样一个男人一起生活呢？

至于菲利普斯，在托马斯·莫尔去世后，则又在寻找其他的雇主。他去过罗马，据我们在那儿的人格利高里·卡萨尔报告，他自称是莫尔的一位亲戚，竭力想得到教皇的垂青。听说他眼下在巴黎，在寻找他可能毁灭的目标。菲利普斯只不过会花言巧语而已；一个机智、易变的年轻人，容易讨人喜欢，会讲一堆不幸的故事，会提一串他在牛津时认识的人的名字。不难看出他如何把自己包装成一个精通几种语言、一贯乐于助人的年轻人形象。

他说：“别回去，女儿。生活会更难。安特卫普不会像以前那么自由。城市治安官们以为自己很有权，其实并非如此。会有更多的人被捕。印刷商们必须小心。”

在安特卫普印刷的英文书籍比在伦敦印刷的还要多，但那些没有许可证的印刷商会被处以烙刑，有时会挖掉一只眼睛或砍掉一只手。告密者无处不在。毫无疑问，连我们自己的商人中也不乏其人。

他说：“你母亲——”

“示巴女王？”她笑了。

“——她知道奥斯丁弗莱是她的家。我从不搬动她。如果我离开这所房子出去度夏，就会把她卷起来收好。”

挂毯上的安塞尔玛容颜丝毫未老。但他担心如果带着她四处奔波，她的面容会变得模糊不清。只是在他妻子去世之后，她才进入他的家里。他不是那种左拥右抱的男人，也不会像托马斯·莫尔那样，旧人尸骨未寒就急于迎娶新人。

炉火已经变弱，他添了一块木柴。“我妻子的母亲茉茜现在老了。一个家庭需要一位女主人。我总是听说自己快要结婚，但似乎总是没有结成。”

他想象梅格·道格拉斯窸窣有声地跨过门槛。或者是凯特·拉蒂摩，这种可能性似乎要大得多——如果老拉蒂摩死去的话。他想象玛丽·都铎跌跌撞撞地进来，像在汉斯顿那样碰翻他的威尼斯高脚杯，一双小脚将它们踩成碎屑。

“或者你可以跟格利高里住在一起。”他说。

“格利高里有房子吗？”

“他会有的。我今年会给他娶亲。”

“他知道吗？”

“不知道，”他简短地说，“等我找到了新娘就会告诉他。”

“对我也一样吗？你说我可以嫁的那个英国人？”

他抬起头。“我当然会让你选择自己的新郎。格利高里是我的继承人，这不一样。我会给你一份丰厚的嫁妆。”

她说：“我就像可怜的安娜·卡尔瓦，波因茨的妻子。她不愿意生活在陌生人中间。”

“但想想《圣经》中的路得吧。她渐渐适应了。”

她笑了起来。“你以为现在是那个时候吗？我们生活在末世，而他们生活在创世之初。”

原来如此。她跟有些人一样，认为现在是末世时期，娶妻或嫁人有何意义？

他想起沃尔西的女儿，当时给了他当头一棒。他不确定自己是否已经恢复过来。

“我会离开你，”她说，“我只是说今晚。我不会不告而别。”

她来讲一个故事，已经讲了；来见一位父亲，也已经见了——现在还有什么可以留住她?

当然，拉撒路死了两次。第二次是永远死去。他曾为自己的银行去过东部，顺便去看了自己的第二个也是最后一个坟墓。它由凶狠的僧侣们看守着，他们把一只托钵伸到你面前，让你掏空口袋去看一样东西，而到头来，那东西仅仅证明了神迹不能持续。瘸子行走，但只是围着教堂墓地走了两圈，就四肢抽搐倒在地上。盲人复明，但年轻时认识的面孔已经改变，而当他要到一面镜子时，则根本认不出自己。

他女儿离开后，赖奥斯利先生走了进来。“那么，哈里·菲利普斯是什么情况？她能告诉你一些你不了解的信息吗？”

他说：“我发现他是个有用的人。而且易变。”

“可以派他去盯着波罗。我不认为菲利普斯是教皇党人，先生，不管他怎么假装。我觉得他会为任何人工作。”

他点点头。“但我担心，对波罗只有直接动手才行，而菲利普斯这样的人会把杀人的事留给别人。”他顿了顿，“但试探一下菲利普斯没有坏处。吊吊他的胃口。没准有朝一日能用上他。”

简称说：“毕竟你也雇用阿戈斯蒂诺医生。即使——”

“是的。”他打断了他。即使怀疑他出卖了红衣主教，他还是利用他。阿戈斯蒂诺医生经常去欧洲，送回了很多有用的情报。

他想到在漂白场的廷德尔，作为人的罪孽受到漂白，在烟雾中说话。想到基督降临节时的河流，那冰冻之路。有位诗人描写冬天的战争，当时的声音已被冻住。雪下的泥土冻僵了狂奔的脚步声、马具的碰撞声、俘虏的求饶声和垂死者的呻吟声。当初春的阳光温暖地面时，痛苦开始融化。呻吟和哭嚎释放出来，上个季节的血污染了河水。

廷德尔现在已经穿上光的盔甲。在最后审判日，他将与那些被残害、被烧死的人一起在银雾中复活，那些男男女女将从灰堆中再现——包括小比尔尼和年轻的约翰·弗里斯，包括许多律师和学者，以及那些识字很少或者根本不识字而只能用耳朵听的人，包括在罗拉德塔被绞死的理查德·胡恩，包括自我们尚未出生以来就为推动威克里夫译本而牺牲的所有殉道者。他将与掌玺大臣小时候亲眼看着烧成灰的琼·鲍顿手牵着手。在那些幸福的日子里，所有的造物将闪闪发光，但在那之前，我们是透过一面模糊的镜子去看，而不是面对面。

在某个地方——也许是乌有之乡——有一个由哲学家统治的社会。他们有干净的手和纯洁的心。但即使在光之城，也会有苍蝇成群的垃圾和粪堆。即使在美德之国，也需要一个愿意铲除垃圾的人，而某个地方写着，那个人名叫克伦威尔。

2. 国王的画像

1537 年春—夏

汉斯不喜欢孔雀服。如果一位国王从一个角度看是紫色，从另一个角度看是蓝色，从第三个角度看是绿色，而且总是发出湿润的光泽，仿佛在躲避艺术家一般，你就无法画他。汉斯说，就穿红色吧，先生，这是我真挚而忠诚的建议。

国王尚未决定想要怎样的画像。他可能提出任何要求，从一幅占据整面墙的壁画，到可以放在手上的袖珍肖像。但他同意穿红色。每颗红宝石都是一朵燃烧的小火苗。

在案卷司长官邸的厨房里，掌玺大臣拿着一个白盆，里面装着一些绿色的油，他把面包片在里面蘸一蘸，分发给路过的孩子们品尝。马修跑来取自己那片时，打了一个大喷嚏，简直可以把鸡蛋震破。“肯定会是瘟疫。”瑟斯顿说。

“时间太早，不会是瘟疫。”

“那就怪我们的饮食。英国人生来就不该吃鱼。海水会进入你的脑子。德国人可以靠蔬菜生存，会吃他们所谓的泡菜。法国人吃草根和香草——如果有人饿了，就把他赶到草地上去。但英国人是靠培根和牛肉过日子。”

马修说：“英国人可能会问，我们为什么还要有大斋节。既然我们踢走了教皇，你会以为我们可以每天来一盘牛肚。”

“今年的节期会好过一些，”他说，“我们可以吃鸡蛋，还有奶酪。国王允许这样。”

“只有黄色和白色。”瑟斯顿说。

法国人与皇帝正在海陆两线作战。他们的战争使得鱼类稀缺，这是国王做出让步的唯一原因。克兰默抱怨说，在宫廷里，即使是不重要的宗教节日，也都举行各种古老而迷信的仪式。那他如何能说服普通民众在圣徒纪念日去工作，而不是在篱笆下喝酒，或者去耕种，而不是玩滚木球游戏?

“愿意营业的肉贩多的是，”瑟斯顿说，“一个人只要有点钱和灵活的脑子，即使在耶稣受难日也能买到肉。”

他举起一只手。“如果我知道那些肉贩的名字，就得让他们关门。”

“我们的主人是行使上帝权力的二号人物，”马修边吃边说，“一号是国王，上帝的代理人，然后是我们的主人，国王的代理人。”他舔着手指。“先生，他们说法国人给了你一份大礼。我指的不是狮子或战马。而是钱的礼物。”

他一脸神圣地享受着面包的余味，舔着胡椒和香草；油是查普伊斯送来的。“国王不反对我们谋生，”他告诉马修，“一贯都是如此。我们吓唬法国人，他们给我们钱。国王自己也从他们那儿享有津贴，从老爱德华国王时期就开始了。但他们付钱不爽快。”

马修的眉头舒展开来。“只要是真的就行。如果是造谣，我们就得揍他们一顿。”他若有所思地以掌击拳，吸吸鼻子，走了出去。

“我没有力气揍任何人，”瑟斯顿说，“鸡蛋对我不顶用。我想吃牛肋排。为了尝尝培根的味道，我可以杀死基督。我想这就是夏娃犯罪的原因——她的错根本不是为了一个苹果，而是为了一大块熏肉。”

“哦，得了，”他说，“你会把我说哭的。”

但你仍然纳闷是谁想出了这种安排——盲目地拖那么久，从基督诞生，经过寒霜雨雪到圣烛节，然后是几周的斋戒，食无肉的日子直至复活节。三月中旬，树木吐翠，鸟儿欢唱，但你不能用美来当餐。瑟斯顿说：“对神圣的陛下来说没关系，我敢说他吃很多糖。他要求有蜂蜜酒和马姆奇甜酒，会把酒窖喝干。”

一转眼，顷刻间，他置身别处——在劳恩德修道院，为红衣主教办事：那是个酷热的日子，一个年轻人在花园里与僧侣们说笑。他在那座修道院吃过百里香味的蜂蜜，那里位于英格兰腹地，远离海水的危险，树林环抱，田野绵延，冬夏时节空气清新。他为红衣主教去那儿时，遵照吩咐查看了数字，但还发现那是个绝佳之地，通过账簿里大大小小的格子根本看不出来。现在他想，等劳恩德解散时，我要把它留给自己。我要建一座房子，老了之后住在那儿，远离宫廷和政事。我该有点自己想要的东西了。

他想，我需要再去卡尔特修道院，伦敦的卡尔特修道院，跟那些僧侣们再好好辩论一番。那些人不善言辞，深居简出，但认为国王自命不凡，居然要统治他们的精神生活，只要谈起对此事的不满，他们就滔滔不绝。他们说，亨利只是一个人，但他说，罗马主教不也只是一个人吗，而且不是个好榜样？

他已经请求国王不要关闭卡尔特修道院。那里不存在虐待和懈怠，他们也从不吃肉，一年到头一次都不吃，而是靠自己种的水果和香草生存。他说过会把他们一点点地争取过来，但事态似乎并非如此。想到那些认真的人那么盲目，他简直想哭。而只要想到现任教皇法尔内塞——罗马人曾经称他为裙带红衣主教①——他就想越海翻山，去扼住他的喉咙。

二月份的第三周，王室和朝臣一行出席爱德华·西摩的女儿的洗礼。她是爱德华与其现任妻子的第一个孩子，以家族的荣耀而取名为简；王后将担任她的教母。根据传统，国王不能参加这种活动，尽管他显得很失落。“大人，把我的宝贝安全地带回来。”

你会感到奇怪，这些传统居然不让国王参与平常的喜庆活动。王后加冕时，是什么法律要求他高高在上地待在一间祈祷室里？当他的臣民们高呼荣誉归于上帝时，他只能透过一个斜孔小窗观看。

王后就像一个裹着黑貂皮的苍白玩偶，在她走下水梯之前，亨利热情地亲吻了她。玛丽小姐是另一位教母，掌玺大臣则是教父。在王后游艇的华盖下，他与女士们闲聊。奥德利想召开一次临时的枢密院会议，但他没有理睬他，他可以随时跟大法官交流。

他们似乎刚登上王后的游艇，就在切斯特广场的码头下船。此前并没

① 参见P61注释①。

有向市民宣布此事，但还是有不少人聚在这里，向被扶上岸的玛丽小姐欢呼。对于简，他们的态度则比较淡漠，既说不上拥护也说不上反对。他们知道她既不是安妮·博林，也不是那个他们仍然称为凯瑟琳王后的已故女人。但他给人群中的女人打发了一点钱，当她们高喊“上帝保佑简王后”时，大家顿时齐声呼应。他想，只要有人起个头，众人就会跟着喊任何口号。林肯郡的骚乱最初肯定也是这样开始的。某个乡巴佬弱弱地喊一声：“跟着十字架走！”所有人便群起响应。

大家认出了他，高声喊道：“你觉得很冷吧，汤姆？”他是一位壮实的教父，裹着黑色的羊羔皮和山猫皮大衣。不能说伦敦人喜欢他，但他们知道他在保卫城市方面成效显著，他还承诺要自己掏钱购买和储备武器来保卫他们。毫无疑问，他们更喜欢他而不是约克郡的劫掠者。不知道是谁叫道：“克伦威尔，伦敦之王！”

他心里一紧，转过头去。“朋友，你如果爱我，就换一种调调。”

一群乐师迎接他们，用音乐伴送他们进入室内。彩绘的玫瑰花环将他们引进画廊。出席洗礼的嘉宾观看着画在墙上的西摩家的祖先。今天在襁褓里的孩子必须添进画中——也许在她父母的脚边，那皱巴巴的红脸蛋犹如林地上的一朵花。

玛丽在短途旅行中一言未发，她的面孔在山墙形头饰下显得苍白。她脱下斗篷时，他看到她的礼服上佩戴着汉斯打造的那枚吊坠；戒指毕竟不实用。当他们并肩站在圣水盆边时，她摸了摸吊坠，说：“你看，我把你赞美服从的诗戴上了。虽然是我父亲给的，但我知道是从哪儿来的。”

他微微颔首。“小姐。”

“也感谢你送给我的情人节礼物。你这么关照，我受当不起。”

“你今天看起来很精神，”他言不由衷地说，“我想，红色是你最喜欢的颜色吧？”

她低声说：“别把你为我所做的事情看得微不足道。”

他想，我干吗要那样，它差点要了我的命呢！

“大人，当我因为愚蠢而命悬一线时，是你救了我。当时我几乎无可挽回。”她的声音咕咕哝哝，表达着感激之情。但他注意到她不肯看他。她的视线到处移动，但从未落在他身上。

切斯特广场属于古老的主教辖区，即使到现在，西摩还没有解决关于租契的纠纷。如果他得搬走，就会很可惜，因为他已经请人画了祖先们的画像，还自己花钱重装了小教堂的玻璃。冬天的光透过西摩家的凤凰的羽毛照进来，羽毛下那团静止的火深红深红的，你简直想伸出手去暖一暖。玻璃天使轻言细语，飞来飞去，他们拿着小鼓、肖姆管、鞭子和荆棘王冠。还有些拿着锤子和钉子，把上帝钉上十字架——复活节即将到来，忧患之子必须流血。

小简在圣水盆边发出响亮的哭声。女士们说，这表明魔鬼正在离开。“女人们喜欢胡思乱想。”爱德华·西摩说，他的语气带着喜爱。他的妻子奈安靠在自己的大床上接受祝贺，他们上前去亲吻她并送她礼物。他们打赏了乳母，又赏了保障奈安安全的接生婆，然后各自领了圣血和圣体。

所有人都在谈论继承人和新生儿的话题。理查德·里奇爵士添了丁，生了好几个女儿之后，终于有了儿子。在所有男孩都叫亨利的这一年，他特立独行，给自己的孩子取名为罗伯特，并兴奋地说那是个健壮的孩子，肯定能活下去。里奇每做一件好事都得到公众的关注。鉴于北方某些修道院院长的谋逆行为，他们的修道院肯定会被解散，而理查德爵士会乐意担负起分配那些财产的职责。与此同时，来自加来的消息说，李尔夫人怀孕了，预产期将在春末夏初。这似乎是个奇迹，那对夫妇已多年没有生育。李尔当然年纪较大，但奥娜与她的第一任丈夫生了七个孩子，尽管她嫁给他时，他已经五十三岁。

西摩一家听到这个消息似乎并不高兴。他们与李尔家有陈年的官司，所以不希望对方添人进口。但贵妇们给奥娜写了些宠溺的信，盼望迎接一位小金雀花的诞生。亚瑟·李尔也许是私生子，但仍然是老爱德华国王的血脉。

他瞥见李尔勋爵的亲信在人群边缘探头探脑，便说：“在侦察吗，赫西？”

“先生，我带了一件洗礼礼物。是我们家大人和夫人从海外送来的。”

他有点同情约翰·赫西。李尔夫人的购物清单把他弄得焦头烂额，而且她不想为任何东西付钱，所以他经常请求赊账。他回想起自己早年，多塞特女侯爵常常打发他出去买东方的珍珠，而他钱袋里的钱只够买牡蛎。

大法官突然出现："喂，赫西！我听说加来现在日日笙歌，李尔则翩翩起舞，仿佛从来不知道什么是痛风一般。"

赫西行了个礼。"先生，我正在向掌玺大臣解释，我得把比彻姆夫人分娩时用的所有东西都列下来，以便我们家夫人能照单全有。"

"哦，我明白了，"奥德利说，"她一样都不能少，床帷啊，金制餐具啊，等等。"

赫西说："我们家夫人想知道她是否该来这边分娩，好让孩子出生在英格兰的土地上。"

他（克伦威尔勋爵）瞪起眼睛。"加来是英格兰的土地。她身为总督夫人，我希望她明白这一点。"

赫西转向他。"但如果她在那边分娩，就想要从坎特伯雷送过去的银圣水盆。你能帮忙说句话吗，先生？"

"我会派大主教亲自送去，如果李尔肯行动起来的话。我听说有两位神父在大街上传播谋反言论，总督却置若罔闻毫无作为。告诉他把他们捆起来押上船，送到塔里交给我。"

他想，如果克兰默到场，不管有没有圣水盆，奥娜都会紧闭房门。她会把圣水撒在门槛上，把圣盐扔进他的眼睛里。

"我听说比彻姆夫人有貂皮帽，"赫西说，"如果我能得到她的睡袍的绣样，我们家夫人就会对我很满意了。"

很显然，今年我们无法指望加来有任何行动。亚瑟·李尔是妻管严，在她怀孕期间绝对不会惹她生气。他说："我说话算话，赫西，告诉你的主人，要么他给我把那些神父抓起来，要么他就得自己为他们负责。我的耐心不是无止境的。也许你们家夫人鼓励他玩忽职守，但告诉他我在看着他。如果他想要弄我，我会革他的职，把他扔到绞架下。"

赫西吸了吸嘴唇。"我会告诉他的。"

"当心，王后。"奥德利说，并退后一步，把帽子紧紧地拽在胸前，仿佛简是一匹脱缰的马。"夫人，我们在谈论李尔夫人。她很有希望有继承人。"

"太棒了，对吧？"简听起来很厌倦。

"愿上帝很快让殿下也成为一位幸福的母亲。你嫂嫂树立了一个令人高兴的榜样。"

“是吗？”简感到不解，“如果我生了个女儿，就不会是一位幸福的母亲。我会觉得自己将被装在篮子里送回狼厅，就像在集市上没卖出去的家禽一样。奥德利勋爵，你怎么看？”

她转过身去。奥德利张口结舌。

他环顾众人。“罗奇福德夫人，能耽误你一点时间吗？”

他的语气并不急切。他会不会误解了简的意思？一名孕妇通常不会给另一个女人的孩子当教母，因为她觉得自己的未来太不确定。他把罗奇福德夫人带到一旁。“她的月事的确没有来。”她低声说。像玛丽一样，简·罗奇福德不肯看他，她的目光落在客人们身上。“她乳头肿胀。要等到确定了她才肯说。让我们希望她保住，对吧？”

他注视着王后。“当她决定告诉亨利时，让我知道。”

“是啊，”简·罗奇福德说，“确保你就在旁边。他会心情大好，慷慨封赏。他可能会给你……任何你缺少的东西。尽管你缺少的东西不多，对吧，掌玺大臣？”

过了五分钟，八卦就传开了。爱德华·西摩扶住他妹妹的胳膊，说：“我相信你有希望，殿下。”

“我们都有希望。”简温柔地说。

爱德华显出一副很想给她一巴掌的样子——这种时候还在玩游戏！“我们等待得够久了，妹妹。”

“哦，爱德华。”她叹了口气，“你太想升官了。”

“你何时有把握可以说？”

他(克伦威尔)说：“殿下，为何要拖延呢？”

“因为……”王后思考着自己的理由，“因为国王一旦有希望得到一个儿子，那还有什么能使他祈祷呢？”

他和爱德华对视一眼。她说得没错。每当哪一任王后怀了孩子，亨利就总是确信是男孩。一旦王后的肚子里有了继承人，一旦他又可以说：“上帝对我很满意，”那还有什么会约束亨利的所有欲望呢？他可能会释放塔里的所有囚犯，也可能心血来潮突然开战。据报告，弗朗索瓦国王在御驾亲征，指挥围攻啊，调集大炮啊，等等。亨利说起此事就感到不满，面孔涨红。他的腿很痛；瑟斯顿说得对，他越痛苦，就越想吃糖。

他把手放在爱德华的胳膊上。“听你妹妹的吧。先不要说。”

闲暇时，他在计划做一个蛋糕，可以在复活节时送给国王，是一个巨大的杏仁蛋糕，上面有镀金的圆球。也许他会将它留到消息公布之时。

简的眼睛像一个无风日子里的两口深井。

短暂的下午结束，夜幕开始降临时，他回到案卷司长官邸，给弗兰德斯写信。据说波尔花光了自己的钱，教皇也没有给他分文，但雷金纳德仍然顶着教皇使节的头衔在那儿招摇，竭力鼓吹入侵英格兰的主意。达西勋爵——无疑还有其他一些叛乱贵族——已经给他致信，我们不用看都能知道，那些叛乱分子把波尔当成了他们的流亡国王。

通过一些秘密渠道，他已经知道波尔在要求跟他面谈；雷金纳德想要他过海去加来，然后双方持安全通行证在帝国的领土上会面。他（克伦威尔勋爵）觉得不如把事情摊开，所以在枢密院议事厅大发雷霆，怒吼道，如果他发现自己与叛贼波尔在同一个房间，那么只有一个人可以活着出去。

国王一直侧头望着他，似乎对他突然发火感到怀疑。为了强调，掌玺大臣还朝多佛方向挥了挥拳头。理查德·里奇目瞪口呆地看着他，而大法官则惊愕地放下了削笔刀。

他擦拭着纸张，心里想，继承人的到来会给波尔致命一击。尽管如果简怀了孕，就会改变我们的计划。国王今年夏天会想要留在她身边。他决不会去北方，约克不会有加冕礼。

克里斯托弗走了进来。"那个马修在打喷嚏，"他说，"如果他得了病，你就不能进宫了。"

国王任何时候都总是害怕传染，而现在，当然需要倍加防范。

克里斯托弗说："简称来这儿吃晚餐了。"

他想，玛丽看我的时候，仿佛不认识我一般。

* * *

晚餐是梭子鱼配迷迭香和煎洋葱。简称说："我听说，雷夫在完成苏格兰的任务后要去法兰西。"

"我会尽量让他先回家一趟。海伦说很想见到他。她秋天就要生孩子了。"

“我猜她现在了解这些迹象。”简称说，“苏格兰人好像很喜欢雷夫？”

“谁会不喜欢雷夫呢？他这次去法兰西是要给詹姆斯国王送信。詹姆斯已经在那儿逗留一阵子了，对吧？”

“雷夫在巴黎期间会见到加迪纳主教。他无法避免。加迪纳在请求召回。”

他戳了戳盘子上的鱼。“上帝原谅我，但我不明白他干吗要创造梭子鱼？”

赖奥斯利先生挑出一根刺。“我想他如果回来，会像沙拉中的毒芹一样不受你欢迎。”

他叹了口气。“我们还得过一段时间才能品尝沙拉。我听到法兰西传来的消息说，要到七月才会有樱桃。”

克里斯托弗端来杏仁和干果。赖奥斯利先生说：“我注意到玛丽小姐如何不断地向你要钱和讨好。罗奇福德夫人说，”他笑了，“玛丽避免看你，只是因为太爱你了。对她那双少女的眼睛来说，你的形象太过耀眼。”

“我们对罗奇福德夫人必须友好，”他说，“如果没有她，国王和王后可能就不会结婚。安妮·博林会仍然是王后。”

我们也就不会有尚在腹中的继承人。简称虽然耳朵敏锐，但似乎还没有捕捉到今天最重要的消息，因为他只想谈论加来。“李尔很马虎，你对他警告得好，先生。他包庇的不只是教皇党人，据说还有宗派主义者和圣礼派人士。”

“查普伊斯也是这么告诉我的。”他若有所思地吃着一颗无花果，“我宁愿跟一只蝎子同床，也不愿跟奥娜·李尔。”

“我也是，”端着奶酪进来的克里斯托弗忠诚地说，“我会用脚踩扁她。你今晚要熬夜写国王之书吗？”

简称好奇地看了他一眼，但没有发问。

* * *

北方的贵族们为自己在过去这个冬天的行为做出辩解后，国王让他们佩戴着圣乔治的徽章回家。他规定，对外衣上可以佩戴的所有人来说，红十字是忠诚的标志——系一条红丝带或缝一根红线，将你与你的君主联结起来。因为叛军虽然已经解散，武器也被没收，舆论战却并未停止。南方说北方是谋逆，北方说南方是异教。北方说，你们欺压了我们上千年，只把我们当成你们与苏格兰人之间的一道屏障，一堵拖延他们的尸墙，好让你们有时间把妻女关紧，把金子藏好。

南方人说，你们有没有去过多佛？有没有站在悬崖上，看着法兰西海岸的灯光，想想海峡有多窄——想想我们承担多大的风险，付出多大的代价，帮你们挡住那些奴隶贩子、海盗和野蛮人？而自从能想到海岸的时候起，他们就一直在侵扰我们的海岸啊！

他对国王说，北方人对国王的和平不屑一顾，他们想自行处置杀人行为。如果诺福克镇不住他们，他们就会恢复往昔的野蛮做法，每一只眼睛、每一条胳膊或腿乃至每一条性命都被作价估算，所有的部位都明码标价。在我们祖先的时代，贵族的一条命值耕夫的六条命。富人只要口袋里有足够的罚款，就可以随意杀人，但穷人却一辈子都杀不起一个人。他告诉国王，我们反对这种行为，我们说一名暴徒不能因为其表亲是法官就可以逍遥法外，同样，一个富有的罪人不能因为建了一所修道院就弥补了自己的罪行。在上帝和法律面前，人人平等。

他说，要做到心脑一致需要一代人的功夫。每个老百姓都坚信其乳母告诉他们的话。他们不喜欢多想，不喜欢扰乱自己脑海中存在的世界图景，他们不愿意接受变化，除非变化让他们更舒适。但新的时代正在到来。格利高里的孩子们——还有陛下的即将出生的孩子们，他迅速补充道——根本不会知道自己的国家曾经受制于罗马的一个老骗子。他们不会去信仰死人的牙齿和骨头，或者圣水、圣灰和圣烛。当他们自己能阅读《圣经》时，就会比接近自己的皮肤还要接近上帝。他们会说祂的语言，祂也会说他们的语言。他们会发现，国王的存在不是为了戴着羽翎头盔骑在马上，而是如陛下一贯所言，为了照顾他的臣民，照顾他们的身体和灵魂。圣典要求服从于尘世的权力，所以我们在任何情况下都会忠于自己的国王。我们不排斥他的政体部分。我们将他视为一个整体，认为他是上帝的受膏者，觉得上帝在注视着他。

在那种幸福的日子到来之前，“让我们拥有和平，”他说，“和平更便宜。”大家一致认为北方应该得到更好的治理，但谁去治理呢？托马斯·克伦威尔认为我们需要能干的人，但诺福克公爵认为我们需要高贵的人。

新的叛乱爆发时，领头的是一个欠了掌玺大臣很多钱的人，名叫弗朗西斯·毕格德，年轻时曾在沃尔西府当差，后来是牛津学者，直到不久前一直热衷于福音，与大主教、休·拉蒂摩和罗伯特·巴恩斯私交很好，而与掌玺大臣尤为交好。那么，这样一个人在乡下四处奔走，挥着剑大声疾呼，发誓要为叛军夺回赫尔，占领贝弗利镇，发兵攻打斯卡伯勒港，这是什么意思，能是什么意思呢？他厌倦了人们问，他这是什么意思？怎么会这样？你们闹翻了吗？似乎他要为该死的毕格德的变化无常负责。

他只能说，毕格德最近问了我一些奇怪的问题。他问国王怎么能对我们的灵魂负责，仿佛世上还有某个更有资格的其他人选。他（毕格德）问，他能否在讲道坛讲道，就像神父一样。当我说不行时，他问，他能被任命为神父吗？虽然他结了婚？

他也许疯了，神经错乱。但他的愚蠢会连累他的同乡，使他们在只有新手才会参战的不利形势下参战。而毕格德再怎么疯狂，也不至于不具备行为能力。国王的宽恕只有一次，下不为例，若有再犯，军法处置。

*　*　*

汉斯来找他：“他已经决定要一幅壁画。”

“这更难吗？”

汉斯捋着自己的胡子。他想谈谈条件，想要国王的书面凭据，在此工程期间及之后，白厅能提供食宿和一个工作间。他要求一年保证有三十镑，那么他就会拒绝其他的委托，说自己在为英格兰国王画像。

“三十？”他皱起眉头。但汉斯除了在海外的家之外，毕竟还要养一位情妇和两个孩子。

汉斯说：“寝宫有一面墙，我估计有二十二英尺。”

“寝宫？是他想画在那儿吗？”

“没有他的允许，我不可能画在那儿。”

“我还以为他想画在会见厅。好让全世界肃然起敬。”

“不，他只想让你和他的侍从们肃然起敬。我猜还有他带进去参观的任何一位可怜的外国人。”

当然，寝宫如今不像顾名思义的那样私密。国王不想独自待在那儿。如果想要独处，或者一两个人陪伴，他在每座府邸都能找到僻静之处：一间他可以在里面弹琴的角房，或者盘旋楼梯上面的一间秘密藏书室。

汉斯说："我不介意观看者有限，只要让该看的人看到。我打算把他的头——"他指了指自己的头顶上方，"画到这儿。增加一两英寸没关系。"

"加在腿上吧，"他建议道，"不要在身上。或者你是指别的地方？"

汉斯坏笑起来。"我会把他画成礼服大敞的样子，好让世人看到奇观。鼓鼓囊囊一大堆。"

"会有多大？我是说这幅画。"

汉斯伸展双臂，然后转动身体在房间里演示。"他想知道是否该把他父亲也画进去。"

"在同一幅画里吗？"

"这可以做到。"

当然了，还有他母亲。一列国王和王后，一直延伸到蓝色的远方。还有个尚未出生、悬在半空的孩子，就像印在玻璃上的一只鸟的影子。

"那他得腾出空来让我画，"汉斯说，"细节必须到位，这需要时间。然后我就不需要他本人了。他不必在场。我可以分别与他的衣服见见面。"

"你画我的时候，可没给我这种选择。"

"但我把你画失败了，"汉斯快人快语地说，"你应该由别的画师来画，由一位死去的画师，因为上帝知道，你看上去像个死人。你知道安东内洛吗，来自墨西拿的那个家伙？他会设法让你有一点表情。"

他见过那位画师的作品。安东内洛为威尼斯的大公们作画时，捕捉到了那带有疑虑的皱眉和一闪而过的苦笑。但威尼斯人不喜欢他的作品，他对他们过于了解。

"顺便问一下，"汉斯说，"你女儿怎么样？"

"回家了。"他不想多说。

"她不喜欢英格兰吗？还是不喜欢你？"

他想，汉斯可能多年前就已经知道詹妮可。这会解释他们有时戛然而止的谈话，以及转移和躲闪的目光。"汉斯，"他说，"别瞎问，除非你知道得到答案后怎么办。"

1537 年 3 月。在伦敦塔和案卷司，掌玺大臣一天天地梳理过去一年发生的事件。通过证人，通过面前的审讯笔录，通过职员们和赖奥斯利先生，他在一天天、一个个名字地揭开叛乱体系。

“这么说，你是被迫参加叛乱的？你是违背自己意愿宣的誓？请说出那些强迫你的叛乱分子的名字，并交代时间。他们带了什么武器？他们对你本人动武了吗？他们武力胁迫你本人了吗？你说你的马被抢了，你的草被烧了，你的妻子受到侮辱——有证人吗？你说叛乱分子放火焚烧你的财产，包括价值多少钱的动产？你没有财产清单？哦，我明白了，他们烧掉了你的财产清单。面对他们的威胁，你是怎么做的？没有向你的朋友们报信求助吗？你报了信，但他们没有动？为什么没有动？你对他们干了什么，使他们对你弃之不顾？”

赖奥斯利先生穿着黑色貂皮，是我们在布鲁塞尔的人送给他的礼物。克里斯托弗生好了火。他（掌玺大臣）如今在塔里藏有自己的葡萄酒，还有一间保险库，可以把审讯笔录锁起来，避免任何人夜间动手脚，在上面添加内容。帮忙的人进进出出，包括增收法庭的人、他的亲戚约翰·艾普·赖斯以及一个名叫埃德蒙·邦纳的有用的教士——一个爱发牢骚、大惊小怪的小个子男人，时常留意女士们，喜欢打探八卦。主教们仍然在商讨关于教义的新声明，每晚都给他送来一沓厚重的材料；他离开塔里哭哭啼啼的受审者，回家后又要计算圣事的数目。审讯整整持续了一个春天。对每个答案，他会再提六个问题。如果其他办法行不通，他愿意施加肉体折磨，不过威胁会更有效，而如果一定得用镣铐和烙铁，他会视为一种失败。

赖奥斯利不像他这么有耐心，但话说回来，他还年轻，而且有时常想去看看的家人。他会碰碰他的胳膊肘，说：“先生，这只是一点小痛，而我们面前的这个叛乱分子很顽固，时间也不早了。我相信他可以承受更大的痛苦。”

但是他想，不，我们没有人能承受任何痛苦。只要擦破一点皮，皮底下就会有个小孩子在哭嚎。

他说：“你可以尝试倾听。这样才会有所发现。”

“但如果他什么都不说呢？”

“那就听他的沉默。”在他的沉默中去听。想一想为了让他开口，你能给他什么，而不是拿走什么。也许他非死不可，而且他明白这一点；但有些死亡可以面对，有些却不能。如果免于阉割和对阉割的恐惧，会值些什么？你可以给他利斧的处置，溅血的地毯，而不是吊得半死的恐慌和刀挖脏腑的煎熬。关键在于预想，他对简称说。给他一个活下去的理由，或者让他免于羞辱地死去。向他保证，不管他是否帮助我们，国王都会偿还他的债务，照顾他的家人；这种小恩小惠可以让重罪犯痛哭和摧毁他的意志。

在任何其他国家都不会发生这种事情。在弗朗索瓦或查理的地盘上，不会有任何停战、谈判，或一场场问和答，从基督降临节一直持续到圣三一主日。贵族嫌疑人一旦被捕，就会遭受酷刑和杀害，而平民百姓则被处死和曝尸户外。他说，如果我们非得严惩不可，还是可以恩威并施。如果忠诚者的财产被掠夺，国王会给他们补偿。如果国王得到了尽心的侍奉，就必须有奖赏。如果他的权威受到蔑视，就必须迅速而公开地惩处。在北方，诺福克把破坏停战的人吊在树上。如果能有铁链，他就用铁链吊他们，但铁太贵，所以绳子也行。他们的妻子晚上去割断绳子把他们放下来，但国王说，只要抓到那些女人，就必须严惩不贷。他希望尸体一直吊在那儿，经过复活节，到天气转暖，就像你把一只生了蛆的乌鸦挂在篱笆上，以儆戒其他的鸟儿不要偷你的庄稼。在伦敦，叛贼的头颅被插在大桥的铁杆上，他们的胳膊和腿则被钉在大门上。但因为天气寒冷，它们没有腐烂，这种情景令市民们感到恶心。

二月中旬，年轻的毕格德被捕。他的上尉们都关在牢里。泰伯恩刑场等待着他们，只待时节来临——不用急。夏天将收拾冬天的残局。托马斯·克伦威尔将永远收不回被欠的钱。亨利也不会懂得应该埋葬死者。

他派人去请托马斯·怀亚特到案卷司来见他。像所有忠诚的绅士一样，他也曾驰骋沙场抗击叛军，但目前另有使命。他早就恳求派他出国。现在他将出任驻帝国大使。这意味着不分冬夏跟着查理在欧洲到处跑，对一个不安分的人而言，这是个理想的任职。这个角色需要出诚实的力，说好听的话，并愿意在一定程度上就英格兰国王的意图混淆视听；而正如怀亚特所言，在他看来，没有任何事情是一清二楚，没有任何真理是唯一真理，他似乎是这项工作的不二人选。

皇帝继续力劝玛丽小姐应该嫁给葡萄牙国王的兄弟。他称赞多姆·路易聪明、谨慎、富有爱心。他会愿意住在英格兰，而不是把公主带离她的祖国。

“怀亚特，”他说，“问问皇帝，他愿意为玛丽付给我们多少钱。语气要温和，但如果他开出大数目，可不要被误导，问他会如何确保这笔款项。国王不会为了空头承诺而把她嫁出去。”

“你不想要这桩联姻。”怀亚特说。

“更确切地说，她不想。”

“你想要什么？”

“只是保护她。”

怀亚特说：“国王在欧洲需要一个朋友，那种只有通过联姻才能得到的特殊朋友。”

“国王在瑞士和德意志王公中可以得到一堆朋友。我们只需要同意一份简要的教义声明，就会有足够的盟友。”他皱起眉头，“就算必须联姻，最好也是伊丽莎而不是玛丽。”

“大人，你真是深谋远虑。那位年轻的小姐今年才——多大？四岁？”

“所以不可能成婚，”他说，“得等十年——而且十年都早了。十二年，如果我们托称她很柔弱的话。这不会是一桩真正的婚姻，所以如果到头来对我们没有益处，就可以取消。”

怀亚特说：“你在保护玛丽的贞洁。”

他耸了耸肩。

“你当过她的情人①。赖奥斯利在到处宣扬，说他曾经捎过一份漂亮的礼物给她。”

那是在宫里一年一度的节日——怀亚特很清楚——我们通过抽签来确定各自的情人，以便不分老少，谁都不会落空。

怀亚特说：“没有人能猜透克伦威尔的心思。我记得曾经有传言，说你在向一位西摩小姐表白，她现在成了王后。”

他冷冰冰地说：“这说法是哪儿来的？”

“那样她会过得更好。”怀亚特说。

① 指情人节的“情人”。

“王后没有不快乐。”

“你会知道，大人。你对女人比我们其余的人更了解。关于如何提携她们。如何毁掉她们。”

由此看来，怀亚特还在为去年夏天意绪难平，耿耿于怀。他虽然逃脱了绞索，肯定还在拆解绳子，用手指把它撕碎。“怀亚特，”他说，“这种话会毁了我的。这是你的本意吗？”

“你从我的立场想一想。在我们一年来的每次谈话中，我都不得不问自己，他是想挽救我，还是想淹死我？我是贵重货物，还是被扔出船外？”

“哦，布丁的证据①，”他说，（让诗人自己去揣摩这个比喻吧。）“你还在呼吸。”

“而只要还有一口气，我都会为你效力。”怀亚特站起来伸了个懒腰，“我会跟随你到基督教世界的尽头。现在我要走了，去追赶查理。”

怀亚特照了照镜子。随着一个难以察觉的调整动作，他的手指碰了碰帽子上的羽毛。“我走后，请照顾好贝丝·达雷尔。”

他休了一天假，胳膊上挽着茉茜·普赖尔，与园丁们一起在奥斯丁弗莱的院子里散步。花园凉亭的木头摸上去湿漉漉的，墙上长出了厚实柔软的青苔。支撑小树的木桩似乎在为自己内在的绿色生命而颤抖。

他邀请理查德·里奇来吃晚餐，询问能为另一位贝丝——奥特雷德夫人——做些什么。“她丈夫留给她的遗产很有限。她需要一幢自己的房子。”

“西摩家侍奉国王有功，”简称说，“里奇，你可以帮她得到哪座修道院吧？”

里奇说：“你们会发现她目前有意再婚。我很意外，先生，女士们中间有你的朋友啊，居然没跟你提起。她的眼界会很高，这也完全在情理之中。提到了牛津伯爵。”

约翰·德·维尔是一位老鳏夫，已经死了两任妻子。他是第十五代伯

---

① 出自谚语 the proof of the pudding is in the eating，意为“布丁好不好，吃了才知道”，也说 the proof is in the pudding，意为“证据就在布丁里”。

爵。他心里说，想想看，身为第十五代什么的是何感受。

瑟斯顿尝试了一道新的鳕鱼，配有大蒜、藏红花和茴香。正如他所说，只有白色和黄色，看起来像是呕吐物。“听说你会得到夸尔修道院，”他对简称说，“那些领地会给你带来大笔租金。树木也每年净值一百镑，对吧？”

夸尔有十名僧侣，都希望继续奉守誓愿。侍候他们的大约有三十八人。白色的石头，海景，五十五镑的债务——不是一座大修道院，但在德文郡还有土地，债务清偿后，半年之内就可以转到简称手上。“我在考虑把劳恩德留给自己。”他说。

里奇说：“劳恩德暂时不会解散。它一年有四百镑的收益。”

“我可以等。”

他看着那盘鱼端了出去。他脑海里突然闪出一个奇妙的念头，而且与修道院毫无关系。

他请求觐见王后。“你姐姐贝丝何时进宫？在接下来的几个月里，你将需要她的陪伴。”

“我想是的。”简说。她掐指计算着。“到十月似乎是很长一段时间。”

一阵沙沙声从她的座位旁传出，穿过房间，穿过宫廷，穿过英格兰，跨越大海。最后，消息四处传遍。

“比彻姆大人，恭喜你全家。”朝臣们说。爱德华英俊的面孔展露出笑容。他躬身行礼，然后像驾着一团祥云似的继续前行，去给狼厅报信，给他弟弟汤姆报信——汤姆正在国王的舰队里。

王后身旁的空间现在成了神圣的空间。不得有任何难闻的气味和难听的声音。她腹中那个果冻状的小东西畏惧严厉的话语和明亮的灯光，必须保护简免受搅扰，就像免受强烈的阳光或大风的袭扰一样。只有最好的布料才能接触她的皮肤，除了夏草的清香和花儿淡淡的香气之外，不能有别的气味刺激她。陪伴在侧的宠物狗在跑到她身上之前，必须把爪子擦干净。凡是打喷嚏或咳嗽的朝臣，或者知道有任何人打喷嚏或咳嗽的朝臣，都不得接近她。她的眼睛只能看美丽的人和物，不过，“关于我本人，我们无能为力，夫人。”他对她说。

国王召开枢密院会议时，大家兴奋地捶着桌子。“这是我国的一个重大日子，”他们纷纷高喊，“这会让皇帝大为震惊，”“这会把法兰西的大鼻子震歪。”

亨利说：“没必要把消息传给普通百姓。”他听起来很紧张。“暂时不要。”

“我想已经传出去了，”费兹威廉说，“全英格兰的男男女女无不祝福陛下，并在晚上跪地祈祷，愿王后给你生个健壮的男孩。”

亨利说：“我但愿红衣主教——”他顿住了。他（托马斯·克伦威尔）低头看着桌上的文件。顾问官们站起身，恭贺之声还在空中飘荡。“费兹，请留下，”亨利说，“克伦威尔？”

喧闹声退去。下面有笑声；上面有笑声，也许红衣主教正在宗动天①以外的某处鼓掌喝彩。热衷于古老事业的死者在看着我们。

国王说：“简想去贝克特的圣坛朝圣。”他皱起眉头。他对坎特伯雷没有好印象，女先知伊丽莎·巴顿就是在那儿出现，抓住他的胳膊，对他说他死期将至。

但巴顿已被绞死，亨利却活得很好。上帝会挫败所有的伪先知！“我们当然会去，”亨利说，“王后在可以安全地旅行期间，应该想去哪儿就去哪儿。即使是远至狼厅，只要她有这个念头。但是大人——掌玺大臣？”

他想把手放在国王的肩上，因为国王正坐在寒冷的房间里冒汗；枢密院的贵族们随身带走了快乐和温暖，春日的几缕斜阳在墙上投出一道颤抖的线条，没有任何力量。

国王说：“我这个人……我希望……过了这么久……我想确定……”

费兹抬起眉头。

“我娶王后时，我是说，在娶她之前……我不用提醒你们当时的情形，但是请放心，尽管我当时很迫切，我的感情至今不变——”

“有话直说吧，先生。”费兹说。

“我们真的结婚了吗？”亨利说，“我进入这桩婚约时，没有任何事情妨碍或阻挠它吗？”

---

① 西方古代天文学认为，在各种天体所居的各层天球之外，还有一层无天体的天球，被称为“宗动天”。

他说："你的意思是，你应该知道的关于王后的任何事情吗？"

费兹显得愕然。"我相信你没有理由怀疑那位仁慈的夫人的贞洁。"

亨利的脸微微一红。"丝毫没有。但作为我的顾问官，你们确定自己竭尽全力了吗？是否做过认真彻底的调查？你们能确定她完全是自由之身，可以进入婚姻殿堂吗？"

"不存在别的订婚合同，"费兹说，"如果陛下担心的是这一点的话。"

"但威廉·多默不是曾经追求过她吗？"

"既有其事也并无其事。"费兹威廉说。

他说："并无其事。"

费兹说："坦率地说吧，先生，多默家不会同意。他们断定西摩家不是——"

"足够富有。"他接话道。

"那你们认为他们之间很清白？"国王站起身，"你们确定就好。因为我需要确定。因为我不能再一次开始盼望，这会要了我的命的。我已经失去里奇蒙。我从来没有婚生的儿子，没有活下来过的。我必须知道这次很安全。没有人能质疑他的继承权。我一直很有耐心。上帝现在肯定会奖赏我的。"他眼里泛着泪光。他（克伦威尔）转过身去，费兹威廉也转身，以免看到他的泪水掉下来。但国王说："克伦，我现在应该了解你了，对吧？如果说有谁办事周全，那就非你莫属。"

国王捏捏他的肩膀。王者的手指①有一种新的魔力。它传达出一种愿景，一种英格兰可能会如何的愿景。你想象届时的伦敦，先知走在街上，天使围聚在山墙两端；你离开家门时抬头看去，听到它们在空中有力的拍翼声。

第一次与汉斯见面时，国王佩戴了太多的装饰品，几乎无法走动。"应该怎样才最好，霍尔拜因大人？"他的神情严肃而专注。

汉斯朝寝宫侍从、仆人和随从们挥挥手，示意他们走开。

房间空了，国王身边腾出了空间。"我能留下吗？"他问。

---

① 原文为 royal touch，是对 golden touch（金手指、点金术）的戏仿。

亨利说："你可以陪我坐坐，克伦威尔大人，但我不需要交谈。"

他笑了。"我会留下，只要汉斯完事后，陛下肯给我五分钟。"

亨利没有答话。他眼神空洞，似乎在思考上帝。他(国务大臣)主动退到窗户旁，坐在一只凳子上翻阅文件。他的猎犬趴在他脚边，房间里只有它轻微的鼾声，另外就是随着国王的每一次呼吸，他的衣服也在起伏和叹息，仿佛在国王呼吸的片刻之后，他的衣服也跟着呼吸。在静寂的背后，他开始听到其他的声音：上面的脚步声，门外的窸窣声，还有风儿考验窗框里的玻璃所发出的呼呼声。他时不时地抬头瞥一眼亨利，看他是否需要什么。过了一会儿，国王厌倦了上帝，开始转而注视托马斯·克伦威尔。"没想到你还能看见字。"

"我很幸运。"

"嗯，"国王说，"你应该用芸香草煎水来洗眼睛。"

汉斯在画画时，时而噘噘嘴唇，时而舔舔牙齿，时而咬着下唇，时而哼着歌儿。当他退开一步，吐出一口气时，你能听到嘶嘶的声音，很像是一声口哨。

国王说："也许我们该来点音乐。"

"汉斯大人在尽力提供呢。"他说。

亨利说："你刚才想跟我谈什么，掌玺大臣？"

"如蒙恩准，我想谈谈苏格兰国王。你知道他还在法兰西，还没有携他的新娘启程。她父亲想到她要出海就很担心。听说她身子太单薄，你一眼都可以看透。"

亨利哼了一声。"担心的是苏格兰国王。他在发抖。他一直在向弗朗索瓦吹嘘，说要推翻我的王位，现在他得想想后果了。他害怕一离开港口就被我的哪艘船所抓获。"

"的确，但现在他以一位绅士的身份恳求陛下——他想缩短航程，带着他的新娘在多佛登陆，并得到前往边境的安全通行证。"

亨利说："什么，让他的人沿途吃光一切，并一路播撒叛乱的种子吗？在北方各郡炫耀他们的力量，展示他们的旗帜？他当我是傻瓜？"

汉斯停止哼歌，咳了一声。

哦，好吧。两位长期彼此回避的君主——舅舅与外甥——失去了一次会面的机会。

国王的手放在他的刀柄上。“像这样吗？”他问汉斯。

汉斯说：“很好。”

亨利放松肩膀，活动了一下膝盖。画画会使人肌肉僵硬，双脚难以控制，胳膊不听使唤。国王越想保持不动，就越躁动不安。他说：“我收到爱尔兰的消息。他们想要你去待一段时间，克伦威尔大人。他们认为你可以带来秩序。我也的确觉得你可以。”

“那我要去吗？”

“不。他们可能会杀了你。”

汉斯哼着歌儿。

国王换了个姿势。“主教们准备何时发布声明？”

自年初以来，主教们一直在起草他们的信仰声明。“十条教规”去年七月才颁布，引发了几个月的争论。国王希望一份新的声明能巩固舆论。但主教们每给亨利送来一稿，他就会在上面修改，把他们的提案改得乱七八糟。然后文件会返回给托马斯·克兰默，他再对国王的改动进行修改，同时更正他的句法。

汉斯说：“陛下，请把脸转一下好吗？不要对着克伦威尔勋爵，而是对着我？”

亨利照做了。他的眼睛看着画师，口里对他的大臣说：“李尔的人来过这儿了吗？我很奇怪李尔夫人还没有闭门谢客。她肯定快要生了。”

“陛下会第一个知道。”

汉斯说：“如果她生个男孩，李尔勋爵会鸣炮庆祝，所以如果是个无风的日子，多佛的人将会听到，并派快骑上路。我希望加来的城墙不会倒塌。”

“大人，”他低声说，“你忘乎所以了。专心干活吧。”

有时，坐在国王旁边——时间已晚，他们累了，他从天一亮就开始工作——他让自己的身体与亨利的混为一体，于是他们的手臂连接起来，失去形状，变得像融化的雪水一般混沌。他想象他们指尖相触，他的思想与国王的意愿相遇：墨水滴在纸上。有时国王会打盹，他坐在旁边大气不出，像保姆对坏脾气的小孩一般小心翼翼。接着亨利突然惊醒，打个哈欠，说：“已经是午夜了，先生！”仿佛这该怪他。过去脱落了，国王忘了他是“大人”，忘了自己已经提携他。在黎明，在黄昏，天色迷蒙之际，还有在午夜，身体会改变形状和大小，像猫一样从天窗跃上山墙，消失在黑暗中。

但今天还不到十点，这是早春的一个上午，天色是淡黄色。“还没到午膳时间吗？”国王说，接着又问，“你从诺福克那儿听到了什么？”

“他感冒了。腹泻。每天都拉肚子。”

国王笑了起来。“这么弱不禁风。像玛德琳公主一样。”

汉斯咂咂嘴说：“保持严肃表情好吗，陛下？而且眼睛看着我？如果克伦威尔大人做了任何值得转头去看的事情，我会让陛下知道的。”

房间里重新安静下来。他想，在佛罗伦萨，艺术家会用模子造一个完整的人。你让他脱光衣服，给他涂上油，再把他装进一个直至颈部的模框里。然后倒入石膏浆，等它凝固，准备好后，用一把凿子像撬核桃一样把它撬开。你把那个人拉出来，他全身皮肤通红，你让他洗干净，并承诺改天再制作他的头部模型；但是你有了他的身体模型，此后可以一直使用，不管是雕塑萨梯①、圣人还是奥林匹斯山上的神。

下面的专用厨房里，正在烤午餐用的小嘴鸻。香味飘了上来，他的猎犬突然醒了，兴奋地奔跑转圈。国王的目光跟着它转；汉斯抱起它，交给一个仆人，严肃地说：“请稍后再去领它，大人。”

随着时间的流逝，越来越多的声音涌了进来：马蹄踩在卵石上的踢踏声，远处院子里的喊叫声，号手们路过这里去练习时的说笑声；直到最后，仿佛宫里所有的人都跟他们在一起。与此同时，国王的表情缓缓变化，犹如月亮渐渐变圆，所以当汉斯示意告一段落时，亨利似乎发自内心地高兴。他打起精神，重新整理一下衣袍，说：“我觉得王后应该在我的画里。”

汉斯不由得叫苦。

国王说：“稍晚来找我，克伦威尔。”

“多晚，先生？”

没有回答；亨利扬长而去。汉斯的一位助手收起那些画稿。国王的头时而转向这边，时而转向那边，他的眉毛时而皱起，时而舒展，他的眼神时而空洞，时而敌意，但嘴巴总是不变，小而坚定。

---

① 神话中半人半羊的怪物，性嗜嬉戏，好色。

“时间够了吧，汉斯？”

“差不多。我只想要他的头部。”

“下次我们该安排一个人来弹鲁特琴。”

“跟你一起在房间里？你对他们很危险。”

马克·史密顿阴魂不散。毕竟还不满一年。他说：“我再跟你说一遍，我没有伤害马克。”

“我听说他离开你家时，眼球掉出来挂在脸上。”

汉斯听起来并不生气，更多的是好奇，仿佛在想象画一幅解剖图。

“他在断头台上时，证人们都看到了，”他说，“毫发未损。不要考验我的耐心。也不要考验国王的耐心。”

汉斯说：“亨利很随和。他从未表示不想待在这里。他把让人给他画像视为自己的职责。你没注意吗？看到自己的奇迹时，他容光焕发。”

临近五月底，王后的孩子进入胎动期。圣三一主日的《光荣颂》不仅庆祝她肚子里的希望，也庆祝战时的结束。各教区教堂钟声齐鸣，伦敦塔放起礼炮，一桶桶免费酒被运到卵石路上，所以连乞丐也可以跟着高呼：“上帝保佑我们虔诚的简王后。”窗边悬挂着旗帜，屋顶飘扬着彩带，画眉欢唱，鲑鱼跳跃，伦敦教堂墓地里的死者也晃荡着大腿骨和膝盖骨。

简对给她画像表示过反对，她说：“汉斯大人会看着我。”

但她还是服从了国王的意愿，只是要求克伦威尔勋爵在场，她似乎害怕艺术家会用外语对她喊叫。他为他们做了介绍，然后退开，置身于画师的视线之外。

“这儿吗？”简说。

王后站定，她姐姐奥特雷德夫人——现在已是女侍——弯下腰去整理她的裙子。简就像灵柩台上的女人一样僵直不动。她站在那儿，双手交叠搭在腹部，仿佛是要让她的孩子乖乖听话。“完全可以呼吸，”汉斯提醒她，“如果殿下愿意，当然也可以坐下。”

简的目光盯着不远处，表情高冷而单纯。汉斯说：“殿下能否抬一抬下巴？”他叹了口气，拖着脚，围着王后转，并哼着歌儿。他不满意：她面部浮肿，他找不到里面的骨头。

简只开了一次口：“李尔夫人生了吗？”

“应该快了，夫人。”他从窗户旁的座位上说。

“上帝保佑她顺利。”奥特雷德夫人说。

他的思绪游移不定，便从口袋里掏出一本祈祷书翻阅起来，但一个画面——画面中是水，是日光照在水上——开始在他的眼睛与页面之间闪烁和流动。他想起一个女人坐在一堆床单上，乳房裸露，阳光洒在她的胳膊上。他想起自己在黄昏时分，在威尼斯的德国商站旁边那湿滑的地面上，当他们下船时，他的朋友海因里希问：“你想看看我们那些画在墙上的女神吗？喂，守卫，把火把举高一点。”

简的下巴几乎不知不觉地又低了下去。汉斯走近他，低声说，不管她是坐着，站着，跪着，还是她所喜欢的任何其他方式，都没关系；她的手、姿势，我可以以后再改，只要她愿意，我们还可以让她换一件礼服，或者画上不同的袖子，我们可以把她的头巾往后掀一点，至于她的珠宝，我可以把我自己设计的那些给她画上去，这将是对我能力的一个很好的广告，托马斯，你不这么想吗？但我必须看到她的脸，就这一个小时。所以求求她——看我一眼。

“国王会想要她的真实形象，”他提醒道，“不要美化。”

“这不是我的习惯。”

她姐姐说：“我担保他娶她时，她没有如此像一只蘑菇。”

王后有孕的消息已经传遍了整个欧洲，西摩家的姓氏也尊贵起来。他（克伦威尔）该与爱德华好好谈一谈了。

“你的妹妹，”他说，“奥特雷德的遗孀。”

“嗯。”爱德华说。

“她的婚事。”

“怎么？”

“我相信你们在与牛津伯爵商谈吧？你知道他的年龄比我还大吗？”

“是吗？”爱德华皱起眉头，“对，我想是的。”

“所以贝丝难道不愿意挑一个年轻人吗？”

从爱德华的神情来看，仿佛他在暗示什么不该做的事情。“她明白自己的义务。”

“我知道在你们看来，嫁入维尔家是一种提升。但我会认为，西摩家同样是古老的家族，不仅古老，而且就算此前得到的奖赏不够，也丝毫不差。维尔家更有权力，但并非更受尊敬。”

“那你的意思是？”爱德华很谨慎。

“你们不需要牛津来发财。你们已经发财了。而我认为一位新娘可以有更好的如意郎君。”

“这很意外，”爱德华说，“那你会……？”他闭上眼睛，仿佛在祈祷。“也就是说，你愿意……”

“我们愿意。”他说。

“准备好了？可以谈钱了？”

“这是我最喜欢的话题。”他说。

我们克伦威尔家这些粗人，对吧？爱德华勉强一笑。

“但爱德华，这会是一件很棒的事情，”他说，“我们既可以实现血脉联姻，又可以在枢密院联手。别担心。所有的优雅和友善都算在你那边，而粗鲁的方面会算在我这边。我会为贝丝建一幢新房子。她在等待期间，也不会缺少安身之所：莫特莱克已经大面积扩建，斯特普尼也是一座在任何季节都很宜人的宅子，当然还有奥斯丁弗莱——我所有的房产都可以供她使用，如果她想住国王的某座府邸，我能肯定他会好心地借给我们。我会竭尽所能使她快乐。”

爱德华说：“我听过有人议论——恕我冒昧——说托马斯·克伦威尔出生根本不低贱。说你是某个贵族的亲生儿子。”

他感到好笑。“他们说了是哪个贵族吗？”

“他们推断说，不然怎么解释你管理人的才能？”

沃尔特用拳头管，他想。

“嗯，不管那些吧，”爱德华说，“我会跟我妹妹谈谈，了解她的想法。而王后呢，当然会发表意见。我不知道该怎么跟牛津伯爵说……”

“我会跟他说。”

“是吗？”爱德华求之不得，“大人，自从我们欢迎你到狼厅，咱们已经携手取得了很大成就。”他一边说，一边拥抱他。

他回到家里对格利高里说：“我给你找了一位新娘。”

“很好，”格利高里说，“我会保持耐心，直到您说出名字。”

他接着忙碌起来。有六位主教来这儿见他，还有法兰西大使馆的一个代表团。但这天晚上，在他的紫银两色纱帐下，在绘有金星的天花板下，掌玺大臣安安稳稳地睡了一觉。

圣乔治节，在嘉德勋章的受勋仪式上，国王挑选坎伯兰伯爵来填补一个空缺，以换取他在苏格兰边境的职位。掌玺大臣希望这是第一步，接下来会有一连串心照不宣的交易，将北方的一些职位释放出来，安排给他所选择的热衷干事的年轻人，他们尽忠的对象不是大家族，而只是他自己和国王。

坎伯兰的祖父人称屠夫，这个家族自此并没有变得和善。几代人冷酷无情的对待，使他的佃户们变得精明起来，难怪在不久前的叛乱中，他们对他反戈一击。但即使在我们这个时代，也最好通过封赏来控制这些权贵。而嘉德勋章是欧洲最古老的骑士勋位，是国王所能授予的最高荣誉。

赖奥斯利先生凑到他身边，说："大人，我要不要告诉你纹章官们在说些什么？"

他等待着。

"他们说，国王对必须把嘉德勋章授予坎伯兰感到失望。他宁愿选一个他更器重的人来填补这个空缺。"

受器重者不用焦虑太久。哈里·珀西已经请求借用他在哈克尼的老房子，他想在那里死去。医生们说他熬不过这个夏天，他走后，会空出一个嘉德勋位。而达西勋爵被处死后，又会空出一个。赖奥斯利先生显得有些腼腆。"先生，最好预订你的长披风。"

你的天蓝色丝绒长披风：白缎子衬里的天蓝色披风。汉斯顿时忙碌起来，开始设计更好的嘉德新徽章，他从不放过任何一个展示自己才能的机会。"你知道，我不是你的敌人，"汉斯对他说，"即使我的确画过你。"

随着紧身胸衣加宽和解开带子，简特别想吃樱桃和青豆，但时节还未到。她点名要鹌鹑，李尔夫妇便从加来送了一筐，并在船上继续喂食，到多佛才宰杀，以尽量让它们保持肥壮，但即便如此，它们在途中还是瘦了，简抱怨说她得要更多而且更肥的。她享用着调好味和加蜂蜜烤制的鹌鹑，咀嚼和吮吸着那些小骨头。"她进攻起它们时，仿佛它们伤害过她似的，"格利高里说，"虽然她看上去像是只吃凝乳和乳清。"

国王说："我喜欢看到一个女人胃口大开。已故的凯瑟琳——上帝让她安息——我们刚结婚时，"他接着改口，"我们被认为刚结婚时，她会三口两下就吃掉一只小鸭。但是后来，"他偏过头去，"她开始进行特别的斋戒和忏悔。在规定的痛苦之上，总是有些严格的做法。这跟她的西班牙血统有关。"

他想，她是在为我们祈祷。为了英格兰而自己忍饥挨饿。

约翰·赫西早上七点送来了鹌鹑。简从她的套房里传话说，午餐烤一半，剩下的留作晚餐。

他问赫西："孩子还没出生吗？国王迫切希望听到结果。如果李尔有个子嗣，就会温暖国王的心。"

赫西摇摇头。他看上去很疲惫，不过他一向如此。

费兹威廉说："也许她自己弄错了。医生们有何建议？"

"他们建议耐心等待。"

费兹威廉说："等到出生时，小宝宝就会读书认字，并能啃髓骨和挥木剑了。"

作为对这些鹌鹑和成熟后将要送来的樱桃的回报，简同意在自己的府邸给李尔夫人的某个继女提供一个位置。简让他们送两个女儿来，无论她拒绝的是哪一个，她都会安排给另外哪位贵妇做侍女。她好心地说，姑娘们可以穿戴自己的法式服饰，尽管英格兰的时尚自去年来已发生了变化。

但姑娘们到达后，简看着她们，一连声说："哦，不，不，不，不。我要那个，但把她带走，去穿像样一点再带回来。"

安妮·巴塞特必须穿更好的细麻布内衣，质地要非常好，能够透出皮肤。她需要一顶山墙形头饰，还要一根缀有很多珍珠的腰带。当她再次出现在王后身边时，头发藏了起来，脑袋束得紧紧的，身上穿的是苏塞克斯夫人的一件长袍。

接下来他再次见到约翰·赫西并跟他打招呼时，赫西朝另一个方向拔腿就跑。

白厅。在格利高里的陪伴下，他来到玛丽小姐的接见厅外。这里洋溢着一种有大人物即将光临的气氛。府里的人围着他七嘴八舌地问："是谁，克伦威尔勋爵？"玛丽的丝绸女工拎来了一个篮子。有个男孩来帮她调维吉那琴。一个名叫简的女侏儒在房间里摇摇摆摆地走动："欢迎诸位！"

"多德！"他对玛丽的引宾员说，"今天有重要人物。"他有意让所有人听见。"皇帝派来的一位西班牙绅士，将协助查普伊斯大使向玛丽小姐求婚。"

王后的一位女侍玛丽·蒙蒂格尔用网袋装了些钱币。王后昨晚玩牌输了钱，现在在还账，另一位女侍奈安·卓什陪着她，仿佛怕她被抢一般。她们两人抓着他的两只胳膊，问："西班牙绅士？多姆·路易不是葡萄牙人吗？"

"但都是一回事，"奈安·卓什说，"都是皇帝的表亲。"

蒙蒂格尔问："多姆·路易会说英语吗？如果不会，克伦威尔勋爵就得跪在他们的床边做翻译了。"

"我不会说葡萄牙语，所以他们必须想办法对付，"他说，"玛丽小姐总是会收取赢的钱吗？"

"是的，"奈安说，"她太喜欢赌了！有一天，她用早餐去赌木球比赛。"

女侏儒说："希望大使不要给她带糖果。她的牙齿不好。"她露出自己的牙齿。"我呢，可以咬坚果。"

在一阵咯咯的笑声中，大人物们走了进来。新大使唐·迭戈·德·门多萨的身后跟着查普伊斯，而查普伊斯的后面是他的佛兰芒保镖。唐·迭戈是那种身边需要很多空间的人。查普伊斯神色紧张，退至一旁，让大家欣赏戴着羽翎帽和穿着黑丝绒礼服的新大使。门多萨郑重其事、毕恭毕敬地拿着一封系有黑丝带的信，上面有双头鹰的封印。"克伦穆尔勋爵，"他说，"我已经久仰你大名了。"

他友好地说："我也觉得我们是老相识了。因为红衣主教时代曾经有一位门多萨大使，你跟他肯定是亲戚吧？"

"我有此荣幸。"

"红衣主教把他关了起来。"

"有违所有约定的外交原则。"门多萨说。他声音中的寒意会使葡萄园枯萎。"我不知道你当时在宫里。"

"我不在。但我是红衣主教的人。我继承了他的关切。"

"但没有继承他的手法。"查普伊斯连忙说道。

尤斯塔西显然很希望这次见面取得成功。他说："诸位，你们有很多的共同点。唐·迭戈在意大利待过。在帕多瓦大学和博洛尼亚大学。"

"你去过那儿吗，克伦穆尔？"门多萨问。

"是的，但不是在大学里。"

"唐·迭戈懂阿拉伯语。"查普伊斯又说。

他顿时来了兴趣。"要花很多年去学吗？"

"是的，"唐·迭戈说，"很多很多年。"

他问："你给我们小姐带来了多姆·路易的肖像吗？"

"只有这个。"大使展示着手里的信说。

"我还以为你也许有一张微型画像，贴在你的胸口带了过来。"

很显然，唐·迭戈正带着一件令他很不自在的东西，就像有人往你的衬衣里塞了一块滚烫的烙铁而你不可能不知道一样。无疑是第二封信，也许是密码信。

"当然有礼物。后续由骡子运来。"门多萨说。

"因为它们很大。"查普伊斯说。

"很好。玛丽小姐喜欢奢华，所以她父亲才把她接回宫里。他承担不起她另设府邸的开销。她每周都写信要钱。"

"她手头虽紧，却很慷慨，"查普伊斯说，"很有善心。"

"我猜她享受的是公主的待遇吧？"唐·迭戈说，"你们不会指望她不这样吧？"

"通常情况下，"查普伊斯说，"如果你称呼她的正当头衔，克伦穆尔勋爵就会踢你的腿。他们对她直呼其名，叫她玛丽。但是注意，当他们为她张罗婚事时，如果我们称她'公主'，"他坏笑起来，"克伦穆尔突然就毫不在意了。"

房门开了，玛丽的教士走了出来，一边还在与她的医生——一位西班牙人——交谈。他对教士说："你好吗，鲍德温神父？小姐可好？"然后又尽量用地道的卡斯蒂利亚语跟医生打招呼——瞧见了吧，门多萨。"我会给你一刻钟，大使，然后很抱歉我会去打断你们。"

查普伊斯抗议道："这点时间还不够他们一起祈祷。"

"哦，他们会那样吗？"他笑了。

引宾员多德躬身将门多萨引入接见厅。"她有人侍候吗？"奈安·卓什说，两位女士交换了一个眼神，跟着大使走了进去。门关上了。

查普伊斯嘀咕了一句什么，听起来像是“没戏了”。

“你说什么，大使？”他说。

“我想，刚刚进去打扰玛丽小姐的那两位女士都是你的朋友。”

玛丽·蒙蒂格尔是布兰顿的女儿，是他早年多次婚姻中的一任妻子所生；是的，他会说他们是朋友。奈安·卓什——以前是奈安·盖恩斯福德——曾经为他提供过对付安妮·博林的素材。

“王后怎么样？”查普伊斯说，“国王肯定非常焦虑。”

“她没有让他焦虑的理由。”

“但尽管如此，他以前毕竟失去过那些孩子。听说爱德华·西摩确信这是个王子，他现在趾高气扬，头脑膨胀得像发酵好的面包。当然，如果她生个男孩，西摩兄弟就会高升——他们可能成为你的竞争对手。”

他无法想象汤姆·西摩履行掌玺大臣的职责。他说：“我得提防这一点，对吧？”

“但话说回来，”查普伊斯说，“想想你是怎么对付前任王后的兄弟，我相信他们会谨慎。如果我是他们，就会赶快跑回狼厅，被人遗忘。”他呵呵一笑，“他们应该去牧羊，或干类似的事情。”

他说：“唐·迭戈不是很友好。我还以为这是大使的职责？”

“他很挑剔。”查普伊斯承认道。

他笑了起来。两人默然。在玛丽紧闭的门后，声音几乎低不可闻。查普伊斯说：“简称先生颇受你的信任。”

“是的，他越来越善解人意。”

“他拆你的信件。”

“总得有人拆。信件太多，一个人看不过来。”

“他曾经是加迪纳的人。”查普伊斯说。

“加迪纳一直在法兰西。”

“离谁近就忠于谁，”查普伊斯说，“我明白了。”

他回头看了一眼。“提醒你一句？”大使凑了过来，“阿斯克牵连到你了。”

“什么？”查普伊斯说。

“在审讯时。我们掌握了你写给达西勋爵的信。三年前的。”

“我抗议。”查普伊斯马上说。

“你想说那是伪造的？”

“我什么也没说。我不予置评。”

“我清楚是怎么回事，尤斯塔西。你来到我家，坐下来享用晚餐，对我说，和平。你回到家里，点亮蜡烛，致信你的主人说，战争。”他停了片刻。“算你幸运，我比红衣主教更温和。不会把你关起来。”他指着紧闭的门，“我想十分钟到了。”

他说到做到，像个喝醉的马夫一样闯了进去。格利高里和大使紧随其后。他们进去时，听到一声尖叫。一只绿色的大鹦鹉在栖木上跳上跳下。当他们转身时，它大笑起来。

“这是个礼物，”玛丽说，“很抱歉。”

“它会说话？”

“恐怕是的。”

他注意到，玛丽并没有请唐·迭戈坐下。大使走近他，说：“大人，出去，我们还没有谈完。”

鹦鹉在栖木上摇晃着，像没有上油的轮子一般发出吱吱声。他说：“我来提醒你还有下一个紧急约见。”

有片刻时间，唐·迭戈似乎想在气势上压倒他。但查普伊斯清了清嗓子，这一刻就过去了。西班牙人说：“小姐，我们现在得分别了。”

“不，不用跪，”玛丽说，“快走吧——掌玺大臣在为你拉着门呢。”她伸出一只手去给大使亲吻。“我感谢你的忠告。”

他把拉门的任务交给格利高里，自己走进房间。大使气哼哼地出去，查普伊斯连忙跟上，从他身边经过时还朝他做了个鬼脸。他关上门。鹦鹉还在骂人。“它对西班牙人没有好感。”他说。

玛丽说：“你也一样。”

他走近鸟儿，看到那根将它拴在横杆上的细长金链。小东西跺着脚，并威胁地抬起翅膀。“我小时候有过一只喜鹊。是我自己抓的。”

她说：“我无法想象你小时候的样子。”

他想，我也无法想象。我想象不出我自己。

“我试着教它说话，”他说，“但它一找到机会就飞走了。”不过是在会说沃尔特是个混蛋之后。他转向玛丽。“好了，刚才发生了什么？”

她不愿透露。“他问我说的话是不是发自内心。”

“总的来说？还是具体而言？”

“你心里很清楚。”她说。她突然激动起来，面孔发亮，仿佛有人用风箱给她打了气一般。但转瞬间，她垂下眼睛，成了一个顺从、泄了气的女人，又恢复了平淡的语调。“他问我，当我说承认我父亲是教会首脑，以及他和我母亲从未真正结婚时，我是否发自内心。我说是的。我说我全都承认。我告诉他，我采纳了查普伊斯大使向我转达的我的皇帝表兄的建议。我告诉他，你——克伦威尔——一直是我的朋友。如果他不相信我的话，那可不是我的错。”

他说：“但你有没有告诉他，你如何给教皇写信，表示要收回你的声明，并恳求得到赦免？”

她的目光飞快地投到他的脸上。

“没关系，”他说，“这是我忍住性子让你明白自己行为的又一事例。我说出来只是为了提醒你。”

她的声音很惊慌。“你想要干什么？”

“想要？小姐，我只想要你为我祈祷。”

“哦，我是这样，”玛丽说，“但你知道我发现了什么吗？国王有权有势，却无法了解我，除非是通过我自己的言和行。”

鹦鹉一直歪着头，似乎在倾听。

他说：“以前那位门多萨从来都不得与你母亲单独相处。那是为了她的安全。”

“我想，不如说是为了国家的安全。”

“我们所做的一切都是如此。如果没有国王的和平，小姐，我们会与野兽一起置身荒野，或者与利维坦一起居于海中。”

他在房间里走动，拉开两人之间的距离。卓什和蒙蒂格尔悄悄地靠到了墙上，仿佛只要可以，她们会把自己编进挂毯中。他走动时，鹦鹉的头也一直跟着他转动。“我猜大使承诺要让你离开本岛。”

玛丽低头看自己的脚，仿佛要将正在逃亡某处的它们逮个正着。

“就算他刚才没有，后面也会的。他觉得我们会强迫你嫁给法国人。”

“我相信我父亲不会那样做。”

“我本人并无此意。我不能向你保证，因为陛下的意愿至高无上，但你最好指望我的努力，而不要摸黑爬下绳梯，乘着筛子出海。”

她偏过脸去。

“把信给我，”他说，“大使的信。”

她从桌上拿起那封系有丝带、封印已经打开的厚信，递给他。“也许你想看一看，然后交给国王？”

“另外那封。”他说。

她犹豫着，但只是片刻工夫。她一言不发，也不看他的脸，就从自己的书中抽出信给他。这封信没有封口，但她还没来得及去看。

“你这是什么书？”他拿起来看了看。是一本植物志，上面有个男野人和女野人的图案，两个毛乎乎的人举着一面盾牌，盾牌上有印刷商的首字母。“我也有一本，”他说，“十年前出版的，可以做些订正了。”他翻动书页，浏览那些木版画。“但我们很快会有别的东西。克兰默大主教会给我送来圣典的一个新译本。”

“又有一个？”她淡淡地说，“只怕是今年的第三个了。”

“克兰默说这是迄今最好的译本。他相信你父亲会批准将它出版。”

“我不反对圣典。别这样想我。”

“我会确保你尽早收到一本。学习‘十诫’会对你有好处。孝敬你的父亲。因为你的母亲已经离世。①”

凯瑟琳，上帝原谅她。凯瑟琳，上帝赦免她。凯瑟琳，肚子里留不住孩子，但还是要对他面前的这个可怜的人儿——目光呆滞，脸部因为牙痛而红肿——负责。

他想到她的西班牙外祖母，穿着闪亮的胸甲，那是照出异教徒的命运之镜。伊莎贝拉上阵，安达卢西亚颤抖。

* * *

圣灵降临节前夕，在完成经过再三推迟的航行后，苏格兰国王在自己的海岸登陆。法兰西新娘看起来像是在海上吐得天翻地覆。看见的人说，

---

① 《圣经》中“摩西十诫”的第五诫为：当孝敬父母，使你的日子在耶和华——你的上帝所赐你的土地上得以长久。

在里斯港，她跪倒在地，捧起两把泥土亲了又亲。

有个名叫威廉·达利维尔的人是梅林和詹姆斯国王的追随者，已经被关进塔里。他一直在传播一个预言，说苏格兰国王会从北方大举南下，推翻都铎王朝，统治两个王国。他还说自己看到了一位天使。

在以往的时代，这会是一件值得庆贺之事，但在当今的时代，达利维尔被处以肢刑。

康沃尔人请求重新信奉他们的圣徒——那些在近期的裁决中被贬抑的圣徒。没有了常规的节日后，信徒们不再有日历的概念，在千篇一律的日子里浑浑噩噩。他觉得可以允许；那是些古老的圣徒，信众有限。不过是油漆脱落的木片，或风化的石桩，不会有反对国王的言行。不像你们那些贝克特，圣坛上堆满红宝石、石榴石和红水晶，仿佛他们的血在从地下汩汩地冒出来一般。

六月，第二次画像。“国王要站在这张地毯上。”汉斯要求道。仆人们把它铺在他们脚旁——他自己的脚上穿着西班牙皮鞋，赖奥斯利先生穿着漂亮的红色靴子，奥德利勋爵和威廉·费兹威廉爵士穿的是高级厚底鞋。这是红衣主教的地毯之一。他弯下腰去把一处卷边铺平。

“所有人吗？”大法官问，“全都在这张地毯上？国王、王后和他的父母？”

汉斯狠狠地瞪了他一眼。“我会把他父亲画在他的身后。至于他母亲呢，则在现任王后的身后。”

他问：“你会怎样画老国王和老王后？按什么年龄？”

“在永生，他们没有年龄。”

“我猜有其他的画像供你参考。”

“我们不是给你画了一画廊吗？”汉斯说，“整整一个房间的逝者。”

是的，他想，但那更像一个游戏，关于国王们的游戏，他们的面孔犹如一个谜中的蛛丝马迹。谁也不能指着他们说是真像还是假像。他们都太老，已经去世太久。

汉斯开始用脚步丈量布局。父亲在这儿，靠近中心，但亨利在前面。他说，在他的父母之间，我要放一根柱子，或一块大理石——

“类似祭坛？”奥德利勋爵说。

“他会要求上面有歌颂他的诗句，汉斯。”

“文字由克伦威尔勋爵提供。”

“赖奥斯利先生，”他说，“你记下来好吗？”但简称已经在草拟建议了。

国王进来时，他们都抬起视线。他得从画廊的那头一直走到这头。他似乎脚步不稳，仿佛地板很软一般。费兹低声说了句什么。“嘘！”他说。

“哦，克伦威尔，”亨利说，“大法官。我听到有传言说弗朗索瓦死了。”

“恐怕不是真的。”他说。

国王的面孔苍白而浮肿。他不敢问他是否感到痛苦。亨利不希望像汉斯这样的小人物听到这个问题，更不用说听到答案了。

“今天光线更好，”国王说，“诺福克给我写信说，约克郡每天早上都有很厚的霜。而在这儿，玫瑰花都开了！”

简称说：“诺福克地区总是有很厚的霜。”

亨利笑了。“和风不会在他身边吹拂。他信里还说，年轻的萨里目前情绪低落。我自己一直觉得行动可以驱散忧郁，我还以为霍华德父子会找到很多事情可做……”

“公爵应该留在约克郡，”费兹威廉说，“他在北方像其他的贵族一样受到广泛认可。”

托马斯·霍华德说，再待一个冬天会要他的命。但他可以试着坚持到九月。他肯定不想待在伦敦吧？这里正受到瘟疫的侵袭，上周有一百十二人下葬。

“哈里·珀西有何消息？”国王若有所思地揉揉鼻子。他在期待珀西的伯爵领地回归王室。“派小赛德勒去看看好吗？看他还能熬多久？”

赖奥斯利动了动，以示无声的不满——别派他，陛下，派我！

“除非你愿意亲自去，掌玺大臣？但我想伯爵一贯都怕你，我不想被人说是吓死了他。”

“我从未伤害伯爵。”他说。他脑海中浮现出一个画面：简称在临终者的病榻旁，脱掉外套，撸起袖子，拿起一个枕头……

国王喊道：“汉斯，你在哪儿？我们准备好了。你今天必须画完，否则就得到处去追我了。我可以打猎的时候，是不会留在白厅的。”

国王的语气很热情，似乎不仅想鼓励画师，也想鼓励自己。汉斯从牙齿间发出一声哨音，并翻动画纸。这些纸拼起来后，会覆盖整面墙。顾问官们纷纷退开，让出空间。费兹低声说："他今天怎么了？有点不对劲。"

他想，伤害自去年十月就已造成，这是一个累积的过程，但我们现在才注意到。叛军给了他沉重一击。他再也回不到从前。国王独自站在土耳其地毯上，双脚踏在蓝色的星星上。他的声音传出来，仿佛要把他们圈进自己的计划：从汉普顿宫到沃金，再到吉尔福德，再到东汉普斯特德。"你今年夏天要陪我打猎，克伦威尔大人。"

他飞快地几步上前，得以抓住国王的上臂，在他摇晃时稳住了他。费兹紧随其后。"给国王拿个座位！"奥德利大喊。远处响起一片惊呼——消息传得真快——随着嗵嗵的脚步声，仆人和大臣们蜂拥而入。"别过来！"费兹挥舞着胳膊高喊，犹如在战场上一般。赖奥斯利拿来一个凳子，利索地塞到其君主的屁股底下。他们小心翼翼地扶着这个痛苦的人坐下，于是他龇牙咧嘴地坐在那儿，面孔抽搐，似乎可能会哭。他和奥德利倾着身子，支撑着他。亨利的脸上汗水发亮。他掏出一块手帕。他们围在一起，挡住那圈人的视线。"你是哪儿痛吗，先生？"奥德利问，"是什么地方？"

"让我喘口气。"病人说。

他们退开，但亨利拉住他的袖子，将他留在身边。"大人，"亨利擦着脸，说，"这不是我们第一次觉得自己不行了。我们的腿闹起了脾气。有了毛病。不，医生们不知道，跟我们一样。但是会好的，一定会。"

他看出国王对自己很恼怒，强压下的狂怒使他全身颤抖。"让那些人都走开。叫汉斯明天再来。告诉他们这只是——不，什么也别说。让他们散开。"

他以为国王说完了，便稍稍抽身，准备站直，但国王仍然抓着他的袖子。"克伦威尔，如果是个女孩怎么办？"

他的心一沉。"那接下来会有男孩。"

国王放开他。"费兹在哪儿？"亨利凄切地说，"我要费兹，让其他人离开。"

他转过身。没有人敢靠近。"走吧。"他说。奥德利跟随着他，赖奥斯利踮脚走着。直至走到画廊的另一头，他们才开口说话。奥德利回头看了一眼。“我们得对此保密。”

赖奥斯利先生说：“当然，大人。”

他说：“不可能。”画师一直跟在他们后面。“霍尔拜因大人？把你的画稿拿来。国王的面孔，让我看看。”

汉斯用口哨召来一个男孩，那孩子手忙脚乱地翻着画有国王头像的纸张，直至找到画师乐于示人的一张。他(克伦威尔)用拇指在国王的额头上按了一下，犹如给他涂抹圣油一般。“让他的头转过来。完全转过来。让他看着我们。”

“天啊，”汉斯说，“那会很吓人。全身都转过来吗？”

皱眉的面孔，宽厚的肩膀。发福的腰，有衬垫的护阴袋①。双腿像支撑着地球的柱子。决不会蹒跚的腿，决不会迷路的脚。

* * *

进入七月，拉蒂摩勋爵从北方回来，逢人就抱怨他在朝圣者手里遭受的罪。他会很高兴尽量少看到约克郡；他知道国王的事务会要求他再去，但除此之外，他会乐于住在珀肖尔的老家。他妻子凯特也这么说。

拉蒂摩勋爵不明白那些年轻人为什么偷笑。他妻子凯特有什么好笑的？

苏格兰传来消息，说玛德琳公主死了。她成功进入爱丁堡的场面将不会发生。旗帜收了起来，庆典已经取消，银喇叭放进了盒子里。

亨利说：“詹姆斯肯定会再找一个法国女人。但我觉得弗朗索瓦不会把自己的小女儿交给他，让她去苏格兰吹风受苦。还有旺多姆公爵夫人，不过詹姆斯曾经拒绝过她，我想她家的人肯定很生气。”

“隆格维尔公爵死了，”他说，“留下一位寡妇，听说是个非常漂亮的女人，他们的婚姻只有三年，但她已经怀里抱着一个儿子，肚子里还怀着一个孩子。詹姆斯可能会考虑她。”

但不知道她是否会考虑詹姆斯，他想。玛丽·德·吉斯的家人地位非

① 十五、十六世纪欧洲男人中流行，初为一块布加贴在紧身裤裆部，以彰显男性性征，后来变成一个小口袋并绣上精美花纹、镶嵌宝石珍珠，塞满填充物使其膨胀起来。

常高贵，可能不知道苏格兰在何方。无论如何，詹姆斯会哀悼一段时间。玛德琳原本享有一份津贴，每年三万法郎；现在命没了，钱也就不会继续。

玛德琳距离自己的十七岁生日还差一个月。为法国人说句公道话，他们的确建议过詹姆斯选择一位更健壮的新娘。

一个晴朗的傍晚，他与奥特雷德夫人一起在王后的私人花园散步。贝丝把手放在他的胳膊上。“那么，婚礼会是什么时候？”她问。

“只要你愿意，越早越好。但是，”他停下来，让她面对着他，“你的确愿意吧？”

“哦，是的。”她的眼神热烈，“我知道有些人会认为……”

“当然有差距。我已经跟你的兄弟们谈过了。我没有回避这一点。”

“但我毕竟是个寡妇，”她说，“而不是某个毫无经验的姑娘。”

他不确定她是什么意思，但话说回来，他凭什么指望能理解这个年轻女人的想法呢？“夫人，我能否问一下——也许这个问题太私密——”

“不管你问什么，我一定如实相告。”

“那么……我想知道，你还在哀悼你丈夫吗？”

她偏过脸去；他端详着她：她的脸像简的一样，柔和光滑，而且也习惯性地低着下巴，仿佛在暗暗打量周围。

她说：“我对奥特雷德没有怨言。他是个好丈夫，我为他的去世感到难过。但如果我说跟一个不同的男人在一起我也会很快乐，你不会觉得我无情吧？”她转过脸来，热切地望着他；他看出她很想取悦他。“我已经做好了尝试的准备。”

“我妻子去世后，”他说，“我对她思念至极。考虑到我当时的生活状态，总是去内地，一年五六次往返安特卫普，跟红衣主教一起工作到深夜，出席格雷律师学院的正式午宴和会议……有时我回到家时，她会说：‘我是丽兹·克伦威尔，你见到我丈夫了吗？’”

“丽兹，”她说，“还好我现在是贝丝①。叫伊丽莎白的人都一样——不管叫我们什么，我们都答应。”

---

① “丽兹”和“贝丝”都是“伊丽莎白”的昵称。

他笑了。“我不会把你们两个人弄混。”

“我和简的确猜想过，你很喜欢你妻子，因为就连送上门的机会你从来都不要——简说你跟玛丽·博林关系很好，只要你愿意，本可以娶她。”

“哦，那只是玛丽头脑发热。”他说，“她想跟她的家人作对。想让诺福克舅舅生气。她认为我在这方面很擅长。玛丽心地善良，听说跟她所嫁的那个斯塔福德很般配。但我觉得她……上帝保佑她……情史太丰富了。”

她很担心。“但你不反对一位寡妇吧？”

“我的第一任妻子就是寡妇。”

“如果你娶了玛丽·博林，跟国王就是亲戚了。”

“在某种意义上吧。”

“你现在跟他还会是亲戚，虽然花了更长的时间。”

他想，她真是和善，还顾及我的心态。她真是谨慎，因为她提到了关于玛丽·博林的旧绯闻，但对关于国王的女儿玛丽的新绯闻只字未提。

他停下脚步；花园里的香气萦绕在他们周围；他让她面对着他，握起她的双手。“我们不要谈论逝者。我更愿意谈你。我们得给你添置服饰。我们得订购一些丝绸和丝绒。我想还有绿宝石？”

“简当初突然高升时，我把我的珠宝盒借给她了。现在我要结婚了，我想她会还给我的。”

“我会跟安特卫普的人谈谈。我们可以通过国王的代表科尼利厄斯，但我认识一些水平很棒的珠宝设计师，而且说到底，你不会想要跟你妹妹一样的东西。”

她垂下眼睛。“简说过你会很慷慨。”

“你得纵容我。我没有女儿。不过这不是真的，我有一个，你应该已经听说了。”

“你在安特卫普的女儿。”

“但我觉得她不喜欢这类东西。”

她低头笑了。突然之间，她像她妹妹一样羞涩。“大人，你可以纵容我，我也会纵容你。但我不会成为你的女儿。”

他温和地说：“我曾希望你会这么看待自己。”

“哦，但是……”她欲言又止，把手放在他的胳膊上。“是要那样吗？我先不知道。当然，如果你愿意……但你并不是那么老，我还希望过有你的孩子。”

“我的？”

他完全惊呆了。他可是去过罗马的人！坦率地说，去过一切地方……“贝丝，”他说，“我们该进去了。”

“为什么？”

他想，西摩家的这些人啊，简直就像来自希腊神话。诅咒会降临他们身上。我们知道老约翰爵士跟他儿媳有一腿，但她肯定不会认为这是惯例吧？

“时间晚了，你累了，这儿很冷，”他说，“而且我们不该单独相处。”

“为什么？”

“可能引起——”他用手拂了拂脸。可能引起什么？“误会。”

她说：“还不到八点，夜晚很暖和，而我像黎明时的挤奶女工一样精力充沛。”

“进去吧。”他催促她。

“其他方面我同意。”她语气冰冷，“我觉得存在误会。我只把自己交给一位克伦威尔，交给我嫁的那位。但到底该是哪位克伦威尔？”

他的思绪飞快地返回自己与爱德华的谈话。它如苍蝇一般轻轻落下，开始缓缓爬过：爬过每一个饶有意味的停顿，每一次省略。提过名字吗？也许没有。爱德华会不会以为——爱德华会不会误以为——是的，他觉得有可能。

他长吁一口气。“嗯。好吧。我受宠若惊，贝丝。没想到你甚至愿意考虑。”

她坚定地说：“不是我的错。”

“绝对不是。”

“是你的错。我听了我哥哥对我的要求。我没有反对。我从来没有说，克伦威尔是多大年龄，他父亲不是商人吗？我只是说，好的，爱德华。为了家族，爱德华。任何人任何事都依你，爱德华。”

“我明白了，”他说，“我开始明白了。”

“我知道你是大忙人。但我觉得你本可以停下来亲自解释一下，那么爱德华就可以向我解释。但没有任何说明，我还认为——”

“但你怎么会这样想？相反，格利高里是个那么有前途的年轻人，而且正值适婚年龄。”

“我想，大人，你根本不知道自己的单身状态是个多么热门的话题，宫里所有的人是多么期待你有改变，那些男男女女是如何推测一种巨大而危险的荣誉会落在你头上。”

“那都是无稽之谈，”他说，“而且你说得对，是很危险。对我而言很危险，对玛丽小姐而言很不敬。”

“那你自己最好想清楚。愿意娶谁，不愿意娶谁。”

他恳求道：“别告诉格利高里。他以为你是自愿接受了他。”他突然有些不安。“你会接受他吧？因为贝丝——夫人——事情不是你想的那样，你感到如释重负吧？”

她顿了片刻，说：“大人，我不会告诉你我是否如释重负。你得自己去琢磨。但我猜想你太忙了，不会琢磨很久。”

“格利高里会是一位温柔的丈夫，”他难堪地说，“他会让你为他感到自豪。他是个善良文雅的年轻人，舞技高强，在比武场上表现卓越，与那些盾徽上排有十六个纹章①的优秀的绅士们一样出色，国王喜欢他，肯定会很快封他为男爵，你也就会再一次拥有自己的头衔和称号。他各方面都比我强——”他想，我在人生的战斗中变得肮脏不堪，伤痕累累，变得这么麻木，这么多余，这么心冷。

“别说了，”她说，“先是话语太少，现在却是太多。”

“但是你愿意吧？愿意嫁给格利高里？”

“告诉我时间和地点，我会穿着新娘的盛装出现，嫁给任何一位到场的克伦威尔。我是个乐于助人的女人，”她说，“但不像你想象的那么乐于助人。”

她沿着长有青草的小路走了，但并不匆忙。她低着头，似乎在祈祷。他想，她将是普通的克伦威尔太太，她没有预料到这一点。她介意吗？发

---

① 不同家族的纹章因为联姻而合并在一起，盾徽上的纹章越多，往往表明家族的背景越庞大。

现自己不仅降了一辈，而且没有头衔，可不是小事。但她肯定更倾向于前程似锦的儿子，而不是父亲——嗯，他想，我猜我也前程似锦。赖奥斯利关于嘉德勋位的说法显然没有错。这种事情似乎永远不可能发生，不可能发生在沃尔特的儿子身上。但那么多连最轻信的孩子都决不会相信的事情都已经发生。

小时候，他常常挨家挨户主动帮别人磨剪刀和补锅。他会清扫鸡舍或擦拭锡器，如果哪位家庭主妇意外得到半头猪，他会帮忙剁开分解。他对自己所有的顾客都称“夫人”，并看出这会让她们开心一整天。有时，这会让他挣得一个苹果或半个便士，还有一次是一个吻，而这都是他的服务费之外的收获。

他父亲的朋友们在河上工作，驾驶渡船在两岸之间来回运送旅客。所以，作为一个饥肠辘辘、懵懂无知的孩子，他也在河上找活儿。干吗要有入门书？一旦需要阅读，他就能读。如果有值得写的东西，他信手就能写。他常常在河泥中寻宝，并找到了很多宝贝。让一位绅士的帽子被风吹走，就可以解决一个家庭一周的食粮——你拿去交易的不是有水印的丝绒，而是他的帽徽。那可能是一个金制的贝克特或克里斯托弗，或者是一朵有瓷釉花瓣的花儿，或者是一个镶有宝石的十字架，在原本该是上帝头部的位置有一颗石榴石。他学会了对沃尔特隐藏这些东西，将利润留给自己。

一天晚上，沃尔特醉醺醺的，拍着自己的胸脯对他说：“这艘船不停地划啊划啊，托马斯。我为了保命在划船。”

六月底，克伦威尔父子前往特威克纳姆的西摩府拜访。双方交换了礼物，并乘船在河上游览，乐师们一直演奏到天黑。然后，在蜂蜡蜡烛的香气和亮光下，他与作为一家之主的爱德华谈妥了安排。爱德华同意他的看法，认为这对年轻人应该有自己的空间，而不要处在长辈们的眼皮底下。他们将于八月初成婚，因为他（掌玺大臣）发现自己的日程中有两天的空隙，我们相信在那两天的时间里，欧洲的君王们不会兵刃相见，而是睡眼惺忪地坐在阴凉处，倾听水滴落进大理石盆里的声音。

爱德华·西摩就算跟他妹妹一样有过误会，也没有提及，两人都只字不提。贺信源源而来，有些是真心诚意。简称说，谁会想到格利高里对你这么有用，让你与国王家攀上了亲戚呢？我总是说他会有出息的。一旦完成文书工作，这桩婚姻就几乎成了事实；距离婚期还有些短暂而清香宜人的夜晚，如果小两口共度良宵也没有关系。他对格利高里说，尽力让她快乐，要比一位老伯爵更能让她快乐，那么她就永远不会后悔，不会在回首往事时说，我原本可以成为牛津伯爵夫人。

为了他儿子的第一座府邸，他从威尼斯——从在圣巴纳巴教堂附近工作的大师们那儿——订购了锡釉陶器。虽然时间仓促，他还是盼望打开包装箱，手指从彩釉上拂过。他明确要求有男神和女神：宙斯化身为大雨，前来拜访达娜厄①。那不是普通的雨：新娘满足地站着，金子则像雨一样落在她的身上，金块从她赤裸的手臂和大腿上滚过，在她的脚踝围成一堆。从来没有哪个姑娘那么富有，而且白璧无瑕。贝丝·西摩会认出达娜厄，无疑会向她点个头。

他想，误会已被遗忘。这姑娘没有理由会谈起它，那会让她显得很傻。他希望詹妮可能从安特卫普过来，他会写信，或者让格利高里去写，但不知道她是否会动身。全府上下都在为庆祝做准备。他原本打算为复活节做的那个大蛋糕，厨房终于可以制作了，上面会有镀金杏仁球。他们会用新碟子吃威尼斯蛋糕，有些掺有松仁和生姜，还有些浇有紫罗兰糖浆。

到仲夏时，朝圣者已经全部死去，要么被绞死，要么被砍头，那些帮助过他们、为他们辩护或者用金钱和希望助长过他们气焰的人也未能逃脱。毕格德、达西勋爵、劳斯的大叛贼补鞋匠上尉，以及曾任喷泉修道院院长的杰沃修道院院长等，有些在泰伯恩刑场被处死，有些在塔里被处决，还有些被押往约克或赫尔去受死。在最后的日子里，老达西本该数念珠祷告，可听说他一直在大骂托马斯·克伦威尔。伦敦卡尔特修道院那些顽固不化的僧侣被关进纽盖特监狱，不到一周时间，瘟疫就带走了其中五个人，剩下的都奄奄一息——仿佛是被上帝之手所发落。

哈里·珀西没有熬过六月。当他躺在病榻上，眼睛看不见，话也说不

---

① 达娜厄是希腊神话中阿尔戈斯王阿克里西俄斯与欧律狄克的女儿，因为神谕曾指老国王将死于自己的外孙之手，达娜厄被父亲关进铜塔以禁绝男人，但有一天，天神宙斯经过，爱上了达娜厄，便化身成金雨水，从屋顶漏下与达娜厄幽会，最终达娜厄生下半人半神的英雄珀尔修斯。

出，皮肤发黄，腹部鼓胀时，雷夫就在他旁边。你会可怜他的，先生，雷夫说。他说，我肯定会。他提到他的妻子玛丽·塔尔波特了吗？

算是吧，雷夫说。当一旁的人提醒他还没有为她做任何安排时，他点点头，表示是的，他知道，但她不是他妻子，从来都不是他妻子，他娶的是安妮·博林。雷夫说，为了向他们表明这一切，他把他们放在他面前的所有文件都推开，只是烦躁地抚摸刺绣被单；他的手掌因为临终的虚汗而湿湿的，不停地抚摸着珀西家族的徽章，抚摸着蓝色的狮子和镀金的菱形。

他说："如果还记得安妮·博林，那说明他虽然痛苦，记性仍然不错。不知道他是否记得当初闯进去逮捕红衣主教的那个夜晚？"

珀西的贵族世家现在已经彻底完蛋。哈里·珀西没有子嗣，他的财产将由国王继承。他的弟弟托马斯已经先他而死，因在前不久的叛乱中犯下谋逆罪而被砍头，另一位弟弟英格拉姆躺在塔里，面临同样的威胁。

罗伯特·阿斯克也死了，由诺福克监督执行。他是在一个赶集的日子被吊死在约克的克利福德塔上。他那件丝绒贴边的黄色丝绸外套如今在哪儿？还有那件红缎子紧身上衣呢？仍然在伦敦的红衣主教帽旅店。阿斯克请求在完全咽气后再被分尸，国王应允。

在那之后，他的仁慈似乎已被耗尽。被押至伦敦的谋逆者中，有个名叫玛格丽特·切尼的女人，据称是约翰·布尔默爵士的妻子，但其实是他的情妇。在公共场合将一个女人分尸或扒下她的衣服开膛破肚，未免有伤风化，所以犯谋逆罪的女人会被烧死。他去找亨利。请求速死的任务转至他的手上，这是继承自红衣主教的职责。他为安妮·博林所获准的不仅有速死，还有加来的剑客——她原本也可能被烧死。

他说："先生，布尔默的女人将被押往史密斯菲尔德受刑，我知道刑罚很明确，但常常并未执行。"

亨利哼了一声。

"考虑到她已经认罪，先生。"

"她别无选择，"国王说，"不行，大人，没办法，她必须承受，这对那些想拥护教皇和参与叛乱的其他女人是一种儆戒。"

玛格丽特·切尼很漂亮。他见过她。她温柔而年轻。他说："陛下，让我带她来给你见见吧。”

她的美可能打动他。他可以被打动。我们见过先例。

亨利说：“我没兴趣见一位谋逆者。除了波尔。我倒有兴趣见见波尔，但你似乎无法抓到他。”

他躬身退出——一败再败。他想，也许我和克兰默，如果我们下跪请求他不要实施火刑……但克兰默在乡下。过去，国王的女眷们可能会为自己同性别的人向他求情。但他已经严厉警告过玛丽小姐，不要为任何叛乱分子说话；而王后呢，他猜也已经得到她哥哥的同样提醒。

他靠在寝宫的墙上，心里想，不要退缩，国务大臣。不要疑虑，掌玺大臣；克伦威尔男爵，不要失败。你现在不能灰心。

一个年轻人走上前来，说：“大人，我能帮你什么忙吗？”

“汤姆·卡尔佩珀。”他说。年轻人鞠了一躬：他穿着丝绸紧身上衣，举止训练有素；从血缘上说，算是霍华德家的人。他们怎么没完没了？

年轻人平静地说：“有加来的消息，大人。”

“李尔夫人终于生了吗？”

“哦，不是，她还没到时候。”

“那就别打扰国王。他每时每刻都盼望听到李尔喜得贵子的消息。”

他抱着文件夹从卡尔佩珀身边走过。你不能退缩，他在心里说，绝对不能。你必须摧毁敌人，让他们粉身碎骨。你失败不起，你必须给亨利带来好消息，你必须从某个地方挖出好消息，他表面平静，但晚上醒来或半夜里腿痛时，就不会平静或有耐心了。

国王把弗朗西斯·布莱恩从法兰西撤回，说：“有什么用呢？那个忘恩负义的波尔总是躲开我们。”困难不在于如何抓到他，而在于去哪儿抓。在低地国家，各国的司法管辖区挨得很近，一个人可以在一天之内轻易地从法兰西到帝国然后又返回；领土争端也非常激烈，一位旅客在望弥撒或打盹期间，边界就可能有变。但波尔并非悬在空中，他总是在某个人的辖区之内。因抓捕他而涉及的任何暴力行动都可能被视为在他国领土上的敌意行为，可能引发战争或成为战争的借口。

但波尔接下来会去哪儿？法兰西和低地国家都不会接受他，但也不会引渡他。他对赖奥斯利说，他现在会去意大利。他错过了假借我们的叛军之手的机会。他会撤至温暖的地方，在那里，他的血统受到敬重，他会与红衣教士同仁们一起，骑着白骡子缓缓而行，而穷苦的农民则往骡子脚下扔钱。

而那就是我们干掉他的机会，他想。因为在意大利，谁拥有夜晚？谁可以巡查？

他说："真希望我能找到那个暗杀帕金顿的人。就算他是世界上最死忠的教皇党人，我也会改变他，并派他去对付雷金纳德。"

卡尔特修道院现在已经关闭和禁止出入，但夜晚出现了灯光。教皇党人散布谣言说，是鬼魂在四处走动。"可能是小偷，"他对赖奥斯利说，"告诉他们，盯紧一点。所有的动产都属于国王。"

但守卫们看到了举着灯的人，是那些死于瘟疫的僧侣，穿着发臭的裹尸布，踮着脚在回廊里走动。他们显然从另一个世界带回了信：他们看到了殉道的费希尔主教，就坐在上帝的右边。

"托马斯·莫尔呢？"他说，"有人看到他了吗？"

来自伦敦卡尔特修道院的收入应该有六百四十二点零四镑。里奇掌握着这些数字。如果把所有的卡尔特修道院都算起来，年收入总额可达二千九百四十七镑。

"再加十五先令四便士一法寻①。"理查德·里奇说。

他说："理查德爵士，我觉得你为国家真是恪尽职守，对吧？你可以留下那一法寻，用它去找点小乐子。"

李尔的手下约翰·赫西一直在他门口，跟其他的求见者推推挤挤，恳请给他十分钟。当理查德·克伦威尔终于挥手让他进来时，他怀里抱着一堆地图和账簿，神情却像一只受到欺负的狗。"先生，"他说，"答应给李尔勋爵的修道院——他迫切希望尽快签署。"

"赫西，我说过我会处理，就一定会。把那些东西都交给理查德大人。"

"恕我冒昧，先生，大人，从去年十一月起，你就答应会处理此事。

① 英国旧货币，等于1/4便士。

我家大人已经焦头烂额，你无法想象他的债主们对他催得有多紧。理查德·里奇爵士处处拖延。不给他好处，里奇就什么都不干，而我家大人付不起他开的价钱。”

“坐下吧，赫西，”他说，“我们要不要来一杯，提提神？”

赫西在凳子上坐下，但如坐针毡。“修道院——我家大人相信他所等待的几个月会有租金吧？”

他叹了口气。“我会跟里奇谈谈。我保证再不会拖延。但是你瞧，赫西，我一直知道你为人诚实，所以给我一个诚实的答案。就在今天早上的清晨弥撒时，王后还问我，加来的夫人怎么样，还没有生吗？她说，据我的推算，孩子现在该出牙了。”

令他惊讶的是，赫西满眼泪水。他说：“大人，我不敢告诉你。”

“孩子没保住吗？”理查德说。

“不是。”赫西看起来悲痛欲绝，“孩子不见了。”

他说：“我知道加来今年发生了不少奇观异象。但一个孩子不会还没出生就消失。”

理查德说：“她的肚子变平了吗？”

“没有。”赫西擦了擦眼睛，“她的孕态非常明显。但孩子好久好久都没有出生，现在那些接生婆说她们弄错了。”

“我们还以为她怀了一只神兽，”理查德说，“但实际情况是她根本就没有怀孕，对吧？”

一滴眼泪落在李尔的新地产的地图上。他探身向前。“告诉李尔勋爵，我们会祈祷他夫人早日康复。”

“哦，她必须康复，”赫西说，“如果她死了，我们怎么处理她的债务呢？她已经泪流成河。我家大人那么指望着他的继承人。但他为人善良，对她恩爱如初，只是请她不要再伤心。如果我能告诉她修道院的文件已经签署，对她会是个安慰。”

“赫西，走吧。”理查德说。他听起来很疲惫。

“我会的，理查德大人。但请你关照，别忘记修道院。”

门关上了。“天啊，”理查德说，“谁去禀报国王？”

“那个幸运者就坐在你旁边。”他从赫西留下的那堆材料中拿起最上面的几张纸。“李尔如果想要他的修道院，就需要找到钱来支付职员们的费用，他们不会给他赊账。”他挠着下巴，“真希望赫西为我工作。他在加来要塞每天只有八便士，我敢说李尔对他从未表示感激。他是个执着的人。”

理查德说：“这对亨利会是严重打击。”

他艰难地站起身。他的脚似乎不愿迈步。“我会确保他届时坐着，而且身边有人。”

亨利听到消息没有站立不稳。他只是目瞪口呆，脸渐渐涨得通红，好一会儿才说：“不见了？去哪儿了？圣加百利帮助和引导我们。”

“我从没有听说过这种事情，”他说，“我猜医生们也没有听说过。”

“哦，你没有吗？”亨利的语气很愤怒，“如果你的记性更好一点，就会知道凯瑟琳也同样误导过我。上帝惩罚这些女人，她们是毒蛇！”

“我不知道，”他说，“当时我不在这儿。”他觉得自己就像一英寸高的拇指汤姆①。

“我们当时刚结婚不久，”亨利说，“对女人以及她们的心机，我能懂多少呢？她流产了一个孩子，但闭门不出，说她怀着双胞胎中的另一个。直到骗局被揭穿。”

“陛下，那不是一个诚实的错误吗？”

“女人是所有错误的源头。随便读一读哪位神学家的作品，都会知道这一点。”亨利转身看着他，“你总是带来坏消息，克伦威尔，”

拇指汤姆被捕鼠夹夹住了。他被放进布丁里烤。被你乐意的什么牲口吞进肚子里，直到它拉屎时才可能出来。

“但话说回来，其他人都不说实话，”国王说，“那么，李尔夫人现在怎么样？”

“成天哭泣。”

“她当然该哭。我可怜的叔叔。”他顿了顿，“派我的医生去看看。”

他松了一口气，又鞠了一躬。“李尔勋爵会感激不尽。”

亨利说：“我想知道她肚子里到底是什么。有些女人的子宫里怀着死肉，她们称之为胎块，不是活的，不会出生。但有时会掉出来，显示具有

① 英国民间故事中只有拇指一般大的主人公。

怪胎的一些特征，比如有头发或牙齿。”

国王看到汉斯完成的壁画时，一语未发。他用不着去感谢一位区区艺术家。但他喜形于色：他不仅身高增加了，形象也更伟大。

王后站在他身旁，他悄悄伸出手，放在她的肚子上，仿佛想试试看里面有什么；最近几天他常常这样，而她则屏住呼吸，不明所以。根据她哥哥、女侍以及医生们的建议，加来的消息一直瞒着她。她已经训练自己不闪避，而是站稳身子，面孔像大理石圣女的一样纹丝不动。如果说她此刻有所畏缩，移开视线，那也是为了不看墙上那个男人：不看他抵在髋部的拳头，不看他扶着刀柄的手，不看他好斗的眼神；不看他叉开的双腿，以及未缠绷带、肌肉隆起的小腿；不看他饰有珠宝、上面还系有一个结的护阴袋。

简看着画中的自己：穿着红黄两色的衣袍，独自站在那儿，目光停留在画框之外。在她身后，是国王和蔼的母亲，戴着老式的山墙形头饰，垂饰很长。靠在圣坛上的是面色苍白的入侵者，圣坛上有对他儿子的颂词；那位入侵者曾经把自己的旗帜从海上一直举到圣保罗大教堂的圣坛上，画中的他窄脸窄肩，长袍紧裹在身上，貂皮内衬的大袖子半掩着他的手。在他前面，稳稳地站着他儿子，身型似乎是父亲的两倍，简直可以把父母两人同时藏进他的外套里，可以把他们整体吞下。

“天啊，”汉斯小声说，“当你说我应该让他面对我们时，真是说对了。”他似乎对自己的作品肃然起敬。“耶稣马利亚。他看上去像是会从画里跳出来踩死你。”

“我希望法兰西能看到这幅画，”亨利对大家说，“或者是皇帝。或者是苏格兰国王。”

汉斯谨慎地说：“可以有复制品，陛下。”他的生动形象的镜子——每描摹一次，就变得更伟大，更有生气。

“走吧，简。”国王恋恋不舍地挪开视线，“我们的画完工了。该去乡下了。”

他像农夫似的握住他妻子的手，亲吻她的嘴。亲爱的，我去伊舍，你去汉普顿宫。我去打猎游玩，你去承受痛苦，不过还有一段时间。

八月。玛丽小姐要求有一只灵缇犬，跟王室一行去跟踪追猎，所以在打猎开始之前，他给她送去一只：全身雪白，四肢匀称，长着一颗骄傲的小脑袋，系着一根皮革编制的绿白两色项圈。除了他自己，同去的有他的外甥理查德，他儿子格利高里——即将成为一位幸福的新郎，还有比彻姆勋爵爱德华·西摩——即将成为一位幸福的内兄。而他们的随行队伍则包括牵着灵缇犬的迪克·帕瑟，穿着克伦威尔府制服外套的仆人马修，以及约二十位跟在后面的随从。

比彻姆勋爵朝马修皱起眉头，说："你以前不是在狼厅当我的仆人吗？"

"是的，先生。但我出来寻找运气，并且找到了。"

"这要怪我，"他说，"我让这孩子摆脱了粗野无知。"

"从乡下老鼠变成城里老鼠。"迪克·帕瑟说，并在马修背上推了一把。

"别闹，"他说，"调整你们的表情。诺福克的儿子来了。"

一个炎热的日子，一个穿着橙色缎子衣服的年轻贵族：萨里长胳膊长腿大摇大摆地走来，眯着眼睛，双手拍打着空气，就像在蚊群中一般。宫里流传着关于他父亲的各种谣言，每一种都很扎心。

"西摩！"年轻人大喊。

他想，我是礼貌的典范，应该先开口。"大人，看来你离开了肯宁霍尔——"

"你没看错。"萨里说。

"——这对宫廷是好事。"

萨里即将走到他们面前。他父亲说得对，他一副病态，面孔凹陷。"我要找的是比彻姆勋爵，跟你无话可说。"

爱德华·西摩说："萨里，站在那儿别动。"

"或者退后一步，"理查德·克伦威尔说，"我真诚地建议。"

"我想站哪儿就站哪儿，"萨里说，"别对我发号施令。"

"武装得像个大人，"理查德说，"但讲话还像个三岁小孩。"

萨里的确退后了一步，似乎想好好打量他们：穿着灰色大理石花纹外套的仆人，穿着孔雀绸的格利高里、理查德和西摩，以及穿着靛蓝色长袍、柔软的褶皱遮掩着壮实身体的克伦威尔勋爵。灵缇犬走到一旁，汪汪叫着，迪克·帕瑟把它拉了回来，以免它咬人——萨里的大腿，那闪亮的紧身裤里的嫩肉，肯定非常有诱惑力。萨里用拇指指着他（掌玺大臣），说："西摩，你难道这么喜欢这个乡巴佬的钱，竟然不惜玷污你家族的名声？我听说你们的联姻时，简直难以相信——没想到连你都这样。"

"他说的是我，"格利高里说，"是我要结婚。"

"对，是你，"萨里说，"你这个又矮又小的土老帽。"他猛地一转身，长长的身体像毒蛇一般闪闪发光，似乎随时准备咬人。"这是怎样的邪恶信仰，西摩，竟然把你妹妹嫁给这些剪羊毛工，这些羊贩子——我问你，这是何等的轻慢，对你家族的纹章，还有已故的奥特雷德的名声，那么可敬的一个人——"

"奥特雷德死了，"格利高里说，"他已经死了，不管是否可敬。"

"他在看着你！"萨里喊道。

"我也在看着你，你这个可怜虫。"理查德·克伦威尔这时上前一步。他没有碰萨里，但与他四目相对。

他（克伦威尔勋爵）伸手抚了一下自己的胸口：他的刀在那儿，但谁也不能掏出来。他看到萨里满脸的痛苦，看到他的挑衅和迷茫。"萨里，你心情不好。"他一边说，一边抓住理查德的胳膊进行制止。"你父亲告诉过我，你还在为小里奇蒙哀悼，愿上帝让他安息。"

"已经一年了，"萨里说，"一年来，我的朋友在塞特福德的坟墓里腐烂，你们这些恶棍却活得自由自在。我来到这儿，看到整个宫廷就像猪圈里爬满蚊蝇的粪堆一样闹哄哄的。我敢说有不少混蛋都愿意作伪证将霍华德家整垮。他们妒火中烧，只要能看到我们栽跟头，他们宁可自断双腿。"

理查德说："如果你不后退，反正也会栽跟头。"

"我父亲本可以成为北方之王。所有的大家族都支持他。但看看他的忠心吧，他拒绝了要他背叛的所有建议——"

"是吗？"爱德华说，"哪些人的建议？"

"可他的回报在哪儿？他难道不该比其他臣民得到更多、更重要的回报吗？相反，当那些流氓从别人手里偷走他们世代拥有的领地，并指望将自己的种与这片土地上最高贵的血统混杂在一起时，我们这些贵族却只能袖手旁观。国王在干什么，竟然把一帮粗俗的盗贼和扒手留在身边？把出身高贵的绅士赶出枢密院——”

他把一只手放在萨里的胳膊上，萨里猛地甩开。“克伦威尔，你打算谋杀所有的贵族。你会一个个地砍掉我们的脑袋，直到英格兰只剩下毒血，然后你就会一手遮天。”

“这一架是我的。”爱德华·西摩说。他将一只战士之手放在自己外衣的橙色缎子和银色饰边上，朝萨里走去。萨里手扶刀柄踉跄上前。猎犬惊恐地狂吠。仆人马修大喊：“麻秆腿，别动刀！”

掌玺大臣吼道：“你们都住手！把手垂在两侧。”他们惊愕地服从——但萨里挥臂过肩，仆人马修抬起一只手，然后倒在他主人的面前，溅出的鲜血滴在瓷砖上。

萨里骇然后退。他的脸上淌着汗水和泪水。理查德夺走他手里的刀。就像缴一个孩子的械，他后来会说。他会回想起那个年轻人的手指的感觉：麻木，冰冷，沮丧。

马修重新站好。他使劲吮吸着手掌的伤口。灵缇犬舔着地板——毒血。“擦破一点皮。”孩子说，但血顺着他的下巴流了下来。

格利高里拿出一块手帕。“给你，马修。”年轻的卡尔佩珀大惊失色地出现，其他侍从也从画廊和警卫室冲了过来。

理查德说：“砍断筋了吗？”

格利高里说：“卡尔佩珀，快去找医生。”在一片慌张喧闹中，他注意到他儿子镇定自若。

爱德华说：“如果再深一英寸，萨里，你就会割断他手腕的血管，他是个手无寸铁的孩子，从没伤害过你。”

“哦，他称他为麻秆腿，”格利高里说，“我也这样。”

萨里擦着脸，瞪着格利高里。“我们比武场上见，克伦威尔——哦不，我不会跟你交手，你不配，如果可能的话，找一位贵族代你出面，我会把他插在铁扦上，你可以随时来给他收尸。”

“你插不了任何人，小子，”理查德说，“你连自己的午餐都插不住。你不会有右手可以抠鼻子了。”

“什么？”萨里说。

爱德华说：“在宫廷一带不得动武流血。任何这样的行为都是对君王的威胁。”

“他不在这儿。”萨里傻傻地说。

“王后在这儿，”理查德说，“而且怀有孩子。国王的女儿也在这儿。”

他严肃地说：“各位大人，诸位，你们都是证人。刚才有人动武，是萨里大人动的武。”

爱德华说：“萨里，你知道该如何处罚。”

猎犬的舌头起劲地舔着他们脚旁的瓷砖。萨里把自己的右手举在面前，愣愣地看着。这只手软绵绵的，仿佛已经不属于他。“我不是故意要伤他。我只是想做做样子。而且他受伤不重，对吧？”

马修刚要表示同意，但萨里朝他转过身来，说：“马修——你是叫这个名字吗？我肯定认识你，但那时你用的是另一个名字。”

毫无疑问，他想。在某个受到怀疑的府邸，侍候在餐桌旁或负责送煤炭；双手干干净净或乌黑肮脏，为国家安全而工作。

理查德说：“就算他像犹太人的神那样有很多名字也没关系。你伤害的不是一名仆人，而是国王的和平。”

萨里把手伸进钱包。“我给这孩子一点补偿吧。”

“去给国王好了。”西摩一脸严峻，仿佛已经在主持处罚。“你父亲听到此事会震惊至极。他会了解所制定的处罚——而你们霍华德家的人总是说，老规矩不能破。”

对此有一套程序，需要十个人。带着器械的外科主治医生，带着棒槌和垫木的贮木场主管。带着剁肉刀的主厨，以及知道怎样剁肉的贮肉房主管。还有烙铁主管，带着用于烫伤口的烙铁；有蜡烛房的仆人，带着油蜡布；有餐具室的仆人，带着一盘用来给烙铁加热的煤炭，和一个让煤炭冷却的暖锅；有酒窖主管，带着葡萄酒和啤酒；有盥洗房主管，带着水盆和毛巾。还有家禽主管，带来一只被缚住双腿的公鸡，它不停地挣扎和咯咯叫，还是被主管按在垫木上砍了头。

公鸡被献祭后，肇事者的右臂被袒露出来，前臂平放。屠夫将刀口置于关节部位。一声祷告后，持剑的手被砍断，血管被烫焦止血，肇事者倒在地上，被蜡布裹起来抬走。

他依照承诺为婚礼休了两天假：8 月 1 日将国王留在桑宁希尔的狩猎别墅，8 月 2 日前往莫特莱克，准备参加第二天的仪式，5 日再回温莎与国王会合。婚礼的规模不大，不像贵族们的那般奢华隆重，但新娘新郎神采飞扬，宾客们也心情愉快。“简称在哪儿？”格利高里问。

他不得不把儿子拉到一边。“在家里。他的小儿子死了。”

“上帝保佑我们。国王知道吗？”

他想，格利高里是一位朝臣，没有辜负我对他的培养：他最先想到的是国王，想到这个消息是否会吓着他，或让他心情不好。

他说：“不用禀报国王。他通常不会询问我们的子女的事情。”比如，他一直没有提过詹妮可，虽然肯定有人把关于她的一切都告诉了他。“我猜他不知道赖奥斯利有几个孩子，如果他第一次听说威廉就是他的死讯，就太遗憾了。”

他们在莫特莱克，他们的老家，这是克伦威尔家的庆典。沃尔特如果知道自己的孙子成了国王的内弟，会怎么说？尽管沃尔特以前常说克伦威尔家是有身份的人。他说他可以出示羊皮纸文件，但后来又说它们被老鼠吃掉了。沃尔特说，你母亲出自名门，是斯塔福德郡或德比郡的，北方的某个地方，他们家的人可不穷。这也许属实。但那些给他写信攀亲道故的陌生人啊，如果他小时候说跟他们沾亲带故，又会如何？他们可能会把他踢到楼下。把他的手指从他们家大门的铁栏杆上扒开。

格利高里说：“萨里面临重刑。也许国王愿意宽恕他，作为给我的结婚礼物？”

“有三点，”他说，“第一，我希望他会给你一座修道院。第二，受到冒犯的不是你，而是王权，这不是一件私事。第三，我以为你恨萨里。”

“是他恨我，”格利高里说，“这是两码事。不过我并不矮，对吧？”

“一点也不，”他说，“你快乐吗？你和贝丝对彼此似乎没有觉得害羞。”

“是的，我很快乐，”他儿子说，“我们俩都很快乐。所以，先生，请不要看她。有其他人在场时才跟她交谈，不要给她写信。我对您提这个要求。我从来没有太多的要求。”

他心里一沉。看来她告诉了他。“格利高里，”他说，“我不为自己辩解。我本该把话说清楚的。”他看着儿子，觉得自己应该多说几句。“当她以为新郎是我时，只是出于义务才点头同意，因为她绝不可能选择我，而不选择一个像你这么英俊潇洒的年轻人。至于怎么闹出这种误会——你知道，西摩有时很干脆。两个男人迎面而过时的谈话，就可能发生这种情况。”

“其他情况也可能发生。但别让它们发生。”

他觉得自己脸红了。“我是个讲荣誉的人。”

格利高里会说，什么荣誉呢？帕特尼人的那一套？

“我的意思是，”他说，“我是个说话算数的人。”

“太多的话，”格利高里说，“太多的话语、誓言和行为，当人们有朝一日读到这些时，会无法相信世间存在过克伦威尔勋爵这样的人。您什么都做。您什么都有。您什么都是。所以我请求您，父亲，在您宽广的地盘上给我留出方寸之地，把我的妻子留给我。”

格利高里拔腿欲走，但又转过身来，说：“贝丝说她早餐没有胃口。”

“这对她是个重要的日子。”

“她说这意味着她怀孕了。她以前怀另外两个孩子时也是这样。”

“恭喜你，格利高里。你是个行动家。”

他想站起身拥抱儿子，但也许还是免了。他想，在今天之前，他们彼此从未说过一句难听的话，也许刚才那些话与其说是难听，不如说是可悲：做儿子的竟然能把父亲想得那么邪恶，仿佛他是个陌生人，你不知道他会干些什么；仿佛他是路上的一位行人，既可能祝福你的旅程并为你加油鼓劲，也可能将你抢劫一空并踢进沟里。“格利高里？我打心底里感到高兴。别告诉贝丝我知道，以免她产生误解。”

“还有别的事吗？”格利高里说。

“是的。可以等到年底才公布消息，但与此同时，这又是另一件不要告诉国王的事。”

亨利会想，为什么对有些人那么容易？小孩子怎么那么廉价，竟然被遗弃在门口，被教区收养，而英格兰国王却要为了一个男孩而向上帝千请万求？他们怎么来得那么容易，以至于花园凉亭里的一个热吻就激发生育的欲望，而我们才刚刚祝福婚床，他们就走到了圣水盆和洗礼巾那一步？

“而且，”他说，“我们不想让别人说，克伦威尔的儿子太急切地想跟他的新娘上床，都等不及神圣教会的祝福。”

“这倒是真的，”格利高里说，“我没有等。我根本不在乎他们的祝福。神父们对婚姻了解多少？国王禁止他们结婚。该将他们彻底赶出这个领域了。这里没有他们的事，就像赛跑中没有瘸子的事一样。”

“我不会反驳这一点。尽管我希望他们身强力壮。”

“哦，大主教是您的朋友，”格利高里说，“我有时想，不知道克兰默到了天堂会干什么，那里没有婚姻嫁娶。他将没有娱乐消遣。”

“别谈论克兰默的妻子。”

“我知道，”格利高里说，“这件事要装进那个珍藏秘密的大箱子，箱盖上坐着一个食人魔。”

孩子将在春末出生。我要当祖父了。如果我们能度过下一个冬天的话。

“去找你的新娘吧，”他说，“你已经离开她太久了。”但紧接着，他说：“格利高里？你是你自己府里的主人——你是一家之主，没有人会怀疑这一点。”

而我则像四处漂泊的奥德修斯，历尽艰险，饱经风霜，长途跋涉回到家里，看到的却是一群吵吵嚷嚷的陌生人。每当我看到平凡的快乐，地平线就会倾斜，我就会看到别的东西。而现在我听起来就像一个昏聩的老者，说什么“如果我们能度过下一个冬天”。仿佛我是诺福克舅舅，说湿气将会要我的老命。

接下来出行时，他带上了费兹威廉，他们前往内地去追亨利，发现他在一个雨天闷闷不乐地待在室内，除了坐着之外，看上去很像白厅壁画上的模样：虽然佩戴的饰品更少，但还是目露凶光。不过他似乎很高兴看到他们：“托马斯！我还以为你会陪我去打猎。我一直在等你。但现在天气变了。”

他张了张口，想跟国王谈谈家里桌上的那堆文件。亨利说：“听说法兰西与皇帝停战了，这是怎么回事？会是真的吗？”

“他们下周又会开战的，”费兹威廉说，“毫无疑问。但是陛下，我们来这儿是为了小萨里的事情。你知道，不能砍掉他的手。”

国王说：“我猜托马斯·霍华德给你写信了？乞求网开一面？”

的确。你可以看到渗透纸背的斑斑痕迹：汗水，泪水，怒气。好心的克伦威尔大人，与我为友吧；麻烦你帮帮托马斯·霍华德，他会每天为你祈祷，会终生感激你。让我的蠢儿子受什么处罚都行，但不要让他残废，霍华德家的人没有了持剑的手会生不如死……

“诺福克认为你在我心里很有分量，”亨利说，“不管你说什么，我都会同意。他认为我是你的下属，掌玺大臣。”

他想不出如何回答，想不出如何回答才安全。

亨利说：“我为何不该按老规矩处罚萨里？让我听听你们的理由。”

因为，费兹威廉说。因为把一位贵族变成残废，几乎比杀掉他还要残忍。这有点野蛮，或者充其量是外国人的做法。

他（托马斯·克伦威尔）接过话头：因为他还年轻，会吃一堑长一智。因为陛下有远见，很英明，很仁慈。

“仁慈，”亨利说，“不是心软。”他烦躁地动了动。“我了解霍华德家族，知道他们是怎样的人。他们本该指望罚没财物，却还指望奖赏。真心汤姆对我的外甥女图谋不轨，我本可以砍掉他的脑袋，却留下了他的性命，对吧？”

他说：“先生，我的建议是，让萨里煎熬一段时间。这对他会是个难忘的教训。以后他会对你感恩戴德。”

“是的，但你总是这么说，克伦威尔。你说，饶恕他们吧，以后他们会老老实实的。三年前，爱德华·科特尼的妻子包庇那个假女先知巴顿——哦，你说，原谅她吧，她只是一个弱女人。我相信她现在又在捣鬼了。”

费兹威廉说：“依我看，科特尼的妻子与此事无关。否则克伦威尔很快就会知道，因为他在她府里安插了一个女人。”

“那波尔家族呢？我让他们家道兴旺，让他们摆脱了贫困和耻辱，重享荣华富贵！我得到的回报呢？就是雷金纳德在欧洲招摇游荡，称我为反基督。”

他说：“也许必须有新的策略。但是，恳请陛下开恩，我们不要从砍掉萨里的手开始。”

费兹说：“我请求你，不要让古老的血液轻流。”

“古老的血液？”国王笑起来，“林恩镇不是有过一位姓霍华德的律师吗？”

“陛下，的确如此。”那是大约二百五十年前，对这片巨人从树梢上露出脑袋的土地而言，那不仅仅是一眨眼的工夫吗？

他想起博尔斯特、格雷普和韦德等。他望着亨利，心里想，他马上就要让步，会饶恕那个孩子，但萨里必须知道。国王就像伯劳鸟或屠夫鸟①，模仿无害的食籽雀发出叫声吸引猎物，然后将它们刺穿在荆棘上，不慌不忙地享用。他说：“陛下恕我冒昧，我想，如果再往后追溯一段时间，那我们都是律师。在林恩或其他地方。”

“而在那之前不久，我们都是动物。”亨利笑了，但笑容很快消失。“把那孩子送到温莎来吧。他必须待在限定的范围之内。他可以在公园里锻炼，但告诉他会有人监视他。我们自己去那儿时，他不用上前请安，除非我们许可。”他凝视着不远处。“克伦威尔大人，在大家族之间劝和是一件积德行善之事。但你不认为诺福克会成为你的朋友，对吧？”

“对，”他说，“我也不是为了讨好他才帮忙说情。”

“我知道了。不是为了讨好他。可我听说你在跟他谈刘易斯②的修道院？霍华德家的领地，我想也是你的吧？”

国王与理查德·里奇一起讨论过，询问哪些人想要哪座修道院，以及为什么。比如，李尔原本想要博利厄、索斯威克和韦弗利，最后勉强接受德文郡的一处不太大的房地产。他（克伦威尔）一直在苏塞克斯郡买地，想慢慢扩展到霍华德家的边界，挨着他们，与他们毗邻。“我之前想过，等刘易斯修道院解散时，如果陛下不反对，就可以把院长住所改建一下，为我儿子建一幢房子。”

国王的怒气已经消失。他想起自己是深受爱戴的国王。“我对格利高里和他妻子会有求必应。不过，大人，刘易斯的修道院那么大，拆起来不是要花数月的时间吗？”

“我没打算拆。我准备把它炸掉。”

“真的？”国王似乎刮目相看。

---

① 伯劳鸟亦称屠夫鸟，是一种凶猛小鸟，习惯将猎取的小动物或大型昆虫刺穿在荆棘、细小的树枝甚至铁丝网的倒钩上，然后用嘴撕食。

② 英格兰东南部城市，东苏塞克斯首府。

“我认识一个意大利人。他有信心能做到。”

“晚饭后来找我，”亨利说，“带上图纸。”他看上去像孩子一样兴奋。

在温莎，当嘉德骑士团会议在国王的议事室举行时，国王浏览着名单，说出了所有人都在竖起耳朵听的话：“我们要为王子保留一个勋位，上帝恩典，他很快就要降生了。另外一个给掌玺大臣。”

一阵模糊不清的——什么？大家咕咕哝哝地表示认可，但一时无法抬手鼓掌。他们知道这件事会发生，但还是感到震惊。酿酒商之子——人们需要时间去适应。

他跪在国王面前，娓娓致谢。亨利把嘉德领环套在他的肩颈上，那是一根重三十盎司的链子，由金结和珐琅玫瑰组成。领环上坠着嘉德徽章，里面是一个金质圣人骑在一匹金马上的乔治圣像。“平身吧，大人。”国王低声说。

只是龙不见了，不是被杀死，他想，而是心满意足、懒洋洋地蜷缩在炎热的太阳下。他姐姐凯特曾经跟他讲起过一条龙，每周六要吃七个女人，连大斋节也不放过她们。

亨利说：“你现在加入了一个神圣的团体。关于后面的仪式，凡是你需要知道的，埃克塞特勋爵都会告诉你。还有尼古拉斯·卡鲁，或者我这些最尊贵的兄弟中的任何一位，都可以这样。我珍视他们所有人，就像珍视你一样，亲爱的托马斯。我希望你健康长寿，好好享受你的新地位。”

骑士们哼哼地叫着，用力捶着桌子，以示同意。埃克塞特侯爵亨利·科特尼迟疑了片刻才加入。仪式将于八月下旬举行。欧洲依然保持和平。国王说福音书可以向民众推广，这个新译本很合适；主教们在他们商定的文本上签了字，然后将两者都交付印刷。

授勋仪式的头天晚上，他前往温莎，教士们友好地接待他。但他发现他们犹犹豫豫，担心冒犯新成员。一位教士轻声说，大人，今晚你应该反思自己的过失，愿意的话进行忏悔；明天你必须完美无缺，因为明天你就进入了这个骑士团，如果所有的骑士碰巧聚在一起，你将与法兰西国王、苏格兰国王以及神圣罗马帝国查理皇帝一起巡游。

在一处教士住所，墙上画着植物——都铎玫瑰和大石榴。教士告诉他，这是那两种植物的唯一合法的绘画，为什么呢？因为你瞧，在房门上方，是威尔士亲王亚瑟的画像，呈现的是他当初与自己的西班牙新娘成婚时的样子，她自己也在那儿，以轮子的形象来表示——圣凯瑟琳就是在轮子上受难的。我们这些教士总是说，那些画非常干净和精美，我们可以保留它们而不用受罚或担心，因为我们的国王虽然否认自己娶过阿拉贡公主，但从未否认她嫁给了他哥哥。”

“但那都是很久以前的事了。”他说。

“是吗？”教士说，“你这么想？对我来说似乎并未过去太久。”

这一带有一所音乐学校，谁也记不清起于何时。他在头顶上方搜寻老王后的画像时，能听到孩子们学唱圣歌的声音，歌声将他带到外面古城墙下的阳光下。他看过他们在教室里的情景，像一群叽叽喳喳的鸟儿，小小的身体挤在一起，声音越过屋顶；如果他们的嗓子破了音，将何以为生，是否会生活艰难？他们将成为音乐教师，教那些手指很粗的蠢小子和晃着脑袋想在窗玻璃上照见自己的傻姑娘弹维吉那琴。他们礼拜日将在教堂唱歌，也许是新福音书中的段落。他自己府里也有这样的孩子，虽然不像国王的表演者那么训练有素。在音乐学校，乐谱画在墙上，以便全组的人可以同时学习。当他们学会后，乐谱就被粉刷覆盖。但所有的歌都不会消失。它们深深地沉进去，透过墙板，永远留在墙里。

明天必须万无一失，所以他们让他预演一遍，埃克塞特勋爵、卡鲁和费兹威廉陪在他身旁给予鼓励。一切都放在手边：他的天蓝色披风，羽翎帽。他向国王购买了十八码深红色丝绒和九码白色衬里薄绸。装饰他的席位的物件都已准备就绪，包括头盔、垫子、旗帜等，法令所规定的应有尽有。骑士们将步行至圣乔治教堂，然后在会议厅，他们将解下他的斗篷，他将穿上罩袍受剑。然后他将光着头，左右各有一名护卫，走到高坛①，把手放在福音书上宣誓。然后，他们说，你就可以登上为你指定的席位，请注意，嘉德纹章官会站在那儿，他会把你的披风交给你的护卫，他们会把它披在你肩上。然后他们会拿起你的领环——做好准备——帮你戴上。

① 唱诗班所在之处，也称诗班厅或诗班席。

然后是祷告，祈求圣乔治引导你度过顺境和逆境。

他想，我们需要的正是如此，顺境中的帮助。我们可以为七个荒年做好应对。但丰收之年到来时，我们准备好了吗？当我们的生活渐渐向好时，我们从来不知道如何接受。

他想，在詹妮可的事情上我很失败。我得到了她，又让她走了，别人给了我一件宝贵器皿，我因为震惊而失手掉落。我没想到过去会产生如此甜美的果实——我在忙着把它涂掉，忙着为了将来而把我的墙壁粉刷一新。

埃克塞特侯爵厉声说："你在听我说话吗，勋爵大人？祈祷时，你要手捧章程。然后戴上帽子。向圣坛鞠躬。向国王的席位鞠躬。然后在那些杰出的骑士们中间就座。"

那些在场者，不在场者。那些生者和逝者。

埃克塞特称他"勋爵大人"是勉为其难。这个词卡在科特尼的喉咙里。他想，四年前，我救了你和你妻子格特鲁德，现在国王怀疑我太过宽容；他觉得我想跟你们这些人交朋友。你，埃克塞特，还有蒙塔古勋爵，已经到了悬崖的边缘。再往前一步试试，看我会不会关照你们。

当天晚上，他做完祷告就早早上床。他对克里斯托弗说，我没生病，别担心。他需要一个空间，好看看未来如何成形，而此时此刻，夜幕正悄悄降临在河面上和公园里，模糊了古树的形状；树丛中有夜莺，但我们今年不会再听到它们的歌声。明天，所有人都会移动目光，但不是转向他所填补的嘉德席位，而是转向那个空缺，在那里，一个尚未出世的王子伸手去拿章程，并在胎膜里低下尚未睁眼的头鞠躬。未来为什么感觉那么像过去，那种奇怪的黏糊糊的触感，新婚床单或裹尸布的窸窣声，门窗紧闭的房间里炉火的哔啵声？像使玻璃起雾的气息，像夜莺在空中的痕迹，像缭绕的熏香，像蒸汽，像水，像黑暗中奔跑的脚步和笑声……他极力强迫自己入睡，但厌倦了想在醒来时不一样。在故事里，黎明或黄昏时分，有些人被看到出现在一片开阔的水域，像幽灵一般在空中飞舞扭动，或者给自己的肉身插上皮翅膀。但他不是这样的巫师。他不是一条可以蜕皮的蛇。他是镜子每天把他照出来的样子——来自帕特尼的快活的汤姆。除非你另有高见？

授勋的这天早晨，他醒得很早。他想，他应该像坟墓上的雕像一般，一动不动地躺着，等待仪式开始。但他还是下了床。他需要一支蜡烛，直到天色变亮；他拉开百叶窗，暗淡的光线照了进来。嘉德骑士开启一天的方式跟其他所有人一样：撒尿，伸懒腰，摩挲发青的下巴。如果你留意到内务府的运行方式，黎明后就很难重新入睡。各种噪音只有在最黑暗的时间停止；城堡被下面的小镇所包围，由那些不停地从卵石路面压过并开进大门的马车提供补给。当你在那些地方走动，从一处到达另一处时，不同的时代刀来剑往，犹如全副武装的君主们在交锋，一位亨利修建的墙撞向早已变为尘土的一位爱德华修建的另一堵墙。这些神圣的国王都已经长眠；时间像攻城机器一般在攻击他们的工事，当你走下一级台阶，就会走在过去的另一个层面上。

他想走一走，也许跟什么人互道一声早安，以驱散自己的梦。厨房和储肉室都在忙碌，为即将到来的货物做准备。人们揉着眼睛，梦游似的从彼此身边走过，犹如在灰蒙蒙的海里游泳；没有人开口说话，他们只是眨着眼，避开他，仿佛从他的梦中掠过，或者他从他们的梦中掠过。当他听到脚步声有目的地往下走时，他跟了下去。下啊，下啊，直至下到一个石板地的房间，只见一条深沟里流着褐色的水，像溪流似的淌个不停。

小时候在朗伯斯，当宰好的牛、羊、猪被运进来后，他看到过分解的情景。当利刃在空中欢唱，哗哗声从他耳边飘过时，他学会了静静地站在一旁。有些人觉得自己的手适合握切肉刀，他们把扦子插进颤动的肉里，剁啊，砍啊，用肉钩拖动大关节，而他渐渐喜欢跟他们在一起。他看到动物被分解，成为盘中餐；见过府里的官员铲起那些动物的颈、前腿、脚、蹄、肚子以及牛头和羊心，作为自己的那份补贴。他学会了清扫浸满血液的锯木屑，擦拭堆放过肺和肝的案板，清除凝固的血污。他学会了脸不变色心不跳地做这一切：平心静气地做，毫无感觉地做。不管是黄昏还是黎明时的动物分解，光都是一样，灰蒙蒙的，深酒红色；屠夫们没有看到他，只管径直走过，眼睛看着前方，肩上扛着重物。

他为他们让路，退至墙边。他们对他视而不见，在昏暗中也许把他当成了某个记账的职员。他们继续往前走，肩上的动物尸体像人一样大，他们戴着帽子，低着头，眼望脚下，一言不发，畅行无阻，溅了血的靴子咯吱咯吱地踩出污水，沿着盘旋楼梯，在湍急的水声引导下，往下走进黑暗。

3. 击中身体并折断①

伦敦，1537 年秋

女人的生命是什么？别因为她不是男人，就以为她不会战斗。卧室是她展示旗帜的比武场，她在其中分娩的封闭房间是她的战场。

她知道自己可能不会从那个有血的房间里活着出来。临产之前，如果她很谨慎，就会安排好自己的后事。如果她死了，会被人哀悼和遗忘。如果孩子死了，她会受到指责。如果她得以活命，就必须隐藏自己的伤口。她的伤痛不会为外人知，她的姐妹们只能悄悄谈论。是夏娃之罪及其招致的漫长持续的惩罚在体内撕扯着她，让她痛不欲生。我们会祝福一位老兵，会给他救济，同情他失明或肢体残缺的状态，但不会把那些在分娩的挣扎中受尽折磨的女人奉为英雄。如果她受伤太重，似乎再也不能生育，我们会同情她的丈夫。

在闭门待产之前的漫长夏日，简在王后的私人花园里散步。安妮 · 博林此前曾住过她的房间，但所有的痕迹都已清除，还建起了一间可以观看河景的新画廊，把简的房间与王室育婴房连接起来。她的状况根本不能与李尔夫人相提并论。她肚子里的孩子是活的，时不时地踢她，还经常乱动，你几乎可以听到小家伙的抱怨：我在这儿被我妈咪的裙子裹得喘不过气来，而树木却枝繁叶茂，人们在草地上漫步。

随着生产期的临近，有个女人会花一大笔钱换取来自马利亚的腰带的一根线。分娩时，她会把祈祷文别在产妇的罩衣上，那是她的前辈们试验过的祈祷文。罩衣沾血后，接生婆会把羊皮纸贴在她隆起的肚皮上，或者系在她的手腕上。汗流浃背的产妇会从一只水壶里喝水，而她的朋友们已经对这只水壶念诵过圣徒的祷告。当接生婆束手无策时，上帝之母会帮助她。夏娃害了我们，但马利亚会以自己的悲欢帮助我们得救：无价的珍珠，无刺的玫瑰。

---

① 马上长枪比武活动的术语，该活动在十四至十六世纪的欧洲最为盛行，到十六世纪已经形成比较严格的规则，比如只有贵族才能参赛，判断胜负的标准是把对方挑落马下或击中对方身体并折断的长枪的数量。

当马利亚生下她自己以及我们的救主时，是否像其他的母亲一样痛苦？神学家们观点不一，但女人们认为答案是肯定的。她们认为她同样有过不安、颤抖的时刻，尽管她受孕时是童贞女，怀胎时是童贞女，甚至当替人类赎罪的圣子随着一阵不洁的液体从她体内涌出时，她还是童贞女。然后，马利亚的身体重新变得严丝合缝，有待男人的进入。但她成了全世界的饮水之源。她保护人们免遭疫病的侵袭，教铁石心肠的人去感受，让眼睛干涸的人流下泪水。她同情在海浪上颠簸的水手，甚至让盗贼和通奸者免受惩罚。当我们的生命只剩下一小时之际，她来到我们身边，提醒我们祈祷。

但英格兰各地的童贞女在纷纷倒塌。伊普斯维奇的圣母必须拆毁。沃尔辛厄姆——我们称为恶尔心厄姆——的圣母必须用马车运走。伍斯特的圣母被脱去外套和银鞋。装她奶水的容器被砸坏，发现里面有石灰粉。至于她那双可以转动、流出血泪的眼睛，我们现在知道那是动物的血，而她的眼睛是由铁丝所控制。

当王室即将有新生命降临时，有一本很好的书会告诉你该怎么做。该书由一名职员掌管，但里面的旁注是出自老国王的母亲玛格丽特·博福特之手。爱德华国王在位期间，她在宫里，见证了他的十个孩子的出生，所以很清楚都铎王朝应该遵循同样的礼仪。

“那个膝盖嘎吱响的圣人，”亨利说，“我小时候很怕她。”

“但我们还是得遵守她的规定，先生。女士们不喜欢任何变化。”

他的新儿媳贝丝随时向他报告王后房间里发生的各种情况。格利高里不愿意与他的新娘分开，但眼下绝非平常时候，再说，他对她已经完全行使了一位新郎希望行使之职。爱德华·西摩在期望的折磨下，一天天地愈发神色紧张。他回到狼厅去打猎，并致信说，今年的猎物非常棒，亲爱的朋友克伦威尔，我真希望你在这儿。

这是一个危险的夏天。由于害怕瘟疫，王后府减少了人手。国王另住在伊舍，排场也小了很多。有位名叫博尔德的信使每天往返于雷夫和克伦威尔府之间，现在却感染了一种不明瘟热，必须隔离起来，直到好转或死亡。雷夫经常面对面地吩咐博尔德，所以国王建议他不要踏足宫廷，但转身又忘记，会烦躁地问：“小赛德勒在哪儿？”

雷夫写信说，看在上帝的分上，别让国王忘了我，否则某个对手就会窃取我的位置。自我懂事时起，您就在抚养我，教育我，赏识我。现在不要让我被淡忘出局。

随着早晨变得雾蒙蒙的，空气中有了最初的寒意，国王不愿意没有克伦威尔。他说，来到我身边吧。来陪我一些日子。也许为了遵守规定，只是晚上睡在另一个屋檐下。他遵循王命，并确保每天都谈起小赛德勒，说他多么想念国王脸上的光彩。他写信告诉爱德华，他的狼厅之行将不得不暂缓。国王称他汤姆·克伦威尔，称他克伦。他搂着他的顾问官的脖子，在伊舍的花园里漫步，口里说："我寄希望于这个孩子。如果我可以像故事里的人那样有三个愿望，那么，我会希望得到一个漂亮善良的王子，我还希望自己长寿，可以引导他长大成人。你觉得自己会高寿吗，克伦？"

"不知道，"他坦率地说，"我从意大利带回了一种热病。据说对心脏有损害。"

"而且你工作太辛苦，"亨利说，仿佛这些工作不是因为他，"万一我发生不测，克伦，你必须……"

动手吧，他想。拟一份文件。让我摄政。

"你必须——"亨利顿住，呼吸着绿色的空气。"多么柔和的傍晚，"他说，"我但愿夏天能永远持续下去。"

他想，马上就写。我会去屋里拿纸。我们可以靠在一棵树上起草。

"先生？"他提示道，"我必须……？"

我们可以稍后再钤盖御玺，他想。

亨利转头注视着他。"你必须为我祈祷。"

他们骑马打猎：桑宁希尔，东汉普斯特德，吉尔福德。国王的腿已有好转，每天可以骑十五英里。早晨上马之前，他都要望弥撒。到了晚上，他会弹琴唱歌。他给妻子送去爱的信物。有时，他会谈起自己年轻的时候，谈起他已故的兄弟们。接着他会振作起来，犹如置身于朋友之中一样开心地说笑。他唱起一支沃尔特·克伦威尔曾经唱过的小曲：啊，和平，你让我的酒泼溅出来……

他是在哪儿听到的？国王的版本中，没有对女人的侵犯，词语也更为干净。

9 月 16 日，简开始闭门休息和等待。巴茨医生也在等待，但在她的阵痛开始之前，他和其他医生将保持距离。至于女人们自己能帮什么忙，我们不敢去问。正如我们的布道者已经明确，我们不禁止我们的主的母亲的雕像，也不禁止通过她代为祈祷。她是我们的中保，是我们在天堂的协调人。只是要记住，她不是神而是人，是一个刷锅、刨皮、把牛赶进棚里的女人；天使的出现令她惊讶，孕态令她步履蹒跚，前方的旅程和居无定所的夜晚让她疲惫不堪。

在穿着银鞋的教皇党童贞女背后，匍匐着一个贫穷的女人，一双赤脚上长有老茧，黑黝黝的脸上沾着旅途的风尘。她因为怀着救主而大腹便便，沉重的身体令她行动不便，腰酸背痛。夜晚来临时，她坐在稻草上，不是用各种貂皮来取暖，而是有赖于她身边的家畜的皮和毛；在一个寒冷刺骨的夜晚，在缀有白色星辰的天空下，她经受了分娩的第一次阵痛。

威尔逊博士和希思先生是我们的两位最得力的手下，被派往布鲁塞尔与叛贼波尔接触；他们有丰富的谈判经验，将转告他，国王的提议依然有效：只要他愿意返回英格兰，老老实实地做一名臣子，就可以得到宽恕。他（掌玺大臣）不确定国王的提议会持续多久，不确定这是善心大发还是一个彻底的骗局。但他如自己授命的那样指示特使，建议他们不称呼叛贼的头衔，只叫他“波尔先生”。

他对沃尔西说：“那个自命不凡的家伙自封为英格兰红衣主教，你怎么看？”但他已故的主人不予置评。

王后分娩持续了两天三夜。第二天，城里的名流政要神情肃穆地列队前往圣保罗大教堂为她祈祷，民众也自发响应，有的手握念珠立于街上，有的双膝跪地，有的为国王否认罗马教皇而大声祈求宽恕；有人说他是鼹鼠精，不会有后代，还有人说玛丽小姐是他的继承人，因为她是一位真正的公主的孩子。城市官员们行于其间，将部分人抓了起来。但多数人在晚钟之前就已释放，他们的无知得到饶恕。本周不是抽鞭子或割耳朵的时候。

有人怀疑此时此刻祈祷是否有效。上帝凭什么要放过一个女人而不放过另一个女人？但四十八小时过去之后，除了祈祷还能如何？国王如果失去这个孩子，会无论如何都不相信这是不幸。国王们受制于命运而不是运气。意外不会发生，宿命无可避免。格利高里说，如果国王对结果不满，就会再次跟上帝争吵。他可能会撕毁自己的法令，而已经在印刷中的福音书可能永远不会面世。

如果掌玺大臣在简的门口，就可以询问那些进进出出的医生。但信使博尔德已经死了，所以他不敢进宫，以免有传染的风险。

他忙着处理僧侣们的津贴，以及给目前在皇帝那边的汤姆·怀亚特写信。怀亚特被发现犯了一个粗心的错误。他没有把玛丽小姐写的那些信呈给查理，在信中，她描述了自己现在自由幸福的状态，强调她是——也将永远是——她父亲的仆人。赖奥斯利说，这很奇怪，因为怀亚特不会犯错，对吧？或者不会犯简单的错误。

这难以解释。但他和赖奥斯利帮怀亚特做了掩饰，所以亨利一无所知。我们不希望怀亚特此次出使失败。怀亚特比任何人都更能摸清皇帝的意图。据说查理与弗朗索瓦在议和，他们难道不需要调停者、仲裁人吗？最好是请英格兰出面，而不要去找教皇。我们需要想办法挤进这个过程。

总之，不管是否有协定，皇帝与法兰西今年不会再战。冬天很快就会到来。北方也不会再闹事。

不过，九头蛇①从来不是一个光明正大的对手。它躲在洞里，只有在大白天才能被杀死。

10月12日凌晨两点，简的孩子出生。信使马上出发，他们用这个消息把他叫醒。"男孩还是女孩？"他问，他们告诉了他。时至八点，全城都已知晓。九点时，他们在圣保罗大教堂唱《感恩赞》。这是圣爱德华节前夕，所以孩子将以圣人的名字命名。雷夫已经奉命回宫。王后的公函经他之手发出，从措辞上看，仿佛是她亲自握笔拟写：*神的恩典……一位王子，孕育于完全合法的婚姻……令人快乐的喜讯……本国的所有财富、和平与宁静……*

宁静？他们在塔里鸣放了一整天的礼炮，仿佛要刺破云层。大街小巷都在狂欢。钢院商站的慷慨商人请穷人喝酒，一醉方休。号声、风笛声和鼓声响至深夜。他想，雷夫应该把"完全合法的婚姻"写成红色的大字，

---

① 希腊神话中的多头蛇，每砍去一个头即长出新头，后为大力神赫拉克勒斯所杀，也被用来指难以根绝的祸患。

特别是那些系着丝带、盖有厚厚封印、送往教廷、法兰西和皇帝的公函。他小声对着空气说："红衣主教大人，要我念一遍吗？"因为谁知道鬼魂能否阅读？红衣主教默然，甚至没有一声轻笑。空气里空空如也，毫无动静。

王国的贵族们现在都奔走相告，分享喜讯。他们前往汉普顿宫出席洗礼，但必须把随从留在家里。金斯敦和温莎有瘟疫。行动受到限制。即使一位公爵也只能带六个人来保护和侍候他。陌生人禁止入内。送货人员必须在卸下货物后立即离开，王室育婴房必须每天清洁两次。

女人们说，王后已经坐了起来。她失血很多，但眼睛发亮。她说："有鹌鹑吗？我很饿。"饮食要清淡，夫人，她们力劝道。简想下床，白皙的脚摸索着地毯。不行，不行，不行，她们说，又把她扶回去：得卧床很多天，夫人。

有传言说国王要加封伯爵。他自己会成为肯特伯爵，或汉普顿伯爵——旧头衔新用，或者新造的头衔，为诚实的汤姆而设。在洗礼的当天，王后坐在椅子上，被抬到宫殿的公共空间。根据传统，洗礼是国王和王后不亲自参加的另一项仪式——他们都到场，但不在圣水盆边。他想，我厌倦了这些传统。该将它们废除了。抢劫从射手山下来的行人是一种传统，难道因此就值得推崇吗？

仪式于傍晚举行。亨利坐在王位上——简在他身旁——接见他的臣下，接受他们的祝贺、祈祷和礼物。他将礼物列入清单，把它们交给锦衣库的人带走，或者交至珠宝屋，或者记下某个金杯或某条金链应该送至造币厂检验和称重。英格兰的贵族举着蜡烛，念着祷告，列队步入王室礼拜堂。她们用貂皮和丝绒把简裹了起来，他在加入队列之前，看到她伸出手，拉扯着喉咙部位的衣服，似乎它们扎得她难受。他们在她腿上放了一本祈祷书，但她没有看。她时不时地跟国王说句话，亨利则伸长脖子去听。他看到她转头望向窗户，避开那一排蜡烛的亮光，仿佛她宁愿待在外面的秋夜里。

他加入了队列，成为队伍的一员，置身于药草的热气和香气之中。格特鲁德·科特尼有幸抱着孩子站在圣水盆前，旁边站着她的丈夫埃克塞特侯爵，还有萨福克公爵。"干得好，克伦。"萨福克说。他对每个男人都重复着同样的恭维之词，仿佛全英格兰都参与了播种。"干得好，西摩。"爱德华·西摩怀里抱着小伊丽莎白小姐一起行进，小姑娘手里拿着一个镶有宝石的圣油杯，不停地东张西望，看到感兴趣的东西，便在西摩怀里挣扎和踢他的肋骨。尼古拉斯·卡鲁与内弟弗朗西斯·布莱恩拿着洗礼巾站在圣水盆旁边，布莱恩的眼罩闪着色眯眯的绿光。汤姆·西摩将一块绣着威尔士亲王纹章和功勋的金布托在孩子上方。王子本人则被裹得严严实实；你相信他在那儿，在那一堆流苏、花边和裘皮的中间。他肯定很沉，因为格特鲁德有些站立不稳，诺福克连忙扶住她的肘部，稳住婴儿的脑袋——在那一刻，他的动作娴熟而温柔。接着，公爵对周围的人一笑，露出一口黄牙：诸位，你们瞧见了？我的流放结束了，王子的诞生会平息所有的争吵。

圣水盆被置于一个底座上。礼拜堂里的贵族贵妇们所能看到的比较有限，一顶华盖和比他们更为重要的人物的身躯挡住了他们的视线。他是这些重要人物之一，他的旁边是身为教母的玛丽小姐。她小声对他说："我为我父亲感到由衷的高兴。我觉得心里的一块石头落了地。我从来没有今天这么轻松。"

她想，毫无疑问，现在我永远都当不了女王。王子很健壮，多半会长大成人，简也没有理由不给我们生一位约克公爵，后面还会有更多的王子。玛丽虔诚地说着这些，他不知道她是否发自内心。

在音乐声中，他低下头说："你知道我们将有一位新的法兰西大使吗？"

号声刺耳。玛丽说了句什么，摇了摇头。"路易斯·德·佩罗，卡斯蒂永爵士。他一抵达就会去拜访你。他将重提你与奥尔良公爵联姻事宜。"

"但门多萨还在这儿！"她说，"为多姆·路易求亲。"

"是的，但门多萨无权决定任何事情。所以你父亲已经对他说，他是在浪费我们的时间。"

玛丽偏过头去。队列在重新形成。已经临近午夜。他们举着蜡烛，穿过宫廷原路返回，纷纷散去，伯爵与伯爵，公爵与公爵，回归各自的轨道，由手下的人侍候上床。一两天后，传来了国王会如何封赏的消息，他发现自己被排除在外。爱德华·西摩将成为赫特福德伯爵。汤姆·西摩被封为爵士，并升为国王的寝宫侍从。费兹威廉将是南安普敦伯爵。克伦威尔还是克伦威尔。

费兹威廉凭什么在他之上？毫无疑问，是老感情，老习惯。费兹威廉聪明睿智，说话直来直去，一针见血。但如果身边没有职员跟着，他就像布兰顿，连一周七天都无法拼写出来。这种人如何跟那些诡辩家打交道？比如加迪纳，比如雷金纳德·波尔，一辈子干的都是咬文嚼字的营生。他（掌玺大臣）虽然不是什么学者，但对任何材料都能很快弄通弄透，并告诉你中心大意。如果要他演讲，他会张口就来。如果让他起草法律，他会拟得像守财奴的钱袋一样滴水不漏。

赖奥斯利先生说："你失望吗，先生？如果你的效劳得到正当的回报，你就会成为公爵。"

"而且，"理查德·里奇说，"你毕竟也有收入来维持这种高贵身份。"

"你有嘉德勋位，先生，"雷夫说，"对理性的人而言应该够了。"

他仔细回顾最近与国王的交往。他想，是波尔——我说过我能干掉他，却没有做到，也没有将他五花大绑哭哭啼啼地押到亨利的脚下。一位大臣不管做什么，或者没有做什么，国王都看在眼里记在心上。就像马上长枪比武时的裁判或目光敏锐的观众，他留心哪一击没有命中，或者长枪何时击中身体并折断。开会时，他观察自己的顾问官，就像从瞭望塔中观看战斗开始和血洒疆场一样。他允许臣子们有自由度，但在他们周围又竖起一道期望的篱笆，虽然看不见，却像黑刺李一般会扎得人生痛。你触碰到了就会知道。

洗礼后的第三天，有报告说王后发烧呕吐。医生们来来回回地忙碌，他们出来后，神父们又进去。我们以为孩子出生后等待就已结束，但现在又开始了等待。

亨利原本打算搬回伊舍，以便为减少了人手的仆从们减少一些工作，眼下却不知道是去是留。王后每况愈下，接受了临终圣礼。这并不意味着她会死，亨利说，举行圣礼是为了给她力量。他焦虑不安地踱步，祈祷，说话。的确，他母亲生最后一个女儿时，在病榻上躺了整整一周，最终撒手而去。但同样的确，他姐姐玛格丽特生产时，在死亡线上挣扎了九天，还是得以康复，现在健康硬朗，还可能活很多年。迷信者说，那是因为她的丈夫苏格兰国王曾前往位于加洛韦海岸的圣尼尼安圣坛朝圣，据说他步行了一百二十英里。亨利说，我愿意走到耶路撒冷，但朝圣没有用；如果我留不住简，上帝会留下她。

国王身边的某些神父将他的话记录下来，标上日期和时间：国王亲口说，虽然朝圣没有用，涂油还是一种圣礼。七项圣礼去年减至三项，现在又恢复成七项，失去的四项似乎又找了回来。主教们在他们的书中这样说过。或者没有？难以知晓。它总是因为更正和增补而重新送去印刷。他们称之为《主教之书》，但普通教徒很快就抱怨，每位主教都会有自己的书。你曾经知道该干些什么以及花多少钱，以确保进入永福。但现在你几乎无法区分节庆与斋戒。

他(掌玺大臣)无权进入后宫，即使去了，也不会有人告诉他当下的情形。他回到圣詹姆斯宫，回到亨利借给他的田园府邸，远离传染的人群。他的儿媳后来会说，在临终的几小时里，简并非总是认识我们，但有时又认识，并且想坐起来，我们会给她一点淡酒补充体力，但她洒掉的比喝进去的还要多。

病中的女人得知，王子在乳母那儿很会吃奶。他将不仅是威尔士亲王，还是康沃尔伯爵。她点点头，表示满意。

他早年在佛罗伦萨生活时，波尔蒂纳里家的人让他看过一幅耶稣诞生图，是大约二十年前在布鲁日为他们所作。画中有门，大冬天里都开着。画面上的时间已经停滞，许多不同的事情同时发生，而在不幸的人类生活中却不可能如此。画中的过去就是现在，未来正在发生。马利亚未被男人触碰，并始终如此，但天使曾经、现在、并且始终守护在她身旁，圣灵震荡着她的心脏、侧腹和子宫。画的中央，无助的婴孩躺在地上，刚刚出生，白如幼虫，牧羊人和天使已经退后，为新妈妈腾出空间，而在山上，依然有孕在身的童贞女在问候她的表姐圣伊丽莎白，在另一处山包上，在遥远的将来，马利亚和约瑟及驴子在逃往埃及。

观看那幅画时，谁会相信那位蒙福佑的女士承受了分娩之痛？她神情肃穆，对自己生下的孩子感到惊异。身穿红衣照护她的是生育守护神安提俄克的玛格丽特，其脚边是在她信教早期曾将她吞进腹中的龙①。这是拿

① 传说中，安提俄克的玛格丽特因为坚定的基督教信仰而受到迫害，甚至被一条恶龙吞进腹中，但她毫无畏惧，握紧十字架而获得力量，最终冲出龙肚并将龙杀死，由于这种从龙肚脱身的经历而被尊奉为生育的守护神。

着甘松油瓶的抹大拉的马利亚，那是握着铃铛的圣安东尼。长着憨厚面孔的牧羊人几乎掩饰不住自己的激动之情。我们全部的未来都凝聚在他们合起的双掌里。天使们并不年轻。他们看上去很机灵，翅膀闪烁着孔雀眼的花纹。三博士从山上走了过来。他们的旅程即将结束，但自己浑然不知。

他想，没有痛苦的分娩，埃及的安全，把自己画进故事里的那些跪在地上的保护神的虔诚，都是一派谎言。他相信国王很想跨上一匹快马奔驰而去，越过那同一座山顶，而在山那边看不见的地方，新的一天正在开始，过去不会再陷在一个圆环、一个针脚、一个套索中，不断循环往复。他曾经把凯瑟琳留在温莎，自己出去打猎并一去不回。在格林威治与安妮一起观看比武大会时，他从座位上起身，跃上马背，在亨利·诺里斯的陪伴下奔向伦敦。他大步走开，握住马的缰绳，跃上马背，没有朝他妻子的方向看过一眼，并且再也没有见她。不等他的王后们可以离开他，他就先离开她们。

亨利的随行人员是一小群可以骑行的仆从，他们随时准备着他的离开。但随着希望变得渺茫，他留了下来。10 月 24 日上午八点，他去了王后的卧室，看了她最后一眼。她呼吸艰难。医生们无力回天，退了出去。女人的生命是什么？是四月的露珠，落在草地上。

在圣詹姆斯宫，很晚时，他们送来一封信。“是诺福克的，”克里斯托弗说，“他的信使说，是今晚写的。”他把信一扔，仿佛它很脏一般。

他拆开封印。*我请你尽早来安慰我们的主人，因为我们的女主人没有活命的可能，更可怜……*

他也把信一扔，接着又捡起来交给小马修存档。他的思绪踏上道路，穿过河流。地上有堆积的污泥，有积雪，解冻的水在奔流，泰晤士河冲击着两岸；红衣主教在伊舍，议会在打算毁掉他，而他，一个身材壮实、穿着精纺毛料的无名小卒，尽力将帽子戴在头上，低着头，邪恶的北风则像盗贼一样掠夺他，鞭打他，每天晚上都呼啸着把他卷进沟里。

“现在几点了？”

克里斯托弗同情地看着他：“你听到午夜的钟声了吗？”

他想，如果简嫁给了我，现在就不会死。我会处理得更好。

从宫里回来后，他走进自己的工作室，一言不发地坐在桌前。赖奥斯利先生说："你好像很生气，先生？"

简称来后几乎不讲客套，把帽子朝凳子上一扔，就在箱子里翻找文件。雷夫说："那么好的一个人没了，谁会不生气呢？我们大人觉得照顾她的那些人很失职。他认为她们让她受了凉，听任她想吃什么就吃什么。"

"真希望我在汉普顿宫，"他说，"她们要我别去的时候，我不该听的。"

赖奥斯利说："先生，你之所以生气，也许是因为你希望已经留着格利高里备用，因为他的婚姻能对你发挥最大作用。作为王子的姨父，他当然会是重要人物，但如果王后还活着，给国王生更多的儿子，那你和你的全家就会永远位高权重。"

简称收起自己那沓文件，点头退出。"我要给汤姆·怀亚特写信，"他转身扶着门框说，"他最好履行自己的职责，因为我如果继续为他掩护，就无法履行我的职责。而且我会告诉他，他的信让我很头疼——没必要事无巨细都用密码。"

"是啊，"雷夫说，"留着撒大谎时再用？"

赖奥斯利说："怀亚特毫无意义或目的地绞尽脑汁。在他眼中，一切都是阴谋。"

雷夫喊道："把门关上。"

他们等待着，直到听见他下了楼。雷夫说："我们得原谅他。我在想，如果他死的是妻子而不是儿子，不知道他会怎样。"

他说："他看起来显老了一些。或者是我的想象？"

"我为他感到非常难过。我记得我的第一个托马斯死时的情景。但即使那样……"

赖奥斯利已经进入公务领域，所以不能让个人的痛苦有所流露，甚至不能通过对求见者更傲慢，或者对女人和下属更不耐烦而表现出来，而掌玺大臣更是如此。他耸耸肩，不愿再想。他说："雷夫，我感谢上苍让海伦平安分娩。希望你刚出生的儿子长大后侍奉王子，就像你侍奉国王一样，那么快乐和尽心。"

因为雷夫又回到了国王身边履职，对他的回来，国王只是淡淡地点点头，说："家里都好些了吗，赛德勒？"正是国王出于对一个即将做母亲的女人的关切，亲自建议雷夫把海伦送往肯特，以远离瘟疫，但现在却忘了问候她。雷夫的孩子是个男孩，取名为爱德华，但国王为自己的继承人喜不自禁，对所有其他的爱德华都忽略不计；他站在摇篮边，惊叹上帝的赐予。但接着他又想起王后，她现在成了一具经过防腐处理的躯壳，灵柩周围蜡烛长明，祈祷声永不停歇，絮絮叨叨地述说圣母的哀与乐，她的神秘，以及对她的崇拜和赞美。

简的府邸已经开始解散。她的胸针、手镯、宝石纽扣、腰带、香盒、镶框袖珍画像等，要么被锦衣库收了回去，要么送给了她的朋友们。她的领地和农场、林地、猎场和公园，源于国王又归于国王，而她的遗体经过防腐处理和供人瞻仰之后，则回归她的造主上帝。国王说，我第一次见到她是很久以前的事了，她是玫瑰花丛中的一朵百合，我觉得自己虚度了所有的光阴，直到把她娶为我的新娘。

仅仅是两年前的夏天，国王在狼厅的花园里握着她的手，她的小手握在他的掌心里；两年前的夏天，他（掌玺大臣）在迷蒙的晨曦中向她致以问候，她穿着崭新的粉色长裙，神情腼腆，浑身都不自在。今年冬天，他会再次看到那粉色的布料，穿在格利高里的妻子身上，届时她会松开紧身胸衣，适应腹中不断长大的孩子。贝丝说她不害怕。她说，简既幸运也不幸，她有幸成为英格兰王后，不幸为此而丧命。贝丝说，人们会一直用她编段子。他说，国王会为她建一座豪华陵墓，将来可以与她合葬。但贝丝说，我宁愿活着，而不愿声名远扬，难道你不是这样吗，克伦威尔勋爵？

格利高里说：“父亲，接下来您会让国王娶谁？”

第四部

1. 无双宫

1537年冬—1538年春

“大人？”有个男孩说，“来了一个掘墓工。”

他从文件上抬起头来。“告诉他，十年后再来找我。”

那孩子很惊慌。“他带了一个麻袋，先生。我去叫他上来。”

奥斯丁弗莱的邻居们以为他什么都管，从制定法律到支撑酒窖和清理排水沟，无所不包。他说，去找城市测量员，但他们说，好的，先生，但请你走到那个拐角看一眼好吗？因为我发誓我的界碑被人移动了，我的地基有了裂缝，我的光线被挡住了。

今天的问题将是尸体成堆，坟地太硬难以挖掘。你得尽量避免死在年底。用杏仁饼和烫热的加料酒熬下去。你甚至可能看到春天。

来人取下帽子，环顾四周。他看到一个昏暗的空间，其中只有还没来得及刮胡子的克伦威尔勋爵，他身后的墙上挂着示巴女王。天花板上绘有在各自轨道上运行的星星；他的桌子上有个发干的橙子，像一轮低沉的冬日。

掘墓工没有随手关门，下面的嘈杂声传了上来。“听上去你把整条街的人都带来了。你的袋子里是什么？”

那人把它抱在胸前。他想从头至尾讲述事情的经过。“大人，今天早晨我四点左右就醒了。我的肚子咕咕响……”

克伦威尔勋爵像只肥猫似的轻哼一声，裹好貂皮大衣靠在椅背上。他开始想象教堂司事的早晨。懒洋洋地掀开毯子从小床上起身。哗啦啦地撒一泡骚尿。用冰冷的水抹一把脸。咕咕哝哝地念诵《圣母经》和祈祷上帝保佑我王。穿上衬衣、短上衣和打有补丁的外套，喝一口小酒。然后拿着铁锹出门，准备冒着严寒去挖地。

墓地里已经聚集了十来个人。“把铁锹拿到这儿来。”邻居们喊道。一支昏暗的火把发出摇曳不定的光。教区执事正在拉扯一个包袱，已经从地里拉出一半。

司事连忙跑过去。他一锹下去，就把它挖了出来。那是一条卷起来的床单，沾有泥土并已被撕破，里面包着什么东西。“我们以为是一个婴儿，大人。新生儿，刚埋的。”

“你的袋子里不会是那个婴儿吧？”

那人把袋子放在桌子上，有些泥土掉到了地上。他打开袋口，像接生的巫婆一般，掏出一个光着身子、摸起来冰冷的婴儿。那是一个真人大小的蜡娃娃。

克伦威尔勋爵站起身。“让我看看。”他的手掌抚摸着弧形的头骨。面孔是一个空白的斜面，仿佛五官已经被人削掉。他摸了摸那毫无感觉的手，那小蹄子般的没有脚趾的脚。在腹部以下，随便舀了些蜡接在上面，做成了阴茎和睾丸。在心脏和肺的部位扎有铁钉。钉子扎得很深，每个钉眼周围都留下了磨损的一圈。

那人很害怕。“翻个面，先生。”

在背部的宽阔平面上，它的制作者刺了一朵都铎玫瑰。

“这是王子，”司事说，他的声音很恐惧，“这是他的形象。这是想害死他。”

“那么，你知道巫师？”

“我可不知道，先生。我是个老实人。”

他走到门口。“克里斯托弗！赖奥斯利先生起床了吗？说我问候他，请他跟这人一起去发现这玩意儿的现场看看，弄清是谁放在那儿的，好吗？”

他把蜡娃娃装进袋子里，对司事说：“再不要外传。”

克里斯托弗走了进来。“全城一半的人都知道了。你听听下面那些家伙，哼哼唧唧的像死了亲娘一般。”

“给他们面包和酒，让他们回去干活吧。”

“我能看看怪物吗？”克里斯托弗朝袋子里面看了一眼，做了个鬼脸。

他（克伦威尔勋爵）走到窗前，打开百叶窗。外面灰蒙蒙的，几乎不能称之为天亮。“克里斯托弗？”他说，“告诉赖奥斯利先生穿暖和一点。”

不到两年的时间里，英格兰死了两任王后，但当时的情形禁止举行常规的仪式。自从国王的母亲逝世——应该是三十五年前的事了——之后，宫里从未办过丧事。好在他的祖母玛格丽特·博福特给我们留下了行为规范方面的完整说明：关于婚礼、洗礼、葬礼等，都阐述得清清楚楚。诺福克公爵被召来负责治丧活动，嘉德纹章官将予以协助。国王全身白衣，他的臣子们著黑色丧服。

万灵节前夕，当王后还在供人瞻仰时，塔里传出托马斯·霍华德勋爵的死讯。他的看守们说，他心灰意冷，所以任何流行的疾病都可能让他丧命。他的心上人梅格·道格拉斯小姐已经获得国王恩准，在治丧期间回宫参与哀悼。如果说在十一月的第一周，她面部浮肿，布满泪痕，我们无需以为她还在对已故的托马斯勋爵念念不忘，而可以将其理解成为我们温柔的女主人而悲伤。所有的女士都要一袭黑衣，低着头，一起守夜。她们跪在丝绸垫上，紧闭的眼皮轻轻颤动，身边香雾缭绕。除了两根手指轻点胸口或在额头和嘴唇上画十字外，她们一直双手合十。没有人该去询问她们以何方式为逝去的王后祈祷。逝者的遗体始终有人守候。玛丽小姐白天领祷。到了晚上，她们把她交给那些神父。

等到简被运至温莎下葬时，外面的谣言已经满天飞，说她还活着时，国王令人对她进行剖腹。她当时难产，于是他命令道："救我儿子！"从康沃尔到杜伦，各种段子在流传，说父子两人活得很好，母亲却躺进了泥土。

在哀悼的最初几天，国王遵循习俗闭门不出，除了他的忏悔神父和来陪他祈祷的大主教外，其他人一概不见。

枢密院自行处理政务。当他们想问问题并且迫切想问时，便显出高度专注的神情，就像竭力忍住放屁一般。最后，有人开了口："克伦威尔大人，关于棘手的下一任事宜，我们高贵的君主何时可能——"

"好吧，"他说，"我要去问问他，对吗？"

他沉重地起身。"留心我的文件。"他对爱德华·西摩说。他让简称跟在他身后，朝寝宫走去。诺福克公爵敏捷地走在他的身边，公爵的另一边是他的儿子萨里，因为一身黑衣而使身材显得更长，两条腿就像大蜘蛛的腿一般，似乎变长了一倍。

“嗯，”诺福克说，“你得负责帮他跨过这个坎，克伦威尔。跨过去，振作起来，重新再娶。不是对王子不敬，但我们都知道一个小宝宝的生命是多么脆弱。”他皱着眉头。“这么说，你有名单了？”

“他当然有名单，”简称说，“但他很慎重，不会随便示人，大人。”

萨里紧跟在他父亲身边。像梅格·道格拉斯一样，他也获准回宫参加哀悼。“不要跟掌玺大臣说话，”诺福克命令他，“甚至不要看他，小子，否则我会对你不客气。”

萨里抬眼去看天花板上的镀金玫瑰。他长吁短叹，两只脚挪来挪去，捣鼓鞘里的佩刀。除了掏出裤裆里的那话儿来摆弄之外，他没有其他办法来宣示自己的存在。

“在我们看来，”赖奥斯利先生说，“国王似乎还没有做好谈论新人的准备。正如大人你所言，这件事由克伦威尔大人负责，那就让他挑选时机。”

“希望不要久等，”小萨里抢白道，“否则我父亲就会插手。”

“我是怎么跟你说的？安静！”诺福克瞪着他儿子，“国王还在悲痛之中。他当然很悲痛。那么可爱的女士，谁会不悲痛呢？但皇帝和法兰西在悄悄达成协议，这是令我们非常不快的事情；要想让他们翻脸，最快的办法就是联姻。让亨利娶一位法兰西新娘。我们不仅可以要求女方带一大笔钱，万一查理对我们有任何图谋，我们还可以要求军事援助。”他揉了揉鼻尖。“当然，我们都为王后感到非常难过。但可以变悲为利。简直唾手可得，克伦威尔。”

“但得的不是你。”萨里说。

“住口，小子。”诺福克吼道。

“掌玺大臣宁愿——”赖奥斯利说。

诺福克打断他。“我们知道他宁愿什么。娶某个福音派教徒的女儿。但这不会发生，你知道为什么吗？因为它有损我们君主的颜面。亨利头戴王冠。他不受制于任何人。但那些德国人中，充其量只有某个王公的女儿，而皇帝是他们的领主——无论他们自诩为什么。”

“国王可以随意选择任何阶层的女士，”赖奥斯利先生说，“他可以选自己的一位子民。这已经众所周知。”

他对诺福克说：“在这件事情上，除非得到枢密院以及议会的支持，否则我不会轻举妄动。”

“哦，我相信你，”诺福克说，“我不认为你会擅做主张，掌玺大臣。”

“否则你会掉脑袋。”萨里说。

“大人——”他犹豫着，“——我得去见国王了。”

“我跟你一起去吧。”公爵说。

“突然介绍你？”他说，“像一个惊喜吗？”

“说我就在外面。说我来表示父亲般的安慰和开导。”

“父亲，”萨里说，“别让这些家伙妨碍——”

他恼怒地用手掌抵住萨里的胸口，令他顿时住了口。“瞧，我不需要刀。”他说。

他们走开了。他耸耸肩。“我是人。”

“当然。”简称的语气像是表示热切赞成。“你从克里维斯那儿听到了什么？”

“没有赞不绝口，不管是对那位小姐的相貌还是为人。但我并不气馁。那些人把家里的女眷保护得很严，外人很难有见到她的机会。她听起来很和善。年龄也合适。听说克里维斯的议员们也很热衷。”

太过热衷，以至于不让她进入市场。安娜。二十二岁。从未婚配。

国王正在等待，面带愁容，眼神凝重。他转过头来，动作似乎有点吃力。“你来了，克伦。”

“诺福克求见。他威胁说要像父亲一样跟你谈谈。”

“是吗？”亨利勉强一笑，“希望我比小萨里更有出息。我会努力给他争光。”

“他说你有义务再娶。”

亨利望向不远处。“我宁愿孤独终老。”

“议会也会恳请陛下。”

“那么，我想我得放弃自己的愿望。”国王叹了口气，“关于那位寡妇，朗格维尔夫人，有什么消息？如果说有哪位女士能令我感兴趣，我觉得就是她了。如果去提亲，吉斯的高贵家族会受宠若惊。”

他听人描述过玛丽·德·吉斯：性情开朗活泼，一头鲜艳的红发，有两个年幼的儿子，丈夫死了半年。“据说她个子很高。”

“我自己也很高。”

他想，我们可以派汉斯去给她画像，同时量一量她的身高。“有一个难题，”他说，“苏格兰国王想娶她。”

亨利冷冷地说：“我不认为这算难题。”

“她的家人在嫁妆问题上可能不会让步。”

“什么，跟我讨价还价？”国王很生气，“法国女人多的是。我还根本没有说要娶她呢。我再也找不到像简这么可心的人儿了。”他揉了揉眼睛，“一周后再来跟我谈吧，大人。我会尽量给你一个更好的答案。”

简·罗奇福德刚刚守灵出来，膝关节僵硬，无聊而烦躁，这时挡住他的去路。“我需要指示。”

他停下脚步，朝她缓缓地笑了。“你会接受吗？”

“没有了主人，我们这些女侍无所适从。我们是走还是留？”

王后的府邸已经解散，玛丽小姐将返回汉斯顿或去别的地方。如果没有了后宫区，也就根本不需要女侍。罗奇福德夫人说：“但如果我们都被遣散，万一突然有了一位新娘，那该怎么办？”

“看看你们当中那些资深的夫人们是怎么做的，”他说，“比如萨里夫人，拉特兰夫人。”

“我何时可以算资深？”她很不服气，“我已经侍奉了三任王后，相信还会侍奉第四任。”

“诺福克舅舅想找个法国女人。”他说。

她笑了起来。“法国人肯定收买了他。我还以为他会推荐霍华德家的人。在河对面的朗伯斯宫，老公爵遗孀有一屋子的姑娘。”

“也许都还未到生育的年龄？”

“贝丝·西摩如果没有嫁给你儿子，我敢说国王肯定会想要她。一个家庭中的一个女人从来满足不了他。简没有别的姐妹吗？我知道《圣经》里有些段落反对这样，但国王现在掌管教会。我们也知道他对圣典的看法。‘往下读，先生们，总是有另一种说法的。’”

“你真是口无遮拦，”他说，“我可能并非总是能救你。”

“救我？你是在这样吗？”简·罗奇福德脱下黑色丧服，揉着背缓解酸痛。有时，他看到她眼神专注，似乎想弄清自己在哪儿拐错了弯。你沿路抛洒面包屑，却被乌鸦吃掉。你扔下樱桃核，它们却长成树。她懒洋洋地问："你的儿子媳妇新婚快乐吗？贝丝看上去神神秘秘的。她好像有了双下巴。如果我没弄错的话，你快要当祖父了。"

他到了老朋友们撒手而去的年龄。翰弗里·蒙茂斯的葬礼已经于十一月举行，他原本想亲自去送葬，但雷夫说："小心为好，先生，蒙茂斯曾经是廷德尔的保护人；不要引起国王的反感，不要为了一个死人而冒险。"

其他的送葬者告诉了他具体的情形：一场简单的葬礼，举行于黎明之前。蒙茂斯拒绝蜡烛或教皇党的象征，但在遗嘱中为布道留了钱。他不要丧钟，但还是让敲钟人得到了服务费；他就是这样，总是为底层穷苦人着想。

他(掌玺大臣)收拾好蒙茂斯留给他的银杯，去莫特莱克与格利高里夫妇团聚。他通知大家，在接下来的两周里，他不见任何人，除了国王的事务之外也不处理任何事。在此之前，克伦威尔对工作来者不拒，就像狗见了羊肉一般。但是他觉得很受伤，不仅因为王后的去世，还因为自己没能抓到雷诺。

亨利说："你答应过我会干掉波尔的。你对我说，等他回意大利后，我会让人在他离家出门时撂倒他，或者在路上偷袭他。"

"陛下，对一个从不在预期地点出现的人，我不知道如何截住他。我的人在某个选好的地方等他，他却摔下马背，被送往某个庇护所，养了三天的伤。我们在下一个城市等候他，却听说他迷了路，绕了一圈又回到原点。他太蠢了，都没法干掉他。"

亨利说："你也得学会变蠢，对吧，克伦？"

* * *

不管有没有感觉好一些，他都得在格林威治的圣诞活动中露面。参加的人并不多，仍然穿着黑色丧服，表演杂耍的约翰先生尽力给大家逗乐。为了激发国王的兴致，主要节目不再是音乐和舞蹈，而是准备和编排了戏剧——有梦幻城堡的假面剧，城堡里有公主。国王的目光跟随着玛格丽特·斯基普威斯，一个开朗活泼的小侍女。"他不至于吧？"大法官说，

“他不会给玛丽小姐找个比她自己还要小的继母吧？”

大法官继续唠叨：“李尔夫人的女儿安妮·巴塞特长得很讨人喜欢。”

“她是在法兰西长大的，”他说，“跟安妮·博林一样。”

奥德利皱起眉头。“但她好像是个温顺的小妞，我看到他注视她，她的英语也很流利。”

“她不会写，”他说，“法语都写不通顺。”

“什么？”奥德利瞪着他，“你看了她的信？小安妮·巴塞特？”

他当然看了。他需要了解进出加来的一切。为了获得无意流露的信息，他可以忍受那些流水账般的叙述，说巴塞特小姐想要怎样的纽扣和流苏以及李尔夫人送来了怎样的指环和丝带。

他说：“国王不会满足于一个十六岁的姑娘，不管他自己怎么想。他需要一个比较成熟的女人，既可以很快生养，同时又知道如何让他快乐。”

他将注意力转回到戏剧上。有一帮来自伊顿的孩子，还有查尔斯·布兰顿的演员，以及埃克塞特勋爵的人。“骄傲”和“愚蠢”有时会说话，就像真人一般，“谦逊”和“顾问”则用诗歌回答他们。

聚集在客栈院子和谷仓里的平民百姓有自己的戏剧。没有哪个村庄不歌颂骑着木马的亚瑟王，或者罗宾汉。罗宾汉站在绿林里/他是个好心的自由民。他穿着与树木同色的衣服，所以可以像精灵一样在树丛和山谷间潜行。他与一个叫玛丽安的姑娘结为夫妻，两人在绿树下互许终身。他偷袭那些不守规矩的修士，通过从清新的空气中飘来的廉价酒和放荡女人的气味来辨别他们；他们的袋子里装满了假借恕罪之名而从穷人那儿榨取的钱。

罗宾汉一边行侠仗义，一边哼唱民谣讲述这些事迹。他躲过上百次的绞索和砍刀。最后，他被一位虚伪的女修道院院长出卖并流血而死。他的血流进土里，鲜红的血流进绿色的草地，另一个罗宾汉冒了出来，穿着他的外套，背着一袋箭。

扮演罗宾汉的人必须是宽肩膀，讲话必须带有受过教育的腔调，说起台词不能像补鞋匠亚瑟。如果一个人在家乡有良好的演技，就会受邀去下一个村，接着去城里，并远近闻名。

事迹广为流传的还有其他一些侠义之士，如：克拉夫的克林姆，亚当·贝尔，威尔·斯卡尔莱特，雷诺·格林利夫以及小约翰。老故事可以改写。将这些人物利用起来服务于国王是一件好事。除了绿林好汉之外，我们还招募了古时候的骑士，如汉普顿的贝维斯爵士和沃里克的盖伊，他们骑着有时会说话的灵马，穿过平原和森林。

所有这些人都有离家的理由。他们有的是被恶毒的继母或巫婆赶出家门，有的是被人污蔑而扣上罪名。如果被冤枉，他们会竭力为自己昭雪，如果被背叛，就一定要复仇才能安心。在四处漂泊的过程中，他们跟巨人作战。他们被卖给海盗。他们被关了起来但砸开了铁锁。他们跟隐士一起藏于山洞。他们率军攻打罗马。他们有时会发疯，这不足为奇。他们得到了心上人但是又失去——或者在正要成就好事的时刻，她变成了一只动物，或者她的肉体变成了灰烬。

但在故事里，祸福相依否极泰来。魔鬼打倒我们的英雄，英雄又重新站起。弃儿的权利得到恢复。最小的兄弟被认为头脑简单，却变得最为富有。原本食不果腹的奴隶尽享美味的鹿肉，身份卑贱的男孩走出自己的茅棚，建起一座水晶屋。

他召来约翰·贝尔——加尔默罗修道会的僧侣，能说会道，牢骚满腹，已经脱下僧袍并娶妻成家。他问，邪恶的贝克特大主教跟自己的国王作对，你能否写一部关于他的戏剧？讲述他最终被四位强壮而忠诚的骑士像击打小牛似的击中头部的可怜下场？

“一部英语剧吗？”

“拉丁语在我们这儿没有用。”

贝尔请求给他一点时间考虑。在宫里，简王后的演员们在全体解散之前，奉献了最后一场演出。

圣烛节，宫廷哀悼期满，开始谈论一位帝国的新娘——米兰公爵夫人、皇帝的侄女克里斯蒂娜。查普伊斯称之为“一位非常漂亮的小寡妇”：十二岁嫁给弗朗切斯科·斯福尔扎，十六岁守寡，被认为仍是处女之身。

克里斯蒂娜的父亲曾经是丹麦国王，但后来被废黜；现在的丹麦国王是路德派教徒，让人翻译了《圣经》，并且已经与德意志王公建立了联系。皇帝有意废掉他，可能会让克里斯蒂娜取而代之。英格兰虽然会为失去一个反对教皇的盟友而遗憾，但通过她，不仅可以得到丹麦，还可以得到瑞典和挪威，得到那些拥有港口和宽广而波光粼粼的浅滩的冰天雪地，还有其辽阔的水域，上千头鲸鱼在那儿享用鳕鱼，并带来上千个朋友，而到了第二天，那儿的鱼比头一天还要多。还有我们所听说的森林，在光秃秃的山脉下低矮地绵延开去，储存有用于造船的木材。

另外，据说她性格随和，可能适合他。

“我会强调随和，”费兹威廉说，“其他的都是猜测。”他捏捏鼻梁。“你可以摸摸底，克伦。”

下棋时，国王有时手执棋子犹豫不决，但脑海中却想象多种他在现实中绝对不会尝试的走法。由于你执黑他执白，就只能耐心等待；亨利不像他假装的那么愿意冒险。斟酌再三之后，他充其量只是挪动一个象，或者将兵行至底线。

国王的谈判人员已经做好准备，不仅有教会法方面的律师和语言学家，还有神学家和会计。在法兰西和低地国家的十几个城市，在从里斯本到杜塞尔多夫的欧洲各地，他们将与同行们会晤，那都是些认真而专业的人士，黑色的衣袍上只有一条沉甸甸的金链所点缀，身后都跟着各自的一众职员，携带着各种文件，包括地图、特许状以及家谱等。谈判最为胶着时，可以从国内派人对团队进行补充，同时带去国王身体健康、对联姻——不管所谈的是哪一桩——寄予希望的消息。

身为大臣，他必须在所有战线上行动，忙于一次次会议，同时推出六位王后。在几个小时的时间里，情势就可能反转。你可能已经部署得差不多，却因为某个外国政坛的政变而前功尽弃。或者你刚刚签署财务文件，女方却可能已经身亡。有时，某位回来的特使会说：“你自己去吧，克伦威尔勋爵，你会加快进度。”但他坚决反对。只要他出现在国外任何一个城市，就会引起惊讶和慌张，引发过高的期望，使得一场谈判显得比其他的谈判重要得多。

二月，国王将菲利普 · 霍比派往法兰西。霍比是寝宫的一位侍从，是福音派教徒，长相英俊，为人机敏，也得到了他(掌玺大臣)的明确指示。国王认为自己还有机会得到朗格维尔夫人，尽管苏格兰国王声称他们已经订婚。但见见她的妹妹露易丝也没有坏处。还有另一个妹妹蕾妮，据说肯定要进修道院；成为英格兰王后的前景也许可以吸引她放弃念珠？

霍比在海外期间，可以去拜访洛林公爵的女儿。别担心，他告诉他的职员们，你们不需要将这些女士都一一记住——除非国王选中一位，从而改变她的命运。她们都是堂亲或表亲，大多是教皇党人，而且大多都叫玛丽或安妮。

克里斯蒂娜公爵夫人在布鲁塞尔的宫廷与她姑姑一起生活，她姑姑在那儿代自己的皇兄摄政。三月初，他委托汉斯随霍比去给她画像。3 月 12 日，汉斯得到了三小时的作画时间。

亨利看到画稿时，说："我想我们今晚可以来一点音乐。"

克里斯蒂娜身材挺拔颀长，眼睛明亮。汉斯说，等我画完后，你们会看到她特别年轻，简直朝露欲滴。她表情严肃，神态镇静，但一抹笑容若隐若现。你觉得她可能会放下在手中搅扭的手套，将温暖的手掌伸进你的手里。我们的特使赫顿说，除拉丁语外，她懂三种语言。不管讲哪一种语言，她都轻柔温和，带点舌音。

寝宫侍从们告诉他，国王已经想要她了。他说我们应该为她祈祷，仿佛她已经是我们的王后。

但他还说："朗格维尔夫人有一头红发。所以我对她有似曾相识之感，仿佛她是我的家人。而且她有过生育经历。"他又看看克里斯蒂娜的画稿。"现在我不知道该爱哪位女士了。"

"你那位克里斯蒂娜有点像我的外甥女玛丽·谢尔顿。"诺福克说。

"我觉得他已经受够你那些外甥女了。"查尔斯·布兰顿说。

但谢尔顿还是自由之身。亨利一直都喜欢她。他可以马上娶她。托马斯·博林很快回到宫廷，也许是为了推进此事；这些家族抱得非常紧，非常贪心。尽管发生了那一切，博林仍然是威尔特郡伯爵。他头发花白，面容憔悴，瘦得不成人样。他戴着嘉德徽章和一条金链，但身上的衣服却像普通人一样低调，他和他的一小队随从既不自我吹嘘或趾高气扬，也不向西摩家的仆人挑衅。他用推心置腹的语气低声跟掌玺大臣说话，仿佛他们是老朋友。"我们见过了这样的时代，克伦威尔勋爵，"他说，"如果想一想，自从我死去的女儿上位以来，英格兰所发生的一切——我们已经看到，那么多事情密集发生在一周之内，若是在平常的时代，简直可以够史官们写上十年。"

他（克伦威尔勋爵）不想浪费时间，决定主动提起这个话题："陛下，你在考虑谢尔顿小姐吗？"

亨利微微一笑。“也许她该结婚了。但不一定是跟我。”

他躬身退出。国王没有心情确认或否定。他想，已故的哈里·诺里斯有个女儿，对吧？她现在肯定到了入宫的年龄。没必要对她说，躲远一点，留在乡下，守住自己的身子。新娘们欢欣雀跃，就像走向屠宰场的愚蠢的羊，像听到狮吼而走向斗兽场的殉难者。

法兰西新大使卡斯蒂永不请自来。他是那种彰显自己的诚实、总是向你摊开双手的好人。

他上下打量着他。“先生，你们与皇帝的协定，我想只是一场冬季休战吧？”

卡斯蒂永先生叹了口气。“机会来临时，我们必须尽力达成永久的和平。我的主人迫切想向世人表明他是一位基督徒国王。”

“我的主人也是，”他说，“但我希望弗朗索瓦对我们娶一位法国女人能表现得更热心一些。”

“你不反对吗？就你个人而言？”

“我只想让我的国王开心。”

卡斯蒂永说：“你的国王必须非常清楚他能给些什么。”

“这件事你可以跟我谈。我管钱。”

“但我说的是条约，是军事联盟——”

“那得跟诺福克谈。他管军队。”

“诺费克①比你对我们要友好得多。”

“也许是因为你们给他的钱更多，大使。”

与法国人打交道时，他总是觉得需要沃尔西的建议。法国人害怕红衣主教。他们称他为*爱好和平的红衣主教*，以期他不要侵袭他们。

* * *

新年以来，富饶而肥沃的肯特郡传遍了国王驾崩的谣言，它们先是在坎特伯雷核查员的保护人之间流传，然后由鱼贩传到各家各户。他们说他死于腹泻、发烧、咳嗽，很遗憾他没有在七年前就死去。他们还说，不仅

---

① 法国人将 Norfork 念成 Norferk，故译为“诺费克”。

所有的人将被征收人头税，还要对每一头长角的牲口征税，而且会定得很高，好让托马斯·克伦威尔大发横财，让老实的农民跪地求饶。

对任何传播这种谣言的人，都可能在赶集日使其戴上颈手枷并将耳朵钉在上面示众。但这种谎言的源头往往很难追溯。他也没有查出蜡娃娃出自何人之手。赖奥斯利先生追踪了一串名字，但最终找到的是已成废墟或空无一人的房屋，或者是受到询问便满口胡言的人，那滔滔不绝的废话和含汞的烟气让你头痛，不得不从他们的工坊落荒而逃。伦敦的巫师们对克伦威尔勋爵怀恨在心，这毫不奇怪。自红衣主教去世后，他一直盯着他们。他没收了他们的蒸馏器和曲颈瓶，还有蛇皮、装有胎儿的秘密瓶子、魔法球、法衣以及魔杖。他收缴了他们用来召唤亡魂的《所罗门的钥匙》①，并阅读了倒着写的文本；他把他们那些用不知名的语言写成的年历扔给他的密码破译员。任何人都可以随意打开他的箱子，查看他们的隐身斗篷——他们声称他已经将斗篷留为己用。

临近冬末时，北方很安静。但紧接着从约克传来报告，说有个叫梅布尔·布里格的人企图用巫术害死亨利。她是个寡妇，现年三十二岁，身体非常健壮，以至于每年大斋节来临时，邻居们都会花钱请她代为斋戒。只要有钱，她就会为某个虔诚的目的——比如让生病的孩子康复——而斋戒。但她也进行黑斋戒，旨在让受害者慢慢死去。现在她正在针对国王和诺福克公爵而斋戒。布里格禁食的时间越长，国王和公爵就会越衰弱。

“她没有针对我斋戒吗？”掌玺大臣问。他感到意外。

但他的线人说：“她面对面地见过公爵，觉得自己了解他。她说他言而无信，说他破坏了北方。”

公爵如果听到这些，肯定会策马北上，亲自绞死布里格。国王身上的肉足以熬过任何寡妇的歹意，但公爵连一盎司多余的肉都没有。诺福克写信说，你知道我的遗嘱吧，我装在一个盒子里交给你的？把它还给我，克伦，我得重新设立。我太缺钱了，不得不卖地，而这很艰难。看在上帝的分上，给我几座修道院吧。

他（克伦威尔勋爵）气坏了，几乎把信撕碎。他不是刚与公爵谈好了艾克堡的修道院吗？那个畜生永远贪心不足吗？

---

① 中世纪术士们所写的魔法书。

二月底，连绵的暴风雨冲垮了多佛的西码头。在遥远的土地上，正在为战争做准备：威尼斯人和皇帝在教皇的大肆鼓动下，打算攻打土耳其人。但随着英格兰的空气中飘来春天的气息，克伦威尔勋爵感觉好了很多。他是枢密院议事厅的主心骨，尽管国王仍然变化莫测，反反复复。亨利说：“我会向你们敞开心扉。”你却可以看到他忙于将其中的内容装入保险箱，就像为了防贼而将财产藏匿起来。他说：“你们尽可以随意跟我交流。”但他心里已经在算总账。格利高里说：“他毕竟是国王，跟我们想的不一样，我们了解的东西他并不了解。父亲，我可不敢像您那样跟他争辩，以免被上帝劈死。”

他说，我之所以争辩，是为了让他反驳，让他说出自己的想法和要求。七年来，当他确定方向时，我一直站在他身边。曾经为他保驾护航的红衣主教去世后，我发现他处于低潮：没有良好的建议，经常遭受欲望的折磨，被他的顾问们所阻挠，被他自己的法律所约束。我充实了他的金库，让他的钱币顶用；我打发掉他的老妻，让他娶了自己选择的新人——在此期间，我还安抚他的情绪，给他讲笑话解闷。如果我能像童话里的公主一样用稻草纺出一个婴儿，那我会熬夜一整年。但他现在有了王子。他为他付出了代价，但好运从不会凭空而来。他该明白这一点了；他该长大了。

另外，也有开心的理由。国王虽然表达了想要独处的愿望，还是会召来克伦威尔勋爵，与他讨论某个文本，或者无所事事地掷掷骰子。那些像在狩猎场上一样大呼小叫的顾问官现在不受欢迎，那些对一个孤独而悲伤的男人说话时犹如在马背上指挥一支队伍的顾问官也是如此。他需要一个低沉的声音，一只倾听的耳朵；当他诉说女人如何使他痛苦时，他需要一个不会流露出怀疑的人。

如果你想知道克伦威尔勋爵是否取得了成功，那么看看他及其家人的所得吧。理查德先生拥有了亨廷顿郡的数座修道院。他打算将欣钦布鲁克修道院变成自己的宅邸——当然是在重建工作之后——并在该郡将自己树为忠于国王的灯塔；与此同时，格利高里先生则在东苏塞克斯建立府邸。

刘易斯的大修道院会带来大片的房产和地产。格利高里将担任太平绅士，在学习履行作为当地要人之一的职责过程中，他将获得所需要的一切帮助、安慰和建议。其目的是为了他今年夏天能接待国王，所以重建工作必须加速推进。乔瓦尼·波尔蒂纳里在召集自己的拆建队伍，准备拆除教堂。他（掌玺大臣）想象苹果花在树枝上抖动，鸽子从巢里飞走，魔鬼和天使的石头脑袋犹如发射的炮弹一般从石雕中弹出，各种碎片滚到脚下。仅仅是那座钟的金属就值七百镑。

三月，他的孙子亨利出生，在莫特莱克的老圣水盆中受洗。国王说，嗯，格利高里大人，你这个父亲当得可真够快的！孩子很健康，母亲精神很好，玛丽小姐是教母。她本人没有来莫特莱克，但送了一只金杯，并给接生婆和保姆们送了礼物。

布莱恩夫人确保王子的安全，用他的镀金襁褓带将他系得严严实实，使得钉子插不进，也不会有针刺入他的肋骨之间。有朝一日，当爱德华成为英格兰国王时，我们希望他的第一位表亲亨利·克伦威尔将侍立在侧。

时至三月，皇帝愿意就克里斯蒂娜的婚事展开商谈。两位帝国特使查普伊斯和门多萨作为贵客被邀请至汉普顿宫。他们看望了王子，拜访了玛丽小姐和伊丽莎小姐。玛丽小姐熟练地弹奏了鲁特琴。被要求单独见一面时，她礼貌地拒绝了。伊丽莎用尖细的嗓门念了一首很美的拉丁文诗歌，他此前指定凯特·钱珀努恩对她进行了排练。

第二天，查普伊斯送给他一份两百个甜橙的礼物。他用船将其中的一半运到苏塞克斯给他儿子和孙子，剩下的就在白厅四处分发给了众人。塔布主教刚刚抵达以加入法兰西使团，在因他们的热情而激发的活跃气氛中遇到了他。“别假装高兴见到我，克伦穆尔，”主教说，“我知道帝国的人给你送了大礼——”

“他们给我送了橙子。”他说。

“我听说自去年以来，你们——你和你儿子以及你的外甥理查德先生——通过掠夺僧侣而发了大财。在英格兰，你们制定法律给盗贼行方便。”

卡斯蒂永大使伸手制止他的同事，接着转过身，庆幸有了一个转移注意力的对象。“诺费克大人！”

诺福克朝国王的房门点点头。“他在里面吗，克伦威尔？带我进去。”

他对法国人说：“诺福克大人最近像个可怜的弃儿，总是讨好和恳求。带我进去，带我进去。”

诺福克像被锥子扎似的跳了起来。“克伦威尔，你这么做是为了寻开心吗？你阻挠我，是有意要激怒我吗？”

“是你在激怒自己。”他平静地说。

“你有何资格就王后人选提出建议？你不过是个老鳏夫，你之所以找不到女人，是因为你自以为可以娶一位公主，所以不愿降低标准。”

透过眼角的余光，他看到两个法国人在交换眼神。他反击公爵道：“那国王在婚姻大事上该听取虐妻者的建议吗？”

诺福克额头冒汗。尽管他们去年秋天曾发誓交好，现在却走到了这一步——站在国王的寝宫外对骂。

“让开，让开！”引宾员们喊道。亨利出现了。他看着诺福克。公爵单膝跪地。国王没有理睬他。“二位先生，克伦威尔大人，进来吧。”

他们开局不错，卡斯蒂永暗示有个惊喜。“关于玛丽小姐的一个提议，”他说，“我想陛下会非常满意。”

“我洗耳恭听，”亨利说，“克伦威尔勋爵也同样洗耳恭听。”

“陛下，”卡斯蒂永说，“我们的皇太子已经订婚——但玛丽小姐不能嫁给我主人的二儿子吗？”

国王哼了一声。“我们以前谈过此事。克伦威尔，你告诉他。”

他说：“你的主人要求得到玛丽小姐将继承王位的保证。”

卡斯蒂永鞠了一躬。“当然，你现在有了儿子和继承人。但玛丽小姐的美德在基督教世界人尽皆知。所以，还有什么比父亲和女儿的双重婚礼更令人开心呢？我王将很荣幸让你得到你所中意的任何一位法国女士。”

国王说：“包括他的女儿玛格丽特吗？”

大使已有准备。“如果再过一两年，等到她十六岁，也许……”

“我已经四十六了，”亨利说，“我不是在找老来伴。我如果要结婚，就应该是现在。朗格维尔夫人会适合我。她不可能真的打算嫁给苏格兰国王。那么愚蠢、贫穷的一个无赖——”

卡斯蒂永吃了一惊。“詹姆斯将在夏天之前娶她。有坚定的承诺。”

“但那是自由的吗？”亨利问，“心灵应该自由。克伦穆尔大人会告诉你。他是恋爱婚姻的大力倡导者。”

塔布说：“请尽量理解这一点。我王将苏格兰的詹姆斯视如已出。他不会违背一项将两国古老的友好关系联结起来的承诺。”

卡斯蒂永劝道：“为何不考虑旺多姆公爵夫人呢？”

他未等国王开口便接话道：“詹姆斯见过她，不喜欢她。我们为何要考虑？”

国王说：“我不想接受一位素未谋面的女士。此事与我太过息息相关。”他抬起一根手指，精准地放在自己的锁骨之下、从金黄色外套上方露出来的白衬衣的荷叶边上。“也许她和其他一些女士可以去加来？那我就可以过海，亲自去见见她们。”

“什么？”卡斯蒂永忍无可忍，“你以为这是马市吗？你要我们把法兰西最高贵的女士们像小母马似的赶出来遛一遛？也许陛下还想试骑一下再做决定？”

他严肃地说：“如果她们来的时候是处女之身，我们会把她们毫发无损地送回去，我发誓。”

“请原谅。”塔布简短地说。大使们涨红了脸，退到一旁低声商讨起来。他真希望诺福克此刻在场，看看他的这出戏。

大使们转过身来。“不行，”塔布说，“不能见面。”

“很遗憾，”他说，“因为我和国王反正要去加来。我们将从那儿去皇帝的领土，与克里斯蒂娜和她的顾问官们会面。我们打算带上玛丽小姐，还有伊丽莎小姐——如果她的看护者们不反对她航行的话。”

他感到亨利的目光朝他看过来：我们会吗？是吗？

“那我祝你们与米兰公爵夫人会面愉快，”卡斯蒂永说，“我听说她非常害怕等待着她的命运，在恳求皇帝将她嫁到英格兰以外的任何地方。陛下有没有想过，也许根本就难以找到任何愿意嫁给你的女人？”

“为什么？”国王问。

“因为你的妻子们都死在你手里。”

“把这话收回去。”他说。他正站立着，大使们也一样。他想，你们也许有两个人，但我可以杀死巨人。

卡斯蒂永转向亨利。他的声音在颤抖。“你说你的第一任妻子是正常死亡，但很多人相信是你毒死了她。大家普遍为你的第二次婚姻感到遗憾，但谁也没有想到你会以砍头来了结。现在有人说——甚至克伦穆尔也说，事实上尤其是他说——你的第三任妻子是因为分娩后照顾不周而死。”

他说：“我不该那么说。”

“是的，你不该说，”亨利温和地说，“我亲爱的大使们，你们无法理解——你们不了解我们的宫廷或我们的方式——在促成我与简的婚事方面，克伦穆尔贡献不小。整个王国都有理由为此感激他。克伦穆尔的儿子娶了王后的姐姐。他把她视为自己的亲人。她去世后，他太过震惊和悲伤，以至于口不择言。不存在照顾不周。怎么可能有这种事呢？”

“我们的立场是——”塔布开口道。

“你们的立场是回到船上，”他说，“除非我们马上听到谦恭的道歉。”

亨利举起一只手。“冷静。大使们有一定的道理。我的命不好。”他低下头，接着又从眉毛下抬起目光。“但我并不缺少送上门的人选。”

他说：“放心吧，先生们，我们就米兰公爵夫人之事达成了一定共识。”

“一定共识？”卡斯蒂永气急败坏，“克伦穆尔，你干吗不卷起铺盖投奔皇帝，去做他的忠仆呢？你对他比对英格兰国王还要卖力。”

亨利淡淡地说：“我自己觉得很满意。”

他说：“我的国王就算不娶克里斯蒂娜，也会与葡萄牙联姻。而玛丽小姐则会嫁给他们的王子多姆·路易。还有什么比双重婚礼更令人开心呢？”

很难说大使们是获准离开还是自行离开，但卡斯蒂永在门口停下脚步，挑衅地说：“我的主人和皇帝打算把休战延续到仲夏。玛丽将失去机会。多姆·路易会娶我主人的女儿——我告诉你们，他对她会很满意。”

他们走了，房门随后关上。国王说：“他们应该停止吓唬我的企图。我已经当了近三十年的国王，他们应该知道这没有好处。”

他们一直说法语，并继续这样，直到脚步声消失。

“好了，克伦穆尔，”亨利说，“我希望你不会跑到查理那儿，而是留下来。”

亨利的视线停留在房间墙上自己的巨幅画像上。他自己的目光在询问主人的画像。“我在皇帝那儿有何所求呢，他是全世界的皇帝吗？陛下是唯一的君王。是其他国王的镜与光。”

亨利重复着“镜与光”这个词，似乎很喜欢。他说：“你知道，克伦，我可能时不时地责备你。可能贬低你，甚至可能言语粗暴。”

他鞠了一躬。

“那是做做样子，”亨利说，“好让他们觉得我们有分歧。但别往心里去。无论你听到什么，不管是在国内还是国外，我始终都信任你。”他笑了。“一旦说起法语，你就不经意地说克伦穆尔。你不由自主。”

“还有诺费克，”他说，“还有吉廉·费兹吉廉。”

死去的王后们从自己的破镜子后向他眨着眼睛。

你听说过圣德费尔吗？如果没有，也不用难堪。他被称为“强者”或“勇士”，是亚瑟王的骑士之一；他在威尔士建了很多教堂，最后退隐至一座修道院，并在那儿寿终正寝。

在圣阿萨夫教区的一座教堂里，矗立着德费尔的一尊巨像，骑在一头巨大的雄鹿上。巨像由涂漆的木头拼装而成，眼睛可以一眨一眨地活动。威尔士人相信他可以让灵魂脱离地狱，每逢他四月份的纪念日，前去朝拜者达到五百人，都带着牛啊马的，祈求妇女儿童得到保佑。对神父们而言，这是赚钱的好门道。

休·拉蒂摩曾建议在圣保罗大教堂、泰伯恩或史密斯菲尔德将那些雕像焚毁。但德费尔是个特例：据传说，如果焚烧他，就会烧毁一座森林。为安全起见，你可以干脆把他劈掉，但最好不要在当地人面前。

他派自己的手下伊利斯·普莱斯去处理此事。伊利斯来自威尔士的一个贵族家庭，红衣主教在位时期，他曾与他父亲共事。他告诉伊利斯，只把德费尔给我带来，雄鹿就留在那儿。

今年春天，僧侣们很快失势，不管是在博利厄，还是巴特尔、罗伯茨布里奇、沃本和彻特西。还有伦顿，其修道院院长因谋逆罪而被处决。僧侣们装出一直活得像乞丐的样子，穿着破衣烂衫，没有储存的柴火或食物。当然，他们已经卖掉了柴火，卖掉了粮食，除非你迅速追上他们，否则他们会把自己的金银财宝当掉或埋藏起来。

收回的物品被交到他的手里：各种印章，上面分别刻着女修道院院长和大胡子领主的面孔；一根牧杖，象牙头上有基督的面孔；植物志和祈祷书，以及贮存已久的饰有小王公头像的银币。他自己留下了一张世界地图，其四角各有一头狮子。他留下它，以纪念地球曾经的模样。

他们给他带来了一些迷信汇编，即僧侣们保存的关于鬼魂的书。今年春天，不管他是在奥斯丁弗莱还是别的地方，他们晚餐后都会朗读；由于夜晚不再那么黑暗，即使胆小的人也能承受这种紧张。它们让他哈哈大笑：化身为干草堆的鬼魂？帮穷人扛一袋豆子的鬼魂？

鬼魂故事的目的通常是为了敲诈，为了恐吓穷人花钱请人祈祷和施法以保护他们。他读到有个人在前往西班牙朝圣途中，遇到了他儿子——在娘肚子里怀了半年后流产——的半成形死胎。朝圣者不认识他的孩子，但那个孩子——一个包在裹尸布里的油脂色物体——却能开口说话并称他为父亲。

他卷起羊皮纸说，毁掉这个故事。感谢上帝，我们终于有了一位活着的王子。

他想到德费尔及其力量。你干吗要把那些该死的人从地狱里救出来呢？上帝将他们置于其中自有道理。

* * *

四月底，国王的医生们找几位顾问官——两位公爵和他本人（掌玺大臣）——一起商量。“是关于那条伤腿吗？”费兹威廉开口道。

“是国王陛下的伤，”巴茨医生纠正道，“我们尽量让它敞开以保持清洁。但它试图闭合。”

“这很自然，”克罗默医生解释说，“我们担心有危险。担心里面存在组织坏死。”

“你们有何建议？”爱德华·西摩问。

医生们对视了一眼。“还是一贯的建议。我们必须稀释他的血液。他应该节食。酒里得兑水。只能轻微活动。”

“不可能，”费兹说，“现在是狩猎季。”

国王在计划一条路线。埃塞克斯，然后往北至汉斯顿，去看看小王子。

“他需要把腿抬高，”克罗默说，“你不能跟他谈谈吗，克伦威尔勋爵？大家都说，最近你深得他的宠信。”

“他们的确这么说。”费兹威廉的语气带着酸意吗？或者只是想象？

他说："帕多瓦曾经有位教授研制出了一份长寿食谱。"

"我猜不包括在埃塞克斯一带旅行。"克罗默说。

"得吃毒蛇的肉，既营养又清淡。而且要喝血。"

"动物的血吗？"爱德华·西摩感到恶心。

"不，人血。你拿到一杯冒着泡的血后，把宝石粉撒在上面，就像把肉豆蔻粉撒在牛奶上一样。教授被召至君士坦丁堡，在那里——"

"他活到一百二十岁，成了苏丹王？"费兹威廉问。

"很遗憾没有。他有一次治疗失败，奥斯曼人把他砍成了两半。"

"圣路加保佑我们！"克罗默叫道。

他想，我得为亨利的死做好准备。但该如何准备呢？我无法想象。

* * *

国王外出期间，他坐下来处理新的职责。目前在对全国各地的城堡进行勘测和修缮。国王将骑行十英里，但其大臣的思绪将绵延三百英里。加固工程很花钱，他得找到这笔钱。

托马斯·克兰默来见他。"两件事，托马斯。"

"你好吗？"他问。大主教的眼里似乎还有一抹痛楚。

克兰默放下自己的文件夹，不做寒暄。"第一件事是玛丽·菲茨罗伊。她丈夫里奇蒙已经死了一年，她还没有得到赡养费。国王对我说，你瞧，大主教大人，你知道他们没有圆房吧？所以她与我儿子并未真正结婚，我也就不用付钱。"

"那你怎么说？"

"我说：'在上帝和世人的眼中，他们当然结了婚。该付的你就得付，而且要尽快。'所以他很生气。"克兰默打开文件夹。"听说他父亲上年纪后，唯一在乎的就是钱。亨利变得越来越像他。"

连红衣主教都对与亨利相关的事情存有一些幻想，但克兰默似乎一丝也没有。可他还是愿意担负起亨利的良心——尽管它对一众主教已经是沉重的负担。

"第二件事是福雷斯特神父，"克兰默说，"凯瑟琳王后在位时，他是她的忏悔神父。他赞扬所有的天主教仪式，发表完全违背圣典的言论。这五年多来，他滥用了国王的耐心。现在恐怕得烧死他了。我会把他带到保罗十字讲坛。休·拉蒂摩恳求对他布道，他相信可以把罪人挽回到基督身边。一看到希望的迹象，我们就会给他松绑。”克兰默的语气干巴巴的，一副就事论事的样子，但他的双手在颤抖。“我希望他会公开放弃自己的信仰。他是快七十岁的人了。”

他已经监视福雷斯特多年。“国王不会相信他的忏悔。就算你不烧死他，我也会绞死他。”

克兰默说：“枢密院必须见证他的死刑，以便大使们关注，以便罗马闻到烟味。你本人必须到场，还有斯托克斯利主教。”

“哦，伦敦主教会去的，”他说，“根本不用怀疑他。他会闭上眼睛，把臭气吸进去，会假想被烧的是你我和罗伯特·巴恩斯。我不相信他，就像不相信加迪纳一样。”

加迪纳即将回国。他经常冒犯法国人，我们不敢让他继续担任我们的特使。大人物们的争吵在巴黎街头被人模仿。加迪纳的仆人们只要出门，就会受到挖苦：“你们还自称战士？一个个胆小如鼠。你们曾经跟随一支军队来到这儿，却被一位姑娘赶了出去。”

“是啊，”英国仆人们喊道，“我们带走了你们的女巫贞德，把她烧死了，你们所有的胜利也未能把她从我们的大火中救回来。”

圣女贞德于1431年被大火烧死。你以为他们挖苦时会找个更新鲜的说法。但就连集市上的妇女也咒骂我们的使节，并把污物扔到他们的华服上。

他说，史蒂芬应该学会对辱骂免疫。瞧瞧我吧，我把它们当成恭维。诺福克称我为毒血。北方人说我是异教徒和盗贼。帕特尼的鳗鱼小子曾经对我说：“哼，托马斯·克伦威尔，你这个等着上绞架的坏蛋，你会脑浆涂地，千刀万剐，死无全尸；你妈妈宁可死掉也不愿意再多看你一眼。”

正如诺福克公爵所言，骂人时，还是老话最来劲。

“你这个爱尔兰人，”鳗鱼小子常说，“你这坨从撒旦的锻炉里飞出来的黑灰，我会废了你，我会削了你，我会烧掉你的头发。”

而他不作回应。他从不说：“我会烤了你，我会捅了你，我会挖出你那怦怦跳的该死的心脏。”

当然，直到他忍无可忍。

国王还在内地时，摔倒的消息传了回来。他(克伦威尔)带上一队随行人员立刻启程。

当然，他也想到要在他们封锁港口之前赶到海边。如果亨利死了，他还有什么朋友呢？不管你走哪个方向，都可能半途被拦。被科特尼家的人，如果他们能迅速行动，以玛丽的名义召集队伍。或者被玛格丽特·波尔，被她儿子蒙塔古。或者被诺福克，他的队伍在疾速横穿全国。

这种情形——国王驾崩或命悬一线——以前出现过：1536 年 1 月，在格林威治的比武场，亨利脱去了盔甲；他那匹受伤的马在哀鸣，还有呼喊和祈祷，以及吵吵嚷嚷相互指责。他又一次感觉到胸骨下有一丝针刺般的恐慌。

但在行程的尽头，只有一个人出来迎接他；是巴茨，显得疲惫不堪："还活着。"他说。

"老天！"他翻身下马。

巴茨在一条亚麻毛巾上擦干手，毛巾的边缘绣有长春花的图案。"陛下从餐桌旁起身，却突然倒在桌子底下了。我们把他拉起来时，他脸色发青，呼吸短而急促。他咳出了血，我想正是这救了他，因为接着他又正常呼吸了。你不能进去。他太虚弱了。"

"让我过去。"他说。

国王的身边不仅有一群医生和教士，身穿绸衣的蠢货卡尔佩珀也在周围晃荡。他想起亨利曾经问："为什么每次发生不幸时，房间里都会有个霍华德家的人？"

那孩子阴阳怪气地说："我们以前需要过你，克伦威尔勋爵。我听说有一年在格林威治，你让陛下死而复生。"

"我有此荣幸。"他简短回答。

国王的身旁有一股搽剂和熏香的气味。亨利靠在一堆枕头上，缠着绷带的腿鼓鼓囊囊地盖在缎子被下。他面颊凹陷，气色难看。他眨眨眼睛："克伦威尔，你来了。"他的声音很微弱。"你不在的时候，恐怕我们摔了一跤。"

尊严复数的"我们"。不关涉他人。

"你收到怀亚特的信了吗？"亨利掀开被子。他的腿缠得很粗。"我本周什么也没收到。也没收到来自布鲁塞尔的赫顿的消息。是有人在阻拦我们的信使吗？还是他们现在直接向你报告？谁是国王，你还是我？”

他想，我们的君主又回来了：有一小时的时间，他说不出话，呼吸困难，但现在又专横跋扈——所有统治者的镜子，在五月上午的阳光下，他闪烁的光几乎微弱难辨。

亨利说：“克伦威尔，我还记得格林威治。当时我。当时你。”他无法坦然谈论自己的死。“我不记得摔倒了。只有一片漆黑。我以为自己完了。我没有任何感觉。我想我看到了天使。”

他想，你当时可没有说。

国王当时直挺挺地躺在一顶帐篷里，惨白如纸。亨利·诺里斯在念念有词地为死者祈祷。萨福克公爵像出牙的婴儿一般在嚎啕大哭。在帐篷外面，博林家的人高喊着自己的名字，诺福克舅舅大声宣布现在由他负责：“我，我，我。”

“昨天，”国王说，“你离得很远，我以为我要孤零零地死去了。”

他想起仆人和贵族们的大呼小叫，以及他自己高喊“安静”；他的手掌贴着国王的胸口，他自己的心脏怦怦直跳。接着，在国王所穿外套的马毛内胆之下，有一丝颤动，犹如树鼩的爪子掠过。片刻之后，亨利倒抽一口气，呻吟一声，然后剧烈地咳嗽起来，说：“托马斯·克伦威尔。”大惊失色的贵族们叫道：“躺下，躺下！”但亨利自己坐了起来，他移动目光，环顾眼前的情景。他又活了过来，打量着英格兰。他看到了她黑色的山谷和绿色的田野，宽阔的银色水域和有夜莺歌唱的树林。他看到了她公平的法律，自由的人民，他听到了他们的祈祷。

巴茨医生回来了，手里拿着一个尿壶。“陛下，你今天不能考虑处理公务。”

“是吗？”亨利说，“那谁来统治，巴茨医生？”

这听起来像是礼貌的询问，却让医生后退一步。

“我们在谈我在格林威治摔的那一跤，”亨利说，“在回忆。”他一字一顿。

巴茨说：“上帝保佑陛下。”

“的确如此，”亨利说，“听说那个帐篷里的所有人都以为我死了，只有克伦威尔例外。他站在我的身旁，感受我的心跳，而其他人都放弃了。”

他想，我不能让你死。当时我们有谁可以当君主呢？玛丽吗？她是教皇党人，会杀掉你所有的大臣。尚在摇篮里的伊丽莎吗？或者安妮肚子里尚未出世的孩子？而现在又好了多少？我仍然没有计划，没有解决方案，没有密切关系，没有支持者，没有部队，没有权利，没有申索权。他想，亨利应该给我摄政权，现在就给。拟成文字，盖上御玺；抄上多份。

国王说：“我猜各个使团又要把我的死讯传到世界各地了。”

“如蒙恩准，我会返回威斯敏斯特。我会亲自拜访各使团，向他们保证我亲眼看到你还活着。”

“哦，他们会相信你的话。”国王说。一阵咳嗽袭来，让他全身发抖。巴茨说：“掌玺大臣，不能再说了。”

“伤口里的毒气直冲我的脑门，”亨利说，“但告诉他们——我不知道——告诉他们我有点眩晕。摔了一跤。受到惊吓。告诉他们不出几天我就会重新上马。”

亨利抬手示意他退下。故事一旦开讲，就会版本迭出。他知道自己的故事：在格林威治，国王的心脏在跳动，像玻璃气泡中的某个神的呼吸一般轻微。他记得自己在祈祷，但别人记得他握紧拳头，对着国王的胸部一顿猛捶，把他的肋骨都捶断了。在那混乱时刻一直跟在他身边的克里斯托弗则说，他抓住国王的肩膀将他的身体上下抖动，说他揪住国王的耳朵，对着他的脸大喊：“呼吸，你这个蠢货，呼吸！”

五月来临，亨利在计划一个王朝。“如果我能得到朗格维尔夫人，我相信她会给我生一群儿子，这对英格兰会是莫大的安慰——万一爱德华发生不测的话。我们俩的第一个儿子将是约克公爵，第二个是格洛斯特公爵，第三个——我想——是萨默塞特公爵。”

费兹威廉说：“你忘记她被许配给苏格兰了吗？”

亨利从不忘记任何事情，但有时相信一位国王的任性可以改变现实。

据说法兰西国王正前往尼斯，将与皇帝会晤。要破坏他们的友好关系，唯一的办法似乎就是亨利从一方挑选一位新娘，从而羞辱另一方。

他的顾问官们提醒道：“稍安勿躁，陛下。一旦做出选择，你就失去优势。你只能娶一次。”

“不会吧？”费兹威廉嘀咕道，“我们谈的可是亨利。”

亨利说：“我想要你款待卡斯蒂永大使。你上次太冲动了，威胁要撂倒他。现在你得弥补伤害。我要你用好言好语安抚他，用美酒佳肴款待他。如果需要我御膳房里的任何东西，就尽管开口。”

他最近在折磨瑟斯顿，想捣鼓出一种由一套齿轮和滑轮系统驱动的烤肉装置，通过运用火的热浪来匀速转动所烤的肉。他把一只鸡插在烤扦上，说：“你瞧。”但瑟斯顿撇了撇嘴：小工多的是，要机器干吗？

他说，小工有时会把肉烤焦，或者有些部位烤得太老，有些又没有熟。而如果这样，你就可以有规范的做法。添好柴火，烧得越旺，机器就转动越快。封上炉火，就——

换一只试试吧，主人，瑟斯顿说。机器比那只可怜的鸡大得太多了。

卡斯蒂永和国王的顾问官们到达后，坐下来享用多宝鱼、烤珍珠鸡以及用醋和油调味的水芹沙拉。还有加橙皮烤的鲑鱼，子鸡去骨后烘焙成英国人所说的伦巴第馅饼，尽管他所认识的伦巴第人从未听说过这种食物。

只剩下他们两人时，大使扔下餐巾，就像扔掉休战旗一般。“那条腿好不了，你心里清楚。下次他就不会那么幸运了，你也一样。”

他没有答话。他的沉默似乎令卡斯蒂永有了几分过度自信，再见到国王时，他的举止犹如一位酒友，推荐起朗格维尔夫人的妹妹露易丝小姐。“娶她吧，陛下，她长得比她姐姐更漂亮。再说，姐姐是寡妇，妹妹还是处女。你将是进入那片处女地的第一人。你可以按自己的尺寸来打通要道。”

亨利哈哈大笑。他拍拍大使的背，然后走开，背对着法国人，收起脸上的笑容。“我无法忍受污言秽语。”他低声说。接着他回头喊道：“请原谅，大使，我得告辞了。我的神父们要陪我做弥撒。”

一两天后，国王与狩猎队伍一起再次离开。雷夫随行，理查德·克伦威尔则负责往来送信，或传达不便写在纸上的信息。理查德到达沃尔瑟姆时，被告知法兰西大使已经捷足先登，他必须等待；然后，多名顾问官被召来面见国王；然后他必须停留一夜。

雷夫连连道歉，并把理查德的信传进去，说会亲自交到国王手上。理查德说："别为他道歉，雷夫。这不是你的错。他认为自己在干什么？"

理查德难以置信。把克伦威尔的事情往后推还前所未有。

第二天，理查德带了复信返回。"但我不喜欢那样，先生，"他说，"诺福克在国王的身边，像扮演国王的演员一般趾高气扬，我恨不得拧断他的脖子。小瘦猴萨里跟着他。他们俩一个劲地说国王对你如何不满，觉得你偏向皇帝。诺福克与法国人手挽着手。只需要一位小提琴手，他们就可以翩翩起舞了。"

亨利这是唱的哪一出呢？他说，我可能贬低你。可能责备你。但是别误会。我始终信任你。

他拿出《亨利之书》。（平常总是把它锁起来。）他不知道是否给自己留下了忠告。但他只看到还有太多的空白，太多尚未书写的空白页。

福雷斯特神父被执行火刑时，除了他自己和托马斯·克兰默之外，到场的还有伦敦市长、大法官奥德利、萨福克公爵查尔斯·布兰顿、诺福克公爵托马斯·霍华德、身为赫特福德伯爵的爱德华·西摩，当然还有斯托克斯利主教。他们于上午八点前抵达史密斯菲尔德。福雷斯特身穿方济各修士的僧袍，是用刑车从纽盖特押运而来。他被置于一个讲台上，聆听休·拉蒂摩布道。

休讲了一小时，但简直是对牛弹琴。福雷斯特有力气反驳他，说自己从十七岁就成为一名僧侣，受洗后成为天主教徒，而他——拉蒂摩——却根本不是天主教徒，因为只有服从教皇的人才是上帝的大家庭的成员；听闻此言，人群不满地嘟哝起来。他所说的其他的话难以听清，但行刑官们看到信号，便将他拖离讲台，双脚悬空绑在火刑柱上。他无力地吊在那儿，嘴里不停地祈祷。

这时响起一阵嘹亮的号声，还有敲鼓声，威尔士偶像德费尔上了行刑台。八个人抬着他，这本无必要，却可以做个秀；为了嘲笑他自夸力大无穷，偶像被五花大绑。人群又笑又唱。据说德费尔能烧毁一座森林，让我们看看他能否做到。随着一声令下，他被放了下来，直立着。第二声令下，他四肢摆动，眨着眼睛，两条木手臂乞求地举向天空。"让他见鬼去吧。"人群高呼。行刑官们拆下德费尔的四肢，拿起斧头，开始把他劈成柴火。

福雷斯特神父至此已经放弃国王和克兰默以及休·拉蒂摩给予的所有机会。他选择了可怕的结局，就必须承受。托马斯·莫尔曾经说，一个人只要被绑上火刑柱，就很难勇敢地接受被烧死。他（掌玺大臣）大声喊道："福雷斯特！请求国王的宽恕吧！"

因为这是福雷斯特忽略未做的事情。这是每个罪犯——即使觉得自己无罪——都会做的事情，以便缓和可能降临在他所留下的亲人们身上的愤怒；以便国王能听到他们的请求，而不剥夺他们所拥有的一切。

但福雷斯特是独身。他没有子女，或者据他所知没有。由于他是修士，而修士们没有财产，所以他没有什么可供国王剥夺。他所拥有的只是这身已经破烂的僧袍，以及他的皮、肉、脂肪和骨头。

"乞求国王的宽恕吧！"他（克伦威尔）喊道。他不知道福雷斯特能否听见。

他想，现在阻止已经为时太晚。殉道者的火刑可快可慢。可以是干柴，并且堆得很高，这样人群就看不到他，不出几分钟他就被烈焰吞噬，在熊熊大火中死去。但由于福雷斯特不肯有半句忏悔，所以将被慢火烧死。修士的身体被捆在腰上的铁链吊起，火在他身下、在他脚底点燃。

他平静地看着，看着这一切。他没有朝其他顾问官们的脸上偷瞥过一眼。他想，肯定有某个时候，我们本可以跟福雷斯特谈个交易。肯定有某些条件是我们可以开出的，以使他稍作让步，为自己免除这种痛苦。依他的本性，从来不认为有达不成的交易。每个人都有所求，哪怕仅仅是为了停止痛苦。

火焰袭来时，福雷斯特抬起满是水泡的光脚。他扭曲着身体，哀嚎着，但不得不把双腿垂进火中。他再一次将它们抬起，他在铁链里扭动，狂吼，而德费尔则发出欢快的噼啪声；这个阶段似乎持续了很久，火势越来越高，而火中的人想躲避的挣扎越来越无力，直到最后，他吊在那儿不再抵抗，上半身开始燃烧。修士举起未被束缚的双臂，仿佛想爬上天去。他身体的纤维在变短和皱缩，他的四肢不由自主地扭动，因此，虽然在他的天主教上帝的眼中，这像是一种崇拜之举，但其实不过是他在遭受极刑的标志；随着一个信号，行刑官们走上前去，把长长的铁杆伸进火焰中，将烤焦的躯干从铁链上解开，扔进下面的火里。人群一阵惊呼，火焰也东倒西歪；然后我们再也没有听到福雷斯特神父的声音。再也没有听到威尔士的大偶像、勇士德费尔的声音——他成了灰烬。克兰默在他耳边说："我想，结束了。"

爱德华·西摩看上去像是要吐的样子。"你以前没看过这种情景吗？"他问他，"我已经看过多次了。"

官员们开始散去。这天剩下的时间里，人们干什么呢？当然是工作。"残忍的死亡。"一位公会会员说。他说："是残忍的生活，兄弟。"

*　*　*

他看到一个女人被烧死的那天，只有——多大——八岁？他在离家出走，或者说他这样告诉自己；他离开了帕特尼的家，时而步行，时而搭车，还在树篱中过了一夜。第二天，他在某个人家的后门讨了些面包和牛奶，并搭了一趟便船，然后在塔下的码头下船。他本来打算去一艘大船当水手，但看到人群兴高采烈地往前涌，就忘了自己的目的，决定跟他们一起去。他说："是去巴塞洛缪集市吗？"

有个男人笑话他。但有个女人说："他只是个孩子，威尔。"她低头看着他。"天啊，你的脸该洗洗了。"

他不想说自己是在树篱中醒来。威尔说："你叫什么名字？"

"哈里，"他说，并伸出手去，"我是一名铁匠。你呢，威尔？"

那人握住他的手猛力一捏。等他意识到威尔有意要整治他——当作一个玩笑——已经为时太晚。他觉得自己的骨头要碎了，但脸上还是保持礼貌而淡定的表情。威尔厌恶地松开手，说，难缠的小子。

那女人说："跟我们走吧，小哈里先生，跟紧我。"

他抓紧女人的围裙，稳稳地裹在起伏的人潮中。她拍拍他的肩膀，然后把手放在那儿——仿佛她是他的教母，或者某个希望他好的人。"大官们来了！"有个男人大喊。号声宣布一列队伍的到来：达官贵人们握着权杖，戴着金链。除了在梦里之外，他从未见过这样的人。他看到上等毛料的摆动和丝绒外套的亮光，还有一位主教像旭日东升一般，把金十字架举在面前。"你看过绞刑吧？"威尔说。

"哦，很多次。"他夸口道。

威尔说："嗯，这不是绞刑。"

当他们把那个饱受折磨并被绑起来的老太婆拖出来时，他抬头看着教母的脸，说："她干了什么？"

"哈里，你得看着她被烧死，"他的教母说，"她是罗拉派。"

威尔不耐烦说："是罗拉德派。说清楚点。"

教母没有理睬他。"她是魔鬼那伙的，八十岁了，罪恶成性。"她提高嗓门盖过喧闹之声："让这孩子过去！"

有些人让开了，认为让一个孩子观看火刑是虔诚之举。不过，人还是越聚越多。有些在大声祈祷，但还有些在吃发酵面包。他的保护人站在他后面，身上不再有衣物柜的气味，而是难掩兴奋和激动。他朝她扭过身，想把头埋在她的腰间，用双臂搂住她。他知道自己必须忍受，否则威尔会捏紧他的脖子，就像刚才猛捏他的手一样；威尔看到他转身，以为他想逃走，便推了他一把，说："这孩子是个异教徒。你是从哪个教区冒出来的？"

出于谨慎，他说："我没有教区。"

"每个人都有教区。"威尔嘲弄道。但接着人群开始大声祈祷。一位布道者的声音盖过了所有的人。他说，与地狱之火带来的痛苦相比，人间之火带来的痛苦不过是羽毛的触碰，五月的晨风，母亲的爱抚。

火被点燃时，人潮裹着他向前。他想逆流而行，并高声呼喊他的教母，但他的声音被淹没了。他看到人们的后背，但闻到了人肉的味道。你不得不把它吸进去，直到风向改变。有些人受不了哭了起来，还有些人吐在自己的脚下。

当激动之情过去，那个罗拉派教徒只剩下骨头、变成油和黏糊糊的东西之后，官员们纷纷离开，普通观众也开始散去，各走各路。有些人喝醉了，彼此挽着胳膊歪歪倒倒，一边大声喧哗，像在看斗牛一般挥舞拳头大呼小叫。还有些人很清醒，三五成群低声交谈。他们都有家可回，而他没有。帕特尼似乎很遥远，犹如故事里的一个地方。"在一条河边的一个小镇，有个叫托马斯·克伦威尔的人与他父亲沃尔特以及他的狗生活在一起。有一天，他离开家门，去异乡闯荡……"

他想，不知道原路返回需要多长时间。帕特尼显然在伦敦的另一边，而你不会总是幸运，不会总能搭上便车或便船；如果让人知道他去过哪儿和看过什么，男女老少肯定都会骂他。

他突然想到可以钻进官员们所站的台子下，把那儿当作房子住。没有人阻拦他。没有人看到他。锯木板是他的屋顶，他盘腿坐在潮湿的地上。时间慢慢地过去。他知道有人在场边等待，似乎在等所有人都走光。有人拿着盆子，还有人拎着篮子。他们还在磨蹭，似乎有些害怕。行刑官们拿着铁棍吹着口哨回来了，耙动那些残骸，把剩下的骨头敲碎。

他蜷缩在自己的新住所里，仿佛远远地看着他们。他觉得身体发僵冰冷。他手上被威尔捏过的骨头阵阵发痛。下雨了，那些人扔下工具，寻找地方躲雨。水从他头顶的木板之间往下滴。他数着水滴。他拢起手掌接住它们，喝了下去。他感觉到它们流进他的肚子，冻成了冰。

骨头全都敲碎后，行刑官们在草上擦了擦铁棍，拉上风帽，不紧不慢地离开。他们没有正视那些拿着盆子和篮子等待的人。但其中一人回头说道："全是你们的了，教友们。"

被称为教友的那些人开始在地上仔细翻找。他爬了出来，向他们介绍自己——哈里先生，铁匠——并告诉他们刚才发生的一切。他们说，我们知道，我们看到了。他们说，这位女士是为上帝的话而死，哈里，我们是来收捡她的残骸。他们在他的手背上抹了一条长长的油灰。他们说，在上帝赐予你的生命中，要永远记住这一天。

他对他们说起神父告诉他的话，说与地狱的烈焰相比，人间的火是多么微弱无力，就像一阵凉风。他撸起袖子，让他们看那皱巴巴的疤痕，那是在铁匠铺烫伤所致。一个女人说，你当时肯定很痛，亲爱的。他说，男人身上留个疤不算什么。我父亲就有很多。"快回家吧，孩子。"一个男人对他说。

他说："我不知道怎么回去。"

他们走了。他回到站台下自己的住处。恶心之感已经消失，他觉得饿了。他想，哪怕来一点面包硬边也好。他知道过不了多久，他总得出去偷点东西，但眼下他得安安静静，因为如果那些人回来拆掉他的房子可怎么办？他们可能会把他拖出去，说："这儿有个罗拉德派的小教徒。"他们可能会再烧一堆火，把他扔进去，就像把最后一捆东西扔进车里一样。

没有人来。天色越来越暗。他并不害怕老太婆的鬼魂，但知道还有别的伙伴。在仍未消散的烟雾中，他可以看到一些低矮而鬼鬼祟祟的身影。与他隔着一段距离，但正围成一圈渐行渐近——那是伦敦的狗。

只要看到它们，就会知道它们的生平。他想，它们全都没有名字、狗舍或主人。它们满身伤痕，一瘸一拐，弓着身子，疲惫不堪，就像影子一般。它们肯定藏了几个小时，一直保持着距离，下巴搁在爪子上，耐着性子，流着口水。行刑官们干活时，它们不敢上前，害怕被人扔石头或者被弹弓射瞎一只眼。它们恐惧得发抖，但当空气中飘着浓浓的人肉味时，饥饿使它们变得勇敢，使它们不顾一切。

起初它们匍匐而行，接着起身变成蹲伏的姿势，背部仍然压低，虽然吓得发抖但始终在前进。它们围成一圈，抬起口鼻，嗅了嗅空气。它们舔舔嘴唇，进一步挪近。它们的目光从他身上掠过。它们会害怕市政官员，害怕行刑官，但不会怕他，一个衣衫褴褛的孩子。包围圈在缩小。一有风吹草动，它们就蹲下，一动不动，但还是在渐渐逼近。

罗拉德派教徒没什么油水，原本就是个皮包骨。当它们意识到她剩下的只有气味时，会不会转而攻击他？这帕特尼小子是一块好肉：可以咬断他的喉咙，舔他的血。

站台下的空间比较高，他可以站立。那些狗竖起背毛。它们犹豫片刻，然后露出牙齿，开始挪动。

他的口袋里空空如也。他没有武器，连一块石头都没有。他深吸一口气，猛地上前，大喊：滚开畜生快滚开去死！

狗群顿时止步。它们吓了一跳，慌忙后退，但接着又停下，变成弓腰驼背的样子，望着他。然后它们再次围成一圈，贴着地面，嘴巴对着火刑柱，开始一步步朝他靠近。威尔曾经问他，像你这样的孩子，离家那么远干什么？有位神父说："上帝了解正义之心；他引领我们去锡安。"

他举起双臂，又叫又骂。他从站台下冲出来，左臂挥动，右臂伸向那些狗，仿佛要给它们祝福：但他朝它们做出操蛋的手势，去他妈的吧。

他离开刑场，开始跌跌撞撞地撇下度过的这一天，茫然而踉跄地向西走——他知道自己昨天是背对着太阳而行，直到天旋地转，一群人将他吞没和裹挟，一位教母拉住他的手，把他推出去，说："让这孩子站到前面，他得看着她受苦，这会使他以后成为圣人。"

这不是他第一次目睹罪，却是第一次目睹罚。若干年后，他得知那个女人名叫琼·鲍顿。她并非表面所见的那样是乞丐，而是一个受过教育的女人，家族还出过一位伦敦市长。

什么都保护不了你，保护不了。到了穷途末路，地位，亲人，都帮不了你。什么都不能使你免于火刑。

一两天后，他回到帕特尼。这是他首次在外露宿，但不是最后一次。家里没有人想起他。他父亲揍了他，但这是家常便饭。不管之前是什么失职使他逃离，他们都已忘记，但不久又会添加到他的下一次过失上，因为他不由自主地犯错；他父亲说，在上帝所有的造物中，他最不可救药。他没有等神父进一步给他讲解——沃尔特的吼声一直在他耳边回荡。

许多年后他才明白，去史密斯菲尔德的男孩与回家的那个并非同一人。那个叫哈里的孩子还蹲在站台下，像狗群一样警惕，他拢起双手去接雨水，冰冷的水滴落在他的手掌里。他没有去找回自己，一直没有做这件事。他能看到那小小的身影，在那个错误的时间尽头；他能感受到他想哭又哭不出来时肋骨的起伏。他能看到和感受到，而并不怜悯那个孩子，只是觉得为了保持街道的整洁，应该有人去领取他并把他送回家。

夏天临近。法兰西大使对他说："怎么一瘸一拐的，克伦穆尔大人？"

"我早年在贵国服役时受过伤。这条腿有时会捣乱。"

卡斯蒂永说："不知道你的国王是否认为你在模仿他。"

留给苏格兰国王去揣摩吧。六月的第二周，朗格维尔夫人在法夫镇登陆，受到詹姆斯和一众贵族的迎接。她风姿绰约，旅程也比玛德琳公主更幸运。在双方同胞的祝福与欢呼声中，她和詹姆斯乘车前往自己的婚礼。

与此同时，关于我们与克里斯蒂娜联姻的事宜，皇帝的热情似乎有所冷却。国王吩咐我们在布鲁塞尔的使节，花多少钱都行，只要把事情办成。但对方向英国人解释说，由于他们的国王之前娶过阿拉贡的凯瑟琳，而凯瑟琳是克里斯蒂娜的近亲，所以他们需要教皇的豁免。门多萨大使说，就此而言，你们可能会发现给自己制造了一个难题。

克兰默大主教说，我们把汉斯大人时而派到东时而派到西，为女人们的名誉争来吵去——我希望这些外交活动一律停止。国王的新娘应该是他所了解并觉得可以去爱的人。因为亨利认为婚姻不能没有爱情为基础。在凯瑟琳时期，他曾经唱过一首与此有关的歌：我不犯错，我不伤人/我娶的人儿，我爱得真……

但枢密院说，一位国王如果一辈子有过一次基于爱情的婚姻，就算是幸运了。他不能指望一而再再而三地这样。

国王既然不能娶妻，便开始忙于建房造屋。一座新宫殿将在萨里出现，距离汉普顿宫不远，旨在形成绵延数英里的猎场。起初似乎只打算建一座较小的别墅，但后来国王决定要让它成为一大世界奇迹。他招募意大利工匠，并将拆除默顿修道院时的建筑石料全部运来。他清除已有的领主宅邸及其农场、谷仓和牲口棚，并拆掉古老的教区教堂。他从相邻的领地购买大片区域。他订购一千车木材，并开始建砖窑。

身为宗教事务代理和掌玺大臣，托马斯·克伦威尔勋爵不再有时间监管国王的建筑工程。他可以就意大利人的选择提出建议，但国王很乐意让雷夫·赛德勒全权负责。凡是克伦威尔为国王所做之事，赛德勒和托马斯·赖奥斯利都会有能力去做，可以及时联手完成。他已经培养他们，鼓励他们，把他们书写成他自己的两个版本：雷夫是明码版，赖奥斯利先生是密码版。

1538 年的整个夏天，这一奇迹建筑工程一直在进行之中。等国王娶了新人之后，就会把她安顿在这里，犹如宝石镶嵌于底托之中。与此同时，隔着海峡，欧洲的女士们透过水晶镜子，遥看我们这片雾蒙蒙的土地；国王的信使骑着威武的白马，沿着蜿蜒的花径前进。在古老的故事里，公主们绝不会太老或者太年轻，也不会太过死忠于教皇。她们耐心地等待王子七年甚至更久，在他建立英勇业绩期间，她们从一根线里织出自己的命运，金色的头发也越来越长。

有时，国王会为他的亡妻落泪。我们在哪儿可以找到像简那么善良、温顺而美丽的女人呢？既然无法找到，他便以建造新宫殿为乐；这是一座举世无双的宫殿，名为“无双宫”。

2. 基督的圣体

1538 年 6 月—12 月

怀亚特已经跟随皇帝从西班牙海岸到达尼斯，查理在那儿下船，与教皇和法兰西国王会晤。他们的会晤就像某些星球不幸在天上碰撞，我们虽能预测却无法阻止。六月初，怀亚特回到英格兰，在圣詹姆斯宫的一个房间里踱来踱去；掌玺大臣坐在一片微弱的阳光下，目光跟着他移动。

“我见到法尔内塞了，”怀亚特说，“近得可以捅刀子。波尔就靠在教皇的肩膀上，跟他交头接耳地密谋。我该捅他几刀，把他的肉带一点回来。”

不管皇帝去哪儿，怀亚特都带着约二十名随从跟在他身后颠簸，那些随从是一帮时髦的年轻人，都被武装起来，都会吟诗作赋，都会谈情说爱，都会打牌赌钱。查理让怀亚特从尼斯带了一个颇具诱惑力的提议回来。如果玛丽小姐愿意嫁给多姆·路易，他就会把米兰公国交给他们——米兰是他与弗朗索瓦已经争夺多年的一块大肥肉。

“但他绝不会放弃米兰，”怀亚特说，“这辈子都不会。而且他们还要求玛丽带上一大笔钱。国王应该只给三分之二。”

这始终是一条很好的经验法则——砍掉三分之一，看对方如何反应。怀亚特说：“但我不知道国王是否打算将玛丽外嫁，或者他自己甚至是否有意再娶，还是仅仅在敷衍他们所有的人，并让汉斯有事可干。”

他耸耸肩：我一无所知。

“我讨厌西班牙，”怀亚特说，“我宁愿住纽盖特最差的牢房。皇帝让我捉摸不透。我用任何语言都读不懂他。我听到他说的话，但不懂其言外之意。他的表情从来不变。有时他每天都接见我。有时我到了之后，他的仆人们却让我吃闭门羹。我想，是我有什么失礼之处吗？在他的接见室外一站就是两天，或者三天，直到他们用扫帚把我赶走，这合乎情理吗？如果要我离开他的王国，我是该付清账单留下致意，还是该衣服都不换拔腿就跑？”

“这是君王们的惯用手法，”他说，“亨利会一连三天私下会见法国人，然后又整整一周对他们不理不睬。”

“他让我吃闭门羹的时候，我就写信，翻译塞内加的著作。不管你听到些什么，我都没有找女人，但陪伴我的有一点烈酒以及福音。西班牙的女人都被关在家里。丈夫们一旦有疑心就会杀了你。如果伍斯特伯爵是西班牙人，你和他妻子就会被刺死并在坟墓里发霉了。”

“我从未跟伍斯特的妻子有染，”他说，“但这就像我说‘我不是路德派’一样，谁也不相信。”

“托莱多的宗教裁判官认为，所有的英国人都是路德派。他们试图在我府里安插间谍，还用钱收买我的仆人。有些信被偷了。”

“我提醒过你，要把你写的东西锁好，不管是散文还是诗歌。”

怀亚特显得不安。“起初我以为是你。”

他不会否认。他在怀亚特身边安排了一个人，还在法兰西的加迪纳身边安排了一些。他叹了口气，说：“这也是为了保护你。我的人不会偷你的信，只会读你放在桌上的信。我没想到皇帝给宗教裁判官这种自由。别招惹他们。你应该在弥撒时露面。”

“神父很一般，”怀亚特说，“我可以混于那些名流之中在祭坛前念念有词。”

裁判官们宣称，异端无国界，任何国家的旅客都不能免受我们的调查。如果他们把英格兰特使扔进地牢，英格兰国王又能如何？他可以交涉，但在此期间，他们可以把针插进我们特使的舌头，或者拔掉他的指甲。

有个职员拿着一沓文件进来。“是理查德·里奇爵士的，大人。他说，毫不迟疑，直接进去。他说，这会让克伦威尔勋爵开心的。”

他对怀亚特说：“我的财产增加了。我将拥有米歇勒姆的修道院。我和格利高里将把我们的名字写在苏塞克斯的白垩山上。你也会得到犒赏。”哪怕是在死后，他想。

怀亚特目送职员出去。他坐了下来。“去年在法兰西——这件事亨利不知道——波尔跟我接触过。他送了礼物。还有一封信，包在一瓶好酒的瓶身上。”

“然后呢？”

“我读了信。弗朗西斯·布莱恩喝了酒。”

“哦，弗朗西斯。他觉得尼斯怎么样？”

“他一如既往地赌博，”怀亚特说，“那座小城臭得像地狱，被教皇党人挤得水泄不通，但弗朗西斯过得很滋润。他跟一些大人物的首席秘书和好友们豪赌，跟他们的女人睡觉。没有他，我就不可能顺顺利利，就不会了解任何信息。”怀亚特有些犹豫。“我觉得我可以去接触波尔。我可以策划一次会面。”

他点点头。“但是记住，没有人授权你去接触。我没有。国王也没有。”

怀亚特骂了一声。“当机会来到我面前时，我得拒绝吗？我该怎么办——派人回威斯敏斯特请示？亨利不相信我的判断力吗？既然他要派特使，就应该信之则派，派之则信。如果他要的是言而不是行，就让他另请高明好了。只要看到波尔，我就会杀了他。”

“哦，那肯定会终结你的驻外生涯。”他偏过脸去，“事实上，无论你怎么抱怨，亨利都会派你回去。”

“那就帮我个忙，”怀亚特说，“把埃德蒙·邦纳那个小矮子召回来。他从西班牙一直跟着我跑到法兰西，我发誓我们下一次坐船时，我会把他扔出去。”

那位矮胖的神父最近很受国王的青睐。“我们派邦纳过去是为了帮你对付那些神学家，”他笑着说，“我们认为他会充实你的使团。我们是好意，我发誓。”

“我宁可住老鼠窝也不愿跟他住在一起。我从没见过有谁像他那样动不动就生气，或者动不动就让别人生气。他真令我汗颜。我不明白你或者国王为何要提拔这样一个胖球。”

他没有解释。“你不想换个地方，去法兰西吗？去替代加迪纳？我想派个朋友过去取代他的大使位置。”

怀亚特笑了，似乎感到不解。“我是那个朋友吗？”

有人敲门。是迪克·帕瑟。他取下帽子，说：“大人，来自但泽的礼物到了。”

他双手在桌上一拍。“活着吗？”

“有三只活着。但愿它们不全是一个品种。我们谁也不愿去把它们抓起来查看是否有蹼。”

“我这就去，”他说，转头又问怀亚特，“还有别的事吗？”

“如果你知道我在心里默默跟你交谈的那些漫长而空虚的白天……”

“那就留下来吃晚餐。”

“还有漫长而空虚的夜晚。”怀亚特说。

来自但泽的礼物毛茸茸地缩成一团，一副可怜巴巴的样子，明亮的小眼睛带着敌意，并且像在发烧似的瑟瑟发抖。“把它们放进池塘。”他担心地说。

怀亚特低头看着它们。“这是什么，河狸？”

“从我们祖父的时代起就没有见过了。我想繁殖它们。渔民们会反对的。”

他耸耸肩。人们想从过去中恢复的总是那些不该恢复的东西。通过它们所筑的坝，这些勤劳的动物可以使那些可能泛滥的溪流转向或减缓。它们的聪明才智人类难以企及，遗憾的是它们却受到抓捕。怀亚特说：“你还会带什么回来？狼吗？”

我们不需要更多的肉食动物。我们不需要野猪，虽然它们可以是很好的猎物。但我们需要将河流稳在河道里；如果要以现在的速度砍伐树木——提供木料用于商人建房、国王建宫殿、造船来对付教皇和皇帝以及联手与我们作对的整个世界——那我们还需要植树，

在漫长的黄昏，怀亚特对他说：“我在西班牙听说了一样东西。他们有一种剧毒，只要在箭头滴上一滴，就可以致命。不知道我该不该准备一点，用于我们的目的。”

“哦，我宁愿是光明磊落地干掉他。”他说。他想象波尔被砍倒在公路上，他的喽啰们像小猪躲避屠夫一般仓皇逃散。“我想的是把他的红衣主教帽劈成两半。削掉他的脑袋，就像贝克特的脑袋被削掉一样。”

窗户外面，英格兰的月亮升了起来，像一片班伯里奶酪似的呈黄色。怀亚特说：“我得去阿灵顿处理自己的一些事务。我没有你这种本事，会挑选副手来保护自己的利益。我儿子已经十五岁了，如果发生不测，我有什么可以留给他呢？”

“从纸面上说，你很富有。”

“哦，纸面上，”怀亚特说，“我觉得罪恶降临尘世并不是因为一条蛇，而是因为白纸黑字。有人编写了那么多关于我的不实之词，不管是用密码还是明码，所以我想，托马斯·克伦威尔这一次会将我拒之门外了。但是你没有。”

他没有回答。怀亚特突然说：“我想见贝丝·达雷尔。”

“如果科特尼家的人还住在位于霍斯利的府邸，国王的事务可能会让你去那儿一趟。她很聪明，会有办法在白天或晚上见到你。”

怀亚特从未提起那个救过他一命的子虚乌有的孩子。但它的缺位犹如

一团淡淡的阴云，在怀亚特的肩膀后面——在他的守护天使藏身之处——飘忽不去。

他站起身。“你离开之前我们不会再见面了。祝你旅途顺利。我会为你祈祷。”

他们一同出来，走进温暖而雾蒙蒙的傍晚。安东尼与守门人一起坐在大门口。他凹着胸，垂着头，两条细长的腿伸在面前，看上去令人难过。

“安东尼，我还以为你在斯特普尼。”接着他多此一举地对怀亚特说，“这是我的弄臣。”

安东尼穿着有条纹和斑点的工作服。怀亚特从他身边经过时，瞥了他一眼，而弄臣则抬起一条手臂向他致敬，银铃随之叮铃作响。

基督圣体节刚过，怀亚特就启程去继续履行自己的大使之职。6 月 21 日，他从海斯码头致信说，风太大，船都无法离开。狂风刮了一整天，好像还要刮一整夜，但水手们说，明天它就会停息。他希望一早启航。

他（克伦威尔勋爵）回想起他们分手时的情景：怀亚特的眼神在恳求他开口说，你不用再去西班牙，我会帮你说情，说你已经尽力。但亨利会回答：“这由我说了算。”国王了解怀亚特的用场。他能阅读叹息，能做反向分析。他说起话来正是外交辞令该有的样子：像玻璃一般清晰，像水一般不定。

怀亚特自认精明，但在如今的世道却不明白友谊的真谛。友谊会矢志不渝，但只要天气一变，人们就会换衣服。不是所有的人都为了钱；有些人会为了某个大人物的一句好话而背叛你，其他人会因为看到你步履蹒跚或不慎跌倒或偶尔犹豫而与你分道扬镳。他对雷夫和简称说，我奉劝你们两人，一定要三思而行，但要学会快速思考。

在英格兰特使离开期间，皇帝与弗朗索瓦签署了他们所谓的《十年停战协定》。直到七月间，他（克伦威尔）才得到协定副本。于是，他和全体顾问官发现英格兰完全被无视。怀亚特给他写信说：“国王被撇在了车下。”想到亨利被装袋捆好准备运往市场，结果却被忘在院子里孤零零地淋雨，他忍俊不禁。

我们对协定的官方反应是不信。我们称之为《十分钟停战协定》，而不是《十年停战协定》。亨利说："法兰西国王对我不守信，查理凭什么认为会对他守信呢？他违背了我们两国间的所有古老协议。法兰西国王和英格兰国王一直都相互移交对方的叛乱分子。所以他为什么还没有交出波尔？"

他（克伦威尔勋爵）叹了口气。"这件事是加迪纳的失职。他该回国了。"

"他回来后，让他返回自己的教区，"亨利说，"我们不想把他留在身边。"

亨利抱怨说，我所有的使节都令我失望。他们知道和平会危及我们的利益，却无法阻止。"弗朗西斯·布莱恩说他会抓住波尔。但他令我失望了。像你一样，克伦威尔。"

协定如果持续，对我们就极其危险。查理始终自视为君士坦丁堡的征服者。但对英格兰的征服会更快，有了法兰西这个盟友，事情会轻而易举而且成本很低。只需要想想他一旦踏上我们的土地，那些正在等待他的朋友：古老的金雀花家族，及其全副武装准备就绪的家臣；还有波尔家的人，以及科特尼家族。

怀亚特上了皇帝的当。英格兰上了皇帝和法兰西双方的当。亨利怒不可遏。唯有神学可以安慰他。

德意志王公们派来了一个代表团，满怀着交好与和解的希望，以使我们的教会联手对付魔鬼和教皇。国王的谈判团队包括罗伯特·巴恩斯，他与德国人很熟，也受到他们的热烈欢迎。但团队还包括杜伦主教卡斯伯特·滕斯托尔，被专程从其北方的主教教区召来，因为有些人说："慢慢来，慢慢来，有时候，不变是最好之策。"他的参与旨在增强这些人的力量。

滕斯托尔很圆滑，经验丰富，性情随和。令人不解的是，国王非常赏识他，在从一处别墅骑往另一处别墅的途中不停地跟他商议；他没有让虔诚的德国人妨碍他打猎。巴茨医生说，国王只要能够骑马，我想我们就该让他骑。但在国王准备停留的每一处别墅，巴茨都安排了一名外科医生。

那些路德派教徒告诉亨利，陛下很清楚我们建立了一个联盟，这不是为了攻击任何人，而仅仅是为了保护我们免受皇帝欺压。你若愿意加入，就可以做我们的首脑，我们将奉你为联盟的保护者。

整个夏天，双方团队密切商谈。雷夫·赛德勒负责记录，并将它们传给国王。他自己(托马斯·克伦威尔)则与他们的徒劳之举保持着距离。他知道国王绝对不会同意神职人员可以结婚，或者普通教徒应该将基督视为面包和酒。关于基督圣体的本质，关于哪些是事实哪些是寓言，哪些关乎人哪些关乎神，我们无法达成一致。上帝能被烤成面包吗？当我们享用圣体时，为什么没有听到祂的骨头嘎嘣作响？当祂在我们的胃里搅动时，祂还是上帝吗？如果被一条狗吃了，祂还是上帝吗？

基督圣体是一个奇迹。是一个奥迹。一旦祝圣，圣体就包含你的上帝，活着的上帝，而酒是他的血。你不能指望理解这些，但必须相信。而如果你不信，就得守口如瓶，因为不信可能要你的命。

德国人夏天过得很不开心。他们抱怨老鼠在他们住处的地板上砰砰跑动，而且他们睡在厨房的隔壁，所以担心衣服上有烟味和烤焦的肥肉味。他本可以让他们住在自己府里，但不想做到那一步。他根本不想为马丁教友做到那一步。他常常想起苏黎世的博学之士的教诲，正在派遣年轻人去那儿学习。休·拉蒂摩说，英格兰的上帝无所不能，克伦威尔仅仅次之。但他始终关注着英语《圣经》这个目标。手中有了这本好书，上帝就会像你的父母或保姆一样对你讲话；如果你不会阅读，其他人会读给你听，用这亲切、温馨、熟悉的语言。

国王已经批准《圣经》，剩下的是出书和发行。他需要每个教区一本，放在民众可以阅读之处。他需要上千本，而不是十几本。他的学者朋友迈尔斯·科弗代尔负责修订，计划在巴黎印刷。法兰西的印刷商在全欧洲效率最快。但那儿也有宗教裁判所。

以前他会在安特卫普印刷。但查理是那些地区的主人，现在正大开杀戒。你与他的大使们——门多萨和查普伊斯——坐下来度过一个愉快的夜晚，你们谈论书籍，享用美食，欣赏一点音乐。但永远不要忘记，他们的政权会将女人活埋。

九月，德意志的博士们启程回国时，国王对他们的虔诚和学识表示了赞赏。亨利说，他们应该再来，随时欢迎他们。这个月里，身为国王的宗教事务代理，他制定了新的教会条例。废除了朝圣。废除了敲祈祷钟——

钟声要求在田野上的人们跪地祈祷。雕像或画像前不再烛灯长明。那些形象本身可以保留，但不包括那些人们向其供奉燕麦饼和啤酒的偶像，也不包括那些闪闪发亮、嘴唇鲜红、脚穿银鞋——而贫穷的女人却光着脚——的圣母。

秋天，他还推行了一种统计人口的办法。每个教区必须开始对洗礼、婚礼和葬礼进行登记造册。从现在起，他的同胞将知道自己是谁，来自哪里，有哪些堂亲表亲，祖父姓甚名谁。诺福克舅舅那帮贵族有纹章官告知他们各自的家世。波尔家族、科特尼家族、维尔家族和塔尔波特家族有自己的纹章和徽章。他们祖先的坟墓上有自己的雕像，贵族们甚至在学会写字之前，就有性情温顺的神父记录他们的生活。但就他所知，屠夫或农夫，牧羊人或鞋匠的学徒，简直就像林间蘑菇一样自生自长。

他的朋友们问："你有安特卫普的消息吗？你女儿怎么样？"

他转移话题，不想谈论詹妮可。他想，我也许不是个好父亲，但她知道在哪儿找到我。如果她托人送信，我肯定能收到。沃恩的人会以最短的捷径送达。但克伦威尔之名对她不是保护，而是相反，而她的信仰——如果她相信我们生活在末世——对他和她所有的亲人而言都是一种危险。

盛夏时，他跟随国王穿过肯特郡。在多佛，他们见到李尔勋爵，他专程前来缠着国王讨要修道院。"跟里奇谈吧。"国王厌倦地说。

"里奇？"李尔勋爵说，"从没见过像他那样雁过拔毛的人！跟你说声早安都想要一先令！"

"他是律师，"国王说，"不然怎么赚钱呢？"

国王在李尔面前很随意，他年轻时，这位叔叔对他很好。但李尔那金雀花家族的红发渐渐褪成黄褐色，如今成了灰色，而年岁也使他魅力不再。"哦，克伦威尔。"他说，并拍拍身上，仿佛想找一枚硬币赏给他。"我每天都收到你的信，"他说，"但我们不常见面，对吧？"

"很遗憾是的，"他说，"我相信你夫人好些了吧？"

李尔勉强露出一丝苦笑。"她的肚子终于平了。可怜的人，我从没见过哪个女人对自己的状况那么失望。"

"我想买她在佩恩斯威克的地，"他说，"我会给她开个好价钱。"

李尔感到好笑。"你想在格洛斯特郡要一块地，对吧？苏塞克斯满足不了你的胃口吗？陛下，这些新人难道没有止境吗？"

“我希望没有，”国王说，“我有赖于他们，先生。”

李尔很尴尬。“我不知道我们要卖。”

国王像个孩子似的笑起来。“叔叔，你不知道的事情太多了！”

亨利和蔼可亲，尽管他正在制订建造堡垒的计划。他说，我会跟任何人谈，交谈的成本低，除非涉及国王之间的会晤，而即使那样——他向弗朗索瓦建议——也可以安安静静地进行；我们为何不在加来城外见面呢？他仍然很想考察法国新娘人选。也许弗朗索瓦可以挑一批带来？

弗朗索瓦用干巴巴的语气说，他觉得没有见面的必要。亨利说：“克伦威尔，弗朗索瓦违背了他的协议义务。他欠我四年的津贴。告诉法国人，如果他们再不支付，我就要入侵了。”

顾问官们大惊失色，急切地跟在他身后，说：“克伦威尔，千万别跟他们这么说！”

另一天，国王说：“把查普伊斯召来。”多重联姻摆上桌面：如果玛丽接受多姆·路易，我们不仅会把小伊丽莎作为一个筹码加进去，玛格丽特·道格拉斯小姐还可以嫁给皇帝的某个盟友，比如意大利。国王还会把自己亡子的遗孀玛丽·菲茨罗伊许配出去。查普伊斯和门多萨受邀至里士满的宫殿与玛丽小姐共处一日。玛丽再次弹奏了鲁特琴。查普伊斯说：“她谈起她的朋友克伦穆尔时充满好感。”接着，他面带微笑低声补充道：“她似乎相信你会帮她摆脱任何她不想要的新郎。”

门多萨的使命随此行而结束；国王为他举行了一场告别宴会。“皇帝支付了他在伦敦的费用，”查普伊斯闷闷不乐地说，“显然还会重赏他。而我数月来连一个便士都没有看到，不得不借钱度日。”

但是现在，法兰西和帝国的大使们在碰头并对比笔记，不仅是关于各自的君王有多么小气，还关于英格兰国王及其大臣们在要什么手段。他们说，我们的君王现在是盟友了，我们干吗不联手呢？“我们得到了关于小宝宝爱德华的更多消息，”卡斯蒂永说，“听说他长了四颗牙齿。我们吓坏了，克伦穆尔。”

国王说，让大使们知道我准备跟克里维斯的公爵谈谈。我们刺激他们一下，吓唬他们一下。让他们明白，克伦威尔，与克里维斯联姻对我有诸多好处。

由于我们的王子即将一岁，该为他确定一名保姆了。事情处理完后，他与赖奥斯利先生在一张白纸上对国王的收入做支出预算。他需要两万马克用于维修港口和城堡。为穷人和病患着想，亨利需要重建曾经由僧侣们管理的医院，启动该工作需要一万马克。他还计划要求五千马克用于雇用无业人员去修路。

“你还没有放弃那个念头。”赖奥斯利说。

他以前试过，议会不支持。国王更赞成。国王们都希望关照那些没有资源的人，给他们找到一份踏实的生活。不过，他对赖奥斯利先生说，亚瑟国王可能从未操心过此类事情。在他的时代，城堡自行修复，所有的乞丐都是乔装改扮的基督。

我们在布鲁塞尔的特使赫顿死了。国王说，赖奥斯利先生必须过去一趟，一方面协助赫顿的遗孀料理后事并返回英格兰，另一方面争取皇帝的摄政王——匈牙利王后的信任。摄政王喜欢美男子，而赖奥斯利先生不仅是美男子，还能说会道。于是汉斯又该上路了，与他同行的还有寝宫侍从菲利普·霍比，代表他的君主去求爱。他必须将亨利的品质一一道来，包括他的慷慨大方，宽厚慈祥，性情温和。跟菲利普交代清楚了吗？他（克伦威尔）把他拉到一边。

“菲利普，对那些女士——法兰西的或者帝国的都没关系——不管你去见的是谁，当你被引至她面前时，你都得装出完全惊讶得说不出话来的样子。你的目光得飞快地从她身上移开，好像很慌张一般，然后再慢慢地，慢慢地——仿佛不敢——你得抬起眼睛去看她的脸。”

“好的，我明白了。”菲利普·霍比说。

“接着，你再一次移开视线。但这一次要显得为此很痛苦一般。垂下目光，菲利普，看着你的靴子，然后长叹一声。”

菲利普情不自禁，长叹了一声。

“然后，你结结巴巴地自我介绍。但再一次慌乱起来。你拍拍身上，翻翻袋子——‘啊，我的提纲在这儿！’——而自始至终你都微微颤抖，菲利普。你拿出自己的信。你手指哆嗦。你开始念：‘我的主人说，’等等等等，‘我们的枢密院认为……’”

“我总是忘记念到哪儿了，对吗？”

“然后你把纸一扔，就像对它很不屑。你脱口说道：‘夫人，我必须一吐为快。我们收到的报告提到过你明亮的眼睛，你甜美的嘴唇，你年轻而

清新的面庞。但与我此刻有幸目睹的天姿国色相比，那些报告所描述的甚至不及万分之一。'

“这时，菲利普，”他说，“你得把手放在胸口。必须让她感到，‘啊，这位特使爱上我了！’

“她会对你微笑。她会同情你。你要面带愧色，但让她给你机会表白。‘唉，夫人，只有国王才配得上你，像我这么卑微的人不敢痴心妄想。但如果看到你成为英格兰王后，与那么高贵、那么强大、那么和蔼的一位国王结为伉俪，我会深感安慰。’当她飘飘然之际，迅速行动。让她同意画一幅像。”

“让汉斯进去，”菲利普说，“我明白了。”

他拍拍他的肩膀。“我相信你。”

雷夫说：“先生，我终于听到这类事情是如何运作的了，我很惊讶你自己没有妻子。我很惊讶你没有一千个妻子。”

时至夏末，他骑马去刘易斯看望格利高里和孙子。疫情不仅阻止了国王的来访，还迫使他儿子一家远离修道院一带。但格利高里在几英里内有数处安身之所，有几座宁静宽敞的领主宅邸可供选择。宝宝长得很好。不难看出这桩婚姻很幸福。可怜的简不在了，但她姐姐保持着她的价值。小王子需要好叔伯和保护人：爱德华·西摩仍然是顾问官，他弟弟汤姆在寝宫侍候。

格利高里就算还会想起关于他妻子的误会，也没有显出任何担心的迹象。到了傍晚，父子一同骑马外出，太阳就像一个浑圆的深红色球体，悬在白垩山丘轮廓的上方。天空成为一面镜子，在它的衬托下，太阳缓缓移动：没有阴影的光，宛如创世之初的光。格利高里的喋喋不休停了下来；马具的嘎吱声和马的呼吸似乎自动消音，于是他们在寂静中前行，在银色天空的映衬下，他们的身影显得很高大；随着高地向柔软的远处绵延，他觉得自己在进入乌有之乡，进入一片空白，只有记忆在颤动。他想起自己认识的那些死于火刑的人，仿佛他们掉进了太阳里：小比尔尼，酸腐固执的廷德尔，年轻温和的约翰·弗里斯。

当他们回家晚餐时，天色已经变成鸽子羽毛的颜色。他把马交给仆人，摆出自己的公众形象。从早到晚都得款待东苏塞克斯的名流士绅。贝丝是一位经验丰富的女主人，曾经为她的第一任丈夫担任过这种角色。格利高里热情洋溢，很好相处，但仍然渴望倾听和学习；他的目光常常移至他父亲的脸上。“真希望理查德在这儿。”格利高里说。但理查德得到了几座修道院，正在亨廷顿郡建立自己的府邸。他想，十一月左右，我自己也需要理查德，需要他去塔里帮我。

八月底，他逮捕了杰弗里·波尔。在整个家族中他年纪最轻，也最不被信任——不管是被他的家人、国王还是他自己。

他并不急于处理杰弗里。作为国王的表亲，他被安置在与其身份相符的环境里。他相信雷金纳德·波尔能读懂他发出的信号。雷金纳德还有时间挽救他的家人。他可以回国面见亨利。

与此同时，他查询自己的记忆和档案。他留心与波尔家密切接触者——教士、仆人、信使和中间人——的报告。他查看自从伪先知在肯特郡出现并受到科特尼家招待以来的所有材料。他梳理两年前将弗朗西斯·布莱恩关进塔里时与他的谈话记录。弗朗西斯是一座含义之矿。对有疑心的人而言，他的只言片语都是充满暗示的宝库。

他在准备推翻英格兰的两个最富有、最高贵的家族。他们的土地遍布南部和西部各郡。如果皇帝入侵，就会将他们中的一人扶上王位：要么是波尔的哥哥蒙塔古，要么是埃克塞特侯爵爱德华·科特尼。就算他们选择让玛丽成为女王，那也是看在她母亲的分上；他们会让她嫁入其中一个家族，使她成为傀儡，在他们之间跳来跳去。

英格兰的大贵族们自称是皇帝和天使的后代。在他们眼中，亨利·都铎是威尔士盗马贼的儿子：是暴发户，是篡位者，是背信弃义之徒。

七月初，他与国王在坎特伯雷观看了关于贝克特的新剧，该剧由他的手下约翰·贝尔编写，由克伦威尔勋爵表演团演出。部分人是从乔治·博林的剧团留下来的。有些演员很年轻，不怕新情节，对往死者口里塞新台词也不迷信。

贝克特是英格兰的圣人，没有圣乔治那么久远。他是真有其人，而不同于今年夏天被毁的部分圣人。他是伦敦人，在齐普赛街出生。在他出生之前，他母亲梦见泰晤士河从她体内流过。她梦见她的孩子已经降生，躺在紫色的毯子上，望着屋顶；毯子自动展开，铺过床面，铺过房间，她牵着毯子边步步后退，直至走向宇宙的边缘，置身于月亮和星辰之间。

有人说贝克特的母亲是一位萨拉森公主，但她更可能是布商之女。她儿子出身平平，蒙国王赏识才升为大法官，还有大主教。但一旦身处高位，他就不把君王们放在眼里，而是相信那个关于教皇凌驾于他们之上的古老谎言；他认为所有的神父都超越于法律之上。当他的国王厉声谴责他后，四位忠诚的骑士启程前往坎特伯雷，去向他指明错误。

这些骑士把自己的武器放在一棵桑树下，徒手去见大主教。但他们发现他狂妄自大，铁石心肠，死不改悔，便拿起武器，将他追进了大教堂，他们脚上的铁靴在石板地上咣当作响。贝克特本可以藏到屋顶或地下室。但他却站在圣本尼迪克特的祭坛边，等待处置。

骑士们用剑身击打他，命令他离开圣洁之地。但贝克特举起双手，抬眼望天，发誓说他宁愿死在当场。第一剑下去，血流了出来，大主教用袖子将它擦掉。第二剑劈开了他的头骨，让他跪到地上。他脸朝下往前倒去，理查德·列·布莱顿的剑削掉了他的头顶。接着，休·德·莫维尔一脚踏在垂死者的脖子上，捣出他的脑浆，把它抹在石板地上，并且正如明白人都会说的那样补充道："现在他再也不会站起来了。"

市民们一听说杀了人，就涌进修道院，哭着喊着谴责那些骑士。僧侣们将尸体塞进一具石棺匆匆埋葬。但他们留心在贝克特的死亡之地做了标记。两天后，神迹开始出现。僵硬的胳膊会摆动。瘸子会跳舞。接着，消息像一阵风似的传遍欧洲，说这个无赖是为我们神圣的母亲——教会——而殉道，而事实上他是为自己的傲慢而丧命。不到两年时间，教皇封他为圣人。对圣物的炒作开始了。他的血液——稀释得只剩下对它的记忆——在已知的世界到处售卖。僧侣标记的地点成为他的圣坛。就连他的刚毛衬衣里的虱子也很神圣。他死了五十年后，遗骸被放进一口崭新而华贵的圣物箱，置于祭坛后的一个台子上。不久，信徒们给箱子镀了金，并镶嵌了宝石。法兰西国王捐了一颗鸡蛋大的红宝石。凯瑟琳王后经常来此朝圣。查理皇帝曾向圣骨祈祷。

至于那些有罪的骑士，则前往罗马伏地认罪。教皇将他们派至圣地效劳，知道他们决不会活着回来。贝克特是个有仇必报的人，他的仇恨没有随他而死。在肯特郡的一个镇子里，人们嘲笑过他，结果他使得他们的下一代人生来就长着尾巴。在另一个地方，人们轻视过他，结果他驱逐了所有的夜莺，所以时至今日，不管是恋人还是诗人，都从没听过它们的歌声。

每个季节，坎特伯雷的人都会重演贝克特之死，那是僧侣们的版本，因为迄今为止还找不到另一种历史。人群站在街道两旁，心情激动，似乎今年的故事到头来会有所不同。有人卖热馅饼。鼓手和管乐手们列队而过，接着演出开始。骑士们得到一点小钱和啤酒，但扮演圣人的小伙子得到一先令，因为骑士们会让他痛苦，会把他打倒在石板地上，就像老大主教被打倒在地一样。当贝克特呼叫基督时，蹲在祭坛后的一个孩子就把猪血喷到台上。演员被抬走，然后大家一醉方休。

九月，他自己（克伦威尔勋爵）抵达坎特伯雷，将名流政要们召集起来。对诸位来说，现在很不容易，但你们必须知道，国王讨厌你们的圣人，如果你们想保持本镇的特权，就必须向他表示忠诚，保持街道的安静。的确，如果朝圣者不来了，你们会收入锐减。但是诸位，发展贸易吧，不要靠在我的肩膀上哭泣，因为你们置身于一个盛产羊毛的国家，周围到处是大港口。你们不能因为人们成千上万地从海外跑来观看，就让这种有悖常理的骗局一直持续下去。

镇里人满为患。他住在修道院院长的住所，但鼠海豚旅馆、海豚客栈、教冠客栈、太阳旅馆、皇冠旅馆和格子旅馆的所有房间都客满。在公牛客栈，甚至那些俯瞰着屠夫路屠宰场的不好的房间都住满了人。僧侣们早就得到通知。他们没有任何抵抗，只是庆幸修道院本身将继续开放——或者更确切地说，将由国王重建。最先拆除的不是贝克特的圣坛。具体方法是拆下贵重金属和宝石，将它们称重并估值，再安排人运至国王的金库，然后将所谓的圣人埋在一个体面而隐蔽之处。

秋天的一个晴朗的夜晚，他们对大教堂地区进行清理。戈德韦尔院长请求不去参与掘尸，而是上床休息。国王的代理一行在炉边坐至深夜。在晚祷之后和晨祷的时间来临之前，他朝他的专员莱顿博士点点头。

一位年轻僧侣带领他们取捷径行至埋葬地点。钥匙在他们身后转动，门闩被砰砰地闩上，铁栅门回位关严。巨大的中殿延伸开去，漆黑一片，回声飘荡，他安排了一些人带着狗守在那儿。他能听到它们的爪子在抓挠，听到它们被拴在狗带上挣扎时的喘息。那都是猛犬，它们的嘴巴像钳子。它们会抓住任何闯入者，将他扑倒在地哭爹喊娘。训犬员们在呵斥：“清道夫！”“壮壮！”“钻石！”“杰克！”

打前站的僧侣们已经在坟墓周围点起火把。他朝亮光走去。他清点了证人：莱顿的职员，被挑选的市民。他希望所有人都在他的视线之内，而不要在那空旷的空间晃荡。他大声喊道：“把狗放开！”

转瞬间，漆黑的空间响起一片狂吠。“天啊！”克里斯托弗说，“它们听起来就像游荡的恶魔。”

他伸出一只手，找到那孩子的肩膀。“靠紧我。”就连法国人也知道圣坛的传说。至于本镇那些挤成一团的旁观者——行会官员，市议员——则从小到大听过各种故事，说那些冒犯圣人遗骸者，要么死于瘟疫或麻风病，要么被看不见的绞索勒住脖子，在地板上抽搐而死。

“我们准备好了。”他说。有位僧侣朝他走来，他的眼睛瞥见金属的亮光。他的手飞快地移至胸口，移至他的藏刀之处。但那人走进摇曳的火光下时，他发现对方拿的不是武器，而是贝克特的头骨；他把它依偎在自己的僧袍上，仿佛那是一只胆小而怕冷的宠物。

“放这儿吧。”他说。一顶银帽将那些有裂痕的骨头碎片拢在一起。成千上万人的嘴唇亲吻过这件圣物；但他是一位没有时间亲吻的嫖客。他举起贝克特，眼睛对着那空洞的眼睛，看着那些空洞。他把头骨翻过来，查看从脊骨上砍断之处。没有记录说明四位骑士砍掉了贝克特的脑袋，是他的崇拜者后来写的。

莱顿博士说：“我们要不要看看他剩余的遗骸？”

珠宝和金饰被取下后，现在摆在石板地上的是一口坚实的铁箱，就像我们的祖辈早年用过的一样。他的指尖轻擦着它的表面：普通的铁锈。“哎呀，莱顿，”他说，“僧侣们错过了一个好机会，他们本可以每年春天刮下铁锈拿去卖，开价可以比碾成粉的独角兽还高。”

“把火把举高一点。”莱顿说。

箱子周围用铅封了起来。“看看是不是仍然密封。”一位工匠蹲下来查看封铅，缓缓摸索着接合处。莱顿博士蹲在他旁边：“你会肯定它多年来未被打扰，大人。”

他们担心的是遗骨已经被某个持不同意见的僧侣偷走，被某位信使送往罗马，或者藏在某个私人的骨瓮里，以期旧日重来。但既然封铅完好无损，“我本可以躺在羽毛床上睡大觉的，莱顿博士。”

“哦，我可不愿错过这一幕，”莱顿说，“就我个人而言。”

工匠直起身。“我们要不要打开盖子，先生们？”

一位僧侣说：“仁慈的上帝保护我们。”

他知道有些证人正在从圈子里退开。“别走太远，”他说，“否则会被狗咬的。”工匠是一名石匠，带来了自己的工具包。他想，这些全都是出自铁匠之手。三个世纪前，某个无名的铁匠把铅熔化，将箱子密封，而我们现在要把它拆毁撬开。他说，给我们一把凿子。他的手指试了试凿刃，又还给对方。有些铁匠不会打造凿子或打孔器，每次都得返工。沃尔特常说，你得等，等，等，直到颜色从夕阳红变成灰色。关键是最后的三锤。

每一锤都铮铮有声。一，二，三。如果不是因为身份高贵——国王的宗教事务代理，温布尔登的克伦威尔，掌玺大臣，嘉德骑士——他会亲手撬开箱子。

石匠站起身，长呼一口气。他围着箱子走了一圈，又重新蹲下，跪在地上。

“再来个火把。”他说。火苗舔舐、摇曳着，他身后突然有人惊呼：“看上面！”他猛地转身，身上的丝绒和皮衣卷起一股黑浪。狗群开始汪汪狂叫。在头顶上方，有个东西挂在半空摇摆。他瞥见一只翅膀的边缘——一只大鸟或大蝙蝠悬在高空的轮廓。

戴着风帽的僧侣们连忙跪下。其中一人全身瘫倒在地，还有一人脑袋撞到石板。他吩咐多拿些灯来。多盏提灯进了中殿。训犬员们控制住狗群。“哎呀我的妈呀！”克里斯托弗叫道。有个石匠把自己的外套留在高高的屋顶，铺在那儿的脚手架上。外套张开双臂，仿佛在黑色的空气中游动。

瘫倒在地者挨了几个耳光，并被拖起身，战战兢兢地由两名同行的证人带走——这会成为他们往后多年的谈资。有人不确定地笑起来。

“我猜那不是你的外套吧？”莱顿问石匠。

那人摇摇头。如果不是手里的凿子碍事，他会在胸前划个十字。“看在圣芭芭拉的分上，我发誓它刚才移动了。”一名僧侣叫道。

他温和地说：“诸位，你们也看到了，那不过是一件衣服。”

这都是英国人吗？是阿金库尔战役的征服者吗？他们心惊肉跳，惶恐至极。有人爬上一架短梯，用一根长杆去戳那件外套，仿佛那是个被吊死的人，那种状态有失尊严。他对石匠说："先生，请继续好吗？"

又锤了三下。每一下都震撼人体，让心脏怦怦直跳。"撬棍。"他说。

随着箱盖挪动，一股气味飘出，犹如死人坑的恶臭。大家像挨了棒击似的连忙后退。他的外套口袋里有一瓶威士忌，他掏出来喝了一大口，然后递给克里斯托弗。那孩子猛喝一口，咳了起来。"我非常激动，"他感激地说，"你以前干吗不给我这个？"

"我准备好了，"石匠说，"先生们，能帮帮我吗？"

一，二，三，主仆二人挪开箱盖，把它竖在地上。莱顿博士在他身旁。黑影重重中，僧侣们在走动、吸气和大声祈祷。

箱子里的内容不足以构成一个人。圣人的肋骨不见了，除非这些残渣就是肋骨——他将手指插入其中。长骨被交叉放置——前臂和胫骨，大腿骨和上臂粗骨。它们形成一个方形，在它的中心，摆着一个头骨。

石匠说："天啊！要我来吗，先生？还是你来？"

"你来吧，"他说，"举起来让所有人都能看到。如果我亲自动手，他们就不会相信。他们会认为这是巫术。"

石匠高举手臂，展示头骨。证人们倒抽一口冷气。狗群狂吠起来。它们的身影往前扑着，冲着。"蹲下，蹲下。"训犬员们大喊。只有那个吊在头顶的布人很平静。

好吧，莱顿博士说，要么那个银头骨是贝克特，要么就是这个；圣人再怎么奇特，也不会有两颗脑袋。

他注意到，恶臭在渐渐消散，或者在混入一种整体的难闻气味中——其中有惊恐的冷汗，以及清晨空腹的气息。他能肯定有个僧侣尿裤子了，也可能是哪只在中殿跑动的畜生干的。他现在能看到它们的身影，看到它们强健而跳跃的身躯、张开的嘴巴和耷拉的舌头。他双手拿起头骨，手指探索着颅盖，然后从破眼窝里伸了出来。"嗯，这第二件圣物是哪儿来的？"

如果这是贝克特的头骨，那个银帽里的无名者又是谁？那个可怜的人死后比生前得到更多的亲吻，公主们的嘴唇曾贴过他的脑袋。他是死于疟疾吗？还是被李子核噎死的？僧侣们是否说："这家伙没人要，我们把他变成一个贝克特吧？”然后把他的尸体扔进一个院子，拿起一把斧头下了手。

他把光秃秃的头骨放回箱子，置于交叉的骨头之间。他说，这个圣坛是彻头彻尾的骗局。我们甚至不知道这些大腿、小腿是不是属于贝克特。这儿弄混的尸体多的是。

现在变得真冷啊，仿佛时间从秋天一跃而至基督降临节。莱顿博士搓着双手。“我们干完了吗，大人？我会把发现的一切都记下来。我已经亲眼目睹。”

晨祷的钟声响了。走到室外时，他们能看到自己呼出的气息。周围的星星已经消失。“克伦威尔大人，”有位僧侣说，“我们已经准备……”

“不需要再建坟墓，”他说，“国王想要这些骨头。”

那人张口结舌地望着他。只是因为修道院的长期磨炼才让他没有痛苦地大喊。“他不会葬在这儿吗？”

“从头骨中取下银子，”他说，“称一下重量，与其他金属一并列入清单。把剩下的东西放回箱子，跟另外那个头骨——或者你们可能找到的更多的头骨——放在一起。就算那奸贼有六个脑袋，我也不会惊讶。我今天会把箱子带走。把它交给这位克里斯托弗先生吧。不用再密封了。”

狗被拴在链子上牵走，虽然不满地呜呜叫，却摇着粗短的尾巴。经过一夜的工作，它们饥肠辘辘，想吃早餐了。就像我们所有人一样——只要我们能咳出喉咙里的那股浊气。“把那瓶酒再给我喝一口？”克里斯托弗说。

他递了过去。“你留着吧。”他把克里斯托弗拉到身边，对着他耳朵说：“把骨头运往奥斯丁弗莱。如果有人问它们在哪儿，就说它们上了马车，然后你再也没有见过。”

他想，我要随时能找到这个无赖。国王一提起贝克特的名字就咬牙切齿，但一两年后，他也许会改变主意，重新封他为圣人。很可悲，但时移世易，人心难料。

国王本月批准了几项新的强制令。民众要阅读《圣经》，要了解他们的戒律和信仰，神父要教他们，每周教一点。“但克伦威尔大人，”国王说，“不要让民众对我的教会感到陌生。留下那些值得尊敬的神像。保留所有受到赞扬的仪式。不要用外国的新做法激怒我的子民。”

德国人说：“我们知道你站在我们这一边，克伦威尔，不管你多么谨慎。”休 · 拉蒂摩说：“这五年来，你手下提拔的诚实可靠之士比过去一百年还多。”托马斯 · 克兰默说：“你为福音贡献了一切，你冒了一切风险，包括你所有的名和利。”罗伯特 · 巴恩斯说：“万一国王打退堂鼓可怎么办？”

他觉得他们的话仿佛在他脑海里回响。他缓步离去，觉得非常累：简直累透了——他对自己说。他想，不知道我女儿詹妮可今天早上身在何方？他觉得似乎醉了，似乎他自己喝光了那瓶酒；他想起多年前，有一天，在帕特尼的河岸，黎明时走回家：他仿佛从树梢上看着自己——一个小小的身影，嘴里有呕吐物的味道，摇摇晃晃，在白光下奋力前行。

十月，史蒂芬 · 加迪纳回国，带着行李从多佛回来，知道自己是顶着一团阴云从法兰西返回。贝丝 · 达雷尔一直在教皇党人的府邸偷听谈话，她确定我们的驻法大使馆去年有人与雷金纳德 · 波尔接触过，并告诉他如何转移以避开国王的人。如果查出史蒂芬是叛徒就太棒了。主教始终坚定捍卫国王作为教会最高首脑的身份，但了解他的人早就认为他心口不一。

让加迪纳在国外待了三年是一件幸事。现在邦纳将接替他担任大使之职，他要邦纳仔细查阅史蒂芬的文件，查找在外交官生活中发生的事故的所有蛛丝马迹。邦纳欣然接受。为了给他头衔，他被升为赫里福德主教，并对自己的好运难以置信。他从法兰西寄来的信语气欢快，但充满敌意和抱怨，使用的措辞令掌玺大臣忍俊不禁。他报告说，他的前任对交接工作设法阻挠，还留下了一份使馆的客人名单，显示出他多么喜欢与教皇党人为伍。他平常的席间闲谈是国王可以如何既与罗马和解又不失颜面，而他——温彻斯特主教史蒂芬 · 加迪纳——将是达成此事的唯一人选。

“看看吧。”他对雷夫说，并把邦纳的信递给他。这些人简直就像毛毛虫，吃掉面前的一切，用国王的恩宠养肥自己，在国家的躯体上咬出参差不齐的洞眼。他们在布满灰尘的角落作茧，有朝一日会华丽地破茧而出，炫耀着自己的罗马法衣。

邦纳也抱怨怀亚特。他们在西班牙时，怀亚特对他很粗暴，在尼斯时，令人难以忍受。他神神秘秘。他们面临危险时，他漫不经心。他的内务开支毫无节制：妓女们在他的随从的住所进进出出。另外，邦纳说，怀亚特对国王两年前将他关进监牢心怀不满，并且常常发泄一通。

他觉得这很可信，觉得这很自然。邦纳这样的小职员永远不会理解像怀亚特那样言行不羁的人。理查德·里奇说，我一直感到惊讶，怀亚特居然会当大使。在我看来，他似乎来自以往的某个时代，当时像他这样的风流韵事不必经过国王的账户。

弗朗西斯·布莱恩已经拖着病体爬回英格兰等死。国王把他踢出了寝宫，尽管布莱恩发誓说，他所有出格的行为都是为英格兰效力。他的家人把他接回乡下，并致信克伦威尔勋爵，请他帮忙求情。“你知道你会非常想念他，”理查德·克伦威尔说，“每当一筹莫展时，你就说：‘把弗朗西斯·布莱恩爵士抓起来！’”

他本人与弗朗西斯并无嫌隙。只是出于某种欣赏，他才称其为“地狱牧师”。令他恼火的是，有些人甚至不等他死就在申请他的职位。他给他写了一封信，鼓励他活下去，并请莱顿博士将自己在哈罗山教区长官邸种的优质梨子给他送一些过去。

赖奥斯利先生经过安特卫普时，给詹妮可捎了一封信。对于未收到回信他并不意外：如果她觉得有风险，就不该冒险。他想念她：仿佛看到她坐在那幅织有她母亲形象的挂毯下，看到她是页面上的浓墨重彩，而安塞尔玛是褪色的文本。她的来访在他的生命之书中标出了她的位置——那本书又重新变成了活页。印刷商们可以像照镜子一般阅读。这是他们的职业。他们手指灵活，目光敏锐。但只要检查任何一本书，你都会看到有些字符上下颠倒，还有些前后调换。

十一月，万灵节和万圣节。过去的几天里，威廉·费兹威廉已经六次去塔里见杰弗里·波尔。费兹威廉没有伤害他，尽管提过有可能这样做。第一次审讯之后，囚犯不知怎么得到一把刀，朝自己胸口捅了一刀。

他的外甥理查德去见囚犯。他接着费兹威廉进一步劝说。只管把一切都告诉我们，他对杰弗里说，这非常简单。只是敞开心扉，请求国王的宽恕。开口吧，不要等我舅舅过来。

最后，他(克伦威尔勋爵)亲自出马。“杰弗里今天怎么样？”

狱卒马丁说：“挺好的，对一个身上有个洞的人而言。”

他们请医生来过，医生们说那是个小洞，不出一周就几乎看不到痕迹。他们带来了杰弗里的妻子康斯坦茨夫人。探视结束后，她泪流满面、惊慌失措地乘船离开，说杰弗里会毁了他的全家。费兹威廉说："我们应该把康斯坦茨带到枢密院面前，她显然了解很多。但掌玺大臣应该先跟她谈谈，他对女士们总是很有办法。"

杰弗里这几周一直受到体面的对待。没有人骂过他，或对他有任何不敬之言。但自审讯开始以来，他的待遇下降，房间里也散发出难闻的气味。他没有吃东西，眼神空洞。看到来访者，他从床上挣扎着起身。是礼貌还是惊恐？"克伦威尔。"他说。

"我听说你刺伤了自己。"他摇了摇头，"亲爱的上帝，你是在想什么，杰弗里？你需要再躺下吗？还是可以坐一会儿？"

杰弗里怀疑地看着他的凳子，仿佛这可能是个圈套。马丁扶他坐下。

"费兹威廉来过这儿，"杰弗里说，"带着五十九个问题。谁会提五十九个问题呢？为什么不是六十，我问自己。他的纸上画了一个图，还在两行之间写字。我对自己说，这是克伦威尔的某种诡计。"

看来，纸上的格子使囚犯充满恐惧，就像魔法师画的七角星或其他图形一样令他难解难猜。"这只是为了帮助那些职员。"他说。他在杰弗里对面坐下，拢了拢自己的外套。"它有助于他们记录，诸如出现谋逆言论或行为的日期、地点以及在场的人。如果是大的阴谋，尤其是如果涉及到的许多人彼此关系紧密，名字也差不多时，这对我们会有帮助。你还记得圣女吗？我们审问她时，也用了类似的方法。"

"那个姓鲍顿的女人吗？你还在揪着那件事不放？鲍顿被绞死了。"

这是杰弗里第一次显出一丝活力；他的双手在桌面上颤抖。

"是啊，她早就死了，"他说，"一个可怜而单纯的乡下姑娘，如果不是被坎特伯雷的僧侣们所毒害，她决不会有谋逆之念。她预言了国王之死，还有时任王后之死。她也预言了我的死亡。她说，我们都会死和下地狱——不仅我自己，还有我的小外甥女们，以及她住在我家时给她送餐的女仆，和晚上躺在她脚边给她取暖的猎犬。"

"她住在你家？"杰弗里感到愕然，"我不知道这件事。你对她怎么了？"

他探身向前。"算你们家幸运，没有跟她一起被绞死。你们和科特尼两家深度参与了鲍顿的阴谋。国王很仁慈，因为他尊敬你们古老的血液。但你知道我的看法。我觉得它跟你们的粪便差不多。"他抬起头。"马丁，我想要两支蜡烛，谢谢。”

这是个晴朗的下午，虽然窗户很小，外面还是有淡淡的白光。杰弗里心惊肉跳：“天啊，别烫我！”

“蜂蜡，马丁，”他说，“小号的。”

要烫人的话，用动物油脂的蜡烛就行了。随着这个想法的渗入，他看到杰弗里的肩膀松弛下来。他说：“我还以为咱们彼此了解。”

“谁能了解你呢，克伦威尔？”

“多年来我一直在打点你。现在我发现那完全是白费钱。我付钱给你，是要你监视你的家人，可你似乎对他们的行为一无所知。这是疏忽，还是无能，还是耍弄我？”见对方没有回答，他又说：“就当是第六十个问题吧。”

马丁送来蜡烛和一个烛台。他说：“杰弗里，法兰西商人有一种惯常的做法，叫‘蜡烛销售’。假设你有东西要卖。可能是几捆羊毛，也可能是一本书，或一座城堡。感兴趣的各方聚在一起，讨论一下，也许还喝一杯酒，然后开始出价，并在第一支蜡烛亮着的过程中一直持续。马丁，请点亮一支好吗？”

“我根本不知道这种做法，”杰弗里说，“我从没听说过。”

“所以我才在跟你解释。第一支蜡烛烧完时，竞价停止。但话说回来，谁想匆忙达成交易呢？不管是买方还是卖方，都需要时间思考。于是点亮第二支蜡烛。可能会有更高的出价。第二支蜡烛熄灭时，交易完成。”

一声刺耳的笑声。“你那些商人朋友不了解自己的想法吗？”

“哦，他们不是我的朋友，”他无辜地说，“只是些不同的法国人，我个人并不认识。但我知道它的运作机制。第二支蜡烛往往会抬高报价。参与者想，我已经把最高的报价摆在桌上了……但看到自己的机会消失，又感到惋惜。他搜搜口袋，拍拍朋友再借些钱——结果发现自己最高的报价比原本所想的要高得多。而你呢，给了我们小小的几便士。我觉得你可以出一千镑。挖掘你的资源，从中找到可以说服我的东西。”

“我能得到什么？”杰弗里说。

“买方自慎，”他说，“这才是妙处所在。你得盲目出价。”

他随身带了一包文件。在蜡烛燃烧和杰弗里冒汗之际，他拿出一沓放在桌上。马丁进进出出，送来了墨水和浮石①，狱卒每次走出房间，杰弗里都目送着他，仿佛马丁的存在能为他提供某种保护。他对杰弗里说："原谅我利用这点时间。我有一封信得处理，是拉蒂摩主教写来的。他在黑尔斯修道院，在调查他们的一个骗局。事关他们所谓的圣血。"

杰弗里·波尔的手抽搐着。一提起这极为神圣的残留物，他就想给自己画十字，但又觉得这样会不够明智。

"拉蒂摩说那是某种胶。但只要见了普通百姓的钱币，就变成液体。"他重新处理起休的信，"你准备出价时，随时打断我。"

那沓文件的下一份本该交给增收法庭的理查德·里奇才合适，因为涉及的是马林的女修道院移交事宜，但它上面别有一张给他的便签，是修道院院长亲笔所写。那是玛格丽特·弗农，格利高里以前的家庭教师，曾经那么温柔地教他写自己的名字和唱圣母颂。她写道，我准备来看望你们，周五到。我上了年纪，从肯特郡无法一天之内往返，得在你们家住一晚。

"马丁，"他说，"我有十足把握我的朋友很快会给我出价。把南安普敦勋爵的书面问题拿来，好放在我手边备用。"

"南安普敦，"杰弗里嗤之以鼻，"当我直呼他费兹威廉时，他显得很难堪。"

"我理解。如果我受封为伯爵，我会指望你对我以伯爵相称。"

"你？"杰弗里大笑，"那将是一个鱼儿会走路的世界。"

"树木还会唱歌，"他赞同道，"现在我要提问了。你来回答。我会看看能否接受你的答案。"

"你没有证据，"波尔大声说，"你所指的都是话语，话语，话语。但你无法证明到底是否有人说过那些话语。"

"我有信件。"

"我哥哥把他的信都烧了。"

"你哥哥蒙塔古？我想知道他为何要这样？一堆灰烬可以意味深长。"

现在快接近傍晚了。他浏览着费兹威廉的笔记，有意沉默片刻。他感到波尔在看他。第一支蜡烛烧完了，马丁瞥了他一眼，获准后便用蜡烛头

---

① 用羊皮纸书写时，往往需要用浮石进行打磨使其光滑。

点燃第二支。“这就是他们所谓‘最后的火苗’。在它亮着期间，我都接受开价。”

“我不玩你的游戏。”

“这是严肃的交易，我向你保证。我仍然想购买。帮我填这张表格。有些地方已经填了，但你会看到，”他把纸举起来，“还有些空格。如果咱们能联手将它完成，我会保你性命。这将是我的条件，不是你的，但仍然是你的性命。你可以安安静静地过日子。远离宫廷。我并非狠心之人。你将有一份收入。足以像绅士一样生活。”

让波尔去做思想斗争吧。他拿起玛格丽特·弗农的信。她希望达成一项交易。让我卖掉修道院的一处领地，我会用它每年支付姐妹们的津贴，并安置仆人。剩下的将留着我自己过日子。对一个独身女人来说够了。我认识一些人，他们愿意给我一个家。

他想，我似乎没有能力帮助女人。多萝西娅。我女儿。罗奇福德夫人。她们向我诉说自己的痛苦与渴望。她们说自己很失落，很迷茫，没有父亲，没有希望。我给她们钱。或者就国王的女儿而言，给她一匹马，一颗宝石，一条忠告。

太阳已经西沉。“最后的火苗”变成了橘红色。“向我招了吧，杰弗里。等最后的火苗熄灭后，我们就要摸黑了。然后我会打断你的腿。而那仅仅会是开始。”

波尔从凳子上跳起来。桌子一震，他带动的气流使得火苗弯曲。他（掌玺大臣）伸出手去，护住烛台；这是个失去光泽的锡镴烛台，是便宜货。“坐好！”他说，“别缩短你的时间。你还可以交易。不干？那好，马丁，把架子拿来好吗？”

“架子？”杰弗里说，“那是什么？”

“一种大钳子，用来夹住胳膊或腿，好折断它们。”

马丁不明所以，没有动弹。“先生，”他对波尔说，“我相信你肯定不想要我们大人费那种神吧。”

“看看蜡烛。”他说。

“圣母马利亚保护我。”波尔说。

“她不会。”他的语气很厌烦。外面的月亮正在升起。他的思绪不停地飘回到玛格丽特和她的信上。“你知道吗，”他对杰弗里说，“我厌倦了这样。把槌子也拿来，马丁。派你的手下去取。”

他重新去看文件。玛格丽特的要求不同寻常，但并不过分。她的条件很明确——她是一位对法律有所了解的女人，她的数字乍看起来很合理。坐在凳子上的杰弗里在尽力缩成一团。他收紧肩膀，闭着眼睛。你如果把手放在他身上，会感觉到他体内的每一处脉搏都在跳动。

马丁进来了。“你要的是这个吗，先生？架子很快就到。”

他想象的是一种短柄、木头的槌子，用来钉木楔以抵住胳膊或腿。马丁拿来的是另一种器械，是武器而不是工具，手柄有三英尺长。“这会敲碎苏格兰人的脑袋，”他赞赏地说，并站起身，从马丁手里接过来，“只有这个吗？暂时够了。”

武器的头在他手掌里又硬又冷。他握着锤子高举手臂，与石板地形成直角，试试它整体的重量。接着，他垂下手臂，尝试性地挥动锤子。他喜欢这种感觉。身体愉快地摆动：平衡、控制的时刻，然后是不断增强的冲动，从脚后跟往上的动作。它让你超越自己，进入一种愉快的眩晕状态，就像你跟一个女人生米煮成熟饭时可能感觉的那样，有一种飘然欲仙之感。

锤子砸在墙上的声音足以惊醒死者。它惊得杰弗里撞翻凳子，猛然站起。“天啊！”

当烛光依然颤抖，耳边余音犹在时，他说：“我们可以开始，不用等架子了。也许别的地方在用呢。马丁，把那些文件收起来好吗？那都是国王的事务，我不想让血溅在上面。”他右手握着锤子，左手掐灭了蜡烛。

后来，在外面，马丁靠在墙上，身体发抖。“你刚才说拿架子来。我心里想，圣母马利亚，他是指什么。我根本不知道什么架子。”

“有这种东西。我见过。不是在这儿。是在别的监狱。”

“我能想象出来。”马丁说。

“杰弗里也能。”

在他们身后的房间里，囚犯在哭泣。他没有受伤，连小腿都没有丝毫擦伤。“但你会动手吗？”马丁说。

光线很暗，只有一支火把在支架上燃烧。有水在某处滴落，奋力侵蚀着石头。这种地方最令人难以忍受的是它的气味：密闭、发霉的空气，鲜血的金属味，尿的骚味。“我的意思是，”马丁说，“你能敲断一个人的胳膊和腿，然后回家吃晚饭和见亲人吗？”

“我没有亲人。”

“是的，”马丁说，“请原谅。我知道你没有。”

“不过，”他又想起来说，“我现在当祖父了。”

“我看到过有人被吊起来。”马丁说。

“你迟早什么都会看到。”他觉得胸口压着一样东西：一件钝物，形状如锤子头。他很想赶在杰弗里开始招供之前再进去一趟。他想再挥一挥锤子。锤子的头很大，分散了冲击力，所以几乎没有震痛感。

“当他们被铐住手腕吊起来时，让他们支撑不住的是自己的体重，”马丁说，“你可以说他们是自我折磨。”

不出二十分钟，手铐就让你得到结果。那人冷汗直冒，就像从水龙头流出来一般。如果你时间紧，还可以在他脚上悬挂重物。当他崩溃时，你拿着笔，站在房间的另一边——没必要让别人的体液溅到你身上。等你记下他最初、最原始的供词，那新鲜、美好的供词，狱卒们就进来擦去鼻涕眼泪，以及顺着他的裤腿流下来的稀便。

“有一个架子。”马丁点头示意，“它用过了。我听到了。”

这是个很好的问题。你让那家伙叫唤吗？惯于干这种事的人说，囚犯是因为自己的哀号而魂飞魄散并终于开口。其他人觉得这样不值得，因为这会使那些无意中听到的人感到不安：附近总是有职员，或顾问官同僚，那呼天抢地的叫喊会令他们不适。果真如此，也有办法堵住声音，只要不让囚犯窒息就行。他说：“西班牙人要烧死他们所谓的异教徒时，会押着那可怜的家伙游街示众。他们让他裹着白布，剃光头发，有时还剃掉眉毛，使他看起来更像木偶而不是真人。他们让他手里拿着一支蜡烛，就像要点火自焚一般。他们押着他从卵石路面上走过，他双脚流血，身上别着说明其异端言论的纸条，僧侣们则手持银十字架，吟诵着诗篇跟在他后面。民众站在街道两旁和集市广场上观看。但等全城的人都看过这一场景后，他们就塞住他的嘴，在某个监狱的院子里私下把他烧死。”

“你去过西班牙吗，先生？”

“没有，但托马斯·怀亚特告诉过我，而只要出自怀亚特之口，那就像亲眼所见。”

马丁显出尊敬之色。“如果大人你还记得的话，怀亚特大人上次关在这里时，我有幸侍候过他。他很慷慨大方。”

“慷慨过头了，”他说，“听着，别让杰弗里再伤害自己。把他的衣服彻底搜一遍，确保连一枚针都没有。他现在不会给我们惹麻烦了。国王不会让贵族之家的任何人遭受痛苦。在我的印象中，他在位期间从未干过这种事。但他们能做此指望吗？国王干过很多前所未有的事情。”

“他没有干过地牢的事情。”马丁说。

也没有事后擦过地。或者在刑场上将粘在链子上的肉抖掉。他问：“是什么让你从事这一行的？”

“一个人总得谋生。”

“你可以老老实实当个农民。”

“还杀猪？”

他心里想的是播种。收获谷物。有一个纯洁、干净的世界，人们赖以为生的是牛奶、苹果和面包——那么洁白柔软，仿佛吃的是光一般。他说：“威廉·费兹威廉已经在路上了。还有理查德·里奇和我的外甥理查德。杰弗里现在喋喋不休，他们将可以填写那些格子了。然后我们就可以随意处理他的家人。我觉得今天干得很不赖。”而这仅仅是因为对着墙砸了一锤。“他们审完后，把杰弗里带到楼上。给他送上晚餐，如果他能吃的话。帮他把肉切好。”

马丁一副欲言又止的样子。“我们没收他的刀时，他威胁说要悬梁自尽。”

“这个我不担心。”这需要决心，他怀疑杰弗里能否做到，“不过，就算如此，也没什么大不了的。但必须确定他是自尽。”

“你要我给他一根绳子吗？”

“我还不至于那样。”

援军很快抵达，还有两名拿着墨水瓶和纸张的职员。“你们待在外面的新鲜空气里，”他对职员们说，“或者跟这位马丁去，他会给你们一些酒喝。理查德·里奇给我们做记录好吗？我还有六十二个问题要问杰弗里。如果我们累了，会吹口哨叫你们的。”

职员们面露感激。他目送他们走出过道，一直等到他们上了盘旋楼梯，才说：“杰弗里会含糊其辞。他会来来回回地对你们说，‘我发誓是十月份，但也可能是三月份’，‘我相信是在苏塞克斯，但也可能是约克郡’，‘可能是我母亲，也可能是巴斯夫人’。揪住他关于威胁国王本人的证据——至于威胁他的顾问官，则不新鲜，我们知道他哥哥蒙塔古恨我们。查普伊斯是他们的阴谋的主谋之一，但那也不新鲜。但我觉得法兰西国王插手更深，而作为一位君王兄弟本不该如此。”

“如果弗朗索瓦入侵，”理查德 · 克伦威尔说，“我相信他会把苏格兰国王推上我们的王位。”

“是的。但埃克塞特家的人不明白这一点。波尔家的人也一样。他们太妄自尊大，都自以为能当国王。”

“恐怕我们缺少针对埃克塞特的证据，”费兹威廉说，“他为人谨慎，不留任何蛛丝马迹。杰弗里会给我们提供关于他自己家的足够的信息，但——”

“但可以顺藤摸瓜，”里奇说，“众所周知，他们两家是同盟。”

“你们记得我在科特尼府安插了一个女人。”他说。

里奇说：“什么，某个洗衣女工？”

费兹笑了起来，说：“让克伦威尔用他自己的手法好了。”

里奇说：“我看玛丽小姐这次很难脱得了干系。很显然，如果他们打算利用她，她不可能全然不知吧？”

费兹威廉说：“看到一位公主因为嫌疑而被毁，未免太可惜。”

他说：“他们滥用她的信任。她绝不会谋害自己的亲生父亲。”

“我们以前谈起过这一点，”里奇说，“你太宽容了。你没有看透她的本性，先生。”

“你对杰弗里干什么了？”费兹威廉问。

他把文件夹在胳膊下。它们用细绳捆在一起，包括玛格丽特 · 弗农的便笺和其他文件。波尔招供时，他把她的数字在脑海里过了一遍。“我发出了一种声响。”他说。

他想，我成了他肚子里的蛔虫。我还能干什么？

一周后，他会听到伦敦人在传说：杰弗里 · 波尔在塔里遭受酷刑；他被绑在一个铁架上，而铁架被加热，所以他就像殉道者圣劳伦斯一样受到炙烤。而这全是托马斯 · 克伦威尔干的。

见到玛格丽特·弗农时，他十分惊讶。看到她穿得像一位民妇，令人不太习惯，尽管他自己建议过修女们放弃传统服装。潮流在变，女人们又露出了头发。玛格丽特的是银色。他问她："以前是什么颜色？"

"不是特别的颜色。是鼠灰。"

他们在奥斯丁弗莱的客厅里。她一直在等他。他觉得自己本该换一身衣服，觉得上面可能有血，尽管塔里并未流血。杰弗里已经承认，他计划带领一帮人去国外与他哥哥雷金纳德会合。他谈到密室和花园凉亭里的勾结，晚餐间和弥撒后的密谋。他报告了从托马斯·莫尔家和斯托克斯利主教那儿偷听到的可疑谈话。随着每一声低语，涟漪越荡越大。在当天的笔录上签字时，他恳请国王慈悲为怀。在纸张的底部，他写道：*您谦卑的奴隶，杰弗里·波尔。*

玛格丽特说："你更壮实了，托马斯。你看起来像没有呼吸新鲜空气。"

"有时我想带着猎鹰出去，"他说，"但国王可能随时召我回来。你知道，威尼斯人会在自己的船上画一条线，以确保它们不超载。我没有装载线。或者国王根本看不到。"

"你没有足够的帮手吗？这些小伙子都……"

他想，谁都帮不上。只有亨利和克伦威尔，克伦威尔和亨利。"我曾经在米迦勒节休过一天假，因为那是律师的假日，但国王反对。他的理由是，他一天都不休息，每天都得统治。我说，但是陛下，你是神圣的受膏者，你被赋予特殊的恩典，这意味着你永不疲倦。他说，我从加冕至今已有三十年，肯定已经耗尽了。"

"你该有个妻子。"

"嗯，帮我找一个吧。如果你知道有合适的女人，就给我送来。我不缺钱，所以她一个子儿都不用带，她不需要太有才，也不需要很年轻。我只要求她不是教皇党人，不会颠覆我的府邸。"

玛格丽特笑了起来。"太遗憾了，因为过不了多久，就会有一群年轻女子要离开修道院，但恐怕有些人会忠于罗马。我不会。我宣誓过要忠于国王，就会说到做到。"

他说："我想，国王不会允许当过修女的女人结婚，如果她曾宣誓入教的话。"

“那他想让我的姐妹们去哪儿生活？南华克的妓院吗？”

他想请求她，别生气。我的生活中到处都是生气的人。“你该去看看格利高里。如果你想要一个家，他会欢迎你的。我相信他会很高兴让你教他儿子，就像当年教他一样。”

她摇摇头。“我将与我的部分姐妹们一起生活。我们要做不走寻常路的女人，不要主人。”

“你们会招人闲话的。”他说。

“我们太老了，不至于。人们会同情我们，把苹果留在我们的门口。他们会来找我们求药膏和幸运符。不过，”她的表情柔和起来，“我还是很想见见我的小男孩。”

“我妻子——伊丽莎白——曾经嫉妒过你。”

玛格丽特平静地说：“没有必要。”

他想，既然阿拉贡的凯瑟琳的妻子之名可以被认为不成立，既然安妮·博林的妻子之名可以被认为不成立，难道就没有办法发现玛格丽特·弗农的修女之名不成立吗？我们不能在文件中找到一处疏漏吗？那样她就自由了。

但这有何意义呢？他想。她会死去，会离开我。或者我会死去，会离开她。这不值得。对谁都不值。

十一月的第一周，他逮捕了蒙塔古勋爵和埃克塞特侯爵，拘留了杰弗里的妻子康斯坦茨和侯爵夫人格特鲁德以及国王的其他一些老朋友。他将费兹威廉派往玛格丽特·波尔位于苏塞克斯的城堡。他说，好好审问她，必要的话，夜以继日地审。

但费兹从玛格丽特那儿一无所获。他说，她的回答真诚、热情而明确。她否认有任何不当行为或相关意图。当费兹威廉说她儿子雷金纳德是个忘恩负义的混蛋时，她说，不，不是混蛋，我对我丈夫忠诚如一，我是个无可指摘的妻子①。

她承认自己在听说雷金纳德逃脱了伤害时，表达过宽慰，她毕竟是他

---

① “混蛋”一词的原文 bastard 也指“私生子(女)”，这里玛格丽特·波尔刻意理解成“私生子”。

母亲。是的，她知道雷金纳德因为她守信于都铎王朝而鄙视她。她是否知道他说过会把她踩在脚下？她噘起嘴。“我知道，而且必须承受。”

费兹威廉告诉玛格丽特·波尔收拾行李。他准备用担架把她带到考德雷，带到他自己的府邸。当他告诉她，她府里的物品都会登记造册时，她明白自己长期以来的好运已到尽头；车轮转向了，她在下坡。费兹说，她脸上第一次露出惶恐之色。但相比之下，当费兹威廉对他夫人说，索尔兹伯里女伯爵将住进他们家，而且不知道要住多久时，他夫人的神色更是惶恐数倍。

他自己在塔里审问玛格丽特的大儿子。蒙塔古摆出一副冷漠、轻蔑的姿态，常常拒绝回答。“大人，有证人听到你说，你从未喜欢过国王，从小就不喜欢。”

蒙塔古耸耸肩，似乎在说，这是我的权利。

“从贵府有不实的报告传出，说教区的教堂将要拆除。你明知这种谣言完全是蓄意挑起民众闹事，为何不干预？”

“谣言很难阻止，”蒙塔古说，“如果你能阻止，请把方法告诉我。我向你保证，不是从我这儿开始的。”

“你是否说过……”他看了看材料，“国王因为无情而害死了他的第一任妻子？然后娶了一个妓女？养了一个私生子？”

“女人们的事情。”

“你是否说过土耳其人是比国王更虔诚的基督徒？”

“是杰弗里告诉你的吗？”蒙塔古笑了起来。

他追问道：蒙塔古是否与埃克塞特勋爵合计过，他们双方加起来可以召集多少人？他是否说过杀死国王的顾问官们还不够，还得瞄准他们的头儿？这难道不是明目张胆的谋逆之罪吗？

“我想是的。”蒙塔古说。

他去审问埃克塞特侯爵。他手里的牌更少，而埃克塞特明白这一点。但近年来，波尔和科特尼两家解雇了很多仆人，凡是被他们怀疑喜欢新学问或阅读《圣经》的仆人无一幸免。因此，他们挖了一口很深的怨恨之井，他可以从中取用，只需要花点时间把桶拉起来就行。

他说：“埃克塞特勋爵，你曾经当着他人的面称国王为畜生。”

埃克塞特叹了口气。“可怜的杰弗里·波尔只能招出这些吗？”

“你说过，国王跟克伦威尔一样，为了满足自己的愿望而无视整个国家的利益。”

埃克塞特翻了翻眼睛。

“你有没有说过，‘国王再怎么假装有权威，也治不好他的伤腿？’你有没有说过，‘他的腿总有一天会要他的命？’你有没有说过，‘亨利一死，克伦威尔大人就晚安了？’”

埃克塞特没有答话。

“你有没有说过，‘我们也许有一个王子，但他很快会死，整个都铎一系都受到了诅咒？’”

埃克塞特轻蔑地抬起头：“我不干诅咒一类的事情。”

“没错，”他说，“那是女人们的事情。也许你妻子干这个？”

理查德·克伦威尔走了进来。埃克塞特勋爵没有得到修道院的土地吗？

得到了。

是自愿接受的吗？

是的。

为自己找借口，说上帝会饶恕他，因为有朝一日它们会重新回到僧侣手中？

沉默。

“这怎么可能？”理查德问。

“通过政策的逆转，”埃克塞特说，“国王可能后悔。”

“或重新皈依罗马？”

“你不能排除这一点。”

他一掌拍在桌上。“相信我，我能。”

他与埃克塞特的妻子格特鲁德谈话。她是一家之主，是个勇敢而有魄力的女人，不断想方设法提高她所嫁入的这个家庭的地位。她继母是西班牙人，曾是凯瑟琳的女侍；他想，难怪她与皇帝的大使查普伊斯交往密切。难怪他们相互信任。

要震慑格特鲁德并不容易。他以前放过了她，所以她认为他心慈手软。“我恳请国王高抬贵手，”他告诉她，“天知道，夫人，他对你一直很仁慈。而我自己呢，始终希望人们会改正。”他难过地看着她。“我常常感到失望。”

他走出去，对手下的人说：“我们得把那孩子抓起来。我是说埃克塞特的儿子。”

他们怔怔地望着他。他说：“你们何时听说过国王伤害一个孩子？但还是把他带来。”

理查德·克伦威尔说：“我们不能冒险让埃克塞特的继承人被带出国境，去纠集国外的支持者。”

“把蒙塔古的儿子也带来，”他说，“亨利·波尔跟他年龄相仿。”

这是一场巨震。大家族倒下了，犹如巨人打木球时应声而倒的木柱，犹如地震时从架子上滚落的罐子。

贝丝·达雷尔被带进塔里。大家毫不惊讶，因为格特鲁德的所有侍女都会接受询问。贝丝还是那么迷人：一头金发，眼睛是矢车菊般的蓝色。她交给他写在纸上的事实，以及她誊抄的书信；交给他作为谋逆罪证的刺绣：代表波尔的三色堇，代表玛丽的万寿菊。但询问结束时，她问：“接下来怎么办？我得回去跟那些人一起生活吗？如果他们问我对克伦威尔说了些什么，我该如何回答？”

“就说你给我讲了你所做的梦。”

这些家族对梦非常重视。他们总是把它们写下来封好，派信使快马加鞭送给对方。似乎有许多个夜晚，他们梦见国王死了。有时，他们梦见简·西摩披着裹尸布现身，告诉国王她恨他，说他会下地狱。

他说：“你不能回科特尼府，因为他们将不复存在。离开这儿后，你要去阿灵顿。”

她抬起头。“我要在那儿干什么？”

“安安静静地生活。”

“你会让怀亚特回来吗？”

他点点头。“但我说不准什么时候。”

“据说国王对他感到不满。”

“他对我们所有人都感到不满。”

他想，我们甚至不知道怀亚特是否还活着。但我相信他发现和躲避危险的能力。或者如果不行，是否最好按兵不动：怀亚特曾经在一头母狮偷偷靠近时站立不动。

贝丝·达雷尔说："蒙塔古勋爵说英格兰是一座监狱。他说过去六年来它一直是一座监狱。"

"太仁慈的监狱，他都舍不得离开，"他说，"他们令我恶心。他们是胆小鬼。如果他飞到海外去找雷金纳德，至少我还会尊敬他。就算被抓了起来，他也会证明自己是个男人。"

"那会让你更省事，"贝丝说，"那样他们就无疑是谋逆了。但除了我提供的证据之外，你所掌握的只有杰弗里的胡言乱语，以及传闻、谣言和厨工们的八卦。蒙塔古和埃克塞特不会帮你，除非你洗脱他们的谋逆罪，而你无法做到这一点。"

"我足智多谋，"他悲哀地说，"你的证词也大有帮助。"

"但想想看，大人。如果凡是对国王或其行为表达过不满的人都被视为谋逆者，那还有谁能活命呢？"

"我。"他说。亨利和克伦威尔。克伦威尔和亨利。

"埃克塞特认为世界会回头，"贝丝说，"他知道亨利害怕绝罚。他认为使点狠劲就会让他回归罗马。"

"他不会回头，"他说，"英格兰已经说了太多做了太多。国王即使想阻止变化也阻止不了。只要让我再活一两年，我会确保我们的大业绝对不会被毁掉，不会被世上的任何力量毁掉。而就算亨利真的回头了，我也不会。我会亲自捍卫我的事业。我还不是太老，还可以持剑上阵。"

"你会拿起武器对抗亨利？"她更像是觉得有趣，而不是震惊。

"我没有这么说。"

她低头看着自己的手，手上戴着怀亚特的戒指。"哦，我想你说了。"

*　　*　　*

十一月中旬，坏天气刚刚开始，你就可以看到一名剑桥学者，一位神父，在众目睽睽之下缓慢自杀。一位子民，与国王较量；一个小人物，向巨人挑战；他像面包屑一般渺小，拿稻草当武器。

他叫约翰·兰伯特，尽管出生时的姓氏是尼科尔森。他被任命为神父，认识小比尔尼，正是后者让他改信福音。他去过安特卫普，是英国商人的教士；他的路径与所有的危险之路——包括廷德尔的——都有交集。他说，托马斯·莫尔将他骗回了英格兰。然后，老沃兰大主教——也就是坎特伯雷——抨击他传播异端邪说，对他提出四十五条指控，他逐一进行了反驳。是的，他承认道，他研究过路德的著作，发现自己从中受益匪浅。他同意路德关于神父结婚合法的观点。至于自由意志，他觉得对普通人而言是一个太难的问题。但他相信只有基督——而不是神父——才能恕罪。圣典里有我们需要的一切，他说。我们不需要罗马编造的另外的规定。

在听证的中途，沃兰去世，该案不了了之。但四五年的时间并未让兰伯特变得谨慎。在奥斯丁弗莱——没有职员在场，不做任何记录——托马斯·克兰默对他晓之以理。他（托马斯·克伦威尔）与他进行了激烈争论。罗伯特·巴恩斯站在一旁，脸上充满厌恶和恐惧，终于大声叫道："你——不管你说自己姓什么——兰伯特，或尼科尔森——你会害了我们大家的！"

克兰默说："我们不是不同意你的观点——"

"不，我们是的。"巴恩斯说。

"好吧，我们是的——但关键是，要慎重。要耐心。"

"怎么，一直等到你爬到我这边来吗？像个男人吧，克兰默，捍卫真理。现在你心里很清楚。"

巴恩斯说："兰伯特，你质疑洗礼本身——"

"圣典中有洗礼。但不是针对婴儿。"

"——你还质疑圣餐，质疑祭坛上的圣饼。听着，你如果这样做，如果公开这样，我就既无法也不会保护你，而他，"他指向大主教，"也不会，还有他，"——他指向掌玺大臣，"——同样不会。"

"告诉你们我的打算吧，"兰伯特说，"我不会让你们为难。我会越过你们，去向国王本人陈词。他是教会首脑。让亨利来评判我。"

国王——请不要惊讶——居然接受了挑战。他将在白厅与兰伯特公开辩论。"克伦威尔，大使们会来吧？"

欧洲称国王为异教徒，那现在就让欧洲看一看、听一听他捍卫我们共同的信仰。波尔声称他在学识上不及莫尔和费希尔——两位神圣的死者。他将表明恰恰相反。为观众准备的长椅已经摆好。

"上帝保佑国王不要摔倒，"雷夫·赛德勒说，"兰伯特是研究语言的，可以用古老和现代的语言引用圣典。”

他有些后悔。“我总是告诉国王，英语已经足够了。”

他想，兰伯特每赢国王一分，都会让我觉得刺痛。

他已尽力劝说亨利不要上演这一幕。他告诉他不用回应兰伯特的请求，有主教们可以处理此事。但亨利不听。只是在辩论的头一天，他才意识到顾问们的不安。“什么，你们担心我吗？我完全可以对付任何异教徒。而且我必须高举信仰的火炬，让不管是敌是友都能看见。”

他问，陛下打算何时开始举？“中午前后，”亨利说，“到黄昏应该就可以结束。”

听证会当天的一大早，他接待了来自加来的李尔夫人。除了史蒂芬·加迪纳之外，这是他在早餐前最不愿意见的人。

他知道李尔夫人不喜欢他。她不喜欢他的官僚做派，并且让他觉得他的言行举止暴露了自己酒馆侍者的身份。不过，她还是兴致很高，喋喋不休地开具向他出售格洛斯特郡地产的条件。你会觉得加来歌舞升平；她没有提起那些心怀不满的告密者不断涌向他在各处的府邸，有些人刚刚下船风尘仆仆。她没有提起羁押在塔里的人，尽管他们肯定是她的表亲或堂亲；这些人全都沾亲带故。她只是说：“我听说你很忙，克伦威尔勋爵。再忙也有时间圈地，对吧？我对我丈夫说，相信我吧，克伦威尔会抽空见我的。我有他想要的东西。”

“李尔大人怎么样？”他问她，“约翰·赫西说他闷闷不乐。”

“如果长期效劳能有回报，他会感到开心的。”

“国王每年给了他两百镑。”

“我希望是四百。”

他忍住笑意。“我会问一问，但不能做任何保证。”

她说：“如果国王很快处理完异教徒事宜，那么到傍晚时，就会出手大方。好了，”她站起身，“我自己也得赶快离开。我越早回到加来，我丈夫就越高兴。他说宁可失去一百镑，也不愿意我离开一星期。”

“如果他有钱可失的话。”他不假思索地说。

“这就要看你了，”她说，“尽力促成此事好吗，克伦威尔先生？”她笑了起来，以示歉意。“我应该说，大人。”

“是的，你应该这样，”他说，“你现在该知道了。”

“我并无不敬之意。国王任命你是什么，你就是什么。但你有没有想过我丈夫很痛苦？那么多无名小卒都发家致富了，我们却只能勉强糊口。”

李尔夫人找不到愿意侍候她的女人，她过于苛刻。但是他想，老李尔爱她，爱他的这位难以相处、泼辣自私的妻子。

十点已过。在威斯敏斯特等待的有一众主教、国王枢密院的成员、寝宫侍从、市长、市议员以及伦敦行业工会的官员。克里斯托弗侍候他穿上外套。“加迪纳主教会跟你在一起，”他提醒道，“今天他会很开心，因为那位可怜的兰伯特肯定会被烧死吧？因为谁能否认洗礼呢？圣克里斯托弗在受洗之前，只是一个长着狗头的食人者。他当时不叫克里斯托弗，而叫妖兽。受洗之后，他就成了人，还可以祈祷。在那之前，他只能汪汪叫。”

他说：“我知道克里斯托弗不是你的真名。你还有个名字，叫法布里斯，对吧？”

“克里斯托弗是我在加来的名字。在考克威尔街的时候。在法布里斯之前，我名叫贝诺侬，是个很乖的小男孩。但我受洗时取了什么名字并不重要。我已经忘了。”

他想，即将毁掉兰伯特的不是洗礼，而是 *corpus Christi*，基督的圣体。

昂首而进的史蒂芬·加迪纳停下脚步，他们两人都停了下来，迎面相对；他们彼此脱帽致意，都客客气气，彬彬有礼。但史蒂芬的礼貌总是转瞬即逝。

“我不知道你在我驻外期间都干了些什么，”史蒂芬说，“不知道你为何会容忍一个再洗礼派的人。当然，除非你自己也属于那一派。”

在想象中，他重新脱下外套，撸起袖子，对准史蒂芬的鼻子就是一拳。他感到惊讶——虽然史蒂芬已经离开三年，但他想揍他一顿的愿望丝毫未减。

“这可能吗？”他说，“你称为再洗礼派的那些人不会宣誓。他们不会侍奉任何国王。他们不仅拒绝为国效力，拒绝服从管理，还不让孩子读书。他们喜欢无知。他们说我们生活在末世，所以干吗要学习知识？干吗要侍弄庄稼，干吗要储存粮食；根本没有收获的必要。”

“好吧，”加迪纳说，“如果基督即将来临，他们的话也不无道理。我并不相信。但我觉得你可能会信。”

“你知道我跟这一派毫无关系。”

“也许吧。”史蒂芬笑了，“毕竟你显然着眼于明天。你积攒财宝在地上①，对吧？事实上，你很少干别的。”

“如今你回到了国内，”他说，“会看到我干些什么。”

*　　*　　*

中午时分，国王在一阵号声中走了进来。天色阴沉，但亨利从头到脚一身白色服饰，看上去就像人们听过的寓言中由坚冰所形成的一座山。

国王登上讲台，在自己的华盖下就座。一排排长凳上挤满了人。神职人员坐在国王的右边，他的贵族们在左边。大厅装饰华丽，悬挂着很多三角旗和其他的旗帜，还有从锦衣库取来的挂毯，因此，巨大的《圣经》人物——约伯、但以理、没有示巴的所罗门——在主持这一幕。

他——国王的代理——随之就座。滕斯托尔主教朝他礼貌地点点头。斯托克斯利主教怒目而视。巴恩斯博士像一幅严肃的画像。克兰默的身体似乎缩小了。休·拉蒂摩跳上跳下，一会儿跑到这边一会儿跑到那边，拍拍肩膀，耳语几句，递递便条。他对克兰默说：“休向国王做过简要介绍了吗？”

“我们都做了。”克兰默似乎很意外，“你没有吗，克伦威尔大人？”

“我不会擅做主张。他比我更接近上帝。”

约翰·兰伯特被带进来时，脚步坚定，神色刚毅。但当他环顾四周，看到大厅里的壮观场面时，你可以看出他不知所措。他愣愣地望着国王，望着他那身发亮的服饰，然后开始行礼——不知道是该躬身还是下跪。

他（托马斯·克伦威尔）看到巴恩斯博士笑了。他听到斯托克斯利在长凳上动了动，得意地整了一下衣服。他转过身去瞪了一眼：“宽厚一点

---

① 语出《圣经·新约·马太福音》，耶稣对他的门徒说：不要为自己积攒财宝在地上，地上有虫子咬，能锈坏，也有贼挖窟窿来偷。只要积攒财宝在天上，天上没有虫子咬，不能锈坏，也没有贼挖窟窿来偷。因为你的财宝在哪里，你的心也在那里。

行吗？”

“嘘。”克兰默说。

他们搭建了一个台子，好让大厅各处的人都能看到兰伯特。只见他在台前停下脚步，犹如一匹马看到树林里有个影子。被催促快上时，他缓缓地登上台阶，仿佛上刑台一般。他面对着国王。他转头寻找熟悉的面孔，但在正午阴暗的光线中找到它们时，发现它们毫无表情。

亨利倾身向前。这次听证会没有先例，所以无章可循，但国王已经决定把它当成一场法庭审理来进行。“你叫什么名字？”

约翰·兰伯特习惯于在小房间里为自己辩护。他很勇敢，但还从来不曾需要在重大场合出头露面；而眼前是他的国王，是重大场合的创造者。

他的声音很微弱，仿佛来自另一个时代。“我出生时叫约翰·尼科尔森。但现在大家叫我约翰·兰伯特。”

“什么？”国王很惊讶，“你有两个名字？”

兰伯特畏缩了。他单膝跪地。

加迪纳低声道：“明智之举，伙计。”

国王说：“我不会相信一个有两个名字的人，哪怕他是我的亲兄弟。”

国王的直言不讳让兰伯特吃了一惊。他期待一场学识渊博的演讲吗？会有的；但亨利开门见山，直指争论的核心。“基督的圣体。它存在于圣餐之中吗？”

国王说“基督的圣体”时，虔诚地伸手碰了碰自己的帽子。

兰伯特看到了这个动作。他的肩膀耷拉下来。“陛下学识过人，无比英明——”

“兰伯特，尼科尔森，”国王说，“我不是来这儿听奉承话的。请直接回答。”

“圣·奥古斯丁说……”

“我知道奥古斯丁怎么说。我想听听你怎么说。”

兰伯特瑟缩了一下。他现在跪在地上，不知道何时可以起来。这是他自我设计的一种折磨。国王瞪着他。“嗯？你说什么？那是基督的肉，是他的血吗？”

“不是。”兰伯特说。

史蒂芬·加迪纳拍了拍自己的膝盖。斯托克斯利主教说：“不如现在就烧死他。干吗要拖拖拉拉？”

国王涨红了脸。“那女人呢，兰伯特——女人教书合法吗？”

“如果必要的话。”兰伯特说。主教们发出不满之声。

国王问，还有“牧师”这个词，他认为是什么意思？“教会”呢？“赎罪”呢？信徒应该私下忏悔吗？他认为神父可以结婚吗？

“是的，”兰伯特说，“任何人如果做不到戒欲守身，就应该可以。圣保罗对此讲得很清楚。”

罗伯特·巴恩斯说，借过一下。他站起身，笨手笨脚地从那些博学的神职人员脚上跨过。

“大主教大人，”国王说，“现在能否请你站起来，告诉兰伯特或尼科尔森他为什么错了？”

克兰默站起身。卡斯伯特·滕斯托尔探身向前，问道：“克伦威尔大人，兰伯特为何有两个名字？这似乎跟他的异端邪说一样令国王不解。”

“我想，他改名是为了免受迫害。”

“嗯。”滕斯托尔重新坐好，“他最好也改变了观点。”

克兰默已经站定，试探性地说：“兰伯特兄弟……”

后面的人大声说听不见。

罗伯特·巴恩斯回来了。借过，诸位，请原谅，又笨手笨脚地从他们脚上跨回来。他一脸病态。也许真的病了。克兰默说：“兰伯特兄弟，我要给你念几段圣典的内容，我相信它们能证明你错了，如果你承认我念的这些有理有据，我想你就必须接受我和国王的观点。但如果——”

史蒂芬·加迪纳在座位上动个不停。在克兰默陈述的过程中，他一直咕咕哝哝地评论，声音很低，国王显然听不见。萨克斯顿主教朝他发出嘘声。休·拉蒂摩对他怒目而视。史蒂芬对他们不予理睬，没等克兰默讲完，就已经站起身。

卡斯伯特·滕斯托尔说：“温彻斯特大人，我想接下来发言的是我吧？”

加迪纳龇牙咧嘴。

滕斯托尔环顾周围求助。“各位？”

克兰默重重地坐到椅子上。休·拉蒂摩说：“也许接下来是代理大人？”

他(克伦威尔)举起一只手示意：不是我。

萨克斯顿主教挥舞着名单。“你排第六，加迪纳。坐下！”

温彻斯特主教根本不顾，只管滔滔不绝地讲起来，劈头盖脸，挖坑棒喝，把对方赶进烈焰之中，并将在那儿尖叫、流血。

时至两点。国王威风不减。他思维敏捷，鞭辟入里，有时态度谦逊。他不想杀死兰伯特，他对此没有兴趣。他想以理服人，以便兰伯特最终伏地认输：“陛下，你更懂神学，你教育、启发、挽救了我。”

你不会听到弗朗索瓦与一位子民展开激烈辩论，他也不会有这种能力。你不会看到皇帝奋力挽救一位痛苦的子民的性命。他们会请来宗教裁判官，在刑讯室让兰伯特低头认罪。

他(克伦威尔)想起比武大会，记分表，记录每一次击中：击中身体并折断。国王每次勒紧缰绳压低长枪时，都会停顿片刻，给兰伯特开出某种条件。可能宽大处理。留你一命——只要你回头，认错，并求饶。被问及是否相信炼狱时，兰伯特说：“我相信苦难。在这个世界上，人们可能会经历炼狱。”

“这是个圈套，”休·拉蒂摩低声道，“国王自己并不相信炼狱。”

“哦，今天例外。”加迪纳说。

三点，中场休息。奥利根①、圣杰罗姆②、赫里索斯托姆③和先知以赛亚的观点均已被引用。在外面，加迪纳说：“我想不明白，当初针对兰伯特的指控为什么半途而废。更换大主教不是借口。你应该很清楚，克伦威尔。”

斯托克斯利说：“掌玺大臣，你对此案好像不太关注。”

“不知道原因何在。”加迪纳说。他瞥见拉蒂摩。“你呢，从国王的学识中受教了吗？”

---

① 奥利根(184/185—253/254年)，埃及的基督教神学家。

② 圣杰罗姆(约340—420年)，著名的《圣经》学者，最伟大的成就是将《圣经》译成拉丁文。

③ 赫里索斯托姆(约347—407年)，全名约翰·赫里索斯托姆，希腊著名的传道者，有非凡的讲道才能，又称“金口约翰”。

休低吼一声，就像小猎犬对着公牛一般。

过了好一会儿，观众们才陆续返回座位，停止咳嗽和安静下来。然后，所有的目光都转向他——国王的代理。他摇摇晃晃地站起身。“陛下，聆听了你以及各位主教的辩论之后，我没有什么可补充的，我觉得已经很全面了。”

“什么？”加迪纳在他身后说，“很全面了？行了，克伦威尔，谈谈你对此案的看法。你以为没人想听吗？我就想听。”

国王瞪了他一眼。加迪纳举起双手，似乎表示歉意。

轮到兰伯特发言了。大家都依照顺序——除了史蒂芬之外。兰伯特已经让自己从跪姿变成了站姿，但四个小时已经过去，没有人给他一把椅子。时至黄昏，他的肩膀无力地耷拉着。火把送了进来，它们的光照在主教们的脸上，国王说：“是时候了，兰伯特。你已经听了这些学者们的观点。好了，现在你怎么想？我们说服你了吗？你是想活还是想死？”

兰伯特说：“我将我的灵魂交予上帝之手，将我的身体交予陛下。我服从你的评判，有赖你的仁慈。”

不要，他想。别做这种指望。

亨利说：“你把祭坛的圣餐当成木偶戏——”

“没有。”兰伯特说。

国王抬起一只手。“你说那是一种幻想。说那只是一种想象，或形象。耶稣的一句话——*这是我的身体*——把你弄糊涂了。那句话再明白不过。我不会保护异教徒。克伦威尔大人，宣读对此人的判决吧。”

他拿起文件。在这种情形下，它们都是提前备好。斯托克斯利说，他一个人就烧死过五十名异教徒，而即使他只是吹牛，程序的下一阶段的形式也已经演练过数次。他站起身。

“念大声一点，”斯托克斯利说，“让我们终于听见你的声音，克伦威尔大人。让这家伙听清自己的命运。”

宣读判决后，卫兵们将兰伯特押了出去。国王低头面向他的观众，表现出一名信徒的肃穆与虔诚——今天下午，他的确是一名信徒。他抬起下巴时，难掩兴奋之情。

在他的示意下，号手们走进大厅。他们号角齐鸣，欢送国王离去。六名号手。每人十六便士。国库得支出八先令。国王在考虑组建一支新的卫队，名为“长矛绅士”，配备新的制服。看他离开的派头，每小时都会需要号手。

时间不到六点，但外面一片漆黑。冬意已经很浓。“真残忍。”雷夫说。

他有同感。“可怜的家伙。”

雷夫说：“我不是指兰伯特。他是自找的。”

“我相信是加迪纳给他找的。”他很生气，“他把爪子伸回国内，才会发生这种事。我想他背着我去见过国王，我想他一直在拉着他的袖子，告诉他法国人多么反感我们的改革，皇帝多么震惊，他应该如何证明自己在心底里是罗马的信徒。仿佛他的伟大事业是一场愚蠢的争吵，用两周时间就可以修补，而让七年的心血付诸东流——”

“现在发言为时太晚了。”雷夫说。

他的家庭保镖等在这里，准备护送他回家。人群在纷纷散去。奏乐已经结束，号手们准备走开。他把他们叫过来，从口袋里掏出一点钱给他们买酒喝。他们碰了碰帽子向他致意。他转回身对雷夫说：“希望我没有显得蔑视国王的努力。我并无此意。他讲得很精彩。”

雷夫说：“你当时好像不知道该做什么。”

他想，我知道，但没有做。我本可以为兰伯特说话。或至少起身离开。

“巴恩斯表现得很虚伪，”他说，“如果不是上帝的恩典，站在那儿被指控的就会是他自己了。”

雷夫说：“罗伯今天没有伤害自己。”

雷夫剩下的话没有说出口。他们走进寒冷的空气中。他想，我本可以引经据典。我读那么多书都是为了什么？

他伸出手臂揽住雷夫的肩膀。雷夫总是不长肉，既不会打猎也不会打网球，像小孩子一样瘦弱、单薄。“别害怕，”他说，“我们会好好的，儿子。”寒意刺得他们的脸发痛。

距离火刑已经时日不多。他给兰伯特送去饮食，以及安慰和同情的话语，但他扪心自问，兰伯特怎么能接受这些呢？他知道我没有为他说话。

我坐在主座席上，周围的人迫不及待，冷眼以对，口里泛着血腥味，而我连一根手指都没有抬。也没有提高嗓门——除了宣读判决之外。但如果国王不愿意问我，我能怎么办？在《亨利之书》中，从头到尾都没有这种先例。

约翰·兰伯特的结局是一个盛大的场面。在史密斯菲尔德，有为官员们准备的看台，悬挂着英格兰的徽章，配有柔软舒适的垫子。只要不是真正卧病在床，顾问官们都悉数亮相，每个人都戴着自己的职务项链，精英们佩戴着嘉德勋章。视线最好的座位留给最重要的大使，留给卡斯蒂永和查普伊斯。

这是一个痛苦的祭典。他从未见过一个人如此煎熬。作为观众，你无法让自己成为睁眼瞎，而只能偶尔闭一闭眼。他想，感谢上帝，格利高里安然待在苏塞克斯。安妮·博林受死时，他都不敢去看，而那只是不到一次心跳的功夫。

兰伯特之死持续了一个小时。在掌玺大臣的身边，有个小托马斯·克伦威尔，也叫哈里·史密斯。他赤裸的胳膊上有一抹灰泥，无袖外套下的身体伤痕累累。

星夜时分，克兰默来看他。是一次牧师的来访。“你不舒服吗？”

他不愿承认这一点。“昼夜操劳，”他说，“是大叛贼波尔，他的阴谋诡计制造了太多的文书工作。”

大主教自己似乎也一筹莫展，筋疲力尽。他（克伦威尔勋爵）给他要了一点酒，还有食物——一只鸡翅，一些李子——如果他愿意吃的话。克兰默在椅子上动了动，擤了擤鼻子。他说：“你知道，我们所开创的事业在一代人的时间里不会实现。你已经年过半百，我也快了。”

他说：“加迪纳问过我是否认为我们生活在末世。”

克兰默瞥了他一眼。“但你不这么认为，很显然。”大主教咬着嘴唇，就像在用针挑刺一般。

“我能明白好人为何要相信基督即将来临。我们想要他的公正，因为公正似乎被耽搁了太久。”

“你认为兰伯特没有得到公正对待吗？”

他抬起头。这不是圈套。

他说："你如果年复一年事复一事地效力于一位国王，就不可能挑挑拣拣。有时，你唯一能做的就是减损。但这一次我们失败了。"

克兰默说："我们不能犯托马斯·莫尔的错误。他觉得亨利的良心要由他来掌控。"

门开了，克兰默吓了一跳。"啊，克里斯托弗——"

克里斯托弗放下一个盘子，说："我认为我的主人应该放个假。"

"超出了我的职权范围，"克兰默无力地说，"你知道，我小的时候，真的以为大主教无所不能。我以为他能创造奇迹。"

"我从没这么想过，"他说，"克里斯托弗，去把水果拿来。"

那孩子慢吞吞地出去了。他说："基督之光将我们引向某些阴暗之处。"

大主教看着他的烤鸡翅，说："我无法碰肉食。今晚不行。"

他说："你有没有看过，猎物已经死了，老鹰还痛杀不止？"

克兰默瑟缩了一下。"没有，"他说，"没有，我认为国王当时……他让我惊讶……他很明断，他很，有时，他几乎……很慈爱。"

撕扯，跺脚，眼冒怒火。先吸体腔里的血，再对肉一顿猛啄。

"慈爱，"他说，"是的，的确。"

他想，在目睹琼·鲍顿被烧死之后，我回到家里，回到我的小天地，不确定那是真有其事还是我做梦而已。我心里想，不知道我是否会在街上看到她，一个顾自忙碌的老人，拎着篮子去买丁香和做馅饼用的苹果。

克兰默说："但我们还能如何？兰伯特选择了自己的答案。他完全可以有别的说法。"

"我不这么认为。"

克兰默琢磨着这句话。为了打破沉默，他问："你太太怎么样？"

"格蕾特吗？"听克兰默这话，就像他还有另外一两个妻子。"格蕾特很害怕。而且厌倦了躲躲藏藏。我当初把她带到英格兰时，曾向她保证国王会改变观点，我们将可以像所有夫妻那样自由地生活。但就目前来看……"

他的声音越来越小。我们生活在借来的时间和狭小的房间，总是收好行囊，总是竖起耳朵；我们不敢睡沉，有时几乎彻夜不眠。

他对克兰默说："那现在怎么办？在这之后？国王既然可以烧死这个

人，那也可以烧死我们。我该怎么办？”

“尽可能地坚持你的原则。为了福音，我也会这样。”

“既然我们救不了约翰·兰伯特，我们的原则又有何用？”

“我们当初没能救约翰·弗里斯。但是看看自从弗里斯被烧死之后我们已经做成的一切。我们没能救廷德尔，但救了他的书。”

的确。死人还在工作。他们的事业并未失败。他们在继续努力，只是因为浓烟所隔，我们看不见而已。

克兰默离开后，仆人们给他拿来蜡烛和酒，并关上他的房门。他们压低声音，放轻脚步——就像穿着毛毡便鞋一般。他重新拿出一张纸，开始写信。致我最为亲爱的朋友托马斯·怀亚特先生、爵士、国王派驻帝国之大使。

他写道，国王陛下、王子殿下、他的女儿们、他的枢密院的其他成员，都十分愉快，一切顺利……

他想，年轻时，我需要全力以赴。怜悯是我有朝一日也许能支付得起的一种奢侈，就像上好的白面包或一本书；像我头顶的牢固屋顶，琥珀色或蓝色玻璃的光，我手指上的戒指；像一厄尔①珠灰色锦缎，一把鲁特琴，一炉旺火：像一只点燃这炉火的安全的手。

本月十六日……

奥利金说，神为每个人准备了一幅卷轴，卷起来藏在心里。上帝用羽毛笔、芦苇和骨头在上面写字。

……国王陛下，出于对祭坛之圣餐的虔敬……

他很想加上：我们的君主一袭白衣。从头到脚闪闪发亮。像一面镜子。像一束光。他写道，我希望欧洲的君王们能够看到和听到此事，以了解为了让那个可怜而痛苦的人洗心革面，他费了多大心血……

他的手在纸上移动，墨水渗入纤维之中。火光动了动，一朵蜡烛的火苗轻轻摇曳。他想起与格利高里一起骑马穿过白垩山丘，头顶是银色的天空：没有影子的光，犹如创世之初的光。

他写道，那些君王如果今天跟我在一起，就会见识亨利的学识并由衷赞叹。他们会目睹他的明断和策略，他们会将他视为——他把笔从页面上

① 旧时量布的长度单位，相当于45英寸或约115厘米。

抬起片刻——基督教世界所有其他国王和王子的镜与光。

在他的文件中，还保存着真心汤姆所写的一节诗。全诗已经不知所踪，但他对它熟记于心。

但既然我的幻想引领着她
引领我的友谊避开亮光
让我在黑暗中来回踟蹰
却能看到其他朋友走在前方……

就算最蹩脚的诗人，偶尔也能撞上一两个佳词妙句。当人影从光明走向黑暗再回到光明时，你能看到那闪烁的光。他环视房间。土耳其地毯柔和的色彩。小山羊皮和小牛皮封面的书籍。还有银盘子，向他照出了他自己：基督教世界所有顾问官的镜与光。

他放下笔，心里想，这样写还不够，明天我要填补空白；也许不行，明天塔里需要我。他太过疲惫，太过震撼，太过恐惧和悲伤，无法描述审判兰伯特的任何细节，更不用说他的最后一天。他写道，我相信你的一些有闲暇的朋友会给你写信，告诉你整场辩论的经过……

随他们去吧。他闭上眼睛。上帝看到了什么？五十四岁的克伦威尔，位高权重，神态庄严，身穿华服吗？抑或只是一抹微光，一个幻象，鞋底下的一点火星，海洋里的一口唾沫，沙漠中的一根羽毛，一根干草，一个幻影，草堆里的一枚针？如果亨利是镜子，他就是一个黯淡的演员，发不出自己的光，而只是在反射的光中转来转去。光一移动，他就消失。

他想，在意大利时，我曾看到每一面墙上都画着圣母，看到每一幅壁画中都画有基督浸透鲜血的衣袍。我看到从树枝上蜿蜒而来的诱惑者，以及亚当受到诱惑时的面孔。我看到那条蛇是个女人，她的脸庞周围是银色的卷发；我看到她环着绿色的树枝蠕动，看到树枝在她的盘绕下摇摆。我看到天堂为基督受难而悲痛，天使们一边飞翔一边哭泣。我看到加害者们像敏捷的舞者一般朝圣斯蒂芬投掷石块，看到殉道者等待死亡时的厌倦面孔。我看到一个死去的孩子被铸成铜像，立于自己的遗体之上。所有那些画像，那些形象，我都铭记于心，当成某种预言或征兆。但我认识一些男人和女人，都比我更优秀，更接近恩典，他们对十字架的每一块碎片苦思冥想，直到忘记自己是谁以及是怎样的人，并看到救主的血渗进木材的纤维。直到他们相信自己不会再堕入不幸和罪恶，或受制于异国他乡的无谓牺牲。直到他们明白基督的十字架是生命之树，真理在他们的心中迸发，于是他们得救。

他吸干纸上的墨迹，放下笔。我相信，但信得还不够。我曾经对兰伯特说，我会为你祈祷，但到头来我只为自己祈祷，祈祷我不要承受同样的死刑。

3. 世袭

1538 年 12 月

他的登记计划受到歪曲。人们说，记录洗礼会使国王得以对我们从一出生就开始征税。记录婚礼则使他可以对每一位新郎新娘征税。一旦得知葬礼，克伦威尔的专员们就会跑来抢走盖在死人眼皮上的铜钱。

他们说，克伦威尔在筹划偷走我们的柴火、鸡和汤匙。他打算没收我们的磨盘，对各种锅征税，给屋梁称重，改面包师的秤，确定于他有利的液体计量方法。他们说，那人就像黄鼠狼，每天的食量很大。你不会看到他的到来，他把身体缩得很小，可以从结婚戒指中钻过。他整夜都不闭眼。他以跳舞来迷惑猎物，然后吮吸它们的脑髓。他在被征服者的巢穴里做窝，用它们的毛皮做铺垫。

查普伊斯大使求见。他很焦虑不安。“托马斯，你知道罗马那边在怎么传吗？他们说，你打破贝克特的圣坛时，拿走了他的遗骨，用大炮把它们射了出去。这肯定不可能是真的吧？”

“大使，如果我早想到这个主意……”

查普伊斯说：“算你幸运，你侍奉的不是那位令人谋杀贝克特的亨利国王。史书上说，他发起怒来会在地上打滚，并像疯狗一样口吐白沫。”

在朗伯斯宫的外墙上，曾经矗立着一尊贝克特的雕像，俯瞰着河面。克兰默现在已经把它拆掉，那地方变得空空如也。他的船夫说：“我从小就一直在向那个无赖致敬。”

“那么你该停止了，巴斯廷斯。”

“在我之前我父亲也是那样。在他之前他父亲也是那样。我想我会积习难改。”

巴斯廷斯朝一侧船外吐了口唾沫。小时候在帕特尼时，他曾经以为船夫们吐唾沫是为了图吉利。但约翰叔叔告诉他，他们这样做是为了提醒神灵，那些神灵透过波涛看着船底，确保船不会突然漏水。

十四岁时，他成天想着大河。每逢下雨，他就想，很好，会有更多的水，将我带向大海。

眼下泰晤士河河水暴涨，这种天气会把圣奥拉夫教堂墓地的尸体冲出来，随泛着泡沫的波浪漂浮。安全到家后，他打开那个装有他亡妻的祈祷书的盒子。他找到贝克特的画像，将它从页面上刮掉。他用一把薄刃小刀，刮得非常细致。他翻动书页，浏览每一幅图片。他看到马利亚死了，被众人抬着行进，而犹太人冲出来猛摇棺材，还把哀悼者的玫瑰花环踩在脚下。他看到基督被绑在柱上遭人鞭笞，他白鱼似的身体在鞭子下扭动。

奥斯丁弗莱的保险库和地窖里装满了圣物。有一沓由圣母马利亚整齐地缝好边的手帕，有一截犹大用来上吊自尽的绳子。马利亚们一次五六个地成批出现在前往受死的途中，有些将被执行火刑，有些会被砍头；卡弗沙姆的圣母碰了碰巴克斯顿的圣安，圣莫德温在她们的随从队伍里窃笑。这让他想起安妮·博林垮台前的日子，女侍们凑在一起，转动着涂过眼影的眼睛，抹过唇膏的嘴唇吐出危险的念头。在一个盒子里，有一片两英寸长的青灰色软骨，是以色列大祭司的仆人马尔丘斯的耳朵，在救主被捕时被圣彼得砍了下来。贝克特的骸骨躺在普通的盒子里。只需要一个聪明的外科医生——甚至可能不需要——就可以告诉你，那到底是殉道者还是动物的骨头。

*　*　*

玛格丽特·波尔的亲属们在塔里接受审问期间，她自己仍然被软禁在费兹威廉府。当费兹威廉离家出门时，他妻子梅布尔请求把她带上。她不愿独自处于金雀花的冷眼之下。

通过对玛格丽特位于沃尔布灵顿的城堡的彻底搜查，找到了一些她可能但愿早已烧毁的文件。

“我相信，”卡斯蒂永高兴地说，“你只要需要，就会找到更多。”

查普伊斯说：“即使是审判之后找到证据，克伦穆尔也很开心。”

“玛格丽特·波尔并未受审。”他毫无表情地说。

她是一家之主。是她带有金雀花血统。她再也不会被释放，但时间会关照她；他不愿对大使们解释国王为什么选择刽子手来除掉一个老太太。杰弗里的妻子康斯坦茨不会受到指控。他没有对托马斯·莫尔的家人和斯托克斯利主教进行起诉——暂时没有。网撒得很开，但其边缘薄如蛛网。

里奇说：“我们没有实质性的东西来证明他们犯有谋逆罪。没有行动。只有话语。但我们以前这样做过，依法做过。”

我们的谋逆法很宽泛，包含话语和不良意图。我们据此让莫尔自取灭亡，让博林兄妹自取灭亡。扑向刀口的人是受害者吗？如果你搬起石头砸自己的脚，那算无辜吗？

“谢谢你的信心，里奇。”他说。但像往常一样，他得确保国王不做让自己后悔的事情。

亨利说：“过去七年来，蒙塔古勋爵和埃克塞特勋爵一直跟我作对。他们把我女儿玛丽引入他们的歧途。只是通过你克伦威尔大人——”他朝他点点头，“——的努力，才保障了她的安全。”

他等待着，让国王在心里做一次审判。最后他说：“杰弗里·波尔呢，先生？如果不是杰弗里的帮助，我们在法庭上就拿不出多少证据。”

“我想，宽恕吧。暂时留着他。”

他记了下来。审判的结果已经毫无疑问。“陛下愿意在死亡方式上赐予他们恩典吗？”

“贵族的血脉，”亨利说，“我不能送他们上泰伯恩刑场，虽然上帝知道——弗朗索瓦会有这么仁慈吗？皇帝会像我一样承受被人嘲笑吗？因为他们的确嘲笑过我，嘲笑我的伤腿。说它会要我的命。而如果没有，他们就会加速自然的进程。我问自己，我儿子爱德华受洗那天，他们会把他怎么样？格特鲁德·科特尼把他抱在怀里。她把他贴在胸前。她满腹恶意，又怎能那样？上帝知道她早就该死。”

“不，先生，”他坚定地说，“我们会放过那些女人。单凭她们自己，构不成任何威胁。格特鲁德可以住在塔里，在她儿子旁边的一个房间里。他年纪还小。亨利·波尔也还不到十岁。”

“他们将彼此相伴，”亨利说，“他们可以在花园里散步，可以有靶子练习射箭。谁知道呢？也许有朝一日，他们可以得到释放。虽然我希望我儿子的心肠不要这么软，对叛徒几十年如一日地关心和爱护。事实上，我希望我的继承人们都不要像我这么心慈手软。”

被囚禁的孩子们需要偶尔在证人们面前亮相，以免有人说他们已经失踪，就像爱德华国王的继承人一样。至于那两位年幼的王子，则是被世袭所害。尽管他（托马斯·克伦威尔）并不反对世袭。他的孙子亨利的名字已经开始出现在产权证书上了，而那孩子还尚未出牙。

十二月初，命令传进塔里：将囚犯提堂候审。埃克塞特侯爵亨利·科特尼被判处死刑，蒙塔古勋爵也一样，在一个狂风暴雨的日子里，被送上塔丘的断头台。

杰弗里·波尔将在春天之前被释放。他得到国王的饶恕，但无法饶恕自己。圣诞节后的第四天，他试图再次自杀，这次是通过吃垫子。羽毛没能噎死他。

像往常一样，国王前往格林威治度圣诞节。教皇的绝罚令现在将由雷金纳德·波尔带到欧洲各地，对一个注定要下地狱的人而言，亨利的宫廷还是快快乐乐。我们的特使赖奥斯利先生从布鲁塞尔来信说，他见到了克里斯蒂娜。他从未想过会喜欢一个跟自己一样高的女人，但他确实喜欢她，也知道国王不会反对娶一位高挑的新娘。当克里斯蒂娜微笑时，她的双颊和下巴就会现出酒窝。他觉得只要有理由，她会笑得更多。当他问她是否愿意成为英格兰王后时，她说，唉，这不由她决定。

亨利炫耀她的画像，所有人看了都微笑。“她看起来很和善，”国王向往地说，“如果她不像简那么白怎么办？简像斯塔福德郡的雪花石膏一样白。”

但丁告诉我们，所有的亡灵都得渡过冥河。他们聚集在河岸上，等待轮到自己——性情温和、毫无防卫能力的亡灵，在微弱的光中渡过。

1538年的最后一天，尼古拉斯·卡鲁——国王的御马官，老砍路，比武场上的英雄——被捕。格特鲁德·科特尼所拥有的一沓信件表明，他不仅怂恿那些阴谋者，多年来还不断辜负国王的信任，随意透露寝宫内的言行。

亨利伤心地说："红衣主教总是提醒我要提防卡鲁。我没有听。我应该听顾问们的意见，对吧？"

他觉得自己不便置评。

"卡鲁总是支持我妻子。我是说凯瑟琳。后来又支持我女儿，帮她伸张权利。"亨利若有所思，"卡鲁的妻子仍然是个风姿绰约的女人。"

他几乎失手扔下文件。他想象自己艰难地说：陛下，我知道你年轻时跟伊丽莎·布莱恩有一腿，但你不能前脚下令处死一个男人，后脚就娶他的遗孀。大卫王把乌利亚派到前线去送死，然后才让拔示巴怀孕，并生下一个即将夭折的孩子。

他想，得有其他的人来告诉他。奥德利勋爵。费兹。我已经说得太多，总是阻止他干那些会伤害到他的事情，总是像保姆一样把他的手拍开。

国王说："我给卡鲁夫人送过一些钻石。还有珍珠。我从未见她戴过。我猜尼古拉斯把它们锁进了自己的金库。"

他说："他的金库现在会被清空。它们会返回锦衣库。如陛下恩准，我会派科尼利厄斯大人去列一个专门的清单。"

"好吧，准了。"亨利看向远处，"你知道，这些人——卡鲁，埃克塞特勋爵——都是我年轻时的朋友。"

他鞠了一躬，等待着，然后准备退出。圆桌骑士的终结，他想。亨利说："雷金纳德称我为人类的公敌。"

小马修来找他："大人，有个老太太用笼子送来了一只夜莺。我给了她一马克。"

克里斯托弗说："就为一只唱歌的鸟，你就给她一马克？你这个蠢乡巴佬。大人应该把你送回威尔特郡。我想这是因为你习惯了在狼厅的各种消遣。"

尼古拉斯·卡鲁被关了起来，直到情人节再起诉。国王再也没有提起他的名字。

优雅绅士今何在，
当年我们曾相伴，

欢歌笑语多美好，
娱乐畅谈喜开怀。

这些能歌善舞的人啊，他们的言行虚伪透顶；当我们的国王去打猎时，他们交头接耳地议论："都铎何时会摔断脖子？"

狱卒马丁告诉他，卡鲁已经开始阅读福音。他悔恨自己过去的生活，希望改过自新。"先生，你不帮帮他吗？既然他已经归向我们了？"

在兰伯特被烧死之前，他会反对审判一位福音派同道，认为自己有义务阻止，知道自己必须竭尽全力，否则良心不得安宁。但现在他再也不会那样了。

据说红衣主教在掌权时期，曾经有一尊国王的蜡像，并对它讲话，让它服从于他的意愿。而他则在自己想象的一角，保存着一尊亨利的蜡像，涂有鲜艳的色彩，穿着镀金的鞋子。他与它共处，但不对它讲话。他担心它会回应。

第五部

1. 升天节

1539 年春—夏

“简称想要一张国王的画像，”雷夫说，“我们得让下一趟船带去。他需要拿给克里斯蒂娜看。”

简称清楚自己的使命吗？在一个年轻姑娘的幻想与一个不再年富力强的男人之间拉开差距，似乎是冒险之举。但话说回来，她肯定听那些以摧毁她的梦想为乐的人谈起过亨利。

他与雷夫坐下来翻看着一沓画像。有时，一个孩子从国王的眼睛后面出现：一个机警的小男孩，希望全世界的人都逗他高兴。亨利有一百多面镜子，如果它们有记忆，我们就可以把国王在克里斯蒂娜这种年龄时——拥有飘逸的鬈发，宽阔的肩膀，缎子般光滑的皮肤——照过的镜子送去。

亨利骑马去沃尔瑟姆看他的小王子。爱德华的四肢结实有力。他没有受到任何邪魔妖术的残害。他从他母亲身上继承了白皙的肤色，从他父亲身上继承了害羞的蓝眼睛和尖下巴。他的外套是黄褐和深红色，冬装的内衬是白貂皮，用黑貂皮饰边。他在使劲摇晃老埃塞克斯伯爵送给他的圣诞礼物——一只带有铃铛的拨浪鼓。埃塞克斯伯爵已经完全聋了。

赖奥斯利的每一封信都向我们保证，是的，他清楚自己的使命。他去克里斯蒂娜的房间见她，房间里挂着锦缎和黑丝绒，一派安静的气氛：我们英俊的特使对她轻言细语，循循善诱。他告诉她，国王天性仁慈，自在位以来，很少有人听他说过生气的话。

克里斯蒂娜的脸红了，看上去就像有人挠了她一下，简称说。

陛下，他建议道，娶她吧，不管任何条件；这是最佳选择。

但令简称懊恼的是，布鲁塞尔的大臣们不了解他的血统。他们以为只要是克伦威尔的下属，就肯定出身低下。他向他们保证，他很骄傲能够跟在掌玺大臣的身后，帮他拿笔、墨水和纸张。他说自己不介意他们的中伤。

雷夫说："他其实很介意。"简称总是很敏感，动不动就生气，很容易慌张，并为出身好而自豪。但他新的一年开局顺利，因为他找到了他们梦寐以求的大间谍哈里·菲利普斯。

这是如何发生的呢？菲利普斯主动走进了我们的大使馆投案自首。他恳求亨利饶恕他对英格兰和英国人已经做过或者似乎在做的一切。现在他准备老实交代自己的生活，并可以带我们直接找到大叛贼波尔。然后——赖奥斯利相信——可以审问和转化菲利普斯，并把他派回欧洲为我们效力，将国王的敌人逐渐吸引到他身边，再交到处决者手里。

简称的信在威斯敏斯特刚刚读完，他就不得不又追一封。虽然受到看管，哈里·菲利普斯还是在夜间潜逃，并拿走了我们英国代表团的一袋子钱。

简称徒劳地花了四个月的时间站在前厅承受羞辱，现在又遭到一个骗子的耍弄。他羞愧难当，万分焦虑，不知道国王和顾问官们是否会责备他。当然，他应该担责。但他的特使同仁们帮他写信回国：看在上帝的分上，安慰安慰他吧，克伦威尔大人——如果你不安抚他一下，他会病倒的。赖奥斯利先生那么想取悦你，比儿子对父亲都要迫切。

雷夫说，这对他也许会是个教训，不要以为全欧洲就数他睿智超凡，让他明白他可能跟我们所有人一样愚蠢。

这是一个寒冷的冬天。洪水的势头刚刚减弱，第一场雪就铺天盖地。在温暖的托莱多，皇帝和法兰西国王批准了他们的协定。他们说，在自己有生之年要让此协定一直持续下去，双方还发誓，如果没有对方的支持，就决不与英格兰签订婚姻、军事等方面的任何协议。当然，也不会有协议。谁会跟一位受到绝罚的国王打交道呢？就算他在挨饿，也不会有基督徒给他面包，更不用说给他一位妻子了。

亨利的子民现在已经无需服从他。教皇提醒信徒，对宗派分子和分裂主义者而言，普通的规定不再适用。你可以撕毁与他们所签的契约，夺走他们的财物。在国外的所有英国人，不管是学生、商人还是大使，都有被捕的危险。诚然，并没有正式宣战，但感觉就像战争。苏格兰国王在蠢蠢欲动；他觉得法兰西如果入侵，就会瓜分王国，就算不全部给他，也会让他得到北方。

我们国王身边的人视荣誉如生命，都武艺高强，作战勇猛。他们的斗志没有因为击败北方叛军或平息边境争端而松懈。诺福克称战争为事情。他说：“如果我们跟法国人有事情，”或者“万一与查理之间有事情……”教堂的钟现在已被铸成大炮，犁铧打成了剑，基督的十字架变成棍棒，可以把敌人的脑袋打开花。白厅的墨水是边境地区的鲜血，法庭的辩论是街头的刺杀。僧侣温和的祝福变成诅咒，大臣们的轻笑变成不安的缄默。大家都在互相监视，留心谋逆的迹象，动摇的迹象。你早晨迎接世界时一定要凶狠，否则到了夜晚就会被人干掉。

我们英格兰没有维持常备军的习惯。用教会过去的收入，我们本可以招募一支军队。但像所有的君主那样，亨利会希望用那笔钱来发动海外战争，而国务大臣说，我绝不会允许这种事情。为了防卫，我们可以迅速动员。现款可以给轮子上油。每个地区都任命了最优秀的人来制作官兵名册，修建灯塔，招募炮手，指挥大炮。国王问，我们在克里维斯的朋友们能否派一百名精锐炮手过来？

国王的船停在泰晤士河上，有耶稣号、施洗约翰号、彼得号、宠物号、樱草号、赛马号、里昂号、三一号、瓦伦丁号以及玛丽·罗斯号和玛丽·博林号。国王的桌上铺着图表和平面图。他画了要塞和碉堡，而他（克伦威尔）则派出测量员，去绘制海岸线地图。所有的地图都将呈送国王。他梦想将它们在威斯敏斯特大厅展开，呈现这些岛屿的布局。

向世界传递的信息是：我们既能抵御突然的入侵，也能维持长期的战争。他（克伦威尔）致信欧洲各国，解释最近为何要处死那些人。所有的君王都会明白，死者是约克王朝的后代；亨利在确保自己一系的安全。不出一年，我们的国家就会成为一个巨大的堡垒，在海上航线练习炮击——与其说是一个王国，不如说是一座城堡。

一座城堡是一个小世界。里面的所有人必须同心协力。如果它沦陷，那是因为从内部被攻破。北方是国王的令状执行最弱的地区，诺福克公爵骑马前去平息骚乱：一个脾气暴躁的老人，在大冬天里启程。“不要太赶。”他（克伦威尔勋爵）说。

“我别无选择，对吧？”诺福克抢白道，但接着又转过身来，有所缓和地说：“你瞧，给我写信时，你不用称我‘阁下’。依你如今的身份，这样似乎不合适。”

他鞠了一躬。诺福克也许得到了国王的提示？“我万分谦卑地感谢大人的屈尊。”

但他在心里说，我不会开始称你汤姆。只要看到公爵佩带刀剑，他就会想象自己被刺中：“抱歉，克伦威尔勋爵，这是你的心脏吧？”

国王说：“问一下德意志王公们，如果我们突然受到攻击，他们会如何帮助我们。请他们派些工程师来。如果他们一定要派更多的学者，我们当然也会接受，但我们需要的是能打仗的人。”

当然，你可以雇用士兵。国王的父亲曾经雇用过一支军队，把驼背推下了王位。只要你付钱或用战利品犒劳他们，他们就会战斗，但如果听不到钱币的叮当声，他们会寸步不动。他(克伦威尔)在德意志和意大利部署了侦察人员。他对爱尔兰或苏格兰那些成不了气候的乌合之众不感兴趣，而只关注把战争当科学的国家里那些久经沙场的军官。

这个冬天，枢密院每天都开会。会议由国王主持，除非他亲自前去视察港口。形势的紧迫又让他有了精神，有了活力。“各位大人，我厌倦了读长信。你们得代我消化。除非是我的国王兄弟们的来信，那样我就会好好读完。”

苏格兰国王来信致意，并请求送他一头狮子。狮子！“这家伙太鲁莽了！”顾问官们叫道，“太放肆了！”

“我想，我有很多狮子，”国王温和地说，“关在塔中的笼子里。我不会拒绝让他开心。克伦威尔大人，此事你来处理好吗？”

有人笑出声来，又强行忍住。国王总是说，任何稀奇古怪的任务都是克伦威尔的差事。也的确一贯如此。

国王的枢密院现在规模较小，精简成为一个有效的机构，所以不再有人滥竽充数。但每一名成员都有坚定的意愿和强烈关注的利益。国王恳请他的顾问们团结一心。但亨利自己没有主见：他一会儿完全偏向这一边，一会儿又完全偏向另一边，需要一个强有力的人才能稳住他。情绪急躁的顾问官们难以招架。我们都已经看到加迪纳像一条比目鱼似的撇着嘴，突起下唇，当着国王的面愤然离去。

国王的脾气根本不是秘密。占星家们说，是月亮落在白羊座才使他性情火爆，咄咄逼人，但其实关键是他的腿的状态。有时会很痛，有时会稍好，但没有哪一天丝毫不痛。正如国王的医生们所言，伟人们的生活受到公众的关注，他们的病痛则往往被人忽略。他们继承王位，但还有很多其他的东西。皇帝说话时，话语会在他突出的大下巴里像石子一般咔嗒作响。弗朗索瓦在为自己的罪付出代价：他因为水银疗法而掉了很多颗牙齿，以至于表达愿望就像吐痰，而他的下体则严重溃烂，就连最下等的妓女都会感到恶心。

他自己也对弗朗索瓦感到恶心。他在巴黎的新《圣经》遭到没收，印刷商们被警告避而远之。他以为自己已经收买够多的人，以不让宗教裁判官靠近。也许他们现在指望他为铅字支付赎金？他也许会，因为他已经支付了太多的钱。他召见卡斯蒂永大使，问弗朗索瓦能否帮个忙，交还那些尚未装订的书页。也许有朝一日轮到弗朗索瓦求人帮忙呢？

卡斯蒂永写信回国，请求将他召回。他担心一旦开战，亨利和克伦威尔会杀掉他。他用的措辞是“国王和他的大臣”——仿佛英格兰只有一位大臣。

与此同时，身为国王的代理，他着手在格雷弗莱尔开设自己的印刷厂，这样他就可以进去查看每天的进展。也许更慢，但是会更安全。他对雷夫说，如果碰上倒霉的一周，你毕生的心血就可能付之东流。

圣烛节前后，他来觐见国王时，发现他坐在暮光中看书；亨利抬起头，略带迷惑地望着他，仿佛以前从未见过他。接着，国王似乎回过神来，说：“你看起来很冷，托马斯，过来烤烤火吧。我刚才在想，有时我们应该一起祈祷。你是怎么祈祷的，大人？是从主祷文开始，还是重复一首赞美诗，还是用你自己所想的话来祈祷？”

他仔细端详着国王，发现这个问题不是圈套。他说：“我赞美上帝为我们掌舵，不会有暴风雨使我们的船沉没。”

国王允许一位待在海外的名叫约翰·米塞尔顿的炼金术士回到英格兰。他可以从事自己的手艺，只要不捣鼓黑魔法就行。他提醒国王道：“这些人迟早会智尽技穷，然后就会转向巫术。”

我也是，他想。我日复一日地坐在桌子旁，等待红衣主教在我耳边口授机宜。

二月底之前，我们陷入了危机。但李尔勋爵似乎并不知情。约翰·赫西风尘仆仆地越海而来，走进他的候见室。“赫西，”他说，“自从爱德华·西摩去过加来之后，我就开始了解你的主人是多么不称职了。”

“你知道他身体不好。”赫西尴尬地说。

“病到该换人的地步了吗？”

“不，不，请不要……”赫西说。

他很同情对方。“我会派我的外甥理查德去协助他。”

“恕我冒昧，”赫西说，“爱德华勋爵，理查德大人——会被认为是福音派——”

“李尔勋爵对此会反对吗？”

如果战争爆发敌人来犯，加来将首当其冲。他想，我会亲自上阵挂帅。但我不想发现在我离开期间，国王因为惊慌而将诺福克从边境召回，或者让比目鱼取代我在枢密院会议桌上的位置。

法兰西和皇帝宣布要撤回各自的大使。查普伊斯私下来见他，显得坐立不安。“我请求你，不要将此视作战争行为。皇帝之所以召回我，只是因为我了解贵国的礼仪，可以给克里斯蒂娜公爵夫人提供建议——关于她来英格兰加冕时该如何表现自己。”

当他（克伦威尔勋爵）把这些话转达给顾问官们时，大家哄堂大笑。只有简称——也许还有国王——仍然相信克里斯蒂娜将嫁至英格兰。在官方层面，谈判的大门仍然敞开。但皇帝施加了一些条件，使联姻已经不再可能。公爵夫人的仆人最近拜访赖奥斯利时，总是借着黄昏的掩护一闪而进。

他说：“皇帝要查普伊斯回去，是想让他汇报我们的战备情况。但我们在放走大使之前，应该确保赖奥斯利安全回国。”

“人质！”大法官说，“哦，圣母马利亚！那在西班牙的怀亚特呢？听说宗教裁判官在盯着他不放。”

他的口袋里就有怀亚特的信。我们的大使写道，*我被逼到了墙角。我撑不过三月。*

他回到家里。他的腿很痛，手下的人做了一只专门给他搁腿的凳子。“老朽了。”他对外甥理查德说。

他在脑海中想象着自己，似乎看到牛皮纸上的一幅小画：《晚年时期的克伦威尔勋爵》。铺有佛兰芒瓷砖的地板，蓝金两色的棋盘；红色的丝绒长袍，裹着一个驼背的病患。理查德从椅子上探过身来，一只手放在他的肩上。“就算您不再年轻又怎样？如果我到您这个年纪身体还这么好，我会感到庆幸。”

克里斯托弗说：“跟国王比一比吧！还有海军大臣，自圣诞节以来一直在病。还有诺福克，干瘪得像一根干菜豆。”

理查德说：“克里斯托弗，对长者要尊重。”

克里斯托弗说：“我为简称担心。万一他们杀了他怎么办？或者把他扔进很深的地牢呢？”

他也想过这个问题。他们可能把那孩子关在维尔沃德，廷德尔当初就关在那儿。理查德·克伦威尔说，“您曾经有一张那座要塞的地图。我们要不要派一队人去把他劫出来？”

他们对视了一眼，又移开目光。也许不要。

他一瘸一拐地走进塔里，在一个宽敞舒适的房间，炉子里生着一堆微弱的火，他与科特尼的遗孀格特鲁德交谈。虽然丈夫刚刚被砍头，但她神态镇静：没有流泪，而是在吃盘子里的杏仁。“你显然是用祈祷来支撑自己吧？”他说，“你不可能感到意外。你了解埃克塞特大人反对国王的所有言行。你是他小圈子的成员。”

“一个女人有自己的灵魂要拯救，”她说，“她丈夫不会为她代劳。”

“你知道叛贼波尔眼下在西班牙吗？”

她递给他一颗杏仁。“我怎么会知道？”

“他在皇帝那儿，敦促入侵他的祖国。然后他会重返法兰西，再度上演这一套。他就这样四处游说，深陷谋逆的泥潭。”

她的视线越过他的肩膀，仿佛墙壁更有趣。

“我们驻西班牙的大使请求回国，但他们说，‘再待一段时间，怀亚特先生。’宗教裁判官已经开始对他提起诉讼。你不会愿意处于怀亚特的境地。”

“我干吗要愿意？我又不是异教徒。”

“嫌疑人一旦被羁押，就无法应诉，因为他无从知晓自己的罪名，也不会得知是谁告发。他备受折磨——好吧，夫人，我不想玷污你的耳朵。

在卡斯蒂利亚，大家现在都人心惶惶。”

她说：“对宗教法庭他们没什么好惶恐的。只要他们遵规守矩和做弥撒。”

“他们怕自己的邻居。老对手们都想整垮对方。”

她上下打量着他，只见国王的顾问官亲切友好，神态轻松。她没有看到另外那个被他铐在墙边的人——对那个人而言，忘却是一件艰难的事情，他会梦见土牢、黑洞和地下密牢。那种人晚上常常被突如其来的恐惧所惊醒；害怕时，他们反而大笑。

“大人，”她说，“贝丝·达雷尔在哪儿？”

从语气来看，她并不知道贝丝的证据是毁掉她家的原因之一。他说：“她在一个更快乐的地方。”

她的手猛地伸向自己的喉部。“上帝饶恕你——你不会杀了她吧？”

“你以为我是禽兽吗？”

他很想看看她如何回答。她说：“我不明白我自己为什么还活着。他们说你不喜欢杀女人，但你杀了安妮·博林。”

“我想，你不会为此而跟我争吵吧？”

“如果你是想做交易——如果你考虑的是用我来交换怀亚特先生——恐怕皇帝不会……”

“也许用你和玛格丽特·波尔两个人？”他说，“你说得对，夫人。你在天平上的分量有限。你儿子更有用处。”

她抬起头。“请不要把他从我身边夺走。”

“当皇帝做出涉及英格兰的决策时，我们希望他会考虑你们母子的安全。他说他始终关心英格兰的古老血脉。”

她说：“圣女——你记得吗？你至今还在怪罪我，因为我跟她打过交道。我当时发过誓，现在还会发誓，我并无恶意。”

她哭了起来。他递给她一条手帕。“你知道我失去过几个年幼的孩子。我丈夫常常怪我，他说：‘孩子们如此脆弱，世道如此残酷，一个儿子不够。’而她——圣女——说，她会向圣母祈求。她说她的祈祷能被听见。”

他回想起鲍顿在一个广场的绞刑台上，那乡下姑娘的大脸被风吹得通红，旁边有一群市民在围观。他回想起托马斯·莫尔在他身旁，身体缩在斗篷里，搓着皴裂发青的双手，那肯定是一个像今年这样的冬天。他温和地说："嗯，事实并非如此，对吧？但谢谢你告诉我这些。国王也许会改变对你的看法。为母之心。他会理解的。"

她擤了擤鼻子。他说："如果你还有别的什么要告诉我，我想，坦白出来会让你心里更轻松。比如关于托马斯·莫尔。或者费希尔主教。"

"为什么？他们已经死了。"

"罗马人谈论他们时，仿佛他们刚刚离开房间。"

他们一起喝了杯酒，用的是银杯，以符合他们的身份。他礼貌地告辞。一名警卫扶着他的胳膊，带他沿着盘旋楼梯走至底层，只见一位爱尔兰僧侣坐在稻草上。这名囚犯曾出海去给皇帝送信，眼下正在等待炼狱痛苦的来临。如果敌人入侵，国王的爱尔兰子民会打开后门放他们进来。

他问狱卒："他开口了吗？"

"他反复说自己只讲爱尔兰语。"

"送他去奥斯丁弗莱。我们有译员。"

他吸了一口气，拿着从囚犯的包里搜出来的信，走到那人面前。所幸他没有想到把它们扔进海里。

赖奥斯利如果在这儿，不出十分钟就会破解密码。怀亚特无疑会用时更短。但既然他们都在皇帝手里，更快的办法就是瓦解精神。

布鲁塞尔一声令下，英格兰的船只被扣留在低地的港口。但西班牙商人在纷纷离开伦敦，他知道恐慌在商人中传播很快；他们也许说不同的语言，但金钱是他们共通的语言。

国王说，如果他们扣留我的船，我就要扣留他们的；我会登上停泊在我们水域的任何西班牙船只。

他说，还有一种办法，不比陛下的更好，却是一种补充。他发布一项免除外籍居民税费的法令，让他们与英国人享受同等待遇。他相信，这会引导外籍人士坚持到这场港口风暴结束，而不是携家带小收拾财物去赶下一班船。

简称报告了一个传闻，说年轻的克里维斯公爵被罗马的间谍下了毒。赖奥斯利先生写道，看在上帝的分上，恳请我们的国王要小心，提防靠近他或在他身边的人。你也一样，先生，也要小心。

查普伊斯大使一瘸一拐。“你，我，你的国王，”他说，“人们会以为这是一个瘸子之国，托马斯。是气候的缘故。”

“布鲁塞尔的雨水也很多。”

尤斯塔西承认这一点。“我将无法骑行至多佛。我得安排一辆马车——”

“交给我来处理吧。还有你的行李。”

大使鞠躬致谢。他们坐下来用膳——大斋节的膳食。查普伊斯没什么胃口。英格兰从来不是一个受欢迎的派驻地：粗俗的语言，还有查普伊斯所说的天气。但对自己大使任期的结束，他想象的是有序的离开，并接受国王惯常的赠礼。“关于年轻的赖奥斯利，你听到了什么消息？”他问，“我极为真诚地写了信——托马斯，我对你实不相瞒——我对布鲁塞尔说，‘看在上帝的分上，不要虐待那个年轻人，因为英格兰国王和克伦穆尔大人都对他宠信有加。’我相信他们会听我的意见，你那个孩子会很快启程。”

目标是在大使的船入港时，简称踏进加来的城门。在某个时刻，他们会擦肩而过，虽然并不会看到彼此。“只要你不在晚上溜出去就行，”他对查普伊斯说，“我不想被迫在你的官邸外派兵看守。”

大使举起双手。“若有此意，我就不会坐在这儿。我只是不愿意选择在继任者到岗之前离开。太容易引发误解了。”

即将接替查普伊斯的是康布雷的教长，那是个好人，性格粗犷，言语直率。他可能会误解一切，肯定会误解国王。“我经常同情你，克伦穆尔，”查普伊斯说，“亨利是个很有天赋的人，只是反复多变，缺乏理性。但你至少能面对面地见到他。你能看到他对你所讲的话有何反应。而我跟我的主人遥遥相隔，我总是担心自己被误解。或者担心那些有幸在皇帝面前出现的人有意曲解我。你缺少老朋友。我是说，出自名门世家的朋友。我的出身不像你这么低微。但你知道我的状况——我是那个一直得寄钱回家的人。我有点运气，也已经竭尽全力，但到头来还是不由自主地觉得，我的职业生涯基本上跟你的一样，托马斯。”他叠起餐巾。“纯属偶然。”

克里斯托弗和马修进来清理餐盘。查普伊斯盯着马修。“小子，我不是在霍斯利见过你吗？”

“霍斯利，先生？”

“科特尼府，在萨里。我想你很清楚。”

“马修从狼厅来我这儿了。”他解释道。

“我更关心自那以后他去过哪儿。还有，一个侍者怎么会说法语，虽然乡下人的口音很重，我几乎听不懂。”

“他学得很快，”他平静地说，“不久我会把他送往加来，在那儿他可能有所改善。”

马修大惊之下，踩在克里斯托弗的脚上。“笨蛋，”克里斯托弗嘟囔着，“*Bon voyage*①。”

“你的意思是，你要把他送往加来，让他在那儿监视李尔勋爵。”查普伊斯叹了口气，“好吧，我得……”他在胸前划了十字，用拉丁语做了祷告，然后费力地站起身，拢了拢长袍，仿佛感觉到有风一般。

他(克伦威尔勋爵)伸出手去。“我相信你到达那边之后，不会抱怨我们对你招待不周吧?”

他想起尤斯塔西在他位于迦农布里的花园塔里的情景：那是个电闪雷鸣的傍晚，他们相互试探，一寸一寸地把玛丽小姐从悬崖边缘救了回来。他记得克里斯托弗手里拿着刀，蹲在塔底。

理查德·克伦威尔走了进来。“大使，你的人到了。”

查普伊斯犹豫着。“亲爱的朋友，不知道我何时会回来。万一我们不幸，再也不能……”

“哦，别胡说，”他说，“就算我们的腿脚不方便，尤斯塔西，我们的心脏还是很强大。”

他们相互拥抱。大使给府里的人赠送了礼物，然后离去。他坐到办公桌前。有一封卡鲁的遗孀伊丽莎的来信，请求他处理她的事务。他觉得应该感谢她。卡鲁之死为他自己的手下提供了升迁的机会。理查德回来时，他问：“外甥，你想不想进入寝宫？国王又要派雷夫去苏格兰，我需要关系最亲近的人在那儿。”

一名职员在门口探了探头。“没有赖奥斯利的消息。”

“今晚不会有了。”路上的任何信使都会被暴风雨赶到某个屋檐下。我们相信简称已经在途中。他在一家旅店：昏黄的蜡烛，冰冷的床，陌生人的面孔；帝国的卫兵守在门口。

---

① 法语，意为“一路平安”。

“我为查普伊斯感到难过，”他对理查德说，“冒着大雨出去。”

他觉得有人把一样东西系在他的心里。不是太沉：只是一枚小铅珠，能让他感觉到它的拽动。他重新处理起案头的文件。他在忙于建立一个新的议会，即西部议会，以管理布里斯托尔以西地区。他对沃尔西——爱好和平的红衣主教——说，相信我，阁下，我在考虑和平到来时该干些什么。我要为国王争取与德国人的联盟，还要争取一位新娘。

这肯定会把那个老鬼引诱出来吧？但红衣主教没有显出任何在听的迹象。他甚至没有问，克里维斯的威廉公爵怎么样了？如你的手下赖奥斯利所言，被教皇毒死了吗？

没有。他还活着，并且愿意商谈。

克里维斯-马克-尤利希-伯格公国坐落于莱茵河两岸。它的统治者威廉二十二岁，并因为他的母亲而对格尔德兰地区及海岸拥有申索权，他在坚持这种申索权，但皇帝对此予以驳斥。威廉公爵表现出很强的独立精神。他是改革者，但不是路德派。他的教会在自己的掌控之下。他守卫着欧洲的一些重要商道。

他(克伦威尔)与国王的顾问官们一起坐下来，将一些事实摆在他们面前。他向他们介绍明矾这种物质——没有它我们就无法染布。

在我们祖辈的时代，我们从土耳其人手里购买明矾，他们绝不会仅仅拿钱，还想要武器，从而用基督徒的钱将自己装备起来，再对基督徒开战。后来，六十年前，在罗马附近的托尔法发现了一座矿藏，储量非常丰富，据说直到最后审判日也用不完。梵蒂冈让美第奇家族负责经营，并创造了一桩新的重罪：无证进行明矾贸易。后来由大银行家阿戈斯蒂诺·奇吉垄断经营，你们该看看他在台伯河岸边所建的别墅。

现在教皇对我们实施了禁令。要保障我们的行业不垮，就需要货源，需要渠道。我们用明矾来鞣革，用它来制造玻璃，医生用它来疗伤。西班牙有一点储量，质量较低，而且反正也不会卖给异教徒。但克里维斯的统治者不仅有两个待嫁的姐妹，还储有这种宝物，品质最好的形如水晶，巨大透明的水晶，就像巨人的珠宝。

也许明矾不是恋爱婚姻的基础。但国王的顾问官们都同意：你说的有道理，克伦威尔勋爵。

那年轻的小姐们本身呢？她们血统高贵，是法兰西王室和我们自己的爱德华一世国王的后代。她们是好姑娘，她们的母亲会舍不得她们离开。诚然，我们去访的特使从未有机会看到她们。他们到过她们面前，但根据习俗，克里维斯的处女们都很羞怯，在见面过程中，姐妹俩一直蒙着面纱，端坐不语。

他到达寝宫时，医生们正准备出来，最前面的一位端着一壶尿，显出虔诚而满足的神情，仿佛找到了圣杯。

“进来吧，”国王说，“我这趟旅行累坏了，大人。”

国王的绣花睡衣上套着一件羊皮衬里短上衣，帽子上缀有一颗大尖晶石，紫色的宝石发出丝绒般柔和的光泽。他的胳膊旁摆着一个白盆，里面装着他的血。国王的目光瞥了一眼盆子，又转头看他，脸上带有歉意。亨利是个挑剔的人，可能不喜欢看到装血的盆子。但他(克伦威尔)却像屠夫一样淡定。

“先生，成立新议会的令状已经发出去了。我希望这将是一个容易掌控的议会。”

他从包里拿出文件和一个包裹。亨利的视线停留在包裹上。“你给我带什么来了？”

一部名为《国王的安慰》的作品，由一名顾问为萨克森选帝侯而作。亨利拿在手里翻阅着，说：“妻子将是一种安慰。”

“如果她带给我们好盟友的话，先生。”

国王开始看书，但他打断了他，“我在富格尔银行的朋友告诉我，查理正在筹钱。”

“招兵买马？”

“是的，但打算派往巴巴里。据说他自己不会离开西班牙。皇后怀有身孕，他很担心她。如陛下所知，她经常发烧。”

国王没有说话。他的思绪显然飘到了别处，飘到了女人坐月子的那些令人担忧的日子——凯瑟琳，安妮，简。最后他说：“你有没有听说威尔特郡伯爵死了？”

托马斯·博林。“上帝赦免他。我听说他像一位虔诚的基督徒那样死去。”他停顿片刻，“陛下会把他的爵位授予别的人吗？”

“嗯，他没有留下子嗣。”亨利哈哈大笑，把书合上，“乔治·博林已经被遗忘了。”

他想，我没有忘。我有时会梦见他，就像我在马丁塔最后看到他时的样子：泪如雨下，未戴戒指的手抖个不停。他说：“克里维斯同意把两位年轻小姐的画像送来。但他们的画师病了，所以可能会稍晚一点。从我听到的情况来看，他们让安娜小姐蒙着面纱毫不奇怪。据说她的美使克里斯蒂娜公爵夫人都黯然失色，就像金色的太阳使银色的月亮黯然失色一样。”

“淡定。”国王说，并笑了起来。

“我想如果我们派新的特使前往，小姐们会露出面容的。”

“我打算派卡尔内博士，还有尼古拉斯·沃顿。”

他很惊讶，没想到国王已经早有计划。那两个人都算不上他的朋友。亨利在观察他。“我很高兴，先生。他们不会偏袒。我们都可以相信他们的报告。”

他住了口，因为那个叫卡尔佩珀的年轻人竖着霍华德家的耳朵晃了进来。“请陛下原谅，”卡尔佩珀说，“是医生们派我来的，我可以把装血的盆子拿走吗？”

简·罗什福德在外面等他。“选后之事有进展吗？”她带着一个包，“这是给你的。我父亲送的。”

“一本书？”

“当然是一本书。除了书，我父亲还能送什么？”

“可能是鹿肉馅饼。我年纪越大，就越讨厌大斋节。”

他一边拿出礼物，一边瞥了瞥她的脸，她不满的嘴巴。她说：“我们想知道那两姐妹他会选哪一个。他不会打算两个都要吧？”

她等待着。他翻动书页。这是尼可罗·马基雅维利的著作，里面夹着莫利勋爵的一张纸条，建议他把书呈给国王；他说，通过在页边画一只手，他标出了最有趣的段落。

“怎么样？”她说。

“多年前，它还是手稿时我就读过。当然，我会写信向你父亲致谢。”

“我的‘怎么样’指的不是书，”她说，“而是公主们。他会选哪一位？据说一位是棕发，一位是金发。”

“我希望不要让我来做帕里斯的裁决①。”

“我的建议是选金发。”

他把书递给克里斯托弗。“他的口味可能变了。”

她看着他，仿佛他很天真。“我不认为金发会过时。顺便说一下，霍华德家送来了一个名叫凯瑟琳的小丫头，看我们能否让她成为新王后的侍女。她水灵灵、胖乎乎的，我怀疑还没满十五岁。”

“把她送走。”

“遵命。不过我觉得你如果对她抛个媚眼，给个苹果，就可以把她从诺福克舅舅那儿争取过来。我从没见过比她更单纯的姑娘，玫瑰花苞一般的小嘴微微张着，就像还在吃奶。我该怎么跟霍华德家的人说？”

“想办法推托。在我把婚约签好之前，确保她不要露面。”

“我听说克里维斯公爵已经要求看玛丽小姐的肖像。她该发挥作用了。而从我听到的情况来看，她能发挥的最大作用就是嫁给一个德国人。”

“我们不把公主的肖像送到国外。这不是我们的习俗。”

她歪着头。“你很会创造习俗。”

他鞠了一躬，仿佛她在恭维他。他只能这样，因为又不能干脆给她一耳光。他说：“威廉公爵的特使们知道玛丽的美德和品性。他们见过她。”

“但没见过她牙痛的时候。”罗奇福德开心地说。

他把莫利勋爵的礼物夹在胳膊下。尼可罗的书对国王毫无教益，但当他腿痛时，可以帮他打发一点时光。

当被问及是否愿意嫁往克里维斯时，玛丽说，她会遵从她父亲的旨意，但如果让她选择，她宁可待在自己的祖国，终身不嫁。这是一个得体的回答，令人无法挑剔。

---

① 典出希腊神话。珀琉斯和忒提斯在奥林匹斯山上举行盛大婚礼，许多神仙都应邀而来。嫉妒女神由于没有受邀而怀恨，便把一个金苹果扔在众女神中间，上面刻着“给最美丽的女神”。女神们都想得到金苹果，宙斯便请正在牧羊的特洛伊王子帕里斯来裁决。帕里斯最终把金苹果给了阿佛洛狄特，并在她的帮助下得到了海伦，由此引发了希腊人和特洛伊人之间旷日持久的战争。

他到家时，理查德·里奇正在等他。“理查德，”他说，“我将需要你帮忙筹备议会。我们要加班加点了。”

“这不是常态吗？”里奇像迎接挑战似的说，“我听说赖奥斯利将拥有汉普郡的席位？”

“我想，经过艰苦的驻外工作之后，他受之无愧。我每天都盼他回来。”

“很遗憾他的功劳有限，没有带回一位新娘。加迪纳主教是国王在汉普郡的人，有一位对手会让他不高兴的。”

他点点头：要的就是这样。

“而小格利高里将拥有——你觉得他准备好了吗？请原谅，但那些对你存心不良的人肯定会提出这一点。”

“这种工作任务重，耗时久。我觉得这不是适合老年人的职位。”

里奇递过来一些文件。“你看看好吗？这是关闭沙夫茨伯里修道院的津贴名单。你总是说，院长会战斗到底。但我们找到了一笔钱，买通了她。”

我们不应该吝啬，那是一座富有的修道院。他拿着一支干羽毛笔从名单上掠过，找到了要找的名字：多萝西娅·克兰希。“女士们对未来是否有了打算，你知道吗？”

“不关我们的事，先生。”但紧接着，里奇的语气柔和起来，“我对我们的沙夫茨伯里之行留下了美好的印象。我一直认为，大人，能在你身边待上一天是一种快乐，也是一种荣幸。我很喜欢看大人跟各种类型、各种环境的人打交道。我学到很多，获益匪浅。”

既快乐又获益。对理查德·里奇而言，还有什么更称心如意的呢？门猛地打开，克里斯托弗冲进房间。“看谁来了！”

“简称！”他张开双臂，从多佛风尘仆仆地回来的旅人扑进他的怀里。

“我们失去了你的音讯！”他拥抱着他，“查普伊斯从加来给我写信——我猜是说你已经在海上，但他的字迹都被海水打湿模糊了。”

“我的也是。”简称说。他用红色的西班牙皮手套擦去脸上的一滴泪水，取下帽子——上面插有很长的鸵鸟羽毛——扔在桌上。“先生，我无法描述看到你的面孔我有多么高兴。有两三次，我觉得自己必死无疑。我不知道该企望什么——是国王会喜欢上查普伊斯并挽留他，直到我逃走，还是会把他踢到一艘船上，好让我可以启程回国。”

“我们担心的是那了无着落的时间。”雷夫站在门口，“你人间蒸发了——既不在这儿，也不在那儿，既不在天堂，也不在人间。”他走过房间，亲了亲英雄的脸颊。“欢迎回家，简称。”

里奇不解地看着他们，仿佛他们是一群印第安人，在庆祝自己的某个节日。

“哦，还有菲利普斯那个混蛋！”简称叫道，似乎必须一吐为快，“先生，你尽可以责备我，但我更是万分自责。”

“别往心里去，”他说，“菲利普斯这种人对上帝和常理都是一种侮辱。如果我在你这个年龄出使海外，肯定也会上当受骗，哪怕只是出于对祖国利益的一腔热忱。”

里奇不耐烦地说：“大人宁愿平安归来的是怀亚特而不是你。怀亚特有事情要禀报。”

“哦？”赖奥斯利说。

“关于我们可以如何把意大利彻底搅乱的计策，”里奇说，“在托莱多，他让各国使节进出他的官邸，把他们像陀螺似的摆弄得团团转。威尼斯从后门出去，菲拉拉从前门进来，而曼图亚藏在桌子下，佛罗伦萨躲在烟囱里。他说听到了太多的阴谋，脑袋都快要爆炸了。但他不会吐露实情，除非是私下向我们大人报告。”

“哦。”赖奥斯利说。理查德·克伦威尔像训犬师一般大呼小叫地闯了进来，并用拳头擂他。简称予以回击，直到雷夫说：“赖奥斯利，回家看你妻子去吧！”

“当然。”简称脸红了。他容光焕发，拿起插有鸵鸟羽毛的帽子，随手一挥，羽毛被一根蜡烛点燃。

理查德·里奇连忙上前把它掐灭。“铁手指。”他不好意思地说。

来自沙夫茨伯里的文件尚未处理。小伙子们离开后，他站在桌旁看着文件，食指从红衣主教女儿的名字上移过。空气中散发着燃烧的羽毛的气味。他拿起笔，将她划掉。

不出一周，他就听说赖奥斯利先生收买或者恐吓了某个密码职员，拿到了怀亚特信件的钥匙。是雷夫告诉他的；雷夫很难堪，为简称的行为感到羞愧。他自己更多的是觉得好笑而非生气。如果他能弄清关于意大利的计策，也算他运气。怀亚特说，在教皇的后院点火，用你的钱财和专长煽起各国之间的冲突火花，然后让罗马忙于灭火。他想，这可能有效，也可能很容易让我们引火上身。

他对雷夫说："在红衣主教时代，当我是他的法律顾问，而史蒂芬·加迪纳是他的秘书时，只要可能，我也会拆史蒂芬的信。"

当时只要可能，我就会这样。现在还会这样。实际也是如此。

他请来汉斯："给玛丽小姐画像，我需要把她的肖像送给克里维斯公爵。"

"你想要这场联姻？"汉斯说。

"当然。"

"听着，我不美化。"

"你画我的时候当然没有，但你让托马斯·莫尔显得很和善。"

"我不美化，是因为我不敢。国王指望我。但如果我把我们的小辣椒画得很逼真，就会吓着克里维斯。所以我看不出这份差事对我有什么好处，或者到头来能有什么好结果。"

"你肯定不会拒绝为国王的女儿作画吧？你会有办法的，汉斯。"

"人们说，当玛丽的亲事一概不成后，她就会转向克伦威尔。"

"那是胡说八道。"他想，她讨厌我——汉斯难道看不出来吗？"听你这么说，仿佛她是个老太太。她才多大？二十二，二十三？"

"她看起来更大。她为自己的前景感到郁闷。"汉斯笑了起来。

陌生人的确很难猜出玛丽的年龄。她有时看起来像个苍白的孩子，有时又像个老太婆。他想，偶尔会有个温馨的时刻，某个普通下午的半个小时，她会显出自己的本来面目。

今年的复活节，他在格林威治观察着玛丽；他知道宫里的人都在观察他，也观察她。她不久前买了一百颗珍珠，还为这个节日花了三百镑购置服装。她穿着黄色锦缎和紫色塔夫绸，与小王子一起玩耍。她玩了纸牌，弹了竖琴，与她的女侍们聊了聊天，还骑马去户外呼吸了新鲜空气——冬天的寒意已经减弱。

当科特尼和波尔家的人被捕时，国王对他女儿府里的人也进行了询问。她被要求交出查普伊斯的信，还真的交出了一沓信件，没有什么实质内容——是大使根据他的暗示专门写的，并注有不同的日期。如果玛丽声称一封信都没有收到，国王就会怀疑已被她烧掉。他非常确定她已经烧掉了。

玛丽不需要任何解释就能玩这种游戏。但在砍头的那一周，国王不得不派巴茨医生去看她，医生发现她十分虚弱，几乎无法站立。

她无疑会想念查普伊斯。但现在是春天，而在宫里，她父亲对她关怀备至。他(克伦威尔勋爵)陪同她观看网球比赛。他侧看着她说："我听说威廉公爵非常英俊。"

"这并不重要。"她平静地回答。

"没错，但总比难看要好。顺便说一句，不要让别人告诉你他是路德派。"

网球在球场上"嗖嗖"地飞来飞去。"克伦威尔大人，"她说，"我不让任何人告诉我任何事情。"

国王对复活节的狂热虔诚不亚于任何教皇党人。在耶稣受难日，他双膝着地跪行到十字架前。德国使节们大惊失色。如果他复活节都行此大礼，那升天节又会如何？当基督的身体升向天堂时，你们的国王会不会用绳子和滑轮把自己吊起来？他会不会置身于天花板上的众女神之间，直到圣灵降临周，他化身为鸽子降临？

他(克伦威尔勋爵)在筹划自己的升天节。他为王国制定了一种新的排序方式，将由议会颁布实施。从现在起，决定你的等级地位的将不再是你高贵古老的血统，而是你为国王所做的工作。国王的代理——也就是他——位居所有的主教之上。国王的国务大臣在被封为男爵之后，就位居所有的男爵之上。就算掌玺大臣生为庶民，地位仍然可以高过公爵。克里斯托弗说："如果把你所有的职务都加起来，你就需要在椅子上搭一架梯子，然后再搭一架梯子，在高高的云端有个宝座，好俯视诺福克和敌人，并朝他们吐口水。"

根据新的方案，托马斯·霍华德并无损失，但对别人的提升可能还是感到不满。"至于加迪纳，"克里斯托弗说，"只是一个小主教，他会气得咬牙切齿的。"

在绘有图案的天花板下，在坚实的大理石般的天空下，他坐在桌前为议会拟定议程。最后一批修道院将被拆除，国王将转而开始建设大学和大教堂。将有济贫和国防的机制，还有宗教统一的机制——至于以什么形式，他并不知道，但国王需要。

他女儿终于从安特卫普来信。这里的情况很艰难，我可能去英格兰，你愿意接受我吗？他给她回信说，可以请斯蒂芬·沃恩帮忙。虽然我们的大使们都已回国，但作为英国商人的头儿，沃恩还留在安特卫普。他会安排你的行程。

她如果来了，将陷入危险，而且她自己也是一个危险源。国王已明确表示某些教派不得踏入他的国土。他可以要求她小心。他能要求她藏起来吗？他这样要求过别人。他对自己说，既然克兰默可以藏一个妻子，我肯定也可以藏一个女儿。他有很多座房子，而且还在不断增加。如今看到他，你就会想到木星——卫星不断增加的行星①。

复活节后的一天早晨，他醒来时脑袋又沉又痛，脖子僵硬。他吃不下东西，空着肚子出门去参加枢密院会议。国王今天不会主持。亨利正在他位于奥特兰兹的庄园别墅，他计划将它重建。接着他也许会前往无双宫，看看雷夫进展如何。

大家都在等候。他把文件放在自己的位置上。“你们就不能别等我先开始吗？”

费兹威廉说：“我们主要是不敢。”

“你心情不佳，南安普敦大人。是你的客人在折磨你吗？索尔兹伯里夫人不好对付。我保证会把她转至塔里。”

“从圣诞节起我就在请你这样做。你不用猜测我心情不好的原因。我不是女人。你只要问，我就会说。”

也许费兹嫉妒他的新职务？怀特岛上尉。利兹城堡总管。也可能是有人在他耳边挑拨——克伦威尔勋爵怀疑你对福音的信仰。

奥德利勋爵说：“我们开始商讨议程吧？诺福克大人来信——”

他让奥德利历数公爵最近的牢骚，而他自己则目不转睛地注视着费兹

① 木星是太阳系八大行星中体积最大的行星，也是人类迄今为止发现的天然卫星最多的行星。

威廉。你会觉得费兹该知足了：不仅是伯爵，还是海军大臣。他想，费兹的嫉妒也许是因为我有个儿子可以安排进议会，而他没有。

在他的注视下，费兹威廉渐渐变得心烦意乱，失手把文件掉在地上。一名小职员不得不跪下身去，像猫一样在他们的脚边收捡。加迪纳哈哈大笑。他说："很高兴看到你开心，温彻斯特。"

他头痛欲裂。休会时，奥德利说："别再迟到了，大人。你知道，我们是圆桌骑士团，而你那把椅子是危险席①。它已经空了一万年，直到克伦威尔勋爵来坐上去。"

第二天他无法下床。他试图祈祷，但唯一能想起来的是拉蒂摩在一个炎热的七月天的一段布道，那应该是安妮·博林垮台的那个夏天。但是上帝将临，上帝将临，他不会耽搁太久。他会在一个我们毫无防备的日子，一个我们毫不知情的时刻到来。他会来把我们砍成碎片。

巴茨医生到达时，他能够描述自己的情况。他去过赛德勒府，孩子们出了麻疹，会不会是……上年纪的女人们说你只会得一次。

巴茨皱起眉头。"如果是麻疹，我们很快就会知道，但你必须远离宫廷。"

这种传染病会要孩子的性命，但他认为自己不会有性命之虞。他让人把文件送进来。中午时，他已经在工作。第二天，他召集了随行人员，手里拿着文件准备出门。但接着他又坐下，觉得自己再也起不来。他无法动弹，眼睁睁地看着自己的宿敌从迷雾中出现。你会以为他现在应该认出了自己的意大利热病。"议会要开会，"他说，"我得……"一句话没有说完。无力感已经像温水一般流过四肢。他把文件交给理查德。"你给国王捎个信好吗？不——亲自去。骑马去他所在的地方。告诉他我很快会去见他。"

颤抖开始了。他让一名职员跟他回到房间，口授一些信件，直到颤抖得太厉害而不得不咬紧牙关；即便如此，在发抖的间歇，他还是得以口授。

---

① 传说中亚瑟王圆桌的危险席位，只有注定能找到圣杯的骑士才能安坐该席而不丧命。

安妮·博林曾对他说："你只是想生病时才会病。"她真是大错特错。

第一次发烧时，是乔治·博林躲在门后。有一种声音，很低的谈话声或小虫的声音，也可能是一只苍蝇四处瞎撞无法出去，在窗玻璃上嗡嗡乱叫。他看到门半开着。乔治会溜进来，也许会把他闭着眼睛哭泣的脑袋放在已经被汗水湿透的枕头上。

医生们说："你知道如何应对，大人。卧床休息，少饮酒。"

还有刺鼻的药物，根本就毫无作用，但当你头脑清醒，可以坐起来时，你会咽下去，因为这会让周围的人高兴。

"我要见赖奥斯利，"他说，"他在哪儿？"

"他去汉普郡了，先生，去为当选做准备。"

"诺福克会回来参加议会。他会发表演讲。我该怎么办？"

"先生，这种热病最初发生时，人们还没有议会的概念。"

这种热病最初发生时，《圣经》的英文版、拉丁文或希腊文版尚未创作，圆桌尚未出现，特洛伊尚未烧毁。它毁灭了大洪水之前的人类，使得被逐出天堂的人类始祖受尽折磨。亚伯因为一次发病而身体虚弱，所以才被该隐所杀。

他全身酸痛，视线模糊。他听到周围有木头嘎吱作响，就像航行中的船只的木头一样，他觉得自己回到了奥斯丁弗莱，他妻子依然在世。他觉得自己在飞越黑暗的时光，在床上重整旗鼓，正如人们说圣母马利亚的家飞到意大利，在珍惜它的人们中间自行重建一样。

但到了早晨，他们打开百叶窗——他觉得光线像刀一般刺眼——对他说，不，你还在圣詹姆斯宫。但不管你想要什么，我们都可以去取。

他想，我去过哪儿了？我旅行了一晚上。

他坐起身。"我今天要工作。"发烧反反复复，第一天凶猛，第二天减退，第三天又高烧。他很快会经历整个周期。他可以坐在椅子上，但内心不抱幻想，他还没有看到最坏的情况。他想，如果我将死去，有些文件就应该销毁；但如果我活了下来，就会产生不便。死神肯定会通知我的。我们以前见过面。他不会像陌生人那样无礼。

医生们说："万一发生不测，你想要谁？"

他愣愣地看着他们。"我想要谁？"

“伍斯特主教？还是坎特伯雷大主教？”

“哦，我明白了。忏悔神父。不要加迪纳。如果看到我躺在临终的病榻上，他会把我扔下床，让我死在地上。”

他以双倍的速度处理工作。对即将率团赴苏格兰的赛德勒先生做出指示。致信怀亚特告知国王已指定接替他的人选。请他的对法事务秘书进来，问道：“今天没有巴黎的消息吗？埃德蒙·邦纳有信来吗？”

他示意要一个盆，吐了个痛快。他盯着从自己体内吐出的东西。“我们从威尼斯人那儿听到了什么？”

最后的信息是，舰队正在部署；他们在准备一支对付土耳其人的力量。德意志王公们在法兰克福会晤：有任何信件吗？

他们说，先生，只要收到任何信，我们都会马上送给你，但你现在必须上床休息。你的病太消耗体力了。

小时候在帕特尼时，他常常去河滩的淤泥中捡硬币。它们又薄又旧，上面有几乎磨损掉的君主头像。这种钱你花不出去，甚至不值得拿在手中叮叮响。你唯一能做的是把它放进一个盒子里，对着它胡思乱想。既然这么多钱币被冲到了岸边，那河流本身——所有的河道及其深处——该藏有多少？成堆的君王们斜看着上面的迷蒙亮光，每个人都一只眼睛变残，像弗朗西斯·布莱恩一样成了独眼。他抬起头。“弗朗西斯现在怎么样了？还活着吗？我都忘了。”

“哦，是的，大人，”他们说，“弗朗西斯爵士仍然活着，他不仅从疾病中康复，还消除了国王的不快。我们相信你也会如此。”

他的不快！我肯定让他不快了，他想。看看我度假的那天他是怎样气急败坏。看看他是怎样踱来踱去吹胡子瞪眼。亨利就是这样。把人用到极致。他拿走他们给他的一切还不满足。用完他们后，他变得更吵闹更肥胖，他们则成了空皮囊或尸体。

他不确定自己是否说出声来，但知道他正在自己的船上，他的旗帜在飘扬。他能感觉到河水在下面流动，巴斯廷斯在把他送到某个更远的岸上。在高烧中，他觉得贝克特又回到了朗伯斯宫的壁龛，俯瞰着水面。巴斯廷斯说，我跟你说过他会回来的。我从小到大都在向他致敬，以前我父亲也是这样。

一派胡言，他说。贝克特被锁在地下室的一个箱子里。如果我死了，用大炮把我的骨头射出去。我很想看看加迪纳的表情!

第二天，他向法兰西新大使马里亚克捎去礼貌的问候。卡斯蒂永大使已经回国，但新大使已经在格林威治觐见过国王。他对自己重病期间发生的事情感到不安；另外，他也想听听来自波斯或东方的任何消息，法国人对此总是比我们先一步了解。

高烧减退的这天，你估算着时间，生活在恐惧之中；它即将到来，像夜幕降临一样不可阻挡。他全身发抖，毫无力气，被人扶回床上，正在这时，有人传来克里维斯特使已经抵达的消息：他们已经在伦敦，请求马上面见克伦威尔。他浑身滚烫，像一间军械铺；他在铁匠铺里，他是炉灰。他父亲沃尔特进来吼道，你这个蠢小子，如果不把风箱补好，我怎么能有大火?

你这个蠢父亲，他对吼道。你难道不觉得已经够热了吗?

但一旦你去过意大利，就永远不可能真的暖和起来。英格兰的太阳半心半意，躲躲闪闪，在你毫无心理准备时就已西沉；接着秋天来临，还有温暖而雾蒙蒙的雨水。

当年为红衣主教效力时，他曾经到过劳恩德修道院。劳恩德是繁茂的草场，十分宁静，只有蜜蜂在药草园的嗡嗡声和低沉的祈祷声。那是夏天，他悠闲地坐在凉亭里，与僧侣兄弟们交谈。乌尔班兄弟拿着一支紫罗兰。他在谈论圣灵。洁白的云朵在空中飘动。

现在是冬天，他在劳恩德。树木银装素裹，寒冷的太阳从晴朗的天空中照着大地。他正在步行，身边是托马斯 · 弗里斯比兄弟，积雪在他的靴子底下嘎吱作响，血液在他的血管里歌唱。透过模糊的视线，只见周围散布着小鸟和小动物们的足迹，印在雪地上，仿佛某种密码或迷失的字母。上帝看到了他们——蓝色天空下的两个黑色身影。

接着，随着一声惊叫，弗里斯比突然消失。在他身后的一个坑里，弗里斯比在奋力挣扎，他(红衣主教的手下)连忙跳下去营救。他又喊又拽，世界在他脚下滑动，积雪像羽毛一般在他身边飞舞。弗里斯比的身体深陷雪中，他的僧袍展开；他伸出双臂，双脚探寻着支点，口里嘟哝着，抱怨着，咒骂着——接着，他(托马斯)把他拖了起来，僧侣的眼睛被炫目的白光刺得眯成一条缝，他的鼻子通红，笑声在空中回荡。他们相互拥抱，雪从他们的斗篷上滑落；当他们互相搀扶着朝修道院和钟声走去时，恩典像烈酒一般渗入他们的身体。

劳恩德修道院副院长站在一旁低头看着他，却长着巴茨医生的面孔。“天啊，”他说，“我从来不知道一个活人会这么冰冷。”再过一分钟，他将成为一个大冰块。他想，他们将可以把我放进地下室，凿着用上一整个夏天。他们可以把我放进掺有碎草莓的接骨木酒中搅拌。

他醒了：开始是试探着，手在床单上挪动。他根本不是在劳恩德。他们在他身上堆了很多条毯子，使他看上去就像一座碉堡或城堡。我可以阻挡土耳其人，他喃喃道。

他坐起身，示意要喝水。他们已经点亮蜡烛。他想，不知道弗里斯比怎么样了？他的年纪应该不是很大。等院长交出劳恩德，我将拥有它，我要把劳恩德留给自己。等这一切过去，我将去那儿生活。我将成为告老还家的克伦威尔勋爵。夏天我会坐在凉亭里乘凉，冬天我会在结冰的地面上行走。

* * *

有一封梅兰希通①的来信。还有一封来自萨克森公爵。仆人进来禀报：“大人，格利高里大人到了，是从苏塞克斯赶来的。”

格利高里进来站在他的床尾，看着他父亲，说：“天啊！”

他说：“哦，上帝保佑我们，格利高里，别跟我说我很憔悴苍白。仅仅是一场寒热病还要不了我的命。他们不该打扰你的。”

格利高里说：“我反正要来的。为议会之事。”

他说：“理查德·里奇说得没错。你太年轻了。”

“他说过这话？”格利高里乐了。

他说：“格利高里，简去世后，你问过我，接下来你会让国王娶谁？”

我们可爱的简。一滴眼泪滚下他的面颊。下人们惊慌失措。“大人哭了！”他们对此当然前所未见。

---

① 菲利普·梅兰希通（1497—1560）是德国人文主义者和宗教改革家，从1519年起与马丁·路德共事，并将路德的思想系统化，著有《教义要点》，为新教第一本系统神学著作。

他擦掉泪水。“我收到了德意志的来信。我的职员们现在正在翻译。王公们做出了于我们有利的承诺。让国王与克里维斯联姻。好了，给我把墨水和纸拿来行吗？”

“您不能工作。”他儿子说。

他说：“格利高里，我必须利用我的时间。我只有不到二十四小时。”在我的船师再次划船，把我扔进冥河之前。

* * *

但只是在过了一段时间——一夜，一日，又一夜——他才回来工作。他去了帕特尼。现在他十四五岁，在莫特莱克的威廉姆斯家逗留了一些日子。他姐姐凯特嫁入了这个受人尊敬的家庭，他们说：“小托马斯啊，是个干净听话的小伙子，写得一手好字，很有数字头脑，对付马从容自如，不是太骄傲，可以砍柴火或扫院子。任何人都愿意收他当学徒，并对他感到满意。”

他们谈论他时就像要卖掉他似的。

“可怜的孩子，”有个女人说，“沃尔特经常揍他。但话说回来，你知道沃尔特是怎样的人。”

对你现在所过的生活中的当务之急，威廉姆斯家的人毫不了解。他们不了解帕特尼纠缠不清的宿怨，不了解你从学会走路时起就卷入其中的要去战斗和获胜的一系列责任：就像任何公爵一样，你当然有荣誉，而荣誉必须得到维护。威廉姆斯家是好人，这使他们免于一种让你备受折磨的需要——需要你所没有而他们将永远不缺的一切。

威廉姆斯家的人说：“我们可以给这孩子找个活儿。伊舍那边有个叫亚瑟什么的，就需要一名伙计。”

他不能忍受将要得到的这个活儿。他不能成为伊舍那边的亚瑟的伙计。他得成为另外某个让伊舍发抖的伙计。

待在他姐姐身边的时间使他躲开了沃尔特，但另一方面却让鳗鱼小子得以武装自己的帮派。从他七岁时起，鳗鱼小子就一直与他为敌。他不知道积怨从何而起，但记得曾经把鳗鱼小子的脑袋按在一只水桶里，直到那狗日的快要溺死才松手。

现在，当他大摇大摆地回家时，鳗鱼小子和他的朋友们正在等他。

“喂，”他们喊道，“喂，开刃小子！”

他们之所以这样叫他，是因为沃尔特还以磨刀为业。只要看到他，他们就会唱：

我在纽盖特待了十年
觉得时间太久漫长无边；
该死的镣铐锁得我生痛，
我的镣铐太过沉重。

他们大喊：“你这个披着秃狗皮的爱尔兰混蛋！”

沃尔特是爱尔兰人？他矢口否认，但心里难免怀疑。

他们喊道：“你一出生就害死了你妈妈。她无法忍受看到你，所以你一落地她就割断了自己的喉咙。”

他姐姐凯特说：“别听他们的。事情不是那样。”

他回应道：“你是恶魔的粪便，鳗鱼小子，你活腻了吗？”

鳗鱼小子叫道：“我会揍扁你，笨蛋。”

“什么时候？”他说。

“周六晚上？”

“我会把你扒皮腌制，再放进油锅里煎。”

于是他就非得动手不可了。

周六晚上，你把他追上了山坡。此前你通过自己的熟人传信，已经让他内心充满恐惧。鳗鱼小子只要想一想(他有好几天时间去想)，就会记起每一次跟你交手都吃败仗。他打不过历史，所以撒腿狂奔，因为除此之外他还能如何？他可以站在大路上，伸手求和；但笨蛋托马斯会削掉他的手指。

鳗鱼小子以为只要跑进他叔叔的仓库，就会躲开你。他将从大门口的门卫身边冲过，而门卫会跑来拽住你：“克伦威尔，你来这儿干什么？”

但你非常清楚，今晚没有门卫。你离家出门时，沃尔特和他的伙伴们已经喝了一个小时的烈性啤酒。他是一个糟糕的酿酒师，却把最好的酒留给自己的同伴。从房间里探出脸来的正是门卫威尔金，他说：“陪我们喝点儿，托马斯？”

他说：“我要去教堂。”

威尔金退了回去，把他那张松弛放光的脸缩了回去。门背后传来喧闹的歌声：*哎呀呀，你让我的酒洒了……*

你在一弯残月下走着。只是在看到鳗鱼小子之后，你才小跑起来，迈着会带你直奔目的地的轻松步伐。走进院子后，不见他的踪影。但没有人阻止你跟着他进入黑暗，进入地下室，在深深的拱顶之下，堆放着大大小小的箱子，上面贴着外国城市及其贸易协会的图案标志，鳗鱼小子钻到了箱子背后。

你想起刚刚离开的家。不知道沃尔特那帮人的歌唱到了哪儿。加上副歌和变奏，他们可以没完没了地唱上一小时或者更久。沃尔特喜欢扮演姑娘的角色，被按在墙上时尖声叫着：*放开我……*

然后是男人们合唱：*待一会儿！急什么？*并模仿脱裤子的动作。

所幸他们唱这首歌时，房间里从未有过真正的女人。

在地下室里，你的眼睛适应了黑暗。你很想笑。你可以听到那孩子粗重的呼吸。你朝他走去，并让他知道你十分清楚他在哪儿。“你还不如挥舞旗子呢。”你大声说。

你停下脚步。如果你多站一会儿（你也有这个耐心），他会开始哭泣。求饶。

放开我……

如果你再多站一会儿，他可能会吓死，这会省得把地上弄成一塌糊涂。你拿出刀。他能看见你吗？唯一的亮光来自一扇装有铁条的高窗，那与其说是亮光，不如说是冲淡了一点黑暗。既然威尔金擅离职守，门都不锁，他叔叔给窗户装铁条又有何意义？你这样评论道。“好了，”你大声说，“同意我的意见吧。”他的呼吸现在听起来就像装在一个麻袋里的三只猫。

鳗鱼小子只是在他的亲戚和兄弟们身边才勇敢。“现在你拉裤子吧，”你——他的冷静的教师，他的引导者——告诉他。

你挪开箱子（正如威廉姆斯家的人所说，你力气很大），看到他的面孔，像铺在树篱上的纸一样空洞苍白。它得自己提供苍白的光，因为你直视着他的眼睛。你对他的表情感到惊讶。“你似乎很高兴看到我。”你说。

他走上前来，似乎表示欢迎，用一个平稳而毫不犹豫的动作，送上柔软的肚子，让刀刺中自己。

让你震惊的是那突如其来的一热，以及溅到石板地上的液体。你弯腰拔出刀。有什么东西随之掉了出来：是他的一部分肠子。你首先想到的是刀。你在自己的外套上擦了一下，两下，动作高效。你没有低头去看，但感觉他在你脚边，血肉模糊地摊在那儿。你马上做了祈祷。

你像老人一样僵硬地弯下腰。也许你太轻易地接受了他已死去的想法，但你在黑暗中伸出手去，帮他闭上眼睛。你的动作很轻柔，就像处女触碰水果一般。如果说那摊血显得不够大，那是因为被他的身体挡住了。但当你移动他，让他转过身来时，才发现他被刺中了要害。

事后，你想不出是什么让你决定去挪动他。也许你以为他并没有死，而是假装。不过，需要怎样的假装才会让你眼皮紧闭呢？

事后，你对那天晚上的选择毫不理解。负责的是笨蛋托马斯，他的胳膊和腿不听心灵的指挥而自动工作。于是你拖着鳗鱼小子，他的红发脑袋碰着地面，很平静。你的步伐必须很慢：待一会儿，急什么？外面比地下室要暖和。街上空无一人，直至你看到门卫回家——他走起路来是一名醉汉有意大摇大摆、仍然希望被当成正派市民的样子，如果有人问他，他会说只是为了好玩而大摇大摆。“笔直得像……”老醉鬼喊道。他把自己弄糊涂了，想不起什么是笔直的。“开刃小子！你这么晚了还在外面？”

他已经忘了之前看到过你。忘了他曾邀请你加入他的歌咏队。

威尔金眨眨眼睛，问：“那是谁？”

“鳗鱼小子。”你说。没有必要掩饰。

“哎呀呀，他喝得真不少！你在送他回家？好小子。得照顾好你的朋友们。需要帮忙吗？”

威尔金一阵作呕，吐在自己的脚下。“把它清理掉，”你说，“快一点，威尔金，否则我会用你的脑袋把它擦干净。”

你突然怒火中烧，好像唯一重要的是要保持街道的清洁。

“滚开。”威尔金说。他目光呆滞，深一脚浅一脚地离开，模模糊糊地朝自己工作地点的方向走去。你目送着他，不由自主地对着他的背影喊道：“别忘了锁门。”

如果有个朋友搭把手，你本可以把那小子扔进水里。他如果死了，就会沉下去，如果活着，也会……沉下去。那是一个宁静的夜晚，河上寂静无声，你觉得他会顺着河岸滑下去，像抹了油一般毫无阻力，毫无抵抗，“嗖”的一声掉进泰晤士河。你能看到那一幕：水面从他身边漾开，犹如厌倦的一瞥。

但你不能那样。并非因为良心不安。而是因为你已经筋疲力尽。你从刀鞘里抽出刀，在袖子上又擦了一次。说实在的，你不会知道它被动用过。你把它放回去。你感觉到一种强烈的冲动，很想在鳗鱼小子身边躺下来睡一觉。

你到家时，沃尔特和他的伙伴们还在扯着嗓子唱歌。你很惊讶。你以为是凌晨三点了。你指望已经熄灯、关窗和锁门。但他们还在这儿，仍然吼个不停：快来亲亲我！不！天啊你会……

门开了。“托马斯？你去哪儿了？”

你没有回答。

沃尔特听起来怒气冲冲，就像威尔金吐脏了公路你很生气一样。“你可别不理我！”

“天啊，不会，”你说，“只有傻瓜和活腻了的人才会那样。”

沃尔特抬起手，但不知怎么——也许是他自己站立不稳，也许是你的某种眼神——又退缩了。“我马上就回来，伙计们。”他喊道。

他们已经唱到强奸少女那部分。沃尔特将需要模仿她的哭喊。你们把我放倒在地……

沃尔特鼓起眼睛，指着他说：“你，托马斯，在凌晨。”

“而你是随时。怎么样？”

那把刀贴着你的胸口，随时可用。尽管你可以躺下来睡觉，可以趴在他的脚边，说：父亲，我犯了罪……

“沃尔特！”有个蠢货大喊，“快回来！”那个眯着眼睛的混蛋晃出来揽住他父亲的肩膀，抓住他的衣领。门“砰”的一声关上。他看着父亲刚才站立之处。门后传来一阵尖叫，少女在呼爹喊娘。

不久后的一天，他将变得不可忽视。有朝一日，他会把沃尔特拖到光天化日之下，在帕特尼人的众目睽睽之下把他撂倒；如果莫特莱克和温布尔登的人想来看看，一定会发现不虚此行。

“父亲，我准备好了，”戏剧中的诺亚之子说。我有上好的大砍斧，全城数它最锋利。我有精致的小短斧，削铁简直如削泥……

然后诺亚和他的儿子们造了一艘船，随上帝的潮流航行。

热病发作期间，他觉得坎特伯雷大主教来了。是克兰默，不是贝克特；即便如此，也可能是个梦。他坐起来后，他们说：“约翰·赫西在外面。”他叹了口气。他有一群人在谈判购买李尔在佩恩斯威克的地产。李尔抱怨说，他们既没有爱心也没有良心，但他指望什么？他们毕竟是律师。

李尔希望上上下下的人都对他特殊对待。他欠了国王十年的钱，还欠一些普通的人。他欠杂货商布拉格的账。布商贾斯珀和唐恩不再给他供货。城里的人向他吐槽李尔勋爵欠债累累，仿佛该由他偿还一般。

他说，扶我下床。他坐在椅子上，裹得严严的以抵御四月的寒气。“放话出去说我好些了。诺福克回来参加议会了吗？萨福克呢？赖奥斯利先生来了吗？格利高里在不在这儿？”

“格利高里大人来过又走了。”

他错过了圣乔治节的嘉德骑士团会议。最近的几次处决使得骑士席位出现了空缺。据说威廉·金斯顿已经当选，这是一项他早就该得的荣誉。

他说，加迪纳主教现在如何？我卧病在床的这几天，他在国王那儿是得宠了还是失宠了？

克里斯托弗说：“加迪纳——他知道什么，先生？”

“比他自以为的要少。”

“你今天早上很清醒，”克里斯托弗说，“但高烧时，你一边呻吟一边说：‘史蒂芬·加迪纳知道。’”

史蒂芬去过帕特尼，翻找各种陈年旧账。他说，克伦威尔，我比你母亲更了解你。我比你自己更了解你的过去。

“托马斯·博林真的死了吗？”他问，“还是我做梦梦见的？”

“跟他女儿一样死翘翘了。”

发病期间，他看到安妮王后在风儿的吹拂下走向断头台。他听到从她口里吐出的临终祈祷，看到那些蒙着面纱的女人帮刽子手扶着她跪好，看到她们拎起裙摆退到一旁。

听到他苏醒的消息，格利高里连忙返回。格利高里·克伦威尔，国会议员，穿着草绿色丝绒长袍，帽子上插着一根卷曲的黑色羽毛。他说："父亲，法兰西新大使和帝国新大使每天互访。他们挽手漫步，像斑鸠一样叽叽咕咕。但我们听到的是，叛贼波尔在皇帝那儿受到了冷遇。"

雷金纳德·波尔无法理解查理为何不把征服英格兰视为当务之急。查理疲惫地告诉他，我只是一个人，毕竟分身乏术。我一次只能率领一支军队。我得时刻防备土耳其人。

但土耳其人是外敌，波尔恳求道。而英国人是内敌。欲攘外者，不是应该先安内吗?

查理说："上帝保佑你，波尔先生，如果我们明天醒来，发现土耳其人已经抵达维也纳的门口，你会说那是内敌还是外敌?"

本次议会开会期间，我们将通过一项针对波尔的母亲和格特鲁德·科特尼的剥夺公民权法案。他们将被认定为谋逆者而无需再审。他(掌玺大臣)一瘸一拐地走进议会大厅，向沉默的众人展示了一件有图案的衣服，是在索尔兹伯里女伯爵玛格丽特家里找到的。衣服上呈现出英格兰的纹章，上面绣有两朵花，分别是代表波尔的三色堇和代表玛丽小姐的万寿菊，以象征两人的结合；两者之间长着一棵生命之树。他声称，这是派去搜查玛格丽特府的人从她的保险箱里翻出来的。他说，我一向认为刺绣会给她招来麻烦。

玛格丽特·波尔被转移至塔里。国王愿意暂时饶她不死。他想起玛格丽特曾多次不肯称呼他的头衔，而只是称他为普通的克伦威尔大人。现在她明白是谁说了算了。

他梦见灵魂出窍的自己在树林深处游荡。树林中摆有一面面镜子。

他手里拿着文件，强撑着去见国王时，发现加迪纳已捷足先登。加迪纳说："你看起来病得不轻，克伦威尔。谣言满天飞，说你已经死了。"

"哦，"他克制地说，"你眼见为实，史蒂芬。"

国王说："我自己感觉好些了。你觉得这个麻烦过去了吗?"

他指的是热病：一阵阵的恶心想吐，蚀骨的剧痛，头疼欲裂。"陛下，我收到了克里维斯的一些消息。"

他等待国王遣退史蒂芬，但亨利只是说："是吗?"

“我知道温彻斯特主教日理万机。也许他愿意去忙自己的事情？”

但亨利毫无表示。史蒂芬似乎气鼓鼓的，像一只癞蛤蟆。

他有意侧转身子不看他，开始向国王禀报。“威廉公爵希望明确他妹妹在遗产方面的安排，”他有些迟疑，“如果陛下先她而去，她会得到些什么。”

“他为什么觉得有这种可能？”加迪纳问。

他依然不正视他。“所有的婚约都包含这种安排。你不至于对婚姻事宜这么无知，连这一点都不了解吧？”

史蒂芬说：“我想那位女士会悲痛欲绝。她更在意的会是失去国王本人，而不是任何世俗的好处。”

他瞥了一眼亨利，发现主教的话引起了他的注意。“正因如此，女方的亲属才要缔结合约，要提前缔结。以免她刚刚丧夫时成天以泪洗面而失去自己的权利。”

亨利说：“我的慷慨众所周知。威廉公爵会发现没什么可抱怨的。”

“还有一件事，”他勉强地说，“我们的特使沃顿正在给陛下写信。十多年前，安娜小姐与洛林公爵的继承人之间有过一纸婚约。现在——”

“但去年提起过此事，”亨利说，“当初缔约时，双方不过十岁十二岁。不管是什么合约，只有在当事人达到一定年龄并予以确认后才有效。所以，我认为我们的结合不存在任何障碍。为什么要旧事重提？我明白是皇帝插手了。他决意不让我结婚。”

“但我们最好还是看看文件。”加迪纳说。

“在我看来，”他说，“安妮小姐如果不是完全的自由之身，克里维斯就绝对不会将她许配他人。”

加迪纳很固执。“我想看看废除的条款。”

“据我了解，婚约是写在一个更宽泛的文本里，没有正式废除，因为它是一项友谊互助协定的一部分……”他闭上眼睛，“我会请人把它全部给你抄下来，加迪纳。”

“并将它提交枢密院。否则，继续推进会不安全。”

“不安全？”亨利盯着他，似乎在质疑他的措辞。

“不明智。”加迪纳退了一步。

“无论如何，”他说，“尽管国王更倾向于安妮小姐，因为她是姐姐，年龄也更合适，万一事实证明真的存在障碍，那么艾米莉亚小姐没有任何问题。而且——好消息是——他们能够提供画像。”

加迪纳说：“不知道他们突然之间是在哪儿找到的。我还以为克拉纳赫①病了。”

“也许他有康复的能力，”他说，“像我一样。”

“她们是哪一年的？”

“公主们吗？”

“那些画像。”加迪纳说。

“我确定是近期的。”

“但既然我们的特使并未见过那两位小姐，又如何能保证它们很逼真？”

“他们其实见过，”他说，“但她们有所遮掩。”

“不知道原因何在？”

亨利说：“瞧瞧吧！我的顾问官们彼此不和，勾心斗角，这难道不会让皇帝幸灾乐祸吗？”

他与加迪纳面面相对。主教不是来这儿讨论国王的婚姻的。他是为上帝的事务而来，或者他会如此声称。国王希望通过一项议会法案来废止意见的多元，意思就是废止意见的表达。加迪纳是来敦促他将“六条信仰”提交教士大会，来说服国王——在身心两方面——重归罗马之道。

毫无疑问，他的患病使福音的事业有所倒退——没有了他，他的兄弟们都太过害怕，太不齐心，无法形成坚定的阵线。诺福克在下院安排了一名马屁精当议长。在上院，公爵亲自上阵，将这“六条”摆上台面，信心十足地为它们争辩——尽管他对神学一窍不通。加迪纳已经把那些固守旧信条的主教们召集起来，从早到晚密谋策划，满口都是死不改悔的教皇党人的腔调，并举杯向旧时代致敬。当掌玺大臣在病榻上冷汗涔涔时，当他向全欧洲写信寻求盟友时，当他忙于每天找到约一千五百镑，来为朴茨茅斯的舰船所配备的水手支付军饷和提供补给时，他的敌人们却悄悄绕过他，到会期结束时，将会使“六条”获得通过而成为法律。

---

① 老卢卡斯·克拉纳赫(约1475—1553)，德国文艺复兴时期重要的画家，宫廷画师，擅长肖像画及宗教和神话题材画。

国王说：“克伦威尔大人，如果没有别的——？”

他躬身退出。卡尔佩珀在外侍候；那孩子凑近他，问：“你需要一个座位吗，大人？或者一杯酒？”

他需要揍什么人一顿。他挥手让那孩子闪开。回到家时，他累得全身颤抖。他已经忘了对付史蒂芬·加迪纳需要怎样的洪荒之力。他扔下文件。“请德国客人来见我。我们要准备一场宴会。叫瑟斯顿上来。”

听他的语气，仿佛身体已经康复，但他心里清楚病程尚未结束。他祈祷经过一连串的发作之后，发烧的程度会逐渐减弱。重要的是，今年夏天他必须待在国王身边，所以他必须健健康康，能经受日复一日的长时间打猎。他每缺席一天，优势就失去一分。国王们一旦看不到你，就会忘记你。即使国内的一切事情没有你都干不成，国王们也认为那全是他自己的功劳。

不过，我仍然是国王的代理，他告诉自己。国务大臣和掌玺大臣是我，而不是史蒂芬。我是国王枢密院的一号人物，最受他的器重，而且我完全能够将教皇党人的船底凿穿。现在每天都是升天节。无论托马斯·霍华德多么讨厌圣典，每个教区很快就会有足够的《圣经》，而我会站在国王身边，将它们分发出去。至于加迪纳，对国王的想法和脾气，又真正了解多少？他对收入了解多少？对国防了解多少？

在五月份的一个晴朗的日子，伦敦的武装力量于黎明时集结，接受身在白厅的国王的检阅。队伍共有约一万六千人，其中整整十分之一由他自己提供装备。他原本打算骑行在他们的最前列，但由于身体虚弱，而不得不留在圣詹姆斯宫，从后门观看。但国王派了牛津伯爵和宫务大臣约翰·德·维尔来陪同他。格利高里和理查德骑着白马并肩而行，他们神情专注，盔甲铮亮，克伦威尔的旗帜高高飘扬。

他想，我在意大利当兵时，为了打赌而抓起过一条蛇。我的同伴们慢慢地从一数到二十，而我一直抓紧不放。蛇在我的手中扭动，将毒液深深地扎进我的手腕。但我紧紧地抓住那条毒蛇，直到我愿意松手。我中了毒，却并没有死。亲眼见证的人们把我的口袋塞满了钱。如果有人说那不是我挣来的，就让他们见鬼去吧。

当天气晴朗，晚祷后空气清新时，国王会乘坐王室游船，在河上来回巡游，在民众面前亮相；他的脖子上挂着领航员的金哨，脸上满是笑容。他的乐师们乘另一艘船跟在后面，敲鼓吹笛。民众沿岸列队欢呼。在圣灵降临节，举行了跟过去一样隆重的仪式。节假期间，理查德·里奇就国王的债务列出了一串长长的清单。

西班牙传来了皇后难产母子双亡的消息。国王下令全宫哀悼。圣保罗教堂悬挂着黑纱和神圣罗马帝国的旗帜。诺福克和萨福克两位公爵是仪式的主事人。他尽量远离诺福克，站在既能看到他又不影响自己位次之处。

有十位主教出席，斯托克斯利主持安魂弥撒。他想，斯托克斯利一脸病态，尽管作为莫尔的老朋友，他本该为法案中那恶毒的“六条”倍感鼓舞。伦敦的每个教区都为皇后——那位从未踏足此地的神秘女士——敲响钟声。钟声响至深夜。蝙蝠和魔鬼在空中飞舞。

怀亚特从托莱多来信说，他已经收拾好行装，宗教裁判官们尽管不情不愿，还是会放他离开。但皇帝为了悼念他的妻子，已经去一座修道院隐居，所以他必须等待——他打算正式告别，而不是像个欠债的乡下人一样匆忙溜走。“不过，他可能的确欠了债。”雷夫说。

贝丝·达雷尔从阿灵顿来信，问：克伦威尔，怀亚特在哪儿？我度日如年。

来自意大利的报告说，同一天里出现了两颗彗星。假设一颗彗星代表皇后的离世，那祂——日月星辰的创造者——的袖子里还藏着什么？

克兰默来见他。“我非常惊讶，”他说，“我无法理解，议会居然让新教的事业走向倒退。上帝的方式简直不可思议，竟然在这种时候让你病倒。”

他说：“加迪纳真会把握时机。托马斯·霍华德也一样。”

“我不确定……”克兰默艰难地说，“嗯……你不能完全怪罪……”

“你不会怪罪国王，对吧？”

最好怪罪诺福克，还有加迪纳、斯托克斯利和桑普森等主教，而不要自言自语地琢磨亨利是否软弱或表里不一或无法看清自己的利益。

“我们的德国朋友感到愕然，”克兰默说，“我不得不向他们为我们的主人辩护。”

“你是怎么辩护的？”他饶有兴趣地问。

“奥德利勋爵在这方面是何表现呢？像提线木偶似的嘴巴一张一合。而费兹威廉——我还以为他是你的朋友。”

他不再相信大法官奥德利。不再相信海军大臣费兹威廉。掐指算算那些主教，也许有十个人还可靠。正因如此，国王才得以通过一项法案，其中的措施之一就是要求已婚的神父抛弃他们的妻子，违者将处以绞刑。该措施将推迟一两周生效，以留出告别的时间。

“你和格蕾特会怎么办？”他问。

“分手。还能怎么办？”

“那你们的女儿呢？”

“格蕾特会把她带回德国。”

如果换一种情形，抛弃家庭会被视为一种罪恶。克兰默说：“我们请求过国王，请求他把这个问题提交给大学，我们请求他查阅圣典，看看哪儿明文禁止一个男人拥有终生伴侣。我无法理解他。正是他强调婚姻是一件至为神圣的事情，自世界之始就已存在。那他为何不让我们这么多人拥有它？他以为我们不是人，不是跟他一样吗？而且，该法案一经通过，我们所有人就再也不会宣讲圣体，不会宣讲它的性质。我们不敢。我们会不知道如何讲才安全，才不会触犯法律和被当成异端邪说。”

这就是国王所说的和谐：强制缄默。拉蒂摩主教和萨克斯顿主教已经公开反对国王，所以不可能继续任职。克兰默说：“我自己也想过辞职。我有何用呢？也许我该收拾行李与格蕾特一起离开。”

“在一次类似的境况中，你曾经告诉我应该振作起来，着眼长远。”

“多长远？”克兰默深受打击，直言不讳，“直到他死吗？因为这十年来说了那么多，做了那么多，如果现在失去亨利，我们就永远失去了他。”

“他并非总是犯错，对吧？写在羊皮纸上的东西可能并无实效。不管是什么法令、措施，我都可以拖延，可以——”他对“阻挠”这个词欲言又止“——我都可以对付，”他说，“还有余地，可以完全绕开这些新条款，将它们推往这个或那个方向——”

“但是有一点，”克兰默说，“我的妻子和孩子不可能被模棱两可地解释。她们要么在这儿，要么在纽伦堡，而不可能悬在两者之间。”

“你可能会再见到格蕾特。如果我能为国王找到一位新娘，我们在欧洲也许就可以昂首挺胸。”

“我怀疑联姻能否达成。我们在疏远自己的朋友。”

他耸耸肩。“我手头的女士人选已经不多了。克里维斯的人毕竟不是路德派。他们也许觉得可以接受这种新秩序。”

“你女儿现在怎么样？”克兰默说，“她现在不能来这儿，对吧？不能既在这儿又保持自己的信仰吧？”他没有期待回答；但在国王的代理眼前，坎特伯雷一边踱步，一边开始说服自己。他就像在从悬崖边退回：绝望之中，他觉得自己想跳崖自尽，但紧接着，他感受到将他吹向毁灭的蓝色空气，感受到风在他的肺里鼓荡，他看到海鸥在下面飞翔，他像羽毛一般被吹到崖边，然后他钉紧脚跟，抓住稀疏而弯曲的灌木，抬头仰望，拼命抓紧。他说：“你不会听到我说出反对国王的话。”

“没有人要你这样。”他感到很冷。他想把头靠在桌上。

“我不能认为他有恶意，或存心要让他的子民痛苦。他肯定是真的有猜疑和顾虑，它们折磨着他，而我们对此不全了解。”

“也许吧。”他说。

“他了解的一些信息对他来说是一种负担。他有意装聋作哑。比如说，他没有追究我的事情。”

“统治者会把我们的过失累加起来，”他说，“他们可能什么都不说，但记有一本秘账。”

“我们知道基督对我们的要求，”克兰默说，“我们知道什么是宽容，什么是服从，我们知道祂的教诲，使人和睦的人有福了。我虽然很不喜欢这样，但还是明白国王希望和睦。所有忠顺的子民都会追随他。”

“当然，”他说，“否则就会受苦。”

那些对他存心不良的人说，休·拉蒂摩将于圣诞节前被绞死。他打算阻止此事。但克兰默的妻子将于本周末之前乘船离开，而他提不出任何能将她留下来的建议。

以防万一有任何误会——万一哪个傻瓜把国王当成教皇党人——我们上演了一场水上大捷。一个炎热的六月天，穿得很厚实的他站在法国新大使旁边，向他讲解这一场面。在国王和一众朝臣的眼前，满满一船的罗马人与土生土长的英格兰水手交战。红衣主教们被扔进泰晤士河，不停地挣扎和尖叫，鼓手们则击响告捷的鼓声。阳光起舞，管乐齐鸣，教皇的法冠在河面漂流而下。“天啊!”马里亚克叫道，“我想那些家伙都会游泳吧?”

他说：“他们都是根据我的要求精心挑选出来的。”他叹了口气，“你得一点一滴地跟他们交代清楚。”

国王在自己的华盖下喝彩。公爵们在大声叫好。风流名士们在往泰晤士河扔钱。

“不过，表演还是很精彩，”法国人宽宏地说。一艘船正在把水里的战士们接上来。“我想，他们的服装再也不能用了。”他呵呵一笑。“但亨利哪儿在乎呢?你让他发财了，对吧?”

“你看到我们正在建一支海军，”他说，“现在天气好了，如果你愿意去我们南部的港口转转，我会乐意亲自奉陪。”

一个外交性停顿。他从侧面打量着新大使。他年龄不超过三十，但据说为人精明：几年前，当有传闻说他喜欢路德时，他就反应机敏，离开了自己的国家。他跟随身为驻土耳其大使的堂兄去了东方，不久后自己也成为大使。现在，他是将自己对改革的同情视为年轻时的胡闹，还是弗朗索瓦觉得他可能与克伦威尔友好相处而选择了他……谁知道呢?他说：“我们英国人必须给你表演一下。我们不想被你上一次的驻外经历比下去。”

风流名士们正跟在国王后面离开。他们要去对面的南华克看逗熊游戏。

“君士坦丁堡的人对你印象很深，”马里亚克说，“他们常常谈起你。”

他按捺住自己的惊讶。那会是任何一个英国人，一个也叫托马斯的流浪者。

“顺便说一句，”马里亚克说，“就官方而言，我不在这儿。我出于抗议而没有出席。”

“我理解。我就常常身在两处，或不在任何地方。我也认为这不是一个合适的场面，虽然你会承认它很有趣。你知道，我想念你的同胞丹特维尔，他总是愁眉不展，让我觉得好笑。我还以为你的国王可能会再派他回来。”接着，他连忙补充了一句：“当然，你来了我们很高兴，这一点不容置疑。”

马里亚克转过身，一脸诧异地看着他。“你没听说吗？那桩大丑闻？”

他回想起已故皇太子的中毒事件。“我知道有人传过一些谣言，但他们家肯定已经证明是清白的吧？”

“哦，是的，就那件事而言。但还有另一桩丑闻。整个家族都完蛋了。恐怕是鸡奸。”

他的心一沉。“丹特维尔现在在哪儿？”

马里亚克耸耸肩：谁在乎呢？“我猜是意大利吧。”

先是谋杀，然后是鸡奸。听起来像是加迪纳为了毁掉对手而想象出来的事情。他想起那位裹着皮服的大使，像汉斯所画的那样神采照人：断掉的琴弦，别在他帽子上的骷髅徽章。他说：“如果他今天跟我们在一起，肯定会冷得发抖，并匆忙赶回家去享受一炉好火和香料葡萄酒。”

马里亚克笑道：“我们完全可以对付天气。好了，我们要不要到对岸去看熊？”

当议会结束，议员们散去之前，国王吩咐举办一次午宴。由克兰默承办，在朗伯斯宫举行，出席人员包括诺福克和史蒂芬·加迪纳；克兰默将履行大主教之职，协调各方，让他们友好地坐下来，并为他们提供美酒佳肴。

这是一个炎夏之初，比近年来要干燥得多，几乎可以说是一场大旱——如果这不会招惹上天将你淋成落汤鸡的话。有时候，你觉得似乎自红衣主教下台以来，雨就没有停过。

午宴刚开始不久，加迪纳就指控他谋杀。话题已经转向罗马，转向该城的纪念碑和广场，及其昔日的荣耀。“红衣主教班布里奇去世时，你就在那儿。”加迪纳擦了擦嘴说。“这很有趣，”他对在座的客人们说，“有消息称是红衣主教府的人给他下了毒。”

他倾身向前：“你不这么认为，对吧？”

餐桌旁的客人们放下刀叉，停止咀嚼，认真倾听。加迪纳转向赖奥斯利——他年纪轻轻，不了解这些事情。“他们逮捕了一位名叫里纳尔多的神父，压碎了他的双腿，直到骨髓流了出来，这让人不得不怀疑其供词的连贯性。”

他（掌玺大臣）靠到椅背上，端详着加迪纳。他知道加迪纳在试探他，而他不能上钩。“那是二十五年前的事了，史蒂芬。知情者大多已不在人世。”

“班布里奇是在餐桌上发病的，”加迪纳说，“他的汤里被下了药粉。”

“是的，”诺福克帮腔道，“就像费希尔主教中毒时一样。当时那位厨子被活煮了。”

满桌的人都发出反感之声。“我们没胃口了。”大法官抗议道。

“药粉是在斯波莱托买的，”史蒂芬说，“我知道那家店铺。”

他笑了起来。“那家店铺知道你吗？”

诺福克说：“在罗马人那儿，杀人会是什么价钱？因为那位神父，里纳尔多……我猜有人收买了他吧？”

“当然，”加迪纳说，“是吉利主教。”

他能看出诺福克在努力回忆。他在咀嚼这个名字，仿佛那是煮得过老的肉：吉利，西尔韦斯特罗·吉利。“伍斯特主教，”诺福克脱口道，“沃尔西的密友。”

“就是他，”史蒂芬说，“沃尔西在罗马最主要的朋友。只要除掉班布里奇，沃尔西显然就会成为下一任英国红衣主教。”

众人默然；他示意一名仆人添酒而打破沉默。“全城有一半的人都希望班布里奇死掉。法国人恨他。佛罗伦萨人恨他。他还欠了不少债。”

“你看过账本了？”加迪纳说，“谁让你进去的？”

鸡肉端了上来，切肉的侍者们各司其职。在罗马，在教皇的餐桌上，切肉的侍者将肉插在肉扦上，举得高高的削成片，使得最温和的就餐也带有一种危险气氛。他（克伦威尔勋爵）放下杯子，转向客人，微笑地张开双手，说：“我一向认为是教皇的司仪杀死了班布里奇。司仪恨他，因为他是英国人，跪拜时总是跪错地方，要不就是拿错权杖。教廷觉得他是野蛮人。”

坐在首席的克兰默显得不安。“你怎么会在罗马，克伦威尔大人？”

“私事。我当时还不认识沃尔西。”

加迪纳恶狠狠地说：“你早就认识沃尔西。”

那是6月15日，基督圣体节，班布里奇喝了汤，突然腹痛难忍。医生们给他洗了胃，当天傍晚他就恢复得很好，可以外出就餐了。他会愿意错过卡雷托红衣主教府的克里特葡萄酒和鱼子酱吗?

第二天，班布里奇像往常一样狂暴易怒，打骂仆人。直到7月14日，他突然倒地身亡。他们逮捕了里纳尔多神父，因为众所周知班布里奇在公开场合揍过他，他们知道他怀恨在心。

在教皇的地牢里遭受三天酷刑后，里纳尔多设法弄到了一把刀。他没能痛快地捅死自己——尽管比杰弗里·波尔干得更出色。过了一两天他才咽气，然后罗马人将他的尸体悬挂示众。在他们分尸之前，他——克伦威尔，外国人，年轻的英国人——看到那具尸体吊在那儿。里纳尔多的脚上贴着标签，公示了他的罪名。他供认是吉利给了他十五个达克特①，让他害死自己的主人，但该细节没有写在标签上。它会将梵蒂冈的秘密之墙炸出一个洞。主教和红衣主教们互相残杀，地位低下的人代他们担罪受过。

那个夏天即使按罗马的标准也很炎热。夜幕降临时，连石头似乎都在冒汗，呼出当天积累的谎言。他自己利索、无声而平静地在热浪中移动。自从被蛇咬过之后，蛇的某种特性进入了他的血液，他可以蜷缩不动，直至需要的时刻。

诺福克说："我从未去过罗马。当然，我知道班布里奇。他脾气暴躁。"

"是的，他当时五十来岁，"克兰默说，"而且意气用事。这种人很容易热死。另外，我总是听说那位神父死前翻供了。"

"那么凶手是谁?"史蒂芬说。

简称说："你是真的在指控克伦威尔勋爵吗?"

"他当时可没有爵位。"诺福克说。

的确没有。他现在可以看到自己，黄昏时藏在纳沃那广场。班布里奇自从得到红帽子以来，就一本正经地自视为未来的教皇，并摆起很大的排场。他租下弗朗切斯科·奥尔西尼的宫殿，那儿距离梵蒂冈和他的同胞所住的英国旅店很近。宫殿的正面很雄伟，有凉廊，有露台；班布里奇用从绍利家族的银行家们手里借的钱进行了装修，同时还欠格里马尔迪的钱。许多人都会愿意雇克伦威尔去监视班布里奇的后门，有几个人还付诸了行动；他留心他们想要搜集的情报，让他们各得所需。

---

① 旧时在欧洲多国通用的金币。

藏身那儿期间，他与一位站街女搭讪起来，调侃起她的头发。她把头发漂白了，但现在又长出了一拃之长。他说，你的黑发也挺好，对英国人来说很新鲜；浅色头发的人已经够多了。她说，你是英国人？天啊，真看不出来。原来是因为这样，你才在注视英国红衣主教府。你想念你的同胞们寻欢作乐的声音了吗？瞧着吧，过不了一会儿，就会有人出来在大街上呕吐。

那天夜里晚些时候，她对他说，现在我要告诉你一件事。无论是罗马人，还是托斯卡纳人、法国人、英国人或者德国人，都愿意花钱找金发女郎。遗憾的是，我和干我们这行的姐妹们从一出生就错了。我很想重新漂白，但过了一定时候就会脱发，而任何国家的男人都不想找秃头的女人。

她打了个哈欠。嗯，刚才很棒，她说，你想不想换个姿势再来一次？顺便说一句，如果你想去宫里跟你的同胞们一起干活，我可以让你进去。我表兄在厨房工作。

她把他当成了一名穷困潦倒的职员。毕竟他的穿着很像。他转向她，商量新姿势和价钱。当时那么热，怎么会有那么好的体力呢？但年轻时，你的感觉不那么明显。

“大人？”赖奥斯利说。

“抱歉，”他说，“主教大人，我忘了你刚才在说什么？”

史蒂芬刻意地说：“沃尔西连掩饰自己插手谋杀的风度都没有。他与吉利主教是密友，直到他们在班布里奇死后争夺他的法衣。沃尔西希望将它们打包送回伦敦供他使用。我给他当秘书时，在文件夹中看过那些信。”

“你知道我怎么想吗？”诺福克说，“没有了红衣主教，没有了我们曾经有过的那些自以为是的老教士，我们反而过得更好。现在大主教在这儿，”他的拇指朝克兰默一指，“他起码举止谦恭。从他的神情你就能看出他总是在祈祷，而不是吓唬贵族，密谋要搞垮他们，以及争吵、欺诈、贪污等等。而托马斯·沃尔西成天干的就是那一套。”

“诺福克大人。”他说。

“是的，还对一些心术不正的无赖委以重任，索贿，伪造契约文书，恐吓身份比他高的人，与巫师沆瀣一气，以及各种盗窃、撒谎和欺诈——”

他从座位上起身。

“——让国家利益受到损害和糟蹋，让国王蒙羞。”

他一把抓住公爵。他伸直手臂抓着他，可以轻易地把他向前一拽，将他摔倒在地。

克兰默连忙起身。“这成何体统，托马斯，他是个老人。”他抓住诺福克的外套，想把他拉开，仿佛公爵是鱼叉上的一条梭子鱼，他想把它放回河中。

只是在看到大主教开始流汗——也可能是流泪——时，他（克伦威尔）才放开公爵。托马斯·霍华德扯起嗓门对他破口大骂。

仆人们进来，将盛肉的盘子撤走。他们坐在那儿，隔着姜糖怒视彼此。

“嗯，”史蒂芬说，“这好像是我最为享受的一次和平会议。”

国王该离开伦敦出去度夏了。议会一休会，他就会启程。随行人员首先会住在贝丁顿，那是曾经属于尼古拉斯·卡鲁的一座舒适府邸。然后，他们将于7月7日抵达奥特兰兹，再从那儿前往沃金。

任凭岁月流逝，克伦威尔勋爵从未回想过自己早年的生活：他把往事推进院子，关好院门。现在困扰他的不是加迪纳关于意大利的问题，意大利会保守自己的秘密。让他心绪不宁的是帕特尼，它既远又近。当他因为发烧而身体虚弱时，往事闯了进来，现在他无法抵御自己的记忆，它们随时会自我复述：当他出席枢密院会议时，话语像毛毛细雨似的落在他的周围，他发现自己被裹在儿时的气候里。他是一名僧侣，走下夜间的楼梯，仍然身在梦境，于是，他的兄弟们拖动的脚步变成了童年时林中树叶的低语；就像一只藏起来的动物在叶子做成的窝里轻轻动弹一般，他的思绪沿着一条不安宁的路线翻来覆去。他想拴住它（拴在眼下，此时，此地），但它会飘荡，散发出脏稻草和死水的腐臭味，铁匠铺发烫的油味，马的汗味，还有皮革、青草、酵母、油脂、蜂蜜、淋湿的狗、泼洒的啤酒以及童年时的小巷和码头的气味。

他拿起羽毛笔：国王也许可以在沃金逗留六天，他（克伦威尔勋爵）能否去那儿跟他会合？然后去吉尔福德……

这是个一弯残月的夜晚。他能闻到河流，还有尿裤子的鳗鱼小子的气味。鳗鱼小子瘫在他脚旁，身体太沉，一步也拖不动了。废物托马斯不知道再如何是好。一阵极度的疲劳感朝他袭来，从头到脚渗透他的全身。于是，一片茫然的废物缓缓地走回了家。

沃尔特与他的伙伴们继续喝酒,直到躺在一张工作台上鼾声如雷，然后在某个黑暗的时刻醒来，踉踉跄跄地上了楼。你以为他会一直睡到中午，一边打鼾一边流汗。也许废物托马斯这么指望，心里想，当人们还在睡觉时，我要去河边看看鳗鱼小子是死是活。看他是躺在我所扔下的地方，还是有人把他与早上冲到岸边的杂物一起捞了起来，将他送回了家或拿去喂了猪。

但天知道他想了些什么。醒来时，他脑子空空，身体发抖，没有任何逻辑或计划。天亮后，他再一次擦了擦自己的刀，但放下它后，才走进啤酒厂的院子。

千万不要低估沃尔特，不要低估他的暴力和狡猾。第一击不知来自何处，打得他天旋地转。他眼睛里有血，然后沃尔特可以随意揍他。他拳脚并用，直到他(托马斯)血淋淋、软绵绵地瘫在卵石地面上，而他父亲站在旁边，低头朝他吼道："你给我起来！"

空气中有动静。掌玺大臣从国王的行程中抬起头。简称赖奥斯利来了，背对着光，穿着黄色的衣服翩然而至。他一屁股坐在椅子上，大声要了啤酒。他用帽子给自己扇风。"加迪纳，"他说，"天啊！竟然指控你谋杀！虽然就算你真的为世间除掉了一名红衣主教，又如何呢？那是在国外，而且是很久以前的事了。"

他说："我会扳倒史蒂芬。等着瞧好了。"

简称看着他。"是的，我相信你。"

"我在处理这些，"他说，"请原谅。"他将注意力转回到文件排上。吉尔福德之后，是法纳姆。在国王抵达之前，每个城镇都必须确保没有瘟疫。只要有一丝怀疑，就必须更改线路，所以还得有另外的东道主做后备，他们的银器要擦亮，羽毛床要蓬松。"从法纳姆到佩特沃斯，距离有多远？"

"横穿的话，不足二十英里，"简称说，"但如果下雨需要绕道，就会更远。"

二十英里是国王目前可以骑行的距离。"国王在计划去一趟狼厅，你知道吗？"

简称想了想，说：“就他的队伍规模而言，那儿小了。”

“西摩家的人会搬出去。爱德华已经计划好了。”他想起简的身影，在小姐花园①散步；他想起她穿着粉红色的新裙子，鲜活地站在绿色的树下。

他对着文件蹙起眉头。“假设他从佩特沃斯去考德雷，去威廉·费兹威廉府呢？然后去埃塞克斯……啊，马修来了。”

马修端来一碗李子，恭恭敬敬地放下。“成功的果实，”赖奥斯利笑着说，“祝贺你，先生。”

他曾经认为本国的李子不够好，所以对它们进行了改良，将接穗嫁接到砧木上。如今从七月到十月下旬，他的几处宅邸都有正在成熟的李子，果实的大小犹如核桃或婴儿的心脏，有杂色的，有条纹状的，有的斑斑点点，有的呈现出大理石纹理或射线状，果皮从柠檬色到芥末色，从赤褐色到深红色，从天蓝色到黑色，不一而足，有的光滑，有的毛茸茸的，就像淡紫色或白色或灰色的小动物；圆圆的琥珀色果实点缀着他的制服的灰色，薄皮的果实就像银网中的红蛋，肉质紧实或入口即化，或甜或酸；他最喜欢的品种是佩里贡，颜色最浅的是黄色果皮上点缀着白色，而阳光照到之处则是星星点点的红色，散发着香气的果肉在八月下旬成熟；还有紫罗兰色的佩里贡及其黑色的姊妹，喜欢朝东的墙壁，九月产出的果子握在手里很结实，果肉呈黄绿色，口感丰富，很容易与果核分离。你可以把它们整颗地制成罐头，保存一个冬天，当成甜点享用，或者在闲暇时刻只是坐在那儿看着它们：锡碗里的金球，影子般的黑果，鲜红色的球体。

他对马修说：“你还记得我们去你的老主人家打猎的事吗？国王丢掉帽子的那一天？”

马修咧嘴笑了。谁会忘记打猎的队伍骑马归来，一个个面孔晒得像火腿一般？

如果一位绅士的帽子被风吹掉，同伴们就立刻脱掉自己的帽子。礼貌的人会说，把你们的帽子再戴上吧，别为了我而遭罪。但国王虽然不会接受别人的帽子，却从未想过要他们戴上；所以他们回家时都晒起了泡或晒

---

① 据《提堂》所述，狼厅共有三座花园，分别被称为大篱笆花园、老太太花园和小姐花园。

出了黑印。他说："可惜你没有看到雷夫·赛德勒。他的眼睛在脑袋上煮熟了。"

马修说："我的朋友罗伯带了一群人去找国王的帽子，但一无所获。他的帽徽上有圣休伯特，他的眼睛是货真价实的蓝宝石，所以我觉得如果我们找到了，肯定会得到奖赏。"

他拿起笔，接着规划国王一行的夏天之旅。国王将前往斯坦斯特德，然后是主教的沃尔瑟姆，接着去斯拉克斯顿，然后离开汉普郡，向西行进。在萨瓦纳克，休伯特被缠在树枝里，眯着眼睛看着下方。在盛夏时节，我们将重走那些路，而他会看到我们现在的样子：腰围更粗，罪孽更重。

"八月中旬，"他写道，"五天。狼厅。"

2. 第十二夜[①]

1539 年秋

八月，汉斯卷起新娘带回国内，把她铺在画板上，准备给国王观看。

"我必须加快速度，"汉斯说，"确保在我可以动身离开之前她能变干。我还带回了妹妹艾米莉亚。但坦率地说，艾米莉亚略微逊色。"

"先让我看看安妮。"他说。他退后一步欣赏着，这是一位光彩照人的公主，像是钢铁打造而非血肉之躯。她的衣服很贴身，犹如某位女神的盔甲，看上去仿佛会自动站立。你把视线从她闪闪发亮的胸甲往上挪，停留在她的面孔上。那是一张瓜子脸，安详温顺，毫无修饰，不像克里斯蒂娜的那么年轻红润，但呈现出一种端庄之美。她有一双温柔的眼睛，眼神含蓄，犹如圣母在思考自己出乎意料的时来运转。"亨利应该喜欢她，"画师说，"我会。你也会。这幅画很棒。你不会猜到我花了多少心血。"

"让我看看艾米莉亚。"他说。

如果威廉公爵在没有子嗣的情况下死去，作为姐姐的安妮会继承更

① 主显节前夕。

多。艾米莉亚将需要非凡的丽质，以弥补自己相对弱势的前景。

他打量着她。肤色更黑，脸型更长，眉毛轮廓分明。“她让我想起另外那位。博林。”

汉斯把她转向墙壁。

* * *

亨利站在他的新娘的画像前，像顾问官们一样，目光从她的胸部往上移动。时间一分一秒地过去，沙漏中的沙在流动，河流在奔向大海。亨利点点头。“很好。我会从我们的特使沃顿博士那儿听到更多关于她的消息，对吧？”他犹豫片刻，露出一抹笑容。“告诉汉斯大人，一切都很好。”

爱德华·西摩已经从狼厅来信。他为国王最近的成功访问而兴奋，确信他的家族不会因为国王再婚而失去显赫地位。他说，国王应该娶克里维斯的公主，我们需要这桩联姻，而且据我所知，她是一位和蔼可亲的女士，会给他生更多的孩子，我觉得这是天作之合。

萨福克公爵在枢密院发言：我们的国王与某个王室联姻才合理正当。查尔斯说，当然，西摩家是很不错，但那桩婚姻没有给国王从国外带来好处。至于克里维斯家族——他们在莱茵河上旅行时，不是乘坐银天鹅拉的船吗?

他(克伦威尔)笑了。“也许过去是这样，萨福克大人。”

据说皇帝对这桩联姻大为反感。法国人愤愤不平，苏格兰人怨声载道。我们的国王在打猎。大多数时候，他状态很好。医生报告过一次感冒发烧，还有一次令人担忧的便秘，但第二天他又重返马背，与费兹威廉和一群女士一起，杀死了十来只雄鹿。一行人从格拉夫顿到安特希尔，再到邓斯特布尔，穿过贝德福德郡，国王心情愉快，非常随和，多年来都不曾如此。他是受人爱戴的亨利，帽子上插着羽毛，娶妻指日可待。

而他(克伦威尔)对国王的猎物进行了统计，因为他是特伦特河以北的森林、公园和猎场的首席法官和管理者。他的统计于六月初从舍伍德森林开始，截至九月，他手下的人已经统计出二千零六十七只马鹿和六千三百五十二只小鹿，职员们用长达六十八页的羊皮纸书将它们的生命记录下来。他们彻底搜寻了绿林，了解林下生命的秘密，但没有找到罗宾汉或与他一起射箭吃喝的其他好汉。

一两周之内，汉斯就根据自己的记忆和那幅大肖像，为新娘重新作了画，好让国王随身携带，他已经将她镶在一个微型象牙相框里。“你瞧，诺福克大人，”亨利说，“她难道不是很好看吗？”

诺福克含糊地咕哝着，并侧过头来，等待他(克伦威尔)开口。

从和解午宴中平息下来后，他和诺福克不得不学会如何重新同处一室。他降低身段道了歉，诺福克哼了一声。费兹威廉拍拍他们的背，说：“像基督徒一样握个手。”

他碰了碰公爵瘦骨嶙峋、满是老茧的手掌，以示诚意。不过，他不确定诺福克甚至是不是基督徒。他崇拜他的先辈。他对僧侣土地的贪心一直不亚于任何人，却扬言不会让塞特福德修道院关闭，因为他的亲人葬在那儿。或者更确切地说，他要把它改造成一所神父学院，神父们将为他祖先的灵魂祈祷。公爵一边在他身旁噔噔地走着，一边解释：“他们会为他们祈祷，克伦威尔，一直到地老天荒。”

他礼貌地说：“那会祈祷很久。”

沃顿的报告到了。作为国王的代表，他见到了安妮，是在她自己家里由她母亲陪伴着见的。玛丽亚公爵夫人——公爵遗孀——是一位严肃的天主教贵妇，一直将女儿们置于自己的眼皮底下，用单纯、有限、虔诚的方式把她们养大。在克里维斯，让年轻的小姐们花心思读书或受教育被认为是不当之举。所以，安妮只会说自己的母语。

“克伦威尔将能够与她交流，”亨利说，“各种现代语言他都懂。”

“不敢当，”他说，“赛德勒大人的德语比我强。我主要是在威尼斯以及从纽伦堡的商人那儿学的。这跟安妮小姐所说的语言不是一回事。我只了解做买卖的术语，不能胜任女士们喜欢的谈话。”

“说实在的，”诺福克说，“我从来都不知道该跟女人谈些什么。男人喜欢的东西她们一概都不喜欢。”

他说：“我妻子不懂外语，但认识所有的羊毛商人。她记的账不亚于任何职员，当我出差归来时，她会已经去过伦巴第街，把早上的汇率一栏一栏都抄了下来。她总是能告诉你货币的变动情况。”

他们从国王的卫兵身边经过。“我觉得你喜欢出身低下，”诺福克说，“我觉得你在炫耀，克伦威尔。炫耀自己是商人。”

国王寝宫的仆人们躬身迎接他们。不管亨利在哪儿下榻，不管是在狩猎别墅还是在宫殿，礼仪规矩都相同，都有一个严密的保护圈，圈子里有熟悉的面孔和老练的手，有一只刻着首字母图案、铺着小羊皮坐垫的便凳，有一沓为国王酸痛的背部准备的亚麻布床单；有一只圣水钵，有天黑时熊熊燃烧的大蜡烛，有丝绒床帷的庇护。但现在，亨利在阳光下微笑眨眼，一位夏天的国王。

公爵开门见山。“陛下！我想你可以派我儿子萨里出使克里维斯。一位有贵族血统的特使肯定会为我们争光，对吧？”

他(克伦威尔)皱起眉头。“我想我们不需要争光。我们已经过了那个阶段。”

“的确，”亨利高兴地说，“威廉公爵的顾问官们已经一致同意。我们不用打扰你儿子。我知道他正在你自己的领地忙于我们的防御工作。让他分心未免可惜。”

诺福克蹙起眉头。“那钱呢？她会带多少钱来？”

他说：“威廉将给他妹妹十万克朗的陪嫁，但是会停留在纸面上。”

“什么，欠着不付？”诺福克感到愕然，“他们是穷光蛋吗？”

亨利说：“我们很愿意免除那笔钱。公爵年纪轻轻，肩负重任。你知道他已经进入格尔德兰，那是他的权利。但他得做好抵御皇帝的准备。”

他(掌玺大臣)曾经告诉克里维斯代表团：“我的国王更看重美德和友谊，而不是现金。”德国人如释重负，叫道，天啊，他真是侠骨柔肠！但这正如我们所料。

“这一约定不能泄露，”亨利说，“否则威廉会感到羞愧。我很快就要称他为内弟了，所以不希望让他难堪。”

“她的行程呢？”诺福克说，“一位公主出行的成本可不小。”

“我们有船。”亨利说。

公爵追问：“是否有任何障碍？比如姻亲关系？他们是不是亲戚？”

“安娜是国王的七服表亲。”

“哦，”诺福克说，“我想这没关系。那我们不需要教皇的干预。天啊，不需要！”

国王说：“得知我们语言不通时，我承认我很惊讶，但我们的特使说她很聪明，我相信只要她用心，就能学会我们的语言。另外，每个人都说一点法语，即使他们否认——你不这么看吗，克伦威尔大人？”

“威廉公爵的顾问们说法语，”他说，“但那位小姐——”

国王打断他。“凯瑟琳当年从西班牙来与我哥哥成婚时，既不懂英语也不懂法语，而他也不懂西班牙语。我的父王想，没关系，听说她的拉丁语很棒，他们可以用拉丁语交流——但事实证明，他们都听不懂对方的拉丁语。”国王呵呵笑了。“但他们对彼此很友好，很快就夫妻恩爱。当然，我们将可以一起欣赏音乐。就算她不懂英文歌的歌词，我相信她会懂其他语言的歌词。”

他说：“据我所知，在德意志，贵妇小姐们没有音乐教师。那儿的女士如果唱歌跳舞就会有损名声。”

国王的脸沉了下来。“那我们晚餐后干什么？”

“喝酒？”诺福克说，“德国人都很能喝，在这方面享有盛名。”

“他们也这样说英国人。”他狠狠地瞪了公爵一眼，“安妮小姐喝酒时会兑很多水。而且他们不禁止音乐，毫不禁止。玛丽亚公爵夫人常常听竖琴。威廉公爵出行时会带一支乐队。”

以上都是实情。但我们在克里维斯的人还告诉他，公爵的宫廷安静到了乏味的程度。至晚上九点，大家都各回房间，直到天亮才出来。你如果想喝一杯酒，就得麻烦某个高级官员拿钥匙。

“我和我妻子会去打猎，”国王说，“我们将享受追捕的乐趣。”

“我相信她会骑马，陛下。”

“她必须会。她不能总是待在宫里。”诺福克说。

“但我不确定她能否射击。她可以学。”

国王似乎很不解。“女士们也不打猎吗？她们成天做针线活？”

“还祈祷。”他说。

“天啊，”诺福克说，“她会感激你的，让她摆脱那种地方。”

“是啊。”亨利有了新发现，“是啊，我想她会的。她的生活肯定很艰难，上帝保佑她。我猜她没有自己的钱。她会发现我们的观念截然不同。但我相信——”他停住了。“克伦威尔，你确定她能阅读吗？”

“还能写字，陛下。”

“嗯，那好吧。等她结了婚跟我们在一起后，她会找到本分的消遣方式。而且说到底，我们要的是一个妻子，而不是一个来教导我们的博学才女。”

亨利把他拉到一边，回头看看诺福克是否已在听力范围之外。“嗯，大人，”他不好意思地说，“走到这一步不容易。我还以为不会有人要我了。”他哈哈一笑，表明是一个玩笑。不要英格兰国王？“我只是可惜米兰公爵夫人。如果听说她被许配给别的国王，我会郁闷的。很遗憾我从未亲眼见过她。我原本倾向于她。”

“很可惜没能如此。但这样你就不欠皇帝的情了。”

“国王们不能选择自己心仪的对象，”亨利说，“我明白我必须让自己另有所爱。但你可以告诉霍尔拜因大人，我对他那幅克里斯蒂娜公爵夫人的画像很满意。我觉得她仿佛就站在房间里，准备跟我说话。告诉汉斯我不会扔掉它，而是会留着观赏。”

“当然，”他说，“也许不是当着新王后的面，先生。”

国王说：“对我有点信心吧，大人，我不是野蛮人。”

他前往塔里，穿过英格兰王后们在加冕前夜下榻的套房，安妮·博林曾在这里度过最后的时光。简从未在此下榻，她走得太早，根本没有活到加冕这一天，总是有各种原因，瘟疫啊，叛军啊，或者我们将在约克举行加冕礼——但到头来根本没能实现。埃塞克斯的一个补锅匠在离他此刻所站之处不远的钟塔里喝酒时，几杯下肚，便对塔丘的人造谣，哭诉简是被她自己的孩子所谋害。那家伙大喊，爱德华将是杀人犯，像他父亲一样。

你知道这个故事的结局。卫兵来了，把补锅匠架走。这种人除了被马拖死或绞死，还能有什么下场？克伦威尔勋爵站在已故王后的画像前，这是一只不确定的手绘在墙上的画像。他看到一张苍白的圆脸，黄头发耷拉下来。他想，不知道它会不会被安娜所覆盖？还是我应该请人重画？我不想抹去这么好的一位女士。安妮·博林正藏在墙板里，黑色的眸子灼灼逼人。

他想，我希望宫廷将称她为安娜，而不是安妮①。但女人会被重新命名，这是她们的特点，她们没有自己的国家；丈夫带她们到哪儿就是哪儿，父兄送她们去哪儿就是哪儿。对她们而言，上一次街可以像出一次海那样非同寻常。简·罗奇福德曾经谈到这一点。她说，他们把我像小猎犬似的送人，但还不如对小猎犬那么上心；我被交给别人，于是没有了未

① 克里维斯的安妮的德语名为 Anna（安娜），英语名为 Anne（安妮）。

来。（而她父亲莫利勋爵还是那么严肃而耐心的一位学者。）

在塔里期间，他去见了玛格丽特·波尔。她手边没有祈祷书，腿上没有针线活，只是无所事事地坐在一缕阳光下——阳光照着她那金雀花家族的长脸，使她看上去就像镶嵌在玻璃窗上的她的某位祖先。“夫人，”他说，“我想你还舒服吧？你得做好长住的准备。”

“不算最糟，”她说，“也可能国王希望这个冬天会要了我的命？我知道那对你会是一种解脱。”

“如果你对自己的待遇感到不满，可以写下来。”

“我知道你为什么留我一命。你仍然相信我儿子雷诺会来救我。你认为他会因为爱我而投案自首。”她注视着他，“你会为你母亲这样吗，克伦威尔大人？”

他神色冷漠。“如果你需要任何东西，也可以写下来。”

“你很快就会对雷诺更加了解。他不会穿过马路去救一个女人，哪怕那个女人生养了他。”

“他更关心石膏像。”他说。

“其实他羡慕我的境况。他觉得我有机会赢得一顶殉道者的桂冠。”

“因为对我无礼吗？你对我说什么都行，夫人。我以前全都听过。你可以对我直呼其名或称我为坏蛋。这不会改变我的原则。”

她说：“我已经注意到，普通人往往爱他们的母亲，有时甚至爱他们的妻子。”

九月的第一周，婚约在杜塞尔多夫签署，威廉的特使于当天上路，将文件送往英格兰。大家都很高兴，只有克兰默大主教例外，他说：“我很担心，大人。”

他很想说“你不是一贯如此吗”，但按捺住了自己。

“语言不通可不是一件小事。相信我，我有体会。”

“我还以为你与格蕾特过得很幸福。”

“我的确幸福。但她是我自己选的，我们共处过一段时间。我们必须通过别人才能交谈，但彼此感到很踏实，而这是家庭幸福的标志。”

他戏谑道：“诺福克大人说，没必要跟女人讲话，你不讲话也能尽丈夫的本分。”

“诺福克？”费兹威廉与其他顾问官一起走了进来，“他只会直接把女人放倒，来个霸王硬上弓。”

“这我相信，”查尔斯·布兰顿说，“跟女人讲不通。”

克兰默说：“很好，你们都喜欢寻我开心。但我不相信国王会让别人帮他挑选新娘。他不是对法国人说过，把你们的女士们带到加来，让我们聊一聊吗？他不是说过，这件事与我息息相关，我不可能接受任何人的选择吗？”

“他跟克里斯蒂娜素未谋面却想娶她，”查尔斯·布兰顿理论道，“他相信她的画像，还听赖奥斯利先生说她有酒窝。”

费兹威廉说：“他以前自己选择过。他选择过博林。那完全是他的选择，结果是个大错，而我们不得不收拾烂摊子。”

克兰默张了张嘴想回应，但他（克伦威尔）说：“我想，在婚姻的话题上你应该保持沉默。这与主教何干？”

克兰默显出畏惧之色。他做了个手势，似乎在说，讲和吧。

整个夏天，顾问官们跟在猎鹿的国王身后辗转内地。加迪纳主教很快就让自己栽进了沟里。议会通过的“六条”使他自信心爆棚。当有人在枢密院会议上提起罗伯特·巴恩斯的名字时，加迪纳嗤之以鼻，然后令人不快地收拾文件，接着拿起文件，一把甩在桌上，直到他（克伦威尔勋爵）说：“怎么了？”国王也说：“说出来听听，温彻斯特。”

“异教徒。”加迪纳说。

他说：“巴恩斯博士是国王的教士。几个月来，他受命在丹麦和德国人中间为我们争取朋友。”

“这我听说了。”加迪纳说。主教顶着鹰钩鼻子，肿眼泡闪闪发亮，胸前十字架上的受难者愁苦地看着众人。“若想了解一个人，我建议看看他的朋友。就算巴恩斯本人不是异教徒，那也是近墨者黑，深中流毒。”

“但他是我委派的特使，”亨利说，“如果我觉得他行，你就必须认同。我不允许任何人说我如何或在何处偏离了神圣及天主教的教义，或者说异端邪说在本国的何地受到包容。”

“我会告诉你在何地，”主教说，“在掌玺大臣的府邸。就在他的餐桌上。”

奥德利说："但据我所知，克伦威尔说他但愿路德死掉。"

加迪纳涨红了脸。"但自那以后，路德赞扬过他。"

"我可没有求赞扬。"

加迪纳转向国王，手在桌上一拂，就像拂开骰子一般。"我没有说他是路德派。我抱怨的不是这一点。"

"那他是什么？"布兰顿说。

加迪纳转向他。"萨福克大人，你的意思是，这样一个人还有什么样的异端邪说吗？克伦威尔勋爵在瑞士有朋友——对此他能否认吗？——像路德一样，他们也写信赞扬他，他是他们最大的希望。我们知道他们信仰什么。圣礼并不神圣。基督的圣体只是一块面包，在任何摊点都能买到。"

"我不是宗派主义者。"他说。

"真的吗？"

"我不是圣礼派。"

加迪纳朝他探过身来。"也许你愿意说说你是哪一派，而不要说你不是哪一派？"

奥德利勋爵说："史蒂芬，那些宗派主义者，不是主张共产吗？"他咧嘴一笑。"我可不想成为那个企图与克伦威尔共产的家伙。天啊，他会挨一顿狠揍的！"

国王倾身向前，声音发颤："温彻斯特，你可以离开了。"

"离开？为什么？"

国王吹胡子瞪眼，就像即将爆皮的猪油布丁①。他（克伦威尔）劝道："主教大人，走吧，别等卫兵们进来。"

加迪纳还算聪明，站起身，却忍不住踢了凳子一脚。他后来对赖奥斯利说，只有史蒂芬才敢这样从国王面前离开——粗暴，无礼，也许还不计后果？

"但现在他会在背地里使坏，"简称说，"我不确定这样更好。"

简称一直站在枢密院的议事厅外；听到了国王对主教的大声呵斥；被加迪纳猛地一把推到墙上，还被吼道："滚开，赖奥斯利，你这该死的

---

① 英格兰西南部德文郡和康沃尔郡的一种香肠，主要原料有猪肉、猪油、燕麦、大麦等，因含油脂太多，烘焙时表皮容易爆裂。

叛徒。”

奥德利走了出来。“天啊，各位，温彻斯特动不动就这样发火，我想，总有一天他会把自己送进塔里的。他无法理解国王，对吧？”

赖奥斯利重新整了整自己的短斗篷的下摆，正了正帽子。“大人，你听到有关斯托克斯利主教的消息了吗？他病了。”他们转身看着他。“恐怕熬不过今晚。”

“上帝慈悲。”他严肃而虔诚地说。

似乎已经峰回路转。史蒂芬被赶出了枢密院，斯托克斯利奄奄一息。一片晴空。

他骑马前往肯特郡。在利兹城堡，站在雄伟的城墙下和护城河边，他跟他儿子格利高里交谈，空气和水环绕着他们，白云在蓝天上奔跑，整个世界清朗流畅，光影摇曳。“我在等待克里维斯的信使。一旦婚约在我们这边签署，安娜就可以启程。在一年中的这个时候，我不希望她在海上长途颠簸。如果威廉公爵能给她弄到一张安全通行证，我打算把她从陆路接至加来。在她踏上英格兰国土的那一刻，我希望你在场，代我向她致敬。”

“加来？我要过海吗？”格利高里睁大眼睛，仿佛在看着大海。

“她抵达时，你的贝丝也将是她的女侍之一。我希望她有任何需要都会找我们——不管是需要陪伴，还是建议——”

“还有翻译，”格利高里说，“我希望到了海外我的法语能够对付。”

“你还会感谢我要你学了拉丁语，感谢我要你读那些书。”

“哦，那些书，”格利高里说，“它们让我很有压力。我以为您打算把每一卷都印出来，并把内容塞进我的脑海。”

他转头看着儿子。大风吹乱了格利高里的头发，并在水面掀起波浪。他垂下目光望着水边，那儿漂浮着一些枯枝死叶，在拍打着硬如蛇背的石堤。“学无止境。我是为了你好。”

“我当时很怕您。”

但是当然，儿子往往都怕父亲，世事原本就是如此，他想。“我尽力做一位慈父。我从没打过你。”

“您太忙了，没时间打我。”

“哦，”他说，“我猜也可以交代给其他人。进去吧。风越来越大了。”

在他的左侧，透过两个高高的尖拱，可以看到柳树和云彩掠过的天空。他们钻进一道门，向右急转，爬上楼梯，进入大厅。从小教堂可以俯瞰水面，颜色从蓝到灰又重新变成蓝色；它是一面镜子，映照出天气的各种变化。是亨利·吉尔福德——上帝让他安息——修建了上面这几层，还有宽敞的窗户和高大的壁炉——那是在安妮·博林将他革职，让他返回老家郁郁而终之前的事了。格利高里带他观看旧时留下来的几个石榴，以及城堡的雕刻画；他告诉儿子，这些画代表卡斯蒂利亚的炮塔。六位王后在利兹这儿生活过，如今里面住的是铁匠的曾孙：小亨利现在穿着罩衫蹒跚学步，小宝宝爱德华躺在摇篮的襁褓里。“这里有一本弥撒书，”贝丝说，“他们说是凯瑟琳王后的。”她从锁着的箱子里取出来。他翻动书页寻找题字。

他前往亨廷顿郡去看望外甥理查德。毕竟到明年的此时之前，他不会再有假期。整个夏天，李尔勋爵从加来源源不断地送来了新教徒，并说他们应该在伦敦接受调查，因为他无法处理。他们一下船，加迪纳就兴致盎然地对付他们，威吓他们宣誓拥护他提交至议会的每一条恶毒的条款。史蒂芬就算被踢出了枢密院，仍然很有权力。他那无尽的恶意是从何而来？他所安插的仆人告诉他：“温彻斯特想从加来人那儿查出与你的联系，克伦威尔勋爵。他试图怂恿他们供认你，供认得到你的庇护。如果他们曾经与你出现在同一座教堂，听过同一次布道，加迪纳就想从中做点文章。”

那该怎么办？他一半的工作就是保护信福音的朋友们，让他们小心谨慎，以免被抓。狂热的教友们会触犯议会的新条款，然后就是：“好心的克伦威尔大人，把我们从牢里救出去吧！”如果他做不到怎么办？如果他（克伦威尔）勇敢地为加来人说话，那将不仅对他更糟，对他们也毫无益处；所以他必须尽量隐秘、巧妙地采取行动，以减轻加迪纳那帮人造成的伤害。

在威斯敏斯特，大家都在彼此监视，他很庆幸能离开那里。理查德正在欣钦布鲁克修建新居。这儿有一所存在已久的小修道院，因为规模越来越小而已经关闭。正在拆除一处旧地板的工人们手里拿着鹤嘴锄跑来找他，不安地说：“理查德先生，看我们发现了什么……”

他前去查看。当那些骨头被捡起来时，工人们跪下祈祷。起初，很难说上帝的多少造物被胡乱堆在这里。理查德认为是两具骸骨，但并不像你预想的那样是修女：其中一具颚骨很大，肩膀像巨人杀手的一样宽。建筑工们已经在编造有关他们的故事了。这是一对离家出逃的贵族和小姐，因为相爱而私奔，但在逃亡途中，被一位嫉妒的伯爵或小王侯逮捕。他们手牵手地站着，被追捕者杀害。如今没有人能阻止他们融为一体。

“工人们觉得他们非常古老，”理查德说，“至于他们姓甚名谁，我想我们将永远不得而知。但把他们葬在修女的墓地似乎不妥。”

他想象这个身材魁梧的男人的出现让那些瘦骨嶙峋的处女们退避三舍。“所以呢？”

“所以我把他们放回了原处，”理查德说，“我可以忍受他们在我的地板底下，他们不可能在夜间起来走动。我不得不允许工人们为他们的灵魂祈祷，否则他们会扔掉工具。但我不会让他们改变我的建筑计划。”

左邻右舍已经相信有个淹死的修女在这一带哭泣，痛悔自己的罪孽，并寻找她生下的那个令人羞耻的婴儿。她在黄昏时出现，湿透的衣袍上的水啪嗒啪嗒地落在石板地上。他对理查德说，也许她根本就没有投河自尽，而是留下一张纸条奔赴新生活，就像罗伯特·巴恩斯一样。

当德意志代表团——威廉公爵的手下和萨克森的使节——抵达时，国王仍在打猎。他传旨说，他(克伦威尔)应该放下所有的事务，全心全意地接待他们。到九月的第三周，国王回到温莎，准备亲自接见他们。他的代表们——萨福克公爵、克兰默、奥德利、费兹威廉和杜伦主教卡斯伯特·滕斯托尔——正在等待此事一锤定音。这一选择可以满足各方，只有诺福克和温彻斯特主教除外，他们认为一切应该由他们说了算。萨克森公爵是威廉的内兄，他明确表示，只要“六条”仍然有效，他就不会与英格兰建立外交联盟：他不会容忍在圣典中无根无据的行为。“但克伦威尔勋爵，”特使们说，“既然你已经完全康复，我们相信你将能够使亨利渐渐转变思路。毕竟如果你当时就站在议会大厅，那些条款就不会通过。一旦安娜小姐来到这里，新郎就会变得心情平和，从谏如流，你就会充分发挥自己的优势了。”

他们说，梅兰希通在亲自致信国王，力劝他废除新法律。对一位国王而言，改变主意并不丢人。

国王的团队询问克里维斯与洛林公爵之子的旧婚约——当时双方年龄还小——却被告知那些文件仍然不在手边。他(克伦威尔勋爵)想，他们可能弄丢了，这种事情时有发生。“我的新娘过来时可以带来。”国王说。他不想拖延。皇帝目前在法兰西，在其宿敌的土地上受到欢迎。他前往低地国家去实施报复——根特市已经奋起反抗他，他打算亲自去将它降服。对他而言，走海路会更容易，但他害怕英格兰的水域。我们的船可能开出去拦截他，他甚至可能被一场暴风雨吹至我们的海岸。

“凡事有利则有弊。”帝国大使说。他提不出任何有益的建议，只好在谚语中求安稳。至于马里亚克，你无法从他口里套出任何信息：“哦，这我可不知道，大人，我只能听天由命。”或者：“这超出了我的职权范围——当然，我这么说并无偏见。”马里亚克如果能设法阻止婚礼，肯定会全力为之，但此时此刻，他与西班牙人一同进餐，并夸口道：“全欧洲都为我们主人之间友好关系的持续感到高兴。”

“我想我们最好重新起用怀亚特，”他对国王说，“派他去跟皇帝一起穿过法兰西。如果说有谁能播撒麻烦的种子，那就非怀亚特莫属。”

怀亚特与他的情人在阿灵顿度过了夏天，应该得到了很好的休整。他关于意大利的计划都成了泡影，因为凡是要英国人涉足他国领土的计划，国王都不会支持。怀亚特很失望，但国王说：“你的这位朋友——我是说克伦威尔勋爵——总是告诉我，这样的冒险成本太高，而且你永远不知道最终的账单。”

10月5日一大早，婚约在汉普顿宫签署。没有必要宣读结婚公告，因为克兰默免除了它们。现在一切就绪，只欠完婚。国王将一枚戒指交给克里维斯代表团，不过他微微一笑，并没有像以往的习俗那样将它套在某位绅士的手指上。他说：“我妹妹玛丽当年嫁给路易国王——上帝让他们安息——时，朗格维尔公爵作为他的代表前来，我们都在格林威治的大厅见证。他们宣了誓，朗格维尔给她一枚戒指并吻了她，他们签了字，接着她被送去更衣”——国王的脸微微一红——“然后他们一起躺在床上，朗格维尔掀开自己的睡袍，露出那毛乎乎的光腿，还抚摸她——说实在的，事后想想，当时还有年轻姑娘在场，我觉得这既无必要也不合适。但法国人期待这样。”

德国人说，法国人就是这样。一个粗野的民族，总是要求按他们的方式行事。

国王要送礼物给他的新娘，还有一封信。他显出腼腆之色，似乎准备说，你能为我代笔吗，克伦？“我该用什么语言？”

“拉丁语或法语，陛下，这关系不大。威廉公爵会让她了解里面的内容。”

“是的，”亨利说，“但我不知道该写什么。我想，通常的赞美就行。毕竟，”他高兴起来，“她不是一位见惯了情书的女士。得知她以前从未注视过一个男人，我觉得很特别。就像简一样。简对任何人都没有非分之念，直至了解到我的青睐。即便到那时，她也不轻易就范，对吧？这么纯洁无瑕的女士如今难找了。但你似乎又找到了一位。”

10 月 20 日，克里维斯的使节们回到杜塞尔多夫。皇帝给安娜颁发了从他的领土经过的通行证。他虽然反感这桩联姻，但不会为难一位踏上婚姻旅途的女士；他的姐姐——他在低地国家的摄政王——坚持认为对克里维斯的公主应该极尽礼数，甚至应该派人护送。

瑟斯顿对他说：“你还记得在红衣主教时代你从伊舍带回来的那只猫吗？你放在口袋里带回来的，格利高里大人不喜欢它，叫它马林斯派克，还记得吗？嗯，我想我前几天看到它在墙上，爪子上抓着一块兔肉。但我心里想，猫难道能活这么久吗？”

他说：“我猜想，红衣主教的猫会是大自然的奇迹。它看上去怎么样？”

“有点苍老，”瑟斯顿说，“但我们不都是如此吗？”

今年冬天，国王在接受大修道院交出的一切，包括领地的地契和大片的土地、水道、鱼塘、牧场、牲畜和仓房的存货——每一粒小麦都被称重，每一张兽皮都被计数。如果有些鹅成群结队地涌向集市，有些牛慢吞吞地走到屠宰场，树木自动砍倒，钱币跳进路人的口袋……当然很可惜，但国王的专员们虽然不易欺瞒，开展工作之前却难免走漏风声，僧侣们有充分的时间转移财产。只要你好好地对待国王，他就会是一位好主人。圣巴塞洛缪修道院交出了一切，大钟被运往纽盖特，副院长富勒便被赠予不少土地和一份年金。增收法庭的官员们搬进了它的宏伟建筑里，理查德·里奇计划将副院长的住处变成他自己的官邸。在北部，喷泉修道院的布拉德利院长接受了每年一百镑的年金。一贯愿意帮忙的温什科姆修道院院长得到了一百四十镑。展示过一小瓶基督之血的黑尔斯修道院也已经移交。锡恩的大修道院即将关闭，他提醒自己别忘了劳恩德，兰卡斯特副院长在那儿任职了三十年，已经为时太久。近年来，那不是一座虔诚或快乐的修道院。每次问及，副院长总是说，*omnia bene*①，一切都好，但其实不然：教堂的屋顶漏水，周围总是有女人出没。现在那一切都结束了。他将进行重建，在英格兰平静而绿意盎然的腹地，建成一座符合自己喜好的大宅。天气不好时，他会想起那花园的凉亭，那飘落的珍珠白和胭脂粉色的玫瑰花瓣。他想起紫罗兰，三色堇，以及蔓长春花的蓝色星星——少女们用它编制情人结，而在意大利，人们把它编成送给犯人的花环。

十一月，他在备忘录中写道："审判和处决雷丁修道院院长。"他看过证据和起诉书，裁决已确定无疑，所以干吗还要假装有疑呢？大修道院的美好时光随着北方的叛乱而一去不复返。国王再也不会容忍有人颠覆他的统治，不会容忍有人躺在挂有豪华窗帘的住宅里，却夜不能寐地想念罗马。英格兰现在释放了成千上万英亩土地，靠它们生活的人已经分散到教区，或者如果学识渊博就进入大学，其他人则去从事各自所能找到的行当。它们的院长和副院长多半最终都接受了一份年金，但如果必要，有的是得到一副绞索。他把格拉斯顿伯里的院长理查德·怀廷抓了起来，审判之后关在囚笼里游街示众，然后在突岩②上绞死，与他一同受死的还有他的财务主管和教堂圣器管理员，一个是老人，一个是傻瓜，都有叛逆之心；另外还有一个把他的财物藏进墙壁里的贪污犯——反正专员们是这么说。这些罪行原本可以忽略不计，但它们是恶意的证明，证明他们否认国王作为教会首脑——从而也是所有圣杯、圣餐盒、十字架、十字褡和法衣、烛台、水晶圣骨匣、彩绘屏风和镀金或琉璃肖像的首脑——的地位。

没有哪位统治者可以长生不死，只有亚瑟王除外。有人说他只是在睡觉，会在危急时刻——比如皇帝发兵之际——醒来。但在格拉斯顿伯里，长期以来，他们一直声称亚瑟就像你我一样难免一死，他们还有他的遗骨。当修道院需要资金时，僧侣们就带着施洗者约翰那发霉的头骨和伯利恒的马槽碎片出去忽悠民众。但这一套如果没能给他们的金库带来进项，那么，他们派人在地板底下找到的会是什么呢？只会是亚瑟王的遗骸——

① 拉丁语，意为"一切都好"。

② 格拉斯顿伯里突岩位于英格兰西南部萨默塞特郡格拉斯顿伯里小镇，是一处凸起的小山丘，相传是亚瑟王故事中的阿瓦隆岛。

旁边还有一具长着金色长发的王后的遗骨。

事实证明那些骨头经久耐用。它们从一场毁掉大半个修道院的大火中幸存下来。多年来，他们吸引了无数的朝圣者，连贝克特的圣坛都感到嫉妒。铅十字架，水晶十字架，阿瓦隆岛等等，榨干了那些轻信和充满敬畏者的钱财。有人说耶稣本人在此地行走，市民们鼓励这个谣传；在圣乔治旅店，有基督的一个脚印，只要花点钱，你就可以把它临摹下来并把纸张带回家。他们声称，在十字架刑之后，亚利马太的约瑟出现了，圣杯就在他的行李中。他带来了出自各各他山的一件圣物，即十字架底部所立之处的那个洞的一部分。他把自己的拐杖插在地上，结果变成一棵山楂树开了花，而且不管丰年荒年，年年开花，其间一任又一任爱德华国王和亨利国王在位、逝世和化为尘土。现在与他们一同化为尘土的还有格拉斯顿伯里的所有圣物，包括两位名叫贝尼格纳斯的圣徒，两位埃德蒙国王，一位巴蒂尔德王后，半王埃塞斯坦，布里吉德和克里桑塔，以及比德的破头骨。永别了，古斯拉克和格特鲁德，希尔达和休伯特斯，两位名叫赛弗里德斯的修道院院长，一位乌尔巴努斯教皇。永别了，奥迪莉亚，艾登和阿尔法格，温塔，沃尔伯加，殉道者塞萨里厄斯，带着你们制造的混乱和理解的错误，以及颤抖的怪异指骨和胡乱堆在一起的头骨，从人类的视线中消失吧。那些混有圣土的鼠骨，破烂的外衣碎片，沾满血迹的马毛衬衫，那些边边角角，以及从大火窑中出来的三个人①的变脆发黑的衣服，让我们将它们彻底埋葬。天使降临之日圣母手持的那朵百合花已经凋谢。照亮救主坟墓的那支蜡烛已经熄灭。格拉斯顿伯里突岩高达五百多英尺。你可以极目远眺。只要睁眼去看，就可以看到一个崭新的国家，一切都焕然一新，被重新描绘、上彩、刷白，擦洗得干干净净。

国王为新娘挑选珠宝。那些宝石置于象牙和珍珠母盒子里。字母 H 和 A 缠绕在石膏和玻璃上——在好不容易将它们抹去之后，这种景象未免有

---

① 典出《圣经 · 旧约 · 但以理书》第三章：尼布甲尼撒王造了一座金像供民众膜拜敬奉，凡不俯伏敬拜者，一律掷入大火窑烧死，但希伯来人沙得拉、米煞、亚伯尼歌却拒绝敬拜，于是被捆绑起来扔进火窑，火加七倍，烧毁了捆绑他们的绳子，三人却并未受伤，火中还出现了第四人，相貌似神子，于是尼布甲尼撒王相信他们三人的神是至高神，应当称颂，遂放出三人，并降旨天下人不得再信其他的神。

些奇怪。国王说，给我从威尼斯请一些乐师，以迎接新王后的到来。如果他们带上新的乐器就更好了。

克里维斯的公主将抵达一个虔诚的国家。他的《圣经》在加速印刷。赖奥斯利先生问他："先生，法国人把没收的那些纸张还给你了吗？他们为什么会对你网开一面？"

他没有回答。赖奥斯利先生显出受伤之色，似乎自己未被信任。

"邦纳一直在帮忙，"他说，"在法国人中间做工作。他并非你想象的那么愚蠢。"

埃德蒙·邦纳从法兰西回来后，将被任命为伦敦主教。这会缓解我们的传道士的境况。斯托克斯利主教也许喂了虫子，托马斯·莫尔也一样。但他们的气味还在地面上飘荡，他们那些大叫大嚷的支持者时刻准备把传福音者拖下讲坛。

"我知道邦纳是你的人，"赖奥斯利闷闷不乐地说，"但他不会长久，法国人不喜欢他。"

"他们不喜欢我。"他说。

你得一分也失一分，有得有失。

女士们聚在宫里，准备迎接新王后。苏塞克斯夫人和拉特兰夫人掌管着大权，决定谁可以得到哪个岗位，承担哪些职责，以及该如何穿戴。苏格兰公主玛格丽特·道格拉斯身份最高。她的朋友玛丽·菲茨罗伊从乡下被召回来侍奉。掌玺大臣家的女眷——爱德华·西摩的妻子奈安和格利高里的妻子贝丝——已经就位。里奇蒙的母亲克林顿夫人也在女侍之列；但没有拉蒂摩夫人？奥斯丁弗莱的年轻人感到不解，他们你推推我，我捅捅你，问，克伦威尔勋爵将如何向她求爱？我们知道他给她写了不少情真意切的信，但她现在已经离宫太久，会忘了他的许多魅力。

安娜的寝宫将由简·罗奇福德负责。自从托马斯·博林去世后，她有一份足够的收入，本可以退隐至诺福克郡，住在她位于布利克灵的宅邸。可那有何意义呢？她才三十出头，但阅历丰富。当他们从一群叽叽喳喳的姑娘们身边经过时，她漫不经心地问："你觉得新来的伴娘们怎么样？"她们的短面纱在身后飘动，法式头巾被壮着胆子尽可能地掀至脑后。

他笑了。"今年的似乎特别年轻。"

“那是因为你在变老。伴娘们还是通常的年龄。”

“那位看起来面熟。”

简·罗奇福德大笑起来。“我想是的。那是诺福克的外孙女凯瑟琳·凯里，玛丽·博林的女儿。你跟她母亲偷过一两次情。”

他很惊讶：玛丽的小女儿已经长大，到了待嫁的年龄。“我跟凯里夫人从未偷过情。”

“月光如水，”罗奇福德夫人说，“加来，你忘了吗？哈里·诺里斯告诉我，玛丽·博林和托马斯·克伦威尔一起在外面的花园里，我想不是为了锻炼，你觉得呢？我说，对，哈里，是为了娱乐，他哈哈大笑，说，哦，天啊，如果他造出一个小克伦威尔，会怎么样？”

“我们是在花园里，这一点我承认。”

罗奇福德夫人在嘲笑他。“我所知道的是，第二天，玛丽晕晕乎乎，脖子上满是伤痕。哈里·诺里斯对她说，看来克伦威尔把你干得太猛了，玛丽，你尝到找个粗汉做情人的滋味了吧？我希望你们今晚又约好了幽会，因为其他人都不会要你，你的肉满是花斑，看上去就像一条正在变质的鱼。”

他想，诺里斯是一位绅士，说不出这种话。但是当然，就像已故的安妮身边所有的侍从一样，他能做出的事情超出了我们的了解。

“威廉·斯塔福德当时也在花园里，”他说，“玛丽后来就是嫁给了他。她肯定喜欢跟他做爱。她跟我没有这方面的经历。”

“随你怎么说吧。但我听到的是，你掏出一把刀，顶住他的喉咙，将他赶走，然后把你的猎物拖进室内。”

此话部分属实。斯塔福德在黑暗中走到他身后，被他当成了杀手。他记得那家伙奋力想挣脱，但身上的棉服被他紧攥在手里。

“好吧，”罗奇福德说，“无论如何，那位甜心是玛丽的女儿，而跟她手牵手的小妞则是诺里斯的女儿玛丽。”

他瞥了一眼玛丽·诺里斯，看不出她与她父亲的相似之处。她母亲死得早，他几乎不记得她了。他有些不安，说：“诺福克舅舅是她的监护人，对吧？”

“相信诺福克舅舅吧，”罗奇福德说，“他会把自己的人都塞进来。他的监护对象诺里斯，外孙女凯里，他还有个侄女，是他弟弟埃德蒙的子女之一。”

埃德蒙·霍华德，愿上帝让他安息。他是一位穷绅士，是诺福克同父异母的弟弟之一，自己有五个孩子，至少还有五个继子女。他曾对红衣主教说，如果他不是贵族，就会出去扛锄挖地，当一个庄稼汉，踏实本分地过日子，但身份害了他，让他陷入贫困。

“诺福克来了。”罗奇福德说。公爵胳膊上挽着一个小丫头，大摇大摆地走了进来。“就是她，凯瑟琳·霍华德，我们先把她打发回去了，因为她看起来只有十二岁。但他们坚称她年龄够了，现在她又来了。”

他听见那姑娘用清晰而孩子气的声音说：“诺福克伯伯……”她拽着那老畜生的胳膊，想让他注意什么。

“他带来个小美人，”赖奥斯利先生说，“我可以跟她待上一小时，大人，你呢？”

“我不知道自己是否可以，”他说，“我觉得诺福克舅舅的影子可能会过来躺在我们之间。”

那孩子花一般的面孔在躯干上转动，口里叽叽喳喳说个不停。诺福克带着紧张而容忍的表情——他在留心国王的到来。那姑娘忘了她的伯伯，松开他的手臂，东张西望。她的目光心不在焉地从男人们身上掠过，但对女人们却从头到脚仔细端详。很显然，她以前从未见过这么多贵妇；她在研究她们的站姿和举动。“在掂量她的对手。”他说；她毫无城府。

“她没有母亲，真可怜。她母亲去世时，她还只是个婴儿。”

他瞥了一眼罗奇福德。“你也会说句软话，夫人。”

“我不是怪物，大人。”

玛丽·诺里斯和凯瑟琳·凯里在打量她们的新同伴。罗奇福德说：“就你看来，她是金发还是红发？”

他不愿置评，将目光移开。

“她身上的衣服不知道是谁花的钱？”罗奇福德说，“那种布料不是来自老公爵夫人的衣橱。还有那些红宝石——那不是安妮·博林的吗？”

“果真如此，就应该归还至国王的珠宝房。它们怎么落进诺福克手里了？”

“啊，终于引起了你的注意！”简·罗奇福德说。

11月26日，安娜离家向加来进发。她将有一支约二百五十人的护送队伍，她的侍女们也随行，所以有时候，一天的行程不超过五英里。鼓号在前面开道，她乘坐一辆镀金马车，上面饰有克里维斯-马克-犹利克-柏格公国的天鹅徽章和纹章。

格利高里来到奥斯丁弗莱听取最后的指示。“现在我给您复述一遍，”他说，“我一见到安娜就马上写信回家。一定要让她知道我是谁。要友好，要有耐心。一定要让她吃上想吃的东西。给她一个装有现金的钱袋。”

“还要确保她们一行的欠账还清之后才能返程。你们也可能被天气所延误。”他想起六年前，国王与安妮·博林被困在要塞。“要知道，你们逗留得越久，上上下下的人就会越受到法国商人的诱惑。顺便说一句，你自己要记好账。”

“您知道吗，您跟我说话的语气，就像我是怀亚特？”

“是的，”他说，“而你受宠若惊。”

格利高里笑了。从下面传来一声高喊：“大人，能打扰你一下吗？”

从喧闹声判断，所有的人都在往外跑。格利高里下去了，片刻之后，又冲上楼梯：“您得去看看。”

院子里有一辆马车，由四名车夫看守。马车上有个板条箱或笼子，前面开门并装有栅栏。他的第一反应是他们在守护一片黑暗区域，但是接着，里面有什么东西动了一下，表明并非空无一物。他看到一片有斑纹的皮毛，还有一颗悄悄探过来又马上从亮光下退缩的脑袋。是一只豹子，皮毛上沾有自己的粪便和呕吐物，或者从气味来看是这样。

他拢紧长袍。大家不再盯着动物，转而盯着他。他有一种想在胸前画十字的冲动。它不远万里，也许是来自中国，怎么可能还活着？

“你觉得它饿了吗？”瑟斯顿说，“我的意思是，你觉得它此时此刻饿吗？”

栅栏很结实，但大家都保持距离，豹子也尽量远离他们。它无法知道自己已经抵达目的地，以为这是它一连串逼仄发臭的日子中的某个经停站。

车夫们一边等着付钱，一边四下打量。他们是英国人，受命把它从多佛运来，担心它会逃脱而吓坏肯特郡的民众，所以，他们婉转地表示，应该在平常的价钱上再加一点。这跟运一堆木材不同，其中一个人说。

“那你们是从多佛的什么人那儿运来的？”

其中一人略带挑衅地说：“还是那个人。”

“你们有文件吗？”

“没有，先生。”另一个人突发灵感地说，“我们原本有文件的，但被它吃掉了。”

对于它跨海之前来自何方，他们并不知晓也不关心。“除了异教徒那儿，你还能在哪儿找到这种东西？”其中一人问道，“也许你们该请一位神父来给它祝福。”

“它看起来好像会吃掉一位神父。”瑟斯顿说，并得意地呵呵笑。

那好吧，赠送者的名字似乎已经消失在旅途中的某处。他想象某个戴着头巾的君主在期待感谢。他所要做的是感谢所有的人。他会说，感谢你们带来这一奇迹。

格利高里说——这是第一次有人说了句明白话——“你们觉得这是不是送给国王的？”

有这种可能；果真如此，那它不过是从他桌上经过的又一件物品。迪克·帕瑟在他旁边。“迪克，”他说，“在我们把它运进塔里之前，它需要一名管理员。不能让它以现在的状态交给国王。我觉得它不能继续走了。”

迪克还真不赖，他没有说，不，别找我，先生。他脱下帽子，用手捋了捋自己的发茬。

有人喊了一声：“瞧，它在动！”

在此之前，那只野兽一直无精打采。现在它站起身，在逼仄发臭的空间里伸了个懒腰。它向前迈了一步，而这一步让它抵达自由的极限，它盯着他，紧紧地盯着他；它的眼睛深陷在褶皱的皮毛里，所以你无法看到它的表情，不知道是敬畏，还是恐惧，或者愤怒。

众人默然。迪克不安地说：“它知道自己的主人。”

犹如箭中靶心，他感到自己被它审视的目光所刺中，尽管它很瘦，就像行走的皮包骨。当务之急是让它下车。“付钱给这些人。”他说。它将只能待在自己旅行的囚笼里，直到建好一个更大的笼子，但通过冲洗它的粪便可以减少臭气。我们将需要喂它食物，好让它长肉。

他对迪克·帕瑟说：“你怎么想？有胆量吗？”

迪克挺了挺身子。格利高里说："恕我冒昧，父亲，每当您想要别人做那些对他们毫无益处的事情时，就总是对他们说这种话。"

"是啊，"瑟斯顿说，"他的意思是，迪克·帕瑟，有脑子吗？"

迪克说："如果要我管这只野兽，同时还管那些狗，我就需要训练一个帮手。"

"你可以有个帮手。"

"它每天要吃半头牛。"

"你可以申请。我们会给你做个预算。"

"有个条件。"迪克环顾四周，"它归我一个人管。谁也不能拿棍子捅它。事实上，谁也不能靠近它，除非我允许。我让它安静下来后，不想有人招惹它。谁也不能牵着猎犬从它旁边经过，去逗弄它。"

格利高里说："我很惊讶，上帝竟然创造了它。"

"上帝甚至想出了它。"他说。想想那些人心里的信念吧！不是这些车夫，而是在它的每一段旅程中守护它、把食物和水塞进笼子的那些人。只要想一想他们随时可能将长矛插进它的喉咙，然后将它的皮卖个好价钱，你就不能抱怨它状态不佳。

到目前为止，动物没有发出任何声音。此刻也没有，但它仍然目不转睛，盯着克伦威尔勋爵，温布尔登的克伦威尔勋爵，掌玺大臣。它在琢磨如何利爪一挥扒掉他的皮。在它饥肠辘辘的估量中，他肯定至少顶得上两个半头牛。格利高里说："假如它想吃活物呢？迪克·帕瑟就得去猎鹿了。"

迪克走上前，仿佛要向它致欢迎辞。但野兽仍然盯着他。似乎看到了他背后的空间。似乎对栅栏视而不见。

他回到办公桌前。他在查看圣奥尔本斯修道院的津贴名单。暗淡交错的光线从他的文件前掠过，犹如豹皮的错落花纹。

一番琢磨之后，他改变了关于戴头巾的君主的猜想。也许是海峡对岸的某个小贵族送来的，他得到了这只动物，心里想，我要用它去讨好托马斯·克伦威尔，据说那家伙特别喜欢搜集名贵物品，会留着向同仁们炫耀。

当他见到威廉·费兹威廉，两人一同走进枢密院议事厅时，顺口跟他说起此事。费兹同情地叹了口气。"有个傻瓜送过我一只海豹。每小时三桶鱼，它还像根本没吃似的。最后，我吩咐我妻子把它做成了馅饼。”

费兹威廉前往加来时，随行人员包括已故王后的哥哥托马斯·西摩，还有曾经在加来长驻的弗朗西斯·布莱恩，其他人对那片海岸也并不陌生，玛丽·博林的丈夫威廉·斯塔福德尤其如此。格利高里在信中写道，有些人晕船，但我没有。他（克伦威尔）微笑着把信念给赖奥斯利先生听。遗传是一种奇怪的事情。谁也不知道我们的父辈会留下什么痕迹。“如果说我把强壮的胃传给了我儿子，”他说，“那就最好。我父亲的胃肯定也是这样，否则他决不可能留住喝下的那些酒。”

“我有时觉得——”简称欲言又止。

“什么？”

“我同意诺福克舅舅的观点。你侍奉国王的地位越高，对自己的低下出身就提得越多。”

“你的意思是，别人提得越多。我并不以之为耻，简称。我从不否认我父亲教过我一些东西。他教会我把铁打弯。”

他是大忙人，没有时间阅读生活寄给他的每一封短笺。但他阅读了这一封：“你让我注意到这一点很对。我会改正。”

欢迎队伍在海上时，科尔切斯特修道院院长正在空中。科尔切斯特的院长已经签字拥护国王的至尊地位，并宣了誓，接着却又反悔，私下嘀咕：莫尔和费希尔是殉道者，他多么同情他们！被要求交出修道院时，他说国王无权这样做——也就是说，国王的意志和法律都等于零。在院长看来，他既非精神王国也非现实王国的首脑，事实上，他根本不是国王，议会也不能制定法律。

他相信这是最后一场绞刑。此前，科尔切斯特、格拉斯顿伯里和雷丁串通一气。但是现在，针对国王的抵抗战线将被打破。所有其他的修道院可以通过谈判来关闭：再也不用流血，再也不用绞索和铁链。再也不需要杀一儆百：绘有基督五伤的叛军旗帜被踩在脚下。北方的迷信者声称，除了主要的伤口之外，基督还遭受了五千四百七十次伤。他们说，因为受到克伦威尔的割肉扒皮，他每天旧伤未好又添新伤。

没有哪本书上说大人物都会快乐。没有记录显示公职的回报包括平静的心绪。他坐在白厅，一年来发生的事情历历在目，他知道自己的手在纸上移动时的影子，以及那无法隐蔽的拳头；在安静的屋子里，他能听到笔尖轻柔的沙沙声，仿佛他写下的文字在与他交流。

你能创造一个新国家吗？你能写出一个新故事。你能写出新的文本，毁掉旧的文本，将邓斯·斯各特的著作撕碎扔在院子里四处飘散，把福音书放进每一座教堂。你能在英格兰的大地上书写，但前人所写的内容不断呈现出来，它们刻在岩石上，载于洪水里，从冰冷的深井中浮现。索要这个国家的不仅仅是圣徒和殉道者，还有比他们更早的阴魂：埋在深沟里的矮人，在微风中歌唱的精灵，用砖砌进下水道和葬于桥下的魔鬼；你的地板下的骸骨。你不能对他们征税或进行统计。他们已经存在了一万年，在那之前还有一万年。就算农民们拿出新的租约，法律人士举出房地契证明，都无法轻易地摆脱他们。他们从地下冒出，损毁海岸线，在农作物中播下杂草的种子，侵蚀矿井的巷道。

12 月 11 日，安娜抵达安特卫普。在身为商会会长的斯蒂芬·沃恩带领下，英国商人出城四英里迎接，他们高举一百六十支大火炬，火焰舔噬和亲吻着暮色。沃恩在信中说，全城都出动了，出来看皇帝的人都不会有这么多。他说，安娜举止优雅，是一位面带笑容、性情文静的公主，穿着一身奇怪而闪闪发亮的长袍。她带有一群侍女，着装的风格跟她一样，但都不及她那么美。

沃恩没有提起詹妮可。没有提自己是否见过她。但话说回来，邮件并不总是万无一失。

第二天，安娜启程向布鲁日进发，然后从布鲁日前往加来，费兹威廉和他的随员骑着马，在加来的城墙外迎接她。

夜幕降临。她的护卫队骑着披有黑丝绒的大马，仿佛凭空出现。当他们临近城墙时，礼炮齐鸣，于是，一行人在令他们伸手不见五指的烟雾中进入灯笼门。

一旦自己的婚事成为定局，亨利就转而关心起玛丽小姐。巴伐利亚公爵目前未婚，是十分合适的人选，现在已经来到英格兰，如国王建议的那样只带有不多的随行人员。他向国王保证不会有任何要求。他会纯粹为了友谊而娶玛丽，以巩固德意志联盟，与皇帝和罗马抗衡。

他派赖奥斯利先生去内地，让玛丽小姐做好见面的准备。简称现在是他的常用信使。玛丽对他已经有了好感，还给他做了一个绣有他家族纹章的缎垫。

他(掌玺大臣)正在与内务府官员一起商讨隆重迎接王后的最终计划。他原本打算让玛丽小姐作为伴娘之一，但国王说，也许不要这样，克伦。克里维斯人可能会介意。把私生子女拿来炫耀的事情还是留给苏格兰人去干吧。

他躬身遵命，同意让两位女士——只有一岁之隔的继母和继女——私下会面可能会更好。让她们坐下来彼此了解。也许她们会手挽手一起散步，就像玛丽之前与简王后那样。

他对简称说，告诉玛丽又有人前来求亲，而她肯定会像往常那样回答：宁愿终身不嫁，但是会顺从她父亲的旨意。她说什么你都听着，然后带回来；介绍巴伐利亚的优点，但不要过多劝说。因为等你离开后，她会大发雷霆，说她宁可被野兽吃掉，也不愿嫁给路德派的人。

国王对菲利普公爵很满意，把他带到白厅的内室，让他观看墙上的亨利。在汉斯所画的君主与带人观看君主的真身之间，国王即使看到任何差距，也不会在意。“瞧瞧我的上一任王后，”他说，“绝世无双的女人。”

他们说的是拉丁语。菲利普朝画像鞠躬致意。

“瞧瞧我父亲。”国王现在又重新用英语，“你知道吗，他当年只有七艘舰船，其中两艘还不适合出海？而我却能派五十艘前往加来，只是为了给你的克里维斯表亲护航。”

老国王的身影在他儿子身后略有缩小。

“祝贺你。”菲利普说。他也许不会说英语，但听懂了大意。“最勇敢的国王。”他补充道。

国王把他拉到一旁。土耳其人围攻维也纳时，菲利普参与了抵抗。国王想听听他的战斗故事，他们闭门交谈了整整一下午。

一两天后，他与雷夫一起前往恩菲尔德，亲自去见玛丽。“仅凭您出面，效果就会不一样，”雷夫说，“她会知道国王是认真的。”

亨利已经开始谈论条款，并要求起草一份合同。

玛丽让他等了一会儿，但他发现她已精心装扮：飘逸的黑丝绒长袍，玫红色缎子紧身胸衣。“大人，路上还顺利吧？”

“很难走，”他说，“但还可以通行。我们将能够接你去格林威治，如果你父亲要求你去那儿的话，你在白厅的新套房也在修建之中。我正在让灰泥变干。就在上周我还见了玻璃工。”

“因为那些 HA－HA 吗？”她说。

“是的。还有王后殿下的徽章。”

“我觉得这有点奇怪，”玛丽说，“我们称她王后，却跟她从未谋面。不过，我当然祝贺我父亲。”

“菲利普公爵长相英俊，”他说，“金发。碧眼——颜色跟你母亲的很像。”

她看向窗外。

“我想赖奥斯利先生可能没有告诉你这一点。”

她用手抚平裙子，哼起歌来。麻雀在青山上建教堂……

他说：“我们不希望你到头来又反悔。你先说好的，好的，好的，到最后一刻却说不。因为这会令国王难堪。”

她说：“好的。不。”他等待着。“好的，我承认这会令他难堪。不，我不会那样做。我说过会服从。”

“国王是一位温柔的父亲，他不会逼你嫁给一个你无法去爱的男人。”

玛丽抬起眉毛。“可他却棒打鸳鸯，逼梅格·道格拉斯离开了一个她发誓愿意为他而死的男人。”

“哦，真心汤姆，”他说，“他不值得一位公主为他殉情。”

“爱是盲目的。”玛丽说。

“并非总是如此。你应该见见他。菲利普。”

雷夫说：“你想回宫，对吧？我相信是的。”

“塞德勒大人，”她说，“你跟我讲话时，为什么把我当成吃奶的孩子一般？”

雷夫懊恼地扯下自己的帽子。他（掌玺大臣）说：“因为你强迫我们这样。”他大步上前，握住她的手。“我恳求你，小姐。处事要像个成年人，而不要像个孩子。让命运引导你，而不要等到它来拖拽你。”

两人出来后，雷夫说：“她会见他的。她很好奇，我看得出来。查普伊斯如果在这儿，会给她什么建议呢？他会说，别激怒国王。”

他点点头。他忘了打查普伊斯这张牌。但话说回来，他有很多的事情要考虑。

回到伦敦后，他按要求与滕斯托尔主教一起坐下来拟定条款。菲利普可以自己花钱把玛丽娶回去。“嗯，”主教说，“此前你费了九牛二虎之力让她在文件上签了字，大人。天知道你此前是怎么让她信奉国教的，但你做到了。”

他扔下笔。“但如果得强行将她带到神父那儿接受祝福，我是不会去的。国王得亲自出马。”

“他不会请我，”滕斯托尔淡淡地说，“我已经六十五了。年长有些好处，大人你也会了解的，如果——像我祈祷的那样——上帝让你长寿的话。”

经过一个夏天的娱乐消遣，和一个秋天在森林和田野的多彩生活，国王似乎很憔悴：面容消瘦，像面团一般苍白。他们一起坐下来处理国外来信，房间里光线晦暗：空气呈深灰色，水犹如掺了墨汁。远处是一个想象的国度，有倒下的牧草和湿透的树丛，湿漉漉的田野和林地，泥土墙和茅草屋顶，教堂和农庄。

前往巴黎的怀亚特追上了弗朗索瓦国王，然后是虚情假意的互致问候：怀亚特祝贺弗朗索瓦继续与皇帝保持友谊，弗朗索瓦则以手抚胸，信誓旦旦地表示对他的英国兄弟亨利忠诚不渝。

然后怀亚特又马不停蹄去追赶行进中的皇帝，又是毫无意义的彼此客套。但接着有人提起格尔德兰的话题，年轻的克里维斯公爵声称那片领土属于自己。查理变得激动起来。亨利应该建议他的新内弟服从自己的领主和皇帝，放弃主权申索，否则会吃不了兜着走，就像鲁莽的年轻人到头来都会吃亏一样。最好提醒提醒他。

怀亚特大为震惊。查理是个话语简洁、从不多言的人，几乎从不敞开心扉；他说话含蓄，总是绕着弯子实现自己的意愿。那么，这种激烈的反应会是何意？他会对亨利的新盟友发兵吗？

皇帝与弗朗索瓦已经会晤。据说他们将一起庆祝圣诞节，并在巴黎过新年。连教皇都担心他们串通一气玩秘密花招。怀亚特发现罗马的间谍藏在一些角落里。他说，我能查清这两位君王合计了些什么，但你在伦敦得帮我找到借口，好每天出现在他们面前。

“这种联盟是装装样子罢了，”亨利说，“他们俩都不敢背对着彼此，所以才待在同一座城市里。不是因为友谊，而是恰恰相反。”

“不过，”他说，“他们的联盟已经比我们想象的更持久。”

“如果是沃尔西，就会把它打破了。”

他久久地看了亨利一眼。“毫无疑问。”

“我们在法国雇了人，”国王说，“但他们不忠诚，会为一个小钱而叛变。我们在其他的宫廷也没什么朋友。”他吸了吸嘴唇。“尤其是你，克伦威尔，你没什么朋友。”

“如果我招致了他们的怨恨，我会引以为豪。因为这是为了陛下。”

“但你确定吗？”亨利听起来很好奇，“我觉得是因为你的本性。他们不知道如何对付你。”

“有这种可能，陛下，”他说，“你得知道，他们希望我被革职，以便可以蒙蔽圣听。所以他们竭力在你耳边中伤我，各种无稽之谈都会用上。”

“那么你的建议是，如果我听到有关你越权或者忽略和违抗我旨意的传闻，应该不予理睬？”

“你应该先跟我谈谈，而不要轻易相信。”

“我会的。”亨利说。

他站起身。他内心非常不安，坐不安稳。这可不像他。他通常可以装出比较平静的样子，即使是在国王——像今天这样——烦躁郁闷的时候。

亨利说：“你知道，我觉得你从未原谅我。为与沃尔西分手之事。”

与他分手？老天！

“我觉得你把他的死归咎于我。”

他走到窗前。公园里的树木正在融入黑暗，你看不到哪里已经雨停，影子从哪里开始。

“我们在为威斯敏斯特修道院建立初步的台账，”他说，“他们将于新年移交。里奇案头的文件太多，现在没时间接收，否则他们不会让陛下久等。”

亨利说：“你还记得约翰·艾斯利普吗？他当年就任院长时，威斯敏斯特非常破败。”

“几乎破产，先生。不过那应该是四十年前的事了。”

艾斯利普查阅了账簿，提高了修道院的租金，在重建忏悔者爱德华的圣坛后，带来了很多生意。“艾斯利普是个聪明人，”亨利说，“我小的时候，我父亲经常带我去他在托西尔菲尔兹的宅邸看望他。路况很差——沿途简直糟透了，牛在塘边搅动烂泥，你会看到死狗，还有猪在翻拱，以及各种腐肉。”

“下水道漫溢时会更严重，先生。但我已经把它抽干了。”

除了克伦威尔还有谁？你的河流、下水道、骸骨堂和废石堆，都由他负责。

“但他去世时，”亨利说，“你还记得葬礼吗？那是一种奇观，更像是胜利大游行而不是葬礼。柳树步道旗帜飘扬。僧侣们列队念经。我从未见过那种香雾缭绕的情景，修道院的墙壁都似乎在融化。还有后来纪念他的节日。你知道那不过是六年前吗？简直恍如隔世。”

斯托克斯利主教去年九月去世时，我们让教堂缀满黑纱，极尽敬意。但艾斯利普死于罗马的世界。亨利说：“我父亲希望将哈里六世国王封为圣人，这也会让修道院变得富有。但听到罗马的开价后，他不禁爆了粗口。”

“梵蒂冈的贪得无厌令人难以置信。”他说。他很想说句标新立异的话，但还是说了国王想听的话。

“我父亲常常给艾斯利普送酒，”亨利说，“僧侣们会回赠他一个骨髓布丁。我想，他早年穷困流亡时，常常吃那种东西。那是他最爱的食物。”

“我父亲也是。”他说，很惊讶自己还记得。

“花一便士就可以买到那种布丁，”亨利说，并露出了笑容，“我们的父辈肯定很容易满足。”

“如果上帝此刻俯瞰人间，会看到什么？天色渐暗，两个上了年纪的男人在谈论往事，因为他们有太多的往事。”他不想打破这一刻，但蜡烛即将送进来。

亨利说：“汤姆，我第一次见到你是很久以前的事了。”

“十多年了，”他说，“自那以后，我有幸侍奉在你身边——”

“几乎是每天，对吧？”亨利说，“是的，几乎每天。我记得——之前我们见过面，但我记得我们第一次交谈。萨福克不知道该怎么看待你。可我知道。我看到了你那双敏锐的小眼睛。你告诉我不要开战。你说，千万不要打仗，你承受不起。像个生病的孩子一样躲在家里，这对金库有好处。我当时想……天啊，这家伙有点胆子。他有点胆量。”

“我相信我并未冒犯。”

“你冒犯了。我没在意。”

国王的声音似乎像日光一样在渐渐消退。“艾斯利普是沃尔西的朋友，”他说，“所以我让他当我的顾问官，可我自己从未喜欢过他。但他对异端邪说很敏感。沃尔西常常把他派到你的朋友们之中，也就是汉萨同盟的商人那儿。在钢院商站。”

国王抬手拂了一把脸，犹如拂去艾斯利普、修道院、异教徒及其老巢。“你冒犯了，而我原谅了。统治者必须这样。这十年来我变化很大。你则变化有限。你不像以前那样令我意外了。我觉得你再也不会令我意外了，想想你这些年来的所言所行——有些简直不可思议，汤姆，我不会否认。十个普通人也抵不上你一个人的能力。但我还是想念约克红衣主教。”

出来后，他能感觉到脖子上的脉搏在跳动。赖奥斯利在此等候。“他厌倦我了，”他开心地说，“他亲口告诉我的。我被红衣主教的阴魂打败了。”

简称说：“我刚才想，不知道里面的黑暗中在发生什么。他在给红衣主教一个现身的机会吗？”

穿着他的寿衣，脑袋被寿衣蒙住。死人比活人更忠诚。他们无论好坏都不会离开你。他们会熬过最漫长的夜晚。

由于天气恶劣，新娘一行陷在加来，便以马上长枪比武、互相登门拜访、编排假面剧和其他戏剧来消磨时光。据报告，一名商人的船在布伦附近沉没，一船的羊毛和卡斯蒂利亚肥皂漂到岸上。他想象着大海泡沫汹涌、巨浪滔天的情景。上帝啊，请让安娜赶快到来吧，国王已经迫不及待。费兹威廉给他送来了潮汐表。他调侃道，红衣主教如果在这儿，肯定可以呼风唤雨，让它们去该去的地方。

凡是见过新王后的人似乎都对她感到满意。李尔夫人给她女儿安妮·巴塞特写了信，安妮是新的伴娘之一，她把信拿到国王面前，行了一个深深的屈膝礼，呈交给他。

国王念着信的内容。“善良温和，很好侍候，你瞧，”他对这姑娘说，“真是特大喜讯！你将有一位亲切的主人，我将有一位恩爱的配偶。”

安妮的脸红了。“配偶”一词似乎太直率。也许她不愿想象国王在床上的样子。岁月不饶人啊，如果是十年前，她肯定会跟他上床。

* * *

在加来，安娜住在财务署的王后套房。费兹威廉来信说，她已经邀请英国贵族共进晚宴。她惯于在公开场合用膳，不知道这不再是英王的习惯。但她是出于好意，想观察新同胞用膳，以了解他们的习俗。费兹威廉报告说，她的举止很有王室风范。他和格利高里跟她共处了一小时，教她玩国王喜欢的纸牌游戏。这是她自己的主意，是个聪明的主意。

风向变了。12 月 27 日，天黑之后，安娜顶着雨在迪尔登陆。他们将这位跨海而来的公主划到岸边。她将从迪尔前往多佛，从坎特伯雷到罗彻斯特，到新年的第一周，将从东边进入伦敦。国王将在布莱克希思迎候她，将她接至格林威治宫，并于第十二夜娶她为后。

3. 高贵

1540 年 1 月—6 月

国王在迪尔的新城堡是安娜的一个中转站，她可以在那儿洗洗手，喝杯酒暖暖身子，然后前往多佛；护送她的是查尔斯·布兰顿和奇切斯特主教理查德·桑普森——那位谨慎少言的教士在国王结婚离婚事宜上具有十分丰富的经验。

布兰顿带着自己年轻的妻子。她反应敏捷，热心快肠；对一位内心忐忑的新娘而言，受到一位年纪轻轻、面带笑容、能猜出她需求的公爵夫人的欢迎，真是求之不得。你不能指望查尔斯了解她的需求，桑普森主教就更不用说。但查尔斯威风凛凛，而桑普森会自动躲到角落，忙于自己的文书工作。

如果老天保佑，安娜的行李会在多佛赶上她。第二天，她将带着自己的牧师、秘书、乐师和女仆启程前往坎特伯雷，在那里她将会见大主教。她将需要现钱，所以他（克伦威尔）已经安排送给她一只金杯，里面装有五十枚金币。她穿过罗切斯特时，诺福克将率领一支庞大的绅士队伍护送她。没有让她与温彻斯特主教见面的计划。不用多此一举。克伦威尔勋爵的亲信们说，毕竟我们不希望她又掉头过海而去。

一路上的天气很糟糕。但新娘并未晕船，也不在意冒着雨和顶着冰雹旅行。司仪们如释重负，因为他们在格林威治宫外的布莱克希思策划了一场盛大的接待活动，如果她不能按期露面，他们将损失巨大。他（克伦威尔勋爵）希望民众全体出动。他已经让人将格林威治的街道清理干净，铺上碎石，并竖起栅栏，以免人们你推我搡掉进泰晤士河。

在奥斯丁弗莱，他整个冬天都在为庆祝活动而囤积麝香葡萄酒和马姆齐甜葡萄酒。烘焙房正在制作准备送给安娜和她的侍女们的果馅卷饼，丁香、肉桂和橙皮的气味满屋飘溢。丽兹在世时，第十二夜是他们款待左邻右舍的时候。他们会上演《三王朝拜》①的故事，服装上缀满金片，那些金片连最贪心的裁缝都会觉得太小。每只可以拿针的手都不会闲着，丽兹会让她们一边干活一边说笑。有一年，他们把安妮·克伦威尔装扮成一只长着兔子尾巴的猫，把格利高里装扮成一条长着发亮的银色鳞片的鱼——冬天暗淡的光照在他身上，他在黄昏中熠熠闪烁。

他想，不知道他的女儿詹妮可过得怎么样，不知道他们何时再次相见。他没有对自己说“如果”，因为他总是倾向于认为世事将如我们所愿。丽兹从未见过她，他觉得这很奇怪。她会接受这个陌生人；她嫁给他的时候就知道，他是个有故事的男人。

自从家里的女人们为他的两个小女儿穿上寿衣，时间已经过去了很多年。每当日历翻到复活节、圣约翰节、收获节、米迦勒节、万灵节和万圣节，他的胸骨后都会隐隐发紧——他已经习惯了这种感觉。

---

① 《圣经》中的东方三国王，也称东方三博士、东方三贤士、麦琪等，在耶稣基督出生后，带着黄金、乳香、没药等礼物前来朝拜。

1539年已近尾声，当他手里拿着一沓文件去格林威治，走进国王的接见厅时，以为会看到国王在弹竖琴，或列出他希望收到的新年礼物清单，或者只是叠纸镖，反正不准备工作。但寝宫内有些动静，年轻的卡尔佩珀走了出来："你绝对猜想不到，先生！他要亲自去罗切斯特迎接王后。"

他把文件塞给卡尔佩珀。"赖奥斯利，跟我进去。"

亨利正弯着腰，查看锦衣库送来的一个箱子。他站起身，兴高采烈地说："大人，我已经决定快马加鞭亲自去迎亲。"

"为什么，先生？只要再过一两天她就到了。"

亨利说："我想培养爱情。"

"陛下，"赖奥斯利先生说，"恕我冒昧，枢密院不是讨论过了吗？你的顾问官们恳请陛下不必亲自劳顿，而是在布莱克希思迎接王后。你也欣然同意了。"

"我就不能改变主意吗，赖奥斯利？在布莱克希思会有音乐、礼炮、游行的队伍和成群的民众，我们私底下说不了几句话就得转身回宫，然后要过数小时才能有独处的机会。我想给她一个惊喜，让她开心，给她一个名副其实的欢迎仪式。"

"先生，如果你愿意听听我的意见……"他说。

"可我不愿意。承认吧，克伦威尔，你不擅长求爱。"

的确。他只结过一次婚。"她才刚刚下船，先生。想想看，如果不能以最佳状态示人，她会多么难堪。"

赖奥斯利先生补充道："当然，陛下的出现还可能令她不知所措。"

"但正因如此我才得去啊！我会消除她的忧虑。她会为即将到来的盛典振作精神。"亨利笑了，"我要乔装打扮。"

他闭上眼睛。

"国王们常常这样，"亨利告诉他，"你不可能理解，克伦威尔，你并非天生的朝臣。我姐姐玛格丽特到达苏格兰时，詹姆斯国王和他的狩猎队在达尔基斯城堡给了她一个惊喜，他穿着深红色丝绒外套，肩上斜挎着七弦琴。"

人们听说过这个故事。那个年轻人风度翩翩，目光热切，敏捷地单膝跪地；年仅十三岁的新娘手足无措，面颊绯红，身体颤抖。

赖奥斯利先生说："我能否问一下，陛下准备装扮成什么？"

他们交换了一个眼神。凯瑟琳王后在位期间，经常受到罗宾汉或阿卡迪亚牧羊人的突然袭击。当他们脱去伪装时，看啊！原来是国王和查尔斯·布兰顿；原来是查尔斯·布兰顿和国王。

“我有黑貂皮要送给她，”亨利说，“也许我应该穿着漂亮的毛皮靴，以俄罗斯贵族的形象出现？”

赖奥斯利先生说：“除非我们先派人报个信。我担心陛下自己的卫兵都可能惊慌。这可能导致——”

“那就牧羊人吧。或者东方三国王之一。我们可以很快弄到另外两位国王的行头。派人通知查尔斯——”

“或者，先生，”他说，“也许就扮成一位绅士？”

“一位英格兰绅士，”亨利若有所思。“一位无名绅士。好吧，”他神情沮丧，“很好，我将服从克伦威尔勋爵的旨意，正如所有外国人所言。无论如何，我还是会让她惊讶。”他停顿片刻，和气地说：“大人，我知道这跟我们事先商定的不一样。但一位新郎总会有些心血来潮，而乔装打扮总是令人快乐。亲王遗孀凯瑟琳，”他对赖奥斯利说，“她会假装不认识我。当然，她只是陪着我玩。谁都认识国王。”

托马斯·卡尔佩珀跟着他们出来。“先生们，你们的文件？”

赖奥斯利一把将它们夺过来。他(克伦威尔勋爵)快步走开。“老天！”他说。

卡尔佩珀说：“你们尽力了。”

他想，我刚才是以臣子对国王的身份向他进言。假设我鼓起勇气说，亨利，我以男人对男人的身份建议你不要这样，不知会是什么结果？

卡尔佩珀说：“你们为什么不放心呢？所有的人都称赞她，对吧？你们担心他会发现她不像人们所报告的那样吗？”

“别跟在我身边，卡尔佩珀。”

卡尔佩珀笑了。“我知道她会发现他不像人们报告的那样。我们清楚你为了讨好外国人而歪曲事实，克伦威尔勋爵——但我希望你没有把他描绘成神吧？她在期待阿波罗吗？”

“她在期待一场像样的宫廷接待。她的家人让她做了这方面的准备。”他转向赖奥斯利。“我需要有人快速赶到罗切斯特去提醒她。国王会带着一小队随从经水路抵达，安娜得为此做好准备。没有传令官，没有仪式——他会进入她的房间，她应该感到惊讶。”

“看来你要毁掉他的意外，”卡尔佩珀说，“她必须既知情，又不知情？能掌握好分寸就算她运气。”

他对赖奥斯利说：“不知道我刚才是否应该坚持陪他一起去？”

简称说：“事情不算太糟，先生。起码他不会穿土耳其服装。”

国王打算于元旦在罗切斯特与王后会合，并停留一晚；即使他派一名信使回来告知他多么喜欢她，也得在几小时之后才能将信息传到格林威治。

那么，他想，消息也能以几乎同样的速度传到奥斯丁弗莱。他回到家里，在自己的屋檐下开启1540年。

他早早地坐到桌前。他告诉自己，这是捡来的一天。但是他推开来自卡莱尔的一堆信件，拿起一本书。是罗勒温克的历史，基督之前的所有日期都被印得上下颠倒。这本书是简·罗奇福德的父亲送的，他永远不会让你清静地阅读，凡是他特别喜欢的事件，他都会在旁边写下：“简直神奇！”

他翻动书页查看插图：安提阿，耶路撒冷，所罗门神殿和巴别塔。罗勒温克的历史始于6615（上下颠倒）年。当他正在阅读教皇诺森的加冕礼——他自己差不多是那年出生——时，他的爱犬贝拉跑到门口狂叫起来。他能听到下面有人说：“新年快乐，格利高里先生！”

贝拉兴奋地转圈。他朝下面喊道：“格利高里？你怎么来了？”

格利高里闯了进来。他没有停下来寒暄问候。“您为什么让这种事情发生？您为什么不阻拦他？”

“阻拦他？”他说，“怎么拦？他说是为了培养爱情。”

“您应该阻止的，先生。您是他的顾问官。”

“格利高里，喝杯这个吧，暖暖身子。我还以为你跟王后在一起呢。”

“我是来提醒您。亨利待了一晚，但现在已在回来的路上。”

瑟斯顿的一名手下端来一盘点心，掀开盖布。“鹿肉和醋栗果冻。梭子鱼和山葵。李子和葡萄干。”

“你瞧，”他说，“这就是我回家的原因。在宫里，你的食物得走上半英里，拿到手时就已经凉了。”

另一个孩子送来一盆热水和一条餐巾，格利高里不得不住口，直到房间里只剩下他们两人。贝拉用后腿跳跃着，似乎想引起他们的注意。他想起当年与红衣主教的手下乔治·卡文迪什经常上演的场景。他会说：“告诉我是什么情形，乔治——谁坐在哪儿，谁先开口说话。”卡文迪什就会一跃而起开始扮演国王。

他可以在脑海中呈现新娘新郎会面的那一幕：罗切斯特的古老大厅，大壁炉上雕着一些徽章：一棵羊齿草，一颗心，一条威尔士龙举着一个球体。他能看到国王带着自己的随从；他们懒散、顽皮地手持面具，因为他们指望马上会被认出来。果然，他们经过时，新王后的仆人们连忙跪下。

“安娜得到提醒了？”他问，“她做好准备了吗？”

“她得到了提醒，但没有做好准备。国王飘然而进，但她正注视窗外——他们正在院子里逗一头公牛。她扭头瞥了一眼，又转回头去看外面的游戏。”

他能看到格利高里所见的情景：国王魁梧的身躯挡住了光线。王后朦胧的身影，窗户在她身后：那茫然的瓜子脸，黑眼睛的飞速一瞥，然后是她的后脑勺。

“我猜她不相信一位国王会秘密到来。也许威廉公爵不管去哪儿都有鼓号开道。”

哪怕是去培养爱情，他想。有传闻说，皇帝已经提出将克里斯蒂娜公爵夫人许给安娜的哥哥做新娘，只要他愿意不战而交回格尔德兰。他想，如果我是克里维斯公爵，可不会用自己的海岸去换取她的酒窝。

“国王深鞠了一躬。”格利高里喝了一大口酒，“然后对她讲话，但她没有转身。我想她把他当成了——怎么说呢——为庆祝活动而乔装打扮的某个小丑。于是他站在那儿，手里拿着帽子——接着她的人蜂拥而入，有人喊‘小姐’，还说了一句什么话来提醒她……”格利高里嗓音颤抖，“然后她转过身来。她知道他是谁。看在基督救主的分上，父亲，她那种眼神！我将终生难忘。”格利高里坐了下来，仿佛筋疲力尽。“国王也是。”

他抱起贝拉，开始掰碎点心一点点地喂它。“她干吗要惊讶？我并未提供虚假信息。”

“您没有说他老了。”

“我老了吗？如果你描述克伦威尔，首先想到的会是这一点吗？哦，他老了吗？”

“不是。”格利高里勉强地说。

“她知道他的出生日期。她知道他很壮实。她的宫里显然有够多的人在两国之间来往过吧？还有汉斯——汉斯会描述过他。还有谁比他更了解呢？”

“但汉斯决不会给自己惹麻烦。”

这倒是真的。“国王是什么反应？”

“他退后了几步。换了谁都会受到打击。她见了他感到畏缩。他不可能没有看到。”

“然后呢？”

“然后她恢复了常态，假装得特别好。他也一样。她用英语说：‘国王陛下，欢迎你。’”

该说欢迎的是他。“接着说。”

“她熟练地行了一个屈膝礼，一个很深的屈膝礼，仿佛什么都没有发生。国王也微笑着扶起她，说：‘欢迎你，亲爱的。’”所谓王者风范，他想。格利高里又补充了一句：“他的手在发抖。”

在他想象中的罗切斯特大厅，光线渐暗。在王后的窗户底下，逗牛的人们在无声地大喊。几只狗死死地咬住公牛的肉不放。鲜血缓缓地滴在地上。“国王的侍从们呢？他们有何反应？”

他的意思是，他们是否目睹了一切？

“安东尼·布朗恩在他身后，拿着准备送给她的黑貂皮。但是亨利挥手让他退开。他直视着那位女士的脸，并且一直在说话。”

“格利高里，”他说，“汉斯是如实画的她吗？”

“他不敢不这样，对吧？”

“她漂亮吗？”

“侧影谈不上。她的鼻子很长。但你知道他没有时间从各个角度画她。她看起来很讨人喜欢。脸上有点天花留下的瘢痕，但我只是在太阳刚好出来时才看到。国王不可能看到，他已经转了身。”

那么，她在阴暗处很可爱。从正面看也是。他简直想笑。“他失望吗？”

“就算失望，他也并未表现出来。他牵着她的手。他们走到一旁，与译员们一起坐下。他问她觉得英格兰怎么样，她说很好。他问她在加来过得如何，她说很好。他祝贺她勇敢地完成此行，并问她以前是否乘船出海过？他们翻译这句话后，她显得愕然。”

他想象着国王挖空心思没话找话，眼睛环顾四周，寻找可以转移注意力的东西。

“国王吩咐来点音乐。一群乐师进来，开始弹唱‘哦，抚慰我的那只白皙的手’。她非常可爱地聆听。她通过译员说，她很想学习弹奏某种乐器。国王说，年轻时更容易。她说，我还不是那么老，我的手指因为做女红而一直保持灵活。国王问，她会唱歌吗，她说，会唱赞颂马利亚和圣徒的歌。他问，她愿意唱吗，她说，不要当着这么多大人的面，但是当我们独处时，我愿意唱。她的脸红了。”

“这是非常得体的羞怯。”想想安妮·博林吧，只要觉得能引人注意，她会在大街上唱歌。

“我们口里说喜欢羞怯，”格利高里拿起一块糕点，在他脚边的贝拉用爪子触碰着他，“但其实我们更愿意女士们明确表达自己的喜好。我们在开始向她们求爱之前，希望知道自己会受到欢迎。如果不是您和爱德华·西摩帮我，我绝对不敢跟贝丝说话。如果一个女人可能鄙视我们，我们宁可避开她。”

而当我们鼓足勇气上前时，可不想看到她惊愕的神情，他想。“所以你觉得伤害已经造成？”

“就算她是示巴女王，我也想不出她将如何挽回最初那一刻。”格利高里咬了一口糕点；贝拉趴在他的小腿上，爱慕地望着他。“他们共用了晚膳。她十分专心，留意他所说的一切。虽然开局不利，但考虑到没有人能跟她交谈，我还是非常喜欢她，我们都是如此。费兹威廉自己都说，她是个很好的女人，即使他找遍欧洲也难得一见这样的女人。”

“我想他已经找过了，”他说，“起码我找过了。嗯……等他回头细想，就会理解她的惊讶。你自己也说，他后来很开心。”他寻思着，目光落在莫利勋爵的历史书上。“我们必须让时间倒流。就像国王眨了眨眼，然后最初那一刻又重新来过。”

格利高里说：“但时间是这样运行的吗？”糕点消失后，盘子的图案露了出来。*Fatto in Venezia*①，描绘的是特洛伊的沦陷：木马，大呼小叫的女人，滚落的人头，以及熊熊燃烧的高塔。

他们居然将这些都囊括其中，真是绝妙。

国王抵达格林威治后，他也很快赶到。“大人，陛下在他的图书室里。”

亨利坐在一箱箱的书之间。“这些都来自图克斯伯里修道院。”他从椅子上沉重地起身，“克伦威尔，我们尚未收到克里维斯关于与洛林联姻的文件，也就是订婚合同。已经强调过女方会随身带来，但她似乎没有。就算再没有疑心的男人也会扪心自问，这几个月都过去了，他们为什么还没有拿出来。”

他正要开口，但国王抬手制止。“我无法继续。在确信她已经解除过去的所有约定之前，我不能娶她。”

国王用一只手握住另一只手的拳头。“我发现那位女士根本不像大家说的那么好。费兹威廉从加来写回来的信把她吹得天花乱坠。李尔也是。他们这样做的动机何在？”

“我没有见过她，先生。”

“是的，你没有见过她，”国王说，“你一直都是听取汇报，跟我一样，所以不能怪你。但我告诉你，我昨天见到她时，好不容易才控制住自己。她头上戴着一顶怪异的大帽子，双翅伸出——而且她那么高，身体僵直——我心里想，她看上去就像康希尔的五月柱。我相信她涂了嘴唇，如果真是那样，就太脏了。”

“她的装束可以改，先生。”

“她肤色发黄。我不禁想起简，那么白皙无瑕，像珍珠一般。”

金色的光芒在天花板上摇曳。它们照在深红色的石膏玫瑰、中间的绿叶、带血的荆棘上。“是旅途劳累的缘故，”他说，“带着大量行李的漫长乏味的陆上旅程，然后是延误，以及海上航行。”他想象在多佛的路上朝她扑面而来的冰雹。“至于文件，我无法猜出大使们为何没有带来。但我们确信那位女士完全是自由之身。我们知道没有订婚合同。我们知道双方都

---

① 意大利语，意为“威尼斯制造”。

尚未成年。先生，你自己也说过，这并非什么大事。”

“如果我以为自己结了婚，到头来却发现没有，那就是大事了。”

“明天，”他保证道，“我会跟王后的人谈谈。”

“明天我在布莱克希思迎接她，”国王说，“我们八点开始。”

四十年前，一位新娘从遥远的国度来到这里：卡特琳娜公主离开西班牙，前来嫁给亚瑟，她的随行队伍中还带着摩尔侍女。那是一场公开而盛大的婚礼。而这一次，婚礼庆典得让位于教会的主显节仪式。因此，所有人都满心期盼着他为安娜策划的公开欢迎仪式。

他躺在格林威治的床上，倾听着风声。

我孤衾独枕，这是何意？
我辗转反侧，呻吟叹息。
我的床似乎硬如磐石
这是何意？

他想，不知道怀亚特今夜宿于何处？有谁陪伴？我敢肯定他不是孤衾独枕。

我不断叹息，悲泣。
床上躺着我的寝衣
我总是觉得它们并未躺正
这是何意？

只有一场狂风暴雨才会阻止明天的接待活动。国王也许决定推迟婚礼，但不可能将新娘留在外面的荒原上。他无法消除乡下民众的期待，因为他们的热情已经被传令官点燃，而伦敦城对欢迎仪式也人尽皆知。

他三次起床打开百叶窗，只看到没有星光的茫茫黑夜。但下雨声渐渐变小，黎明给天空涂上几抹赭石色，太阳从云缝里探出头来。时至九点，当他骑着马在布莱克希思时，田野上弥漫着一层白雾，雾中是英格兰的自由民。河边一直熙熙攘攘，成千人搭乘各自所能找到的船只来到，自制的旗帜和横幅在无风的上午耷拉着。他们敲鼓吹笛，放声歌唱，炫耀着织在自己衣服上的玫瑰。有些人穿着纸板城堡在岸边蹒跚而行，脑袋从垛口伸了出来，还有些人制造了一只巨大的帆布天鹅，脖子左右扭动，走路摇摇摆摆，羽毛下露出十来双穿着工装靴的脚。马铃叮当作响。人和马将热气散发到空气中。他发现自己穿着丝绒衣服的身体在冒汗。他甚至在让自己气恼——不停地跑来跑去，上马下马，眼观八方，口里发出毫无意义的指令：站在这儿，往前走，注意，跟上，跪下！

查尔斯·布兰顿向他脱帽致意。“这天气归功于你，克伦威尔勋爵！”他哈哈大笑，并策马加入其他公爵的行列。

王室的牧师、顾问官、高级官员们有序地列队入场；还有寝宫侍从，穿着黑绸缎的主教；贵族，伦敦市长，传令官，戴着金羊毛项圈的巴伐利亚公爵。国王本人光彩四溢，骑着一匹高头大马，穿着紫色和金色的华服，衣服上有很多开衩和泡泡褶裥、腰带和垂饰，缀有无数宝石，挂着多条饰带，仿佛穿的是一套专为宙斯锻造焊制的盔甲。

王后在一顶丝绸帐篷里等待国王一行。他祈祷不要刮大风，以免把它吹进河里。安娜穿戴的是其祖国最时尚的服饰，头上的系带软帽因为缀满珍珠而挺括，裙袍剪裁得宽而圆，没有裙裾。他们将珠光宝气的她扶上坐骑，按英国人的方式向左侧身而坐。谁也不知道德国人如何期望；西班牙女士骑马时是侧向右边。他听到大法官说，感谢上帝，幸亏如此，我们可不想让他想起西班牙人。他冷冷地说：“一切都做到了万无一失，大人。我跟她的御马官交代过了。”

到了下午——鼓声不断，礼炮长鸣，几次更衣——天色暗了下来，空气变得潮湿并呈浅绿色。加迪纳骑马过来，说：“你是如何让雨推迟的？”

“我出卖了灵魂。”他平静地说。

“我听说在罗切斯特发生了不快。”

“你了解得比我多。”

“的确如此。你早该承认了。”加迪纳得意地笑着离开。

法兰西大使在他旁边勒住马，说：“克伦穆尔，我还从未见过这么多粗大的金链子聚集在一个地方。我很佩服你，让五千人按时并保持有序绝非易事。不过坦率地说，”他鼻子一哼，“这个数量甚至不及我的国王所举行的仪式的参与人数。我想，他每年大概要举行二十次吧。”

“真的吗？”他说，“二十次这样的场合？难怪他无暇治国理政。”

马里亚克的马在他身下动了动，侧移了几步。“你觉得这位女士怎么样？她不像大家料想的那么年轻。”

“我不想反驳你，但她的年龄完全如大家所料。”

“她身材很高。”

“国王也是。”

“的确。正因如此，他原本想娶朗格维尔夫人，对吧？很遗憾他没有更努力。我听说她今年春天将会给詹姆斯国王生一个孩子。”

他说：“国王与这位女士完全可能生多个孩子。”

“当然。只要她能激发他采取行动。恕我直言，她不是什么大美人。”

他承认道：“我还没怎么见到她。”他们似乎在串通一气不让他靠近她。他只能看到一个身形笔挺、色彩鲜艳的身影，犹如某个客栈招牌上所画的女王。她骑行了最后半英里去与国王会合，两人的坐骑都披挂着华丽的马饰，你几乎难以看到落地的马蹄。梅格·道格拉斯紧随其后，接着是玛丽·菲茨罗伊。宫女们乘坐一列马车跟在后面。格利高里妻子的服饰抵得上两座庄园的收入，但他乐意如此——他已经很久没有女人可以打扮了。他对马里亚克说：“瞧，那是我的儿媳，漂亮吧？”

“是你的功劳。”马里亚克说，并用鞭子指点着：那是苏格兰公主吗？那是诺福克的女儿里奇蒙夫人吗？“还没有给她找个新丈夫？”

去年曾经谈过将那姑娘嫁给汤姆·西摩，但不了了之，显然是因为她哥哥反对；在萨里看来，狼厅是一座茅棚，西摩家则是靠捕兔为生的农民。

他心里想，马里亚克为何关心诺福克的女儿？难道在考虑给她找一位法国丈夫？法国人每年都给诺福克一笔年金，但也许他们希望建立更紧密的关系？

贝丝朝他的方向看了一眼；他抬了抬手，但动作隐蔽，以免被视为发出采取某种举动的信号。下一辆马车里坐的是伴娘：李尔夫人的女儿安妮·巴塞特，神情惶恐的玛丽·诺里斯，还有诺福克那位胖乎乎的小侄女凯瑟琳，就像在教堂里一样东张西望。

地面已经清理，为国王和王后形成一条直达宫殿大门的道路。他们并肩骑马进入内院，然后双双下马，国王扶着新娘的胳膊，带领她走进宫殿，并向周围挥了挥他那顶大羽翎帽，向她表示，夫人，你眼前所见的一切都是你的。从河上传来的音乐声一直伴随着他们，只是在他（克伦威尔勋爵）跟随他们进入室内后才消失，而室内已经点燃欢迎的火炬。

直到现在，他才第一次近距离看到她。他做好了心理准备，谨慎地保持不动声色的表情。但并没有任何令人不快之处。恰恰相反，他对她有似曾相识之感。诚然，她的肤色较暗，但正如格利高里所言，她的长相讨人喜欢，这种女人可能会嫁给你的某个朋友，成为城里某个商人的妻子。你不难想象她一边谈论猪肉的价格，一边用脚摇摇篮。

安娜上下打量着他。“哦，你是克伦威尔勋爵。感谢你的五十金币。”她的一位随从在她耳边说了句什么。“谢谢你所做的一切。”她说。

星期天上午，他告诉克里维斯代表团，新郎想推迟婚礼。他们大吃一惊。“我们以为这些问题都已商讨过了，克伦威尔勋爵。我们已经提供所有相关材料的副本。”

他保持强硬而不失礼貌；他不想让他们发现他像他们一样懊恼。“国王要求有原件。”

他们说，我们已经再三解释过，我们不知道是什么原件，因为所谓的婚约是包含在一份更大的协定之中，而协定已几经修订，所以……

“我建议你们将它们拿出来。”他说，并坐了下来，示意来一壶酒，虽然时间还早。“先生们，这个问题我们应该有能力解决。”

克里维斯人并非都精通法语。其中一位用胳膊肘碰了碰另外一位：他说的什么？“我可以给你们举个先例吗？凯瑟琳王后——我是说，已故的威尔士亲王遗孀凯瑟琳——”

哦，是的，他们说，亨利的第一任妻子……

“——当她母亲伊莎贝拉嫁给她父亲斐迪南时，他们需要教皇的特许，但教皇迟迟不理——”

啊，我们明白，他们说。罗马想多要钱，对吧？

“但其他的一切都准备就绪，所以斐迪南的人就躲到一边，造出了需要的东西……教皇御玺等等。”

那你有何建议？他们说。

“我不会擅自建议。但你们该干什么就干什么，满足国王的要求。搜一搜你们的行李。翻一翻你们的《圣经》。”

他们说，我们需要时间商量一下。

“要尽快。”威廉·费兹威廉一边说，一边走了进来。

哦，我们会的，他们说。我们拖不起。谣言会满天飞，想一想法国人会怎么说，想一想皇帝的人会传播哪些谎言。他们会说他不喜欢她。或者说她发现他太老太胖，所以坚决表示不嫁。

“各位午餐后得去枢密院，”他说，“向他们说清楚这些谣言的危害。国王在与王后一起做完弥撒后，也会加入我们。”

他与费兹一起朝枢密院的议事厅走去。费兹拉着他的胳膊。“毫无办法了吗？亨利在怒火中烧，我了解他。”

他想，是啊，你了解他。他把你赶出了枢密院，扯下了你的职务项链，直到他改变主意，或者说直到我代他改变主意。

“文件只是个借口，”费兹威廉说，“他不喜欢她，或者害怕她，我不清楚是哪种情形。但是注意，克伦威尔——我可不想就因为是我在加来见过她，就把事情怪罪到我的头上。”

“没有人要怪罪你。如果说有错，也错在他自己。因为他像个害相思病的年轻人一样跑到乡下去见面。”

顾问官们已经集合。克兰默坐在那儿，仿佛筋疲力尽；他作势欲起，又重新坐好。杜伦主教朝他点点头：“掌玺大臣。”听他的语气，似乎在为什么祝圣，或者在处理一些随时可能破裂的易碎圣骨。

他也点点头。“大人。”滕斯托尔知道，几个月来，掌玺大臣一直在调查他的情况：了解他在杜伦的所作所为，以及他到底信仰什么。所以他最近就座时很小心，仿佛担心屁股底下的座位会被人踢开。

托马斯·霍华德风风火火地进来。他眼睛发亮，似乎有什么值得庆贺的事情。“嗯，克伦威尔。我听说他不想结婚了。”

他没有等公爵落座，自己先坐下。“法兰西国王和皇帝将一起迎接新年。自我们有生以来，他们还从未如此亲密过。各位，他们就像行星，他们的联合将带动海洋和陆地，并决定我们的命运。他们有一支舰队和资金来对付我们。我们的要塞还在修建之中。爱尔兰反对我们。苏格兰也反对我们。今年春天我们如果不想被占领，就需要德意志王公加入我们的阵营，要么派兵增援我们，要么拖住我们的敌人，直到我们能将他们打败，或迫使他们停战。国王需要这桩联姻。英格兰需要它。”

查尔斯·布兰顿神情悲伤。“他同意了的，也签了字。现在不能反悔。”

诺福克说：“在罗切斯特发生了什么？”

“不清楚。我不在场。”

诺福克的鼻子抽动着。“他们之间发生了什么。有什么事情令他反感。”

奥德利勋爵说：“我同意萨福克大人的意见。在这件事情上，国王已经走得太远，现在得有一个非常充分的理由才能退回来。此前他确信她是自由之身可以嫁人。在我看来，她是个非常好的女人。”

“也许你不了解一位国王的要求。”诺福克说。

“是吗？”奥德利目光如刀地瞪了他一眼，“如果她不符合要求，大人，可怪不了我。”

“克伦威尔认为国王应该怪自己，”费兹说，“怪他匆匆忙忙跑到罗切斯特。”

“怪他自己？”滕斯托尔说，“国王？何时发生过这种事情？你会以为克伦威尔从未见过他。”

他缓缓地说：“我想我可能会提出延期。”

“那会有何益处呢？”费兹问。

他想，时间可能会缓和他们在见面那一刻的记忆。亨利可能会忘记她的眼神。但他不知道费兹是否也看到了。所以他未作解释。

克兰默是一位心地宽厚的基督徒，他没有说，我提醒过你们的。相反，他说：“各位大人，你们的道理我都同意。但我担心国王会良心不安，除非看到令他满意的文件。他以前上过当。他必须在身心两方面完全同意，才能走进婚姻。”

克兰默太宽厚了，简直绝无仅有。他忘记了自己的痛苦，一心只为亨利着想。他隔着诺福克对大主教说：“克里维斯的特使们刚刚来找过我，提出了一个建议。他们有两个人会留下来做担保，直到文件送来。”

诺福克说："把他们关在马厩，直到复活节？天啊，不要！"

"似乎没这个必要，"克兰默说，"我们不怀疑克里维斯的人认真查找过。我甚至不怀疑这位女士是自由之身。但我们得考虑的是国王的顾虑。"

门开了。他们连忙跪下。"嗯，"亨利说，"你们为我想出了解脱之法吗？"

"没有，先生。"克兰默说。

"这好歹是句实话。我开始怀疑我的顾问官们是否如一位国王所期望的那么诚实，并怀疑那些以盟友和朋友自居者是否有诚意可言。"亨利环顾了一圈，对萨福克说："查尔斯，去年九月你在温莎，对吧？当时，威廉公爵的人信誓旦旦地说他们会把所有的文件如数带来。"

"是的，他们的确说过，"布兰顿说。"否则我们不会签署婚约，对吧？但是，"他柔声道，"我想现在已成定局了，你知道。"

"我们可以推迟一天，"费兹说，"克伦威尔这么认为。虽然我看不出有何意义。"

"你们对我尽心不够，"亨利说，"各位都平身吧，我看不出跟你们一起坐在这里有何意义。克伦威尔，陪我去走一走。"

"嗯，你已经见过她了，"亨利说，"难道不是我告诉你的那样吗？"

他说："大家一致认为，她是一位非常温柔的女士。而且在我看来，她的举止很有王后风范。"

国王哼了一声。"只有我才知道什么是王后风范。"他反省自己，"关于她的嘴唇，也许我错了。"

如浆果一般迷人。自然红。他决定不这么说。只要亨利愿意承认在最小的细节上错怪了她，就是希望的迹象。

其他的顾问官们跟在后面，但国王的卫兵与他们同步，以便将他们保持在听力范围之外。他小心翼翼地说："你觉得她跟画像不一样吗，先生？"

"我不怪汉斯。鉴于那身——"国王用一只手拍拍自己的外套，"——盔甲，汉斯已经尽其所能把她画得很好。她身材那么高，那么笔挺。"

"她的身高让她与众不同。"

“你检查过她的鞋子吗？”国王问，“我觉得她肯定穿了厚底鞋。告诉她的侍女们，我们府邸的地板上没有粪便。我不知道她习惯了什么。”

他说，这些都可以改换，不管是衣服，还是鞋子，国王说：“你总是跟我这么说。但如果我早知如此，她就不会踏进我国一步。事关……”国王摇摇头，拍拍自己的衣服，仿佛在感受自己的内心。

1月5日，星期一。安妮的两名属下奥利斯莱格和霍克斯泰登来到他位于宫殿北部的房间，他们庄严发誓说，安妮是自由之身可以结婚，并承诺在三个月内找出所有相关的文件。对于他们留在英格兰的建议，亨利挥挥手否决了，并补充说，安妮的随行队伍很庞大，他们离开时可以随意带一部分同胞回去。她队伍中的每一位要人都会得到一百镑的酬劳，以便让他们尽快启程。

双方拟定了一份协议，代表英格兰签字的是克兰默、奥德利、他自己、费兹威廉和滕斯托尔主教。

克兰默愁眉苦脸地朝王后的房间走去，身后跟着一名译员，双手抱着一本大部头《圣经》。如果你翻开看看，就会发现《圣经》里有一张国王向民众分发圣典的图片，那些人拥挤在页面底部，口里高呼“Vivat Rex①！”或者“God Save the King②！”——下层民众更喜欢用英语。

国王恼怒地看了看顾问官们，然后回到自己的内室。乐师们走了进来，摆好乐器开始演奏。

克兰默很快返回。他说，安娜毫不迟疑地发了誓，说她完全不存在任何婚姻的束缚。“她说很乐意发誓。上帝作证，她不仅非常迅速，而且非常确定。她太想取悦陛下了，几乎把书从我手里抢过去。她希望如期结婚，不要推迟。”

他想，她害怕她的家人。如果她被送回去，他们会怎么说。

亨利叹了口气。“毫无办法吗？我必须自投罗网吗？”

他之前的预想没错，新娘跨海而来后会被重新取名。下船时她是安娜，现在到了陆地，就成了普通的安妮，仿佛国王虽然金库不虚，但连一

① 拉丁语，意为“国王万岁”。
② 英语，意为“上帝保佑国王”。

个音节都嫌多余①。

*　　*　　*

星期二，雨。顾问官们上午七点开会。他的工作日通常于六点开始，但他推掉了所有的求见者，只要求将国外的所有来信作为紧急事务处理。

赖奥斯利先生坐在一张桌子上，看着他穿上参加婚礼的服装。“你在等什么消息，先生？”

克里斯托弗将他的衬衫从头上给他套下去。“我记得皇帝是一位鳏夫。”他的头从衬衫里伸出来，“我认为他会选择本周宣布与一位法国女人的婚讯。”

他想，果真那样，就会激起亨利对自己的新娘的兴趣。

“但愿不要！”简称说，“怀亚特跟皇帝在一起，他会设法阻止的。”

“他会将女方拐走，”克里斯托弗开口道，“朗诵一首十四行诗。跟她在某个路边旅店销魂一番。再精疲力竭地回到皇帝身边。”

在国王的套房里，顾问官们在低声交谈，仿佛是当着一位临终者的面。威廉·金斯顿问：“大人，这不可能是真的吧？国王不喜欢那位女士？”

他伸出一根手指按住嘴唇。他刚刚给了安娜一笔津贴，后续还会有很多，它们会保障她作为王后的收入。她的府邸已经建立，仿照国王的模式。拉特兰伯爵是她的管家。她有神父和男侍，洗衣妇和糕点师，司酒和门童，侍者和马夫，审计员、财物管理员和检验员。等克里维斯代表团到来时，他打算一一说明，好让他们放心——因为昨天的怨气以及英国人所有紧张的神色和举止全被他们看在眼里。他希望能阻止他们将那种紧张理解为任何形式的羞辱，否则他们会将这种羞辱传回给我们的盟友。

费兹走了进来，突然说：“我想我们仍然需要——什么来着？明矾？”

“是的，”他说，“还有朋友，我们比以往任何时候都更需要朋友。”

去年秋天，他告诉顾问官们，明矾非常难以开采。你得掘进山体的深处，并且一边挖掘，一边加固巷道支架。现在他进一步对费兹解释：你需

---

① 安娜的原名 Anna（/ˈʌnə/）是两个音节，而安妮的原名 Anne（/æn/）是一个音节。

要很重的锤子、钢矛和楔子。用爆炸装置最快。“矿工们称之为‘主祷文’——因为爆炸声一响，你会吓得魂不附体，口里大喊，上帝啊我们万能的父亲！”

但费兹并没有听。他侧着头，在留意内室传来的不满声音。国王自己出来时，已经穿上绣满银花的金布长袍。“埃塞克斯大人在哪儿？他应该去陪同新娘。他迟到了，她会怎么想？”

“要不我去？”费兹勉强地说。

国王说：“必须是未婚男人，这是她祖国的某种习俗——毫无意义，但她希望遵循。”亨利的目光落在他身上。“你去接她，掌玺大臣。”

“我不够资格。”他说。

亨利说：“大人，我说你够你就够。”

门被推开。亨利·鲍彻——老埃塞克斯——一瘸一拐地进来，环顾着众人，说：“怎么了？”

“迟到了！”朝臣们大喊。

“啊，好吧，阴暗的早晨，”埃塞克斯说，“炉火很暗，下人们半睡半醒。路上结冰，你会如何？没必要让自己冒险。慌什么呢？”

“我们不想等到她过了生育的年龄，”赖奥斯利先生低声说，“理想的是十年之内。”

埃塞克斯环顾四周。“克伦威尔要去接她吗？她不会觉得侮辱吗，陛下？她肯定知道他曾经是一名普通的剪羊毛工，对吧？”

“不仅如此，”他说，“我还把鹅赶到集市，大人，还给它们拔毛，好为公爵们做成温暖的羽毛床垫。”

“哦，去吧，”亨利说，“去吧，克伦威尔，快点，不管谁去又有何关系呢？”

寝宫侍从们大惊失色地看着他。

“先生，”威廉·金斯顿说，“方方面面都有关系。这种事情。”

有人明智地把门拉开，埃塞克斯一瘸一拐地走了出去。国王转向他，声音低沉而激动地说：“告诉你吧，大人，如果不是担心在世界上引起轩然大波，以及把她哥哥赶进皇帝的怀抱，我无论如何也不会干我今天必须干的事情。”他抬起头来。“各位，我们走吧。”

他们步履缓慢地朝王后区走去，好让新娘先到：这是王室的规矩，国王不等人。在王后的私室里，克兰默已经做好准备，他手里拿着《圣经》，脖子上披着圣带。“她在哪儿？”

布兰顿低声调侃道：“没准埃塞克斯死在路上了？”

国王假装没有听见。他神情庄重——新郎们都得如此，从来听不到同伴们的会意私语，暗示他们天黑后就会快乐。在闪闪发亮的长袍之上，国王穿着一件靛蓝色缎面、毛皮里子的外套。他身上很多地方都熠熠生辉。他的嘴唇嚅动，仿佛在祈祷。

安妮露面时，像国王一样穿着一件绣满花朵的长袍：但不是银花，而是珍珠花。她的金发披了下来，垂至腰间，冠冕周围套着一个迷迭香花环。她再也不像一名杂货店主的妻子，而是显出真正的形象——一位公主，在矗立于峭壁之上、可以极目远眺的城堡中度过了童年。

这是个简短的仪式。她只需站立不动，神情愉快。大主教询问是否有任何障碍时，环顾了一圈，似乎在给所有到场的人一个机会。无人开口。克兰默掩饰似的点点头。国王宣了誓，然后在大主教的示意下转身，扶住王后的胳膊，在她的一侧脸颊上吻了一下。她僵硬地扭过头；国王绕开她的翼状头饰，吻了她的另一侧脸颊。红唇噘起，等待着他，但没有下文。

克兰默说，上帝保佑。国王和王后手牵手离开私室。号角齐鸣。朝臣们欢呼，礼成！顾问官们随之共赴喜宴。

* * *

这一次，他几乎没注意到自己吃了些什么。这样的宴会之后，国王的顾问官们通常会聚集在一个角落里谈论打猎。但风笛手进来后，诺福克被说服与他的侄女凯瑟琳一起跳舞。费兹郁闷地看着他。“我想，这也值得起床观看？”

“你不跳吗，克伦威尔勋爵？”卡尔佩珀说，“既然诺福克大人可以，你也就可以。”

赖奥斯利先生说：“除非拉蒂摩夫人来了。那我们大人就会雀跃。”

“这种笑话不要到处讲，”他和气地说，“拉蒂摩比国王年轻，据我所知，身体也健康。”

不仅身体健康，而且家道兴旺。拉蒂摩夫人的哥哥威廉去年成为帕尔男爵。而她的妹妹侍候过简王后，现在是新王后寝宫的女侍。

诺福克的侄女看到她伯伯兴致很高，乐得咯咯直笑。她性情活泼，双颊绯红，很快又与其他伴娘一起跳起舞来。年轻的侍从们也一展身手，踢腿抬脚。国王带着宽厚的笑容看着他们。当他们从桌边起身时，亨利向王后伸出一只手，将她带到一幅画像前，这是汉斯送给他的新年礼物。顾问官们像一队小鹅似的跟在他们身后。帘子拉开，穿着金红两色服装的爱德华王子展现出来。在羽翎帽和年幼的宽额头下，他的眼睛明亮有神。他伸出一只张开的手掌，另一只手里抓着自己那个镶有宝石的拨浪鼓，像权杖似的挥舞着。

“是霍尔拜因大人画的。”国王说；她听懂了。

“多么可爱的王子，”她说，“我何时能见到他？”

“很快。”国王承诺道。

“还有你的女儿们呢？”

“不久后。”

“玛丽小姐快结婚了吗？”

译员们连忙商议了一下，然后重重地摇摇头，安娜顿时为自己的失言显出愧色。国王转头用法语对克里维斯的特使们说：“我们很高兴巴伐利亚公爵在这儿。所以此事不急，还有很多方面要商讨。”

他(克伦威尔勋爵)用的是意大利语，奥利斯莱格略懂一点。他抬手在空中一砍：这个话题到此为止。

国王继续炫耀他儿子。“爱德华是我的继承人。我的女儿们不是我的继承人。她明白了吗？”他又转向画像，脸色柔和。“他那个小下巴，是简的遗传。”

国王和王后彼此鞠躬告别，王后转身朝自己的房间走去。译员和克里维斯代表团的成员们聚到一起交头接耳。他没有理睬他们，径直离开。懿旨传来：王后想与克伦威尔勋爵谈一谈。

他到达时，安娜仍然穿着结婚礼服。诺福克的侄女坐在地板上，拿着针线，手指夹着王后的一小截裙边。她的腿上放着安妮的迷迭香花环。一群克里维斯的侍女们在一个角落里说笑。简·罗奇福德朝他点点头。王后取下自己的结婚戒指给他看。戒指的一圈刻有她选择的座右铭：上帝赐我安泰永驻。这是哪个蠢货给她的建议？应该说，上帝赐他安泰永驻。

“谢谢你的蛋糕，”王后说，“我们很喜欢。有家乡的味道。你去过我的家乡吗？”

他遗憾地说没有。

“我在加来时盼望有信，但什么都没有收到。”

可怜的女人，她想家了。“每年的此时邮件都很糟糕，”他说，“我自己也在等待我们驻法大使们的消息。”

“是啊，”她说，“我们都是这样。想知道友好关系是否持续。我们从小到大一直在祈祷和平，祈求不和似乎很残酷。但是我知道，如果皇帝和法兰西国王大打出手拳脚相加，我哥哥威廉会如释重负。”她笑了起来。

“他们的战争就是我们的和平，”他说，“他们的不和就是我们的和睦。”他发现她并非一无所知或不善辞令，而且他还能多少理解她。但是他不会在没有中间人的情况下跟她交流。如果造成误会，他会承担不起。即使译员们在竭尽全力，也已经很有风险了。

“小格利高里在哪儿？”她用英语问，“他在加来对我招待得很好。真是个优秀的孩子。”

女侍们低声发出惊喜的赞叹。“说得好，夫人！”

坐在地板上干活的凯瑟琳·霍华德抬起头来。“针穿不过去。这东西硬得像兽皮。需要一个大锥子才行。”

有人失声一笑。玛丽·诺里斯红了脸，她猜到了某种少女不宜听到的意思。简·罗奇福德说：“把它从她身上全部脱下来。在改成我们的英式风格之前，她不会再穿的。”她伸手向下——一个友好的姿态——把小霍华德拉了起来。

他正要告辞，却又被安娜叫了回去。她似乎一直想着他送的那五十个金币，仿佛他可能指望她归还。她解释说，她把金币换成了面值较小的钱币，有些已经赏给了别人。她解释说，“在——”

“在锡廷伯恩。”简·罗奇福德说。

“——有些女人从家里出来，送一些美食给我吃。”

他对译员们说：“告诉她，每次出门她都要携带适当的钱币——或者就她的身份而言，要有人帮她携带。她不必等待别人送她礼物，而应该随意给旁边的人分发礼物。尤其是对孩子们要慷慨，因为这会为将来积累良好的口碑。”

安娜的嘴唇嚅动时，简·罗奇福德仔细观察，仿佛要辨别那些字眼。

他想，她是个脑子聪明的女人，但从未给它派上用场；也许现在是她好好展现的时候。过不了多久，包括贝丝·克伦威尔在内的贵妇们都会各自回家，回到自己的孩子们身边，而罗奇福德将协助拉特兰夫人处理王后的日常事务，管理年轻的女仆，确保秩序和虔诚。

一位译员问他："大人，接下来干什么？"

"晚祷，"他说，"然后法兰西大使将与我们一起观看恺撒入侵不列颠的故事，又有风笛和鼓声伴奏；然后是杂技或魔术，然后是晚餐和睡觉。"

傍晚时，他们表演未被征服的不列颠。王后坐得笔挺，神情专注，一名译员则向她讲解即将上演的剧情：罗马人被赶走，本岛岿然不动，拒不纳贡。他认出扮演不列颠国王的是乔治·博林的一名演员。

亨利希望让王后看看她现在拥有怎样的国民：他们拒绝所有的奴役，明察所有的恶行。当时——恺撒时期——的君主将泰晤士河武装起来，在水下插上铁头木桩，会捅破罗马人的船腹。幸存者好不容易挣扎上岸时，却成为不列颠人的刀下鬼。

"我猜你的老家没有这种场面。"国王对安娜说。

这句话被费力地转述给她。

她说，是的，很遗憾。她显得困惑不解。

演员们站好姿势，拔出刀互相威胁。他们神情严肃地表演交战的动作，直到罗马人纷纷跪下，然后谨慎地、若有所思地——确定地上没有任何东西之后——伏倒在地。伴娘们嬉笑着你捅捅我，我推推你。国王看了她们一眼，露出笑容，仿佛在回想往事。他对妻子说："不列颠的国王们征服了罗马。"

他（克伦威尔勋爵）不停地找理由起身走动，一会儿跟这个聊聊，一会儿跟那个聊聊。他透过不同的角度和不同的光线观察王后。有些表情无需翻译；他看到她很坚定，不管晚上会带来什么。在激烈的战斗场景背后，有一个大帐篷，由二十六个部件组成，还有窗户，就像房子一样。它原本绣有 H & K① 的图案，但已经被拆掉。墙壁是紫色和金色，里层是绿色的

---

① 亨利与凯瑟琳的首字母。

薄绸——这会营造一种春天般的气氛。“谁都可能从那个帐篷出来，”他说，“亚瑟王本人都会感到自豪。”

“还要演很久吗？”法兰西大使问。

幕间节目开始了，大家连忙坐好。首先表演的是一个关于恋人的假面剧。两位绅士抱着里拉琴，神情悲戚，他们的衣服上缝着扇贝壳；他们自称为芳心的朝圣者。

“现在没有其他类型的朝圣者，”诺福克说，“连沃尔辛厄姆也倒了。”他做了个苦脸。“我觉得这个比喻很老套。庆典负责人是想省点钱。”

“我完全同意。”他说。

过了片刻，两位少女走出帐篷，对两位青年很友好。他们一起跳了一小段吉格舞。“那是我的侄女凯瑟琳，”诺福克说，“是埃德蒙的女儿。”

“我知道。”

“你觉得她怎么样？”

他无可置评。恋人们手挽手跳着离开，随后上场的是啪嗒修士和咔嚓修士，想对观众行窃，直到有人牵着一条狗冲进来追赶他们。那条狗名叫格里姆，很想去接人们递给它的美食，但训犬员把它拉了回来。训犬员的兜帽下露出一张熟悉的面孔。“那是塞克斯顿吗？我还以为把那家伙永远驱逐了。”

卡尔佩珀说：“我猜他肯定找到了某个工作。尼古拉斯·卡鲁收留过他，但卡鲁已经死了。”

塞克斯顿让格里姆与修士们扭打，自己缓缓下场，然后换了一套行头回来，挺着肚子，一身紫衣，袖子大得像船帆。他说自己是掌玺大臣，一个出身低贱的人，因为羞愧而把祖先藏在袖子里。

他顿时怒火中烧，但马上又平静下来。他对邻座马里亚克说：“这是个老掉牙的玩笑，曾经用来针对红衣主教的。”

“哦，是的，你的旧主，”马里亚克说，“有人提醒我永远别提他，但你动不动就提起。很奇怪人们还在争论他。已经过去十年了吧？”

他指向塞克斯顿。“可惜你没看到那家伙当时的样子，当我们把他从红衣主教身边拽开并运去侍奉国王时，他大哭大闹——之所以说‘运去’，是因为我们不得不把他捆起来扔进一辆马车里。”

塞克斯顿把绞索套在咔嚓和啪嗒的脖子上。他们踉踉跄跄，伸出舌头。他大声喊道："塞克斯顿！当心一点！也许我的大袖子里还给你准备了一根绳子。"

塞克斯顿直视着他。"泰伯恩可不是玩笑，汤姆。对他来说是玩笑，"他指向国王，"对她，对我，都是，但对你不是，汤姆，对你不是。"

格里姆在转圈，准备拉屎。国王抿紧嘴唇。他做了一个手势：把狗和训犬员赶走，把修士也弄走。塞克斯顿像跳过水坑一般抬高膝盖跑走了。

伴随着稀稀落落的掌声，不列颠人把泰晤士河绕在胳膊上重新登场。莫利勋爵在凳子上向前倾身："我们要不要看克劳狄乌斯①皇帝的战争机器？维斯帕先②，以及围攻埃克塞特？"

"得了，"诺福克说，"我们这些顾问官已经辛苦一整天了，大人。国王还想跟王后共度良宵，对吧？"

"应该有巨人，"格利高里说，"歌革玛各有十二英尺高。他可以毫不费力地拔起橡树，就像摘花一样。还有个名叫瑞索的巨人，用他杀掉的人的胡子给自己做了一副大胡子。"

"像布兰顿那样的吗？"诺福克说，并乐得哈哈大笑。他很难得开个玩笑。

泰晤士河渐渐展开，呈现出长长一条深浅不均的蓝色。伴娘们帮助演员握住两端，让它上下起伏。莫利勋爵说："我担心大部分历史都丢失了。在基督化身为人之前，不列颠有多位国王。你们可以在蒙默思的杰弗里书中看到，里面讲得一清二楚。"

他说："大人，我在书上看到，那些国王并非全都幸运，而且英明的也很少。"有一位国王就淹死在以其名字命名的亨伯河里。还有布拉杜斯，用自制的翅膀飞越伦敦——人们不得不从路面上刮起他的遗骸。里瓦洛是一位好国王，起码怀有好意，但他在位期间，血从天降，成群的苍蝇把英国人活活吃掉。如果你继续回溯，那么这个国家的建立是基于一桩谋杀：特洛伊人布鲁图斯——我们所有人的祖先——杀死了自己的亲生父亲。据

---

① 即克劳狄一世(前10—54)，于41—54年在位，是第一个出生在意大利以外的罗马皇帝，曾征服不列颠。

② 维斯帕先(9—79)，于69—79年在位，在夺得皇位后积极与罗马元老院合作，致力改革内政，结束纷扰的罗马四帝之年。

称是一场打猎事故，但也许根本不存在事故。那些没有瞄准的箭，那些中途转弯的箭，其实都知道自己的目标。

格利高里说：“蒙默思的杰弗里是个大骗子。我敢打赌他甚至不是出生在蒙默思。我敢打赌他一辈子从未去过那儿。”

王后站起身，可能是看到某个无形的信号，也可能是因为某种内心的提示。女侍们连忙起身拥到她周围。霍华德家的孩子正傻傻地盯着一位站姿优美的诗琴演奏者，被人推了推才回过神来。演出已近尾声。乐师们将用音乐送国王回自己的房间，然后收起定音鼓和琴。亨利的脸上毫无表情，只有几丝疲惫。赖奥斯利先生弯腰在他耳边说：“你希望能读懂他的心思吧，先生？”

“没有。”

寝宫侍从们起身跟在国王身后。神职人员正在集合，将列队去给国王的床祝福。国王的床单每天晚上都要洒圣水，但他今夜需要天堂的特别关照：天使和圣徒的注意力都集中在他的阳具上。卡尔佩珀从一旁经过时说：“现在他只需要爬上床，弄出一个约克公爵出来。”

国王已经打造了一张新床，雕工十分精美。他（克伦威尔勋爵）则在自己的旧床上躺不安稳，只好起来走动。宫里静悄悄的。炉火已经调小。他只遇到向他敬礼的卫兵，还有两名轻佻的年轻贵族，戴着假面剧中的红黄色帽子，一个在跳舞，另一个在打拍子。一看到他，舞者连忙止步；拍子也骤停，消失在他朋友的手掌之间。

“睡觉去吧，”他对他们说，“如果你们运气好，到了早上我会忘记你们的名字。”

尴尬之下，他们把帽子递给他，仿佛不知道如何处理它们。“这是鞑靼人的帽子，大人。”

他说，它们应该有布带或丝带。否则当他们在雪地上驰骋时，风会把它们吹跑。

年轻人手挽手缓步离去。他在他们身后喊道：“为我祈祷。”他听见他们摇摇晃晃地下楼时的笑声。

他走回自己的房间，关上门。如果得到一顶鞑靼人的帽子，那你不管有没有镜子，都会试一试。但他没有心情。他把帽子放在克里斯托弗的小床上，这样他醒来时就会以为自己还在做梦。在他断断续续的睡眠中，他的同胞通宵都在与恺撒的军团作战：缓慢，顽强，动作僵硬。

他天一亮就起床，与理查德·里奇一起坐在他的房间里，商量马尔文修道院关闭事宜。里奇在打哈欠。“不知道……”他欲言又止。

“我们只关注这些数字好吗？”克里斯托弗送了两壶淡啤酒进来。他戴着鞑靼人的帽子，里奇说：“他怎么……”他的话总是说到一半，剩下的仿佛消失在雾中。

进来一名信使，是穿着靴子直接上来的，只见他鼻子发青，身上还溅有旅途的泥浆。“急件，大人。约克来的，请你亲阅。”

“天啊，”里奇说，“别告诉我乡下又闹起来了吧？”

“我想，在一年中的此时还为时太早。”信已经拆封，他纳闷是怎么回事。他读了起来：约克的财务官员说，如果本周末不能得到两千镑，以及接下来有同样的数目，他就得关门：在布里德灵顿修建港口的账单到了，而北方的贵族要求支付他们每年的津贴和年金。

诺福克“嗵嗵”地走进来。“克伦威尔？你看到特里斯特拉姆·泰什的信了？”

他瞪了诺福克一眼，然后又瞪向信使，信使避开他的目光。“老天，”诺福克说，“泰什应该抓住那些男爵的脖子，把他们摇得屁滚尿流。如果是我，就会让他们等，一直等到圣母领报节①。”

费兹威廉紧跟在诺福克身后，神色焦躁，胡子还没有刮。“大人，如果他采取拖延政策，他们中的一些人就可能去投靠苏格兰人。或者通过抢劫来补偿。”

赖奥斯利先生走了进来。“怀亚特的信，先生。”他已经把信拆开。弗朗索瓦和查理仍然在一起，延长亲善季。“怀亚特说，只要一提起我们的王国，皇帝就怒不可遏。”

“毫不奇怪。”他说，“我们的国王婚姻美满，但这与他毫不相干。”

他大步朝国王的会见厅走去，手里抱着一摞朝臣们的奏章，还有各种

① 也称“天使报喜节”，时间为3月25日，相传是天主派遣天使向马利亚预报救主将要由她诞生的喜讯之日。

信件和账单。他把它们重新交给赖奥斯利，交给雷夫。很遗憾雷夫和理查德·克伦威尔昨晚都没有在寝宫值班，否则他肯定会得到好消息。也许他本该做此安排？他对自己说，我不可能面面俱到。他听到国王的声音在说，为什么不能？

克里维斯代表团已经捷足先登。他们精神很好，满怀希望，并声称已经听过弥撒。“而且，”他们说，“我们有一份礼物要送给你，克伦威尔勋爵，以纪念这个良辰吉日。”

威廉的姐夫萨克森公爵送给他一只钟。他接了过来，并低声道谢。这是他见过的最精致、也许是最小的钟，形如小鼓，你可以握在手里。正当英国绅士们依次传递着把玩它时，国王走了进来。“先生，把这送给他。”雷夫小声说。

德国人遗憾地点点头；他们理解这种牺牲。亨利从他手里接过钟，看都未看一眼。他继续对一名寝宫侍从说：“……按我承诺的那样，把埃德蒙·邦纳召回来，给我的法兰西兄弟派一位更随和更谦逊的特使过去。”他突然停住，转向克里维斯的大使们：“各位，你们会乐意知道……”

“什么，陛下？”他们迫不及待。

“……根据贵国的习俗，我给王后送了一件礼物，我想你们称之为‘晨礼’。我们会给你们一份书面的价值清单。”

他们希望听到更多。但国王已经住口，甚至没有提那只钟。通常情况下，他会很喜欢这种新鲜玩意——会查看它的工作方式，并要求再给他一个，这一次要把他的肖像放在盖子里。但他只是低头看着它，叹了口气，机械地一笑，顺手把它交给一位随从。“谢谢你，克伦威尔大人，你总是有新东西。虽然有时并不像人们希望的那么新。”

停顿片刻，亨利向他点点头：“拆了。”

他愣愣地看着国王。拆开？拆散？接着他恢复常态。“好的。当然。”他依命而行。

在国王面前，有时最好是行事干脆，表明你很随和。仿佛你们肩并肩地坐在双井桶酒馆，分享一品脱西班牙葡萄酒。他想，如果现在有点西班牙葡萄酒，我会一口干掉。莱茵葡萄酒也行。或者是威士忌。沃尔特的啤酒。“你觉得王后怎么样？”

国王说：“我之前就不喜欢她，但现在更不喜欢了。”

亨利回头看了一眼。没有人跟在后面。只有他们两人，犹如置身荒原。

亨利说："她乳房松弛，肚皮软塌塌的。我抚摸它时，心里凉了半截。对别的也毫无欲望了。我不相信她是处女。"

国王的话很荒谬。"陛下，她从没离开过她母亲身边……"

他退后一步，很想走开：为了保护自己。透过眼角的余光，他看到钱伯斯医生和巴茨医生走了进来，他们戴着朴素的帽子，穿着长袍。国王说："我会跟那两位先生谈谈。这些话切勿外传。"

他未发一言，只是退到一旁给国王让道。其他人也没有对他说话，只是给他让道，而他则一步步走出会见厅，穿过警卫室，从他们的视野中消失。

* * *

两位医生是最先来找他的人。他正在读怀亚特的信，于是把它及其呈现的既遥远又清晰的情景放置一旁。怀亚特即使不在——尤其是不在——的时候，也会像是在场。他的信是对外交接触的细致描述，但不管你如何聚精会神地看着信纸，还是会觉得有什么东西被漏掉，藏进了纸张的纤维中；直到其他读者出现，读出不同的信息。

巴茨清了清嗓子。"克伦威尔大人，像你一样，我们也被国王要求守口如瓶。"

"有什么可说的？我们会揣测王后是否是处女之身。这种话如果一定要说，也只能是对忏悔牧师说。"

"很好，"巴茨说，"现在你知我知国王也知，在这种不可言说的事情上，他以前弄错过。他认为亲王遗孀凯瑟琳白璧无瑕，虽然她已经嫁给他哥哥。后来他又推翻了自己的想法。"

钱伯斯说："他以为博林是处女，后来又发现她在法兰西时起就失贞了。"

巴茨说："他知道乳房和肚皮说明不了任何问题。只是今天早上他没有面子，没有心情。等他下一次再试，结果可能会不一样。"

钱伯斯皱起眉头："你这么想吗，兄弟？"

"男人都有不行的时候，"巴茨说，"你不必显得这是什么大新闻似的，克伦威尔勋爵。”

“我担心的是，”他说，“他不再这样指责，不再说她不是处女。因为如果他再这样说，我就得采取行动。然而，如果他说不喜欢她，讨厌她这个人——”

“他的确说了。”

“——如果他承认跟她没能成事——”

“——那你也许就面临一种不同的问题。”巴茨说。

“我相信他没有跟任何人说过，”钱伯斯说，“除了我们。可能还有一两名寝宫侍从。还有他的牧师。”

“但我们担心消息会很快传开，”巴茨说，“看看他的脸。谁会觉得他是个快乐的新郎？”

而且，他想，不知道安娜是否向任何人吐露过？他说：“我最好尽量鼓励他。”让他心神不宁的是需要送到约克的那笔钱。他在心里说，我不想跟亨利在一起，但我不能冒险让他跟任何别的人在一起。我将不得不像魔鬼一样对他步步紧跟。他说，“我该怎么跟克里维斯的大使们说？”

“你需要跟他们说什么吗？让王后自己去说吧。”

钱伯斯说：“我觉得她不会有任何怨言。她太有教养。也许还很单纯。”

巴茨说：“也许还非常明智，知道虽然开局不利，但是可能翻盘。我已经建议国王今晚留在自己的房间。通过禁欲，可能会增强欲望。”

“以往曾经要展示床单，”钱伯斯说，“幸亏那种日子过去了。”

但国王的神色会说明问题。想想那么多人涌入罗切斯特的房间，去看他培养爱情。他初见安娜的那一刻，在她的眼睛之镜里看到了自己。从那个瞬间起，就注定他们之间永远不会有爱或情。从那时起，对于在她的衣服底下会发现什么，他已经毫无好奇之心：不过是乳头和阴道，松弛的皮肤和体毛。

他把简·罗奇福德叫出来。“我们的看法是，什么都没有发生。”她说。

“安娜怎么说？”

“安娜什么也没说。你以为我们今天早上会把那些男译员叫来吗？”

“有些侍女能翻译。”的确有，因为他找到了一些。

简说：“我觉得最好是她保留她的想法，我们保留我们的想法，对吗？如果他失败了，肯定没有人想知道吧？你了解了又能如何？”

“你说得对，”他说，“毫无价值。所以，请注意，也就不该有钱。”

罗奇福德重新转向他，态度似乎有所缓和。她说：“我们的观点是，他躺在她身上。我觉得他把手指放进了她的体内。仅此而已。”

枢密院开会商讨。王后方面没有传来消息。她自己的人——男女侍从——都去看过她，离开时都神色如常。很显然，我们生活在一种双重现实之中，经验丰富的朝臣们可以维持这种现实。多年来，多得我们数不清的年月以来，英格兰国王一直是个英俊迷人的年轻人。他经常结婚，再恢复单身；死者进了炼狱，石膏圣徒活动了眼睛。现在，顾问官们肩负起自己的双重包袱：一方面清楚国王失败了，另一方面假装他自始至终都是常胜将军。

“我们不应该气馁，”杜伦主教说，“给一点时间。听其自然。”

诺福克显得不解；滕斯托尔肯定不是德国人的朋友吧？滕斯托尔说：“我觉得这位女士并无过错。不管她哥哥可能是什么人，她本人不是路德派。看在英格兰的分上，也许该通过她来弥合我们的分歧了。”

诺福克说：“亨利如果白天能呼吸一点新鲜空气，晚上可能会好一些。拿着书躲在火边对他毫无益处。”

费兹威廉说：“除非是黄色书籍。那就可能有益。”

爱德华·西摩说：“我妹妹那个时候他从来没有问题。”

“你不知道罢了。”诺福克说。

“但是他爱她。”克兰默小声地说。

诺福克哼了一声。西摩说：“的确。那次婚姻是基于爱情，而这次是策略考虑。但我同意滕斯托尔主教的观点。我觉得她没有过错。”

里奇说：“毫无过错。除了他不喜欢。”

桑普森主教说：“鉴于国王的性格，你是赌了一把，克伦威尔勋爵。”

他冷冷地说：“我这样做有合理充分的理由。如果说我促成了这桩婚姻，那也是完全得到了他的允许和鼓励。”

克兰默说：“可能……只是我自己的意见……”

“别吞吞吐吐的。”费兹威廉说。

“……有些人相信凡是性交都是罪——”

“我不觉得国王是这种人。”滕斯托尔和气地说。

“——虽然是一种……上帝必定会饶恕的罪——但一个人必须有具体行动，而不仅仅是有意愿——”

“国王肯定有行动。”奥德利勋爵说。

“——还要有一种心灵彻底交融的目标，源于自由自愿——”

“你把我搅糊涂了。”萨福克说。

“所以，如果他，或者她，在思想或者内心上，有任何保留——那么对谨慎者而言，就可能出现障碍——”

奥德利打断他。“什么障碍？你是指订婚合同吗？”

克兰默低声说：“国王读过教会圣师们的大量作品。”

“还有后来的评论者的，”桑普森主教说，“而这并非总是有益处，因为他们常常争论男人在床上时如何以及以何种方式犯罪。但他们的确犯了罪。”

“哪怕是跟自己的妻子吗？”萨福克满脸骇然。

桑普森带着淡淡的恶意说：“有可能。”

“狗屁胡说，”诺福克说，“克伦威尔，圣典里有这些吗？”

“大人为何不试着读一读呢？”

奥德利清清嗓子。顾问官们都转头看着他。“有一点要明确，他的无能——”

“或者不愿——”克兰默补充道。

“——或者不愿——跟克里维斯的文件是否有任何关系？”

克兰默不愿表态。“顾虑有很多种。”

“那么，拿到文件会有益处吗？”里奇问。

“不会有害处，对吧？”桑普森主教说，“当然，到那时就会是大斋节了。而大斋节期间他不会与她共寝。”

“我们不该这样说话。”萨福克神情严肃，“我们是男人，不是长舌妇。这样对我们的君主不敬。”

费兹威廉拍着桌子。“你知道他怪的是我吗？他说我应该在加来挡住她。我给他写信说她像一位公主，她也是公主。其他方面毫无问题。难道要我摸摸她的奶子，写信谈谈我的意见，再通过驿马和船送回来不成？”

门开了。是简称，看上去就像走在发烫的卵石上。“滚开！”诺福克吼道，“你打扰我们开会了！”

简称说：“国王。他朝这边来了。”

随着一片凳子刮地的声音，他们连忙起身。亨利的目光从他们身上掠过。“在争吵？”

“是的。”布兰顿难过地说。

他插话道：“陛下重视和谐，这合情合理。但我无法也永远不会与那些提出错误建议的人和谐相处。”

查尔斯·布兰顿说：“但你加入进来太好了，先生。我们没想到你会来。我们根本没料到。我们很高兴见到你。我们——”

“好的，够了，查尔斯，”亨利说，“我们该谈谈巴伐利亚公爵了，谈谈他向我女儿求婚之事。”

“上帝保佑他。”查尔斯·布兰顿说，仿佛年轻的公爵病了一般。

“掌玺大臣，”国王说，“你和巴伐利亚去看望过玛丽小姐，对吧？当然，随后她就被接到贝纳德城堡，她与公爵获准交流过几次。那应该是平安夜前后吧？”

听国王说话的语气，仿佛存在某种秘密，他想把它揭开。他鞠了一躬表示同意：是的，这都是事实。菲利普原本希望送给玛丽一个很大的钻石十字架，但顾问官们阻止了他。如果联姻不成，这么贵重的礼物就得归还吧？这是礼仪方面的一个棘手之处。消息传给金匠，于是找到了一个价值较低的十字架。

玛丽小姐曾经与菲利普公爵在威斯敏斯特的一个花园里散步，冬天的花园光秃秃的，生命缩进了根部。他们交谈时，部分通过翻译，部分用拉丁语。

玛丽收到十字架时，亲吻了它。还亲吻了菲利普。在脸颊上。“天啊，这是个好兆头，”布兰顿说，“因为她从未亲吻过我们任何人。”

“你不够资格，”国王说，“叛贼埃克塞特是她最后亲吻的人。他是她的表亲。”

桑普森主教探身向前，皱着眉头。“菲利普不是她的表亲吧？或者如果是，那是几服的？”他在心里默默记下这一点。

亨利说，“依我看，如果我们缔结这桩婚姻，我们与德意志公国的友谊将大大增强。”

众人默然。国王微微一笑。他总是以让自己的顾问官们感到意外而自豪。“既然我能为英格兰牺牲自己，我女儿为什么不能呢？既然我必须为我的国家生儿育女，她为什么不能？克伦威尔向我保证过她会顺从。他总是这样向我保证，但从来没有结果。桑普森主教，也许你愿意去见见她，让她做好结婚的准备？”

桑普森抿紧嘴唇。他几乎无法勉强点点头。

他（托马斯·克伦威尔）说：“欧洲人在说他们已经结婚，而且是违背小姐的意愿。沃恩说安特卫普人在谈论此事。马里亚克相信了，或者假装相信。消息已经传至弗朗索瓦耳中。”

亨利说：“他们认为我会强迫她？”

“是的。”

亨利盯着他。“所以？”

“所以我想，陛下不要见怪，最好是放弃此念，令公爵失望，让他赶快回国。否则你的做法就正合敌人之意。而这绝非良策。”

爱德华·西摩捂着嘴，面露喜色。

亨利噘着嘴，没有吱声。接着他说：“很好。我会为菲利普做点别的什么。也许授予嘉德勋章。”他揉着鼻梁。“最好别让他彻底死心。告诉他可以再来。告诉他我始终会乐意见到他，具体日期待定。”

“陛下，你女儿永远嫁不出去，”诺福克说，“每次有人提亲，就被克伦威尔搅黄。”

国王站起身。他一只手揉着胸口，另一只手稳住自己。他们全都站着，准备下跪：他有时要求这样，有时又不要求。诺福克主动说：“陛下，扶着我的胳膊？”

“为什么？”亨利说，“我更能扶你起来，托马斯·霍华德，而不是你扶我。”

门拉得很开，好让国王出去。简称犹犹豫豫地进来，徘徊不定。直到这时，他们才注意到萨福克公爵仍然坐在会议桌旁。他在座位上摇晃着身子。“可怜的哈里，可怜的哈里。”他喃喃道，泪水从脸上淌了下来。

1月7日，国王遵医嘱独自就寝。接下来的两个晚上，侍从们送他去王后的房间。

巴茨医生前来找他。“克伦威尔勋爵，这根本于事无补。我告诉过陛下不要勉强自己。”

“以免伤及他的贵体。”钱伯斯说。

“他说还是会每隔一晚都去她的房间，”巴茨说，“这样就不会引起闲话。”

钱伯斯说：“他说她身上有难闻的气味。你可以跟她的女仆们谈谈，看她们有没有把她好好洗干净。”

他说：“你们想去就去吧。”他想象她们把安娜放进泰晤士河的水里打湿，抹上肥皂，使劲搓洗，在石头上捶打，再拖上来拧干。“我愿用性命担保她是处女。”

“他好像不再提这一点了，”钱伯斯说，“现在他只说对她感到恶心。但他说自己行房本身没有问题。或者起码可以射精。了解这一点对你会是个安慰，如果你得再一次推销他的话。”

巴茨医生低声说：“他有过……你明白我们的意思……两次梦遗。”

“所以他认为如果是另一个女人他就能行。”钱伯斯说。

“他有中意的人吗？”他想，我跟查尔斯·布兰顿一样，羞于谈论这种话题。

* * *

在随后的枢密院会议上，大法官说：“如果国王和王后白天里相敬如宾，会有助于回击谣言。我觉得我们可以相信他们能做到这一点。”

费兹说：“当他与另外那位在一起而无法行事时，他就归罪于女巫。”

“迷信，”克兰默说，“现在他明白了。”

诺福克说：“嗯，克伦威尔？怎么办？”

他说：“我所作的一切都是为了他的安全和快乐。”

他听到一位年轻随从——当然是霍华德家的人，是年轻的卡尔佩珀——说：“如果国王跟新王后搞不成，克伦威尔会代劳的。为什么不呢？其他的事情都是他负责。”

他的朋友哈哈大笑。令他诧然的并非他们的嘲弄，而是他们毫无顾忌，连嗓门都没有压低。

他觉得枢密院开会时，应该先清场。就像比武大会时的赛场，结结实实地围起来，不让观众进入或参赛者跑出。国王站在看台上，评判一举一动。

当天晚上，他给史蒂芬·沃恩写信，用的是他告诉国外所有人的那套说辞：国王和王后很快乐，我们一致认为婚姻十分美满。

他想，我甚至在对沃恩撒谎。

理查德·里奇问他："你在安特卫普的女儿有消息来吗？"

"杳无音讯。"他说。

里奇说："这样也好。国王对异端邪说特别敏感。当然了，大人，既然你曾经四处游历，没准还有其他的孩子，只是你不知道而已。你想过这一点吗？"

"是的，沃尔西提到过一两次。"他想，如果詹妮可现在要求认亲，不知道我能否接受。他送里奇出去时，赖奥斯利正好进来。他显然在偷听里奇的话，因为他红着脸。他说："那家伙毫无感情，只有一肚子野心。"

他想，但里奇在我面前也是这么说你的。不过在我掌权时，你为我尽力，而尽力就很好。即使有疑虑，我还是得相信。我不可能单枪匹马。西摩兄弟心里有自己的小算盘，这也很正常。在这个奇怪的时期，萨福克对我态度友善，但萨福克很愚蠢。我无法指望费兹威廉的支持，他在忙于巩固自己的地位，还因为自己受到责备而怪我。克兰默提心吊胆，他总是提心吊胆。拉蒂摩已经名誉扫地。至于罗伯特·巴恩斯，我连他自己的性命都不放心托付给他，就更不用说我的了。建议指南告诉我们，应该害怕弱者而不是强者。但在国王面前，我们都是弱者。就连可以降服一头狮子的托马斯·怀亚特也不例外。

一个王国的首席顾问官应该有宏伟的计划。但他现在在奋力推进，日理万机。城里满是德国人，有官方的，也有非官方的，他们相信他会使国王成为路德的合适盟友。他们劝诱道，克伦威尔勋爵，我们知道是你在一天天地削弱去年夏天通过的那些法律的力量。"我们知道你内心希望有更完美的改革。你的信仰跟我们的相同。"

他指指站在远处的国王，说："我的信仰跟他的相同。"

在奥斯丁弗莱，他出去看自己的豹子。迪克·帕瑟了解野兽的习性，了解它时不时会耍点情绪，以及有时会危险地嬉闹。“迪克，”他说，“千万不要觉得你可以跟它友好相处。不要觉得你可以放它出来。”

他打量着野兽，野兽也跟他对视。它眨了眨金色的眼睛，打了个哈欠，但心里想的始终是杀戮。它抽动的尾巴暴露了自己。

迪克说：“它如果能说话，会说些什么？”

“我们听不懂的东西。”

“你那天去莫尔府接我时，我从未想过会照管这样一头野兽。”

他搂住孩子的肩膀。迪克·帕瑟是个孤儿，迫害他父亲的是莫尔和斯托克斯利主教，他们以异教徒之名对他处以枷刑，让他受尽羞辱；他相信，是他们的虐待害死了他。莫尔想以收留这孩子而图名，然后又以鞭打而逼他供出异教言论而图名。托马斯爵士吹嘘从未打过自己的孩子，甚至连羽毛都没有用过。但他没有将此礼遇延及别人的孩子。

他怒不可遏地亲自前往莫尔府。他不愿交代给仆人去干，也不愿在外面大厅一直等到莫尔有空之时。“我来接帕瑟的儿子。把他交给我，否则我会告你人身侵犯。”

“什么？”莫尔说，“因为教训敝府的一个孩子？人们会笑话你的，克伦威尔大人。反正那混蛋也跑不见了。好在他只带走了身上所穿的衣服，否则会受到指控的。”

“我听说他带走了你的祝福。你能看到印记。”

“他可能跑到贵府了，”莫尔说，“除了异教徒的屋檐下，他还会去哪儿寻求庇护呢？”

“当心告你诽谤。”他以律师对律师的身份说。

“去告好了，”莫尔说，“事实会一一曝光。你在图书贸易方面的联系。你可疑的同伙。安特卫普，等等等等。算了……回家吧，你会发现那家伙在你的门口。他还会去哪儿呢？”

去大大小小的码头，他想。去搭船。干我当年所干的事情。可能会混得更糟。也可能不会。

现在他每年付给迪克·帕瑟十二镑，照管豹子还每天得到四便士。

他去见王后府的管家拉特兰勋爵。他们的谈话拐弯抹角，但拉特兰勋爵明确表示不会过问闺房之事。

他主动说会跟他妻子谈谈。拉特兰夫人与德国人中资历最高的女侍进行了交流。第二天，安娜换下她的系带软帽，戴着法式贴头帽露面，椭圆形贴头帽衬托出她的面庞，露出她美丽的金发。

他对简·罗奇福德说："有没有哪种颜色会使她的皮肤显得更白净？国王总是提起简。"

"简不是白净，"罗奇福德说，"而是苍白。她看起来像是生活在祭坛布底下。她也并非那么神圣。她挖空心思吓唬安妮·博林。"

玛丽·菲茨罗伊说："大人，你不能指望王后容光焕发。她听说国王不高兴，而她学的英语越多，就会越要求解释。"

"哦，我不认为她会这样，"小凯瑟琳·霍华德说，"她已经听说国王的第一任妻子之所以被休，是因为她不停地请求上帝饶恕他，用拉丁语大声祈祷。而他杀掉安妮·博林，是因为她喜欢八卦和歇斯底里。他之所以爱他的第三任妻子，是因为她寡言少语。所以她准备效仿简。只要不死就行。"

罗奇福德说："大人，也许你想亲自进去帮她梳洗打扮？我们会让她光着身子站在你面前，剩下的就可以全盘交给你了。"

他说："如果她向你吐露什么，就来找我。"

从译员口中，他了解到安娜对婚姻的期望。她的父母并非因为爱情而结婚，但婚后产生了爱情。他们为彼此写诗。她了解到国王曾经写过诗，想知道他何时会为她而作。

克里维斯的大使们问："过去这么长的时间里，你们的国王丧妻之后，找过情妇吗？"

"我们的国王洁身自好。"他说。

"我们并不怀疑，"大使们说，"虽然可能有其他原因。"

他对费兹威廉说："劝劝国王以某种方式公开示爱。"

"你去吧。"费兹说。

"不，你去。"

费兹叹了口气。

这天晚些时候，当着一众朝臣和德国人的面，亨利叫来王后，牵起她的手。"来吧，亲爱的夫人。"他看了看周围的顾问官，他们的表情在要他继续。

他把她拽到自己面前。安娜的额头贴在他缀满宝石的胸脯上。仿佛怕她挣扎，国王紧紧地搂住她。仿佛怕她逃脱，他握紧她的手不放。

安娜身体僵硬，紧贴着他。她的嘴埋在他的裘皮衣服里。她想扭向一侧便于呼吸。她的另一只手攥住自己的裙子，握成了一个拳头。她脑袋后仰，倒抽了一口气。然后她背对着目击者，再无声息。

格利高里小声说："他不会弄死她了吧？"

赖奥斯利说："陛下……也许最好……"

"什么？"亨利松开王后。他退后一步，仿佛在说，瞧——你们都看到我试过了。

安娜从他身边挪开。她似乎步履不稳。她的目光投向费兹威廉、格利高里和她所认识的男人，她僵硬地走向他们，一只手无力地伸着，仿佛手指断了。她的脸上有国王的金链留下的印痕。

* * *

到一月底，怀亚特已经执行了每一位信使搭乘每一班船从伦敦传来的命令。他用自己的刀尖在皇帝和弗朗索瓦之间撬开了一条缝隙。

怀亚特已经在查理面前出现，那是个公开而盛大的场合。他问皇帝，你为何不信守承诺？我们有引渡条约，你却允许英国叛贼自由通行，去找波尔那个恶棍。我的国王为你做了那么多，你竟然如此忘恩负义？

"忘恩负义？我？"基督教世界的头号绅士勃然大怒。惊愕之下，他的顾问官们退至一旁，碰头商议。其中一位上前说道："也许我们误解你了，怀亚特先生？也可能是你说错了？毕竟法语不是你的母语。"

"我的法语毫无问题，"怀亚特说，"但如果你们愿意，我可以用拉丁语复述一遍。"

查理倾身向前。你的主人竟敢用*忘恩负义*这个词？一名来自满是异教徒和绵羊的贫穷小岛的特使，怎么能指责一位皇帝忘恩负义？一个低人一等者，一个国王，不能指望感恩。神圣罗马帝国的皇帝居于小小的国王之上。他们理当臣服于他的脚下。

怀亚特退开。"那就无话可说了，先生。"为了侮辱亨利，皇帝侮辱了所有的国王，包括他的法国盟友。

怀亚特的信到达后，赖奥斯利先生念了一遍。“简直像一场戏！”威廉·金斯顿说。顾问官们的脸上慢慢浮出笑容。弗朗索瓦与查理之间存在一些问题——一些宿怨——随时可能引爆。大火一旦烧起并焚毁他们的协定，英国人就可以高枕无忧了。

“克伦威尔，”诺福克对他说，“那我们就不会需要你的德国朋友了，对吧？你的朋友怀亚特与你的目的背道而驰。”公爵想到这里很得意，“如果他成功，就会显得你是个大傻瓜。”

在斯凯尔特河畔的瓦朗谢纳，查理与弗朗索瓦分手。皇帝率领一队人马向东进发。他对亨利说：“怀亚特跟他在一起。”在他身边煽风点火。

有一两天，他们没有消息。接着，查理显然在前往根特，那是他的一座发生了叛乱的城市。市民们知道会发生什么。查理已经处决其中的一个头目，一位七十五岁的老人，将他绑在肢刑架上折磨得四分五裂；事先还将他从头到脚剃得精光，使他变得光溜溜的，像新生儿一般。

亨利说：“皇帝很好战。离开根特后，他会开往格尔德兰。威廉公爵会向我求援，而我无法有很好的理由拒绝。如果我被卷入战争，那可不是源于我的愿望，克伦威尔大人，而是——很奇怪地——源于你的愿望。”

理查德·里奇来找他商量威斯敏斯特修道院的津贴名单。院长说自己时日不多了，但也许这是一种想多要点钱的花招？修道院将变成大教堂，而院长（如果还活着）将成为座堂主任牧师。亨利不会拆除这个国王加冕的神圣场所。他也不会打扰他的父母，他们安息于地上的青铜和地下的封铅之中；粗如柱子的蜡烛终日在他们周围闪烁，使他们沐浴在泛着绿色的永恒之光里。修道院的圣物将被移走，但画像和雕像会留下。将信将疑的多马①跪在那儿，伸指探入救主肋旁流血的伤口。圣克里斯托弗②扛着像萌猫一般坐在他肩上的圣婴。在牧师会礼堂的墙上，孤独的流放者圣约翰蒙着眼睛驶向帕特摩斯③。勤恳的骆驼和单峰驼在沙漠中跋涉，雄鹿的秀蹄则踩在青草地上，族长和处女与忏悔者和殉道者并肩而立，他们明亮的眼

---

① 耶稣的十二门徒之一，直到看见和触摸到耶稣的伤口才相信耶稣已复活。

② 西方传说中的旅行者的保护圣徒，相传曾经扛着圣婴耶稣过河。

③ 希腊爱琴海佐泽卡尼索斯群岛中最北、最小的岛屿，是罗马统治时期的流放地，相传圣约翰被流放至此，在山洞里得到天启而著《启示录》。

睛十分警觉。已故君主的纪念碑集中在一起，仿佛他们的遗骨在彼此商讨；他们下面那些能预知未来的路面，那些黑玛瑙石、斑岩、绿色蛇纹石和玻璃，用刻于其上的铭文告诉我们，世界将延续多少年。

“他们干吗要知道？”他问理查德·里奇，“依我看，那些僧侣能活过三十岁就算奇迹了。”由于清规戒律禁止他们在食堂吃荤，他们便另设一个餐厅，在里面对烤肉和煮肉大快朵颐。教会举行隆重的斋宴时，他们会制作一种名为“大布丁”的食物。要用六磅葡萄干、三百个鸡蛋和大块的板油。快做好时他们曾带他参观过一次，仿佛是给他一种优待：只见一堆油腻而软不拉几的东西，鼓鼓的，长长的，上面有些黑点，像是叮着苍蝇一般。他说：“为取缔那种布丁，也值得取缔修道院。”

他（托马斯·克伦威尔）站在那儿，抬头望着新礼拜堂的扇形拱顶。“我发誓那些垂饰在移动。我第一次来这儿时，它们看起来很逼真。”

“只是楼体在下沉，”僧侣们说，“有时会这样，大人。”

在这里望弥撒的人享有一种厚遇，名为“通往天堂之梯”，有朝一日，我们所有人都会需要它。在一次异象中，圣伯纳德看到一些灵魂在上升，一级一级地进入永恒；当他们从最高一级跳入极乐时，天使们伸出手来，扶他们站稳。往上爬并不难。难的是得知道到顶后怎么办。我们奋力向上时，恶魔在底下摇晃，梯级可能折断，或者整架梯子沉入沼泽中。他对里奇说：“理查德，你觉得这种梯子有否有缺陷？或者这些攀爬者有否有缺陷？”但这不是增收大臣愿意操心的问题。

时至月底，爱德华·西摩前往加来，雷夫·赛德勒奔赴苏格兰。他告诉雷夫，詹姆斯如果想得到好处，就应该跟他舅舅亨利交好，而不是跟弗朗索瓦搅在一起，因为弗朗索瓦会把苏格兰变成他的附庸国。雷夫如果能发现詹姆斯与教皇之间的裂隙，就应该将它扩大。苏格兰国王应该明白掌控自己的教会有何益处，并充分了解其修道院的资源：每个统治者都需要钱，而在这里唾手可得。

国王想给他外甥送一份礼物，是一群骟马，雷夫的行程因此而有所耽搁。

他说：“一有机会就给我写信。”

这孩子的离去犹如一股冷风从他的后颈上吹过。

国王一行转至威斯敏斯特时，走的是水路，有商船的陪同，船上还有乐师。塔里鸣响礼炮。市民们在震动的两岸列队欢呼。

在威斯敏斯特，国王仍然每隔一晚就去王后的房间。德国人问：“陛下，何时举行加冕典礼？”他（克伦威尔）提醒枢密院，典礼原本定在圣烛节，但圣烛节已经过去了。诺福克说：“我们明白你为什么希望她加冕。你认为国王一旦花了钱，就不会送她回去了。”

“送她回去？”他不得不佯装生气。

在宫殿的王后那一侧，毫无动静。女侍们蹙着眉头从他身边经过——她们总是得去什么地方。有个问题他应该问安娜，但又不知道是什么问题；也可能是她从他这儿需要一个答案。在故事里，你在森林中遇到一位蒙面裹身的女士，她要你猜个谜语。如果你猜对了，只需看她一眼，她的衣服就自动脱落。她的身体滑进你的怀抱，她的光与你的光融为一体。但如果你猜错了，她就变成一个丑老太婆。她把手放在你的阳具上，它就缩得细小如豆。

他将查尔斯·布兰顿带到奥斯丁弗莱，领他观看豹子，查尔斯非常高兴，然后跟他交心交底：国王已经明确表示，由于他决不会爱上王后，所以无法行夫妻之实。“无法，不会——对国家而言是一回事。”

萨福克神情严肃。“他完全放弃了，对吧？此前我不知道。托马斯·霍华德知道吗？主教们知道吗？换了是别的人，你可以建议……”

他想不出查尔斯要说什么。

“你可以建议，试着想象另一个女人。但哈里如果想象另一个女人，就会想要娶她。那你会怎么办？”

在宫里，他仔细观察诺福克的侄女。男人的目光经常落在她身上，每当这时，她就横眉冷对，犹如一只竖起羽毛的肥胖的小母鸡。

国王说，托马斯·霍华德将前往法兰西。他想看透弗朗索瓦的心思，并认为一位大贵族可能会马到成功。“这需要像诺福克大人这种声望的人。”他说。

年轻的萨里对他的随从们说：“只是因为天意，国王才留有一位贵族可以差遣。如果由着克伦威尔，他会除掉我们所有的人。”

赖奥斯利追着他说：“先生，你知道诺福克迫不及待想出使吗？而以往派他出国时，他总是磨磨蹭蹭？恐怕他的法语也不够好。”

“也许他会保持安静，落一个智慧之名。”

理查德·里奇说：“简称，你有时可以那样试试。”

诺福克将会得到已被任命的常驻大使约翰·沃洛普爵士的支持。法国人叫他瓦洛普。他是一位经验丰富的外交官，但不会是克伦威尔的选择——原因之一是跟李尔太过友好。他现在已经把自己的仆人马修安排在加来，所以了解总督府的动态。他在等待一封可以作为罪证的信出现在李尔大人的桌子上，或者在李尔夫人的针线盒里。一封写给——或者来自——雷金纳德·波尔的信。

在诺福克启程前的日子里，有人看到他出现在南华克的加迪纳府。“诺福克大人当然应该征求意见，”他听到报告时平静地说，“因为加迪纳曾担任我们的驻法大使那么久。”

“不是这样，”赖奥斯利说，“他们在一起密谋什么。”

“是的。嗯，我自己也在密谋什么。”

等诺福克看到我为他准备的惊喜后，就再也不会从他的炉火旁挪身了。

在加迪纳那帮人的监督下，1540 年大斋节的斋戒按严格的老规矩进行。在一些他们很警惕的小事上，不妨依着他们。瑟斯顿用来应付这段日子的有番红花面包、放有葡萄干的洋葱馅饼、杏仁乳焗饭以及用大蒜和核桃制成的一种新的咸鱼酱汁。

情人节这天，讲道战爆发。加迪纳驳斥巴恩斯，巴恩斯反驳加迪纳。两人都言辞激烈，但加迪纳不会有任何损失，巴恩斯却有生命之虞。巴恩斯会屈服，就像曾经在沃尔西面前那样。将要吃败仗的不是他的信仰，而是他的性格。他不是路德派。他站在这儿：直到加迪纳把他踢到房间的另一头。

伦敦人都来听两人讲道，他们蹲在临时搭建的棚子下，在油布下推推搡搡，眯着眼睛抵御雨水，头发贴在头皮上，耳朵淋着雨。可那些老太婆们说，我们会有一个炎热的夏天。就目前来看，正如诗人所言，没有新鲜的绿叶，没有苹果树，只有荆棘。他去请求亨利网开一面的这一天，依然冬意逼人。

“是关于罗伯特·巴恩斯吗？”亨利说，“在他的问题上我好像严重受骗了。加迪纳说他是个死不改悔的异教徒。想想看，我还曾经把英格兰的海外事务托付给他！你跟那家伙交往相当密切，竟然没有了解他的观点并揭发出来，未免太大意了。我猜你并不了解？”

“我不是来为巴恩斯说情的。”在想象中，他走出房间，又再度进来。“我来这儿是想谈谈格特鲁德·科特尼，先生。我们也许可以释放她。保存好证据。她的过错一方面在于轻信，女人们都是这样，另一方面在于对逝者的忠诚，陛下理解这一点。”

“凯瑟琳从来没有真的死去，对吧？”亨利听起来很疲惫，“有些人永远不会承认她不是我的妻子。”

“埃克塞特夫人将需要生活保障，所以如果陛下进一步恩准，我将从她丈夫的地产上给她安排一笔年金。”

“上帝诅咒他，”亨利说，“很好，放了那个女人，埃克塞特的孩子要继续关着，我不希望哪个叛贼的小崽子在全国各地乱窜。”

他在心里记了下来。亨利说：“克伦威尔，你能有孩子吗？”

他吃了一惊。“我想你能，”亨利说，“你是普通人。普通人精力充沛。”

国王不知道它们会耗尽。一个劳动者四十岁就会憔悴衰老。他的妻子三十五岁就会筋疲力尽。

“我以为这次婚姻会让我再添一子，”国王说，“但看不到上帝怀有此意的迹象。”他坐进椅子里，翻了几页纸。“我们可以马上给克里维斯写信。可以我口授你来记，像我们以往那样。”

他说：“我的眼神不如以前了。”

普通人的话题到此为止。“但你仍然写信，”亨利说，“我熟悉你的字体。我想要你问一下威廉本人，那些表明她妹妹是否结过婚的文件在哪儿，因为——”他把胳膊拄在桌子上，双手抱头。“克伦威尔，我们不能用钱把她打发掉吗？”

“是的，我们可以给她一笔安置费。我不知道我们得筹多少钱来安抚她哥哥。我也不知道如何挽救陛下的声誉——如果你放弃一桩合法的婚姻。在其他的国王面前你会很难抬起头来。或者很难再找一位妻子。”

“我明天就可以找到一个。”亨利厉声说。

门小心翼翼地开了。是几位送灯的仆人。“把蜡烛放这儿来。”他说。

但国王似乎忘了那封信。亨利等待着，直到只剩下他们两个人，但即便如此，他也没有开口；直到温暖的烛光在房间里弥漫开来，他才说："大人，你还记得我们骑马去原野那天的情景吗？去见铁匠，并了解造大炮的新方法？"

窗玻璃蒙上一层冰冷的雾气。亨利走动时，身上的钻石看起来就像钢珠，或者像落在石地上的种子。他手握羽毛笔等待着。国王说："那是些更快乐的日子。简怀着我的继承人，肚子大了，不能旅行。她不愿意我离开她，但她知道我们为此行筹划了很久，而大人你事务繁忙，国王也责任重大，所以她不会要求我不去。我记得我起得很早，当时是圣约翰节前后，还不到弥撒的时辰天就亮了；简说，你要不要等到你的牧师来后再走？我就等了，因为女人在那种情况下的担心必须得到关注。我说，只不过是两三个晚上，虽然我们会比较轻松悠闲。我们会听听鸟鸣，像卡米洛特①的骑士一样骑马穿过树林。我们会享受阳光。"亨利顿了顿："阳光，去哪儿了？"

"上帝创造了二月，先生，也创造了六月。"

"这腔调就像主教。"亨利抬起头，"我希望你与加迪纳和解。"

他想，我们试过了。

"复活节时一起坐下来。"

"我以人格担保，我会试试。"

沉默。他想，也许我回答得不够好？"我会尽量讲和。"

仆人们没有关百叶窗。他起身去关。亨利说："别管它们，我想要这有限的光线。"窗玻璃外有海鸥掠过，似乎把威斯敏斯特的塔楼当成了海边的悬崖。

亨利注视着他。他那双大手无力地、空空地搭在自己的长袍上。他说："但我回头一想，克伦威尔……才想起我们根本没有成行。"

"肯特之行吗？是的，但规划了——"

"是的，规划了。但总是有些我们不能去的理由。"

他面对着国王重新坐下。"我们就假设去了吧，先生。想象一下没什么坏处。"英格兰的绿色心脏：遥远的教堂钟声，抵挡炎热的树阴。"我们

---

① 英国传说中亚瑟王的宫殿和圆桌会议所在地。

就假设铁匠们给了我们最热烈的欢迎，并向我们敞开心扉，吐露了所有的秘密。”

“他们必须这样，”亨利说，“没有人可以对我保密。任何企图都是徒劳。”

他走了出来，一只手扶墙，说了句祷告。《亨利之书》没有可供他参考的建议。

国王已经离开本土，似乎进入了另一个不存在因果关联的王国；他也不在乎如何袒露心迹。想想博林兄妹垮台的那些日子。国王写了一部关于博林荒淫无度的戏剧。他把它写在一个小本子上并揣在怀里，想拿给别人看。

一月份时，他说，克伦威尔，这不怪你。现在你能听见他在想：就一件事，我要他帮我做一件事，他却不愿意。

他想，帮他解脱虽非易事，但并不是没有可能。这对诺福克之流将是一场胜利，对教皇党人是一种鼓舞，对新欧洲则是一个终结。你有多少重绘版图的机会？也许两三代人才有一次，而现在机会正在溜走。怀亚特和时间的作用会离间法兰西与皇帝，而我们将重新玩起那些延续了我这一辈子的老掉牙的旧游戏。

然后哈里会想要一位新妻，天知道会是谁。他脑海里响起一首歌，肯定是沃尔特唱过的歌：

我甜蜜地吻了她，她也吻了我；
我让心肝儿坐在我腿上。

接下来他会选择一位教皇党人，我会但愿自己远离此地。如果当初留在意大利，我原本可以拥有一座白墙红瓦的山间别墅。门口有遮风挡雨的柱廊，阳台装有隔热的百叶窗；有果园、花径、喷泉和葡萄园；图书室里有描绘着鸟兽的壁画，就像修道院牧师会礼堂的绘画。

在弗雷斯科巴尔迪的别墅，那姑娘每天早上送来一篮香草。你从油罐旁经过时顺手敲一敲，响声会告诉你它们有多满。厨工们不再跟他找茬打架后，他教他们英语接龙游戏和押韵诗。在意大利的蓝色天空下，他们吟诵雾蒙蒙的早晨，吟诵桦树与橡树，以及少女在五月里的突然失身。

后来有一天，主人喊他去会计室，他把围裙挂在钩子上。然后，他成了弗雷斯科巴尔迪家族深受信任的一名助手。去拜访波尔蒂纳里家族时，他是他们府上年轻人的朋友。没有人说，这是铁匠的儿子，别让他进来。他离开弗雷斯科巴尔迪银行后，去了威尼斯。在他的工作场所，有一口很长的箱子，雕花木板上刻着身中数箭的圣塞巴斯蒂安。每天晚上，他总是把账本收好，把钥匙放进自己的口袋；他从未朝殉道者看过一眼。那现在怎么看到他了呢？一侧有长弓手，另一侧有弩手。他被来自各个角度的箭射中。

他离开国王的房间。*我甜蜜地吻了她，她也吻了我……*

接下来的几天里，他发现自己的善意在经受考验，耐心在渐渐耗尽。当一名密探被抓并拒不招供时，他没有去塔里收买、劝诱或哄骗；他看重的是效率。给他上肢刑，他说，并指定三个人把结果记下来。他说，明天一大早来见我，把你们的成效告诉我。

诺福克从法兰西回国之前，他已经入侵公爵的老巢。他关闭了公爵的祖先长眠其中的塞特福德修道院。三百年前，他们在塞特福德找到一个密窖，里面存放着留有清晰标签的圣物，包括各各他山的岩石，圣母墓室的一部分，以及圣子耶稣躺过的马槽碎片；自那以后，他们就一直在见证神迹。现在却出现了最大的神迹，那就是帕特尼小子托马斯·克伦威尔：他认为，时间的流逝不会为假冒物品增光添彩，也无需因为一个谎言很古老就对它敬畏有加。

那些尊贵的死者怎么办？约翰·霍华德就埋在这里，当年在博斯沃思，他被一箭射落马下，不等触地就已经咽气。这里还有公爵的父亲，那位托马斯·霍华德在弗洛登对苏格兰人狂砍猛杀，让他们留下遍地残肢。而不久之前，年轻的里奇蒙——国王的私生子，公爵的女婿——也被安葬于此。

他们家将不得不修建新墓吗？这是对霍华德姓氏的侮辱，而且是一笔巨大的开销，诺福克吼道。他来质问："克伦威尔，你根本不把我放在眼里吗？你可当心一点。我会让你吃不了兜着走。"

"战斗宣言，"他说，"自红衣主教时代之后，我们就再也没有这种宣言了。”

“必须有人为我父亲祈祷，”公爵咆哮道，“如果不是在塞特福德，就得在别的什么地方。”

里奇说：“什么，你的意思是要克伦威尔勋爵花钱吗？”

他想，你为什么不干脆放弃你的老爹？让他自己去碰碰运气？

“他被称为‘弗洛登的诺福克’”公爵说，“以一场战役而命名的父亲。你觉得如何，克伦威尔？”

霍华德骂骂咧咧地走了。从法兰西回来之后，他就一直在骂人；他一到法兰西，就被建议去与弗朗索瓦的情妇搞好关系，以获取国王的信任，直到现在，他还在为不得不讨好一个女人而羞愧难当。

赖奥斯利说：“他为他的祖先感到那么自豪，你却把他们赶了出去，我觉得他不会原谅你的。我还觉得他没有把自己与法国人来往的情况全都说出来，远远没有。”

理查德·里奇说：“法国人讨厌你。诺福克则怂恿他们。”

赖奥斯利说：“博林兄妹垮台的时候，我不是向你建议过吗，先生？我说，趁着有机会，扳倒诺福克。”

* * *

罗伯特·巴恩斯来到奥斯丁弗莱：溺水之人再一次被冲上他的楼梯。如果早知道巴恩斯要来，他会让人在门口挡住他。

巴恩斯说：“温彻斯特认为，如果他把我整垮，你就跟着完蛋。”

他点点头：这个总结好像合理。“你可以跑。”他建议道。

“这次不行，”巴恩斯说，“我太累了。你总是说，谨慎。小心。上帝得等多久，才能让英格兰拥抱真正的宗教？”

“再等十年。”他说，“按祂的标准，不算太久。”

巴恩斯直瞪着他。“你的意思是直到亨利死去？但如果王子永远不能登基怎么办？如果玛丽上台怎么办？”

“那我们全都死定了。”他说。

3 月 12 日，埃塞克斯伯爵亨利·鲍彻从马背上掉了下来，摔断脖子当场死亡。“上帝饶恕我，”查尔斯·布兰顿说，“在国王的婚礼那天，我开过他的玩笑，说他命不久矣。”

“大人，”他说，“这跟你无关。”

老埃塞克斯会去哪儿？直接接受审判？还是静静地躺在坟墓里，直到最后审判日？他会在炼狱待上五十万年，洗净自己的罪孽？还是已经抵达目的地——在通往天堂之梯的顶端，或者在某个专为伯爵们预留的地狱黑洞中？

大部分朝臣并不关心。除了礼拜日或者生病，他们对加迪纳或巴恩斯的论辩毫不在意。他们只想知道埃塞克斯的头衔会花落谁家。伯爵没有继承人。他的女婿希望被选中，至于有几分胜算，大家却不得而知。

棕榈主日①，传来第十五任牛津伯爵约翰·德·维尔的死讯。他的死不太令人意外，维尔已经抱病数月。他的继承人已经成年，将作为第十六任伯爵继任；据猜测，他还将接任他父亲的掌礼大臣一职，掌管国王的内府。

“不一定。”赖奥斯利先生说。他出身于纹章官世家，所以对这类事情了如指掌。“维尔一世于1133年被任命这个职务，那是在亨利一世统治时期。从那以后，绝大多数掌礼大臣都来自他们家族。但并没有法律规定一定是他们。国王可以按自己的意愿来任命。”

他没有时间讨论这些。他得接见一位新大使。克里维斯终于给我们派来了一位常驻大使，名叫卡尔·哈斯特博士，以前曾代表威廉公爵出使西班牙。他不懂英文，也未带文件，还没有住处，只有一笔微薄的津贴，不修边幅，不讲形象。他对赖奥斯利说：“真希望他们派个更好的人来——我担心宫里的人会笑话他。”

“笑话他的期望，”赖奥斯利说，“当然——因为它们完全不切实际。”

时至今日，威廉公爵应该已经收到他妹妹的信。安娜用自己的母语亲笔致信她哥哥，说她有一位最称心如意的丈夫，她感谢家人促成了她的幸福。

罗奇福德夫人已经向他做了汇报。“她不知道怎么办。她假装一切都

① 又译为圣枝主日，指复活前的星期日，以纪念耶稣基督返回耶路撒冷，信徒们当时摇动棕榈树叶欢迎耶稣在周五殉难日前回归圣城。

好，但只是靠希望过日子，就像一只等待着无花果成熟的寒鸦。”罗奇福德笑了起来。“大斋节结束了，再虔诚的男人也无法拒绝自己的妻子。我们问她：‘夫人，蜡烛熄灭后，他干了什么？’她说，他吻了我，然后说，‘晚安，亲爱的。’然后到了早上，他起了床，说，‘再见，亲爱的。’我们对她说，夫人，如果仅仅是这样，那得过很久我们才能有一位约克公爵。”

“小声一点，简。”他说。

“大家都在谈论。你认为能瞒德国人多久？”

身后响起脚步声，是一位伴娘。“你好像无处不在，霍华德小姐。”

凯瑟琳抬头盯着他。“是的。”

他估摸着她那身行头的价钱。“新裙子？”

“诺福克伯伯置办的。”

“你是来传话，还是来这儿让我眼花缭乱的？”

她低下头。“大人，王后和玛丽小姐想跟你一起在画廊里走走。”

外面的大雨冲刷着窗户；屋顶上的小铅人口里喷水如注。

安娜内室的女侍们已经告诉他，她与玛丽小姐的见面并不成功。玛丽无视所有的证据，认定安娜是路德派；而安娜的人则一直认为玛丽是皇帝的密探，所以提醒安娜要警惕。

在画廊里，他陪同两位女士散步，一侧是一袭黄衣、春色洋溢的安娜，另一侧是玛丽，穿着她所喜欢的深红色。“又下雨了。”安娜说，展示着自己的英语。

“恐怕是的。”他说。

亨利已经告诉他，跟她谈谈，克伦威尔，你不能跟她谈谈吗？他说：我不敢。亨利说：只要我允许，有何不敢的？他当时想，因为我不知道你希望我从这种谈话中得到什么结果。你想让她把自己变成一个你可以爱上的女人，还是一个可以休掉的女人？

玛丽说：“我知道你的朋友巴恩斯博士很快会被关起来。你其他的传教士朋友也一样。”

她顿了顿，等待他说，巴恩斯不是我的朋友。他并未填这个空。安娜没有理会这些，只是走在他身边，手指搭在他的外套上，神情愉快。他觉得路德派教徒的那只钟仿佛还在他的手心里，那滴滴答答的声音让他心绪不宁。钟盒出自一位艺术家之手，而里面的机械装置则是由一位军械工制成。

“巴恩斯指望什么？”玛丽说，“他先是公开认错，然后又明知故犯。你当时在场吗？”

“是的，小姐。连续数天的布道。”

“把记录给我看看。”她说。仿佛他是她的职员。他鞠了一躬。她说：“我相信加来已经完全步入歧途。”

“李尔勋爵有望来参加嘉德日活动。无疑会算算账。”

“奇怪的时期，大人。两位贵族去世了。”

画廊里悬挂着国王的新挂毯，描绘着圣保罗的生活。在炫目的光照下，他们——一位是王后，一位是国王之女，一位是酿酒商之子——走在通往大马士革的路上；他们乘船通过地中海，现在停在以弗所的巫师面前，这些被圣徒改变信仰的巫师正在焚毁自己的书。他觉得自己很想把手伸进挂毯里，把它们从火中掏出来。

在加迪纳府，他们享用鸡肉配无花果，伦巴第酥皮面包，碎鸡肝配煮鸡蛋，还有加香葡萄酒蛋挞和牛肉冻。他(克伦威尔)遵国王之命出席，目光看着自己的食物，因为他不想看温彻斯特主教。他也不想看托马斯·霍华德；他甚至不知道对方会到场，直至看到他的船停在这里。

进来时，他说：“公爵大人，你怎么来了？我还以为贵府有瘟疫。你不该靠近国王。”

“我没有，”诺福克说，“我只靠近你。”

加迪纳像个友好的东道主一般似乎想劝和。“我知道有个仆人死了，但公爵大人与他相隔十四英里。”

“他没有死，也不是瘟疫，”诺福克说，“敝府其他人都没有染病。我向你们保证，我没有任何病。每年的这个时候，我都会吃艾菊布丁来净化血液。”

“你对自己总是无微不至，”他说，“你也是，主教大人。”他们各自就座。酒已斟好。他转向诺福克。“我记得史蒂芬担任红衣主教大人的秘书时，我们俩一起去伊普斯维奇，为红衣主教大人的大学开学做筹备工作。我亲自去挂那些装饰物，因为他们动作太慢，我还搬来长凳和支架——而我这位好伙伴则站在一旁指导我，并好心提醒我不要拉伤了背。”

加迪纳微笑着说：“我只是为有益的事业才出力。”

诺福克“砰”的一声把酒杯放在桌上。“伊普斯维奇？”公爵一说起这个地名就咬牙切齿。“为了给他在伊普斯维奇的那所可恶的学校筹集资金，沃尔西拆毁了费利克斯托的修道院——那是*我的*修道院。我很高兴他的大学关了门。我希望它化为废墟。天啊，这个国家为何如此不公？欺骗我的要么是沃尔西，要么就是他的这位崇拜者。沃尔西是你的上帝，克伦威尔。他是你的屠夫上帝。”

“我有同感。”加迪纳放下餐刀，“我很奇怪，克伦威尔，你至今还未看清沃尔西的真面目。他穷奢极欲。你自己也知道，他在国王那儿失宠之后，竟然致信外国的君王们求援。在国王毫不知情的情况下，他越过国王跟他们来往，仿佛他自己也是一位国王。我们把这种人称为什么？称为逆贼。如果有人告诉你这些情况，你自己也会觉得他有罪。”

“是啊，”诺福克说，“你就不会劳神费力了。不过，我觉得你这种人知恩图报很难得。刚到宫里时你有什么？连身上的衬衣都是沃尔西的。现在行动起来，向国王感恩吧，他为你做了那么多。把你的德国人叫出来，全部都赶走。”

一名仆人端着酒壶上前。史蒂芬朝他皱了皱眉；仆人又退到墙边。托马斯·霍华德并非那种不胜酒力的人，但他离家出门前肯定喝了不少。好给自己壮胆，他想；天啊，他也需要壮胆。

他握紧拳头，猛地砸在桌上。餐盘弹了起来。“枢密院一致赞成这桩婚姻。你签过字的，托马斯·霍华德，像我一样。至于那位女士，国王当时只想赶快把她接来，一刻都不愿多等。”

“老天，不是这样，”诺福克说，“是你给了他压力和束缚。我告诉你，他想摆脱。你没注意他看我侄女的眼神吗？他对凯瑟琳一见钟情。”

“你如果想要权力，”他说，“就像个男人那样去争取。你那花白头发不适合扮演潘德罗斯①。”

---

① 中世纪传说中为特洛伊罗斯（Troilus）和克瑞西达（Cressida）牵线搭桥的人，后指皮条客。

“你真该死！”公爵愤然起身，推开椅子，从身上扯下餐巾。加迪纳的餐巾和桌布非常大，所以他看起来像是从帐篷里挣扎而出。“我不会坐在这儿任人辱骂，说我是皮条客。”

公爵起身时，他也站了起来。仆人们缩紧身子靠在墙上。他的眼角闪过一抹红色。那把刀贴在他的胸口，在他的外衣底下，冷冷的，随时准备出鞘，而他的手仿佛自动朝它伸去。

但加迪纳站到两人之间，说：“二位，今天不要动拳。”

动拳？他想：你不了解我。不等你起身我就可以像宰鹅一样宰了他。

加迪纳笑眯眯地挥了挥手，仿佛这是一场女子木球比赛。“好吧，诺福克大人，如果你必须离开，只说明你是个大忙人。”他笑着说，“我们会把你那份食物送给穷人。”

公爵大声召集自己的卫兵和船夫，吵吵嚷嚷地离开之后，他们重新坐下，史蒂芬从桌上伸过手来，拍了拍他的胳膊。

“说出来吧，史蒂芬。”他很郁闷，“‘克伦威尔，你忘乎所以了，我们现在不是在帕特尼。’”

史蒂芬示意上酒。“骂人是一门微妙的艺术。刚才有顷刻间，我心里想，不知道他是否了解潘德罗斯是谁。我还以为你可能太过婉转。”

“不，今天不会，”他说，“我今天丝毫也不想婉转。请原谅。我明白我们必须同心合力，我能做得更好，也会做得更好。我相信我有你想要的东西，我可以帮助你，而我也有想要的东西——”

“你想要巴恩斯出来，”加迪纳说，“你觉得他能改过自新吗？看到一位剑桥学者被烧死，我总是感到遗憾。你应该记得多年前，当他来到沃尔西面前时，我帮他说过话。”

“也许吧。”

“否则他会被直接关进塔里。我猜那倒会节省时间。我看不出他给英格兰带来了什么好处，尽管他作为大使曾经四处斡旋。国王很后悔聘用了巴恩斯。”

仆人们端上腌渍的蔬菜、泡在芳香糖浆里的梨子以及橘子酱。史蒂芬说：“诺福克很鲁莽，但他说得对。你不觉得风向在变吗？你曾经告诉国王，没有德国人，他就一个朋友都没有。这也是事实。但一旦联盟解体，法兰西和皇帝双方都会再次拉拢国王。”

“我不明白诺福克怎么自认为能看到未来。他通常连自己的鼻子尖都看不到。”

“你忘了，几周前他本人还在法兰西。我相信弗朗索瓦已经向他示好——我不会说是秘密地——但是是私下里。把事情托付给公爵，而不是你。”

原来如此，他说。

“我知道你在国内外到处都安插了人去侍奉别人。我知道他们在监视和打探，在抄袭和盗取别人柜子里的东西，在偷取别人的钥匙。我在敝府也受到这种困扰。”

“我也是，史蒂芬。因为你的人。”

“但你并非无所不知。也并非无所不在。你一直以为你是吗？你以为你是上帝吗？”

“不是，”他说，“而是上帝的密探。”

“那就把事实打探出来，”史蒂芬说，“如果国王认为他不需要克里维斯的友谊，那么鉴于他铁了心不喜欢那位女士，就只有一条途径，也就是想出让他摆脱之计。”

他推开杯子。像诺福克一样——但没有那么匆忙——他也扯开胸前的餐巾桌布。加迪纳可不是傻瓜。他是恶魔，但不是傻瓜。“果酱很棒，”他说，“我想是李尔夫人制作的吧？国王经常夸赞它。”

“她给我们所有人都送了。”加迪纳说，似乎在为自己辩解。

“所有她想讨好的人。她有没有用信把它包起来？”

加迪纳欣赏地看着他。“天啊，什么都躲不过你，对吧？连罐装食品都不例外。”他叹了口气，“托马斯，我们俩都清楚侍奉这位国王的难处。我们都清楚这简直是不可能之举。问题是，谁最能忍受不可能？你从未在他那儿失宠。我已经失过多次。不过——”

“不过你还在这儿。期待重返枢密院。”

史蒂芬将他送到门外。“你知道国王的愿望。他希望我们消弭分歧一同侍奉他。希望我们宣称是百分之百的好朋友。”

他们冷冷地碰了碰手掌。当他冲下通往码头的台阶时，史蒂芬喊道：“克伦威尔！当心你的背后。”

这是个寒冷的日子，阳光稀薄，是季节变化的最初迹象。他乘坐自己的船从河对岸返回。在他的旗帜上，小黑鸟振翅飞舞——红衣主教的红嘴山鸦在旗杆周围舞动。

他的船夫说："刚才我们看到公爵的船时，不禁说道，天可怜见——我们大人要对付诺福克和加迪纳两个人吗？"

他说："我的国王主人让我觉得自己就像是被钉在两名盗贼之间的基督。"

他摘下手套，将一只手探进衣服里。当那只手再次出现时，已经宝刀在握。他说："克里斯托弗，它现在是你的了。尽量不要使用。"

克里斯托弗双手拿着刀翻来覆去。"有了它我的腰杆就更直了。你现在干吗不要了？"

"因为我差点用它捅了诺福克。"他的手下发出一阵低呼。"你可以告诉赛德勒先生我把它交出去了。"他想，雷夫曾经要我先长大再变老。

巴斯廷斯问："这是你自己打造的吗，先生？当你干那种活儿的时候？"

"不是。我打的那把……弄丢了。这是罗马的一位年轻女士送给我的。我已经保存了一些年。"

"我敢说还派上了一些用场，"巴斯廷斯钦佩地说，"先生，有件事情你应该知道。公爵家的那个小姑娘，我听说她破了身。老公爵夫人府里的一个人夸口说，他曾经把手指伸进她的私处。他说他在黑暗中摸过，能百里挑一辨别出来。"

"你这是从哪儿听来的，船工们吗？"他裹紧身上的斗篷。他想，就算真是那样，我又能如何？国王一旦爱上她，任何人如果在他与他的猎物之间作梗，都会被他一脚踹开。他说："巴斯廷斯，要跟文明一点的人交往。"

他想，我会忘记自己听过这些。在渡过泰晤士河的过程中，他竭力使自己忘却。百中挑一？

我甜蜜地吻了她，她也吻了我；
我让心肝儿坐在我腿上。
我对她多么倾心，
夜莺也快乐地歌唱。

赖奥斯利先生正在等他。他告诉赖奥斯利："你可以给大使们写信，说我和温彻斯特已经共进午餐，我们现在完全相互谅解了。"

赖奥斯利说："我能否加上'过去所有的不快都已烟消云散'之类的话？"

"随你好了，赖奥斯利先生。"

有时，他觉得自主显节以来，我们没有取得任何进展。罗马人和不列颠人仍然在他的梦中交战。他们前进，撤退，再次向前推进。他们削啊，刺啊，佯攻，躲闪；他们缓缓抬起穿着盔甲的手臂，砍啊，砍啊，砍。

在加来，为了查出异教徒，成立一个新的委员会。是诺福克旅途经过时发起的：他点燃一把火，然后登船一走了之。他对国王说："我们为何不去查谋逆者呢？四十名武装起来的法国人只需一个小时就可以占领加来。症结在于内部，我不是指市民，而是指那些管理者。"

国王痛苦地说："李尔勋爵对我非常重要。"

"我不会找李尔勋爵的麻烦。"他说。暂时不会；我会拿他的朋友们开刀。"我想要一些文件。怀亚特告诉过我该找什么。他对加来十分了解。"

"哦，怀亚特，"国王说，"他口中所说并非心里所想，而心里所想又口中不说。"

他的第一个目标是桑普森主教。将他软禁起来后，他没收了他的文件，从中查找与波尔来往的蛛丝马迹，以及他的朋友中还有哪些人与波尔来往的蛛丝马迹。国王说，嗯，克伦威尔，找到了什么证据？他说，先生，这项工作错综复杂。就像铺设修道院的走道。你有三角形和圆形，矩形和正方形。你有石灰石和斑岩，蛇纹石和玻璃。你必须用信仰的眼光工作，旁观者不会看到图案，直到恍然大悟。

现在季节变了。每个放晴的日子都是由他已经了解的其他日子所组成。他看到一群苍头燕雀像飞翔的玫瑰一般从宁静的池塘里起飞。他的猎鹰注视着在墙边飞舞的尘埃，仿佛阳光是活物，是它们的猎物。

亨利召见他。"有件事情我必须告诉你。是一件比较重要的事情。走吧，我们去我的私室闭门详谈。"

一扇窗户开着。外面有人在唱歌。他想，我那些睡不安稳的夜晚，那些惶惶不宁的梦，就是要将我带到这儿吗？

我常常在睡眠中惊醒。
因为炎热或寒冷而发燥或颤抖。
由于睡眠不足，我头痛欲裂
这是何意？

他跟在国王身后。除了像西塞罗所说的那样，怀抱希望地活着，勇敢地死去，你还能怎样？

他回到家时，大家正忐忑不安。简称手里拿着一份文件来迎接他。“先生，你最好马上看看这个。”

这是马里亚克大使写给弗朗索瓦的一封信的副本——说直接一点，就是抄写稿。“马里亚克说国王即将逮捕克兰默。要把他关进塔里，与巴恩斯一起。”

简称在大使的随行人员中安插了一个人。“这事儿干得好。”他说。纸张尚有余温。

“还有更糟的消息，先生。马里亚克说，国王准备把御玺从我们这儿拿走，交给费兹威廉。他还要撤掉你的宗教代理人职务，并提拔滕斯托尔主教。”

他说：“我刚才就与国王在一起。我知道他常常朝令夕改，但在半小时之内来不及这样。我是从他那儿直接回来的，还带来了消息。对你们是好消息，我希望你们这么认为。”

他正要命人去叫雷夫，雷夫就已经进来，目光落在马里亚克的信上。“我能看看内容吗，先生？简称拿着它不肯撒手。”

“别管它，”他说，“大使坐在自己的官邸，编出了这些不靠谱的故事——只差罩着驴头的塞克斯顿和扮成西班牙妓女的威尔·索梅尔了。”

雷夫和简称交换了一个眼神。雷夫说：“原信应该已经在通往多佛的路上了。你想让骑手发生意外吗？”

“他可以把信掉进一个水坑里。”赖奥斯利建议道。

这个建议太温和，令他忍俊不禁。“随它去吧，”他说，“如果弗朗索瓦期望很高反而更好。他希望看到我被解职，而侍奉国王的都是小人和傻瓜。”

“我们属于哪一类？”赖奥斯利说。

“两者都不是，你们是上天之选。安静一下，听我说完，你们会更开心。你们知道，我自从担任国务大臣以来，就一直尽量陪在国王身边——但威斯敏斯特总是需要我——所以你们知道我的生活是什么状态。”

那些不眠不休的日子。由于睡眠不足，我头痛欲裂……“经国王恩准，我将把我的职责分解。我以前跟他提起过，但现在是时候了。”

赖奥斯利先生想插话，但他继续说了下去。“你们将分担任务。你们两个人都是国务大臣。你们将分配好时间，以便一个在威斯敏斯特，另一个在国王身边。我会设计一套机制，让你们的工作无缝对接。”

“自然界的奇观。”雷夫说。他很惊讶。“一头两身。”

“一醒一眠。”赖奥斯利说。

“你们两个人都会被授予爵位。都会得到提拔，进入枢密院。议会开会时，你们会在下院，而我在上院。”他用手拍拍他们的肩膀。“你们知道，有赖上帝和国王的恩典，我让这个职务不同于以往。一切都避不开它。一切都越不过它。一切都始于你。一切都止于你。”

他坐了下来。“好了，还有——”

“还有别的？”

他抬起一只手。突如其来的快乐就像突如其来的痛苦一样，让你眩晕，麻木。在你生命中的这种时刻，如果你能见到这种时刻——如果命运青睐你，就像青睐勇敢者一样——你一时间会失去对于自身的实实在在的边界感，而变得像空气一般轻盈。“我将拥有牛津的职位，担任掌礼大臣，掌管王室内府；他儿子保留贵族爵位，这合情合理。但由于可怜的埃塞克斯没有直系继承人，我将得到他的头衔。”

他曾经以为时间之沙快要流尽——经由捧在他手里的那个闪闪发亮的可能性之碗的裂缝。他说：“现在已经柳暗花明。”

简称涨红了脸。“先生，我从心底里祝贺你。”

他说：“国王对我解释他以我为荣。他说：‘不是所有的统治者都能忽略一个人的出身而看到他的能力。上帝赐予了你才能，克伦威尔。他让你出生在这样的时间和地点，以便你能用它们为我效劳。’”

“而你镇静自若？”雷夫说。

“是的，所以请你们也镇静自若。他有理由感到庆幸。他想到了通过的法律和赚到的钱。如果我是国王并拥有克伦威尔，我也会认为自己是天选之子。”

“我奇怪为何是现在，”简称说，“公平地说，他很早以前就可以这样做了。但他知道这会引起诸多不满。”

“会引起诸多不满，但更会令人高兴，”雷夫说，“通告全府上下。给理查德先生捎信。叫格利高里回来。天啊！格利高里会被称为格利高里勋爵吗？他会有头衔吗？”

下面传来欢呼。托马斯·艾弗里冲了进来，拥抱住他。“先生，大家都会希望涨一点薪水了。”

“言之有理，因为他们效力的将是一位伯爵。”

房间里挤满了他的属下，个个喜形于色。他把艾弗里带到一旁。“你还记得我交代过你的事吗？关于我在国外的钱？”

艾弗里很惊讶。“是的，先生。”

“所以你知道怎么办？”

小伙子皱起眉头。“原谅我，但大人说这话，像是要倒霉一般。像是遭受了命运的打击，而不是加官进爵。”

“找到我女儿，”他说，“给她打开一条渠道，好让她有钱。”

他想，她可以使用我的钱，虽然不能得到我的爱。

“我离开国王时——”他说了半句又停住了。实际情况是，他当时站在门口，心里想，我希望分享消息的人都已不在人世。我想告诉我的好主人弗雷斯科巴尔迪，及其厨房里的我的朋友们。我想告诉当年我上楼去会计室时正在擦楼梯的那个孩子。我想告诉安塞尔玛、我的妻子和孩子们，以及在罗马送刀给我的那个姑娘。我想唱《斯卡拉梅拉》：斯卡拉梅拉上战场，嘣嘣嚓嚓嘣嘣嚓。我想告诉沃尔西，并得到他的祝福。我想告诉沃尔特，并看看他的表情。消息会传到帕特尼：开刃小子已经成为伯爵！他想告诉鳗鱼小子——他但愿那小子还活着，这样就可以去那儿把他从小酒馆里拽出来，把消息捶进他的脑海。

在奥斯丁弗莱，护家犬得到一根额外的骨头。豹子得到一具额外的畜体。小丑安东尼神情庄严地摇着银铃，在屋子里四处转悠。

一个晴朗的春日，他的新头衔正式公布。新的国务大臣们已经进入角色。简称赖奥斯利爵士宣读了封他为伯爵的敕书。雷夫·赛德勒爵士宣布他担任掌礼大臣。

马里亚克大使接下来进宫时，见到他不由得一惊，掉头就走。他生出几分同情：大使对自己的国王说了些他想听的话，尽管远隔大海，他得揣摩一个病人的暴躁要求。据说弗朗索瓦如今骑不了半英里。据说他命将休矣。但在民间的报告中，他已经死过无数次。像我们的国王一样，他死而复生。

亨利说："马里亚克大使宣称他再也不能跟现在的克伦穆尔谈事了。他相信你是皇帝的间谍。"

他说："那我们就难办了。"

"不一定。我可以单独见他。"

他鞠了一躬。国王一直认为君王跟君王交谈，而普通人只能蹲在听得见的范围之内，准备一有命令就快步上前。亨利说："我们得安抚弗朗索瓦。他如果活着，可能会与我缔结新的协定。还有皇帝，我觉得我们得开始对他采取怀柔政策。"

他听懂了。左右逢源，克伦威尔。像我们一贯所做的那样。

他对赖奥斯利说，有时你恨不得拿起文件转身就走。

法兰西宫廷对他的加官进爵毫无反应，也可能是没有礼貌得可以付诸文字的反应。帝国宫廷也悄无声息。但尤斯塔西·查普伊斯表示了祝贺，他在佛兰德斯等待查理派他重返英格兰当大使；查普伊斯说，一旦与英格兰的裂痕得到修复，他会欣然从命。

城里有一种谣传，说安娜将于圣灵降临节加冕。他并未驳斥。它会传到国外，然后渐渐平息。哈斯特博士拜访了王后，但从她那儿了解到什么则无人知晓。哈斯特平庸无能，总是拿一些关于礼仪的不可思议的要求来纠缠他。他(埃塞克斯伯爵)很繁忙，因为议会即将开会，他在议程中安排了多项立法工作。国王期待他加税。出自修道院土地的钱来得很慢；正如他曾经不得不向红衣主教解释的那样，将不动产变现是一项复杂的工作。

他在上院发言，讲的不是税收，而是关于上帝：阐明国王的意图，即和谐。他觉得自己从来没有如此言简意赅。

第一阶段会议结束后，国务大臣雷夫来见他，说："理查德·里奇感到不满。他觉得既然有那么多变动，那他也该得到提拔。”

提拔成什么？还有什么职务比增收大臣更好呢？里奇在埃塞克斯有了地产。他得到了巴塞洛缪修道院，这是伦敦最大的女修道院之一。但雷夫说：“他心怀妒忌，先生。因为你更喜欢托马斯·怀亚特而不是他。”

他说：“怀亚特很快就会回国。”里奇这样比未免不通情理。“这只是表明……”他对雷夫说，但把后面的话咽了回去。这表明人们是多么不可理解，他们心思很多，却丝毫不露声色。

雷夫说：“您还记得您的邻居斯托吗？他跑来抱怨，说您偷了他的一部分花园？”

“不存在非法侵入。斯托把他的栅栏安错了地方。”

“我们奥斯丁弗莱的人都知道。您说，我知道自己的边界在哪儿。但他在城里到处说您的坏话。他的家人也抱怨，于是大家都信了。”

他听出了雷夫想要提醒的教训。他没有偷牛津伯爵家的任何东西。但维尔家的人认为由于他们长期担任掌礼大臣，这一职位就非他们莫属，并且打算延续至地老天荒。

他遇到加迪纳时，主教说：“祝贺你，克伦威尔。”

“埃塞克斯，”他说，“我现在是托马斯·埃塞克斯。”

“你把法国人弄糊涂了，”加迪纳说，“他们原本确信克里维斯的溃败已经让你完蛋。就算不是克里维斯，也是加来的异教徒，他们声称你是他们的同伙。你知道吗，有个名叫卡尔卡斯①的预言家，没有在自己预言的死亡时刻死去，结果却活活笑死？”

“但还有诗人彼特拉克，躺在那儿已经死了大半天。他的亲友们都在为他的灵魂祈祷。但就在送葬队伍准备动身之际，他突然坐了起来——然后又活了三十年。三十年啊，史蒂芬。”

* * *

议会开会期间，宫里到处是人，成为多年来人数最多的宫廷。他注意到简·罗奇福德在与诺福克交谈。两人看上去很认真；感谢上帝，她的亲戚向她显出了几分尊重。

---

① 特洛伊战争时期希腊最著名的预言家。

后来他拦住她，用玩笑的口吻说：“诺福克舅舅告诉你什么了？”

“方便我了解的事情。”

她甩开他，那傲慢而气愤的神情在说：你管不着。他想，我失去她了。是何时发生的呢？

他的儿媳来找他。“我带来了关于刺绣的消息。我知道大人很关注。”

他侧着头：我在听。

“他们交给我一项工作。原本随便哪个女仆都可以干，但出于恶意而交给了我。是简的物品。简王后，我的妹妹。是她的腰带书，她的小祈祷书。他们吩咐我，把这个拿走，把字母拆掉。我说，我不干。我是克伦威尔太太，而不是什么仆人。”

“是克伦威尔夫人。”他提醒她。

“我本该这么说的，对吧？我忘了。还根本没有适应。”

她几乎要流出愤怒的泪水，他很想拥抱她，但最好不要。贝丝不该做绣啊拆的工作；她可以掌管一个野外营地，或指挥一场围攻。

“接下来我就看到凯瑟琳·霍华德的腰间佩戴着它。这件礼物曾经属于一位她永远难以企及的贵妇，而这并非她得到的第一件这样的礼物。国王想把她哄上床，玩弄一番，看自己能否成事。而她的家人会对她说，不要满足他，不要让步，甚至不要朝他的方向看一眼。我知道。”她的表情很不自然，“我们西摩家本身也是这样做的。我们无可抱怨——尽管我们的确有抱怨。霍华德家相信他可能娶她。有谁说他不会呢？”

他感到疲惫。“安娜怎么说？她肯定知道。”他见过她的神态：闷闷不乐，无精打采。“她应该不会给国王抱怨的理由。如果我来给她建议——”

“但你没有。你没有接近她。”

如果他来给安娜忠告，那就是耐心。亲王遗孀凯瑟琳曾经面带笑容地坐在她视为丈夫的国王身边，熬过数小时的宫廷仪式，那数小时渐渐变成了数年，她为此赢得了所有人的敬仰。从未有人见过她脸上有泪，或生气地皱眉。

“是的，”贝丝说，“凯瑟琳是女性的伟大典范。她在孤独中死去，无亲无故，对吧？”

五朔节，理查德·克伦威尔将在格林威治的比武大会上出战，比武大会将持续五天，包含各种搏斗、表演和公共庆祝活动。理查德代表名为“英格兰绅士”的挑战者队出场，勇敢而英俊的托马斯·西摩是他的队友之一，而他的对手则包括年轻的萨里伯爵，这是萨里在比武场首次公开亮相。

格利高里明年无疑会出战。现在他是一名陪练。他的体重不及理查德，但他有大将风度，勇敢无畏，拥有最好的盔甲和最好的马。

格利高里解释道：“我们在研究汤姆·卡尔佩珀，看他会怎么做。国王最喜欢他，把赌注压在他身上。理查德在徒步搏击项目中会跟他交手，在马上长枪比武中则不会。”

在比武大会的所有比赛中，徒步搏击最为残忍。那是人身攻击。你无处可藏。

“他是个很有希望的年轻人，”他说，“也很帅气。”

“等我干掉他后他就不是了。”理查德说。

比赛开始时，萨福克和诺福克都在场，两人像往常那样彼此客套地寒暄了几句。萨福克宣称即使死了也要爬起来出席这种场合，因为当年他曾独占鳌头；我自己和国王，他说，总是哈里和我。在我们那个时代，我们是神。

如果你坐在国王旁边，坐在绣有英法两国纹章的华盖下，就会感觉到他的身体因为紧张而僵硬，他的肌肉在颤动，仿佛他自己正坐在马背上。亨利将每一个动作都看在眼里，并记录，算分，一个回合结束时，他靠回到椅子里，长吁一口气，胜败双方则被引领下场，并摘下头盔向人群致意，而兴奋的马儿则时而横跨时而腾跃。

年轻的萨里策马冲了七次，没有特别的亮点，但也没有落马。他猜想诺福克更喜欢货真价实的战斗。霍华德家的随从发出一阵阵欢呼，但只要展示一番，维护了家族的荣誉，公爵对细节似乎并不关注。在武术竞技方面，他不是那种怀旧之人；依他的选择，他会拖出一门大炮，把敌人炸到耶路撒冷去。

在比赛的间隙，有乐手表演。他们合唱《英格兰真高兴》，他们的声音消失在露天里。接着他们演奏《熊舞》和《蒙塔德·布洛尔》，女士们不禁在座位上摇摆和打拍子，凡是没有穿盔甲的人都在拍手。王后神态庄重，双手交叠，但张大眼睛饶有兴致地看着这一切，时不时地朝国王看一眼，等他示意何时该鼓掌，何时该沮丧。

他（埃塞克斯）进进出出，因为不断有信使来报。“来自爱尔兰的消息。”他简短地对国王说。丝绸小旗四处挥舞，号声嘹亮，而他则跋涉于沼泽和矮树丛中，去捉拿奥康纳、奥尼尔、卡瓦纳和布林等家族的人——那些破坏者、纵火者和掠夺者，正准备向波尔的船只开放他们的港口。

理查德发起首次冲击，长枪就干净利落地将对手挑落马下。多少年来都没有见过如此完美的一击。你可曾看过一个粗野的小子把刀插进面包，用刀尖挑着抛出去？对手就是这样被掀翻，抛至半空，而他的马则在没有骑手的情况下继续狂奔。你几乎听不到他落地的声响，因为朝臣们在狂呼乱叫，与观看逗熊的醉鬼们没有两样。

理查德勒住马，让它转弯。马夫们冲到障碍物的尽头，确保它绕场而行。理查德向人群展示他的锁子甲手套，手上没有了武器，仿佛他们不知道他的长枪已经碎裂。亨利站起身，金光四射。他情不自禁地大笑大喊。他们在朝理查德挥手，要他回到国王身边，但透过头盔上的狭窄缝隙，他很可能看不到手势；这时一名扈从接过他的缰绳，兴奋的马儿抬起腿，喷着响鼻，马具叮当作响。国王从自己的手指上取下一枚钻石戒指，口里在说着什么；理查德披着锁子甲的手臂伸了出来。

第二天是星期天。理查德·克伦威尔跪下，起身时成了理查德爵士。亨利亲吻了他，说：“理查德，你是我的钻石。”

5月3日，挑战者和应战者们用凹槽剑进行马上对决。海军大臣费兹威廉坐在他旁边，在一片喧嚣中跟他交谈。“据来自边境的消息，苏格兰人在集合一支舰队。他们的大使说，詹姆斯计划驶往法兰西去探亲。但我们的间谍说，他要去爱尔兰。”

他朝一旁的诺福克瞥了一眼。“可惜詹姆斯不是走陆路。诺福克大人一直期待再打一场他父亲那样的战役。他现在很缺荣耀。”

费兹威廉说：“我需要二十艘船。我得赶在詹姆斯之前抵达爱尔兰海岸，好把他赶回公海。”

他点点头。“我会为你安排。”

人群爆发出热烈的喝彩：又一位骑士被挑落马背，带着一身沉重的盔甲倒栽葱似的摔在柔软的青草地上。获胜者取下头盔，观众掌声雷动，并高呼：克伦威尔！费兹威廉突然说："你在这个赛场上很受欢迎。"

"他们是在为我的外甥欢呼。我应该派理查德代我去枢密院，解释一下我花了多少钱。"

经由水陆两路护送王后的相关账单陆续到来。仅仅是她的十三名号手就花了我们将近一百镑。就在今天上午，他还收到一张总额为一百四十多镑的欠条，源于为国王修建陵墓——这不公平，因为亨利会长生不死。他抱怨道："送别巴伐利亚公爵时，为了向他表示心意，花了我们两千马克。"

海军大臣说："在你看来那肯定是一笔合理的投资吧？哪怕是你自掏腰包。"

他没有请费兹解释此话何意。他在想着陵墓：一百四十二镑十一先令十便士。你是否看过外科医生手册里的受伤者？他的脚下有一枚铁蒺藜，小腿上插着一支矛，肋骨间有一支箭，箭杆已断。他的肩膀上有一把菜刀，腹部插着一把剑，眼里有一把匕首。他流的血都是钱。幸亏他已经说服议会为国王设立了一项为期两年的津贴。民众不会喜欢。但是有要塞需要修建，还有舰船需要装备。他从不相信弗朗索瓦和皇帝之间的交好，但的确相信他们会为了一个眼前的目标——入侵英格兰——而搁置纷争。他对费兹说："他们会尽可能地取道爱尔兰来袭，双方都会。国王说，安抚他们，但他如果相信他们所说的任何话，那就是傻瓜。"

"要我告诉他你这么说吗？"

在下面，克伦威尔的纹章在微风中猎猎作响。对理查德而言，这几天是他人生的巅峰时刻。他的婚姻，儿子们的出生，得到的地产，国王的赏金，他的发达，他的安全，都不及此——在这种时刻，肌肉、骨头和征服者的目光都坚不可摧；在这种时刻，心脏狂跳，双眼炯炯，时间似乎向四面八方延伸，像雪地、像羽毛床一样保护着你。他想起弗里斯比兄弟，摔倒在劳恩德的雪地里，像六翼天使一样闪闪发光。

理查德是个头脑冷静的人。他知道这种把人打倒的方式很神秘、昂贵而过时。但他希望出人头地，不辜负克伦威尔之名。他的祖父是都铎的一名弓箭手。他父亲从事法律方面的工作。现在他成了王国的一位爵士。萨里在头盔下的表情只能任人去猜测了。

费兹说："大人，你披甲戴盔过吗？"

天啊，没有，他想。我们这些长枪兵太穷了，置不起锁子甲。我们上阵时披的是用祈祷硬化的熟皮甲。我们穿的是别人的靴子。

怀亚特从海岸飘然而至，不等坐下就开口问道："邦纳是伦敦主教？你觉得他会为你效力吗？"

"他是。我曾经这样认为，现在表示怀疑。"

邦纳是个红脸膛的胖子，一副蠢相，但脑袋像磨尖的钉子一样尖。他从法兰西回来了，登上了主教教座，似乎已经有可能忘恩负义或者两面三刀。他(埃塞克斯)不容易上当，但如今，有些人门前是朋友门后是敌人。"我原以为他是我们的人。也许他是所有人的人。不过，"他说，"邦纳了解很多事情。关于加迪纳，关于他在法兰西的所作所为。"

"你不应该因为他讨厌加迪纳而提拔他。那样很冒险。"怀亚特来回踱步，"我听说你们共用午餐了。"

"是我用了。史蒂芬看上去就像在吞蝌蚪。"

"你手下的人说，你把萨福克请到这儿了。小心一点。当你需要朋友时，他不会跟你站在一起。"

"你与布兰顿不和已经有十年了。我忘了是什么原因。"

"我也忘了。他也一样。这并不意味着我们能讲和。"

"回家吧，回到贝丝·达雷尔身边去，"他说，"去阿灵顿享受夏天。贝丝帮过我。现在轮到我可以帮助你了。"

"你不欠我任何东西，"怀亚特说，"反而是我欠你很多。我一直很苦恼，不知道你会怎么看我。我已经奉命而行。你说，制造分裂，让弗朗索瓦和皇帝分道扬镳。我做到了，但恐怕没有帮到你。"

他说："他们之间的敌意由来已久，根深蒂固，所以不要以为那全是你的功劳。他们只是恢复了自己熟悉的模式。说到底，你已经奉命而行，除此之外你还能怎样？放心吧，这对我没有坏处。"

"只是你要失去你的王后了。"

这么说，怀亚特一清二楚。海峡的波浪像床单一样窸窣作响，将亨利无能的消息悄声传遍了欧洲。"的确，没有她游戏就不好玩了。"

赖奥斯利走了进来。"怀亚特？我就想到是你。"他们像战友似的拥抱。“你可以跟我们解释一下这儿的一切是怎么回事。”

“可我一直在国外。”怀亚特说。

“这并不重要。不管是国内还是国外，我们既不是在地上行走，也不是在水里游泳或在空中飞翔，我们不知道自己置身于哪一层面。夏天要来了，但国王还像四月一样时晴时雨。人们像更换衣服一样更换信仰。枢密院形成决议，一转眼又遗忘。我们写信，但文字自动擦掉。我们在黑暗中下棋。”

“用的是由果冻制成的棋盘。”他说。

“以及黄油做成的棋子。”

怀亚特说：“你们的比喻让我如坠云里雾里。”

“那就给我们找些更好的比喻吧，亲爱的。”赖奥斯利说。

他们拥抱时，他注意到简称越过怀亚特肩膀的眼神。那就像有一天沃尔特在铁匠铺烫伤自己时的眼神。当时他默默地走到一旁，把胳膊伸进水里；他一言未发，既没有骂人，也没有自责，但额头开始冒汗，双腿也有些发软。

今年，公务使他不得不缺席嘉德日庆典。爱尔兰总督必须换人，而且事不宜迟。四五年前，他支持伦纳德·格雷担任该职——唉，又看走眼了。有些顾问官说，唯一的解决办法就是减少岛上的人口，让英格兰人移居那里。但是他想，爱尔兰人会缩进地下，藏在老鼠都无法生存的洞里。

他对奥德利说：“有传言说波尔的军队已经在戈尔韦登陆。也可能是利默里克。我怀疑雷诺分不清彼此，或者说不清自己到底是在爱尔兰还是在挪德之地①。如果他过去的游历有任何指导意义，他就会尽量取道马德里来犯。”

奥德利看着他：你怎么能开玩笑？自从当选为嘉德骑士，胸前挂着闪闪发亮的金链和新的乔治徽章之后，他就总是一脸严肃。

李尔勋爵获准离开加来前来参加嘉德庆典时，以为这是获宠的标志。当他接到命令要到枢密院接受询问时，不禁感到意外。他府里有不少人已经离职并前往罗马，这是公开的秘密。别的暂且不说，仆人马修就带回了

① 《圣经》中该隐杀死亚伯后的流放之地。

厚厚几沓证据。但掌玺大臣没有得到自己想要的东西——一份显示总督与波尔有牵连的致命文件。

雷夫说："每逢这时，我们往往会逮捕弗朗西斯·布莱恩，对吧？当我们无法给问题找到合适答案的时候？"

他笑了起来。的确，布莱恩对加来了如指掌。他可以帮忙扳倒李尔，也许还有瓦洛普大使。但谁会相信弗朗西斯呢？地狱牧师喝了太多的酒。他玩了太多的牌，招致了太多的不满：如果你认为 *in vino veritas* ①，那就看看弗朗西斯吧。但他了解所有人的秘密，似乎跟所有人都沾亲带故。他在每个金库都有朋友，在每个港口都有看守。

雷夫耸耸肩膀，仿佛想挪一挪一个不平衡的担子。身为国王的仆人，我们必须习惯于那些虽然无法获胜却必须竭力打成平手的游戏，尽管对其规则不得而知。我们的指示充满套路和陷阱，这意味着我们既有得也有失。我们不知道下一分钟如何应对，但还是设法应对，并在格林威治、汉普顿宫或白厅迎来又一个夜晚。

国王自言自语道，如果嘉德骑士到头来被发现是叛徒——比如尼古拉斯·卡鲁之流——我们该怎么办？他们的名字当然应该从包含骑士勋章历史的书上抹掉。但那样不会有损页面的美观吗？

最终的决定是，耻辱之名应该保留下来，但在页边的空白处应该写上"**哇！叛徒！**"几个字，从而给他打上永恒的烙印。

哇！他想象加迪纳试图把蝌蚪咳出来——截至此刻，他的恶念已经使它们鼓胀变大，他将不得不把它们作为青蛙吐出来。"他需要的是圣埃尔雷德，"格利高里说，"那位圣徒遇到一个男人捂着自己鼓胀的大肚子时，马上把手指伸进病人的喉咙；病人把青蛙吐了出来，还吐出七品脱胆汁。"

他对儿子说："我有消息要告诉你。我得承认是个打击。"

在封他为伯爵的同时，国王还赏给他埃塞克斯郡的二十四处领地，外加其他郡的一些地产，但想要温布尔登的领地和莫特莱克的宅邸作为回报。

格利高里眨了眨眼睛。"为什么？"

"你知道他现在不能骑得太远。他想把一座座大庄园连起来，这样他

---

① 拉丁语，意为"酒后吐真言"。

就能在伦敦西部活动而仍然在自己的地盘上。我会让你看看地图。你就会明白是怎么回事了。”

他没有打开账簿，算一算自己在莫特莱克的宅邸上花了多少钱。他原以为自己会终生拥有它。

格利高里说：“你肯定不会想念你的老巢吧？”

格利高里从小就进入了王公贵族们的生活圈子。对他而言，帕特尼——沃尔特抢占的田地，与邻居们争夺的牧场——可以忽略不计。

格利高里说：“振作一点，父亲大人。埃尔雷德不仅擅长医治胃痛，还是接骨高手。他还让哑巴开口说话。”

他问：“他们说了什么？”

当他觉得时机成熟时，便派人去抓捕李尔——晚上十点把他从床上叫起来并押往塔里。他还会命人将桑普森主教也转移到那儿。由于事实太过纷繁复杂，一并获取他们的口供会更方便。他不需要提审主教，只需将他关起来，离开枢密院，离开讲坛。克兰默将填补他在圣保罗大教堂的职务空缺：该是圣典拥护者们有发言权的时候了。其他主教应该以桑普森的被捕为戒。他的名单上有五个人。他有意放风出去。至于是哪些人，他没有透露。

李尔也可以一直拘禁到证据查实为止。他在加来的职位可以由一个更为积极、更有能力的人取代。他想到怀亚特：为什么不呢？法国人都怕怀亚特先生。不过还有人说，相比之下，英国人更怕他。

李尔被捕后的第二天，约翰·赫西一大早就来等他，向他求情。他告诉他：“别掺和这件事。你是个好仆人，应该有一位更好的主人。”

奥娜·李尔仍然在加来。赖奥斯利先生说：“仔细想想，先生，我们应该把她与她丈夫关在一起；他们两人之中，她是更顽固的教皇党人。”

“她可以被关在家里，”他说，“你来安排，好吗？”他突然——也是第一次——明白，在托马斯·赖奥斯利爵士看来，我的心不够狠。

现在他告诉赫西：“李尔夫人手里如果有信，最好是交出来而不要烧掉。我很擅长解读灰烬的。”

国王在批准逮捕他叔叔之后，就关起门来祈祷。但无论李尔勋爵如何恳求，他都不会去见他。苏格兰传来消息说，詹姆斯国王的新妻给他生了个儿子。“我原本可以娶那位夫人的，”国王说，“但我的顾问官们行动太慢，不情不愿。”

在高贵的根特城，皇帝坐在垂着黑帘的大厅里，生杀予夺。他剥夺行业工会的特权，征收罚款，没收武器，拆毁修道院的主体及部分围墙，宣布他将修建一座有西班牙驻军的要塞。他让城里的名流穿着忏悔者的袍子，脖子上套着绞索，赤着双脚游街。处决工作持续了一个月。

你以前曾想过，如果必须跟查理或弗朗索瓦上床，起码查理没什么病。但现在，两位可怕的伙伴一个令人胆寒，一个脏污不尽，从中你能如何选择？他对布兰顿说：“他们称我们的国王为杀手，但相比于——”

“天啊，他们还有脸说！”公爵回道，“尽管他有那么多不省心的事情，涉及男人女人，还有谋逆者、叛乱分子和虚伪的顾问官，我还是称他为一位受膏的圣徒。”

诺福克和加迪纳又像公爵去法兰西之前那样开始互访。他的线人说：“诺福克带着那个叫凯瑟琳的姑娘。在加迪纳府，他们演了一场假面剧。是《高贵》。先生，他们的表演是针对你的。”

那是斯凯尔顿①的一部旧作，当时为抨击沃尔西而著。作品主要讲的是车夫变为了朝臣：新贵如何自我吹嘘，如何罪行累累，如何中饱私囊。演员包括“勾结”和“腐败”，“愚蠢”和“灾难”，以及“高贵”本人，他说：

> 我身著华服在位，主政记账两手抓，
> 只需动一根手指，就把这帮小人打趴。

但是最后，“高贵”遭到贬谪，受到殴打和羞辱，被剥夺一切而陷入贫困。“绝望”登场，诱惑他捅死或吊死自己，因为他是最该死、最可怜的混蛋。

---

① 约翰·斯凯尔顿(1460—1529)曾是亨利八世的老师，《高贵》是他创作的一部道德短剧(亦称幕间剧)。这种短剧常常插在道德剧或奇迹剧的幕间演出，或在宴会或娱乐中插演，采用寓言手法，用抽象名词为剧中人物命名，说明善与恶为影响人类而进行的斗争。

就在这时，“信心”出现，并救了他一命。

但如果觉得你的观众更喜欢，就总是可以选择提前结束，将“高贵”留在屈辱的境地。

雷夫说：“简称在那儿。在加迪纳府观看演出。”

“是吗？”他有些不安，“我想，肯定是在照看我们的利益。”

加迪纳的私人办公室传出消息说，主教已经派人查了简称的财务账目。他们在汉普郡都有领地，生意必然会有交集，如果有不正当行为，主教不可能长期被蒙在鼓里。他说：“我希望简称来找我，让我们一起看看那些数字。”

交易有时会有漏洞。栏目有时互不相符。在弥补时，不需要欺诈也可以做到天衣无缝。

他说：“如果加迪纳派人来请简称，他就非去不可。如果他们对他有所怀疑，他就得听一听是怎么回事。”

他想，赖奥斯利会怪我教他贪心。如果当初他能坐下来好好听，我就会教他怎么做会计。他对雷夫说：“也许可以做个交易。加迪纳自己需要隐瞒的事情也不少，只要有人愿意去查探。”

假面剧之夜后，凯瑟琳·霍华德没有回宫当值。王后的人报告说，看到她离开，安娜松了口气。但安娜不了解我们的历史，否则就会明白这对她不是好兆头。那姑娘已经被重新安置在朗伯斯，在她自家的府邸，但现在有了自己的女仆，那些侍候她的人都毕恭毕敬，希望她一旦上位也让她们跟着增光。到了傍晚，国王的船过河而来。他的乐师们弹奏《小丑之舞》，还有《曼弗雷迪娜》以及《情人分离》。亨利与她共处至很晚，天黑后才启程返回，并息鼓停笛。

他想起外科医生，想起他们血淋淋的手册。受伤者被砍，被捅，被割，但还是直立在页面上。他伸出双臂，一条胳膊从手腕处被切断：“来吧，来吧，你们还有什么招儿？”

他实现了对国王的承诺：一个容易驾驭的议会已经让金库得其所需。在夏天之前，议员们将各自散去，下次开会的时间待定。他（埃塞克斯）虽然卸下了国务大臣的职责，却似乎比以往更加忙碌，要应付各种看不见的危险。如果说波尔真的在前往爱尔兰，他的船只却未见踪影。海军大臣费兹威廉吩咐他的上尉们严加监视，自己回来履行顾问官之职。

李尔勋爵被关在塔里，但这并不妨碍他栽赃陷害。让他住口的唯一办法就是停止提问。他再三扬言，过去七年来，克伦威尔勋爵罔顾法律规定，蔑视国王之令，一直充当加来的所有异教徒的保护人。

至于具体时间、地点和相关人员，李尔不肯多说。如果你处于他的境地，也会希望积毁销骨。他妻子现在已经被软禁。听说李尔夫妇已经两年半没有给下人支付工钱，他（埃塞克斯）并不意外。

6月6日，国王召见他。“大人，我听说你受到了攻击。”

攻击？“我习以为常了。”

“是公开侮辱，”国王说，“在一场假面剧的演出中。但我已经让人传话，凡是诋毁你的人，就是在诋毁他们的国王。只有我——而不是任何别的人——才有资格责备或奖赏我的仆人。”

他们——国王与他的首席顾问官——一直闭口不谈诺福克公爵的侄女。现在国王终于怒不可遏。“我对某个可爱的小傻瓜恭维了几句，结果全天下的人都说我准备娶她。你是怎么反驳的？”

他说：“该由诺福克去反驳。再说，全天下的人显然有了答案。陛下不可能娶她。他有了妻子。”

亨利说：“威廉去过根特。他见了皇帝。他们达成了某种和解。也可能是——我不太清楚——陷入了某种僵局。”

除了这些事情之外，有什么东西在刺激亨利，使他感到恼怒、焦躁。我慢慢会知道的，他想，我一定会知道。他说：“我们还不了解根特的情况。我也不会相信最初的消息。我从来都不信。”

“哦，得到消息的是你，”亨利抢白道，“我知道那些本该到我手上的信却到了你的手上。我不得不派人去贵府讨要关于我自己的事务的信息。肯定有人可以告诉我们，克里维斯与皇帝是否分道扬镳了吧？因为如果还没有，那就是战争的信号。大人，你去议会帮我争取了一项津贴，但如果马上就因为一个恶意利用我的人而把它花在一场我不想打的战争上，那要这笔钱又有何意义——”

“我不相信威廉会开战。”

“是吗？那你认为他在跟皇帝谈判？背着我？我早就怀疑克里维斯不诚实。他既想要弄我也想要弄皇帝。他想确保我的军队给他做后盾，好让他挺直腰杆向查理提要求，又想查理把克里斯蒂娜公爵夫人嫁给他，还想尽量留住格尔德兰。”

“大胆的计划，”他说，“但他也许想得出来。你不会这样吗？”

“也许吧，”亨利说，“如果我没有良心，没有畏惧。如果我没有责任感。如果这是二十年前。你的人马基雅维利声称，命运青睐年轻人。”

“他不是我的人。”

“不是吗？那谁是？”

“早在我露面之前，人们就在君王之镜里看到了你。你既不缺统治的艺术，也不缺统治的技巧。”

“可是，”亨利说，“你伤了我的心。你口口声声说，我所思所为都是为了你，先生。但你拒绝让我摆脱这桩不神圣、不圣洁的错误联姻。你宁可让我受诅咒——不可能再有子嗣，卷入异端邪说，并面临战争的风险和代价。”

“请原谅。”他说。他走到画廊的另一边，站在一片阳光下，避开那群远远地注视着他的朝臣们的视线。他想，我走在云层上。

他转过身来。“陛下把克里斯蒂娜的画像放在帘子后。”

“我本可以得到她的，”亨利说，“如果你当时满意的话。我必须娶一名路德派教徒的妹妹，除此之外都不能让克伦威尔称心如意。”

“我想，陛下知道威廉公爵不是路德派教徒。他跟陛下一样，走自己的道路，是他自己的人民的指路明灯。”

国王张口欲言，又迟疑着，放弃了自己的想法。当他接着再说时，语气轻飘飘的，仿佛在试着开个玩笑。“诺福克问过我，克伦威尔安排克里维斯这桩婚姻捞到了多少钱？”

“我相信他很清楚我的收入从何而来。你也清楚，先生。”

亨利的声音仍然飘忽不定：“我告诉过你，什么都瞒不了我。诺福克说，‘除了促成这桩婚姻捞到的钱之外，他为了让它延续又得到多少？’诺福克认为肯定是一笔巨款，因为自年初以来，你不惜经常令我不快。”

他必须谨慎措辞，不能做出他无法兑现的承诺。“我会竭尽全力，但如果你废黜王后，我无法避免恶果。”

“你在威胁我吗？”亨利问。

“不敢。”

“谅你不敢。”

国王转身注视着墙，仿佛被装饰板所吸引，沉浸在折布式雕饰之中。

* * *

第二天，按计划他不会见到国王。但他隐隐期待有信来。亨利喜欢让你在各地奔波，你的耳朵里响着“紧急！紧急！”的喊声，就像猎犬闻到气味时的狂叫。

收到了一封信。他阅读和领会其中的内容：国王的命令。他将它归档。他等待被召见，但毫无消息。他从档案里抽出那封信，交给赖奥斯利；他想，简称反正会把它抽出来的，他按捺不住自己的好奇心，而如果他向加迪纳汇报——哦，随他去吧。接下来的这几天里，我们必须决一胜负。

赖奥斯利手里拿着信，说：“先生，国王提携你，不会仅仅是为了毁掉你。如果不想让你揣透这些要求，他就不会把它们提出来。”

《亨利之书》：从来不说他不会做什么。他坐了下来。“我明白他希望与王后殿下有个结果。但我的难处在于，我必须把他们没有圆房之事当作新闻向枢密院宣布。国王说，我可以告诉费兹威廉。必要的话，也可以告诉一两个其他的人。而其实已经无人不知。他们知道事情从一开始就没有成。”

他用一只手拂了拂脸。从爱尔兰来的文件一动未动地放在那儿。晚餐时间到了，他不想吃，国务大臣赖奥斯利似乎也毫无胃口。这很可惜，因为怀亚特从肯特郡送来了提早上市的草莓。

简称说：“你能处理订婚合同的问题，先生。更难的事情你都做过。我们将不得不为那位女士筹措一份津贴，还有她哥哥要求的补偿数额。不过，既然她还是处女，克里维斯可以再给她找个丈夫，这会减轻我们的财政负担。”

他想，安娜可能觉得已经受够了男人。他的手指伸进她的体内。仅此而已。

“为了顾全国王的颜面，”简称说，“我们会提及他的顾忌。由于担心那位女士可能不自由，担心她与洛林之间的婚约，国王顾虑重重，所以决定不去碰她，直到事情得以解决。而目前还没有——”

“但我干吗要尝试——？”他说。

“——而现在国王相信，任何人都会相信，克里维斯的顾问官们有意拖延——”

“——我干吗要这样？如果安娜离开，诺福克就会挽着那个小荡妇登台。当初他觉得可以通过他的外甥女而掌权，但安妮把他一脚踢开了。这一位会比较温顺，你一眼就能看出来。诺福克以为可以把我赶出枢密院，他和他的新朋友加迪纳会把我们重新带回罗马。但我不会走，简称。我会战斗。你下次见到史蒂芬时，可以把我这些话转告他。”

他看到赖奥斯利瑟缩了一下，就像挨了鞭子的狗。他在知情的压力下呻吟，正如国王的所有子民一样。

当天晚上，他梦见自己在白厅，在通往斗鸡场的盘旋楼梯上。在下面的场地上，那些斗鸡——有的是红色，有的是白色——绕着圈子，羽毛竖起。在那里，它们互相追逐，扣紧利爪、扑扇着翅膀飞向半空，或者用钢铁般的喙发动猛攻：啄眼睛，挖肚子，扯翅膀。在那里，有的鸡死去，而看客们则欢呼跺脚；他们的身上溅着血迹，拍拍手，支付了赌金。死鸡被从沙地上耙起来，扔出去喂狗。

上午，他在威斯敏斯特出席上院会议。他用了午餐。下午三点，他正朝枢密院议事厅走去，奥德利在他旁边，费兹威廉在他身后。诺福克在阳光下穿梭，忽而在前忽而在后，一边与携带佩剑的仆从们交谈。

这是个刮风的日子，他们穿过庭院时，风把他的帽子吹掉了。他伸手去抓，但它已经被吹走，朝河边方向飘去。

他看了看周围的人，不禁后颈汗毛倒竖。顾问官们没有要脱帽的表示，而是继续前进。他迈开大步，似乎想甩掉他们，但他们都围在他身边，与他的步调保持一致。

“真是一股妖风，”他说，“把我的帽子吹掉了，你们的却没有。”他想起狼厅，想起那个宁静的傍晚，亨利搂着他的肩膀。室内的情景一览无余，乐师们在演奏国王的歌曲《如果爱情占了上风》，他们一同进去享用晚餐。

这时，阳光照射在奥德利勋爵的棉服的一根银线上，使海军大臣的蓝缎子外套光影闪烁。它使他的眼角红光一闪，他的手伸向胸前，贴住胸口，但他的刀已经不在：只有丝绸、亚麻衬衣和皮肤。当然，雷夫说得对。当你需要它时，却无法使用。

有人从底下扯了扯他的袖子。“这是你掉的吧，埃塞克斯大人？”

小家伙满脸自豪——为找到这顶帽子，并认出各位大人。他一边伸手去掏点赏钱，一边打量着这张扬起的面孔。“我不是认识你吗？你以前经常给约克宫送灯心草。”

“上帝保佑你，”孩子说，“那应该是我哥哥查尔斯，我是乔治，从一出生就很像他。人们很容易把我们弄混，也的确常常弄混。但查尔斯——”他举起手，示意他哥哥现在有多高。

“很显然。”他说。查尔斯送灯心草时，安妮·博林还只是一位女侯爵；有一次他正前往她的隐秘住所时，查尔斯曾经问他：“你带有圣章做护身符吗？”

他说：“代我问候你哥哥。我想他过得还好吧？你也是，先生。谢谢你帮我找到帽子。”

他觉得自己看到了史蒂芬·加迪纳，红砖墙衬托出的一个黑影。他想，国务大臣们在哪儿？其中一个或两个人应该到场……他喉咙发干，心脏发抖。他的身体知道，脑袋却慢了半拍；与此同时，我们要去参加枢密院会议。

他们进入室内。夏日退去。他想，我刚刚离开了我的最后一位支持者：乔治抛着自己得到的赏钱，蹦蹦跳跳地穿过庭院。他看不到里奇。他想，怀亚特告诉过我，查尔斯·布兰顿不会帮我，而且就算愿意也帮不上，他不在这儿。但诺福克已经悄悄走到他身后。弗洛登的诺福克，以一场战役命名的父亲：你觉得如何，克伦威尔？

他想，我父亲沃尔特不会把自己的刀留在家里。如果我父亲在这儿，我就不会害怕。但敌人会。如果沃尔特在这儿，他们就会缩在会议桌下尿湿裤子。

他四下看了看。“大主教大人在路上吗？”

加迪纳跟着他们进来，并拦住门口。“温彻斯特，这是怎么回事？”他说，“你重回枢密院了吗？”

“即将。”加迪纳说。

“我们会看看即将是多久，好吗？谁想打个赌？”他坐了下来，“我们没有到齐，但要不要开始？”

费兹威廉说：“我们不跟谋逆者坐在一起。”

他准备接招——已经站起身，绷紧下巴，眯着眼睛，呼吸急促。诺福克说：“我要掏出你的心塞进你的口里。”胸前抱着文件夹的职员们已经退开，让国王的戟兵涌入房间。顾问官们一拥而上。他们像成群猎食的动物一般大吼大叫，死缠烂打。费兹威廉想把他外套上的嘉德徽章扯下来，他一把甩开他，并推了诺福克一下，使他撞在桌子上。但费兹威廉又扑了上来。他们扯啊，踢啊，拽啊。他受到冲撞和殴打，金链也掉了；他低下脑袋，挥舞双拳，给了什么人一下，他怒吼着，气得面孔扭曲，不知道说了些什么，也不在乎——然后混战结束。他们拿走了金链和乔治徽章。有人从桌上收走了他的文件。

威廉·金斯顿身材魁梧，顾问官们纷纷退开给他让路。“大人？你得跟这些卫兵们走。”他说话时似乎信心十足。“你最好跟我一起走。我会紧挨在你身边，带你穿过人群。”

金斯顿带你去的只有一个地方。当年红衣主教大人一看到持有逮捕令的金斯顿，就万念俱灰，再也站立不住，只好坐在一个箱子上哀叹和祈祷。

到了门口，加迪纳说：“再见了，克伦威尔。”

他停下脚步。“请称呼我的头衔。”

“你没有头衔。已经没有了，克伦威尔。你成了上帝把你创造出来时的样子。愿祂宽恕你。”

阳光令观众们感到目眩。顾问官们跟在他身后涌出。他们显然不会再有举动，或者认为已经干完。

他想，现在唯一能帮我的就是刺杀帕金顿的那个人。目标这么多，他可能无法全部得手。我会指示他瞄准谁？

有一艘船在等他。一切都那么有条不紊，你会觉得是他自己安排的。两分钟的打斗，但他们肯定预料到了，他想。也许有人脸上挨了一拳——但那么多人对付他一个。他们知道最终的结果。他们拍拍自己身上的灰尘，把我撵了出来。

今天是6月10日。他穿过庭院被风吹掉帽子时是下午三点。现在还不到四点。白天还有几个小时。他对金斯顿说：“大主教大人没有被捕吧？”

“我没有接到这种命令，”金斯顿冷冷地说，接着又补充道，“对此你可以放心。”

“格利高里呢？”

“我一小时前在下院见过你儿子。我没有接到关于他的命令。”

“雷夫爵士呢？”他今天对头衔很谨慎。

“他可能被耽搁了，以阻止他参会。但我同样没有接到关于国务大臣的命令。”

他没有问，赖奥斯利怎么样？他说：“你能否派人去敝府叫个人来侍候我，直到我被释放？”

金斯顿说：“让一位绅士没有仆人不是我们的习惯。你说个名字，我们就会让他来。”

“派人去奥斯丁弗莱把克里斯托弗叫来。”

他想，他们把我打伤了，但要到明天才会痛。天蓝色的水在他们的船底下起伏。伦敦塔进入眼帘。燧石闪闪发亮，犹如照在海上的阳光。

第六部

1. 镜

1540 年 6 月—7 月

日落时分，克里斯托弗站在门口。他的衣服已被撕破，一只眼睛发青。“他们逼着我发誓，”他说，“如果我待在你身边，就得报告你所有的谋逆言论。我发了誓，然后一出来就吐唾沫给吐掉了。”他在房间里走来走去。“那边就是河。可以设法逃走。”

“蠢脑瓜，”他说，“怎么可能逃走？而且就算能逃，那会置我的一大家子人于何地？你以为你们都会跟我一道，乘一艘大船去乌托邦吗？”

他想，克里斯托弗起码没有拿我的刀捅人，或者就算捅了，他们尚未发现尸体。

“他们大摇大摆地跑来，”这孩子说，“要求交出钥匙，我说，什么都别给他们。但托马斯·艾弗里和那些人都服从了。”

“他们别无选择。”

“他们像军队一样开进来。‘这里的一切都属于国王。’他们把我们的钱从保险库里搬走了。他们砸了我们柜子上的锁，那柜子只有你一个人有钥匙。我对其中的一个人说：‘当心你的脚，你这个田野的走兽，如果你把泥土踩在那块丝花地毯上，克伦威尔勋爵会亲自把你的肉从骨头上剔下来。’但他不听，还是踩了上去。他们举着火把去了地下室。等到上来时，他们叫道：‘圣骨！’”

圣骨和各种圣物，有些无名，有些标明了来源。他想，我要捎个信回去：去地下室找到贝克特，把他的标签撕掉。那会让他完蛋。

他问：“谁给他们带的路？”

“除了简称，还会有谁？”

他抬起头。“你并不意外？”

“没有人意外。但我们都感到恶心。”

他想，加迪纳跟赖奥斯利交谈时，提出的并不是一个合理的建议——

克伦威尔和我，你选择谁？他提出的是：要么选择我，要么选择死。

克里斯托弗说："他们把你的文件资料扔进箱子里搬走。简称指示他们如何搜查——看看这个柜子，把那个打开。但他没有找到所有想找的东西，所以后来就怒吼。托马斯·艾弗里说：'好几个月前我就开始怀疑简称了——我的主人为什么要宽容他？'"

"基督宽容犹大。倒不是说我一定要这么比较。"

"然后理查德·里奇来了。他也怒吼。'看看窗户里的那个黄色柜子。'"克里斯托弗咧嘴一笑，"黄色柜子已经消失了。"

随之消失的还有瑞士的神学家们写给他的信——它们会危害到他。他们可能想说他是异教徒，否认上帝存在于圣体之中。但他们没有真凭实据。他也很容易说上帝无处不在。

"大家都期待你官复原职，"克里斯托弗说，"你会重新回去，一切都会跟以前一样。而眼下，我来这里侍候你。"他抬头凝望着镀金天花板。"我还担心会看到你在地牢里。"

"你以前没来过这儿吗？"

七年前，他亲自将这些房间进行了改建，便于安妮·博林在加冕礼前居住。是他给它们重装了玻璃，并命人在墙上画了一些女神；简·西摩上位后，是他命人将她们的眼睛从棕色改成蓝色。进来时，你要经过一间很大的警卫室。有一间接见室——他现在就坐在这儿，坐在这宽敞明亮的空间里。还有一间餐厅、一间卧室和一间小祈祷室。"这与其说是为了让我舒适，"他说，"不如说是为了那些要来审问我的人。我估计他们很快会来。"

因为就算我对自己的被捕感到突然，国王的其他顾问官们都已有准备。他们是如何运作的？有哪些窃窃私语、扬眉点头、眨眼示意？与国王有哪些商讨，当我出去时，他们的线人悄悄进来？难怪我们上次交谈过后亨利对我不再理睬。难怪他对着墙自言自语。他说："告诉瑟斯顿不要把围裙收起来。我要他给我送餐。"

"等你出去后，"克里斯托弗说，"我们要揍扁诺福克，把他的脑袋拧下来扔去喂狗。至于里奇，我要把他钉在地板上，让老鼠啃他，他可以慢慢死去，是他自找的，而我会欢呼。至于简称，我要砍断他的双腿，看着他在院子里到处爬，直到流血而死。"

他双手抱头。克里斯托弗的计划让他感到无力。

“我觉得这简直太开心了，”克里斯托弗说，“我充满期待。至于亨利，我会把他像猪尿泡一样在白厅踢来踢去。等到踢爆后，我们要看看谁是国王。等他成为卵石上的污渍后，我们要看看是谁站到了最后。”

第一个晚上，剩下他独自一人时，他试图祈祷。查普伊斯曾经问他，如果有朝一日亨利对你下手，你会怎么办？他当时回答说，用耐心武装自己，其余的交给上帝。

有些书上说，设想一下你最后的时光：过每一个日子时，就像当天晚上你不是要上床，而是要进棺材一样。神学家们的这一建议不只是针对囚犯或病人，还针对那些骄傲、自大、富足和健康的人——不管是集市上的商人，还是元老院的总督。

但我还没有准备好，他想。让我看到敌人。而国王反复多变。所有人都知道。我们总是抱怨这一点。

不过，当亨利背过脸去后，是否有过重新转回来的先例？他一个都想不出。他把凯瑟琳留在温莎，再也没有见她。他撇下安妮·博林策马而去，吩咐将她杀掉，把她交给了陌生人。

他读过一系列名为“君王之镜”的书籍，里面说，明智的顾问官应该时时刻刻为自己的失势做好准备。他应该把死亡视为一种特权而欣然接受；圣保罗不是说过吗，我渴望与基督同在？可他此刻最渴望的是置身于自己的花园，但窗户外面，这个温和的傍晚正在白白逝去，一名强壮的卫兵守在那里，以防克伦威尔决定去呼吸新鲜空气。

他把手伸向胸口，感到里面怪怪的——仿佛心脏被挤得变了形，有的地方被拉长，有的地方被压扁。还剩多少个日子？我的敌人会尽量催促亨利，他们会希望本周就把我杀掉，以防无法让他保持这种毁灭心态。但国王如果想摆脱安娜，就应该留我一命好帮助他，也许这不是一件简单或短时间就能解决的事情。如果我能熬上两个月，到那时，亨利就会与加迪纳有了争执，当他转而去找诺福克时，看到的除了顽固、无能和暴躁之外，还能有什么？那么谁来帮他治国？费兹威廉？滕斯托尔？奥德利？他们都很不错——足以胜任首席大臣的助手。三个月之后，他的事务会一团糟，他就会求我回去。

而我会说："免了吧，先生，我已经受够你了，我要去劳恩德。"

但随后，一转眼，我会从他手里抢过印玺，说：好吧，陛下，我该从哪儿开始？

他想起托马斯·莫尔，被关了十五个月。他不停地写作，直到笔和纸被没收。不过，莫尔原本随时可以获得自由。他唯一要做的只是说出几个神奇的字眼。

巨人杀死杰克后，自己也每况愈下。他疲惫不堪，因为孤独和懊悔而日益消瘦。但过了七年巨人才最终死去。

第二天早上八点，金斯顿走了进来。"还好吗？"

"我很难受。"他说。

正如你会料想，王后的住处有些镜子。他看到了自己的模样——面色苍白，胡子拉碴，颤颤巍巍。

"我以前见过这种情况，"金斯顿说，"最初的几天里，不少囚犯都深受打击。那些突然落马的人尤其如此。"

"有何办法？"

也许以前从未有人这样问过金斯顿。但他不是一个犹犹豫豫的人。"接受它。静下心来。自我反省，大人。"

"我还是'大人'吗？"

金斯顿说："你来这儿时是埃塞克斯伯爵，就会一直是埃塞克斯伯爵，除非我另得指示。"

这么说加迪纳错了，在大事小事上都错了。他不确定自己的伯爵身份是否是小事。在上帝眼中也许是的。但过去的两个月里，他觉得它是一种保护，是国王在他周围修建的一堵墙。

"还有，"金斯顿说，"国王送了钱来维持你在这儿的生活。他希望你的待遇与地位相符。"

他想说，为期多久的生活？金斯顿却不问自答："国王将按需资助。未设期限。"

直到昨天，他还有自己的钱。现在他成了国王的乞儿。金斯顿像提起一件无关紧要的小事一般，说："你的孩子在这儿。"

他一阵心痛，问："格利高里吗？"

“我是指年轻的赛德勒。或者更准确地说，是国务大臣，雷夫爵士，这些新晋的头衔不容易记。不，上帝保佑你，他不在里面，我是说他在外面，在等你。你有何需要尽管吩咐。”

一身黑衣的雷夫似乎很热。“早上好，先生。风已经停了。外面现在像八月一样暖和。据说这种天气会延续整个夏天。总是不合我们的意，对吧？暖也好，冷也好，我们总是在抱怨。”他的目光上下打量着房间，因为他不忍心看自己的主人。他取下帽子，揉捏着，手指搅乱了丝绒的纹路。

他说：“雷夫，过来。”他拥抱他。“金斯顿吓了我一跳，我还以为他们逮捕你了。”

雷夫试探地摸摸他的袖子，仿佛要测试一下他是否还结实。“我猜他们很想这样，只是国王不希望自己的事务被中断。我不清楚自己的处境。今天一大早，我就把海伦和小家伙们送出伦敦了。”

“他们会监视你。”他重新坐下，“我病了，雷夫。我喘不过气来。这里堵得慌。金斯顿对我说我得慢慢习惯。”

“是因为太过震惊，先生。我自己也没明白是怎么回事，否则我会设法提醒您的。我们去枢密院的途中，他们让人为某件鸡毛蒜皮的事情把我叫了回去——然后，当我再朝你的方向追去时，就看到一群人走开了。奥德利对我说：‘你的主人被捕了，我要去议会大厦宣布此事。’他早有准备。他把文件装在口袋里，只是在等卫兵的消息。”

他想，我一只脚刚刚踏上船，他们就把我划过冥河。“议会有何反应？”

“一片默然，先生。”

他点点头。一个人四月份才被封为伯爵，到了六月，却像一条偷了牛肉的狗一般被踢开，上下两院可能都感到愕然。但话说回来，议员们并不指望理解国王的想法。他并不对下——他的子民——解释自己的行为，而只是对上——万能的上帝——做出解释；也可能如今甚至不再对上。听亨利说话的口气，你会觉得上帝应该表示感谢，感谢亨利过去十年来在英格兰为祂所做的一切：确立了祂的权威，翻译了祂的巨著，让祂成为普遍谈论的话题。

雷夫说：“爱德华·西摩当时马上去见了国王，为格利高里说话。”

“他为我说话了吗？”

“没有，先生。”

“有人为我说话吗？”

“有。但我没有听到。”

“克兰默没有吗？”

“克兰默在给国王写信。”

“尽量帮我了解信的内容。”他低下头，“一想到简称……不知是为何……我猜我对里奇有这种预期。虽然我对他们两人都很好。”

雷夫完全可以说，我从一开始就告诉您不要相信简称。但他说的却是：“我想，我们认识他的这么多年来，他一直在试图向我们表现他不快的本性。表现他是多么焦躁，多么不安，多么妒火中烧。他在试图提醒我们防范他。”

“其实是因为我的虚荣心。我以为所有人都更愿意效力于我而不是加迪纳。”

“加迪纳威胁过他。但这一点您知道。至于兜兜，则见风使舵。”

“告诉格利高里，”他说，“要尽可能地谦卑。他会受到盘问，他们想听什么他就应该说什么。理查德也是。”

“理查德气坏了，恨不得直接去找国王理论。”

“告诉他千万别这样。他应该保持冷静，与格利高里保持距离，他们两人都应该与你保持距离。不要给人留下串供的把柄。我了解亨利的思维方式。”

即使口里这么说，他心里却在想，这不可能是真的，否则我就不会待在这儿。远离朋友救不了我儿子。国外的钱也救不了他。他唯一能做的就是对亨利百依百顺，直到他杀人的劲头过去。“格利高里有何反应？”他想象他儿子伤心欲绝，哭得像个孩子。

“他很忧虑，先生。”

忧虑？不过，如果是小时候有人来对他说：“他们明天要吊死你老爸”，他就不会伤心。他会说：“我会早早到场！那儿有卖馅饼的吗？”

他问：“国王有没有透露会以什么罪名指控？或者奥德利也许透露过？”

雷夫移开视线。“似乎涉及玛丽，还有很多别的事情。关于你想娶她的传闻。国王终于决定好好听一听了。他致信弗朗索瓦谈起此事——我听说是他的亲笔。他召见了马里亚克，向他解释你被捕一事。尽管我觉得会是马里亚克向国王解释，因为法国人传播这些谣言很积极。”

“源头是查普伊斯。”

“也许吧。谁知道是起于哪儿呢？也许是玛丽的脑海里。我不会感到意外。她是个非常奇怪的女人。”

“不，”他说，“她与此事无关，我发誓。”

“她没有您一直想象的那么好。我猜她动都不会为您动一下，先生，虽然我们都知道您救过她的命。亨利相信——但我不知道他怎么可能相信——您打算娶她，然后将他推翻，立您自己为王。”

“这太荒唐了。他怎么可能这样想？我怎么可能？我怎么可能有这种念头？我的军队在哪儿？”

雷夫耸耸肩。“他害怕您，先生。您已经功高盖主。您超越了所有仆人或子民的本分。”

又跟红衣主教一样，他想。沃尔西之所以受打击，不是因为他的失败，而是因为他的成功；不是因为任何过失，而是因为对他变得位高权重而日益积累的不满。

他问：“他们把我的书收走了吗？”

“告诉我您想要哪一本，我会给您拿来。”

“你能找到我的希伯来语法吗？勒芬的尼古拉·克伦达尔德斯著的。我把它放在斯特普尼。我早就想学习，但没有空。”

克伦达尔德斯建议，先掌握基本规则，再进一步学习细节。据说在他的帮助下，你三个月就可以入门。他想，我可能活不了那么久，但可以开个头。

6月12日，第一次审问：“我们不妨从紫缎子紧身上衣开始。”理查德·里奇说。

里奇坐在长桌的一端，加迪纳和诺福克被安排在主位，而心神不宁、闷闷不乐的赖奥斯利大人则坐在另一端。当诺福克和加迪纳就座时，他说：“你们知道，我以前从未发现你们这么同心同德。你们更可能对彼此破口大骂，而不是友好地坐在一起。”

诺福克说："我们并非总是看法一致。但我和温彻斯特有个共同点——一旦闻到真相的气味，就会穷追不舍。所以你要当心，克伦威尔。凡是我们怀疑的东西，就一定会设法让你说出来。"

这是明目张胆的威胁。他说："我会告诉你们我所了解和相信的真相。除此之外无可奉告。"

加迪纳削好了笔。"人们说真相是时间的女儿。我希望时间具有兔子般的繁殖力。我们很快会算总账。"

一名职员走了进来。他用威尔士语跟职员打招呼。"早上好，格温。这是个阳光明媚的好天气。"

"少来这一套，"诺福克吼道，"让这家伙出去，再派个记录员来。"

格温收起文具出去了。要找到一个令托马斯·霍华德满意而托马斯·克伦威尔又不认识的职员颇费时间。最后，他们终于确定下来。赖奥斯利说："你要继续吗，里奇？关于紧身上衣？"

里奇把一只手放在文件上，就像放在福音书上一样。"你理解，先生，向你提这些问题是我的职责所在，我这么做对你并无恶意。"

他听出了免责的意味。里奇觉得亨利也许会重新起用他。他说："我能见国王吗？"

"不行，老天。"诺福克说。

赖奥斯利说："这绝对不可能——"

里奇说："大人怎么会有这种念头？"

他从手指上取下红宝石戒指。"这是法兰西国王送给我的。"

"是吗？"诺福克朝职员喊道，"你，记下来！"

"他送给我时，我拿去送给我们的国王。他随后又高兴地把它还给了我，说这将是我们之间的信物，如果我将来把它送给他，即使我没有盖章，即使我不能写信，他也会知道是我送的。所以我现在把这送给他。"

"但有何意义呢？"加迪纳说。

"问得好，"里奇说，"国王知道你在哪儿。他知道你是谁以及是怎样的人。"

"这会让他想起我如何竭尽所能、不遗余力地为他效劳。我也希望在未来的多年继续如此。"

"我们来这儿就是要确定这些，"里奇说，"你是否为他效了劳。是否如他认为的那样滥用了他的信任，以及是否密谋推翻他的王位。”

他想，里奇——还有赖奥斯利——肯定有几分把握，觉得如果亨利放了我，我不会实施报复，否则他们惶恐之下会杀掉我。“如何密谋？”他礼貌地问，仿佛这是个一时兴起的问题。

“在奥斯丁弗莱找到了一些信件，”加迪纳说，“你自称为忠诚温顺的子民，那些信却对你大为不利。”

“那是谋逆的明证。”诺福克说。

“我在等你们告诉我是哪些信。我无法猜出你们可能编造些什么，对吧？”

“是路德派教徒的信，”里奇说，“是马丁本人及其异教徒兄弟们的来信。”

“梅兰希通吗？”他问，“国王也给他写信。”

加迪纳怒视着他。“还有德意志王公们的来信，敦促你采取一种对国王和全体国民最为有害的行动。”

“没有这种信，”他说，“它们根本不存在，而就算存在——”

“律师的逻辑。”诺福克说。

“——而就算存在，如果它们包含煽动言论，我会把它们留在家里让你们找到吗？问问赖奥斯利怎么想。”

加迪纳看着简称。“我的想法……”他支支吾吾，“其实我……”他住了口。

“继续吧，”他说，“或者你们在等我制定议程和主持会议？我想你们希望了解我的服装。”

“是的，紧身上衣，”里奇说，“我们从这儿开始，等赖奥斯利先生平静下来后再回到那些谋逆信件上来。在红衣主教时期，你拥有——也有人看见你穿过——一件紫缎子紧身上衣。”

他没有笑，因为他明白这个问题的指向。

诺福克问：“你有何权利穿这种颜色？这是王室成员和教会高层的专属。”

里奇说：“也许是蓝紫色？如果是蓝紫色，就可以原谅。”

赖奥斯利说：“我亲眼看到了。是正宗的紫色。而且，你还有黑貂皮。”

他想，那可不像我后来所买的漂亮的黑貂皮。“我觉得冷。再说，那是一件礼物。是一位不了解我们规矩的外国客户送的。”

里奇蹙起眉头。这一回答让他面临太多可能的方向，他不知道如何选择。“你说的客户，是指某位外国的君王吗？”

“君王们没有送我礼物。当时没有。”

“不过，”加迪纳说，“就算你的客户不了解规矩，你了解啊。”

诺福克紧扣自己的主题：“你穿得就像已经是伯爵，这超出了你的地位和身份。”

“的确，”他说，“但如果国王都没有反对，大人为何要反对呢？他不会愿意看到自己的大臣们身着粗衣布衫。”

诺福克说：“紧身上衣只是你狂妄自大的例子之一。令人觉得冒犯的不只是你的装束。还有你说话的方式。你擅做主张的方式。打断国王的话。打断我的话。蔑视大使，蔑视那些伟大君王的使节。他们登门拜访，你明明在家，却让人传话说你不在。然后他们听到你在花园里玩木球！他们知道自己受到蔑视。”

“说到大使……”里奇说。

加迪纳呵斥道：“别插话。”

诺福克说：“国王对你委以重任。你却置既定程序于不顾，伸手在一张纸片上签个名，就把几千镑付了出去，连个凭单都没有。国王的事务你件件都要插手。你凌驾于枢密院之上。你随意制定国策。你拆阅别人的信函。你收买他们的下属来为你效力。你剥夺他们的职责。”

“我是在他们必须行动的时候才行动，”他说，“政府有时必须加速。”他想，我不能等你们在那儿慢吞吞地绞尽脑汁。“我们必须未雨绸缪。”

“我不知道你怎么绸缪，”里奇说，“除非请教巫师。”

他们面面相觑。他说：“紧身上衣之事问完了吗？”

几位信使进来，在加迪纳耳边低语了一番。他们给了他一张纸，他又悄悄塞给公爵，但他（托马斯·埃塞克斯）还是一眼瞥见上面盖有法兰西国王的玺印。诺福克似乎对读到的内容很高兴——简直高兴得不能自已。“弗朗索瓦祝贺我们的国王采取了行动。”

“将你罢免，”加迪纳解释道，“法国人可以给我们提供很多关于你的野心的证据。更不用说你辜负我们国王信任的那些手段了。”

直到这时，他才对此前未想明白的事情——时间节点，人员——恍然大悟。早春时，诺福克迫不及待地要过海，肯定是那个时候，弗朗索瓦第一次暗示结盟，并开出了价钱。价钱就是我，而国王犹犹豫豫，一直拖到现在。

他说：“法国人喜欢跟你打交道，诺福克大人。”

诺福克显出像是受到恭贺的神情。天啊，他想，我不知道诺福克到底是更虚荣，还是更愚蠢。当然，法国人更喜欢一位他们可以迷惑、哄骗以及——一旦需要——收买的大臣。

里奇说：“我想回到……”

“我知道你肯定想，”他说，“最好转移话题，否则你可能会证明，对弗朗索瓦而言，我是一位多么难对付的大臣。”

里奇翻动着一本旧信札。“你在红衣主教时期赚了很多钱。”

“主要不是因为沃尔西。而是因为我的法律事务。”

“你是怎么赚的？”

“加班加点。”

“沃尔西通常会使他的仆人们发财。”赖奥斯利说。

“的确——史蒂芬就可以作证。但开销也不少。红衣主教下台时，债务还没有还清。他的敌人抢走了他的财产。到头来他花了我不少钱。”

“你说的敌人是指国王吗？”

“哦，别这么小瞧我，加迪纳。我怎么可能说国王是贼而掉进你的坑里呢？”

“你对沃尔西死心塌地，”里奇说，“即使已经证明他是谋逆者。”

“你所说的‘死心塌地’，国王称之为忠诚。”

“的确。”赖奥斯利说。他几乎带着哭腔。“我听他说过。”

他抬头看着简称。我才不管你怎么哭。你已经选边站了。他说：“国王为红衣主教而后悔。他至今都想念他。”

加迪纳说：“我们别谈红衣主教了行吗？我们要找的是一个活着的谋逆者。”

里奇烦躁地说：“我想接着往下谈。我想接着谈玛丽小姐，但这就不能不提……”

加迪纳叹了口气。“好吧。”

里奇说：“你戴过一枚戒指，是沃尔西送给你的。据说它具有某些能力……”

“你很想要吗，里奇？我可以把它送给你。它会让你免于淹死。”

“你瞧！”诺福克说，“是巫师的戒指。他承认了。”

他微微一笑。“它会保护佩戴者免受野兽的伤害。还会确保他得到君王们的青睐。但似乎并未生效，对吧？”

“它还……”里奇很难堪，他揉了揉上唇，“据称它还会让公主们爱上你。”

“我每天都在拒绝她们。”

赖奥斯利说：“你没有拒绝玛丽小姐。”

里奇说：“你擅自——国王也知道——你擅自对她施展手段，巧妙地获取她的信任，讨好她，以至于她称你为——”他看了看自己的笔记，“我唯一的朋友。”

“如果我们谈的是安妮·博林死后的那段日子，那么我认为情况属实，我是她唯一的朋友。如果不是我说服她服从她父亲，玛丽现在就不在人世了。”

“你为何那么在意要挽救她的性命？”加迪纳问。

“也许因为我是基督徒。”

“也许因为你希望她会回报你。”

“她是个柔弱无力的姑娘，能怎么回报我？”

诺福克说：“你冒天下之大不韪，想娶她为妻，简直是狂妄透顶。”

“比如，”里奇说，“在某个场合，你是她的情人，给她送了礼物。”

他失去了耐心。“你们明知道是怎么回事。我们抽签确定的。”

“是的，”赖奥斯利说，“但你暗箱操作。你曾经夸耀过自己操纵各种选举的办法。甚至比武大会的抽签——我都说出来，我还记得非常清楚——你儿子在比武场首次亮相那天，你对他说，别怕，我可以让你在国王那一队，这样你就不用与陛下交手了。”

“是格利高里告诉你的？”

“他当天就告诉我了。你伤了他的自尊。”

“他说话时心无城府。而且是对你，简称，因为他把你当作朋友。但我猜你只能利用自己掌握的这些。情人？巫师？你们会让陪审团笑掉大牙的。”

但是，他想，不会有陪审团。不会有审判。他们会通过一项法案来置我于死地。我不能抱怨这种做法。我自己也用过。

里奇皱着眉头。“有过一枚戒指，”他说，“我想，1536年夏天，你给玛丽送过一枚戒指。”

“不是定情的戒指。而且最终根本不是戒指，而是佩在她腰带上的一件饰物。”他闭上眼睛，“因为它太沉。上面有太多的字。”

“什么字？”诺福克说。

“告诫服从的字。”

加迪纳假装吃了一惊。“你认为她应该服从你？”

“我认为她应该服从她父亲。我还把那东西拿给陛下看了。我认为这是一种明智的防范措施，以免有人像你现在这样含沙射影。他非常喜欢它，就留下来自己送给了她。”

赖奥斯利垂下眼睛。“这是真的，大人。我当时在场。”

里奇恶狠狠地瞪了他的同事一眼。“不过，你与那位小姐的大量通信，你对她产生的明显影响，她向你透露的信息的性质，与她身体有关的信息——”

“你指的是她告诉我她牙疼？”

“她吐露了一些适合于医生了解的信息。而不适合于陌生人。”

“我不是陌生人。”

“也许不是，”里奇说，“事实上，她给你送了礼物。她送给你一双手套。意味着‘成双成对’。意味着联姻。意味着婚姻。”

“法兰西国王曾经送过我一双手套。他并没有想娶我。”

“这令我恶心，”诺福克说，“一位高贵血统的女人竟然自降身份。”

“别怪那位小姐，”加迪纳厉声说道，“克伦威尔使她相信只有他本人才能让她免于一死。”

“你说对了，”他说，“我本人。我的紫色紧身上衣令她无法抗拒。”

“我记得很清楚，”诺福克说，“虽然看在老天的分上，我说不准具体日期——”

他（托马斯·埃塞克斯）翻了个白眼。“不用顾虑，大人……”

“——但旁边还有其他人，”诺福克说，“所以我敢说——”

“快说吧。”加迪纳说。

“——我记得某次谈话——话题是女人能否统治，玛丽能否统治——你突然闯了进来，这是你的习惯，总是在别人谈话时闯进来，你说：‘这取决于她嫁给谁。’”

加迪纳笑了。“那是1530年秋天。我在场。”

“而自那以后，”里奇说，“你就确保玛丽小姐的婚事永远成不了。她的求婚者都被打发走了。”

“我还记得，”诺福克说，“国王参加马上长枪比武摔下来时——”

“1536年1月24日。”加迪纳说。

“——国王被抬进帐篷躺在担架上不知道是已经死了还是快要死时，你唯一关心的是，‘玛丽在哪儿？’”

“我是想确保她的人身安全。是为了保护她。”

“以防什么？”

“以防你，诺福克大人。还有你的外甥女安妮王后。”

“如果你当时找到了她，”加迪纳说，“你会干什么？”

“你来告诉我吧，”他说，“你最想要怎样的故事？我引诱她，还是强迫她？”他举起双手，“哦，得了，史蒂芬，我跟你一样根本就没想要娶她。”

加迪纳冷冷地说：“请称呼我的头衔。”

他笑了。“我从未觉得你可能成为一名主教。但还是请原谅。”

“除了婚姻之外，”加迪纳说，“还有其他的控制手段。国王相信你意在将玛丽扶上王位，并通过她来统治。为此，你与皇帝的大使查普伊斯建立了友谊。”

“他每周两次与你一起用餐。”简称说。

“你会了解。你也在席。”

“他是你的朋友。你的知己。”

“我没有知己，朋友也很少。尽管直到昨天，我还把你当作朋友。”

赖奥斯利说：“在你位于迦农布里的府邸，你与查普伊斯曾经在花园的塔里交谈，那次我也在场。你向他做了一些承诺。关于玛丽，关于她未来的身份。”

“我没有做任何承诺。”

“她以为你做了。查普伊斯也这样认为。”

他想起大使的文件夹，放在草地上的菊花丛中。大理石桌子，大使对草莓不放心。天色越来越阴沉，以至于克里斯托弗说在伊斯灵顿恐怕会打雷。还有简称，在塔底的暮色中，手里拿着一束牡丹。

加迪纳说：“我们改天再谈皇帝给你的贿赂。现在我们继续探讨你的婚姻问题。玛丽小姐不是你唯一的对象。你刻意要保护玛格丽特·道格拉斯小姐，尽管她执意违背国王而有罪。”

赖奥斯利大声说：“那整件事都是我发现的！而你几句话就把它搪塞过去了，仿佛只是区区小事。”

“并非区区小事，”他说，“她的心上人死了。”他对诺福克说：“很抱歉我无法同时救他们两人。”

诺福克厌恶地哼了一声。他有很多兄弟，几乎不思念真心汤姆。他说：“你让她对你感恩戴德。国王的外甥女。在你眼中，她不就是另一条通往王位之路吗？你常常挂在嘴边的一句话就是，‘如果我是国王。’”

加迪纳倾身向前。“我们都听你这么说过。”

他点点头。这个习惯他应当改一改的。有一次他说，“如果我是国王，就会在沃金多待些时间。沃金从来不下雪。”

“你还笑？”加迪纳感到愕然，“你，一个曾经提出要与国王交战的明目张胆的谋逆者？”

“什么？”他感到茫然，心里还在想沃金。

“让我提醒你一下，”里奇说，“在距你奥斯丁弗莱的大门不远的圣彼得勒普尔教堂，大概是……”里奇一时找不到日期，但没关系，“……有人听你说过一些谋逆言论：你会坚持自己在宗教方面的观点，决不会让国王回归罗马，而且——据说原话是——就算他要回头，我也不会回头；我会拿起剑来跟他战斗。你一边说，还一边做出战斗的手势——”

“这可能吗？”他说，“就算有这些想法，我可能把它们说出口吗？在大庭广众之中？众目睽睽之下？”

“有时生气了会口不择言。”诺福克说。

“说的是你自己吧，大人。”

里奇说：“你还说，你会把新的教义引入英格兰，而且——下面我引用你的原话——如果我再活一两年，国王即使想阻拦也无能为力了。”

“就算你为人谨慎又怎样？”加迪纳说，“我见过你被惹急了而嘲讽或发怒。”

“我见过你被感动了而流泪。”里奇说。

他说：“我恨不得现在就哭。”他心里想，我也不会回头。也许我可能说过这些话。不是在公开场合。而是私下里。对贝丝·达雷尔。我还没有老得不能握剑。我本意是说，我会为亨利而战。但矛盾之神让我说了反话。我恨不得咬掉自己的舌头。

里奇找到了一个日期。“彼得勒普尔，一月的最后一天——”

“今年吗？”

“去年。”

“去年？证人们这么长时间干什么去了？他们包庇谋逆行为，难道不是有罪吗？我期待看到他们戴上枷锁。”

他能看出里奇在想，瞧，他现在生气了，现在被惹急了。他可能会说些什么。

“你承认这是谋逆行为？”诺福克说。

“是的，大人，”他耐着性子说，“但我不承认说过那些话。我怎么会实施那种威胁？我怎么可能推翻国王？”

“也许仰仗你的帝国朋友们的帮助，”诺福克说，“查普伊斯不在国内，但你跟他有联系，对吧？他祝贺你被封为伯爵。我听说他计划回来。”

“他将不得不另找地方吃饭了。”他说。

“我们干吗要纠缠于查普伊斯呢？”里奇说，“还有更严重的事情，所有的人都会证明，那就是国王父女相见的那个晚上，在哈克尼的赛德勒家花园里出现的东西。”

他想，使徒酒杯。大碗埋在地里，以保持酒的清凉。里奇说：“你与凯瑟琳有秘密交往。那天晚上你也承认了这一点。”

“你早就知情，里奇。是什么没有让你说出来呢？”

没有回答。“我来告诉你吧，”他说，“你自己得到的好处让你装聋作哑。直到另一边有了更大的好处。我对你做出的承诺，哪一条没有实现？而你是怎么承诺我的？”

“你不该谈什么承诺，”诺福克说，“国王讨厌言而无信的人。你说过你会杀掉雷金纳德·波尔。”

“他连一滴血都没有流。”加迪纳说。

他想，这才是症结所在。这才是亨利对我不满的原因。他也应该不满。这才是我的失败之处。

里奇说：“贵府经常有人夸海口，说你会如何抓住雷金纳德。前一周说，你会派认识的意大利杀手去对付他。过了一周又说，是你的外甥理查德会去刺杀他。然后是弗朗西斯·布莱恩，然后又是托马斯·怀亚特。”

赖奥斯利接话道：“说到这里，我不禁纳闷，怀亚特最近一次出任大使时，为何要截留玛丽小姐写给皇帝看的一些信。他不是代表你吗？不是你的间谍吗？”

“我的间谍？目的何在？”

“某些见不得人的事情，”里奇说，“我们尚未查清。”

“但我们肯定会查清的，”加迪纳说，“赖奥斯利先生只是在日常事务中，就听到那么多肆无忌惮的谋逆言论。前不久他还听到你说，只要法兰西国王愿意帮你一个忙，你也就愿意帮他一个忙。不知有何下文。”

“没有任何下文，”他说，“他没有帮过我任何忙，对吧？受他青睐的是诺福克大人。”

“那干吗要那么说？”里奇追问。

“夸海口啊，你自己也说了。敝府的人都喜欢夸海口。”

加迪纳双手指尖并拢。“把吹牛者和其他的人加起来，贵府有差不多三千人。堪称王府的规模。你的制服不仅在伦敦城四处可见，在全英格兰都是如此。”

“三千？如果有那么多，我就会破产。你瞧，这七年来，全国各地的人都请求我接收他们的儿子来为我效力。我尽可能地接收了一些，培养他们增长学识，遵规守礼。他们多数是由自己的父亲付生活费，所以你不能说我雇用了他们。”

“听你这口气，仿佛他们都是温顺的写字员，”加迪纳说，“但众所周知，你还收留了一些逃亡的学徒、寻衅滋事者、流氓无赖……”

“是的，”他说，“理查德·里奇曾经就是这样一名寻衅滋事者，他现在但愿忘掉那段时光。对那些有进取之心、来我家敲门的人，我不否认给了他们第二次生命。”他看着里奇。“任何投机分子在我这儿都有机会。”

“你每天都给门外的穷人提供食物。”诺福克说。

“大人物都是这样。”

“你认为他们会起来支持你，一支穷光蛋队伍。嗯，他们不会的，先生。他们不会支持一个剪羊毛的，而你曾经就是那种人。”公爵假装发抖，“你竟然自封为大人物！老天保佑我！”

里奇从自己的文件夹里挑出一张纸。“我这儿有奥斯丁弗莱的财产清单。你拥有大约三百支手枪，四百支长枪，近八百把弓，还有戟和挽具，足可以装备——用诺福克大人的话说——一支队伍。我听你说过，赖奥斯利也会为我作证，你有一支三百人的卫队，你一呼即到，不分昼夜。”

他说：“北方的叛军闹事时，我很惭愧自己拿不出足够的人出来。所以我做了任何忠诚的子民——只要他有钱——都会做的事。我增加了自己的资源。”

诺福克说：“哦，少给我胡扯什么忠诚，实际上，你宁可把国王出卖给异教徒！你宁可把加来出卖给邪恶的圣礼派——”

“我？”他说，“出卖加来？这事儿应该找李尔夫妇。你们应该在他们和波尔一家身上查找谋逆证据。不应该找我，我的一切都归于国王；而应该找那些自认为天生有权将他清除掉的人。找那些认为他的家族的统治只不过是中断了他们自己家族的统治的人。”

加迪纳说：“诺福克大人，我们改天再谈加来好吗？”

他能看到主教在桌子底下的脚恨不得要踢公爵的小腿。他们可能仍在收集李尔勋爵的证词，尚未决定要把它歪曲成怎样的谎言。

理查德·里奇拍拍他的文件。“主教大人，我这儿有一件事……”

加迪纳站起身。“省省吧。”

他(克伦威尔)想留住加迪纳，跟他理论一番。温彻斯特很清楚，所谓戒指啊，巫师啊，情人啊，都是无稽之谈，他对自己亲口说出的话无疑也感到惭愧。但加迪纳大步离去，诺福克紧随其后；里奇示意职员帮他收拾文件。“祝你傍晚愉快，大人。”他说，仿佛他们是在奥斯丁弗莱的家里。

赖奥斯利先生望着他们的背影。他站起身，似乎需要支撑，便紧紧地扶着桌面。“先生——”

“省点力气吧。”

“听说我在布鲁塞尔被扣为人质时，你连手指都没有为我抬一下。”

“这不是事实。”

“你说如果他们把我关进维尔福德的监狱，你无法救我出来。”

“我能力有限。”

“哈里·菲利普斯那个混蛋——你派我和其他人去诱捕他，可你自己却利用他，把他当成你的特工和间谍。”

“这是谁告诉你的？”

“加迪纳主教。你让我因为菲利普斯而吃苦头。我好心好意地把他带到我的住处，他却偷走我的东西，让我出尽洋相。”

“我从未利用过菲利普斯，”他说，“真的。我一直觉得他太狡猾。”

“先生，诺福克希望他们在泰伯恩刑场把你绞死，像对普通的小偷一样。而由于你是谋逆者，他还希望对你开膛破肚。他希望你遭受法律所能规定的最痛苦的死亡。他决心已定。”

“你自己好像也决心已定。”

“不是，先生。你了解我的处境。我别无选择，我向你保证。但我希望看到你受到体面的对待。如果需要的话，我会去向国王求情。”

“天啊，简称，”他说，“站直了！在一个你自己都说已经死定了的人面前，你都这样哭哭啼啼，那么接下来的几年里，你觉得自己在亨利那儿会有好日子过吗？”

“我想不会，先生。”他声音发颤，“国王允许你给他写信。今晚就写吧。”

加迪纳站在门口。“赖奥斯利？”

简称想拿起文件，但一封信掉了出来，他只好跪在地板上，到桌子底下去捡。上面有科特尼的印章，他(埃塞克斯)很想用脚踩住它，让简称去费劲拉扯。但转念一想，有何意义呢？他伸出一只手，把年轻人拉了起来。“把他带走吧，”他对加迪纳说，“他全是你的了。”

下午晚些时候，雷夫来了。听到雷夫的声音，他心跳加速，不禁想到，亨利如果改变主意，就会派雷夫来报信。

但一看到那孩子的神情，他就知道没有好消息。“可他允许你来看我，”他说，“这不是一个希望的迹象吗？”

“他害怕您会逃走，”雷夫说，“所以安排了一名身强力壮的卫兵。但他认为我不好斗。”

“如果我真的逃走了，他认为我会对他怎样？”

“这是克兰默的信，”雷夫说，“我会等候。”

他拿着信走到窗前；他的眼镜不在身边，需要让人带一副进来。他展开信时，纸张似乎在颤抖。克兰默听说了他的谋逆行为，表示既难过又不解：他如此受陛下器重，如此得陛下信任；他如此爱戴陛下，我一直觉得不亚于对上帝之爱……他无视他人的不满，一心侍奉陛下；依我之见，他在智慧、勤奋、忠诚和经验方面都无与伦比，本国还没有哪位国王拥有过这种仆人……我像爱朋友一样爱他，因为我视他为朋友；但我之所以爱他，主要是因为我认为自己亲眼所见的他对陛下始终所怀之爱……

……但现在……

他抬起头。“接下来就是……一方面，另一方面……”

……但现在，如果他是谋逆者，那么我很后悔自己曾经爱过或者信任过他……但我还是感到非常难过……

他折好信纸。恐惧从折痕中渗透出来。他说：“你得明白，雷夫，我和克兰默很早以前就约定，如果我们中的一个看起来大势已去，另一个就要自保。”

“也许吧，先生。但我认为他应该去面见国王。如果大主教有生命危险，您会袖手旁观吗？我觉得不会。”

“别让我回答问题。一整天都是问题。克兰默尽力了。任何人都只能做到这一步。雷夫，我的画像怎么样了？汉斯画的那幅？”

“海伦拿走了，先生。她把它放在安全之处。”

“《亨利之书》在哪儿？”

“我们烧掉了，先生。我带着自己的人先赖奥斯利一步到达您的府上。我们烧了很多东西，然后把灰烬撒在花园里。”

“一无所有也会令人生疑。”

“但没有明确证据，”雷夫说，“我不相信他们能对您提出任何实质性指控。约翰·瓦洛普从法国来信，翻的都是些旧账。据说那边的人都在谈论您想自立为王。”雷夫低下头。“弗朗索瓦写来了一封信，国王让我翻译成英文，然后要我在枢密院亲口念出来。”

“是一次考验。我希望你通过了。”

“弗朗索瓦说，既然克伦威尔已经完蛋，我们就可以重归于好了。我自己心里很清楚，这是他在二月份向诺福克提出的条件。所以难怪他和温彻斯特那么肆无忌惮。他们的各种密谈，宴会，假面剧……当然，他们还有那个姑娘，总是在那儿招摇，让国王情不自禁地关注她。”

“雷夫，”他说，“再给我带些书来好吗？彼特拉克的《命运的补救之法》。托马斯·拉普塞特的《如何死得其所》。”

拉普塞特是红衣主教之子的导师。他完成得十分及时，因为他在三十五岁那年离世。

雷夫说：“不要屈服。我恳请您，不要自动放弃。您知道国王容易冲动……”

“他是吗？我们总是这么说。”但他的反复多变也许是有意为之，好让我们不断工作和保持希望。安妮·博林直到最后一刻还以为他会改变主意。她至死都无法相信。

雷夫出去后，他重新读起克兰默的信。他看出了大主教留给亨利的问题：陛下如果无法相信他，那以后还会相信谁？

当天晚上，他坐下来给国王写信。下午晚些时候，费兹威廉来过一趟，带了一沓新的文件资料，不停地翻来翻去：转至新的话题，涉及所谓的会谈、串通、密谋以及——这一点很奇怪——辜负国王的信任，原因是谈论他与王后的徒劳之夜。“但所有人都知道，”他困惑地说，“他也允许我告诉你和安娜手下的人。”

“他现在不记得了，”费兹威廉说，“他觉得你让他成了笑柄。”

费兹威廉及其随从纠缠了他半个小时。他的顾问官同僚一次都没有正眼看他的面孔，直到他们终于回去吃晚餐。

克里斯托弗摆好墨水和纸张。他可以借助自然的光写信；现在是黄昏，但有一扇窗户面朝花园。他能说些什么？亨利曾经对他说：“你天生就能理解我。”那种理解已经卡壳。他严重冒犯了亨利，唯一能做的就是辩解说，不管他犯了什么过错，都并非出于故意或恶意，他相信上帝会揭开真相。他用那些表示卑微的常见语句开头——对亨利而言，你怎么卑微都不过分，或者至少是身为囚犯，怎么卑微都不过分。我匍匐在最英明的陛下脚下，听说您恩准……我提笔写信，讲述我认为与我的痛苦现状相关之事。

他想，我从未约束自己的欲望。正如我工作从未懈怠一样，我也从未说过，“够了，我已经得到了回报。”

“我的指控者陛下都知道，愿上帝饶恕他们。我一直珍视您的荣誉、形象、生命、成功、健康、财富、快乐和舒适，还有您最亲爱的、深受全民拥戴的儿子——王子殿下，以及您的事务，故此愿上帝助我摆脱不幸，而假使我有过片刻的二心，愿祂惩罚我。”

他想，他们在改写我的生活。他们将我所有的服从都描述为表面的服从，说我这么多年来一直在偷偷接近亨利的敌人——比如他的女儿，我所谓的新娘。也许我本该将玛丽之事对他如实禀报。但我现在会放过她。我帮不了自己的女儿，只能帮国王的女儿。

上帝也知道我是如何呕心沥血，不遗余力，我将其视为自己的天职。因为假若我有能力——就像上帝有能力一样——使陛下永远年轻，事事顺遂，那么上帝知道，我会义不容辞。假若我过去或现在有能力使陛下富甲天下乃至富及全民，那么苍天可鉴，我会义不容辞。假若我过去或现在有能力使陛下强大无比，以至于全世界都不得不臣服于陛下，那么基督知道，我会义不容辞。

他想，十年来，我把自己的心不断压平、压扁，直到它比纸片还薄。亨利把我放在他的欲望碾磨机中碾了又碾，如今我被碾成了粉末，对他再无益处，我成了风中的粉末。君王们憎恨那些他们应该感谢的人。

因为陛下对我恩重如山，与其说是一位主人，不如说是一位敬爱的父亲（对陛下绝无冒犯之意）。

他父亲过去发出的一些威胁在他耳边回响。我要把你捶成肉泥，小子，我要把你揍扁，我要把你踢飞。

我已经把我的灵魂、身体和财物交由陛下处置……

嗯，亨利对此很清楚。除了来自他的一切，我一无所有。除非他和上帝开恩，我毫无希望。

先生，我竭尽自己的智慧、能力和学识，一直致力于您的民众之福祉，不曾因人而异（只有陛下除外）……只要我不曾故意行过不公不正之举，我相信上帝会为我作证，世人也无法有理由指责我……

不知感恩的不仅仅是国王。他创造的财富，提供的资助，现在都变成于他不利的因素，因为无法回报的恩惠会让人良心不安。人们不屑于生活在义务之下。他们宁可作伪证，出卖自己的朋友。

马丁兄弟说，当你想到死亡时，要抛开恐惧。但如果你觉得会寿终正寝，有牧师在你耳边低声祈祷，这个建议也许更容易接受。加迪纳会尽力敦促对他提出异端指控并处以火刑。他知道那种情景：潮湿的柴火，飘忽的风，闻着气味狺狺叫的伦敦的狗。

国王可能会同意斩首。这是他所能期待的最好结果，除非……总是有除非。伊拉斯谟说："任何人只要还有呼吸，就不可绝望。"

他落款道：*您最悲伤的子民、最谦卑的仆人和囚犯，用颤抖的手，怀着最悲伤的心情，本周六于您的伦敦塔敬上。*

他吸干墨水。人们不由自主地说谎。他的手并没有明显颤抖。但他的心情的确很悲伤。他端坐不动，手放在胸口上揉了揉。"克里斯托弗，"他说，"把我的晚餐拿来。有什么好吃的？"

"谢天谢地！我以为你没胃口了。我们有草莓和奶油。意大利商人给你送来了同情和一块奶酪。"

商人安东尼奥·蓬维希曾经给托马斯·莫尔送来食物，是配有香料的美味佳肴。但莫尔会把它们推开，对他的仆人说："约翰，你能帮我弄一份牛奶布丁吗？"

曾经有人问乌尔比诺公爵费德里戈·迪·蒙特费尔特罗，怎样才能治国。他回答说：*Essere umano*①，好好做人。他不知道亨利是否会达到标准。

他的信没有回音。起码没有直接回复。在夏天温和的清晨，审讯早早开始，一直持续到炎热的下午，到这时，房间里的日光变得灰扑扑的。审讯有时安静而忙碌，有时则更像对骂而根本不是正式的讯问。像费兹威廉一样，简称也无法直视他。他说"他干了这"，"他干了那"，仿佛托马斯·埃塞克斯不在房间里。当加迪纳赏脸光临时，则是一副严肃、冰冷而审慎的样子，他肯定强烈地想要先发制人，却刻意按捺住这种心理。

① 意大利语，意为"好好做人"。

那个名叫格温的职员不声不响地回来过一两次。诺福克没有注意到他，因为职员入不了他的法眼，除非冒犯了他。职员时而抬眼看天，时而对自己必须记录的内容难以置信地撇撇嘴，让他——囚犯——不禁觉得好笑。直到里奇突然说："我对这个职员不满意。他不停地看囚犯。"

"你也不停地看我，"他说，"我对你不满意，理查德·里奇。听你这些话，仿佛你认识我的这些年来我一直是谋逆之徒。你的证据此前在哪儿？从你口袋的破洞里漏掉了吗？"

里奇说："起诉一个如此接近国王的人绝非小事。我寻求过指导。我为此祈祷过。"

"你的祈祷应验了吗？"

里奇冷冷地说："哦，是的。"

格温再一次二话不说就收起自己的削笔刀和羽毛笔，但还是回头看了一眼。另一名职员进来了，吞吞吐吐地请示如何继续，直到诺福克朝他吼道，从哪儿开始都行。就这样，随着圣彼得镣铐教堂和城墙外市里的报时钟声一次次敲响，时间不断流逝。提出的问题还是跟第一天那样毫无意义，对他生活的描绘也根本不能反映他所看到的现实。镜子呈现出一张陌生的面孔，斜着眼，张着嘴。蒙塔古勋爵、埃克塞特和尼古拉斯·卡鲁都遭受过这种对自身的异化，在他们之前的诺里斯和乔治·博林也一样。蒙塔古曾经说："国王每成就一个人，就会再把他毁掉。"克伦威尔凭什么会是例外？

他想，佛罗伦萨成就了我。伦敦毁了我。在佛罗伦萨，名为"狮子"的大钟向包括盲人在内的所有人宣告黎明的到来。接着敲响的是"市长"钟，然后是"民众"钟。上午九点，法庭开庭时，"狮子"和"蒙塔丽娜"召唤当事人和辩护律师出庭。

小时候，他姐姐凯特曾经告诉他，钟声决定时间。报时的钟声响起时，音乐在空中飘荡，你觉得无比美妙；而剩下的时间则像盘子边上的一枚被吸吮过的梅子核。

奥德利勋爵露面了：躲躲闪闪，面有愧色。他想，我造就了你，奥德利。为了有一位顺从的大法官，我将你提携至你不配享有的职位；你还发了财。"我还以为你支持我，大人。为了福音你总是表现得很勇敢，但我猜想你的勇敢只是为了得到我的赏识。你发誓要与我终生为友。"他补充了一句，“我有字据。”

费兹威廉没有来。也许他已经对国王说，我知道克伦根本不是谋逆者，我不能这么做?

“他很忙。”赖奥斯利说。

里奇说：“他被任命为掌玺大臣，取代你的位置。”

诺福克说：“受信赖者要处理的不只是你被捕一事，还有更多的公务。这个国家不只有克伦威尔，还有更多的人。”

“但对民众的福祉而言，没有人如此必不可少，”他说，“我很意外你儿子萨里没有来这儿幸灾乐祸。”

他想，如果他们让那只蜘蛛进来，我会用鞋跟踩死他。

加迪纳的缺席让他心生疑虑：他在耍什么花招?查尔斯·布兰顿进来，证实克伦威尔说过，如果他是国王，就会在沃金多待些时间。他还想起另一件事：“国王从自己手指上取下一枚戒指给了克伦。克伦说：‘对我刚刚好，不需要调整。’”

“你想说明什么?”他问，“我的尺码刚刚好，适合当国王吗?合适的尺码是多少，萨福克大人?你不是比我更接近吗?”

他为布兰顿感到悲哀。对诺福克而言，克伦威尔不过是一个需要擦掉的污点，就像记账时的误差。但布兰顿家的人以耿直而闻名，他原本希望会有些同情之心。查尔斯无法定下神来提问，而是踱来踱去，最后走出房间，像唤狗一般大声喊手下的人陪他离去。

赖奥斯利说：“你知道亨格福德勋爵被捕了吗?”

“亨格福德?”他觉得自己刚才只顾着想布兰顿，而漏掉了某些信息，“亨格福德跟我有何关系?”

“这正是我们想查清的事情，”里奇说，“他给你写过很多信，你也给他回过很多，国务大臣赖奥斯利从你的档案中找到了相关副本。”

亨格福德是西南地区的一位绅士，是一位不错的中尉，对地区事务很积极。他还是一个虐妻者，他夫人想摆脱他；就在他(托马斯·埃塞克斯)被捕前几天，他已经启动正式解除婚姻的程序。他说：“你得用这种人。国王不能只由圣徒效力。”

“有位老太太对他提出了严重指控，”赖奥斯利说，“人们称她为亨特利妈妈。”

天啊，他想。我们所有人的生活中都有一位亨特利妈妈。我的就叫理查德·里奇。

“指控涉及巫术，”诺福克说，“嗯，克伦威尔可是这方面的行家！他的地下室里有巫师的书，对吧？当初发现那个仿照我们小王子的蜡娃娃时，克伦威尔迫不及待地想抓住主犯并得到他们那些邪恶的书。可他却对年轻的里奇蒙——上帝让他安息——说，根本不存在什么女巫！而我们都知道女巫已经加害于国王了。”

“我记得那一天，”里奇说，“那是在圣詹姆斯宫，是菲茨罗伊生病期间。克伦威尔把我打发出房间，我常常纳闷当时发生了什么。事情总是这样——赖奥斯利，你给我作证好吗？他似乎对你推心置腹，然后突然又将你排除在他的小圈子之外。”

“现在我们明白是怎么回事了。”赖奥斯利说。

“不过，言归正传，”里奇说，“亨格福德勋爵雇了一名巫师来查出国王的死期。”

他想，亨利并不怕虚假的占星预言，而是怕真正的运势，怕他必须走向的命运。他说：“亨格福德这种人在邻居中树敌。要指控他很容易。”

“别满不在乎，”奥德利勋爵说，“我向你保证，国王可在乎呢。”

亨格福德也许为人粗暴，但不会危及社会。如果是两周前，他会把这种指控交给手下的某个人去处理。

里奇说：“他还被控侵犯自己府里的人。是鸡奸。”

“上帝保佑我们——不是对亨格福德夫人？”

“是一名仆人，”诺福克说，“所幸是他自己的仆人，而不是其他绅士的。他会为此送命。”

“但更重要的是，”赖奥斯利说，“他被发现是一名教皇党人。他府里的一名教士与北部的叛军有过接触。我们有据可查。”

“你为什么不知道？”里奇说。

“因为他欺骗了我？”他说，“我如果能发现每一个谎言，就可以坐在神殿里当传达神谕的祭司了。”他想象自己置身于橄榄树丛中。“远离你们。”

午饭时间已过，他饿了。公爵也饿了，但他们可以一同进餐的日子已经一去不复返。克里斯托弗带来了一只鸡。他吃得很开心。半小时之后，他的客人们返回，里奇假装慢吞吞地跟在他们身后，这表明他有话要说。他不慌不忙地放下文件，把它们摆整齐。“怀亚特发大财了。”

“他得到了雷丁修道院的土地。还有博克斯利和马林的土地。而在伦敦，则有圣玛丽·奥弗利、十字修士以及伯蒙西的圣救主等修道院的土地。”

“他早就想要那些地产。”

里奇微微一笑。“我相信他的所得超出了自己的预期。”

“他会把它视为一种挑战，很快就会挥霍一空，相信我。”

赖奥斯利探身向前。他的脸红了。“大人，你怎么不问问自己，为什么是现在？这是根据陛下的直接命令。他发现怀亚特该受重赏。”

就像在安妮·博林垮台时一样。“嗯，”他说，“他人之不幸是托马斯·怀亚特之幸。上帝格外垂青他。”

赖奥斯利低声说：“同样，问问你自己是为什么。”

“这是个问题吗？”

赖奥斯利没有回答。

他(克伦威尔勋爵)转向里奇。“你比所有人都更清楚，这类赏赐不是一蹴而就的。几个月前，我把怀亚特从驻外使馆召回时，就启动了对他的赏地程序。它们只需要国王签字而已。”

“他可以不签，”赖奥斯利说，“如果怀亚特不如他意的话。他显然令他满意了。”

怀亚特当然会被询问，这不可避免。看来他提供了有益——起码是没有让国王不快——的答案。但那是在怎样的制约之下，在怎样的压力之下呢？也许贝丝又有了一个子虚乌有的孩子？

“怀亚特了解你的秘密交往，”赖奥斯利说，“而且，就像他经常夸口的那样，还了解你内心的想法。”

“这没什么好夸口的，”他说，“你真让我受不了，赖奥斯利。不过，等我出去后，我会尽量对你不计前嫌。”

在他的胸腔之内，心脏又一次剧烈跳动——该器官的运作方式曾经让怀亚特受尽痛苦。*爱情杀死了我的心。命运剥夺了我的一切安慰……快乐的时光转瞬即逝，但我的不幸与日俱增。*

他说——这些话一不留神脱口而出：“没有了我，你们会怎么办？怀亚特那样的人只为知己者效力。没有了我，你们只会读出字面意义，而永远读不出言外之意。马里亚克会愚弄你们，查普伊斯也会，如果他回来的话。查理和弗朗索瓦会把你们的脑子像一盆鸡蛋似的搅成糊。不出一年，国王就会与苏格兰人或法国人交战，也可能是两面作战，他会让我们破产。你们谁都没有我这样的处事能力。国王会与你们所有人争吵，而你们则会彼此争吵。你们如果牺牲了我，一年之后，就会既没有实在的金钱，也没有诚实的大臣。”

职员说：“克伦威尔勋爵病了。也许我们该停一下？”

他转头看着那个男孩。“有胆量，上帝保佑你。”

他在冒汗。诺福克说：“哦，我觉得他很健康。他并没有承受任何痛苦——尽管他出身并不高贵，根据国王的指示，还是免除了他的痛苦。”

就这样，过去了一天又一天。既然欲加之罪，就能从任何纸片上读出谋逆之辞。一个音节就够了。权力掌握在读者而非作者手中。公爵继续大放厥词，里奇继续前言不搭后语地含沙射影。他能回答他们的大多数问题，有时则不得不要他们去查阅已经被他们没收或丢失的文件。事实上，正如他所承认，他插手了国王太多的事务，即使像他这么有能力的人也不可能记得说过的每一句话和做过的每一件事。“遵纪守法并不容易，”他说，“在不经意中，一位大臣得时不时地越界。但如果我是谋逆者，”他擦了一把脸，“那就让地狱的所有恶魔来惩罚我，让上帝的复仇之火降临在我身上。”

下午结束，留下他独自一人时，他坐在那儿回想最近发生的一切，而时间之线总是将他带回至五朔节。托马斯·埃塞克斯在格林威治，在比武大会的现场进进出出，职员们为了国王的事务跟在他身后；伯爵——也就是我自己——时不时地发号施令。理查德·克伦威尔在赛场所向披靡。那是我们的朋友和敌人的盛典，是我们的时尚和礼仪，是我们的举重若轻①，是我们的盛大展示；五朔节给我们打开了潘多拉的魔盒，它所引发的嫉妒和敌意再也无法抑制。理查德已经与一些意大利人谈妥，将在他位

---

① 原文 sprezzatura，语出文艺复兴时期意大利外交家巴尔达萨尔·卡斯蒂格里翁（1478—1529）的著作《朝臣论》（1528），在《狼厅》中，亨利八世将其解释为“一种不刻意努力却把各种事情做得漂亮、圆满的艺术”。

于欣钦布鲁克的府邸创作一幅描绘他获胜的壁画。他们准备装饰整个房间。有朝一日，他看到那种情景可能会感到痛苦，但无论如何还是得画。他不能对意大利人反悔——那是他们的谋生之道。

在他被捕后的九天之内，他们就收集了针对他的充足材料，于是向议会提交了一项剥夺公民权法案。为了进一步增加指控，他们盘问他的宗教信仰。他们问他在加来干了些什么，在那儿保护了哪些人。他们在自己那堆编造材料中不断深挖，从中可以随意举证。诺福克对他说："赖奥斯利先生因为国王的事务而经过安特卫普时，你让他捎信给一些异教徒。"

"我让他捎信给我女儿。我的亲骨肉。"

诺福克说："你以为这样就没事了？"

他再一次说："让我见见国王。"

诺福克说："绝对不可能。"

他猜想，亨利坚信他既传播异教又谋逆的荒唐念头会维持一两个小时，但肯定不可能一直这样吧？在余下的时间里，他并不关心真相。他的怨恨和愤懑与日俱增。没有哪位顾问官能安抚他，能平息这种愤懑之感，能消除他的饥渴或满足他的欲望。

他被监禁不到一周，雷夫就给他传来信息，谈及皇帝听到这一消息时的反应。信使们说，查理似乎大惊失色。"什么？"他问，"克伦威尔？你确定吗？关押在塔里？依国王之令？"

一天，门开了；他以为是加迪纳，结果却又是布兰顿。查尔斯坐了下来，长吁短叹，他坐的是一只有软垫的小凳子，所以双膝怪异地竖在下巴下。"大人干吗不坐这把椅子？"

但查尔斯像忏悔者似的坐在那里，喘气，叹息，环顾房间。他的目光搜寻着墙上的壁画，查看那些天堂、青山和溪流的场景。"她在那后面吗？前一任？"

"她本人不在，大人。她长眠在小教堂里。至于画像，我把她涂掉了。"

"什么？你亲手动手？"

"不，大人。我让专业人士干的。"

他想象自己在夜间拿着一支用于涂抹的大画笔溜进来。“你是个好人，查尔斯，”他说，“如果必要的话，我会跟你一起打家劫舍。”

一脸大胡子的布兰顿咧嘴笑了。“你干过很多打家劫舍的事情吗？”

“在我懵懂无知的时候，你知道。”

“我们都有过那种时候。”查尔斯说。

“我不会跟国王一起打家劫舍。你会对他说：‘站在那儿，看守来了就吹一声口哨，’但他一听到脚步声就会慌忙逃走，而把一条腿已经迈进门槛的你撇在那儿。”

“老实说，我不认为他会去打家劫舍，”查尔斯说，“他会破坏自己的和平，对吧？而且他要打劫谁？他可以随意扣押我们的财产，让我们都变成穷光蛋。”他擦了擦额头。“听到你开玩笑我很高兴，克伦。你瞧……”他站起身。“你瞧，我的建议是，承认你是异教徒，声称你受到误导。请哈里面对面地跟你辩论，并使你重新皈依真正的宗教。他喜欢这样，对吧？你还记得在审判兰伯特的时候，他是多么开心吗？一身白衣，高高地坐在台上？”

“兰伯特被烧死了。”他说。

查尔斯泄了气。“嗯，这是我的想法，已经说出来了，所以我……”他朝门口走去，又突然转身。“握个手？”

他伸出手去。查尔斯捶了捶他的肩膀，仿佛他们在观看斗狗一般。

布兰顿离开后，他想，他说得对，亨利会以使我皈依为乐。但查尔斯的办法不会奏效，原因在于他的敌人会得意地表明他否认圣餐，而这样的异教徒即使公开认错也无法保命。给他定罪的是去年——当时他正在生病——他们在议会通过的那些恶毒条款中的第一条。到头来，害死他的还是他的意大利热病。

剥夺公民权法案于6月29日二读。在法案的一读和二读之间，二读和三读之间，他是死期将至。法案通过后，他在法律意义上已经死亡。唯一不确定的是他们将以何种方式使他成为一具尸体。如果国王选择以异教之名惩罚他，他就会死于火刑，也许与罗伯特·巴恩斯及其朋友们一同受死；如果以谋逆之名，他就很可能上泰伯恩刑场，被活活碎尸。连鸡奸犯亨格福德都会得到斩首的恩典，可他呢，天知道。他想象自己面对着一扇被漆成红色的门，也可能不是漆成红色，而是浸于红色，墙壁也是同样的颜色，表面湿漉漉的；地板、墙壁和门背后的房间也都是鲜红而湿漉漉的一片。

雨已经停了。从王后住所的窗户向外望去，他能看到夏天正在消逝。他想起红衣主教失势前的那些年里，整个世界湿淋淋的。他想起把雷夫接到芬丘奇街的家里时的情景，他身上的雨水滴在地板上，丽兹帮他一层层地脱去衣服。他想，她去世时我还一无所有。我有奥斯丁弗莱，但那是一位律师之家。我为红衣主教效力期间，她一连几周都见不到我。我跟出海的水手差不多。她戴着白帽子站在楼梯顶，说："你回家之前先捎个信。"她死后，我立了遗嘱，当时能留给我儿子的只有六百镑和十二把银汤匙。

剥夺公民权法案通过的这一天，史蒂芬·加迪纳又来了。他拢了拢外套，仿佛觉得冷。"我来向你了解国王所谓的婚姻情况。"

这种措辞足以让他明白对方的要求。"我会全给你写下来。从头至尾。"

"一字不漏，"加迪纳说，"从你与克里维斯的最初谈判到所谓的洞房之夜。你必须彻底交代你所了解的女方与洛林的订婚合同的情况，并把你所了解的国王对这桩婚姻的反感和勉强都老老实实地记下来。"

他抬起眉头。加迪纳说："罗奇福德夫人和其他人会证明没有圆房。医生们也会证实。如果她来的时候是处女，那么离开的时候依然是，因为国王对这桩婚姻的有效性心存疑虑，所以没有与她发生肉体关系。"

他想，我可以像乔治·博林，可以写一些令亨利面红耳赤的事情。但我有一个儿子、两个孙子和一个外甥，我的外甥有继承人。乔治没有孩子。他说："物色新人以前一直是我的任务。现在落到你肩上了，对吧？我猜会是诺福克的侄女？王后怎么样了？"

"克里维斯的女士已经离开宫廷。国王把她送到了里奇蒙宫。他答应去那儿跟她会合。但他当然不会去。女人们喜欢哭哭啼啼，必须阻止她那样——或者起码是隔远了任其宣泄。"

他想，她肯定吓坏了，可怜的人。没有人关心她的利益。"我猜金钱可以缓解痛苦。"

"会有安排的。我会处理。先得废除婚姻。国王说，除了我自己之外，最了解此事的就是克伦威尔了。你必须发毒誓写出实情。你会被要求发誓。"

“我干吗要拒绝？”他说，“我还会发誓我是个忠诚的仆人，我信仰的是天主教和普世的信仰，跟国王宣称的并无不同。如果我说的话在一件事情上算数，在另一件事情上又不算数，未免不可思议。”

“你已经死到临头，”加迪纳说，“人们知道这种人不会撒谎。要不要我叫赛德勒过来帮你写？”

他不想雷夫看到他做最后这件事。他想，废除婚姻就会废了我。“我知道你想要什么，”他冷冷地说，“交给我吧，主教大人。你可以出去了。”

他坐了下来。往事在他脑海里浮现，词语自动排列成行，但在动笔之前，他潸然泪下，心里想，我在为自己哀悼：写完这些材料，我就毫无用处了。我再也不能像过去那样：年复一年日夜操劳，赤裸裸地栽赃陷害，还有砍头等。当亨利死去并接受最后审判时，他必须为我负责，正如为他所有的仆人负责一样，他必须说明自己对克伦威尔的所作所为。我从未想过要取代他。在全国各地，到处都有石柱，是那些王位觊觎者的石像：*石柱巍巍，作为英王，我名永垂。*因为狂妄僭越，他们被处以在风雨中站立一千年，两千年；他们周围有些较小的石柱，是他们那些可怜的骑士的石像。特别离奇的是，当你清点时，每次得到的数字都不一样。破坏难以数计，难以用笔记录。

他的叙述写了好几个小时。克里斯托弗有时进来看看他，给他一盘树莓或薄饼或蜜饯。但他沉浸在自己的故事里：罗切斯特，斗牛，克里维斯的小姐站在窗前；装扮成英国绅士的国王不期而至，神情热切。格林威治的表演，罗马人踉跄倒地；国王躺在床上，揉捏其新娘的腹部和乳房。

有时，他的思绪不由自主地飘走；远离这个房间，飘过城墙，穿过田野，进入森林。树木很茂密，就像在它们被砍伐来建房造船之前的年代一样，而不论是好是歹，已经灭绝的动物又全都活了过来，比如溪流中的河狸，大步向你逼近的狼。当一个人不知道该走哪条路时，他会利用拿在手里的面包，撒下一些碎屑，但鸟儿会俯冲下来，跟在他身后将它们吃掉。他脱下衬衫撕成布条，并在沿途每处岔路口的树枝上系上一根，但住在树林深处的那些怪物紧随其后，偷走布条来包扎自己的伤口，因为怪物总是在打架。他继续奋力前进，会说话的树在他周围窃笑，并将自己鄙夷的神情藏在树叶之后。

写完事情的经过后，他在信封上写下：*致我最仁慈的君主国王陛下。*

但他想不出该如何结尾。这也许是他们允许他写的最后一封信。因此他写道：我哭求仁慈。由于担心亨利心不在焉，他重复了一遍：仁慈，然后再写一遍：仁慈，让它进入国王的脑海，烙在国王的心里。

他写下日期：六月的最后一天，星期三。怀着沉重的心情，用颤抖的手，敬上。

这一次是真的。它在颤抖。他看着它，仿佛这是别人的手。他洋洋洒洒地写了这么多，这一恳求会留存下去吗？老鼠吃掉了旧时的法律。它们喜欢鱼胶和牛皮纸；凡是曾经有生命的东西，都会被它们吃掉，然后出于习惯，它们会吃无生命的东西：从边缘开始，不断啃咬，毁坏了英格兰的秘史。与克伦威尔共事过的人感到自豪的是，他们不只是咒骂那些害虫，还进行了修修补补：有的地方稍稍拉长，以取代一个被啃掉的元音；随时准备把一个被吃掉的短语替换成一个有助于国王的从句。但这又有何用？他一直遵循自己制定的法律而活，也必须接受遵循它们而死。但法律不是查明真相的工具，而是为了虚构一个故事，好帮助我们熬过暴行面向未来。这个世界似乎没有仁慈，只有一种偶然的正义：人们为罪行付出代价，但不一定是他们自己的罪行。

雷夫前来取信。他没有印章，所以把信折叠起来，在交给雷夫之前，将它压在手掌下，犹豫了片刻。“我总是告诉亨利，吓唬人很容易，但不会得到最佳的结果。如果你想要一个囚犯供出一切，就要给他希望。”

雷夫说：“我读过哲学家卡尼乌斯的故事，当卡利古拉的刽子手来处死他时，却发现他正在下棋。他对他们说：‘请注意，我要赢了——数数我在棋盘上的子儿。’”

“我不会有这么勇敢的回答，”他悲哀地说，“卡尼乌斯的王后当时还在。”他把信从桌上推过去。“给你。他想要的一切都在这信封里了。克里维斯现在会对我们开战吗？”

雷夫说：“公爵似乎愿意把他妹妹留在英格兰。而只要她事事都依从国王，国王就会给她公平体面的待遇。”

“她干吗不依从呢？可怜的女士。”他想，大冬天里艰难跋涉，到头来却发现自己不受欢迎。

雷夫说：“威廉公爵在与法国人商谈。有消息说，他们许给了他一位公主，一桩联姻。”

“哦，那他不会娶克里斯蒂娜了？”

“是的，他与皇帝无法谈拢，或者说目前不行。据说法兰西公主不愿意。”

不愿意。那会留出余地，好解除婚约——当皇帝提出更好的人选时。“威廉从我们这儿受益不少，”他说，“比安娜的要多。”他想，她被亨利伤害过，恐怕再也不愿嫁人了。

雷夫说：“法国人发誓说，如果需要，他们会把公主抬到圣坛上。她只有十二岁，所以不可能很重。”他叹了口气，“先生，海伦让我转达对您的问候。她日夜为您祈祷。还有我们的小孩子，以及您所有的朋友们也一样。”

由此看来，传至天堂之门的祈祷并不是很多。尽管他可以指望坎特伯雷大主教做些祈祷，而且他的请求肯定会像滚滚的雷声。罗伯特·巴恩斯在为我祈祷，我也在为罗伯特·巴恩斯祈祷。我们两人现在都要求不高，只希望有勇气。正如怀亚特所写：*Lauda finem*，赞美结局。

第二天，伦敦塔中尉埃德蒙·沃尔辛厄姆来了。“别害怕，大人。我没带来坏消息。只是你得换个地方。”

这么说，对他的审讯结束了。“我要去哪儿？”

“钟塔，先生，我的住处隔壁。”

“我对那儿很熟悉，”他干巴巴地说，“我不能去比彻姆塔吗？”

“那里有人了，大人。”

“克里斯托弗，”他说，“把我的书收起来。给奥斯丁弗莱捎个信，让他们给我送些暖和的衣服来，那儿的墙很厚。”他对中尉说：“托马斯·莫尔被关在钟塔时，可以在你的花园走动。我有这种自由吗？”

“没有，大人。”

沃尔辛厄姆是一位口风很紧的弗洛登老兵。他在此岗位已经十五年，现在不想出什么差错。

“莫尔没有被锁起来。我会被锁起来吗？”

“是的，大人。”

他穿上外套。“走吧。”他回头飞快地扫了最后一眼，与女神们道别。没有安妮·博林的踪迹。他记得她说——就是这个房间吗？——“对我好一点。”他想，如果再见到她，也许这一次我会的。

来到户外，他看了看周围，所见都是武装人员。中尉说：“我相信卫兵不会打扰你。”

河水的气息飘来。绿叶舞动。他感觉到阳光照在肩上。有个工人光着上身坐在脚手架上吹口哨。“快乐的护林人”……他觉得自己被过去网住，悬在某个高高的、蓝色的时刻，挂在空中。到了中午，护林人会被烤焦。

我当了多年的护林人，
鬓发早已染霜尘。
我要把号角挂树枝，
再也不当护林人。

路程很短。“我要去下层还是上层的房间？”

他此前抵达塔里时，他们曾经鸣炮，这是重要人物被押来时的习俗。地面震动，河水沸腾，而犯人登上码头时体内也不平静：他的骨髓摇晃，脾脏抗议，脑腔咔嗒作响。走进钟塔的门槛，踏上向上的楼梯时，他再一次感受到那种深深的震颤。这是脆弱的表现，但他不愿意让中尉看到，只是用指尖挨墙稳住自己。

我张弓搭箭不停歇，
无法娶妻享天伦；
我要在树林尽头建小屋
在那儿安静过一生。

通向下层房间的门开了。这是一个石砌的拱形大房间。壁炉是空的，扫得很干净。这儿的墙壁厚达十二英尺，光线从高过头顶的窗户里透进来。有个身影坐着桌旁。他默默地问：“是你吗？”托马斯·莫尔从座位上起身，穿过房间，融进墙里。

* * *

“马丁，是你吗？你看起来不错。我的教女怎么样？”

狱卒脱下帽子。他原本想说，很遗憾在这儿见到你，先生——通常的客套话，最好免去那一套。“已经五岁了，先生，是个乖巧的小家伙，谢谢你关心。她不害人。”

不害人？这话可真奇怪。“她在学认字了吗？”

“一个姑娘，先生？那只会给她们惹事。”

“你不想让她读福音？”

“她可以嫁给一个愿意给她念福音的男人。你需要什么东西吗？”

“李尔勋爵是否还在这儿？”

“我不能奉告。”

“那位老太太呢？玛格丽特·波尔？”

他已经想到，由于自己不再在一旁劝阻，亨利可能会处死玛格丽特。“好吧，”他对马丁说，“你奉命不能透露，我理解。你看我能否生个火？”

“我来处理，”马丁说，“你的确总是觉得冷。我记得你以前来这儿跟托马斯·莫尔坐在一起时，你会对他说：‘我们应该生个火。’而他会说：‘我支付不起，托马斯。’你会说：‘老天，我会付烤火费的——你别想折磨我该死的心脏了，好吗？你也许是教皇党人，但不是穷光蛋。’”

“是吗？”他很惊讶，“我说过这话？我该死的心脏？”

“莫尔会把你整得昏头昏脑，”马丁说，“宵禁的钟声敲响时，他会从花园里进来，坐下来通宵写作。他会坐在那张桌子后面，裹着一张床单，就像裹尸布似的——看到它我就背脊发凉。从他被带走的那天起，我再也没见过他的影子。但有些人说看见他了。而且我虽然是大活人，也是基督徒，但是会听到头顶的老费希尔的声音。听到他拖着脚步在地板上走来走去。”

“你不该相信鬼魂。”他迟疑地说。

“我不信。”马丁说，“但我信还是不信，又有谁关心呢？你今晚好好听听吧。你能听到老费希尔拖着脚走动的声音，还有他重重地靠在椅背上时椅子的嘎吱声。”

“没什么重量可以靠。”他说。主教太瘦了，一阵风就可以把他吹跑。他坐下来吃饭时，会在桌上常人摆放盐罐之处摆上一个骷髅头，对这种人你能怎么办？

“如果你不喜欢独自熬夜，”马丁说，“你的仆人就可以在这儿打个地铺睡觉，”

“熬夜？我会睡觉。我总是睡觉。马丁，如果我儿子格利高里或理查德·克伦威尔爵士被带到这儿关起来，你会告诉我吧？”

马丁在地板上擦了擦脚。“嗯，我会的。我会尽量给你报个信。”

脚下有旧草垫。他想，我要让家里送些好一点的过来——如果还有所剩的话。

这是关押要犯的房间，但显然还是一个普通的房间。不过，这天晚上平安无事。他留心听费希尔的声音，但老主教在打盹。他醒过一次，心里想，国王们也会后悔，这不乏先例。他前思后想了一会儿，寻找先例。史学家告诉我们，亨利三世国王在位时，曾经惩罚他的仆人肯特伯爵休伯特·德·伯格，用断粮的方式把他从藏身之处逼了出来并投入很深的地牢。休伯特被关了两年，然后脱身并重获伯爵爵位。

第二天早上，雷夫来了。“嗯，我的信，他收到后是什么反应？”

雷夫行动迟缓，看上去像是工作了一通宵。他想帮他要一杯啤酒，但雷夫说，不，不，我得把发生的事情告诉您。“国王把顾问官们召集起来，然后要我念您的信。”

“那肯定花了你一些时间。”

“我念完后，他说：‘再念一遍，赛德勒。’我说：‘全部吗，先生？’他迟疑片刻，说：‘不，你可以省略结婚的经过。只念他求情那部分。’”

“我念第二遍时，他似乎很感动。我不想打断他的思路，但后来还是斗胆说道：‘只需一句话，先生。’他看着我，说：‘一句什么话？’他当然明白我的意思，我不敢再多言。然后他说：‘是的，我可以释放克伦威尔，对吧？我明天就可以让他官复原职。’”

“我说：‘法国人会诧异的，先生’——我想激将他，因为您总是建议他，要做敌人最不喜欢的事情。”

“但我觉得法国人不是敌人，”他说，“大约从上周开始。”

“但随后国王说：‘你们知道，他因为沃尔西而从未原谅我，很久以来我一直在想，悲伤会把他引向何种极端呢？即使在我儿子里奇蒙奄奄一息之际，他还在缠着医生追问。加迪纳主教说，红衣主教本人可能会原谅，

但红衣主教的心腹永远不会。’

“我说：‘先生，我发誓，伯爵的心态已经平和。他让红衣主教那一页翻篇了。’但他打断我，说：‘我的书写盒里有他以前的一封信。’他打开锁，把它拿出来交给我，说：‘念念这封。念一下他说会让我永远年轻那部分。’我就念了。国王说：‘他做不到，对吧？’先生，我发誓他的眼里含着泪水。我心跳加快，暗暗地想，他现在要说：‘释放埃塞克斯。’但他起身走到窗前，说：‘谢谢你的耐心，国务大臣。’我说：‘我受过一个耐心者的良好训练，先生。’他说：‘现在你可以离开了。’”

“你做得很好，雷夫。你所做的超出了我的预期，我无权要求你这样。”

雷夫说：“我很小的时候，您带我出门旅行。您把我放在火盆边，说，你将在这儿生活，我们会待你很好，别害怕。那天我离开了我母亲，不知道自己在哪儿，也从未见过伦敦，更不用说您家了，可我从未哭过，对吧？”

他现在在哭，犹如一个生气的婴孩，样子比较难看，红头发的人都是这样：皮肤涨红，身体颤抖。“看在上帝的分上，克兰默在哪儿？”他说，“怀亚特在哪儿？爱德华·西摩在哪儿？他们将愧疚终生。”

“克兰默会渡过这一关，”他说，“我不是说他晚上会睡得很香，但他会熬过去。怀亚特会写一首关于我的诗。而西摩必须活下去指导小王子，当他，当亨利——”他不愿说下去。此前他产生过这种念头：万一就在今夜爆发热病，万一他咳嗽并呼吸艰难，万一他肺部充满积液，腿上的毒要了他的命呢？那国家就会屏住呼吸。行刑人的手臂会停止动作——即使已经举刀。王子会需要我。枢密院会需要我。爱德华·西摩会打开锁放我出去。

雷夫离开后，他告诉克里斯托弗：“拿一副牌来。”他让他看了一眼彩图王后，然后洗了洗牌，并摆出三张。“好了，哪张是她？”

克里斯托弗粗短的指头指了下去。

“不对。”他把那张牌翻过来，“好了，仔细看着，我来教你这一招。那么如果你缺钱或者没有吃的，这位女士就会帮你。”他柔声说道：“这只是以防万一发生最糟糕的情况。你要去找格利高里。或者理查德大人会收留你。告诉他们说我要给你娶妻，以免你堕落。”

他在考虑如何安置自己府里的人。有些会去格利高里那儿，还有些会投奔理查德——假设国王不剥夺克伦威尔一家人的所有财产的话。怀亚特现在有了钱，还有几处房地产需要配备人员，所以他会挑选一部分。他想，布兰顿会想要我的猎人和养犬员。至于迪克·帕瑟，城里某个与他父亲相熟的商人会接纳他。意大利商人会想要我的厨师。小马修可以回到狼厅，虽然他的法语在威尔特郡会荒废。早在四月，想到自己随时会失势时，他把自己小教堂唱诗班的孩子们召集起来，感谢了他们的效力，祝他们一生好运，给了每人二十镑作为礼物，打发他们各自回了家。受封伯爵后，他还想过，我要不要把他们召回来？现在他很庆幸没有。

当年在意大利为银行家们工作时，他学会了记忆术，从那以后就一直在实践。你为每一份记忆形成一个图像，将它们存放在你常去的教堂、经过的街道、航行的河岸上。你把它们——弩啊，煎锅啊，龙啊，星星啊——留在沟渠里和田地的垄沟间，或者悬挂在树枝上。真实的地方用完后，你就想象出更多；你设计乌托邦一般的岛屿。

现在，他感到剩下的时间不到一周，所以必须走进自己的内心世界，把那些图像从存放处收起来。他必须回首自己的一生，不管是睡是醒：你不能把自己的记忆孤零零地留在世间，落入他人之手。

黄昏时，红衣主教回来了，干扰了他的视线。“你去哪儿了？”他问他。

“我不知道，托马斯。”老人听起来很无助，“如果能够，我就会告诉你的。”

给他一把椅子时，他厌恶地看着它。“我不会坐在托马斯·莫尔坐过的地方。想想那个忘恩负义之徒对我所做的一切，我就绝不会跟他共处。如今只要闻到他的味道，我就会掉头走开。”

他说：“先生，你知道我没有背叛你吧？尽管你女儿那么想？”

沃尔西穿着拖地的红色法袍，踱来踱去。最后他说：“嗯，托马斯……我猜想……女人会弄错。”

每天面对史蒂芬·加迪纳或诺福克时，他的心力交瘁之感就会消失，但现在又回来了。现在他才明白，他心脏周围的感觉——那种被挤压、变形的感觉——其实是因为痛苦所致。他觉得自己在拖着一具具尸体，将它们堆起来，其中包括罗伯特 · 阿斯克、真心汤姆、哈里 · 诺里斯、威尔 · 布莱里顿、小弗朗西斯 · 韦斯顿和抱着鲁特琴的马克 · 史密顿。还有简王后、哈里 · 珀西、托马斯 · 博林，尽管谁也不能说他们的死与他有关。

他脑子里翻来覆去地回想他们向他提出的问题，仿佛审讯还在继续。他想起理查德 · 里奇说："1535 年 6 月，囚犯对我说：'理查德，等克伦威尔国王即位，你就会成为公爵。'"

而奥德利则勉强地说："里奇，我们不能把这记录下来。我想克伦威尔大人是在开玩笑。"

他回想起赖奥斯利有天下午的一顿揭发："他自认已经是国王。他一举一动都像国王。我还记得特别寒冷的那一年法国商人来格林威治的情形。他们极力向陛下推销一些商品，陛下推托说，他的钱都花去对付朝圣者了。但是接着，他不忍看到他们难过和白跑一趟，就好心地同意购买。但掌玺大臣却把他们赶出国王的房间，与他们谈成交易，让他们以更低的价钱把原本为国王准备的东西卖给了他。"

他回想起那一天：房间里冰冷的光线，摆在亨利面前的诱惑物，包括一条丝绒狗项圈，一对草莓饰袖，还有为他(克伦威尔勋爵)准备的深紫色丝绸。简称说："当心先生。"他记得简称的紧张神色，但没想到他指的是当心我。

埃德蒙 · 沃尔辛厄姆每隔一两天都来一次，看看他的囚犯是否仍然头脑清醒四肢灵活，并且看完就走——似乎害怕交谈会连累他。金斯顿肩负顾问官之职，只是在有特殊征兆的日子才会来到塔里。所以，他交流的对象只有克里斯托弗和狱卒以及死者，而天一亮，那些鬼魂就会消失。当他们各自散去时，你能听到一声长吁或者短叹。它们变成一阵吹着哨音的风，一副需要上油的铰链；它们融进自然之物，比如飘忽的薄雾，或者从即将熄灭的火里升起的一缕轻烟。

他每天都担心国王不许雷夫来看他。但国王似乎仍然希望他得到一些消息。雷夫说，亨格福德勋爵已被判处死刑。"法兰西大使在传播谣言，说他强奸了自己的女儿。但没有提出这方面的指控。仅凭巫术和鸡奸就足够了。"

"马里亚克越来越放肆了，"他说，"他传播了那么多关于我的谣言，似乎无需承担后果。”

对亨格福德，他心里并不觉得难过，只是为任何一位自知再出去就是赴死的囚徒感到同病相怜。他希望沃尔西进来，这样他们就可以下一盘棋，虽然你决不该与一名高级教士下棋，因为他们的袖子里总是藏着一枚卒子。他很想看到胡茬花白、双眼疲惫的托马斯·莫尔，看到他像以前那样坐在桌子旁：那张桌子依稀就像圣坛，蜡烛的火苗随风飘忽。在1535年那个潮湿的春天，莫尔有一种让自己灵魂出窍的本事，所以坐在你面前的人似乎已经死去，是一具尸体，就像你在一张蛛网上发现的白色尸体，而蜘蛛已经死在家里。

如今人们谈起莫尔时，把他当成了殉道者，而不是一个误判形势的人。他曾对查普伊斯说，莫尔以为自己可以操纵亨利，这可能也没错；但后来他遇到了未曾料想的因素，那就是安妮·博林。我们这些顾问官自认有远见卓识，我们恪尽职守，夜以继日地制定计划，讨论国事。不成想有个小姑娘一溜烟走过，碰翻了蜡烛，点燃了我们的袖子，让我们在那儿拼命地拍打自己，以免烫伤皮肉。令我懊恼的是，像里奇这样的奸贼竟然打败我，像波尔这样的笨蛋竟然凿穿我的船底，像李尔这样的蠢货竟然把我淹死。也许有些人会说我是为福音而死，正如莫尔为教皇而死一样。但更多的人会认为我决不是什么殉道者，而不过是为了飞黄腾达的伟大事业而殉身。

时至月中，国王恢复了单身。先是举行教士大会，然后议会通过法案让他得到自由。安娜接受了向她提出的所有建议，并交回婚戒。雷夫说："议会会恳请国王再婚。为了国家的长治久安。不管他本人有多么不情愿。”他叹了口气。国务大臣的职务项链沉沉地挂在他的脖子上。

没有下雨。炎热丝毫不减。亨利似乎打算以完全不予理睬的方式杀死他的奴隶。米兰的维斯孔蒂设计过一种持续四十天的酷刑机制，到第四十天——不会提前——囚犯会死亡。第一天，你可以割掉那人的耳朵。第二天让他休息。第三天挖一只眼睛。再让他休息。他还有一只眼睛，但不知道你何时会让他全瞎。第五天，你会开始一点点地剥他的皮。这不是为了他可能向你供出的任何信息，而只是为了制造轰动，惩一儆百。

七月的第三周，他的审讯者们又来了，带来了新的贪污指控。有个已经拖了两年的案件，与法兰西王室总管的兄弟的一艘船有关。他记得事实真相，确信自己在这件事情上清清白白，但他知道，对法国人的说法他有口难辩。弗朗索瓦决意尽快将他推上断头台。“对他而言我死得越快越好。”他对加迪纳说。

“我猜不会很久了，”主教说，“国王随时会签署剥夺你公民权的法案。议会将休会。陛下将希望离开伦敦去避暑。”

“诺福克的侄女怎么样？”

加迪纳显得很郁闷。“非常得意自己走了大运。一个轻浮的小姑娘。不过，轮不到我来质疑国王的选择。”

他说：“只要记住这一点，你就大有前途，伙计。”他笑了，“她当然轻浮。在这个年龄，还能怎么样？你不会指望她想得太多。历史对她不利。”

加迪纳若有所思：“恐怕对我们所有人都不利。”

这是钟塔里的一个忙碌的日子；随后诺福克来了，带来更多关于法兰西商船的文件资料。“你要给枢密院写一份情况说明。”

“不是给国王本人吗？”

“只管写好了。不过，我真的觉得他会忙于跟我侄女在一起，根本顾不上看。”

“大人，他说过我会如何死吗？”

诺福克没有回答。“我儿子萨里说，如果任由你一意孤行，你会把所有的贵族赶尽杀绝。他说，克伦威尔现在是搬起石头砸了自己的脚。以前跟他作对的那些人——既有老百姓也有大人物——的下场，现在落到了他自己身上。”

“对此我不反驳，”他说，“但萨里大人如果想一想，他自己如果身陷囹圄会是什么表现，就不会大发宏论了。命运和国王使他处尊居显，但他不可高枕无忧，我们脚下的地很滑。”

“我会告诉他的，”诺福克说，“天啊，你越来越喜欢说教了！明智的人不需要这些提醒。他们每天擦亮眼睛。你以为国王真的爱过你？没有。对他而言，你是一件工具。像我一样。一种装置。你、我、我儿子萨里，我们对他不过是投石机、弹射器或其他的战争机器。或者是一条狗。在狩猎季为他效力过的狗。狩猎季结束时，你会如何处理一条狗呢？把它吊死。”

诺福克缓缓走了出去。他能听到他在门外对马丁讲话，但听不清说些什么。“克里斯托弗，”他喊道，“把纸和墨水拿来。”

克里斯托弗很惊讶。“还要写？”

他向枢密院陈情。他否认曾经从总管的兄弟或其船只的不幸事件中获利。他写道，诺福克是知情者，消息传来时他就在场；费兹威廉也了解，还有邦纳主教，他当时是驻法特使，会记得事件的全部经过。他边想边写了一个小时，浑然忘我，仿佛回到了枢密院的会议桌旁。接着，他马上开始给亨利写信。他有很多话要说，但心里明白，这封信如果偏离了乞求的惯例，亨利将无法听到——别说三次，连一次都不会。他已经够低三下四了，还可能进一步贬低自己吗？到下午三点左右，他累了，决定放弃。他放下笔，任自己思绪如潮。查普伊斯被再度任命为大使，已经返回伦敦。返回老一套的游戏，他想。亨利向法国人鞠个躬，然后向皇帝屈个膝。红衣主教会看出这一切。

这天晚上，沃尔西飘然而来时，他对他说：“做我的好父亲吧。留下来陪我，直到这一切结束。”

“我倒想留下，”老人说，“但不知道是否有力气。”他在角落里嘀嘀咕咕，似乎为自己的结局耿耿于怀。他谈起自己临终时床边的蜡烛，乔治·卡文迪什紧握着他的手。他描述莱斯特修道院的僧侣们低头看着他时，一个个神情憔悴。他说到自己草草下葬，对此似乎一清二楚。他说：“我给你那位意大利人付了那么多钱，为何没有得到我该得的陵墓？我的大烛台在哪儿？我的跳舞的天使呢，他们去哪儿了？”

出于好心，马丁有时来陪他坐一坐。狱卒说，莫尔在最后的日子里，话很多——总是说个不停，即使你没有要求他。他会谈起自己小时候，在圣安东尼小学读书时的经历。他会背着书包，从西齐普街向针线街走去。冬天的早晨，六点钟时，街上只有卵石地面的寒霜映出的光亮。那些小学生被称为圣安东尼的小猪；他们聚集在提灯旁，诵读拉丁文。

“他有没有谈到朗伯斯，谈到朗伯斯宫？”

“什么，克兰默大主教吗？他讨厌他。”

“我指的是，莫顿时代的朗伯斯，当时我们还小。托马斯·莫尔在那儿学习，为去牛津做准备，成天都在看书。他提到我了吗？”

“你？这跟你有何关系，先生？”

他笑了。“我也在那儿。”

约翰叔叔说：“看到那些托盘了？那是年轻绅士们的晚餐。他们都在勤奋学习，所以如果半夜醒来，脑子里就会在琢磨关于毕达哥拉斯或圣杰罗姆的难题。这会让他们觉得饿。因此，他们的食品柜里需要一些面包，还要一点淡啤酒。好了，小子，你知道第三个楼梯吧？上面住的是托马斯·莫尔大人。他不喜欢被人打扰，所以你要像老鼠似的蹑手蹑脚地进去。如果他抬起头，你就致敬问候。如果他没有，你就再蹑手蹑脚地出来，连一声‘上帝保佑你’都不要说。听明白了吗？”

他听明白了，并且已经端起托盘，于是迈着健壮的双腿走开，看他的样子，你会以为他吃得很饱。如果他坐在最低一级台阶上，自己吃掉面包，喝掉啤酒，会怎么样？会在夜里听到莫尔大人肚子痛得哭吗？“哦，给我吃的，给我吃的，”他一边上楼，一边用可怜的声音低语。“哦，圣杰罗姆，给我吃的！”

到了最高一级台阶，他突然魔鬼附身，一脚踢开房门，大声喊道：“托马斯·莫尔大人！”

年轻学者抬起头来。他的表情温和而好奇，但他用手臂环住自己的书，似乎想保护它。

“托马斯·莫尔大人，你的晚餐！”

他把它塞进角落的食品柜里。“铰链需要上油了，”他说，“我明天会再来处理。”他来回拉动了一下，让它嘎吱响了两声。他很想问，毕达哥拉斯是什么？是动物，疾病，还是你可以画的一种形状？

“托马斯·莫尔大人，上帝保佑你！”他喊道，“晚安！”

他正要“砰”的一声关上门，莫尔大人叫道：“小孩？”他重新走进房间。莫尔大人坐在那儿朝他眨巴着眼睛。他大概十四五岁，一副皮包骨的样子。沃尔特会笑话死他。莫尔大人柔声说：“如果我给你一便士，你以后晚上过来时，别再那样了行吗？”

他身上有了钱，蹦蹦跳跳地下楼。他一步一跳，并吹着口哨。这也很公平。他付钱只是要我在房间内保持安静，而不是在房间外保持安静。莫尔大人如果想过清静日子，就得再从口袋里掏钱。他大步跑开，踢足球去了。

从那以后，他每天晚上都会像魔鬼似的躲在楼梯上，直到莫尔以为危险已过。然后他会突然闯入，大声喊道："你好吗，先生？"并"啪"的一声放下盘子，惊得莫尔把墨水溅了出来。当莫尔提醒他给过他一便士时，他睁大眼睛，说："我以为那只是一次的吧？"

莫尔大人叹口气，勉强一笑，再次掏钱。

他以为托马斯·莫尔会向厨房主管抱怨，而主管会把他叫去揍一顿。或者大主教本人可能会把他叫去揍一顿，或者因为是圣人，大主教只会对他长篇大论地说教。如果真是这样，他准备长篇大论地回应。老莫顿应该了解一些事情，了解他的厨房是如何管理的：白镴器皿从桌上跳进了某个无赖的麻袋，摸过洗衣妇私处的手转而又伸进炖肉里。

但没有人叫他去。没有人揍他——除了平常那些人：他父亲沃尔特、他的姐姐们、叔叔婶婶、神父(如果能逮住他)、锡安·麦多克的父亲，威廉姆斯家和维基斯家的不同成员……但托马斯·莫尔似乎没有揍过他，甚至没有找别人揍他。那一击始终不曾落下；在莫尔追查异端邪说、袭击他在城里的朋友们的家里和店铺的那些年，他觉得它一直悬在半空。当那一击终于落下时，却来自一个完全不同的方向；莫尔是承受者，在七月的一个雨天被绑上断头台——在那段日子里，风似乎从四面八方同时向你袭来。莫尔光着脖子站在那儿，衬衫被吹得不断飘动，雨水像泪水一般从他脸上淌下；一层薄雾笼罩着伦敦塔的墙壁，似乎要将它们融进灰蒙蒙的上涨的河水。他死得很快，这类事情就是如此——一击致命。

当他们成年后再见面时，莫尔根本就不记得他了。

尤斯塔西·查普伊斯已经回到伦敦，但这不再是昔日的伦敦：气氛因为猜疑而变得沉闷，一位王后来去匆匆。国王不仅在铲除其所谓的异教徒，还在肃清教皇党的残余，所以监狱都人满为患。据说大使看上去疲惫而虚弱，对重返旧职并未表示快乐。他(克伦威尔)知道，没必要请他来访——查普伊斯很理智，不会靠近他——但他心里想，我受死时他会在场吗？他不希望他儿子在场，哪怕只是简单的砍头；他记得安妮·博林被处决时，格利高里很痛苦，而对他而言她不过是个陌生人。他对雷夫说："格利高里应该写信与我断绝关系了。他应该说我的坏话。说自己不知道怎么会与这样一个谋逆者有关系。他应该恳求在未来的岁月里为陛下效力，以争取代我改过赎罪的机会。”

“是的，”雷夫说，“但您知道格利高里写信的风格。因时间所限就此搁笔。”他顿了顿。“我已经让他妻子贝丝写了。我想，作为已故的简王后的姐姐，她最能打动国王的心。”

他想，我以前在所有的事情上总是反应敏捷，但雷夫·赛德勒呢，则是在重要的事情上反应敏捷。“我相信他即使在享受新的幸福时，也会记得简。”

雷夫说：“谋逆者被处死时，所有人都不得服丧。但理查德·克伦威尔说他会。”

“他不能这样，”他温和地说，“告诉他我不建议这样。”

但他还是笑了。雷夫环顾四周。“我要不要让埃德蒙·沃尔辛厄姆把您换到别的房间？这个地方让我感到不安。”

“你会渐渐习惯。如果站在那个凳子上，你还能看到拜沃德塔。试试看。”

雷夫个子太矮，看不到外面。但这个尝试使他得以面向墙壁，直到自己镇静下来，然后最后一次拥抱他的主人，再走进炎热的午后。

当房门关闭，雷夫的脚步和声音逐渐消失后，他打开自己的书。一卷卷传说，圣徒汇编：安慰的传说。感谢上帝，它们未被没收；但是他想，我得确保它们事后不会丢失。我得留一封信，交代如何处理我所保留的为数不多的物品，希望会有人执行。

他读起伊拉斯谟的《论死亡之准备》，这本书只是五六年前在托马斯·博林的赞助下写成。他的眼睛很吃力；他宁愿看图画。他把这本书放到一旁，开始翻阅自己的版画书。他看到伊卡洛斯翅膀熔化，坠入波涛。是代达罗斯发明了翅膀并进行首飞，他比他儿子更谨慎：从迷宫上擦身而过，翻过城墙，掠过海面，他飞得很低，双脚已经沾湿。但当他随风升起时，农民们目瞪口呆地仰头观看，以为自己看到了神或巨蛾：当他升到高处时，肯定有某个时刻，发明家在内心深处明白，会成功的。而那一刻令他觉得不枉此生。

7 月 27 日下午，总管和中尉都来了。金斯顿说：“先生，关于你受死的方式，国王同意仁慈为怀。是斩首，我能否说我很高兴听到——”金斯顿停住了。“请大人原谅——我的意思是，大人常常为别人请求这种仁慈，而且很少失败。”

那么，我看不到八月了，他想。看不到从收获者身边逃走的野兔，看不到圣巴塞洛缪节后清凉的晨露。也看不到树叶飘落和深蓝色的夜晚。

“会是明天吗？”

金斯顿不能奉告。但沃尔辛厄姆平静地说：“如果大人今晚祈祷，肯定没错。”

金斯顿不再掩饰。“我会像通常那样大约九点过来，亨格福德勋爵会跟你一起上路。”

这么说，我会与一个恶棍一同受死，他想。或者是一个树了很多恶棍般的敌人的人，那些人想象力丰富，对囚犯肆意抹黑。

沃尔辛厄姆说：“你想要一位忏悔神父吗？”

“是的，如果能请罗伯特·巴恩斯的话。”

两位警官面面相觑。“你得知道他已经被判处死刑，”中尉说，“估计一两天后就会上史密斯菲尔德刑场。”

“一个人吗？”

“与加勒特神父和威廉·杰罗姆神父一起。我们在待命。还有些教皇党人预计一两天后会被吊死，包括托马斯·艾贝尔，也就是阿拉贡公主的牧师。”

加勒特，杰罗姆，都是他以及福音派的朋友。艾贝尔，一位宿敌。忙碌的一周，他想。“我希望有足够可以胜任的人手。”

金斯顿不高兴地说：“我们尽力而为。”

他站起身。他希望一个人待着。“我不久前忏悔过了，自从来到这里之后也没什么机会犯罪。”

“不是这样。”金斯顿有些不安，“你应该全面反省自己的一生，每次都会发现新的罪。”

“我知道，”他说，“我知道怎么做。我在这儿与托马斯·莫尔共处。我看了这些书。我们都有一死，只是早晚不同而已。”

沃尔辛厄姆说：“诺福克公爵让我转告大人，国王明天迎娶凯瑟琳·霍华德。”

克里斯托弗说："我会把铺盖拿来。今晚就陪在你身边。"

"你不用担心，"他说，"我不会自尽。我相信刽子手会比我自己来得更快。"

"你要写信吗？"

他想了想。"不。该写的都写了。"

他打发克里斯托弗出去晒太阳：去跟其他仆人一起喝喝酒，坐在墙头昏昏欲睡，无疑还会谈起跟着这样的主人真是命运无常。

他想象明天的情景。他的地位高于亨格福德，所以他会先死。国王的决定在很大程度上免除了他的痛苦和羞辱。他会祈祷那一下干脆利落。他想起安妮·博林在订购加冕礼服时曾说："托马斯必须穿红色。"

在断头台上，他会赞美国王：赞美他的仁慈，他的恩典，他对所有子民的关心。人们期望他这样，而且他对后人负有责任。他会说，我不是异教徒，我至死都是普世教会的一员；随便围观者怎么想好了。虽然每个人都害怕知晓自己的死期，基督徒却更怕突然死亡，就像他父亲那样：意外身亡，连忏悔的时间都没有。帕特尼的邻居们认为，沃尔特·克伦威尔已经改过自新，不再酗酒，不再打架闹事。但一天晚上，他与一位教会委员同事发生争吵——不是关于宗教的争执，而是为斗鸡而争吵。分手时，沃尔特让对方成了乌眼青，自己则回到家里，大喊大叫地要吃的。目击者说，他脸色苍白，浑身冒汗，但还是拿着一盘冷肉狂吃，并且一直骂骂咧咧。接着，他抱怨食物不好，揉着胸口，说感到很痛；五分钟后，他一头栽在桌上。他们让他平躺下来，他说："你们真该死，我喘不过气了，让我起来，让我起来——"而这成了他的临终之言。

出席他葬礼的人很多。他(托马斯)出钱请人做弥撒，超度他的灵魂。"你觉得这真的有用吗？"他当时问神父。

"别对他失望，"对方说，"他很粗暴，但并非一无是处。"

"不，"他说，"我不是指祈祷对沃尔特是否有用。我指的是，它们对任何死者是否有用？在我们的有生之年，上帝一直在注视我们。你如果活到沃尔特这把年纪，上帝肯定已经形成了看法。除非祂始终都知道。"

"我觉得这像是异端邪说。"神父说。

"当然了。它会影响你的口袋。如果上帝了解自己的想法，你的小教堂、玫瑰经以及上千年的弥撒费会如何？"

他想起自己十五岁那年，遍体鳞伤地躺在帕特尼的酒馆的院子里：他父亲站在一旁，他的血洒在卵石上，他父亲靴子上的缝线从皮革上崩脱了。沃尔特低头朝他大喊，他也跟他对喊：*je voudrais mourir autrement* ①——不是这儿，不是现在，不是这样。

但是不对，他想，我没有喊。当时我不会说法语。我体无完肤地让自己从地上爬起来，越过海峡。为了钱，我帮别人打仗，直到最后，我觉得要用更容易的方式赚钱：克伦威尔——你在玻璃中的影子——为你效劳。

很久以前的一个晚上，在威尼斯，他看到一个女人，水雾中的一个幽灵。那是一名交际花，她让自己慵懒的笑声在身后的空气中飘荡：她黄色围巾的条纹是唯一可见的颜色，她的鞋子踩在卵石上的"嗒嗒"声是唯一可闻的声音。接着，墙上打开了一扇门，黑暗将她吞噬。她转眼间就完全消失，他不禁怀疑自己是否在做梦。他当时想，如果我需要消失，就会来威尼斯。

在那段日子里，他有时从威胁着要将他淹死的梦中醒来，睫毛潮湿；他在不同的语言间醒来，不知身在何处，但模模糊糊地觉得只想去别的地方。他回想起自己的童年，在河上的日子，在田野的日子。他的生活中总是有逃走的女人。他记得沃尔特时不时地带回家的那些继母：你还没来得及对任何一位尽继子的义务，沃尔特就跟她散了伙，或者她把衣服捆在包袱里一走了之。他想起他的女儿安妮和格蕾丝；也许他会见到已经成年的她们？他想起安塞尔玛的女儿，带着温和而好奇的眼神，慢慢地走进他的屋子，拿起属于他的那些东西，他的印章，他的书，查看他的世界地球仪，并问："这个岛，这是哪儿？这是新世界吗？"

他们告诉他，赖奥斯利先生搬进了奥斯丁弗莱。国王已命令他解散克伦威尔的府邸。白天里，简称大步穿过宽敞的房间，呼吸着纸和墨水、玫瑰水和树脂的气味。但到了晚上，豹子在地板上走动，嗅着早已死去的动物以及小猎犬和狨猴的皮毛，抬头凝望在笼中寂静无声的夜莺。它嗅出了十年来盘中餐里的熟肉，还有墙板后的鼠骨；它混沌、呆滞的目光追随着在窗外飞行的鸟儿。他想，我在玻璃上花了数百镑。赖奥斯利无法解散我的府邸。他只能穿过玻璃将其撞碎，并使自己浑身是伤四处流血。

---

① 法语，意为"我不想这样死"。

克里斯托弗回来了，似乎脚步不稳，不知道是喝酒、晒太阳还是其他缘故。他说：“你可以多待一会儿的。我不需要陪伴。”

七月的夜晚很短暂。当天色渐渐变暗时，他再次打发那孩子出去给他找晚餐，而他自己则思考天堂与地狱。想象地狱时，他所能想到的只是一个寒冷的地方，一片荒地，一个码头，一处沼泽，一座栈桥；沃尔特在远处大吼，然后那吼声越来越近。就会是这种感受：不是痛苦本身，而是始终担心会痛苦，始终担心会犯错，知道你会因为某种无法控制乃至不清楚会是错误的事情而受罚；地狱里的不和会是常态，永远重复，激烈的争吵在下一个房间继续。想象天堂时，他想到的是由红衣主教筹办的一次盛大聚会，比如皮卡第之会，金缕地之会，宫殿建在不可思议的边缘地带，太阳照在大面积的透明玻璃上。但他的主人本该将它建在更温和的气候中。他想，明天的这个时候，我也许会栖身于某个更友好的城市：蓝色的影子不断拉长，最后的阳光使钟楼和圆顶的轮廓变得柔和；女士们在壁龛祈祷，一条拖着羽状尾巴的小狗在街上漫步，淡定的鸽子落在镀金的尖顶上。

晚饭后，他把自己的书包起来，准备请金斯顿交给雷夫。他把克伦达尔德斯的语法书放到一旁。他的希伯来语进步不大，部分原因在于他一直忙于国王的事务。从来没有哪个囚犯像他这么繁忙或需要这么多墨水。他真希望见过那位学者——准确的名字是尼古拉斯·克伦纳尔茨。他在安特卫普的朋友们说，那是一位非常优秀的语言学家，在北方的寒冬，他借助灯光，花了大量时间学写阿拉伯文字的勾勾圈圈。为了搜寻这种语言的书籍，他几年前去了萨拉曼卡，又从那儿去了格拉纳达，结果却大失所望——宗教裁判所近来在竭力封禁阿拉伯人的著作。有人说克伦达尔德斯接下来会进入非洲，学读伊斯兰教圣典。他想象那位学者漫步于集市。他的食物将是枣子和橄榄、橙花水蜜梨以及配有藏红花和杏子的烤羊肉。

你一辈子都在空旷的路上跋涉，风在你的背后吹着。走进黑暗时，你饥肠辘辘，忐忑不安。但到达目的地后，门卫认识你。穿过院子时，有火把给你引路。室内有一炉火和一瓶酒，还有一根蜡烛，蜡烛旁边是你的书。你拿起书，发现你读到的地方做了记号。你在火边坐下，打开它，读起你的故事，并一直读到深夜。

7月27日晚上九点，他跪下祈祷。他曾经想到，当你自己去接受最后审判时，不知道会如何认出已故的亲人。但度过最后这个夜晚时，他发现他们清晰可见，发出亮光。它们被净化成一点火花，一个时刻。他们的肋骨间有空气，肉体充满了光，骨髓里融有神的恩典。

他觉得看到鳗鱼小子从房间的角落看着他。他说，滚开，你这个尿货。

他没有入睡，也可能睡着了。他梦见四个女人蒙着面纱站在他的床边。醒来时，他在黑暗中寻找他们，但只有克里斯托弗在自己的地铺上打鼾。他想象克里斯托弗在加来，在考克威尔街：那乱麻似的头发，难以描述的围裙。谁能猜到陪他度过最后一晚的会是这个孩子？他想起记忆储存器，想起它的壁架、凹槽和拱顶。

他肯定又一次睡着了，因为他看到了小时候的自己。他的周围都是玩伴们轻快的身影，还有沃尔特的其他儿子，在他之前出生并已死去的那些儿子。他看到那些哥哥，三四个人跪成一排，雕刻在长凳的一端或画在墙上：他们大小不一，从身材最高死得最早的那位到身材最矮死得最晚的他自己。

半睡半醒之中，他问自己，沃尔特是否谈起过那些儿子？从来没有；但每当他父亲表达对他的不满——比如说用脚踹或拳头揍——时，他都会感觉到他们虚弱和已故的存在，感觉到他们无声的同情，犹如空气中的微微颤动。

第一遍铃声让他坐了起来。他把一只脚放在地板上。他听到克里斯托弗嘀咕着什么——希望是祈祷。他看到体无完肤的自己在佛罗伦萨的卵石路上爬过，爬向弗雷斯科巴尔迪的门口。

2. 光

1540年7月28日

犯人一心想的只是吃饭。“克里斯托弗，我的早餐在哪儿？还有洗漱的水——我不能以这种状态去见上帝。”

冷汗。他用手摩挲着下巴。他们很周到，给他送来了一把剃刀——你也会这样。

那孩子拿着面包和啤酒轻轻地进来。“马丁带来了冷鸡肉。”

“很好。看你能否从他那儿套一点消息。关于我何时该走。”他不相信金斯顿的日程安排。他让安妮等了一整天。

但对这个囚犯马丁现在不愿多谈；他代表一项即将完成的任务。他想，我以前不知道，当你死期来临时，没有人会看你。你也不想看他们。你看到的是一种你无法模仿的模式。

他打了个哈欠，但对自己说：你不能疲惫。如果一个人活着时应该把每一天都当成仿佛是最后一天，那么临死时也应该仿佛还有明日，以及明日复明日。

马丁——对克里斯托弗而不是对犯人——说：“他们不知道如何把亨格福德勋爵弄过去。他晚上看到了魔鬼。现在正像醉汉似的躺在地上大哭大闹。”

威廉·拉克斯顿和马丁·鲍斯两位执行官与金斯顿一同进来。他们礼貌地问他早安，说：“你准备好了吗，克伦威尔勋爵？我们已经为你准备就绪。”

他们给了他一些硬币，他将交给刽子手作为服务的小费。他的大衣也将成为刽子手的额外补贴。他想，我该穿那件紫色大衣的。或者是那件曾经让赖奥斯利先生感到不安的亮橙色大衣。他突然想到，在他死后，其他人的日子仍会继续：届时正是——或即将是——午餐时间，浓汤沸腾，勺子碰响，烤扦上的肉飞快地切到盘子上；上千条狗会从睡梦中醒来，摇着尾巴；餐巾将展开并搭在脖子下，手指在玫瑰水中浸一浸，面包被撕成小块。当食物碎屑被擦掉，锡器堆起来待洗时，他将成为身首分离的肉，刽子手会擦拭自己的刀。

“要留什么话吗？”马丁说。他愿意传话，好从死者亲属那儿得到酬谢。

“告诉我儿子——”他顿住了，“告诉国务大臣赛德勒……不，算了。派人去奥斯丁弗莱告诉托马斯·艾弗里——”不，艾弗里不需要再次吩咐。

他对执行官说：“有个普利茅斯人威廉·霍金斯，装了一船货驶往巴西。船上有铅、铜、毛料布匹、梳子、刀具和十九打睡帽。我很想知道这会赚多少钱。”

执行官们附和了几声。他们显然但愿自己投了资。

他回头看了看。“克里斯托弗，找一把扫帚把地扫干净。”

那孩子哭丧着脸。“先生，我得陪你。可以留给哪个仆人去扫。等等，”他在衬衫里摸索着，“我有一枚纪念章，是一枚圣章，我母亲给我的，看在基督的分上，你拿着吧。”

他说：“我不需要别的形象，因为我会看到上帝的面庞。”

克里斯托弗握着它伸出手去。“先生，把它拿去还给她吧。她在等它。”

他只好把它挂在身上。他想起他姐姐送给他的纪念章，现在正躺在海底。“好了，克里斯托弗，最后一次听从我的吩咐。你扫完地后可以跟在后面，但不许打架。你明白，我必须祈祷，所以不要打断我祈祷。马丁，我受死时，请你也为我祈祷。至于死后，如果可以的话，我会为你祈祷。”

他想起乔治·博林说过：我们有个人扮演好人罗宾，当那些国王和王后退场后，他拿着扫帚和蜡烛出来，表明演出结束。

天色还早，光线柔和，天空呈淡蓝色。他已经可以感觉到这又会是一个炎热的日子。他必须走出要塞，直至塔丘，他们已经在那儿搭建了一个公开的刑台。

他难以置信地看着两列戒备森严的卫兵。“这么多人？”他对金斯顿说。

“等等，等等，等等！”卫兵队长大喊，“停下，停下，停下！”

只是因为亨格福德。他被两名执行官架着，嘴巴半张，双脚拖地。他们原本是要队列合并。亨格福德呆滞的目光从他身上掠过，仿佛不认识他。“大人？”他说，“我们的时间马上要到了，我相信我们的痛苦会剧烈但不会持久。你能鼓起勇气怀着希望吗？如果你真的为自己的行为感到后悔，上帝会大发慈悲的。”

他在狱中被关了四十八天，几乎从未出过门。即使这种亮光也似乎令人目眩，他不禁想起在漂白场走动的廷德尔。他想，雷夫说得对，我们总是抱怨天气，可今天却很反常。英国人一辈子都被雨水包围，最终湿淋淋地死在雨中，然后在毛毛细雨、薄雾飘忽的故地游荡，所以你无法确定他到底是死是活。气候保护着他，就像拢起的手掌保护着烛光。

他们出了要塞，登上塔丘。涌向刑场的人群脚下踩踏的是自己已故的亲人，是他们的先祖。据说地下葬有成千上万人的遗骨，都是在瘟疫中丧生的伦敦的男男女女。他们在大街上倒毙，然后被匆匆抬走，掩埋时还穿着完好的靴子，连钱包都没有被划开；所以如果有人敢去挖掘，我们的脚下就有大笔财富。

人声鼎沸，很难判断市民们是来表示痛惜还是唾骂。但国王派出了大约六百名士兵，所以没关系。也许他们自己都不清楚。经过钟塔的宁静之后，他觉得自己在踏着鼓点上战场：嘣嚓嘣嚓嘣嘣嚓……

斯卡拉梅拉上战场……

现在他的生命之书在越翻越快。他的心灵之书在展开，一行行文字自动擦除。在他祈祷的间隙，有几行诗在回响：

我就是如此，并将一如既往
但为何如此，无人了解真相
无论善恶，受缚还是自由，
我就是如此，并将一如既往……

……但为何如此，任由你去猜想。
不管你的评判是真实还是虚妄
你像往常一样所知有限，
但我就是如此，无论将来怎样。

他的心脏狂跳，仿佛要迸出胸膛。他身后又响起一阵鼓声，咚咚咚。带动着他心跳的节奏——怦怦，咚咚。他觉得涌动的血液突然停滞，犹如即将扭转的潮流。他艰难地转过头，朝响声的来源——人群中的一只鼓——看去。卫兵们连忙围拢，仿佛要阻挡他的视线。为什么？他们以为那是信号吗？咚咚咚：他们以为他希望有人来救吗？

“看看你要去哪儿，大人。”一名卫兵说；他低头一看，发现已到断头台的脚下。“看来已经到了。”他说。托马斯·怀亚特站在他面前。写那首诗的正是怀亚特——除了他还有谁？不管你的评判是真实还是虚妄……怀亚特伸出双手。他没有被绑，所以可以握住它们。“别哭，”他说，“如果有需要原谅之处，我会原谅的。注意，这不包括史蒂芬·加迪纳。但我原谅国王。好了，安静，你会听到我这样做的。”

他想，怀亚特的眼里有死亡之色。有谁比我更能看出来呢？你的敌人会活得很好。你也会一样。

“上去。”一名卫兵说。

他想甩开他们的手。“我自己可以上。”他的心脏还在狂跳不停。但不管你是否需要，他们都会帮你。据说有人摔倒过。据说有人滚下来过。据说什么样的事情都发生过。有些贵族曾经直面死亡——事实上，他们死后还站了起来。在我们祖先的时代，阿伦德尔伯爵托马斯·菲茨艾伦就在这里被砍倒，他的躯体却一跃而起，念诵了主祷文。刽子手们私下聚会时，都会言之凿凿地谈论此事。

他的一只脚已经踏上断头台的台阶。他的心情很平静，身体却不听使唤，包括不听使唤地颤抖。他再一次转头。并非寻找宽恕的信号。他知道国王正忙于大婚。他只是在寻找嘈杂声的来源，想制止它，因为他想听着自己的心跳死去，直到诗歌和祷告消失，心脏渐渐沉寂。

这时，在拥挤的人群中，他看到了克里斯托弗。他正挥舞着胳膊往前挤。但愿他没有武器。他全身绷紧，唯恐出现混战。克里斯托弗高喊：“大人，大人！”卫兵们组成一道人墙，但克里斯托弗的手臂在他们之间穿来绕去，似乎想触碰他。一名卫兵抬起套着护甲的拳头。他听到一声重击。他看到那孩子因为震惊和痛苦而面孔扭曲。他的胳膊像一只断翼似的伸着，身体抽搐，嗓门嘶哑，破口大骂：“英格兰的亨利国王！我，克里斯托弗·克伦威尔，诅咒你。圣灵诅咒你。你的亲生母亲诅咒你。希望麻风病人朝你吐唾沫。希望你的婊子有梅毒。希望你出海的船有破洞。希望你心脏的积水往上升，从你的鼻子喷出来。愿你倒在车下。愿你从脚慢慢烂到头，要煎熬七年才咽气。愿上帝踩扁你。愿地狱张开大口吞掉你。”

克里斯托弗被拖走了。人群挤得密密麻麻，让他难分彼此。在这种场合，都会为朝臣们留出位置，但他不会看他们一眼。所有的血水都流到了桥下。因时间所限，就此搁笔。

他面对着刽子手。他看到观众旋转着远离他，变得非常小。他可以闻到这家伙身上的酒气。不是个好的开始。他能想象沃尔特在他旁边，说："老天，这斧头是谁卖给你的？他们是看到你来了才拿出来的！好了，交给我儿子汤姆吧。他会给它开个刃。"

他想拿起斧头砍倒刽子手，但到头来生活就是这样对你——安排一场你无法打赢的战斗。想当年，他鼓励过很多经验欠缺和能力不足的人。如果换一种情形，他会从对方笨拙的手中拿过斧头，耐心地说："应该这样。"

那人伸出手掌。他把小费给了他。"出手时别怕。如果你犹豫，就不仅帮不了我，也帮不了你自己。"

那人跪了下来。他想起了该说的话。"请原谅我不得不这样做。这是我的职责和工作。我这儿有一块布，先生。要不要把你的脸蒙上？"

"能有何用呢？"只是让你省事。

"大人，你得跪下。准备好后，就把头放在这块枕木上。"

安妮一剑断首后，他曾经与刽子手交谈；他看到了刻在剑身上的文字。*Speculum justitiae, ora pro nobis*①。他们不会在斧头上刻字。

他跪了下来。开始祈祷。鼓声响起。嘣嚓嘣嚓嘣嘣嚓……有一抹红色闪过。他想，我唯一要做的就是这样：跟随我的主人，仅此而已。伸出手去寻找他的法袍后摆。寻找那抹红色，跟上去。

他放松自己，准备受死。他想，别人能做到的我也能做到。他吸进了什么东西：有锯木屑的浓烈香气，还有从某处飘来的弗雷斯科巴尔迪厨房的野蒜和丁香的气味。当观众们跪下并侧过脸去时，他从眼角看到了这一幕。他嘴巴发干，但心里想，只要还能呼吸，我就一直祈祷。"我全心全意地相信你最仁慈的善……"他感觉到空中有动静。一个影子进入他的视线。他父亲沃尔特来了，声音在空气中响着："你给我起来！"他遍体鳞伤地躺在老家院子里的卵石上。他的全身在颤抖。"你给我起来！你给我

① 拉丁语，意为"正义之镜，为我们祈祷"。

起来！”

剧痛袭来，像锥扎，像撕裂，一阵抽搐。他能尝到自己的死亡：缓慢，带有金属味，尚未结束。惊恐之下，他想按父亲说的去做，但找不到抓手，也无法爬动。他是一条鳗鱼，是一只挂在钩上的虫子，力气已经在身子底下消失殆尽，仿佛是很久以前，他就允许自己死去；但没有人告诉他的心，他觉得它在胸膛里扭曲，想要跳动。他的脸了无支撑，倚靠着红色。他想，跟上去。沃尔特说：“好哇，小子，到处乱吐吧，吐在我这漂亮的卵石上。行了，小子，快起来！看在爬行的耶稣分上，用你的双脚站起来！”

他非常冷。人们以为事后才冷，但其实是现在。他想，冬天来了。我在劳恩德。我一头栽进了松软的白雪里。我像天使那样挥舞双臂，但现在我是水晶，我是冰，陷得很深；现在我是水。他身体下的地在抬升。河水在拖拽他；他寻找那个快速移动的影子，那抹飘忽不定的红色。在脉搏跳动的间隙，他摇身一变，随着内心之海的潮流在一片红色中奔涌而去。他现在已经远离英格兰，远离这些岛屿，远离这些海水和淡水。他消失了；他是脚下滑溜溜的石头，是自己身后的最后一道微弱的涟漪。他盲目地摸索着，寻找一个出口，寻找一扇门；追寻着墙上的光。

“如果像我衷心所愿，在我之后你们能活得长久，那么你们也许会迎来一个更好的时代。当黑暗散去，我们的后人将得以回来，走进过去的纯净光辉之中。”

弗朗切斯科·彼特拉克：《非洲》①（之九）

① 14世纪意大利诗人彼特拉克的史诗，讲述了第二次布匿战争的故事。布匿战争是古罗马与迦太基争夺地中海西部统治权的战争，共三次。

作者手记

亨利与凯瑟琳·霍华德结婚一年半后，她被指控与朝臣托马斯·卡尔佩珀通奸。据传她在嫁给国王之前就已有情人。简·罗奇福德为她的婚外情提供便利，她们一同被斩首。

亨利再也没有别的孩子。他的第六任——也是最后一任——妻子是凯瑟琳·帕尔，她此前是拉蒂摩夫人。在亨利先她而去后，聪颖好学的凯瑟琳嫁给了托马斯·西摩——她的第四任丈夫，并在生下西摩的女儿后去世。

亨利与第四任妻子克里维斯的安妮离婚后，与她保持友好的关系。她得到很多地产，包括从托马斯·克伦威尔那儿没收的一部分，所以生活优渥，没有表现出任何想返回祖国的愿望。她比亨利多活了十年。

克伦威尔死后，亨利活了七年；他病痛缠身，行动不便，性格暴躁。他与法兰西开战并使货币贬值。他儿子爱德华九岁登基，爱德华·西摩担任护国公。爱德华在位期间，英格兰成为一个坚定的新教国家。但爱德华在十五岁那年辞世，可能死于肺结核。他姐姐玛丽继位后，试图重建罗马天主教会。她任命史蒂芬·加迪纳为大法官，任命长期流放归来的雷金纳德·波尔为坎特伯雷大主教。托马斯·克兰默、休·拉蒂摩和许多其他人都被以异教徒之名烧死。

克伦威尔死后，雷金纳德·波尔的母亲——索尔兹伯里女伯爵玛格丽特——仍然被关在塔内，于1541年被处决。杰弗里·波尔被赦免并获释，但逃往罗马，直到玛丽登基后才返回英格兰。他于1558年去世，留下了十一个孩子。

当亨利有时间为克伦威尔之死感到懊悔时，便重新授予格利高里男爵的头衔。格利高里偶尔会在宫廷露面，但在劳恩德修道院过着平静的生活。他英年早逝，他妻子伊丽莎白建立了一座精美的纪念碑，至今在小教堂依然可见。理查德 · 克伦威尔在他舅舅倒台后也幸存下来。他被任命为国王寝宫的侍从，并在对法战争中服役。1545 年去世前，他已经是一名富翁。他的曾孙奥利弗 · 克伦威尔是英格兰首个共和国的护国公。

安塞尔玛和詹妮可均为虚构人物。据传托马斯 · 克伦威尔有个名叫简的私生女，可能是在他妻子去世后不久出生。但我们不知道她的母亲是谁，也无法做出有用的猜测。

克伦威尔死后的几年里，雷夫 · 赛德勒熬过了一段艰难时期，然后一直侍奉王室，几乎到生命的尽头——其时已年约八旬。当他于 1587 年去世时，据说是英格兰最富有的平民。他在哈克尼的府邸——布里克府——如今被称为萨顿府，由国民托管组织管理。相邻的国王府曾经是哈里 · 珀西的宅邸，现已不复存在。

与赛德勒一样，托马斯 · 怀亚特于 1541 年遭受了牢狱之灾。获释后，他重新为国王效力，但是被迫回到此前已分居多年的妻子身边，而离开了贝丝 · 达雷尔——他与她育有至少一子。1543 年秋，他被派往康沃尔，去迎接皇帝派来的一位已经意外抵达法尔茅斯的特使。由于突然发烧，他在舍伯恩中断行程，并于当地去世。

威廉 · 费兹威廉接替克伦威尔成为掌玺大臣。1542 年，他率领一支战斗队伍前往苏格兰，但未及抵达边境就染病身亡；他没有留下继承人。托马斯 · 赖奥斯利和理查德 · 里奇都担任过大法官。在亨利余下的在位时期，赖奥斯利的辅政并不顺利。爱德华继位后，他成为南安普敦伯爵和摄政委员会成员，但在激烈的派系争斗中落败，并于 1550 年去世。理查德 · 里奇接替他的职位，建立了一个世家和一所学校——费尔斯特德学校；他留下了十五个孩子和一大笔财富。

克伦威尔被处决后，亚瑟 · 李尔勋爵仍然被关在塔里。一年半后，国王宣布赦免他，但第二天，他还没来得及被释放就“喜极”而死。奥娜 · 李尔返回英格兰，一直活到 1566 年。她的女儿安妮 · 巴塞特嫁给了沃尔特 · 亨格福德——就是他的父亲与托马斯 · 克伦威尔一同被处死。约翰 · 赫西仍然是加来要塞的忠实一员，并尽力为亨利的对法战争提供给养。他于两年后去世，但他与雇主们的来往信件，加上李尔勋爵夫妇及其家人的通信，构成了那个时代的一部独特的编年史。就像沃尔西的仆人乔治 · 卡文迪什一样，约翰 · 赫西是历史的伟大见证者之一。

萨福克公爵查尔斯·布兰顿于1545年去世，他的朋友，国王为之哀悼。他的外孙女简·格雷夫人在爱德华去世后登基，被称为“九日女王”，后为玛丽取代，随即被处决。

萨里伯爵亨利·霍华德于1547年1月19日因谋逆罪被斩首。其父诺福克原定于1月28日同样受死，但因国王本人于行刑几小时前驾崩而取消执行。于是诺福克得以寿终正寝，享年八十岁。

尤斯塔西·查普伊斯一直受聘于帝国，为其尽心效力至1545年，退休后，皇帝在对英事务上还经常听取他的建议。他住在鲁汶，在当地为来自其家乡萨瓦的学生创办了一所大学。他有一个私生子，先他而死，由于没有继承人，他将自己积累的部分财富用于设立奖学金，资助来自英格兰的学生。

朗格维尔夫人玛丽·德·吉斯虽然被亨利梦寐以求，还是嫁给了苏格兰国王，他们只有一个孩子幸存下来，是个女儿，通常被称为苏格兰女王玛丽。玛丽的第二任丈夫达恩利勋爵是玛格丽特·道格拉斯夫人与伦诺克斯伯爵之子。

丹麦的克里斯蒂娜——米兰公爵夫人——是她那个时代最迷人的人物之一。她漫长的生涯包括一桩美满的婚姻。1555年，玛丽在位期间，她首次访问英格兰，游览伦敦塔；她无疑知道，如果嫁给了亨利，她本可以更早地到此一游。

玛丽·都铎最终还是结了婚，丈夫是西班牙的菲利普——皇帝之子。菲利普尽可能不在英格兰久待，1558年，玛丽郁郁而终，没有留下后代，也很少有人哀悼。安妮·博林的女儿伊丽莎白继位。1485年在博斯沃思战场上开始统治的王朝于1603年终结；伊丽莎白是都铎王朝的末代君主。

致谢

过去十年来，许多历史学家、图书馆馆长、博物馆馆长、演员和学者给予了我时间、鼓励和灵感，当我坐下来准备致谢时，却发现这份名单太长，他们都名气太大，如果简略提及以蹭个热度，似乎是庸俗之举。所以我只是想说，我对他们所有人都心存感激，并将他们一一铭记。我还要感谢我在世界各地的出版商，感谢那支幕后的队伍，他们去除文物的灰尘，保护各种宝藏，并确保托马斯·克伦威尔所留下的世界——用廷德尔的话说——既不会被虫咬和锈蚀，也不会因时间流逝而损毁。

轮 回

——代译后记

从来没有哪本书让我如此长久而热切地期待。

2009 年 10 月，希拉里·曼特尔凭借历史小说《狼厅》(*Wolf Hall*)获得布克奖，随后又获得多个文学奖项，在世界上刮起一阵“都铎旋风”。作家宣称，这本书是以托马斯·克伦威尔为叙事者和主人公的姊妹篇中的首篇，她接下来将创作该书的续集《镜与光》(*The Mirror and the Light*)。受上海译文出版社之邀，我接受了《狼厅》的翻译工作，一年后，其中文版面世，我也开始了对《镜与光》的期待。

2012 年 5 月，续集在万众期盼中推出，书名却成了《提堂》(*Bring Up the Bodies*)，并复制了首篇的奇迹，于当年 10 月再一次荣获布克奖，使曼特尔不仅成为第一位两度获得布克奖的英国作家，而且是第一位凭借一部作品的续集再获殊荣的作家，还是有史以来第一位两度获得布克奖的女作家。但曼特尔创造的意外还不仅如此，《提堂》的问世使原计划中的姊妹篇变成了三部曲，作家不仅拉长了故事的篇幅，更是延宕和强化了关于终篇的悬念。

我译完了第二部，《提堂》于 2014 年 7 月出版，但我丝毫没有“完成”或“翻篇”之感。在《提堂》的结尾，克伦威尔被封为男爵，并用“不过”一词自我调侃，然后就是全书的末段：“‘不过’这个词就像藏在你椅子底下的一个小精灵。它把墨水变成你还没有看到的文字，变成画过页面、超出纸边的线条。不存在所谓结局。如果你认为有结局，就是误解了它们的本质。它们全都是开端。这里就是一个。”终亦是始，撩拨着无数读者对于“还没有看到的文字”的新一轮期待。

作为译者，我更是密切关注作家的动向，但这一次的间隔期却超乎预料。继《提堂》之后，曼特尔似乎干了不少副业，我们看到了根据前两部作品改编的舞台剧和电视剧，也看到了包括引发争议的短篇《刺杀撒切尔》在内的小说集《暗杀》(*Assassination of Margaret Thatcher*)，但《镜与光》却千呼万唤不出来。2017年，作家在BBC的一档节目上表示，读者的高期待让她不得不放慢速度，原计划在2018年完成、2019年出版的第三部看来要推迟一年。2019年5月，曼特尔的出版商宣布，《镜与光》已经创作完成，将于2020年3月出版，也就是说，作家十年磨一剑，终于将该书从"概念"变为"成品"。身为译者，我有幸享受了先睹为快的特权，2019年6月即得到了全文电子版，虽然后来收到几次补充和订正的内容，但不影响我如饥似渴地再度走进克伦威尔的世界，而最令我惊叹的是，作为三部曲的终篇，近900页的皇皇巨著最后竟然在"你给我起来"的不绝余音中走向首篇《狼厅》的起始，打造出一个精妙的轮回，这既是对《提堂》结尾的匠心呼应，也是作家对读者十年期待的独特回馈。

从来没有哪本书的翻译让我如此瞻前顾后。

用俗套的话说，三部曲是关于亨利八世与其妻子们的故事，但不落俗套的是选用了托马斯·克伦威尔的视角，展现出一个拥挤、喧闹、恐怖的宫廷。

《狼厅》的故事始于1500年，开篇一句"你给我起来"，就抓住了读者的心脏，让我们看到少年克伦威尔如何从铁匠父亲冷硬的靴子底下逃生，继而离家出走，跨过海峡，在欧洲多国漂泊，一步步在人生的阶梯上攀爬。他偷过，骗过，乞讨过，当过雇佣兵、听差、厨工、会计师、商人、律师，学会了多种外语，积聚了非凡的商业智慧和权谋之术，最后成为一人之下、万人之上的政治家和改革家。他深切体会过"人对人是狼"的悲哀，但在弱肉强食的世界依然保持心底的良善，始终忠于恩师，爱护家人，同情弱小——这样的克伦威尔颠覆了以往文学作品中那个奸诈冷血的阴谋家形象，而变得立体丰满，不乏温情。《狼厅》中的故事虽然有35年的时间跨度，但主要聚焦于1529—1535年间，即从红衣主教沃尔西因为没能帮国王摆脱凯瑟琳王后而垮台，到克伦威尔扶持安妮·博林上位而遂国王心愿，并辅佐国王推进宗教和政治改革，充实国库，清除异己，到1535年7月6日托马斯·莫尔被处死当天，克伦威尔帮国王规划巡游路线时，在自己的日程表上记下"九月初。五天。狼厅。"而结束。这"狼厅"二字既是点题和承上，也是铺垫和启下，因为《提堂》就是从当年九月初国王一行在狼厅的狩猎活动开始，而狼厅正是曾经担任过凯瑟琳王后和安妮王后的侍女、后来成为亨利八世第三任妻子的简·西摩的老家，所以不难预见简·西摩将被领上历史舞台。《提堂》的故事发生在不到一年的时间里，情节更为紧凑，宫斗更加激烈，克伦威尔不仅需要帮助国王应对各种内忧外患，还需要为国王的喜新厌旧找借口，并帮他休旧妻娶新人。克伦威尔深知，国王第一桩婚姻的终结曾经因为久拖不决而闹得沸沸扬扬，成为整个欧洲的谈资，所以他需要吸取教训，快刀斩乱麻，于是，在托马斯·莫尔被克伦威尔和安妮·博林联手推上断头台不到一年后的 1536 年 5 月 19 日，在众多达官显贵和普通市民的见证之下，安妮·博林被斩首。

及至《镜与光》，作家以一句“王后的头颅刚一落地”开场，不仅撼人心魄，还猛然将读者拉回至《提堂》收场时的未竟事宜，仿佛突然消抹了读者这数年来的等待期。亨利八世的风流韵事在继续，腥风血雨挡不住古老家族对一人得道鸡犬升天的向往，挡不住他们的女儿飞蛾扑火前仆后继。在安妮·博林被处死的第二天，即 1536 年 5 月 20 日，亨利八世与简·西摩正式订婚，10 天后举行了婚礼，6 月 4 日封她为王后，但简·西摩好命不长，次年 10 月 24 日就因产后并发症而死。于是克伦威尔再度扛起为国王物色新妻的重任，并最终为此而丢命。正所谓历史惊人地相似，克伦威尔先后策划过莫尔和安妮的死亡，到头来诺福克们却以其道还治其身，将他变成一只肥胖的替罪羊，先是关在伦敦塔内他曾亲自为安妮准备的住处，后又转移至曾经关押过莫尔的牢房，并于 1540 年 7 月 28 日，在亨利的宫廷再一次上演侍女上位戏码的同时，将他送上断头台。在被砍头后的模糊意识之中——人被砍头后还有意识吗？——他仿佛又回到了少年时代，遍体鳞伤地躺在老家院子里的卵石上，耳边回响着父亲对他的怒吼：“你给我起来！”克伦威尔的生命以及《镜与光》的故事就此终结，却又精准地回到了三部曲的起点。正如王后们不得善终，鞠躬尽瘁的臣子也无好报，这是他们命运的轮回，但由此也成为后来者的镜与光。

实际上，《镜与光》在更大程度上是克伦威尔与亨利八世的故事。首先，在三部曲的终篇，曼特尔需要为克伦威尔的生命划上句号，虽然历史已经为我们剧透，但作家似乎有太多的不舍，想通过情节的穿插、闪回、重复来更有说服力地为克伦威尔盖棺定论，甚至在不经意中交代了他当年被父亲暴揍的缘由，解开了前两部作品隐而不提的疑案，犹如找回不慎遗失的碎片，完成克伦威尔人生全景的拼图。其次，就克伦威尔本人而言，随着财富的积聚和权力的集中，他变得日益膨胀，树敌也越来越多。他既要安抚亨利的愧疚和欲望，也要安抚满腔嫉恨的古老血统，还要安抚蠢蠢欲动的国外势力，所以在夜深人静之际，也会产生高处不胜寒的惊心和忐忑，常常如履薄冰反躬自省。他像抚慰任性的孩童一般，称亨利为基督教世界所有国王和王子的镜与光，并暗暗自视为基督教世界所有顾问官的镜与光，但与此同时，他也心知肚明，“如果亨利是镜子，他就是一个黯淡的演员，发不出自己的光，而只是在反射的光中转来转去。光一移开，他就消失。”纵使具有远见卓识和非凡才干，纵使对国王忠心耿耿、呕心沥血，他毕竟没有高贵血统和盘根错节的大家族势力的加持，永远撕不掉自己身上“铁匠之子”的标签，他深知自己的一切源于亨利，也随时可能归于亨利。红衣主教沃尔西和托马斯·莫尔就是他的前车之鉴。在这种复杂的心态下，他的视线不仅向外、向前，也常常向内、向后，他的思绪不断地预测未来和回溯过去，回溯沃尔西、意大利和儿时的老家帕特尼，不断揭开尘封的往事。这种九曲十八弯的叙事方式犹如给译者施加了一个剪不断理还乱的包袱，在翻译过程中，译者需要时不时地打开包袱翻找核对，以保持前后的统一。

三部曲篇幅宏大，人物众多，《镜与光》的人物表是一串长名单，有102人之多，分为13组，第一组名为“近期死者”，表明死者阴魂不散，过去的事件余波未了。分清这么多相互纠缠的死者与活人已然不易。由于西方人的取名习惯，父子或祖孙同名并不少见，常用名则使用频率更高，据说在红衣主教府喊一声“托马斯”，会有几十人齐声应答。另外，传统的爵位沿袭制度无疑增加了人物辨识的难度，而利益婚姻使得大家族之间的裙带关系更加层层叠叠。所以，要厘清亨利八世的第五任王后凯瑟琳·霍华德与托马斯·霍华德的关系，就需要先明确托马斯·霍华德是第几代诺福克公爵，而遇到uncle，aunt，brother和sister这类词语，就只能说它们在英语中用起来有多省事，译成汉语时就有多头痛： uncle到底是叔叔、伯伯，还是舅舅或姨夫？如此简单熟悉的一个词，翻译时甚至可能耗费半日之功。正因如此，译者不仅要在三部曲中翻来覆去，还要走进历史长河，查阅繁杂的史料，甚至向作者本人求证。

最后要说的是，从来没有哪一次翻译经历令我产生如此攸关生死的共情。

2020年初，我刚开始本书的翻译不久，新冠肺炎疫情不期而至，1月23日10时，武汉封城，网络上喧声震天，街道却一片死寂，只是偶尔传来救护车的凄厉尖叫。我从家中阳台往外看去，昔日充满生机的沙湖沿岸以及跨湖大桥都陷入静默，心中油然生出强烈的恐慌、愤怒、无力和悲悯之情。这是一种似曾相识的感受，我想起《狼厅》中，克伦威尔曾经因为汗热病而痛失妻子和爱女。汗热病是由亨利·都铎一世的军队带至英伦岛的一种传染病，“不到一天就可以要人的命。他们说，早餐还乐呵呵的，中午就没命了。”该病每隔几年就会卷土重来，让墓地尸满为患。根据红衣主教的规定，但凡有感染者的家庭都必须在家门外挂一把草，作为传染的标志，然后闭门谢客四十天，并尽量不要外出，而对死者，则需要用亚麻布把嘴巴包起来，并迅速下葬。伤心欲绝的克伦威尔居家一个多月，以读书和研究棋谱来排遣痛苦，他阅读《圣经·新约》和彼特拉克的作品，以及马基雅维利的《君主论》，待疫情结束后才为逝去的亲人举行追悼和祈祷仪式。想到在二十一世纪的今天，中世纪的灾难竟然成为身边的现实，我不禁感到恍惚、穿越和悲哀。就算文明发展进化，科技日新月异，自然的毁灭力量还是会让我们措手不及。但想到丧亲后的克伦威尔以阅读来渡过时艰，我决定化悲痛为力量，本着不添乱的原则，除了关注一些微信互助群并聊表心意之外，转身投入到翻译工作之中，算是在另一个战场上献智出力。

自然有轮回，历史亦如是，但历史更在前进，今天的人类毕竟有了更多的资源和手段来应对疫病。感谢全国各地的无私驰援，武汉得以渡过劫难，实现疫后重生，我也得以完成《镜与光》的翻译；感谢希拉里·曼特尔和她创造的托马斯·克伦威尔，陪我度过了有生以来最惶恐迷茫的时光。

译者

于武昌沙湖之滨

Hilary Mantel
THE MIRROR AND THE LIGHT

图字: 09-2014-089 号

图书在版编目(CIP)数据

镜与光/(英)希拉里·曼特尔(Hilary Mantel)著;刘国枝,虞涛译. —上海:上海译文出版社,2022.12

书名原文: The Mirror and the Light

ISBN 978-7-5327-9056-2

Ⅰ.①镜… Ⅱ.①希… ②刘… ③虞… Ⅲ.长篇小说—英国—现代 Ⅳ.①I561.45

中国版本图书馆 CIP 数据核字(2022)第 223032 号

镜与光

[英]希拉里·曼特尔 著 刘国枝 虞 涛 译
责任编辑/宋 玲 装帧设计/张志全工作室

上海译文出版社有限公司出版、发行
网址: www.yiwen.com.cn
201101 上海市闵行区号景路 159 弄 B 座
山东韵杰文化科技有限公司印刷

开本 890×1240 1/32 印张 24.5 插页 5 字数 578,000
2022 年 12 月第 1 版 2022 年 12 月第 1 次印刷
印数: 0,001—8,000 册

ISBN 978-7-5327-9056-2/I·5628
定价: 168.00 元